KB240806

조자건집

曹子建集

The Works of Cao Zhi

조자건집

曹子建集

The Works of Cao Zhi

지은이 **조식**(曹植, 192~232). 자(字)는 자건(子建)으로 말년에 진왕(陳王)에 봉해졌고, 시호(諡號)가 사왕(思王)으로 내려졌기 때문에 진사왕(陳思王)이라고도 불렸다. 삼국시대 위(魏)나라 무제(武帝) 조조(曹操, 155~220)의 셋째 아들로 태어나 천부적인 문재(文才)와 총명함으로 조조의 사랑을 많이 받았다. 하지만 그의 형이었던 조비(曹丕, 이후 문제로 왕위를 계승함)가 태자로 오르면서, 조비의 많은 견제와 미움은 영욕으로 얼룩진 저자의 문학세계를 넓혀주는 밑거름이 되었다. 저자를 중심으로 한 삼부자의 건안(建安)시기 문학은 시가형식의 정형성과 사부의 서정성을 확립하는 문학사적 의의를 가진다. 저서로는 『조자건집(曹子建集)』10권이 전한다.

옮긴이 **이치수**(李致洙, Lee Chi-Soo)는 고려대학교 중어중문학과를 졸업하고 동대학원에서 석사학위를 취득하고, 臺灣 國立臺灣大學 中文研究所에서 석사학위와 박사학위를 취득했다. 현재 경북대학교 중어중문학과 교수로 재직 중이다. 『陶淵明 全集』(역주, 문학과지성사, 2005), 『宋詩史』(공저, 역락, 2004), 『중국시와 시인―宋代篇』(공저, 역락, 2004), 『陸游詩選』(문이재, 2002), 『中國流氓史』(아카넷, 2001), 『陸游詩研究』(臺灣, 文史哲出版社, 1991) 등의 저역서와 「中國古典詩體中 六言絶句의 生成, 發展과 特色 研究」, 「中國古典詩歌에 나타난 俠」, 「宋代詩學의 發展과 唐宋詩 優劣論爭 研究」, 「宋代 詩學의 展開에 있어서 詩法 問題 研究」 등 다수의 논문이 있다.

옮긴이 **박세욱**(朴世旭, Park Sewok)은 경북대학교 중어중문학과를 졸업하고 영남대학교에서 석사학위를 취득한 뒤, 프랑스 파리 국립 고등 학술원(E.P.H.E. IV)에서 박사학위를 받았다. 현재 경북대, 영남대, 안동대 등 지역대학교에서 강의하고 있다. 역서로는 『고문진보후집』(공역, 을유문화사, 2003), 『陽坡實記』(역주, 바이북스, 2007), 『돈황이야기』(공역, 연암서가, 2008), 『양파유고』(공역, 연암서가, 2010) 등이 있고, 「敦煌 문서에서 발견된 賦자로 命名된 작품연구」, 「顧愷之 문학에 관한 小考」, 「楚辭에서 海東辭賦까지」 등 다수의 논문이 있다.

조자건집 曹子建集

1판 1쇄 인쇄 2010년 9월 5일 **1판 1쇄 발행** 2010년 9월 15일

지은이 조식 **옮긴이** 이치수·박세욱 **펴낸이** 박성모 **펴낸곳** 소명출판
등록 제13-522호 **주소** 137-878 서울시 서초구 서초동 1621-18 (란빌딩 1층)
대표전화 (02) 585-7840 **팩시밀리** (02) 585-7848
이메일 somyong@korea.com **홈페이지** www.somyong.co.kr

ISBN 978-89-5626-487-5 93820   값 47,000원, ⓒ 2010, 한국연구재단

이 번역도서는 2006년도 정부재원(교육인적자원부 학술연구조성사업비)으로 한국연구재단의 지원에 의하여 연구되었음.
(KRF-2006-421-A00057)

조자건집

조식 지음 | 이치수 · 박세욱 옮김

曹子建集

소명출판

◆ **일러두기**

1. 본 역주서는 정안(丁晏)의 『조집전평(曹集銓評)』(臺灣 : 世界書局, 1973)을 저본으로 하였다. 이 책은 명나라 만력(萬曆) 휴양(休陽) 정씨(程氏)의 각본(刻本)에 의거하였고, 명나라 장부(張溥) 본과 『문선(文選)』으로 교정(校訂)하였으며, 또한 각종의 유서(類書)을 참고하여 일문(逸文)을 수집하고 누락된 것을 보정(補正)한 선본(善本)이다.

2. 역주에 필요한 원문의 교감에는 주로 엄가균(嚴可均)의 『전삼국문(全三國文)』에 의거하였고, 『속고일총서(續古逸叢書)』본, 송본(宋本)『조자건문집(曹子建文集)』과 『사부총간(四部叢刊)』본(강안(江安) 부씨(傅氏) 쌍감루(雙鑑樓) 소장(所藏) 명활자본(明活字本)을 영인(影印)함) 등을 두루 참고하였다.

3. 주요 참고서는 조유문(趙幼文)의 『조식집교주(曹植集校注)』, 황절(黃節)의 『조자건시주(曹子建詩注)』, 조해동(曹海東)의 『신역조자건집(新譯曹子建集)』, 그리고 부아서(傅亞庶)의 『삼조시문전집역주(三曹詩文全集譯注)』 등이다.

4. 본 역주서는 조식의 작품으로 전해지는 모든 작품, 318편과 208잔구를 완역하였다.

5. 각 작품 제목 앞에 매겨진 일련번호는 권수, 순번, 그리고 동일제목의 연속작품순번으로 정리하였다. 각주나 설명에서 작품을 언급할 때는 이러한 일련번호를 사용하여 독자의 편리를 도모하였다.

6. 역주는 가능한 원문의 글자를 모두 풀이하는 것을 원칙으로 하였으며, 우리말로 표현이 어색할 경우는 풀어서 번역하였다.

7. 조판 편의상 원문 중에 약간의 이체자(異體字)들은 오늘날 통용되는 한자로 바꾼 곳도 있다. 서명(書名)에는『 』를, 편명에는「 」를 사용하였고, 뜻을 풀이하거나 부연설명일 경우 [ ]로 표기하였다.

해제

권1

권2

권3

권4

권5

권6

권7

권10

『조집전평(曹集銓評)』일문(逸文)

『조집전평(曹集銓評)』에 없는 작품

해제

강개(慷慨)와 비원(悲怨)의 시인, 조식(曹植)

"아아! 이 굴러다니는 쑥이여! 세상살이 어찌 이리도 외로운가?"

1. 조식의 생애

조식(曹植)은 자(字)가 자건(子建)으로, 조조(曹操)와 변씨(卞氏)의 사이에서 셋째 아들로 태어났으며 조비(曹丕)의 동생이다. 조식은 동한(東漢) 헌제(獻帝, 劉協) 초평(初平) 3년(192)에 태어나 위(魏) 명제(明帝, 曹叡) 태화(太和) 6년(232) 41세의 나이로 죽었다. 조식의 생애는 건안 25년 조조가 죽은 해를 경계로 크게 전기와 후기의 두 개의 시기로 나누는 것이 일반적이다.

1) 전기(1세~28세)

전기는 다시 두 개의 시기로 나눌 수 있다. 192년에 태어나서 216년까지가 하나의 시기로, 조식이 아버지 조조의 기대와 총애를 받으며 지낸 때이다. 두 번째 시기는 217년에서 219년까지의 시기로, 조식이 조조의 눈 밖에 나던 때이다.

　조식은 자신의 유년기에 대해 "난세(亂世)에 태어나 군중(軍中)에서 자랐다"고 말한 적이 있다. 조식이 살았던 시대는 동한 황제의 힘이 미약해져 외척(外戚)·환관(宦官)과 관료들 사이에 정권 다툼이 극심하고 황건적(黃巾賊)의 난과 같은 민란이 일어나 군웅이 할거하던 아주 혼란한 시기였다. 건안 9년에 이르러서야 조조가 원소(袁紹)를 격파한 뒤, 천자(天子)를 끼고 제후들을 호령하여 비로소 중국 북부 지역이 대체로 통일을 이루게 되었다. 조식은 아버지 조조가 정치가인 동시에 문학가이기도 하여 주위에 많은 문인들이 모여 들자, 어려서부터 이들과 접촉을 하면서 자랐다. 10살 때 이미 시문(詩文)과 사부(辭賦)를 외웠으며 글을 잘 지어 아버지 조조를 놀라게 한 일이 있었다고 한다. 조식은 청년 시대에 일찍이 여러 차례 조조를 따라 전쟁에 나갔는데, 그의 한 상소문에서 "남쪽으로는 적벽(赤壁)에 이르고 동쪽으로는 동해(東海)에 갔으며 서쪽으로는 옥문관(玉門關)을 바라보고 북쪽으로 장성(長城)을 나섰다"(「求自試表」)고 한 것처럼, 처음에 조식은 조조의 큰 기대를 받고 자랐다. 건안 19년(214), 조식이 임치후(臨淄侯)로 봉해진 그 해 7월, 조조가 손권(孫權)을 치러가면서 조식에게 명을 내려 금병(禁兵)을 관장하고 업성(鄴城)에 남아 지키게 하면서, 그에게 당부하여 "내가 옛날 돈구령(頓丘令)이었을 때, 나이가 스물 셋이었다. 이때에 행한 것을 생각해보면 지금도 아쉬운 것이 하나도 없다. 이제 너도 나이가 스물 셋이니 힘쓰지 않을 수 있겠느냐"(「戒子植」)라고 하였다. 이 글에서 아버지로서 조조가 아들 조식에 대해 큰 기대를 갖고 있었음이 잘 드러나 있다. 그러나 건안 22년(217), 조식이 사마문(司馬門)을 마음대로 열고 나가 조조가 화를 크게 낸 일이 발생하였으며, 이로부터 조조는 조식에게 실망하게 되어 다른 눈으로 보게 되는 계기가 되었다.[1] 이 해에 조조는 조비를 위(魏)나라의 태자로 선포하였다. 『삼국지(三國志)·진사왕전(陳思王傳)』의 기록을 보면, 조식은 문인들과 자리를 함께 할 때 "위의(威儀)를 갖추지 않았으며 수레와 말과 복식(服飾)을 화려하게 꾸미는 것을 숭상하지 않았다." 그는 또 기세로 남을 누르는 태도가 없었으며 문인들을 성실하게 대하여 그들로부터 많은 호감을 샀다. 그러나 또 한편으로 조식은 "마음 내키는 대로 행동하고 자신을 가다듬는 데에 힘쓰지 않으며 술을 마심에 절제를 하지 않는" 일면도 있었다고 한다. 자유분방하고 소탈한 이러한 성격이 대사(大事)를 맡기려는 조조의 눈 밖에 난 것으로 볼 수 있다. 건안 24년(219)에는 8월에 위군(魏軍)이 양양(襄陽)에서 패하고 주장(主將) 조인(曹仁)이 거느리던 군대가 촉(蜀)의 관우(關羽)에게 포위되어 곤경에 처하자, 조조는 조식을 남중랑장(南中郎將)에 임명하여 급히 가서 구원하게 하려고 하였으나, 조식이 "술에 취해 명령을 받을 수 없었다."(『조식전(曹植傳)』) 이 뒤로 조식은 조조의 총애를 잃어버리고 더 이상 조조로부터 중용(重用)을 받는 일이 없게 되었다. 반면, 조비는 태자가 될 목적으로 조조의 눈에 들기 위해 많은 노력을 한 끝에 결국 태자로 책봉되기에 이르렀다. 결국 214년에 조조가 조식에게 보여주었던 기대가 3년을 넘기지 못하고 결국 바뀌게 된 결정적인 사건은 217년의 사마문 사건이었고, 219년에 조인과 관련된 일은 조조의 실망을 더욱 확인시켜주는 계기가 되었던 것이다.

2) 후기(29세~41세)

후기도 두 개의 시기로 나눌 수 있다. 앞 시기는 220년에 조조가 죽고 조비가 제위(帝位)에 올라 문제(文帝)가 되었던 6년간 황초(黃初)라는 연호를 사용하였던 시기이고, 뒤의 시기는 226년에 조비가 죽고 아들

---

1) 始者謂子建, 兒中最可定大事, 自臨淄侯植私出, 開司馬門至金門, 令吾異目視此兒矣(「曹植私開司馬門下令」, 「又下諸侯長史令」).

조예(曹叡)가 뒤이어 제위에 올라 명제(明帝)가 되고 태화(太和)로 연호를 바꾼 이후의 6년간이다. 전체적으로 보아, 조식의 생애는 전기의 여유롭고 즐겁던 생활이 후기에 들면 조비와 조예, 두 부자에 의해 갖가지 시기와 핍박을 당하며 고통스럽게 지내게 되는데, 이러한 전후의 두 시기가 서로 극명한 대비를 보인다. 후기에 들어 명제 때는 문제 때에 비하여 핍박이 상대적으로 덜 하였으나 조식이 바라던 뜻을 이루지 못하고 울울하게 지낸 점은 마찬가지였다.

건안 25년(220) 10월, 조조가 죽자 조비가 왕위를 계승하였으며, 이어서 헌제(獻帝)를 핍박하여 선양(禪讓)을 하도록 하고, 연호를 황초(黃初)로 바꾸었다. 이때 조식은 위나라가 한(漢)나라를 대신하게 되었다는 소식을 듣고 슬프게 울었다고 기록에 나와 있다. 이에 조비가 자신이 대위(大位)에 오르는 이 좋은 때를 맞아 천하에 우는 사람이 있다고 화를 냈다고 전해진다. 조비가 황제의 자리에 오른 뒤로부터 조식은 그의 인생에서 새로운 단계에 접어들며 극도의 곤경에 빠지게 되었다. 조비는 자신의 통치를 더욱 공고(鞏固)히 하려는 목적으로 제후왕(諸侯王)들의 힘을 약하게 만들어 그들을 더욱 엄격하게 통제하는 한편, 정치상의 적대 세력들을 제거하기 시작했다. 조비는 즉위하자마자 바로 조식의 힘을 약화시키기 위해 조식의 절친한 친구였던 정의(丁儀)와 정이(丁廙), 그리고 공계(孔桂)를 죽였다. 동시에 명령을 내려 조식과 여러 왕들이 모두 자기 봉국(封國)으로 가도록 하고, 감국알자(監國謁者)를 파견하고 지방관을 시켜 그들을 감시하도록 하고, 기회를 엿보아 죄를 덮어씌우도록 시켰는데, 조식이 바로 이 때문에 죄를 지어 폄적을 당하게 되었다. 또 조식이 세력을 형성하지 못하도록 끊임없이 조식의 봉지(封地)를 바꾸고 식읍(食邑)을 깎았다. 황초 2년에 감국알자 관균(灌均)이 조식이 술에 취해 오만하고 사자(使者)를 위협한다고 보고하여 조식이 하마터면 극형에 처해질 뻔하였다. 다행히 변태후(卞太后)가 극력 비호한 덕분에 겨우 죽음을 면하고 임치후(臨淄侯)에서 안향후(安鄉侯)로 관작이 깎였다. 그해에 다시 견성후(鄄城侯)로 바뀌어 봉해졌다. 황초 3년에는 견성왕(鄄城王)으로 되었고, 황초 4년에는 다시 옹구왕(雍丘王)으로 옮겨져 봉해졌다. 자주 봉지(封地)를 옮겨 다니느라 정신적 육체적으로 큰 고통을 겪었으며, 물질적으로도 형편이 상당히 어려웠다.

황초 7년(226)에 조비가 죽고 조예(曹叡)가 즉위하니 바로 명제(明帝)이며 태화(太和)로 연호를 바꾸었다. 조식의 처지는 여전히 호전되지 않았고, 그의 봉지는 자주 바뀌었다. 태화 원년(元年)에 준의(浚儀)로 옮겨 봉해졌고, 태화 2년에는 다시 옹구(雍丘)로 돌아왔으며, 태화 3년에는 동아(東阿)로 옮겨졌으며, 태화 6년에는 진(陳) 땅의 겨우 4현(縣)을 다스리는 진왕(陳王)에 봉해졌다. 그래도 이전에 비해 통제가 다소 완화되어 조식은 희망을 품고 명제에게 몇 차례에 걸쳐 글을 올려 자신을 기용(起用)해주길 청했지만 시종 답이 없었다. 이리하여 조식은 만년에 홀로 지내면서 좌우에 있는 사람이라고는 오직 하인들뿐이었고, 마주하는 사람이라고는 오직 처자(妻子)뿐이라, 고상한 담론을 같이 나누고 이야기를 하고자 하여도 함께 할 사람이 없었다. 결국 태화(太和) 6년 11월 쓸쓸하게 죽으니 향년 41세였다. 결코 많다 할 수 없는 나이에 생을 마감하였다.

2. 『조자건집』의 편찬과 판본

조식(曹植)은 생전에 일찍이 자기의 부(賦)를 모아 『전록(前錄)』을 편찬하며 젊었을 때 지은 부(賦) 78편을 수록하였다. 그가 죽은 뒤 오래지 않은 경초(景初) 연간(237~239), 위(魏) 명제(明帝)는 조서를 내려 조식이 지은 부(賦)와 송(頌), 시(詩), 명(銘), 잡론(雜論) 등 모두 100여 편을 찬록(撰錄)하게 하였다.

당대(唐代)에는 『진사왕집(陳思王集)』이 30권 본(本)과 20권 본, 두 종류가 있었으나 뒤에 모두 망실(亡失)되었다. 송대(宋代) 이후에 통행된 것은 뒷사람이 편집 정리한 10권 본이며, 『예문유취(藝文類聚)』와 『백씨육첩(白氏六帖)』, 『초학기(初學記)』 등의 유서(類書)에서 조식의 시문을 모았다. 남송(南宋) 초의 조공무(晁公武)의 『군재독서지(郡齋讀書志)』 권17에 의하면, 적어도 남송 초에는 시문이백편(詩文二百篇)의 10권 본이 이미 유전(流傳)되었으며, 서명(書名)도 『조식집(曹植集)』으로 개칭(改稱)되었음을 알수 있다.

명대(明代)에는 권수(卷數)가 다른 각종 각본(刻本)의 조식의 문집(文集)이 있었다. 설응기(薛應旂)가 각(刻)한 4권 본, 장부(張溥)가 각(刻)한 2권 본이 있었으나, 가장 성행(盛行)한 것은 제목이 『조자건집(曹子建集)』으로 된 10권 본이었다. 이 10권 본은 송각(宋刻) 10권 본을 뒤이은 것으로, 명대에 몇 종류의 다른 각본(刻本)과 활자본(活字本)이 있었다. 『사부총간(四部叢刊)』, 『사부비요(四部備要)』 중의 『조자건집(曹子建集)』은 바로 각기 명대(明代) 활자본(活字本)과 각본(刻本)에 근거하여 번인(翻印)한 것이다.

후세에 전하는 판본 가운데에서 비교적 좋은 것은 청(淸)나라 정안(丁晏)의 『조집전평(曹集銓評)』과 주서증(朱緖曾)의 『조집고이(曹集考異)』와 근인(近人) 황절(黃節, 1873~1935)의 『조자건시주(曹子建詩注)』이다. 청나라 동치(同治) 연간 정안이 찬(纂)한 『조집전평』은 명나라 만력(萬曆) 휴양(休陽) 정씨(程氏)의 각본(刻本)에 의거하였고, 명나라 장부(張溥) 본과 『문선(文選)』으로 교정(校訂)하였으며, 또한 각종의 유서(類書)을 참고하여 일문(逸文)을 수집하고 누락된 것을 보정(補正)하여 비교적 선본(善本)이라고 할수 있다. 정안의 『조집전평』은 전 10권이며, 이 외에 일문(逸文)이 부록으로 수록되어 있다.

본 역주(譯註) 작업에서는 정안의 책을 저본(底本)으로 삼으면서 『속고일총서(續古逸叢書)』본, 송본(宋本) 『조자건문집(曹子建文集)』과 『사부총간(四部叢刊)』본(강안(江安) 부씨(傅氏) 쌍감루(雙鑑樓) 소장(所藏) 명활자본(明活字本)

을 영인(影印)함) 등을 두루 참고하였다. 본서의 번역 작업에 있어서는 이외에도 다른 여러 판본과 현대 학자들의 연구 성과 등을 참고하여 교감(校勘) 작업을 진행하였다. 본 역주서의 세부 내용은 다음과 같이 구성되어 있다.

> 권1_ 부(賦) 20편과 잔구(殘句) 11구.
>
> 권2_ 부(賦) 11편과 잔구 4구.
>
> 권3_ 부(賦) 13편과 잔구 17구.
>
> 권4_ 시(詩) 27제(題) 42수와 잔구 11구.
>
> 권5_ 악부(樂府) 48제 55수와 잔구 29구, 산문 1편.
>
> 권6_ 송(頌) 8편, 비(碑) 1편, 찬(贊) 33편, 명(銘) 2편 등 총 44편과 잔구 7구.
>
> 권7_ 장(章) 2편, 표(表) 31제(題) 34편 등 총 36편.
>
> 권8_ 령(令) 3편, 문(文) 2편, 칠(七) 2편, 영(詠) 1편, 서(序) 5편, 서(書) 6편 등 총 19편.
>
> 권9_ 론(論) 10제(題) 21편, 설(說) 4제(題) 6편 등 총 27편과 잔구 77구.
>
> 권10_ 뢰(誄) 9편, 애사(哀辭) 3편 등 총 12편과 잔구 7구.

이상을 장르에 따라 시(詩)와 부(賦), 그리고 산문(散文)으로 크게 나누면, 시(詩)가 97수에 잔구 40구, 부(賦)가 44편에 잔구 32구, 산문이 139편에 잔구 91구이다. 여기에 『조집전평』에 실린 일문(逸文)으로 시 12수에 잔구 17구, 부 9편, 산문 10편에 잔구 12구, 그밖에 장르가 분명하지 않은 잔구 16구를 포함하였으며, 여기에 정안의 『조집전평』과 일문(逸文)에 실려 있지 않은 「상구미호표(上九尾狐表)」를 비롯한 7편을 보충하여 역주하였다.2) 본 역서에 수록된 작품의 총수는 다음과 같다.

---

2) 엄가균(嚴可均)의 『전삼국문(全三國文)』에 의거하여 보충함.

시	109수, 잔구 57구
부	54편, 잔구 32구
산문	155편, 잔구 103구
기타	잔구 16구
총	318편, 잔구 208구

이 숫자는 정안의 『조집전평』, 조유문(趙幼文)의 『조식집교주(曹植集校注)』, 황절(黃節)의 『조자건시주(曹子建詩注)』, 조해동(曹海東)의 『신역조자건집(新譯曹子建集)』, 그리고 부아서(傅亞庶)의 『삼조시문전집역주(三曹詩文全集譯注)』 등, 어느 책에 수록된 것보다도 많은 수량이다.

3. 조식의 작품 세계

조식은 41세라는 길지 않은 생애에서 정치적으로는 뜻을 이루지 못하고 많은 어려움을 겪었으나 문학상으로는 오히려 큰 성과를 거두어 문학사에서 커다란 발자취를 남기고 있다. 그의 문학세계는 상당히 다양한데, 아래에서 장르별로 특색을 살핀다.

1) 시(詩)

조식의 문학을 대표하는 장르는 역시 시가(詩歌)이다. 조식의 시가는 『시경(詩經)』과 『초사(楚辭)』의 전통을 고르게 계승하고 양한(兩漢)의 민가(民歌)와 오언시(五言詩)로부터 새로운 내용과 형식을 취함으로써 중국 시의 발전을 이끌어 냈기 때문에, 그의 성취는 양한과 남북조(南北朝)에서 당대(唐代)에 이르는 중국 시가 발전사에 있어서 커다란 의미가 있다고 하겠다.

조식의 시는 현재 109수에 잔구(殘句) 57구가 전해 온다. 이것은 그 이전의 시인이나 동시대의 조조(曹操)와 조비(曹丕), 그리고 건안칠자(建安七子)의 누구와 비교하더라도 많은 수량이다.3) 당시로서는 최대의 다산(多産)작가였다. 이런 수량에 걸맞게 제재(題材)와 내용 또한 다양하여, 영회(詠懷), 영사(詠史), 연유(宴遊), 증별(贈別), 종군(從軍), 출새(出塞), 전원(田園), 산수(山水), 유선(遊仙), 그리고 잡시(雜詩) 등을 두루 포함하고 있다. 조식의 시는 서정(抒情) 술회(述懷)의 작품이 대다수이다. 조식의 시는 흔히 조조의 죽음과 조비의 왕위 등극을 중심으로 전후(前後) 두 개의 시기로 나누는 것이 일반적이며, 때로는 각 시기를 다시 둘로 나누어 전체적으로 4기로 나누기로 한다. 어느 쪽이든 가장 중심이 되는 것은 전기(前期)에 귀공자(貴公子)로서 즐겁게 생활하던 때에 지은 작품과 후기(後期)에 문제(文帝)와 명제(明帝)의 핍박을 받으며 지내던 시기에 지어진 작품 간에 분명하게 드러나 보이는 서로 대조되는 특색이다.

전기(前期)의 작품은 「공연(公宴)」시를 대표로 삼을 수 있다. 귀공자로 지내며 친구들과 즐겁게 교유하는 생활의 한 모습을 보여주고 있다. 동시에 조식은 당시 한말(漢末)의 어지러운 세상을 살면서 건공(建功) 입업(立業)에 대해 강한 포부와 열망을 가졌다. 「백마편(白馬篇)」시에서 조식은 나라를 위해 큰일을 하는 유협아(遊俠兒)를 노래하였는데 바로 자신의 심정을 읊은 것이기도 하다. 「잡시(雜詩)」제5수에서는 "한가로이 지내는 것은 나의 뜻이 아니니, 기꺼이 나라의 우환(憂患)을 해결하기 위해 나서고 싶네(閒居非吾志, 甘心赴國憂)"라는 뜻을 강하게 내비쳤다. 이런 강

---

3) 녹흠립(逯欽立)의 『선진한위진남북조시(先秦漢魏晉南北朝詩)』에 의하면 현재 전하는 작품으로 조조(曹操)가 20여 수, 조비(曹丕)가 40여 수, 유정(劉楨)과 왕찬(王粲)이 20여 수, 완우(阮瑀)가 10여 수, 진림(陳琳)이 8여 수, 공융(孔融)이 7수, 서간(徐幹)이 5수 남기고 있다.

개(慷慨)한 지취(志趣)는 조식의 전 생애를 통해 계속 시에 나타난다.

그러나 후기에 오면 왕위를 놓고 조비와 겨루던 활동이 실패로 돌아간 뒤 많은 박해를 받으면서 그와 관련된 심정을 작품에 담았다. 조비가 즉위 초에 조식의 친구들을 죽일 때에 조식은 아무런 도움이 되지 못하는 자신의 신세를 한탄하였는데 이것은 「야전황작행(野田黃雀行)」 시에 잘 나타나 있다. 조식은 후기에 비록 명목상으로는 제후왕(諸侯王)이지만 10년 사이에 몇 번이나 임지를 옮겨야 했고 생활도 궁핍하였다. 이러한 사정 속에 조식은 곧잘 자신을 '굴러다니는 쑥[轉蓬]'에 비유하였다. 이것은 뿌리에서 떨어져 나와 힘없이 바람에 이리저리 불려 떠도는 쑥이다. 「우차편(吁嗟篇)」에서는 "아아, 이 굴러다니는 쑥이여, 세상살이 어찌 이리도 외로운가. 뿌리에서 멀리 떨어져 떠나가니, 아침저녁으로 편히 쉴 날 없구나(吁嗟此轉蓬, 居世何獨然. 長去本根逝, 宿夜無休閒)"라 하였고, 「잡시(雜詩)」 제2수에서는 "굴러다니는 쑥이 뿌리에서 떨어져, 큰 바람 부는 대로 날려 다닌다. 어찌 알았으랴 회오리바람 일어나, 나를 불어 구름 속에 넣을 줄이야(轉蓬離本根, 飄颻隨長風. 何意廻颷擧, 吹我入雲中)"라고 노래하였다.

조식은 또 자신을 부인에 비유하여 실총(失寵)을 노래하기도 하였다. 「부평편(浮萍篇)」은 원래 남편과 서로 화목하고 즐겁게 지내던 부인이 아무 이유 없이 버림을 받은 뒤의 슬픔과 원망을 노래하면서 남편이 다시 마음을 돌리기를 희망하였다. 작자가 이 기부시(棄婦詩)를 통하여 자신의 정치상의 불행한 처지를 기탁한 것으로 볼 수 있다. 이런 유사한 내용의 시로는 「첩박명(妾薄命)」과 「기부편(棄婦篇)」 등이 있다.

조식의 시집에는 유선시(遊仙詩)가 몇 작품 전하는데, 물론 조식이 신선의 존재를 믿은 것은 아니다. 「유선(遊仙)」, 「오유영(五遊詠)」, 「승천행(升天行)」 등의 시에서 보이듯이, 갖가지 구속을 받아 답답한 현실에서 벗어나 괴로움을 잠시 잊기 위해서일 것이다. 조식의 후기 시에는 나라를 위해 큰일을 하여 공을 세움으로써 자신의 존재 가치를 확인하고자 하는 것에 대한 강한 열망과 이것을 허용하지 않는 정치적 박해와 슬픔, 그리고 여기에서 잠시 시름을 잊고자 하는 노력 등이 내용상의 주조를 이룬다.

조식 시의 특색으로는 다음 몇 가지를 들 수 있다.

첫째, 조식은 오언시(五言詩)의 발전을 크게 촉진시켰다. 오언시는 서한(西漢)의 온양기(醞釀期)를 거쳐 동한(東漢)의 반고(班固)에 이르면 전편이 오언으로 이루어지는 성립기를 맞이하지만 작품 자체는 아직 예술적 성취가 그다지 높지 못하였다. 이후 무명씨(無名氏)의 「고시십구수(古詩十九首)」를 거쳐 건안시기에 이르러 비로소 문인(文人)에 의해 지어진 진정한 오언시가 나타나게 되었다. 이때의 대표 시인이 바로 조식으로, 당시 작가들 중 가장 많은 작품 활동을 통하여 오언시를 한 단계 끌어올리는 성취를 거두었다.

둘째, 조식 시의 특색은 이전의 서사(敍事)에서 서정(抒情)으로 전환하며 개성화(個性化)의 특색이 매우 뚜렷하였다. 한대(漢代)의 악부(樂府) 민가(民歌)는 서사적인 경향이 선명하였으며, 「고시십구수」는 비록 서정에 중점을 두고 있지만 그 내용은 당시의 중하층 지식인들의 보편적인 정서이지, 개성화의 특징은 아직 그다지 선명하지 않았다. 건안시기에 이르러서도, 조조(曹操)는 악부 옛 제목을 빌려 한말(漢末)의 시사(時事)를 시에서 읊었으며, 조비(曹丕)는 비록 더러 개인적인 정감을 표현하였지만 여전히 「고시십구수」와 민가의 특징을 보존하며 개성적인 특징이 뚜렷하지 않았다. 이와 달리, 조식은 처음서부터 시를 통하여 개인의 감정을 매우 뚜렷하게 나타내었다. 그의 시를 보면 고민, 적막, 슬픔, 이상, 갈망 등등 다양한 정감과 진실된 느낌이 잘 드러나 있다. 이것은 중국의 고시(古詩)가 조식에 이르러 한 차례 변화를 맞이하게 됨을 의미한다.4)

---

4) 왕세무(王世懋), 『예원힐여(藝苑擷餘)』: "古詩, 兩漢以來曹子建出而始爲宏肆, 多生情態, 此一變也."

셋째, 조식은 시가 창작에 있어서 다양한 형식과 표현에 힘을 기울였다. 자구(字句)와 성률(聲律)을 갈고 다듬어 전아(典雅)하고 화미(華美)한 시풍을 이루어 후대의 많은 시인들에게 영향을 미쳤다. 또 시의 구조에 있어서도 경구(警句)의 안배나 대장(對仗)의 공정(工整)에 힘을 기울였다. 이러한 점들도 후세의 시인들에게 영향을 미쳤다.

요컨대 조식의 시가는 이전의 민가와는 다른 문인화(文人化)된 전아(典雅)한 길을 후세 사람들에게 열어주었으며, 예술적 기교와 수사(修辭), 연구(練句), 장법(章法)의 안배 등 또한 후대의 문인들이 따르고 학습하는 대상이 되었다. 명(明)의 호응린(胡應麟)은 『시수(詩藪)』에서 조식의 시를 평해 다음과 같이 말했다.

> 건안(建安) 연간에 삼언(三言), 사언(四言), 오언(五言), 육언(六言), 칠언(七言), 악부(樂府), 산문(散文)과 부(賦)에서 모두 훌륭한 사람은 단지 진사왕(陳思王, 조식) 뿐이다.5)

> 「하선편(鰕䱇篇)」은 태충(太沖, 左思)의 「영사(詠史)」의 유래가 된 것이고, 「원유편(遠遊篇)」은 경순(景純, 郭璞)의 「유선(遊仙, 遊仙詩)」의 유래가 된 것이다. "남국(南國)에 가인(佳人)이 있어"(「雜詩」 제4수) 등의 작품은 사종(嗣宗, 阮籍)의 여러 작품에 있어서 원조가 되었고, "공자(公子)는 객(客)을 공경하고 사랑하여"(「公宴」)는 사형(士衡, 陸機)의 여러 작품에 있어서 근원이 된다. 이들 여러 사람은 육조(六朝)의 거벽(巨擘)들인데도 조식의 범위를 벗어날 수 없었으니, 이것이 진사(陳思, 조식)가 홀로 여덟 되[八斗]의 재주로 뛰어난 까닭인 것이다.6)

---

5) 建安中, 三四五六七言樂府文賦俱工者, 獨陳思耳(『시수(詩藪)』 외편(外篇) 권1).
6) 鰕䱇篇, 太沖詠史所自出也, 遠遊篇, 景純遊仙所自出也. "南國有佳人"等篇, 嗣宗諸作之祖, "公子敬愛客"等篇, 士衡羣製之宗. 諸子皆六朝巨擘, 無能出其範圍, 陳思所以獨擅八斗(『시수(詩藪)』 내편(內篇) 권2).

육조(六朝) 시기에는, 공간(公幹, 劉楨)의 '초(峭)', 사종(嗣宗, 阮籍)의 '원(遠)', 도원량(陶元亮, 陶淵明)의 '충(沖)', 좌태충(左太沖, 左思)의 '일(逸)', 육사형(陸士衡, 陸機)의 '농(穠)', 사령운(謝靈運)의 '청(淸)', 포명원(鮑明遠, 鮑照)의 '준(俊)', 사현휘(謝玄暉, 謝朓)의 '여(麗)' 등이 모두 지극히 뛰어난 것들인데, 이러한 것들을 두루 겸한 사람은 진사왕(陳思王, 조식)이다.[7]

이것을 보면 조식의 시는 내용과 형식 체제가 다양하고 풍부하며, 앞으로는 선진(先秦)과 양한(兩漢)의 시를 계승하면서 아래로 육조(六朝)의 시에 큰 영향을 주었다는 점에서 중국 시 역사상의 조식 시의 위치를 가늠할 수 있겠다.

2) 부(賦)

조식은 어려서부터 부(賦)를 좋아하였다. 21세 때, 동작대(銅雀臺)가 완성되고 나서 조조(曹操)가 여러 아들들에게 명(命)하여 부(賦)를 지으라고 했을 때 제일 먼저 완성하여 바친 사람이 바로 조식이며, 그가 지은 「등대부(登臺賦)」를 읽고 조조가 대단히 칭찬하였다는 이야기가 전해지고 있다. 조식 문학에서 시(詩) 다음으로 많이 지어진 것이 바로 부이며 성취 또한 볼만 하다.

조식의 부는 형식상 그의 이전에 이미 생겨나 전해져 내려오는 소체부(騷體賦)와 산체부(散體賦)를 비롯하여 영물부(詠物賦), 서정부(抒情賦) 등 다양한 부의 체제를 두루 섭렵하면서 부(賦)의 표현 영역을 넓혔다.

---

7) 六代則公幹之峭, 嗣宗之遠, 元亮之沖, 太沖之逸, 士衡之穠, 靈運之淸, 明遠之俊, 玄暉之麗, 皆其至也, 兼之者陳思也(『시수(詩藪)』 외편(外篇) 권4).

① 소체부(騷體賦)

　중국 문학에서 사부(辭賦)의 전통은 굴원(屈原)으로부터 시작되는데, 조식은 이 전통을 잘 계승하였다. 조식과 굴원은 정치적 삶과 문학적 특색에서 유사한 점을 보인다. 두 사람 모두 정치적으로는 나라를 위해 일하고자 하는 큰 뜻을 품었으나 임금으로부터 냉대를 받고 울울하게 살다가 세상을 떠난 공통점이 있으며, 그리하여 이런 삶을 바탕으로 하여 작품에 있어서도, 두 사람은 나라에 대한 근심과 간신에 대한 분노를 드러내면서 자신의 포부와 굳은 절조(節操)를 강조하는 점에서 서로 비슷한 점을 보인다. 또한 형식 표현상의 측면에서도 조식의 부에 보이는 초사투의 문체나 비유(比喩)의 표현들은 굴원 작품과의 연관성을 잘 말해준다. 이를테면 「구수부(九愁賦)」는 굴원이 간인(姦人)의 참언으로 쫓겨난 신세를 서술하면서 동시에 작자 조식 자신의 처지를 슬퍼하는 마음을 담았다.

② 산체부(散體賦)

　이런 유(類)의 작품으로는 「칠계(七啓)」가 대표작이다. 이 글은 형식에 있어서 산체대부(散體大賦)의 주된 특색인 주객(主客) 문답(問答)의 형식을 채용하면서, 작가가 가공으로 만들어 낸 현미자(玄微子)와 경기자(鏡機子) 두 사람의 대화를 내용으로 하고 있다. 세속을 떠나 은거생활을 하는 현미자에게 경기자가 벼슬길에 나아가기를 권하면서, 세속생활의 즐거움으로 좋은 음식, 아름다운 복식(服飾), 즐거운 사냥, 멋진 궁궐, 아름다운 음악과 여색, 그리고 훌륭한 사람들과의 교제를 차례차례 들었으나 어느 것도 현미자의 마음을 끌지 못한다. 끝에 가서 지금 세상에 현명한 재상이 있어 천자를 보좌하여 세상에 패업(霸業)을 이루어 나라는 부유하고 백성은 평안하며, 뛰어난 인재들이 와서 벼슬한다는 말을 듣고,

결국 현미자가 경기자를 따라 세상에 나가기로 결심한다는 것으로 작품은 끝맺는다. 이 작품은 한대(漢代)의 부(賦)작가들이 입신출세를 위해 장편의 부를 지은 것과 같은 맥락에서 창작된 것으로, 은거(隱居)보다는 건공(建功)이나 입업(立業)에 더 적극적인 뜻을 가졌던 조식의 젊은 시절의 사상과 인생관을 잘 대표하고 있다.

③ 서정(抒情), 영물부(詠物賦)

조식의 사부는 일상생활 속의 작자 자신의 갖가지 감정과 사상을 나타내고 사물을 묘사하는 등 비교적 다양한 내용을 다루었다. 이를테면 「한거부(閒居賦)」는 친구도 없이 한적하게 살고 있는 작가의 슬픈 삶을 화사한 봄날의 경치와 대조적으로 표현하였다. 조식에게는 금호(金瓠)와 행녀(行女)라는 두 딸이 있었는데, 첫 딸은 태어난 지 190일 만에 죽었고 불과 2년 뒤에 둘째 딸을 낳았으나 한 살도 채우지 못하고 죽었다. 이 둘 중 하나, 또는 둘 다 죽은 후에 조식이 자식을 잃은 슬픔을 토로한 것이 「위자부(慰子賦)」이다. 또 이를테면 오랫동안 사람들 입에 회자(膾炙)되어온 그의 대표작 중의 하나인 「낙신부(洛神賦)」는 낙수(洛水)의 여신을 만나 연모의 정을 가지고 있으면서도 뜻을 이루지 못하는 안타까움을 표현하였다.

조식의 현재 전하는 부(賦) 중에서는 영물부(詠物賦)가 상당한 비중을 차지한다. 이들 작품은 묘사가 세밀하며, 사물을 빌려 작자 자신을 비유하는 특색을 보인다. 「귤부(橘賦)」는 고귀한 성품을 가진 귤나무가 남방에서 옮겨 심겨져 토양에 잘 적응하지 못하는 것을, 좌천되어 이리 저리 떠도는 자신에 비유하고 있는 전형적인 영물부이다. 「선부(蟬賦)」는 매미가 고결한 품성을 지니고 있으면서도 다른 곤충과 인간들로부터 생명의 위협을 받고 핍박받는 처지를 동정하였는데, 이것은 바로 작자가 매미로 자신을 비유한 것으로, 매미가 겪는 수난은 바로 조식 자신이 겪은 아픔인 것이다. 또, 「백학부(白鶴賦)」 역시 사물을 빌려 자신의 뜻을 노래한 작품으로, 다른 영물부와는 달리 자신의 감정 기탁이 두드러진다. 자신의 불행, 걱정, 두려움, 고통, 고독을 철저하게 백학(白鶴)에게 대입하고 있다. 무리를 떠나 홀로 지내는 학으로 자신의 고아한 품덕(品德)을 비유하였다.

이 외에, 「감절부(感節賦)」는 봄날 출유(出遊)에서 비롯되는 상념을 서정적으로 묘사하였는데 암울한 분위기를 나타내었으며, 「요작부(鷂雀賦)」는 조식의 부 작품 중에서 가장 독특한 형식을 가지고 있는데, 바로 이야기를 서술하는 소설식 구성이다. 이러한 이야기 중심의 부를 고사부(故事賦)라고 하는데, 매우 드물게 보이는 형식이다. 산문과 운문이 어우러져 있으며 문답의 형식으로 생동감이 넘쳐난다.

조식은 한(漢)나라 말에서 위(魏)나라 초의 문인들 중에서 부(賦)를 가장 많이 지었다. 사부의 발전 역사상, 조식의 부의 특색은 대체로 다음과 같이 개괄할 수 있다.

우선, 부(賦)의 제재(題材)와 내용을 확대하였다. 이전의 사부(辭賦)가 대체로 경도(京都), 궁전(宮殿), 수렵(狩獵), 조수(鳥獸) 등에 대한 묘사를 위주로 하였던 것에 비해, 조식은 여기에 가정의 일상사나 남녀 간의 감정 등의 내용을 부에 적어 넣어, 새로운 시도를 꾀하였다. 동시에 조식의 부는 또 현실성이 두드러지고, 서정성이 뛰어나다. 조식의 부는 이전의 부가 화려한 말을 늘어놓으며 외관상의 아름다움을 극도로 나타내었으나 사람의 마음을 움직이는 정감의 표현은 두드러지지 않은 것과는 달리 조식 자신의 현실 생활 속의 체험을 바탕으로 하여 진실한 감정을 나타내고 있다.

다음으로, 조식의 부는 위로는 초사(楚辭)와 한부(漢賦)의 전통을 계승하면서 아래로는 고부에서 변려부로 나아가 변화 발전하는 육조(六朝)시대의 부(賦)에 큰 영향을 미쳤다. 한대(漢代)에는 대부(大賦)가 성행하였으나 조식에 이르러서는 소부(小賦)가 많이 지어졌으며, 위진 시대에 시작되어 남북조에 성행한 새로운 문체인 변려부의 형성에 조식은 중요한 역할을 하였다. 조식 이전에도 대장(對仗)을 부에서 사용한 예가 없지 않으나 전체 작품으로 봐서 그다지 많지 않았는데, 조식의 경우에는 대장의 구(句)가 작품 중에서 상당한 편폭을 차지하고 있으며, 언어 표현에서는 미사여구(美辭麗句)의 나열에 빠지지 않고 청신(淸新)하면서 유려(流麗)한 표현을 추구하였다. 「감절부(感節賦)」 같은 경우는 형식상 산문투는 조금도 없는 6언시로 격구 압운(4차례 換韻)하고 있어, 위진남북조시대에 두드러지게 보이는 부(賦)의 시화(詩化) 현상을 잘 말해주고 있다.

3) 산문(散文)

조식은 시(詩)와 부(賦) 외에도, 장(章), 표(表), 령(令), 문(文), 칠(七), 서(序), 서(書), 론(論), 설(說), 뢰(誄), 애사(哀辭) 등 다양한 성격의 글을 남기고 있다. 뒷날, 유협(劉勰)은 『문심조룡(文心雕龍)·장표(章表)』편에서 조식의 표(表)를 높이 평가하여 여러 사람들 중에서도 으뜸이라고 말한 바 있다. 황초(黃初) 2년(221)에 감국알자(監國謁者) 관균(灌均)이 조식을 무고(誣告)하여, 조식이 술에 취해 도리에 어긋난 행동을 하고 사자(使者)를 위협한다고 상주(上奏)하자, 사법 담당 관리가 처벌을 청했는데, 태후(太后)가 이를 반대하여 결국 작위(爵位)만을 깎아내리고 안향후(安鄕侯)에 봉해지게 되었다. 이에 조식은 「사초봉안향후표(謝初封安鄕侯表)」를 지어 자신의 죄를 뉘우치면서 문제(文帝)의 관용에 감사하는 뜻을 나타내었다. 조예(曹叡)가 즉위한 뒤에 쓴 「구자시표(求自試表)」에서 조식은 조정에서 자신을 시험 삼아 한번 써보기를 청하였다. 나라를 위해 공을 세우고픈 강렬한 마음을 밝히는 동시에, 아무도 자신을 알아주고 천거하지 않는 현실에 대한 슬픔을 묘사하였다. 「진심거표(陳審擧表)」는 조정의 관리를 잘 살펴서 신중하게 임용하는 문제에 관해 자신의 견해를 밝힌 글로, 국가가 태평하자면 어진 신하를 뽑아야 하며, 왕조의 통치를 굳건히 하자면 황실과 같은 성(姓)의 신하를 임용해야 한다는 점을 강조하였다. 표 외에, 조식의 편지글 또한 그의 산문의 성취를 대변한다. 「여양덕조서(與楊德祖書)」는 양수(楊修)와 문학비평에 관련된 문제를 논한 편지로, 작자는 우선 세상 사람들의 저술은 결점이 없을 수 없음을 전제하여 다듬는 작업의 필요성을 강조하고, 문학비평을 잘하려면 창작의 실천도 겸해야 하며, 평가는 개인적인 기호와 밀접한 관계가 있다고 보았다. 끝으로 자신은 국가를 위해 온 힘을 바치고 백성들에게 널리 은혜를 베풀며, 영원히 후세에 전해질 공을 세우고 불후의 공적을 남기려고 갈망하지만, 이런 것들이 실현되지 못하면 글을 지어 후세에 전하고자 한다는 생각을 밝혔다. 이밖에, 「한이조우열론(漢二祖優劣論)」은 한(漢) 고조(高祖) 유방(劉邦)과 광무제(光武帝) 유수(劉秀)의 인물평을 문답식으로 논한 글로, 두 황제 모두 긍정적으로 평가하였지만, 유방(劉邦)이 가진 인적 자원보다 열악했던 유수(劉秀)의 뛰어남을 전체적으로 조명하고 있는 논리성이 강한 문장이다. 「적전설(藉田說)」은 전후 두 편으로 나뉘어 있는데, 전편에서는 농사와 정사(政事)는 같은 것으로 어진 이를 가까이하고 소인배들을 멀리해야 되는 도리를 논하고 있으며, 후편에서는 농사에 해충이 있듯이 정사(政事)에도 해충 같은 사람이 있음을 고금을 통하여 구체적으로 언급하고 있다. 이를 통하여 작자의 포부와 이상을 표현하고 있는 것으로 보인다. 조식이 살았던 시기의 산문은 이전의 실용성(實用性) 위주의 글에서 점차 예술성(藝術性)을 추구하는 쪽으로 나아갔는데, 조식의 산문은 바로 이러한 경향과 성취를 잘 대표하여 간결한 필치로 심후한 정감을 표현하였다.

위에서 살핀 조식의 시, 부, 산문에서의 성취는 그가 중국문학사상 걸출한 문학가란 점에 조금도 의심의 여지가 없으며, 후대 오랜 세월을 거치도록 그의 영향력이 쇠퇴하지 않았다.

우리가 일반적으로 조식에 대해 갖는 인상은 주로 소설 『삼국지(三國

志)』(즉 三國演義)에서 보이는 조비(曹丕)와의 왕위 쟁탈에 관한 약간의 에피소드와 최종적으로 조비가 승리한 뒤 많은 박해를 많으며 괴롭게 산 일생, 그리고 역시 조비와의 관련에서 지은 「칠보시(七步詩)」에서 보이는 그의 천재성 등이 그 대부분을 차지할 것이다. 그런데 시선을 문인(文人)으로서의 조식에게로 돌려 살펴보면, 우리는 그의 문학이 중국 문학사에 있어서 대단한 위치를 차지하고 있음을 새로이 발견하고 놀라지 않을 수 없다. 그는 당대(當代)의 문단에서는 타의 추종을 불허하는 제일가는 문인이었다. 각종 체재를 두루 잘 구사하였으며, 앞 시대를 계승하면서 후대에 미친 영향 또한 적지 않았다. 이것은 우리가 일반적으로 간과하거나 미처 깊이 생각지 못했던 점이며, 중국문학사에서도 그에 대한 평가는 전면적이지 못하고 충분하지 못했다. 그러므로 본 역주서는 조식의 문학세계 전반을 처음으로 우리말로 풀어서 독자들에게 보여준다는 점에서 그 작업의 의의가 적지 않다 하겠다.

4. 『조자건집』의 역주 작업

중국문학사에 있어서 건안(建安)시기의 문학은 새로운 모습과 걸출한 성취로 후세의 주목을 받았다. 이 시기에는 중국 최초의 문단(文壇)이 형성되었으며, 이전의 무명씨 중심에서 이제는 문인에 의한 창작이 활발해지면서 본격적인 중국문학사가 전개되는 시기이었다. 또한 이 시기의 시가가 어지러운 사회 모습을 강개(慷慨)와 격정(激情)에 찬 필치로 묘사해 낸 특징들은 후일 '건안풍골(建安風骨)'이라는 표현으로 칭송을 얻었다. 당시의 저명한 작가로는 삼조(三曹 : 조조(曹操), 조비(曹丕), 조식(曹植))와 칠자(七子 : 공융(孔融), 진림(陳琳), 왕찬(王粲), 서간(徐幹), 완우(阮瑀), 응창(應瑒),

유정(劉楨) 등이 있으며, 그 중에서도 가장 이름난 사람은 다름 아닌 조식(曹植)이다. 따라서 건안문학을 연구하거나 '건안풍골'을 연구하고, 나아가 위진남북조의 문학의 발전과 특색을 이해하기 위해서는 조식의 『조자건집(曹子建集)』을 읽지 않을 수 없다. 이에 대해서 단지 시(詩) 몇 수만이 번역되어 있는 현실로는 만족할 수 없고 완역본의 출현을 필요로 하고 있는 것이다.

우리나라에서뿐만 아니라, 동아시아, 나아가 전 세계적으로 위진남북조 시대에 살았던 작가의 전집이 완역된 것은 그렇게 흔하지 않다. 이 시기 작가의 작품은 대체로 소통(蕭統)의 『문선(文選)』을 통하여 극히 일부분만이 우리에게 알려져 온 것이 고작이다. 또 조식은 중국 문학사에서 차지하는 문학적 지위에도 불구하고, 그의 문학에 관한 연구는 동서양을 통틀어서 그리 많은 편은 아니다. 게다가 잘 알려진 작품들에만 치중하여 중복 연구되었음을 부인할 수 없다. 이러한 사정은 중국 내에서도 마찬가지로 대륙과 대만에서 각기 단 하나의 완역본이 있는 것으로 알려져 있으며,8) 중국의 많은 작가들의 번역본을 내고 있는 일본에서도 아직 완역본이 나오지 않고 있다. 본 번역진은 중국에서 출판된 역주본 및 기타 『문선』과 조식 선집 등의 주석을 두루 참고하며, 새로운 연구 성과에도 주목하여 보다 완정한 역주본을 내는 데에 목표를 두었다.

본 역주(譯註) 작업에서는 정안(丁晏)의 『조집전평(曹集銓評)』을 저본(底本)으로 삼으면서 『속고일총서(續古逸叢書)』본, 송본(宋本) 『조자건문집(曹子建文集)』과 『사부총간(四部叢刊)』 본(강안(江安) 부씨(傅氏) 쌍감루(雙鑑樓) 소장(所藏) 명활자본(明活字本)을 영인(影印)함)을 비롯한 여러 판본을 참고하였다. 특히 정안의 뒤를 이어 조자건집 전집의 교감과 주석 작업에

---

8) 부아서(傅亞庶), 『삼조시문전집역주(三曹詩文全集譯注)』, 장춘(長春) : 길림문사출판사(吉林文史出版社), 1997; 조해동(曹海東), 『신역조자건집(新譯曹子建集)』, 대북(臺北) : 삼민서국(三民書局), 2003.

서 상당한 성취를 거둔 것으로 평가받는 조유문(趙幼文)의 『조식집교주(曹植集校注)』의 성과를 참고하였다. 그러나 조유문의 책을 아무 비판 없이 그대로 다 옮기지는 않았다. 조유문의 책이 나온 이후, 학계에서는 이 책의 부족한 점이나 잘못된 점을 바로잡는 글들이 나왔는데,9) 이런 글들의 의견도 이번 작업에서 빠뜨림 없이 살펴보고 반영할 것은 반영하였다. 조유문의 책 외에도 부아서(傅亞庶)의 『삼조시문전집역주(三曹詩文全集譯注)』와 조해동(曹海東)의 『신역조자건집(新譯曹子建集)』에서 밝힌 교감 사항도 참고하여, 가급적이면 지금까지의 조자건집에 대한 교감 성과를 두루 참고하였다, 주석(註釋)의 경우에도 기존의 각종 연구 성과를 참고하였다. 이를테면 위에 말한 정안의 『조집전평』, 조유문의 『조식집교주』, 황절(黃節)의 『조자건시주(曹子建詩注)』, 조해동의 『신역조자건집』, 부아서의 『삼조시문전집역주』 등을 비롯하여, 유소초(俞紹初)와 왕효동(王曉東) 선주(選注)의 『조식선집(曹植選集)』, 당만선(唐滿先)의 『건안시삼백수상주(建安詩三百首詳注)』 등등 국내외의 각종 주석서를 살펴보았다.

조식의 문학에 대한 연구와 소개는 그간 주로 시(詩)에만 집중된 감이 없지 않다. 본 역주 작업을 통하여 조식의 전체 문학 작품에 대해 이해를 높여 주고 기존의 연구에서 한 걸음 나아가 새로운 평가를 내리는 데에 기여할 수 있기를 희망한다.

---

9) 이를테면 강은(江殷)의 「『曹植集校注』得失評」(『文學遺産』 1987년 제4기), 등안생(鄧安生)의 「『曹植集校注』質疑」(『天津師大學報』, 1991년 제3기), 웅청원(熊淸元)의 「『曹植集校注』商兌」(『古籍整理硏究學刊』, 1997년 제1기), 진장화(陳長華)와 양춘승(梁春勝) 공저의 「『曹植集校注』獻疑」(『古籍整理硏究學刊』, 2004년 제5기), 양춘승(梁春勝)의 「曹植集校讀札記」(『安慶師範學院學報(社會科學版)』, 2005년 제5기).

권1

부(賦)

1-1. 동쪽 원정(東征賦)[1]

서문

건안(建安) 19년(214) 임금님의 군대가 동쪽으로 오(吳)나라 적을 정벌하러 떠남에 나는 금군(禁軍)을 맡아 궁궐을 호위하게 되었다. 천자의 영명함과 위무(威武)가 한번 떨치게 되면, 동쪽의 오랑캐는 반드시 정복되리라. 군대의 성대한 모습이 그리워 이 한 편의 부(賦)를 짓다.

建安十九年, 王師東征吳寇,[2] 余典禁兵衛官省.[3] 然神武一擧, 東夷

1-1. 東征賦(동정부)

1) '賦(부)'란 한대(漢代)에 유행한 운문(韻文)과 산문(散文)으로 창작된 독특한 문체이다. 대체로 서한(西漢) 초기에는 초사체(楚辭體)의 영향을 많이 받아 서정적인 성격을 띠다가 사마상여(司馬相如)시대에 이르면서 부(賦)는 장황한 서술과 과다한 칭송 등을 위주로 사언(四言)체의 산문적 요소가 강한 작품들이 많이 창작되었다. 그러나 동한(東漢)시기에 접어들면서 이러한 부를 창작하는 행위에 대하여 작가들은 배우 같다는 자기반성을 하게 되었고 부(賦)작품의 주요 독자였던 왕실이 불안한 정세에 빠지면서

必克.4) 想見振旅之盛,5) 故作賦一篇.

본문

성 모퉁이 높다란 누각에 올라	登城隅之飛觀兮,6)
천자의 군대가 주둔하는 곳을 바라보네.	望六師之所營.7)
깃발들이 펄럭이니 마음은 야릇한데,	幡旗轉而心異兮
배들이 움직이니 감상에 젖어 드네.	舟楫動而傷情.8)

부 작가들은 더 이상 부 작품을 통하여 실익을 얻을 수 없었기 때문에 이러한 장편의 서사적 부 작품들은 시들어 버리고 점차 서정적이며 단편의 작품들이 운문적 요소를 살려 창작되는 경향을 보이는데, 조식(曹植)의 부 작품들은 대체로 이러한 시대적 창작경향을 잘 대변하고 있다. 조식의 이 작품은 서문에서 언급하고 있는 것처럼 건안(建安) 19년(214)에 조조가 오(吳)나라의 손권(孫權, 182~252)을 정벌하러 떠난 시기 조식은 23세의 나이로 도읍인 업성(鄴城)을 지키고 있으며 출정하는 군대의 웅장함과 장차 벌어진 전투에서 큰 공을 세우고 돌아올 것이라는 기대를 표현하고 있다. 전체적으로 사언(四言)보다는 초사체(楚辭體) 스타일로 '혜(兮)'자를 사용하고 있다. 일반적으로 초사체(楚辭體)의 부(賦)들이 서정적인 내용을 많이 담는 것과 대조를 이루는 작품이다. 『태평어람(太平御覽)』 권336에서는 「정동부(征東賦)」로 되어 있음.

2) 吳寇(오구) : 강동(江東)의 손권(孫權)을 말함. 『삼국지(三國志) · 위지(魏志) · 무제기(武帝紀)』에서 "건안 19년 가을 7월에 조조는 손권을 정벌하였다"는 기록을 참고할 수 있다.

3) 禁兵(금병) : 禁軍(금군), 궁궐을 호위하는 군대. 官(관) : '宮(궁)'의 오자(誤字). 『삼국지(三國志) · 위지(魏志) · 진사왕전(陳思王傳)』에 "태조는 손권을 정벌하러 떠나며 조식으로 하여금 업성(鄴城)을 남아 지키게 하며 경계하기를, '나는 옛날에 돈구령(頓丘令)이 되었을 때 23세였다. 그때 행한 것을 생각하면, 지금에도 후회가 없다. 지금 너의 나이 또한 23세이니, 가히 맡길 만하지 않은가?'(太祖征孫權, 使植留守鄴戒之, 曰吾昔爲頓丘令, 年二十三, 思此時所行, 無悔於今. 今汝年亦二十三矣, 可不勉與)"라고 한 기록을 참고할 수 있다.

4) 東夷(동이) : 동오(東吳)를 말함. 克(극) : 싸워 이기다.

5) 振旅(진려) : 질서정연한 군대를 일컫는 말.

6) 飛觀(비관) : 높이 솟은 궁궐이나 누각.

7) 六師(육사) : 천자의 군대를 통틀어 말하는데, '사(師)'는 12,500명을 말함.

8) 舟楫動(주즙동) : 조조(曹操)는 동오(東吳)를 수군과 육군을 동원하여 공격하였는데, 당시 수군은 현무지(玄武池)에 집결하여 장수(漳水)를 거쳐 황하로 들어갔다가 다시

돌아보니 몸은 미천한데 직책은 현달하고,　　顧身微而任顯兮,
책임은 무거우나 사람은 보잘 것 없어 부끄럽네.　　愧責重而命輕.
아! 내가 무엇을 할 수 있을까 근심하노라니,　　嗟我愁其何爲兮,
마음은 멀리까지 생각되어 불안하네.　　心遙思而懸旌.9)
천자의 군대 하늘의 신령스런 도움에 힘입어,　　師旅憑皇穹之靈佑兮,10)
분명히 큰 공을 기필코 세우리라.　　亮元勳之必擧.11)
붉은 깃발을 휘날리며 동쪽으로 향하여,　　揮朱旗以東指兮,12)
큰 강을 가로질러 공격하니 막을 수 없으리.　　橫大江而莫御.13)
맑은 강물 위에서 전선(戰船)들을 따라가며,　　循戈櫓於淸流兮,14)
띄워 놓은 긴 사다리 물결에 출렁이리.　　氾雲梯而容與.15)
배에다 적장(敵將)을 사로잡아,　　禽元帥於中舟兮,16)
동쪽 오(吳)나라에 위세를 떨치겠네.　　振靈威於東野.17)

　황하를 거쳐 회수(淮水)로 공격해 갔던 것을 말하고 있음.
　9) 懸旌(현정) : '心旌(심정)'과 같은 말. 공중에 걸려 바람에 날리는 깃발처럼 마음이 불안하게 흔들리는 것을 이르는 말.
10) 皇穹(황궁) : 하늘. 靈佑(령우) : 신령(神靈)이 돕다.
11) 亮(량) : 부사적으로 쓰여 '분명히' 또는 '틀림없이.'
12) 朱旗(주기) : 붉은 깃발. 오행(五行)으로 볼 때, 한(漢)나라는 화덕(火德)으로 왕조를 세웠다고 하여 한(漢)나라를 '朱德(주덕)', 또는 '炎德(염덕)'이라 부르는데, 여기서는 조조(曹操)가 당시는 한(漢)나라 신하였으므로 '朱旗(주기)'를 세운 것으로 보임.
13) 橫(횡) : 가로질러 건너다. 大江(대강) : 장강(長江)을 가리키는 것으로 보임. 御(어) : '禦(어)'의 뜻으로 방어하다.
14) 戈櫓(과로) : 과선(戈船), 전선(戰船). '櫓(노)'는 배를 젓는 노로서 배를 상징하기도 함.
15) 雲梯(운제) : 고대 성(城)을 공격할 때 사용하는 긴 사다리. 容與(용여) : 물결 따라 출렁이는 모습을 형용하는 말.
16) 禽(금) : '擒(금)'의 의미로, '사로잡다.'
17) 東野(동야) : 강동(江東)의 동오(東吳)를 말함.

1-2. 누대에 올라 노닐며(遊觀賦)[1]

조용히 한거하며 별다른 일이 없어,	靜閒居而無事,[2]
장차 이리저리 바라보며 스스로 즐기려네.	將遊目以自娛.[3]
북쪽 누대에 올라 길을 여는 군마들은,	登北觀而啓路,[4]
구름 끝 높은 계단에 이르네.	涉雲際之飛除.[5]
[시선이] 용맹한 무사들을 따라가니,	從羆熊之武士,[6]
[무사들은] 긴 창을 짊어지고 앞서 달리고,	荷長戟而先驅.
그 흩어짐은 구름이 돌아가듯 하며,	罷若雲歸,
그 모임은 안개가 몰려들듯 하네.	會如霧聚.
수레를 돌릴 수도 없지만,	車不及回,[7]
먼지도 일어나지 않네.	塵不獲擧.
소매를 떨치고 바람을 내어봐도,	奮袂成風,[8]
땀 흘리는 것이 비오는 듯하네.	揮汗如雨.[9]

1-2. 遊觀賦(유관부)

1) 이 작품은 전후로 없어진 부분이 많아 작품의 전체적인 감상이 불가능하다. 조식(曹植)은 군대를 거느린 적이 없기 때문에 아마도 건안(建安) 19년(214) 업성(鄴城)을 지키면서 누대에 올라 군사들이 훈련하는 모습을 내려 보면서 지은 작품으로 생각할 수 있다. 형식은 6언과 4언으로 이루어진 변려부(騈麗賦)로 되어있으며 단조로운 대우(對偶)를 사용하고 있다. 觀(관) : 높은 누대.

2) 이 구(句)의 말은 정말 아무 일도 없이 소일하고 있다는 뜻이 아니라, 잘 다스려 별다른 일이 없음을 은근히 자랑하는 말이다.

3) 遊目(유목) : 눈을 이리저리 굴려 경치를 둘러보다.

4) 啓路(계로) : '開路(개로)'의 뜻으로 여기서는 선두에서 길을 여는 군마(軍馬)의 행렬을 말하는 것으로 보임.

5) 飛除(비제) : 날고 있는 듯 높은 섬돌. 즉 높은 계단을 비유하고 있음.

6) 羆熊(웅비) : '羆(비)'는 곰처럼 생겼는데 누렇고 흰 무늬가 있다고 한다. 여기서는 무사의 용맹한 모습을 비유하고 있음.

7) 車不及回(거불급회) : 수레가 너무 많아 무사들이 몸도 제대로 돌릴 수 없는 것, 또는 수레가 너무 많아 그 방향을 바꿀 수도 없다는 것일 수도 있다.

8) 袂(메) : 소매.

1-3. 아버지를 회상하며(懷親賦)[1]

서문

제양(濟陽)의 남쪽 연못가에 아버지의 옛 군영이 있기에 말을 멈춰 수
레를 세우고 이 부(賦)를 지었다.

濟陽南澤,[2] 有先帝故營,[3] 遂停馬住駕, 造斯賦焉.

본문

평원(平原)에서 사냥하고 남쪽으로 달려와,	獵平原而南騖,[4]
아버지의 옛 군영(軍營)을 보았네.	覩先帝之舊營.
군영의 옛 규칙에 따라 걸어보니,	步壁壘之常制,[5]

---

9) 揮汗如雨(휘한여우) :『전국책(戰國策)·제책(齊策)』에 "훔친 땀이 비가 된다(揮汗成
雨)"란 표현이 보이는데 땀을 비 오듯 흘린다는 뜻이다.

1-3. 懷親賦(회친부)

1) 이 작품은 창작연대를 추정할 근거는 없지만 말미에 언급한 정서로 보아 조조가 죽
은 뒤에(220) 지은 부로 보인다. 조식은 조조의 옛 군영을 지나다가 아버지를 추억하고
변방을 떠도는 자신의 신세를 묘사하고 있으며 형식은 격구(隔句)로 압운하는 한편의
6언 시처럼 보이고 서정과 서사가 고루 나타나고 있다. 이러한 6언의 사용은 조식의
부에서 가장 많이 나타나는 구법이다. 특히 앞 3자와 뒤의 2자 사이에 어조사를 형식
적으로 넣어 6언의 형식을 의도적으로 만들고 있는 것처럼 보이는데, 이는『초사(楚
辭)』에서 가장 많이 보이는 구법인 "○○○△○○兮, ○○○△○○(△은 어조사)"의
둘째 구를 취한 것이다. 한편으로는 부의 특징이 노래하는 것이 아니라 송(誦)하는 것
이므로 5언시와 구분을 짓기 위한 것으로도 생각된다.

2) 濟陽(제양) : 한(漢)나라 때에는 진류군(陳留郡)에 속하였으나 현재는 하남성(河南省)
난고현(蘭考縣) 경내(境內)에 있음.

3) 先帝(선제) : 죽은 아버지 조조(曹操)를 말함.

4) 騖(무) : 빠르게 달리다.

5) 壁壘(벽루) : 군영(軍營)의 담장이란 뜻인데 여기서는 군영을 비유하고 있음. 常制(상

깃발들이 세워졌던 곳을 알겠네.　　　　　　　　識旌旗之所停.6)

조정에서 벼슬하고 있었을 그 때를 [생각하니],　　在官曹之典列,7)

마음은 그때 그대로인 것 같네.　　　　　　　　心髣髴於平生.8)

천리마 머리를 돌려 떠나가려고,　　　　　　　回驥首而來游,

먼 길을 달려서 멀리 찾아가네.　　　　　　　赴修途以尋遠.9)

마음엔 미련이 남아 돌이켜보고 그리워하며,　情眷戀而顧懷,

잠깐 동안에도 넋은 수십 번 오가네.　　　　　魂須臾而九反.10)

1-4. 근심을 풀려고(玄暢賦)1)

서문

무릇 부(富)라는 것은 재물이 아니요, 귀(貴)란 것은 보배가 아니다. 작
록(爵祿)은 가벼이 여기고 명성을 중시하는 자도 있으며, 타고난 운명을

제) : '典制(전제).' 즉 당시의 전장(典章)과 제도. 이 구(句)는 조조가 살아 있을 당시 군
　영의 규율에 맞추어 천천히 걷는다는 의미임.

6) 旗(기) : 『예문유취(藝文類聚)』 권18과 엄가균(嚴可均)의 『전상고삼대진한삼국육조문
　(全上古三代秦漢三國六朝文)』(이하 『전삼국문(全三國文)』으로 약칭함)에는 '麾(휘,
　대장의 깃발'자로 되어 있는데 문맥은 본문보다 더 정확하여 보인다.

7) 官曹(관조) : 관청(官廳) 또는 관가(官家). 여기서는 아버지와 함께 일했던 곳을 말함.

8) 平生(평생) : 평소를 말하는데, 여기서는 조조와 같이 서정(西征)할 때를 말하고 있음.

9) 修途(수도) : 장도(長途) 즉 먼 길.

10) 九反(구반) : 여러 차례 오고감. 여기에서 '九(구)'자는 특정한 숫자를 가리키는 것이
　아니라 막연히 그 빈도가 높은 것을 말한다. 즉 수십 번 뒤집힌다는 말.

1-4. 玄暢賦(현창부)

1) 이 부는 정확한 창작연대를 알 수 없으나 서술된 내용에 따르면 조비(曹丕)가 왕위
　를 계승하여 즉위한 이후에 지어진 작품으로 짐작할 수 있다. 조비와의 왕위 계승
　싸움에서 밀린 작가의 체념, 즉 조비의 등극 이후의 심정 변화를 묘사한 작품이다. 먼

거슬러 공명(功名) 때문에 죽은 자도 있다. 이로써 공자(孔子)와 노자(老子)가 마음을 달리했고, 양주(楊朱)와 묵적(墨翟)이 그 뜻을 달리하였다. 이제 이 부(賦)를 지어「현창부」라 한다. 바라건대 사마상여(司馬相如)가「상림부(上林賦)」를 지은 것처럼 천지(天地)와 고금(古今)의 이치를 관통하여, 정신(精神)을 도야(陶冶)하고 사물의 변화 조짐을 미리 알아, 이치를 펼쳐 눈에 보이지 않은 것들을 표현하고 싶다.

夫富者非財也. 貴者非寶也. 或有輕爵祿而重榮聲者,[2] 或有反性命而徇功名者.[3] 是以孔老異情,[4] 楊墨殊義.[5] 聊作斯賦名曰玄暢. 庶以司馬相如爲上林賦,[6] 控引天地古今,[7] 陶神知機,[8] 摛理表微.[9]

저 자신이 바라던 황제란 무엇인가를 생각하고 자신은 과연 그 직책에 부합하는 인물인가를 돌아다본 다음, 자신의 바람과는 달리 진행된 현실이 주는 심적 괴로움을 풀어 보는[현창(玄暢)] 체념, 즉 자신은 천부적인 서생으로 태어났으니 천명에 순응할 수밖에 없다는 하소연인 셈이다. 산문적인 요소는 서문에서만 보이고 6언에 격구(隔句)로 압운(押韻)하는 운문으로 정형화되어 있다.

2) 榮聲(영성) : 아름다운 명성.

3) 反(반) :『예문유취(藝文類聚)』와 엄가균(嚴可均)의 『전삼국문(全三國文)』에는 '受(수)'자로 되어 있다. 부아서(傅亞庶)의『삼조시문전집역주(三曹詩文全集譯注)』에서는 '受(수)'자가 '授(수)'자의 오자(誤字)로 생각하여 '바치다'라는 의미로 해석하였다. 그러나 본문 뒤에 다시 '徇(순)'자가 나오므로 그 의미가 중첩된다고 할 수 있다. 性命(성명) : 타고난 운명. '性(성)'은 타고난 바탕을 말하고, 命(명)은 하늘로부터 받은 수명을 말함. 徇(순) : '殉(순)'자와 통용하여 '바치다' 또는 '헌신하다.'

4) 孔老(공노) : 공자(孔子)와 노자(老子).

5) 楊墨(양묵) : 양주(楊朱)와 묵적(墨翟).

6) 司馬相如(사마상여, B.C. 179~117) : 서한(西漢)시대 저명한 부(賦)작가로 대표작으로「자허부(子虛賦)」가 있다. 여기서 말하는「상림부(上林賦)」는 그 후편이다. 以(이) : '如(여)'의 뜻으로 '~한 것처럼.'

7) 控引(공인) : 관통하다.

8) 陶神(도신) : 陶化精神(도화정신)의 줄임말로 정(情)과 신(神)을 도야(陶冶)하여 변화하다. 知機(지기) : '知幾(지기)'라고도 쓰며, 사물의 은밀한 변화의 징조를 미리 아는 것을 말함.

9) 摛(리) : 펼치다.

본문

무릇 세상에 보기 드문 대인께서 어떻게	夫何希世之大人,[10]
천하를 다가지고 황제가 되신 것인가?	罄天壤而作皇.[11]
황제의 지고한 복덕을 갖추시고,	該仁聖之上義[12]
제위(帝位)에 올라 땅을 통솔하시고,	據神位以統方.[13]
오제(五帝)의 빠진 것을 보충하시며,	補五帝之漏闕,[14]
삼대(三代)를 이어서 전장(典章)을 유지하시네.	綴三代以維綱.
내 인생의 우연한 행운이 생겨,	僥余生之幸祿,[15]
구이(九二)같은 상서로운 복을 우연히 만났네.	遘九二之嘉祥.[16]
위로는 직(稷)과 설(禼)에 부합하시고,	上同契於稷禼,[17]
아래로는 이윤(伊尹)과 태공망(太公望)에 영합하시네.	降合穎於伊望.[18]

---

10) 希世(희세) : 세상에서 보기 드물다. '希(희)'는 '少(소)'의 의미이다. 大人(대인) : 형인 조비(曹丕)를 가리킴.

11) 罄天壤(경천양) : '罄(경)'은 다 가진다는 의미. '天壤(천양)'은 천지(天地)를 뜻함. 여기서는 조비가 한(漢)나라를 대신하여 위왕(魏王)이 된 것을 말함.

12) 該(해) : 구비하다. 仁聖(인성) : 인덕성명(仁德聖明)의 줄임말로 주로 황제에 대한 존칭으로 쓰임. 上義(상의) : 황제가 갖추어야할 지고한 복덕(福德).

13) 神位(신위) : 제위(帝位)를 가리키는 말. 統方(통방) : 사방의 땅을 통솔하다. 『회남자(淮南子)·본경훈(本經訓)』에서 "하늘을 이고 땅을 밟으며, 옳음을 품고 곧음을 안는다(戴圓履方, 抱表懷繩)"라고 하였는데, 고유(高誘)는 "圓(원)은 하늘이요, 방(方)은 땅이다(圓, 天也, 方, 地也)"라고 주(注)하였음.

14) 五帝(오제) : 일반적으로 소호(少昊), 전욱(顓頊), 제곡(帝嚳), 당요(唐堯), 우순(虞舜)을 말함. 저본에는 '五常(오상)'으로 되어 있으나, 아래 구의 '三代(삼대)'와 대(對)를 이루고 있는 점으로 보아 문맥상 『예문유취(藝文類聚)』와 엄가균을 따른다.

15) 僥(요) : 구(求)하다.

16) 九二(구이) : 『역경(易經)·건(乾)』에 "구이(九二)는 나타난 용(龍)이 밭에 있으니, 대인(大人)을 만나봄이 이롭다(九二, 見龍在田, 利見大人)"라는 말이 있다. 여기서는 큰 덕을 가진 사람(어진 군주)을 만나 그 혜택을 입는 것을 말함.

17) 同契(동계) : 꼭 맞다. 일치하다. 稷(직) : 강원(姜嫄)의 아들로 순(舜)임금의 농관(農官)이 되었던 사람. 禼(설) : 유융(有娀)의 아들로 순(舜)임금의 사도관(司徒官)이 되었다가 은(殷)나라의 시조가 된 사람.

18) 合穎(합영) : 두 줄기의 이삭이 합하여 하나가 되는 것을 말하는데, 옛 사람들은 매우 상서로운 일로 간주하였다. 伊望(이망) : '伊(이)'는 이윤(伊尹)을 말하는데, 이름은 '이

보배를 바쳐 계속 패용하시게 하고 싶었으나,	思薦寶以繼佩,
화씨(和氏)의 벽(璧)이 이미 새겨졌음이 아쉽고,	怨和璞之始鐫.[19]
황종(黃鐘)의 음률을 조화롭게 하려 했으나,	思黃鍾以協律,[20]
영륜(伶倫)과 기(夔)가 살아 있지 않은 것이 안타깝네.	怨伶夔之不存.[21]
의도한 바가 이루어지지 않음을 탄식하고,	嗟所圖之莫合,
슬프게도 마음이 갑갑하여 오래도록 서성이며,	悵蘊結而延佇.[22]
붕새가 날아올라 하늘을 치고,	希鵬擧以搏天,[23]
창공을 밟으며 날개를 떨치길 바라네.	蹴靑雲而奮羽.[24]
네 필의 말을 버리고 행로를 바꾸어,	舍余駟而改駕,[25]
평범한 마부가 몰아가게 맡겨두고,	任中才之展御.[26]

(伊)'요 '尹(윤)'은 관직 이름. 상(商)나라 탕왕(湯王)의 대신으로 탕왕을 도와 하(夏)나라의 걸(桀)을 벌함. '望(망)'은 태공망(太公望), 바로 무왕(武王)을 도와 상(商)나라를 벌한 여상(呂尙)을 가리킴.

19) 和璞(화박): 화씨(和氏)의 벽(璧). '和(화)'는 초(楚)나라 사람 변화(卞和). 그는 곤강(崑岡)이란 산에서 옥박(玉璞 : 아직 다듬지 않은 옥의 원석)을 가져다 왕에게 바쳤다. 왕은 감히 돌을 바친다며 변화를 월형(刖刑 : 한쪽 발뒤꿈치를 자르는 형벌)에 처했다. 왕이 죽은 뒤 변화가 이 옥을 무왕에게 바치니, 무왕은 변화의 나머지 한쪽 발을 월형에 처했다. 무왕에 이어 문왕이 즉위하자 변화가 다시 이 옥을 바치니, 문왕은 옥을 받아들여 잘 다듬으라고 했다는 이야기가 있음.

20) 黃鐘(황종): 고대 음악의 12율(律) 중의 하나로 소리가 크고 울림이 맑음.

21) 伶夔(영기): 황제(黃帝) 때 악관(樂官) 영륜(伶倫)과 순임금 시절 악정(樂正) 기(夔)를 병칭한 것임.

22) 蘊結(온결): 마음이 맺혀 풀리지 않는 모양. 『시경(詩經)·회풍(檜風)·소관(素冠)』에 "내 마음에 단단히 맺혀있으니 애오라지 그대와 함께 하나같이 되리라(我心蘊結兮, 聊與子如一兮)"라고 하였음.

23) 鵬擧以搏天(붕거이박천): 붕새가 날아서 하늘을 취(取)하다. 『장자(莊子)·소요유(逍遙遊)』에 "붕새가 남쪽 바다로 옮겨 갈 때에는 물결을 치는 것이 삼천리요, 회오리바람을 타고 구만 리를 올라가 여섯 달을 가서야 쉰다(鵬之徙於南冥也, 水擊三千里, 搏扶搖而上者九萬里, 去以六月息者也)"라는 말에서 나온 표현으로 여기서는 분발하여 웅대한 포부를 펴는 것을 비유한다.

24) 靑雲(청운): 높은 하늘의 구름이나 비유적으로 높은 창공을 말함.

25) 舍余駟(사여사): 저본에는 '企駟躍(기사요)'로 되어 있는데, 문맥상 『예문유취(藝文類聚)』와 엄가균의 교정에 따른다. 改駕(개가): '改轍(개철)'의 의미로 생각됨. 즉 수레의 방향을 바꾸다, 진로를 바꾸다.

26) 中才(중재): 평범한 재주나 그러한 사람을 지칭.

앞에 가는 수레를 보면서 채찍을 가하고, 望前軏而致策,27)

뒤에 오는 수레를 돌아보며 천천히 가게 하네. 顧後乘而安驅.28)

빨리 나아가는 것의 장단을 따질 것이 아니라, 匪逞邁之短修,29)

온전한 올바름을 취하고 본성을 유지해야 하리. 取全貞而保素.30)

도덕을 넓혀 집을 짓고, 弘道德以爲宇,

원망 없는 마음으로 다져 울타리를 만드네. 築無怨以作藩.

자애로운 마음으로 뿌려서 텃밭을 만들고, 播慈惠以爲圃,

부드러운 마음으로 갈아서 밭으로 삼으리라. 耕柔順以爲田.

영혼에 부끄럽지 않으려면, 不愧景而慚魄,31)

진실로 천명을 즐길 뿐 무엇을 하겠는가? 信樂天之何欲.32)

[그러면] 천년에 빼어나 명성이 전해지고, 逸千載而流聲,33)

후세사람을 초월하여 세속을 뛰어넘으리. 超遺黎而度俗.34)

---

27) 前軏(전월): 수레 끌채의 끄트머리. 한편 『예문유취(藝文類聚)』와 엄가균의 『전삼국문(全三國文)』에는 '軌(궤)'자를 제시하는데, 본문보다 '전철(前轍)'이라는 의미가 더욱 명확하다.

28) 安驅(안구): 느린 걸음으로 서행함.

29) 逞邁(영매): 큰 걸음으로 앞으로 나아감. 즉 빨리 나아가는 것을 말함. 短修(단수): '長短(장단)'의 뜻으로 짧고 긴 것을 말함.

30) 取(취): 저본에는 '長(장)'자로 되어 있으나 문맥상 『예문유취(藝文類聚)』와 엄가균의 교정에 따름.

31) 景(경): '影(영)'자와 통용하여 자신의 그림자를 말함. 이 구는 『안자춘추(晏子春秋)·외편(外篇)』에 "군자는 홀로 섰을 때 그림자에 부끄럽지 않고, 혼자서 잠들 때 마음에 부끄러움이 없어야 한다(君子獨立不慚於影, 獨寢不愧於魄)"라고 한 것을 원용(援用)하고 있음.

32) 樂天(낙천): 기꺼이 천명(天命)에 순응함.

33) 逸(일): 빼어나다. 뛰어나다.

34) 遺黎(유려): 유민(遺民)을 뜻하는데 여기서는 후세의 백성을 의미함. 度俗(도속): 범속(凡俗) 또는 세속(世俗)을 뛰어넘다.

잔구(殘句) 1

해가 비추는 땅을 통틀어 모두 신하를 칭하여 오네.　　絚日際而來王[35]

잔구(殘句) 2

많은 인재들이 [위(魏)나라로] 돌아오네.　　　　　衆才所歸[36]

1-5. 깊은 생각에 잠겨(幽思賦)[1]

높다란 누대의 굽이진 모퉁이에 기대고 보니,　　　倚高臺之曲隅,
조용하고 외지며 한가롭고 깊은 곳에 머무는 구나. 處幽僻之閒深.

---

35) 絚(환) : 연접하다, 관통하다. 來王(래왕) : 고대 제후가 천자를 일정한 기간을 두고 알
현하는 것. 여기서는 신하를 칭하여 오다. 日際(일제) : 태양이 비추는 끝. 여기서는 태양
이 비추는 모든 곳을 말하고 있음. 『전삼국문(全三國文)』에서 엄가균이 『문선(文選)』에
실려 있는 안연년(顔延年)의 「송교사가(宋郊祀歌)」의 주(注)에 따라 보충하였는데, 아
마도 이 구(句)의 마지막 '王(왕)'자가 전후의 운(韻)과 맞지 않는 것으로 보아 아래 6자
가 누락된 것으로 보아야 할 것 같다. 한편 부아서(傅亞庶)에 따르면 이 잔구(殘句)는
'綴三代以維綱' 다음에 누락된 것으로 보았다.

36) 『북당서초(北堂書鈔)』 권29에 「현창부서(玄暢賦序)」로 인용되어 있음.

1-5. 幽思賦(유사부)

1) 이 부는 서정성이 강하게 표출되어있는 작품 중의 하나이다. 정확한 창작연대를 알
수는 없지만 조비의 등극 이후에 변방을 떠돌며 실의에 찬 자신의 감정을 진솔하게
표현하고 있다. 한편의 6언시처럼 이루어져 있으며 중간에 한번 운을 입성(入聲)으로
바꾸어 비장하고 격한 심정을 드러내고 있다. 그러나 작자는 상징성과 암시성이 강한
언어로 표현하고 있어 작자가 가진 생각이 매우 복잡하게 얽혀 풀 수 없음을 예시하
고 있다.

높이 나는 구름 유유자적함을 바라보노라니,　　　望翔雲之悠悠,[2]

아침에는 개었다가 저녁에는 흐려지네.　　　羌朝霽而夕陰.[3]

가을 꽃 시들어 떨어지는 것을 보고,　　　顧秋華而零落,

세모(歲暮)를 느끼며 상심하네.　　　感歲暮而傷心.[4]

남쪽 연못에서 뛰노는 고기를 바라보며,　　　觀躍魚於南沼,

북쪽 숲에서 우는 학 소리를 듣네.　　　聆鳴鶴於北林.

쟁(箏)을 타면서 감정은 격앙되어,　　　搦素箏而慷慨,[5]

대아(大雅)의 애달픈 노래를 크게 불러보네.　　　揚大雅之哀吟.[6]

청량한 바람을 향해 우러러 탄식하며,　　　仰淸風以歎息,

나의 생각을 슬픈 가락에 부치노라.　　　寄余思於悲絃.

정말 마음은 가까이 있으나 몸은 먼 곳에 있으니,　　　信有心而在遠,[7]

다시 높은 곳에 올라 강을 향해 서네.　　　重登高以臨川.

얼마나 나의 마음이 번잡하고 어지러운가?　　　何余心之煩錯,

어찌 이 문장으로 능히 전할 수 있으리오　　　寧翰墨之能傳.

---

2) 悠悠(유유) : 매우 한가한 모양.

3) 羌(강) : 문장 앞에 쓰이는 발어사.

4) 歲莫(세모) : 세밑.

5) 搦(닉) : 손가락으로 현을 누르다. 素箏(소쟁) : 새김이나 장식이 없는 밋밋한 쟁(箏)을 말함.

6) 揚(양) : 양가(揚歌)의 뜻으로 드높이 노래하다.

7) 有心而在遠(유심이재원) : 마음은 있으나 먼 곳에 있다. 이 문장은 『논어(論語)·헌문(憲問)』에 "공자(孔子)가 위(衛)나라에서 경쇠를 두들기는데, 삼태기를 메고 공자의 문 앞을 지나가던 사람이 듣고서 말하기를 '마음이 [천하에] 있소 경쇠를 두들기는구려!' 라고 하였다. 조금 있다가 말하기를 '비루하다 너무도 단단하구나! 자기를 알아주지 못하면 그만두어야 할 것이니, 물이 깊으면 옷을 벗고 건너고, 물이 얕으면 옷을 걷고 건너야 하는 것이다(子擊磬於衛, 有荷蕢而過孔氏之門者曰, 有心哉! 擊磬乎. 旣而曰, 鄙哉!硜硜乎. 莫己知也, 斯已而已矣, 深則厲, 淺則揭)"라고 하며 공자(孔子)가 남들이 알아주지 못하는데도 그치지 아니하여 얕고 깊은 곳에 따라 마땅하게 적응하지 못함을 꼬집은 이야기가 있다.

1-6. 절기에 맞추어 노닐며(節遊賦)[1]

궁전의 크고 화려함을 바라보니,	覽宮宇之顯麗,[2]
실로 대인(大人)이 머무는 곳이로다.	實大人之攸居.[3]
문창전(文昌殿) 앞에 세 누대가 세워져 있으니,	建三臺於前處,[4]
나는듯 높이 솟은 계단은 허공을 찌르네.	飄飛陛以凌虛.
운각(雲閣)과 연이어져 멀리 쭉 뻗어 있고,	連雲閣以遠徑,[5]
성 모퉁이에는 누대가 세워져있네.	營觀榭於城隅.[6]
높은 난간에서 눈을 돌려 보니,	亢高軒以回眺,[7]

1-6. 節遊賦(절유부)

1) 이 작품은 봄날에 교외로 친구들과 나가서 업성(鄴城)의 웅장함을 노래하고 상춘(賞春)의 감정 속에 나라를 다스리는 도리를 생각하는 마음가짐을 묘사하고 있다. 특히 마지막에 천명은 무상한 것이지만 그래도 마음을 다잡아 희망을 가지고 자신의 방으로 돌아온다는 내용으로 볼 때 조비가 태자로 책봉되기 바로 전에 지어진 작품으로 생각된다. 전체적인 내용은 서정적이지만 그것은 봄놀이를 묘사한 작품 속에 보이는 전형적인 표현에 지나지 않고 오히려 이와는 대조적으로 밝고 화사한 이미지가 많이 그려진다. 형식은 대체로 6언의 운문으로 되어 있으나 중간에 산문투의 접속사를 사용하여 단락을 나누고 있으며 변려부(騈麗賦)로 구성되어 있다. 한편 3구의 언급에 문창전 앞에 삼대(三臺)가 세워졌다고 하였는데 여기서 삼대(三臺)란 건안(建安) 15년(210) 조조가 업성(鄴城)에 건립한 동작대(銅雀臺)·금호대(金虎臺)·빙정대(冰井臺)를 말한다. 그러므로 이 부는 적어도 삼대(三臺)의 건립 이후에 지어진 것으로 볼 수 있다.

2) 宮宇(궁우) : 업성(鄴城)의 위(魏)나라 궁전을 말함. 顯麗(현려) : 훤하며 널찍하고 화려함.

3) 大人(대인) : 위왕(魏王) 조조(曹操)를 가리킴.

4) 三臺(삼대) : 조조(曹操)가 건립한 동작대(銅雀臺)·금호대(金虎臺)·빙정대(冰井臺)를 말함. 옛 터가 지금 하북성(河北省) 임장현(臨漳縣), 삼대촌(三臺村)에 있다고 함. 前處(전처) : 삼대(三臺)는 문창전(文昌殿)의 앞에 위치하고 있다는 사실을 말함.

5) 雲閣(운각) : 본래 진(秦)나라 말에 건립한 누각. 『문선(文選)』 권3, 장형(張衡)의 「동경부(東京賦)」에 "이에 아방궁을 건설하고 감천전을 세워 운각으로 이어지니 종남산보다 높네(乃構阿房, 起甘泉, 結雲閣, 冠南山)"라고 하여 이 누각이 종남산(終南山)을 넘을 정도로 높았다고 하여 붙여진 이름이라고 한다. 여기서는 운각(雲閣)으로 삼대(三臺)가 문창전(文昌殿)과 공중에 연결되어 있는 구름다리를 말함. 遠徑(원경) : 앞으로 멀리 쭉 나아가는 것을 가리킴.

6) 觀榭(관사) : 일종의 누대로 무술을 연마하는 것을 관망하는 곳을 말하는 것으로 보임. 城隅(성우) : 업성(鄴城)의 서북쪽 문루(門樓)를 말함.

무지개를 따라서 창문이 연이어 있네.　　緣雲霓而結疏.[8]

화산(華山)의 우뚝 솟은 봉우리를 쳐다보며,　　仰西嶽之崧岑,[9]

장수(漳水)와 부수(滏水)의 맑은 물을 굽어보네.　　臨漳滏之淸渠.[10]

누대는 아름답고 끝이 없는데,　　觀靡靡而無終,[11]

생각은 어찌나 아득한지 끊어지지 않네.　　何渺渺而難殊.[12]

분명 여신(女神)이 거처하는 곳이지,　　亮靈后之所處,[13]

내가 살 곳이 아니네.　　非吾人之所廬.[14]

때는 중춘(仲春)의 계절이라,　　於是仲春之月,

온갖 풀이 자라나고,　　百卉叢生.

우거지고 무성하게　　萋萋藹藹,[15]

푸른 잎과 붉은 줄기 자라네.　　翠葉朱莖.

대나무 숲은 짙푸르고,　　竹林菁葱,[16]

진귀한 과수에는 꽃이 피었네.　　珍果含榮.[17]

남풍이 불고 때맞춘 새들 시끄럽고,　　凱風發而時鳥讙,[18]

---

7) 亢(항) : 오르다.

8) 疏(소) : 창문.

9) 西嶽(서악) : 오악(五嶽)중의 하나인 화산(華山)을 말함. 여기에서 실제로 화산(華山)이 보이는 것이 아니라, 과장법으로 삼대(三臺)가 그 정도로 높다는 것을 표현하고 있다. 崧岑(숭잠) : 우뚝 솟은 모양.

10) 漳滏(장부) : 장수(漳水)와 부수(滏水)를 병칭한 것. 『전국책(戰國策)·조책(趙策)』에 "앞에는 장수(漳水)와 부수(滏水)가 있고, 오른 쪽에는 상산(常山)이 있다(前漳滏, 右常山)"고 하였는데 주(注)에 "부수(滏水)는 업(鄴)에 있다"고 하였다. 부수(滏水)는 지금의 부양하(滏陽河)를 말하며 하북성(河北省) 자현(磁縣) 서북쪽 부산(滏山)에서 발원하여 장고(張固)에서 장수(漳水)와 합류한다. 건안(建安) 18년(213) 조조(曹操)는 도랑을 파서 장수(漳水)를 끌어왔는데 동쪽으로 업성(鄴城)에 들어와 위궁(魏宮)을 돌아 동쪽으로 나갔다고 한다.

11) 靡靡(미미) : 아름다운 모양.

12) 渺渺(묘묘) : 생각이 아득한 것을 표현. 殊(수) : 단절하다.

13) 靈后(영후) : 여신(女神).

14) 廬(려) : 거주(居住)하다.

15) 萋萋藹藹(처처애애) : '萋萋(처처)'와 '藹藹(애애)' 모두 초목이 무성한 모양.

16) 菁葱(청총) : 아주 진한 녹색.

17) 含榮(함영) : 꽃이 피어 맺혀 있음.

작은 물결 일렁이니 물 곤충들 울어대네.　　微波動而水蟲鳴.[19]

계절의 변화가 순조로움에 감사하며,　　氣運之和順,

때맞추어 내린 비가 이루어냄을 만끽하네.　　樂時澤之有成.[20]

이내 흰 수레에 덮개를 띄우고,　　遂乃浮素蓋,[21]

준마를 몰아가며,　　御驊騮.[22]

친구들을 부르고,　　命友生,[23]

동료들과 손잡고,　　攜同儔.

시인들이 노래한 것을 읊으면서,　　誦風人之所歎,[24]

수레를 타고 나가 노네.　　遂駕言而出遊.[25]

북쪽 정원으로 들어가 말을 몰아 달리며,　　步北園而馳騖,[26]

높이 날아올라 근심을 풀고자 하네.　　庶翱翔以解憂.[27]

바라보니 홍지(洪池)는 넓고 깊은데,　　望洪池之滉瀁,[28]

내린 비에 물은 불어나 배는 가벼워 졌네.　　遂降集乎輕舟.[29]

---

18) 凱風(개풍) : 남풍(南風), 온화한 바람. 時鳥(시조) : 시절에 맞게 우는 새. 讙(환) : 시끄럽다.

19) 微波(미파) : 미약한 물결, 즉 동작원(銅雀園)내의 물을 말하는 것으로 보임.

20) 時澤(시택) : 시기적절하게 내리는 비. 한편 부아서(傅亞庶)는 ‘時則(시칙)’의 오자로 보았다. ‘時則(시칙)’이란 상법(常法)을 뜻한다.

21) 浮(부) : 표면에 떠있다는 의미인데, 여기서는 ‘덮다’는 뜻으로 쓰였음.

22) 驊騮(화류) : 주(周)나라 목왕(穆王)의 여덟 마리 말 중의 하나. 여기서는 준마(駿馬)를 말함.

23) 命(명) : 부르다.

24) 風人(풍인) : 시인(詩人).

25) 駕言(가언) : ‘言(언)’자는 어조사. 『시경(詩經)·패풍(邶風)·천수(泉水)』의 “말에 멍에하고 나가 놀며 내 근심을 풀어 볼까(駕言出遊, 以寫我憂)”라는 구절에서 비롯한 표현으로 수레를 타고 마음을 풀기 위해 나가 노는 것을 상징함.

26) 步(보) : 걸어 들어가다. 북원(北園) : 현무원(玄武園)을 말함. 馳騖(치무) : 신속하게 내달림.

27) 庶(서) : 바라다.

28) 洪池 : 연못 이름.『문선(文選)』장형(張衡)「동경부(東京賦)」에 “동쪽에는 홍지(洪池)와 못 위의 작은 집이 있는데 초록 물은 담담하다(於東則洪池淸蘌, 渌水澹澹)”라고 하였는데, 이선(李善)의 주(注)에 따르면 연못 이름으로 낙양(洛陽) 동쪽으로 30리 되는 곳에 있다고 한다. 바로 현무지(玄武池)를 가리킴. 滉瀁(황양) : 물이 깊은 모양을 표현.

29) 降集(강집) : 비가 내려 물이 많아진 것을 말함.

금 항아리에 술거품이 가라앉자,　　沈浮蟻於金罍,[30]

좋은 짝에게 술잔을 권해 따르고,　　行觴爵於好仇.[31]

음악이 울려 그 소리 격앙되니,　　絲竹發而響厲,[32]

슬픈 바람은 물결 한 중앙에 부딪네.　　悲風激於中流.

잠시 조용히 끝까지 바라보면서,　　且容與以盡觀,

애오라지 시간을 보내며 시름을 잊네.　　永日而忘愁.[33]

아! 희화(義和)가 빠르게 시간을 몰아가니,　　嗟義和之奮迅,[34]

태양이 저물어 감을 탓하네.　　曜靈之無光.[35]

생각하니 인생이 영원하지 않음은,　　念人生之不永,

봄날 미약한 서리와 같구나.　　若春日之微霜.

분명 후세에 남을 명성 기록할 만하다지만,　　諒遺名之可紀,[36]

참으로 천명(天命)은 무상한 것이로다.　　信天命之無常.

더욱이 뜻이 흔들려 멋대로 노니는 것은　　愈志蕩以淫遊

나라를 다스리는 대강이 아니로다.　　非經國之大綱.

연회를 마치고 되돌아가서,　　罷曲宴而旋服,[37]

---

30) 沉浮蟻(침부의): 술거품을 가라앉게 하다. 저본에는 '浮沉蟻(부침의)'로 되어 있으나 『예문유취(藝文類聚)』 권28와 송간본(宋刊本)에 '침부의(沉浮蟻)'로 되어 있어 이에 따라 바로잡음. 浮蟻(부의): 떠 있는 개미란 뜻으로 술이 발효되면서 발생하는 기포를 이에 비유한 것임.

31) 行觴爵(행상작): '觴(상)'과 '爵(작)' 모두 술잔의 일종이고 '行(행)'은 '술을 따르다.'

32) 響厲(향려): 소리가 높고 급한 것을 형용함.

33) 永日(영일): 하루를 다 보내다. 『시경(詩經)·당풍(唐風)·산유구(山有樞)』에 "그대에게 술과 밥이 있는데, 어찌하여 날마다 슬(瑟)을 타는가? 기뻐하지도 즐거워하지도 않으며, 또 날을 보내지도 않네(子有酒食, 何不日鼓瑟? 且以喜樂, 且以永日)"라고 한 표현에서 비롯함.

34) 義和(희화): 고대 신화 전설에 나오는 인물로 해를 수레에 실어 몰고 간다는 신(神). 奮迅(분신): 새가 날거나 짐승이 신속하게 달리는 것을 말하는데, 여기서는 신속하게 몰아가다는 뜻이다. 한편 '迅(신)'자는 『예문유취(藝文類聚)』에 '策(책)'자로 되어 있는데, '분책(奮策)'이라 함은 채찍질을 하여 빨리 수레나 말을 모는 것을 말하므로 엄가균(嚴可均), 조유문(趙幼文), 부아서(傅亞庶) 등은 '분책(奮策)'으로 보았다.

35) 曜靈(요령): 태양. 無光(무광): 황혼이 되었음을 표현한 말.

36) 諒(량): 분명히, 확실히. 遺名(유명): 명성을 후세에 드리우다.

결국은 살던 방으로 가야겠지.　　　　　　　　遂言歸乎舊房.38)

1-7. 시절을 느낌에(感節賦)1)

친구들과 더불어 유람함에	攜友生而遊觀,
주객(主客)이 필요한 것 다 갖추었네.	盡賓主之所求.
성의 담장에 올라 오래도록 바라보고,	登高墉以永望,2)
소일하며 근심이 잊히기를 바라네.	冀消日以忘憂.
따스한 봄날이 점점 무르익어 가는 것을 기뻐하며,	欣陽春之潛潤,3)
때맞춘 비의 사랑과 기쁨을 즐기노라.	樂時澤之惠休.4)
기러기가 무리지어 나는 모습을 바라보며,	望候雁之翔集,5)
제비가 와서 노닐 때를 상상하네.	想玄鳥之來遊.6)

---

37) 曲宴(곡연) : 사적인 연회. 旋服(선복) : '旋復(선복, 돌아가다)'의 오자로 보임. 한편 조유문은 '旋(선)'은 '돌아가다'는 뜻이고 '服(복)'은 어미조사로 보았음.

38) 言歸(언귀) : '言(언)'은 어조사. 『시경(詩經)·주남(周南)·갈담(葛覃)』에서 "사씨(師氏)에게 아뢰어 친정 간다고 말하리라(言告師氏, 言告言歸)"라고 한 표현이 보임.

1-7. 感節賦(감절부)

1) 이 작품 역시 앞서 본 부(賦)와 유사하게 봄날 출유(出遊)에서 비롯되는 상념을 서정적으로 묘사하고 있지만 「절유부(節遊賦)」보다 암울하다. 같은 봄을 노래함에도 업성(鄴城)에 있을 때와 변방에 떠돌 때의 차이를 명확히 느낄 수 있다. 언어는 상징성과 암시성이 강하고 형식에 있어서 산문투는 조금도 없는 6언시로 격구 압운(4차례 운을 바꿈)하고 있는데 시와의 어떠한 차이도 찾을 수 없다. 위진남북조시대 두드러지게 보이는 부(賦)의 시화(詩化) 현상을 잘 말해주고 있다.

2) 高墉(고용) : 높은 성(城)의 담장. 永望(영망) : 오래도록 바라보다.

3) 潛潤(잠윤) : 점점 젖어 드는 것을 말함.

4) 時澤(시택) : 시기적절하게 내리는 비. 惠休(혜휴) : 두 글자 모두 '善(선)'의 뜻으로 시기적절한 비의 너그러움과 기쁨.

5) 候雁(후안) : 기러기. 기러기는 철새로 매년 봄에 북쪽에서 날아와 가을에는 남쪽으로 내려가는데 그 시기가 일정하므로 만들어진 표현.

원정 떠난 병사들의 기나긴 고생에 탄식하며,	嗟征夫之長勤,[7]
편안하게 살고 있어도 근심을 품고 있네.	雖處逸而懷愁.
두렵네. 은하(銀河)가 한 바탕 휘돌아	懼天河之一回,
나의 몸을 삼켜 긴 강물에 쓸려가는 것이.	沒我身乎長流.
어찌 내 고향 보고 싶다고 하여,	豈吾鄉之足顧,
조상의 무덤을 그리워하겠는가.	戀祖宗之靈丘.[8]
인생이 홀연히 지나감은,	唯人生之忽過,
돌을 부딪쳐 나는 빛과 같네.	若鑿石之末燿.[9]
우산(牛山)에서 슬피 운 제환공(齊桓公)을 흠모하나,	慕牛山之哀泣,[10]
안영(晏嬰)이 나를 비웃지 않을까 두렵네.	懼平仲之我笑.[11]
약목(若木) 꽃을 꺾어 태양을 가리고,	折若華之翳日,[12]
붉은 태양이 언제나 비추기를 바래보네.	庶朱光之常照.[13]
날리는 다북쑥에 몸을 맡겨,	願寄軀於飛蓬,

---

6) 玄鳥(현조) : 제비.

7) 長勤(장근) : 오랜 기간 동안의 노역과 고생을 말함.

8) 靈丘(영구) : 조상의 무덤.

9) 鑿石(착석) : 돌을 서로 부딪치다. 末燿(말요) : 여광(餘光). 저본에는 '末燿(미요)'로 되어 있는데, 문맥을 고려하여 조유문과 부아서의 교정을 따름.

10) 牛山之哀泣(우산지애읍) : 춘추시대 제경공(齊景公)의 고사를 환기함. 제 나라 경공이 우산(牛山)에 올랐다가 해가 서산에 지자 북으로 제(齊)나라를 바라보며 이르기를, "아름답구나, 저 나라! 만약 옛날부터 사람이 죽지 않는 존재였다면 과인(寡人)이 무슨 수로 저 나라를 차지했으랴. 그러나 과인은 장차 저것을 버리고 어디로 갈 것이란 말인가"라고 하면서 엎드려서 옷깃이 젖도록 울었다고 함. 『한시외전(韓詩外傳)』 권10 참고. '牛山(우산)'은 지금의 산동성(山東省) 임치현(臨淄縣) 남쪽에 있음.

11) 平仲(중평) : 제경공(齊景公) 때의 명상(名相)인 안영(晏嬰)의 자(字). 그는 청렴하고 검소하여 식탁에 두 가지 고기가 없고 처첩이 비단옷을 입지 않으며 여우 갖옷 한 벌로 30년을 입었다고 하는 고사를 말함.

12) 若華(약화) : 전설상의 나무인 약목(若木)의 꽃. 『산해경(山海經)』 권18에 "회야(灰野)의 산에 잎은 푸르고 꽃은 붉은 나무가 있는데 이름을 약목이라 하였고 해가 들어가는 곳이다(灰野之山, 有樹青葉赤華, 名曰若木, 日入處)"라고 한 기록이 있다. 또한 『초사(楚辭)·이소(離騷)』에 "약목의 꽃을 꺾어 해를 가린다(折若華以拂日)"는 표현이 보이는데 바로 본문의 의미와 같다.

13) 朱光(주광) : 햇빛.

봄바람 타고 멀리 날아가고 싶네.　　乘陽風之遠飄.14)

정말 나의 마음 따를 수 없어,　　亮吾志之不從,

가슴을 치며 탄식하노라니,　　乃拊心以嘆息.

파란 구름은 뭉게뭉게 서쪽으로 날고,　　靑雲鬱其西翔,15)

나는 새는 푸드덕거리며 [나무] 위로 숨네.　　飛鳥翩而上匿.16)

가볍게 움직여 이들을 따르고 싶지만,　　欲縱體而從之,17)

슬프게도 내 몸에는 날개가 없구나.　　哀余身之無翼.

큰바람이 크게 사방에서 불어와,　　大風隱其四起,18)

누런 먼지 어둑어둑 일어나는데,　　揚黃塵之冥冥.19)

새와 짐승들은 놀라 무리를 찾고,　　鳥獸驚以求羣,20)

풀과 나무들은 어지러이 꽃잎을 날리네.　　草木紛其揚英.

노니는 물고기가 부침하는 것을 보니,　　見遊魚之涔灂,21)

흐르는 물결에 슬픈 소리 느껴지네.　　感流波之悲聲.

안으로는 굽이굽이 막히고 답답하여,　　內紆曲而潛結,22)

마음은 떨리면서 속으로 놀라네.　　心怛惕以中驚.23)

---

14) 陽風(양풍) : 봄바람.

15) 其(기) : 어조사로 문장을 자연스럽게 만들어주고 리듬을 조절하는 역할을 한다. 다른 구(句)에서 보이는 '之(지)', '於(어)'등과 마찬가지로 전체적으로 조식의 부 작품이 『초사(楚辭)』의 영향을 많이 받았다는 사실을 잘 말해주고 있다.

16) 上(상) : 저본에는 '止(지)'자로 되어 있으나 문맥을 고려하여 『예문유취(藝文類聚)』를 따름.

17) 縱體(종체) : 몸을 가볍게 움직이다.

18) 隱(은) : '殷(은)'자와 통용하여 '성(盛)하다'는 의미.

19) 冥冥(명명) : 어두운 모양.

20) 鳥獸(조수) : 『예문유취(藝文類聚)』와 엄가균의 『전삼국문(全三國文)』에는 '野獸(야수)'로 되어 있음. 求(구) : 저본에는 '來(래)'자로 되어 있으나 오자로 보이므로 『예문유취(藝文類聚)』와 엄가균의 교정을 따름.

21) 涔灂(잠착) : 물고기가 튀어 올랐다가 다시 물속에서 유영하는 모습이나, 이로서 발생하는 소리를 말함.

22) 紆曲(우곡) : 굽어지고 막히다. 즉 우울(紆鬱)과 같음. 潛結(잠결) : 마음이 확 풀어지지 않는 모양.

23) 怛惕(달척) : 두려워 벌벌 떠는 모양.

영예와 덕이 몸에 쌓이지도 않아서,　　匪榮德之累身,

운명이 일찍 시들어 버릴까 두렵네.　　恐年命之早零.

천수를 다하는 밝은 도리를 원하며,　　慕歸全之明義,[24]

부모님에게 욕되지 않길 바라노라.　　庶不忝其所生.[25]

잔구(殘句)

가을바람 휘장 속으로 들어오네.　　商風入帷[26]

1-8. 상념에서 벗어나려고(離思賦)[1]

서문

건안(建安) 16년(211) 대군이 서쪽으로 마초(馬超)를 토벌하러 떠나고 태자(형, 조비)께서는 남아서 국사(國事)를 살피셨고, 그 때 나는 군대를 따

---

24) 歸全(귀전) : 善終(선종)과 같은 말로, 재앙을 당하지 않고 천수(天壽)를 다하는 것을 말함.

25) 忝(첨) : 욕되게 하다. 所生(소생) : 부모를 말함.

26) 商風(상풍) : 서풍(西風), 또는 추풍(秋風)을 말함. 『북당서초(北堂書鈔)』 권153에 인용되어있다고 하지만 이 잔구(殘句)는 작품의 불완전함을 가정하지 않는 한 시간적 배경과 구법에 전혀 부합하지 않는다.

1-8. 離思賦 (이사부)

1) 완전하지 못한 것으로 보이는 이 작품은 조식(曹植)의 나이 20세, 즉 건안(建安) 16년(211)에 지어진 것으로 서문에서 확인할 수 있다. 조조가 마초(馬超, 176~222)를 토벌하러 서정(西征)할 때에 형인 조비는 도성에 남아 있었고 작자는 아버지를 따라 출

라 출정하였다. 마음에 우울함과 미련이 남아 마침내 이 「이사부(離思賦)」를 지었다.

　建安十六年, 大軍西討馬超,2) 太子留監國,3) 植時從焉. 意有憶戀, 遂作離思賦云.

본문

초가을 아름다운 달은 떠있는데,	在肇秋之嘉月,4)
군대를 거느리고 깃발은 서쪽으로 향하네.	將耀師而西旗.5)
나는 병이 든 채로 따라감에,	余抱疾以賓從,6)

정하였으나 병이 들어 되돌아와야만 하는 마음을 묘사한 부이다. 형식은 단순한 대우(對偶)의 문장과 6언으로 정형화되어 있다. 離思(이사): 근심을 떨쳐내다. 굴원(屈原)의 「이소(離騷)」와 같은 뜻으로 '離(리)'는 떨쳐버린다는 의미.

2) 馬超(마초, 176~222): 자(字)가 맹기(孟起)인 촉한(蜀漢)의 장수로, 건안 16년 아버지 마등(馬騰)을 따라서 반란을 일으켜 동관(潼關)을 공략하지만 조조에게 패배한다. 다시 양주(涼州)를 점거하였다가 나중에 유비(劉備)에게 돌아간다.

3) 太子(태자): 조비(曹丕)를 말함. 『삼국지(三國志)·위지(魏志)·무제기(武帝紀)』에 따르면 건안 16년 봄에 조비는 오관중랑장(五官中郞將)에 제수되었고, 부승상(副丞相)을 겸했다. 그리고 그가 태자로 책봉된 것은 22년(217)의 때라고 하였다. 아마도 '太子(태자)'는 '世子(세자)'의 잘못이라고 생각해 볼 수 있다. 그렇지만 조비의 형인 조앙(曹昂)은 어려서 죽었으므로 조비가 태자가 되는 것이 당연했을 것이다. 그러므로 여기에서 태자와 세자의 구분을 논할 필요가 없을 것으로 보인다. 監國(감국): 나라를 살피다. 『좌전(左傳)·민공(閔公) 2년』에 "(태자는) 임금이 밖으로 행차하면 (남아서) 나라를 지키고, 지키는 사람이 따로 있으면 임금을 따라간다. 밖에서 임금을 따라가는 것을 군대를 어루만져 위로한다고 부르고, 안에서 지키는 것을 나라를 살핀다고 부르니, 이것은 옛날의 제도이다(君行則守, 有守則從. 從曰撫軍, 守曰監國, 古之制也)"라고 하였음.

4) 肇秋(계추): 초가을 음력(陰曆)으로 7월. 『삼국지(三國志)·위지(魏志)·무제기(武帝紀)』에 "건안(建安) 16년(211) 7월 초에 공(公, 조조)은 서쪽으로 원정하였다(建安十六年, 初七月, 公西征)"라는 기록과 부합함.

5) 耀師(요사): 군대를 드러내다. 즉 군대의 위용을 드러낸다는 말. 西(서): 동사로 사용되어 서쪽으로 향하다.

6) 賓從(빈종): 수행하다.

수레의 횡목(橫木)에 의지하게 되니 즐겁지 않네.　　扶衡軫而不怡.[7]

전투할 때가 되었다고 생각하였는데,　　慮征期之方至,

시작하기도 전에 슬프게 이별을 고하게 되었네.　　傷無階以告辭.[8]

자애로운 아버지의 은혜를 생각하면,　　念慈君之光惠,[9]

혹 이 한목숨 바칠지라도 주저하지 않겠네.　　庶沒命而不疑.[10]

원정에 힘을 다 쓰려고 하였는데,　　欲畢力於旌麾,[11]

이제 무슨 마음으로 떠나갈까?　　將何心而遠之.[12]

원컨대 아버지께서는 스스로 몸을 돌보시고,　　願我君之自愛,

조정을 위하여 스스로를 소중히 하소서.　　爲皇朝而寶已.

물이 아주 깊으면 물고기가 기뻐하고,　　水重深而魚悅,[13]

나무가 무성하면 새들이 즐거워하는 것이기에.　　林修茂而鳥喜.[14]

---

7) 衡軫(형진) : '衡(형)'은 수레의 끌채 앞의 가로지른 나무를 말하고 '軫(진)'은 수레 뒤에 가로지른 나무를 말함.

8) 無階(무계) : 실마리나 첫 단계(시작)가 없는 것. '階(계)'는 연유(緣由)를 말함. 여기서는 전쟁을 치러보지도 못하고 떠나게 된 것을 표현하고 있음.

9) 慈君(자군) : 작자의 아버지 조조를 가리킴.

10) 庶(서) : 혹시. 沒命(몰명) : 목숨을 버리다 또는 던지다.

11) 旌麾(정휘) : 대장군을 표시하는 깃발을 말하는데, 여기서는 상징적으로 전쟁을 의미함.

12) 遠(원) : 떠나가다. 꺼리어 멀리하다.

13) 重深(중심) : 아주 깊음.

14) 修茂(수무) : 나무가 무성한 것을 표현.

1-9. 상념을 풀어내며(釋思賦)[1]

서문

집안의 동생이 종숙부 낭중(郎中) 소(紹)에게 양자로 갔는데, 나는 형제의 사랑으로, 마음에 떨쳐내지 못하는 바가 있어 이 부(賦)를 지어서 그에게 주었다.

家弟出養族父郎中,[2] 伊予以兄弟之愛,[3] 心有戀然, 作此賦以贈之.

본문

친구들과 이별하여도,   彼朋友之離別,[4]

1-9. 釋思賦 (석사부)

1) 이 부는 조조(曹操)의 첩인 이희(李姬)의 소생인 조자정(曹子整)이 숙부인 조소(曹紹)에게 양자로 들어가게 되어 그 이별의 감정을 마치 8구의 6언시(詩)로 노래하고 있는 듯하다. 조정(曹整)은 건안(建安) 22년(217) 미후(郿侯)에 봉해지기 때문에 이 작품은 그 이전에 지어진 것으로 보아야 한다. 이 작품 또한 상당 부분 소실된 것으로 보인다. 남아 있는 부분으로 볼 때 한차례 환운(換韻)이 보이고 격구(隔句)로 압운(押韻)하고 있다.

2) 家弟(가제) : 조조의 아들인 조자정(曹子整)으로, 조식의 이복동생. 族父(족부) : 동족(同族)형제의 아버지, 즉 백부나 숙부를 말함. 여기서는 종숙부(從叔父)를 말함. 당시 낭중(郎中)의 벼슬을 지내고 있었던 조소(曹紹)인데, 아들이 없었기 때문에 공자(公子) 정(整)이 그의 후계를 이었다고 함.『삼국지(三國志)·위지(魏志)·무문세왕공전(武文世王公傳)』권20에 "미대공(郿戴公) 자정(子整)은 명(命)을 받들어 숙부인 낭중 소(紹)의 양자가 되었으며, 건안 22년 미후(郿侯)에 봉해졌다(郿戴公子整, 奉從叔父郎中紹後, 建安二十二年封郿侯)"라고 한 기록에서 확인할 수 있다.

3) 伊(이) : 어기조사.

4) 朋(붕) : 정본(程本)과 장본(張本)에는 '翔(상)'자로 되어 있는데 '翔友(상우)' 역시 문맥에는 이상이 없어 보인다. 조식의 「양보행(梁甫行)」(5-16)에서 "사립문은 얼마나 쓸쓸한가. 여우와 토끼가 내 집을 드나드네(柴門何蕭條, 狐兔翔我宇)"라고 하였는데, 황절(黃節)이 주(注)하기를 "'翔(상)'은 '遊(유)'와 같다"고 하였으므로 '함께 놀던 친구'로 해석

흰 망아지를 찾듯 하는데,　　　　　　　　　猶求思乎白駒.[5]

하물며 동생과 의절하고,　　　　　　　　　況同生之義絶,[6]

게다가 아버지를 등지고 멀어짐에 있어서야.　重背親而爲疎.

원앙이 연못을 같이하는 것을 즐거워하고,　　樂鴛鴦之同池,

비익조가 숲을 함께하는 것을 부러워하네.　　羨比翼之共林.[7]

정말 형제의 이별이 얼마나 슬픈가!　　　　　亮根異其何戚,[8]

애통하게도 서로 다른 아버지를 모시며 상심하네.　痛別幹之傷心.[9]

1-10. 누대에 임하여(臨觀賦)[1]

높다란 성벽에 올라 사방의 연못을 바라보니,　　　登高墉兮望四澤,

유유히 흐르는 강에는 멀리 떠나는 손님 전송하고 있네. 臨長流兮送遠客.[2]

할 수 있다.

5) 求思(구사): 찾다. '思(사)'는 어조사로 아무런 뜻이 없음. 白駒(백구): 주(周)나라 선왕(宣王)이 무도(無道)하여 현자들이 다 벼슬을 버리고 떠났으므로, 「백구(白駒)」의 노래를 부르기를, "새하얀 망아지야 우리 밭에 콩잎을 먹을 지어다"라고 하면서 말 타고 떠나는 현자(賢者)들을 붙들고 싶은 심정을 나타내었음. 『시경(詩經)·소아(小雅)·백구(白駒)』 참고.

6) 同生(동생): 같은 아버지의 소생(所生).

7) 比翼(비익): 비익조(比翼鳥). 『이아(爾雅)·석지(釋地)』에 따르면, 눈 하나와 날개 하나만 있는 전설상의 새로 두 마리가 서로 나란히 합쳐야 두 날개를 이루어 날 수 있다고 하여, 종종 그림자처럼 함께하는 친구나 부부를 상징함.

8) 根異(근이): '根(근)'은 뿌리란 뜻으로 동족(同族)을 뜻하고 '異(이)'는 나뉘다. 이별하다는 의미로 형제끼리 헤어짐을 말하고 있음. 戚(척): '慽(척)'자와 통용하여 '슬프다.'

9) 別幹(별간): '幹(간)'자는 아버지를 비유하는 말로 쓰였음. 즉 '다른 아버지.'

1-10. 臨觀賦(임관부)

1) 이 부는 가을날 누대에 올라 풍경을 조망하고 때맞춘 경물들을 즐기는 가운데 밀려드는 상념 즉, 조정에 나아가 나랏일을 하려해도 그럴 수 없고 마음을 비우고 물러나 은거하면서도 조정으로의 복귀에 대한 미련을 버리지 못하고 있는 작자의 불안한 마

봄바람 상쾌하고 날씨는 화창하게 밝은데,　　　春風暢而氣通靈,3)

풀은 싹을 틔우고 나무는 무성해졌네.　　　草含幹兮木交莖.4)

구릉이 우뚝하게 솟은 곳에 송백(松柏)은 푸른데,　　　邱陵崛兮松柏靑,

남쪽 정원은 우거졌고 과일나무엔 꽃이 피었네.　　　南園薆兮果載榮.5)

제철 경물의 안락함을 즐기지만,　　　樂時物之逸豫,6)

뜻이 크게 어그러짐을 슬퍼하며,　　　悲予志之長違.

「동산」을 노래하여 고생을 하소연하고,　　　歎東山之愬勤,7)

「식미」를 노래하여 돌아감을 호소하네.　　　歌式微以訴歸.8)

나아가서는 나랏일에 전력할 길 없고,　　　進無路以效公,9)

물러나서는 숨어 살면서 제 한 몸 돌보지 못하네.　　　退無隱以營私.10)

굽어보아도 헤엄쳐 다닐 비늘이 없고,　　　俯無鱗以遊遁,11)

음을 노래하고 있다. 이 작품 역시 완전한 모습을 보여 주지 못하는 것 같다. 앞 6구, 혜(兮)자가 있는 초사체(楚辭體)로 쓰인 부분은 풍경을 묘사하였고 뒤의 8구는 6언으로 자신의 감정을 서술하고 있다. 처음 2구는 매구 입성(入聲)의 글자로 압운하고 있지만 이후는 격구로 압운하며 2차례 환운(換韻)이 있다.

2) 長流(장류) : 유유히 흐르는 강물.

3) 而(이) : 『예문유취(藝文類聚)』와 엄가균의 『전삼국문(全三國文)』은 '兮(혜)'로 되어 있는데 전후의 구법으로 보아 적절해 보임. 通靈(통령) : '通(통)'은 막힘없이 이르는 것을 말하고 '靈(령)'은 '좋다' 또는 '아름답다'는 의미로 쓰여 화창하게 맑은 것을 말함.

4) 含(함) : 품고 드러내지 않음, 즉 여기서는 풀의 싹이 겨우 돋는 것을 말함. 交莖(교경) : 줄기를 교차시킨다는 의미로 초목이 무성해지는 것을 말함.

5) 薆(애) : 초목이 우거진 모양. 載榮(재영) : '榮(영)'은 꽃을 의미하므로 여기서는 꽃을 피우는 것을 말함.

6) 時物(시물) : 때에 맞는 작물이나 경물(景物). 逸豫(일예) : 안락함.

7) 東山(동산) : 『시경(詩經)·빈풍(豳風)』의 노래를 지칭하는데, 첫 구에서 왕래하는 수고로움과 오랫동안 돌아가지 못함을 노래하고 있음.

8) 式微(식미) : 『시경(詩經)·패풍(邶風)』의 노래로 역시 첫 구에서 오래도록 외지에 머물며 돌아가지 못함을 하소연하고 있음.

9) 公(공) : 위(魏)나라 조정을 말함.

10) 營私(영사) : 위의 '效公(효공)'과 반대되는 표현으로, 사적인 이익을 도모하다. 여기서는 7-26. 「여러 제후국의 젊은이를 징발해가는 것을 반대하며(諫取諸國士息表)」에서 "안회(顔回)와 원헌(原憲)의 일을 꾀하며, 자장(子臧)의 오두막집에서 지내고(營顔淵原憲之事, 居子臧之廬)" 하는 것과 같은 행위를 말함.

11) 鱗(린) : 물고기의 비늘을 말하나 여기서는 물고기를 상징하고 있음. 아래 구의 '翼

우러러 보아도 훨훨 날아다닐 날개가 없구나!　　　仰無翼以翻飛.

1-11. 뜻을 두며(潛志賦)[1]

큰 도리에 깊이 빠져 생각해보니,	潛大道以遊志,[2]
지난날의 원대한 뜻은 없어졌구나.	希往昔之遐烈.[3]
충정과 진실을 바로잡아 화살로 삼고,	矯貞亮以作矢,[4]
정원을 기예를 펼치는 곳으로 삼으리.	當苑囿之藝窟.[5]
인의(仁義)를 몰아 나는 새가 되도록 하여,	驅仁義以爲禽,
반드시 믿음과 충성으로 훗날 시작하리라.	必信忠而後發.[6]
물러나서는 몸을 숨겨 흔적을 없애고,	退隱身以滅迹,
나아가서는 세상에 쓰이기를 구해야 하리.	進出世而取容.[7]
강하면 응당 부러지니 부드러움을 추구하며,	且摧剛而和謀,[8]

(익)'자 또한 새의 날개를 뜻하지만 새를 상징하는 것과 같다.

1-11. 潛志賦(잠지부)

1) 6언 12구로 이루어진 이 작품은 이미 강호에 떠돌며 조용히 살고 있는 작가의 회한과 반성 그리고 다짐을 서술하고 있는 부이다. 또한 맞대어 무모하게 싸우는 것은 불가능할 뿐만 아니라 하책(下策)이니 몸을 굽혀 천명에 순응하며 명철보신(明哲保身)하는 것이 좋겠다는 뜻을 밝히고 있다. 이 불완전한 작품으로 볼 때 앞의 6구는 운(韻)이 없는듯하고 뒤의 6구는 격구(隔句)로 압운하고 있다.

2) 遊志(유지) : 생각하다.

3) 希(희) : '稀(희)'의 뜻으로 여기서는 없어지다는 의미로 쓰였음. 遐烈(하렬) : 앞 사람의 공적과 성취.

4) 貞亮(정량) : 충정과 진실.

5) 當(당) : '삼다', '여기다.' 藝窟(예굴) : 예능을 펼치는 장소를 말함.

6) 이상 4구는 내용의 전개상 전도된 것으로 보이는데, "矯貞亮以作矢, 必信忠而後發. 驅仁義以爲禽, 當苑囿之藝窟"의 순서로 보면 문맥이 순통하다.

7) 取容(취용) : 다른 사람에게 비위를 맞추어 자신의 이익을 추구하는 행위.

정성과 공경으로 정숙하고 정중하게 하리라.　　接虔肅以静恭.[9]

진실로 영화로우면서 몸을 굽힐 줄 아는 것이,　　亮知榮而守辱,[10]

하늘에 순응하는 것이요 통하는 것이 아니겠는가.　　匪徇天以爲通.[11]

1-12. 한적하게 살면서(閒居賦)[1]

내가 얼마나 외로운 사람인가?　　　　　　　　　何吾人之介特,[2]

친구들은 떠나가고 짝도 없네.　　　　　　　　　去朋匹而無儔.

나가서는 마음 편할 때가 없고,　　　　　　　　　出靡時以娛志,[3]

들어와서는 근심을 풀어줄 음악이 없네.　　　　　入無樂以消憂.

세월은 말을 내달리듯 얼마나 빠른지,　　　　　　何歲月之若鶩,[4]

---

8) 和謀(화모) : 온화함을 도모하는 것.

9) 静恭(정공) : 정숙하고 정중함.

10) 守辱(수욕) : 비천한 지위에서도 편안한 것을 말함.

11) 匪(비) : 비단 ~일 뿐만 아니라. 徇天(순천) : 『예문유취(藝文類聚)』에 '天路(천로)'로 되어 있는데, 역시 문맥에 어울린다. 爲(위) : 『예문유취(藝文類聚)』에 '焉(언, 어찌)'으로 되어 있는데 역시 통한다.

1-12. 閒居賦(한거부)

1) 이 부는 친구도 없이 한적하게 살고 있는 작가의 슬픈 삶을 묘사하고 있는데, 정서적으로는 역시 『초사(楚辭)』를 모방하고 있는 듯하다. 화사한 봄날의 경치와는 대조적으로 시들고 혼자 남겨진 사람의 외로움을 암시적으로 표현하고 있다. 당연히 조비가 태자로 책봉된 이후의 작품으로 보인다. 부(賦)는 일반적으로 제목을 1~2행에서 파제(破題, 제목을 풀어씀)한다는 점에서 이 작품의 시작 부분은 탈루가 없는 것으로 보이나 마지막의 두 구는 문장을 끝맺는 말이 아닌 것으로 보아 불완전한 작품으로 추정된다. 구법은 6언을 위주로 하고 있지만 3언, 4언과 산문투의 접속사를 간혹 쓰고 있는 전형적 변려(騈麗)의 문장이다. 격구(隔句)로 압운하며 3차례의 환운(換韻)이 보인다.

2) 介特(개특) : 고독하다.

3) 靡(미) : '無(무)'자와 같다. '없다.'

4) 若鶩(약무) : 말을 몰아가는 것처럼 세월이 빨리 지나가는 것을 비유함.

인생의 무상함이 또다시 느껴지네.　　　　　　復民生之無常.[5]

화창한 봄날의 시작을 느끼면서,　　　　　　感陽春之發節,[6]

잠시 가벼운 수레타고 멀리 나가 노니네.　　聊輕駕之遠翔.[7]

높은 구릉에 올라 뒤꿈치를 들고 목을 빼고 바라보니,　登高丘以延企,[8]

때마침 황혼녘에 비가 내리네.　　　　　　　時薄暮而起雨.

가는 구름 올려다보며 빠르게 지나다가,　　仰歸雲以載奔,[9]

우연히 난초들이 핀 큰 정원을 만났네.　　遇蘭蕙之長圃.[10]

향기를 몸에 간직하기를 바라며,　　　　　冀芬芳之可服,[11]

봄 두형을 매고 오랫동안 서있네.　　　　　結春衡以延佇.[12]

휑하고 한적한 집에 들어서서,　　　　　　入虛廓之閒館,[13]

바람 이는 넓은 회랑을 걷네.　　　　　　　生風之廣廡.[14]

고요하고 긴 누대의 계단을 밟으며,　　　　踐密邇之修除,[15]

햇빛이 가려진 깊숙한 집으로 드네.　　　　卽蔽景之玄宇.[16]

---

5) 民生(민생) : 인생(人生).

6) 發節(발절) : 계절이 시작되다.

7) 翔(상) : '遊(유)'의 뜻으로 노닐다.

8) 延企(연기) : '延頸企踵(연경기종)'의 줄임말로, 목을 쭉 빼고 뒤꿈치를 드는 것. 즉 멀리 바라보는 것을 말하며 간절한 희망을 비유하기도 한다.

9) 載(재) : 어조사로 어기(語氣)를 강조함.

10) 遇(우) : 엄가균은 '過(과)'자로 교정하였는데, 역시 문맥에 어울림.

11) 芬芳(분방) : 향기라는 뜻으로 종종 아름다운 덕행이나 명성을 말하기도 함.

12) 延佇(연저) : 오래도록 서있음. 『초사(楚辭)·이소(離騷)』에서 "날이 어두워져 피로해지니, 난초를 엮으며 머뭇거리네(時曖曖其將罷兮, 結幽蘭而延佇)"라고 한 표현을 빌려옴.

13) 廓(확) : 저본에는 '廊(랑)'자로 되어 있으나 문맥을 고려하여 『예문유취(藝文類聚)』, 『전삼국문(全三國文)』에 의거하여 바꿈. 虛廓(허확) : 텅 비고 넓은 공간.

14) 生風(생풍) : 이 표현은 윗 구와 대구임을 고려할 때 바람이 이는 곳, 즉 텅 빈 곳을 의미하는 것으로 보임. 廣(광) : 저본에는 '高(고)'자로 되어 있으나 원활한 문맥을 고려하여 『예문유취(藝文類聚)』, 『전삼국문(全三國文)』에 따라 바꿈. 廡(무) : 당(堂)아래 둘러 싼 회랑(回廊).

15) 密邇(밀이) : 적막한 모양. 修除(수제) : '修(수)'는 '길다'는 뜻이고 '除(제)'는 누대의 계단을 말한다.

16) 玄宇(현우) : 산 깊숙이 자리 잡은 집을 말하는데 여기서는 조용하고 깊숙한 집.

비취 새는 남쪽 가지에서 날고,　　　　　　翡翠翔於南枝,

검은 학은 북쪽 들판에서 울며,　　　　　　玄鶴鳴於北野.[17]

청어(靑魚)는 동쪽 연못에서 뛰어오르고,　　靑魚躍於東沼,[18]

백조(白鳥)는 서쪽 모래섬에서 노니네.　　　白鳥戲於西渚.

이에 통곡(通谷)을 등지고,　　　　　　　　遂乃背通谷,[19]

푸른 물결을 마주하네.　　　　　　　　　　對綠波.

화려한 자리를 수레에 깔고,　　　　　　　藉文茵,[20]

봄꽃을 해 가리개로 삼네.　　　　　　　　翳春華.[21]

화려한 수레 더 빨리 내몰아,　　　　　　　丹轂更馳,[22]

호위 기병을 추월하네.　　　　　　　　　　羽騎相過.[23]

잔구(殘句) 1

차가운 바람을 마주하여 옷깃을 여네.　　　愬寒風以開衿.[24]

---

17) 玄鶴(현학): 검은 학. 학이 2000살이 되면 검은 색으로 변한다고 함.

18) 靑魚(청어): 군청색의 물고기를 말한다고 하지만 구체적으로 무슨 고기인지 알 수 없음. 아래 구의 '白鳥(백조)'와 시각적인 대구(對句)를 만들기 위한 표현일 수도 있음.

19) 通谷(통곡): 낙양성(洛陽城) 남쪽 50여리에 위치한 골짜기 이름.

20) 文茵(문인): 화려하게 수놓은 자리.

21) 翳(예): '가리다', '덮다'는 뜻으로 태양을 가리는 것을 말함.

22) 丹轂(단곡): 붉은 수레바퀴, 즉 화려한 수레. 여기서는 왕이나 태자가 탄 수레를 가리킴.

23) 羽騎(우기): 우림군(羽林軍, 금위군)의 기병. 여기서는 호위병을 말함. 마지막 4구는 『시경(詩經)·진풍(秦風)·소융(小戎)』에서 "문양 있는 자리와 긴 바퀴로, 나의 기주(騏驛)를 멍에지우네(文茵暢轂, 駕我騏驛)"라고 한 것에서 영감을 얻은 것으로 보임.

24) 愬(소): '遡(소)'의 뜻으로 '거슬러 오르다' 또는 '향하다.' 이 구(句)는 『문선(文選)』에 실린 반악(潘岳) 「서정부(西征賦)」의 이선(李善)의 주(注)에 인용됨. 부아서(傅亞庶)는 이 구(句)가 "仰歸雲以載奔"의 아래 구(句)로 추정하는데, 그러한 근거로 부의(傅毅)의 「칠발(七發)」에서 "떠있는 구름을 우러르고, 부는 바람에 마주하네(仰歸雲, 愬游風)"이라 한 것을 예문으로 들고 있다. 하지만 전후의 운(韻)에 맞지 않는다는 점을 고려하지 않았다.

잔구(殘句) 2

미천한 여자라도 이불을 같이하고 싶네.　　　　　　願同衾於寒女.[25]

1-13. 자식 잃은 슬픔을 달래며(慰子賦)[1]

무릇 사람들이 서로 친밀하면,　　　　　　彼凡人之相親,

사소한 이별에도 그리움을 품는데,　　　　　　小離別而懷戀.

하물며 어린 나이의 사랑하는 자식을 잃고,　　　　　　況中殤之愛子,[2]

게다가 천추에도 볼 수 없음에랴!　　　　　　乃千秋而不見.[3]

빈방에 들어가 홀로 기대섰다가,　　　　　　入空室而獨倚,

외로운 휘장을 마주하고 비탄에 빠지네.　　　　　　對孤幃而切嘆.[4]

애통하게도 사람은 죽고 물건은 남으니,　　　　　　痛人亡而物在,

마음으로 어떻게 참아내며 다시 볼 수 있겠나?　　　　　　心何忍而復觀.

---

25) 寒女(한녀) : 미천한 가문 출신의 여자. 이 구(句)는 『문선(文選)』에 실린 곽태기(郭泰機) 「답부함시(答傅咸詩)」 이선(李善)의 주(注)에 인용됨.

1-13. 慰子賦(위자부)

1) 조식에게는 아들이 없고 첫째 금호(金瓠)와 둘째 행녀(行女)라는 두 딸이 있었는데, 첫 딸은 태어난 지 190일 만에 죽었고 불과 2년 뒤에 둘째 딸을 낳았으나 한 살도 채우지 못하고 죽었다. 이 둘 중 하나 또는 둘 다 죽은 이후에 그 슬픔을 애도하여 지은 작품으로 추정하지만 두 여식 이전이나 이후에 아들을 낳았으나 일찍 죽은 것인지는 알 수 없다. 한편 권10에는 그녀들을 위한 애사(哀辭)도 써 두고 있다. 형식은 6언 14구로 격구로 압운하며 한번 운을 바꾸고 있다.

2) 中殤(중상) : 12세에서 15세 사이에 죽는 것. '殤(상)'은 젊은 나이에 죽는 것을 말함.

3) 乃(내) : 점점 ~해지는 것을 나타내는 어조사로 종종 '況(황)'자와 어울려 사용한다. '하물며', '게다가' 등의 의미를 가진다.

4) 孤幃(고위) : 쓸쓸한 침대 휘장. 切嘆(절탄) : 비탄.

해는 저물어 다 넘어가고, 日晼晚而旣沒,[5]

달이 대신 비추며 빛을 발하네. 月代照而舒光.

별들을 우러러 보며 새벽까지 이르니, 仰列星以至晨,

옷은 이슬에 젖고 서리를 머금었네. 衣霑露而含霜.[6]

죽은 아이가 나날이 멀어짐을 생각하니, 惟逝者之日遠,

마음은 슬퍼지고 간장은 끊어지네. 憺傷心而絶腸.

1-14. 근심을 풀어내어(敍愁賦)[1]

서문

이때 우리 집 두 여동생을 한(漢)나라 황제가 데려가 귀인(貴人)으로 삼았는데, 어머니가 두 여동생들이 근심하는 것을 보시고, 이 때문에 나로 하여금 부(賦)를 짓게 하셨다.

時家二女弟, 故漢皇帝聘以爲貴人,[2] 家母見二弟愁思,[3] 故令予作賦.

---

5) 晼晚(원만) : 태양이 서쪽으로 기우는 것, 즉 해가 지는 것을 말함. 『초사(楚辭)·구변(九辯)』에 "태양이 기울어 집으로 들어오니, 밝은 달이 사그라지고 이지러지네(白日晼晚其將入兮, 明月銷鑠而減毁)"라고 하였는데, 조식의 다음 구(句)와 비교해 보면 그 출처를 짐작할 수 있다.

6) 이 구(句)에는 '雨(우)'자가 세 번이나 활용되었다. 이는 비, 눈물, 슬픔의 연상 작용을 돕고 있는 시각적 효과이다.

1-14. 敍愁賦(서수부)

1) 이 부는 건안(建安) 18년(213)에 한나라 헌제(獻帝)가 조조의 세 딸을 데려가 귀인(貴人)으로 삼았는데, 떠나가는 누이들을 걱정하며 슬퍼하는 어머니(변씨)의 심정과 자신의 바람과 이별의 정을 6언으로 묘사하고 있는 작품이다. 남아있는 문장으로 볼 때는 하나의 평성운(平聲韻)으로 일운도저(一韻到底)하고 있다. 정안(丁晏)은 "『삼국지(三國志)·위지(魏志)·무제기(武帝紀)』에, 건안(建安) 18년(213) 천자는 위공(魏公)의 세

曰:

본문

아! 여인네들의 미천함이여!	嗟妾身之微薄,[4]
진실로 그 올바름을 알지 못하네.	信未達乎義方.[5]
어머님이 총명하고 어지신 덕택으로,	遭母氏之聖善,[6]
은혜와 교화를 받든지 오래되었네.	奉恩化之彌長.[7]
성년이 되어 자립할 때가 되자,	迄盛年而始立,[8]
의복을 만드는 여자의 일을 배웠고,	修女職於衣裳.[9]
스승의 밝은 훈계를 이어 받으며,	承師保之明訓,[10]

딸을 데려와 귀인(貴人)으로 삼았는데, 나이가 어린 아이는 서울에서 나이 들기를 기다리고 있었다. 그러므로 서문에서 이르기를 '二女弟(이녀제)'라고 하였다. 당시 조자건의 나이는 22세였다"고 하였다. 한편 『후한서(後漢書)·헌목황후전(獻穆皇后傳)』에 따르면 조조에게는 딸 셋이 있었는데, 헌(憲)·절(節)·화(華)였다. 화(華)는 어려서 봉국(封國)에서 대기하고 있었고, 시집간 딸은 헌(憲)과 절(節)이다. 또한 건안 18년 5월에 천자는 조조를 위공(魏公)으로 삼고 가을 7월에 다시 세 번째 딸을 귀인(貴人)으로 데려갔다는 기록이 보인다.

2) 貴人(귀인): 여관(女官)의 칭호로 지위가 황후(皇后)의 다음 간다.

3) 家母(가모): 조조의 아내인 변씨(卞氏).

4) 妾身(첩신): 고대 아녀자가 자신에 대한 겸칭.

5) 義方(의방): 일을 행함에 있어서 준수해야 하는 의리와 도리. 종종 자식을 교육하는 정도(正道)나 가교(家敎)를 말하지만, 여기서는 '敬直義方(경직의방)'을 말한다. 즉 공경한 자세로 자신의 마음을 바르게 하고 의(義)에 입각하여 자신의 외부 행동을 단속하는 것으로서 『주역(周易)·곤괘(坤卦)·문언(文言)』을 참고.

6) 聖善(성선): 총명하고 어짊. 『시경(詩經)·패풍(邶風)·개풍(凱風)』에 "어머님은 총명하고 어지시거늘 우리들은 훌륭한 사람 없도다(母氏聖善, 我無令人)"라고 한 노래에서 빌려온 표현.

7) 彌長(미장): '길어지다' 또는 '오래 되다.'

8) 盛年(성년): 여자는 15세 계례(笄禮)를 한 이후를 말함.

9) 女職(여직): 여공(女功), 즉 여인들의 일, 베 짜기, 수놓기 등.

10) 師保(사보): 고대 제왕을 보필하거나 왕실의 자제(子弟)를 가르치는 관리를 '師(사)'와 '保(보)'라고 하였는데, 여기서는 스승의 의미로 쓰였음.

여섯 편의 문장을 암송하였고, 　　　　　誦六列之篇章.11)

그림으로 남겨진 모습을 보면서, 　　　　觀圖像之遺形,

남몰래 여영(女英)과 아황(娥皇)이 되기를 바랐었네. 　竊庶幾乎英皇.12)

황실에 미천한 몸을 맡기고, 　　　　　　委微軀於帝室,

초방전(椒房殿)의 끄트머리 자리에 충당되니, 　充末列於椒房.13)

인수(印綬)를 단 아름다운 옷은 　　　　　荷印紱之令服,14)

내가 바라는 바가 아니라네. 　　　　　　非陋才之所望.15)

침대 휘장을 마주하고 장탄식을 하며, 　　　對牀帳而太息,16)

부모님이 그리워 아픔은 더해지네. 　　　　慕二親以增傷.17)

비단 소매 걷어서 눈물을 닦고, 　　　　　揚羅袖而掩涕,

문밖에 나가 서서 서성거리다, 　　　　　起出戶而彷徨.

집안의 옛 거처를 돌아보니, 　　　　　　顧堂宇之舊處,

슬프다! 이별하고 다른 고장에 살게 되었으니. 　悲一別之異鄕.

---

11) 六列(육렬) : 『고열녀전(古列女傳)』의 모의(母儀), 현명(賢明), 인지(仁智), 정순(貞順), 절의(節義), 변통(辨通) 등의 여섯 편(篇)을 말함. 한편 조유문(趙幼文)은 '六(육)'은 '女(여)'자의 오자(誤字)라고 지적하고 『열녀전(烈女傳)』을 말한다고 하였다. 아래에 보면 "觀圖像之遺形"라고 하였으니 『열녀전도(烈女傳圖)』를 말하는 것으로 보인다.

12) 英皇(영황) : 순(舜)임금의 두 왕비인 여영(女英)과 아황(娥皇).

13) 椒房(초방) : 궁전 이름으로 종종 황후가 거주함. 末列(말렬) : 귀인(貴人)의 자리를 말함.

14) 印紱(인불) : 인수(印綬)를 말하는데, 귀인(貴人)은 황금인장과 자줏빛 인끈을 패용하였음. 令服(영복) : 아름다운 옷.

15) 陋才(누재) : 자신에 대한 겸칭.

16) 牀帳(상장) : 침대위에 걸려 있는 휘장.

17) 二親(이친) : 부모님.

1-15. 가을의 상념에 대하여(秋思賦)[1]

사계절의 바뀜은 왕성하여 가을 기운 슬픈데,	四節更王兮秋氣悲,[2]
깊은 생각은 슬퍼져 마치 뭔가를 잃은 듯하네.	遙思惝怳兮若有遺.[3]
들판은 쓸쓸한데 연기는 의지할 데 없고,	原野蕭條兮煙無依,[4]
구름은 높고 기운은 고요한데 이슬은 구슬같이 맺혔네.	雲高氣靜兮露凝璣.[5]
들판의 풀색은 변하여 줄기와 잎은 드물어졌고,	野草變色兮莖葉稀,
우는 매미는 나무를 끌어안고 기러기는 남으로 날아가네.	鳴蜩抱木兮雁南飛.
방으로 돌아와 옷을 풀고 뜰 앞을 걸으니,	歸室解裳兮步庭前,
달빛은 가슴을 비추고 별은 하늘을 의지했네.	月光照懷兮星依天.
한 세상을 살다보니 아름다운 풍경도 변화해 가네.	居一世兮芳景遷,[6]
송교(松喬)도 본받기 어려운데 누가 신선노릇 하겠으며,	松喬難慕兮誰能仙,[7]
장수와 요절도 운명인데 원망한들 무엇 하리.	長短命也兮獨何愆.[8]

1-15. 秋思賦(추사부)

1) 이 부는 내용과 형식에 있어서 『초사(楚辭)』의 「구변(九辯)」에 묘사된 '비추(悲秋)'를 모방하고 있다. 연기, 이슬, 풀색, 매미, 기러기, 달, 그리고 버려진 자신으로 이어지는 전형적인 가을 형상을 우울하게 표현하고 있다. 8언을 위주로 압운하며 한차례 환운하고 있는데, 특이하게도 매구에 압운하고 있다.

2) 四節(사절) : 사계절. 王(왕) : 지금의 '旺(왕)'과 같이 '성(盛)하다.'

3) 惝怳(창황) : 실의하거나 슬픈 모양을 형용. 이 구절은 『초사(楚辭)·원유(遠遊)』에서 "천천히 걸으며 멀리(깊이) 생각해 보아도, 슬프고 실망스러워 가슴을 상하게 하네(步徙倚而遙思兮, 怊惝怳而乖懷)"라고 한 것에서 빌려온 표현임.

4) 蕭條(소조) : 적막하여 쓸쓸한 모양. 이 구절 역시 『초사(楚辭)·원유(遠遊)』에서 "산은 쓸쓸하고 짐승도 없는데, 들은 적막하여 다니는 사람도 없네(山蕭條而無獸兮, 野寂漠其無人)"라고 한 표현과 유사하다.

5) 凝璣(응기) : 『초학기(初學記)』와 『태평어람(太平御覽)』 그리고 엄가균의 『전삼국문(全三國文)』에는 '凝衣(응의)'로 되어 있는데 문맥과 잘 어울린다.

6) 이 문장에는 전후 형식으로 보아 한 글자가 빠진 것으로 보이며, '遷(천)'자가 앞뒤와 같은 운자(韻字)[仙]를 사용하고 있으며, 짝수 구(句)를 이루어야 하는 점으로 보아 앞의 홀수 구가 없어진 것으로 추정된다.

7) 松喬(송교) : 신화 속에 나오는 적송자(赤松子)와 왕자교(王子喬).

8) 愆(건) : 원망하다. 『예문유취(藝文類聚)』 권35와 『전삼국문(全三國文)』에는 '怨(원)'

잔구(殘句)

가을바람 슬프게 아침저녁으로 불어오니,　　　　西風悽悵朝夕臻,9)
부채는 필요 없고 갈포 옷도 버려지네.　　　　扇箑屛棄絺綌損.10)

1-16. 수많은 근심에 대하여(九愁賦)1)

아! 이별의 근심 떨칠 수가 없으니,　　　　嗟離思之難忘,
가슴은 한스럽고 슬픔을 품었네.　　　　心慘毒而含哀.2)

자로 되어 있는데, 역시 문맥과 상통한다.

9) 西風(서풍): '商風(상풍)'이라고도 하는데 가을바람을 뜻함. 悽悵(처려): 슬픈 모양을 형용.

10) 扇箑(선삽): 두 글자 모두 부채를 말하는데, 『방언(方言)』 권5에 따르면 "관(關)으로 부터 동쪽에서는 삽(箑)이라 하고, 관(關)에서부터 서쪽에서는 선(扇)이라 한다(扇, 自關而東謂之箑, 自關而西謂之扇)"고 하였고, 그 주(注)에 "지금 강동(江東)에서도 '扇(선)'을 '箑(삽)'이라 통칭한다(今江東亦通名扇爲箑)"고 한 것을 참고. 絺綌(치격): 갈포(葛布)로 '絺(치)'는 조밀한 것을 '綌(격)'은 성근 것을 말한다. 이 두 구(句)는 저본에는 누락되어 있으나, 엄가균이 『태평어람(太平御覽)』 권25에서 "鳴蜩抱木兮鴈南飛" 구 다음에 넣어 보충하여 교정하여 학자들이 이 교정을 따르고 있지만 전체적 운율이 매구에 압운하고 있으며 평성 운자를 사용한다는 점에서 이 두 구는 전혀 어울리지 않는다. 뿐만 아니라 중간에 '혜(兮)'자 역시 생략되어 있음을 고려해야 한다.

1-16. 九愁賦(구수부)

1) 이 부 역시 『초사(楚辭)』의 「구변(九辯)」을 연상케 한다. 도읍에 대한 그리움으로 시작하여 간사한 신하들에 둘러싸인 임금, 추방된 신하, 계수나무와 난초, 외로운 나그네, 충정, 원숭이, 소요(逍遙) 등의 정서는 완전한 『초사(楚辭)』의 상징적인 소재들이다. 형식에 있어서는 작자가 서정을 묘사할 때 주로 쓰는 정형화된 6언으로 이루어져 있고 격구로 압운하며 11차례의 환운(換韻)이 보인다. 여기에서 '九愁(구수)'란 글자 그대로 아홉 가지 슬픈 근심을 말하는데, 내용으로 따져보면 그 구분이 명확하지 않다. 여기서의 '九(구)'는 정확한 숫자를 의미하는 것이 아니라 많다는 의미로 사용되었다.

2) 慘毒(참독): 비통하고 원망스러움.

남방의 머나먼 변방의 땅을 밟으며,	踐南畿之末境,[3]
멀리 목을 쭉 빼고 배회하네.	越引領之徘徊.[4]
뜬 구름을 보고 장탄식만 할뿐,	眷浮雲以太息,
기어오르려 해도 층계가 없네.	願攀登而無階.[5]
영화를 도모하고 즐기고자 하는 것이 아니지만,	匪徇榮而愉樂,[6]
참으로 옛 도읍은 그리워할 만하구나.	信舊都之可懷.[7]
한스럽다! 임금님 말을 잘못 들으시고,	恨時王之謬聽,[8]
간사한 사람들의 허황한 말을 받아들이시네.	受姦枉之虛辭.[9]
하늘의 위엄을 떨쳐 아래를 다스리시면,	揚天威以臨下,[10]
갑자기 신하를 내치셔도 의심치 않으리라.	忽放臣而不疑.[11]
고릉(高陵)에 올라서 돌이켜 생각하니,	登高陵而反顧,[12]
마음은 근심을 품어 초조하고 괴롭네.	心懷愁而荒悴.[13]
선왕의 은총이 이미 융성했음을 생각하나,	念先寵之旣隆,[14]
후세의 베풂이 이르지 못함이 슬프구나.	哀後施之不遂.
위태로움을 예측할 수 없겠지만,	雖危亡之不豫,
분명 임금님께 멀어진 마음은 없네.	亮無遠君之心.[15]

---

3) 南畿(남기) : 옹구(雍丘)를 가리킴. 末境(말경) : 머나먼 변경의 땅.

4) 越(월) : '遠(원)'자의 뜻으로 '멀리.'

5) 願(원) : 저본에는 '顧(고)'로 되어 있으나 문맥상 『예문유취(藝文類聚)』와 엄가균의
교정에 따름.

6) 愉樂(유락) : 환락(歡樂).

7) 舊都(구도) : 업성(鄴城)을 말함.

8) 時王(시왕) : 그 당시의 임금, 즉 조비(曹丕)를 말함.

9) 姦枉(간왕) : 간사한 사람들. 즉 조비의 주변에서 조식을 중상했던 신하들로서 관균
(灌均), 왕기(王機)와 같은 사람들.

10) 臨下(임하) : 아래 관리들을 다스리다.

11) 忽(홀) : 돌연히, 갑자기. 放臣(방신) : 신하를 내쫓다.

12) 高陵(고릉) : 지명(地名)으로 업성(鄴城) 서쪽 30리에 있음.

13) 荒悴(황췌) : '荒(황)'자는 '慌(황, 다급하다)'자와 통용하여 초조하고 근심한다는 뜻.

14) 先寵(선총) : 선왕(先王 : 조조)의 은총.

15) 遠君(원군) : 임금님을 멀리하다. '君(군)'은 조비를 가리킴.

계수나무와 난초를 잘라서 말을 먹이니,　　刈桂蘭而秣馬,[16]

나의 수레를 서쪽 숲에 내버렸네.　　舍余車於西林.[17]

돌아가는 기러기에 날개를 맞대려고 해도,　　願接翼於歸鴻,

높이 날아서 오를 수 없음을 탄식하네.　　嗟高飛而莫攀.

날아가는 기러기 그림자에 말을 전했지만,　　因流景而寄言,[18]

울음소리 뚝 끊어져 돌아오지 않네.　　響一絶而不還.

세태가 위태로워짐을 상심하여,　　傷時俗之趨險,

홀로 슬프게 멀리 바라보니 참으로 근심스럽네.　　獨悵望而長愁.[19]

용과 난새들 자취를 감추는 것을 생각하면,　　感龍鸞而匿迹,[20]

응당 나도 머물지 말아야 하리.　　如吾身之不留.[21]

강안(江岸)의 넓은 들판으로 숨어들어,　　竄江介之曠野,[22]

홀로 저 멀리 배를 띄워야지.　　獨渺渺而汎舟.[23]

고독한 나그네 그 처지가 슬프고,　　思孤客之可悲,

나의 몸 떠도는 신세가 가여워라.　　愍予身之翩翔.[24]

어찌 하늘이 지켜보는 것은 너무 밝으며,　　豈天監之孔明,[25]

게다가 시대적 운명은 무상한 것인가?　　將時運之無常.[26]

---

16) 桂蘭(계란) : 계수나무와 난초로 재능 있는 사람을 비유함. 秣馬(말마) : 말에게 꼴을 먹이다.

17) 舍(사) : ‘捨(사)’자와 통용하여 버린다는 뜻. 조유문(趙幼文)은 정지(停止)하다는 의미로 해석하였음.

18) 流景(유경) : 흐르는 세월을 말하지만 여기서는 ‘景(영)’자가 ‘影(영)’의 뜻으로 날아가는 기러기들의 그림자를 말함.

19) 悵望(창망) : 슬프게 멀리 바라봄.

20) 龍鸞(용란) : 용과 봉황. 태평성대에 나타난다는 길상(吉祥).

21) 如(여) : 마땅히 ~해야 한다.

22) 江介(강개) : 강안(江岸).

23) 渺渺(묘묘) : 요원한 모습.

24) 翩翔(편상) : 정처 없이 떠돌아다니는 모습.

25) 天監(천감) : 하늘이 내려다 보다. 監(감)은 ‘보다.’ 孔明(공명) : 아주 뚜렷하다. 장형(張衡)의 「사현부(思玄賦)」에 “저 하늘이 지켜보는 것이 너무나 밝은 데(彼天監之孔明兮)”라고 하는 구절이 보임.

26) 將(장) : 게다가. 時運(시운) : ‘運(운)’자는 ‘命(명)’과 같다.

안으로 생각하고 스스로 반성하며   謂內思而自策,

이내 지난날의 잘못과 화를 헤아려보네.   算乃昔之愆殃.[27]

충언(忠言) 때문에 쫓겨난 것이지,   以忠言而見黜,[28]

임금님을 저버리는 것은 분명 아니네.   信無負於時王.[29]

세상살이 들쭉날쭉하고 일정치 않다 해도,   俗參差而不齊,

어찌 중상과 칭찬이 같을 수 있겠는가?   豈毀譽之可同.

우매하고 무지하여 다투어 자신만을 도모하니,   競昏瞀以營私,[30]

내가 나라에 봉사함을 저해하고,   害予身之奉公.[31]

붕당을 지어 어진사람을 시기하니,   共朋黨而妬賢,

나로 하여금 장강(長江)을 건너게 하누나.   俾予濟乎長江.[32]

대자연이 변화해감을 탄식하며,   嗟大化之移易,[33]

운명이 만난 바를 슬퍼하노라.   悲性命之攸遭.[34]

근심은 끊이지 않고 가슴에 이어지니,   愁慊慊而繼懷,[35]

언제나 비통하고 마음에 걸리네.   恒慘慘而情挽.[36]

햇수가 오래되어도 돌아가지 못하고,   曠年載而不回,[37]

오래토록 임금님을 떠나 멀어만 지네.   長去君兮悠遠.

비룡을 몰아 굽이굽이 돌아가니,   御飛龍之蜿蜒,[38]

---

27) 愆殃(건앙) : 잘못과 화(禍).
28) 見(견) : 동사 앞에 쓰여 사역의 의미를 가짐.
29) 時王(시왕) : 현재의 임금님. 조비를 가리킴.
30) 昏瞀(혼무) : 우매하고 무지함.
31) 奉公(봉공) : 나랏일을 받들어 처리하는 것을 말함.
32) 俾(비) : '使(사)'와 같이 사역을 표시함.
33) 大化(대화) : 우주, 대자연.
34) 이상 2구는 용운(用韻)과 내용면에서 고립되어있다. 아마도 전후의 탈루가 있는 것
    으로 짐작된다.
35) 慊慊(겸겸) : 만족하지 못하는 마음을 형용함.
36) 慘慘(참참) : 번민하는 모습.
37) 曠(광) : 오래되다.
38) 飛龍(비룡) : 준마(駿馬)의 이름. 蜿蜒(완연) : 용이나 뱀이 꿈틀꿈틀 기어가는 모습을
    형용하는 말로 빙빙 굽이진 모습을 표현함.

푸른 무지갯빛의 화려한 깃발 휘날리네.	揚翠霓之華旆.[39]
높은 하늘을 넘어서 높이 달려가,	絶紫霄而高騖,[40]
하늘 정원에서 떠돌다 멈추어서네.	飄弭節於天庭.[41]
가벼운 구름을 열고 아래를 내려 보며,	披輕雲而下觀,
구주(九州)의 각각 다른 모습을 살펴보네.	覽九土之殊形.[42]
영(郢)의 남쪽 옹구(雍丘) 땅을 돌아보니,	顧南郢之邦壤,[43]
온통 잡초만 무성하고 [집들은] 기울어졌네.	咸蕪穢而倚傾.[44]
곁말이 배회하며 생각에 잠겼다가	驂盤桓而思服,[45]
고개를 들고 달리면서 슬프게 울기에,	仰御驤以悲鳴.[46]
나의 소매를 말아서 눈물을 닦아주니,	紆予袂而收涕,
마부도 감동하여 목이 메네.	僕夫感以失聲.[47]
선왕(先王)의 바른 길을 밟아야지,	履先王之正路,
어찌 사악한 길을 따를 수 있겠는가?	豈淫徑之可遵.[48]
임금님을 거스르는 것이 화를 부른다는 것을 알지만,	知犯君之招咎,
아첨하며 가까워짐을 구하는 것이 부끄럽네.	恥干媚而求親.[49]

---

39) 翠霓(취예) : 저본에는 '翠電(취전)'으로 되어 있으나, 문맥상 『예문유취(藝文類聚)』를 따름.

40) 紫霄(자소) : 높은 하늘. 絶(절) : 過(과, 넘어가다).

41) 弭節(이절) : 수레를 멈추고 나아가지 않음. 天庭(천정) : 천제(天帝)가 사는 곳. 즉 하늘.

42) 九土(구토) : 구주(九州), 중국.

43) 南郢(남영) : 옹구(雍丘). '郢(영)'은 초(楚)나라의 수도이고 옹구는 영(郢)의 남쪽에 있기 때문에 이렇게 표현하였음.

44) 蕪穢(무예) : 잡초가 무성하게 자라난 것을 말함. 倚傾(의경) : 기울어짐. 바로 초가집들이 황폐해진 모습을 말한다.

45) 驂(참) : 옛날 공후(公侯)의 수레는 네 마리를 수레 지우는데 끌채 밖의 두 마리를 일컫는 말. 思服(사복) : '服(복)'자 역시 생각하다는 의미로 여기서는 고향을 생각하는 것을 말함.

46) 御驤(어양) : 말을 몰아 달리다.

47) 失聲(실성) : 너무나도 비통한 나머지 목이 메여 소리가 나오지 않는 것을 말함.

48) 淫徑(음경) : 사도(邪道, 잘못된 길).

49) 干媚(간미) : 아첨하며 총애를 구하는 것. '干(간)'은 '구(求)하다'는 의미. 求親(구친) : 혼인을 맺기를 청구하다는 뜻으로 여기서는 가까워진다는 의미임.

돌아갈까 생각해도 길이 없어,　　　　　　顧旋復之無軌,50)

먼 물가에 오래도록 스스로를 버려두네.　　長自棄於遐濱.51)

사슴들과 더불어 무리를 짓고,　　　　　　與麋鹿以爲羣,

초목이 우거진 숲에서 살겠네.　　　　　　宿林藪之葳蓁.52)

들판은 쓸쓸하여 끝까지 바라보아도,　　　野蕭條而極望,53)

천리 멀리에도 사람이 없네.　　　　　　　曠千里而無人.

삶은 기한이 있어 반드시 죽는데,　　　　民生期於必死,54)

어찌 혼자만 괴로워하며 생을 마치리오.　何自苦以終身.

차라리 맑은 물에 가라앉은 진흙이 될지언정,　寧作淸水之沉泥,

더러운 길에 나는 먼지가 되지는 않겠네.　不爲濁路之飛塵.

위태롭고 험난한 작은 길,　　　　　　　踐蹊隧之危阻,55)

높이 솟아 있는 봉우리에 올라서서,　　　登岋嶢之高岑.56)

무리를 잃고 헤매는 짐승을 보고,　　　　見失羣之離獸,

반쪽 둥지의 외로운 새를 바라보니,　　　覘偏棲之孤禽.57)

가슴이 격분하고 애통하여,　　　　　　懷憤激以切痛,

애써 되돌려 참아도 마음에 남아 있네.　苦回忍之在心.58)

근심하고 걱정하며 하는 것 없이,　　　　愁戚戚其無爲,59)

---

50) 旋復(선복) : 돌아오다(가다). 軌(궤) : 길. 저본에는 '월(軏)'자로 되어 있으나 문맥상 『예문유취(藝文類聚)』를 따름.

51) 遐濱(하빈) : 먼 물가, 먼 곳, 즉 옹구(雍丘)를 가리킴.

52) 葳蓁(위진) : 초목이 우거진 모양.

53) 蕭條(소조) : 첩운(疊韻)으로 사물이 시들어 떨어지고 쓸쓸한 모양.

54) 民生(민생) : 인생(人生).

55) 蹊隧(혜수) : 작은 길. 『예문유취(藝文類聚)』에는 '蹊徑(혜경)'으로 되어 있음.

56) 岋嶢(초요) : 높이 솟음.

57) 偏棲(편서) : 짝이 없이 혼자 살다.

58) 回忍(회인) : 되돌려 참다. 한편 『예문유취(藝文類聚)』와 『전삼국문(全三國文)』에는 '인(刃)'자로 되어 있는데, 고통이 칼로 찌르듯 마음속으로 돌아다닌다는 뜻이 되어 전후의 문맥과 잘 부합한다.

59) 戚戚(척척) : 상심하는 모습.

푸른 숲에 노닐며 소요(逍遙)하다가,　　　　遊綠林而逍遙.

맑은 물에 임하여 슬프게 읊조리니,　　　　臨白水以悲嘯,60)

원숭이도 듣고 놀라 가지에서 떨어지네.　　猿驚聽以失條.

분명 원망 없이 쫓겨난 것은,　　　　　　亮無怨而棄逐,61)

이건 바로 내 행동이 초래한 것이네.　　　乃余行之所招.

1-17. 손님들과 즐기며(娛賓賦)1)

여름날의 뜨거운 햇살을 느끼며,　　　　　感夏日之炎景兮,2)

맑고 서늘한 굽이진 누대에서 노니네.　　　游曲觀之清凉.3)

손님을 즐겁게 하려고 좋은 연회를 여니,　遂衎賓而高會兮,4)

붉은 휘장 빛나며 사방에 퍼지네.　　　　　丹幬曄以四張.

---

60) 白水(백수) : 맑은 물.

61) 棄逐(기축) : 추방됨.

1-17. 娛賓賦(오빈부)

 1) 이 작품 또한 『초사(楚辭)·이소(離騷)』의 구법을 취하고 있다. 그러나 내용면에서는
초사풍의 우울한 분위기와는 상반된 밝은 정서로 쓰여 있다. 분명 자신이 조조의 총애
를 잃기 전에 창작된 작품으로 추정된다. 대체로 형인 조비와 문인들을 초대하여 연회
를 열면서 문학적 활동을 즐기고 있는 모습을 묘사한 작품이다. 격구로 압운하고 있으
며 한 차례의 환운(換韻)이 있다.

 2) 炎景(염경) : 뜨거운 태양 빛.

 3) 曲觀(곡관) : 굽이진 누대. '曲觀之清凉'은 운을 맞추기 위해 '清凉之曲觀'을 도치시
킨 것으로 보임. 저본에는 이 두 구(句)를 잔구(殘句)로 처리하여 두었으나, 원래대로
첫 문장의 첫 글자가 '遂(수)'자로 시작하게 되는데 매우 갑작스런 느낌을 피할 수 없
다. 이에 엄가균(嚴可均), 조유문(趙幼文), 부아서(傅亞庶)의 교열에 따른다. 운자(韻字)
는 아래의 구(句)와 부합하지만 일반적으로 부의 파제(破題) 형식을 고려해 보면 어색
한 점이 있어 탈루가 추정된다.

 4) 衎賓(간빈) : 손님을 즐겁게 하다.

주방에서는 풍성한 안주를 장만하고,	辦中廚之豐膳兮,5)
제(齊)나라와 정(鄭)나라의 아름다운 음악을 켜게 하네.	作齊鄭之姸倡.6)
문인들은 멋진 이야기를 펼쳐내고,	文人騁其妙說兮,7)
붓을 날려 문장을 이루어 내네.	飛輕翰而成章.8)
그 옛날 맑은 기품으로 말하자면,	談在昔之清風兮,9)
모두 성현들의 기강(紀綱)이로다.	總賢聖之紀綱.10)
공자(公子)의 드높은 의기를 기뻐하니,	欣公子之高義兮,11)
그 덕은 아름다워 난초와 같네.	德芬芳其若蘭.12)
인애와 은덕은 민가에서 드날리니,	揚仁恩於白屋兮,13)
주공(周公)이 음식물을 뱉었던 것보다 뛰어나네.	踰周公之棄餐.14)
어진 말씀을 듣고 근심을 잊으니,	聽仁風以忘憂兮,15)
미주(美酒)는 맑고 안주는 감미롭네.	美酒清而肴甘.

---

5) 豐膳(풍선) : 풍성한 반찬.

6) 作(작) : '연주시키다.' 姸倡(연창) : 아름다운 기악(伎樂).

7) 騁(빙) : 드러내다. 펼쳐내다. 妙說(묘설) : '妙(묘)'자는 '훌륭하고 좋다'는 의미로 훌륭한 언론.

8) 輕翰(경한) : 붓.

9) 清風(청풍) : 고결한 품격을 말하는데 여기서는 그러한 문장을 비유하고 있음.

10) 總(총) : 모두.

11) 公子(공자) : 조비(曹丕)를 말함. 欣(흔) : 기뻐하다. 高義(고의) : 드높은 의기.

12) 芬芳(분방) : 아름답다. 향기롭다. 작자는 자형(字形)이 비슷한 두 글자를 써서 시각적 효과도 고려하고 있다. 특히 이 구에는 풀 초(艸)자가 4차례나 사용되어 덕(德)과의 연관성을 시각적으로 보여주고 있다.

13) 白屋(백옥) : 흰 띠로 이은 집으로 고대 평민들이 살았다고 함. 여기서는 평민을 말함.

14) 棄餐(기찬) : 주공(周公)이 현인(賢人)을 맞이하기 위해 먹던 음식물을 뱉고 영접했다는 고사를 말함.

15) 仁風(인풍) : 은택이 바람같이 유포되는 것을 말하는데 여기서는 조비의 어진 말들을 비유하고 있음.

1-18. 근심스러운 마음(愍志賦)[1]

서문

어떤 사람이 이웃집의 딸을 좋아하고 있었는데, 당시 좋은 매파가 없어서 혼례가 그와 이루어지지 않았고 결국 그 딸은 다른 사람에게 시집을 가게 되었다. 그 사정을 나에게 말해주는 사람이 있었는데, 나는 마음에 느끼는 바가 있어 이에 부를 지었다.

或人有好鄰人之女者, 時無良媒, 禮不成焉. 彼女遂行適人,[2] 有言之於予者, 予心感焉, 乃作賦曰.

본문

지난날 몰래 소식을 부탁하였으나,	竊托音於往昔,[3]
끝내 봄이 와도 이르지 않네.	迄來春之不從.[4]

1-18. 愍志賦(민지부)

1) 이 부는 작자가 어떤 사람이 연모한 이웃집 여인과 결혼하지 못한 사정을 또 다른 사람에게 전해 듣고 그로 인해 야기되는 슬픈 상념을 자신의 이야기처럼 묘사한 작품이다. 본문의 주인공은 남자인지 여자인지 본문에서는 알 수 없다. 다만 잔구(殘句)의 내용이 여인이므로 본문의 주인공은 시집간 여인으로 추정된다. 특히 군자(君子)에게 시집 간 그녀는 신분적 지위가 장애가 되니 차라리 소인이 되어서 그녀를 뺏어 올까하는 강한 연모의 정서를 표현하면서 작자의 감정이입은 매우 두드러진다. 역시 정형화된 6언으로 격구로 압운하며 한차례의 환운(換韻)을 시도하고 있다. 愍志(민지) : '愍(민)'은 근심한다는 의미로 이 두 글자의 조합은 아마도 『초사(楚辭)·구장(九章)·석송(惜誦)』 "안타깝게 노래하여 근심을 불렀으니, 분발하여 마음을 펼쳐보네(惜誦以致愍兮, 發憤以抒情)"에서 나온 것으로 보인다.

2) 適(적) : 여자가 시집하는 것.

3) 托音(탁음) : 소식을 전하다. 여기서는 매파를 통하여 구혼의 의사를 전하는 것을 말함.

4) 迄(흘) : 끝내는.

함께 노닐려 해도 방법이 없으니,　　　　　思同遊而無路,

마음은 가로막혀 통하지 않네.　　　　　情壅隔而靡通.5)

애달프기는 영원한 이별만큼 애달픈 것이 없고,　　哀莫哀於永絶,6)

슬프기는 생이별만큼 슬픈 것이 없네.　　悲莫悲於生離.

어찌 이리 좋은 때 기다리기가 어려운가?　　豈良時之難俟,7)

애통함으로 내 몸은 나날이 일그러지네.　　痛予質之日虧.8)

높은 누대에 올라 아래를 굽어보고,　　登高樓以臨下,

그 사랑하는 임이 사는 곳을 바라보네.　　望所歡之攸居.9)

군자의 깨끗하고 조용한 집을 떠나서,　　去君子之淸宇,10)

소인의 띠 집으로 돌아가야겠네.　　歸小人之蓬廬.

가볍게 날아서 임을 따라가고 싶어도,　　欲輕飛而從之,11)

예법에 갇혀 나 자신을 구속하네.　　迫禮防之我拘.12)

잔구(殘句)

첩은 보잘것없는 집안의 못난 여식으로,　　妾穢宗之陋女,13)

해와 달 같은 은혜를 입어,　　蒙日月之餘暉.14)

미천한 몸을 제왕의 친척에게 맡기고,　　委薄軀於貴戚,15)

---

5) 壅隔(옹격) : 가로 막히다. 靡(미) : 부정의 뜻.
6) 永絶(영절) : 영원한 이별, 즉 죽어서 이별하는 것.
7) 良時(량시) : 좋은 때. 혼기(婚期)를 비유하는 것으로 보임.
8) 質(질) : 형체(形體)나 외모(外貌)를 뜻함.
9) 所歡(소환) : '歡(환)'자는 서로 사랑하는 남녀의 호칭(互稱)으로 여기서는 연모하는
　　남자를 가리킴. 攸居(유거) : 사는 곳, 즉 사랑하는 여인이 사는 땅을 말함.
10) 淸宇(청우) : 깨끗하고 조용한 집.
11) 輕飛(경비) : 가벼이 나는 새.
12) 迫(박) : 갇히다. 구속되다. 禮防(예방) : 예법(禮法).
13) 穢宗(예종) : 황폐해진 종묘(宗廟), 여기서는 보잘것없는 집안을 말함.
14) 餘暉(여휘) : 충분한 광채를 뜻하는 말로 천자의 은혜를 상징하는 표현.

나리의 옷을 받들어 모시게 되었네.　　　　　　　奉君子之裳衣.16)

1-19. 돌아오는 길에 고향을 생각하며(歸思賦)1)

고향을 등지고 떠나,　　　　　　　　　　　　背故鄕而遷徂,2)

오랫동안 북쪽 변방에 쉬면서,　　　　　　　　將遙憇乎北濱.3)

이전에 머물던 옛 거처를 지나니,　　　　　　　經平常之舊居,

땅은 황폐해져 회복할 수 없음에 감개하네.　　感荒壤而莫振.4)

성읍(城邑)은 적막하고 공허하며,　　　　　　　城邑寂以空虛,

초목은 황량하고 가시 잡초만 무성하네.　　　　草木穢而荊榛.5)

---

15) 貴戚(귀척) : 제왕(帝王)의 친척.

16) 정안(丁晏)의 주(注)에 따르면, 이 부분의 일문(佚文)은 『북당서초(北堂書鈔)』 권84
에 인용되었다고 하였고, 작품의 앞부분에서 빠진 것으로 보인다고 하였다. 그러나 현
재 전해지는 『북당서초(北堂書鈔)』 권84에는 "委薄軀於貴戚, 奉公子之裳衣"만 찾아
볼 수 있다. 또한 전체적인 내용을 고려할 때 작품의 앞부분에 빠진 것이 아니라 오히
려 뒷부분에서 빠진 것으로 보인다.

1-19. 歸思賦(귀사부)

1) 부아서(傅亞庶)에 따르면 이 작품은 건안(建安) 17년(212) 겨울에 조조(曹操)가 손권
(孫權)을 정벌할 때 작자가 따라가서 이듬해 4월에 돌아 올 때 고향을 지나며 이미 황
량해진 모습을 보고 감개가 일어 지은 작품으로 추정하고 있다. 역시 서정(抒情)을 묘
사할 때 주로 쓴 정형화된 6언을 사용하며 격구로 압운하였고 한차례의 환운(換韻)이
있다.

2) 故鄕(고향) : 초현(譙縣)을 가리킴. 遷徂(천조) : 떠나가다. 濱(빈) : 변경.

3) 遙(요) : 시간이 오래됨. 北濱(북빈) : 저본에는 '他濱(타빈)'으로 되어 있으나 문맥상
『예문유취(藝文類聚)』 권30에 따름. 조식의 고향인 초현(譙縣)으로부터 업(鄴)으로 돌
아오려면 북을 향해서 가야 하기 때문에 '北濱(북빈)'이라 한 것으로 보임.

4) 振(진) : 구제하다.

5) 荊榛(형진) : '荊榛(형진)'이라고도 하며, 관목이 총생(叢生)하는 것을 말하는데, 대체
로 가시나무 같이 쓸모없는 잡초가 우거진 모양을 형용.

아! 교목(喬木)은 그늘을 드리우지 못하니,   嗟喬木之無陰,

들판에 있어도 무엇을 하겠는가?   處原野其何爲

참으로 안락한 땅 그리워할 만하지만,   信樂土之足慕,

훌쩍 급히 수레를 몰아가네.   忽並日之載馳.6)

1-20. 조용히 생각하며(靜思賦)1)

얼마나 미녀가 우아하고 아름다운가!   夫何美女之嫻妖,2)

붉은 얼굴은 빛나며 광채가 흐르네.   紅顔曄而流光.

특출하여 필적할 짝이 없고,   卓特出而無匹,

드러낸 재주는 뛰어나 당할 자가 없네.   呈才好其莫當.3)

성격은 탁 트이고 총명하며 지혜롭고,   性通暢以聰慧,

행동은 꼼꼼하며 평온하네.   行孋密而妍詳.4)

높은 봉우리는 그림자를 드리워 해를 가리고,   蔭高岑以翳日,

푸른 물을 마주하니 그 물결은 더 맑아지네.   臨綠水之清流.

가을바람은 숲 속에서 일고,   秋風起於中林,

---

6) 並日(병일) : 하루 만에 이틀 길을 가다. 載(재) : 어조사.

1-20. 靜思賦(정사부)

1) 이 부는 환운(換韻)을 기준으로 전 6구와 후 6구로 나뉘는데 앞에서는 미인의 성격, 재주, 행동을 묘사하고 있고 뒤의 6구에서는 갑자기 혼자서 경물을 마주하고 짝을 찾는 고민을 서술하고 있다. 아마도 이 두 단락 사이에는 상당한 탈루가 있는 것으로 보인다. 생각을 묘사할 때 주로 쓰는 6언을 위주로 하고 격구로 압운하며 한 차례의 환운(換韻)이 있다. 내용과 형식면에서 작자의 「미녀편(美女篇)」을 연상케 한다.

2) 嫻妖(한요) : 성격이 조용하고 용모가 아름다움.

3) 當(당) : 윗 구의 '匹(필)'과 같은 뜻으로 '필적하다.'

4) 孋密(미밀) : 아름답고 주도면밀함. 妍詳(연상) : '妍(연)'자는 '安(안)'의 뜻으로 쓰였고 '詳(상)'자는 '平(평)'의 의미로 평온한 모습을 형용하는 말이다.

무리를 잃은 새들은 서로를 찾네. 離鳥鳴而相求.5)

근심으로 번민함에 슬픔은 더해 가니, 愁慘慘以增傷悲,6)

내 어찌 오래 머물러 있을 수 있으리오? 予安能乎淹留.7)

---

5) 離鳥(이조): 무리를 잃은 새.

6) 慘慘(참참): 슬프게 고민하는 모양. 이 구는 전체적인 구법에 비추어 볼 때 한 글자가 더 부연된 것으로 보임.

7) 淹留(엄류): '淹(엄)'자는 '오래 되다.' 즉 오래 머무르다. 이 문장은 『초사(楚辭)·이소(離騷)』에서 "세월이 어지럽고 변화하니, 또 어찌 오래 머물 수 있으리오(時繽紛其變易兮, 又何可以淹留)"라고 한 표현과 유사함을 볼 수 있다.

권2

부(賦)

2-1. 혼인에 대하여 생각하며(感婚賦)[1]

봄기운이 움직여 맑고 깨끗하니,	陽氣動兮淑淸,[2]
온갖 풀들은 무성하여 꽃을 머금었네.	百卉鬱兮含英.
봄바람이 일어나 쓸쓸한데,	春風起兮蕭條,
잠자던 벌레들 나와 슬프게 우네.	蟄蟲出兮悲鳴.
마음에 품었던 아리따운 여인을 바라보며,	顧有懷兮妖嬈,[3]
머리를 긁으며 당황해 하네.	用搔首兮屛營.[4]

2-1. 感婚賦(감혼부)

1) 이 작품은 겉으로는 한 젊은이가 아름다운 여인을 사랑하지만 다가가지 못하는 심정을 묘사하고 있는 것 같지만, 조비는 매파를 임금[형인 조비]에 비유하고 자신을 사랑에 빠진 청년으로 묘사하고 있는 것으로 읽을 수 있다. 이는 다음에 보게 될 「출부부(出婦賦)」 역시 이와 같은 비유를 적용시켜 볼 수 있다. 형식은 역시 정형화된 6언으로 이루어져 있고 격구로 압운하며 일운도저(一韻到底)이다. 전편이 완전한 모습은 아니다.

2) 陽氣(양기) : 봄의 기운.

3) 妖嬈(요요) : 아름다운 여인.

천문대에 올라 마음껏 생각하고,　　　　　　　　登淸臺以蕩志,5)

높은 난간에 머물며 흥을 즐기네.　　　　　　　伏高軒而遊情.6)

좋은 매파 돌아보지 않아 슬프고,　　　　　　　悲良媒之不顧,7)

결혼이 이루어지지 않을까 두려워,　　　　　　懼歡媾之不成.8)

머리를 들어 개탄하며 장탄식하는데,　　　　　慨仰首而太息,

바람이 휙 불어와 갓끈을 움직이네.　　　　　　風飄飄以動纓.

2-2. 버림받은 부인(出婦賦)1)

첩은 15세에 혼례를 올리고,　　　　　　　　　妾十五而束帶,2)

---

4) 用(용) : ~때문에. 屛營(병영) : 당황하여 방황하다.

5) 淸臺(청대) : 천문대. 한대(漢代)에는 영대(靈臺)라고 하였다. 『삼보황도(三輔黃圖)』 권5에 따르면, "한(漢)나라 영대(靈臺)는 장안 서북쪽으로 8리 떨어진 곳에 있는데 한대(漢代)에 처음으로 청대(淸臺)라고 하였다. 본래 제후가 음양(陰陽)과 천문(天文)의 변화를 관찰하는 곳으로 영대(靈臺)라고 고쳐 불렀다(漢靈臺, 在長安西北八里. 漢始曰淸臺, 本爲候者觀陰陽天文之變, 更名曰靈臺.)"라고 한 기록이 보임. 한편 조유문(趙幼文)은 '淸(청)'자를 조용하다는 뜻으로 해석하였다.

　　蕩志(탕지) : 근심을 털어내고 마음을 굳건히 함.

6) 高軒(고헌) : 높은 누대에 창이 달린 긴 주랑(柱廊)을 말함. 遊情(유정) : 유흥(遊興).

7) 顧(고) : 돌아보다.

8) 歡媾(환구) : '歡(환)'은 서로 잘 지내는 것을, '媾(구)'는 성교하다는 뜻으로 두 글자의 조합은 남녀가 정사를 나누는 것을 말하는데 여기서는 '결혼하다'는 의미로 쓰였음.

2-2. 出婦賦(출부부)

1) 이 작품은 남편에게 버림 받은 부인의 구슬픈 읍소(泣訴)와 한(恨)에 대한 자신의 동정으로 이루어져 있다. 위의 「감혼부(感婚賦)」와 마찬가지로 작가 자신은 버림받은 부인에, 임금인 조비를 남편에 비유하고 있는 듯하다. 이러한 소재로 창작된 작품으로는 「종갈편(種葛篇)」, 「부평편(浮萍篇)」을 들 수 있겠다. 형식은 정형화된 6언으로 구성되어 있고 격구로 압운하며 4차례의 환운(換韻)이 있다. 出婦(출부) : 남편에게 버림 받은 부인.

2) 十五(십오) : 『예기(禮記)·내칙(內則)』에 따르면, 여자 나이 15세에 비녀를 꽂아주는

부모님을 이별하고 시집가서,　　　　　　　辭父母而適人.

엷은 재주와 남루한 자질로,　　　　　　　以才薄之陋質,

군자 같은 서방님을 받들었네.　　　　　　奉君子之淸塵.3)

안색을 살펴서 뜻에 맞추려하였지만,　　　承顔色以接意,4)

서툴고 천하여 좋아하지 않을까 두려웠네.　恐疏賤而不親.

신혼 때는 즐거웠으나 이 몸을 잊으셨으니,　悅新婚而忘妾,

사랑과 은혜 도중에 시듦이 슬프네.　　　哀愛惠之中零.5)

결국 좌절하고 실망하여,　　　　　　　遂摧頹而失望,6)

물러나 아래채에 몸을 감추었네.　　　　退幽屏於下庭.7)

애통하게도 하루아침에 버림을 당하여,　　痛一旦而見棄,8)

조리는 마음에 슬프고도 놀랍네.　　　　心忉忉以悲驚.9)

시집올 때 옷을 입고,　　　　　　　　衣入門之初服,10)

침실을 버리고 떠나가네.　　　　　　　背牀室而出征.11)

마부를 잡고 수레에 오르니,　　　　　　攀僕御而登車,12)

주위 사람들 슬퍼하며 할 말을 잊네.　　左右悲而失聲.

의식을 행하고 20세에 출가한다고 하였는데, 정현(鄭玄)은 "나이가 되어 출가할 수 있는 것을 말한다. 여자의 출가가 허락되고 계(筓)를 하고 자(字)를 지어준다"고 설명하였다. 여기서는 성년이 되어 출가할 수 있는 나이임을 말하고 있다. 束帶(속대) : 예복을 입는다는 뜻으로 여기서는 혼례를 행하는 것을 말함.

3) 君子(군자) : 고대 부인이 남편을 부르는 칭호. 淸塵(청진) : '淸(청)'은 상대를 높이는 글자이고, '塵(진)'은 수레 뒤에 일어나는 먼지라는 뜻으로 존귀한 사람에 대한 일종의 높임말.

4) 承顔色(승안색) : 안색을 받들다. 즉 안색을 살피다.

5) 愛惠(애혜) : 은혜.

6) 摧頹(최퇴) : 꺾여 무너짐.

7) 下庭(하정) : 하당(下堂), 즉 남편이 아내를 버리는 것을 말함.

8) 見(견) : 동사 앞에서 피동을 나타내는 조동사로 쓰였음.

9) 忉忉(도도) : 근심하는 모양.

10) 入門(입문) : 여자가 시집가서 남편의 집안에 일원이 되는 것. 初服(초복) : 여기서는 결혼 전에 입던 옷을 가리킴.

11) 背(배) : 버리다.

12) 僕御(복어) : 수레를 모는 마부.

아! 이 억울함 하소연할 바 없어,　　　　　嗟寃結而無訴,13)

근심과 고민은 극에 달했네.　　　　　　　乃愁苦以長窮.14)

허물도 없이 버림받은 것이 한스럽고,　　　恨無愆而見棄,

남편 사랑 끝까지 못하다하여 슬프네.　　　悼君施之不終.15)

2-3. 낙수의 여신(洛神賦)1)

서문

황초(黃初) 3년(222)에 나는 서울에서 황제를 배알하고, 돌아오면서 낙수(洛水)를 건넜다. 옛 사람들이 말하기를, 이 강에 신령의 이름은 복비(宓妃)라고 하였다. 송옥이 초왕(楚王)에게 말해 준 여신(女神)의 일에

---

13) 寃結(원결) : ‘苑結(원결)’이라고도 씀. 억울함. 『시경(詩經) · 소아(小雅) · 도인사(都人士)』에 "내가 만나 보지 못하여, 내 마음이 억울하네(我不見兮, 我心苑結)"라고 하였는데, 정현(鄭玄)은 ‘원(苑)’을 ‘굴(屈, 억울함)’의 뜻으로 해석하였다.

14) 愁苦(수고) : 근심하고 고민함. 이 문장은 『초사(楚辭) · 구장(九章) · 섭강(涉江)』에서 "나는 마음을 바꾸어 속세를 따를 수 없으니, 진실로 근심 속에서 끝까지 고생하겠네(吾不能變心而從俗兮, 固將愁苦而終窮)"라고 한 표현을 환기시키고 있음.

15) 悼(도) : 두렵다.

2-3. 洛神賦(낙신부)

1) 이 부는 황초(黃初) 4년 입조(入朝)하였다가 다시 봉지(封地)인 견성(甄城)으로 돌아가는 길에 낙수(洛水)에서 낙신(洛神), 즉 복비(宓妃)를 만나게 된 경위와 그녀에 대한 사랑과 이별을 산문과 운문을 섞어가며 묘사하고 있는 변려풍(騈儷風)의 작품이다. 서사(敍事)와 서정(抒情), 정적(靜的)이면서 동적(動的)이고, 사실적이며 생동감 있는 문답과 직유(直喩)의 표현들, 회화성과 음악성이 조화롭게 구성된 한 편의 드라마 같은 부이다. 형식은 바로 송옥(宋玉)의 「신녀부(神女賦)」를 따르고 있으며 염정적(艷情的) 색채가 두드러진다. 이선(李善)이 『문선(文選)』의 주(注)에서 인용한 『기(記)』에 따르면, 조식은 견일(甄逸)의 딸(견후)을 얻으려 했으나 이루지 못하고 오히려 형인 조비의 아내가 되었다. 황초(黃初) 초기에 조식이 입조(入朝)하자 조비는 견후(甄后)가 사용했

감흥이 일어, 마침내 이 부(賦)를 짓는다. 그 말은 이러하다.

黃初三年, 余朝京師,2) 還濟洛川.3) 古人有言, 斯水之神名曰宓妃.4) 感宋玉對楚王說神女之事,5) 遂作斯賦. 其辭曰.

본문

나는 서울에서부터,	余從京域,
동번(東藩)으로 돌아오면서,	言歸東藩.6)

던 금옥(金玉)으로 된 베개를 보여주었는데 이미 견후(甄后)는 곽후(郭后)의 참소로 죽임을 당했던 것이다. 조비는 조식이 가지고 있는 견후에 대한 연모의 정을 알고 그녀의 베개를 조식에게 보냈다고 한다. 조식은 이 베개를 가지고 봉지(封地)로 돌아가다가 낙수(洛水)에서 한 여인을 만나는데 그녀가 말하기를 "나는 원래 당신에게 마음을 맡겼으나 그 뜻이 이루어지지 않았소 이 베개는 내가 시집올 때 가져온 것으로 이전에는 조비에게 주었던 것이나 지금은 당신에게 드리겠소"라는 말을 남기고 사라졌다. 이어 사람을 보내 조식에게 옥구슬을 바치자 조식은 옥패(玉佩)를 주어 답하게 되니 조식은 슬픔과 기쁨을 스스로 이기지 못하고 「감견부(感甄賦)」를 지었다. 후에 명제(明帝, 조비의 아들)가 이 글을 보고 「낙신부(洛神賦)」로 고쳤다고 한다. 후대의 학자들 중에는 이 설(說)을 의심하는 사람도 있음.

2) 당시 황제는 문제(文帝, 曹丕, 220~226)로 황초(黃初) 3년(222)에 낙양을 떠나 순행(巡幸)하고 있었기 때문에 황제를 배알할 수 없었을 것이므로, 이 작품은 황초 4년(223)으로 추정된다. 하지만 여기서 "황초(黃初) 3년"이란 것이 이 작품을 창작한 시기라고는 단정할 수 없다. 京師(경사): 낙양(洛陽)을 가리킴.

3) 洛川(낙천): 낙수(洛水). 낙양(洛陽)을 거쳐 공현(鞏縣)에 이르러 황하(黃河)로 합류됨.

4) 宓妃(복비): 전하는바에 따르면 복희(伏羲)의 딸로 낙수(洛水)에 빠져 죽어 신녀(神女)가 되었다고 함.

5) 宋玉(송옥): 사마천(史馬遷)의 『사기(史記)』에 따르면, 굴원(屈原)의 제자였다고 한다. 『초사(楚辭)』 가운데 「구변(九辯)」·「초혼(招魂)」은 그가 지은 것으로 알려져 있으며, 『문선(文選)』에는 「고당부(高唐賦)」·「신녀부(神女賦)」 등의 부(賦) 12편이 실려 전하고 있음. 神女之事(신녀지사): 송옥(宋玉)의 「고당부(高唐賦)」와 「신녀부(神女賦)」에서 서술하고 있는 일을 말함. 「고당부(高唐賦)」에서는 초(楚)나라 양왕(襄王)이 운몽택(雲夢澤)에서 노닐다가 송옥(宋玉)이 꿈에서 무산(武山)의 신녀와 만나 놀았던 일을 묘사하고 있으며, 「신녀부(神女賦)」에서는 초왕(楚王)이 신녀(神女)와 꿈에서 만난 것을 이야기하고 있음.

6) 京域(경역): 이선(李善)의 주(注)에 따르면, 『삼국지(三國志)·위지(魏志)』에 "황초 3

이궐산(伊闕山)을 뒤로하고,　　　　　　　　背伊闕,[7]

환원(轘轅)을 넘어가네.　　　　　　　　　越轘轅.[8]

통곡(通谷)을 지나서,　　　　　　　　　　經通谷,[9]

경산(景山)을 오르네.　　　　　　　　　　陵景山.[10]

해는 이미 서쪽으로 기울고,　　　　　　　日旣西傾,

수레는 느려지고 말들은 지쳤네.　　　　　車殆馬煩.

이에 두형 언덕에 수레 진 말을 풀어주고,　爾迺稅駕乎蘅皐,[11]

풀이 무성한 곳에서 말에게 꼴을 먹이며,　秣駟乎芝田.[12]

양림(陽林)에서 조용히 쉬면서,　　　　　　容與乎陽林,[13]

눈을 돌려가며 낙수(洛水)를 바라보네.　　流盼乎洛川.[14]

년에, 조식(曹植)을 견성왕(鄄城王)에 봉했다. 4년에 옹구(雍丘)에 옮겨 봉해졌다. 그
해 서울에 갔다"고 하였고, 또한 『문기(文紀)』에, "황초 3년 허(許)로 행차하였다"고 하
였고 또 "4년 3월에, 낙양궁(洛陽宮)으로 돌아왔다"고 하였으니, '경역(京城)'은 낙양이
고, '東藩(동번)'은 바로 견성(鄄城)을 말한다고 하였다. 한편 조유문(趙幼文)은 조식이
옹구(雍丘)에 봉해진 뒤에 서울에 배알하러 온 것이라면 번국(藩國)으로 돌아가면서
견성(甄城)으로 돌아간다고 말할 수 없다. 그러므로 '東藩(동번)'은 옹구(雍丘)를 가리
킨다고 하였음. 言(언) : 뜻이 없는 어기사(語氣詞).

7) 伊闕(이궐) : 산 이름. 궐새산(厥塞山), 용문산(龍門山)이라고도 하는데, 낙양(洛陽)의
남쪽에 있음. 『수경주(水經注)·이수주(伊水注)』에 "옛날 우(禹)임금이 물을 통하게 하
였는데, 두 산이 서로 대치하고 있어 그것을 바라보면 궁문(宮門)에 있는 양쪽의 대
(臺)와 같고, 이수(伊水)가 그 사이를 지나 북으로 흐르기 때문에 '이궐'이라고 한다(昔
大禹疏以通水, 兩山相對, 望之若闕, 伊水歷其間北流, 故謂之伊闕矣)"는 것을 참고
할 만하다.

8) 轘轅(환원) : 일명 악령(崿嶺)이라고도 부르며, 지금의 하남성(河南省) 언사현(偃師縣)
동남쪽이며, 공현(鞏縣)의 서남쪽에 위치. 길이 너무나 험난하고 12개의 굽이[曲]가 있
어 가서 다시 돌아온다고 하여 붙여진 명칭이라고 함.

9) 通谷(통곡) : 지명으로 낙양(洛陽) 동남쪽 50리 되는 곳에 있음.

10) 景山(경산) : 하남성(河南省) 언사현(偃師縣) 남쪽에 위치.

11) 稅駕(탈가) : '稅(탈)'은 '脫(탈)'자와 통용하여 수레에서 말을 풀어주는 것을 말함. 蘅
(형) : 향초인 두형(杜蘅). 皐(고) : 이선(李善)은 '澤(택)'이라고 주(注)했지만, 여기서는
언덕을 말함.

12) 芝田(지전) : 전설 속에서 신선이 영지(靈芝)를 기르는 곳을 말하는데, 여기서는 세속
의 티가 나지 않는 풀들이 무성하게 난 곳에서 말들에게 좋은 풀을 뜯게 하는 것을 상
징적으로 표현함.

13) 陽林(양림) : 楊林(양림)이라고도 함. 지명으로 버드나무가 많아서 붙여진 이름이라고 함.

그런데 정신이 변하여 흐트러지더니,

홀연히 생각이 사라져 버리고,

굽어보니 아무것도 보이지 않고,

우러러 보니 기이한 경관인데,

한 아름다운 사람이

암벽 주변에 보였다.

이내 신하들에게 가리키며 말하기를,

너는 저 사람을 본적이 있는가?

누구이기에

저렇게 아름다운 것인가?

마부가 답하였다.

제가 듣건대, 낙수의 신(神)으로

이름이 복비(宓妃)라고 하였습니다.

그러니 왕께서 보신 것도

바로 그녀가 아니겠습니까?

그 모습이 어떠한지,

저도 듣고 싶습니다.

나는 그에게 말했다.

그 모습은

於是精移神駭,

忽焉思散.15)

俯則未察,

仰以殊觀.

覩一麗人,

於岩之畔.

迺援御者而告之曰,16)

爾有覿於彼者乎?17)

彼何人斯,18)

若此之艷也?

御者對曰 :

臣聞河洛之神,19)

名曰宓妃,20)

然則君王所見也,

無迺是乎?

其狀若何?

臣願聞之.

余告之曰 :

其形也,

---

14) 流盼(유반) : 눈을 돌려가며 사방을 바라보다.

15) 忽焉(홀언) : 신속한 모양을 형용하는 말.

16) 御者(어자) : 마부.

17) 爾(이) : 2인칭 대명사. 너, 너희들. 覿(적) : 보다.

18) 斯(사) : 어기조사.

19) 河洛(하락) : 황하와 낙수를 칭하는 말인데, 여기서는 단지 낙수만을 가리킴.

20) 宓妃(복비) : 전설에 나오는 신녀(神女)로 가장 빠른 언급은 『초사(楚辭) · 이소(離騷)』
에 "나는 풍륭으로 하여금 구름을 타고 복비가 있는 곳을 찾도록 하겠네(吾令豐隆乘雲
兮, 求宓妃之所在)"라고 하였음. 한편 이선(李善)은 『문선(文選)』 사마상여(司馬相如)
의 「상림부(上林賦)」를 주하면서 복비는 복희(伏羲)씨의 딸로 낙수(洛水)에 빠져 죽어
낙신(洛神)이 되었다고 함.

나는 듯한 몸매는 놀란 기러기 같고,　　　　翩若驚鴻,

유연함은 노니는 용과 같다네.　　　　婉若遊龍.

빛나기는 가을 국화요,　　　　榮曜秋菊,

화사함은 봄 소나무네.　　　　華茂春松.

보일듯 말듯 엷은 구름이 달을 가린 듯하고,　　　　髣髴兮若輕雲之蔽月,21)

한들한들 바람에 휘도는 눈송이 같네.　　　　飄䬃兮若流風之回雪,22)

멀리서 그녀를 바라보면,　　　　遠而望之,

환하기가 태양이 아침놀에 오르는 듯하고,　　　　皎若太陽升朝霞.

가까이서 그녀를 살펴보면,　　　　迫而察之,23)

선명하기가 연꽃이 맑은 물결위로 나온 듯하네.　　　　灼若芙蓉出淥波.24)

몸매는 알맞고,　　　　穠纖得衷,25)

키가 적당하며,　　　　修短合度.26)

어깨는 깎아 만든 듯하고,　　　　肩若削成,

허리는 흰 비단을 묶은 듯하네.　　　　腰如約素.

긴 목과 수려한 목덜미와,　　　　延頸秀項,

흰 피부가 드러나 보이네.　　　　皓質呈露.27)

기름을 바르지도 않았고,　　　　芳澤無加,28)

분칠하지도 않았으나,　　　　鉛華弗御.29)

틀어 올린 머리 높은 구름 같고,　　　　雲髻峨峨,30)

---

21) 髣髴(방불) : 매우 흡사한 모양을 형용하나 여기서는 보일 듯 말듯 희미한 것을 말함.

22) 飄䬃(표요) : 바람에 나부끼는 모양.

23) 迫(박) : 가까이 다가서다.

24) 淥(녹) : 깨끗하고 맑다.

25) 穠纖(농섬) : 살찜과 여윔. 여신(女神)의 몸매가 살찌고 여윈 정도가 적당한 것을 말함. 得衷(득충) : 꼭 알맞다.

26) 修短(수단) : 長短(장단). 즉 키를 말함.

27) 質(질) : 피부, 살결.

28) 芳澤(방택) : 고대 부인이 머리를 윤택하게 하기 위해 바르는 향기로운 기름.

29) 鉛華(연화) : 분(粉).

30) 雲髻(운계) : 틀어 올린 머리 장식이 구름 같다고 하여 생겨난 표현. 峨峨(아아) : 높은

긴 눈썹은 살짝 굽어졌네.　　　　　　脩眉聯娟.[31]

붉은 입술은 밖으로 환하고,　　　　　丹脣外朗,

하얀 치아는 안으로 선명하네.　　　　皓齒內鮮.

맑은 눈동자로 예쁘게 바라보고,　　　明眸善睞,[32]

보조개가 두 뺨에 피어나네.　　　　　靨輔承權.[33]

매혹적인 자태는 아름다우나 속되지 않고,　瑰姿艶逸,[34]

용모는 고요하고 몸매는 한아하네.　　儀靜體閑.[35]

부드러운 마음과 고운 자태에　　　　柔情綽態,[36]

말하는 것은 더욱 아름답네.　　　　　媚於語言.

기이한 복장은 세상에 보기 드물고,　奇服曠世,[37]

몸맵시는 그림 같네.　　　　　　　　骨象應圖.

찬란한 비단옷을 입고,　　　　　　　披羅衣之璀粲兮,[38]

화려한 패옥을 달았네.　　　　　　　珥瑤碧之華琚.[39]

금과 비취로 만든 머리 장식을 하고,　戴金翠之首飾,

맑은 구슬을 꿰어 몸에서 빛나네.　　綴明珠以耀軀.

수놓은 원유(遠遊)신발을 신고,　　　踐遠遊之文履,[40]

모양이나 아름다운 모양.

31) 脩眉(수미) : 섬세하고 긴 눈썹. 聯娟(련연) : 첩운(疊韻)의 글자로 살짝 굽은 모양.

32) 善睞(선래) : '善(선)'은 ~에 뛰어나다, '睞(래)'는 본다는 뜻으로 『문선(文選)』에서 유량(劉良)이 아름답게 보는 것이라고 해석하였다.

33) 靨輔(엽보) : 보조개. 저본에는 '輔靨(보엽)'으로 되어 있으나 『예문유취(藝文類聚)』를 따름. 權(권) : '顴(권)'자와 통용하여 광대뼈를 말함.

34) 瑰(괴) : '瓌(괴)'자와 같은 자로 '아름답다'는 의미.

35) 閑(한) : '嫻(한)'과 같은 뜻으로 한아(閒雅)함.

36) 綽態(작태) : 아름다운 자태.

37) 曠世(광세) : 절대(絶代), 이전에 보이진 않는 것.

38) 璀粲(최찬) : 이선(李善)은 옷에서 나는 소리라고 하였으나 여기서는 광채가 화려한 모양을 형용함.

39) 珥(이) : 꽂다. 瑤碧(요벽) : 두 글자 모두 옥의 종류들이다. 華琚(화거) : '琚(거)'는 패옥(佩玉) 또는 차옥(次玉)으로 꽃무늬가 있는 패옥(佩玉). 이 구에서는 6자 중에서 4글자에 옥(玉)자를 사용하여 시각적으로 옥, 아름다움, 화려함을 연상시키고 있다.

40) 遠遊(원유) : 신발 이름.

안개 같은 가벼운 비단 옷자락을 끌고 있네.　曳霧綃之輕裾.[41]

가벼운 난초 향기를 은은히 풍기며,　微幽蘭之芳藹兮,[42]

산모퉁이에서 서성거리는 구나.　步踟躕於山隅.[43]

이내 홀연히 몸을 가벼이 움직이며,　於是忽焉縱體,[44]

즐겁게 놀고 장난하네.　以遨以嬉.

왼쪽으로 채색한 깃발에 의지하고,　左倚采旄,[45]

오른쪽으로 계수나무 깃발로 가리네.　右蔭桂旗.[46]

물가에서 뽀얀 팔목을 드러내고,　攘皓腕於神滸兮,[47]

물살 급한 여울에서 검은 영지(靈芝)를 따네.　采湍瀨之玄芝.[48]

나의 마음은 그 아름다움에 반하여,　余情悅其淑美兮,

마음이 두근두근 편안치 않네.　心振蕩而不怡.

좋은 중매로 만나 즐길 수 없으니,　無良媒以接歡兮,[49]

작은 물결에 말을 전하네.　托微波而通辭.

원컨대 진실한 마음이 먼저 이르러,　願誠素之先達兮,[50]

패옥을 풀어서 그녀와 언약하고 싶네.　解玉佩以要之.[51]

아! 가인(佳人)은 진실로 아름답고,　嗟佳人之信修兮,[52]

---

41) 霧綃(무초): 얇고 안개 같은 비단.

42) 芳藹(방애): 향기가 가득히 퍼지는 것을 말함.

43) 踟躕(지주): 나아가지 못하고 서성이는 모양.

44) 縱體(종체): 몸을 가벼이 움직이는 모양, 또는 춤을 추는 모습을 형용.

45) 采旄(채모): 쇠꼬리로 만든 채색한 깃발. 『초사(楚辭)·원유(遠遊)』에, "웅장한 무지개무늬의 화려한 깃발을 세우니, 오색이 섞여 찬란하게 빛나네(建雄虹之采旄兮, 五色雜而炫燿)"라는 구절이 있음.

46) 桂旗(계기): 계수나무를 막대로 만든 깃발. 『초사(楚辭)·구가(九歌)·산귀(山鬼)』에, "신이로 만든 수레에 계수나무 깃발을 매었네(辛夷車兮結桂旗)"라고 하였는데 바로 신(神)의 수레에 꽂는 깃발을 의미하고 있다.

47) 神滸(신호): 낙수의 신녀가 나타난 물가란 뜻으로 만들어진 표현.

48) 湍瀨(천뢰): 물이 얕고 흐름이 급한 곳.

49) 接歡(접환): 만나서 즐김.

50) 誠素(성소): 진실한 속마음.

51) 要(요): 언약하다.

52) 修(수): 아름답다.

아! 예절 바르고 말을 잘하네. 羌習禮而明詩.[53]

아름다운 옥을 들어 올려 나에게 화답하며, 抗瓊珶以和予兮,[54]

깊은 물속을 가리키며 [만남을] 약속하네. 指潛淵而爲期.

떨쳐버리지 못하는 속마음은, 執眷眷之款實兮,[55]

이 낙신(洛神)이 나를 속이지나 않을까 걱정하네. 懼斯靈之我欺.

정교보(鄭交甫)가 속은 말에 느끼는 바가 있어, 感交甫之棄言兮,[56]

슬프게도 망설이고 여우처럼 의심하네. 悵猶豫而狐疑.[57]

온화한 얼굴로 마음을 안정시켜, 收和顔而靜志兮,

예법을 펼쳐 스스로를 바로잡네. 申禮防以自持.[58]

이에 낙수의 여신이 느끼고, 於是洛靈感焉,

이리저리 배회이니, 徙倚彷徨.[59]

낙신의 광채가 흩어졌다 모였다 하고 神光離合,

그늘졌다가 밝아지고 하네. 乍陰乍陽.

가벼운 몸 웅크리니 학이 선 듯한데, 竦輕軀以鶴立,

---

53) 羌(강) : 감탄사. 明詩(명시) : 『시경(詩經)』의 시구를 잘 알고 있다는 의미이나 여기서는 언사(言辭)에 뛰어난 것을 말함.

54) 抗(항) : 擧(거), 들다. 瓊珶(경제) : 두 글자 모두 옥의 종류를 말함.

55) 眷眷(권권) : 미련이 남아 자꾸 돌아보는 모습. 款實(관실) : 진실. 여기서는 속마음.

56) 交甫(교보) : 주(周)나라의 정교보(鄭交甫). 그가 한고대(漢皐臺) 아래서 두 여인을 만나, 그들에게 "그대들의 패물(佩物)을 갖고 싶다"라고 하자, 두 여인이 정교보에게 패물을 주므로, 교보는 그 패물을 받아 품속에 간직하고서 10여 보(步)쯤 가다 보니 패물이 없어졌고, 두 여인도 없어졌다는 고사.

57) 猶豫(유예) : 소리에서 뜻을 취한 글자로 '猶與(유여)'·'由與(유여)'·'尤與(우여)'·'猶夷(유이)'라고도 함. 『이아(爾雅)』에 의하면 '猶(유)'는 원숭이와 비슷한 짐승으로 궤(麂, 고라니)처럼 생겼고, 나무를 잘 탄다. 이 짐승은 성격이 의심이 많아 늘 산속에 살며, 무슨 소리만 들리면 사람이 자신을 해칠 것으로 생각하여 나무로 올라갔다가 한참이 지나서야 내려왔다가 곧 올라가 버리는 것을 반복한다고 한다. 그러므로 결정하지 못하는 것을 '猶(유)'라고 한다고 하였음. 『초사(楚辭)·이소(離騷)』에 "마음은 망설이고 여우처럼 의심하니, 자적(自適)하려 해도 할 수가 없네(心猶豫而狐疑兮, 欲自適而不可)"라고 하는 표현이 보임.

58) 禮防(예방) : 예법(禮法).

59) 徙倚彷徨(사의방황) : '徙倚(사의)'나 '彷徨(방황)' 모두 이리저리 배회하는 것을 형용하는 말이다. 이를 반복하여 씀으로서 방황하며 배회하는 것을 강조하고 있다.

마치 날기 전에 몸을 솟구치는 모습 같네.　　若將飛而未翔.

산초나무 길을 밟으니 향기가 짙고　　踐椒塗之郁烈,[60]

두형(杜蘅) 자라는 곳을 걸으니 방향이 흐르네.　　步蘅薄而流芳.[61]

슬프게 영원한 사모의 정 길게 읊조리니,　　超長吟以永慕兮,[62]

소리는 애달프고 더욱 기네.　　聲哀厲而彌長.

이에 뭇 신령들이 모여들고,　　爾迺衆靈雜遝,[63]

짝이나 동료를 부르네.　　命儔嘯侶.

맑은 물속에서 놀기도 하고,　　或戲淸流,

모래톱 위를 날기도 하며,　　或翔神渚.

혹 밝은 구슬을 줍고 있고,　　或采明珠,[64]

혹 비취 새의 깃털을 모으고 있네.　　或拾翠羽.[65]

상수(湘水)의 두 부인을 따르게 하고,　　從南湘之二妃,[66]

한수(漢水)의 신녀(神女)가 손잡고 오네.　　攜漢濱之游女.[67]

포과성(匏瓜星)이 짝이 없음을 탄식하고,　　歎匏瓜之無匹兮,[68]

---

60) 郁烈(울렬) : 향기가 가득한 것을 말함.

61) 蘅薄(형박) : '蘅(형)'은 향초를 말하고, '薄(박)'은 초목이 무리지어 자라는 곳을 가리킨다. 『초사(楚辭)・구장(九章)・사미인(思美人)』에 "큰 숲의 향초를 따고, 길게 뻗은 물가의 숙망초를 따리라(擥大薄之芳茝兮, 搴長洲之宿莽)"라고 한 것과 같이 여기 '蘅薄(형박)'은 두형이 군락을 이루어 자라는 곳을 말한다.

62) 超(초) : 슬픈 모양을 형용함.

63) 雜遝(잡답) : 많은 모양.

64) 采(채) : 줍다.

65) 拾(습) : 모으다.

66) 南湘之二妃(남상지이비) : 남방 상수(湘水)의 두 부인, 즉 순(舜)임금의 아내인 여영(女英)과 아황(娥皇)을 말함. 이들은 순임금이 남방을 순행(巡幸)하다가 창오(蒼梧)에서 죽자, 그를 찾아 떠나 상수(湘水)에서 죽어 신(神)이 되었다고 함.

67) 漢濱之游女(한빈지유녀) : 한수(漢水)의 가에서 놀고 있는 여신. 정확한 전고(典故)는 알 수 없으나 『문선(文選)』에서 이선(李善)은 모시(毛詩)[주남(周南)・한광(漢廣)]를 인용하여 "한수(漢水)에 노니는 여인이 있어도, 얻을 길이 없구나(漢有遊女, 不可求思)"라고 한 것을 들고 있다. 설군(薛君)의 『한시장구(韓詩章句)』에서 '游女(유녀)'를 '한수(漢水)의 여신(女神)'으로 설명한 것에서 비롯하는 것으로 보인다. 조유문(趙幼文)은 조식이 바로 설군(薛君)의 책을 근거했을 것이라고 추정하고 있다.

68) 匏瓜(포과) : 별이름으로 천계(天雞)라고도 하며, 하고성(河鼓星) 동쪽에 홀로 있다고

견우성(牽牛星)은 홀로 있음을 한탄하네.　　　　詠牽牛之獨處.

올라간 가벼운 옷자락은 살랑살랑 날리고,　　　揚輕袿之猗靡兮,[69]

긴 옷소매로 가리고 우두커니 서 있네.　　　　翳修袖以延佇.[70]

몸은 나는 오리처럼 빠르고,　　　　　　　　體迅飛鳧,

바람처럼 문득 나타나고 사라짐은 신비롭네.　飄忽若神.

물결에 올라 가벼운 발걸음을 옮기니,　　　　陵波微步,[71]

비단 버선에 먼지가 이네.　　　　　　　　　羅襪生塵.[72]

움직임은 예측할 수 없고,　　　　　　　　　動無常則,

위태롭기도 하고 편해 보이기도 하네.　　　　若危若安.

나아가는지 멈추고 있는지 알기 어렵고,　　　進止難期,

가는 듯하기도 하고 돌아오는 듯하기도 하네.　若往若還.

눈을 굴려 돌아보니,　　　　　　　　　　　轉盼流精,

미려한 용모에 광채가 발하네.　　　　　　　光潤玉顔.

말은 머금은 채 내뱉지 않으며,　　　　　　　含辭未吐,

향기는 그윽한 난초와 같네.　　　　　　　　氣若幽蘭.

화사하고 아리따운 그 모습이,　　　　　　　華容婀娜,[73]

끼니조차 잊게 하는 구나!　　　　　　　　　令我忘餐.

이에 바람의 신이 바람을 거두고,　　　　　　於是屛翳收風.[74]

함. 이로써 남자가 홀로 짝이 없는 것을 비유한다. 이선(李善)의 주(注)에 따르면, 완우(阮瑀)의 「지욕부(止欲賦)」에 "남자가 짝이 없는 것을 슬퍼하고, 직녀가 홀로 부지런함을 슬퍼하네(傷匏瓜之無偶, 悲織女之獨勤)"라는 구절을 인용하여 설명하기를 남자가 짝이 없는 것을 말하나 그 왜 그런지는 알 수 없다고 하였음.

69) 袿(규): 신녀(神女)의 옷자락. 猗靡(의미): 바람에 가볍게 날리는 모양.

70) 翳(예): 가리다. 덮다. 修袖(수수): '修(수)'자는 '길다'는 의미로 긴 옷소매를 뜻함. 延佇(연저): 오랫동안 서있는 것.

71) 微步(미보): 가벼운 걸음걸이.

72) 襪(말): 버선. 生塵(생진): 먼지가 인다는 말은 신녀(神女)가 낙수의 물결 위를 걸으며 발자국을 남기지 않는다는 것을 표현함.

73) 婀娜(아나): 아리따운 모습을 형용.

74) 屛翳(병예): 우사(雨師)라는 설과 뇌사(雷師)라는 설이 있으나, 여기에서 조식은 바

물의 신이 파도를 잠재우며,	川后靜波.[75]
빙이(馮夷)가 북을 치고,	馮夷鳴鼓,[76]
여와(女媧)가 노래를 맑게 하네.	女媧淸歌.[77]
잉어가 튀어 올라 마차를 호위하고,	騰文魚以警乘,[78]
마차에 단 옥 방울을 울리며 함께 나아가네.	鳴玉鑾以偕逝.
여섯 용이 장엄하게 머리를 가지런히 하고,	六龍儼其齊首,
구름 마차는 물결 위를 유유히 지나네.	載雲車之容裔.[79]
고래들이 튀어 올라 수레를 끼고,	鯨鯢踊而夾轂,[80]
물새들은 날개를 펴고 호위하네.	水禽翔而爲衛.
이에 북쪽 작은 섬을 넘고,	於是越北沚,
남쪽 산등성이를 지나네.	過南岡.
하얀 목을 구부리고,	紆素領,[81]
아름다운 눈을 굴리네.	回淸揚.[82]
붉은 입술을 움직여 천천히 말하며,	動朱脣以徐言,

람을 다스리는 신으로 사용하였음.

75) 川后(천후) : 하백(河伯)으로 황하에 사는 신(神).

76) 馮夷(빙이) : 수신(水神)으로 '氷夷(빙이)'·'馮修(빙수)'라고도 한다. 『장자(莊子)·대종사(大宗師)』에 "빙이(馮夷)는 그것을 얻어, 큰 강에서 노닐었다(馮夷得之, 以遊大川)"고 하였는데 성현영(成玄英)은 "성(姓)이 빙(馮)이고 이름이 이(夷)인데, 홍농(弘農), 화음(華陰), 동향(潼鄕) 제수리(堤首里) 사람이다. 여덟 가지 돌을 먹고 신선이 되었다고 한다. 대천(大川)은 바로 황하이다(姓馮名夷, 弘農華陰潼鄕堤首里人也. 服八石, 得山仙. 大川, 黃河也)"라고 한 설명이 있다.

77) 女媧(여와) : 터진 하늘을 꿰맸다는 전설상의 신녀(神女). 『예기(禮記)·명당위(明堂位)』에 "여와가 생황(笙簧)을 만들었다"는 말이 있음.

78) 警(경) : 저본에는 '驚(경)'자로 되어 있으나 문맥상 『초학기(初學記)』와 『문선(文選)』에 의거하여 바로잡음. 文魚(문어) : 잉어. 일설에는 날개가 있어 날수 있는 물고기라고 함.

79) 容裔(용예) : '容與(용여)'와 같음. 조용하고 편안한 모습을 표현.

80) 鯨鯢(경예) : 고래의 수놈은 '鯨(경)'이라 하고 암놈을 '鯢(예)'라고 함.

81) 紆(우) : '回(회)'의 뜻으로 '돌리다.'

82) 淸揚(청양) : 『시경(詩經)·정풍(鄭風)』의 「야유만초(野有蔓草)」에서 나온 표현으로 "아름다운 이 있으니, 눈과 눈썹이 곱네(有美一人, 淸揚婉兮)"라고 노래하였는데 '청양'은 눈썹과 눈 사이를 가리킨다고 하였는데 여기서는 아름다운 눈을 가리킴.

교제의 도리를 일러주는데,　　陳交接之大綱.

사람과 신의 도리가 다름을 한탄하고,　　恨人神之道殊兮,

성년에도 배필이 없음을 원망하네.　　怨盛年之莫當.[83]

비단 옷자락 들어 올려 눈물을 가려보지만,　　抗羅袂以掩涕兮,[84]

눈물은 옷 위로 줄줄 흘러내리네.　　淚流襟之浪浪.[85]

좋은 만남이 영원히 끊어짐을 슬퍼하고,　　悼良會之永絶兮,

한번 가면 서로 있는 곳이 다르게 됨이 애달프네.　　哀一逝而異鄕.

보잘 것 없는 마음으로 사랑을 전하지 못했으니,　　無微情以效愛兮,[86]

강남(江南)의 빛나는 옥 귀걸이를 바치네.　　獻江南之明璫.[87]

비록 태음(太陰)에 잠겨서 살지라도,　　雖潛處於太陰,[88]

군왕께 영원한 이 마음을 드리네.　　長寄心於君王.[89]

홀연히 그 간 곳을 알 수 없게 되었으니,　　忽不悟其所舍,

여신은 사라지고 빛이 없어짐을 슬퍼하노라.　　悵神宵而蔽光.[90]

이에 아래를 등지고 높은 곳에 올라가는데,　　於是背下陵高,

발걸음은 가도 마음은 남아있네.　　足往神留.

남겨진 정은 그 모습을 생각하고,　　遺情想像,

자꾸 돌아보며 그리워하네.　　顧望懷愁.

여신의 모습이 다시 보이기를 바라면서,　　冀靈體之復形,[91]

가벼운 배를 타고 거슬러 올라가네.　　御輕舟而上泝.[92]

---

83) 當(당) : 대등(對等), 상당(相當)의 뜻이나 의미를 확장하여 배필이나 짝을 뜻한다.
84) 袂(메) : 소매.
85) 浪浪(낭랑) : 눈물이 끊임없이 흘러내리는 모양.
86) 效愛(효애) : '效(효)'는 '致(치)'의 뜻으로 사랑이 이르게 하다, 즉 사랑을 전하다.
87) 璫(당) : 귀걸이.
88) 太陰(태음) : 이선(李善)은 뭇 신들이 사는 곳으로 주(注)하였음.
89) 君王(군왕) : 신녀(神女)가 조식을 부른 칭호
90) 神宵(신소) : '神霄(신소)'라고도 씀. 이선(李善)은 '宵(소)'를 '化(화)'자로 해석하였다. 즉 여신이 사라져 다시 나타나지 않는 것을 말함.
91) 靈體(영체) : 여신을 가리킴.
92) 上泝(상소) : 거슬러 올라가다.

긴 강을 떠돌며 돌아갈 생각은 잊고,　　　　　浮長川而忘反,

끝없이 이어지는 생각에 그리움만 더해가네.　　思綿綿而增慕.93)

밤에는 마음이 편치 않아 잠들지 못하고,　　　夜耿耿而不寐,94)

짙은 서리에 젖어 새벽까지 이르네.　　　　　霑繁霜而至曙.95)

마부에게 수레를 준비하여,　　　　　　　　　命僕夫而就駕,

내가 동쪽 봉지(封地)로 돌아가자 명하네.　　　吾將歸乎東路.96)

말고삐를 쥐고 채찍을 들었지만,　　　　　　攬騑轡以抗策,97)

슬퍼 머뭇거리며 떠나가지 못하네.　　　　　悵盤桓而不能去.98)

2-4. 계속되는 비를 걱정하며(愁霖賦)1)

2-4-1. 첫째

북풍을 맞으며 나아가니　　　　　　　　迎朔風而爰邁兮,2)

---

93) 綿綿(면면) : 길게 이어지는 모양.
94) 耿耿(경경) : 마음이 불안한 모습을 형용.
95) 曙(서) : 날이 밝을 때, 새벽.
96) 東路(동로) : 번국(藩國)으로 가는 동쪽 길.
97) 抗策(항책) : 채찍을 들다.
98) 盤桓(반환) : 주저하며 나아가지 못하는 모양.

2-4. 愁霖賦(수림부)

1) 이 부는 계속되는 장맛비를 걱정하며 지은 작품으로 초사체(楚辭體)의 구법을 그대
로 사용하고 있으며 격구로 압운하고 있다. 2수로 되어 있는 이 작품은 구법은 유사하
지만 내용이 아주 어긋나 있다. 정안(丁晏)은 "정본(程本)에는 1수로 되어 있으나 앞에
서는 삭풍(朔風)을 이야기 하면서 뒤에서는 계추(季秋)라고 하고 있어 계절이 같지 않
으므로 장씨(張氏)는 2수로 분석하였다. 여기서는 이에 따른다"라고 주(注)하였다. 한
편 엄가균은 "이전 명나라 간본『자건집(子建集)』에는 앞부분의 부(賦)를 실어 놓고
다시 한 편의 부를 싣고 있는데, '夫何季秋之沍雨兮' 등 무릇 6구로 되어 있다. 이는

비는 칙칙 내려 갈 길을 붙잡네.

아침 태양 빛을 감추어 안타깝고,

북두칠성은 정기를 숨겨 원망스럽네.

수레는 나아가지 못하고 빙빙 돌고,

말은 배회하며 슬프게 우네.

부상(扶桑)나무에 기어올라 우러러 바라보며,

천제(天帝)에게 아홉 개의 해를 빌려보네.

두터운 구름의 광대함을 보니,

슬프게도 나의 바람은 이루어지지 않겠네.

雨微微而逮行.[3]

悼朝陽之隱曜兮,

怨北辰之潛精.

車結轍以盤桓兮,[4]

馬躑躅以悲鳴.[5]

攀扶桑而仰觀兮,[6]

假九日於天皇.[7]

瞻沉雲之泱漭兮,[8]

哀吾願之不將.[9]

장부본(張溥本)에도 이와 같은 것은 대개 『예문유취(藝文類聚)』에 의거하여 두 편의 부(賦)를 연이어 실은 것이다. 『문선(文選)』 조식(曹植)의 「미녀편(美女篇)」 주(注)와 장협(張協)의 「잡시(雜詩)」 주(注)에서 두 번째 부는 채옹(蔡邕)의 작품임을 알 수 있다. 이는 『예문유취(藝文類聚)』가 잘못 편정한 것이니, 삭제한다"라고 하였음. 이에 따라 엄가균(嚴可均), 조유문(趙幼文), 부아서(傅亞庶)는 제2수를 삭제하였음. 여기서는 이를 확인하고 저본에 실려 있는 것을 존중하여 역주하기로 한다. 愁霖(수림) : 오랫동안 내리는 비, 장맛비.

2) 朔風(삭풍) : 북풍(北風), 또는 한풍(寒風). 조유문(趙幼文)의 고증에 따르면, 건안 17년(212) 겨울 10월에 조조는 동쪽으로 손권(孫權)을 정벌하러 떠남에 조비와 조식이 수행하여, 18년 여름 4월에 업(鄴)으로 돌아왔는데, 남으로 갔다가 북상하였기 때문에 이와 같이 표현한 것이라고 한다. 爰(원) : 어조사.

3) 逮行(체행) : '逮(체)'는 붙잡는다는 뜻으로 갈 길을 지체시키는 것을 말함.

4) 結轍(결철) : 수레바퀴를 교차시키다, 즉 수레를 돌려 돌아오는 것을 말하는데, 여기서는 나아가지도 돌아오지도 못하고 빙빙 수레를 돌리는 것을 말함.

5) 躑躅(척촉) : 배회하며 앞으로 나아가지 못하는 모습을 형용.

6) 扶桑(부상) : 전설에 나오는 나무이름으로 그곳으로부터 해가 뜬다고 함.

7) 九日(구일) : 고대 전설에 따르면, 하늘에 10개의 태양이 있었는데, 요(堯)임금이 후예(后羿)로 하여금 아홉 개의 해를 쏘아 떨어뜨리게 했다는 고사가 있다. 이 구(句)에서는 이 떨어진 아홉 태양이라도 빌리고 싶다는 의미.

8) 泱漭(앙망) : 넓고 큰 모양.

9) 將(장) : 순종(順從)하다. 따르다.

2-4-2. 둘째(又)[1]

어찌 늦가을에 계속되는 비인가?	夫何季秋之淫雨兮,[2]
여러 날이 이어져 장맛비가 되었네.	旣彌日而成霖.[3]
검은 구름 어두워짐을 보노라니	瞻玄雲之晻晻兮,[4]
하늘에서 빗소리 들려오네.	聽長空之淋淋.[5]
한밤중에 누워 탄식하다,	中宵臥而歎息,
일어나 단장하고 금(琴)을 타보네.	起飾帶而撫琴.

2-5. 비가 개어 기뻐하며(喜霽賦)[1]

우(禹)임금은 양우(陽盱)에서 치수하다 헌신했으나,	禹身誓於陽盱,[2]

2-4-2. 둘째(又)

1) 엄가균(嚴可均)이 채옹(蔡邕)의 작품으로 추정한 6구(句).

2) 季秋(계추) : 가을의 마지막 한 달, 음력(陰曆)으로 9월을 말함. 淫雨(음우) : 오랫동안 내리는 비, '淫(음)'은 '霖(림, 장맛비)'의 뜻.

3) 彌日(미일) : 종일(終日). 霖(림) : 삼일 이상 내리는 비.

4) 晻晻(엄엄) : 어두운 모양.

5) 長空(장공) : 창공, 하늘. 淋淋(임림) : 빗소리를 형용하는 의성어.

2-5. 喜霽賦(희제부)

1) 이 부는 계속되는 비가 그쳤기 때문에 그 기쁨에 지은 작품이다. 『초학기(初學記)』 권2에 인용된 『위략(魏畧)·오행지(五行志)』에 따르면, "연강(延康) 원년(220)에 큰 장맛비가 50여 일 동안 계속되었지만, 위(魏)나라가 천하를 얻자 이내 개었는데 이는 왕위의 선양에 감응 받은 것이었다(延康元年大霖雨五十餘日, 魏有天下, 乃霽, 將受大禪之應也)"고 하였고 조비 역시 이때 같은 제목의 부를 지은 것으로 보아 이 작품은 연강(延康) 원년(220) 조조가 왕위를 물려받았으므로 연강(延康) 말기에 지어진 것으로 추정할 수 있다. 형식은 6언으로 격구 압운하고 있지만 전체적으로 많은 부분이 없어진 것으로 추정된다.

2) 誓(서) : 정본(程本)과 장본(張本)에는 '逝(서)'자로 되어 있는데, 이 두 글자는 발어사

결국 고관이 되어 공업(功業)을 아뢰었고,　　　　卒錫圭而告成.[3]

탕(湯)임금은 은(殷)나라 때에 가뭄을 생각하여,　　湯感旱於殷時,

상림(桑林)에 나아가 정성을 드렸다네.　　　　　造桑林而敷誠.[4]

수레를 움직이니 구름은 열리고,　　　　　　　動玉輞而雲披,[5]

방울을 울리니 태양이 떠오르네.　　　　　　　鳴鑾鈴而日陽.[6]

북극성을 가리키며 약속하였으니,　　　　　　　指北極以爲期,[7]

로 쓰일 경우에 서로 통한다. 그러나 여기에서는 실사(實辭)로서 동사로 쓰여야 한다. 그러므로 '逝(서)'자에서 '없어지다'는 의미를 취하였다. 하지만 조유문(趙幼文)은 '誓(서)'는 '告(고, 아뢰다)'의 뜻으로 해석하며 '逝(서)'자로 된 것은 잘못이라 하였다. 陽旴(양간): 『태평어람(太平御覽)』 권82 「하우(夏禹)」 조목에서 『회남자(淮南子)·수무훈(修務訓)』을 인용하여 "우임금은 치수하며 양간의 강물에 몸을 바쳤다(禹爲水, 以身解於陽旴之河)"고 하였고, 『회남자(淮南子)·수무훈(修務訓)』에는 '陽旴(양우)'로 되어 있다. 자형(字形)이 매우 유사하여 오기(誤記)할 수 있으므로 어느 것이 정확한지 알 수 없지만 조유문(趙幼文)은 '陽旴(양우)'가 맞다고 하였다. 여기에서는 조유문의 교정을 따른다.

3) 錫圭(석규): '錫珪(석규)'라고도 쓰며, '錫(석)'은 수여하다는 의미. '珪(규)'는 제왕이 봉작이나 봉토를 수여할 때 신표로 주는 옥으로 만든 예물을 말하므로 여기서는 봉작을 받은 것을 말함. 告成(고성): 공적(功績)을 조상에게 아뢰는 것. 『상서(尙書)·우공(禹貢)』에 "우(禹)임금은 현규(玄圭)를 부여 받고 그 성공을 아뢰었다(禹錫玄圭, 告厥成功)"라고 하였는데, 전(傳)에 "현(玄)은 하늘의 색이다. 우(禹)의 공적이 사해(四海)에 늘어나자 요(堯)임금은 현규(玄圭)를 물려주어 그를 명백히 밝히고, 하늘에게 그 공적이 이루어졌음을 아뢰었다(玄, 天色. 禹功盡加於四海, 故堯賜玄圭以彰顯之, 言天功成)"라고 한 것을 말함.

4) 造(조): '~에 이르다.' 桑林(상림): 지명. 이상 두 구는 『논형(論衡)·감허편(感虛篇)』에 "전하는 글에 '탕(湯)은 7년간 계속되는 가뭄을 당하자, 친히 상림(桑林)에 기도하면서 여섯 가지 허물로서 자신을 책망하자, 비로소 비가 내렸다'고 한다. 혹자는 말하기를, '5년간 가뭄이 들었다'고 한다. 기도하는 말에 '나 한사람에게 죄가 있다면 만백성에게까지 미치지 마십시오. 만백성에게 죄가 있다면 저 한 사람에게 있는 것입니다. 한 사람의 어리석음 때문에 상제(上帝)와 귀신이 백성의 목숨을 상하게 하지 않기를 바랍니다'고 하였다. 이에 머리칼을 자르고 손을 묶고 자신을 희생으로 삼아서 상제(上帝)에게 복을 기원하였다(傳書曰, 湯遭七年旱, 以身禱於桑林, 自責以六過, 天乃雨. 或言五年. 禱辭曰, 余一人有罪, 無及萬夫, 萬夫有罪, 在余一人. 天以一人之不敏, 使上帝鬼神傷民之命. 於是剪其髮, 麗其手, 自以爲牲, 用祈福於上帝)"라고 한 고사를 환기하고 있음.

5) 玉輞(옥망): 수레에 대한 미칭. '輞(망)'은 수레바퀴의 바깥 테두리를 말함.

6) 陽(양): '揚(양)'자의 오자(誤字)로 보이나 두 글자는 같이 통용함.

7) 北極(북극): 북극성(北極星)을 말함. 『논어(論語)·위정(爲政)』에 "공자가 말하기를,

나는 장차 길을 더욱 빨리 가야겠네.　　　　　　　吾將倍道而兼行.8)

2-6. 누대에 올라(登臺賦)1)

임금님을 따라 즐겁게 노닐며,　　　　　　　　從明后之嬉遊兮,2)

문득 누대에 올라 마음을 즐겁게 하네.　　　　聊登臺以娛情.3)

업성(鄴城)이 드넓게 펼쳐진 것을 보면서,　　見天府之廣開兮,4)

덕으로 정치하는 것은 비유하자면 북극성이 자기 위치에 자리 잡고 있고, 뭇 별들이
그것을 에워싸는 것과 같다(子曰, 爲政以德, 譬如北辰, 居其所而衆星共之)"라는 말이
있음.

8) 倍道(배도) : 보통 이틀 길을 하루 만에 간다는 의미로 뒤의 '兼行(겸행)'과 같음.

2-6. 登臺賦(등대부)

1) 『삼국지(三國志)·위지(魏志)·진사왕전(陳思王傳)』에도 실려 있는 이 부는 건안(建
安) 17년(212) 봄에 조조의 3부자가 누대에 올라 조식으로 하여금 부를 짓게 하여 지은
작품이다. 내용은 누대에 올라 업성(鄴城)의 웅장함과 아버지의 치세에 대한 칭송, 무
병장수를 빌고 있다. 형식은 초사체(楚辭體)로 이루어져 있으며 구법은 마지막에 사언
(四言)의 구를 사용하여 변화를 모색하고 있다. 격구로 압운하며 한차례의 환운(換韻)
이 있다. 臺(대) : 동작대(銅雀臺). 옛 터는 지금의 하북성(河北省) 임장현(臨漳縣) 서남
쪽에 있음. 건안(建安) 15년(210) 조조는 동작대(銅雀臺)·금호대(金虎臺)·빙정대(氷
井臺) 등 세 누대를 건립하였다. 동작대는 높이가 10장(丈)이고, 주위의 궁전은 120채
이며 누대의 꼭대기에는 동(銅)으로 만든 커다란 봉황[雀]을 만들어 두었는데, 그 모습
이 마치 나는 듯하여, 동작대(銅雀臺)라고 하였다고 한다. 『삼국지(三國志)·위지(魏
志)·진사왕전(陳思王傳)』에 "당시 업(鄴)에 동작대를 짓고 태조는 여러 아들들을 거
느리고 대(臺)에 올라 각기 부(賦)를 짓도록 하였는데 조식이 붓을 들고 곧장 완성하니,
참으로 뛰어나 태조는 아주 그를 남다르게 여겼다(時鄴銅爵臺新成, 太祖悉將諸子登
臺, 使各爲賦, 植援筆立成, 可觀, 太祖甚異之)"는 기록을 보아 이 작품의 배경을 알
수 있다. 한편 정안(丁晏)은 『무제기(武帝紀)』에 따르면 건안(建安) 15년 겨울에 동작
대(銅雀臺)를 완공하였으므로 조자건의 나이는 겨우 19세였다고 한다.

2) 明后(명후) : 어질고 현명한 군주(君主). 여기서는 조조(曹操)를 가리킴.

3) 聊登臺(요등대) : 『삼국지(三國志)·위지(魏志)·진사왕전(陳思王傳)』에는 '登層臺(등
층대)'라고 되어 있는데, 문맥이 더욱 잘 통한다. 여기에서 '층대(層臺)'는 바로 동작대
(銅雀臺)를 말한다.

임금께서 다스리는 곳을 바라보네.　　　　　　觀聖德之所營.[5]

높다란 궁전은 우뚝 솟아 서있고,　　　　　　建高殿之嵯峨兮,

두 누대는 태청에 떠있으며,　　　　　　　　浮雙闕乎太淸.[6]

하늘로 치솟은 아름다운 누대가 서서,　　　　立沖天之華觀兮,[7]

나는 듯한 전각(殿閣)은 서쪽 성으로 이어져있네.　連飛閣乎西城.

장하(漳河)의 긴 흐름을 마주하여,　　　　　　臨漳川之長流兮,[8]

모든 과일들이 번성함을 바라보고,　　　　　望衆果之滋榮.[9]

봄바람의 화목함을 우러러 보며,　　　　　　仰春風之和穆兮,

온갖 새들의 슬픈 울음을 듣네.　　　　　　　聽百鳥之悲鳴.

제왕의 공적(功績)은 변함없고 이미 세워졌으니,　天功恒其旣立兮,[10]

집안의 소원이 이루어져 드러나게 되었고,　　家願得而獲呈.[11]

어진 교화가 천하에 날아오르니,　　　　　　揚仁化於宇內兮,[12]

모두 서울에 계시는 임금님 더욱 공경하네.　盡肅恭於上京.[13]

제환공(齊桓公)과 진문공(晉文公)이 성대함을 이루었다 하여도,　雖桓文之爲盛兮,[14]

어찌 우리 임금님에 견줄 수 있으리오　　　　豈足方乎聖明.[15]

---

4) 天府(천부) : 비옥하고 산물이 풍요로운 땅, 즉 여기서는 동작대에 올라 바라보는 업성(鄴城) 주변의 지역을 말함. 조유문(趙幼文)은 '天(천)'자를 '大(대)'의 뜻으로 보아 '大府(대부)', 즉 관공서로 해석하였음.

5) 聖德(성덕) : 임금님. 바로 조조(曹操)를 가리킴. 營(영) : 다스리다.

6) 雙闕(쌍궐) : 고대 궁전, 사당, 능묘의 앞 양가에 높다랗게 세워둔 누대. 太淸(태청) : 하늘.

7) 沖天(충천) : 하늘로 치솟다.

8) 漳川(장천) : 장하(漳河), 산서성(山西省) 동부에는 청장(淸漳)과 탁장(濁漳)이 있는데, 동남방향으로 흘러 하북(河北)과 하남(河南) 두 성(省)의 경계로 이르러 합류하여, 장하(漳河)를 이룸.

9) 滋榮(자영) : 생장하여 번성함.

10) 天功(천공) : 고대에는 제왕을 천자(天子)로 여겼기 때문에 제왕(帝王)의 공업(功業)을 말한다.

11) 家願(가원) : 조씨(曹氏) 집안이 천하를 평정하는 바람.

12) 仁化(인화) : 인자한 교화(敎化).

13) 肅恭(숙공) : 엄숙하게 공경함. 上京(상경) : 나라의 수도 허창(許昌)을 가리킴.

14) 桓文(환문) : 춘추 오패(五覇)중 제(齊)나라 환공(桓公)과 진(晉)나라 문공(文公)을 지칭.

기쁘도다! 아름답도다!　　　　　　休矣美矣,[16]

은택이 멀리까지 날아올라,　　　　惠澤遠揚.

우리 왕조를 보좌하고,　　　　　　翼佐我皇家兮,[17]

저 사방을 안녕토록 하네.　　　　寧彼四方.

하늘과 땅의 크기와 같고,　　　　同天地之矩量兮,[18]

해와 달의 광채와 나란히 하며,　齊日月之輝光.[19]

영원히 존귀함은 끝이 없어,　　　永貴尊而無極兮,

수명은 동왕공(東王公)과 같을 것이네.　等年壽於東王.[20]

2-7. 구화부채(九華扇賦)[1]

서문

옛날 증조부께서 상시(常侍)로서 한환제(漢桓帝)의 총애를 받으실 때에

---

15) 方(방) : 비교하다.

16) 休(휴) : '欣欣(흔흔)', 즉 기쁜 모양.

17) 皇家(황가) : 왕실, 왕조. 여기서는 한(漢)나라의 왕조(王朝)를 말함.

18) 矩量(구량) : 크기와 양, 즉 하늘의 크기와 땅의 넓이를 말함.

19) 이상 두 문장은 『초사(楚辭)·구장(九章)·섭강(涉江)』에서 "천지와 더불어 오래 살며, 해와 달과 함께 빛을 내리라(與天地兮同壽, 與日月兮同光)"라고 한 표현에서 비롯한 것으로 보임.

20) 東王(동광) : 동왕공(東王公). 전설 속의 선인(仙人)으로 남자 선인들의 명부를 관장하며, 서왕모(西王母)와 대칭을 이룸. 정안(丁晏)에 따르면 마지막 두 문장은 『삼국지(三國志)·위지(魏志)·진사왕전(陳思王傳)』에서 보충하였고, 각 구(句)에서 '혜(兮)'자가 빠져 있으나, 본전(本傳)에 따라서 보충하였다고 한다.

2-7. 九華扇賦(구화선부)

1) 조식의 부 작품 중에서 처음으로 만나는 영물부(詠物賦)이다. 증조부가 환제(桓帝)에

상방(上方)의 대나무 부채를 하사받으셨다. 그 부채는 모나지도 둥글지도 않았는데 그 가운데 무늬가 놓여있어 이름을 「구화선」이라 하였다. 그리고 이 부를 지었다. 그 말은 이러하다.

昔吾先君常侍得幸漢桓帝時,[2] 賜尙方竹扇.[3] 其扇不方不圓, 其中結成文,[4] 名曰九華扇. 故爲賦. 其辭曰.

본문

선경(仙境)의 이름난 대나무,	有神區之名竹,[5]
부주산(不周山) 높은 봉우리에 자라면서,	生不周之高岑.[6]
푸른 물의 하얀 물결을 마주하고,	對綠水之素波,
시커먼 여울의 깊은 속을 등졌네.	背玄澗之重深.[7]
텅 비고 긴 것을 몸체로 삼아 줄기를 세우고,	體虛暢以立榦,[8]
푸른 잎을 펼쳐서 숲을 이루었네.	播翠葉以成林.

게 하사받은 부채가 집안에 전해져 내려오다가 자신이 직접 그 부채를 보고 감응이 일어나 지은 작품이다. 위진(魏晉)시대 영물(詠物)의 부작품은 종종 작가 자신을 사물에 의탁하는 형태를 취하는데, 이 작품에서는 그러한 감정 이입은 보이지 않는다. 형식은 6언과 4언으로 정형화 되어 있고 산문투의 접속사가 한 차례 보인다. 격구로 압운하고 있으며 4차례 환운(換韻)이 있다. 九華(구화) : 아홉 겹의 꽃으로 종종 국화를 말하는데, 여기서는 『서경잡기(西京雜記)』 권1에 나오는 부채 이름.
2) 先君(선군) : 조식의 증조부(曾祖父)인 조등(曹騰)을 말함.
3) 尙方(상방) : 고대 제왕의 기물을 관리하는 부서로 한말(漢末)에는 중(中)·좌(左)·우(右)의 세 상방(尙方)이 있었다고 함.
4) 結(결) : 선골(扇骨)이 연접한 곳을 말함. 文(문) : 꽃문양.
5) 神區(신구) : 선경(仙境).
6) 不周(부주) : 전설상의 산인 부주산(不周山). 『초사(楚辭)·이소(離騷)』에 "부주산(不周山)으로 가는 길 찾아 왼쪽으로 돌고, 서해(西海)를 가리키며 만나자고 하였네(路不周以左轉兮, 指西海以爲期)"라 하였는데, 왕일(王逸)은 "부주는 산 이름으로 곤륜산(崑崙山)의 서북쪽에 있다(不周, 山名, 在崑崙西北)"고 설명하였다.
7) 玄澗(현간) : '玄(현)'은 깊다는 의미로 깊은 여울을 말함.
8) 暢(창) : 장(長), 즉 길다는 뜻으로 여기서는 명사로 쓰여 긴 것.

모양은 다섯으로 나뉘고 아홉으로 잘려,　　　　　形五離而九析,9)

털을 자르듯 미세하게 가닥가닥 나뉘었네.　　　　篾髮解而縷分.10)

규룡의 꿈틀거림을 흉내 내고,　　　　　　　　效虯龍之蜿蟬,11)

무지개의 아득함을 본받아,　　　　　　　　　法虹霓之氤氳.12)

미묘한 생각을 펼쳐내느라 시간을 들여서,　　　攄微妙以歷時,13)

아홉 겹의 꽃무늬 [만들었네]　　　　　　　　□九層之華文.14)

곧이어 지약(芷若)에 담가두었다가,　　　　　爾乃浸以芷若,15)

강리(江蘺)로 털어내고,　　　　　　　　　　拂以江蘺.16)

다섯 향기에 흔들어서,　　　　　　　　　　搖□五香,17)

난초 연못에 씻어내었네.　　　　　　　　　濯以蘭池.18)

그 형상이 아주 멋지고　　　　　　　　　　因形致好,

그 형식이 범상치 않으니,　　　　　　　　　不常厥儀.19)

---

9) 九析(구석): 저본에는 '九華(구화)'로 되어 있는데, 여기서는 『태평어람(太平御覽)』과 『전삼국문(全三國文)』을 따른다. '五離(오리)'와 '九析(구석)'은 부채를 만들면서 대나무를 쪼개고 자르는 것을 말함.

10) 篾(멸): 미세하고 가늘다.

11) 虯龍(규룡): 용. 『초사(楚辭)·천문(天問)』의 왕일(王逸) 주(注)에 따르면 뿔이 있는 것은 '龍(룡)'이라하고 뿔이 없는 것을 '虯(규)'라 한다고 하였음. 蜿蟬(완선): 용(龍)이 꿈틀 거리는 모양을 형용.

12) 氤氳(인온): '絪縕(인온)', '烟熅(연온)'으로도 쓰며, 모두 아득한 모양을 형용.

13) 歷時(역시): 시간이 경과하다. 즉 부채를 만드는데 공을 들이는 것을 말함.

14) □: 엄가균은 '結(결)'자로 보충하였음.

15) 芷若(지약): 백지(白芷)와 두약(杜若)을 겸칭한 것. 浸(침): 담궈두다.

16) 拂(불): 가려 덮다. 江蘺(강리): '江蘺(강리)'라고도 쓰며, 芷(지, 구리 때)와 같은 향초 이름.

17) □: 엄가균은 '以(이)'자로 보충하였는데, 전후의 문장 구조로 보아 적절하다. 五香(오향): 청목향(靑木香), 오목향(五木香)을 말하나, 나중에는 회향(茴香)·화초(花椒)·대료(大料)·계피(桂皮)·정향(丁香) 등 다섯 가지 조미(調味)향을 지칭하였다. 여기서는 후자의 뜻으로 쓰인 것으로 보임.

18) 蘭池(난지): 『사기(史記)·진시황본기(秦始皇本紀)』에 따르면, 진시황이 위수(渭水)를 끌어다가 연못을 만들고 난지(蘭池)라고 하고, 못 가운데 봉래산(蓬萊山)을 쌓고 돌을 깎아 고래를 만들었다는 기록이 보인다. 여기서는 신령스러운 물로 씻어 낸다는 상징적인 비유의 수단으로 쓰임.

19) 不常厥儀(불상궐의): 그 형식이 범상치 않다. '厥儀不常(궐의불상)' 운자(韻字) 때문

모남은 곱자에 응하지 않고,　　　　　方不應矩,[20]

둥긂은 그림쇠에 맞지 않네.　　　　　圓不中規.

하얀 손목 따라서 가만히 움직이면,　隨皓腕以徐轉,[21]

고마운 바람이 서늘하게 일고,　　　　發惠風之微寒.[22]

때로는 맑은 기운이 매섭게 일어서,　時清氣以方厲,[23]

어지럽게 비단 옷을 나부끼게 하네.　紛飄動兮綺紈.[24]

2-8. 보배 칼(寶刀賦)[1]

서문

건안(建安) 연간에 아버지인 위왕(魏王)께서 해당 관리에게 보도(寶刀) 다섯 자루를 제조하라 명하시니 3년이 되어서야 완성하였다. 용(龍)·호(虎)·웅(熊)·마(馬)·작(雀)으로 표시하셨다. 태자가 한 자루, 나와 동생 요양후(饒陽侯)가 각각 한 자루씩을 얻었다. 그 나머지 두 자루는 아버지께서 가지셨다. 이에 부(賦)를 지어 이르기를,

---

　에 도치되었음.

20) 應(응) : 부합하다.

21) 皓腕(호완) : 하얀 손목.

22) 惠風(혜풍) : 온화한 바람.

23) 方厲(방려) : 정직하고 엄숙함.

24) 綺紈(기환) : 화려한 비단, 또는 그것으로 만든 옷.

2-8. 寶刀賦 (보도부)

1) 이 부 역시 영물부(詠物賦)로 창작 동기가 서문에 잘 나타나 있다. 조조가 특별히 명하여 주조한 칼을 선물 받고 그 칼의 훌륭함과 그 칼의 의미 등을 서술한 작품이다. 전체적으로 정형화된 6언과 4언으로 이루어져 있으며 격구로 압운하고 있으며 3차례 환운(換韻)할 때 산문투 접속사로 끊어 분위기를 바꾸고 있다. 이와 연관하여 권7에

建安中, 家父魏王, 乃命有司造寶刀五枚, 三年乃就. 以龍虎熊馬雀爲
識. 太子得一,[2] 余及余弟饒陽侯各得一焉.[3] 其餘二枚, 家王自杖之, 賦
曰.

본문

한(漢)나라 어진 임금은,	有皇漢之明后,[4]
생각은 사리에 밝고 하늘과 통했으며,	思明達而玄通.[5]
문채를 날려 널리 인재를 구하여,	飛文藻以博致,[6]
군대를 갖추어 흉악한 무리를 무찌르셨네.	揚武備以禦凶.[7]
이에 불을 피운 용광로의 화염으로,	乃熾火炎爐,
쇠를 녹여 정수(精髓)를 빼내,	融鐵挺英.[8]
오획(烏獲)이 망치질 하고,	烏獲奮椎,[9]

조식의 「보도명(寶刀銘)」이 별도로 실려 있으니 참고 바람. 정안(丁晏)에 따르면, 『북당
서초(北堂書鈔)』권123에는 「보도검부(寶刀劍賦)」로 되어 있음. 寶刀(보도) : 백벽도(百
辟刀)를 말하는 것으로 보임. 조조의 「백벽도령(百辟刀令)」에 "지난 해 백벽도(百辟刀)
다섯 자루를 만들게 하였는데, 마침 완성되어 우선 한 자루는 오관중랑장(五官中郞將,
조비)에게 주고 그 나머지 네 자루는 나의 아들 중에 무(武)를 싫어하고 문학을 좋아하
는 자가 있으면 차례로 주고자 한다(往歲作百辟刀五枚適成, 先以一與五官將, 其餘四,
吾諸子中有不好武而好文學, 將以次與之)"라고 한 것으로 추정할 수 있다.

2) 太子(태자) : 조비를 가리키는데 그가 태자가 된 것은 건안 23년(218)이므로 이 작품
은 그 이후에 창작되었을 것이다.

3) 饒陽侯(요양후) : 조식의 이복동생인 조림(曹林). 정안(丁晏)에 따르면, "『위지(魏
志)·패목왕림전(沛穆王林傳)』에 '건안 16년(211) 요양후에 봉해졌다'"고 한다.

4) 有(유) : 나라이름이나 종족 이름 앞에 붙이는 접두사. 皇漢(황한) : 한(漢)나라를 말함.
明后(명후) : 어진 임금. 여기서는 헌제(獻帝)를 말함.

5) 明達(명달) : 사리에 밝다. 玄通(현통) : 하늘과 상통함.

6) 文藻(문조) : 문채(文彩)나 문장(文章).

7) 武備(무비) : 군대를 준비하다.

8) 英(영) : '鐵英(철영)'을 말하는데, 정련된 철.

9) 烏獲(오획) : 전국시대 진(秦)나라의 역사(力士). 椎(추) : 망치 같은 병기.

구야자(歐冶子)가 만든 것이네.　　　　　　　　歐冶是營.10)

뜨거운 바람이 불어 기운이 솟구치니,　　　　扇景風以激氣,11)

날리는 빛들이 하늘에 비추어지네.　　　　　飛光鑑於天庭.12)

이에 태일(太一)신에게 제사 올려 아뢰니,　　爰告祠於太乙,13)

곧 꿈에 감응하여 신령에 통하였네,　　　　乃感夢而通靈.14)

그런 다음에 오방(五方)의 돌을 갈고,　　　然後礪以五方之石,15)

중황(中黃)의 흙으로 문지르네.　　　　　　鑿以中黃之壤.16)

달에 맞추어 고리를 정하고,　　　　　　　規圓景以定環,17)

생각을 펴서 형상을 만드니,　　　　　　　攄神思而造象.

드리운 문양은 현란하며,　　　　　　　　垂華紛之葳蕤,18)

흐르는 푸른 광채 번쩍 번쩍하네.　　　　流翠采之滉瀁.19)

그러므로 그 예리함은 땅에서는 무소 가죽을 자르고, 故其利陸斷犀革,20)

물에서는 용의 뿔을 자르며,　　　　　　水斷龍角.

---

10) 歐冶(구야) : 구야자(歐冶子). 춘추시대 검을 잘 만들기로 이름난 장인(匠人). 월왕(越王)을 위해 거궐(巨闕)·담노(湛盧)·승사(勝邪)·어장(魚腸)·순구(純鉤)라는 다섯 자루의 검을 만들었고, 초왕(楚王)을 위해 용연(龍淵)·태아(泰阿)·공포(工布)라는 세 자루의 검을 만들었다고 함.

11) 扇(선) : 여기서는 동사로 쓰여 바람이 일다. 景風(경풍) : 더운 바람.

12) 天庭(천정) : 하늘.

13) 太乙(태을) : 태일(太一)이라고도 하는 천신(天神).

14) 通靈(통령) : 신령(神靈)과 통하다. 즉 천신(天神)이 꿈에 나타나 검을 제조하는 방법을 계시해 주는 것을 말함.

15) 五方(오방) : 동(東), 서(西), 남(南), 북(北) 그리고 중앙.

16) 鑿(착) : 저본에는 '鑒(감)'자로 되어 있음. 한편 조유문(趙幼文)은 '鑿(착)'자를 '錯(착)'자와 통용하는 것을 들어 '문지르다'는 의미로 풀었는데, 여기서는 조유문의 교정을 따른다. 中黃(중황) : 『문선(文選)』에 실린 장형(張衡)의 「서경부(西京賦)」의 이주한(李周翰)의 주(注)에 나라 이름으로 풀이되어 있으나, 구체적으로 어디를 말하는 지 알 수 없음.

17) 圓景(원경) : 달.

18) 葳蕤(위유) : 화려한 모양.

19) 翠采(취채) : 푸른 광채, 바로 칼의 빛을 말함. 滉瀁(황양) : 빛이 요동치는 모양.

20) 斷(단) : 『예문유취(藝文類聚)』에는 '斬(참)'자로 되어 있는데, 아래 문장에서도 '斷(단)'자가 나오므로 '斬(참)'자로 바꾸어도 좋을 듯하다.

탁탁 쳐보고 살짝 잘라보니,　　　　　　輕擊浮截,21)

칼날도 약하지 않네.　　　　　　　　　刃不纖削.22)

남월(南越)의 거궐검(巨闕劍)을 뛰어넘고,　　踰南越之巨闕,23)

서초(西楚)의 태아검(泰阿劍)을 초월했네.　　超西楚之太阿.24)

실로 진인(眞人)이 사용하는 것인데,　　　實眞人之攸御,25)

영원한 하늘의 복록으로 이 은혜를 입었네.　永天祿而是荷.26)

2-9. 거거석 주발(車渠椀賦)1)

생각건대 이 주발이 나는 곳은　　　　　惟斯椀之所生,

---

21) 浮(부) : '輕(경, 가볍다)'의 뜻.

22) 纖削(섬삭) : 섬세하고 바싹 마른 것을 말하는데, 여기서는 검의 날이 약해보이지 않
　　는다는 의미로 쓰인 것으로 보임. 한편 부아서(傅亞庶)는 '纖弱(섬약)'으로 보는데 역
　　시 고려할 만하다.

23) 巨闕(거궐) : 구야자(歐冶子)가 만들었다는 검의 이름.

24) 西楚(서초) : 지명. 전국시대 초(楚)나라의 땅이 너무 광활하여 진한(秦漢)시대에는 서
　　초(西楚), 동초(東楚), 남초(南楚)로 나누어 불렀음. 太阿(태아) : 태아(泰阿), 구야자(歐
　　冶子)가 초왕(楚王)을 위해 만들었다는 검의 하나.

25) 眞人(진인) : 신선(神仙)이 된 사람. 御(어) : 사용하다.

26) 天祿(천록) : 하늘이 내린 복록. 여기서는 황제의 은혜를 말함. 是荷(시하) : 은혜에 감
　　사하는 상투어.

2-9. 車渠椀賦(거거완부)

1) 이 부 또한 영물(詠物)의 작품으로 서역(西域)에서 온 거거(車渠)로 만든 주발의 화
　려한 모습 속에 멀리 서역에까지 떨친 아버지의 교화를 교묘하게 칭송하고 있다. 조조
　는 건안(建安) 20년(215)에 서역의 양주(涼州)를 평정하였는데 아마도 이때와 연관되어
　있을 것으로 보인다. 형식은 6언을 위주로 중간에 4언구가 대우(對偶)를 이루고 있으
　며 격구로 압운하고 한 차례의 환운(換韻)이 있다. 문제(文帝)・응창(應瑒)・왕찬(王粲)
　모두에게 이를 묘사한 부(賦)가 보인다. 車渠(거거) : 서역(西域)에서 생산되는 일종의
　아름다운 돌. 최표(崔豹)의 『고금주(古今注)』에 따르면 거거석(車渠石)으로 주발을 만
　들어 썼다고 함.

곤륜산의 깊은 물가라네.　　　　于涼風之浚湄.[2]

금빛 광채를 따서 그 색을 이루니,　　采金光之定色,[3]

아침 햇살처럼 광채를 발하네.　　擬朝陽而發輝.

흑과 백의 찬란함보다 두텁고,　　豐玄素之暐暐,[4]

붉은 꽃의 화려함을 지녔네.　　帶朱榮之葳蕤.[5]

명주실을 모아서 무늬를 드러내며,　　縕絲綸以肆采,[6]

문양은 복잡한 베처럼 서로 따르네.　　藻繁布以相追.[7]

날듯 나부끼며 움직이는 광채는　　翩飄飈而浮景,[8]

놀란 고니가 쌍으로 나는 듯하고,　　若驚鵠之雙飛.

서역에 신비로운 옥을 감추었으니,　　隱神璞於西野,[9]

백 세대가 끝나도 없어지지 않네.　　彌百葉而莫希.[10]

이때에 돈후하고 영명하신 임금님께서는　　於時乃有篤厚神后,[11]

어진 명성이 널리 미치시니,　　廣被仁聲.

오랑캐는 의(義)를 사모하여 사신을 보내와서,　　夷慕義而重使,[12]

---

2) 涼風(양풍): 산 이름으로 閬風(낭풍), 즉 곤륜산(崑崙山)을 말한다. 『초사(楚辭)·이소(離騷)』에 "아침에 나는 백수를 건너고자, 낭풍산에 올라 말을 매어두네(朝吾將濟於白水兮, 登閬風而緤馬)"라고 한 것이 보이는데, 홍흥조(洪興祖)의 주에 따른 것이다. 浚(준): 물이 깊은 것.

3) 定色(정색): '定(정)'은 '이루다.' 즉 색을 형성한다는 말로 황금의 광채를 취하여 색을 형성한다는 의미.

4) 玄素(현소): 검은색과 흰색. 暐暐(위위): 광채가 많이 나는 모습.

5) 朱榮(주영): 붉은 꽃. 葳蕤(위유): 위의 「보도부(寶刀賦)」 주 16) 참고.

6) 縕(온): '蘊(온)'과 같다. 즉 축적하다. 絲綸(사륜): 명주실. 사(絲)보다 거친 실을 '綸(륜)'이라 함, 일반적으로 낚시줄을 말하는데 여기서는 거거(車渠)의 꽃무늬를 비유하고 있다.

7) 藻(조): 수식하다. 여기서는 문양을 가리킴.

8) 浮景(부경): 광채가 떠서 움직이다.

9) 璞(박): 아직 다듬지 않은 옥. 西野(서야): 서방, 서역을 가리킴.

10) 彌(미): 끝나다. 百葉(백엽): 백세(百世). 希(희): '稀(희, 드물다)'와 같은 뜻으로 쓰였음.

11) 神后(신후): 조조(曹操)를 가리킴.

12) 重使(중사): 전권을 위임받은 사신을 말하는데 여기서는 '사신을 보내다'란 의미로 사용되었음.

이 보물을 조정에 바쳤다네.　　獻茲寶於斯庭.

공수반(公輸般)과 같은 장인(匠人)에게 명하니,　　命公輸之巧匠,[13]

아름다움을 다하여 특별한 모습을 이루었네.　　窮姸麗之殊形.[14]

화려한 색은 찬란하고,　　華色燦爛,

무늬는 마치 점으로 이루어진듯하네.　　文若點成.

뭉게뭉게 구름은 솟아오르고,　　鬱蓊雲烝,[15]

꿈틀꿈틀 용이 가는 듯하며,　　蜿蟬龍征.[16]

빛은 내려치는 번개와 같고,　　光如激電,

그림자는 떠있는 별과 같네.　　影若浮星.

얼마나 신비하고 기이한지　　何神怪之巨偉,[17]

정말 한번 보고 아홉 번을 놀라네.　　信一覽而九驚.[18]

아무리 이주(離朱)가 눈이 밝다할지라도,　　雖離朱之聰目,[19]

눈이 부셔 오히려 정신을 잃겠네.　　猶炫耀而失精.

얼마나 밝고 아름다우며 예쁜가.　　何明麗之可悅,

뭇 보석을 초월함이 뚜렷하네.　　超羣寶而特章.[20]

군자들을 거느리고 연회를 여시어,　　俟君子之閒燕,[21]

이 술잔에 감주(甘酒)를 따르시네.　　酌甘醴於斯觥.[22]

마음을 즐겁게 하는 귀한 것이니,　　旣娛情而可貴,

---

13) 公輸(공수) : 복성(複姓)으로, 공수반(公輸般)을 말함. 춘추시대 노(魯)나라의 이름난 장인(匠人).

14) 姸麗(연려) : 미려(美麗)함.

15) 鬱蓊(울분) : 구름이 성한 모양. 雲烝(운증) : 구름 기운이 솟아오르는 모양.

16) 蜿蟬(완선) : 용이 꿈틀 거리는 모양.

17) 巨偉(거위) : 아주 기이함.

18) 九(구) : 숫자적 의미보다는 여러 번을 나타냄.

19) 離朱(이주) : 상고 시대 황제(黃帝) 때 사람으로 눈이 밝기로 유명한 사람인데, 그는 능히 백 걸음 밖에 있는 터럭까지 보았다고 한다.

20) 章(장) : 현저(顯著)함.

21) 俟(사) : '侍(시)'자의 오자(誤字)로 보임. 閒燕(한연) : 사적인 연회.

22) 甘醴(감례) : 감미로운 술, 미주(美酒).

오래오래 사용하시며 잊지 못하네.　　　　　　　故求御而不忘.23)

2-10. 미질의 향(迷迭香賦)1)

서역(西域)의 아름다운 풀을 옮겨 심었더니,　　　播西都之麗草兮,2)

봄에 맞추어 빛을 머금었네.　　　　　　　　應靑春而凝暉.3)

연약한 가지에 푸른 잎은 펼쳐져,　　　　　流翠葉於纖柯兮,4)

붉은 섬돌에 미약한 뿌리를 맺었네.　　　　結微根於丹墀.

정말 온갖 꽃들은 빨리 결실을 맺어도,　　　信繁華之速實兮,5)

[미질향은] 매서운 서리에도 시들지 않네.　　弗見凋於嚴霜.

늦가을 그윽한 난초는 향을 풍기니,　　　　芳暮秋之幽蘭兮,6)

곤륜산(崑崙山)의 영지(靈芝)처럼 아름답네.　麗崑崙之芝英.

---

23) 御(어) : '用(용)'의 의미로 '사용하다.'

2-10. 迷迭香賦(미질향부)

1) 한편의 영물부(詠物賦)로 미질(迷迭)이라는 신비스러운 서역 향초를 가져와 궐에 심었으나 무사하게 잘 자라남에 그 아름다운 향기와 자태를 묘사한 작품이다. 한편으로 이러한 서역의 물품을 묘사함으로서 이국적 색채를 소개하는 뜻도 있겠지만 서역이 중국의 교화를 잘 수용하고 있음을 뜻하기도 한다. 『초사(楚辭)』의 구법으로 쓰였으며 격구로 압운하고 한차례 환운(換韻)이 있다. 정안(丁晏)은 "미질(迷迭)은 향의 이름이다. 『태평어람(太平御覽)』 권82에는 위문제(魏文帝)·응창(應場)·진림(陳琳)의 미질부(迷迭賦)를 인용하고 있다"고 주하였다.

2) 播(파) : 옮겨 심다. 西都(서도) : 여기서는 서역(西域)을 가리킴.

3) 靑春(청춘) : 봄. 『초사(楚辭)·대초(大招)』에 "봄은 해가 바뀌어 시작되니, 밝은 해가 빛나네(靑春受謝, 白日昭只)"라고 하였는데, 왕일(王逸)은 "동방은 봄의 위치로 그 색이 푸르다(靑, 東方春位, 其色靑也)"라고 주(注)하였음.

4) 流(류) : 확산되다.

5) 繁華(번화) : 온갖 꽃. 實(실) : 성장하다.

6) 暮秋(모추) : 늦가을.

이미 시절이 지나 색을 거두어들이고,　　　　　既經時而收采兮,

결국 음지에서 마르니 향기는 배가되네.　　　　遂幽殺以增芳.[7]

가지와 잎은 없어지고 특별히 쓰이니,　　　　　去枝葉而特御兮,[8]

얇고 가벼운 안개 같은 옷 속으로 들어가네.　　入綃縠之霧裳.[9]

미인에게 붙어서 함께 움직이니,　　　　　　　附玉體以行止兮,[10]

미풍에 순응하며 광채가 퍼지네.　　　　　　　順微風而舒光.

2-11. 무더위(大暑賦)[1]

염제(炎帝)가 시절을 관장하고,　　　　　　　　炎帝掌節,[2]

---

7) 幽殺(유살) : 음지에서 말리다.

8) 御(어) : 옷이나 모자 따위를 입거나 쓰는 것.

9) 綃縠(초곡) : 얇고 가벼운 천. 霧裳(무상) : 얇고 가벼워 안개 같은 옷.

10) 玉體 : 미인(美人)의 몸. 행지(行止) : 가는 일과 멈추는 일. 여기서는 함께 가기도 하
고 쉬기도 하는 것을 말함.

2-11. 大暑賦(대서부)

1) 이 부는 비정상적인 무더위가 야기하는 자연 경물의 상태를 묘사하고 있는 작품으로
형식은 4언과 6언을 고루 사용하고 있으며 8언구도 보이는 전형적 변려부(駢麗賦)이다.
역시 격구로 압운하며 산문투의 접속사와 함께 3차례 환운(換韻)하고 있는데, 내용 또
한 운에 따라 전환되고 있다. 1단락에서는 이상 기후, 2단락에서는 무더위가 야기하는
생물의 행태, 3단락에서는 인간들의 행동, 마지막에서는 궁궐의 생활을 묘사하고 있다.
내용과 부의 구성면에서 완전한 부 작품으로 생각되지 않는다. 한편『문선(文選)』권40
에 실려 있는 양수(楊修, 175~219)의 「임치후에게 답하는 글(答臨淄侯牋)」에는 "이로
써 할부(鶡賦)에 답하고 서부(暑賦)를 짓는다(是以對鶡而辭作暑賦)"고 하였고 양수(楊
修)에게도 할부(鶡賦)와 서부(暑賦)가 있는 것으로 보아 서로 주고받은 것으로 추정된
다. 이로써 이 작품은 조식이 임치후(臨淄侯)에 봉해지고 양수(楊修)가 살아있었던 시
기에 창작된 것으로 보인다. 이밖에도 같은 제목의 작품들이 진림(陳琳), 왕찬(王粲), 유
정(劉楨)에게도 보인다.

2) 炎帝(염제) : 여름의 율령과 남방을 관장하는 신(神).

축융(祝融)은 남방을 주관하며	祝融司方.[3]
희화(義和)는 말고삐를 늦추고,	義和按轡,[4]
주작(朱雀)은 옥형(玉衡)을 다스리네.	南雀舞衡.[5]
부상(扶桑)에 비추어 크게 창성하니,	暎扶桑之高熾,[6]
아홉 개 태양처럼 밝혀 빛은 무겁네.	燎九日之重光.[7]
무더위가 극성하여 마침내 찌는 듯하니,	大暑赫其遂蒸,[8]
관모는 바뀌어 누렇게 변했고,	玄服革而尙黃.[9]
뱀은 신령한 굴에서 비늘을 꺾고,	蛇折鱗於靈窟,
용은 창공에서 뿔을 벗네.	龍解角於皓蒼.[10]
결국 더운 바람은 많아지고,	遂乃溫風赫曦,[11]
초목은 가지를 드리우네.	草木垂榦.
산은 굽이지고 바다는 들끓으니,	山坼海沸,[12]
모래는 녹고 조약돌은 익었네.	沙融礫爛.
비어(飛魚)들 모래섬에서 튀어 오르고,	飛魚躍渚,[13]

---

3) 祝融(축융) : 남방의 신. 司方(사방) : ‘司(사)’는 주관하다. ‘方(방)’은 남방(南方)을 말함.

4) 義和(희화) : 해를 수레에 태워 몰고 다니는 신(神).

5) 南雀(남작) : 남방을 관장하는 주작(朱雀). 舞衡(무형) : ‘衡(형)’은 고대 천체를 관측하는 관리로 옥형(玉衡)이라고도 한다. 결국 이 표현은 옥형(玉衡)을 잡고 다스리는 것을 표현한 것이다.

6) 熾(치) : 창성하다.

7) 燎(료) : 횃불을 말하지만, 여기서는 동사적으로 쓰여 ‘비추다’는 뜻으로 쓰였음.

8) 赫其(혁기) : 赫然(혁연)과 같은 뜻으로 극성한 모양.

9) 玄服(현복) : 관(冠)을 가리키는 표현. 『태평어람(太平御覽)』 권34에는 ‘元服(원복)’으로 되어 있는데, 『한서(漢書)·소제기(昭帝紀)』에 “원봉(元鳳) 4년 정월 정해(丁亥)일에 황제는 원복(元服)을 썼다(元鳳四年春正月丁亥, 帝加元服)”고 하였는데, 안사고(顔師古)는 “원(元)은 머리라는 뜻인데, 관(冠)은 머리에 쓰는 것이기 때문에 원복(元服)이라 하였다(元, 首也. 冠者, 首之所著, 故曰元服)”고 주(注)한 것을 보면 ‘元服(원복)’ 역시 통한다.

10) 皓蒼(호창) : 창공.

11) 赫曦(혁희) : 빛이 성한 모양.

12) 坼(탁) : 갈라지다.

13) 飛魚(비어) : 물고기 이름. 날개 같은 지느러미를 가지고 있어 수면 위로 튀어 올라 단거리를 날 듯 미끄러진다고 함.

잠겨있던 자라는 연안에 떠 있네.　　　潛黿浮岸.

새들은 날개를 펼쳐 멀리 깃들고,　　　鳥張翼而遠栖,[14]

짐승들은 함께 떠나 흔적도 없네.　　　獸交遊而雲散.

이때에 백성들은 배회하고,　　　　　於時黎庶徙倚,[15]

옹기종기 퍼져 잎같이 나뉘었네.　　　棋布葉分.[16]

베 짜는 여인은 잉아를 끊고,　　　　機女絶綜,[17]

농부는 김매기를 그만두네.　　　　　農夫釋耘.[18]

더위를 피하는 사람들 무리 짓지 않아도 발걸음이 같고,　背暑者不羣而齊迹,[19]

그늘로 향하는 사람들 모이지 않아도 무리를 이루네.　向陰者不會而成羣.

이때에 대인(大人)은 거처를 옮겨 깊숙한 곳에 집을 짓고,　於是大人遷居宅幽,[20]

정신을 편안히 하고 영기(靈氣)를 기르네.　　綏神育靈.[21]

높다란 누대는 겹겹으로 지어졌고,　　雲屋重構,[22]

조용한 궁실들은 시원하네.　　　　　閑房肅淸.[23]

차가운 샘물 솟아 흐르고,　　　　　寒泉涌流,

상록수는 다투어 무성해지네.　　　　玄木奮榮.[24]

하얀 얼음은 냉장실에 쌓이고,　　　積素冰於幽館,[25]

---

14) 遠(원) : 저본에는 '近(근)'자로 되어 있으나 문맥에 맞지 않아, 『태평어람(太平御覽)』과 엄가균(嚴可均)의 것을 따름.

15) 黎庶(여서) : 백성들. 徙倚(사의) : 배회하는 모습.

16) 棋布(기포) : 옹기종기 바둑판처럼 퍼져있음.

17) 絶綜(절종) : 잉아(베틀의 날 실을 한 칸씩 걸러서 끌어 올리도록 맨 굵은 실)를 끊다. 즉 베 짜는 것을 그만두는 것을 비유함.

18) 釋(석) : 그만두고 보류하다.

19) 背暑(배서) : 더위를 피하다. 齊迹(제적) : 업적이나 공적을 선인(先人)들과 나란히 한다는 의미인데, 여기서는 사람들의 발길이 한결같음을 말하고 있음.

20) 大人(대인) : 국군(國君)을 말하는데 조조(曹操)를 가리킴.

21) 綏(수) : 안녕(安寧)하다. 저본에는 '緩(완)'자로 되어 있으나 자형(字形)에서 비롯된 오자로 보여 바꿈.

22) 雲屋(운옥) : 은자(隱者)가 거처하는 집. 여기서는 높은 누대를 가리킴.

23) 閒房(한방) : 적막하고 텅 빈 방.

24) 玄木(현목) : 전설에 나오는 상록수로 그 잎을 따먹으면 신선이 된다고 함.

25) 幽館(유관) : 얼음을 넣어 두는 곳.

김은 날아 맺혀 서리가 되는데,　　　　　　　氣飛結而爲霜.

금슬(琴瑟)로 「백설」을 연주하니,　　　　　　奏白雪於琴瑟,26)

삭풍이 느껴지며 서늘함이 더해가네.　　　　朔風感而增涼.

잔구(殘句)

장하도다! 황실의 진귀하고 기이함이여!　　　壯皇居之瑰瑋兮,27)

먼 곳까지 들어가서 궁실을 지었네.　　　　　步八紘而爲宇.28)

사계절의 운행을 조절하는 영원한 기운은　節四運之常氣兮,29)

천상세계를 뛰어 넘는 법도로구나.　　　　　踰太素之儀矩.30)

---

26) 白雪(백운) : 고대 금곡(琴曲) 이름으로 송옥(宋玉)의 「풍부(諷賦)」에 보임.

27) 瑰瑋(괴위) : 사물이 진귀하고 기이함을 형용한 표현.

28) 紘(굉) : 천지의 둘레. 저본에는 ‘閎(굉)’자로 되어 있으나 『태평어람(太平御覽)』과 엄
　　가균(嚴可均)을 따름. 八紘(팔굉) : 팔방(八方)의 먼 곳.

29) 四運(사운) : 사계절의 운행.

30) 太素(태소) : 하늘. 이 잔구(殘句)들은 『태평어람(太平御覽)』 권1에 인용되었다고 하
　　는데 정안(丁晏)은 이 문장들이 맨 앞부분에서 누락된 것으로 추정한다. 하지만 구법
　　에 있어서 본문과 잘 어울리지 않는다.

권3

부(賦)

3-1. 신령스런 거북(神龜賦)[1]

서문

거북은 천년을 산다는데, 당시 나에게 맡겨진 거북이 수일 만에 죽었

3-1. 神龜賦(신귀부)

1) 한편의 영물부(詠物賦)로 신비로운 동물로 알려진 거북을 기르다가 죽어버리자 이에 감응한 바가 있어 지은 작품이다. 형식은 6언으로 이루어져 있으며 격구로 압운하고 4차례 운(韻)을 바꾸고 있다. 이러한 환운(換韻)마다 내용도 달라지는데, 제1단락에서는 영물로서의 거북, 2단락에서는 거북의 덕성(德性), 3단락에서는 인간과의 접촉(포획), 4단락에서는 인간에게 갇혀버린 거북, 마지막 단락에서는 입성(入聲)의 운을 사용하면서 거북의 죽음을 묘사하고 있다. 한편 이러한 거북의 죽음 속에 조식의 감정이 이입되어 있다. 이러한 정서를 보여주고 있는 작품으로 뒤에 보게 될 「앵무부(鸚鵡賦)」와 「이격안부(離繳鴈賦)」를 들 수 있다. 정안(丁晏)의 주에 따르면, 진림(陳琳)의 「답동아왕전(答東阿王牋)」에도 「귀부(龜賦)」가 보이는데, 열어보면 명백히 이 작품이다. 왕이 38세에 동아(東阿)에 봉해졌기 때문에 이 부(賦)는 동아(東阿)에 있을 때 지은 것이라고 하였다. 하지만 진림(陳琳)의 이 작품은 후인들의 가필이 있었다는 일반적인 견해를 고려해야 한다.

다. 살점은 없어지고 단지 껍질만 남아있어 나는 이에 느끼는 바가 있어 부를 지었다. 이르기를,

龜壽千歲, 時有遺余龜者, 數日而死. 肌肉消盡, 唯甲存焉. 余感而賦之. 曰.

본문

가상도다! 사령(四靈)의 강건한 덕이여!	嘉四靈之建德,[2]
각기 한 방향을 차지하고 있네.	各潛位乎一方.
청룡(靑龍)은 동악(東嶽)에서 꿈틀대고,	蒼龍蚪於東岳,[3]
백호(白虎)는 서악(西嶽)에서 포효하며,	白虎嘯於西崗.
현무(玄武)는 한문(寒門)에 모여 있고,	玄武集於寒門,[4]
주작은 남방에서 살고 있네.	朱雀棲於南鄉.[5]
인풍(仁風)에 따라서 성쇠 하다가,	順仁風以消息,[6]
성시(聖時)에 응하여 늦게까지 노니네.	應聖時而後翔.[7]
아! 기이한 영물 신령스런 거북이여!	嗟神龜之奇物,
건곤(乾坤)의 자연을 본받았네.	體乾坤之自然.
아래는 평평하고 모나서 땅에 모범이 되고,	下夷方以則地,[8]

---

2) 四靈(사령) : 청룡(靑龍)·백호(白虎)·주작(朱雀)·현무(玄武)를 말하며 각기 동서남북을 관장함.
3) 東岳(동악) : 동쪽에 있는 산을 범칭함.
4) 玄武(현무) : 『초사집주(楚辭集注)』 권5에서 "현무는 북방 일곱 별로 거북이 뱀이다. 북방에 위치하므로 '玄(현)'이라 하고, 몸에는 비늘과 갑(甲)이 있기 때문에 '武(무)'라고 한다(玄武北方七宿謂龜蛇也. 位在北方故曰玄, 身有鱗甲故曰武)"고 하였음. 寒門(한문) : 전설상에서 북쪽 아주 추운 곳.
5) 南鄉(남향) : 남방.
6) 仁風(인풍) : 은택이 바람처럼 퍼지는 것으로 주로 제왕의 덕정(德政)을 비유함. 消息(소식) : 여기서는 성쇠(盛衰)를 말함.
7) 聖時(성시) : 임금의 교화가 잘 펼쳐지는 태평성대를 말함. 翔(상) : '遊(유)'의 의미.

위로는 둥글고 튀어나와 하늘을 본받았으며,　　上規隆而法天.

음양(陰陽)에 따라서 호흡하였으나,　　順陰陽以呼吸,

구천(九泉)에서는 빛을 감추네.　　藏景曜於重泉.9)

나는 먼지를 먹고 기를 보충하니,　　餐飛塵以實氣,10)

마셔도 아침이슬처럼 마르지 않네.　　飮不竭於朝露.

걸음걸이는 느릿느릿하며 올려보고 내려보니,　　步容趾以俯仰,11)

때때로 난새가 선회하고 학이 돌아보듯 하네.　　時鸞回而鶴顧.12)

훌쩍 만년이 지나가도 걱정이 없고,　　忽萬載而不恤,

천지를 돌아다님에 한계가 없으며,　　周無疆於太素.13)

백룡이 비상함을 생각해봐도,　　感白龍之翔翥,14)

결국 예저(豫且)를 면할 수 없었네.　　卒不免乎豫且.15)

비록 종묘에서 귀중하게 여겨지지만,　　雖見珍於宗廟,16)

배를 갈라 껍질이 벗기는 형벌을 걱정하네.　　罹剖剝之重辜.17)

상제(上帝)에게 하소연하려니,　　欲愬怨於上帝,

장차 물고기와 같아짐이 부끄럽네.　　將等愧乎遊魚.18)

진창에 빠져 위험에 처할까 두려워,　　懼沉泥之逢殆,

---

8) 則(칙) : '效(효)'와 같다. 즉 아래 구의 '法(법)'과 같은 뜻으로, '본받다.'

9) 景曜(경요) : 빛. 重泉(중천) : 땅속 깊은 곳, 구천(九泉)을 말함.

10) 飛塵(비진) : 날리는 먼지. 미미한 사물을 비유함. 實氣(실기) : 기를 보충하다.

11) 步容趾(지용지) : 걸음걸이는 발만큼 허용하다, 즉 보폭이 작은 것을 말함.

12) 鸞回(난회) : 난새가 선회하며 나는 모양으로 종종 춤추는 모양을 상징하기도 한다. 여기서는 거북이가 목을 늘여 빼는 모양을 형용하고 있음.

13) 太素(태소) : 천지(天地).

14) 翔翥(상저) : 비상(飛翔)함.

15) 豫且(예저) : 어부 이름. 옛날에 백룡(白龍)이 물고기의 형상으로 변하여 못에 나왔더니 고기 잡는 예저(豫且)란 사람이 눈을 쏘아 맞췄다. 백룡이 하늘에 올라가서 천제(天帝)에게 호소하니 천제가 묻기를, "그 때에 어떤 형상을 하였더냐" 하니, 대답하기를, "못에 내려가서 물고기 형상을 하였습니다" 하므로 천제는, "그러면 물고기는 본시 사람을 쏘아 잡는 것인데, 예저(豫且)가 무슨 죄이냐" 하였다고 함.

16) 珍(진) : '尊(존)'의 의미로 '소중하게 여기다.'

17) 剖剝(고박) : 배를 가르고 껍질을 벗겨냄. 重辜(중고) : 중대한 허물, 중죄(重罪).

18) 等(등) : '同(동)'의 뜻으로 노니는 물고기와 같아진다는 의미.

향기로운 연꽃으로 가서 거처를 마련하니, 　赴芳蓮以巢居.[19]

먹구름에도 편안하며 매우 조용하고, 　安玄雲而好靜,[20]

과분하게 활보하면서 상도(常度)를 어기지 않았으니, 不淫翔而改度.[21]

옛날 장주(莊周)가 절개를 지키면서 　昔嚴周之抗節,[22]

이 영물의 도움을 받아 뜻을 비유하여 전하였네. 援斯靈而托喩.[23]

아! 운명이 순조롭지 못하여, 　嗟祿運之屯蹇,[24]

결국 강가에서 잡혀 버렸네. 　終遇獲於江濱.

우리로 돌아와 갇혀 살다가, 　歸籠檻以幽處,[25]

순박하고도 어진 사람을 만나서 　遭淳美之仁人.[26]

낮에는 종일토록 바라보며 있고, 　晝顧瞻以終日,[27]

---

19) 芳蓮(방련) : 『사기(史記)·귀책열전(龜策列傳)』 권128에 "나는 강남에서 와서 그곳 사람들이 거북 껍데기와 대쪽으로 점치는 일을 보고 나이 많은 어른들에게 물으니, 거북은 천년을 살면 연꽃 잎 위에서 노닌다고 말하였다(余至江南, 觀其行事, 問其長老. 云龜千歲乃蓮葉之上)"라는 이야기를 볼 수 있는데 이 문장은 이를 빌려 해(害)로부터 멀어지는 것을 말함.

20) 玄雲(현운) : 검은 구름.

21) 翔(상) : 양어깨를 쫙 펴고 걷다. 改度(개도) : 상도(常度)를 위배하다.

22) 嚴周(엄주) : 장주(莊周). 한(漢)나라 명제(明帝)인 유장(劉莊)의 이름을 휘(諱)하여 바꿈.

23) 정안(丁晏)의 주(注)에 따르면 엄주(嚴周)는 장주(莊周)이며, 『장자(莊子)』에 이르기를 "신귀(神龜)는 능히 어진 임금의 꿈에 나타날 수 있으나, 예저(豫且)의 그물을 피할 수 없었다"고 하는 것을 인용하여 설명하였다. 托喩(탁유) : 뜻을 비유하여 전하다. 『장자(莊子)·추수편(秋水篇)』에 "장자가 복수(濮水)에서 낚시를 하고 있었는데, 초왕(楚王)이 두 대부로 하여금 먼저 가게 하여, '원컨대 경내(境內)의 일로 번거롭게 하고자 합니다'라고 하니, 장자는 낚싯대를 들고 돌아보지 않으며 말하기를, '내가 듣건대 초나라에는 신령스러운 거북이 있는데 죽은지 3000년이 되었으나, 임금은 그것을 비단으로 싸서 묘당 위에 보관한다고 하였소. 이 거북에게 있어서 죽어 뼈를 남겨 귀하게 되겠는가? 살아서 진흙 속에서 꼬리를 끌고 다니겠는가?(莊子釣於濮水, 楚王使大夫二人往先焉曰, 願以竟內累矣. 莊子持竿不顧曰, 吾聞楚有神龜, 死已三千歲矣. 王巾笥而藏之廟堂之上. 此龜者寧其死爲留骨而貴乎, 寧其生而曳尾於塗中乎)"라고 비유한 것을 말함.

24) 祿運(녹운) : 일반적으로 관운(官運)을 말하는데, 여기서는 명운(命運)을 말함. 屯蹇(둔건) : 역경으로 순조롭지 못함.

25) 籠檻(농감) : 새나 짐승을 가두는 우리.

26) 仁人(인인) : 서문에서 언급대로 거북이를 조식에게 준 사람을 가리킴.

27) 顧瞻(고첨) : 돌보고 살펴보다.

밤에는 어루만져 주며 새벽까지 이르렀는데,　　　　夕撫順而接晨.28)

사악한 재앙을 만나 죽으니,　　　　遘洷災以隕越,29)

수명은 소멸하여 떨치고 일어나지 못하네.　　　　命勦絶而不振.30)

천도(天道)가 어둡고 분화되지 않아서,　　　　天道昧而未分,

신명(神明)은 아득하여 밝히지 못하니,　　　　神明幽而難燭.

황제(黃帝)는 빈 연못에 빠졌고,　　　　黃氏沒於空澤,31)

적송자(赤松子)와 왕자교(王子喬)는 부상(扶桑)에서 죽었네.　　　　松喬化於扶木.32)

뱀은 물가 평지에서 비늘을 꺾고,　　　　蛇折鱗於平皋,33)

용은 깊은 계곡에서 뼈를 벗는다는데,　　　　龍脫骨於深谷.

[이렇게] 사물의 변화를 헤아려 보니,　　　　亮物類之遷化,

이 영물이 껍질을 벗는 것은 아닌지……　　　　疑斯靈之解殼.

---

28) 撫順(무순) : 어루만져주다, 보살펴주다.

29) 殞越(운월) : 죽다.

30) 勦絶(초절) : 소멸(消滅)하다. 振(진) : 구제하다.

31) 黃氏(황씨) : 헌원황제(軒轅黃帝). 沒於空澤(몰어공택) : 빈 연못에 빠지다. 『논형(論衡)』 권7 「도허편(道虛篇)」에서 "용이 하늘로 오르지 않았는데 황제가 그 용을 탔으니 황제가 하늘에 오르지 않았음이 분명하다. 용은 구름과 비를 일으켜 그것을 타고 가는데, 구름이 흩어지고 비가 그치면, 다시 내려가 연못에 들어가게 된다. 만약 진짜로 황제가 용을 타고 있었다면, 따라서 연못에 빠졌을 것이다(龍不升天, 黃帝騎之, 乃明黃帝不升天也. 龍起雲雨, 因乘而行, 雲散雨止, 降復入淵, 如實黃帝騎龍, 隨溺於淵也)"고 한 고사를 말함.

32) 松喬(송교) : 신선인 적송자(赤松子)와 왕자교(王子喬). 扶木(부목) : 부상(扶桑). 양곡(暘谷)에 있으며 해가 뜨는 곳으로 알려져 있음. 황제(黃帝)나 적송자 그리고 왕자교 모두 하늘로 오르지 못하여 화를 당하였다는 말. 化(화) : 죽었다는 말을 완곡하게 이름.

33) 平皋(평고) : 물가의 평지.

3-2. 백학(白鶴賦)[1]

아! 아름다우며 하얀 새여!	嗟皓麗之素鳥兮,[2]
독특한 기질을 품어 상서롭구나.	含奇氣之淑祥.[3]
깊은 숲으로 가서 숨어서 사니,	薄幽林以屛處兮,[4]
두터운 태양빛의 여광마저 가렸네.	蔭重景之餘光.[5]
연약한 가지에 단출한 둥지를 숨기니,	狹單巢於弱條兮,
폭풍에 견뎌낼까 걱정이네.	懼衝風之難當.[6]
사당(沙棠)나무의 빼어난 뜻은 없어도,	無沙棠之逸志兮,[7]
양 날개 다치지 않음을 다행으로 여기네.	欣六翮之不傷.[8]
해후(邂逅)하는 뜻밖의 행운을 얻어,	承邂逅之僥倖兮,

3-2. 白鶴賦(백학부)

1) 이 부는 사물을 빌려 자신의 뜻을 노래한 전형적인 영물부로 다른 영물부와는 달리 자신의 감정 기탁이 두드러진다. 자신의 불행, 걱정, 두려움, 고통, 고독을 철저하게 백학(白鶴)에게 대입하고 있다. 이 작품 또한 형식적인 면에서 한차례 운(韻)을 바꾸고 있는데 내용과 구법의 변화가 있다. 즉 전반은 초사체(楚辭體)로 쓰여 격구로 압운하고, 후반에는 6언으로 정형화하여 격구로 압운하고 있다. 전반은 순수하고 가냘픈 백학이 난새나 봉황과 나란히 나는 행운을 얻었으나 혹독한 재앙을 만나 날지 못하는 비극을 묘사하고 있고, 후반에는 이렇게 뒤쳐진 백학의 고독과 굴레로부터의 해방을 노래하고 있다. 이러한 내용을 근거로 조해동(曹海東)은 이 작품이 황초(黃初) 2년(221)에 감국알자(監國謁者) 관균(灌均)이 글을 올려 조식이 술에 취해 무례하게 굴며 사자를 협박한다고 무고한 사건(이 사건으로 조식은 어머니의 도움으로 죽음을 면하고 견성후(鄄城侯)로 좌천된다)을 배경으로 하고 있다고 생각하는데 고려할 만하다.

2) 皓麗(호려) : 하얗고 아름다움.

3) 淑祥(숙상) : 상서로움.

4) 薄(박) : '迫(박)'의 뜻으로 가까이 가다, 접근하다. 屛處(병처) : 은거하다.

5) 蔭(음) : 가려 덮다. 重景(중경) : 두터운 햇빛, 즉 아버지인 조조를 비유하고 있음.

6) 衝風(충풍) : 폭풍이나 매섭게 부는 바람. 『초사(楚辭)·구가(九歌)·하백(河伯)』에 "당신과 구하(九河)에서 노는데, 폭풍이 불어 파도가 가로지르네(與女遊兮九河, 衝風起兮橫波)"라고 하였음.

7) 沙棠(사당) : 『산해경(山海經)·서산경(西山經)』에 나오는 곤륜산의 나무로서 신선이 타고 다니는 배의 재목이 된다고 함.

8) 六翮(육핵) : 새의 양 날개, 또는 새를 말함.

난새나 봉황과 날개를 나란히 할 수 있네.　　　　得接翼於鸞凰.9)

새들은 기운이 같은 것 끼리 무리 지어,　　　　同毛衣之氣類兮,10)

양생하며 함께하리라 믿었는데.　　　　信休息之同行.

애통하다! 아름다운 만남 중간에 끊어져,　　　　痛美會之中絶兮,11)

혹독한 재앙과 화를 만났네.　　　　遘嚴災而逢殃.

함께 장탄식하고 걱정만 할 따름이니,　　　　共太息而祗懼兮,12)

아니면 소리를 삼키며 날아오르지 못하네.　　　　抑呑聲而不揚.

슬프게도 원래의 계획은 어그러져,　　　　傷本規之違忤,13)

무리를 떠나 홀로 거처함이 슬프구나.　　　　悵離羣而獨處.

언제나 숨어 엎드려 궁색하게 살며,　　　　恒竄伏以窮栖,

홀로 슬프게 울며 날개를 거두네.　　　　獨哀鳴而戢羽.14)

바라건대 법망(法網)의 매듭을 풀어서,　　　　冀大綱之解結,15)

날개를 떨치고 멀리 노닐 수 있기를……　　　　得奮翅而遠遊.

옛 금(琴)의 맑은 소리를 들으며,　　　　聆雅琴之淸韻,16)

학(鶴)의 아래 부류에 몸을 맡겼네.　　　　託六翮之末流.17)

---

9) 接翼(접익): 날개를 대다, 즉 대등하다는 의미. 鸞凰(난봉): 태자인 조비(曹丕)를 상
　징하고 있음.

10) 毛衣(모의): 깃털 옷, 즉 조류(鳥類)를 말함. 氣類(기류): 『역경(易經)·건괘(乾卦)』에
　서 비롯한 표현으로 그 기운이 같은 것 끼리 무리 짓는다는 말.

11) 美會(미회): 아름다운 만남을 말하는데, 여기서는 조비가 태자가 되기 전에 어깨를
　나란히 하며 행복하였던 만남을 말함.

12) 共(공): 정안(丁晏)에 따르면 정본(程本)에는 '拜(배)'로 되어 있으나 『초학기(初學記)』
　를 따른다고 하였는데, 장본(張本)에는 '幷(병)'자로 되어 있다. '共(공)'과 '幷(병)'은 자
　형이 비슷하여 서로의 착오가 있을 수 있으나 문맥에는 아무런 변화가 없다. 太息(태
　식): 장탄식(長歎息).

13) 本規(본규): 원래의 계획. 違忤(위오): 위배(違背).

14) 戢羽(즙우): 날개를 거두어들이다. 즉 조식이 자신의 행동을 삼가는 것을 말함.

15) 大綱(대강): 그물의 벼리로 법망(法網). 解結(해결): 맺힌 것을 푼다는 의미로 그물에
　걸인 몸을 풀어낸다는 의미임.

16) 雅琴(아금): 옛 금(琴)의 일종.

17) 託(탁): 저본에는 '記(기)'자로 되어 있으나, 문맥상 아무런 연관성을 찾을 수 없어,
　조유문(趙幼文)의 교정을 따름. 六翮(육핵): 여기서는 학(鶴)을 가리키며 조식 자신을

3-3. 매미(蟬賦)¹⁾

생각건대 매미의 맑고 한아함이여!	惟夫蟬之淸素兮,²⁾
그 무리는 북방에 숨어있네.	潛厥類乎太陰.³⁾
양기가 왕성한 한 여름에	在盛陽之仲夏兮,⁴⁾
비로소 향기로운 숲에서 즐기네.	始遊豫乎芳林.⁵⁾
실로 담백하며 욕심이 없고,	實澹泊而寡欲兮,⁶⁾
홀로 안락하며 길게 읊조리네.	獨怡樂而長吟.⁷⁾
소리는 맑고 깨끗하며 아주 격렬하여,	聲皦皦而彌厲兮,⁸⁾
절개 있는 선비의 강직한 마음과 같네.	似貞士之介心.⁹⁾

비유하고 있다. 이 구는 이제는 더 이상 난봉(鸞凰)과 어깨를 나란히 할 수 없다는 의미를 감추고 있음.

3-3. 蟬賦(선부)

1) 이 부는 앞서 본 「백학부(白鶴賦)」, 「신귀부(神龜賦)」와 유사한 영물부로 여기서는 하찮은 곤충인 매미의 고결한 풍격을 묘사하면서 다른 곤충과 인간들에게 생명을 위협받고 핍박받는 동일한 처지와 그로 인한 원망을 담고 있는 작품이다. 전개되는 매미의 수난은 바로 조식 자신이 겪은 아픔인 것이다. 형식은 초사(楚辭)의 구법을 구사하고 있으며 4차례 환운하며 내용의 변화를 모색하고 있다. 역시 격구로 압운하고 있다. 특이한 점은 마지막에 4언으로 정형화한 란(亂)이 보이고 격구(隔句)의 마지막 글자는 조사 '혜(兮)'로 끝내 음악적 특징을 드러내고 있으며 마지막 4구에서 '혜(兮)'자 앞에 '절(節)'자와 '결(潔)'자에 압운하여 자신의 절개와 고결함을 강조하고 있다. 1단에서는 매미의 고결한 성품을, 2단에서는 도처에 도사리고 있는 매미의 위험을, 3단에서는 매미의 운명, 란(亂)에서는 매미의 절개와 고결함을 노래하고 있다.

2) 淸素(청소) : 맑고 한아(閒雅)함.

3) 厥(궐) : 지시대명사로 '其(기)'와 같음. 太陰(태음) : 북방, 물, 달. 조유문(趙幼文)은 '地(지)'로 해석하였는데 그 뜻이 사뭇 잘 어울리지만 근거를 제시하지 않았다.

4) 仲夏(중하) : 음력(陰曆)으로 5월에 해당하는 한 여름.

5) 遊豫(유예) : 유락(遊樂)함. 芳林(방림) : 여기서는 꽃과 나무가 무성한 한 여름의 숲을 말함.

6) 澹泊(담박) : 맑고 깨끗하다.

7) 怡樂(이락) : 안락함.

8) 皦皦(교교) : 음절이 맑고 깨끗한 것을 형용함. 厲(려) : 소리가 높고 격함.

9) 介心(개심) : 강직한 성격.

안으로는 온화한 기운을 지니고 먹지 않으니,　　內含和而弗食兮,[10]

뭇 사물들과 함께해도 탐함이 없네.　　與衆物而無求.[11]

높은 가지에 살면서 위로 쳐다보며,　　棲高枝而仰首兮,

아침 이슬의 맑은 물을 마시네.　　漱朝露之淸流.[12]

어린 뽕잎의 빽빽한 잎사귀에 숨어서,　　隱柔桑之稠葉兮,[13]

조용한 곳에서 즐기며 더위를 피하네.　　快閒居以遁暑.

참새의 해침을 괴로워하고,　　苦黃雀之作害兮,

사마귀의 강한 도끼를 걱정하네.　　患螳螂之勁斧.

훨훨 멀리 날아가서 의탁하고 싶어도,　　冀飄翔而遠托兮,

거미의 그물이 한스럽고,　　毒蜘蛛之網罟.[14]

몸을 낮추어 엎드려 숨으려 해도,　　欲降身而卑竄兮,[15]

풀벌레의 습격이 두렵네.　　懼草蟲之襲予.

뭇 어려움을 면해도 신임을 얻지 못하여,　　免衆難而弗獲兮,[16]

멀리 궁궐로 옮겨와 모여서　　遙遷集乎宮宇.

이름난 과실수의 녹음에 의지하고,　　依名果之茂陰兮,

높은 가지에 의탁하여 조용히 살고 있으니,　　托修幹以靜處.[17]

민첩하고 날쌘 미소년들이,　　有翩翩之狡童兮,[18]

정원에서 놀며 걷고 있네.　　步容與於園圃.[19]

이주(離朱)가 살펴보듯 행동하고,　　體離朱之聰視兮,[20]

---

10) 含和(함화) : 온화한 기운을 지니다.

11) 求(구) : 탐하다.

12) 漱(수) : 『초학기(初學記)』에는 '嗽(수)'자로 되어 있는데, 두 글자는 서로 통용하여
　　쓰며 '마시다'는 뜻을 가진다.

13) 柔桑(유상) : 어린 뽕잎.

14) 毒(독) : 한스럽다. 蜘蛛(지주) : 거미.

15) 卑(비) : 낮게 엎드리다. 竄(찬) : 숨다.

16) 獲(획) : 신임을 얻다.

17) 修(수) : '高(고)'의 의미로 높다.

18) 翩翩(편편) : 행동이 민첩하고 빠른 모양. 狡童(교동) : 잘생긴 소년들.

19) 容與(용여) : 즐겁게 놀고 있는 모양.

자질은 원숭이만큼 민첩하네.　　　　　姿才捷於獼猿.[21]

가지는 잎이 없어 당기지 못하고,　　　　條罔葉而不挽兮,[22]

나무는 가지가 없어 기어오르지 못하네.　　樹無榦而不緣.[23]

가벼운 몸을 가리고 힘껏 나아가,　　　　翳輕軀而奮進兮,

다리를 돌려 구부리고 자신을 숨기니,　　　跪側足以自閑.[24]

나를 놀라게 할까 걱정하는 듯,　　　　恐余身之驚駭兮,[25]

눈으로 응시하며 눈빛이 이어지네.　　　精曾睨而目連.[26]

대나무 막대기를 들고 살금살금,　　　　持柔竿之冉冉兮,[27]

연한 풀로 나를 둘러싸니,　　　　　　運微黏而我纏.[28]

훌쩍 날아가려 해도 점점 빠져들어,　　　欲翻飛而逾滯兮,

삶이 영원히 버려짐을 알겠네.　　　　知性命之長捐.[29]

요리사에게 이 몸은 맡겨져,　　　　　委厥體於庖夫,[30]

숯불 속으로 들어가 굽히게 되네.　　　歸炎炭而就燔.[31]

---

20) 體(체) : 실행하다. 여기서는 행동하는 것을 말함. 離朱(이주) : 상고 시대 황제(黃帝) 때 사람으로 눈이 밝기로 유명한 사람. 이루(離婁)라고도 함. 聰視(총시) : 살펴 보다. '聰(총)'은 살핀다는 뜻.

21) 姿才(자재) : 자질.

22) 罔(무) : 없다.

23) 緣(연) : 붙잡고 오르다.

24) 側足(측족) : 다리를 옆으로 돌리다. 閑(한) : '遮(차)'의 의미로 '가리다', '숨기다.'

25) 余身(여신) : 매미를 말함.

26) 精(정) : '睛(정)'과 통용하여 눈동자를 말함. 曾睨(증예) : '曾(증)'은 層(층)자와 통용하여 눈을 움직이지 않고 응시하는 것을 말함.

27) 柔竿(유간) : 대나무 지팡이. 冉冉(염염) : 천천히 걷는 모양.

28) 纏(전) : 둘러싸다.

29) 捐(연) : 버리다.

30) 庖夫(포부) : 포인(庖人). 고대 음식을 관리하는 관리.『주례(周禮)·천관(天官)·포인(庖人)』에 "포인(庖人)은 육축(六畜)·육수(六獸)·육금(六禽)을 관장하여 제공하고 그 명물(名物)을 마련한다"고 하였는데, 여기서는 요리사의 뜻으로 쓰였음. 정안(丁晏)은 『내칙(內則)』에 식품에는 매미가 있다고 하였기 때문에 '庖夫(포부)'라고 하였다고 설명하였다.

31) 歸(귀) : 가다. 저본에는 '熾(치, 불을 피우다)'로 되어 있는데, 문맥상『예문유취(藝文類聚)』와 조유문(趙幼文)을 따름.

가을 서리 어지러이 하늘에서 내리니,　　　　秋霜紛以宵下,

새벽바람 매섭게 뜰을 지나가네.　　　　晨風烈其過庭.32)

기운은 슬프고 몸의 옷은 엷어져,　　　　氣憯怛而薄軀.33)

발은 나무를 붙들어도 손은 줄기를 놓쳐,　　　　足攀木而失莖.34)

쉰 목소리로 읊조리며 죽음에 임박하니,　　　　吟嘶啞以沮敗,35)

그 모습이 말라 비틀어져 죽은 형상이네.　　　　狀枯槁以喪形.36)

난(亂)에 이르기를,　　　　亂曰37)

『시경(詩經)』에 우는 매미를 영탄하며,　　　　詩歎鳴蜩,38)

그 소리는 맴맴이라 했네.　　　　聲嘒嘒兮.39)

양기(陽氣) 왕성한 여름이면 왔다가,　　　　盛陽則來,40)

태음의 겨울에는 사라져 버리네.　　　　太陰逝兮.41)

맑고 깨끗하며 소박함은,　　　　皎皎貞素,42)

백이(伯夷)의 절개와 같구나.　　　　伴夷節兮.43)

---

32) 烈(열) : '冽(렬)'의 의미로 '한랭하다.'

33) 憯怛(참달) : 비통함. 薄軀(박구) : 미천한 생명을 말하나, 여기서는 한기(寒氣)가 엄습
하여 옷이 엷어진 매미의 모습을 형용한 말.

34) 失莖(실경) : 실족(失足)하여 나무에서 아래로 떨어지는 것을 말함.

35) 嘶啞(시아) : 목이 쉬다. 沮敗(저패) : 파괴시키다. 여기서는 죽음에 가까운 것을 말함.

36) 枯槁(고고) : 초목이 말라비틀어진 모습. 정안(丁晏)은 이상 4구는 장본(張本)에 누락
되었다고 함.

37) 亂曰(난왈) : 『초사(楚辭)』의 작품 마지막에 많이 보이는 일종의 노래로, 전체의 작품
을 종결하고 전편의 내용을 요약하기도 하며 묘사한 대상에 대한 찬미하는 성격도 지
닌다. '가왈(歌曰)', '시왈(詩曰)', '수왈(誶曰)'등으로 쓰기도 한다.

38) 鳴蜩(명조) : 우는 매미. 『시경(詩經)·소아(小雅)·소변(小弁)』에 "무성한 저 버드나
무에 우는 매미가 맴맴 거리네(菀彼柳斯, 鳴蜩嘒嘒)"라고 한 것을 말하는데 그 내용을
더 살펴보면 깊은 연못엔 갈대가 많고 많다고 하지만 나는 지금 홀로 버림을 받아 축
출 당했으니 배가 물 가운데로 흘러가서 그 어느 곳에 닿을지 알지 못함과 같구나. 이
때문에 근심함이 깊어서 옛날에는 그래도 한가로웠는데 이제는 한가할 겨를도 없다는
것을 노래하고 있음.

39) 嘒嘒(혜혜) : 매미의 우는 소리를 표현한 의성어.

40) 盛陽(성양) : 양기(陽氣)가 왕성한 때. 여기서는 여름을 말함.

41) 太陰(태음) : 겨울.

42) 皎皎(교교) : 맑고 깨끗한 모습.

| 제왕의 신하들은 이를 머리에 쓰고, | 帝臣是戴,[44] |
| 그 순결함을 숭상하네. | 尚其潔兮. |

3-4. 앵무새(鸚鵡賦)[1]

아름다워라! 앵무주(鸚鵡洲)의 멋진 새여!	美洲中之令鳥,[2]
뭇 새들을 뛰어넘고 이름도 특이하네.	越衆類之殊名.
따스함을 감지하여 날개를 펼치고,	感陽和而振翼,[3]
추위를 피하며 몸을 유지하는데,	遁太陰以存形.[4]

---

43) 侔(모) : '~와 같다.' 夷節(이절) : 백이(伯夷)의 절개.

44) 是戴(시대) : 머리에 쓰다. '是(시)'는 지시대명사로 매미를 가리키고, '戴(대)'는 머리에 쓰다. 즉 고대 고관들이 매미 문양(文樣)이 있는 관을 쓰는 것을 말함.

3-4. 鸚鵡賦(앵무부)

1) 이 부 역시 영물부로서 사람의 말을 흉내 낸다고 하는 앵무새를 소재로 취하고 있지만 상징과 암시가 깊어 대의를 파악하기 힘든 작품이다. 생각건대 전반에 새장 속에 갇혀버린 수컷은 조식 자신을, 떠나버린 암컷은 사랑하는 여인을, 날지 못하는 새끼는 조식의 죽은 여식들을 의미한다고 읽을 수 있으며, 비록 새장 속에 갇혀 흉내만 내고 있지만 목숨을 연명하게 해주는 은혜에 보답하려 살고 있는 자신을 묘사하고 있는 것으로 보인다. 형식은 단순하게 정형화된 6언으로 격구로 압운하고 있다. 한편 동일한 제목의 작품들이 왕찬(王粲), 응창(應瑒), 진림(陳琳), 완우(阮瑀)에게도 보이는 것으로 보아 건안(建安) 시대에 앵무새는 관심의 대상이었고 또한 왕의 곁에서 흉내만 내는 힘없는 문인들의 심리상태를 비유하기에 적절했던 소재로 보인다. 특히 이 작품은 예형(禰衡)의 「앵무부(鸚鵡賦)」에서 많은 표현을 빌려 오고 있다. 마지막으로 조해동(曹海東)은 완우(阮瑀)가 건안(建安) 17년(212)에 죽었으므로 조식의 이 작품도 조조의 총애를 잃기 전의 작품으로 추정하지만 그러나 본문의 내용은 그를 뒷받침하기에는 밝지 않다.

2) 洲中(주중) : '洲(주)'는 앵무주(鸚鵡洲)를 가리킴. 저본에는 '中州(중주)'로 되어 있는데, 예주(豫州)로 현재 하남성(河南省) 일대를 말한다. 그러나 본문과 연관성을 찾을 수 없어 『예문유취』 권91과 송간본(宋刊本)에 따라 바로 잡는다. 令(영) : 아름답다, 착하다.

3) 陽和(양화) : 온난함.

사냥꾼의 혹독한 그물에 잡혀서,　　　　　遇旅人之嚴網,5)

날개는 남김없이 잘려버렸네.　　　　　　殘六翮之無遺.6)

몸은 겹겹의 새장에 걸려 남으니,　　　　身挂滯於重籠,

외로운 암컷은 울면서 홀로 돌아가네.　　孤雌鳴而獨歸.

어찌 내 몸이 족히 안타까우리오!　　　　豈予身之足惜,7)

어린 새가 날지 못하는 것이 가엾네.　　　憐衆雛之未飛.

목숨을 바쳐서 삶기는 벌도 달게 여기거늘,　分糜軀以潤鑊,8)

어찌 온전하게 살기를 감히 바라겠는가?　何全濟之敢希.

키워준 두터운 덕을 입고,　　　　　　　蒙含育之厚德,9)

군자의 영예를 받드네.　　　　　　　　　奉君子之光輝.

몸은 보잘 것 없으나 은혜가 무거움을 원망하고,　怨身輕而施重,10)

지난날의 은혜가 중도에 없어져 버릴까 두렵네.　恐往惠之中虧.

언제나 조심하며 두려움을 품으니,　　　常戢心以懷懼,11)

비록 편안하게 있어도 위태로운 것 같네.　雖處安其若危.

영원히 슬프게 울면서 그 덕에 보답하려,　永哀鳴其報德,

끝까지 지치지 않기만 바라네.　　　　　庶終來而不疲.

---

4) 太陰(태음) : 북방, 겨울, 추위.

5) 遇(우) : 당하다. 旅人(여인) : 조리를 담당하는 주(周)나라 관직 이름으로 여기서는 사
　냥꾼의 의미로 쓰임.

6) 六翮(육핵) : 양 날개. 이 구는 사냥꾼들이 앵무새를 잡아 다시 날지 못하도록 양 날
　개를 자른 것을 표현한 것으로 보임.

7) 予身(여신) : 앵무새 자신을 말함. 이 두 구(句)는 예형(禰衡)의 「앵무부(鸚鵡賦)」에
　"남은 세월이 애석한 것이 아니라 여러 새끼들 무지한 것이 안타깝네(匪餘年之足惜,
　憫衆雛之無知)"라고 한 것을 원용한 것으로 보임.

8) 分(분) : 진심으로 원하다. 달게 여기다. 糜軀(미구) : 분골쇄신하여 목숨을 바치다. 潤
　鑊(윤확) : 삶기는 형벌을 받다.

9) 含育(함육) : 받아들여 양육하다. 여기서는 '含生(함생)'의 잘못으로 보기도 함.

10) 施重(시중) : 베풀어 준 은혜가 무겁다.

11) 戢心(즙심) : 조심하다.

3-5. 할(鷳)새(鷳賦)[1]

서문

할(鷳)새는 맹렬한 기운을 가진 날짐승으로 그들의 싸움은 끝까지 승부가 나지 않고, 반드시 하나가 죽어야 끝이 난다. 이에 그것에 대하여 부를 짓는다.

鷳之爲禽猛氣, 其鬪終無勝負,[2] 期於必死, 遂賦之焉.

본문

아름다워라! 머나먼 곳의 훌륭한 새여!	美遐圻之偉鳥,[3]
태항산(太行山)의 험준한 암벽동굴에서 태어나네.	生太行之崑阻.[4]

3-5. 鷳賦(할부)

1) 이 부 역시 한편의 영물부로 할(鷳)새라는 용맹한 새를 소재로 삼고 있다. 6언과 4언으로 이루어져 있고 격구로 압운하고 있으며 2차례 운(韻)을 바꿀 때마다 내용상의 구분도 있다. 1단에서는 할(鷳)새의 용맹하고 절개 있는 성격, 2단에서는 할(鷳)새가 싸우는 모습, 3단에서는 이를 본받는 무사들을 묘사하고 있다. 전반적인 정서는 활달하고 우울한 기미가 없다. 한편 동일한 제목의 부가 조조(曹操), 왕찬(王粲)에게도 보이는 것으로 보아 조식이 총애를 잃기 전의 작품으로 보인다. 鷳(할) : 할(鷳)새. 『산해경(山海經)·중산경(中山經)』에 "그 새들은 대부분이 할(鷳)새이다"라고 하였는데, 곽박(郭璞)은 "꿩처럼 크고 청색의 털이 있으며 용맹하게 싸움을 잘하여 죽어야 그친다(似雉而大, 靑色有毛, 勇健鬪, 死乃止)"고 설명하였다. 이에 조조(曹操)는 「할계부서(鷳鷄賦序)」에서 "할(鷳)새는 용맹한 기운이 있어 그들의 싸움은 끝내 승부가 나지 않아 반드시 하나가 죽어야 끝난다. 사람들이 할(鷳)새의 깃으로 관(冠)을 만드는 것은 이를 본뜬 것이다(鷳鷄猛氣, 其鬪終無負, 期於必死. 今人以鷳爲冠, 像此也)"라고 하였던 기록을 참고할 만하다. 이와 같이 할(鷳)새의 꽁지깃은 무관(武官)들의 관(冠)을 장식하는 데 쓰였고, 또한 용퇴(勇退)의 뜻으로 은사(隱士)의 관(冠)을 꾸밀 때 사용한다고 함.
2) 其(기) : 강조를 표시하는 어조사.
3) 遐圻(하기) : 머나먼 곳.

곧고 강한 성격으로 태어난 것은, 　　體貞剛之烈性,5)

진실로 금덕(金德)이 도운 것이네. 　　亮乾德之所輔.6)

털 뿔을 짝지어 머리에 세우고, 　　戴毛角之雙立,

검고 누런 강한 날개를 떨치네. 　　揚玄黃之勁羽.7)

추락하고 거듭 욕되어도 달게 여기니, 　　甘沉隕而重辱,8)

절개 있는 선비의 법도를 가졌네. 　　有節士之儀矩.

내려 와서는 연못을 차지하고 살고, 　　降居擅澤,9)

올라서는 봉우리를 지키며 살아가네. 　　高處保岑.

날아다님에 산봉우리를 같이 하지 않고, 　　遊不同嶺,

거처함에 반드시 숲을 달리 하네. 　　棲必異林.

만일 날던 수컷이 놀라서 가버리면, 　　若有翻雄駭遊,10)

외로운 암컷은 놀라 비상하다가, 　　孤雌驚翔,

곧 크게 울며 적에게 도전하여, 　　則長鳴挑敵.

날개 푸덕이며 터를 장악하고, 　　鼓翼專場,11)

높은 산골짝을 넘어가네. 　　踰高越壑.

둘이 싸워 꼭 한 마리가 죽으니, 　　雙戰隻僵,12)

---

4) 太行(태항) : 태항산(太行山)으로, 하북성(河北省)의 북쪽에 위치. 嵓阻(암조) : 험준한 암벽동굴.

5) 體(체) : 태어나다. 烈性(열성) : 강렬한 성격.

6) 乾(건) : 『예문유취(藝文類聚)』와 송간본(宋刊本)에는 '金(금)'자로 되어있는데, 바로 乾(건)은 '金(금)'자와 같은 뜻이다. '乾德(건덕)'은 '金德(금덕)'을 말함. 이 문장은 할(鶡)의 꽁지 털을 무관(武官)의 모자에 꽂았기 때문에 이렇게 말한 것임.

7) 玄黃(현황) : 검고 누런색. 『안씨가훈(顔氏家訓)·면학편(勉學篇)』 상권에 "내가 말하기를, 할(鶡)새는 상당(上黨)에서 나서 일찍이 여러 차례 보았는데, 색은 황(黃)과 흑(黑)색을 나란히 가지고 있었으며 어지럽게 석이지는 않았다. 그래서 진사왕(陳思王)은 '검고 누런 강한 깃털을 떨친다'고 말했던 것이라고 하였다(吾曰, 鶡出上黨, 數曾見之, 色並黃黑, 無駁雜也. 故陳思王鶡賦云, 揚玄黃之勁羽)"라고 한 것을 참고

8) 甘(감) : 달게 여기다. 沉隕(침운) : 떨어지다.

9) 擅(천) : 저본에는 '檀(단, 박달나무)'자로 되어 있으나 문맥상 조유문(趙幼文)의 교정에 따름. 할(鶡)새가 내려와서는 연못을 독점한다는 뜻으로 아래 구와 잘 어울린다.

10) 遊(유) : 가다.

11) 專場(전장) : 장소를 장악하다. 필적할 상대가 없음.

계단 아래 무사들이 이를 꽂았네.   階侍斯珥.13)

굽어보니 꽃무늬 돌계단에 빛나며,   俯耀文墀,14)

무관의 머리 장식이 되니,   成武官之首飾,

뜰 횃불의 밝은 광채 더욱 커지네.   增庭燎之高輝.15)

3-6. 주살 맞은 기러기(離繳雁賦)1)

서문

  내가 현무지(玄武池)의 비탈에서 노닐 때 주살 맞은 기러기가 있었다. 다시 날 수가 없어 돌아보며 뱃사공에게 쫓아가 살려주라고 명했다. 이에 가련하게 생각하여 부를 지었다.

---

12) 僵(강) : 꼿꼿이 죽다.

13) 階侍(계시) : 계단 아래에 서있는 호위병사들. 珥(이) : 꽂다. 끼우다. 무사들이 할새(鶡鷉)의 깃털을 꽂은 것을 말하는데, 『문선(文選)』 반악(潘岳)의 「추흥부(秋興賦)」에서 이선(李善)의 주(注)에 의하면 '珥(이)'자를 '揷(삽, 꽂다)'의 뜻으로 풀이하였다. 한편 『후한서(後漢書)·여복지(興服志)』에는 "무사(武士)의 관(冠)은 속칭 대관(大冠)이라 하는데, 두른 갓끈에는 늘어뜨린 장식이 없으며 청색의 실로 띠를 만들고 양쪽에 할(鶡)새의 꼬리를 붙여 좌우에 세워 수직으로 꽂기 때문에 할관(鶡冠)이라고 한다고 한다(武冠, 俗謂之大冠, 環纓無蕤, 以靑系爲緄, 加雙鶡尾, 豎左右, 爲鶡冠云)"라고 한 것을 참고.

14) 文墀(문지) : 무늬가 들어간 돌계단.

15) 庭燎(정료) : 고대 대궐의 뜰을 밝히는 횃불.

3-6. 離繳雁賦 (이격안부)

1) 이 부는 주살 맞은 기러기를 뱃사공이 치료하여 날려 보내 주었다는 이야기에 감동하여 주살 맞은 기러기를 자신의 처지에 비추어 감정을 이입하고 있는 영물(詠物)의 작품이다. 운(韻)이 바뀌는 것을 기준으로 4단락으로 나눠져 있으며 1단과 2단은 초사체(楚辭體)의 혜(兮)자를 반복적으로 쓰고 있는 반면, 3단은 6언 4구로 정형화 되어 있

余遊於玄武陂中,²⁾ 有雁離繳. 不能復飛, 顧命舟人追而得之.³⁾ 故憐而
賦焉.

본문

가엾다! 짝 잃은 기러기 외로워라!	憐孤雁之偏特兮,⁴⁾
마음은 이에 슬퍼져 가슴이 아프구나.	情惆焉而內傷.⁵⁾
좋은 새로 그 남다름을 생각하여보니,	尋淑類之殊異兮,⁶⁾
천상의 길상을 타고났네.	稟上天之休祥.⁷⁾
평화롭고 순수한 기상을 머금고,	含中和之純氣兮,⁸⁾
사계절을 따라가며 여행하네.	赴四節而征行.⁹⁾
남쪽 변방에서 겨울을 피하고,	遠玄冬於南裔兮,¹⁰⁾
북방에서 무더운 여름을 피하네.	避炎夏於朔方.
서리가 쌀쌀하게 내리면 날아가고,	白露淒以飛揚兮,¹¹⁾

고 마지막은 란(亂)의 형식처럼 '於是(어시)'라는 산문투의 접속사로 구분지어 4언 4구
로 되어 있다. 그러나 이는 전체의 문장을 총괄하는 노래로 보이지 않아 없어진 부분
이 더 있을 것으로 보인다. 내용은 단락에 따라 기러기의 특징과 성품(자신을 포함한
여러 신하들), 뜻하지 않은 외부로부터의 공격(자신이 받는 모함), 살려준 이에 대한 고
마움(새로운 구원자를 기다림), 되살아난 기러기의 재탄생(조식의 기대)으로 이어져 있
다. 離繳(이격) : 주살에 맞다. '離(리)'는 '罹(리)'와 통용하여 '당하다.'

2) 玄武陂(현무피) : 바로 현무지(玄武池)의 비탈. 『삼국지(三國志)・위지(魏志)・무제기
   (武帝紀)』에 따르면 현무지(玄武池)는 건안(建安) 13년(209)에 조성되었다고 함.
3) 得(득) : 살려내다.
4) 偏特(편특) : 외롭다.
5) 內傷(내상) : 비통함.
6) 淑類(숙류) : 동식물 중에서 좋은 부류.
7) 休祥(휴상) : 길상(吉祥).
8) 中和(중화) : 중정(中正)하고 평화로움.
9) 赴(부) : 따라가다. 征行(정행) : 여행하다.
10) 遠(원) : 피하다. 玄冬(현동) : 겨울. 북방의 색이 검기 때문에 만들어진 표현. 南裔(남
   예) : '裔(예)'는 가장자리 또는 변두리라는 뜻으로 남쪽 변경을 말함.

가을바람이 불어오면 서쪽으로 가네.　　　　　　秋風發乎西商.[12]

절기의 운행이 다시 이름을 느끼고,　　　　　　感節運之復至兮,

위(魏)나라 길을 빌려 높이 날고 있네.　　　　　假魏道而翺翔.

날개를 맞대고 줄지어 남북으로 나니,　　　　　接羽翮以南北兮,[13]

마음은 즐겁고 오래토록 평안하네.　　　　　　情逸豫而永康.[14]

바라보니 범씨(范氏)가 활의 방아쇠를 당겨　　望范氏之發機兮,[15]

주살의 실을 발사하여 구름을 가르네.　　　　播纖繳以凌雲.[16]

작은 몸체의 민첩한 날갯죽지에 걸리니,　　　挂微軀之輕翼兮,[17]

갑자기 떨어져서 무리와 헤어지네.　　　　　忽頹落而離羣.[18]

동료들이 놀라 울며 멀어지니,　　　　　　　旅朋驚而鳴遠兮,[19]

부질없이 머리를 들어 보지만 들리지 않네.　徒矯首而莫聞.[20]

기꺼이 임금님의 허드레 반찬으로 충당되어,　甘充君之下廚,[21]

기름 친 커다란 가마솥에서 죽게 될 것인데,　膏函牛之鼎鑊.[22]

생명을 보전해주고 길러준 은혜를 입었으니,　蒙生全之顧復,[23]

---

11) 淒(처) : 쌀쌀하게 서리가 내리는 모양.

12) 西商(서상) : 음양오행에 따르면, '商(상)'과 '秋(추)'는 모두 '金(금)'에 속하여, 가을을
　　'商(상)'이라 하는데 가을의 방위는 서쪽이므로 서방(西方)을 말함.

13) 接羽翮(접우핵) : 날개를 맞대고 날다. 즉 기러기가 줄지어 나는 것을 말함.

14) 逸豫(일예) : 즐거운 모양. 永康(영강) : 오래오래 평안함.

15) 望(망) : 바라보다. 發機(발기) : 석궁의 방아쇠를 당기다. 范氏(범씨) : 누구를 말하는지
　　알 수 없음.

16) 纖繳(섬격) : 새를 잡을 때 화살촉에 매어둔 실.

17) 輕翼(경익) : 민첩한 날갯죽지.

18) 頹落(퇴락) : 떨어지다.

19) 旅(려) : '侶(려, 짝)'의 뜻으로 동반하는 나는 기러기. 朋(붕) : 저본에는 '暗(암)'자로
　　되어 있으나 문맥상 『예문유취(藝文類聚)』와 조유문의 교정에 따라 바로 잡음. 旅朋
　　(려붕) : 짝과 동료들.

20) 矯首(교수) : 머리를 들다.

21) 下廚(하주) : 보잘것없는 하등의 반찬.

22) 膏(고) : 기름을 치다. 函牛之鼎(함우지정) : 소 한 마리가 들어가는 솥. 鑊(확) : '鼎
　　(정)'과 같이 삶는데 쓰는 가마솥.

23) 生全(생전) : 생명을 보전하다. 顧復(고복) : '顧(고)'는 돌아보다, '復(복)'은 반복하다
　　는 의미로 『시경(詩經)·소아(小雅)·육아(蓼莪)』에서 비롯하여 부모의 양육을 가리키

얼마나 베푼 은혜가 두터이 퍼졌겠는가?	何恩施之隆博.[24]
이에 자유의 몸으로 목숨을 바쳤으니,	於是縱軀歸命,[25]
걱정도 없고 탐할 것도 없으리.	無慮無求.
배고프면 벼와 기장을 먹고,	饑食稻粱,
목마르면 맑은 물을 마시리.	渴飮淸流.

3-7. 매와 참새(鷂雀賦)[1]

매가 참새를 잡으려 하자,	鷂欲取雀,
참새가 말했다.	雀自言,
"나는 미천하며,	雀微賤,
신체도 어리고 작은데다,	身卑些小,[2]

는 말로 사용함.

24) 博(박) : '敷(부)'와 통용하여, 퍼지다는 의미.

25) 縱軀(종구) : 몸을 자유롭게 한다는 의미로 '縱(종)'자는 '放(방)'의 뜻. 歸命(귀명) : 목숨을 바치다.

3-7. 鷂雀賦(요작부)

1) 이 부는 조식의 부 작품 중에서 가장 독특한 형식을 가지고 있다. 바로 이야기를 서술하는 소설식 구성이다. 이러한 이야기 중심의 부를 고사부(故事賦)라고 하는데, 매우 드물게 보이는 형식이다. 산문과 운문이 어우러져 있으며 문답의 형식으로 생동감이 넘쳐난다. 이러한 조식의 고사부(故事賦)는 돈황(敦煌)의 문서에서 발견된 「연자부(燕子賦)」의 연원을 밝히는데 중요한 근거자료가 되고 있다. 남아있는 자료가 많지 않아 단언할 수 없지만 이러한 고사부(故事賦)들은 문답에다 구어를 많이 사용하는 특징이 있는데 이는 민간에서 유행한 부(賦)의 형식에 기인한 것으로 추정된다. 생각건대 조식의 이 부도 원래는 보다 산문성이 강하고 많은 구어를 사용했으나 조식이나 이후의 사람에 의해 4언으로 정형화되었을 가능성이 크다. 대부분 4언으로 이루어져 있으며 격구로 압운하고 있다. 6차례 운을 바꿀 때마다 내용의 변화도 읽을 수 있다. 하지만 이 작품은 불완전한 모습으로 남아있다. 나아가 내용적인 측면에서 매와 참새를 조비와 조식으로 대응시켜 작품을 감상해 볼 수도 있겠다.

살은 말라붙어 있으니,	肌肉瘠瘦,[3]
얻을 것이 어찌 작지 않겠습니까?	所得蓋少,[4]
그대는 나를 먹으려 하나,	君欲相噉,[5]
실로 배를 불리기에는 충분하지 않습니다."	實不足飽.
매는 참새의 말을 듣고,	鷂得雀言,
처음에는 말을 하지 못하다가,	初不敢語,
"요사이 [내가] 매우 곤궁하여,	頃來轗軻,[6]
여행에 식량이 부족하고,	資糧乏旅,[7]
삼일씩이나 먹지 못하여,	三日不食,
죽은 쥐라도 잡고 싶은데,	略思死鼠,[8]
오늘 너를 얻고서	今日相得,[9]
어찌 다시 너를 놓아주랴!"	寧復置汝.
참새가 매의 말을 듣고,	雀得鷂言,
마음이 매우 불안하여,	意甚怔營,[10]
"생명은 아주 소중한 것이며,	性命至重,
참새와 쥐는 미물로서,	雀鼠貪生,[11]
그대가 다 먹어버린다면,	君得一食,[12]
나의 생명은 이로서 죽게 되는데,	我命是傾,[13]

---

2) 卑(비) : 어리다. 些小(사소) : 약소함.

3) 瘠瘦(척수) : 말라비틀어지다.

4) 蓋(합) : '何不(하불)'의 줄임말로, 어찌 ~하지 않겠는가?

5) 相(상) : 여기서는 말하는 자신, 즉 참새를 가리킨다.

6) 頃來(경래) : 근래(近來). 轗軻(감가) : 형편이 매우 곤궁하다.

7) 資糧(자량) : 식량. 旅(려) : 여행.

8) 略思(약사) : ~하려 하다. '略(략)'은 '궁리하다', 또는 '조금'이라는 의미로 쓰였음.

9) 相(상) : 여기서는 상대방, 즉 참새를 가리킨다.

10) 怔營(정영) : 마음이 매우 불안함.

11) 貪生(탐생) : 지나치게 목숨에 연연해하다.

12) 一(일) : 온통 전부.

13) 是傾(시경) : '是(시)'는 앞의 내용 '때문에' 라는 의미를 내포하고 '傾(경)'은 '죽다'는 의미.

하늘이 내려다보고,　　　　　　　　　　皇天降監,14)

현자(賢者)들이 이를 듣고 있습니다.”　　賢者是聽.

매는 참새의 말을 듣고,　　　　　　　　鷂得雀言,

마음이 매우 슬퍼졌다.　　　　　　　　　意甚怛惋,15)

쓰러진 참새를 죽이려고 보니,　　　　　當死斃雀,

머리는 마늘쪽 같은데도,　　　　　　　　頭如蒜顆,16)

아직 관과 복식도 하지 않았고,　　　　不早首服,17)

목이 갈라지도록 크게 소리치면,　　　烈頸大喚,18)

행인들이 그것을 듣고,　　　　　　　　　行人聞之,

와서 보지 않은 자가 없겠지.　　　　　莫不往觀.

참새는 매의 말을 듣고,　　　　　　　　雀得鷂言,

마음은 매우 담담해져,　　　　　　　　　意甚不移,19)

“대추나무에 의지하고 살다보니,　　　依一棗樹,20)

숲은 무성하고 가시는 많아　　　　　　蒙蘢多刺.21)

눈은 찢어진 산초 같이하여,　　　　　目如擘椒,22)

그래도 날개를 박차고 나는데,　　　　跳蕭二翅,23)

내가 죽어야 한다면,　　　　　　　　　　我當死矣.

어찌해도 피할 길은 없겠지요.”　　　　略無可避,24)

---

14) 降監(강감) : 내려 보며 감시하다.

15) 怛惋(달완) : 슬프다.

16) 蒜顆(산과) : 산과(蒜果), 산두(蒜頭), 마늘.

17) 首服(수복) : 굴복 또는 승복하다.

18) 烈(렬) : ‘列(열)’과 통용하여 찢어지다, 갈라지다.

19) 不移(불이) : 움직임이 없다, 즉 매우 담담한 모양.

20) 一(일) : 한결같이.

21) 蒙蘢(총농) : 초목이 무성한 모양을 말하는데, 여기서는 가시 많은 나무들이 무성한
　　것을 말함.

22) 擘椒(벽초) : 찢어진 산초란 뜻으로 여기서는 참새의 눈이 둥글고 작은 것을 말함.

23) 跳蕭(도소) : 박차고 오르다.

24) 略(략) : 전혀, 조금도

이에 매가 참새를 놓아주자, 鷂乃置雀,

한참동안 겨우 날아가서 良久方去,25)

두 참새가 서로 만나니, 二雀相逢,

마치 부부 같았다. 似是公嫗,26)

서로 풀 속으로 들어가, 相將入草,

한 그루 나무에 같이 올라 共上一樹,

이내 자초지종을 말하고, 仍敘本末,

고생한 것을 서로 이야기한다. 辛苦相語,

"지난번에 가까이 나갔다가, 向者近出,27)

매에게 잡혔는데, 爲鷂所捕,

다행히 내가 민첩하게 나는 덕분에, 賴我翻捷,28)

타고난 자질대로 재빠르게, 體素便附,29)

내가 따지는 말을 說我辨語,30)

수천만가지로 하여, 千條萬句,

삶을 버릴 듯 속이니, 欺恐舍長,31)

그는 크게 두려워하였소. 令兒大怖.32)

내가 벗어난 것은 我之得免,

토끼보다도 더 나은 것이니, 復勝於兔.33)

---

25) 良久(양구) : 한참동안. 方(방) : 겨우.

26) 公嫗(공구) : 자웅(雌雄), 즉 부부.

27) 向者(향자) : 지난 번. 近(근) : 저본에는 '共(공)'자로 되어있으나 문맥상 『예문유취(藝文類聚)』와 엄가균을 따름.

28) 賴(뢰) : 다행히 ~한 덕분에. 捷(첩) : 신속하게.

29) 體素(체소) : 타고난 자질. 便附(편부) : 재빠르다.

30) 辨(판) : 따지다. '辯(변)'자와 통용함.

31) 舍長(사장) : 삶을 버리다. '舍(사)'는 捨(사 : 버리다)'의 의미이고, '長(장)'은 '오래 살다'는 의미임.

32) 令兒(영아) : 결국 매를 가리키는 말인데, 당시의 구어(口語)로 보임. '令子(영자)'라고 하면 어질고 현명한 사람을 가리키는 말인데, '令兒(영아)'는 다소 구어적이고 조소적인 느낌을 주는 표현.

이제는 마음을 고쳐먹고,　　　　　　　　　自今徙意,[34]

다시는 서로 시샘하지 말자.”　　　　　　　莫復相妬.

잔구(殘句)

참새는 소똥의 콩, 말똥의 곡식을 먹을 따름이오.

言雀者但食牛矢中豆馬矢中粟.[35]

3-8. 박쥐(蝙蝠賦)[1]

아! 얼마나 간악한 기세인가?　　　　　　　吁何奸氣,[2]

박쥐들이 나서 늘어가고 있으니.　　　　　　生玆蝙蝠.[3]

모습은 특이하고 성격은 괴이하여,　　　　　形殊性詭,[4]

---

33) 復(부) : 부사적으로 쓰여 更(갱) : ‘다시, 더’의 뜻.

34) 徙(사) : 취하다.

35) 矢(시) : ‘屎(시, 똥)’자와 통용함. 『태평어람(太平御覽)』 권841에 인용됨. 정안(丁晏)은 이 문장이 “雀自言雀微賤” 아래에 빠진 부분이라고 추정한다.

3-8. 蝙蝠賦(편복부)

1) 이 부 역시 조식의 부 작품 가운데 이질적인 작품이다. 조식은 주로 초사체(楚辭體)나 6언을 즐겨 사용하는데 이 작품은 완전한 4언으로 되어 있다. 내용의 전개에 있어서는 다른 영물부와 같지만 쥐도 아니고 새도 아닌 이중적 동물인 박쥐를 소재로 자신의 정체성을 모색하고 있다. 대체로 입성(入聲)의 글자로 격구로 압운하고 있지만 중간에 한번 평성의 운자로 바꾼 것이 보인다. 우리에게 남아 있는 부분은 다만 박쥐의 이중적이며 배반적인 행태를 매우 조소적이며 쉬운 언어로 묘사하고 있다.

2) 吁(우) : 감탄의 발어사. 奸(간) : 간사하다.

3) 生玆(생자) : 자라나다.

4) 詭(궤) : 기이하다.

매번 상규(常規)를 변화시키며,　　　　　　每變常式.

걸음에 발로 걷지 않고,　　　　　　行不由足,5)

비행에는 날개를 빌지 않네.　　　　　　飛不假翼.

밝을 때는 누워있고 어두우면 행동하니,　　　　　　明伏暗動,6)

완전히 쥐의 형상과 같으며,　　　　　　盡似鼠形.

새라고 해도 닮지 않아,　　　　　　謂鳥不似,

두 발은 털로 되어 있네.　　　　　　二足爲毛,7)

날면서도 이빨을 가지고 있으며,　　　　　　飛而含齒,8)

둥지를 틀어 새끼를 먹이지 않고,　　　　　　巢不哺鷇,9)

동굴에서 새끼에게 젓을 주지도 않으니,　　　　　　空不乳子,10)

털 짐승들에 들지도 못하고,　　　　　　不容毛羣,11)

조류에게도 쫓겨나서,　　　　　　斥逐羽族.

아래서는 땅을 밟지 않고,　　　　　　下不蹈陸,

위에서는 나무에 의지하지도 않네.　　　　　　上不馮木.12)

---

5) 由(유) : 사용하다.

6) 伏(복) : 눕다.

7) 毛(모) : ‘禽(금)’, 즉 조류(鳥類)를 말함.『이아(爾雅)·석조(釋鳥)』에 “두 발과 깃이 있
는 것을 ‘禽(금)’이라 하고, 네 발과 털이 있는 것을 ‘獸(수)’라고 한다(二足而羽謂之禽,
四足而毛謂之獸)”라고 정의한 것에 따름.

8) 含齒(함치) : 이빨을 가지고 있다.

9) 鷇(구) : 부화한 새 새끼.

10) 空(공) : 정안(丁晏)은 ‘空(공)’자는 ‘穴(혈)’자와 자형(字形)이 비슷하여 잘못된 것이
아닐까 하는 의구심이 든다고 소쥬(小註)에서 밝혔으나 저본에는 ‘空(공)’자를 그대로
사용하고 있다. 그러나 ‘空(공)’과 ‘穴(혈)’은 ‘동굴’이라는 같은 뜻으로 쓰이기 때문에
문제가 없어 보인다.

11) 毛羣(모군) : 짐승.

12) 馮(빙) : ‘凭(빙, 의지하다)’의 옛 글자.

3-9. 연꽃(芙蓉賦)[1]

온갖 초목의 아름다움을 두루 보아도,	覽百卉之英茂,[2]
이 꽃만큼 유난히 아름다운 것이 없네.	無斯華之獨靈.[3]
깊은 땅 속에 긴 뿌리를 내리고,	結修根於重壤,[4]
맑은 물에 떠서 줄기는 위로 솟았네.	泛淸流而擢莖.[5]
향기로운 줄기를 곧추세워 바람에 순종하고,	竦芳柯以從風,
가느다란 가지를 흔들어 삭삭 소리를 내네.	奮纖枝之璀璨.[6]
이것이 처음 꽃이 피면,	其始榮也,
밝음은 마치 달이 부상(扶桑)에 붙어 있는 듯하고,	皦若夜光尋扶木.[7]
그것이 빛을 발하면,	其揚暉也,

3-9. 芙蓉賦(부용부)

1) 이 부는 아름다운 자태로 연못에 피어난 연꽃을 묘사한 영물(詠物)의 작품이다. 작자의 다른 영물부보다 찬미적인 표현과 정서가 눈에 띈다. 전체적인 문장이 완전한 모습이 아니라 단정할 수 없지만, 대체로 변려부(騈麗賦)의 형식으로 창작되었으며, 4차례의 환운(換韻)이 보이고 격구(隔句)로 압운하는 방식을 취하나 중간에는 압운하지 않는 변화도 보인다. 정안(丁晏)은 『태평어람(太平御覽)』 권999에는 「미부용부(美芙蓉賦)」로 되어 있다고 한다. 芙蓉(부용) : 연꽃. '芙蕖(부거)'라고도 부름.

2) 英茂(영무) : 무성하고 아름다움.

3) 靈(영) : 예쁘다.

4) 結修根(결수근) : 긴 뿌리를 내리다. '修(수)'는 길다는 의미. 重壤(중양) : 땅 속.

5) 擢莖(탁경) : 줄기를 물위로 내다.

6) 璀璨(최찬) : '璀粲(최찬)'으로도 씀. 의복이 마찰하는 소리를 형용한 의성어로 여기서는 연꽃 가지들이 바람에 흔들리며 내는 소리를 형용한다. 정안(丁晏)은 이상 2구가 정씨(程氏)와 장씨(張氏)본에는 누락되어 『초학기(初學記)』 권27에 따라 보충하였고, '璨(찬)'자는 상하의 운(韻)에 부합하지 않아 없어진 구(句)가 있다고 하였음.

7) 夜光(야광) : 밤에도 빛을 낸다는 옥(玉)으로 여기서는 달을 비유하고 있음. 尋(심) : 붙어 있다. 扶木(부목) : 扶桑(부상)으로 전설 속에 나무 이름으로 그곳에서 해가 뜬다고 함. 저본에는 '扶桑(부상)'으로 되어 있지만 아래 구(句)와 운이 맞지 않는다. 한편 『태평어람(太平御覽)』과 『전삼국문(全三國文)』에서는 '扶木(부목)'으로 되어 있고, 앞서 본 작자의 「신귀부(神龜賦)」에서도 '扶木(부목)'이란 표현을 쓴 예가 있으므로 운(韻)을 맞추는 의미에서 바로 잡았음.

빛남은 마치 아홉 개의 태양이 양곡(暘谷)에서 나온 듯하네. 晃九陽出暘谷.[8]

연꽃은 물위에서 빙빙 감돌고, 芙蓉蹇産,[9]

연꽃은 연접해서 피네. 菡萏星屬.[10]

실 같은 가지에 구슬을 드리우고, 絲條垂珠,

붉은 꽃은 초록빛을 토해내네. 丹榮吐綠.[11]

선명하고 눈부시게 아름답고, 焜焜韡韡,[12]

밝기가 촉룡(燭龍)의 촛불 같아, 爛若龍燭.[13]

온 종일을 바라보아도, 觀者終朝,[14]

마음은 그래도 흡족하지 않네. 情猶未足.

이에 소년과 소녀들 於是狡童媛女,[15]

서로 함께 노닐며, 相與同遊,

비단소매 자락에서 하얀 손 꺼내어, 擢素手於羅袖,[16]

물 가운데 있는 붉은 꽃을 만지네. 接紅葩於中流.[17]

---

8) 九陽(구양) : 아홉 개의 태양. 고대 전설에 따르면, 하늘에 10개의 태양이 있었는데, 요(堯)임금이 후예(后羿)로 하여금 아홉 개의 해를 쏘아 떨어뜨리게 했다고 함. 暘谷(양곡) : 전설 속에 해가 나온다는 곳.

9) 蹇産(건산) : '蹇滻(건산)' 또는 '蹇嵼(건산)'으로 쓰기도 함. '빙빙 감돌다'는 뜻으로 여기서는 연잎이 물위에 떠서 흔들리는 모습을 표현하였음.

10) 菡萏(함담) : 연꽃. 星屬(성촉) : 별처럼 연접해 있음. '屬(촉)'은 '연접하다'는 의미.

11) 吐綠(토록) : 푸름을 토해내다. 즉 '綠(녹)'자는 연밥을 표현한 것.

12) 焜焜(혼혼) : 선명하고 아름다운 모양. 韡韡(위위) : 눈부시게 아름다운 모양.

13) 爛(난) : 빛, 밝음. 龍燭(용촉) : 촉룡(燭龍)은 신화 속에 나오는 신의 이름으로, 이 신은 촛불을 물고 있는데, 가히 천하를 비출 수 있다고 하였다. 『산해경(山海經)·대황북경(大荒北經)』 등을 참고.

14) 終朝(종조) : 온 종일.

15) 狡童(교동) : 잘생긴 소년. 媛女(원녀) : 예쁜 소녀.

16) 擢(탁) : [팔을] 뻗다. 저본에는 '耀(요)'자로 되어 있으나 문맥상 바로잡음.

17) 紅葩(홍파) : 붉은 꽃.

잔구(殘句)

| 나와서는 왕궁을 윤택하게 하고, | 退潤王宇,[18] |
| 들어가서는 황제의 뜰을 장식하네. | 進文帝庭.[19] |

3-10. 술(酒賦)[1]

서문

내가 양웅(揚雄)의 「주부(酒賦)」를 보니 그 문장은 아주 장려(壯麗)하고
사뭇 재미있으나, 아정(雅正)하지 않아 나도 「주부(酒賦)」를 지어 술의 본

---

18) 王宇(왕우): 위왕(魏王) 조조의 궁정(宮庭)을 가리킴.
19) 帝廷(제정): 한(漢)나라 헌제(獻帝)의 궁정(宮庭). 이상 두 구에 대하여 엄가균은『문
　선(文選)』, 유현목(劉玄木)의 「의고시(擬古詩)」에서 이선(李善)이 인용한 것에 따라
　"泛淸流而濯莖" 뒤에 보충하였다.

3-10. 酒賦(주부)
1) 이 부는 서문에서 밝히고 있는 바와 같이 양웅(揚雄)의 「주부(酒賦)」를 감상하고 너
　무 거칠어 이 작품을 쓰게 되었다고 밝히고 있다. 그러나 전체의 문장이 완전하지 못
　하여 작자의 주장을 파악하기 어렵다. 전체는 6번 운을 바꾸면서 산문투의 접속사로
　이어지며, 내용도 이에 따른 변화가 있다. 구법은 변려부(騈麗賦)의 형식을 취하고 있
　으며 양웅의 「주부(酒賦)」와 같이 문답의 형식으로 이루어진 것으로 보인다. 그러나
　그 문답은 짤막한 생동감 있는 대화체가 아니라 주객(主客)의 주장을 역설하는 논설로
　이루진 것으로 추정된다. 한편『후한서(後漢書)』권100 「공융전(孔融傳)」에 따르면 건
　안(建安) 12년 조조는 기근과 병란이 일어나므로 금주(禁酒)를 건의하는 상소문을 올
　렸다고 한다. 당시 조식의 나이 16세였는데 조식이 이 부를 짓게 된 것이 이러한 금주
　와 관계가 있는지는 알 수 없다. 남아있는 내용으로 보면 주덕(酒德)의 칭송, 다양한
　술의 종류, 연회에서의 술의 쓰임, 취객들의 행태, 술의 긍정적 효과, 술의 부정적인 견
　해로 이루어져 있는데, 전체적으로 술의 부정적인 측면보다 긍정적인 모습에 초점을
　두고 있는 듯하다. 그러므로 황초(黃初) 2년(221) 조식이 술에 취해 사자(使者)에게 행
　패를 부렸다는 관균(灌均)의 모함과 연관이 있는 듯하다.

말을 대략 따져 보았다. 부에 이르기를,

余覽揚雄酒賦,2) 辭甚瑰瑋,3) 頗戲而不雅, 聊作酒賦, 粗究其終始. 賦
曰.

본문

아름다워라! 의적(儀狄)의 생각이여!　　　　嘉儀氏之造思,4)

참으로 이 맛은 유난히 진귀하네.　　　　亮茲美之獨珍.

주기성(酒旗星)이 빛나는 것을 바라보니,　　仰酒旗之景曜,5)

멋진 이름 별자리와도 잘 어울리네.　　　協嘉號於天辰.6)

목생(穆生)은 단술 때문에 초나라를 떠났고,　穆生以醴而辭楚,7)

후영(侯嬴)은 벼슬에 유혹되어 몸을 가벼이 하였네.　侯嬴感爵而輕身.8)

---

2) 양웅(揚雄, B.C. 53~A.D. 18) : 서한(西漢)말의 저명한 부(賦)작가이자 정치가였고, 철
학자였으며, 언어학자이기도 했다. 대표작으로『법언(法言)』이 있음.

3) 瑰瑋(괴위) : 문장의 내용이 진기하고 문사(文辭)가 장려(壯麗)함.

4) 儀氏(의씨) : 의적(儀狄), 하우(夏禹)시대 술을 잘 만들었던 사람. 造思(조사) : 구상(構
想)하다. 여기서는 술을 만드는 방법을 발명했다는 의미로 쓰였음.

5) 酒旗(주기) : 별 이름으로, 주기성(酒旗星)을 말하는 것으로 보임.『진서(晉書)·천문
지(天文志)』에 "헌원(軒轅) 오른쪽 모퉁이 남쪽 세 별은 주기(酒旗)라고 하는데, 주관
(酒官)의 깃발로, 잔치와 음식을 주관한다(軒轅右角南三星曰酒旗, 酒官之旗也, 主饗
宴飮食)"고 하였음.

6) 嘉號(가호) : 아름다운 명성(名聲).

7) 穆生(목생) : 서한(西漢) 시대 노(魯)나라 사람. 초(楚)나라 원왕(元王) 유교(劉交)는 목
생(穆生)을 예우하여 언제나 단술을 차려 주었다. 그러나 나중에 유교(劉交)의 손자인
융(戌)이 계승하자 단술을 차려 예우하지 않았는데, 목생(穆生)은 그의 마음을 알고 떠
나버렸다는 이야기가 있음.

8) 侯嬴(후영) : 전국(戰國) 시대 위(魏)나라 은사(隱士). 그는 집이 워낙 가난한 관계로
일찍이 이문(夷門)의 문지기로 있었는데, 위공자(魏公子) 무기(無忌)가 후영의 어짊을
전해 듣고 그를 후히 대우하고자 몸소 수레를 몰고 이문(夷門)으로 가서 매우 공손한
태도로 후영을 맞이하여 상객(上客)으로 삼았다. 뒤에 조(趙)나라가 진(秦)나라의 공격
을 받고 위(魏)나라에 구원병을 요청했을 때, 무기(無忌)가 구원병을 조나라에 보내려
고 하나 마음대로 되지 않았다. 그 계책을 후영에게 물어서 마침내 진비(晉鄙)의 군대

진실로 천 종(鍾)은 흠모할 만하지만,　　　諒千鍾之可慕,[9]

어찌 백 고(觚)가 족하다 하리오.　　　何百觚之足云.

그 맛으로는 □□은 기수(沂水)에서 빛나,　　　其味有□□亮沂,

오랫동안 아름다운 명성 가졌네.　　　久載休名.[10]

의성(擬聲)에는 단술이 있고,　　　宜城醪醴,[11]

창오에는 표청이 있네.　　　蒼梧縹淸.[12]

어떤 것은 가을에 담가서 겨울에 발효되고,　　　或秋藏冬發,

어떤 것은 봄에 빚어 여름에 익으며,　　　或春醞夏成.

어떤 것은 구름이나 조수처럼 끓어오르고,　　　或雲沸潮涌,

어떤 것은 흰 개미와 부평초 같네.　　　或素蟻浮萍.[13]

이에 왕손 공자님들과　　　爾乃王孫公子,

협객(俠客)들이 마시며 즐기네.　　　遊俠翺翔.[14]

장차 즐거움을 타고 마음이 서로 닿고,　　　將承歡以接意,[15]

구름에 들어간 주당(朱堂)에 모이네.　　　會陵雲於朱堂.[16]

를 탈취하러 떠날 적에 후영이 말하기를 "신이 의당 따라가야 하나 늙어서 갈 수 없으
니, 공자께서 떠나신 날짜가 진비(晉鄙)의 군에 당도할 쯤이 되거든 북향(北向)하고 스
스로 목을 베어 공자를 전송하겠습니다" 하더니, 과연 공자가 진비의 군에 당도할 쯤
에 미쳐 그가 북향하고 스스로 목을 베었다는 이야기가 있음. 『사기(史記) · 후영전(侯
嬴傳)』을 참고

9) 鍾(종) : 아래 구에서 보이는 '觚(고)'와 더불어 모두 고대 술그릇의 일종. 『공총자(孔
　叢子) · 유복(儒服)』에 "옛날 속담에 요순(堯舜)은 천 종(鍾)을 마셨고 공자(孔子)는 백
　고(觚)를 마셨다(昔有遺諺, 堯舜千鍾, 孔子百觚)"는 기록을 통하여 여기서는 주량(酒
　量)이 큰 것을 말함.

10) 休名(휴명) : 아름다운 명성.

11) 宜城(의성) : 지금의 호북성(湖北省) 의성현(宜城縣). 醪(요) : 탁주. 醴(례) : 감미로운 술.

12) 蒼梧(창오) : 지금의 광서성(廣西省) 창오현(蒼梧縣). 縹淸(표청) : 담녹색의 미주(美
　酒)로 죽엽청주의 일종.

13) 素蟻(소의) : 술이 발효될 때 생기는 기포를 표현한 말.

14) 翺翔(고상) : 날다. 여기서는 술에 취해 하늘을 나는 것 같다는 뜻.

15) 歡(환) : 기쁨. 즐거움. 저본에는 '芬(분)'자로 되어 있으나 『예문유취(藝文類聚)』와 조
　유문(趙幼文)의 교정에 따라 바꿈.

16) 於(어) : 『예문유취(藝文類聚)』에서는 '之(지)'자로 쓰였는데, 그 문법적 역할은 같음.

주고받음이 서로 교차하고,	獻酬交錯,
연회의 웃음은 자유롭네.	宴笑無方.[17]
이에 마신 자는 모두 취하여,	於是飮者並醉,
제멋대로 시끄럽네.	縱橫誼譁.[18]
어떤 이는 소매를 걷고 춤을 추고,	或揚袂屢舞,[19]
어떤 이는 검을 두드리며 노래를 하네.	或扣劍淸歌.[20]
어떤 이는 찡그리고 술잔을 사양하고,	或嚬噈辭觴,[21]
어떤 이는 잔을 들어 건네며,	或奮爵橫飛.[22]
어떤 이는 「망아지는 멍에가 채워졌네」를 부르고,	或歌驪駒旣駕,[23]
어떤 이는 「아침 이슬 마르지 않았네」를 노래하네.	或稱朝露未晞.[24]
이때에	於斯時也,
소박한 자는 화려해지기도 하고,	質者或文,
강한 자는 인자해지기도 하며,	剛者或仁,
비천한 자는 그 천함을 잊고,	卑者忘賤,
가난한 자는 그 가난을 잊네.	竇者忘貧.
이때 교속(矯俗) 선생이 듣고 탄식하며 말하기를,	於是矯俗先生聞之而歎曰,[25]

---

17) 無方(무방) : 예의가 없다. 즉 구속받지 않고 자유로운 것을 말함.

18) 誼譁(훤화) : 말소리 등으로 떠들썩한 것을 말함.

19) 屢舞(누무) : 여러 차례 춤추는 것.

20) 淸歌(청가) : 악기의 반주 없이 노래하는 것.

21) 嚬噈(빈축) : 빈축(嚬蹙), 즉 이마와 눈썹을 찡그리다.

22) 橫飛(횡비) : 술잔을 다른 사람에게 건네다.

23) 驪駒旣駕(여구기가) : 망아지는 이미 멍에가 채워지다. 『시경(詩經)』 일시(佚詩)의 「여
구(驪駒)」 노래를 말함. 종종 이별할 때 불렀다고 하여 이별을 상징하기도 한다. 그 노래
의 가사를 보면, "검은 망아지가 문에 있으니, 마부가 다 함께 있도다. 검은 망아지가
길에 있으니, 마부가 멍에를 갖추어 놓는구나(驪駒在門, 僕夫具存. 驪駒在路, 僕夫整
駕)"라고 하였음.

24) 朝露未晞(조로미희) : 아침이슬 아직 마르지 않았다. 『시경(詩經)·소아(小雅)·담로
(湛露)』에 "흠뻑 맺힌 이슬, 태양이 아니면 마르지 않고, 편안히 밤에 술을 마심에 취
하지 않으면 돌아가지 않네(湛湛露斯, 匪陽不晞, 厭厭夜飮, 不醉無歸)"라고 노래한
것을 가리킴.

25) 矯俗先生(교속선생) : 작자가 허구로 만들어낸 인물로 '矯俗(교속)'이란 '세속을 바로

아! 말을 어찌 그리 쉽게 하는가?　　　　　噫夫言何容易,

이는 바로 탐닉의 근원이요.　　　　　　　此乃淫荒之源.

어진 사람의 일이 아니며,　　　　　　　　非作者之事,26)

만약 술잔에 빠지면,　　　　　　　　　　若耽於觴酌,

마음이 방일하게 흘러가니,　　　　　　　流情縱逸,27)

선왕께서 금한 것이며,　　　　　　　　　先王所禁,

군자들이 물리치는 바요.　　　　　　　　君子所斥.

잔구(殘句) 1

아! 미주(美酒)의 남다른 맛이여!　　　　　嗟麴蘖之殊味.28)

잔구(殘句) 2

목공(穆公)은 술을 즐기며 패업(霸業)을 일으켰고,　穆公酣而興霸,29)

잡다'는 뜻임.

26) 作者(작자) : 책을 저술하여 자신의 설을 세운 사람을 말하는데 여기서는 현자(賢者)를 말함

27) 縱逸(종일) : 방종하고 방탕함.

28) 麴蘖(국얼) : 술의 누룩을 말하는데, 술 자체를 지칭하기도 한다. 여기서는 맛있는 술[미주(美酒)]를 말함. 정안(丁晏)은 『북당서초(北堂書鈔)』 권148에 「주부(酒賦)」를 인용하고 있다고 했으며, 이 구는 "주기성(酒旗星)이 빛나는 것을 바라보니(仰酒旗之景曜)"에 이어서 인용되어 있으나, 문맥과 운에 부합하지 않는 것으로 보아 아래에 반드시 빠진 문장이 있으나 감히 곧바로 보충하지 못했다고 하였다.

29) 穆公酣而興霸(목공감이흥패) : 『사기(史記)·진본기(秦本紀)』에 따르면, 목공(穆公)이 일찍이 좋은 말을 잃어버렸는데, 기산(岐山) 아래 300명의 야인(野人)이 그 말을 잡아먹어 버렸다. 관리가 이들을 잡아 처벌하려하자, 목공(穆公)은 "군자는 짐승 때문에 사람을 헤쳐서는 안 되고, 나는 좋은 말을 먹고 술을 마시지 않으면 사람이 탈난다고 들었다"라고 하며 그들에게 술을 내려주고 사면해주었다. 그 후 진(晉)나라 군대에게

한나라 고조(高祖)는 취하여 뱀을 갈랐다네.　　　　　漢祖醉而蛇分.30)

잔구(殘句) 3

성난 사람의 묵은 원망을 조화롭게 하고,　　　　　和睚眥之宿憾,31)
설사 원수라 하더라도 반드시 친하게 하네.　　　　雖怨讎其必親.32)

잔구(殘句) 4

멋진 손님들의 즐거운 연회를 써내니,　　　　　　叙嘉賓之歡會,
탐닉의 즐거움은 이미 끝나버리고,　　　　　　　　惟耽樂之旣閱,33)
해는 뽕나무와 느릅나무에서 어두워지니,　　　　日晻暗於桑楡兮,34)

포위되었을 때, 이들이 도와주어 목공(穆公)은 승리하였고 진(晉)나라 왕을 사로잡았다는 이야기를 말함.

30) 漢祖醉而蛇分(한조취이사분):『사기(史記)·고조본기(高祖本紀)』에 따르면, 한나라 고조(高祖)가 죄수들을 호송하여 술에 취한 척하며 죄수들을 도망치게 하였는데, 그래도 따르는 자가 있어 술에 취해 길을 가다가 한밤중에 늪지의 좁을 길을 가며 한 사람을 앞장서게 하였다. 앞서 가던 사람이 "앞에 큰 뱀이 있으니 돌아가야 합니다"라고 하자 고조는 "사나이가 가는 길에 무엇이 두려우냐?"라고 하면서 뱀을 두 동강내버리고 길을 열어주었다고 하는 고사를 말함.『북당서초(北堂書鈔)』권148에 인용됨. 정안(丁晏)은 "후영(侯嬴)은 벼슬에 유혹되어 몸을 가벼이 하였네(侯嬴感爵而輕身)" 아래에 빠진 문장으로 생각한다고 하였는데,『북당서초(北堂書鈔)』에 따른 것이다.

31) 睚眥(애자): 성난 눈으로 노려보는 것을 말하며 종종 통한의 감정을 표현하기도 한다. 여기서는 성난 사람으로 쓰였음.

32) 이 문장은『북당서초(北堂書鈔)』권148에 인용됨. 정안(丁晏)은 "가난한 자는 그 가난을 잊네(寠者忘貧)" 아래에 빠진 문장으로 보인다고 하였음.

33) 閱(결): 즐거움이 끝나다.

34) 桑楡(상유): 뽕나무와 느릅나무.『태평어람(太平御覽)』권3에는『회남자(淮南子)』를 인용하여 "해는 서쪽에서 그 빛은 나무 끝에 드리우니, 그를 일컬어 상유(桑楡)라고 한다(日西垂景在樹端, 謂之桑楡)"라고 하였는데 주(注)에 이르기를 "그 빛이 뽕나무와 느릅나무 위에 있는 것을 말한다(言其光在桑楡上)"고 하여 해가 지는 것을 비유하였다.

종복에게 명하여 모두 돌아가네.　　　　　　　命僕夫而皆逝.[35]

잔구(殘句) 5

어찌 술에 빠져서 즐거워만 하리오　　　　　　安沉湎而爲娛,[36]
이는 옛 성현들이 말한 바가 아니요,　　　　　　非往聖之所述,[37]
「주고(酒誥)」의 명백한 경계(警戒)를 펴보면,　　闡酒誥之明戒,[38]
삼대(三代) 말기의 왕들과 같은 것이네.　　　　同元凶於三季.[39]

3-11. 홰나무(槐賦)[1]

부럽구나! 좋은 나무의 화려함이여!　　　　　　羨良木之華麗,
이에 임금님께서 귀하게 여기시네.　　　　　　爰獲貴於至尊.[2]

---

35) 이상 4구는 『운보(韻補)』 권4에 인용되어 있음.
36) 沈湎(침면) : ～에 빠진다는 뜻으로 주로 술에 빠지는 것을 말함.
37) 所述(소술) : 주공(周公)이 성왕(成王)의 명을 받아 지은 「주고(酒誥)」를 말함.
38) 酒誥(주고) : 『상서(尚書)』의 편명. '誥(고)'자는 임금이 신하들에게 이르는 것을 뜻하기도 하고 『서경(書經)』에 「낙고(洛誥)」와 같이 문장의 종류를 말하는 것일 수 있다. 문맥으로 보아 선왕(先王)들이 술에 대한 경계 같은 것을 적어놓은 글로 보인다.
39) 三季(삼계) : 하(夏)·은(殷)·주(周) 삼대(三代)의 말기(末期), 즉 걸(桀)·주(紂)·유(幽)왕의 통치시기를 말함. 여기서 '元兇(원흉)'이라 함은 바로 이들을 말한다. 이상 4구도 역시 『운보(韻補)』 권4에 인용됨.

3-11. 槐賦(괴부)
1) 홰나무는 여름에 많은 그림자를 드리워주기 때문에 종종 문인들의 덕을 상징하는 나무로 나타난다. 이 부 역시 한편의 영물부로 문창전(文昌殿) 앞에 있는 홰나무를 빌려 조조(曹操)의 은덕과 공적을 예찬하고 있는 작품이다. 남아 있는 작품은 6언 12구로 이루어져 있으며 격구로 압운하며 일운도저(一韻到底)한다. 정안(丁晏)은 『초학기

화려한 문창전(文昌殿)곁에서,　　　　　　　　憑文昌之華殿,[3]

단문(端門)에 빽빽하게 늘어서 있네.　　　　森列峙乎端門.[4]

붉은 양(欀)나무를 향하여 가지를 펼치고,　　觀朱欀以振條,[5]

아로새긴 계단에 터를 잡고 뿌리를 내렸네.　據文陛而結根.[6]

진한 그늘을 펴서 두루 덮으니,　　　　　　暢沉陰以溥覆,

어진 군주가 은택을 드리운 것 같네.　　　似明后之垂恩.

초봄에 막 무성해져,　　　　　　　　　　在季春以初茂,[7]

여름으로 가면서 이내 번성해져,　　　　踐朱夏而乃繁.[8]

태양의 뜨거운 빛을 가리고,　　　　　　覆陽精之炎景,[9]

내리 쬐는 빛을 흩어 시원함을 더하네.　　散流耀以增鮮.[10]

(初學記)』 권28에는 「괴수부(槐樹賦)」로 되어 있다고 함. 조비(曹丕)의 「괴부서(槐賦序)」에 "문창전(文昌殿)에는 홰나무가 있는데 한 여름에 나는 자주 그 아래에서 노닐다가 아름다워 그것을 부(賦)로 지었다. 왕찬(王粲)이 벼슬길이 활짝 열려서 또한 작은 누각 밖에도 홰나무가 있어 이내 부를 짓게 하였다(文昌殿中槐樹, 盛暑之時, 余數遊其下, 美而賦之. 王粲直登賢門, 小閣外亦有槐樹, 乃就使賦焉)"라고 한 것을 보아 홰나무의 존재 여부를 확인할 수 있고 조식의 이 작품도 그 창작시기를 어림잡아 볼 수 있다.

2) 爰(원) : 이에. 至尊(지존) : 임금님. 즉 조조(曹操)를 가리킴.

3) 文昌(문창) : 궁전 이름, 즉 문창전(文昌殿)으로 업성(鄴城)의 정전(正殿).

4) 森列峙(삼렬치) : 병립(並立)하여 빽빽하게 들어 서있는 모습. 端門(단문) : 궁정의 정 남쪽에 있는 문.

5) 欀(양) : 나무 이름. 정안(丁晏)은 "좌사(左思), 「오도부(吳都賦)」에 '文欀(문양)'이라고 나오는데, 유연림(劉淵林)의 주(注)에 따르면, 병(餠)으로 만들 수도 있어 밀가루와 비슷하다고 한다. 교지(交趾)·노정(盧亭)에 있다"고 하였다. 한편 이 내용을 『문선(文選)』 「오도부(吳都賦)」의 주(注)에서 찾아보면, 이 나무의 껍질 속에는 흰 쌀가루를 빻아 놓은 것이 있는데, 물로 반죽하면 병(餠)을 만들 수 있어 마치 밀가루와 같다고 하였다. 振條(진조) : 가지를 펼치다.

6) 文陛(문폐) : 꽃문양을 아로새겨 놓은 궁궐의 계단.

7) 季春(계춘) : 초봄. 음력(陰曆)으로 3월에 해당함.

8) 朱夏(주하) : 『이아(爾雅)·석천(釋天)』에 "여름은 기운이 붉고 빛이 밝다(夏爲朱明)"고 했기 때문에 만들어진 표현으로, 여름을 말함.

9) 陽精(양정) : 양의 정기, 즉 태양. 炎景(염경) : 태양의 뜨거운 빛.

10) 流耀(유요) : 내리 쬐는 빛.

3-12. 귤나무(橘賦)[1]

남방의 귤나무여! 진귀한 이 나무는,	有朱橘之珍樹,[2]
남방의 먼 고향에 있네.	于鶉火之遐鄕.[3]
태양의 강렬한 기운을 타고나서,	稟太陽之烈氣,
밝은 태양의 아름다운 빛을 좋아하네.	嘉杲日之休光.[4]
타고난 본분을 알고서,	體天然之素分,[5]
다른 곳으로 옮겨가지 않는다네.	不遷徙於殊方.
만리에 옮겨져 멀리까지 심어지니,	播萬里而遙植,
동작대(銅雀臺)의 정원에도 늘어섰네.	列銅爵之園庭.[6]
남방의 따뜻한 기운을 뒤로하고,	背江洲之暖氣,[7]

3-12. 橘賦(귤부)

1) 이 부는 『초사(楚辭)·구장(九章)』의 「귤송(橘頌)」에서 영감을 얻은 것으로 보인다. 그러나 「귤송(橘頌)」에서는 4언으로 이루어져 있고 귤나무에 대한 칭송을 위주로 하는 것과는 전혀 다르다. 결국 「귤송(橘頌)」에서 고귀한 성품을 가진 귤나무가 남방에서 옮겨 심겨져 토양에 잘 적응하지 못하는 것을, 좌천되어 이리 저리 떠도는 자신에 비유하고 있는 전형적인 영물부이다. 형식은 역시 6언을 중심으로 하되 중간에 6구의 4언이 보인다. 격구로 압운하고 3차례 운을 바꿀 때 마다 내용의 전개도 변화한다. 순서대로 귤의 성품, 귤의 적응, 적응의 어려움, 귤나무의 절개에 대한 의인적(擬人的) 묘사로 이어진다. 정안(丁晏)의 주에 따르면, "정씨(程氏)와 장씨(張氏) 본에는 「식귤부(植橘賦)」로 되어 있다고 하며, 『예문유취(藝文類聚)』 권86, 『초학기(初學記)』 권28, 『태평어람(太平御覽)』 권966에는 모두 '植(식)'자가 없다. 표제어에 잘못 붙여 쓴 것이다. 그러므로 삭제한다"고 하였다.

2) 朱(주) : 오색(五色)을 오방(五方)에 맞추어 보면 붉은 색은 남방에 위치하므로 여기서는 남방을 가리킴.

3) 鶉火(순화) : 별자리 이름으로 남방에는 정(井)·귀(鬼)·유(柳)·성(星)·장(張)·익(翼)·진(軫) 등 칠수(七宿)가 있는데, '朱鳥七宿(주조칠수)'라고 한다. 정(井)과 귀(鬼)는 '鶉首(순수)'라 하고, 유(柳)·성(星)·장(張)은 '鶉火(순화)'라고 하며, 마지막에 있는 것은 '鶉尾(순미)'라고 한다. 여기서는 남방을 상징적으로 의미한다.

4) 嘉(가) : 좋아하다. 杲日(고일) : 태양.

5) 素分(소분) : 본분(本分).

6) 列(열) : 늘어서다. 銅爵(동작) : 동작대(銅雀臺)를 말함.

7) 江洲 : 남방의 물가. 저본에는 '山川(산천)'으로 되어 있으나 문맥상 『초학기(初學記)』

북방의 맑고 시원한 곳에 살고 있네.	處玄朔之肅淸.8)
나라가 바뀌고 토양이 다르니,	邦換壤別,
이 때문에 죽어버렸네.	爰用喪生.9)
그곳에 살면서 시들지 않더니,	處彼不凋,10)
이곳에 있으면서 먼저 시들어 버리네.	在此先零.11)
붉은 열매가 달리지 않는데,	朱實不啣,12)
어찌 흰 꽃을 보겠는가?	焉得素榮.13)
안타깝네. 춥고 더움이 고르지 못한 것이.	惜寒暑之不均,
아! 꽃과 열매 영원히 어그러지네.	嗟華實之永乖.
남풍을 바라보며 잎들을 기울이고,	仰凱風以傾葉,14)
더운 기운 품을 수 있기를 바라네.	冀炎氣之所懷.15)
부는 바람 가지를 울려 소리를 전하고,	颺鳴條以流響,
남방의 새가 와서 둥지 틀기를 바라네.	希越鳥之來栖.16)
신령한 은덕이 감응하는 바는	夫靈德之所感,17)
사물에 미약함도 없고 적합하지도 않네.	物無微而不和.18)
영혼은 대개 어두우나 밝아지기 쉬우니,	神蓋幽而易激,19)

권28과 조유문(趙幼文)의 교정을 따름.

8) 玄朔(현삭): 북방. 여기서는 업(鄴)을 말함. 肅淸(소청): 날씨가 맑고 시원함.

9) 用(용): ~때문에. 喪生(상생): 삶을 상실하다. 죽다.

10) 彼(피): 그곳. 즉 남방의 '江洲(강주)'를 가리킴.

11) 零(영): 영락(零落)하다.

12) 啣(함): '銜(함, 물다)'자와 같은 뜻.

13) 素榮(소영): 흰 꽃. 『초사(楚辭)·귤송(橘頌)』에 "푸른 잎과 흰 꽃 분분히 무성하니 참으로 즐길만하구나(綠葉素榮, 紛其可喜兮)"라고 하였는데, 여기 두 문장은 이를 원용하고 있음.

14) 凱風(개풍): 따스한 바람, 남풍.

15) 所(소): 『예문유취(藝文類聚)』에는 '可(가)'로 되어 있는 것으로 보아 '所(소)'는 '可(가)'의 뜻으로 쓰였다.

16) 越鳥(월조): 공작(孔雀)의 별칭으로 남방의 새를 말함.

17) 靈德: 신령한 은덕.

18) 和(화): 적합하다.

19) 激(격): 정안(丁晏)의 주에 『장자주(莊子注)』에 따르면 '激(격)'은 '明(명, 밝다)'의 뜻

하늘의 도리가 어그러지지 않으리라 믿네.　　信天道之不訛.

이미 뿌리를 틔웠으나 줄기가 없으니,　　旣萌根而弗榦,

분명 잎은 달렸으나 꽃은 피지 않네.　　諒結葉而不華.

임금님의 교화에 젖고도 변하지 않고,　　漸玄化而弗變,[20]

이웃 나라에 덕을 드러내지 못하네.　　非彰德於邦家.

미약한 가지를 바라보며 탄식하고,　　附微條以歎息,

초목이 변화하기 어려움을 슬퍼하네.　　哀草木之難化.

3-13. 나들이를 서술하며(述行賦)[1]

굽이진 길의 남쪽 모퉁이를 찾아가,　　尋曲路之南隅,

진(秦)나라 시황(始皇)의 무덤을 바라보네.　　觀秦政之驪墳.[2]

백성들이 당한 재난이 슬프고,　　哀黔首之罹毒,[3]

시황(始皇)의 군주 됨이 가혹하구나.　　酷始皇之爲君.

이라 하였다.

20) 玄化(현화) : 성덕(聖德)으로 교화하다.

3-13. 述行賦(술행부)

1) 6언 7구만 남아있는 이 작품은 없어진 부분이 너무 많아 전체적인 대의를 파악하기 어렵다. 그럼에도 불구하고 조유문(趙幼文)은 『위지(魏志)·무제기(武帝紀)』에 "[건안(建安) 20년(215)] 3월에 조조가 장로(張魯)를 치러 서정(西征)했다(三月公西征張魯)"라는 기록을 근거로 조식도 군대를 따라 갔으므로 온천(溫泉)을 볼 수 있었을 것이라고 판단하여 이 부가 건안(建安) 20년(215)에 창작된 것으로 추정하였다. 그러나 이를 뒷받침하기에 남아 있는 글이 너무 짧고 특히 마지막 2구는 이러한 추정에 잘 부합하지 않는다.

2) 秦政(진정) : '政(정)'은 진시황(秦始皇)의 이름으로 종종 진(秦)나라 또는 진나라 조정을 비유함. 驪墳(여분) : 진시황(秦始皇)의 무덤. 그의 무덤이 여산(驪山)에 위치하기 때문에 만들어진 표현.

3) 黔首(검수) : 백성들. 罹毒(이독) : 재난을 당함.

나의 몸을 온천에 씻으니,   濯余身於秦井,[4]

아름다워라! 온천물이 불을 사르듯 함이.   偉湯液之若焚.[5]

잔구(殘句)[6]

서쪽 중원이 잘 다스려지지 못해 한스러워 하네.   恨西夏之不綱.[7]

---

4) 秦井(진정): 『초학기(初學記)』권7에는 '神井(신정)'으로 되어 있음. '神井(신정)'은 『수경주(水經注)·위수주(渭水注)』하(下)에서 인용된 『삼진기(三秦記)』에 따르면 여산(驪山) 서북쪽에 물이 있는데, 제사를 지내면 물에 들어갈 수 있고, 제사를 지내지 않으면 사람의 살을 태워버린다고 한다. 속설(俗說)에는 진시황이 신녀(神女)와 놀면서 신녀(神女)의 뜻에 부합하지 않으면 진시황에게 침을 뱉는데 피부에 붙어 종기가 생긴다. 진시황이 그녀에게 감사하면 신녀(神女)는 온수로 진시황을 씻어주었다는 이야기가 보임. 바로 지금의 섬서성(陝西省) 임동(臨潼) 여산(驪山) 아래의 화청지(華淸池)를 말함.

5) 湯液(탕액): 탕약(湯藥)을 말하는데, 여기서는 온천물을 말함.

6) 이 잔구는 「술정부(述征賦)」의 것이나 정안(丁晏)이 여기에 잘못 편입시켜 놓았다. 자세한 것은 720면 1번 주를 참고바람.

7) 西夏(서하): 중원의 서부, 즉 진(秦)나라 지역을 말하는 것으로 보임. 『문선(文選)』, 반악(潘岳)의 「서정부(西征賦)」에서 이선(李善)이 인용하였음.

권4

시(詩)

4-1. 연회(公宴)[1]

공자께서 손님을 사랑하고 공경하시어	公子愛敬客,[2]
연회가 끝나도록 피로를 모르시네.	終宴不知疲.[3]
맑은 밤 서원(西園)을 노니니	淸夜游西園,[4]
수레는 나는 듯 서로 따르는구나.	飛蓋相追隨.[5]

4-1. 公宴(공연)

1) 이 시는 조식(曹植)이 조비(曹丕, 187~226)와 함께 밤에 동작원(銅雀園)을 노닐며 지은 시로, 동작원의 야경(夜景)과 달빛 아래에서 정원을 노니는 즐거운 심정을 묘사하였다. 조비의 「부용지작(芙蓉池作)」에 화답한 시로 여겨진다. 유정(劉楨), 왕찬(王粲), 완우(阮瑀), 응창(應瑒) 등이 지은 「공연시(公宴詩)」 또한 지금 전해지고 있다. 公宴(공연) : 봉건사회에서 황제나 태자, 혹은 공후(公侯) 등이 거행하는 연회(宴會).

2) 公子(공자) : 조비(曹丕)를 가리킨다.

3) 終宴(종연) : 연회(宴會)가 끝나다.

4) 淸夜(청야) : 맑은 밤. 조용한 밤. 西園(서원) : 문창전(文昌殿)의 동작원(銅雀園). 업성(鄴城, 지금의 하북성(河北省) 임장현(臨漳縣) 북면)의 서쪽에 있기 때문에 '서원(西園)'이라 불린다.

5) 飛蓋(비개) : '蓋(개)'는 수레의 덮개로 여기서는 수레를 나타냄. '飛蓋(비개)'는 수레

밝은 달은 맑은 빛을 내고　　　　　　　明月澄淸景,[6]

늘어선 별들은 여기저기 떠 있구나.　　　列宿正參差.[7]

가을 난초는 긴 언덕을 덮고　　　　　　秋蘭被長坂,[8]

붉은 꽃은 녹색 연못을 뒤덮었네.　　　　朱華冒綠池.[9]

잠겨있던 물고기 맑은 물결 위로 뛰어오르고　潛魚躍淸波,

아름다운 새들 높은 가지 위에서 노래하네.　好鳥鳴高枝.

빠른 바람이 수레바퀴를 스치니　　　　　神飇接丹轂,[10]

가벼운 수레는 바람 따라 움직이는구나.　輕輦隨風移.[11]

유유자적하며 뜻 가는 대로 행동하니　　飄颻放志意,[12]

천년만년 언제나 이러하기를.　　　　　千秋長若斯.[13]

가 나는 듯이 빨리 달림을 의미한다.
6) 澄(징) : 맑게 하다. 景(경) : 달빛을 가리킨다.
7) 列宿(열수) : 하늘에 벌여 있는 많은 별. 參差(참치) : 가지런하지 않게 드문드문 있는 모양.
8) 被(피) : 덮다.
9) 朱華(주화) : 연꽃을 가리킨다. 冒(모) : 뒤덮다.
10) 神飇(신표) : 질풍(疾風)을 의미한다. 丹轂(단곡) : 수레바퀴의 둥근 중심. 주사(朱砂)로 칠하기 때문에 '단곡'이라고 한다. 왕이나 태자가 타는 수레는 이렇게 꾸민다.
11) 輦(연) : 고대에는 사람이 끄는 수레를 일컬었으나, 뒤에는 황제나 제후가 타는 수레를 가리킨다.
12) 飄颻(표요) : 바람에 나부끼다. 여기서는 유유자적하는 것을 가리킨다. 放(방) : 풀어놓다. 제멋대로 하다.
13) 千秋(천추) : 천년(千年). 오랜 세월. 長(장) : 늘. 언제나.

4-2. 태자를 모시고 앉아서(侍太子坐)[1]

태양은 푸른 하늘에 빛나고	白日曜靑天,[2]
때마침 내린 비가 떠다니는 먼지를 가라앉혔네.	時雨靜飛塵.[3]
차가운 얼음은 찌는 듯한 더위 물리치고	寒冰辟炎景,[4]
시원한 바람은 내 몸을 스치는구나.	涼風飄我身.
맑은 술은 금 술잔에 가득 차고	淸醴盈金觴,[5]
산해진미가 상에 가득 차려져 있네.	肴饌縱橫陳.[6]
제(齊)나라 사람이 진기한 음악을 바치고	齊人進奇樂,[7]
노래하는 이는 서진(西秦) 출신이네.	歌者出西秦.[8]
풍채 멋진 우리 공자	翩翩我公子,[9]
뛰어난 기예는 신이 들린 듯.	機巧忽若神.[10]

4-2. 侍太子坐(시태자좌)

1) 이 시는 조비(曹丕)를 모시고 연회를 하며 좋은 술과 맛있는 요리, 그리고 가무(歌舞)를 즐기는 장면을 묘사하였다. 조비는 건안(建安) 16년(211)에 오관중랑장(五官中郎將)에 봉해졌고, 22년(217)에 위(魏)의 태자(太子)가 되었다. 이 시의 제작 시기는 시에 나오는 경치 묘사로 보면 건안 23년 여름에 지어진 것 같으나, 조유문(趙幼文)의 견해에 따르면, 시의 내용이 왕찬(王粲)의 「공연시(公宴詩)」와 극히 유사하고, 또 조비의 「여오질서(與吳質書)」 중의 연회 장면과 같아, 시의 제목에 나오는 '태자(太子)'라는 말만 가지고 건안 23년에 지어진 것이라고 말할 수 없다고 하였다(『조식집교주(曹植集校注)』 179면). 부아서(傅亞庶)는 이와 관련하여, 처음에는 이 시의 제목이 「侍公子坐(시공자좌)」였을 것인데, 조식이 뒤에 옛 시집을 정리하면서 '태자'로 고친 것으로 추정하였다(『삼조시문전집역주(三曹詩文全集譯注)』, 558면).

2) 曜(요) : 빛나다.

3) 時雨(시우) : 때맞추어 내리는 비. 靜(정) : 안정시키다. 진정시키다.

4) 寒冰(한빙) : 여름에 사용하기 위해 겨울에 저장해 둔 얼음. 辟(벽) : 물리치다. 피하다. '避(피)'와 통한다. 景(경) : 햇빛.

5) 醴(례) : 맑은 술.

6) 肴饌(효찬) : (연회의) 풍성한 음식.

7) 齊人(제인) : 제(齊)나라 사람. '齊(제)'는 지금의 산동성(山東省) 일대.

8) 西秦(서진) : 진(秦)나라. 지금의 섬서성(陝西省) 일대.

9) 翩翩(편편) : 풍채(風采)가 멋스러운 모습. 公子(공자) : 조비(曹丕)를 가리킨다.

4-3. 정월 초하루의 조회(元會)[1]

정월이라 복(福)이 시작되니	初歲元祚,[2]
길한 날에 좋은 때라네.	吉日惟良.[3]
경사스러운 모임 열어	乃爲嘉會,[4]
이 높은 궁전에서 연회를 베푸네.	讌此高堂.[5]
지위의 높고 낮음 따라 열 지어 앉으니	尊卑列敍,[6]
예법에 맞고 조리가 있도다.	典而有章.[7]
옷은 화사하고 정결하며	衣裳鮮潔,
꽃무늬 수놓은 비단옷이라네.	黼黻玄黃.[8]
맛있는 술은 잔에 가득 차고	淸酤盈爵,[9]

10) 機巧(기교): 탄기(彈棋) 등의 기예(技藝)를 가리킨다.

4-3. 元會(원회)

1) 이 시는 정월 초하루 연회의 성대한 모습을 묘사하였다. 이 시가 지어진 시기에 관해서 주서증(朱緖曾), 정안(丁晏), 황절(黃節) 등은 5~6월 사이에 지어졌다고 보는데 비해, 조유문(趙幼文)은 태화(太和) 6년(232) 정월에 지어진 것으로 보았다. 위(魏)나라의 조회 제도를 살펴보면, 조유문의 설이 비교적 타당하다고 여겨진다. 元會(원회): 황제가 정월 초하루에 군신들을 조회하는 것을 가리킨다.

2) 初歲(초세): 정월(正月). 元(원): 처음. 시작하다. 祚(조): 복(福).

3) 吉日(길일): 초하루를 말한다. 良(량): 좋다. 여기서는 좋은 때를 가리킨다.

4) 嘉(가): 아름답다. 경사스럽다. 저본에는 '佳(가)'로 되어 있으나 『초학기(初學記)』 권4와 『예문유취(藝文類聚)』에 '嘉(가)'로 되어 있어 조유문(趙幼文)의 견해에 따라 고치다(『조식집교주(曹植集校注)』, 492면).

5) 高堂(고당): 높은 집. 낙양궁(洛陽宮)의 건시전(建始殿)을 가리키는 듯하다. 황초(黃初, 220~226)와 태화(太和, 227~232) 연간에 군신(群臣)들을 조회(朝會)하던 곳.

6) 列敍(열서): 차례에 따라 열을 짓다.

7) 典(전): 예법(禮法)에 맞다. 章(장): 법식(法式). 조리(條理).

8) 黼黻(보불): 고대 예복 위에 수놓았던 꽃무늬. 黼(보): 검은색과 흰색이 서로 섞여 도끼 모양의 무늬를 이룸. 黻(불): 검은색과 푸른색이 서로 섞여 두 개의 '궁자(弓字)'(일설에는 기자(己字))가 서로 등대고 있는 모양을 이룸. 玄黃(현황): 비단을 가리킨다. 비단으로 만들어진 옷을 말한다. '玄(현)'은 '면류관(冕旒冠)'을 말하고, '黃(황)'은 '아래에 입는 옷'을 가리킨다.

9) 淸酤(청고): 맛있는 술. 爵(작): 술잔.

좌중에 빛이 떠올라 얼렁거리네.　　　　　中坐騰光.10)

진기한 음식 어지러이 차려있고　　　　　珍膳雜遝,11)

그릇마다 가득 차서 넘쳐나고 있네.　　　充溢圓方.12)

생황(笙簧)과 경쇠[磬]가 이미 설치되어 있고　笙磬旣設,13)

쟁(箏)과 비파(琵琶)도 모두 진열되어 있네.　箏瑟俱張.14)

슬픈 노래 소리 드높이 울려 퍼지고　　　悲歌厲響,15)

상성(商聲)의 소리를 음미하고 있다네.　　咀嚼淸商.16)

몸을 구부려 꽃무늬 난간을 보고　　　　俯視文軒,17)

머리 들어 아름다운 대들보를 바라보네.　仰瞻華梁.18)

원컨대 이런 기쁨 오래 간직하여　　　　願保玆喜,19)

천년만년 변치 않기를.　　　　　　　　千載爲常.20)

기쁘게 웃으며 마음껏 즐기니　　　　　歡笑盡娛,

즐거움은 끝이 없구나.　　　　　　　　樂哉未央,21)

우리 황실 영화와 부귀 누리고　　　　　皇家榮貴,22)

오래오래 장수하시라.　　　　　　　　壽考無疆.23)

---

10) 中坐(중좌) : 좌중(座中). 騰光(등광) : 빛이 떠올라 움직이다.

11) 遝(답) : 어지러이 뒤섞여 있는 모양. 여기에서는 맛있는 음식이 아주 많음을 말한다.

12) 圓方(원방) : 원형(圓形)의 음식 그릇과 네모난 음식 그릇.

13) 笙(생) : 생황(笙簧). 관악기의 한 가지. 磬(경) : 경쇠. 옥이나 돌로 만든 악기.

14) 箏(쟁) : 거문고 비슷한 13현의 악기. 瑟(슬) : 큰 거문고. 張(장) : 벌이다. 설치하다.

15) 厲響(여향) : 높고 낭랑한 소리.

16) 咀嚼(저작) : 자세히 맛보다. 즉 소리를 음미하다, 감상하다. 淸商(청상) : 중국 고대 오음(五音)의 하나인 상성(商聲)을 가리킨다. 가락이 구슬프다.

17) 文軒(문헌) : 꽃무늬를 수놓은 난간.

18) 華梁(화량) : 화려한 대들보.

19) 喜(희) : 『초학기(初學記)』 와 『예문유취(藝文類聚)』 에는 ‘善(선)’이라 하였다.

20) 爲(위) : ‘如(여, 같다)’와 같다.

21) 未央(미앙) : 다하지 않다.

22) 皇家(황가) : 황실(皇室).

23) 壽考(수고) : 오래 살다. 無疆(무강) : 끝이 없다. 무궁(無窮).

4-4. 응씨를 보내며(送應氏)¹⁾ 2수

4-4-1. 첫째(其一)¹⁾

북망산(北邙山) 비탈을 걸어 올라　　　　　　　步登北邙阪,²⁾

멀리 낙양(洛陽)의 산들 바라보네.　　　　　　遙望洛陽山.³⁾

낙양은 어찌 이리도 적막한가.　　　　　　　　洛陽何寂寞,

궁실이 모두 불타버렸네.　　　　　　　　　　　宮室盡燒焚.⁴⁾

담장은 죄다 부서지고 갈라지고　　　　　　　　垣牆皆頓擗,⁵⁾

가시나무만이 하늘을 찌르고 있네.　　　　　　荊棘上參天.⁶⁾

옛 노인들은 보이지 않고　　　　　　　　　　　不見舊耆老,⁷⁾

4-4. 送應氏(송응씨) 2수

1) 이 시는 건안 16년(211) 조조(曹操)가 마초(馬超)를 치러 나설 때 조식도 따라가, 업성(鄴城)에서 출발하여 낙양(洛陽)을 지나면서 응씨(應氏) 형제를 만나게 되었는데, 이들이 마침 낙양을 떠나 북쪽으로 가려고 하여 조식이 시를 지어 송별한 것이다. 應氏(응씨) : 건안칠자(建安七子) 중의 한 사람인 응창(應瑒)과 그의 동생 응거(應璩)를 가리킨다.

4-4-1. 其一(기일)

1) 첫째 시는 동탁(董卓)의 난(亂)을 거친 뒤의 낙양(洛陽)의 파괴되고 황량한 모습과 이를 바라보며 일어나는 무한한 감개(感慨)를 묘사하였다.

2) 北邙(북망) : 산(山) 이름. 즉 망산(芒山)이라고도 한다. 낙양 북쪽에 있다. 한대(漢代)의 왕공 귀족들이 대부분 이곳에 묻혔다. 그래서 옛 문인들이 인생에 대한 감개를 불러일으키는 곳이다. 阪(판) : 비탈진 언덕.

3) 洛陽山(낙양산) : 낙양(洛陽) 주변의 여러 산들을 두루 가리킨다. 낙양의 북쪽에는 망산(芒山)이 있고, 남쪽에눈 이궐산(伊闕山), 용문산(龍門山) 등이 있다.

4) 宮室盡燒焚(궁실진소분) : 『삼국지(三國志)·위서(魏書)·동탁전(董卓傳)』에 "후한(後漢) 초평(初平) 원년 2월에 동탁이 헌제(獻帝)를 옮겨 장안(長安)으로 천도하면서 병사들을 풀어 낙양의 궁궐을 모두 불태워 버렸다(後漢初平元年二月, 董卓徙獻帝都長安, 縱兵焚燒洛陽宮殿)"고 하였다.

5) 垣牆(원장) : 담. 성(城)의 담을 가리킨다. 頓(돈) : 부서지다. 擗(벽) : 갈라지다.

6) 參天(참천) : 높이 솟아 하늘에 닿다.

7) 耆老(기로) : 나이가 든 노인.

다만 낯선 젊은이들만 보인다.   但覩新少年.

발걸음을 옆으로 돌려 걸어도 길이 없고   側足無行逕,[8]

황폐해진 밭은 더 이상 농사짓지 않는다.   荒疇不復田.[9]

집 떠난 나그네 오래도록 돌아오지 않으면   遊子久不歸,[10]

밭 사이로 난 길 분간하지 못하리라.   不識陌與阡.[11]

들판은 어찌 이리도 쓸쓸한가   中野何蕭條,[12]

천리에 사람 흔적 없구나.   千里無人煙.

지난날 친한 이들 생각하니   念我平常親,

목이 매여 말도 할 수 없네.   氣結不能言.[13]

4-4-2. 둘째(其二)[1]

태평 시절은 자주 만나기 어렵고   淸時難屢得,[2]

좋은 만남은 늘 있지 않다네.   嘉會不可常.[3]

천지는 다함이 없건만   天地無終極,[4]

사람 목숨은 아침 이슬 같다네.   人命若朝霜.[5]

---

8) 側足(측족) : 발걸음을 옆으로 돌려서 걷는 것을 말한다. 行逕(행경) : 길

9) 疇(주) : 밭. 田(전) : 논밭을 갈아 곡식을 심다. 여기서는 동사(動詞)로 쓰였다.

10) 遊子(유자) : 자기 집을 떠나 다른 곳을 떠도는 사람. 나그네. 여기서는 응씨(應氏) 형제를 가리킨다.

11) 陌與阡(맥여천) : 밭두둑 길. '陌(맥)'은 동서(東西)로 통하여 난 길이며, '阡(천)'은 남북(南北)으로 난 길.

12) 中野(중야) : 교외의 넓은 들판 가운데. 蕭條(소조) : 쓸쓸한 모양. 한적한 모양.

13) 氣結(기결) : 슬퍼서 마음이 답답하고 숨이 막힘. 목이 메어 소리를 내지 못하다.

4-4-2. 其二(기이)

1) 둘째 시는 친구를 떠나보내며 아쉬워하는 심정을 묘사하였다.

2) 淸時(청시) : 태평한 때.

3) 嘉會(가회) : 좋은 만남. 즐거운 연회.

4) 終極(종극) : 다하다. 끝.

5) 朝霜(조상) : 아침의 서리. 아침의 서리는 쉽게 마르기 때문에 이것으로 사람의 수명

원컨대 편안하고 순조롭게   願得展嬿婉,6)

나의 벗 북쪽으로 가기를.   我友之朔方.7)

친한 이들 모두 모여 전송하려고   親昵並集送,8)

이곳 강 북쪽에 술상을 차렸네.   置酒此河陽.9)

준비한 음식이 어찌 풍성하지 않으랴만   中饋豈獨薄,10)

손님들은 술잔을 다 비우지 못하네.   賓飮不盡觴.11)

사랑이 지극하면 바라는 것도 아주 많으니 愛至望苦深,12)

어찌 내 마음 부끄럽지 않으리오.   豈不愧中腸.13)

산과 물 가로 막히고 멀기도 한데   山川阻且遠,14)

이별은 임박하고 만날 날은 아득하여라. 別促會日長.15)

원컨대 함께 나는 비익조(比翼鳥) 되어   願爲比翼鳥,16)

날개 펼쳐 높이 날아오르고 싶네.   施翩起高翔.17)

이 짧음을 비유한 것임. 보통 '아침의 이슬[朝露]'로 많이 비유하는데 여기서는 '朝霜 (조상)'이라 한 것에 대해, 조유문(趙幼文)은 운(韻)을 맞추기 위해 글자를 바꾼 것으로 보았다(『조식집교주(曹植集校注)』, 4면).

6) 嬿婉(연완) : 편안하고 순조롭다.

7) 我友(아우) : 응창(應瑒)을 가리킨다. 朔方(삭방) : 북쪽.

8) 親昵(친닐) : 친근한 사람. 친구. 昵(닐) : 친하다. 친하게 지내는 사람.

9) 河陽(하양) : 강의 북쪽. 여기서는 맹진도(猛津渡)를 가리킨다. 지금의 하남성(河南省) 맹현(孟縣) 남쪽에 있다.

10) 中饋(중궤) : 집 안에서 부녀자가 음식을 만듦. 또는 그 음식. 여기서는 술과 안주를 가리킨다.

11) 응창(應瑒)이 곧 떠나가려 하기 때문에 손님들이 술을 통쾌하게 실컷 마실 기분이 나지 않는다는 의미.

12) 至(지) : 지극하다. 지극히 깊다. 苦(고) : 아주. 매우.

13) 中腸(중장) : 마음 속. 내심(內心).

14) 阻(조) : 가로 막다. 길이 험하다.

15) 促(촉) : 가깝다. 다가오다. 長(장) : 멀다.

16) 比翼鳥(비익조) : 전설상의 새. 암수가 다 눈이 하나 날개가 하나인 새로, 늘 날개를 나란히 하여 날아간다.

17) 施翩(시핵) : 날개를 펼치다.

4-5. 잡시(雜詩)¹⁾ 6수

4-5-1. 첫째(其一)¹⁾

높은 누대에 슬픈 바람 잦고   高臺多悲風,

아침 해는 북쪽 숲을 비추네.   朝日照北林.²⁾

그 사람 만 리 밖에 있는데   之子在萬里,³⁾

강과 호수는 아득히 멀고도 깊네.   江湖迥且深.⁴⁾

큰 배로도 어찌 이를 수 있을까   方舟安可極,⁵⁾

이별의 시름 견디기 어렵네.   離思故難任.⁶⁾

외로운 기러기 날아 남쪽으로 가다가   孤雁飛南遊,

뜰을 지나며 길게 슬피 운다.   過庭長哀吟.

4-5. 잡시(雜詩) 6수

1) '잡시(雜詩)'는 사물에 감흥이 일거나 시절에 느낀 바를 적은 시로, 내용이 여러 가지이며 하나로 통일 되지 않기 때문에 '잡시'라 부른다. 이 여섯 수의 시도 어떤 시는 사람을 그리워하고, 어떤 시는 시절을 걱정하고, 또 어떤 시는 자신의 뜻을 말하여, 제각기 내용이 다르며 같은 때에 지은 것이 아니다. 제작 시기는 대체로 황초(黃初) 3년(222)에서 5년(224) 사이일 것으로 추정된다.

4-5-1. 其一(기일)

1) 첫 번째 시는 멀리 떨어진 친근한 사람을 그리워하는 정을 읊었다. 그 구체적인 사람에 대해서 당만선(唐滿先)과 조유문(趙幼文)은 조식의 배 다른 동생 조표(曹彪)로 보았다(각기 『건안시삼백수상주(建安詩三百首詳注)』(百花洲文藝出版社, 1996), 159~160면, 『조식집교주(曹植集校注)』, 251~252면 참조). 조표는 황초(黃初) 3년에서 5년 사이(222~224)에 오왕(吳王)에 봉해져서 남쪽에 있고, 조식은 견성왕(鄄城王)에 봉해져서 북쪽에 있었다. 당시 조비(曹丕)가 엄명을 내려 제후국의 형제들 간에 서로 소식을 주고받는 것을 금지하였다. 그래서 이 시에서는 조표를 그리워하며, 기러기를 빌어 소식을 전하고자 하나 그것도 뜻대로 되지 않아 슬퍼하는 정을 나타낸 것으로 보았다.

2) 北林(북림) : 숲 이름.

3) 之子(지자) : 그 사람. 그리운 사람을 가리킨다.

4) 迥(형) : 멀다.

5) 方舟(방주) : 두 척의 배를 서로 붙들어 매다. 또는 그런 배. 極(극) : 이르다.

6) 任(임) : 감당하다.

머리 들어 멀리 계신 님 그리워하며   翹思慕遠人,[7]

기러기에게 부탁하여 내 소식 전하고 싶으나   願欲托遺音.[8]

모습도 그림자도 홀연 보이지 않고   形景忽不見,[9]

훨훨 날아가 내 마음만 상하게 하네.   翩翩傷我心.[10]

4-5-2. 둘째(其二)[1]

굴러다니는 쑥이 뿌리에서 떨어져   轉蓬離本根,

큰 바람 부는 대로 날려 다닌다.   飄颻隨長風.[2]

어찌 알았으랴 회오리바람 일어나   何意廻颷擧,[3]

나를 불어 구름 속에 넣을 줄이야.   吹我入雲中.[4]

높고 높이 올라도 끝이 없으니   高高上無極,

하늘 길이 어찌 끝이 있을 것인가.   天路安可窮.

이런 쑥 같이 떠도는 나그네는   類此遊客子,[5]

나라 위해 몸 바쳐 멀리 군대 따라 나섰네.   捐軀遠從戎.[6]

거친 베옷은 몸도 가리지 못하고   毛褐不掩形,[7]

---

7) 翹思(교사) : 머리를 들고 생각하다. 慕(모) : 그리워하다.
8) 托遺音(탁유음) : 소식을 전해주기를 부탁하다. 遺音(유음) : 전하는 말(소식).
9) 景(영) : 그림자. '影(영)'과 같다.
10) 翩翩(편편) : 새가 빨리 날아가는 모양.

4-5-2. 其二(기이)
1) 둘째 시는 집 떠나 떠도는 나그네가 스스로를 '굴러다니는 쑥[轉蓬]'으로 비유하여,
  고향과 친한 이들을 멀리 떠나 여러 곳을 떠돌아다니며 종군(從軍)하는 힘든 생활을
  묘사하였다.
2) 飄颻(표요) : 나부끼는 모양.
3) 廻風(회표) : 회오리바람.
4) 我(아) : 굴러다니는 쑥을 가리킨다.
5) 類(류) : 같다. 此(차) : 굴러다니는 쑥을 가리킨다.
6) 捐軀(연구) : 의(義)를 위하여 몸을 버리다. 從戎(종융) : 종군(從軍)하다.
7) 掩形(엄형) : 몸을 덮다.

고비와 콩잎도 늘 부족하기만 하네.　　　　　薇藿常不充.8)

이런 일 내버려두고 더 이상 말하지 말지니　　去去莫復道,9)

깊은 시름은 사람만 늙게 만든다네.　　　　　沉憂令人老.10)

4-5-3. 셋째(其三)1)

서북쪽에 베 짜는 아낙네 있는데　　　　　　西北有織婦,2)

짜놓은 비단 어찌 이리도 어지러운가.　　　　綺縞何繽紛.3)

이른 새벽에 베틀 북 잡고서　　　　　　　　明晨秉機杼,4)

해 저물도록 무늬를 이루지 못했네.　　　　　日昃不成文.5)

큰 한숨으로 긴긴 밤을 지새우니　　　　　　太息終長夜,6)

슬픈 한숨소리는 푸른 구름까지 흘러드네.　　悲嘯入靑雲.7)

첩의 몸은 빈 안방을 지키고 있고　　　　　　妾身守空閨,

님은 전쟁터로 나아갔네.　　　　　　　　　　良人行從軍.8)

3년이면 돌아온다 스스로 기약터니　　　　　自期三年歸,9)

---

8) 薇藿(미곽) : 고비와 콩잎. 充(충) : 족하다. 채우다. 요기(療飢)하다.

9) 去去(거거) : 내버리다. 復道(부도) : 다시 말하다.

10) 沉憂(침우) : 깊은 시름.

4-5-3. 其三(기삼)

1) 셋째 시는 남편이 종군(從軍)하여 오래도록 돌아오지 않아 부인이 혼자 빈 방을 지 키면서 애달프게 그리워하며 재회(再會)를 기대하는 마음을 묘사하였다.

2) 織婦(직부) : 직녀성(織女星)을 가리킨다. 직녀성은 북쪽에 있어서 남쪽의 견우성(牽 牛星)과 마주하고 있다.

3) 綺縞(기호) : 꽃무늬가 있는 비단. 繽粉(빈분) : 어지러운 모양.

4) 機杼(기저) : 베틀의 북.

5) 日昃(일측) : 태양이 정오를 지나 서쪽으로 기울다.

6) 太息(태식) : 탄식하다.

7) 悲嘯(비소) : 입을 오므려 길게 소리를 내는 것을 '嘯(소, 휘파람불다)'라고 하는데, 여 기서는 긴 소리로 탄식하는 것을 가리킨다.

8) 良人(양인) : 직녀(織女)가 그의 남편을 이르는 말.

9) 期(기) : 기약하다.

이제 이미 3년도 지나갔네.　　　　　　　　　今已歷九春.[10]

나는 새도 빙빙 나무 돌아 날며　　　　　　飛鳥繞樹翔,

하악하악 슬피 울며 무리를 찾는구나.　　嗷嗷鳴索羣.[11]

원컨대 남쪽으로 흘러가는 달빛이 되어　願爲南流景,[12]

빨리 달려가 내 님을 보고 싶네.　　　　　馳光見我君.

4-5-4. 넷째(其四)[1]

남쪽 나라에 아름다운 사람 있어　　　　　　　南國有佳人,[2]

얼굴이 복숭아꽃 오얏꽃처럼 예쁘다네.　　　容華若桃李.[3]

아침에는 장강(長江) 북쪽 언덕을 노닐다가　朝遊江北岸,[4]

저녁에는 소수(瀟水)와 상수(湘水) 물가에서 잠자네.　夕宿瀟湘沚.[5]

세상이 아름다운 이를 박대하니　　　　　　　時俗薄朱顔,[6]

누구를 위해 하얀 이 드러내랴.　　　　　　　誰爲發皓齒.[7]

---

10) 歷(력): 지나가다. 九春(구춘): 1년에 맹춘(孟春), 중춘(仲春), 계춘(季春)의 삼춘(三春)이 있으므로 '구춘(九春)'은 3년을 가리킨다.

11) 嗷嗷(교교): 새가 우는 소리. 索(색): 찾다.

12) 景(경): 빛. 여기서는 달빛을 가리킨다.

4-5-4. 其四(기사)

1) 넷째 시는 미인이 얼굴이 아름다우나 세상 사람들로부터 제대로 높이 대우받지 못해 고민한다는 내용이다. 작자는 이를 통하여 자기가 비록 재능이 있지만 사람들의 냉대를 받으며, 한창 나이를 그냥 보내며 공을 세우지 못하는 슬픔을 나타내었다고 볼 수 있다.

2) 南國(남국): 강남(江南)을 가리킨다. 佳人(가인): 미인(美人).

3) 容華(용화): 얼굴. 용모(容貌).

4) 江北(강북): 저본에 '北海(북해)'로 되어 있으나 『문선(文選)』에 의거하여 바로 잡다.

5) 瀟湘(소상): 소수(瀟水)와 상수(湘水). 모두 지금의 호남성(湖南省) 경내(境內)에 있다. 상수는 호남성 영릉현(零陵縣) 서북쪽에서 상수와 만난다.

6) 薄(박): 박대하다. 朱顔(주안): 홍안(紅顔). 미인을 가리킨다.

7) 發皓齒(발호치): 입을 벌려 하얀 이를 드러내다. 말을 하고 웃거나 노래하는 것을 가리킨다.

잠깐 사이에 한 해가 저물어 가니　　　　　　俯仰歲將暮,[8]

아름다운 용모 오래 지니기 어렵구나.　　　　榮曜難久恃.[9]

4-5-5. 다섯째(其五)[1]

마부가 일찍 수레를 손보는 것은　　　　　　僕夫早嚴駕,[2]

내 장차 먼 길 떠나려하기 때문이라네.　　　　吾行將遠遊.[3]

먼 길 떠나 어디로 가려 하는가　　　　　　　遠遊欲何之,[4]

오(吳)나라가 나의 원수라네.　　　　　　　　吳國爲我仇.[5]

장차 만 리 길을 내달리려는데　　　　　　　將騁萬里途,[6]

봉지(封地) 가는 동쪽 길을 어찌 거쳐 가겠는가.　東路安足由.[7]

강가엔 서글픈 바람이 많고　　　　　　　　　江介多悲風,[8]

회수(淮水)와 사수(泗水)에 급한 물결 달린다.　淮泗馳急流.[9]

---

8) 俯仰(부앙) : 허리를 구부리고 머리를 드는 사이. 시간이 아주 짧은 것을 말한다.

9) 榮曜(영요) : 아름다운 얼굴. 恃(시) : 유지하다.

4-5-5. 其五(기오)

1) 다섯째 시는 작자가 자신은 아무 것도 하는 일 없이 한가로이 지내는 것을 원치 않
으며, 종군(從軍)하여 나라를 위해 큰 일을 하고 싶다는 뜻을 표명하였다.

2) 僕夫(복부) : 마부(馬夫). 嚴駕(엄가) : 수레를 잘 손질하다.

3) 行將(행장) : 장차.

4) 之(지) : 가다.

5) 吳國(오국) : 손권(孫權)의 오(吳)나라를 가리킨다.

6) 騁(빙) : (말을) 달리다.

7) 東路(동로) : 조식이 수도 낙양(洛陽)에서 그의 봉지(封地)인 업성(鄴城)으로 돌아가
는 길을 가리킨다. 由(유) : 경유하다. 지나가다.

8) 江介(강개) : 강가. 장강(長江)의 상류.

9) 淮泗(회사) : 회수(淮水)와 사수(泗水). 위(魏)나라에서 오나라를 치러갈 때 반드시 거
쳐야 하는 두 강. 회수는 하남성(河南省) 동백산(桐柏山)에서 발원(發源)하여 안휘성
(安徽省)과 강소성(江蘇省)을 거쳐 바다로 흘러들어가며, 사수는 산동성(山東省) 사수
현(泗水縣)에서 발원하여 회수로 흘러들어간다. '회수(淮水)와 사수(泗水)에 급한 물결
흘러간다'는 것은 회수와 사수 유역의 군사 정세가 긴박함을 암시하고 있다.

단번에 훌쩍 건너고 싶지만   願欲一輕濟,[10]

아쉽도다 배가 없구나.   惜哉無方舟.[11]

한가로이 지내는 것은 나의 뜻이 아니니 閒居非吾志,

기꺼이 나라의 걱정 풀기 위해 나서고 싶네. 甘心赴國憂.

4-5-6. 여섯째(其六)[1]

나는 듯 높은 망루 백여 자나 되는데 飛觀百餘尺,[2]

창가에 다가가 난간에 기댄다.   臨牖御欞軒.[3]

멀리 주위의 천리를 둘러보고   遠望周千里,[4]

아침저녁으로 평원이 바라보이누나. 朝夕見平原.

열사들은 나라를 걱정하는 마음 많으나 烈士多悲心,[5]

소인배들은 자신의 편안함만을 즐기네. 小人偸自閒.[6]

나라의 원수 아직 제대로 막지 못하여 國讎亮不塞,[7]

기꺼이 목숨을 바치리라 생각하네. 甘心思喪元.[8]

칼을 부여잡고 서남쪽을 바라보면서 撫劍西南望,[9]

---

10) 濟(제) : 건너다.

11) 나라에 보답하려는 뜻은 가지고 있으나 충성을 다할 길이 없음을 비유하고 있다.

4-5-6. 其六(기육)

1) 여섯째 시는 나라를 위해 기꺼이 자신을 희생하겠다는 마음과, 뜻을 이루지 못하는 비분(悲憤)을 읊었다.

2) 飛觀(비관) : 높은 망루(望樓). 觀(관) : 궁문(宮門) 위의 망루를 가리킨다.

3) 御(어) : 기대다. 欞(령) : 창의 격자. 창살.

4) 周(주) : 두루. 주위.

5) 烈士(열사) : 나라를 위하여 절의(節義)를 굳게 지키며 충성을 다하여 싸우는 사람. 悲心(비심) : 나라와 시국을 걱정하는 마음을 가리킨다.

6) 偸(투) : 구차하다.

7) 國讎(국수) : 나라의 원수. 즉 오(吳)와 촉(蜀) 두 나라를 가리킨다. 亮(량) : 확실히. 塞(색) : 막다. 근절(根絶)하다.

8) 喪元(상원) : 머리가 떨어지다. 목숨을 잃다.

태산(太山)으로 달려가고픈 마음이네.　　　　　思欲赴太山.[10]
금(琴)의 소리 급박하고 슬프게 울리는데　　　　絃急悲聲發,
나의 비분강개한 말을 들어보시라.　　　　　　　聆我慷慨言.[11]

4-6. 비를 기뻐하며(喜雨)[1]

하늘은 이 얼마나 널리 덮어주고 있는가　　　　天覆何彌廣,[2]
이 많은 생명들을 다 감싸서 길러주네.　　　　　苞育此羣生.[3]
그들을 버리면 반드시 초췌하게 시들고　　　　棄之必憔悴,[4]
그들에게 은혜를 내리면 생장하고 번창하네.　　惠之則滋榮.[5]
상서로운 구름이 북쪽에서 와서　　　　　　　慶雲從北來,[6]
뭉게뭉게 서남쪽으로 간다.　　　　　　　　　鬱述西南征.[7]

---

9) 撫劍(무검) : 검을 잡다.
10) 赴太山(부태산) : 태산(太山)에 가다. 종군(從軍)하여 오(吳)나라를 치다. '太山(태산)'
　　은 '泰山(태산)'으로 오악(五嶽)의 하나. 지리적으로 오나라와 접해 있다. 옛날 사람들
　　은 사람이 죽은 뒤 혼백(魂魄)이 태산으로 돌아간다고 믿었다. 그래서 '赴太山(부태
　　산)'을 '나라를 위해 싸움터에서 죽다'는 의미로 풀이할 수도 있다.
11) 聆(령) : 듣다.
4-6. 喜雨(희우)
　1) 이 시는 명제(明帝) 태화(太和) 2년(228) 여름에 지은 것으로, 오래 가물다가 비가 내
　　리는 것을 기뻐하면서, 하늘이 사람들을 사랑하고 보호하듯이 명제 또한 그러하기를
　　바라는 뜻을 기탁하였다.
　2) 覆(복) : 덮다. 彌(미) : 널리 미치다.
　3) 苞育(포육) : 싸고 덮어서 잘 길러냄. '苞(포)'는 '包(포)'와 통한다.
　4) 之(지) : 위의 '羣生(군생)'을 가리킨다. 다음 구의 '之(지)'도 마찬가지이다.
　5) 滋榮(자영) : 생장(生長)하고 번창(繁昌)하다.
　6) 慶雲(경운) : 상서로운 구름.
　7) 鬱述(울률) : 구름이 올라가는 모양. '述(률)'은 '律(률)'과 음이 같다.

때맞추어 비는 밤새 내리고   時雨終夜降,8)

긴 우레 소리 나의 뜰을 뒤덮는다.   長雷周我廷.9)

좋은 씨앗이 기름진 땅에 가득 하니   嘉種盈膏壤,10)

곡식 익는 가을에 반드시 좋은 수확 있으리라.   登秋必有成.11)

잔구(殘句)

태화(太和) 2년에 크게 가물어   太和二年大旱,12)

밀과 보리, 메밀을 수확하지 못하고   三麥不收,13)

백성들은 굶주려 흩어졌다.   百姓分於饑餓.14)

---

8) 時雨(시우) : 때맞추어 내리는 비.
9) 周(주) : 두루 미치다. 둘러싸다. 廷(정) : '庭(정, 뜰)'과 같다.
10) 嘉種(가종) : 좋은 씨앗. 좋은 벼. 盈(영) : 가득 차다. 膏壤(고양) : 비옥한 땅.
11) 登(등) : 익다. 有成(유성) : 좋은 '수확하다.'
12) 太和二年(태화이년) : 서기 228년. 이 해에 조식의 나이는 37세. '太和(태화)'는 위(魏) 명제(明帝)의 연호.
13) 三麥(삼맥) : 밀, 보리, 메밀.
14) 이상의 세 구는 『북당서초(北堂書鈔)』 권156에 보인다. 정안(丁晏)은 이 세 구를 「희 우(喜雨)」시의 서(序)가 아닌가 의문을 제기하였다.

4-7. 벗과 이별하며(離友)[1] 2수

서문

　고향 사람 중에 하후위(夏侯威)라는 사람이 있는데, 젊어서부터 어른의 풍도가 있어, 나는 그의 사람됨을 존경하며, 그와 가까이 사이좋게 지냈다. 임금님의 군대가 돌아올 때, 나를 업성(鄴城)까지 배웅해 주었다. 이제 헤어지려니 마음으로 섭섭하여, 눈물을 흘리며, 벗과 이별하는 시를 짓는다. 시의 내용은 다음과 같다.

　鄕人有夏侯威者,[2] 少有成人之風,[3] 余尙其爲人,[4] 與之昵好.[5] 王師振旅,[6] 送予於魏邦.[7] 心有眷然,[8] 爲之隕涕,[9] 乃作離友之詩. 其辭曰.

4-7. 離友(리우) 2수

　1) 이 시는 동향(同鄕)의 친구 하후위(夏侯威)와 헤어지면서 지어서 준 시이다. 건안(建安) 17년(212) 10월, 조식은 조조(曹操)를 따라 동쪽으로 손권(孫權)을 치러 나섰고, 다음 해 봄에는, 군대를 따라 고향 초현(譙縣)에 돌아와 잠시 머물렀는데, 여기서 하후위를 만난 듯하다. 4월에 대군(大軍)이 업성(鄴城)으로 돌아갈 때, 하후위도 조식을 전송하면서 같이 업성에 갔고, 가을이 되어서야 조식을 떠나 초현으로 돌아갔다. 두 사람이 헤어질 때, 조식이 이 시를 지어 하후위에 대한 깊은 우의(友誼)를 나타내었다.

　2) 夏侯威(하후위) : 자(字)는 계권(季權)이며, 위(魏)나라 장수 하후연(夏侯淵)의 아들. 초현(譙縣) 사람. 조식 역시 초현 사람이라 '고향 사람[鄕人]'이라고 불렀다.

　3) 成人之風(성인지풍) : 성인(成人)으로서의 풍도(風度, 풍채와 태도). 재능과 덕(德)이 모두 비교적 성숙함을 가리킨다.

　4) 尙(상) : 존중하다.

　5) 昵好(닐호) : 친근하다.

　6) 王師振旅(왕사진려) : 조조(曹操)가 손권(孫權)을 쳐서 이기고 업성(鄴城)에 회군한 것을 가리킨다. 『삼국지(三國志)·위서(魏書)·무제기(武帝紀)』에 다음과 같은 기록이 있다. "건안(建安) 17년(212) 겨울 10월, 조조(曹操)가 손권(孫權)을 정벌하였다. 18년 정월, 유수구(濡須口)에 진군하여 손권의 강서(江西) 대영(大營)을 공격하여 격파하고 군대를 이끌고 돌아왔다. 4월에 업성(鄴城)에 이르렀다(建安十七年冬十月, 曹操征伐孫權. 十八年春正月, 進軍濡須口, 攻破孫權江西大營, 乃引軍而還. 夏四月至鄴)." 王師(왕사) : 왕(王)의 군대. 振旅(진려) : 군대를 거두어 개선하다. 여기서는 조조가 업성(鄴城)으로 회군(回軍)한 것을 가리킨다.

　7) 魏邦(위방) : 위(魏)나라. 『삼국지(三國志)·위서(魏書)·무제기(武帝紀)』에 의하면,

4-7-1. 첫째(其一)[1]

왕의 군대 돌아가려 고향을 등지는데	王旅旋兮背故鄕,[2]
저 군자는 우정이 깊구려.	彼君子兮篤人綱.[3]
나를 배웅코자 북쪽으로 돌아가니	滕予行兮歸朔方,[4]
평원과 습지를 달려 옛 곳을 찾아가네.	馳原隰兮尋舊疆.[5]
수레 내달리고 말은 힘차게 질주하며	車載奔兮馬繁驤,[6]
가벼운 배를 띄워 제수(濟水)를 건넜네.	涉浮濟兮汎輕航.[7]
위(魏)나라 도성(都城)에 이르러 향기로운 방에서 쉬고	迄魏都兮息蘭房,[8]
연회 열어 친밀한 정 나누니 즐거울 따름이네.	展宴好兮惟樂康.[9]

건안 18년(213) 5월에 한(漢) 헌제(獻帝)가 명을 내려 조조를 위공(魏公)에 봉했다. 여기
서는 도성(都城)인 업성(鄴城)을 가리킨다.

8) 眷然(권연) : 차마 떠나지 못하는 모양. 서운해 하는 모양.

9) 隕涕(운체) : 눈물을 흘리다. 隕(운) : 떨어지다.

4-7-1. 其一(기일)

1) 첫째 시는 하후위(夏侯威)가 조식을 전송하여 고향 초현(譙縣)에서부터 멀리 업성
(鄴城)까지 같이 간 것을 묘사하였다.

2) 王旅(왕려) : 왕의 군대. 旋(선) : 돌아가다. 背(배) : 떠나다. 故鄕(고향) : 초현(譙縣)을
가리킨다.

3) 彼君子(피군자) : 하후위를 가리킨다. 篤(독) : 정이 두텁다. 인정이 많다. 人綱(인강) :
사람이 지켜야 할 도리, 원칙. 여기서는 우정(友情)을 가리킨다.

4) 滕(등) : 보내다. 朔方(삭방) : 북방(北方), 즉 업성(鄴城)을 가리킨다. 업성은 초현(譙
縣)의 북쪽에 있어 이렇게 불렀다.

5) 原(원) : 높고 평평한 곳, 濕(습) : 낮고 습기 찬 곳. 舊疆(구강) : 업성(鄴城)을 가리킨다.

6) 載(재) : 어조사. 繁(번) : 성(盛)하다. 중단하지 않다. 驤(양) : 말이 고개를 들고 질주하다.

7) 涉(섭) : 건너다. 浮(부) : 뜨다. 여기서는 흐르는 물을 따라 내려가는 것을 가리킨다.
濟(제) : 제수(濟水)를 가리킨다. 지금의 하남성(河南省) 제원현(濟源縣)에서 발원하여
마지막에는 황하(黃河)로 흘러 들어간다. 輕航(경항) : 가벼운 배.

8) 魏都(위도) : 업성(鄴城)을 가리킨다. 蘭房(난방) : 향기로운 방. 궁실(宮室)의 미칭(美稱).

9) 展(전) : 드러내다. 宴好(연호) : 친밀하고 좋아하다. 樂康(낙강) : 즐겁고 편안하다.

4-7-2. 둘째(其二)[1]

서늘한 바람 스산하고 흰 이슬 많아지니	涼風蕭兮白露滋,[2]
나무도 가을 기운 느껴 잎들이 가지를 떠나네.	木感氣兮條葉辭.[3]
맑은 물에 이르고 높은 산에 올라	臨渌水兮登重基,[4]
가을꽃을 꺾고 영지(靈芝)를 따서	折秋華兮采靈芝,
이제 곧 영원히 돌아가는 사모하는 이에게 드린다네.	尋永歸兮贈所思.[5]
이별을 생각하니 만날 날 기약 없어	感離隔兮會無期,
울적하여라. 마음이 즐겁지 않구나.	伊鬱悒兮情不怡.[6]

잔구(殘句) 1

태양이 빛을 숨기니 하늘은 약간 흐리고	日匿景兮天微陰,[7]
먼 길을 지나 북림(北林)에 이르네.	經逈路兮造北林.[8]

4-7-2. 其二(기이)

1) 둘째 시는 조식이 고향으로 돌아가는 하후위를 전송하는 장면을 묘사하였다. 순박하고 진지한 우정을 나타내었다.

2) 涼風(양풍) : 서늘한 바람. 가을바람. 蕭(숙) : 스산하다. 차다. 滋(자) : 성(盛)하다.

3) 條葉辭(조엽사) : 저본에는 '柔葉辭(유엽사)'로 되어있으나 『예문유취(藝文類聚)』에 의거하여 바로잡다. 조유문(趙幼文)은 『조식집교주(曹植集校注)』에서 '條葉辭(조엽사)'는 원래는 '葉辭條(엽사조)'인데 압운(押韻) 관계로 도치(倒置)된 것이라 하였다(55~56면).

4) 渌水(녹수) : 맑은 물. 重基(중기) : 겹겹의 높은 산(山).

5) 尋(심) : 오래지 않아. 所思(소사) : 사모하는 사람. 하후위를 가리킨다.

6) 伊(이) : 발어사(發語詞). 鬱悒(울읍) : 울적하다. 怡(이) : 기쁘다.

7) 匿(닉) : 숨기다.

8) 逈(형) : 멀다. 北林(북림) : 수풀 이름. 이상의 두 구는 『초학기(初學記)』 권18에 보인다.

잔구(殘句) 2

신령스러운 살핌은 사사로움이 없네.　　　　　　　　靈鑒無私.9)

4-8. 서간에게 드리며(贈徐幹)1)

급한 바람이 해를 불어 보내니　　　　　　　　　驚風飄白日,2)
홀연 서산으로 돌아가는구려.　　　　　　　　　忽然歸西山.
달은 아직 둥글지 않고　　　　　　　　　　　　圓景光未滿,3)
별들은 반짝반짝 많기도 하오.　　　　　　　　　衆星粲以繁.4)
뜻 있는 선비는 세상에 전해질 큰 업적을 추구하고　志士營世業,5)
보통 사람들 역시 한가롭지 않네.　　　　　　　　小人亦不閒.
잠시 밤나들이 하다가　　　　　　　　　　　　聊且夜行遊,6)

---

9) 이 구는『문선(文選)』에 실린 사첨(謝瞻, 자(字)는 선원(宣遠))의 「장자방시(張子房詩)」
의 이선(李善) 주(注)에 보인다.

4-8. 贈徐幹(증서간)

1) 이 시는 서간(徐幹)을 위로하면서 격려한 시이다. 서간은 재능이 있으면서도 알아주
는 사람이 없어 빈천하게 지내면서 오로지 저서를 남기는 데에 전념하고 있는데, 조식
자신도 이런 상황을 바꿀 힘이 없음을 애통하게 여기면서, 서간에게 부지런히 수양하
고 덕을 쌓으면서 시기를 기다리면 끝내는 이름을 날릴 날이 올 것이라고 격려하였다.
徐幹(서간, 170~217) : 자(字)는 위장(偉長). 북해(北海, 지금의 산동성(山東省) 수광현
(壽光縣) 동남면) 사람. 건안칠자(建安七子) 중의 한 사람. 시부(詩賦)에 능했으며, 저
서로『중론(中論)』 2권이 있다.

2) 驚風(경풍) : 급한 바람. 빠른 바람.

3) 圓景(원경) : 달.

4) 粲(찬) : 밝다. 以(이) : 또. 繁(번) : 많다.

5) 志士(지사) : 뜻이 있는 선비. 여기서는 서간(徐幹)을 가리킨다. 營(영) : 경영하다. 추
구하다. 世業(세업) : 세상에 전해지는 큰 업적.

저 두 망루 사이에 이르렀네.　　　　　　　　遊彼雙闕間.[7]

문창전(文昌殿)엔 자욱한 구름 일어나고　　　　文昌鬱雲興,[8]

영풍관(迎風觀)은 중천에 우뚝 솟아 있다.　　　迎風高中天.[9]

봄 비둘기는 높은 용마루 위에서 지저귀고　　　春鳩鳴飛棟,[10]

회오리바람은 회랑의 창문을 흔드네.　　　　　流飈激櫺軒.[11]

초가집에 사는 이를 생각하니　　　　　　　　顧念蓬室士,[12]

가난함이 참으로 가련하구나.　　　　　　　　貧賤誠足憐.

고비와 콩잎도 주린 배를 채울 수 없고　　　　薇藿弗充虛,[13]

짧은 가죽옷으론 몸도 가릴 수 없네.　　　　　皮褐猶不全.[14]

격앙되어 슬픈 마음에　　　　　　　　　　　慷慨有悲心,[15]

글을 지으니 저절로 문장이 이루어졌네.　　　興文自成篇.[16]

보물이 버려졌다고 누구를 원망하랴　　　　　寶棄怨何人,[17]

화씨(和氏)에게 잘못이 있네.　　　　　　　　和氏有其愆.[18]

---

6) 聊且(요차) : 잠시.

7) 雙闕(쌍궐) : 황궁(皇宮)의 정문 양쪽 옆의 망루(望樓). 문창전(文昌殿)의 밖, 단문(端門)의 양측에 있다.

8) 文昌(문창) : 위(魏)의 수도인 업(鄴)의 궁중(宮中)에 있는 정전(正殿)의 이름. 문창전(文昌殿). 鬱(울) : 성(盛)한 모양. 興(흥) : 일어나다.

9) 迎風(영풍) : 업성(鄴城)의 영풍관(迎風館). 中天(중천) : 중천. 공중.

10) 飛棟(비동) : 나는 듯한 용마루. '飛(비)'는 높다는 것을 형용한다.

11) 飈(표) : 회오리바람. 櫺(령) : 격자창.

12) 蓬室士(봉실사) : 가난한 선비. 서간을 가리킨다. 蓬室(봉실) : 초가집. 서간은 만년에 생활이 빈궁하였다.

13) 薇(미) : 고비. 藿(곽) : 콩잎. 弗充虛(불충허) : 빈 배를 채울 수 없다.

14) 皮褐(피갈) : 짧은 가죽옷. 不全(부전) : 옷이 해져 몸을 가릴 수 없다.

15) 慷慨(강개) : 격앙되다.

16) 興文(흥문) : 글을 짓다. 서간이 『중론(中論)』 20여 편을 지은 것을 가리킨다.

17) 寶(보) : 화씨벽(和氏璧)을 가리키며, 서간을 비유하였다.

18) 和氏(화씨) : 초(楚)나라 사람 변화(卞和)가 산 속에서 다듬어지지 않은 옥(玉)을 얻어, 몇 차례 초의 여왕(厲王)과 무왕(武王)에게 바쳤으나 아무도 이것이 보물임을 알지 못하고, 이것이 돌덩이라고 말했다. 그리하여 그는 죄를 지어 양발이 잘리게 되었다. 초 문왕(文王)에 이르러 비로소 이것이 보물임을 알아내고 그것을 '화씨벽(和氏璧)'이라 불렀다. 여기서 보석을 현재(賢才, 서간을 가리킨다)에 비유했고, 화씨(和氏)를 지기(知

갓의 먼지를 털고 지기(知己)를 기다리지만	彈冠俟知己,[19]
그 지기도 또 누가 그렇지 않은 이 있는가.	知己誰不然.[20]
좋은 밭엔 늦은 수확이 없는 법	良田無晩歲,[21]
비옥한 토지엔 늘 풍년인 것을.	膏澤多豊年.[22]
옥같이 아름다운 덕(德)을 품고 있으면	亮懷璵璠美,[23]
오래 지나 덕이 더욱 뚜렷이 드러날 것이요.	積久德愈宣.[24]
좋은 친구의 도리는 서로 격려하는데 있어	親交義在敦,[25]
이미 거듭 밝혔으니 또 무슨 말을 하리오	申章復何言.[26]

4-9. 정의에게 드리며(贈丁儀)[1]

| 초 가을날 찬 기운이 이니 | 初秋涼氣發, |
| 뜨락의 나뭇잎 하나씩 떨어지네. | 庭樹微銷落.[2] |

己, 조식 자신을 가리킨다)에 비유했다.

19) 彈冠(탄관) : 갓의 먼지를 털다. 벼슬할 준비를 하다. 俟(사) : 기다리다.

20) 서간은 자기를 알아주는 사람이 자신을 추천하여 벼슬하기를 기다리지만, 그 지기(知己)도 서간처럼 중용(重用)되지 못하고 있다는 의미. 작자 자신도 추천하고픈 마음은 있지만 힘이 모자람을 말하면서, 동시에 자기 자신의 처지에 대한 불평을 담고 있다.

21) 晩歲(만세) : 수확이 늦다.

22) 이 구는 훌륭한 재주와 덕을 가지고 있는 사람은 반드시 이름을 떨칠 날이 있을 것이라는 의미. 膏澤(고택) : 비옥한 토지.

23) 亮(양) : 확실히. 懷(회) : 품다. 璠璵(여번) : 아름다운 옥. 덕(德)이 있는 군자를 비유하며, 여기서는 서간을 비유하였다.

24) 愈(유) : 더욱. 宣(선) : 드러나다.

25) 親交(친교) : 친근한 친구. 좋은 친구. 義(의) : 올바른 도리. 敦(돈) : 격려하다.

26) 申章(신장) : 되풀이해서 밝히다. 거듭해서 분명히 보이다.

4-9. 贈丁儀(증정의)

1) 이 시는 정의(丁儀)의 처지를 동정하면서 그가 세상일을 너무 염두에 두지 말고 마

언 서리는 옥섬돌에 내리고　　　　　　　　　　　　凝霜依玉除,[3]

맑은 바람은 높은 누각 위를 맴돈다.　　　　　　　　淸風飄飛閣.[4]

아침 구름이 산으로 돌아가지 않으니　　　　　　　　朝雲不歸山,[5]

장맛비는 내를 이루어　　　　　　　　　　　　　　霖雨成川澤.[6]

농작물이 잠겨 밭에서 시들어 죽으니　　　　　　　　黍稷委疇隴,[7]

농부들 무엇을 수확할 수 있겠는가.　　　　　　　　農夫安所獲.[8]

존귀한 자리에 있으면 빈천한 사람들의 고충을 잊기 쉬우니　　在貴多忘賤,

그 누가 은혜를 널리 베풀 수 있겠는가.　　　　　　爲恩誰能博.

흰 여우 털은 추위를 족히 이겨내니　　　　　　　　狐白足禦冬,[9]

어찌 옷 없는 나그네를 생각하겠는가.　　　　　　　焉念無衣客.

연릉자(延陵子)를 사모하니　　　　　　　　　　　思慕延陵子,[10]

음을 편히 먹고 생각할 것을 권하고, 이어서 자신은 옛 친구를 잊지 않으며, 친구가 곤경에 처할 때에는 반드시 도와주겠다는 뜻을 나타내었다. 丁儀(정의, ?~220) : 자는 정례(正禮)이고, 패군(沛郡, 지금의 안휘성(安徽省) 수현(濉縣) 북면) 사람이다. 일찍이 조조(曹操)의 속관(屬官)이었고, 조식과 아주 친했다. 조조가 원래 조식을 태자로 세우려 하여 정의가 그를 전심전력으로 지지했던 까닭으로 조비(曹丕)의 미움을 사게 되었다. 조비는 즉위한 뒤 오래지 않아 정의를 죽였다.

2) 銷落(소락) : 나무의 가지와 잎이 흩어져 떨어지다. (초목이) 시들어 떨어지다.

3) 玉除(옥제) : 대궐 안의 섬돌. 섬돌의 미칭(美稱).

4) 飛閣(비각) : 높은 누각.

5) 朝雲不歸山(조운불귀산) : 아침의 구름이 산으로 돌아가지 않다. 비가 오는 날이라는 의미. 옛날 사람들은 구름이 나오면 비가 내리고, 산으로 돌아가면 날이 갠다고 생각했다.

6) 霖(림) : 장마. 비가 3일 이상 내리면 '霖(림)'이라 부른다.

7) 黍稷(서직) : 기장. 여기서는 일반적인 농작물을 가리킨다. 委(위) : '萎(위)'와 같다. 시들어 마르다. 疇隴(주롱) : 밭두둑.

8) 安(안) : 무엇.

9) 狐白(호백) : 여우의 겨드랑이 밑의 흰 털. 이 털로 만든 가죽옷. 매우 가볍고 따뜻하다. 禦(어) : 막다.

10) 延陵子(연릉자) : 이름은 계찰(季札)이고, 춘추(春秋) 시대 때의 오(吳)나라 사람이다. 연릉(延陵, 지금의 강소성(江蘇省) 무진현(武進縣))에 봉해졌기 때문에 '연릉계자(延陵季子)'라고 부르며, 줄여서 '연릉자(延陵子)'라고도 한다. 계찰이 한 번은 사신(使臣)이 되어 보검을 차고 진(晉)나라로 가게 되었는데, 서(徐)나라를 지날 때, 서나라 임금이 그의 보검을 보고 말을 하지는 않았으나 내심 그것을 갖고 싶어 하였다. 계찰이 그의 뜻을

보검도 아까워하지 않았다네.　　　　　　寶劍非所惜.[11]

그대는 마음을 편히 가지시게　　　　　　子其寧爾心,[12]

친구간의 정이 박하지 않을 테니.　　　　親交義不薄.[13]

4-10. 왕찬에게 드리며(贈王粲)[1]

단정하게 앉아 있자니 시름으로 괴로워　　端坐苦愁思,[2]

옷자락 거머쥐고 일어나 서쪽을 거닙니다.　攬衣起西遊.[3]

나무엔 봄꽃이 만발하고　　　　　　　　樹木發春華,

맑은 못엔 길게 물이 세차게 흐릅니다.　　清池激長流.[4]

알아채고 진나라에 가서 사신의 임무를 완수한 뒤 돌아와 보검을 그에게 주려했다. 그러나 그가 돌아왔을 때, 서나라 임금은 이미 세상을 떠난 뒤였다. 계찰은 그 보검을 서나라 임금의 무덤 앞 나무에 걸어놓고 떠났다. 서나라 사람들이 노래를 지어 계찰을 찬양하였다. 사마천(司馬遷)의 『사기(史記)・오태백세가(吳太伯世家)』에 보인다.

11) 惜(석) : 아끼다. 아까워하다.

12) 子(자) : 정의(丁儀)를 가리킨다. 其(기) : 구중(句中) 어조사(語助辭). 寧(녕) : 편안하다.

13) 交(교) : 친구.

4-10. 贈王粲(증왕찬)

1) 이 시는 왕찬(王粲)과 친구가 되기를 희망하는 심정을 함축적으로 나타내면서 왕찬이 현직(顯職)에서 재능을 발휘하는 것과 관련하여 너무 지나치게 우려하지 말 것을 권하며 위로하였다. 건안(建安) 16년(211) 정월에 조식이 평원후(平原侯)에 봉해졌는데 그로부터 오래지 않아 왕찬이 「잡시(雜詩)」를 지어 조식과 아침저녁으로 같이 지내고픈 희망을 은근히 드러내었다. 조식의 이 시는 왕찬의 시를 본떠서 지은 것이다. 이 시를 지은 뒤 오래지 않아, 왕찬은 군모좨주(軍謀祭酒)에 임명을 받아, 과연 조식과 함께 조조(曹操)를 따라 서쪽으로 마초(馬超)를 정벌하러 가게 되어, 끝내 소망을 이루게 되었다. 王粲(왕찬, 177~217) : 자(字)는 중선(仲宣). 산양(山陽) 고평(高平, 지금의 산동성(山東省) 추현(鄒縣) 서남면) 사람. 건안칠자(建安七子) 중의 한 사람.

2) 端坐(단좌) : 단정하게 앉다. 端(단) : 바르다. 곧다.

3) 攬衣(남의) : 옷의 밑 부분을 들어 올리다. 앉은 자세에서 일어설 때의 동작. 攬(남) : 잡다. 손에 쥐다. 西遊(서유) : 업성(鄴城)의 서쪽에 있는 동작원(銅雀園)에 가서 노닐다.

가운데 외로운 원앙이 있어　　　　　　　　　　中有孤鴛鴦,5)

구슬피 울며 짝을 찾고 있습니다.　　　　　　　哀鳴求匹儔.6)

나는 이 새와 친구 되길 원하지만　　　　　　　我願執此鳥,7)

안타깝게도 가벼운 배가 없군요.　　　　　　　惜哉無輕舟.

돌아가고자 하나 왔던 길 잊었고　　　　　　　欲歸忘古道,

돌아보며 가슴속엔 시름뿐입니다.　　　　　　　顧望但懷愁.

슬픈 바람은 내 곁에서 울고　　　　　　　　　悲風鳴我側,

시간은 지나가 버리고 머무르지 않구려.　　　　羲和逝不留.8)

뭉게뭉게 먹구름이 만물을 적시리니　　　　　　重陰潤萬物,9)

어찌 은혜가 두루 미치지 않을까 두려워하리오.　何懼澤不周.10)

그 누가 그대더러 많은 생각하게 하여　　　　　誰令君多念,11)

하 많은 근심을 품게 하는가요.　　　　　　　　遂使懷百憂.12)

---

4) 淸池(청지) : 현무지(玄武池)를 가리킨다.

5) 孤鴛鴦(고원앙) : 외로운 원앙. 왕찬(王粲)을 비유한다.

6) 匹儔(필주) : 짝.

7) 執(집) : 뜻이 같은 사람. 여기서는 동사로 쓰여, '친구로 사귄다', '가까이 한다'는 의미.

8) 羲和(희화) : 신화 전설에서 태양의 마차를 끄는 신(神), 여기서는 태양을 가리킨다.

9) 重陰(중음) : 빽빽하게 뒤덮은 검은 구름. 여기서는 조조(曹操)를 가리킨다. 당시 승상
(丞相)으로 있었다.

10) 周(주) : 두루 미치다.

11) 君(군) : 왕찬을 가리킨다.

12) 遂(수) : 결국. 끝내.

4-11. 정의와 왕찬에게 드리며(贈丁儀王粲)[1]

종군하여 함곡관(函谷關)을 넘고	從軍度函谷,[2]
말을 몰아 서경(西京)을 지나는데	驅馬過西京.[3]
높은 산봉우리는 끝이 없고	山岑高無極,[4]
경수(涇水)와 위수(渭水)엔 맑고 탁한 물결 분명하네.	涇渭揚濁淸.[5]
웅장하도다 제왕의 도성이여	壯哉帝王居,[6]
아름답기가 그 어떤 많은 성(城)보다도 낫도다.	佳麗殊百城.[7]
원궐(圓闕)은 떠 있는 구름 위로 솟아 있고	員闕出浮雲,[8]
승로반(承露盤)은 하늘에 닿았네.	承露槪泰淸.[9]

4-11. 贈丁儀王粲(증정의왕찬)

1) 이 시는 대략 건안(建安) 20년(215), 조조(曹操)가 서쪽의 한중(漢中)을 정벌하여 장로(張魯)의 항복을 받고 업성(鄴城)에 돌아온 뒤에 지어졌다. 시는 우선 종군(從軍) 도중에서 보았던 장안(長安)의 장려(壯麗)한 궁궐을 묘사하고, 이어서 조조가 군사적으로 큰 승리를 거둔 것을 칭송하였으며, 끝으로 정의(丁儀)와 왕찬(王粲)에게 '조정에 있으면서 원망을 하거나' '자기 개인 일 하는 것을 즐기는 것'은 모두 한쪽에 치우친 것이며 '중화(中和)'에 맞게 하여야 함을 충고하였다.

2) 函谷(함곡): 관문(關門)의 이름. 함곡관(函谷關). 한대(漢代)에 함곡관(函谷關)을 설치했는데, 지금의 하남성(河南省) 철문현(鐵門縣) 동북쪽에 있다. 이 구는 건안(建安) 16년(211) 7월에 조조(曹操)가 서쪽으로 마초(馬超)와 한수(韓遂)를 정벌하여 관중(關中)을 평정한 일을 가리킨다.

3) 西京(서경): 서한(西漢)의 도성(都城) 장안(長安)을 가리킨다. 이 구는 건안 16년(211) 10월, 조조가 장안에서 북쪽으로 양추(楊秋)를 정벌하러 간 일을 가리킨다.

4) 岑(잠): 작지만 높은 산봉우리. 無極(무극): 여기서는 꼭대기가 보이지 않는다는 의미.

5) 涇渭(경위): 경수(涇水)와 위수(渭水)는 모두 감숙성(甘肅省)에서 섬서성(陝西省)으로 흐르며, 이 두 강은 고릉현(高陵縣)에서 합쳐진 뒤, 다시 동쪽으로 흘러 낙수(洛水)와 함께 황하(黃河)로 흘러든다. 경수는 탁하고 위수는 맑은데, 두 강이 합해진 뒤에 청탁(淸濁)이 분명해진다고 한다. 揚(양): 분명하다.

6) 帝王居(제왕거): 장안(長安)은 진(秦)나라와 한(韓)나라의 옛 수도(首都)이기 때문에 이렇게 말하였다.

7) 殊(수): 다르다. 뛰어넘다. 능가하다.

8) 員闕(원궐): '員(원)'은 '圓(원)'과 같다. '闕(궐)'은 이층으로 된 문. 건장궁(建章宮) 뒤에 원궐(圓闕)이 있는데, 높이가 25장(丈)이고, 위에는 동(銅)으로 된 봉황(鳳凰)이 있다.

승상(丞相)이 임금의 은혜 널리 선양하니　　　　　皇佐揚天惠,10)
온 천하엔 전쟁이 없네.　　　　　　　　　　　四海無交兵.
병가(兵家)들 비록 이기기를 좋아하지만　　　　權家雖愛勝,11)
나라를 지키는 것이 더 훌륭한 법.　　　　　　全國爲令名.12)
그대들 미천한 자리에 있어　　　　　　　　　君子在末位,13)
승상의 높으신 공덕을 칭송하지 못하는구려.　　不能歌德聲.14)
정형(丁兄)은 조정에 있으면서 원망을 하고　　　丁生怨在朝,15)
왕형(王兄)은 자기 일 하는 것을 즐기는구려.　　王子歡自營.16)
이런 즐김과 원망은 모두 바른 도리 아니니　　　歡怨非貞則,17)
중화(中和)만이 진정 법이 될 수 있으리라.　　　中和誠可經.18)

---

9) 承露(승로) : 승로반(承露盤)을 가리킨다. 한(漢) 무제(武帝)는 건장궁에 승로반을 만들었는데, 동(銅)으로 주조하여 만들었다. 높이가 20장(丈), 크기가 일곱 아름(두 팔을 벌려 두른 둘레의 길이)이며, 위에 선인(仙人)이 손으로 이슬을 받는다. 槪(개) : '扢(골)'과 같다. 문지르다. 닿다. 스치다. 泰淸(태청) : '太淸(태청)'과 같으며, 하늘의 별칭이다.

10) 皇佐(황좌) : 조조(曹操)를 가리킨다. 조조는 당시 승상(丞相)이었다. 天惠(천혜) : 임금의 은혜. 한(漢)나라 천자의 은혜를 가리킨다.

11) 權家(권가) : 전략가. 병가(兵家).

12) 全國(전국) : 국가를 보전하다. 令名(영명) : 좋은 명성.

13) 君子(군자) : 정의(丁儀)와 왕찬(王粲)을 가리킨다. 末位(말위) : 당시 정의와 왕찬은 승상연(丞相掾)으로 직위가 낮고 미천했다.

14) 德聲(덕성) : 공덕(功德). 명성(名聲). 조조(曹操)의 훌륭한 덕(德)에 관한 명성을 가리킨다.

15) 丁生(정생) : 정의(丁儀).

16) 王子(왕자) : 왕찬(王粲). 自營(자영) : 자기 개인 일을 하다.

17) 貞則(정칙) : 바른 원칙. '貞(정)'은 '正(정)'의 뜻.

18) 中和(중화) : 치우침이 없이 올바름. 經(경) : 법, 규범을 만들 수 있음을 가리킨다.

4-12. 백마왕 표에게 드리며(贈白馬王彪)[1] 7수

서문

황초(黃初) 4년 5월에 백마왕(白馬王) 조표(曹彪), 임성왕(任城王) 조창(曹彰)과 나는 모두 수도에서 천자를 알현하고, 절기(節氣) 맞이 행사에 참가하였다. 낙양(洛陽)에 이르러 임성왕이 죽고, 7월이 되어 백마왕과 더불어 봉지(封地)로 돌아가려고 하는데, 후에 관리가 두 왕은 번국(藩國)으로 돌아갈 때 길을 달리 해야 한다고 해서 마음속으로 그것을 아주 원망하였다. 긴 이별이 며칠 내에 있기 때문에 이로써 스스로 마음속의 말을 나타내어 백마왕과의 작별을 고하고, 분개하며 이 시를 짓는다.

黃初四年五月,[2] 白馬王任城王與余俱朝京師,[3] 會節氣.[4] 到洛陽, 任

4-12. 贈白馬王彪(증백마왕표) 7수

1) 황초(黃初) 4년(223), 조식은 조창(曹彰)과 조표(曹彪) 등과 함께 명을 받고 조회(朝會)에 참석하기 위해 수도로 갔다. 조비(曹丕)는 이때, 자기의 통치 지위를 공고하게 하기 위해 이미 각종 수단을 취하여 제후(諸侯)로 있는 형제들을 제한하고 방비하며 그들에게 정치적 박해를 가했다. 조창은 수도에 도착한 뒤 오래지 않아 분명치 않은 이유로 갑자기 병이 들어 죽었다. 조식은 조표와 봉지(封地)로 돌아가게 되었을 때, 본래는 길을 같이 가며 오랜만에 만난 회포를 풀고자 하였으나, 그들을 감시하는 관원들이 저지하여 동행이 허락되지 않았다. 이에 조식은 슬픔과 분노를 느끼면서, 조표와 헤어질 때 이 시를 지어 그에게 주었다. 시는 모두 7장(章)으로 이루어져 있으며, 길에서 보고 들은 바를 적으며, 형제 사이의 생이별의 슬픔을 토로하고, 정치적인 압박 아래에서 화복(禍福)이 무상(無常)하고 생사(生死)를 제대로 보존할 수 없음을 우려하고, 동시에 그들에게 가해지는 박해에 대하여 강렬하게 분격하며 항의의 뜻을 드러내었다.
2) 黃初四年(황초사년) : 서기 223년. 黃初(황초) : 위(魏) 문제(文帝) 조비(曹丕)의 연호 (220~226).
3) 白馬王(백마왕) : 조표(曹彪)를 가리킨다. 조조(曹操)의 첩 손희(孫姬)가 낳았으며, 조식의 이복(異腹) 동생. 일찍이 백마(白馬, 지금의 하남성(河南省) 활현(滑縣) 동면).에 봉해졌다. 任城王(임성왕) : 조창(曹彰)을 가리키며, 작자의 동모(同母)의 형으로 일찍이 임성(任城, 지금의 산동성(山東省) 제녕시(濟寧市))에 봉해졌다.
4) 會節氣(회절기) : 위(魏)나라는 매년 입춘(立春), 입하(立夏), 입추(立秋), 입동(立冬) 등 4절기 전에 각 제후왕들이 수도에 와서 절기를 맞이하는 의식을 행하고 조회(朝會)

城王薨.5) 至七月, 與白馬王還國.6) 後有司以二王歸藩,7) 道路宜異宿止,
意每恨之.8) 蓋以大別在數日,9) 是用自剖,10) 與王辭焉,11) 憤而成篇.

4-12-1. 첫째(其一)1)

승명려(承明廬)에서 임금을 알현하고	謁帝承明廬,2)
장차 옛 땅으로 돌아가려 할 제	逝將歸舊疆.3)
이른 아침 낙양(洛陽)을 떠나	淸晨發皇邑,4)
저녁 무렵에 수양산(首陽山)을 지나네.	日夕過首陽.5)
이수(伊水)와 낙수(洛水)는 넓고도 깊은데	伊洛廣且深,6)

를 거행하였다. 황초 4년의 입추는 6월 24일이며, 규정에 따라 입추 18일 전에 의식을
시작하기 때문에 작자 등 세 사람은 5월에 수도에 왔다.

5) 薨(홍): 고대에는 천자(天子)가 죽는 것을 '붕(崩)'이라 하고, 제후가 죽는 것을 '홍
(薨)'이라 불렀다. 『세설신어(世說新語)·우회(尤誨)』편에 의하면, 조창은 조비(曹丕)에
의해 독살된 것으로 전해진다.
6) 國(국): 봉지(封地).
7) 有司(유사): 전적인 책임을 지는 관리. 여기서는 제후국을 감시하는 사자(使者) 관균
(灌均)을 가리킨다. 藩(번): 제후의 봉지.
8) 恨(한): 원통하다. 원망스럽게 생각하다.
9) 大別(대별): 긴 이별.
10) 自剖(자부): 자신의 생각을 밝히다.
11) 王(왕): 백마왕 조표를 가리킨다.

4-12-1. 其一(기일)
1) 제1장은 견성(鄄城)으로 돌아가면서, 차마 낙양(洛陽)을 떠나기 아쉬워하는 마음을
묘사하였다.
2) 承明廬(승명려): 서한(西漢)의 수도 장안(長安)의 궁전 승명전(承明殿) 옆의 건물로,
시신(侍臣)들이 숙직을 하며 묵는 곳. 위(魏) 문제(文帝) 때에는 건시전(建始殿)에서 여
러 신하들과 조회를 하였는데, 문 이름을 승명(承明)이라 하였으며, 조회하러 오는 신
하들이 머물러 쉬는 곳을 승명려라 불렀다.
3) 逝(서): 발어사(發語詞). 뜻이 없다. 舊疆(구강): 작자의 봉지인 견성(鄄城)을 가리킨다.
4) 皇邑(황읍): 황성(皇城), 즉 낙양(洛陽)을 가리킨다.
5) 首陽(수양): 산 이름. 낙양의 동북쪽 20리 떨어진 곳에 있다.
6) 伊洛(이락): 이수(伊水)와 낙수(洛水). 이수는 하남성(河南省) 웅이산(熊耳山)이 발원

건너려 해도 강에 다리가 없네.   欲濟川無梁.

배 띄워 큰 파도를 헤쳐 건너려니   汎舟越洪濤,[7]

동쪽으로 돌아가는 저 길이 먼 것을 원망하노라.   怨彼東路長,[8]

뒤돌아보며 성궐을 떠나기 아쉬워하며   顧瞻戀城闕,[9]

목을 길게 빼서 바라보니 감정에 가슴이 상하네.   引領情內傷.[10]

4-12-2. 둘째(其二)[1]

태곡(太谷)은 어찌 이리 쓸쓸한가   太谷何寥廓,[2]

산에 나무만 울창하게 짙푸르다.   山樹鬱蒼蒼.[3]

장마비에 내 가는 길 진흙탕이 되고   霖雨泥我塗,[4]

흐르는 도랑물은 종횡으로 세차다.   流潦浩縱橫.[5]

길에는 수레바퀴 자국도 두절되어   中逵絶無軌,[6]

지이며, 언사현(偃師縣)에 이르러 낙수로 들어간다. 낙수는 섬서성(陝西省) 총령산(冢嶺山)이 발원지이며, 하남성 공현(鞏縣)에 이르러 황하(黃河)로 들어간다.

7) 洪濤(홍도): 큰 파도.

8) 東路(동로): 낙양에서 견성(鄄城)으로 돌아가는 길.

9) 戀(련): 차마 헤어지기 아쉬워하다. 城闕(성궐): 수도 낙양(洛陽)을 가리킨다.

10) 引領(인령): 목을 길게 빼다. 멀리 바라보는 모양.

4-12-2. 其二(기이)

1) 제2장은 돌아가는 도중, 장맛비에 길은 진창이 되고 도랑물은 넘쳐흘러, 하는 수 없이 길을 바꾸어 높은 언덕에 올랐는데, 말마저 지쳐 병이 든 상황을 묘사하였다.

2) 太谷(태곡): 산골짜기 이름. '통곡(通谷)'이라고도 한다. 낙양(洛陽)의 동남쪽 50리 떨어진 곳에 있다. 寥廓(요곽): 텅 비고 끝없이 넓은 모양. 쓸쓸하고 고요한 모양.

3) 鬱(울): 무성하다. 蒼蒼(창창): 초목이 짙푸른 빛을 띠다.

4) 霖雨(임우): 오랫동안 그치지 않고 내리는 비. 장마. 泥(니): 진창. 여기서는 동사로 쓰여, '길을 진창으로 만들어 걷기 어렵게 만들다'는 뜻. 塗(도): 길. 동쪽으로 돌아가는 길을 가리킨다.

5) 潦(료): 길바닥에 괸 물. 浩(호): 크다. 물이 넓고 넓게 흐르는 모양. 縱橫(종횡): 사방으로 흩어지다.

6) 中逵(중규): 길에. '路中(노중)'과 같은 의미. 逵(규): 사방팔방으로 통하는 길. 軌(궤): 수레의 흔적.

길 바꿔 높은 언덕으로 올라가노라.　　　　　改轍登高岡.[7]

기나긴 산비탈이 구름 속에 들어가니　　　　修坂造雲日,[8]

내 말은 누렇게 병이 들었네.　　　　　　　我馬玄以黃.[9]

4-12-3. 셋째(其三)[1]

누렇게 병들어도 말은 나아갈 수 있지만　　玄黃猶能進,

내 마음은 울적하네.　　　　　　　　　　我思鬱以紆,[2]

울적하여 나아가기 어려우니　　　　　　　鬱紆將難進,[3]

친애하는 이와 떨어져 살게 되어서라네.　親愛在離居.[4]

본래 함께 가고자 했으나　　　　　　　　本圖相與偕,[5]

중도에 바뀌어 함께 갈 수 없었네.　　　　中更不克俱.[6]

올빼미는 수레 채 끝 횡목(橫木)과 멍에 가에서 울고 鴟梟鳴衡軏,[7]

---

7) 改轍(개철) : 길을 바꾸다. 轍(철) : 바퀴자국.

8) 修(수) : 길다. 造(조) : 이르다. 도달하다. 雲日(운일) : 구름 낀 하늘. 여기서는 산비탈이 높은 것을 형용하다.

9) 玄黃(현황) : 말이 병들다.

4-12-3. 其三(기삼)

1) 제3장은 소인배들이 형제간의 골육(骨肉)의 정을 소원(疏遠)하게 만드는 것에 분개하였다.

2) 鬱以紆(울이우) : 근심스럽고 답답하다. 울적하다.

3) 難進(난진) : 송간본(宋刊本)『조자건집문집(曹子建集文集)』에는 '何念(하념)'이라 되어 있다(조유문(趙幼文)의 『조식집교주(曹植集校注)』, 297면). 이렇게 되면 이 구절의 뜻은 '울적한 것은 무엇을 생각해서인가?'라고 풀이할 수 있다. 여기서는 '難進(난진)'이라는 말도 그 자체로 뜻이 충분히 통하여 저본대로 그대로 두고, 송간본의 경우는 참고로 소개한다.

4) 親愛(친애) : 친애하는 사람. 여기서는 백마왕(白馬王)을 가리킨다.

5) 本圖(본도) : 원래는 ~를 꾀하다. 偕(해) : 함께 하다.

6) 中更(중경) : 중도에 바꾸다. 克(극) : 할 수 있다.

7) 鴟梟(치효) : 올빼미. 아래의 '豺狼(시랑)'과 더불어 황제 주변의 간악한 소인배들을 비유한다. 衡(형) : 수레채 끝에 댄 횡목. 軏(월) : 끌채 끝의 멍에를 매는 부분.

승냥이는 큰 길을 가로막는다.　　　　　　　豺狼當路衢,8)

파리들 흑백(黑白)을 전도시키고　　　　　　蒼蠅間白黑,9)

참언과 교묘한 말들 골육의 정 소원케 한다.　讒巧令親疏.10)

돌아가려 해도 길이 끊어지고 없으니　　　　欲還絶無蹊,11)

고삐 잡고 머뭇거리고 있을 뿐이라네.　　　　攬轡止踟躕.12)

4-12-4. 넷째(其四)1)

머뭇거리면서 또 어찌하여 머무르나　　　　蜘躕亦何留,

그리워하는 마음 끝이 없기 때문이네.　　　相思無終極.2)

가을바람 일어 약간 서늘하고　　　　　　秋風發微涼,

쓰르라미 내 곁에서 우네.　　　　　　　寒蟬鳴我側.3)

들판은 어찌 이리 스산한가　　　　　　原野何蕭條,4)

태양은 홀연 서산으로 숨어버리네.　　　白日忽西匿.5)

돌아가는 새는 높은 나무의 숲으로 향하며　歸鳥赴喬林,6)

---

8) 衢(구) : 사통팔달의 대로

9) 蒼蠅(창승) : 파리. 선악(善惡)을 바꾸고 어지럽히는 소인배를 비유한다. 間(간) : 훼손
　　하다. 間白黑(간백흑) : 흑(黑)과 백(白)을 전도시키다.

10) 讒巧(참교) : 중상모략하고 교묘하게 꾸며대는 말.

11) 蹊(혜) : 샛길. 작은 길.

12) 踟躕(지주) : 주저하며 나아가지 못하다.

4-12-4. 其四(기사)

1) 제4장은 서늘한 가을바람은 불어오고 스산한 들판에 쓰르라미는 우는데, 해가 떨어
　져 새는 숲으로 돌아가고 외로운 짐승들은 짝을 찾아 나서는 것을 보고, 형제와 이별
　하는 아픔에 상심하고 있다.

2) 終極(종극) : 끝. 다하다.

3) 寒蟬(한선) : 가을 매미. 깊은 가을날 쌀쌀할 때 운다. 쓰르라미.

4) 蕭條(소조) : 스산하다. 쓸쓸하다.

5) 匿(닉) : 숨다.

6) 喬林(교목) : 높은 나무의 숲.

훨훨 날개 짓을 하네.　　　　　　　　　翩翩厲羽翼.[7]

외로운 짐승도 무리 찾아 헤매느라　　　　孤獸走索羣,[8]

풀을 머금고도 한가로이 먹지 못하네.　　　銜草不遑食.[9]

경물들 보고 느끼자니 내 마음 더욱 서러워　感物傷我懷,

가슴을 어루만지며 길게 탄식하노라.　　　撫心長太息.[10]

4-12-5. 다섯째(其五)[1]

길게 탄식한들 무엇 하리오　　　　　　　太息將何爲,

운명이 나와 어긋난 것을.　　　　　　　天命與我違.

동생을 그리워한들 무슨 소용 있겠는가.　　奈何念同生,[2]

한 번 가면 몸은 다시 돌아오지 못하는데.　一往形不歸.[3]

외로운 넋은 옛 땅을 날아다니는데　　　　孤魂翔故域,[4]

영구(靈柩)는 낙양(洛陽)에 맡겨져 있네.　　靈柩寄京師.

산 자는 홀연히 생을 다할 것이고　　　　存者忽復過,[5]

죽으면 저절로 썩어 없어지리라.　　　　　亡歿身自衰.

사람이 한 생을 살다가　　　　　　　　人生處一世,

---

7) 翩翩(편편) : 훨훨 나는 모양. 厲(려) : 떨치다.

8) 索(색) : 찾다.

9) 不遑(불황) : 시간이 없다. 겨를이 없다.

10) 撫心(무심) : 가슴을 어루만지다. 太息(태식) : 탄식하다.

4-12-5. 其五(기오)

1) 제5장은 임성왕(任城王) 조창(曹彰)이 갑자기 죽은 것을 슬퍼하며, 인생무상을 탄식하다.

2) 同生(동생) : 친형제자매. 친동기. 여기서는 임성왕(任城王) 조창(曹彰)을 가리킨다.
조비(曹丕)와 조창(曹彰), 그리고 조식(曹植)은 모두 변태후(卞太后)의 소생(所生)이다.

3) 一往(일왕) : 죽음을 가리킨다.

4) 故域(고역) : 옛 지역. 조창의 봉지(封地)였던 임성(任城)을 가리킨다.

5) 存者(존자) : 조식 자신과 백마왕(白馬王) 조표(曹彪)를 가리킨다. 過(과) : 생(生)을 마
치다. 죽다.

떠나갈 땐 마치 아침 이슬 마르듯 하네.　　　　　去若朝露晞.6)

내 나이도 늘그막　　　　　年在桑楡間,7)

시간은 그림자나 소리처럼 뒤쫓을 수 없구나.　　　　　景響不能追.8)

스스로 이 몸 쇠나 돌 같이 오래지 못함을 생각하니 自顧非金石,9)

아아, 마음이 슬퍼지네.　　　　　咄嗟令心悲.10)

4-12-6. 여섯째(其六)1)

마음이 슬퍼 내 정신을 동요시키지만　　　　　心悲動我神,

내버려두고 더 이상 말하지 않으리.　　　　　棄置莫復陳.2)

대장부는 천하에 뜻을 두니　　　　　丈夫志四海,

만 리 먼 곳도 가까운 이웃 같네.　　　　　萬里猶比鄰.3)

은혜롭고 사랑하는 마음이 줄지 않는다면　　　　　恩愛苟不虧,4)

멀리 있어도 그 정분은 날로 깊어지리니　　　　　在遠分日親.5)

어찌 반드시 한 이불을 덮고 같은 침대에서 지내야 何必同衾幬,6)

---

6) 晞(희) : 마르다.

7) 年在桑楡間(연재상유간) : 사람이 만년(晩年)에 이르는 것을 가리킨다. 桑楡(상유) : 뽕나무와 느릅나무. 전설에서 해가 지는 곳. 사람의 노년(老年), 늘그막을 비유한다.

8) 景響不能追(영향불능추) : 생명이 짧은 것을 비유하다. 그것은 마치 그림자와 소리가 순식간에 사라져서 뒤쫓아 갈 수 없는 것과 같다. 景響(영향) : 그림자와 소리.

9) 顧(고) : 생각하다. 非金石(비금석) : 견고한 금석처럼 영원히 존재할 수 없다.

10) 咄嗟(돌차) : 놀라 탄식하는 소리.

4-12-6. 其六(기육)

1) 제6장은 형제간의 헤어짐에 대해 만 리 먼 곳도 가까운 이웃과 같다는 말로 서로를 위로해 보지만 슬픔은 금할 길이 없다고 하였다.

2) 陳(진) : 말하다.

3) 猶(유) : 같다. 比鄰(비린) : 이웃.

4) 苟(구) : 만일. 虧(휴) : 줄다.

5) 分(분) : 정분(情分). 감정.

6) 衾幬(금주) : 이불과 침대의 휘장.

은근한 정이 드러나는 것이겠는가. 然後展慇懃.7)

근심하여 열병을 앓는다면 憂思成疾疢,8)

어찌 아녀자의 사랑이 아니겠는가. 無乃兒女仁.9)

갑작스레 헤어지는 골육의 정이 倉猝骨肉情,10)

괴로움을 느끼지 않을 수 있겠는가. 能不懷苦辛.11)

4-12-7. 일곱째(其七)1)

괴로워하며 무슨 생각을 하나 苦辛何慮思,

운명은 참으로 의심스럽네. 天命信可疑.2)

여러 신선들 찾아다니는 것도 허무한 일 虛無求列仙,3)

적송자(赤松子)는 오랫동안 나를 속였구나. 松子久吾欺.4)

변고가 눈 깜짝할 사이에 일어나니 變故在斯須,5)

그 누가 백년을 살 수 있으리오. 百年誰能持.6)

이제 이별하면 영원히 만날 수 없거늘 離別永無會,

어느 때나 손을 잡아 볼 수 있을런지. 執手將何時.7)

---

7) 慇懃(은근) : 은근한 정(情).

8) 疢(진) : 열병.

9) 無乃(무내) : 어찌 ～이 아니겠는가? 仁(인) : 사랑.

10) 倉卒(창졸) : 촉박하다. 다급하다. 骨肉情(골육정) : 형제간의 정.

11) 懷(회) : 품다.

4-12-7. 其七(기칠)

1) 제7장은 앞으로 만날 날을 기약할 수 없음을 슬퍼하며, 서로 건강하게 오래 살 것을
 격려하면서 작별하다.

2) 信(신) : 확실히, 정말로

3) 虛無(허무) : 공허하고 진실되지 못하다. 列仙(열선) : 여러 신선.

4) 松子(송자) : 적송자(赤松子). 전설 중의 고대 선인(仙人)의 이름.

5) 變故(변고) : 사망, 재난 등의 불행한 일. 斯須(사수) : 잠깐 사이.

6) 持(지) : 가지다. 유지하다.

7) 執手(집수) : 손을 잡다. 만나는 것을 가리키다.

왕께선 몸을 소중히 하여	王其愛玉體,[8]
함께 누런 머리 되도록 장수를 누려봅시다.	俱享黃髮期.[9]
눈물 거두고 먼 길 떠나며	收淚卽長路,[10]
붓 들어 시 몇 수로 이로써 작별을 고하노라.	援筆從此辭.[11]

4-13. 정이에게 드리며(贈丁廙)[1]

훌륭한 손님들 성문에 가득하고	嘉賓塡城闕,[2]
풍성한 음식은 부엌에서 나오네.	豐膳出中廚.[3]
나는 몇몇 친구와	吾與二三子,
이 성루에서 조촐한 연회를 하고 있네.	曲宴此城隅.[4]
진(秦)나라 쟁(箏)은 서쪽 땅의 가락을 펼쳐내고	秦箏發西氣,[5]

---

8) 王(왕) : 백마왕(白馬王) 조표(曹彪)를 가리킨다. 愛(애) : 소중히 하다. 玉體(옥체) : 귀
중한 몸을 가리킨다.

9) 黃髮期(황발기) : 장수(長壽)를 가리킨다. 사람이 늙으면 머리카락이 흰색에서 황색으
로 바뀐다.

10) 卽(즉) : 나아가다. 오르다.

11) 援(원) : 잡다.

4-13. 贈丁廙(증정이)

1) 이 시는 몇몇 친구들과의 즐거운 연회 장면을 묘사하면서, 친구 정이에게 덕(德)을
닦고 절개를 굳게 지키면서 속된 선비[俗儒]가 되지 말 것을 격려하였다. 丁廙(정이,
?~220) : 자는 경례(敬禮), 정의(丁儀)의 동생. 건안(建安) 중에 황문시랑(黃門侍郎)을
지냈으며, 조식과 친하다. 조비가 왕위에 오른 뒤, 형 정의와 같은 때에 죽임을 당했다.
저본에는 이름이 '翼(익)'으로 되어 있으나『삼국지(三國志)·위서(魏書)·진사왕식전
(陳思王植傳)』에 의거해서 고치다.

2) 塡(전) : 가득하다. 메우다. 城闕(성궐) : 성문(城門).

3) 中廚(중주) : 궁정 안의 주방(廚房).

4) 曲宴(곡연) : 사연(私宴). 소연(小宴). 정식 연회가 아니다. 城隅(성우) : 성 구석에 세운
높은 누각.

제(齊)나라 슬(瑟)은 동쪽 노래 연주하네.　　齊瑟揚東謳.6)

안주가 오면 다 비우기 전엔 물리지 않고　　肴來不虛歸,7)

술잔이 오면 돌아갈 때 남기는 법 없네.　　觴至反無餘.8)

내 어찌 다른 사람과 친하고자 하는 것이랴　　我豈狎異人,9)

이 친구들이 나와 뜻을 함께 해서라네.　　朋友與我俱.

큰 나라에 훌륭한 인재 많은 것은　　大國多良材,

바다에서 밝은 구슬 나오는 것과 같네.　　譬海出明珠.

군자는 의(義)가 훌륭하게 갖춰져 있고　　君子義休偹,10)

소인은 덕(德)이 쌓인 것이 없네.　　小人德無儲.11)

선(善)을 쌓아야 많은 경사 있으니　　積善有餘慶,12)

번영할지 쇠락할지 분명히 기다릴 수 있네.　　榮枯立可須.13)

넓고 큰 마음은 본래 훌륭한 절조(節操)인데　　滔蕩固大節,14)

세속 사람들 작은 일에 구애 받음이 많네.　　世俗多所拘.15)

군자인 그대여 큰 도를 통하시라　　君子通大道,

---

5) 秦箏(진쟁) : 진(秦)나라 쟁(箏). 쟁은 원래 5현(絃)에 모양은 축(筑, 거문고 비슷한 대로 만든 악기)과 비슷하였는데, 뒤에 진나라의 몽념(蒙恬)이 12현으로 바꾸고 모양은 슬(瑟, 거문고와 비슷한 현악기)과 같이 바꾸어, ‘진쟁’이라 불린다. 西氣(서기) : ‘서음(西音)’이라고도 한다. 진(秦)땅의 악곡(樂曲)을 가리킨다. 소리가 높고 우렁찬 것이 많다. 곡조가 느리고 부드러운 것이 많다.

6) 齊瑟(제슬) : 제(齊)나라 슬(瑟). 제나라의 도성(都城) 임치(臨淄)에는 ‘슬’을 타지 않는 사람이 없다는 말이 있을 정도로 아주 보편적이었다. 東謳(동구) : 제(齊)나라 지역의 노래.

7) 不虛歸(불허귀) : 비우지 않으면 돌려보내지 않다. 안주를 다 먹는다는 의미.

8) 反(반) : ‘返(반)’과 같다. 돌려주다.

9) 狎(압) : 친압(親狎)하다. 친근하다. 異人(이인) : 다른 사람. 동족(同族)이 아닌 외부 사람.

10) 休偹(휴치) : 완미(完美)하다. 완전하다. 흠 잡을 데 없다. 偹(치) : 갖추다.

11) 儲(저) : 쌓다.

12) 慶(경) : 경사. 축하할만한 기쁜 일. 복(福).

13) 榮枯(영고) : 무성함과 시듦. 초목(草木)으로 사람의 귀천(貴賤)을 비유하다. 須(수) : 기다리다.

14) 滔蕩(도탕) : 광대한 모양.

15) 世俗(세속) : 시속(時俗). 世(세) : 때. 시대. 拘(구) : 구애받다. 한정하다.

속된 선비가 되는 것은 원치 않소이다.　　　　　　　無願爲世儒.16)

4-14. 북풍(朔風)1)

고개 들어 북풍을 바라보며	仰彼朔風,2)
위(魏)나라 옛 수도를 그리워한다.	用懷魏都,3)
대군(代郡)에서 나는 말을 달려	願騁代馬,4)
순식간에 북쪽으로 가고 싶구나.	倏忽北徂.5)
남쪽 바람이 멀리서 불어오니	凱風永至,6)
남방의 형제 생각나	思彼蠻方,7)
월(越)나라 새를 따라	願隨越鳥,8)

16) 世儒(세유) : 속유(俗儒).

4-14. 朔風(삭풍)

1) 이 시는 작자가 여기저기 옮겨 다니는 신세를 슬퍼하며, 형제들과 영원히 이별하고
자신의 충성은 명제(明帝)가 알아주지 않음을 탄식하며, 시름 속에 고독하게 지내는
처지를 노래하였다. 이 시의 제작시기에 대해서는 여러 설이 있으나, 위(魏) 명제(明帝)
태화(太和) 원년(元年, 227) 조식이 옹구(雍丘, 지금의 하남성(河南省) 기현(杞縣))에서
준의(浚儀, 지금의 하남성 개봉(開封) 북면)로 옮겼다가 태화 2년에 준의에서 옹구로
다시 돌아온 뒤에 지은 시로 보인다. 朔風(삭풍) : 북풍(北風).

2) 仰(앙) : 우러러보다. 쳐다보다.

3) 用(용) : (~로) 인(因)하여. 懷(회) : 생각하다. 魏都(위도) : 위(魏)나라의 옛 수도 업성
(鄴城). 문제(文帝) 즉위 후, 수도를 낙양(洛陽)으로 옮겼으나 업성은 여전히 위나라 수
도의 하나였으며, 조조(曹操)의 능묘(陵墓) 또한 업성에 있었다.

4) 代馬(대마) : 대군(代郡, 지금의 산서성(山西省) 양고현(陽高縣) 일대)에서 생산되는 말.

5) 騁(빙) : 말을 달리다. 倏忽(숙홀) : 별안간. 신속한 모양. 徂(조) : 가다.

6) 凱風(개풍) : 남풍(南風). 永(영) : 멀다.

7) 蠻方(만방) : 남방에 대한 비칭(卑稱). 당시 조식의 이복동생 조표(曹彪)가 오왕(吳王)
에 봉해져서 수춘(壽春)에 있었는데 남만(南蠻)의 땅에 속한다.

8) 越鳥(월조) : 월(越)나라에서 나는 새. 越(월) : 옛날의 월나라. 지금의 강소성(江蘇省)
과 절강성(浙江省) 지역.

남쪽으로 훨훨 날아가고 싶네.　　　翻飛南翔.9)

사계절의 기후는 차례에 따라 바뀌고　　四氣代謝,10)

해와 달은 순환을 되풀이한다.　　　懸景運周.11)

떠나온 게 눈 깜짝할 사이 같은데　　別如俯仰,12)

떨어진 지 세 해나 지난 것 같구나.　　脫若三秋.13)

옛날에 내가 처음으로 타지로 옮길 땐　　昔我初遷,14)

붉은 꽃이 아직 떨어지지 않았는데　　朱華未希,15)

이제 내가 돌아오니　　　今我旋止,16)

흰 눈이 흩날리네.　　　素雪云飛.17)

아래로 천 길 골짜기에 떨어졌다가　　俯降千仞,18)

위로 험준한 산에 오르기도 하며　　仰登天阻,19)

바람에 나부껴 쑥이 날리듯 하면서　　風飄蓬飛,

겨울과 여름 겪었네.　　　載離寒暑.20)

천 길도 쉽게 오를 수 있고　　　千仞易陟,21)

험준한 산도 넘을 수 있네.　　　天阻可越.

---

9) 翻(번) : 날다.

10) 四氣(사기) : 춘하추동(春夏秋冬) 사계절의 기후. 사시(四時). 代謝(대사) : 순서에 따라 바뀌다.

11) 懸景(현경) : 해[日]와 달[月]을 가리킨다. 運周(운주) : 한 바퀴 돌고 다시 시작하여 운행하다. 계속 순환하다.

12) 俯仰(부앙) : 고개를 숙였다 드는 사이. 순식간.

13) 脫(탈) : 떨어지다. 三秋(삼추) : 세 계절. 삼년. 또는 상당히 긴 시간을 의미한다.

14) 昔我初遷(석아초천) : 태화(太和) 원년(227) 옹구(雍丘)에서 준의(浚儀)로 옮겨 봉해진 것을 가리킨다.

15) 朱華(주화) : 붉은 꽃. 여기서는 연꽃을 가리킨다. 希(희) : '稀(희)'와 같다. 드물다. 적다.

16) 旋(선) : 돌아오다. 다시 옹구(雍丘)로 돌아온 것을 가리킨다. 止(지) : 어기조사(語氣助詞).

17) 云(운) : 어기조사(語氣助詞).

18) 千仞(천인) : 깊은 골짜기를 가리킨다. 仞(인) : 옛날 길이의 단위. 1인(仞)은 여덟 자[尺] 혹은 일곱 자에 해당한다.

19) 天阻(천조) : '天險(천험)'과 같다. 험준한 산을 가리킨다.

20) 載(재) : 어기조사(語氣助詞). 離(이) : '罹(이)'와 같다. 겪다. 경험하다.

21) 陟(척) : 오르다.

예전에 나와 가까웠던 사람들은　　　　　　　昔我同袍,22)

이제 영원히 떨어지게 되었네.　　　　　　　今永乖別.23)

그대 향기로운 풀을 좋아하는데　　　　　　子好芳草,24)

어찌 그대에게 주는 것을 잊어버리겠는가.　　豈忘爾貽.25)

많은 꽃이 막 무성해지려 하는데　　　　　　繁華將茂,

가을 서리가 시들게 만들었네.　　　　　　　秋霜悴之.26)

그대 돌아보지 않는다 하더라도　　　　　　君不垂眷,27)

어찌 그 충성을 바꾸겠는가.　　　　　　　　豈云其誠.28)

가을 난초에 비유할 만하며　　　　　　　　秋蘭可喩,29)

계수나무는 겨울에도 꽃이 핀다네.　　　　　桂樹冬榮.30)

금(琴)을 타고 노래하면 시름을 없앨 수 있으나　絃歌蕩思,31)

누가 나와 근심을 녹일 것인가.　　　　　　誰與銷憂.32)

냇가에 임해 그리워한들　　　　　　　　　臨川慕思,33)

누가 나를 위해 배를 띄울까.　　　　　　何爲汎舟.34)

어찌 화답하고 즐길 사람 없겠는가마는　　豈無和樂,35)

---

22) 同袍(동포) : 가장 친근한 사람. 여기서는 형제 조창(曹彰)과 조표(曹彪)를 가리킨다.

23) 乖(괴) : 떨어지다.

24) 子(자) : 아래의 '爾(이)'와 더불어 위(魏) 명제(明帝)를 가리킨다.

25) 貽(이) : 주다.

26) 悴(췌) : 시들다. 해치다.

27) 君(군) : 명제(明帝)를 가리킨다.

28) 云(운) : 돌리다. 바꾸다.

29) 난초가 가을이 되었다고 해서 향기를 내뿜는 것을 바꾸지 않고 여전히 향기롭다는
　　의미.

30) 이 구도 역시 계수나무를 들어 자신의 변치 않는 충성을 비유하고 있다. 榮(영) : 꽃
　　이 피다.

31) 絃歌(현가) : 현악기를 타면서 노래 부르다. 蕩(탕) : 씻어 없애다. 思(사) : 시름. 근심.

32) 銷(소) : 녹이다.

33) 慕(모) : 그리워하다.

34) 何爲(하위) : '誰爲(수위)', 즉 '누가 나를 위하여'의 뜻.

35) 和樂(화락) : '絃歌(현가)'를 가리킨다. 악기를 타며 부르는 노래에 화답하고 같이 즐
　　기다.

놀아 봐도 내 이웃이 아니라네.　　　　　　　游非我鄰.36)

누가 배 띄우는 걸 잊었겠는가마는　　　　誰忘汎舟,

유감스럽게도 배 젓는 사람이 없네.　　　愧無榜人.37)

4-15. 마음을 바로잡으며(矯志)1)

꽃이 핀 나무 비록 향기롭더라도　　　　　芳樹雖香,

미끼로 삼아 물고기 잡기 어렵고　　　　　難以餌魚.2)

벼슬자리만 차지한 채 녹(祿)만 받아먹으면　　尸位素餐,3)

어떤 일도 이루기 어렵다네.　　　　　　　難以成居.4)

자석은 쇠를 끌어당기지만　　　　　　　　磁石引鐵,

구리와는 달라붙지 못하며　　　　　　　　於金不連.5)

조정이 인재를 선발할 때　　　　　　　　　大朝擧士,

어리석은 사람은 등용되지 않는다.　　　　愚不聞焉.6)

---

36) 鄰(린) : 친근한 사람, 의기투합(意氣投合)한 사람을 가리킨다.

37) 榜人(방인) : 배를 젓는 사람. 좋은 친구를 비유한다.

4-15. 矯志(교지)

1) 이 시는 일련의 비유(比喩)를 사용하여 여러 이치를 말하면서 자신을 가다듬는 내용
이다. 이를테면 관리가 되어서는 하는 일 없이 녹(祿)만 먹어서는 않되고, 조정은 허명
(虛名)이 아니라 진정한 재능을 가진 인재를 뽑아야 하며, 처지나 환경에 따라 적절하
게 처신하여야 하고, 훌륭한 임금일지라도 어진 사람을 잘 뽑아 도움을 받아야 하며,
말은 신중하게 하여야 된다 등등이다. 矯志(교지) : 마음을 바로잡다.

2) 餌魚(이어) : 물고기를 낚다. 餌(이) : 미끼를 던지다. 이(利)로써 남을 꾀다.

3) 尸位素餐(시위소찬) : 벼슬아치가 직책을 다하지 않으며 자리만 차지하고 국록(國祿)
을 받아먹다.

4) 成居(성거) : 일을 이루다.

5) 金(금) : 여기서는 동(銅, 구리)을 가리킨다.

6) 聞(문) : 알려지다. 명성이 알려져 등용되다.

옥(玉)을 안고 길에서 구걸한다면   抱璧途乞,

진귀한 보석이라 할 수 없고   無爲貴寶.

인(仁)을 행하여 재앙을 당하면   履仁遘禍,[7]

귀한 도라 할 수 없네.   無爲貴道.

원추(鴛雛)는 재해를 멀리 하기 위해   鴛雛遠害,[8]

낮은 곳에 살아도 부끄럽게 여기지 않고   不羞卑棲.

신령스러운 용은 재난을 피하기 위해   靈虯避難,[9]

더러운 진흙탕도 부끄럽게 여기지 않는다.   不恥汚泥.

사탕수수가 비록 달콤하나   都蔗雖甘,[10]

지팡이로 삼아 짚으면 반드시 꺾어지고   杖之必折.[11]

교묘하게 꾸며대는 말이 비록 듣기 좋으나   巧言雖美,[12]

그걸로 일을 하면 반드시 멸망하리라.   用之必滅.

성대한 요(堯) 임금 때는   濟濟唐朝,[13]

만천하 사람이 신복(信服)하였네.   萬邦作孚.[14]

봉몽(逢蒙)이 비록 활 솜씨 교묘하나   逢蒙雖巧,[15]

반드시 좋은 활을 얻어야 발휘할 수 있다.   必得良弓.

성스러운 임금이 비록 지혜롭더라도   聖主雖知,[16]

반드시 영웅의 도움을 얻어야 한다.   必得英雄.

장공(莊公)이 사마귀를 보고 감탄하자   螳螂見歎,

---

7) 履(이) : 실행하다. 실천하다. 遘(구) : 만나다.

8) 鴛雛(원추) : 전설에 나오는 봉황(鳳凰)류의 새. 遠害(원해) : 재해(災害)를 피하다.

9) 靈虯(영규) : 신령스러운 용(龍). '虯(규)'는 뿔이 없는 용.

10) 都蔗(도자) : 사탕수수.

11) 杖之(장지) : 사탕수수를 지팡이로 삼아 짚다.

12) 巧言(교언) : 교묘하게 꾸며대는 말.

13) 濟濟(제제) : 성대한 모양. 사람이 많은 모양. 唐朝(당조) : 전설 중의 요(堯) 임금 시대.

14) 孚(부) : 신용(信用), 신복(信服).

15) 逢蒙(봉몽) : 사람 이름. 옛날 활을 잘 쏘는 사람.

16) 知(지) : '智(지)'와 같다.

제나라 용사들이 용감하게 싸웠다.　　　　　　　齊士輕戰.17)

월왕(越王)이 개구리에게 경의를 표하자　　　　　越王軾蛙,

나라 사람들이 목숨을 바쳤다.　　　　　　　　　國以死獻.18)

길이 멀어야 천리마를 알 수 있고　　　　　　　道遠知驥,

세상이 거짓될 때 현인을 알 수 있다.　　　　　世僞知賢.

하늘은 어느 하나 포용하지 않는 것이 없으니　覆之幬之,19)

하늘의 법도를 따라야 한다.　　　　　　　　　順天之矩.20)

은택은 남풍과 같고　　　　　　　　　　　　　澤如凱風,21)

은혜는 때맞추어 내리는 비와 같아야 한다.　　惠如時雨.

입은 궁궐 문과 같고　　　　　　　　　　　　　口爲禁闥,22)

혀는 활의 발사 장치와 같다.　　　　　　　　　舌爲發機.23)

문과 발사 장치가 열리면　　　　　　　　　　　門機之闓,24)

---

17) 螳螂見欺(당랑견탄), 齊士輕戰(제사경전) : 『한시외전(韓詩外傳)』 권8에 다음과 같은 이야기가 실려 있다. 제(齊) 장공(莊公)이 사냥을 나갔는데 사마귀[螳螂] 한 마리가 앞발을 들고 장공이 탄 수레의 바퀴와 싸우려고 하는 것을 보았다. 장공은 이 사마귀가 만약 사람이라면 반드시 천하의 용사(勇士)일 것이라고 생각하고는 수레를 돌려 사마귀를 피해서 가도록 시켰다. 천하의 용사들이 이 일을 전해 듣고는 장공이 현자를 공경하고 재능 있는 인재를 중시한다고 생각하고 분분히 장공을 찾아왔다. 輕戰(경전) : 죽음을 두려워하지 않고 과감하게 싸우다.

18) 越王軾蛙(월왕식와), 國以死獻(국이사헌) : 『한비자(韓非子)』에 다음과 같은 이야기가 실려 있다. 월왕(越王) 구천(勾踐)이 한번은 수레를 타고 외출하였다가 길에서 두꺼비를 한 마리 보고, 수레 앞턱 가로나무를 잡고 그 두꺼비에게 예(禮)를 표하였다. 어떤 사람이 그에게 왜 두꺼비에게 경의를 표하는가 묻자, 월왕이 대답하길 그 두꺼비가 기세가 대단하기 때문이다 고 하였다. 다음해 월왕이 오(吳)나라를 치자 많은 용사들이 목숨을 바쳐 싸우길 원한다는 뜻을 밝혔다. 軾(식) : 수레 앞턱 가로나무. 또는 그 나무를 잡고 굽히어 절을 하다.

19) 幬(도) : 덮다. 가리다.

20) 矩(구) : 법도.

21) 凱風(개풍) : 남풍(南風).

22) 禁闥(금달) : 궁궐 문.

23) 發機(발기) : 쇠뇌에서 활을 쏘는 기관.

24) 闓(개) : 열다. 저본에는 '關(관)'으로 되어 있으나 장부(張溥)의 『한위육조백삼가집(漢魏六朝百三家集)』에 의거하여 바로잡는다.

사리나무 화살로도 뒤쫓을 수 없다네.　　　　　楛矢不追.25)

잔구(殘句)

어진 호랑이는 발톱을 감추고　　　　　　　仁虎匿爪,26)
신비한 용은 비늘을 숨긴다.　　　　　　　神龍隱鱗.27)

4-16. 규방의 정(閨情)1) 2수

4-16-1. 첫째(其一)1)

옷을 잡고 일어나 방을 나서　　　　　　　攬衣出中閨,2)
느린 걸음으로 두 기둥 사이를 걷는다.　　　逍遙步兩楹.3)
빈방은 어찌 이리 적막한가!　　　　　　　閒房何寂寞,4)

───────────────

25) 楛矢(고시) : 사리나무로 만든 화살.
26) 匿(닉) : 감추다. 숨기다. 爪(조) : 발톱.
27) 隱(은) : 숨기다. 이 두 구는 『문선(文選)』에 실린 임방(任昉)의 「선덕황후령(宣德皇后
　　令」의 이선(李善) 주(注)에 보인다.
4-16. 閨情(규정) 2수
　1) 이 시는 규방의 부인을 노래하였다. 각기 멀리 나간 남편을 그리워하는 정(情)과(제1
　　수) 잘 차려입고 악기를 타며 노래하는 모습을(제2수) 읊었다.
4-16-1. 其一(기일)
　1) 첫째 시는 여인이 남편을 그리워하면서 동시에 남편이 이전처럼 자신을 사랑해줄지
　　우려하는 마음을 나타내었다.
　2) 攬衣(남의) : 옷 앞자락의 폭을 잡고 일어나는 동작. 中閨(중규) : 규중(閨中). 부녀자
　　의 거실.
　3) 逍遙(소요) : 느리게 걷는 모양. 兩楹(양영) : 두 기둥 사이의 문 앞.

녹색 풀은 정원의 섬돌을 덮고 있다.　　　　　　　綠草被堦庭.5)

문틈으로 바람이 절로 들어오고　　　　　　　　　空穴自生風,6)

많은 새들 남쪽으로 날아간다.　　　　　　　　　百鳥翔南征.7)

봄 되어 님 그리는 정 어찌 잊을 수 있으리오　　　春思安可忘,8)

근심하고 슬퍼하는 마음 그대와 똑같다오.　　　　憂戚與君幷.9)

님은 멀리에 있고　　　　　　　　　　　　　　　佳人在遠道,10)

이 몸은 홀로 외롭네.　　　　　　　　　　　　　妾身單且煢.11)

기쁜 모임은 다시 만나기 어렵고　　　　　　　　歡會難再逢,

지초(芝草)와 난초(蘭草)는 두 번 꽃 피지 않는다오.　芝蘭不重榮.12)

사람들 모두 옛 사랑을 버리는데　　　　　　　　人皆棄舊愛,

그대는 예전과 같을까요.　　　　　　　　　　　君豈若平生.13)

나는 소나무에 붙어사는 여라(女蘿) 같은 신세고　寄松爲女蘿,14)

물에 의지하는 부평초 같아요.　　　　　　　　　依水如浮萍.

그대에게 몸을 맡겨 옷 입고 허리띠 매는 일 시중들며　齎身奉衿帶,15)

아침부터 저녁까지 게을리 하지 않으리다.　　　　朝夕不墮傾.16)

그대 만일 끝까지 사랑으로 돌봐주신다면　　　　儻終顧眄恩,17)

---

4) 閒房(한방) : 텅 빈 방.

5) 被(피) : 덮다. 堦庭(계정) : 정원의 섬돌. 堦(계) : ‘階(계)’와 같다.

6) 空穴(공혈) : 문의 틈새, 구멍.

7) 征(정) : 가다.

8) 春思(춘사) : 남녀가 서로 사랑하는 감정.

9) 憂戚(우척) : 근심하고 슬퍼하다.

10) 佳人(가인) : 남편을 가리킨다.

11) 煢(경) : 외롭고 의지할 곳이 없다.

12) 芝蘭(지란) : 향초의 이름. 지초(芝草)와 난초(蘭草). 榮(영) : 꽃이 피다.

13) 平生(평생) : 평소 젊을 때.

14) 女蘿(여라) : 송라(松蘿, 소나무겨우살이). 식물 이름. 일반적으로 나무를 둘둘 감고
　　있고, 실처럼 가늘고 길게 아래로 늘어져 있는 식물.

15) 齎身(재신) : 몸을 맡기다. 奉(봉) : 시봉(侍奉)하다. 衿(금) : 옷깃. 옷을 가리킨다. 帶
　　(대) : 띠.

16) 墮傾(타경) : 폐기하고 뒤집다. 여기서는 ‘게을리 하다’, ‘나태하다’는 뜻.

17) 儻(당) : 만일. 顧眄(고반) : 돌보다. 관심을 보이다.

오래오래 제 속마음에 가장 잘 맞을 거에요.　　　　永副我中情.18)

4-16-2. 둘째(其二)1)

아름다운 한 사람 있어　　　　　　　　　　有美一人,

가는 실 비단옷을 입고 있네.　　　　　　　被服纖羅.2)

아리따운 자태 곱고　　　　　　　　　　　妖姿豔麗,3)

봄꽃 같이 활기 넘치네.　　　　　　　　　蓊若春華.4)

꽃다운 얼굴 환하게 빛나며　　　　　　　紅顔韡曄,5)

구름 같은 쪽진 머리 우뚝 높구나.　　　雲髻嵯峨.6)

금(琴)을 타며 박자를 맞추고　　　　　　彈琴撫節,7)

나를 위하여 노래도 부르네.　　　　　　爲我絃歌.8)

청음(淸音)과 탁음(濁音)이 고르며　　　清濁齊均,9)

그 소리 분명하면서도 박자에 잘 맞네.　旣亮且和.10)

오늘은 즐거움만 누릴 뿐　　　　　　　　取樂今日,

다른 것은 걱정할 겨를 없네.　　　　　　遑恤其他.11)

---

18) 副(부) : 부합하다. 서로 맞다. 中情(중정) : 가슴 속 깊은 곳의 감정.

4-16-2. 其二(기이)

1) 둘째 시는 아름다운 미인이 현악기를 타며 구성지게 부르는 노래를 들으면서 모든 근심을 잊고 즐거워한다는 내용이다.

2) 被服(피복) : 입다. 纖羅(섬라) : 가는 실로 짠 비단옷.

3) 妖姿(요자) : 아리따운 자태.

4) 蓊(옹) : 무성한 모양. 활기 있는 모양.

5) 韡曄(위엽) : 밝고 화려한 모양.

6) 雲髻(운계) : 구름같이 빽빽하고 주름을 잡은 상투. 嵯峨(차아) : 높고 험준한 모양.

7) 撫節(무절) : 박자를 맞추다.

8) 弦歌(현가) : 현악기를 타며 노래 부르다.

9) 清濁(청탁) : 청음(清音)과 탁음(濁音). 무성음(無聲音)과 유성음(有聲音).

10) 亮(량) : 뚜렷(똑똑)하다. 분명하다. 和(화) : 박자가 잘 맞는 것을 가리킨다.

11) 遑(황) : 겨를. 여기서는 '겨를이 없다'는 의미. 恤(휼) : 우려하다. 걱정스럽다.

4-17. 세 어진 사람(三良)[1]

공명을 세우는 건 억지로 할 수 없고	功名不可爲,
충의(忠義)의 일은 내가 즐거이 한다네.	忠義我所安.[2]
진(秦) 목공(穆公)이 먼저 세상을 뜨자	秦穆先下世,[3]
세 명의 신하 모두 스스로 목숨 바쳤네.	三臣皆自殘.[4]
살아 있을 때는 부귀영화와 즐거움 같이 누렸고	生時等榮樂,[5]
죽게 되자 근심과 우환을 같이 나누었네.	旣沒同憂患.[6]
생명을 내놓기 쉽다 누가 말하리오	誰言捐軀易,[7]
한 몸을 희생하기란 정말로 어려운 일이네.	殺身誠獨難.
눈물을 닦으며 그대들 묘지에 올라	攬涕登君墓,[8]
무덤을 앞에 하고 하늘을 우러러보며 탄식하네.	臨穴仰天歎.[9]
긴긴 밤 같은 무덤 속 얼마나 컴컴한가.	長夜何冥冥,[10]

4-17. 三良(삼량)

1) 이 시는 건안(建安) 16년(211) 조식(曹植)이 군대를 따라 마초(馬超)를 정벌하러 관중(關中)에 갔을 때, 진(秦) 목공(穆公)의 묘(墓)를 지나면서 삼량(三良)을 생각하며 지은 시로, 삼량의 충의(忠義)를 칭송하고 그들의 죽음을 애통해 하였다. 三良(삼량) : 세 명의 어진 신하. 춘추(春秋) 시대 진(秦)나라 자거씨(子車氏)의 세 아들인 엄식(奄息), 중행(仲行), 침호(鍼虎). 진 목공(穆公)이 죽자 177인을 순장(殉葬)하였는데 그 중에 이 세 사람도 끼어 있었다.

2) 我(아) : 삼량(三良)을 가리킨다. 安(안) : 즐거이 하다. 좋아하다.

3) 秦穆(진목) : 진 목공(秦穆公). 이름은 임호(任好). 춘추(春秋) 오패(五覇) 중의 한 사람. 下世(하세) : 세상을 뜨다.

4) 自殘(자잔) : 스스로 죽다. 여기서는 순장(殉葬)을 가리킨다.

5) 等(등) : 같이 하다.

6) 沒(몰) : 죽다.

7) 捐軀(연구) : 몸을 버리다. 생명을 희생하다. 捐(연) : 버리다.

8) 攬涕(남체) : 눈물을 닦다. 君(군) : 삼량(三良)을 가리킨다.

9) 穴(혈) : 묘혈(墓穴).

10) 長夜(장야) : 묘혈(墓穴)을 가리킨다. 무덤에 묻히면 어두컴컴하여 긴긴 밤과 같기 때문에 이렇게 말하였다. 冥冥(명명) : 어두컴컴한 모양.

한 번 가면 다시 올 수 없네.　　　　　一往不復還.

꾀꼬리도 그들 위해 슬피 우니　　　　黃鳥爲悲鳴,11)

애통하여 애간장이 끊어지누나.　　　　哀哉傷肺肝.

4-18. 시를 바치며(獻詩)1)

표문(表文)2)

신(臣) 조식이 말씀드립니다. 제가 죄를 짓고 봉지(封地)로 돌아온 뒤, 마음 깊이 간직하여 명심하고 있습니다. 죄를 돌이켜 생각해보면, 한낮이 되어서야 밥을 먹고, 한밤이 되어서야 잠이 듭니다. 진실로 국법은

---

11) 黃鳥(황조): 꾀꼬리. 『시경(詩經)』의 편명(篇名)이기도 하다. 삼량(三良)이 죽자 나라 사람들이 슬퍼하며 「황조」시를 지었다고 한다.

4-18. 시를 바치며(獻詩)

1) 이 작품은 두 수의 시와 한 편의 표(表)로 이루어져 있으며, 황초(黃初) 4년(223) 조식이 조회(朝會)에 참가하기 위해 낙양(洛陽)으로 돌아갈 때 지은 것이다. 『문선(文選)』에서는 이 세 편의 전문을 모두 수록하면서 각각의 제목을 「'스스로를 나무라는 시(責躬詩)'와 '조서를 받고 짓는 시(應詔詩)'를 올리며(上責躬應詔詩表)」, 「스스로를 나무라는 시(責躬詩)」, 「조서를 받고 짓는 시(應詔詩)」라고 하였으며, 권30 헌시류(獻詩類)에 들어있다. 저본인 정안(丁晏)의 『조집전평(曹集銓評)』에서는 「조서를 받고 짓는 시(應詔詩)」가 황초 3년(222)에 지어진 것으로 보았기에 이 시를 표(表)와 「스스로를 나무라는 시(責躬詩)」와 나누어 각기 따로 배열하였으나 이것은 잘못이다. 이제 『문선(文選)』의 배열을 따르고 제목은 녹흠립(逯欽立)의 『선진한위진남북조시(先秦漢魏晉南北朝詩)』를 따랐다. 단, 이 책에는 제목이 「헌시병소(獻詩幷疏)」라 되어 있는 것을 여기서는 '소(疏)'를 '표(表)'로 바꾸었다. 또 저본에는 「조서를 받고 짓는 시(應詔詩)」가 4-7 「벗과 이별하며(離友)」 뒤에 실려 있으나 여기서는 「스스로를 나무라는 시(責躬詩)」 뒤에 실었다.

2) 『문선(文選)』에는 이 표(表)의 제목이 「'스스로를 나무라는 시(責躬詩)'와 '조서를 받고 짓는 시(應詔詩)'를 올리며(上責躬應詔詩表)」라고 되어 있다.

다시 어겨서는 안 되니, 성은(聖恩)을 다시 의지하기 어렵습니다. 남몰래 「상서(相鼠)」편에서 이른바 "사람으로 예의가 없으면 어찌 빨리 죽지 않는가"라고 한 뜻을 생각하게 되었습니다. 오직 저의 몸과 그림자만이 서로를 불쌍히 여기고, 마음 가득 부끄러워 얼굴이 붉어집니다. 죄를 짓고 자살하는 것은 옛 성현이 이른바 "아침에 잘못을 저지르면 저녁에 고쳐야 한다"고 권하는 말을 위배하는 것이니, 치욕을 참으며 구차히 살아가는 것은, 「상서」시의 작자가 말한, "무슨 낯으로 빨리 죽지 않는가"라는 비난에 걸리는 것입니다. 엎드려 생각건대, 폐하의 덕은 천지와 같으며, 은혜는 부모보다 많고, 봄바람처럼 막힘이 없이, 단비처럼 은혜를 베푸십니다. 그래서 가시나무를 가리지 않으시니, 이것은 상서(祥瑞)로운 구름의 은혜요, 일곱 새끼를 공평하게 키우니, 이는 시구(鳲鳩)의 인자함이며, 죄를 묻지 않고 공을 세우도록 하는 것은 어진 임금의 거동이며, 어리석은 자를 동정하고 능력 있는 자를 아끼는 것은 자애로운 아버지의 은혜입니다. 그래서 어리석은 저는 폐하의 은혜를 받아 행동하며 감히 자포자기하지 못하는 것입니다. 일전에 조서를 받았는데, 저희들이 서울에 들어가 폐하를 알현하는 것을 금지한다 하여, 실망하고 의기소침해 하며, 늙을 때까지 다시는 폐하를 알현할 희망이 없다고 생각했었습니다. 뜻밖에도 폐하께서 조서를 내리시어 외람되게도 저를 부르셨습니다. 도착하는 날, 마음은 이미 황제의 곁으로 달려갔지만, 외진 곳 서관(西館)에 머물러 있으면서, 궁정에 가서 뵙지 못했습니다. 안절부절못하는 마음으로 궁궐을 바라보며 이리저리 뒤척입니다. 개나 말이 주인을 그리워하는 정을 이기지 못해, 이 표(表)와 시(詩) 두 편을 올립니다. 글의 뜻이 얕아, 읽어볼 만하지 못되나, 마음을 그대로 드러낸 점을 취할 만하여, 무례함을 무릅쓰고 올립니다. 신(臣) 조식은 참으로 황공하옵니다. 고개를 조아립니다. 죽어 마땅한 죄입니다.

臣植言, 臣自抱釁歸藩,[3] 刻肌刻骨, 迫思罪戾,[4] 晝分而食,[5] 夜分而寢.[6] 誠以天網不可重罹,[7] 聖恩難可再恃.[8] 竊感「相鼠」之篇,[9] 無禮遄死

之義.10) 形景相弔,11) 五情愧赧.12) 以罪棄生, 則違古賢夕改之勸.13) 忍垢
苟全,14) 則犯詩人胡顔之譏.15) 伏惟陛下德象天地,16) 恩隆父母,17) 施暢
春風. 澤如時雨. 是以不別荊棘者,18) 慶雲之惠也,19) 七子均養者, 鳲鳩之

---

3) 抱釁(포흔) : 죄를 짓다. 藩(번) : 봉지(封地). 조식의 봉지 견성(鄄城)을 가리킨다. 황초
(黃初) 2년(221), 감국알자(監國謁者) 관균(灌均)이 조식을 무고(誣告)하여, 술에 취해
도리에 어긋나고 오만하며 사자(使者)를 위협한다고 상주(上奏)하자, 사법담당 관리가
처벌을 청하여, 작위(爵位)가 깎여 안향후(安鄕侯)에 봉해졌다. 그해에 다시 견성후(鄄
城侯)에 봉해졌고, 황초 3년(222)에는 견성왕(鄄城王)이 되었으며, 황초 4년(223)에는
다시 옹구왕(雍丘王)으로 옮기게 되었다.

4) 戾(려) : 죄. 허물.

5) 晝分(주분) : 한낮. 정오(正午).

6) 夜分(야분) : 야반(夜半). 한밤중.

7) 天網(천망) : 국법(國法)을 가리킨다. 罹(이) : 만나다. 범(犯)하다.

8) 恃(시) : 의지하다.

9) 竊(절) : 남몰래. 感(감) : 생각하다.

10) 「相鼠(상서)」 : 『시경(詩經)·용풍(鄘風)』 편명. 이 시에서 "쥐를 보아도 체모(體貌)가
있는데, 사람이면서 예의가 없네. 사람으로 예의가 없으면 어찌 빨리 죽지 않는가(相
鼠有體, 人而無禮. 人而無禮, 胡不遄死)"라고 하였다. 遄(천) : 빠르다.

11) 形景相弔(형영상조) : 오직 자신의 몸과 그림자만이 서로 불쌍히 여기다. 의지할 데
없고 고독한 모양. '景(영)'은 '影(영)'과 같다. 弔(조) : 불행을 당한 사람을 위문하다. 불
쌍히 여기다.

12) 五情(오정) : 희(喜), 노(怒), 애(哀), 락(樂), 원(怨)의 다섯 가지 감정을 가리킨다. 赧
(난) : 부끄러워 얼굴이 붉어지다.

13) 夕改之勸(석개지권) : 『문선(文選)』의 이선(李善) 주(注)에는 다음과 같은 증자(曾子)
의 말이 실려 있다. "군자는 아침에 잘못이 있더라도 저녁에 고치면 그것을 용서하고,
저녁에 잘못이 있더라도 아침에 고치면 그것을 용서한다(君子朝有過, 夕改則與之, 夕
有過, 朝改則與之)." 이 글은 『대대례(大戴禮)·증자입사(曾子立事)』편에 보인다.

14) 忍垢(인구) : 치욕을 참다. 垢(구) : 수치. 치욕. 苟全(구전) : 구차하게 목숨을 부지하다.

15) 詩人(시인) : 『시경(詩經)·용풍(鄘風)·상서(相鼠)』편의 작자를 일컫는다. 胡顔(호
안) : 무슨 얼굴. 胡顔之譏(호안지기) : 「상서(相鼠)」편에서 말한 "어찌 빨리 죽지 않는
가(胡不遄死)"라는 뜻을 가리킨다.

16) 陛下(폐하) : 조비(曹丕)를 가리킨다.

17) 隆(융) : 풍성하고 크다. 두텁다. 초과하다.

18) 不別荊棘(불별형극) : 가시나무와 좋은 나무를 구별하지 않다. 쓸모 있는 것과 쓸모
없는 것을 구별하지 않다. 不別(불별) : 구별하지 않다. 荊棘(형극) : 가시나무. 쓸모 없
고 해로운 사물을 비유한다.

19) 慶雲之惠(경운지혜) : 경사로운 구름이 베푸는 은혜. 귀천(貴賤)과 고하(高下)를 가리
지 않고 두루 임하는 것을 비유한다. 慶雲(경운) : 경사로운 구름

仁也,[20] 舍罪責功者,[21] 明君之擧也, 矜愚愛能者,[22] 慈父之恩也. 是以愚臣徘徊於恩澤,而不能自棄者也.[23] 前奉詔書, 臣等絶朝.[24] 心離志絶,[25] 自分黃耇永無執珪之望.[26] 不圖聖詔猥垂齒召.[27] 至止之日,[28] 馳心輦轂,[29] 僻處西館,[30] 未奉闕庭.[31] 踊躍之懷,[32] 瞻望反側,[33] 不勝犬馬戀主之情. 謹拜表,[34] 幷獻詩二首.[35] 詞旨淺末, 不足采覽, 貴露下情,[36] 冒顔以聞. 臣植誠惶誠恐, 頓首頓首,[37] 死罪死罪.

---

20) 鳲鳩(시구) : 뻐꾸기. 均養(균양) : 공평하게 키우다. 『시경(詩經)・조풍(曹風)・시구(鳲鳩)』시에 "뻐꾸기가 뽕나무에 있으니 그 새끼가 일곱 마리네(鳲鳩在桑, 其子七兮)"라는 말이 있고, 주희(朱熹)는 이 시를 평하면서 "뻐꾸기는 (…중략…) 새끼를 먹일 때에 아침에는 위로부터 아래로 내려오고, 저녁에는 아래로부터 위로 올라가, 균일하여 똑같다(鳲鳩 (…中略…) 飼子, 朝從上下, 暮從下上, 平均如一也)"고 하였다.

21) 舍罪責功(사죄책공) : 죄를 묻지 않고 공(功)을 세우길 요구하다.

22) 矜(긍) : 불쌍히 여기다.

23) 自棄(자기) : 스스로를 버리다. 죽음을 가리킨다.

24) 臣等(신등) : 조식(曹植)과 백마왕(白馬王) 조표(曹彪)와 임성왕(任城王) 조창(曹彰) 등을 가리킨다. 絶朝(절조) : 신하가 입조(入朝)하여 임금을 알현하는 것을 금지하다.

25) 心離志絶(심리지절) : 마음과 소망이 이미 파멸되다. 내심 절망하다.

26) 自分(자분) : 스스로 헤아리다. 黃耇(황구) : 노인(老人). '黃(황)'은 노인의 머리 색깔, '耇(구)'는 노인의 굽은 등을 가리킨다. 執珪(집규) : 알현하다. 珪(규) : 옥으로 만든 홀(笏). 옛날 제후들이 천자를 알현할 때 손에 쥐는 물건.

27) 不圖(부도) : 생각지 못하다. 猥(외) : 욕(辱)되다. 겸사(謙詞). 垂(수) : 하달(下達)하다. 齒召(치소) : 나란히 부르다. 형제인 조창(曹彰)과 조표(曹彪) 등과 같이 만나 뵙도록 부름을 받은 것을 가리킨다. 齒(치) : 이. 여기서는 '치열(齒列) 모양으로 똑같이 나란히 서다'에서 '동렬(同列)', '나란히'로 풀이함.

28) 至止(지지) : 도달하다. 도착하다.

29) 輦轂(연곡) : 천자(天子)가 타는 수레. 여기서는 문제(文帝) 조비(曹丕)를 가리킨다.

30) 西館(서관) : 낙양성(洛陽城) 성 서쪽에 있는 제후(諸侯)의 숙소.

31) 闕庭(궐정) : 천자가 거처하는 궁정.

32) 踊躍(용약) : 마음이 안절부절 못 하는 모습.

33) 反側(반측) : 전전반측(輾轉反側)하다. 몸을 엎치락뒤치락하며 잠을 이루지 못하다.

34) 表(표) : 이 「'스스로를 나무라는 시(責躬詩)'와 '조서를 받고 짓는 시(應詔詩)'를 올리며(上責躬應詔詩表)」를 가리킨다.

35) 獻詩二首(헌시이수) : 아래의 「스스로를 나무라는 시(責躬詩)」와 「조서를 받고 짓는 시(應詔詩)」를 가리킨다.

36) 下情(하정) : 나의 마음. 저의 사정.

37) 頓首(돈수) : 머리를 땅에 닿도록 숙이고 절을 하다. 편지 끝에 경의를 표하기 위하여 쓰는 말.

4-18-1. 스스로를 나무라며(責躬)[1]

아아, 훌륭하신 아버님은	於穆顯考,[2]
무제(武帝) 황제이십니다.	時惟武皇,[3]
하늘의 명을 받아	受命於天,
사방을 안정시키셨습니다.	寧濟四方.[4]
붉은 깃발이 스치는 곳마다	朱旗所拂,[5]
구주(九州)가 항복하였습니다.	九土披攘.[6]
덕의 교화 널리 퍼져	玄化滂流,[7]
먼 곳에서부터 조회하러 왔습니다.	荒服來王.[8]
어진 정치는 상(商)나라와 주(周)나라를 뛰어넘고	超商越周,[9]
요(堯) 임금의 당(唐)나라에 비견되었습니다.	與唐比蹤.[10]

4-18-1. 責躬(책궁)

1) 이 시는 자신이 '총애를 믿고 교만함이 넘쳤으며' '사신에게 오만하여 조정의 법을 범한' 행동을 반성하면서 동시에 위(魏) 문제(文帝)(겸하여 위 무제(武帝)도 언급)의 은덕(恩德)을 칭송하였고, 아울러 오(吳)나라 정벌을 통하여 자신의 죄를 속죄(贖罪)할 수 있기를 청하며, 끝으로 문제를 만날 수 있기를 희망하였다.

2) 於(오) : 감탄사. 穆(목) : 아름답다. 顯考(현고) : 돌아가신 부친(父親)을 가리킨다.

3) 時(시) : '是(시)', '此(차)'의 뜻. 惟(유) : 어조사(語助辭). 武皇(무황) : 조조(曹操)를 가리킨다.

4) 寧濟(영제) : 안정(安定)시키다.

5) 朱旗(주기) : 한(漢)나라는 오행(五行)으로 볼 때 화덕(火德)을 가진 것으로 이야기되는데 조조는 한나라의 신하이기 때문에 붉은 깃발을 세운 것이다. 당시는 헌제(獻帝)가 제위에 있었다.

6) 九土(구토) : 구주(九州)의 땅. 전국(全國) 각지를 가리킨다. 九州(구주) : 중국 전체 영토. 옛날 우(禹)임금이 중국을 아홉으로 나누어 다스렸다고 한다. 『상서(尙書)·우공(禹貢)』편에서는 기주(冀州), 연주(兗州), 청주(靑州), 서주(徐州), 양주(揚州), 형주(荊州), 예주(豫州), 양주(梁州), 옹주(雍州)를 들었다. 披攘(피양) : 굴복하다. 복종하다.

7) 玄化(현화) : 도덕(道德)의 교화(敎化). 滂流(방류) : 먼 곳까지 널리 퍼지다.

8) 荒服(황복) : 옛날 오복(五服)의 하나로, 경성(京城)에서 2천5백 리 떨어진 곳을 가리킨다. 오복에서는 가장 먼 곳으로, 여기서는 먼 곳의 사람을 가리킨다. 來王(내왕) : 찾아와서 신하를 일컫다.

9) 超(초) : 저본에는 '越(월)'로 되어 있으나, 『문선(文選)』과 명각본(明刻本) 『조자건집(曹子建集)』에 의거해서 바로잡는다.

하늘의 큰 사랑 받고 태어나신 우리 황제께서는 　篤生我皇,[11]

전대(前代)를 이어 총명하십니다. 　奕世載聰.[12]

무(武)로는 위엄 있으시고 　武則肅烈,[13]

문(文)으로는 온화하십니다. 　文則時雍.[14]

한(漢)나라의 선양(禪讓)을 받아 　受禪於漢,[15]

온 천하를 통치하시게 되었습니다. 　君臨萬邦.

온 천하가 이미 교화되어 　萬邦旣化,

모든 일은 옛 법도 따르셨습니다. 　率由舊則.[16]

널리 형제들을 제후에 봉하시어 　廣命懿親,[17]

나라를 호위하게 하셨습니다. 　以藩王國.[18]

임금께서 저를 제후로 봉하시고 　帝曰爾侯,[19]

임치(臨淄)를 다스리게 하셨습니다. 　君茲青土,[20]

해변의 땅을 거두어들이니 　奄有海濱,[21]

마치 주(周)왕실이 노국(魯國)을 친애하는 것과 같습니다. 方周于魯.[22]

---

10) 唐(당) : 요(堯) 임금. 比蹤(비종) : 어깨를 나란히 하고 걸음을 같이 하다.

11) 篤生(독생) : 태어나면서 비범(非凡)하다. 我皇(아황) : 문제(文帝) 조비(曹丕)를 가리킨다.

12) 奕世(혁세) : 여러 세대(世代). 누대(累代). 奕(혁) : 저본에는 '亦(역)'으로 되어 있으나 『삼국지(三國志)·위서(魏書)』와 『문선(文選)』에 의거하여 고치다.

13) 肅烈(숙렬) : 위엄있다.

14) 時雍(시옹) : 온화하다.

15) 受禪於漢(수선어한) : 건안(建安) 25년(220) 겨울, 조비가 한(漢) 헌제(獻帝)를 폐위시키고 스스로 황제가 되어 연호(年號)를 황초(黃初)로 바꾼 일을 가리킨다.

16) 率(솔) : 따르다. 좇다. 舊則(구칙) : 옛 법도 여기서는 주로 같은 성(姓)의 제후를 분봉(分封)하던 제도를 가리킨다.

17) 懿親(의친) : 형제(兄弟).

18) 藩(번) : 지키다.

19) 帝(제) : 무제(武帝) 조조(曹操)를 가리킨다. 侯(후) : 임치후(臨淄侯)를 가리킨다. 『삼국지(三國志)·위서(魏書)』에 "건안(建安) 19년(214)에 조식(曹植)이 임치후에 봉해졌다(建安十九年, 植封臨淄侯)"고 하였다.

20) 君(군) : 다스리다. 青土(청토) : 청주(青州) 일대. 임치(臨淄)는 제군(齊郡)에 속하며, 옛날 청주(青州)의 경내에 있다.

21) 奄有(엄유) : 포괄하다. 점유하다.

수레와 예복은 빛나고   車服有輝,

깃발과 문장(紋章)은 등급의 질서가 정연합니다.   旗章有敍,23)

많고 많은 뛰어난 인재들이   濟濟儁乂,24)

저를 보필하고 도와주었습니다.   我弼我輔.25)

저 이 어리석은 사람은   伊爾小子,26)

총애를 믿고 교만이 가득 차   恃寵驕盈,27)

조정의 법령에 저촉되어   舉挂時網,28)

나라의 기강을 어지럽혔습니다.   動亂國經.29)

제후가 되어 왕실을 보위해야 함에도   作藩作屏,30)

선제(先帝)의 법령을 훼손하였습니다.   先軌是隳,31)

우리 임금님의 사자에게 오만하고   傲我皇使,32)

우리 조정의 예법을 범했습니다.   犯我朝儀.

나라에 법도와 형벌이 있어   國有典刑,

저의 식읍(食邑)을 깎고 관직에서 쫓아내고는   我削我黜,33)

---

22) 方周于魯(방주우노) : ‘方(방)’은 ‘비유하다’의 뜻. 노(魯)나라의 개국(開國) 임금은 주
공(周公) 단(旦)의 아들 자금(子禽)이기 때문에, 노나라와 주나라 왕실은 모두 희(姬)씨
성으로 지극히 가까운 사이이다. 여기서는 청토(靑土)와 위(魏)나라의 사이가 노(魯)와
주(周)의 사이와 같음을 비유한 것이다.

23) 敍(서) : 차례. 여기서는 귀천(貴賤)의 등급을 가리킨다.

24) 濟濟(제제) : 수량이 많은 것을 말한다. 儁乂(준예) : 재주와 덕(德)을 겸비한 사람.

25) 我弼我輔(아필아보) : 나를 보좌(輔佐)하다.

26) 伊(이) : 발어사(發語詞). 爾(이) : 이. ‘是(시)’ ‘此(차)’의 뜻. 小子(소자) : 조식 자신을
낮추어 부른 말.

27) 恃寵(시총) : 조조(曹操)의 총애를 믿는 것을 말한다.

28) 舉挂(거괘) ; 저촉되다. 時網(시망) : 법령(法令)과 제도(制度)를 가리킨다.

29) 國經(국경) : 국법(國法). 나라의 기강.

30) 藩屏(번병) : 땅을 나누어 제후(諸侯)를 세워 경성(京城)을 지키는 보호벽으로 삼다.

31) 先軌(선궤) : 선제(先帝)의 법도(法度). 隳(휴) : 무너뜨리다. 훼손시키다.

32) 皇使(황사) : 감국알자(監國謁者)를 가리킨다. 『삼국지(三國志)・위서(魏書)』에 “황초
(黃初) 2년(221), 감국알자 관균(灌均)이 윗사람의 비위를 맞추어 글을 올려 ‘조식이 술
에 취해 도리에 어긋나는 언행을 하며 사자를 위협하였다’고 말했다”라고 되어 있다.

33) 削(삭) : 식읍(食邑)의 호수(戶數)를 삭감하다. 건안 23년(218)에는 조식은 식읍이 만
호(萬戶)였으나, 황초 3년(222)에 견성왕(鄄城王)이 되면서 식읍이 2천5백 호로 되었다.

법관에게 보내어	將置于理,34)
극악무도한 악인으로 죄를 물었습니다.	元兇是率.35)
영명하신 천자께서는	明明天子,36)
형제인 저를 후하게 대하시며	時惟篤類,37)
차마 저에게 형벌 내려	不忍我刑,
시체를 조정과 시장에 내거시지 못했습니다.	暴之朝肆.38)
법관의 뜻을 따르지 않고	違彼執憲,39)
저를 불쌍히 여기시어	哀予小子,
봉지를 견성(鄄城)으로 바꾸어 봉하시니	改封兗邑,40)
황하 물가에 있습니다.	于河之濱,41)
보좌하는 사람을 두지 않으니	股肱弗置,42)
임금이 있는데 신하가 없는 것과 같습니다.	有君無臣,
방종을 한 허물이라	荒淫之闕,43)
누가 저를 도우려 하겠습니까가.	誰弼余身.
외롭게 저는 혼자서	煢煢僕夫,44)

黜(출) : 관직이 내려가고 깎여, 현후(縣侯)에서 향후(鄕侯)로 강등된 것을 가리킨다.

34) 置理(치리) : '置(치)'는 보내다. '理(리)'는 형옥(刑獄)을 담당하는 관리.

35) 率(솔) : 같은 부류(部類). 의거하다.

36) 天子(천자) : 문제(文帝) 조비(曹丕)를 가리킨다.

37) 篤類(독류) : 형제에게 후(厚)하다.

38) 暴(폭) : 폭시(曝尸), 즉 시체를 효시(梟示)하다. 朝肆(조사) : 조정(朝廷)과 시사(市肆). 옛날에 대부(大夫) 이상은 조정에 시체를 내걸었고, 사(士) 이하는 시장에 시체를 내걸었다.

39) 執憲(집헌) : 법령을 집행하는 사람.

40) 改封兗邑(개봉곤읍) : 황초 2년(221)에 견성(鄄城)으로 바꾸어 봉(封)하고 안향후(安鄕侯)의 인수(印綬)를 준 일을 가리킨다. 견성은 동군(東郡)에 속하며 옛날 곤주(兗州)의 경내에 있으므로 '곤읍(兗邑)'이라 하였다.

41) 河(하) : 황하(黃河)를 가리킨다. 견성(鄄城)은 황하 가까이에 있다.

42) 股肱(고굉) : 넓적다리와 팔뚝. 제후(諸侯)를 보좌하는 신하를 비유한다.

43) 闕(궐) : 과실(過失).

44) 煢煢(경경) : 고독한 모양. 僕夫(복부) : 고대에 말을 관리하던 하급 관리. 여기서는 조식(曹植) 자신을 가리킨다.

저 옛날 기주(冀州) 땅으로 갔습니다.　　　　　　　于彼冀方,[45]

아아, 저 어리석은 사람은　　　　　　　　　　　嗟予小子,

이렇듯 재앙을 겪게 되었습니다.　　　　　　　　乃罹斯殃.[46]

영명하신 천자께서는　　　　　　　　　　　　　赫赫天子,[47]

은혜를 베푸심에 빠뜨리는 물건이 없어　　　　　恩不遺物,

제 머리에 검은색 왕관 쓰고　　　　　　　　　　冠我玄冕,[48]

제 허리에 주홍색 인끈을 매도록 하셨습니다.　　要我朱紱.[49]

주홍색 인끈 빛이 대단하여　　　　　　　　　　朱紱光大,[50]

저를 영광스럽게 만드십니다.　　　　　　　　　我榮我華,

부절(符節)을 쪼개고 옥규(玉圭)를 주시며　　　剖符授玉,[51]

제후왕의 작위를 더해주셨습니다.　　　　　　　王爵是加.

우러러 보며 황금 도장을 받고　　　　　　　　仰齒金璽,[52]

고개 숙여 왕으로 봉하는 책서(策書)를 받으니　俯執聖策,[53]

황제의 은혜 너무나도 융성하여　　　　　　　　皇恩過隆,

공경하게 받으면서 마음속에 두려움이 가득합니다. 祗承忧惕.[54]

---

45) 于(우) : 가다. 冀方(기방) : 본래는 옛날의 기주(冀州, 지금의 하북성(河北省) 일대)를 가리키나, 여기서는 위(魏)의 옛 수도 업성(鄴城)을 가리킨다. 업성은 옛날 기주의 경내에 있다.

46) 罹(리) : 만나다. 殃(앙) : 재앙(災殃).

47) 赫赫(혁혁) : 성대한 모양.

48) 玄冕(현면) : 고대에 왕과 제후가 썼던 예모(禮帽).

49) 要(요) : '腰(요)'와 같다. 여기서는 동사(動詞)로 쓰여 허리에 차다는 뜻. 朱紱(주불) : 붉은 인끈.

50) 朱紱光大(주불광대) : 저본에는 '光光天使(광광천사)'로 되어 있으나 『삼국지(三國志)·위서(魏書)』와 『문선(文選)』에 의거해서 고친다.

51) 剖符(부부) : '符(부)'는 고대에 제왕이 제후나 공신(功臣)에게 주었던 신부(信符)로, 대나무나 금속으로 만들며, 둘로 나누어 제왕과 제후가 각기 하나를 가진다. 授玉(수옥) : 옥규(玉圭)를 주다. '圭(규)'는 천자가 제후를 봉할 때 내리던 신인(信印).

52) 齒(치) : 받다. 金璽(금새) : 제후왕(諸侯王)의 금인(金印).

53) 聖策(성책) : 황제가 제후를 봉하는 책서(策書).

54) 祗承(지승) : 공손하게 받다. '祗(지)'가 저본에는 '祇(기)'로 되어 있으나 『문선(文選)』에 의거해서 바로잡는다. 忧惕(출척) : 두려워하다.

아아, 저는 어리석은 사람으로　　　　　　　　　咨我小子,55)

완고하고 흉악한 죄 지었으니　　　　　　　　　頑凶是嬰,56)

죽은 뒤 돌아가신 아버님 뵙기 부끄럽고　　　逝慚陵墓,57)

살아서는 우리 황제 대하기 부끄럽습니다.　　存愧闕庭.58)

감히 오만한 행동 하지 못하니　　　　　　　　匪敢傲德,

오직 황제의 은혜에 의지할 따름입니다.　　　實恩是恃,

황제의 위엄으로 작위를 바꾸고 더하시니　　威靈改加,59)

저는 죽음에 이르도록 못 다 보답하겠습니다.　足以沒齒.60)

은혜에 보답하려는 마음은 하늘처럼 끝이 없으나　昊天罔極,61)

사람의 목숨은 예측할 수 없으니　　　　　　　生命不圖,62)

늘 두려운 것은 갑자기 죽어버려　　　　　　　常懼顚沛,63)

무덤 속에서 죄를 품게 될까 하는 것입니다.　抱罪黃壚.64)

원컨대 화살과 돌을 무릅쓰고　　　　　　　　願蒙矢石,

태산(泰山) 위에 깃발을 세워　　　　　　　　建旗東嶽,65)

혹시 조그마한 공이라도 세워　　　　　　　　庶立毫釐,66)

미미한 공로로 스스로 속죄할 수 있기를 바랍니다.　微功自贖.67)

위급함에 처했을 때 목숨을 바치면　　　　　危軀授命,68)

---

55) 咨(자) : 발어사(發語詞).

56) 嬰(영) : 얽히다. 빠져들다.

57) 逝(서) : 죽다. 陵墓(능묘) : 임금의 무덤. 여기서는 조조(曹操)의 무덤을 가리킨다.

58) 闕庭(궐정) : 조정(朝廷). 여기서는 조비(曹丕)를 가리킨다.

59) 威靈(위령) : 위엄. 위력. 여기서는 황제를 가리킨다.

60) 沒齒(몰치) : 평생. 종신(終身)토록.

61) 罔極(망극) : 끝이 없다.

62) 圖(도) : 꾀하다. 미리 헤아리다.

63) 顚沛(전패) : 넘어지고 엎어지다. 죽음을 가리킨다.

64) 黃壚(황로) : 황천(黃泉)의 검은 흙. 여기서는 무덤을 가리킨다.

65) 東嶽(동악) : 동악(東岳) 태산(泰山)으로 곤주(袞州) 경내에 있다. 여기서는 조식(曹植)
이 거처하는 곳을 가리키는데, 오(吳)나라의 동부 지역과 거리가 가깝다.

66) 毫釐(호리) : 미소(微小)함을 형용한다.

67) 贖(속) : 속죄(贖罪)하다.

죄를 면할 수 있으리라 알고 있으니　　　　　　知足免戾,[69]

기꺼이 강상(江湘)의 땅에 나아가　　　　　　甘赴江湘,[70]

오월(吳越)에서 창을 휘두르겠습니다.　　　　奮戈吳越.[71]

천자께서 마음을 여시면　　　　　　　　　　天啓其衷,[72]

서울에서 만나 뵐 수 있습니다.　　　　　　得會京畿.[73]

성스러운 얼굴 뵙기를 기다리니　　　　　　遲奉聖顔,[74]

목마른 듯 배고픈 듯 간절합니다.　　　　　如渴如饑.

마음으로 바라마지 않으니　　　　　　　　心之云慕,[75]

슬프고도 슬픕니다.　　　　　　　　　　　愴矣其悲.[76]

하늘은 높이 있어도 아래의 사정 들어 아니　　天高聽卑,

황제께서도 미미한 이 마음을 살피시겠지요.　皇肯照微.[77]

4-18-2. 조서를 받고 짓다(應詔)[1]

공손히 황제의 조서를 받들고　　　　　　　　肅承明詔,[2]

---

68) 授命(수명) : 목숨을 바치다.

69) 戾(려) : 죄(罪).

70) 江湘(강상) : 남방(南方)의 전쟁터를 가리킨다.

71) 吳越(오월) : 오(吳)나라가 점령한 지역을 가리킨다.

72) 啓(계) : 열다. 衷(충) : 속마음.

73) 京畿(경기) : 경사(京師). 낙양(洛陽)을 가리킨다.

74) 遲(지) : 기다리다. 기대하다.

75) 云(운) : 구중(句中) 어조사(語助辭).

76) 愴(창) : 슬퍼하다. 其(기) : 어조사(語助辭).

77) 肯(긍) : 가능하다. 기꺼이 ~하다.

4-18-2. 應詔(응조)

1) 이 시는 황초(黃初) 4년(223) 조식이 조회(朝會)에 참가하기 위해 낙양(洛陽)으로 돌아갈 때 지은 것이다. 가는 도중의 경과와 하루 빨리 황제를 뵙고픈 마음을 상세하게 묘사하였다.

2) 肅(숙) : 정중하다. 공경한 모양. 承(승) : 받들다. 明詔(명조) : 조서(詔書)에 대한 미칭(美稱). 明(명) : 영명(英明)하다.

응하여 수도의 조회에 가네.　　　　　　應會皇都.3)

별들이 늘어서 있는데 일찍 수레 준비하고　　星陳夙駕,4)

말을 먹이고 수레에 기름을 칠하네.　　　　秣馬脂車.5)

저 마부에게 일러　　　　　　　　　　　命彼掌徒,6)

빨리 먼 길을 가도록 명한다.　　　　　　肅我征旅.7)

아침에 난(鸞)새가 쉬는 누대를 출발하여　　朝發鸞臺,8)

저녁에 난초(蘭草) 가득한 물가에서 묵는다.　夕宿蘭渚.9)

광활하고 아득히 먼 평원과 습지에는　　　　芒芒原隰,10)

많은 남자와 여자 일하고 있다.　　　　　祁祁士女,11)

저 공전(公田)을 지나면서　　　　　　　經彼公田,12)

나의 잘 자란 기장들을 즐겁게 바라본다.　樂我稷黍.13)

꼬불꼬불한 나무가 있어　　　　　　　　爰有樛木,14)

그늘이 짙으나 쉬지 않는다.　　　　　　重陰匪息.15)

비록 마른 식량 있지만　　　　　　　　雖有餱糧,16)

---

3) 會(회) : 조회(朝會)하다. 백관(百官)이 정전(正殿) 앞에 모여 임금에게 배알(拜謁)하다.

4) 夙(숙) : 일찍.

5) 秣(말) : 말을 먹이다. 脂車(지거) : 수레의 굴대[車軸]에 기름을 치다.

6) 掌徒(장도) : 부역(賦役)의 일을 관장하는 관리. 수레와 말을 관장하는 사람.

7) 肅(숙) : '速(속)'과 같다. 신속하다.

8) 鸞臺(난대) : 난조(鸞鳥, 봉황(鳳凰)의 일종으로 중국 전설에 나오는 신령스러운 새)가 노닐고 휴식하는 누대(樓臺). 실제 지명이 아니고 높은 누대를 미화한 표현.

9) 蘭渚(난저) : 난초(蘭草)가 가득 자란 물가. 이 역시 미화한 표현이다.

10) 芒芒(망망) : 광활하고 아득히 먼 모양. 原(원) : 높고 평평한 곳. 濕(습) : 낮고 습기 찬 곳.

11) 祁祁(기기) : 많은 모양.

12) 公田(공전) : '사전(私田)'에 상대적인 말로, 여기서는 조식의 제후국에 속한 밭을 가 리킨다.

13) 稷黍(직서) : 기장.

14) 爰(원) : 발어사(發語詞). 樛木(규목) : 가지가 아래로 굽은 나무.

15) 이 구는 조식이 5월에 낙양(洛陽)으로 가면서 날씨가 덥지만 천자를 만나려는 마음 이 급해, 그늘이 짙게 깔린 나무가 있지만 서둘러 길을 재촉한 것을 표현하였음. 重陰 (중음) : 짙은 그늘. '陰(음)'은 '蔭(음, 그늘)'과 같다.

16) 餱糧(후량) : 건량(乾糧, 여행이나 행군 때 휴대하는 건조식품).

배가 고파도 먹을 겨를 없네.　　　　　　　饑不遑食.[17]

성을 보고도 들리지 않고　　　　　　　　望城不過,[18]

읍을 마주하고도 노닐지 않는다.　　　　面邑不遊.[19]

마부는 채찍 휘둘러 말을 재촉하며　　　僕夫警策,[20]

평평한 길을 지나가네.　　　　　　　　平路是由.[21]

네 필의 검은 말들 기세등등　　　　　　玄駟藹藹,[22]

재갈을 날리며 거품을 내뱉는다.　　　　揚鑣漂沫.[23]

스쳐가는 바람은 수레 끌채의 횡목(橫木)을 떠받치고　流風翼衡,[24]

가벼운 구름은 수레 덮개를 들어 올리네.　　輕雲承蓋.[25]

산골 물가를 건너고　　　　　　　　　　涉澗之濱,

산길 꾸부러진 곳을 따라가며　　　　　緣山之隈.[26]

물가를 따라 가고　　　　　　　　　　遵彼河滸,[27]

황토 산비탈을 올라간다.　　　　　　　黃阪是階.[28]

서쪽으로 관새(關塞)와 골짜기를 넘는데　西濟關谷,[29]

내려가기도 하고 오르기도 하는구나.　　或降或升.

---

17) 不遑(불황) : 겨를이 없다. 遑(황) : 겨를.

18) 過(과) : 들르다.

19) 面(면) : 향(向)하다.

20) 僕夫(복부) : 마부(馬夫). 警策(경책) : 채찍을 휘둘러 말을 몰다. 警(경) : 주의시키다.
　 策(책) : 채찍.

21) 由(유) : 가다.

22) 駟(사) : 한 수레에 메우는 네 필의 말. 제후(諸侯)는 네 필의 말이 끄는 수레를 탄다.
　 藹藹(애애) : 많고 성한 모양. 가지런한 모양.

23) 鑣(표) : 재갈. 漂(표) : 흐르다. 沫(말) : 거품.

24) 流風(유풍) : 급히 부는 바람. 수레와 말이 빨리 달려 바람이 얼굴을 스쳐 지나가기
　 때문에 이렇게 말하다. 翼(익) : 떠받치다. 衡(형) : 수레채 끝에 댄 횡목(橫木).

25) 承(승) : 들다.

26) 隈(외) : 굽이. 산길이 구부러진 곳.

27) 遵(준) : ~을 따라. 滸(호) : 물가.

28) 阪(판) : 비탈. 階(계) : 낮은 곳에서 높은 곳으로 올라가다.

29) 濟(제) : 건너다. 넘다. 關谷(관곡) : 관새(關塞)와 골짜기. 낙양(洛陽)에는 서관(西關)과
　 남이궐(南伊闕)이 있으며, 골짜기로 태곡(太谷)이 있다.

양쪽의 말들도 길에서 지치면 　　　　　　騑驂倦路,30)

잠시 멈춰 잤다가 이내 일어나네. 　　　　載寢載興.31)

장차 황제를 뵐 것이라 　　　　　　　　將朝聖皇,

감히 편안함을 찾지 않네. 　　　　　　匪敢晏寧.32)

수레 잠시 멈추었다가 길게 빨리 달리며 弭節長鶩,33)

해를 가리키며 급하게 먼 길 가네. 　　　指日遄征.34)

앞의 수레 횃불을 들어 올리고 　　　　前驅擧燧,35)

뒤의 수레 기를 높이 든다. 　　　　　　後乘抗旌.36)

바퀴는 멈추지 않고 구르며 　　　　　輪不輟運,37)

수레의 종은 멈추지 않고 울린다. 　　　鸞無廢聲.38)

이윽고 황제 계시는 서울에 이르러 　　爰曁帝室,39)

이 서성(西城)에 묵는구나. 　　　　　　稅此西墉.40)

황제의 조서 아직 내려오지 않아 　　　嘉詔未賜,

임금님 뵐 수 없네. 　　　　　　　　　朝覲莫從.41)

우러러 성문을 바라보며 　　　　　　　仰瞻城闉,42)

---

30) 騑驂(비참) : 고대의 수레를 모는 말. 중간에 있는 것은 ‘복(服)’이라 부르고, 좌우 바깥쪽에 있는 말로 오른쪽의 것을 ‘騑(비)’라 하고 왼쪽의 것을 ‘驂(참)’이라 부른다.

31) 載(재) : 어조사(語助辭). 興(흥) : 일어나다.

32) 晏寧(안녕) : 편안하다. 여기서는 수레를 멈추고 쉬는 것을 가리킨다.

33) 弭節(미절) : 말 채찍질을 그치다. 節(절) : 말채찍. 鶩(무) : 달리다.

34) 指日(지일) : 해를 가리키다. 해를 바라보다. 遄征(천정) : 급히 가다. 遄(천) : 빠르다. 신속하다.

35) 前驅(전구) : 앞의 수레. 燧(수) : 횃불.

36) 後乘(후승) : 뒤의 수레. 抗(항) : 들다. 旌(정) : 기(旗).

37) 輟運(철운) : 구르는 것을 멈추다.

38) 鸞(난) : 방울. 천자의 타는 수레의 말고삐에 다는 방울. 廢(폐) : 그만두다. 그치다.

39) 爰(원) : 이에. 발어사(發語詞). 曁(기) : 이르다. 다다르다. 帝室(제실) : 임금의 거처(居處). 여기서는 수도(首都)를 가리킨다.

40) 稅(세) : 머무르다. 묵다. 西墉(서용) : 제후들이 조회(朝會)에 참가하러 와서 묵는 낙양성(洛陽城) 서쪽의 집을 가리킨다. 墉(용) : 성(城).

41) 朝覲(조근) : 신하가 입조(入朝)하여 임금을 알현하다.

42) 闉(역) : 문미(門楣). 문 위에 가로 댄 나무.

고개 숙여 조정을 생각하네.　　　　　　　　俯惟闕庭.[43]

오래오래 그리워하고 사모하니　　　　　　　長懷永慕,

시름겨운 마음은 술병이 난 듯하네.　　　　　憂心如酲.[44]

4-19. 정(情詩)[1]

옅은 구름이 햇볕을 덮고　　　　　　　　　微陰翳陽景,[2]

맑은 바람은 내 옷을 불어 날리네.　　　　　清風飄我衣.

노니는 물고기는 푸른 물에 잠겨 있고　　　游魚潛綠水,

빙빙 도는 새는 하늘 가까이 난다.　　　　翔鳥薄天飛.[3]

아득히 멀리 나그네는 길을 가며　　　　　眇眇客行士,[4]

부역(賦役)을 하느라 돌아가지 못하네.　　　徭役不得歸.[5]

처음에 집 나설 때는 된서리 끼었더니　　始出嚴霜結,[6]

오늘 오니 흰 이슬이 햇볕에 말랐네.　　　今來白露晞.[7]

나그네는 「서리(黍離)」시 부르며 탄식하고　遊者歎黍離,[8]

---

43) 闕庭(궐정) : 궁궐. 조정(朝廷).

44) 酲(정) : 술병. 술로 일어난 병.

4-19. 情詩(정시)

1) 이 시는 집 떠난 나그네가 돌아가고픈 마음을 노래하였다.

2) 翳(예) : 덮다. 가리다. 陽景(양경) : 햇빛.

3) 薄(박) : 가까이 다가가다.

4) 眇眇(묘묘) : 아득히 멀다.

5) 徭役(요역) : 부역(賦役). 나라에서 장정(壯丁)에게 구실 대신으로 시키던 노동.

6) 嚴霜結(엄상결) : 된서리가 맺히다. 겨울철을 가리킨다.

7) 白露晞(백로희) : 흰 이슬이 마르다. 봄철을 가리킨다.

8) 黍離(서리) : 『시경(詩經)·왕풍(王風)』의 편명(篇名). 동주(東周)의 대부(大夫)가 서주 (西周)의 옛 수도를 지나며 지난날의 궁궐에 들풀이 가득 자란 것을 보고 슬퍼하며 이

집에 있는 사람은 「식미(式微)」시를 노래하네.　　　　處者歌式微.9)

비분강개하며 좋은 손님 대하니　　　　慷慨對嘉賓,10)

서러움에 내 마음 아파오네.　　　　悽愴內傷悲.11)

4-20. 질투(妬)1)

아아, 이전엔 그대와 이불을 같이 덮었건만　　　　嗟爾同衾,2)

이젠 이 일 이미 깨끗이 잊어버렸네.　　　　曾不是志.3)

저 사람의 예쁘게 꾸민 용모에 마음이 끌리고　　　　寧彼冶容,4)

이 사람의 질투와 시기도 태평으로 여기네.　　　　安此妬忌.5)

시를 지었다고 전해진다. 여기서는 경물(景物)이 변하고 세월이 흘러간 것에 대한 감개를 나타내었다.

9) 式微(식미) : 『시경(詩經)·패풍(邶風)』의 편명(篇名). 위후(魏侯)가 위(衛)나라에 피난 가 있을 때 신하가 본국에 돌아가기를 권하며 지은 시라고 전해진다. 여기서는 시인이 돌아가기를 권하는 뜻을 나타내었다.

10) 對嘉賓(대가빈) : 『시경(詩經)·소아(小雅)·녹명(鹿鳴)』편에 "나에게 좋은 손님 있으니, 슬(瑟)을 뜯고 생황(笙簧)을 부네(我有嘉賓, 鼓瑟吹笙)"라는 내용이 있다.

11) 悽愴(처창) : 마음이 몹시 구슬프다. 內傷悲(내상비) : 마음이 아프다. 『시경(詩經)·소아(小雅)·채미(采薇)』편에 "옛날에 내가 갈 적에는 수양버들이 한들거렸네. 이제 내가 오니 눈이 펄펄 내리네. 가는 길이 더디니 목마른 듯 굶주린 듯 하네. 내 마음 아파도 이 내 슬픔 알아주는 이 없네(昔我往矣, 楊柳依依. 今我來思, 雨雪霏霏. 行道遲遲, 載渴載飢. 我心傷悲, 莫知我哀)"라는 말이 있다.

4-20. 妬(투)

1) 이 시는 자신을 사랑하던 사람의 마음이 바뀌고 다른 사람의 질투와 시기의 말을 그대로 듣고 믿는 것을 원망하는 여인의 심정을 나타내었다.

2) 嗟(차) : 탄식하다. 탄식하는 소리. 同衾(동금) : 이불을 같이 덮다. 정안(丁晏)은 여기서는 형제 사이를 은근히 비유하는 것으로 보았다. 衾(금) : 이불.

3) 曾(증) : 이미. 벌써. 志(지) : 기억하다.

4) 冶容(야용) : 예쁘게 용모를 가다듬다.

5) 妬忌(투기) : 새암하다. 질투하다.

4-21. 부용지(芙蓉池)[1]

부용지(芙蓉池)에서 유유자적 거닐고	逍遙芙蓉池,[2]
훨훨 나는 듯 가벼운 배를 모네.	翩翩戲輕舟.[3]
남쪽의 버드나무엔 두 마리 고니 깃들어 있고	南楊雙栖鵠,[4]
북쪽의 버드나무엔 울고 있는 비둘기가 있네.	北柳有鳴鳩.[5]

4-22. 잡시(雜詩) 2수

4-22-1. 첫째(其一)[1]

아득히 먼 길을 가는 나그네	悠悠遠行客,[2]
집을 떠나온 지 천 여리.	去家千餘里.
대문을 나서도 갈 곳이 없고	出亦無所之,[3]

4-21. 芙蓉池(부용지)
  1) 이 시는 부용지(芙蓉池)에서 노닐면서 주변의 정경을 묘사하였다. 芙蓉池(부용지) :
  위(魏)의 수도 업성(鄴城)의 서쪽에 있는 서원(西園)에 있다. 芙蓉(부용) : 연꽃.
  2) 逍遙(소요) : 자적(自適)하여 즐기다. 자유롭게 거닐다.
  3) 翩翩(편편) : 훨훨 나는 모양. (행동이) 재빠르다.
  4) 鵠(곡) : 고니.
  5) 鳩(구) : 비둘기.
4-22. 雜詩二首(잡시이수)
4-22-1. 其一(기일)
  1) 이 시는 타향을 떠돌며 어떻게 하여도 편안하지 못하는 나그네의 고달픈 처지를 노
  래하였다.
  2) 悠悠(유유) : 아득히 먼 모양.

집에 들어가도 쉴 곳이 없네.　　　　　　入亦無所止.[4]
뜬 구름은 햇빛을 가리고　　　　　　　浮雲翳日光,[5]
슬픈 바람이 땅을 흔들며 일어나네.　　悲風動地起.

4-22-2. 둘째(其二)[1]

아름다운 옥은 큰 돌에서 생기고　　　　　　美玉生磐石,[2]
보검은 용연(龍淵)에서 만들어진다.　　　　寶劍出龍淵.[3]
제왕이 조회에 참석할 때는 이 칼을 찼고　　帝王臨朝服,[4]
이 칼을 잡고 천하 사방에 위엄을 부렸네.　秉此威百蠻.[5]
□□□□□□□□□□　　　　　　　　□□歷見貴,[6]
□□□□□□□□□□　　　　　　　　雜糅□刀閒.[7]

---

3) 之(지) : 가다.

4) 止(지) : 쉬다.

5) 翳(예) : 덮다. 가리다.

4-22-2. 其二(기이)

1) 이 시는 완정(完整)하지 못한데, 보검이 보통의 칼 사이에 뒤섞여 있는 것을 비유로 들어 재능이 있는 사람이 제대로 가치를 인정받지 못하는 것을 이야기하는 듯 하다.

2) 磐石(반석) : 큰 돌.

3) 龍淵(용연) : 지명. 지금의 절강성(浙江省) 용천(龍泉). 남쪽에 검지호(劍池湖)가 있는 데 전하는 바에 의하면 구야자(歐冶子)가 칼을 만들던 곳이며, 용연(龍淵)이라 부른 것을 당(唐)나라 때 고조(高祖) 이연(李淵)의 이름을 피휘(避諱)하여 용천(龍泉)으로 바꾸어 부르게 되었다.

4) 服(복) : 차다.

5) 秉(병) : 잡다. 百蠻(백만) : 천하 사방.

6) 이 구는 처음 두 글자가 빠져있는데, 부아서(傅亞庶)는 공광도(孔廣陶)의 『북당서초교주(北堂書鈔校注)』 권122에 의거하여 '歷(력)'과 '久(구)'자로 보충하였다(『삼조시문전집역주(三曹詩文全集譯注)』, 577면). 그리고 세 번째 글자는 본래의 '歷(력)'자를 '不(불)'자로 바꾸었다. 이렇게 되면 이 구의 뜻은 "오래도록 귀하게 여겨지지 못하다"로 옮길 수 있다.

7) 이 구는 본래 세 번째 글자가 빠져있는데, 부아서(傅亞庶)는 공광도(孔廣陶)의 『북당서초교주(北堂書鈔校注)』 권122에 의거하여 '刀(도)'자로 보충하였다. 이렇게 되면 이

잔구(殘句)

이별의 생각 어찌 이리도 깊은가.　　　　　　　離思一何深.

4-23. 뜻을 말하다(言志)[1]

상서로운 구름은 때맞추어 일어나지 않아　　　慶雲未時興,[2]
구름 타고 하늘에 오를 용은 못에 잠겨 물고기가 되네.　雲龍潛作魚.[3]
신비로운 난(鸞)새는 짝을 잃고　　　　　　　神鸞失其儔,[4]
새로이 제비와 참새를 따라 사네.　　　　　　還從燕雀居.

4-24. 일곱 걸음에 지은 시(七步詩)[1]

콩을 삶으려고 콩깍지를 불태우고　　　　　　煮豆燃豆萁,[2]

구의 뜻은 "보통 칼 사이에 뒤섞여 있네"로 옮길 수 있다. 雜糅(잡유) : 뒤섞이다. 間(간)
： 사이.
4-23. 言志(언지)
　1) 이 시는 아직 때를 만나지 못한 불우한 처지를 노래하였다.
　2) 慶雲(경운) : 경사로운 구름. 서운(瑞雲). 時(시) : 때맞추어.
　3) 雲龍(운룡) : 구름을 타고 승천하는 용.
　4) 鸞(난) : 난새. 봉황(鳳凰)과 비슷한 전설상의 영조(靈鳥). 儔(주) : 짝.
4-24. 七步詩(칠보시)
　1) 이 시와 관련된 이야기는 『세설신어(世說新語)·문학(文學)』편에 보인다. 실제로 조

메주를 걸러 즙을 만든다.　　　　　　　　漉豉以爲汁.3)
콩깍지는 가마솥 아래서 타고　　　　　　其在釜下燃,
콩은 가마솥 안에서 우네.　　　　　　　　豆在釜中泣.
본래 같은 뿌리에서 태어났건만　　　　　本是同根生,
지지고 볶는 것이 어찌 이리 너무도 급한가.　　相煎何太急.4)

4-25. 이별(離別詩)1)

사람은 멀리 있으나 마음은 가까워　　　　人遠精神近,
자나 깨나 그대 얼굴 꿈꾸네.　　　　　　　寤寐夢容光.2)

식이 이 시를 지었는지 여부에 대해서는 여러 견해가 있으나 일단 『세설신어』에 의거
하여 실어놓고 후일의 새로운 연구를 기다린다.
2) 其(기) : 콩깍지.
3) 漉(록) : 거르다. 豉(시) : 메주.
4) 이상의 두 구는 쌍관어(雙關語)이다. 콩과 콩깍지가 같은 뿌리에서 났다는 것은 조
　비(曹조)와 작자 자신이 같은 부모에게서 태어났음을 상징하고, 콩깍지가 콩을 지지고
　볶는다는 것은 조비가 정치적으로 작자를 핍박한다는 것을 비유한다.
4-25. 離別詩(이별시)
1) 이 시는 몸은 멀리 떨어져 있으나 오매불망(寤寐不忘) 꿈에서도 얼굴은 보는 정을
　노래하였다.
2) 寤寐(오매) : 자나 깨나.
4-26. 失題(실제)

4-26. 제목을 잃어버린 시(失題)[1]

두 마리 학이 짝지어 멀리 노닐다가	雙鶴俱遨遊,
동해(東海) 근처에서 서로 잃어버렸네.	相失東海旁.
수컷은 님 찾아 날아 북쪽 땅으로 달려가고	雄飛竄北朔,[2]
암컷은 놀라 남쪽의 상수(湘水)로 나아갔네.	雌驚赴南湘.[3]
정다운 님을 버려두고	棄我交頸歡,[4]
각기 다른 곳에서 떨어져 지내네.	離別各異方.
만리길 멀다않고 찾아가련만	不惜萬里道,
다만 하늘의 그물이 펼쳐질까 두렵네.	但恐天網張.[5]

4-27. 남아 전하는 시구(遺句)

한 번 돌아보면 천금(千金)보다 더 소중한데	一顧千金重,
어찌 꼭 구슬을 몸에 둘러 사람을 천하게 만들 것 있으랴.	何必珠玉賤.[1]

---

1) 이 시는 짝 잃은 학을 노래하였다.
2) 雄(웅) : 수컷. 여기서는 학(鶴)을 가리킨다. 竄(찬) : 숨다. 달아나다. 北朔(북삭) : 북방.
3) 湘(상) : 상수(湘水).
4) 交頸(교경) : 남녀가 화목하다. 정답다.
5) 天網(천망) : 하늘의 그물. 법망(法網).

4-27. 遺句(유구)
1) 마지막 글자가 부아서(傅亞庶)의 『삼조시문전집역주(三曹詩文全集譯注)』에는 710
면에는 '錢(전)'자, 1,070면에는 '賤(천)'자로 서로 상이하게 표기되어 있다. 이 두 구의
출전은 『문선(文選)』에 실린 사조(謝朓)의 「화왕주부원정시(和王主簿怨情詩)」의 이선
(李善) 주(注)에 보이는 것으로 되어 있다.

권5

악부(樂府)

5-1. 공후(箜篌引)[1]

높고 높은 전각에 술자리를 벌이니	置酒高殿上,
친한 벗들이 나와 함께 노니네.	親友從我遊.
주방에서는 풍성한 안주를 장만하는데	中廚辦豐膳,[2]
양을 삶고 살찐 소를 잡는다.	烹羊宰肥牛.[3]
진(秦)나라 쟁(箏)의 소리는 어찌 그리 격앙된가	秦箏何慷慨,[4]
제(齊)나라 비파 소리 온화하고 부드럽네.	齊瑟和且柔.[5]

5-1. 箜篌引(공후인)

1) 이 시는 친구와의 즐거운 술자리 모습을 묘사하고, 인생의 짧음에 대해 무한한 감개를 드러내며 천명(天命)을 아는 사람은 근심이 없다는 말로 위안을 하였다. 箜篌(공후) : 악기. 모양이 구부러지고 길면서 23현(弦)이 있다. 引(인) : 악곡 체제의 하나.

2) 中廚(중주) : '廚中(주중)'의 뜻. 주방(廚房) 안. 膳(선) : 반찬.

3) 宰(재) : 가축을 도살(屠殺)하다.

4) 秦箏(진쟁) : 쟁(箏)은 거문고와 비슷한 악기로, 본래 다섯줄이고 모습이 축(筑, 거문고와 비슷한 대로 만든 악기)과 같았으나 뒤에 진(秦)나라 몽염(蒙恬)이 12현으로 바꾸고 모양을 슬(瑟)과 같이 하여, '진쟁'이라 부른다.

양아(陽阿)에서 진상한 기묘한 춤도 있고　　　　　陽阿奏奇舞,6)

수도 낙양(洛陽)에서 유행하는 이름난 가요도 있네.　京洛出名謳.7)

즐겁게 술을 세 잔 너머 마시고　　　　　　　　樂飮過三爵,8)

허리띠 늦추고 갖가지 맛있는 음식을 먹노라.　　緩帶傾庶羞.9)

주인은 술 권하며 장수를 빌고　　　　　　　　主稱千金壽,10)

손님은 만년 사시라 답례하네.　　　　　　　　賓奉萬年酬.11)

지난날 친구는 잊을 수 없으니　　　　　　　　久要不可忘,12)

옛 정을 잊는다면 도리가 아닐 걸세.　　　　　　薄終義所尤.13)

겸손은 군자의 미덕　　　　　　　　　　　　謙謙君子德,14)

공경함이 무엇을 바라서이겠는가?　　　　　　　磬折欲何求.15)

세찬 바람이 흰 해를 나부끼게 하니　　　　　　驚風飄白日,16)

햇빛은 서쪽으로 내달린다.　　　　　　　　　光景馳西流.17)

좋은 시절 다시 올 수 없고　　　　　　　　　盛時不再來,

백년 세월은 홀연히 다 가버리네.　　　　　　百年忽我遒.18)

---

5) 齊瑟(제슬) : 임치(臨淄, 제(齊)나라 수도) 사람들이 보편적으로 사용하던 현악기여서 '제슬'이라 부른다. 瑟(슬) : 거문고와 비슷한 고대의 현악기(弦樂器).

6) 陽阿(양아) : 지명. 지금의 산서성(山西省) 봉대현(鳳臺縣)의 북쪽이다. 옛날에 춤을 잘 추기로 이름난 사람으로 보기도 한다.

7) 京洛(경락) : 수도 낙양(洛陽). 謳(요) : 노래.

8) 爵(작) : 술잔.

9) 庶(서) : 여러. 많다. 羞(수) : '饈(수)'와 같다. 맛있는 음식.

10) 稱(칭) : 들다. 壽(수) : 술을 권하거나 예물을 다른 사람에게 주어 경의를 표하다.

11) 奉(봉) : 바치다. 酬(수) : 답례하며 감사하다.

12) 久要(구요) : 오랜 약속. 과거의 약속. 또는 이전의 친구. 오랜 친구.

13) 사람을 대하면서 처음에는 후(厚)하다가 끝에 가서 박(薄)한 행위는 도의(道義)상 용납되지 않는 것이다 라는 의미. 尤(우) : 원망하다, 비난하다.

14) 謙謙(겸겸) : 겸손한 모양.

15) 磬折(경절) : 경쇠의 모양처럼 허리를 구부려 절하여 공경을 표시하다. 磬(경) : 경쇠. 돌로 만든 악기로, 중간 허리 부분이 구부려져 있다.

16) 驚風(경풍) : 질풍(疾風).

17) 光景(광경) : 햇빛.

18) 百年(백년) : 사람의 한 평생을 가리킨다. 遒(주) : 다하다.

살아서는 화려한 궁전에서 살다가　　　　　生存華屋處,
죽어서는 황량한 산언덕으로 돌아간다네.　　零落歸山丘.[19]
옛 사람 중에 누가 죽지 않은 사람이 있었으랴　先民誰不死,[20]
천명을 알면 다시 무슨 걱정이 있으리오.　　知命復何憂.

5-2. 들판의 참새(野田黃雀行)[1]

높은 나무에 슬픈 바람 많이 불고　　　　　高樹多悲風,
바닷물은 파도를 드날린다.　　　　　　　海水揚其波.
날카로운 칼 내 손에 없으니　　　　　　　利劍不在掌,[2]
친구를 사귐이 어찌 꼭 많아야 할 것인가.　結友何須多.[3]
보지 못했는가, 울타리의 참새가　　　　　不見籬間雀,
새매 보고 피하려다 그물에 뛰어드는 것을.　見鷂自投羅.[4]
그물 친 사람은 참새 잡아 기뻐하나　　　　羅家得雀喜,[5]
소년은 참새 보고 슬퍼한다.　　　　　　　少年見雀悲.

---

19) 零落(영락) : 초목이 시들어 떨어지는 것으로 사람의 죽음을 비유한다.

20) 先民(선민) : 이전 사람.

5-2. 野田黃雀行(야전황작행)

1) 이 시는 그물에 걸린 참새가 소년의 구원을 받는다는 이야기이다. 친구가 어려움에 처해도 작자 자신에게 구해질 힘이 없음을 슬퍼하면서 힘 있는 사람이 나서서 구해주길 희망하는 뜻을 담은 것으로도 볼 수 있다. 이 시는 조식이 새롭게 이름을 붙인 악부시이다. 野田(야전) : 전야(田野). 들판. 黃雀(황작) : 참새의 일종. 부리와 다리가 다 노랗다. 行(행) : 고대 시가 체재의 하나.

2) 在掌(재장) : 손에 있다.

3) 結友(결우) : 친구를 사귀다.

4) 鷂(요) : 익더귀. 새매의 암컷.

5) 羅家(나가) : 그물을 친 사람.

칼을 뽑아 그물을 끊어주니 　　　　　拔劍捎羅網,[6]

참새는 훨훨 날아간다. 　　　　　　黃雀得飛飛.[7]

훨훨 푸른 하늘에 닿았다가 　　　　　飛飛摩蒼天,[8]

내려와 소년에게 감사하네. 　　　　　來下謝少年.

5-3. 일곱 가지 슬픔(七哀)[1]

밝은 달은 높은 누각을 비추며 　　　　明月照高樓,

흐르는 빛은 배회하고 있네. 　　　　　流光正徘徊.[2]

누각 위에 수심에 차 님 그리는 부인은 　上有愁思婦,

비탄 속에 슬픔이 끝없네. 　　　　　　悲歎有餘哀.[3]

탄식하는 자가 누구인지 물어보니 　　　借問歎者誰,[4]

스스로 이르기를 길 떠난 이의 처라고 하네. 　言是宕子妻.[5]

---

6) 捎(소) : 칼로 베다. 끊다.

7) 飛飛(비비) : 참새가 경쾌하게 나는 모습을 형용.

8) 摩(마) : 가까이 다가가다. 접촉하다.

5-3. 七哀(칠애)

1) 이 시는 한 부인이 집 떠난 지 오래되도록 돌아오지 않는 남편을 그리워하는 정을 노래하였다. 작자가 이 부인으로 자신을 비유하여, 조비(曹丕)와 형제 사이이면서도 가까이 할 수 없는 상황을 슬퍼하면서, 다시금 조비의 신임을 얻기를 희망하는 뜻을 담고 있는 것으로 보기도 한다. 七哀(칠애) : '칠애'의 명칭과 유래에 대해서는 여러 설이 있다. 원래는 일곱 수였을 것이라는 견해도 있고, '칠애'란 애통함이 아주 많음을 의미한다는 의견도 있다. '칠애'라는 명칭은 대략 건안(建安) 시기에 생겨난 듯하다. 왕찬(王粲)과 완우(阮瑀) 모두 「칠애(七哀)」시를 지었다.

2) 流光(유광) : 물처럼 흐르는 달빛.

3) 餘哀(여애) : 다하지 않은 슬픔.

4) 借問(차문) : 다른 사람에게 묻다(알아보다).

5) 宕子(탕자) : 집을 떠나 떠돌아다니며 오랫동안 돌아오지 않는 사람. 방랑자. 나그네.

"님 떠난 지 십 년이 넘어　　　　　　　　　君行踰十年,6)

외로운 소첩은 늘 홀로 지내왔어요.　　　孤妾常獨棲.

님이 만약 맑은 길의 먼지라면　　　　　君若淸路塵,

소첩은 흐린 물 속의 진흙이에요.　　　　妾若濁水泥.

뜨고 가라앉고 각기 형편이 다르니　　　浮沉各異勢,7)

어느 때라야 만나 화합할 수 있을까요.　會合何時諧.8)

원컨대 서남풍이 되어　　　　　　　　　願爲西南風,

멀리 날아 님의 품에 들어갔으면.　　　　長逝入君懷.9)

님의 품이 정녕 열리지 않는다면　　　　君懷良不開,10)

천첩은 무엇에 의지해야 하나요."　　　　賤妾當何依.

잔구(殘句) 1

빗질하고 머리감고 누굴 위해 얼굴 꾸밀 건가　　膏沐誰爲容,

밝은 거울 어두워져도 닦지 않네.　　　　明鏡闇不治.11)

잔구(殘句) 2

남방엔 장기(瘴氣)가 있어　　　　　　　　南方有鄣氣,12)

---

6) 君(군) : 부인이 자기의 남편을 일컫는 말. 逾(유) : 넘다. 지나다.

7) 浮沉(부침) : 물 위에 떠오름과 물 속에 잠김. 여기서 '浮(부)'는 '淸路塵(맑은 길의 먼
지)', '沉(침)'은 '濁水泥(흐린 물 속의 진흙)'을 가리킨다. 勢(세) : 형편. 형세(形勢).

8) 諧(해) : 화합하다.

9) 長逝(장서) : 멀리 가다.

10) 良(량) : 확실히. 진실로.

11) 闇(암) : 어둡다. 이 구는 『문선(文選)』에 실린 유삭(劉鑠, 자(字)는 휴현(休玄))의 「의
고시(擬古詩)」의 이선(李善) 주(注)에 보인다.

새벽 새가 날 수 없다네.   晨鳥不得飛.13)

5-4. 닭싸움(鬪鷄)1)

둘러보며 아름다운 춤을 마음껏 보고   遊目極妙伎,2)

조용히 아름다운 음악을 실컷 듣는다.   淸聽厭宮商.3)

주인이 적적하니 하는 일 없자   主人寂無爲,4)

손님들이 즐거운 놀이 방법을 바치네.   衆賓進樂方.5)

긴 대자리에 관객들 앉아   長筵坐戲客,6)

한가로운 방에서 닭싸움을 구경하네.   鬪鷄觀閒房.

수탉들 이제 한창 기세가 드높은데   羣雄正翕赫,7)

두 갈래 꼬리의 긴 깃털이 날리네.   雙翹自飛揚.8)

---

12) 鄣氣(장기) : '瘴氣(장기)'와 같다. 축축하고 더운 땅에서 생기는 독기(毒氣).

13) 이 구는 『문선(文選)』에 실린 포조(鮑照, 자(字)는 명원(明遠))의 「고열행(苦熱行)」의
이선(李善) 주(注)에 보인다.

5-4. 鬪鷄(투계)

1) 이 시는 닭싸움의 장면을 생동적이고 핍진하게 묘사하였다. 건안(建安) 연간에 조비
(曹丕)와 조식(曹植) 형제는 업성(鄴城)에서 친구들을 모아 닭싸움을 보고 즐겼다. 조
식 외에 유정(劉楨)과 응창(應瑒)도 「투계(鬪鷄)」 시를 남기고 있다. 鬪鷄(투계) : 닭싸움.

2) 遊目(유목) : 두루 바라보다. 마음껏 구경하다. 極(극) : 다하다. 妙伎(묘기) : 아름다운
춤. 伎(기) : 무녀(舞女).

3) 淸聽(청청) : 조용히 듣다. 厭(염) : 물리다. 宮商(궁상) : 중국의 고대 음악은 궁(宮), 상
(商), 각(角), 치(徵), 우(羽)의 다섯 음계로 나누어졌기 때문에 '궁상'으로 음악(音樂)을
가리킨다.

4) 無爲(무위) : 아무 일도 하는 것이 없다. 아무 것도 할 일이 없다.

5) 樂方(낙방) : 오락(娛樂)의 방식(방법).

6) 筵(정) : 죽석(竹席). 바닥에 까는 대나무자리.

7) 翕赫(흡혁) : 융성(隆盛)하다. 기세(氣勢)가 흉맹(凶猛)한 모습을 형용한다.

8) 翹(교) : 꼬리의 긴 깃털.

깃을 흔들어 맑은 바람 일으키고   揮羽邀淸風,9)

매서운 눈에서는 붉은 빛이 나네.   悍目發朱光.10)

부리는 깃털이 빠져 날리고   觜落輕毛散,11)

날카로운 며느리발톱은 자주 상처를 입히네.   嚴距往往傷.12)

이긴 닭의 긴 울음소리는 푸른 구름 높이 울려 퍼지고   長鳴入靑雲,13)

날개를 퍼덕이며 돌아다니네.   扇翼獨翶翔.14)

원컨대 삵괭이 기름의 도움을 받아   願蒙狸膏助,15)

늘 이런 시합에서 승리를 독점할 수 있기를.   長得擅此場.16)

---

9) 揮(휘) : 떨치다. 邀(요) : 맞다. 부르다.

10) 悍(한) : 사납다.

11) 觜(취) : '嘴(취)'와 같다. 부리.

12) 嚴距(엄거) : 날카로운 닭의 며느리발톱. 고대의 투계(鬪鷄)는 닭의 며느리발톱에 날
   카로운 금속 물질을 씌워 이것으로 상대방을 찔러 상처를 입혔다. 嚴(엄) : 예리하다.
   距(거) : 며느리발톱.

13) 入靑雲(입청운) : 싸움에서 이긴 닭의 울음소리가 높이 울려 퍼진다는 의미.

14) 扇(선) : 흔들다. 翶翔(고상) : 하늘을 높이 빙빙 날아 돌다. 여기서는 이긴 닭이 투계
   장에서 이리저리 왔다갔다하는 것을 가리킨다.

15) 狸膏(이고) : 삵괭이의 기름. 닭이 살쾡이를 무서워하여 살쾡이의 냄새를 맡으면 물
   러난다. 그래서 닭싸움을 하는 사람들은 늘 삵괭이의 기름을 닭의 머리에 발랐다.

16) 擅場(천장) : 시합을 압도하다. 독무대를 벌이다.

5-5. 하늘에 올라(升天行)[1] 2수

5-5-1. 첫째(其一)[1]

짚신을 타고 방술사(方術士)를 좇아	乘蹻追術士,[2]
멀리 봉래산(蓬萊山)으로 올라가네.	遠之蓬萊山.[3]
신령스런 물방울이 하얗게 흩날려 퍼지고	靈液飛素波,[4]
난초와 계수나무는 하늘 높이 치솟아 있네.	蘭桂上參天.
검은 표범은 산 아래에서 노닐고 있고	玄豹遊其下,[5]
높이 나는 곤계(鵾鷄)는 산봉우리 위에서 즐기고 있네.	翔鵾戲其巔.[6]
바람 타고 홀연 하늘을 나니	乘風忽登擧,[7]
마치 많은 신선들 보이는 듯하네.	彷彿見衆仙.[8]

5-5. 升天行二首(승천행이수)

1) 이 시는 유선시(遊仙詩)로, 봉래산(蓬萊山)과 부상(扶桑)의 정경을 읊었다. 『문선(文選)·해부(海賦)』의 이선(李善) 주(注)에서는 제목을 「고한행(苦寒行)」이라 하였다.

5-5-1. 其一(기일)

1) 첫째 시는 인간 세상을 떠나 봉래(蓬萊) 선경(仙境)에 이르러, 그곳에서 접한 신령스러운 액체, 난초와 계수나무, 검은 표범, 곤계(鵾鷄) 등을 묘사하였다.

2) 乘蹻(승갹): 도가(道家)의 비행술(飛行術). 蹻(갹): 짚신. 신선이 발에 신고 날아다니는 짚신. 術士(술사): 방술(方術, 장생(長生) 불사(不死)의 선술(仙術))을 닦는 사람.

3) 蓬萊山(봉래산): 동해(東海)에 있는 삼신산(三神山, 즉 봉래(蓬萊), 방장(方丈), 영주(瀛州)) 중의 하나.

4) 靈液(영액): 옥고(玉膏). 도가(道家)에서 전하는 말에 옥고를 복식(服食)하면 신선이 될 수 있다고 한다.

5) 玄豹(현표): 검은 표범. 신화 속의 신령스런 짐승.

6) 鵾(곤): 곤계(鵾鷄). 새의 이름. 학(鶴)과 비슷하며 황백색(黃白色)이다. 일설에는 봉황(鳳凰)의 다른 이름이라고 한다.

7) 登擧(등거): 날아오르다.

8) 彷彿(방불): 어렴풋하여 분명하게 보이지 않는 모양.

5-5-2. 둘째(其二)[1]

부상(扶桑)이 자라는 곳은	扶桑之所出,[2]
바로 조양(朝陽) 골짜기라네.	乃在朝陽谿.[3]
가운데 줄기는 푸른 하늘 너머 힘차게 뻗고	中心陵蒼昊,[4]
빽빽한 잎들은 하늘 끝까지 덮여 있네.	布葉蓋天涯.
태양은 동쪽 나무줄기에 떠오르고	日出登東幹,
저녁에는 서쪽 가지에 떨어지네.	旣夕沒西枝.
원컨대 태양의 수레 돌리는 고삐를 얻어	願得紆陽轡,[5]
태양을 돌려 동쪽으로 치닫게 하고 싶네.	回日使東馳.

5-6. 신선(仙人篇)[1]

신선은 대젓가락 여섯을 손에 쥐고	仙人攬六著,[2]

5-5-2. 其二(기이)

1) 둘째 수는 태양이 신비한 나무 부상(扶桑) 위로 떴다가 떨어지는 장관(壯觀)을 묘사하면서 시간의 흐름을 되돌리고픈 바람을 나타내었다.

2) 扶桑(부상) : 전설 속의 신령스런 나무. 해가 나오는 곳. 『십주기(十州記)』에서 다음과 같이 말했다. "잎은 뽕나무 같으며, 나무의 길이가 수 천 장(丈)이고, 둘레가 이십 아름 되는데, 두 줄기가 같은 뿌리로 서로 기대어 있어 부상이라 부른다(葉似桑樹, 長數千丈, 大二十圍, 兩兩同根生, 更相依倚, 是以名之扶桑)"고 하였다.

3) 朝陽谿(조양계) : 조양 골짜기. 태양이 떠오르는 곳.

4) 中心(중심) : 나무의 중간 줄기. 陵(릉) : '凌(릉)'과 같다. 위로 올라가다. 蒼昊(창호) : 푸른 하늘.

5) 紆(우) : 구부러지다. 돌리다. 陽轡(양비) : 태양이 타는 수레를 가리킨다. 신화에 의하면, 태양은 희화(羲和)가 모는 여섯 마리 용(龍)의 수레를 타고 하늘을 지나간다고 한다.

5-6. 仙人篇(신선편)

1) 이 시는 속세를 벗어나 선인(仙人)과 선경(仙境)을 유람하고, 인생의 짧음을 탄식하면

태산(泰山) 모퉁이에서 마주보고 육박(六博)을 놀고 있네.　　對博太山隅.[3]

상강(湘江)의 여신은 금(琴)과 비파를 뜯고　　湘娥拊琴瑟,[4]

진(秦)나라 여인은 피리를 불고 있구나.　　秦女吹笙竽.[5]

옥 술통에 계수나무 술이 가득하고　　玉樽盈桂酒,[6]

하백(河伯)은 신령스런 물고기를 바치네.　　河伯獻神魚.[7]

세상은 어찌 이리 좁은가　　四海一何局,[8]

천하의 땅 어디로 갈 것인가.　　九州安所如.[9]

한종(韓終)과 왕자교(王子喬)는　　韓終與王喬,[10]

서, 전설상의 제왕(帝王) 황제(黃帝)을 기다려 같이 지내고픈 마음을 나타내었다. 「선인편(仙人篇)」은 작자 스스로 만든 제목이다.

2) 攬(람) : 쥐다. 가지다. 六著(육저) : 육저(六箸). 옛날의 육박(六博, 六簿) 놀이의 도구. 대나무로 만들었으며, 위에 1에서 6까지 숫자가 새겨져 있다. '육박'은 여섯 개의 대젓가락을 던지고 열 두 개의 말을 움직여 승부를 겨룬다. 두 사람이 마주보고 놀이를 하며, 각자 여섯 개의 말을 가지고 하므로 이렇게 부른다.

3) 對博(대박) : 마주하여 육박(六博, 六簿) 놀이를 하다. 隅(우) : 옆. 모퉁이.

4) 湘娥(상아) : 전설 속에 나오는 상강(湘江)의 여신(女神). 요(堯) 임금의 두 딸 아황(娥皇)과 여영(女英)이 순(舜)임금의 비(妃)가 되었는데, 순임금이 남쪽 지방을 순시하다가 죽자 두 사람도 상강에 뛰어들어 여신이 되었다고 한다. 拊(부) : 치다, 탄주(彈奏)하다.

5) 秦女(진녀) : 진(秦)나라 목공(穆公)의 딸 농옥(弄玉)을 가리킨다. 『열선전(列仙傳)』에 다음과 같은 이야기가 실려 있다. 진나라 목공 때, 소사(蕭史)라는 사람이 있었는데, 피리를 아주 잘 불어서 목공이 딸을 그에게 시집보냈다. 소사는 농옥에게 피리를 불어 봉황(鳳凰)의 울음소리 내는 것을 가르쳤다. 후에 두 사람은 봉황을 타고 날아가 신선이 되었다. 笙(생) : 생황(笙簧). 관악기의 일종. 竽(우) : 피리의 일종.

6) 玉樽(옥준) : 옥으로 만들어진 술통. 桂酒(계주) : 계수나무를 잘라 술에 담구어서 만든 맛있는 술. 미주(美酒)를 가리킨다.

7) 河伯(하백) : 전설에 나오는 황하(黃河)의 수신(水神). 神魚(신어) : 황하(黃河)의 잉어를 가리킨다. 전하는 말에 황하의 잉어가 뛰어서 용문(龍門)을 넘어가면 용(龍)이 된다는 말이 있기 때문에 '신어(神魚)'라고 부른다.

8) 局(국) : 국촉(局促). 협소하다.

9) 九州(구주) : 중국 전체 영토를 가리킨다. 옛날, 우(禹)임금이 중국을 아홉으로 나누어 다스렸다고 한다. 『상서(尙書)·우공(禹貢)』편에서는 기주(冀州), 연주(兗州), 청주(青州), 서주(徐州), 양주(揚州), 형주(荊州), 예주(豫州), 양주(梁州), 옹주(雍州)를 들었다. 여기서는 '四海(사해)'와 더불어 천하(天下)를 두루 일컫는다. 安所如(안소여) : 어디로 갈 것인가. 如(여) : 가다.

10) 韓終(한종) : '한중(韓衆)'이라고도 한다. 전국(戰國) 시대 제(齊)나라 사람으로, 선약(仙藥)을 먹고 신선이 되었다고 『열선전(列仙傳)』에 전해진다. 王喬(왕교) : 전설 속의

하늘 거리에서 만나자고 나를 부르네.　　　要我於天衢.[11]

만리 길도 한 걸음이 채 못 되어　　　萬里不足步,

가벼이 날아 하늘에 오른다.　　　輕擧凌太虛.[12]

오색찬란한 구름을 넘어 날아오르니　　　飛騰逾景雲,[13]

높이 부는 바람 내 몸에 불어오네.　　　高風吹我軀.

수레를 돌려 자미궁(紫微宮)을 바라보고　　　廻駕觀紫微,[14]

천제(天帝)와 신령스런 부적을 맞추어 보네.　　　與帝合靈符.[15]

천문(天門)은 마침 우뚝 높이 솟아 있고　　　閶闔正嵯峨,[16]

양쪽 망루는 높이가 만여 장(丈)이나 되는구나.　　　雙闕萬丈餘.[17]

옥수(玉樹)는 길을 따라 자라 있고　　　玉樹扶道生,[18]

백호(白虎)는 문지도리를 끼고 있네.　　　白虎夾門樞.[19]

　신선 왕자교(王子喬).

11) 天衢(천구): 하늘의 길(天路). 하늘의 거리[天街]. 要(요): '邀(요)'와 통한다. 부르다. 초대하다.

12) 凌(릉): 오르다. 太虛(태허): 하늘. 천계(天界).

13) 逾(유): 넘다. 景雲(경운): 오색찬란한 구름. 옛 사람들은 상서로운 징조라고 여겼다.

14) 紫微(자미): 본래는 별자리의 이름이나, 여기서는 천제(天帝)가 거처하는 곳인 자미궁(紫微宮)을 가리킨다. 저본에는 '紫薇(자미)'로 되어 있으나 『예문유취(藝文類聚)』에 의거해 고친다.

15) 帝(제): 천제(天帝). 合(합): 맞추어 보다. 靈符(영부): 신령스런 부적. 부록(符籙). 부록은 도가(道家)에서 이것으로 재난을 없애고 피하는 데에 사용한 문서(文書)의 일종이다. 신이 주는 것이기 때문에 적은 것이 잘못되면 무익(無益)할 뿐만 아니라 도리어 해(害)가 있기 때문에 맞추어 보아야 하는 것이다. '부(符)'는 옛날에 신표(信標)로서 윗면에 문자를 새겨 두 쪽으로 쪼개었다. 천자(天子)와 제후(諸侯), 조정(朝廷)과 외관(外官), 주수(主帥)와 수장(守將)이 각각 반쪽의 부를 가졌는데, 두 쪽을 대조하면 그 진위를 알 수 있었다. 여기에서는 천제(天帝)와 부를 합치는데, 이는 자신이 신선의 신분임을 증명하기 위한 것임을 말하고 있다.

16) 閶闔(창합): 신화에 나오는 천문(天門). 하늘 문. 嵯峨(차아): 높고 험준하다.

17) 雙闕(쌍궐): 궁전 앞쪽의 높은 건축물로 일반적으로 좌우에 각각 하나씩 있다. 궁전 앞 양쪽의 망루(望樓).

18) 玉樹(옥수): 전설에 나오는 신령스런 나무. 扶道生(부도생): 길을 끼고 자라다. 扶(부): 길을 따라.

19) 白虎(백호): 전설 속에 나오는 서방(西方)의 신수(神獸). 별자리 이름이다. 樞(추): 문지도리.

바람을 몰아 타고 사해에서 노닐고   驅風遊四海,

동쪽으로 서왕모(西王母)의 거처를 지나가네.   東過王母廬.[20]

오악(五嶽)의 사이를 굽어보니   俯觀五嶽間,[21]

인생이란 세상에 잠시 몸 붙여 사는 듯하네.   人生如寄居.[22]

빛을 거두어 날개를 기르며   潛光養羽翼,[23]

앞으로 나아가며 천천히 행동하리라.   進趨且徐徐.[24]

보지 못했는가, 헌원씨(軒轅氏)가   不見軒轅氏,[25]

용을 타고 정호(鼎湖)를 떠난 것을.   乘龍出鼎湖.[26]

가장 높은 하늘 위에서 배회하며   徘徊九天上,[27]

그대를 오래오래 기다리네.   與爾長相須.[28]

---

20) 王母(왕모) : 서왕모(西王母). 신화에 나오는 여신(女神).

21) 五岳(오악) : 동악(東岳) 태산(泰山), 서악(西岳) 화산(華山), 남악(南岳) 형산(衡山), 북
악(北岳) 항산(恒山), 중악(中岳) 숭산(嵩山)을 가리킨다. 오악간(五岳間) : 인간 세상의
사이를 가리킨다.

22) 人生如寄居(인생여기거) : 사람의 일생은 세상에 잠시 몸을 붙이는 나그네와 같다는
말로, 목숨이 짧음을 비유한다. 「고시십구수(古詩十九首)」에 "인생은 빨리 지나가 잠
시 몸을 깃들이는 듯하네(人生忽如寄)"라는 구절이 있다.

23) 潛光(잠광) : 빛을 거두다. 재주는 품고 있으나 밖으로 드러나지 않음을 비유한다. 은
거(隱居)를 가리킨다. 養羽翼(양우익) : 수련을 거쳐 몸에 깃과 날개가 나게 하다. 즉 우
화등선(羽化登仙)의 뜻. 신선이 되다.

24) 進趨(진추) : 앞으로 나아가다. 건공입업(建功立業)을 가리킨다. 徐徐(서서) : 천천히.

25) 軒轅氏(헌원씨) : 황제(黃帝). 전하는 바에 의하면 황제가 헌원(軒轅)의 언덕(지금의
하남성(河南省) 신정현(新鄭縣))에 머물렀으므로 이렇게 불렸다고 한다.

26) 鼎湖(정호) : 지명(地名). 『사기(史記)·봉선서(封禪書)』에 다음과 같은 말이 있다. "황
제(黃帝)가 수산(首山)에서 구리를 캐어 형산(荊山) 기슭에서 큰 솥을 주조하였다. 완성
이 되자 큰 잔치를 벌이는데 신룡(神龍) 한 마리가 턱 수염을 솥 위에 드리우니, 황제는
자신과 함께 인간 세계에 내려왔던 70여 명의 천신들과 함께 구름 속으로 들어가 신룡
의 등에 타고 천천히 높은 하늘로 올라갔다. 이를 본 인간 세계의 국왕과 백성들이 황제
와 함께 하늘로 올라가려고 했으나 모두 용의 등에 탈 수가 없었기 때문에 앞 다투어
용의 수염을 붙잡았다. 이렇게 많은 사람들이 용의 수염을 잡아당기는 바람에 그만 땅
바닥으로 떨어지고 말았다. 그것이 떨어진 곳을 바로 정호(鼎湖)라고 하였다."

27) 九天(구천) : 구중천(九重天). 가장 높은 하늘.

28) 爾(이) : 헌원씨(軒轅氏) 황제(黃帝)를 가리킨다. 須(수) : 기다리다.

5-7. 첩의 기구한 운명(妾薄命)[1] 2수

5-7-1. 첫째(其一)[1]

옥 같은 손을 잡고	攜玉手,[2]
같은 수레를 타니 즐거우며	喜同車,
나란히 구름 속 누각의 계단을 돌아서 올라간다.	比上雲閣飛除.[3]
낚시하는 누대는 높고 청정하며	釣臺蹇産清虛,[4]
못의 둑과 연못 모두 즐길 만 하네.	池塘靈沼可娛.[5]
머리 들어 푸른 파도에 용(龍)을 그린 배를 띄우고	仰汎龍舟綠波,[6]
고개 숙여 나무 가지에서 영지(靈芝)를 딴다.	俯擢神草枝柯.[7]
저 낙수(洛水)의 복비(宓妃)를 생각하고	想彼宓妃洛河,[8]
물러나 한녀(漢女)와 상아(湘娥)를 읊조리네.	退詠漢女湘娥.[9]

5-7. 妾薄命二首(첩박명이수)

1) 이 시는 아름다운 여인과 낮에는 배를 타고 즐겁게 노닐며, 밤에도 연회를 열어 술 마시고 춤이 어우러진 즐거운 정경을 묘사하였다.

5-7-1. 其一(기일)

1) 첫째 시는 아름다운 여인과 누대에 오르고 배를 타며 즐겁게 노는 장면을 묘사하였다.

2) 玉手(옥수) : 아름다운 손. 미인의 손.

3) 比上(비상) : 함께 올라가다. 어깨를 나란히 하고 올라가다. 雲閣(운각) : 높이 구름 속에 있는 누각. 황초(黃初) 2년(221)에 지어진 능운대(陵雲臺)로 보는 견해도 있다(조유문(趙幼文)의 『조식집교주(曹植集校注)』, 480면). 飛除(비제) : 빙빙 돌며 올라가는 누각의 계단.

4) 蹇産(건산) : 높은 모양. 淸虛(청허) : 청정(淸靜)하다.

5) 池塘(지당) : 못의 둑. 靈沼(영소) : 저본에는 '觀沼(관소)'로 되어 있으나 『예문유취(藝文類聚)』와 『악부시집(樂府詩集)』에 의거해서 고치다. '영소'는 임금이 물고기를 기르는 못으로, 영지지(靈芝池)를 가리키는 것 같은데 황초(黃初) 5년(224)에 조비(曹丕)가 못을 팠다.

6) 汎(범) : 띄우다. 龍舟(용주) : 용을 그린 배. 또는 천자(天子)가 타는 큰 배.

7) 擢(탁) : 뽑다. 꺾다. 神草(신초) : 영지(靈芝)를 가리키는 듯하다.

8) 宓妃(복비) : 복희씨(伏羲氏)의 딸로, 낙수(洛水)에서 익사하여 뒤에 낙수의 여신(女神)이 되었다고 전해진다.

5-7-2. 둘째(其二)[1]

해가 이미 지나가 서쪽으로 모습을 감추니	日旣逝矣西藏,[2]
다시 향기로운 내실에서 만나네.	更會蘭室洞房.[3]
화려한 등불은 장막에서 광채를 발하니	華燈步障舒光,[4]
마치 해가 부상(扶桑)에서 떠오른 듯 밝은데	皎若日出扶桑,[5]
술 단지에 가까이 함께 앉아 술을 따라 돌린다.	促樽合座行觴.[6]
주인이 일어나 돌면서 덩실덩실 춤을 추자	主人起舞娑盤,[7]
춤 잘 추는 이도 닿았다 떨어졌다 잘도 춘다.	能者穴觸別端.[8]
주거니 받거니 술잔이 서로 뒤얽히고	騰觚飛爵闌干,[9]

---

9) 漢女(한녀) : 한수(漢水)의 여신. '강비(江妃)'라고도 부른다. 한수는 섬서성(陝西省) 영강현에서 흘러 나와 호북성(湖北省) 무한(武漢)시에서 장강(長江)으로 흘러 들어가는 장강 최대의 지류이다. 『열선전(列仙傳)』에 다음과 같은 이야기가 실려 있다. 강비 두 여인이 강가에 놀러 나왔다가 정교보(鄭交甫)를 만났는데, 정교보는 이들이 여신인 줄 몰랐다. 두 여인이 패(佩, 노리개)를 풀어 그에게 주어 기뻐하였다. 헤어져 수 십 걸음을 가다가 문득 가슴속에 두었던 노리개가 없어졌고, 강비 또한 종적이 묘연하여 보이지 않았다. 湘娥(상아) : 상수(湘水)의 여신. 순(舜)임금의 두 비(妃, 아황(娥皇)과 여영(女英)).

5-7-2. 其二(기이)

1) 둘째 시는 손님을 청하여 밤새도록 연회를 열며 술 마시고 춤을 구경하며 즐거워하는 정경을 노래하였다.

2) 日旣逝矣(일기서의) : 저본에는 '日月旣逝(일월기서)'로 되어 있으나 『예문유취(藝文類聚)』에 의거하여 고치다.

3) 更會(갱회) : 다시(又) 만나다. 蘭室洞房(난실동방) : 향기 나는 깊숙한 내실(內室). 洞(동) : 깊다.

4) 步障(보장) : 긴 장막. 옛날 귀족들이 노닐 때 바람이나 먼지를 피하기 위해 쳤던 장막. 『예문유취(藝文類聚)』에는 '先置(선치)'라고 되어 있다. 舒光(서광) : 광채를 내뿜다.

5) 扶桑(부상) : 신화에서 해가 뜨는 신비한 나무. 동해(東海)에 있다고 전해지는 신령스럽고 영묘한 나무.

6) 促(촉) : 가깝다. 다가가다. 樽(준) : 술통. 술 단지. 合(합) : 같이하다. 行觴(행상) : 술을 따라 돌리다.

7) 娑盤(사반) : 춤추는 모습이 빙빙 돌면서 가벼움을 형용한다.

8) 能者(능자) : 춤을 잘 추는 사람. 穴觸別端(혈촉별단) : 비스듬히 하면 서로 부딪히고 바르게 하면 서로 갈라진다. 춤추는 모습을 형용.

9) 觚(고), 爵(작) : 술잔. 闌干(난간) : 종횡으로 뒤얽힌 모양. 서로 술잔을 들고 술을 권하

같은 주량에 취한 모습도 같다.　　　　　　同量等色齊顏.[10]

마음대로 서로 좋아하는 사람과 접촉하니　　任意交屬所歡,[11]

붉은 얼굴에 난초 같은 자태 드러낸다.　　　朱顏發外形蘭.[12]

소매는 법도를 따라 마음껏 춤을 펼치고　　袖隨禮容極情,[13]

아름다운 춤 나풀나풀 몸도 가볍다.　　　　妙舞仙仙體輕.[14]

옷을 풀어 헤치고 신을 벗어버리고 갓끈도 푼 채　　裳解履遺絶纓,[15]

고개를 숙였다 젖혔다 시끄럽게 웃으면서 격식이 없다.　俛仰笑喧無呈.[16]

옥 같은 얼굴의 미인을 손에 잡고　　　　　覽持佳人玉顏,[17]

금 술잔과 비취 옥 쟁반을 같이 들어올린다.　齊擧金爵翠盤.

소매가 길어 손이 드러나기 쉽지 않고　　　手形羅袖良難,[18]

손목이 약해 구슬 팔찌도 이겨내지 못할 듯하니　腕弱不勝珠環,

앉아있는 사람들 보고 찬탄하며 얼굴이 환하게 펴진다.　座者歎息舒顏.[19]

두건 쓰고 분 바른 여인이 주인 곁에 오니　御巾裛粉君旁,[20]

풍기는 향(香)에 곽납(霍納)과 도량(都梁)이 있고　中有霍納都梁,[21]

는 동작을 형용한다.

10) 量(량) : 주량(酒量)을 가리킨다. 等色齊顏(등색제안) : 주인과 객들이 모두 술을 마셔 얼굴과 귀가 빨간 것을 말한다.

11) 交屬(교속) : 사귀다. 교접(交接)하다. 所歡(소환) : 좋아하는 사람. 무녀(舞女)를 가리킨다.

12) 朱顏(주안) : 붉은 얼굴. 미인의 모습. 미인이 술에 취해 불그스레한 얼굴을 가리킨다. 形蘭(형란) : '蘭形(난형)'이라 할 것을 운(韻)을 맞추기 위해 도치하였다. 몸이 난초처럼 가볍고 부드러운 것을 형용한다.

13) 隨(수) : 따르다. 일설엔 '隋(타)'와 같다고 본다. 떨어지다. 禮容(예용) : 예절과 법도. 춤에 규정된 동작을 가리킨다. 極情(극정) : 마음껏 하다.

14) 仙仙(선선) : 경쾌하고 가볍게 흔들리는 모양. 춤추는 모습. 體輕(체경) : 몸이 가볍고 날렵하다.

15) 纓(영) : 갓끈.

16) 俛仰(면앙) : 고개를 숙였다 들었다 하다. 無呈(무정) : 법도가 없다. 呈(정) : '程(정)'과 통한다. 법(法).

17) 覽(람) : '攬(람)'과 같다. 잡다. 손에 쥐다.

18) 手形(수형) : 손이 소매 밖으로 드러나다. 形(형) : '現(현)'과 같다.

19) 座者(좌자) : 손님들을 가리킨다. 舒顏(서안) : 얼굴을 펴고 웃다.

20) 御(어) : 옷을 걸치다. 裛粉(읍분) : 얼굴에 분을 바르다. 裛(읍) : 적시다. 더하다.

계설(鷄舌)과 오미(五味)의 향도 섞여 있다.　　　鷄舌五味雜香.22)

바쳐진 여인이 누군가 하면 미인이라　　　進者何人齊姜,23)

은혜 두텁고 사랑 깊어 잊기 어렵네.　　　恩重愛深難忘.

친구들 불러 잔치 열어 우정을 다하며　　　召延親好宴私,24)

단지 '술잔이 오는 것이 어찌 이리 더딘가' 구절을 노래하네.　　　但歌杯來何遲.25)

손님은 이미 취해 돌아가겠노라 말하고　　　客賦旣醉言歸,26)

주인은 이슬이 아직 마르지도 않았다고 말한다.　　　主人稱露未晞.27)

잔구(殘句) 1

제나라의 노래와 초나라의 춤 어지럽고　　　齊歌楚舞紛紛,

노래 소리는 위로 푸른 구름에 이르네.　　　歌聲上徹青雲.28)

---

21) 霍納(곽납), 都梁(도량) : 향(香)의 이름.

22) 鷄舌(계설), 五味(오미) : 향(香)의 이름. '五味(오미)'는 오목향(五木香), 즉 청목향(青木香)을 가리킨다.

23) 齊姜(제강) : 주대(周代)의 제(齊)나라에는 성(姓)이 강(姜)씨인 미녀(美女)가 많았다. 후대의 시가에서는 미녀(美女)의 대칭(代稱)으로 쓰인다.

24) 召延(초연) : 불러 청하다. 초청하다. 宴私(연사) : 술을 마시며 우의(友誼)를 돈독하게 하다.

25) 「비무가(鞞舞歌)」의 "杯來─何遲(술잔이 오는 것이 어찌 이리 더딘가)" 구를 가리킨다. 아래 「5-39. 마상(馬上)의 북 춤의 노래(鞞舞歌) 다섯 수(五首)」 중 제3수인 「5-39-3. 위대한 위나라(大魏篇)」에 보인다.

26) 賦(부) : 말하다.

27) 稱(칭) : 말하다. 晞(희) : 마르다. 해가 뜨면 이슬이 마른다. 이 구는 날이 밝아야 모임을 마친다는 의미.

28) 徹(철) : 곧장 이르다. 이 두 구는 정안(丁晏)에 의하면 『문선(文選)』에 실린 좌사(左思, 자(字)는 태충(太冲))의 「오도부(吳都賦)」의 이선(李善) 주(注)에 보인다.

잔구(殘句) 2

휘장 두른 수레는 바퀴가 날고 서로 얽히네.   輜軿飛轂交輪.[29]

잔구(殘句) 3

다시 가을 궁전의 층층 누각에 오르니   還行秋殿層樓,

□□□□□□□□□□   御輦□從好仇,[30]

□□□□□□□□□□   □□入侍君王,

□□□□□□□□□□   □□玉闥椒房,[31]

붉은 휘장의 초나라 끈이 줄에 매여 있네.   丹帷楚組連綱.[32]

5-8. 백마(白馬篇)[1]

백마는 황금 굴레 장식을 하고   白馬飾金羈,[2]

---

29) 輜軿(치병) : 앞과 뒤에 휘장을 두른 수레. 부녀자가 타는 수레. 이 구는 정안(丁晏)에 의하면 『문선(文選)』에 실린 육기(陸機, 자(字)는 사형(士衡))의 「장안유협사행(長安有狹邪行)」의 이선(李善) 주(注)에 보인다.
30) 御輦(어련) : 임금이 거동할 때 타던 가마. 임금이 타는 수레.
31) 玉闥(옥달) : 화려한 문. 椒房(초방) : 후비(后妃)의 궁전. 산초[椒]는 난기(暖氣)를 돋고 잡된 냄새를 없애는 효과가 있으며, 또 많은 열매를 맺음으로 자손이 많도록 한다는 뜻에서, 이를 벽에 칠한 데서 온 말.
32) 이상은 『북당서초(北堂書鈔)』 권132에 보인다.
5-8. 白馬篇(백마편)
1) 이 시는 무예가 뛰어난 북방이 한 유협(遊俠) 소년이 변방의 위급함을 구하기 위해 용감하게 국난(國難)에 나서는 영웅적인 행위를 노래하였다. 대략 건안(建安) 시기에

나는 듯이 서북으로 달리네.　　　　　　　連翩西北馳.3)

묻노니 누구 집의 자제인가　　　　　　　借問誰家子,

유주(幽州)와 병주(幷州)의 협객이라네.　　　幽幷遊俠儿.4)

어려서 고향 떠나　　　　　　　　　　　少小去鄕邑,

변경 사막에서 이름을 떨쳤다.　　　　　　揚聲沙漠垂.5)

늘 좋은 활을 잡고 있는데　　　　　　　　宿昔秉良弓,6)

화살은 어찌 이리 들쑥날쑥 많기도 한가.　　楛矢何參差.7)

활을 당기니 왼쪽 과녁을 뚫고　　　　　　控弦破左的,8)

오른쪽을 쏘니 월지(月支) 과녁을 깨트린다.　右發摧月支.9)

손을 들어 나는 원숭이를 쏘아 맞히고　　　仰手接飛猱,10)

몸을 숙여 마제(馬蹄)를 쏘아 깨뜨린다.　　　俯身散馬蹄.11)

기민하고 민첩하기가 원숭이보다 뛰어나고　　狡捷過猴猿,12)

지어진 작자의 초기 작품으로 나라를 위해 공을 세우기를 갈망하는 작자의 포부를 담고 있다. 『태평어람(太平御覽)』 권359에서는 제목을 「遊俠篇(유협편)」이라 하였다. 악부(樂府) 잡곡가(雜曲歌) 제슬행(齊瑟行)을 본떠 지은 악부가사로 본문 첫머리 글자를 따와 새로운 제목으로 달았다.

2) 金羈(금기) : 말머리에 씌우는 금빛 굴레.

3) 連翩(연편) : 펄럭이며 가만히 있지 않는 모양. 나는 듯이 달리다.

4) 幽幷(유병) : 유주(幽州)와 병주(幷州). 한대(漢代)의 유주는 지금의 하북성(河北省) 동북부와 요녕성(遼寧省) 서남부에 해당하며, 병주는 지금의 산서성(山西省)과 하북성, 섬서성(陝西省)의 일부 지역에 해당한다. 유주와 병주 지역은 역사적으로 유협지사(遊俠之士)가 많이 나온 것으로 알려져 있다. 遊俠(유협) : 무(武)를 숭상하고 의(義)를 중시하며 다른 사람의 재난을 급하게 여기는 사람을 가리킨다.

5) 揚聲(양성) : 이름을 떨치다. 垂(수) : '陲(수)'와 같다. 변경 지역.

6) 宿昔(숙석) : 줄곧. 아침저녁으로. 늘.

7) 楛矢(호시) : 호목(楛木) 줄기를 사용하여 화살대를 만든 화살. '楛(호)'는 나무 이름. 參差(참치) : 가지런하지 않은 모양. 화살이 많음을 형용한다.

8) 控弦(공현) : 활을 당기다. 的(적) : 과녁.

9) 摧(최) : 부러뜨리다. 깨트리다. 月支(월지) : '素支(소지)'라고도 한다. 화살의 과녁 이름.

10) 接(접) : 쏘아 맞히다. 명중하다. 猱(노) : 원숭이류의 일종. 몸이 작고 날렵하다. 여기서는 역시 화살 과녁의 일종인 듯하다.

11) 散(산) : 쏘아 부서뜨리다. 馬蹄(마제) : 화살 과녁의 일종.

12) 狡捷(교첩) : 교활하고 민첩하다.

용맹하고 재빠르기는 마치 표범과 교룡 같다.　　　勇剽若豹螭.13)

변성에 위급한 경보(警報) 많으니　　　邊城多警急,

오랑캐 기병이 침입이 잦구나.　　　虜騎數遷移.14)

새깃 격문이 북에서 날아오니　　　羽檄從北來,15)

말을 급히 몰아 높은 제방에 오른다.　　　厲馬登高堤.16)

먼 길을 달려 흉노(匈奴)를 정벌하고　　　長驅蹈匈奴,17)

왼쪽을 돌아보고 선비(鮮卑)를 제압한다.　　　左顧凌鮮卑.18)

몸을 칼날 끝에 내맡겼으니　　　棄身鋒刃端,

생명을 어찌 연연해하랴.　　　性命安可懷.19)

부모님도 돌볼 수 없거늘　　　父母且不顧,20)

처자식이야 말해 무엇 하리.　　　何言子與妻.

이름이 장사(壯士)의 명부에 올랐으니　　　名在壯士籍,21)

사사로운 정은 고려할 수 없네.　　　不得中顧私.22)

나라의 어려움에 몸을 바치니　　　捐軀赴國難,23)

죽는 것을 집에 돌아가는 것쯤으로 가벼이 여기네.　　　視死忽如歸.24)

---

13) 剽(표) : 날렵하다. 재빠르다. 螭(리) : 전설 속에 나오는 뿔이 없는 용. 교룡(蛟龍).

14) 虜騎(노기) : 오랑캐의 기병(騎兵). 여기서는 흉노(匈奴)와 선비(鮮卑)를 가리킨다. 數
(삭) : 자주, 누차. 遷移(천이) : 침입을 가리킨다.

15) 羽檄(우격) : 격문(檄文) 위에 깃털을 끼워 긴급함을 표시하는 군대 문서. 檄(격) : 격
문. 특별한 경우에 군병을 모집하거나 널리 알려 부추기기 위한 글. 1척(尺) 2촌(寸) 길
이의 목간(木簡) 위에 쓴다.

16) 厲馬(여마) : 채찍질하며 말을 급하게 몰다. 隄(제) : 둑.

17) 蹈(도) : 밟다. 匈奴(흉노) : 중국 고대 북방 민족의 하나. 위(魏)나라 때는 5부(部)로 나
뉘어 지금의 산서성(山西省) 북부에 살았다.

18) 凌(릉) : 제압하다. 鮮卑(선비) : 중국 고대 북방 민족의 하나. 위(魏)나라 때는 지금의
하북성(河北省)과 산서성(山西省) 지역에 흩어져 살았다.

19) 安(안) : 어찌. 懷(회) : 생각하다.

20) 顧(고) : 돌보다. 고려하다.

21) 壯士(장사) : 병사. 籍(적) : 명부.

22) 中(중) : 심중(心中). 마음속.

23) 捐軀(연구) : 헌신하다. 國難(국난) : 국가의 재난. 여기서는 흉노(匈奴)와 선비(鮮卑)의
침입을 가리킨다.

5-9. 이름난 도읍(名都篇)[1]

<table>
<tr><td>이름난 도읍에는 미녀도 많고,</td><td>名都多妖女,[2]</td></tr>
<tr><td>수도 낙양(洛陽)에는 소년도 많다.</td><td>京洛出少年.[3]</td></tr>
<tr><td>보검은 값이 천금이나 되고</td><td>寶劍直千金,[4]</td></tr>
<tr><td>옷은 화려하고도 곱다.</td><td>被服麗且鮮.[5]</td></tr>
<tr><td>동쪽 교외 길에서 닭싸움하고</td><td>鬪鷄東郊道,[6]</td></tr>
<tr><td>긴 개오동나무 사이로 말을 달린다.</td><td>走馬長楸間.[7]</td></tr>
<tr><td>말을 달려 반도 오지 못했는데</td><td>馳騁未能半,[8]</td></tr>
<tr><td>한 쌍의 토끼가 내 앞을 지나간다.</td><td>雙兔過我前.</td></tr>
<tr><td>활을 손에 쥐고 소리내는 화살을 꽂고</td><td>攬弓捷鳴鏑,[9]</td></tr>
<tr><td>멀리 내달려 남산으로 올라간다.</td><td>長驅上南山.[10]</td></tr>
<tr><td>왼쪽으로 당겨 오른쪽으로 쏘아</td><td>左挽因右發,[11]</td></tr>
<tr><td>한 번 쏘아 두 마리 맞춘다.</td><td>一縱兩禽連.[12]</td></tr>
</table>

---

24) 忽(홀) : 경시(輕視)하다.

5-9. 名都篇(명도편)

1) 이 시는 수도 낙양(洛陽)의 부잣집 자제들이 값비싼 보검에 화려한 옷을 입고 온종일 닭싸움을 하고 사냥을 하며 술 마시고 즐기는 것을 묘사하였다. 이 시는 처음의 두 글자를 취하여 제목으로 삼았다. 名都(명도) : 이름난 도읍(都邑). 이를테면 한단(邯鄲), 임치(臨淄) 등. 여기서는 낙양(洛陽)을 가리킨다.

2) 妖女(요녀) : 아름다운 여자. 가무(歌舞)하는 기녀(伎女)를 가리킨다.

3) 京洛(경락) : 경도(京都) 낙양(洛陽). 少年(소년) : 부귀(富貴)한 집 자제(子弟)를 가리킨다.

4) 直(치) : '値(치)'와 같다. 값.

5) 被服(피복) : 입은 옷. 옷을 입다. 鮮(선) : 곱다.

6) 鬪鷄(투계) : 닭싸움.

7) 楸(추) : 개오동나무.

8) 馳騁(치빙) : 말을 타고 빨리 달리다.

9) 捷(첩) : 꼽다. 끄집어내다. 鳴鏑(명적) : 소리 나는 화살. 鏑(적) : 화살촉.

10) 南山(남산) : 낙양(洛陽)의 남산.

11) 挽(만) : 잡아당기다.

남은 재주 미처 다 발휘하지 않았는데 　　餘巧未及展,13)

손을 들어 나는 솔개를 맞춘다. 　　仰手接飛鳶.14)

보는 사람들이 모두 잘한다 말하고 　　觀者咸稱善,15)

여러 사냥의 명수들도 내 기술 뛰어나다 칭찬한다. 　　衆工歸我姸.16)

돌아와 평락관(平樂觀)에서 연회를 베푸니 　　我歸宴平樂,17)

좋은 술은 한말에 만 냥이나 하네. 　　美酒斗十千.

잉어회와 알밴 새우 죽 　　膾鯉臇胎鰕,18)

자라구이와 곰 발바닥 구이가 있네. 　　炮鱉炙熊蹯.19)

친구 동료 불러 모아, 　　鳴儔嘯匹侶,20)

열 지어 앉으니 긴 대자리에 가득 차네. 　　列坐竟長筵.21)

격국(擊鞠)과 격양(擊壤) 놀이가 잇달아 펼쳐지니 　　連翩擊鞠壤,22)

교묘하고 민첩한 재주 많기도 많다. 　　巧捷惟萬端.23)

---

12) 縱(종) : 발사하다. 화살을 쏘다. 兩禽(양금) : 윗글의 '雙兎(두 마리 토끼)'를 가리킨다.

13) 展(전) : 재주를 발휘하다. 나타내다.

14) 仰手(앙수) : 손을 들다. 接(접) : 쏘아 맞히다. 鳶(연) : 솔개.

15) 咸(함) : 모두.

16) 衆工(중공) : 활을 잘 쏘는 여러 사람들. 歸我姸(귀아연) : 모두 하나같이 나의 활솜씨가 가장 뛰어나다고 칭찬하다. 姸(연) : 훌륭하다.

17) 平樂(평락) : 평락관(平樂觀). 한(漢) 명제(明帝) 때 만들었으며, 낙양(洛陽)의 서문(西門) 밖에 있다.

18) 膾(회) : 잘게 저민 날고기. 회. 여기서는 동사(動詞)로 쓰이다. 鯉(리) : 잉어. 臇(전) : 지짐이. 즙이 적은 고기 죽의 일종. 여기서는 동사(動詞)로 쓰이다. 胎鰕(태하) : 알밴 새우.

19) 炮(포) : (고기 따위를) 불에 굽다. 鱉(별) : 자라. 炙(자) : 고기를 굽다. 구운 고기. 烤(고) : 불에 쬐다. 熊蹯(웅번) : 곰 발바닥.

20) 鳴(명) : 큰 소리로 부르다. 儔(주) : 친구, 동료.

21) 竟(경) : 다하다. 가득하다.

22) 連翩(연편) : 뒤집어 날며 그치지 않는 모양. 여기서는 동작이 끊임없이 계속 이어짐을 형용한다. 擊鞠壤(격국양) : 격국(擊鞠)과 격양(擊壤)을 하다. 둘 다 고대의 놀이. 鞠(국) : 공. 축국(蹴鞠, 공차기. 꿩깃을 꽂은 공을 땅에 떨어뜨리지 않고 발로 계속 차올리는 옛날 귀인들의 유희의 한 가지). 壤(양) : 옛날의 놀이 도구로, 두 개의 나무 조각으로 되어 있다. 한쪽 끝은 넓고 한쪽 끝은 뾰족하며, 길이가 네 치(寸) 폭이 세 치 되며 신발같이 생겼다. 놀이를 할 때 나무 조각 하나를 3,40보 밖에 놓아두고 다른 하나를 던지는데 맞추는 사람이 이긴다.

23) 萬端(만단) : 여러 가지(이다).

해는 서남으로 달리고　　　　　　　　白日西南馳,
햇빛은 잡아둘 수가 없네.　　　　　　光景不可攀.24)
구름처럼 흩어져 성안에 돌아가지만　　雲散還城邑,
내일 새벽이 되면 다시 또 돌아오리라.　淸晨復來還.

5-10. 염교에 맺힌 이슬(薤露行)1)

하늘과 땅은 영원히 끝이 없고　　　　　　　天地無窮極,2)
해와 달은 번갈아 돌고 도네.　　　　　　　　陰陽轉相因.3)
사람이 한 세상 사는 것은　　　　　　　　　人居一世間,
빠르기가 바람 불어 먼지가 날려 사라지듯 하네.　忽若風吹塵.4)
원컨대 공로를 펼칠 기회 얻어　　　　　　　願得展功勤,5)
영명하신 임금께 힘을 바치고 싶네.　　　　　輸力於明君.6)

---

24) 光景(광경) : 햇빛. 攀(반) : 머무르게 하다.

5-10. 薤露行(해로행)

1) 이 시는 인생이란 짧으므로 유한한 일생을 살며 자신의 재능을 다 바쳐 국가를 위해 큰 일을 하고 싶으며, 만일 이런 꿈이 실현되지 못하면 훌륭한 글을 후세에 남기고 싶다는 뜻을 밝혔다. 「해로(薤路)」는 본래 출빈(出殯)할 때 부르는 만가(挽歌)로, 고사(古辭)에서는 사람의 삶은 짧아 마치 염교 잎의 이슬과 같이 쉽게 사라져버린다고 하였다. 이 시는 악부 고제(古題)를 빌려 자신의 감회를 적은 시이다. 薤(해) : 염교. 백합과에 딸린 여러해살이 풀.

2) 窮(궁) : 끝나다.

3) 陰陽(음양) : 해와 달을 가리킨다. 옛날 사람들은 달을 음(陰), 해를 양(陽)으로 여겼다. 轉相因(전상인) : 번갈아 움직이며 한 바퀴를 돌았다가는 다시 시작하여 영원히 멈추지 않는다. 因(인) : 의지하다.

4) 忽(홀) : 급속(急速)한 모양.

5) 展(전) : 펴다. 功勤(공근) : 공로(功勞).

6) 輸(수) : 바치다. 다하다.

임금을 보좌할 이런 재주를 품고 있으나   懷此王佐才,7)

홀로 비분강개하며 세속 사람들과 어울리지 않네.   慷慨獨不羣.8)

물고기와 거북 류는 신비한 용을 높이치고   鱗介尊神龍,9)

달리는 짐승들은 기린을 으뜸으로 친다.   走獸宗麒麟.10)

물고기와 짐승들도 오히려 이런 덕을 아는데   蟲獸猶知德,11)

하물며 선비들에 있어서야.   何況於士人.12)

공자(孔子)가 『시경』과 『서경』을 간추려 정리한 뒤   孔氏刪詩書,13)

제왕의 기업(基業)이 분명하게 이미 제정되었네.   王業粲已分.14)

나는 지름 한 치 되는 붓을 휘둘러   騁我逕寸翰,15)

아름다운 글을 후세에 전하고 훌륭한 명성을 남기리라.   流藻垂華芬.16)

---

7) 懷(회) : 품다. 王佐才(왕좌재) : '佐王才(좌왕재)'의 도치. 군왕(君王)을 보좌(輔佐)하는
    재능.

8) 慷慨(강개) : (의기·정서가) 격앙되다. 의기가 북받치어 원통해하고 슬퍼하다. 獨不
    羣(독불군) : 우뚝하니 홀로 서서 세속의 사람과 구차하게 영합하지 않다.

9) 介(개) : 거북이나 자라 등, 껍질이 있는 수족(水族). 尊(존) : 높이다.

10) 宗(종) : 으뜸으로 높이다. 존경하다.

11) 猶(유) : 저본에는 '豈(기)'로 되어 있으나 조유문(趙幼文)의 견해에 따라 고치다(『조
    식집교주(曹植集校注)』, 434면).

12) 훌륭하신 황제를 존숭(尊崇)하고, 있는 힘을 다해 섬긴다는 의미.

13) 孔氏(공씨) : 공자(孔子). 詩書(시서) : 『시경(詩經)』과 『서경(書經)』. 이 두 책은 공자
    의 산정(刪定)을 거쳤다고 전해진다.

14) 王業(왕업) : 제왕(帝王)의 기업(基業). 임금이 나라를 다스리는 대업(大業). 여기서는
    전장(典章) 제도(制度)를 가리킨다. 粲(찬) : 밝다. 선명하다. 分(분) : 제정(制定)하다.

15) 騁(빙) : 휘둘러 움직이다. 逕寸翰(경촌한) : 지름이 한 치 되는 붓.

16) 流(류), 垂(수) : 전하다. 藻(조) : 문채(文采)를 가리킨다. 芬(분) : 향기.

5-11. 예장(豫章行)¹⁾ 2수

5-11-1. 첫째(其一)¹⁾

곤궁과 현달(顯達)은 미리 꾀하기 어렵고	窮達難豫圖,²⁾
화(禍)와 복(福)도 또한 확실히 그러하다.	禍福信亦然.³⁾
순(舜)임금이 만약 요(堯) 임금을 만나지 못했으면	虞舜不逢堯,
밭에서 밭 갈고 김이나 매며 지냈을 것이고	耕耘處中田.⁴⁾
강태공(姜太公)이 문왕(文王)을 만나지 못했으면	太公不遭文,⁵⁾

5-11. 豫章行二首(예장행이수)

1) 이 시는 옛날 사람의 사적을 예로 들어, 군주(君主)는 선비를 예우(禮遇)해야 하고, 형제간에는 서로 친애(親愛)해야 된다는 이치를 논하면서 동시에 작자 자신의 심정과 희망을 드러내었다. 豫章(예장) : 옛날의 군(郡) 이름. 관할하는 지역은 지금의 강서성(江西省) 남창현(南昌縣) 일대.

5-11-1. 其一(기일)

1) 첫째 시는 사람이 곤궁(困窮)하거나 현달(顯達)하게 되는 운명은 임금이 그의 재능을 알아주는가 그렇지 않은가, 그리고 등용하는가 그렇지 않은가에 달려있음을 말하고, 주공(周公)이 빈천한 선비를 예우(禮遇)한 것을 예를 들며 작자 자신도 기용되고 싶은 소망을 완곡하게 나타내었다.

2) 窮達(궁달) : 정치적으로 실의에 빠짐과 뜻을 얻음. 곤궁(困窮)함과 현달(顯達). 豫圖(예도) : 미리 계획하다.

3) 信(신) : 확실히. 정말로.

4) 『사기(史記)・오제본기(五帝本紀)』에 의하면, 순(舜)은 임금이 되기 전에 일찍이 여산(厲山)에서 밭을 갈고 뇌택(雷澤)에서 물고기를 잡았으며 강가에서 도기(陶器)를 만들었으며 효자로 유명하였다. 당시 요(堯) 임금은 왕위를 계승할 사람을 찾고 있었는데 오랜 시간 동안 살핀 뒤에 순이 어진 사람이라고 생각하고 마침내 제위(帝位)를 그에게 선양(禪讓)하였다. 中田(중전) : ‘田中(전중)’의 뜻. 밭 가운데.

5) 太公(태공) : 태공망(太公望) 여상(呂尙). 文(문) : 주문왕(周文王) 희발(姬發)을 가리킨다. 『사기(史記)・제태공세가(齊太公世家)』에 의하면 여상이 비록 현인(賢人)이지만 늙도록 곤궁하게 지냈다. 늘 위수(渭水)가에서 낚싯대를 드리웠다. 한번은 주문왕(周文王)이 사냥을 나갔다가 여상을 만나 그와 이야기를 해보고는 그가 어진 사람이라는 것을 알고 수레에 태워 데리고 돌아와서 태공망(太公望)이라 부르고 스승으로 삼았다. 문왕이 죽은 뒤, 여상은 무왕(武王)을 도와 상(商)을 멸망시키고 주(周)나라를 세우는 데에 큰 공을 세웠다.

낚시대 드리우고 위천(渭川)에서 늙었을 것이다. 　　漁釣終渭川.6)

보지 못했는가, 노(魯)나라 공자(孔子)가 　　不見魯孔丘,7)

진(陳)나라와 채(蔡)나라 사이에서 곤궁했던 일을. 　　窮困陳蔡間.8)

주공(周公)이 몸 낮추어 가난한 집을 찾아가니 　　周公下白屋,9)

천하 사람들이 어질다 일컬었네. 　　天下稱其賢.

5-11-2. 둘째(其二)1)

원앙새가 천성적으로 짝지어 사랑할지라도 　　鴛鴦自朋親,2)

비익조(比翼鳥)가 날개를 나란히 하는 것만은 못하네. 　　不若比翼連.3)

다른 사람과 우호를 맺을 수 있지만 　　他人雖同盟.

골육 가족은 타고난 본성이 그러하다네. 　　骨肉天性然.

---

6) 渭川(위천) : 위수(渭水).

7) 孔丘(공구) : 공자(孔子). 노(魯)나라 사람.

8) 陳蔡(진채) : 춘추(春秋)시기의 두 나라 이름. 진(陳)나라는 지금의 하남성(河南省)과 안휘성(安徽省) 경계에 있었고, 채(蔡)나라는 지금의 하남성 상채(上蔡)와 여남(汝南) 일대에 있었다. 『사기(史記) · 공자세가(孔子世家)』에 의하면, 공자가 천하를 주유(周遊)하다가 진나라와 채나라 사이에 이르렀는데, 초(楚)나라에서 사람을 보내 초빙하자, 진나라와 채나라 양국의 대부(大夫)들이 공자가 초나라에 간 뒤 자기들에게 불리할까 염려하여 사람들을 시켜 공자를 들판 가운데에서 포위하여 곤궁에 빠트린 일이 있다.

9) 周公(주공) : 주공(周公) 단(旦). 주문왕(周文王)의 아들이요, 주무왕(周武王)의 동생. 일찍이 무왕을 보좌하여 공(功)을 세워 노(魯)에 봉해졌으며, 무왕이 죽은 뒤, 성왕(成王)의 나이가 아직 어려 주공이 7년간 섭정(攝政)을 하였다. 주공이 정사를 맡아 다스리면서 선비들을 예대(禮待)하였다. 下白屋(하백옥) : 몸을 낮추어 빈천(貧賤)한 선비들을 방문하다. 白屋(백옥) : 흰 띠풀로 지붕을 덮은 집. 가난한 사람의 거처. 주공(周公)은 머리를 감을 때 손님이 찾아오면 머리카락을 움켜쥔 채 손님을 맞았고, 식사 중에 손님이 찾아오면 입 속의 음식을 내뱉고 손님을 맞았다.

5-11-2. 其二(기이)

1) 둘째 시는 주공(周公)과 계찰(季札)의 예를 들어, 형제 사이에도 권력 다툼으로 해서 의심을 받는 일이 있지만 자신은 왕위 쟁탈에 뜻이 없음을 밝혔다.

2) 朋(붕) : 짝을 짓다.

3) 比翼(비익) : 비익조(比翼鳥).

주공(周公)은 강숙(康叔)과 화목하였지만   周公穆康叔,[4]

관숙(管叔)과 채숙(蔡叔)은 비방의 말을 퍼뜨렸네.   管蔡則流言.[5]

자장(子臧)이 제후왕 자리를 양보하자   子臧讓千乘,[6]

계찰(季札)이 그의 현명함을 사모하였네.   季札慕其賢.[7]

5-12. 미녀(美女篇)[1]

미녀는 예쁘고 조용한데   美女妖且閑,[2]

갈림길에서 뽕을 따네.   采桑岐路間.[3]

부드러운 가지는 어지러이 흔들리고   柔條紛冉冉,[4]

---

4) 穆(목) : '睦(목)'과 같다. 화목(和睦)하다. 康叔(강숙) : 이름은 봉(封). 주공의 동생.

5) 管蔡(관채) : 관숙(管叔)과 채숙(蔡叔). 관숙은 이름이 선(鮮)이며, 주공의 형. 채숙은 이름이 도(度)이며 주공의 동생.

6) 子臧(자장) : 춘추(春秋)시기 조(曹)나라의 공자(公子). 조(曹) 선공(宣公)이 죽은 뒤, 자장의 형인 조 성공(成公)이 태자를 죽이고 스스로 왕에 올랐다. 제후들과 조나라 사람들이 성공을 반대하여 자장을 왕으로 세우려고 하자 자장이 송(宋)나라로 달아나서 성공이 뜻을 이루도록 도와주었다. 千乘(천승) : 전차를 천 대 보유한 나라. 제후국(諸侯國)을 가리킨다.

7) 季札(계찰) : 춘추(春秋)시기 오왕(吳王) 수몽(壽夢)의 어린 아들. 계찰이 어질고 능력 있어 수몽이 그에게 왕위를 전할 뜻이 있었다. 수몽이 죽은 뒤 큰 아들 제번(諸樊)이 왕위를 양보하자 계찰이 받는 것을 거부하며 자장(子臧)을 본받아 절개를 잃는 일이 없도록 하겠다는 뜻을 밝혔다.

5-12. 美女篇(미녀편)

1) 이 시는 미녀가 꽃다운 한창 나이에 시집가지 못해 탄식하는 처지를 묘사하면서, 작자 자신도 다른 사람이 알아주지 않아 큰 뜻을 이루지 못하는 고민을 노래하였다.

2) 妖(요) : 아름답다. 閑(한) : 우아하고 조용하다.

3) 岐路(기로) : 갈림길.

4) 柔條(유조) : 뽕나무의 부드러운 가지. 紛(분) : 어지럽게 움직이는 모양. 冉冉(염염) : 움직이며 그치지 않는 모양. 아래로 늘어뜨린 모양.

떨어지는 잎은 어찌 이리 나부끼는가.　　落葉何翩翩.[5]

소매를 걷으니 하얀 손 보이는데　　攘袖見素手,[6]

흰 팔뚝에는 금팔찌를 끼었네.　　皓腕約金環.[7]

머리에는 참새 모양 금비녀 꽂고　　頭上金爵釵,[8]

허리에는 푸른 구슬을 찼네.　　腰佩翠琅玕.[9]

밝은 구슬을 옥 같은 몸에 차고　　明珠交玉體,[10]

산호(珊瑚)가 목난(木難) 구슬에 섞여있네.　　珊瑚間木難.[11]

비단옷은 어찌 이리도 날리는가.　　羅衣何飄飄,[12]

가벼운 옷자락은 바람 따라 펄렁이네.　　輕裾隨風還.[13]

돌아보면 맑은 눈빛 넘쳐나고　　顧盼遺光釆,[14]

길게 휘파람 불면 숨결은 난초 같은 향기 나네.　　長嘯氣若蘭.

길 가는 사람은 그녀를 보고 수레 멈추고　　行徒用息駕,[15]

쉬던 사람은 이 때문에 밥 먹는 것도 잊는다.　　休者以忘餐.[16]

그녀가 어디에서 사는가를 물으니　　借問女何居,[17]

성 남쪽 끝에 산다고 하네.　　乃在城南端.[18]

청루는 대로변에 있고　　青樓臨大路,[19]

---

5) 翩翩(편편) : 나부끼는 모양.

6) 攘袖(양수) : 소매를 걷다. 見(현) : '現(현)'과 같다.

7) 皓(호) : 희다. 約(약) : 묶다. 착용하다.

8) 金爵釵(금작채) : 참새 모양의 금비녀. 爵(작) : '雀(작)'과 같다. 참새.

9) 琅玕(낭간) : 옥(玉) 비슷한 아름다운 돌.

10) 交(교) : 차다[佩帶].

11) 間(간) : 사이에 섞이다. 木難(목난) : 진주(珍珠)의 일종. 푸른 색 구슬로, 전하는 바에
　　의하면 금시조(金翅鳥)의 침이 엉겨서 된 것이라고 한다. '금시조'는 인도의 전설에 나
　　오는 괴수(怪獸). 입에서 불을 토하여 용을 잡아먹는다는 새.

12) 飄飄(표표) : 펄럭이는 모양. 긴 옷자락이 펄럭이는 모양을 형용.

13) 裾(거) : 옷자락. 還(환) : '旋(선)'과 통한다. 돌다.

14) 顧盼(고반) : 돌아보다. 遺(유) : 남다. 넘쳐나다.

15) 行徒(행주) : 길 가는 사람. 用(용) : ~로 인해. 息駕(식가) : 수레를 멈추다.

16) 以(이) : ~때문에.

17) 借問(차문) : 물어 보다. 何居(하거) : '居何(거하)'의 뜻. 어느 곳에 살다.

18) 乃(내) : 발어사(發語詞). 의미가 없다.

높은 문은 겹겹이 닫혀있다.	高門結重關.[20]
꽃다운 얼굴은 아침 햇살 같이 빛나니	容華耀朝日,[21]
그 누가 아름다운 얼굴 흠모하지 않으랴.	誰不希令顏.[22]
중매장이는 무슨 일로 바쁘기에	媒氏何所營,[23]
옥과 비단으로 제때 정혼(定婚)을 주선 않나.	玉帛不時安.[24]
아름다운 여인은 지조 높은 이를 사모하여	佳人慕高義,[25]
훌륭한 사람 찾지만 정말 유난히 어렵구나.	求賢良獨難.[26]
뭇 사람들 부질없이 야단들이지만	衆人徒嗷嗷,[27]
그녀가 바라는 것을 어찌 알 것인가.	安知彼所觀.[28]
꽃다운 나이에 방에만 있으면서	盛年處房室,[29]
한밤에도 일어나 길게 한숨짓네.	中夜起長歎.[30]

---

19) 靑樓(청루) : 푸른 칠을 한 누각. 한위(漢魏) 육조(六朝) 때는 '부귀(富貴)한 집의 여자
   의 거처(居處)'를 가리켜, 후세에 '기루(妓樓)'를 가리키는 것과는 다르다.

20) 結(결) : 닫다. 重關(중관) : 이중 문 빗장. 문의 출입이 엄격함을 형용한다.

21) 容華(용화) : 용모(容貌).

22) 希(희) : 흠모하다. 令(령) : 아름답다.

23) 媒氏(매씨) : 중매장이. 營(영) : 일을 하다.

24) 玉帛(옥백) : 옥과 비단. 약혼을 하여 납폐(納幣)를 보낼 때의 예물(禮物). 不時(불시)
   : 때에 미치지 못하다. 安(안) : 정(定)하다. 여기서는 납폐(納幣)를 보내어 정혼(定婚)을
   하다.

25) 佳人(가인) : 미인. 미녀. 高義(고의) : 지조가 높은 사람.

26) 良(량) : 확실히. 獨(독) : 특히, 특별히.

27) 徒(도) : 헛되이. 嗷嗷(오오) : 매우 떠들썩한 소리.

28) 觀(관) : 견해. 생각.

29) 處房室(처방실) : 방에만 있다. 아직 출가하지 않았다는 의미.

30) 中夜(중야) : 한밤중.

5-13. 아름다운 노래(豔歌)¹⁾

계성(薊城)의 북문에서 나가　　　　　　出自薊北門,²⁾
멀리 호숫가의 뽕나무를 바라본다.　　　遙望湖池桑.
나무 가지 가지마다 서로 닿아 있고　　枝枝自相值,³⁾
잎사귀 잎사귀마다 서로 마주하고 있네.　葉葉自相當.

잔구(殘句) 1

어른이 눈짓을 해보이면　　　　　　　長者賜顏色,⁴⁾
태산(泰山)도 움직여 옮길 수 있네.　　泰山可動移.⁵⁾

잔구(殘句) 2

여름이라 부드럽고 하늘은 맑고 서늘하며　夏節純和天淸涼,⁶⁾
온갖 풀들 무성하고 난초 향기 퍼지네.　百草滋植舒蘭芳.⁷⁾

5-13. 豔歌(염가)

1) 이 시는 전체의 시 중 일부인 네 구만 전하고 있는데, 계성(薊城) 북문 밖의 뽕나무를 읊었다.
2) 薊(계) : 지명. 옛날 연(燕)나라의 도성(都城). 지금의 북경시(北京市) 서남쪽.
3) 值(치) : 아래의 '當(당)'과 더불어 모두 '마주 보다' '서로 향하다'는 뜻. 여기서는 가지와 잎이 무성하여 서로 잇닿아 있다는 의미.
4) 顏色(안색) : 얼굴빛. 명령.
5) 이상의 두 구는 『문선(文選)』에 실린 강엄(江淹)의 「예건평왕상서(詣建平王上書)」의 이선(李善) 주(注)에 보인다.
6) 純和(순화) : 아름답고 부드럽다.
7) 이 구는 『초학기(初學記)』 권3에 보인다.

5-14. 신선 세계를 노닐며(遊仙)[1]

사람이 살아 백 살을 채우지 못하는데	人生不滿百,
해마다 해마다 즐거운 일 적네.	歲歲少歡娛.
이 내 마음은 날개깃을 떨쳐	意欲奮六翮,[2]
안개를 밀치고 하늘에 오르고자 하네.	排霧陵紫虛.[3]
적송자(赤松子)와 왕자교(王子喬) 같이 속세를 벗어나	蟬蛻同松喬.[4]
날아서 정호(鼎湖)에서 올라가네.	翻迹登鼎湖,[5]
높은 하늘을 날아돌고	翺翔九天上,[6]
말을 타고 한껏 달려 먼 곳에 가 노닌다.	騁轡遠行遊.[7]
동쪽으로 부상(扶桑)의 햇빛을 보고	東觀扶桑曜,[8]
서쪽으로 약수(弱水)의 흐르는 물가에 임한다.	西臨弱水流.[9]
북쪽으로 현천저(玄天渚)에 이르고	北極玄天渚,[10]
남쪽으로 단구(丹丘)를 날아오른다.	南翔陟丹丘.[11]

5-14. 遊仙(유선)

1) 이 시는 인생은 짧고 즐거움이 적은 속세를 벗어나 하늘에 올라 동서남북을 마음껏 자유로이 주유(周遊)하는 유선시(遊仙詩)이다.

2) 六翮(육핵) : 조류(鳥類)의 두 날개에 있는 깃촉. 새의 두 날개를 가리킨다. 翮(핵) : 깃촉. 깃의 아래쪽에 있는 강경한 축. 도가(道家)에서는 신선이 되는 사람은 어깨에 날개가 생긴다고 여긴다.

3) 陵(능) : (높이) 오르다. 올라가다. 紫虛(자허) : 하늘, 공중.

4) 蟬蛻(선태) : 매미가 단단한 껍질을 벗다. 도가에서는 사람이 속세를 벗어나 신선이 되는 것을 비유한다. 松橋(송교) : 적송자(赤松子)와 왕자교(王子喬). 전설 중의 신선의 이름.

5) 翻迹(번적) : 날다. 鼎湖(정호) : 전설에서 황제(黃帝)가 하늘로 올라간 곳.

6) 翺翔(고상) : 비상하다. 하늘을 높이 빙빙 날아 돌다. 九天(구천) : 매우 높은 하늘.

7) 騁轡(빙비) : 말을 풀어놓아 빨리 달리게 하다.

8) 扶桑(부상) : 신화에 나오는 나무 이름. 해가 뜨는 곳. 曜(요) : 햇빛.

9) 弱水(약수) : 신화에 나오는 물 이름.

10) 極(극) : 이르다. 玄天渚(현천저) : '玄渚(현저)'라고도 한다. 북쪽의 바다 이름.

11) 陟(척) : 오르다. 丹丘(단구) : 신화에 나오는 지명(地名). 밤낮으로 늘 밝은 곳.

5-15. 하늘세계를 노닐며(五遊詠)[1]

천하도 좁아 걷기엔 부족하여	九州不足步,[2]
구름 위에 올라 날고 싶네.	願得凌雲翔.[3]
저 먼 팔방 밖을 자유로이 거닐고	逍遙八紘外,[4]
여기저기 바라보며 아득히 먼 곳을 지나가네.	遊目歷遐荒.[5]
나는 붉은 놀의 아름다운 옷을 걸치고	披我丹霞衣,[6]
하얀 무지개 치마를 덧입는다.	襲我素霓裳.[7]
꽃 모양의 수레 덮개는 향기가 짙고	華蓋芳晻藹,[8]

5-15. 五遊詠(오유영)

1) 이 시는 갑갑한 현실을 벗어나 하늘나라에 가서 천제(天帝)와 여러 선인(仙人)들을 보고 영지(靈芝)와 향기로운 꽃을 감상하며 즐기는 내용의 유선시(遊仙詩)이다. 황절(黃節)은 『조자건시주(曹子建詩注)』에서 다음과 같이 말했다. "이 시는 사의(詞意)가 굴원(屈原)의 「원유(遠遊)」를 많이 본떴다. 시의 처음 '九州不足步(구주부족보), 願得凌雲翔(원득능운상)'구는 바로 「원유」의 첫 구 '세상이 핍박하고 길을 막는 것을 슬퍼하니, 훌쩍 높이 올라 멀리까지 노닐기를 원한다(悲時俗之迫阨, 願輕擧而遠遊)'는 뜻인데, 그 뜻은 본뜨되 말은 그대로 따르지 않은 것이라고 말할 수 있다." 五遊(오유) : 동서남북(東西南北)을 두루 노닌 뒤에 하늘에 올라 노닐다. 실제로는 천계를 유람하는 것을 가리킨다. 이 시는 『악부시집(樂府詩集) · 잡곡가사(雜曲歌辭)』에서는 제목이 「五遊(오유)」로 되어 있고, 『예문유취(藝文類聚)』에는 「五游咏(오유영)」으로 되어 있다.

2) 九州(구주) : 중국 전체 영토를 가리킨다. 옛날, 우(禹)임금이 중국을 아홉으로 나누어 다스렸다고 한다. 『상서(尙書) · 우공(禹貢)』편에서는 기주(冀州), 연주(兗州), 청주(靑州), 서주(徐州), 양주(揚州), 형주(荊州), 예주(豫州), 양주(梁州), 옹주(雍州)를 들었다.

3) 凌(릉) : 오르다.

4) 八紘(팔굉) : 팔방(八方)의 지극히 먼 곳. 『회남자(淮南子) · 지형훈(地形訓)』편에서 "구주(九州)의 밖에 팔인(八殥)이 있고, 팔인의 밖에 팔굉(八紘)이 있으며, 팔굉 밖에 팔극(八極)이 있다"라고 하였다.

5) 歷(력) : 두루 미치다. 遐荒(하황) : 아득히 먼 곳.

6) 披(피) : (겉옷을) 걸치다. 丹霞(단하) : 붉은 색의 아름다운 놀. 옛날의 전설에서 신선이 입는 옷.

7) 襲(습) : 외투를 입다. 霓(예) : 무지개. 전설에 의하면 신선은 놀[霞]을 윗옷으로 입고 무지개를 하의[裳]로 입는다고 한다.

8) 華蓋(화개) : 수레 덮개. 모양이 꽃과 같다. 晻藹(엄애) : 풍성한 모양.

여섯 마리 용은 머리를 높이 세워 달린다.　　六龍仰天驤.9)

햇빛의 그림자는 아직 옮겨가지 않았는데　　曜靈未移景,10)

어느덧 푸른 하늘에 이르렀구나.　　倏忽造昊蒼.11)

하늘 문이 붉은 색 문짝을 열고　　閶闔啓丹扉,12)

두 개의 망루(望樓)는 붉은 빛을 비춘다.　　雙闕曜朱光.13)

문창전(文昌殿)을 배회하고　　徘徊文昌殿,14)

태미당(太微堂)에 오르네.　　登陟太微堂.15)

천제(天帝)는 서쪽의 창(窓)이 있는 집에서 쉬고　　上帝休西欞,16)

여러 신선들은 동편 곁채에 모이네.　　羣后集東廂.17)

나에게 아름다운 옥 장식을 달게 하고　　帶我瓊瑤佩,18)

맑은 밤이슬을 마시게 하네.　　漱我沆瀣漿.19)

발길을 멈춘 채 영지(靈芝)를 구경하고　　踟躕玩靈芝,20)

서성이며 향기로운 꽃을 보고 즐긴다.　　徙倚弄華芳.21)

왕자교(王子喬)는 선약(仙藥)을 바치고　　王子奉仙藥,22)

---

9) 驤(양) : 말이 머리를 높이 들다. 달리다.

10) 曜靈(요령) : 태양. 景(영) : 그림자. '影(영)'과 같다.

11) 倏忽(숙홀) : 돌연, 어느덧. 造(조) : 이르다. 昊蒼(호창) : 푸른 하늘.

12) 閶闔(창합) : 천문(天門). 천궁(天宮)의 문. 丹扉(단비) : 붉은 색의 문짝.

13) 雙闕(쌍궐) : 천문(天門) 밖의 두 개의 망루(望樓).

14) 文昌(문창) : 본래는 별 이름이고, 여기서는 궁전 이름이다. 전설에 하늘에는 삼궁(三宮 : 紫微·太微·文昌)이 있다고 한다.

15) 登陟(등척) : 오르다. 太微(태미) : 본래는 별 이름이고, 여기서는 하늘에 있는 삼궁(三宮)의 하나.

16) 欞(령) : 격자창. 여기서는 창이 있는 집을 가리킨다.

17) 群后(군후) : 사방의 제후. 여기서는 여러 신선들을 가리킨다.

18) 瓊瑤(경요) : 아름다운 옥. 佩(패) : 옛날, 허리띠에 달던 장식.

19) 漱(수) : 마시다. 沆瀣(항해) : 밤의 맑은 이슬. 선인이 마시는 것. 漿(장) : 마실 것, 진한 액체.

20) 踟躕(지주) : 머뭇거리다. 발길을 멈추다.

21) 徙倚(사의) : 어떤 일에 미련을 두어 떠나지 못하다. 놀이에 빠져 집에 돌아가는 것을 잊다. 華芳(화방) : 향기로운 꽃.

22) 王子(왕자) : 왕자교(王子喬). 전설에 나오는 신선의 이름.

선문자고(羨門子高)는 진기한 처방을 바친다.　　　羨門進奇方.[23]

선약(仙藥)을 먹으면 고령(高齡)을 누리고　　　服食享遐紀,[24]

수명을 끝없이 유지할 수 있다네.　　　延壽保無疆.[25]

5-16. 양보(梁甫行)[1]

팔방의 기후가 각각 다르고　　　八方各異氣,[2]

천리 안에도 바람 불고 비 오고 저마다 다르네.　　　千里殊風雨.[3]

고달프도다! 변경 바닷가의 백성들　　　劇哉邊海民,[4]

들판에 몸을 맡기고 사네.　　　寄身於草野.[5]

아내와 자식들 짐승처럼 생활하고　　　妻子象禽獸,[6]

---

23) 羨門(선문) : 선문자고(羨門子高). 신선의 이름. 方(방) : 처방.

24) 服食(복식) : 선약(仙藥)을 복용(服用)하다. 遐紀(하기) : 고령(高齡).

25) 無疆(무강) : 끝이 없다. 한없이 넓다.

5-16. 梁甫行(양보행)

1) 이 시는 변방의 바닷가에 사는 가난한 사람들의 고통스러운 생활을 묘사하였다. 梁
甫(양보) : 태산(泰山) 아래의 작은 산. 전하는 말에, 사람이 죽은 후 혼백이 태산(泰山)
과 양보(梁甫)에 돌아간다고 한다. 行(행) : 고대 악곡의 한 체재. 옛날의 「양보행」은 내
용이 만가(輓歌)가 많으나 조식의 이 시는 악부(樂府)의 옛 제목만 빌린 것이고 내용은
그것과 상관없다.

2) 八方(팔방) : 동서남북(東西南北)과 동남(東南), 동북(東北), 서남(西南), 서북(西北)을
합쳐서 '팔방'이라 부른다. 異氣(이기) : 기후가 다르다.

3) 殊(수) : 다르다. 風雨(풍우) : 비바람. 혹독한 시련, 고초.

4) 劇(극) : 고달프다. 힘들고 어렵다. 邊海民(변해민) : 연구자에 따라서는 조식(曹植) 자
신을 일컫는다고 보기도 한다. 황초(黃初) 2년(221) 조식은 임치후(臨淄侯)로 있다가
삭탈관직(削奪官職) 당하여 서민이 되었지만 기거지(寄居地) 견성(鄄城)에서 원래의
봉토(封土) 임치로 되돌아왔을 가능성이 크다. 임치는 변방 바닷가 지역인 청주(靑州)
에 속한다. 그래서 '변해민'이라 자칭한 것으로 본다.

5) 草野(초서) : 교외의 들판.

6) 象禽獸(상금수) : 짐승처럼 황폐한 들판에서 생활하며 옷이 누추하고 음식이 조잡한

험한 숲에 의지하여 지내는구나.　　　行止依林阻.[7]

사립문은 얼마나 쓸쓸한가.　　　柴門何蕭條,[8]

여우와 토끼가 내 집에서 뛰어다니네.　　　狐兎翔我宇.[9]

5-17. 붉은 노을이 해를 가려(丹霞蔽日行)[1]

주왕(紂王)은 어리석고 무도(無道)하여　　　紂爲昏亂,[2]

충성스럽고 바른 신하들을 해쳤네.　　　虐殘忠正.[3]

주(周) 왕실은 얼마나 융성하였던가.　　　周室何隆,

한 집에 성인이 세 분이 나셨네.　　　一門三聖.[4]

목야(牧野)에서 큰 공업(功業)을 이루니　　　牧野致功,[5]

것을 가리킨다.

7) 行止(행지) : 행동하는 것과 그치는 것. 일반적으로 생활하는 것을 가리킨다. 林阻(임조) : 산림이 험준한 땅.

8) 柴門(시문) : 가시나무와 섶나무로 엮은 문. 가난한 집의 문을 뜻한다. 何(하) : 얼마나. 蕭條(소조) : 적막하다. 쓸쓸하다.

9) 翔(상) : 배회하다. 달리다. 여기서는 여우와 토끼가 여기저기 뛰어다니는 것을 가리킨다. 我(아) : 변경 바닷가의 백성을 가리킨다.

5-17. 丹霞蔽日行(단하폐일행)

1) 이 시는 상(商)나라와 한(漢)나라의 쇠망(衰亡), 그리고 주(周)나라의 흥성(興盛)이라는 역사상의 교훈을 통하여, 위정자(爲政者)가 충성스러운 신하를 존중하고 왕도(王道)를 시행하는 것이 얼마나 중요한 지를 강조한 영사시(詠史詩)이다. 옛날의 사례를 빌어 현실을 풍자한 것으로 볼 수도 있다.

2) 紂(주) : 상(商)나라의 마지막 임금. 재위 기간 동안 황음(荒淫) 무도(無道)하여 많은 신하들을 해쳤다.

3) 역사의 기록에 의하면, 주왕(紂王)은 일찍이 문왕(文王)을 유리(羑里)에 가두고, 비간(比干)의 심장을 갈랐으며, 익후(翼侯) 등을 죽였다.

4) 三聖(삼성) : 주문왕(周文王), 주무왕(周武王), 주공(周公) 단(旦)을 가리킨다.

5) 牧野(목야) : 지명(地名). 상(商)나라 수도 조가(朝家)에서 남쪽 교외 30리 되는 곳에 있으며, 지금의 하남성(河南省) 기현(淇縣) 남쪽이다. 致功(치공) : 공(功)을 세우다. 주

하늘도 천명을 바꾸었네.	天亦革命.6)
한(漢) 고조(高祖)가 일어난 것은	漢祚之興,7)
진(秦)나라의 쇠락을 뒤이은 것이네.	秦階之衰.8)
비록 남쪽을 향해 황제를 일컬었지만	雖有南面,9)
왕도(王道)는 쇠락하였네.	王道陵夷.10)
국운(國運)의 불빛이 재차 어두워지더니	炎光再幽,11)
홀연 소멸하여 존재하지 않게 되었네.	忽滅無遺.12)

5-18. 원망의 노래(怨歌行)1)

임금 노릇 쉽지 않거니와	爲君旣不易,

무왕(周武王)이 목야(牧野)에서 상(商)의 주왕(紂王)의 군대를 격파하고 주(周)나라를 세웠다.

6) 고대에는 제왕(帝王)이 하늘에서 명을 받는다고 여겨, 조대(朝代)의 바뀜을 '혁명(革命)'이라 불렀다. 여기서는 주무왕(周武王)이 주왕(紂王)을 격파하고 하늘의 뜻을 이어 주(周)나라를 세워 상(商)을 대신한 것을 가리킨다.

7) 漢祖(한조) : 한(漢) 고조(高祖) 유방(劉邦). 저본에는 '漢祚(한조)'로 되어 있으나 『예문유취(藝文類聚)』와 송간본(宋刊本) 『조자건문집(曹子建文集)』에 의거하여 고치다.

8) 階(계) : 따르다. 의하다.

9) 南面(남면) : 고대의 제왕은 남쪽을 향해 앉았다. 그래서 '남면'으로 '제왕'을 대신하여 일컫는다.

10) 陵夷(능이) : 쇠락하다.

11) 炎光(염광) : 고대의 음양오행설(陰陽五行說)에서는 한(漢)나라가 화덕(火德)에 속한다고 보았다. 그래서 여기서는 '염광'으로 한나라를 대신 가리킨다. 再幽(재유) : 거듭 어두워지다. 한나라가 왕망(王莽)의 찬탈(簒奪)과 동탁(董卓)의 난정(亂政)이라는 두 차례 재난을 겪은 것을 가리킨다.

12) 忽滅(홀멸) : 아주 빨리 멸망하다. 無遺(무유) : 남은 것이 없다.

5-18. 怨歌行(원가행)

1) 이 시는 주공(周公)이 충심(忠心)으로 성왕(成王)을 보좌하였으나 도리어 유언비어로

신하 노릇 진실로 유독 어렵기만 하네.　　　　　　　爲臣良獨難.2)

충성과 믿음의 일이 드러나지 않으면　　　　　　　忠信事不顯,3)

도리어 의심받는 우환이 있게 되네.　　　　　　　乃有見疑患.4)

주공(周公)이 문왕(文王)과 무왕(武王)을 보좌하여　　周公佐文武,5)

금 궤짝에 담긴 글의 공로는 말살할 수 없네.　　　金縢功不刊.6)

충심으로 왕실을 보좌하였건만　　　　　　　　　推心輔王室,7)

관숙(管叔)과 채숙(蔡叔)은 도리어 유언비어 퍼뜨렸네.　二叔反流言.8)

처벌을 기다리며 동쪽 지방에 살 때　　　　　　　待罪居東國,9)

눈물이 늘 끊임없이 흘러내렸다네.　　　　　　　泣涕常流連.10)

의심을 받았고, 결국 하늘이 재난을 내려 성왕이 깨달으면서 억울함을 씻게 된 일을 노래한 영사시(詠史詩)이다. 작자 또한 황초(黃初) 이래로 무고(誣告)로 많은 박해를 받아 그 옛날 주공의 처지와 매우 비슷하였다. 자신의 충정(忠貞)이 제대로 이해받지 못하는 것을 슬퍼하고 원망하면서 동시에 임금이 알아주기를 희망하는 마음도 담고 있다.

2) 良(량) : 진실로. 정말.

3) 이 구는 '다른 사람이 충성과 믿음을 알아주지 않는다'는 의미.

4) 見疑(견의) : 의심받다.

5) 周公(주공) : 희단(姬旦). 주무왕(周武王)의 동생. 일찍이 무왕(武王)을 도와 상(商)나라를 멸망시키다. 文武(문무) : 저본에는 '成王(성왕)'으로 되어 있으나 『예문유취(藝文類聚)』에 의거해서 고치다. 주공이 문왕(文王)과 무왕을 보좌한 일은 '금등(金縢)'의 글에 기재되어 있는데, 성왕(成王)과는 아무 관련이 없다.

6) 金縢(금등) : 금속으로 입구를 봉한 궤(櫃). 상(尙)나라를 멸한 다음해, 무왕(武王)이 중병에 걸리자 주공이 책서(策書)를 지어 선왕(先王)에게 기도를 하면서 무왕을 대신해서 죽을 것을 빌면서 책서를 궤 안에 넣고 쇠사슬로 묶어 입구를 봉하였다. 뒤에 성왕이 관숙(管叔)과 채숙(蔡叔)의 비방을 듣고 주공을 소원(疏遠)히 하였는데, 쇠사슬로 묶어 입구를 봉한 궤를 열어 책서를 보게 되자 비로소 주공의 충성심을 알게 되었다. 이에 그를 다시 서울로 불러 국정(國政)을 처리하게 시켰다. 功不刊(공불간) : 주공이 무왕을 대신하여 죽기를 원한 공적은 소멸될 수 없다. 刊(간) : 깎다. 덜다. 마멸(磨滅)시키다.

7) 推心(추심) : 정성으로 다른 사람을 대하다.

8) 二叔(이숙) : 주공의 형인 관숙(管叔)과 동생 채숙(蔡叔)을 가리킨다. 流言(유언) : 유언비어를 퍼뜨리다. 주공이 왕위를 찬탈하려 한다고 관숙과 채숙이 헛소문을 퍼뜨린 것을 가리킨다.

9) 待罪(대죄) : 처벌(處罰)을 기다리다. 東國(동국) : 동도(東都) 낙양(洛陽)을 가리킨다. 성왕이 유언비어를 믿고 주공의 부하들을 죽이자 주공이 낙양으로 피신하였다.

하느님이 큰 재난 일으키시니 皇靈大動變,11)

우레 치고 바람 불고 날씨 차가웠네. 震雷風且寒.

나무를 뽑아버리고 가을 농작물 다 쓰러져 버리니 拔樹偃秋稼,12)

하늘의 위엄은 범할 수가 없었네. 天威不可干.13)

성왕이 흰옷 입고 금 궤짝을 열었다가 素服開金縢,14)

비로소 깨달으며 일의 경위를 조사하게 되었네. 感悟求其端.15)

주공의 일이 이미 드러나자 公旦事旣顯,16)

성왕은 슬퍼하며 탄식하였네. 成王乃哀歎.

내 이 노래를 마치려고 하니 吾欲竟此曲,17)

이 노래 슬프고도 길도다. 此曲悲且長.

오늘 즐거움을 서로 즐기며 今日樂相樂,

이별한 뒤라도 서로 잊지 맙시다. 別後莫相忘.

---

10) 流連(유련) : 눈물이 그치지 않는 모양.

11) 皇靈(황령) : 하느님. 動變(동변) : 재난(災難).

12) 偃(언) : 쓰러지다.

13) 干(간) : 범하다. 저항하다.

14) 素服(소복) : 고대에 하늘에 제사를 지낼 때에 입는 예복(禮服).

15) 성왕(成王)이 하늘의 진노(震怒)에 느낀 바가 있어 흰옷을 입고 금 궤짝을 열어 천재 (天災)를 불러일으킨 원인을 찾다가 주공이 이전에 자신이 무왕을 대신하여 죽기를 원 한다는 내용을 적은 책서(策書)를 발견하고 비로소 크게 깨달으며 주공의 충성을 알게 되었다. 端(단) : 일의 경위(經緯). 자초지종(自初至終).

16) 公旦(공단) : 주공(周公).

17) 吾欲竟此曲(오욕경차곡) : 이하 네 구는 악부(樂府) 가사(歌辭)의 상투어이다. 竟(경) : 마치다.

5-19. 훌륭하도다(善哉行)[1]

내일은 큰 재난이 있으리라	來日大難,
입과 입술이 바싹 마르네.	口燥脣乾.
오늘은 서로 즐거워하니	今日相樂,
모두가 마땅히 기뻐야 하네.	皆當喜歡.
이름난 산 두루 거치니	經歷名山,
영지(靈芝)는 아름답기도 하네.	芝草翩翩.[2]
선인 왕자교(王子喬)가	仙人王喬,[3]
선약(仙藥)을 한 알 보내오네.	奉藥一丸.
소매가 짧은 것을 유감스러워 하니	自惜袖短,
손을 넣어도 차가운 걸 느끼겠네.	內手知寒.
부끄럽네, 세상에	慚無靈轍,[4]

5-19. 善哉行(선재행)

1) 이 시는 즐거운 날은 적고 슬픈 날은 많은 이 세상을 살면서 시름을 잊기 위해 친구와 즐겁게 술 마시고 노래 부르고 악기를 타며, 신선에 대해서도 강한 동경(憧憬)을 드러내었다. 정안(丁晏)에 의하면 이 시는 『악부시집(樂府詩集)』과 『태평어람(太平御覽)』에서는 '고사(古辭)'라고 하였고 『예문유취(藝文類聚)』에서만 조식의 작품이라고 되어있다. 정안은 시의 뜻을 자세히 음미하건대 이 시는 한말(漢末)의 현자(賢者)가 어지러운 세상을 걱정하는 시이지 조식의 작품이 아닌 것 같다고 말하였다(『조집전평(曹集銓評)』 (세계서국(世界書局), 1973, 65~66면). 정복보(丁福保)의 『전한삼국진남북조시(全漢三國晉南北朝詩)』(세계서국(世界書局), 1978)에서는 이 시를 조식의 작품에 넣었으며(상책(上冊), 147면), 조유문(趙幼文)은 이 시를 조식의 작품이 아닌 것으로 단정하였다(『조식집교주(曹植集校注)』, 목록 10면). 조식이 작품이 아닐 가능성이 높으나 좀 더 새로운 자료를 찾기 전에 유보적인 입장에서 실어둔다.

2) 翩翩(편편): 모습이 아름답다.

3) 王喬(왕교): 고대 전설에 나오는 신선의 이름. 왕자교(王子喬).

4) 靈轍(영철): '靈輒(영첩)'이 맞는 듯. 춘추(春秋)시대 진(晉)나라 사람. 『좌전(左傳)·선공(宣公)』 2년에 다음과 같은 이야기가 실려 있다. 영첩이 예상(翳桑)에서 곤궁하여 사흘을 먹지 못해 배고픔을 견디기 어려웠다. 조순(趙盾)이 그것을 보고 그에게 먹을 것을 보내고, 또 소쿠리에 담은 밥과 고기를 그의 어머니에게 선사하였다. 뒤에 영첩이 진영공(晉靈公)의 갑사(甲士)가 되었다. 진영공은 잔학(殘虐) 무도(無道)하였으며,

조순(趙盾)을 구할 영첩(靈輒)이 없는 것이. 　以救趙宣.5)

달은 지고 삼성(參星)은 비스듬하며 　月沒參橫,6)

북두칠성은 반짝인다. 　北斗闌干.7)

친한 벗이 집안에 있는데 　親友在門,

굶주려도 밥 먹지 못하네. 　饑不及餐.

즐거운 날은 그래도 적고 　歡日尙少,

슬픈 날은 너무도 많네. 　戚日苦多,

무엇으로 시름을 잊을 건가 　以何忘憂,

쟁(箏)을 타고 술 마시며 노래하네. 　彈箏酒歌.

회남(淮南) 땅에 여덟 사람 있었는데 　淮南八公,8)

신선 되는 비결은 번거롭지 않다네. 　要道不煩,

여섯 마리 용(龍)을 몰고 　參駕六龍,9)

구름 끝에서 노니네. 　游戲雲端.

갑사를 매복하여 충성스럽고 직언을 하는 조순을 살해하려고 하자, 영첩이 그를 구해
주었다. 조순이 그에게 까닭을 묻자 영첩이 "제가 바로 예상에서 굶주렸던 사람입니
다"라고 대답하였다.

5) 趙宣(조선): 춘추시대 진(晉)나라의 현신(賢臣) 조순(趙盾)이며, 시호(諡號)가 선자(宣
　子)였다.

6) 參(삼): 별자리 이름. 삼성(參星).

7) 闌干(난간): 별빛이 반짝이는 모양.

8) 淮南八公(회남팔공): 한고조(漢高祖) 유방(劉邦)의 손자 유안(劉安)이 한문제(漢文
　帝) 때 회남왕(淮南王)에 봉해졌다. 유안은 신선(神仙)과 방술(方術)에 대해 이야기하
　는 것을 좋아하여 방술지사(方術之士)를 수천 명 초치(招致)하여 『내서(內書)』, 『외서
　(外書)』, 『중편(中篇)』을 지었다. 유안의 빈객(賓客) 중에 유명한 사람으로 소비(蘇飛),
　이상(李尙), 좌오(左吳), 전유(田由), 뇌피(雷被), 오피(伍被), 모피(毛被), 진창(晉昌) 등
　의 여덟 사람이 있어서 '팔공(八公)'이라 불렀다. 전하는 바에 의하면, 이들은 유안의
　명에 따라 서로 토론하여 『회남자(淮南子)』를 편찬하였다고 한다.

9) 參(참): '驂(참)'과 통한다. 네 필의 말이 끄는 수레에서, 바깥의 두 말을 가리키며, 여
　기서 '驂駕(참가)'는 '수레를 몰다'는 의미.

잔구(殘句)

저 높은 새처럼	如彼翰鳥,[10]
어쩌다 날아 하늘에 이르네.	或飛戾天.[11]

5-20. 내일 큰 재난이 있을지라도(當來日大難)[1]

해는 너무나 짧은데	日苦短,
즐거움은 다함없이 많구나.	樂有餘,
이에 옥 술통 마련하고 동쪽 주방에서 음식을 만드네.	乃置玉樽辦東廚.[2]
친구간의 옛 정을 더욱 깊게 하고	廣情故,[3]
마음은 서로 더욱 가까워지네.	心相於.[4]
문을 닫고 술자리를 벌이니	闔門置酒,[5]
화락하고 즐겁네.	和樂欣欣.[6]

---

10) 翰(한) : 높다.
11) 戾(려) : 이르다. 도달하다. 이 두 구는 『문선(文選)』에 실린 반악(潘岳, 자(字)는 안인
   (安仁))의 「도망시(悼亡詩)」의 이선(李善) 주(注)에 보인다.

5-20. 當來日大難(당래일대난)

1) 이 시는 연회를 열어 손님들과 즐겁게 술을 마시는 기쁨과, 친구와의 이별을 아쉬워
   하는 정을 묘사하였다. 이 시는 「선재행(善哉行)」을 본떠서 지은 시로 「선재행」의 첫
   구 "내일대난(來日大難)"을 제목으로 삼았다. 當(당) : 본뜨다.
2) 辦東廚(판동주) : 동쪽 주방에서 음식물을 준비하여 차리다. 고대의 주방은 주택의
   동쪽에 있는 경우가 많아 '東廚(동주)'라고 부른다.
3) 情故(정고) : 옛 정.
4) 相於(상어) : 서로 친근하다.
5) 闔(합) : 문을 닫다.
6) 欣欣(신신) : 기쁘고 즐거운 모양.

손님의 말은 나중에 오도록 하고　　　　　遊馬後來,[7]

마차의 바퀴도 풀어버려야겠네.　　　　　轅車解輪.[8]

오늘은 집에서 같이 모였지만　　　　　　今日同堂,

문을 나서면 다른 길을 가리라.　　　　　出門異鄕.

헤어지긴 쉬워도 만나긴 어려우니　　　　別易會難,

서로가 술잔을 다 비우세.　　　　　　　各盡杯觴.

5-21. 군자(君子行)[1]

군자는 미연(未然)의 일을 방비하고　　　　君子防未然,

혐의의 사이에 처하지 않는다네.　　　　　不處嫌疑間.

오이 밭에서는 신발을 신지 않고　　　　　瓜田不納履,

---

7) 손님이 타고 온 말을 밖으로 데리고 가서 바람을 쐬며 늦게 돌아온다. 주인이 손님을 정성스레 접대하며 손님이 더 머무르도록 하고자 하여 일찍 돌아가지 않도록 한다는 의미. 遊馬(유마) : 유객(遊客)의 말.

8) 轅車(원거) : 수레. 마차(馬車). 解輪(해륜) : 바퀴를 풀어놓다. 은근한 정으로 손님을 더 머무르게 하다.

5-21. 君子行(군자행)

1) 이 시는 군자란 모름지기 혐의를 피하여 예법을 준수해야 하며, 주공(主公)이 빈한한 선비를 예대(禮待)한 전고를 통하여 통치자가 어질고 재능 있는 사람을 등용해야 한다는 뜻을 말하였다. 정안(丁晏)에 의하면 『문선(文選)』 권27과 『악부시집(樂府詩集)』 권32에는 모두 '고사(古辭)'라고 되어 있으나 『예문유취(藝文類聚)』 권41만은 이 시를 인용하면서 조식의 작품이라고 하였다. 정복보(丁福保)의 『전한삼국진남북조시(全漢三國晉南北朝詩)』(세계서국(世界書局), 1978)에서는 「군자행」을 조식의 작품에 넣었으며(상책(上冊), 147면), 조유문(趙幼文)은 『조식집교주(曹植集校注)』에서 이 시를 조식의 작품이 아닌 것으로 단정하였다(535면). 시대적으로 조식으로부터 멀지 않은 『문선』의 편찬자 소통(蕭統)이 '고사'라고 말한 것을 보면 조식이 작품이 아닐 가능성이 높으나 좀 더 새로운 자료를 찾기 전에 유보적인 입장에서 실어둔다.

오얏나무 아래서는 관(冠)을 고쳐 쓰지 않는다네.　　李下不整冠.[2]

아재비와 형수는 친밀하게 주고받지 않고　　叔嫂不親授,

어른과 어린이는 어깨를 나란히 하지 않는 법.　　長幼不並肩.[3]

빛을 감추고 세속에 섞이면 덕의 근본 얻을 수 있고　和光得其柄,[4]

겸손하고 공손하기 대단히 어렵네.　　謙恭甚獨難.

주공(周公)은 빈한한 선비를 예대(禮待)하여　周公下白屋,[5]

씹던 것을 토하고 미처 먹지 못했네.　　吐哺不及餐.[6]

한 번 머리 감음에 세 번이나 머리털 움켜쥐니　一沐三握髮,[7]

후세에 성현이라 일컬었네.　　後世稱聖賢.

5-22. 평릉의 동쪽(平陵東)[1]

하늘 문이 열려　　　　　　　　　　　　閶闔開,[2]

---

2) 瓜田不納履(과전불납리), 李下不整冠(이하부정관) : 오이밭에서는 신이 벗겨져도 다시 신지 아니하며 오얏나무 밑에서는 갓을 고쳐 쓰지 않는다. 남에게 의심받는 일은 하지 않는다.

3) 이 구는 어른과 어린이 사이에 차례와 분별이 있다는 의미.

4) 和光(화광) : 빛을 감추고 세속에 섞이다. 자신의 지덕(知德)과 재기(才氣)를 감추고 속세와 어울리다. 柄(병) : 근본.

5) 白屋(백옥) : 빈한(貧寒)한 선비가 사는 초가집. 여기서는 빈한한 선비를 가리킨다.

6) 吐哺(토포) : 주공(周公)이 식사 중에 손님이 찾아오면 입 속의 음식을 내뱉고 손님을 맞은 것을 가리킨다.

7) 一沐三握髮(일목삼악발) : 주공이 머리를 감을 때 손님이 찾아오면 머리카락을 움켜쥔 채 손님을 맞은 것을 가리킨다.

5-22. 平陵東(평릉동)

1) 이 시는 작자가 용(龍)을 타고 봉래산(蓬萊山)에 가서 선인을 만나, 영지(靈芝)를 캐어 복식(服食)함으로써 장생불사(長生不死)하게 됨을 노래한 유선시(遊仙詩)이다. 이 시는 『악부시집(樂府詩集)·상화가사(相和歌辭)·상화곡(相和曲)』에 들어있다. 전하

하늘 거리가 통하자	天衢通,3)
새 깃 옷을 입고 비룡(飛龍)을 탄다.	被我羽衣乘飛龍.4)
비룡을 타고	乘飛龍,
신선과 약속하여	與仙期,5)
동쪽으로 봉래산(蓬萊山)에 올라 영지(靈芝)를 캔다.	東上蓬萊采靈芝.6)
영지를 캐면 선약(仙藥)으로 먹을 수 있으니	靈芝采之可服食,7)
나이가 왕보(王父)처럼 끝없이 무궁하리라.	年若王父無終極.8)

5-23. 괴로운 생각(苦思行)1)

| 푸른 담장이 넝쿨이 구슬 나무를 기어오르니 | 綠蘿緣玉樹,2) |

는 바에 의하면 한(漢)나라 탁의(濯義)의 문인(門人)이 지은 것이라고 한다. 탁의는 자(字)가 문중(文仲)으로 동군(東郡) 태수였는데, 왕망(王莽)이 한나라를 찬탈(篡奪)하자 군대를 일으켜 토벌하였으나 일이 실패하면서 피살되자, 문인이 이 노래를 지어 애도의 뜻을 나타냈다. 조식의 이 시는 고사(古辭)의 내용과는 관계없이 제목만 빌렸다. 平陵(평릉): 옛날의 현(縣) 이름. 지금의 섬서성(陝西省) 함양현(咸陽縣) 서북쪽에 있다.

2) 閶闔(창합): 천문(天門). 하늘 문.

3) 天衢(천구): 하늘 길.

4) 被(피): '披(피)'와 같다. 입다. 羽衣(우의): 새 깃으로 만든 옷.

5) 期(기): 만날 약속을 하다.

6) 蓬萊(봉래): 전설에 나오는 해상(海上)의 선산(仙山). 靈芝(영지): 지초(芝草).

7) 服食(복식): 선약(仙藥)을 복용(服用)하다.

8) 王父(왕보): 동왕보(東王父), 왕보공(王父公)이라고도 부른다. 신선(神仙)의 영수(領袖). 無終極(무종극): 끝이 없다. 장생불사(長生不死)를 의미.

5-23. 괴로운 생각(苦思行)

1) 이 시는 작자가 선인(仙人)을 뒤쫓고자 하였으나 뜻을 이루지 못하고, 화산(華山)에서 은사(隱士)를 만나 말을 잊을 것을 권하는 가르침을 받는다는 내용을 서술하였다. 작자가 현실에서 좌절을 겪은 뒤에 고통스러운 경험을 바탕으로 하여 지어진 시라 볼 수 있다. 이 시는 조식이 스스로 제목을 붙인 악부시이다.

2) 蘿(라): 담장이 넝쿨. 緣(연): 물건을 타고 기어오르다. 얽어 둘러싸다. 玉樹(옥수): 전

광채가 찬란하게 빛난다.	光耀粲相暉.[3]
그 아래에 두 선인(仙人)이 있어	下有兩眞人,[4]
날개를 펼쳐 몸을 솟구쳐 높이 난다.	擧翅翻高飛.[5]
내 마음 어찌나 이리 뛰는지	我心何踊躍,[6]
구름에 올라 뒤쫓아 가고 싶네.	思欲攀雲追.[7]
초목 울창한 화산(華山) 꼭대기	鬱鬱西嶽巓,[8]
석실(石室)은 푸른빛에 쌓여 하늘과 이어져 있네.	石室靑靑與天連.[9]
그 가운데 늙은 은사 한 사람	中有耆年一隱士,[10]
수염과 머리가 온통 희다.	鬢髮皆皓然.[11]
지팡이 짚고 나와 노닐고	策杖從吾遊,[12]
나에게 말을 잊으라 가르치네.	敎我要忘言.[13]

설에 나오는 신비한 나무. 선목(仙木)을 이름.

3) 구슬 나무와 푸른 담장이 넝쿨이 눈부시게 빛나며 서로를 비춘다.

4) 眞人(진인) : 선인(仙人).

5) 翻(번) : 날다. 뒤집다.

6) 踊躍(용약) : 뛰어오르다.

7) 攀(반) : 기어오르다.

8) 鬱鬱(울울) : 초목이 무성한 모양. 西岳(서악) : 화산(華山). 지금의 섬서성(陝西省) 경
내에 있다. 오악(五嶽)의 하나.

9) 石室(석실) : 은사(隱士)의 거처.

10) 耆年(기년) : 나이 여든 살 이상을 '耆(기)'라고 부른다. 여기서는 노년(老年)을 가리
킨다.

11) 皓然(호연) : 흰 모양.

12) 策(책) : 짚다.

13) 要(요) : 중요한 이치. 정요(精要). 忘言(망언) : 말을 잊다. 입을 다물고 말하지 않다.

5-24. 먼 곳을 노닐어(遠遊篇)[1]

먼 곳을 노닐어 사해(四海)에 이르러	遠遊臨四海,
고개를 들었다 숙이며 큰 파도를 바라본다.	俯仰觀洪波.
큰 물고기는 높은 듯 낮은 듯 언덕 같은데	大魚若曲陵,[2]
물결을 타고 왔다 갔다 한다.	承浪相經過.[3]
신령스런 바다거북이 방장산(方丈山)을 등에 지니	靈鰲戴方丈,[4]
신령스런 산이 장엄하게 우뚝 솟아있다.	神嶽儼嵯峨.[5]
신선은 산모퉁이에서 날고	仙人翔其隅,[6]
옥녀는 언덕에서 놀고 있네.	玉女戱其阿.[7]
경수(瓊樹)의 꽃술은 시장기를 달랠 수 있고	瓊蕊可療饑,[8]
머리를 들어 아침 이슬을 마신다.	仰首吸朝霞.[9]
곤륜산(昆侖山)이 본래 나의 집	昆侖本吾宅,[10]
중원(中原)은 나의 집이 아닐세.	中州非我家.[11]

5-24. 遠遊篇(원유편)

1) 이 시는 불로장생(不老長生)의 신선 세계를 찬미하고 제왕의 부귀영화를 하찮게 보는 표현을 통하여 현실에 대해 분격(憤激)해 하는 심정을 강하게 드러내었다.

2) 曲陵(곡릉) : 높았다 낮았다 기복(起伏)이 있는 언덕. 물고기의 등이 높았다 낮았다 하는 것이 마치 큰 언덕 같다는 의미.

3) 承(승) : 타다. 經過(경과) : 왔다 갔다 하다.

4) 靈鰲(영오) : 신령스러운 물고기. 鰲(오) : 큰 바다거북. 方丈(방장) : 전설에 나오는 동해(東海) 삼신산(三神山)의 하나. 나머지 둘은 봉래(蓬萊)와 영주(瀛州). 신선이 산다.

5) 神嶽(신악) : 방장산(方丈山)을 가리킨다. 儼(엄) : 장엄하다. 嵯峨(차아) : 높고 험한 모양.

6) 隅(우) : 산모퉁이.

7) 玉女(옥녀) : 고대 신화에 나오는 태화산(太華山)의 신녀(神女). 阿(아) : 언덕. 산모퉁이 도는 곳.

8) 瓊蕊(경예) : 전설에 의하면 경수(瓊樹)의 꽃술을 먹으면 장생(長生)할 수 있다고 한다. 療饑(요기) : 배고픔을 면하다.

9) 朝霞(조하) : 전설에 의하면 신선이 먹는 정기(精氣).

10) 昆侖(곤륜) : 신화 전설에 나오는 서방(西方)의 선산(仙山).

11) 中州(중주) : 구주(九州)의 가운데에 처한 곳. 중국(中國), 즉 중원(中原) 지역을 가리

장차 돌아가 동보(東父)를 만나기 위해 　　　　將歸謁東父,12)

단숨에 날아올라 사막을 넘어간다. 　　　　　一擧超流沙.13)

날개를 움직여 때 맞춰 부는 바람에 춤추고 　　鼓翼舞時風,14)

긴 휘파람에 맑은 노래를 높이 부른다. 　　　　長嘯激淸歌.15)

금석(金石)도 결국은 쉽게 부서지나 　　　　金石固易弊,

신선은 해와 달과 더불어 빛을 같이 하네. 　　日月同光華.16)

천지(天地)와 더불어 수명을 같이 하니 　　　齊年與天地,

큰 나라 임금이 어찌 부러우랴. 　　　　　　萬乘安足多.17)

5-25. 탄식(吁嗟篇)1)

아아, 이 굴러가는 쑥이여 　　　　　　　　吁嗟此轉蓬,2)

킨다. 九州(구주) : 중국 전체 영토를 가리킨다. 옛날, 우(禹)임금이 중국을 아홉으로 나
누어 다스렸다고 한다. 『상서(尙書)·우공(禹貢)』편에서는 기주(冀州), 연주(兗州), 청
주(靑州), 서주(徐州), 양주(揚州), 형주(荊州), 예주(豫州), 양주(梁州), 옹주(雍州)를 들
었다.

12) 謁(알) : 알현(謁見)하다. 東父(동보) : 즉 동왕보(東王父). 신선들의 영수(領袖).

13) 流沙(유사) : 서북부(西北部)의 사막(沙漠)을 가리킨다.

14) 鼓(고) : 움직이다. 時風(시풍) : 때 맞춰 부는 바람.

15) 激(격) : 불러일으키다. 흩날리다.

16) 이 구는 신선의 수명이 해와 달처럼 장구(長久)하다는 의미.

17) 萬乘(만승) : 병거(兵車) 만량(萬輛)을 소유하고 있는 대국(大國)의 임금. 천자(天子).
多(다) : 일컫다. 찬미(讚美)하다.

5-25. 吁嗟篇(우차편)

1) 이 시는 굴러다니는 쑥[轉蓬]으로 정처 없이 떠돌아다니는 작자 자신의 생활을 비유
하며 괴롭고 슬픈 심정을 토로하고, 형제 골육(骨肉)과 다시 만나기를 희망하였다. 吁
嗟(우차) : 탄식하는 소리.

2) 轉蓬(전봉) : 굴러다니는 쑥. 뿌리채 뽑혀 바람 부는 대로 굴러다니는 쑥으로 작자 자
신의 처지를 비유하다.

세상살이 어찌 이리도 외로운가.　　　　居世何獨然.3)

뿌리에서 멀리 떨어져 떠나가니　　　　長去本根逝,4)

아침저녁으로 편히 쉴 날 없구나.　　　宿夜無休閒.5)

동서로 여러 밭두렁을 지나고　　　　東西經七陌,6)

남북으로 많은 밭두렁을 넘었네.　　　南北越九阡.7)

갑자기 회오리바람을 만나니　　　　卒遇回風起,8)

나를 구름 사이로 불어 올리네.　　　吹我入雲間.9)

내 생각에 하늘 길에서 끝나려니 여겼더니　　自謂終天路,10)

홀연히 깊은 못에 가라앉네.　　　　忽然下沉淵.11)

거센 바람이 나를 받아 밖으로 내어　　驚飈接我出,12)

다시 저 밭 가운데로 돌아오게 되었네.　故歸彼中田.13)

남쪽을 향하고 있다가 다시 북쪽으로 가고　當南而更北,

동쪽으로 가리라 생각했으나 도리어 서쪽으로 가네.　謂東而反西.

나부끼며 어디에 의지해야 하나　　宕宕當何依,14)

갑자기 없어졌다가 다시 존재하네.　　忽亡而復存.

---

3) 居世(거세) : 세상에서 살다.

4) 長去(장거) : 멀리 떨어지다. 逝(서) : 가다.

5) 宿夜(숙야) : '夙夜(숙야)'와 같다. 아침저녁으로.

6) 七(칠) : 여기서는 허수(虛數)로 넓은 지역을 가리킨다. 陌(맥) : 동서(東西)로 난 밭 사
　이의 길. 길.

7) 九(천) : 넓은 지역을 가리킨다. 阡(천) : 남북(南北)으로 난 밭 사이의 길. 길.

8) 卒(졸) : '猝(졸)'과 같다. 갑자기. 回風(회풍) : 회오리바람.

9) 我(아) : '굴러다니는 쑥[轉蓬]'을 가리킨다.

10) 天路(천로) : 하늘의 길.

11) 淵(연) : 저본에는 '泉(천)'으로 되어 있으나 『악부시집(樂府詩集)』과 『삼국지(三國
　志)·위서(魏書)』의 주(注)에 의거하여 고치다. 정안(丁晏)은 본래 '淵(연)'인 것을 당
　(唐)나라 사람들이 고조(高祖)의 이름 이연(李淵)을 피휘(避諱)하여 '泉(천)'으로 고쳤다
　고 보았다.

12) 飈(표) : 폭풍. 강풍. 회오리바람.

13) 故(고) : 오히려. 여전히. 中田(중전) : '田中(전중)'의 뜻. 밭 가운데.

14) 宕宕(탕탕) : '蕩蕩(탕탕)'과 같다. 나부끼다. 저본에는 '宕若(탕약)'으로 되어 있으나
　『악부시집(樂府詩集)』과 『삼국지(三國志)·위서(魏書)』에 의거하여 고치다.

바람에 날려 여덟 개의 호수를 돌다가　　　　　　飄飆周八澤,[15]

펄럭이며 다섯 산을 지나가네.　　　　　　　　　連翩歷五山.[16]

떠돌며 일정한 장소가 없으니　　　　　　　　　流轉無恆處,[17]

그 누가 나의 고통과 고생을 알아줄까.　　　　誰知吾苦艱.[18]

원컨대 숲 속의 풀이 되어　　　　　　　　　　願爲中林草,[19]

가을에 들불에 따라 불태워지길 바라네.　　　秋隨野火燔.[20]

불에 타 재가 되면 어찌 고통스럽지 않으리오마는　糜滅豈不痛,[21]

원컨대 뿌리와 이어지길 바라네.　　　　　　　願與株荄連.[22]

5-26. 드렁허리(鰕䱇篇)[1]

드렁허리는 웅덩에서 놀 줄만 알지　　　　　鰕魚旦游潢潦,[2]

---

15) 飄飆(표요) : 바람에 나부끼다. 周(주) : 한 바퀴 돌다. 두루 돌다. 八澤(팔택) : 중국 안에 있는 여덟 개의 큰 호수. 노(魯)의 대야(大野), 진(晉)의 대륙(大陸), 진(秦)의 양오(楊汙), 송(宋)의 맹제(孟諸), 초(楚)의 운몽(雲夢), 오(吳)와 월(越) 사이의 구구(具區), 제(齊)의 해우(海隅), 정(鄭)의 포전(圃田).

16) 連翩(연편) : 새가 나는 모양. 五山(오산) : 오악(五嶽). 중국의 오대 명산. 동악(東嶽)인 태산(泰山), 서악(西嶽)인 화산(華山), 남악(南嶽)인 형산(衡山), 북악(北嶽)인 항산(恒山), 중악(中嶽)인 숭산(嵩山)을 가리킨다.

17) 流轉(유전) : 이곳저곳으로 떠돌아다니다. 恒處(항처) : 고정된 곳.

18) 苦艱(고간) : 고달프다. 고생스럽다.

19) 中林(중림) : '林中(임중)'의 뜻. 숲 속.

20) 燔(번) : 불사르다. 불태우다.

21) 糜(미) : 문드러지다.

22) 株(주) : 뿌리. 초목의 뿌리. 荄(해) : 풀뿌리.

5-26. 鰕䱇篇(하선편)

1) 이 시는 세력과 이익만을 추구하는 세상 사람을 '드렁허리'와 '참새'에 비유하고, 가슴에 큰 뜻을 품고 황실(皇室)을 도와 천하를 통일하고자 하는 '장사(壯士)'를 '큰 기러기와 고니'에 비유하면서, '장사'가 뜻을 펴지 못해 시름에 잠겨 있음을 세상 사람들이

강과 바다의 물은 알지 못한다.	不知江海流.
제비와 참새는 울타리나무에서 놀 줄만 알지	燕雀戱藩柴,3)
어찌 큰 기러기와 고니의 노님을 알겠는가.	安識鴻鵠遊.4)
세상을 경륜하는 선비가 이 이치를 진실로 잘 알면	世士此誠明,5)
큰 공덕은 반드시 비할 사람이 없으리라.	大德固無儔.6)
수레를 몰아 다섯 큰 산에 오르니	駕言登五嶽,7)
그런 뒤에야 언덕을 작게 여기게 되네.	然後小陵丘.
길을 재촉하는 사람들을 굽어보니	俯觀上路人,8)
권세와 이익만을 도모하네.	勢利惟是謀.9)
나는 황실을 보좌하는 높은 생각을 갖고	高念翼皇家,10)
온 세상을 어루만질 원대한 생각 품고 있네.	遠懷柔九州.11)

아무도 알아주지 않는 세태를 노래하였다. 이 시는 작자 자신이 첫 구의 두 자를 따서 새로운 제목을 만든 악부시이다. 鰕(하) : 새우. 작은 물고기. 鮋(선) : 드렁허리. '鰕鮋(하선)'은 여기서 '작은 물고기'를 두루 가리킨다.

2) 潢(황) : 웅덩이. 潦(료) : 길바닥에 괸 물.

3) 燕雀(연작) : 제비와 참새. 도량이 좁은 사람이나 작은 인물을 비유적으로 이르는 말. 藩柴(번시) : 울타리 나무.

4) 鴻鵠(홍곡) : 큰 기러기와 고니. 큰 인물 또는 영웅호걸의 비유.

5) 世士(세사) : 세상을 경륜하는 선비. 此(차) : 위에서 말한 이치. 즉 강과 바다에서 노닐지언정 진흙 웅덩이에서 놀지 않으며, 큰 기러기가 될지언정 제비나 참새가 되지는 않는 것. 此誠明(차성명) : 저본에는 '誠明性(성명성)'으로 되어 있으나 『악부시집(樂府詩集)』에 의거해서 고치다.

6) 大德(대덕) : 큰 공덕(功德). 공업(功業)을 가리킨다. 固(고) : 반드시. 無儔(무주) : 비교될 사람이 없다.

7) 駕言(가언) : 수레를 몰다. 言(언) : 어조사. 五嶽(오악) : 중국의 오대 명산. 동악(東嶽)인 태산(泰山), 서악(西嶽)인 화산(華山), 남악(南嶽)인 형산(衡山), 북악(北嶽)인 항산(恒山), 중악(中嶽)인 숭산(嵩山)을 가리킨다.

8) 上路人(상로인) : 길을 재촉하는 사람. 벼슬길에서 바쁘게 다니는 사람. 관리(官吏)를 비유한다.

9) 謀(모) : 도모하다.

10) 高念翼(고념익) : 저본에는 '讎高念(수고념)'으로 되어 있으나 송간본(宋刊本) 『조자건문집(曹子建文集)』에 의거해서 고치다. 翼(익) : 보좌하다. 皇家(황가) : 위(魏)나라 황실(皇室)을 가리킨다.

11) 柔(유) : 안무(按撫)하다. 어루만지다. 九州(구주) : 중국 전체 영토를 가리킨다. 옛날,

칼을 어루만지면 우레 같은 소리 울리고	撫劍而雷音,12)
용맹한 기운은 사방으로 뻗어난다.	猛氣縱橫浮.13)
세상을 떠다니며 시끄럽게 소리만 지르는 사람들이	汎泊徒嗷嗷,14)
그 누가 장사의 근심을 알 수 있으리오.	誰知壯士憂.15)

5-27. 칡을 심으며(種葛篇)1)

칡을 남산 아래에 심으니	種葛南山下,
칡덩굴이 저절로 그늘을 이루었네.	葛藟自成陰.2)
그대와 처음 결혼했을 때는	與君初婚時,
부부 되어 사랑이 깊었네.	結髮恩意深.3)

우(禹)임금이 중국을 아홉으로 나누어 다스렸다고 한다. 『상서(尚書)·우공(禹貢)』편에서는 기주(冀州), 연주(兗州), 청주(青州), 서주(徐州), 양주(揚州), 형주(荆州), 예주(豫州), 양주(梁州), 옹주(雍州)를 들었다.

12) 雷音(뢰음) : 우레 소리. 우레 같은 소리.

13) 縱橫(종횡) : 사방으로 흩어지다.

14) 汎泊(범박) : 떠다니다. 시대 조류에 따라 그럭저럭 세월을 보내며 사는 일반 세상 사람들을 가리킨다. 汎(범) : 뜨다. 泊(박) : 머무르다. 徒(도) : 단지. 嗷嗷(오오) : 새들이 시끄럽게 울다.

15) 壯士(장사) : 작자 자신을 가리킨다.

5-27. 種葛篇(종갈편)

1) 이 시는 여인이 초혼(初婚) 때는 남편의 사랑을 깊이 받았으나 늙어 버림을 받게 된 슬픔과 원망의 정을 묘사하였다. 표면적으로는 버림받은 부인을 묘사한 기부시(棄婦詩)이지만 실제로는 조식 자신의 신세(身世)에 대한 감개(感慨)를 기탁한 것으로 볼 수 있다. 葛(갈) : 칡. 콩과에 딸린 갈잎 덩굴나무.

2) 藟(류) : 등나무 덩굴. 陰(음) : '蔭(음)'과 같다. 그늘.

3) 結髮(결발) : 머리를 묶다. 옛날에 남자는 스무 살에 관(冠)을 쓰고 여자는 열다섯 살에 비녀를 꽂아 성년(成年)이 되었음을 나타내었다. 관을 쓰고 비녀를 꽂기 위해서는 머리를 말아 올려야 하는데, 그래서 '머리를 묶는다(結髮)'고 한다. 여기서는 부부(夫

베개와 자리에서 기뻐하고 사랑하고 歡愛在枕席,
아침저녁으로 옷과 이불을 같이 하였네. 宿昔同衣衾.4)
남몰래 「당체(棠棣)」편의 내용을 부러워하니 竊慕棠棣篇,5)
좋아하고 즐겁기가 금슬(琴瑟)이 조화 이루듯이 한다고 했네. 好樂如瑟琴.6)
나이는 점점 늙어 가는데 行年將晚暮,7)
어여쁜 님은 딴 마음을 품는구나. 佳人懷異心.8)
사랑하는 정 멀어져 이어지지 않고 恩紀曠不接,9)
내 마음도 마침내 눌려 가라앉게 되었네. 我情遂抑沉.
대문을 나서게 되니 무얼 또 돌이켜 보랴만 出門當何顧,
머뭇거리며 북쪽 숲을 거니네. 徘徊步北林.
아래엔 목을 서로 기댄 짐승이 있고 下有交頸獸,10)
위로는 짝지어 깃든 새가 보이네. 仰見雙棲禽.
나뭇가지 붙잡고 길게 탄식하니 攀枝長歎息,
눈물이 흘러내려 비단 옷깃 적시네. 淚下沾羅衿.11)
좋은 말도 나의 슬픔 아는지 良馬知我悲,
목을 뻗어 나를 보고 우는구나. 延頸對我吟.
옛적엔 같은 연못 안의 물고기였는데 昔爲同池魚,
지금은 상성(商星)과 삼성(參星) 같이 만나기 힘드네. 今爲商與參.12)

婦)로 맺어졌음을 가리킨다.
4) 宿昔(숙석) : 아침저녁으로. 衾(금) : 이불.
5) 棠棣(당체) : '常棣(당체)'라고도 한다. 『시경(詩經)·소아(小雅)』의 편명(篇名). 형제가 우애롭게 지내기를 권하는 시이다.
6) 『시경(詩經)·소아(小雅)·당체(常棣)』편에 "처와 자식이 잘 화합함이 금(琴)과 슬(瑟)을 타는 것과 같네(妻子好合, 如鼓琴瑟)"라는 구절이 있다.
7) 行年(행년) : 먹은 나이.
8) 佳人(가인) : 남편을 가리킨다. 異心(이심) : 딴 마음. 좋아하는 사람이 따로 있음을 가리킨다.
9) 恩紀(은기) : 애정(愛情). 曠(광) : 떨어지다. 소원(疏遠)해지다.
10) 交頸(교경) : 목을 서로 맞대다. 남녀 또는 부부의 사랑을 비유하다.
11) 衿(금) : 옷깃.

옛날부터 부부란 기쁘게 서로 만나거늘   往古皆歡遇,
지금은 나만 홀로 곤경에 처했네.   我獨困於今.[13]
아서라, 버려두고 하늘의 명에 내맡겨보지만   棄置委天命,[14]
하 많은 근심을 어찌 견딜 수 있겠나.   悠悠安可任.[15]

5-28. 부평초(浮萍篇)[1]

부평초는 맑은 물에 기생하여   浮萍寄淸水,
바람 따라 이리저리 흘러 다니네.   隨風東西流.
머리 얹고 부모님께 하직하고   結髮辭嚴親,[2]
와서는 당신의 아내가 되었지요   來爲君子仇.[3]
아침저녁으로 정성껏 부지런히 일했건만   恪勤在朝夕,[4]

---

12) 商與參(상여삼) : 상성(商星)과 삼성(參星). 상성은 동쪽에 있고 삼성은 서쪽에 있는 데, 서로가 한쪽이 나오면 한쪽이 져서 영원히 서로 만날 수 없다.

13) '於今我獨困(어금아독곤)'이라고 하여야 할 것을 운(韻)을 맞추기 위해 도치하다.

14) 棄置(기치) : 던져놓다. 버려두고 더 이상 언급하지 않다. 委(위) : 맡기다. 돌리다. 天命(천명) : 운명.

15) 悠悠(유유) : 근심이 많은 모양. 任(임) : 견디다. 짊어지다.

5-28. 浮萍篇(부평편)

1) 이 시는 원래 남편과 서로 화목하고 즐겁게 지내던 부인이 아무 이유 없이 버림을 받은 뒤의 슬픔과 원망를 노래하면서 남편이 다시 마음을 돌리기를 희망하였다. 작자가 이 기부시(棄婦詩)를 통하여 자신의 정치상의 불행한 처지를 기탁한 것으로 볼 수 있다. 이 시는 『옥대신영(玉臺新詠)』 권2와 『예문유취(藝文類聚)』 권42에는 제목이 「포생행(浦生行)」으로 되어 있고, 『악부시집(樂府詩集)』에는 「상화가(相和歌)・청조곡(淸調曲)」에 들어있는데 제목을 「포생행부평편(浦生行浮萍篇)」이라 하였다.

2) 結髮(결발) : 상투 틀거나 쪽지다. 성년이 되다. 남자 나이 20세, 여자 나이 15세 때를 가리킨다. 嚴親(엄친) : 부모를 가리킨다.

3) 仇(구) : 배필. 짝.

4) 恪(각) : 삼가다. 恪勤(각근) : 정성껏 부지런히 힘써 일하다.

이유 없이 죄를 짓게 되었지요.	無端獲罪尤.5)
옛날에는 사랑을 받아	在昔蒙恩惠,
둘 사이 화목하고 즐거웠지요.	和樂如瑟琴.6)
어찌 생각이나 했으리오, 지금은 깨어지고 부서져	何意今摧頹,
상성(商星)와 삼성(參星)처럼 멀어졌지요.	曠若商與參.7)
수유(茱萸)도 그 자체에 향기가 있지만	茱萸自有芳,8)
계수나무와 난초만은 못하지요.	不若桂與蘭.
새 사람은 비록 사랑스러워도	新人雖可愛,9)
옛 사람의 기쁨만은 못하지요.	不若故人歡.10)
떠나는 구름은 돌아올 때가 있는데	行雲有反期,11)
당신의 사랑도 혹시 중도에 돌아올까요.	君恩儻中還.12)
원망스러워 하늘을 우러러 탄식하노니	慊慊仰天歎,13)
근심스런 마음 장차 어디에다 하소연할까요.	愁心將何愬.14)
세월은 늘 한 곳에 머물지 않고	日月不恆處,
인생이란 잠시 머무는 나그네살이랍니다.	人生忽若寓.15)
슬픈 바람 불어와 휘장에 불어드니	悲風來入帷,16)

---

5) 無端(무단) : 이유 없이. 까닭 없이. 尤(우) : 과실(過失). 죄.

6) 瑟琴(금슬) : 금(琴)과 슬(瑟). 부부 사이가 화목함을 비유하여 이르는 말.

7) 曠(광) : 떨어지다. 商參(상삼) : 상성(商星)과 삼성(參星). 상성은 동쪽에 있고 삼성은 서쪽에 있어 서로 뜨고 지면서 영원히 서로 만나지 못한다.

8) 茱萸(수유) : 식물 이름. 여기서는 남편이 새로 맞은 여자를 가리킨다. 옛날 사람들은 '수유'를 소인배(小人輩)에 비기고 난초(蘭草)와 계수(桂樹)나무를 현자(賢者)에 비유하였다.

9) 新人(신인) : 남편이 새로 맞은 여자를 가리킨다.

10) 故人(고인) : 전(前) 부인을 가리킨다.

11) 反(반) : 돌아오다.

12) 儻(당) : '倘(당)'과 통한다. 혹시. 中還(중환) : 중도(中途)에 돌아오다.

13) 慊慊(겸겸) : 원망하는 모양.

14) 愬(소) : 하소연하다.

15) 寓(우) : 몸을 의탁하다. 임시로 살다. 저본에는 '遇(우)'로 되어 있으나 『악부시집(樂府詩集)』과 송간본(宋刊本) 『조자건문집(曹子建文集)』에 의거하여 고치다.

16) 帷(유) : 휘장.

눈물이 이슬 떨어지듯 흘러내리네.　　　　　涙下如垂露.

바느질 상자를 열어 새 옷 만드려고　　　　　散篋造新衣,[17]

흰 깁과 명주로 재봉을 하렵니다.　　　　　　裁縫紈與素.[18]

5-29. 한나라는(惟漢行)[1]

태극에서 하늘과 땅이 정해지고　　　　　　　太極定二儀,[2]

맑은 기운과 탁한 기운이 비로소 형성되었네.　　清濁始以形.[3]

해와 달과 별은 팔방의 지극히 먼 곳을 비추고　　三光照八極,[4]

하늘의 도는 대단히 분명하고 밝네.　　　　　　天道甚著明.[5]

사람을 위해 임금을 세운 것은　　　　　　　　爲人立君長,

그들의 삶을 양육하기 위해서 이네.　　　　　　欲以遂其生.[6]

---

17) 散篋(산협) : 상자를 열다.

18) 紈(환) : 흰 비단. 素(소) : 흰 명주.

5-29. 惟漢行(유한행)

1) 이 시는 황제란 모름지기 인정(仁政)을 행하고 교만을 경계하여야 태평시대를 이룰
수 있음을 말하면서, 작가 자신이 조정에 돌아가 황제를 모시면서 큰 일을 하고픈 희
망을 드러내었다. 이 시의 제목은 조조(曹操)의 시 「해로행(薤露行)」의 처음의 두 구
"한(漢)나라 22대 황제는 임명한 대신이 진실로 훌륭하지 못했네(惟漢二十世, 所任誠
不良)"에서 '유한(惟漢)' 두 자를 따왔다. 조조의 이 시는 한말(漢末)의 조정이 대신을
잘못 임명하여 결국 나라가 재난을 당하게 되었음을 지적하였는데, 조식은 '유한(惟
漢)' 두 자를 따와서 이것을 거울삼아 경계(警戒)하여야 된다는 뜻을 담았다.

2) 太極(태극) : 천지(天地)가 나눠지기 전의 혼돈(混沌)의 기(氣)를 가리킨다. 二儀(이의)
: 두 가지 형체. 하늘과 땅을 가리킨다.

3) 淸濁(청탁) : 맑은 기운과 탁한 기운. 맑은 기운은 위로 올라가 하늘이 되고 탁한 기
운은 아래로 내려와 땅이 된다는 의미.

4) 三光(삼광) : 해와 달과 별을 가리킨다. 八極(팔극) : 팔방(八方)의 지극히 먼 곳.

5) 著(저) : 분명하다. 밝다.

6) 遂(수) : 이루다. 양육하다.

어진 정치를 행하면 상서로움을 보여 표창할 것이고	行仁章以瑞,[7]
재난이 나타남은 교만함을 경계시키는 것이네.	變故誡驕盈.[8]
하늘은 높지만 낮은 곳의 사정을 들을 수 있고	神高而聽卑,[9]
반응은 메아리가 소리에 응하듯 하네.	報若響應聲.[10]
현명한 임금은 빈천한 사람도 공경하는데	明主敬細微,[11]
삼대(三代) 말의 임금들만이 하늘의 이치를 몰랐네.	三季瞢天經.[12]
복희(伏羲)와 신농(神農) 때는 지극히 잘 다스려졌다 일컬어지고	二皇稱至化,[13]
요(堯), 순(舜)임금 때는 조정에 인재도 많았네.	盛哉唐虞庭.[14]
우(禹)임금과 탕왕(湯王)이 이들의 덕을 계승했고	禹湯繼厥德,[15]
주(周)나라 또한 태평시대를 이루었네.	周亦致太平.[16]
옛적에 서울을 생각하면	在昔懷帝京,[17]
해가 서쪽으로 기울도록 마음이 편치 못하였네.	日昃不敢寧.[18]
조정에서 공경하게 일하면서	濟濟在公朝,[19]
천년만년 이름을 전하고 싶네.	萬載馳其名.[20]

---

7) 章(장) : 표창하여 밝히다. 瑞(서) : 상서(祥瑞). 길조(吉兆).

8) 誡(계) : 경계하다. 훈계하다. 驕盈(교영) : 교만하고 자만(自滿)하다.

9) 神(신) : 하늘을 가리킨다.

10) 하늘은 인간 세상의 선악에 대하여 마치 메아리가 소리에 응하여 이르듯이 응답한다. 정치가 잘 되면 상서로운 조짐이 이르고, 반면 정치가 나쁘면 재앙을 보여, 응보(應報)가 조금도 어긋남이 없으며 반응이 매우 빠르다는 의미. 報(보) : 응보(應報). 響(향) : 메아리.

11) 細微(세미) : 빈천(貧賤)한 사람을 가리킨다.

12) 三季(삼계) : 하(夏)·상(商)[은(殷)]·주(周)의 마지막 임금, 즉 하의 걸왕(桀王), 상의 주왕(紂王), 그리고 주의 유왕(幽王)을 가리킨다. 瞢(몽) : 어둡다. 天經(천경) : 하늘의 이치. 여기서는 예(禮)로 사람을 대하는 것을 가리킨다.

13) 二皇(이황) : 복희(伏羲)와 신농(神農). 至化(지화) : 지극히 잘 다스려지다. 化(화) : 다스리다.

14) 唐虞(당우) : 요(堯) 임금과 순(舜)임금. 庭(정) : 조정(朝廷).

15) 禹湯(우탕) : 하(夏)나라의 우(禹)임금과 상(商)나라의 탕왕(湯王).

16) 周(주) : 문왕(文王)과 무왕(武王)을 가리킨다.

17) 帝京(제경) : 위(魏)의 수도 낙양(洛陽)을 가리킨다.

18) 日昃(일측) : 해가 서쪽으로 기울다. 寧(녕) : 편안하다.

19) 濟濟(제제) : 장중하고 공경하는 모양. 엄숙하고 장한 모양. 위의(威儀)가 성한 모양.

5-30. 문 앞에 만리 길 떠나온 나그네 있어(門有万里客)[1]

대문에 만리 길 떠나온 나그네 있어	門有万里客,
그에게 어디 마을 사람인가 물어본다.	問君何鄕人.
옷자락을 들고 일어나 그를 쫓아가	褰裳起從之,[2]
과연 마음으로 친애하는 사람을 만나게 되었네.	果得心所親.[3]
그 사람은 옷자락을 잡으며 나를 보고 울며	挽衣對我泣,[4]
탄식하면서 자신의 이야기를 한다.	太息前自陳.[5]
"본래 북방 사람이었는데	本是朔方土,[6]
지금은 오(吳)땅 월(越)땅의 사람이 되었다오.	今爲吳越民.[7]
가고 가고 또 가고	行行將復行,
떠나고 떠나 서진(西秦)으로 가렵니다."	去去適西秦.[8]

---

20) 萬載(만재) : 만년(萬年). 아주 오랜 세월.

5-30. 門有万里客(문유만리객)

1) 이 시는 고향을 만리나 떠나와 사방을 떠도는 나그네의 슬픈 처지를 노래하였다. 위(魏) 명제(明帝) 태화(太和) 연간에 해를 이어 오(吳)를 치고 촉(蜀)을 정벌하는 일이 벌어졌는데, 이 시는 당시 백성들의 괴로운 삶을 읊었다고 보기도 하고, 또 작자 또한 조비(曹丕)와 조예(曹叡)의 핍박을 받아 계속해서 봉지(封地)를 바꾸는 자신의 신세를 비유했다고도 볼 수 있다.

2) 褰(건) : 옷자락을 추어올리다. 들다. 從(종) : 다가가다. 쫓아가다. 之(지) : 만리 밖에서 온 사람.

3) 親(친) : 친애(親愛)하다.

4) 挽(만) : 당기다. 끌다.

5) 太息(태식) : 탄식하다. 陳(진) : 늘어놓다. 하소연하다.

6) 朔方(삭방) : 북방(北方).

7) 吳越(오월) : 지금의 강소성(江蘇省)과 절강성(浙江省) 일대를 가리킨다. 여기서는 오(吳)나라에 가까운 남부 지역을 널리 가리킨다.

8) 西秦(서진) : 옛날에 진(秦)나라는 지금의 섬서성(陝西省)과 감숙성(甘肅省) 일대에 있어, 중국의 서부에 있었기 때문에 '서진'이라 불렀다. 여기서는 촉(蜀)나라에 가까운 서부 지역을 가리킨다.

5-31. 계수나무(桂之樹行)[1]

계수나무여	桂之樹,
계수나무여	桂之樹,
계수나무가 자라 어찌 이리 아름다운가.	桂生一何麗佳.[2]
붉은 꽃과 푸른 잎을 날리며	揚朱華而翠葉,[3]
향기를 하늘 끝까지 퍼뜨리네.	流芳布天涯.
위에는 난새가 깃들어 있고	上有棲鸞,[4]
아래에는 교룡이 꿈틀대네.	下有蟠螭.[5]
계수나무에	桂之樹,
득도한 선인(仙人)들이	得道之眞人,[6]
모두 와서 신선의 도(道) 이야기하며	咸來會講仙,
사람들에게 아침노을을 먹을 것을 권하네.	敎爾服食日精.[7]
중요한 이치는 대단히 간단하여 번잡하지 않으니	要道甚省不煩,[8]
담박하고 인위를 버리고 자연스러워야 한다네.	澹泊無爲自然.
그러면 짚신 타고 만리 밖에서	乘蹻萬里之外,[9]
가고 머무르고를 하고 싶은 대로 뜻에 따라 한다네.	去留隨意所欲存.[10]

5-31. 桂之樹行(계지수행)

1) 이 시는 아름다운 선경(仙境)을 묘사하고, 신선이 되는 비결로 담박(淡泊)과 무위자
연(無爲自然)을 수행하여야 비로소 선인(仙人)이 되어 마음 가는대로 자유로운 경지를
누릴 수 있음을 말하였다. 桂之樹(계지수): 계수나무.
2) 麗佳(여가): '佳麗(가려)'라는 말을 운(韻)을 맞추기 위해 도치시킨 것.
3) 揚(양): 들다. 바람에 흩날리다. 입다.
4) 栖鸞(서란): 깃든 난새. 鸞(란): 난새. 봉황(鳳凰)의 일종.
5) 盤螭(반리): 꿈틀대는 교룡(蛟龍). 螭(리): 전설에 나오는 뿔 없는 용.
6) 眞人(진인): 선인(仙人).
7) 日精(일정): 아침 노을.
8) 要道(요도): 신선이 되는 비결을 가리킨다. 省(성): 간단하다.
9) 乘蹻(승갹): 도가(道家)의 비행술(飛行術). 蹻(갹): 짚신. 신선이 발에 신고 날아다니
는 짚신.

높이 높이 올라가 하늘과 접하고   高高上際於衆外,[11]

아래로 아래로 온 천지를 다 다닐 수 있네.   下下乃窮極地天.[12]

5-32. 담장은 높아야(當墻欲高行)[1]

용이 하늘을 오르려면 뜬 구름을 필요로 하고   龍欲升天須浮雲,

사람이 벼슬에 나가려면 측근에 의지해야 하네.   人之仕進待中人.[2]

여러 사람들의 말은 쇠도 녹일 수 있으니   衆口可以鑠金,[3]

거짓말도 몇 번 들으면   讒言三至,[4]

---

10) 存(존) : (생각 따위를) 가지다. 품다.

11) 際(제) : 접하다. 이르다. 衆外(중외) : 만물의 밖. 하늘을 가리킨다.

12) 地天(지천) : 하늘과 땅의 사이, 즉 세간(世間)을 가리킨다.

5-32. 當墙欲高行(당장욕고행)

1) 이 시는 참언(讒言)이 골육(骨肉)을 이간질시키는 것에 분개하고, 세속의 사람들이 거짓과 진실을 제대로 분간하지 못함을 안타까워하며, 임금을 만나 속마음을 털어놓고자 하여도 만날 수 없음을 슬퍼하는 마음을 나타내었다. 황초(黃初) 2년(221)에 감국알자(監國謁者) 관균(灌均)이 조식을 무고(誣告)한 일로 해서 조식이 임치후(臨淄侯)에서 안향후(安鄕侯)로 옮기게 된 일이 있었다. 「장욕고행(墻欲高行)」의 고사(古辭)는 이미 없어졌다. 當(당) : 본뜨다.

2) 中人(중인) : 중간에서 소개하는 사람. 여기서는 임금이 총애하는 신하를 가리킨다.

3) 鑠(삭) : 녹이다.

4) 『전국책(戰國策)·진책(秦策)』에 공자(孔子)의 제자 증자(曾子, 이름은 삼(參))에 대해 다음과 같은 이야기가 실려 있다. 증자가 비(費)에 살고 있을 때, 증자와 성과 이름이 같은 사람이 사람을 죽인 일이 있었다. 어떤 사람이 증자의 어머니에게 "증삼이 사람을 죽였습니다"라고 일렀으나 증자의 어머니는 "내 아들은 사람을 죽이지 않는다"라고 대답하면서 태연자약하게 베를 그대로 짰다. 조금 지나, 또 어떤 사람이 와서 "증삼이 사람을 죽였습니다"라고 말했으나 증자의 어머니는 여전히 태연자약하게 베를 그대로 짰다. 조금 지나 또 어떤 사람이 와서 이 일을 알려주자 증자의 어머니는 진짜라고 믿고 두려워하면서 베틀의 북을 집어던지고 담을 넘어 달아났다. 讒(참) : 헐뜯다. 거짓말하다.

자애로운 어머니도 친근하게 행동않네.　　　慈母不親.

어리석은 세속 사람들은　　　憒憒俗間,[5]

거짓과 참됨을 구별 못하네.　　　不辨僞眞.

마음을 드러내어 스스로 밝히고 싶지만　　　願欲披心自說陳,[6]

임금님 계신 궁궐 문은 아홉 겹이고　　　君門以九重,[7]

길은 먼데다 강에는 나루터가 없네.　　　道遠河無津.[8]

5-33. 남산을 노닐고 싶노라(當欲遊南山行)[1]

동해(東海)가 넓고도 깊은 것은　　　東海廣且深,

낮아서 수많은 하천 아래에 있기 때문일세.　　　由卑下百川.[2]

오악(五嶽)이 비록 높고 크지만　　　五嶽雖高大,[3]

티끌과 먼지를 거부하지는 않는다.　　　不逆垢與塵.[4]

좋은 나무라도 둘레가 열 발이 되지 않으면　　　良木不十圍,[5]

---

5) 憒憒(궤궤) : 어리석다. 俗間(속간) : 세간(世間). 세속 사람.

6) 披心(피심) : 진심(眞心)을 드러내다. 披(피) : 열다.

7) 이 구는 임금이 궁궐 안의 깊은 곳에 거처하여 만나보기 어렵다는 의미.

8) 津(진) : 나루터. 교량(橋梁)과 건너는 배를 가리킨다.

5-33. 當欲遊南山行(당욕유남산행)

1) 이 시는 여러 가지 비유(比喩)를 통하여 조정(朝廷)에서 다양한 인재를 널리 모아 각기 능력을 다할 수 있도록 해야 된다는 뜻을 밝혔다. 이 시는 「욕유남산행(欲遊南山行)」을 본뜬 것인데, 옛 시는 전하지 않는다. 當(당) : 본뜨다.

2) 由(유) : 때문이다. 卑(비) : 낮다. 下百川(하백천) : 많은 하천의 물이 그 가운데로 흘러 들어가게 만든다는 의미. 下(하) : 아래에 있다.

3) 五嶽(오악) : 중국의 오대 명산. 동악(東嶽)인 태산(泰山), 서악(西嶽)인 화산(華山), 남악(南嶽)인 형산(衡山), 북악(北嶽)인 항산(恒山), 중악(中嶽)인 숭산(嵩山)을 가리킨다.

4) 逆(역) : 거부하다. 거절하다. 垢(구) : 티끌.

5) 圍(위) : 아름. 두 팔을 벌려 두른 둘레의 길이.

큰 가지가 의탁할 수가 없네.　　　　　　　　　　洪條無所因.[6]

지위가 높은 사람이 널리 사랑을 베풀어야　　　　長者能博愛,[7]

천하 사람이 와서 몸을 맡기게 된다.　　　　　　天下寄其身.[8]

훌륭한 장인(匠人)은 버리는 재료가 없이　　　　大匠無棄材,

배나 수레 만듦에 쓰임이 다르네.　　　　　　　船車用不均.[9]

송곳과 칼은 각기 기능이 다르거늘　　　　　　錐刀各異能,[10]

어찌 한 쪽만을 물리치고 앞세우고 하랴.　　　何所獨卻前.[11]

잘하는 사람 칭찬하고 어리석은 사람 불쌍히 여기니　　嘉善而矜愚,[12]

위대한 성인도 이와 똑같을 것이라.　　　　　　大聖亦同然.[13]

어진 이들은 저마다 장수하고　　　　　　　　仁者各壽考,[14]

사방에 앉으신 분들은 모두 천년만년 사시라.　　四坐咸萬年.[15]

---

6) 條(조) : 나뭇가지. 因(인) : 의지하다.

7) 長者(장자) : 지위가 높은 사람.

8) 寄(기) : 맡기다. 위탁하다.

9) 不均(불균) : 같지 않다.

10) 錐(추) : 송곳. 各異能(각이능) : 각기 다른 기능을 가지고 있다는 의미.

11) 却前(각전) : 내세우거나 물리치다. 취하거나 버리다.

12) 矜(긍) : 불쌍히 여기다.

13) 大聖(대성) : 공자(孔子)를 가리킨다. 『논어(論語)·자장(子張)』편에 다음과 같은 말이 있다. "자장(子張)이 말했다. '내가 들은 것과는 다르다. 군자는 어진 이를 존경하고 뭇 사람을 포용하며, 선(善)한 사람을 훌륭하게 여기되 능력 없는 사람을 동정한다'(子張 曰, 異乎吾所聞, 君子尊賢而容衆, 嘉善而矜不能)."

14) 壽考(수고) : 장수(長壽)하다.

15) 仁者各壽考(인자각수고), 四坐咸萬年(사좌함만년) : 악부시에서 상용하는 송축(頌祝) 의 말. 咸(함) : 모두.

5-34. 임금을 제대로 섬기려면(當事君行)[1]

사람이 살면서 저마다 귀하게 여기고 숭상하는 바가 있어	人生有所貴尙,[2]
집의 문을 나서면 각기 생각을 달리하네.	出門各異情.[3]
붉은 색과 자색이 서로 번갈아 색의 정통을 다투고	朱紫更相奪色,[4]
아악(雅樂)과 정성(鄭聲)은 소리를 달리한다.	雅鄭異音聲,[5]
좋아하고 싫어함은 사랑하고 미워하는 정에 따라 생기고	好惡隨所愛憎,[6]
뒤쫓고 추천하는 것도 상대의 헛된 명성을 쫓는다네.	追擧逐虛名.[7]
백 가지 마음의 사람이 임금 한 사람을 제대로 섬길 수 있을까	百心可事一君,[8]
교묘하고 속이는 것이 어찌 졸박하고 성실함만 같겠는가.	巧詐寧拙誠.[9]

5-34. 當事君行(당사군행)

1) 이 시는 사람들이 제각기 중시하는 것이 있어 이에 따라 저마다 생각이 다르고 처세(處世) 태도도 다름을 전제한 다음, 교묘하고 남을 잘 속이는 것보다는 졸렬하나 성실한 사람이 더 낫다는 점을 강조하였다. 임금을 섬기는 것이나, 사람을 뽑는 데에 있어서도 물론 역시 이러하다. 조유문(趙幼文)은 이 시가 조식이 위(魏) 명제(明帝) 태화(太和) 연간에 통치계급 내부에 나타난 붕당(朋黨)의 사리(私利)와 허명(虛名) 추구의 좋지 않은 풍조를 보고 지은 것으로 보았다(『조식집교주(曹植集校注)』, 426면). 이 시는 악부 고제(古題)를 본떠서 지은 것인데, 「사군행(事君行)」의 고사(古辭)는 이미 없어져 전하지 않는다. 當(당) : 본뜨다.
2) 貴尙(귀상) : 존중하다. 숭상하다.
3) 出門(출문) : 집(의 문)을 나서다. 사회에서 활동하다. 門(문) : 집의 문. 異情(이정) : 생각을 달리하다.
4) 朱紫(주자) : 붉은 색과 자주색. 붉은 색은 정색(正色)으로 선(善)을 비유하고, 자주색은 간색(間色)으로 악(惡)을 비유한다.
5) 雅(아) : 아악(雅樂). 조정에서 연주하는 정악(正樂). 전아한 악곡. 鄭(정) : 정성(鄭聲). 정(鄭)나라의 민간에서 유행하는 가곡(歌曲). 음란한 소리로 여겨진다.
6) 자기의 감정에 따라 좋아하거나 싫어한다.
7) 虛名(허명) : 저본에는 '聲名(성명)'으로 되어 있으나, 『악부시집(樂府詩集)』과 송간본(宋刊本) 『조자건문집(曹子建文集)』에 의거하여 바꾸다.
8) 百心(백심) : 마음이 순정(純正)하지 못하고, 겉으로는 받들면서 속으로는 어긋나는 사람을 가리킨다.
9) 寧(녕) : 어찌.

5-35. 수레에 이미 말을 맸으나(當車以駕行)[1]

기쁘게 옥전에 앉아	歡坐玉殿,
여러 귀한 객들을 만난다.	會諸貴客.
시중 드는 사람은 술을 따르고	侍者行觴,[2]
주인은 자리에서 일어나 답례한다.	主人離席.[3]
동쪽과 서쪽 행랑채를 둘러보니	顧視東西廂,[4]
상화가(相和歌)가 비무(鼙舞), 탁무(鐸舞)와 어우러진다.	絲竹與鼙鐸.[5]
취하지 않으면 돌아갈 수 없으니	不醉無歸來,[6]
등불 밝혀 밤에도 계속 마시리라.	明燈以繼夕.

5-35. **當車以駕行**(당거이가행)

1) 이 시는 주인과 손님의 즐거운 연회 장면을 묘사하였다. 손님이 수레에 말을 매어 돌아가려 하자, 주인이 등불 밝혀 밤에도 계속 즐기자고 열정적으로 붙잡는다. 이 시는 악부 고제(古題) 「거이가행(車以駕行)」을 본떠서 지었다. 當(당): 본뜨다.

2) 侍者(시자): 좌우(左右)에서 시봉(侍奉)드는 사람. 行觴(행상): 술을 따르다. 술잔을 들어 술을 권하다.

3) 이 구는 손님이 술을 권하면 주인이 자리에서 일어나 답례한다는 의미.

4) 東西廂(동서상): '廂(상)'은 곁채. 옆채. 정방(正房)의 앞 양쪽에 있는 건물로 동쪽을 '동상(東廂)', 서쪽을 '서상(西廂)'이라 한다.

5) 絲竹(사죽): 본래는 관현악(管絃樂)을 가리키나, 여기서는 상화가(相和歌)를 의미한다. 鼙鐸(비탁): 비무(鼙舞)와 탁무(鐸舞). 한(漢)나라와 위(魏)나라 때 연회에서 공연되던 춤. 鼙(비): '鼙(비)'와 같다. 마상(馬上)의 북. 鐸(탁): 방울.

6) 來(래): 구말(句末) 어기사(語氣詞).

5-36. 하늘을 나는 용(飛龍篇)[1]

새벽에 태산(泰山)에서 노니니	晨遊太山,[2]
구름과 안개 자욱하네.	雲霧窈窕.[3]
갑자기 동자 두 사람 만나니	忽逢二童,
얼굴빛이 곱고도 좋네.	顔色鮮好.
흰 사슴을 타고	乘彼白鹿,
손에는 지초(芝草)를 덮고 있네.	手翳芝草.[4]
나는 진인(眞人)임을 알아보고	我知眞人,[5]
허리 꼿꼿이 무릎 꿇고 도(道)를 물었다.	長跪問道.[6]
서쪽으로 옥당(玉堂)에 오르니	西登玉堂,[7]
금빛 누각에 위아래 길이 이어져 있네.	金樓複道.[8]
나에게 선약(仙藥)을 주니	授我仙藥,
신농씨(神農氏)가 만든 것이라네.	神皇所造.[9]
나에게 선약 복식을 가르치고	教我服食,[10]

5-36. 飛龍篇(비룡편)

1) 이 시는 작자가 태산(泰山)을 노닐다가 홀연 신선을 만나 장생(長生) 불사(不死)의 비술(秘術)을 전수받는 경과를 묘사하였다.

2) 太山(태산) : 태산(泰山).

3) 窈窕(요조) : 유심(幽深)한 모양.

4) 翳(예) : 가리다. 덮다. 芝草(지초) : 도가(道家)에서 말하는 선약(仙藥)의 일종.

5) 眞人(진인) : 수련하여 득도(得道)한 사람. 선인(仙人).

6) 長跪(장궤) : 윗몸을 꼿꼿이 세우고 허리를 펴 무릎을 꿇는 자세. 경의(敬意)를 표하는 예(禮). 道(도) : 장생술(長生術)을 가리킨다.

7) 玉堂(옥당) : 아름다운 전당(殿堂).

8) 複道(복도) : 누각 앞에 위 아래로 복도가 서로 연결되어 서로 통할 수 있는 것을 일컫는다.

9) 神皇(신황) : 신농씨(神農氏)를 가리키는 듯. 전하는 바에 의하면 신농씨는 온갖 풀을 다 맛보고 약을 만들어 백성들의 병을 치료하였다고 한다.

10) 服食(복식) : 도가(道家)의 양생법(養生法). 단약(丹藥)을 복용하는 일.

정액을 돌이켜 뇌(腦) 보양 방법을 가르쳐주네.　　　　還精補腦.[11]

수명이 금속이나 돌과 같이 오래고　　　　壽同金石,

영원히 늙지 않으리라.　　　　永世難老.[12]

잔구(殘句) 1

지초(芝草) 수레 덮개 나풀거린다.　　　　芝蓋翩翩.[13]

잔구(殘句) 2

남쪽으로 단혈(丹穴)을 지나면　　　　南經丹穴,[14]

쌓인 양기가 나타나니　　　　積陽所生,

돌을 지져 조약돌을 떠내려 보내고　　　　煎石流礫,[15]

만물이 형태 없게 되네.　　　　品物無形.[16]

---

11) 還精補腦(환정보뇌) : 고대의 방중술(房中術)의 하나로, 방사(房事)를 할 때 정액을 쏟아내지 않음으로써 뇌(腦)를 보양하고 정신을 정양하는 것을 가리킨다.

12) 永世(영세) : 영구(永久)한 세대. 오랜 세월.

13) 芝蓋(지개) : 지초(芝草)로 만든 수레 덮개. 여기서는 신선(神仙)의 수레를 가리킨다. 翩翩(편편) : 훨훨 나는 모양. 나풀나풀 나는 모양. 이 구는 『문선(文選)』에 실린 육기(陸機, 자(字)는 사형(士衡))의 「전완성가(前緩聲歌)」의 이선(李善) 주(注)에 보인다.

14) 丹穴(단혈) : 전설 중의 지명(地名). 혹은 연단(煉丹) 수도(修道)하는 암혈(巖穴). 『이아(爾雅) · 석지(釋地)』에 "중국 이남(以南)에 떨어져 있으면서 해를 이고 있으므로 단혈(丹穴)이라고 한다(岠齊州以南, 戴日爲丹穴)"고 하였고, 형병(邢昺)의 『이아소(爾雅疏)』에서는 "중국 이남에 떨어져 있고 북호(北戶) 이북(以北)에서 해를 만나는 아래인데 그곳의 이름이 단혈(丹穴)임을 말한다(言去中國以南, 北戶以北, 值日之下, 其處名丹穴)"라고 하였다.

15) 礫(력) : 조약돌.

16) 品物(품물) : 만물(萬物). 『북당서초(北堂書鈔)』 권158에 보인다.

5-37. 큰 바위(盤石篇)[1]

큰 바위는 본래 높은 산꼭대기의 돌이었으나	盤石山巔石,
지금은 계곡 밑에 불어 날리는 다북쑥이 되었네.	飄飆澗底蓬.[2]
나는 원래 태산(泰山) 사람인데	我本泰山人,[3]
어찌하여 회수(淮水) 동쪽의 나그네가 되었나.	何爲客淮東.[4]
갈대가 소금 갯벌에 가득하고	蒹葭彌斥土,[5]
숲의 나무도 무성하지 않다.	林木無芬重.[6]
높은 언덕의 바위는 무너질 듯 하고	岸巖若崩缺,[7]
호수의 물은 어찌 이다지도 세찬가.	湖水何洶洶.
방합 조개는 물가를 뒤덮고 있는데	蚌蛤被濱涯,[8]
그 광채가 비단 같고 무지개 같구나.	光采如錦虹.[9]
높은 물결은 하늘까지 뻗치고	高波凌雲宵,[10]

5-37. 盤石篇(반석편)

1) 이 시는 작자가 비록 국가를 안정시킬 큰 뜻을 품고 있지만 이루고지 못하고 멀리 바닷가로 쫓겨나 지내면서 자신의 신세를 슬퍼하며 고향을 그리워하는 마음을 읊었다. 이 시는 작자가 지어낸 신제(新題) 악부시(樂府詩)로, 첫 구의 두 자로 제목을 삼았다. 盤石(반석) : 큰 바위.

2) 이 두 구는 자신이 조정에 죄를 지어 제후에서 쫓겨나는 나그네가 되었음을 비유한 것임. 飄飆(표요) : 바람에 나부끼다.

3) 조식은 평원(平原)과 임치(臨淄), 그리고 견성(鄄城)에 봉(封)해져 살았는데, 모두가 지금의 산동성(山東省)에 있으며, 태산(泰山) 또한 산동성의 명산이므로 태산 사람이라 자칭한 것이다.

4) 淮(회) : 회수(淮水). 하남(河南)에서 발원(發源)하여 안휘(安徽)와 강소(江蘇) 등의 성(省)을 거쳐 동해(東海)로 흘러 들어감. 淮東(회동) : 여기서는 옹구(雍丘, 지금의 하남성(河南省) 경내(境內))를 가리킨다.

5) 彌(미) : 가득하다. 斥土(척토) : 염분(鹽分)이 많은 땅.

6) 芬重(분중) : 무성한 모양.

7) 岸巖(안엄) : 높은 언덕의 돌벼랑(石崖).

8) 蚌蛤(방합) : 방합과의 민물조개의 하나. 濱涯(빈애) : 물가. 여기서는 호숫가를 가리킨다.

9) 如錦虹(여금홍) : 비단 같고 무지개 같다.

10) 凌(능) : 곧장 올라가다. 雲霄(운소) : 구름 낀 하늘.

바다 위의 안개는 용의 모양을 하고 있구나.　　　　浮氣象螭龍.11)

고래 등은 언덕 같고　　　　鯨脊若丘陵,

수염은 산 위의 소나무 같은데　　　　鬚若山上松.

숨을 들이마시고 내쉬면 배를 삼킬 듯 하고　　　　呼吸吞船欐,12)

세찬 파도 일으키며 물 가운데 갈매기를 희롱한다.　　　　澎濞戲中鴻.13)

사람들 배 타고 와서 값진 물건을 찾으며　　　　方舟尋高價,14)

진기한 보배들 이를 통해 유통된다.　　　　珍寶麗以通.15)

한 번 나가면 반드시 천리를 다니며　　　　一擧必千里,

빠른 바람에 돛을 올린다.　　　　乘飈擧帆幢.16)

위태로운 곳을 지나고 험한 곳을 밟지만　　　　經危履險阻,

운명이 어떻게 될 지 아직 모르네.　　　　未知命所鍾.17)

항상 두려운 것은 황천에 가라앉아　　　　常恐沉黃壚,18)

물속에서 자라와 친구가 되는 것이네.　　　　下與黿鱉同.19)

남쪽으로 창오(蒼梧)의 들판을 이르고　　　　南極蒼梧野,20)

구강(九江)의 구석까지 다 유람하며 바라보네.　　　　游盼窮九江.21)

---

11) 螭龍(이룡) : 상상의 동물인 뿔이 없는 용.

12) 欐(려) : 작은 배.

13) 澎濞(팽비) : 큰 물결이 서로 맞부딪쳐 솟구치는 모양. '澎湃(팽배)'와 뜻이 같다.

14) 方舟(방주) : 두 척의 배가 나란히 있는 것을 말한다. 高價(고가) : 진기한 물건을 가리킨다.

15) 麗以通(여이통) : 진기한 보물이 방주(方舟)로 인해 유통된다. 麗(려) : 붙다. 의지하다.

16) 飈(시) : 빠른 바람. 帆幢(범당) : 돛과 막. 범봉(帆篷).

17) 鍾(종) : 받다. 만나다.

18) 沉黃壚(침황로) : 죽음을 가리킨다. 黃壚(황로) : 황천(黃泉) 밑의 노토(壚土, 검은 흙). 황천(黃泉).

19) 黿鱉(언별) : 자라. 鱉(별) : '鼈(별, 자라)'과 같은 자.

20) 極(극) : 이르다. 蒼梧野(창오야) : 창오의 들판. 현재 호남성(湖南省) 영릉현(零陵縣) 경내(境內)에 있다. 『산해경(山海經)·대황남경(大荒南經)』에 의하면 순(舜)임금이 순시를 하다가 창오(蒼梧)에서 죽어 묻혔으며 상균(商均)도 이 일로 머물러 지내다가 죽어 역시 묻혔다.

21) 九江(구강) : 동정호(洞庭湖)와 상수(湘水)로 흘러드는 아홉 줄기 물길. 전하는 바에 의하면, 순(舜)임금이 남쪽을 순시하다가 죽자 요 임금의 두 딸이 순임금의 비(妃)인

한밤에 삼성(參星)과 진성(辰星)을 가리키니　　　　　中夜指參辰,[22]

돌아가려면 이들을 따라가야 하리라.　　　　　　　欲歸當定從.[23]

하늘을 우러러 길게 탄식하니　　　　　　　　　　仰天長歎息,

생각할수록 고국이 생각나네.　　　　　　　　　　思想懷故邦.[24]

뗏목 타고 바다로 나가는 것이 어찌 내 뜻이리오　　乘桴何所志,[25]

아아, 우리 공자(孔子)님과는 생각이 다르네.　　　 吁嗟我孔公.[26]

5-38. 수레를 몰아(驅車篇)[1]

수레 몰고 둔한 말 채찍질하여　　　　　　　　　　驅車揮駑馬,[2]

　아황(娥皇)과 여영(女英)도 상강(湘江)에 뛰어들어 상수의 여신(女神)이 되었다고 한다.
22) 參辰(삼진) : 삼성(參星)과 진성(辰星). 삼성은 서쪽에 있고 진성은 동쪽에 있어 한 쪽
　　이 나오면 다른 한 쪽이 들어가서 영원히 서로 보지를 못한다. 여기서는 두 곳에 떨어
　　져있는 형제를 비유한다. 진성(辰星)은 '상성(商星)'이라고도 한다.
23) 歸(귀) : 저본에는 '師(사)'로 되어 있으나 진조명(陳祚明)의 『채숙당고시선(采菽堂古
　　詩選)』을 따르다.
24) 邦(방) : 나라.
25) 桴(부) : 뗏목.
26) 孔公(공공) : 공자(孔子)를 가리킨다. 『논어(論語)·공야장(公冶長)』편에서 공자가
　　"도가 행해지지 않으면 뗏목을 타고 바다로 나갈 것이다(道不行, 乘桴浮於海)"라고
　　말했다. 공자는 정치상의 주장을 실현시킬 수 없어 뗏목을 타고 해외(海外)로 나가려
　　고 하였으나, 작자 자신은 정반대로 바닷가로 쫓겨나 지내면서 오로지 고국으로 돌아
　　가고자 생각하는데 돌아가고 싶어도 돌아갈 수 없기에 탄식을 하는 것이다.
5-38. 驅車篇(구거편)
　1) 이 시는 태산(泰山)에서의 봉선(封禪)을 읊었다. 우선 태산의 웅장하고 아름다운 경
　　치를 묘사하고, 이어서 역대의 제왕들이 이곳에서 봉선(封禪)하였으나 오직 황제(黃帝)
　　만이 장생(長生)할 수 있었으며 그러기 위해서는 모름지기 덕을 닦아야만 가능하다는
　　생각을 밝혔다. 이 시는 첫째 구의 처음 두 자를 제목으로 삼은 악부시이다.
　2) 揮(휘) : 휘두르다. 몰다.

동쪽으로 봉고성(奉高城)에 이르렀네.　　　　　　　東到奉高城.3)

신령스럽도다 저 태산(泰山)이여　　　　　　　　神哉彼泰山,

오악(五嶽) 중에서도 명성을 독차지하네.　　　　五嶽專其名.4)

크고 높아 구름과 무지개를 꿰뚫고　　　　　　隆高貫雲蜺,5)

우뚝 솟아 하늘 밖에 나와 있네.　　　　　　　嵯峨出太淸.6)

주위에는 열 두 망루(望樓)가 있고　　　　　　周流二六候,7)

그 사이에 열 두 정자가 있네.　　　　　　　　間置十二亭.8)

산 위로 아래로 달콤한 샘물이 솟아나고　　　上下涌醴泉,9)

옥석(玉石)은 빛을 내뿜는다.　　　　　　　　玉石揚華英.10)

동북쪽으로 오(吳)나라 들판이 바라보이고　　東北望吳野,11)

서쪽 봉우리에서 바라보면 떠오르는 해를 보리라.　西眺觀日精.12)

영혼이 돌아와 속하는 이곳에서　　　　　　　魂神所繫屬,13)

사라져 가는 세월을 이번 여행에서 느끼게 되네.　逝者感斯征.14)

제왕들은 조대 바뀌는 공로를 하늘에게 돌려　　王者以歸天,15)

---

3) 東到(동도) : 동쪽으로 ~에 이르다. 동아(東阿)에서 가면 봉고(奉高)는 동아의 동쪽에
　　위치한다. 奉高(봉고) : 지명. 한무제(漢武帝)가 태산(泰山)에서 봉선(封禪)을 하고 이곳
　　에 이르러 이곳에서 태산을 봉사(奉祀)하도록 하여 이름을 이렇게 붙였다. 지금의 산
　　동성(山東省) 태안(泰安) 동북쪽이다.

4) 專其名(전기명) : 홀로 명성이 높다. 태산(泰山)은 오악(五嶽)의 첫 번째이고, 역대의
　　제왕들이 봉선(封禪)을 하는 곳이기 때문에 오악 중에서도 홀로 이름을 드날린다. 專
　　(전) : 독차지하다.

5) 隆(융) : 크다. 貫(관) : 꿰뚫다.

6) 嵯峨(차아) : 높고 험준한 모양. 太淸(태청) : 하늘.

7) 周流(주류) : 주위. 二六(이육) : 12. 候(후) : 망루(望樓). 고대에 멀리 바라보는 정자.

8) 고대에는 10 리(里)마다 정자를 하나 두었다.

9) 涌(용) : '湧(용)'의 본자(本字). 샘솟다. 醴泉(예천) : 맛이 단 샘물.

10) 華英(화영) : 광화(光華). 빛.

11) 吳(오) : 지금의 강소성(江蘇省), 절강성(浙江省) 일대.

12) 日精(일정) : 아침노을. 여기서는 아침의 해를 가리킨다.

13) 魂神(혼신) : 영혼. 繫屬(계속) : 귀속(歸屬)되다. 한(漢)·위(魏) 시대의 사람들은 사람
　　이 죽으면 영혼이 태산(泰山)으로 돌아간다고 생각하였다.

14) 逝者(서자) : 흘러가는 세월을 가리킨다. 斯征(사정) : 이번 여행. 征(정) : 가다.

15) 歸天(귀천) : 조대(朝代)가 바뀌는 공로를 하늘에 돌리다.

이곳에서 제사 지내 큰 공을 이루었음을 알렸네.　　效厥元功成.[16]

역대로 따르지 않은 적이 없으니　　歷代無不遵,

봉선(封禪)의 제례(祭禮)엔 규정과 법도가 있네.　　禮祀有品程.[17]

점을 쳐 수명의 장단을 혹 알 수 있으나　　探策或長短,[18]

덕(德)을 닦은 사람만이 길(吉)한 것을 누릴 수 있네.　　唯德享利貞.[19]

봉선(封禪)을 한 왕이 칠십 명이지만　　封者七十帝,[20]

오직 황제(黃帝)만이 처음으로 신령스럽게 되었네.　　軒皇元獨靈.[21]

노을을 먹고 맑은 이슬로 양치질하니　　餐霞漱沆瀣,[22]

털과 깃이 그 몸을 덮었네.　　毛羽被身形.

몸을 들어 하늘을 밟고　　發擧蹈虛廓,[23]

곧바로 하늘 깊숙한 곳으로 올라가네.　　徑廷升窈冥.[24]

동보(東父)와 수명을 같이 하여　　同壽東父年,[25]

세세(世世)대대(代代) 영원히 장생불사하네.　　曠代永長生.[26]

---

16) 效(효) : 바치다. 厥(궐) : 그. 元功(원공) : 큰 공.

17) 禮祀(예사) : 저본에는 '禮記(예기)'로 되어 있으나 『악부시집(樂府詩集)』에 의거해서
　　고치다. 예법과 제도에 따라 제사를 지내다. 봉선(封禪)할 때의 제례(祭禮)를 가리킨다.
　　品程(품정) : 규정(規定)과 법도.

18) 探策(탐책) : 점대를 꺼내다. 길흉을 점치다.

19) 利貞(이정) : 『주역(周易)·건괘(乾卦)』에 나오는 말. 공영달(孔穎達)에 의하면 '利
　　(리)'는 '조화롭다[和]', '貞(정)'은 '바르다[正]'는 뜻. 여기서는 길하다는 의미.

20) 七十帝(칠십제) : 『사기(史記)·봉선서(封禪書)』에서는 봉선(封禪)을 한 왕이 72명 있
　　었다고 하였는데 여기서 70명이라 한 것은 정수(整數)만을 든 것이다.

21) 軒皇(헌황) : 헌원씨(軒轅氏) 황제(黃帝). 元(원) : 처음으로.

22) 漱(수) : 양치질하다. 마시다. 沆瀣(항해) : 이슬.

23) 發擧(발거) : 몸을 움직여 일어나다. 蹈(도) : 밟다. 虛廓(허곽) : 공활(空闊)하다. 높은
　　하늘을 가리킨다.

24) 徑廷(경정) : 곧바로. 窈冥(요명) : 깊고 먼 모양. 하늘에서 가장 깊은 곳을 가리킨다.

25) 東父(동보) : 동왕보(東王父). 동왕공(東王公)이라고도 한다. 신선(神仙)들의 영수(領袖).

26) 曠代(광대) : 아주 오랜 세월.

5-39. 마상(馬上)의 북 춤의 노래(鞞舞歌)[1] 5수

서문

한(漢)나라 영제(靈帝) 때 서원(西園)의 악대(樂隊)에 이견(李堅)이라는 사람이 있어 마상(馬上)의 북을 들고 춤을 잘 추었는데, 난리를 만나 서쪽으로 가서 단외(段煨)를 따랐다. 선제(先帝)께서 그가 이전에 북 춤을 잘 추었다는 말을 듣고 그를 불렀다. 그러나 이견이 옛 곡을 정리하다가 중도에 그만두었으며, 또 옛 곡에 잘못이 많아, 다른 조대(朝代)의 가사(歌辭)를 그대로 따라야 할 필요가 없기 때문에 이전의 곡에 의지하여 새로운 노래 다섯 편을 개작(改作)하였다. 황문서(黃文署)에는 둘 만 것이 못되지만 번국(蕃國)의 누추한 음악으로는 대략 될 만하다.

序曰 : 漢靈帝西園鼓吹有李堅者,[2] 能鞞舞, 遭亂西隨段煨.[3] 先帝聞

5-39. **鞞舞歌**(비무가) 5수

1) 「비무가(鞞舞歌)」는 원래 『송서(宋書)·악지(樂志)』에 실려 있으며, 『악부시집(樂府詩集)』에는 「잡곡가사(雜曲歌辭)」에 들어있다. '비무(鞞舞)'는 '䫉舞(비무)'라고도 하며, 고대 무도(舞蹈)의 하나이다. 공연할 때 손에 마상(馬上)의 북을 잡고 춤을 추며, 춤을 출 때 노래를 곁들인다. 한대(漢代)에는 「비무」 곡사(曲辭)가 다섯 편 있는데, 「관동유현녀(關東有賢女)」, 「장화이년중(章和二年中)」, 「낙영구(樂永久)」, 「사방황(四方皇)」, 「전전생계수(殿前生桂樹)」이다. 조식의 이 다섯 수는 한대의 곡을 개작한 새로운 가사이다. 시에 보이는 상황에서 볼 때, 대략 황초(黃初) 3년(222) 조식이 견성왕(鄄城王)으로 봉해진 뒤에 지어진 것 같다.

2) 西園(서원) : 낙양(洛陽)에 있는 황실(皇室) 어원(御苑) 중의 하나. 영제(靈帝) 중평(中平) 5년(188) 8월에 처음으로 서원팔교위(西園八校尉)를 두었다. 鼓吹(고취) : 고취악(鼓吹樂)을 연주하는 악대(樂隊). 고취악은 북, 징, 퉁소, 피리 등의 악기로 합주(合奏)를 한다. 본래는 군중(軍中)의 음악이었으나 뒤에는 점차 조정에서 쓰였다. 李堅(이견) : 사적(事迹)이 자세하지 않다.

3) 遭亂(조란) : 동탁(董卓)의 난(亂)을 만난 것을 가리킨다. 段煨(단외) : 사람 이름. 무위(武威) 사람. 초평(初平) 2년(191)에 중랑장(中郎將)으로 화음(華陰)에 주둔하였으며, 뒤에 안남장군(安南將軍)을 제수 받고 문향후(閿鄕侯)로 봉해졌다. 건안(建安) 7년(202)에 대홍려(大鴻臚)로 있다가 병으로 죽었다.

其舊有技,⁴⁾ 召之. 堅旣中廢,⁵⁾ 兼古曲多謬誤, 異代之文未必相襲,⁶⁾ 故依
前曲, 改作新歌五篇. 不敢充之黃門,⁷⁾ 近以成下國之陋樂焉.⁸⁾

5-39-1. 황제 폐하(聖皇篇)¹⁾

황제께서 천수(天數)에 응하여 제위에 오르시니	聖皇應歷數,²⁾
정치는 평안하고 제왕의 치도(治道)는 완미(完美)하였네.	正康帝道休.³⁾
천하의 각 나라는 모두 신하로 복종하고	九州咸賓服,⁴⁾
위엄과 덕행은 팔방 먼 곳까지 이르렀네.	威德洞八幽.⁵⁾
삼공(三公)이 여러 공(公)에 대해 상주하기를	三公奏諸公,⁶⁾

---

4) 先帝(선제) : 위무제(魏武帝) 조조(曹操)를 가리킨다. 舊有技(구유기) : 이전에 마상 북
 춤을 잘 추었다는 뜻.
5) 中廢(중폐) : 이견(李堅)이 옛 곡을 정리하다가 도중에 그만둔 것을 가리킨다.
6) 文(문) : 가사(歌辭)를 가리킨다. 襲(습) : 잇다. 그대로 좇다.
7) 黃門(황문) : 황문서(黃文署). 한(漢)·위(魏) 때 음악을 관장하던 기관.
8) 下國(하국) : 천자(天子)는 상국(上國)이고 제후(諸侯)는 '하국(下國)'이다. 여기서는
 조식의 번국(藩國)을 가리킨다.

5-39-1. 聖皇篇(황제편)
1) 이 시는 작자가 수도에 와서 조회를 마친 뒤, 조창(曹彰) 등과 함께 각기 봉국(封國)
 으로 돌려 보내지게 되는 경과를 서술하면서, 핍박에 의해 형제가 이별하는 슬픔을 노
 래하였다. 『송서(宋書)·악지(樂志)』에 의하면 이 시는 한대(漢代)의 노래 「장화이년중
 (章和二年中)」을 본뜬 것이다. 聖皇(성황) : 위문제(魏文帝) 조비(曹丕)를 가리킨다.
2) 應歷數(응역수) : 천수(天數)에 응하여 황제가 된다. 한(漢)나라를 대신하여 위(魏)나
 라를 세운 것을 가리킨다. 歷數(역수) : 천력(天曆)이 움직이는 수(數). 즉 천도(天道).
3) 正(정) : '政(정)'과 같다. 康(강) : 편안하다. 帝道(제도) : 제왕의 치국(治國)의 도(道).
 休(휴) : 아름답다. 융성(隆盛)하다.
4) 九州(구주) : 중국 전체 영토를 가리킨다. 옛날, 우(禹)임금이 중국을 아홉으로 나누어
 다스렸다고 한다. 『상서(尙書)·우공(禹貢)』편에서는 기주(冀州), 연주(兗州), 청주(靑
 州), 서주(徐州), 양주(揚州), 형주(荊州), 예주(豫州), 양주(梁州), 옹주(雍州)를 들었다.
 賓服(빈복) : 귀순(歸順)하다. 신복(臣服)하다.
5) 威德(위덕) : 위엄과 덕행. 洞(동) : 이르다. 八幽(팔유) : 팔방(八方)의 아득히 먼 곳.
6) 三公(삼공) : 사도(司徒), 사공(司空), 태위(太尉)를 가리킨다. 조비(曹丕)가 황제가 된
 뒤, 화흠(華歆)을 사도, 왕랑(王郎)을 사공, 종요(鍾繇)를 태위로 삼았다. 諸公(제공) : 조

서울에 오래 머무르게 해서는 안 된다고 하였네. 不得久淹留.[7]
번국(藩國)의 직위는 임무가 지극히 무거우니 藩位任至重,[8]
이전의 법도대로 모두 따라야 한다고 하네. 舊章咸率由.[9]
시신(侍臣)이 삼공(三公)의 상주문(上奏文)을 살펴 읽으니 侍臣省文奏,[10]
폐하께서는 천성이 인자하신 지라 陛下體仁慈.[11]
형제를 사랑하는 마음에서 오래 머뭇거리시며 沉吟有愛戀,[12]
차마 그 말을 듣고 윤허하지 못하셨다. 不忍聽可之.[13]
조정의 법도가 다그치니 迫有官典憲,[14]
사사로운 정을 고려할 수 없었다. 不得顧恩私.[15]
여러 왕들이 자기 나라로 돌아가야 함에 諸王當就國,[16]
옥새의 끈은 어쩌면 이리도 나부끼는가. 璽綬何累縗.[17]
편리한 때를 골라 외전(外殿)에서 묵으니 便時舍外殿,[18]

창(曹彰), 조식(曹植), 조표(曹彪) 등을 가리킨다. 조비의 여러 동생들은 대부분 황초(黃初) 2년(221)에 후(侯)에서 공(公)으로 벼슬이 올랐다. 이를테면 조창은 언릉공(鄢陵公)이 되고, 조표(曹彪)는 여양공(汝陽公)이 되었다. 단지 조식(曹植)만은 죄를 지어 공(公)으로 봉해지지 않았다.

7) 淹留(엄류) : 오래 머물다.
8) 藩(번) : 분봉(分封)된 제후의 나라.
9) 舊章(구장) : 원래 있는 예법 제도. 率(솔) : 따르다. 由(유) : 말미암다.
10) 侍臣(시신) : 황제를 가까이서 모시는 신하. 省(성) : 살피다. 文奏(문주) : 여러 공(公)이 오래 머무르게 해서는 안 된다고 삼공(三公)이 올린 상소문. 이 구절의 뜻은, 삼공(三公)이 글을 올리면 황제를 가까이서 모시는 신하가 먼저 읽고 내용을 살핀 뒤에 황제에게 보낸다는 의미.
11) 陛下(폐하) : 조비(曹丕)를 가리킨다. 體(체) : 타고난 성품.
12) 沉吟(침음) : 망설이다. 깊이 생각하다.
13) 可(가) : 허가하다.
14) 官(관) : 조정(朝廷), 국가(國家)를 가리킨다. 典憲(전헌) : 법제(法制).
15) 恩私(은사) : 사사로운 정.
16) 諸王(제왕) : 조식(曹植)과 조표(曹彪) 등의 제후왕(諸侯王)을 가리킨다. 就國(취국) : 번국(藩國)으로 돌아가다. 『삼국지(三國志)·위서(魏書)·무제기(武帝紀)』에 의하면 언릉공(鄢陵公) 조창(曹彰) 등 열한 사람이 왕(王)이 된 것은 황초(黃初) 3년(222) 3월의 일이다. 그러므로 조창 등이 각기 봉국(封國)에 돌아간 것은 이 이후이다.
17) 璽(새) : 왕의 도장을 가리킨다. 綬(수) : 도장 끈. 累縗(누최) : 도장 끈이 늘어뜨려져 나부끼는 모양을 형용한다.

궁궐은 적막하니 아무도 없네.　　　　　　宮省寂無人.[19]

황상께서는 생각을 더욱 많이 하시고　　　主上增顧念,[20]

어머니께서는 괴로운 생각 품으시네.　　　皇母懷苦辛.[21]

무엇으로 선물을 주시는가 하면　　　　　何以爲贈賜,

창고의 모든 보물 다 꺼내 오시네.　　　　傾府竭寶珍.[22]

동전은 백억 만 량이나 되고　　　　　　　文錢百億萬,[23]

채색 비단은 안개와 구름 같이 많네.　　　采帛若烟雲.

수레에 임금이 쓰시는 물건 실으니　　　　乘輿服御物,[24]

비단 휘장에 금은(金銀) 장식이 있네.　　　錦羅與金銀.

용 그린 기(旗)에는 아홉 가닥 비단 띠 드리우고　龍旂垂九旒,[25]

새 깃 수레덮개에 얼룩무늬 바퀴 있네.　　　羽蓋參班輪.[26]

여러 왕들 스스로 생각해보니　　　　　　諸王自計念,[27]

아무런 공(功)도 없는데 두터운 은덕 입었다.　無功荷厚德.[28]

생각건대 온힘을 다 바쳐　　　　　　　　思一效筋力,[29]

---

18) 便時(편시) : 편리한 때. 舍(사) : 묵다. 유숙(留宿)하다. 外殿(외전) : 제후가 수도에 와서 거처하는 곳.

19) 宮省(궁성) : 황궁(皇宮).

20) 主上(주상) : 황상(皇上). 조비(曹丕)를 일컫는다.

21) 皇母(황모) : 태후(太后). 변태후(卞太后)를 가리킨다.

22) 傾(경) : 모두 들어내다(쏟다). 府(부) : 보물을 저장한 창고. 竭(갈) : 다하다.

23) 文錢(문전) : 돈. 동전(銅錢)에 글자가 있기 때문에 이렇게 부른다.

24) 乘輿(승여) : 고대에 황제와 제후가 타는 수레. 服御物(복어물) : 황제가 사용하는 물건을 쓰다. 수레의 규격이 황제의 것과 같다는 의미. 服(복) : 쓰다. 사용하다.

25) 旒(유) : 깃발 위에 매어 드리운 비단 띠. 당시의 제도상의 규정으로는, 공(公)은 깃발에 비단 띠를 여덟 개 사용하고, 후(侯)는 일곱 개 사용하도록 되어 있다. 여기서 아홉 개를 사용하였다는 것은 특혜(特惠)임을 말해주는 것이다.

26) 羽蓋(우개) : 새의 깃으로 만든 수레 덮개. 參(참) : '與(여)'와 같은 뜻. ~과. 班輪(반륜) : 수레바퀴. 바퀴에 붉은 옻으로 그린 무늬가 있기 때문에 '얼룩무늬 바퀴'라고 말한 것이다. '班(반)'은 '斑(반, 얼룩진 무늬)'과 통한다.

27) 計念(계념) : 헤아려 생각하다.

28) 荷(하) : 받다. 厚德(후덕) : 큰 덕.

29) 效(효) : 바치다. 筋力(근력) : 자신의 역량(力量).

분골쇄신 나라에 보답하길 원한다.　　　　　糜軀以報國.[30]

홍려(鴻臚)가 부절(符節)을 갖고 호위하고　　　　鴻臚擁節衛,[31]

부사(副使)는 수행하면서 시중을 든다.　　　　副使隨經營.[32]

황실의 친척들 모두 나와 전송을 하니　　　　貴戚並出送,

길을 끼고 수레가 가득하네.　　　　　　　夾道交輜軿.[33]

수레와 복장 모두 가지런하고　　　　　　車服齊整設,

눈부시게 햇빛 속에 빛나네.　　　　　　韡曄耀天精.[34]

무장한 기병(騎兵)이 앞뒤에서 호위하고　　　武騎衛前後,[35]

악대(樂隊)들의 퉁소와 피리소리 드높네.　　鼓吹簫笳聲.[36]

낙양(洛陽) 동문(東門)에서 전송하니　　　　祖道魏東門,[37]

눈물이 떨어져 관의 갓끈을 적시네.　　　　淚下霑冠纓.

수레덮개를 끌어당겨 안쪽을 살피니　　　　扳蓋因內顧,[38]

몸을 숙였다 들었다 하며 형제들을 애틋이 여기네.　俛仰慕同生.[39]

가고 가노라면 날도 저물 터인데　　　　　行行將日暮,

어느 때나 궁궐에 돌아올 수 있겠는가.　　　何時還闕廷.[40]

수레도 머뭇거리며　　　　　　　　　　車輪爲徘徊,

---

30) 糜軀(미구) : 몸이 문드러지다. 분골쇄신(粉骨碎身)의 뜻.

31) 鴻臚(홍려) : 홍려경(鴻臚卿). 구경(九卿)의 하나. 빈객(賓客)의 예(禮)와 제후(諸侯)가
봉지로 취임하는 일을 관장한다. 擁節(옹절) : 부절(符節)을 갖다. 고대에 천자(天子)는 사
람을 파견하면서 부절을 갖게 하여 명을 받들어 사명을 집행하는 표지(標識)로 삼았다.

32) 副使(부사) : 홍려승(鴻臚丞)을 가리킨다. 經營(경영) : 오가면서 시중을 들다.

33) 輜軿(치병) : 수레. 여기서는 후궁(後宮)의 부녀자들이 타는 수레를 가리킨다.

34) 韡曄(위엽) : 빛나는 모양. 天精(천정) : 해, 햇빛을 가리킨다.

35) 武騎(무기) : 수도를 지키는 우림군(羽林軍).

36) 鼓吹(고취) : 악대(樂隊).

37) 祖道(조도) : 옛날 사람들이 출행(出行)하기 전에 길의 신(神)에게 지내는 제사. 뒤에
는 전송(餞送)하는 것을 '조도(祖道)'라 부른다. 魏東門(위동문) : 수도 낙양(洛陽)의 동
문(東門)을 가리킨다.

38) 扳(반) : 끌어당기다. 蓋(개) : 수레덮개.

39) 俛仰(면앙) : 슬플 때 몸을 일으켰다 숙였다 하는 모습을 형용한다. 同生(동생) : 같은
어머니가 낳은 형제.

40) 闕庭(궐정) : 황제의 거처. 여기서는 수도를 가리킨다.

네 필의 말도 주춤주춤 소리 내어 우네.　　　四馬躊躇鳴.[41]

길 가는 사람들도 코끝이 시큰한데　　　路人尙酸鼻,[42]

하물며 형제간이야 더 말할 나위 있으랴.　　何況骨肉情.[43]

5-39-2. 영지(靈芝篇)[1]

영지(靈芝)는 아름다운 못에서 나고　　　靈芝生玉池,[2]

주초(朱草)는 낙수(洛水) 물가를 덮고 있다.　　朱草被洛濱.[3]

꽃들은 서로 빛나고　　　　　　　　　榮華相晃耀,[4]

광채는 신비로운 물건 같이 빛난다.　　　光采曄若神.[5]

옛날에 순(舜)임금은　　　　　　　　　古時有虞舜,

부모가 완고하고 어리석었다.　　　　　父母頑且嚚.[6]

밭에서도 효성을 다하고　　　　　　　盡孝於田壟,[7]

---

41) 四馬(사마) : 한(漢)나라와 위(魏)나라의 제도에 의하면, 태자(太子)와 제후왕(諸侯王)
　　의 수레는 네 필의 말이 끌었다. 躊躇(주저) : 머뭇거리다.

42) 酸鼻(산비) : 콧날이 시큰하다. 매우 슬프다.

43) 骨肉(골육) : (부모, 형제, 자매 등의) 혈육. 육친.

5-39-2. 靈芝篇(영지편)

　1) 이 시는 순(舜)임금을 비롯하여 한백유(韓伯瑜), 정란(丁蘭), 동영(董永) 등의 고대의
　　효자(孝子)들의 이야기를 차례차례 서술하고, 작자 자신의 부모에 대한 효심을 노래하
　　였으며, 위문제(魏文帝)의 덕정(德政)과 교화(敎化)를 칭송하였다. 『송서(宋書)·악지
　　(樂志)』에 의하면, 이 시는 한대(漢代)의 노래 「궁전 앞에 계수나무가 자랐네[殿前生桂
　　樹]」를 본뜬 것이다.

　2) 玉池(옥지) : 저본에는 '天地(천지)'라고 되어 있으나 『문선(文選)』에 실린 강엄(江淹)
　　의 「잡체시(雜體詩)」에 대한 이선(李善)의 주(注)에 의거해서 고치다. 옥지는 낙양(洛
　　陽)에 있는 영지지(靈芝池)를 가리킨다.

　3) 朱草(주초) : 상서(祥瑞)로운 풀의 하나. 작은 대취[棗] 같이 생겼으며, 가지와 잎이
　　모두 붉다. 被(피) : 덮다. 洛濱(낙빈) : 낙수(洛水)의 물가.

　4) 榮華(영화) : 꽃. 晃耀(황요) : 빛나다. 꽃의 붉은 색이 서로 비치다.

　5) 曄(엽) : 빛나다. 꽃의 광채가 눈부시다.

　6) 頑且嚚(완차은) : 완고하고 어리석다.

　7) 田壟(전롱) : 밭이랑 사이. 壟(롱) : 밭이랑.

순박하며 인(仁)의 도리를 어기지 않았다.　　　　烝烝不違仁.[8]

한백유(韓伯瑜)는 나이가 칠십 넘어도　　　　伯瑜年七十,[9]

색동 옷 입고 어버이를 기쁘게 해드렸다.　　　　綵衣以娛親.[10]

어머니의 매질이 아프지 않자　　　　慈母笞不痛,[11]

흐느껴 울며 눈물이 수건을 적셨다.　　　　歔欷涕霑巾.[12]

정란(丁蘭)은 어려서 부모를 잃고　　　　丁蘭少失母,[13]

일찍이 고아됨을 슬퍼하였네.　　　　自傷早孤煢.[14]

나무 인형을 깎아 부모로 삼고　　　　刻木當嚴親,

아침저녁으로 세 짐승을 제사에 바쳤네.　　　　朝夕致三牲.[15]

포악한 사람이 모독하는 행동 보이자　　　　暴子見凌侮,[16]

---

8) 烝烝(증증) : 순후(淳厚)한 모양. 不違仁(불위인) : 인애(仁愛)의 도덕원칙을 위반하지 않다.

9) 伯瑜(백유) : 한백유(韓伯瑜). 『설원(說苑)·건본(建本)』편에 이야기가 실려 있다.

10) 색동 옷을 입고 어버이를 기쁘게 한 것은 『설원(說苑)·건본(建本)』편의 한백유의 이야기에는 보이지 않는다. 이것은 노래자(老萊子)의 일로 『열녀전(列女傳)』에 보인다. 노래자는 춘추(春秋) 시기 말 초(楚)나라의 은사(隱士)로 몽산(蒙山)에서 밭을 갈았다. 노래자가 바로 한백유인지, 아니면 조식이 근거를 둔 것이 따로 있는지 분명치 않다.

11) 笞(태) : 매질하다.

12) 歔欷(허희) : 흐느끼다. 훌쩍훌쩍 울다. 『설원(說苑)·건본(建本)』편에 실린 한백유의 이야기는 다음과 같다. 한백유가 잘못을 저질러 그의 어머니가 종아리를 때리자 한백유가 흐느껴 울었다. 어머니가 전에는 때려도 우는 것을 볼 수 없었는데 지금은 무슨 까닭으로 우는가 물으니, 한백유가 대답하길, 전에는 잘못을 저질러 매를 맞을 적에는 아픔을 느꼈는데 지금은 어머니의 힘이 달려 아픔을 느낄 수 없어 웁니다라고 하였다.

13) 丁蘭(정란) : 한(漢)나라 하내군(河內郡, 지금의 하남성(河南省) 황하(黃河) 이북(以北)의 땅) 사람. 손성(孫盛)의 『일인전(逸人傳)』에 이야기가 실려 있다. 失母(실모) : 『일인전(逸人傳)』에는 정란이 어려서 부모 모두를 여읜 것으로 되어 있다. 그래서 번역문에서도 '부모'라 옮겨 두 사람 모두 들었다.

14) 煢(경) : 외롭다.

15) 三牲(삼생) : 소, 양, 돼지. 제사에 쓰이는 물품.

16) 暴子(폭자) : 흉포(凶暴)한 사람. 장숙(張叔)을 가리킨다. 『일인전(逸人傳)』에 다음과 같은 이야기가 실려 있다. 정란(丁蘭)이 부모 생전의 모습을 본떠 나무를 새겨 사람 형상으로 만들어 아침저녁으로 거르지 않고 제사지냈다. 이웃에 사는 장숙의 처(妻)가 정란의 처에게 물건을 빌리려 하였는데, 정란의 처가 나무 인형에게 물어보니 기뻐하지를 않아 빌려주지 않았다. 장숙이 화가 나서 술을 마시고 와서 나무 인형을 욕하고 몽둥이로 머리를 때렸다. 정란이 외출에서 돌아와 나무 인형이 기쁘지 않은 얼굴빛을

형벌도 잊고 죄를 범했네.	犯罪以亡形,[17]
나무 인형이 그를 위해 피눈물을 흘리니	丈人爲泣血,[18]
죄를 면하고 효자라는 이름을 이루게 되었네.	免戾全其名.[19]
동영(董永)은 가난한 집에서 태어나	董永遭家貧,[20]
아버지는 늙고 남겨진 재산이 없어	父老財無遺,[21]
돈을 빌려 공양하고	擧假以供養,[22]
품을 팔아 맛있는 음식 갖다드렸다.	傭作致甘肥.[23]
빚쟁이들이 대문 앞에 가득 이르니	責家塡門至,[24]
무엇으로 갚아야할지 몰랐다.	不知何用歸.[25]
하늘의 신령이 지극한 효성에 감동하여	天靈感至德,[26]
선녀가 그를 위해 베틀을 움직였다.	神女爲秉機.[27]
세월은 항상 그대로 있질 않으니	歲月不安居,[28]

띄고 있는 것을 보았는데 아내가 그 원인을 알려주자 곧바로 장숙을 죽여 버렸다. 정란이 살인죄로 사로잡혀 나무 인형에게 작별 인사를 하자 나무 인형의 눈에서 눈물이 흘러내렸다. 군현(郡縣)에서는 정란의 지극한 효심(孝心)이 죽은 사람을 감동시켰다고 보고 그 죄를 면해주었다. *凌侮(능모)* : 업신여기고 모욕을 주다.

17) 亡形(망형) : '忘刑(망형)'의 뜻. 형벌을 잊다.

18) 丈人(장인) : 노인(老人)의 통칭(通稱). 여기서는 정란의 부모를 새긴 목상(木像)을 가리킨다.

19) 戾(려) : 죄(罪).

20) 董永(동영) : 서한(西漢) 때 천승(千乘, 지금의 산동성(山東省) 고원현(高苑縣) 북면) 사람. 유향(劉向)의 『효자전(孝子傳)』에 이야기가 실려 있다.

21) 遺(유) : 남기다.

22) 擧假(거가) : 다른 사람에게서 돈을 빌리다.

23) 傭作(용작) : 고용되어 일하다. 품팔이하다.

24) 責家(채가) : 빚쟁이. '責(채)'는 '債(채)'와 같다. 塡門(전문) : 문 앞을 가득 메우다. 빚쟁이가 많음을 형용하다.

25) 何用歸(하용귀) : 무엇으로 상환(償還)하다. 歸(귀) : 돌려주다.

26) 天靈(천령) : 천신(天神). 至德(지덕) : 지극한 효성의 덕(德).

27) 秉機(병기) : 베틀을 움직이다. 선녀가 베를 짠 수입으로 동영(董永)의 빚을 갚아주었다는 의미. 여기서 서술한 동영의 이야기는 유향(劉向)의 『효자전(孝子傳)』에 실린 것과 조금 차이가 난다.

28) 不安居(불안거) : 항상 머물러 있지는 않는다. 세월이 물 흐르듯 흘러가며, 시간은 다시 오지 않는다는 의미.

아아, 나의 아버님이시여   嗚呼我皇考.[29]

나를 이미 늦게 낳으셨는데   生我既已晩,[30]

나를 버리신 건 어찌 그리 빠르시나요.   棄我何其早.[31]

「육아(蓼莪)」시는 누가 지은 것인가   蓼莪誰所興,[32]

그 내용 생각하면 사람을 늙게 만드네.   念之令人老.

또 「남풍(南風)」시를 읊조리니   退詠南風詩,[33]

눈물이 옷자락에 가득 떨어지네.   灑淚滿褘袍.[34]

노래의 끝에 말하네.   亂曰,[35]

성스러운 황제께서 천하에 군림하시어   聖皇君四海,[36]

덕스러운 교화를 아침저녁으로 펴신다.   德敎朝夕宣,[37]

온 나라가 모두 예를 지키고 겸양하며   萬國咸禮讓,[38]

백성들은 집집이 엄숙하고 공경하게 행동한다.   百姓家肅虔.[39]

학교에서는 예의를 잃지 않고   庠序不失儀,[40]

---

29) 皇考(황고) : 위무제(魏武帝) 조조(曹操)를 가리킨다. 고대에는 돌아가신 아버지를 '황고'라고 불렀다.

30) 조식이 태어났을 때, 조조는 이미 37살이었다.

31) 조조가 죽었을 때, 조식은 28살이었다.

32) 蓼莪(육아) : 『시경(詩經)·소아(小雅)』의 편명(篇名). 그 중에 "슬프다 나의 부모님이시여, 나를 낳으시고 너무나 수고로우시네(哀哀父母, 生我劬勞)"라는 구절이 있다.

33) 退(퇴) : 물리다. 그만두고 또. 南風(남풍) : 『시경(詩經)·패풍(邶風)』에 나오는 「개풍(凱風)」시. 그 중에 "남쪽에서 불어오는 바람이, 대추나무 싹을 어루만지네. 대추나무 싹이 어리고도 성하니, 어머니 노고로우셨네(凱風自南, 吹彼棘心. 棘心夭夭, 母氏劬勞)"라는 구절이 있다.

34) 褘袍(위포) : 옷자락. 옷. 褘(위) : 조복(朝服)이나 제복(祭服)을 입을 때 가슴에서 늘여 무릎을 가리는 천.

35) 亂(난) : 악가(樂歌)의 종장(終章). 전편(全篇)의 요지(要旨)를 개괄하는 작용을 한다.

36) 聖皇(성황) : 조비(曹丕)를 가리킨다. 君四海(군사해) : 사해(四海)에 군림(君臨)하다. 천하를 통치하다는 의미.

37) 宣(선) : 베풀어 보이다. 발양(發揚)하다.

38) 萬國(만국) : 만방(萬邦). 전국 각지를 가리킨다. 禮讓(예양) : 예를 지키고 겸양하다.

39) 肅虔(숙건) : 엄정(嚴整)하고 공경하다.

40) 庠序(상서) : 고대의 향교(鄕校). 은(殷)나라와 상(商)나라 때는 '상(庠)'이라 불렸고, 주(周)나라 때는 '서(序)'라 불렸다.

효도하고 우애함은 밭가는 사람들도 안다.　　　　孝弟處中田.[41]

집에 증자(曾子)와 민자건(閔子騫) 같은 효자 있고　　戶有曾閔子,[42]

집집마다 모두 어질고 현명한 사람들이다.　　　　比屋皆仁賢.[43]

어린아이들은 일찍 죽는 일 없고　　　　　　　髫齔無夭齒,[44]

노인들은 천년을 누린다.　　　　　　　　　　黃髮盡其年.[45]

폐하께서는 삼만 년을 사시고　　　　　　　　陛下三萬歲,[46]

자애로운 어머니께서도 그러하시길.　　　　　慈母亦復然.[47]

5-39-3. 위대한 위나라(大魏篇)[1]

위대한 위(魏)나라가 하늘의 명에 응하니　　　大魏應靈符,[2]

하늘의 복록(福祿)이 바야흐로 시작되었네.　　天祿方甫始.[3]

---

41) 孝弟(효제) : ‘孝悌(효제)’와 같다. 옛날엔 부모에게 효순(孝順)한 덕을 ‘효(孝)’라 일컫고, 형장(兄長)을 공경하는 덕을 ‘제(悌)’라고 불렀다. 中田(중전) : ‘田中(전중)’의 뜻. 농부(農夫)를 가리킨다.

42) 曾閔子(증민자) : 증자(曾子)와 민자건(閔子騫). 두 사람 모두 공자(孔子)의 제자이며 고대(古代) 효자(孝子)의 모범.

43) 比屋(비옥) : 집집마다. 가가호호(家家戶戶).

44) 髫齔(초츤) : 어린아이가 늘어뜨린 머리를 ‘초(髫)’라 부르고, 이를 가는 것을 ‘츤(齔)’이라 부른다. 여기서는 아이를 대신하여 가리킨다. 夭齒(요치) : 요절(夭折)하다.

45) 黃髮(황발) : 노인의 머리카락은 흰색에서 다시 누런색으로 바뀐다. 그래서 ‘황발(黃髮)’로 노인을 가리킨다.

46) 陛下(폐하) : 조비(曹丕)를 가리킨다.

47) 慈母(자모) : 변태후(卞太后)를 가리킨다.

5-39-3. 大魏篇(대위편)

1) 이 시는 정월 초하루를 맞아, 임금과 신하가 새해를 축하하면서 벌이는 성대한 연회를 노래하였다. 먼저, 위(魏)나라의 번창과 황제의 성덕(聖德)을 칭송하고, 이어서 음주(飮酒) 가무(歌舞)의 즐거운 장면을 자세하게 묘사하였다. 『송서(宋書)·악지(樂志)』에 의하면, 이 시는 한대(漢代)의 노래 「한길창(漢吉昌)」을 본뜬 것인데, 아마도 「낙영구(樂永久)」인 것 같다.

2) 應靈符(응영부) : 하늘의 부명(符命)에 응하다. 조비(曹丕)가 한(漢)나라를 대신하여 위(魏)나라를 세운 것을 가리킨다.

폐하의 어진 덕(德)은 세상을 태평하고 화락하게 만들고 聖德致泰和,[4]

천지신명도 위나라를 위해 일하고자 하시네. 神明爲驅使.[5]

폐하를 좌우에서 모시는 것은 左右爲供養,[6]

궁중의 왕자이네. 中殿宜皇子.[7]

폐하께서 장수하시고 陛下長壽考,[8]

여러 신하들은 축하드리며 모두 기뻐하네. 群臣拜賀咸悅喜.

선행을 많이 하면 경사가 많으며 積善有餘慶,

영광과 복록 받음은 진실로 하늘의 정해진 이치로다. 寵祿固天常.[9]

여러 기쁜 일은 문을 가득 메워 이르고 衆喜塡門至,[10]

신하들은 복을 받게 된다. 臣子蒙福祥.

벼슬길 순조롭지 못할까 걱정할 일 없고 無患及陽遂,[11]

나의 성스러운 황제를 돕는다. 輔翼我聖皇.[12]

온갖 길한 일이 다 모이고 衆吉咸集會,

흉악하고 간사한 일은 모두 없어진다. 凶邪姦惡並滅亡.

노란 고니는 궁전 앞에서 노닐고 黃鵠遊殿前,[13]

신비한 솥은 궁전 사방에 벌려져 있네. 神鼎周四阿.[14]

---

3) 天祿(천록) : 하늘이 내린 복록(福祿). 조비가 제위(帝位)에 즉위한 것을 가리킨다. 甫
(보) : 시작하다.

4) 泰和(태화) : 사회가 안정되고 생활이 풍요롭다.

5) 神明(신명) : 천지신명. 하늘과 땅의 여러 신(神).

6) 供養(공양) : 봉양(奉養)하다.

7) 中殿(중전) : '殿中(전중)'의 뜻. 여기서는 궁중(宮中)을 가리킨다. 宜(의) : 어조사. 실
제 뜻이 없다.

8) 陛下(폐하) : 제왕에 대한 존칭. 여기서는 위문제(魏文帝)를 가리킨다. 長壽考(장수고)
: 장수(長壽)하다.

9) 寵祿(총록) : 영광과 복록(福祿). 天常(천상) : 하늘의 상리(常理)

10) 塡(전) : 메우다. 꽉 들어차다.

11) 陽遂(양수) : 순조롭게 이루어지다. 벼슬길이 순조로움을 가리킨다.

12) 輔翼(보익) : 보좌하다.

13) 黃鵠(황곡) : 노란 고니. 옛날 사람들은 '황곡'을 길(吉)하고 상서(祥瑞)로운 새로 여
겼다.

14) 神鼎(신정) : 신비한 솥. 천하 통일을 상징하는 보배 솥. 四阿(사아) : 네 개의 기둥이

옥으로 만든 말은 황제의 수레로 충당하고   玉馬充乘與,15)

지초(芝草) 덮개엔 아홉 송이 꽃이 꽂혀 있네.   芝蓋樹九華.16)

백호(白虎)는 서쪽 섬돌에서 놀고   白虎戲西除,17)

사리(舍利)는 벽사(辟邪)를 뒤따르네.   舍利從辟邪.18)

기린(麒麟)은 걸음을 걸으며 춤을 추고   騏麟躡足舞,19)

봉황(鳳凰)은 날개를 치며 노래 부르네.   鳳凰撫翼歌.20)

풍년이라 술자리를 크게 벌이고   豐年大置酒,

옥 술통을 넓은 뜰에 늘어놓았다.   玉樽列廣庭.21)

즐겁게 마시니 석 잔을 넘어서고   樂飮過三爵,22)

붉은 얼굴빛이 다 드러난다.   朱顔暴已形.23)

연회에 예법을 어길 수 없고   式宴不違禮,24)

군신들은 「녹명(鹿鳴)」의 노래 들으며 식사한다.   君臣歌鹿鳴.25)

악기(樂伎)들이 비고무(鼙鼓舞)를 추니   樂人舞鼙鼓,26)

있는 집. 여기서는 궁전을 가리킨다. 阿(아) : 구석.

15) 玉馬(옥마) : 옛날 사람들은 왕(王)이 청명(淸明)하고 현자(賢者)를 공경하면 옥마가 찾아온다고 하였는데 길상(吉祥)의 물건이다. 充(충) : 충당하다. 준비하다. 乘與(승여) : 황제의 수레.

16) 芝蓋(지개) : 지초(芝草)로 만든 덮개. 제왕의 수레의 덮개를 가리킨다. 樹(수) : 세우다. 꽂다. 九華(구화) : 아홉 송이 꽃이 핀 지초. 華(화) : 꽃.

17) 白虎(백호) : 흰 호랑이. 여기서는 갖가지 기예의 연예인들이 백호(白虎), 사리(舍利), 벽사(辟邪), 기린(麒麟), 봉황(鳳凰) 등의 모습으로 분장하여 궁전 앞에서 노래하고 춤추는 것을 가리킨다. 西除(서제) : 서쪽의 궁전 섬돌.

18) 舍利(사리), 辟邪(벽사) : 고대의 전설에 나오는 신비한 짐승.

19) 騏驥(기기) : 기린(麒麟). 전설에 나오는 신비한 동물. 麟(린) : 저본에는 '驥(기)'로 되어 있으나 『송서(宋書)·악지(樂志)』에 의거하여 고치다. 躡(섭) : 밟다.

20) 撫翼(무익) : 날개를 치다. 날개를 흔들다.

21) 玉樽(옥준) : 옥으로 만든 술통.

22) 三爵(삼작) : 석 잔. 爵(작) : 술잔.

23) 暴(폭) : 드러나다. 已(이) : '以(이)'와 같다. 어조사로 뜻이 없다. 形(형) : 나타나다.

24) 式(식) : 발어사(發語詞).

25) 鹿鳴(녹명) : 『시경(詩經)·소아(小雅)』의 편명(篇名). 한(漢)나라와 위(魏)나라의 연회에서, 술을 멈추고 식사를 할 때 식사의 음악을 연주하는데 「녹명」은 그런 13곡 중의 하나.

백관(百官)들 우레 같이 박수치며 찬탄하고 놀란다.　　　百官雷抃讚若驚.27)

쌓인 예물 강과 바다 같고　　　儲禮如江海,28)

쌓인 선행 언덕과 산 같네.　　　積善若陵山.

황제의 후손들 많고도 번창하니　　　皇嗣繁且熾,29)

손자에 증손과 현손까지 있네.　　　孫子列曾玄.30)

군신들 모두 만세를 외치면서　　　羣臣咸稱萬歲,

폐하께서 장수하고 즐겁게 사시기를 비네.　　　陛下長壽樂年.

황제의 술은 준비된 채 아직 마시지 않고　　　御酒停未飲,

황실의 친척들은 동쪽 방에 꿇어앉아 있다.　　　貴戚跪東廂.31)

시중하는 신하들은 황제의 뜻을 받들고　　　侍人承顔色,32)

금옥(金玉)의 술잔을 바친다.　　　奉進金玉觴.

이 술은 진짜 술이라　　　此酒亦眞酒,33)

이런 복록(福祿)은 황제만이 누릴 수 있다.　　　福祿當聖皇.

폐하께서 궁전 앞 난간에 이르러 웃으시니　　　陛下臨軒笑,34)

좌우 모두 기쁘고 즐거워한다.　　　左右咸歡康.

---

26) 鼙鼓(비고) : 비고무(鼙鼓舞, 鞞鼓舞). 손에 마상(馬上)의 북을 잡고 추는 춤. 고대의 춤의 하나.

27) 雷抃(뇌변) : 박수 소리가 우레 같다. 抃(변) : 손뼉을 치다. 저본에는 ‘忭(변)’으로 되어 있으나 『송서(宋書)‧악지(樂志)』와 『악부시집(樂府詩集)』에 의거하여 고치다. 贊(찬) : 찬탄하다. 환호하다.

28) 儲(저) : 쌓다.

29) 皇嗣(황사) : 황제의 자손. 熾(치) : 번창하다.

30) 曾玄(증현) : 증손(曾孫)과 현손(玄孫). 손자(孫子)의 아들을 ‘증손’이라 하고, 증손의 아들을 ‘현손’이라 부른다.

31) 貴戚(귀척) : 황제의 친척. 여기서는 여러 왕들을 가리킨다. 東廂(동상) : 정전(正殿) 양 옆의 방을 ‘廂(상)’이라 부른다. 고대 조정에서 큰 잔치를 거행할 때, 여러 신하들은 ‘동상(東廂)’에 있게 된다.

32) 承顔色(승안색) : 얼굴빛(얼굴 기색)을 살펴서 마음에 들도록 비위를 맞추다.

33) 眞酒(진주) : 진짜 술. 고대에 제사를 지낼 때, 물로 술을 대신하는 현주(玄酒)와 대비해서 말한 것이다.

34) 臨軒(임헌) : 황제가 정전(正殿) 앞에서 신하를 접견하는 것을 이름. 軒(헌) : 처마에 가까운 양 쪽 난간.

술잔이 오는 것이 어찌 이리 더딘가!　　　　杯來一何遲,
여러 관리들 차례에 따라 술을 따른다.　　　　羣僚以次行.
상을 내리니 천이야 억을 거듭하고　　　　賞賜累千億,
백관들 모두 부귀롭고 번창해진다.　　　　百官並富昌.

5-39-4. 정성스러운 마음(精微篇)[1]

정성스러운 마음은 쇠와 돌도 녹일 수 있고　　　　精微爛金石,[2]
지극한 마음은 천지신명을 감동시킬 수 있다네.　　　　至心動神明.[3]
기량식(杞梁殖)의 처가 죽은 남편 생각하며 울자　　　　杞妻哭死夫,[4]
양산(梁山)이 그 때문에 무너졌네.　　　　梁山爲之傾.[5]
연(燕)나라 태자 단(丹)이 서쪽 진(秦)나라의 볼모가 되었을 때　　　　子丹西質秦,[6]
까마귀 머리가 희게 되고 말에 뿔이 났다네.　　　　烏白馬角生.[7]

5-39-4. 精微篇(정미편)

1) 이 시는 소래경(蘇來卿), 진여휴(秦女休), 제영(緹縈), 조연(趙娟) 등이 아버지를 위해 복수를 하거나 억울함을 풀어준 이야기를 기술하면서, 이들의 의로운 행동을 칭송하였다. 이를 통하여 정성스러운 마음이 하늘도 감동시킨다는 점을 밝혔다. 이 시는 『송서(宋書)·악지(樂志)』에 의하면 한대(漢代)의 노래 「관동유현녀(關東有賢女)」를 본뜬 것이다. 精微(정미) : 정성(精誠).

2) 爛(란) : 문드러지다.

3) 至心(지심) : 진심(眞心). 성심(誠心). 動(동) : 감동시키다.

4) 杞妻(기처) : 춘추(春秋) 시대 제(齊)나라 기량식(杞梁殖)의 처(妻). 유향(劉向)의 『열녀전(列女傳)』 기록에 의하면, 기량식이 거성(莒城)에서 싸우다 죽자 그의 처가 성 아래에서 열흘 밤낮을 울었는데 그러자 성벽이 무너졌다고 한다. 기량식의 처가 울어서 무너진 것은 성벽이지 본문의 다음 구에서 말하듯 양산(梁山)이 아니다. 어쩌면 달리 근거로 한 것이 있는 지 알 수 없다.

5) 梁山(양산) : 지금의 산동성(山東省) 양산현(梁山縣) 경내(境內)에 있다.

6) 子丹(자단) : 전국(戰國) 시대 연(燕)나라의 태자(太子)로, 이름은 단(丹)이다. 質(질) : 人質(인질). 볼모가 되다.

7) 烏白馬角生(오백마각생) : 까마귀 머리가 희게 되고 말에 뿔이 생기다. 『연단자(燕丹子)』에 의하면, 연나라 태자 단이 진(秦)나라에서 인질(人質)로 있을 때, 진왕(秦王)이 예(禮)로 대하지 않아 생활이 매우 고통스러워 자기 나라에 돌아가기를 희망하였다.

추연(鄒衍)이 연(燕)나라에서 감옥에 갇히자   鄒衍囚燕市,[8]

짙은 서리가 그로 인해 여름에 내렸다네.   繁霜爲夏零.[9]

관동에 뛰어난 여자 있었으니   關東有賢女,[10]

스스로 이름을 소래경(蘇來卿)이라 하였네.   自字蘇來卿,[11]

한창 나이 때 아버지 원수를 갚으니   壯年報父仇,

몸은 죽었으나 이름을 남겼네.   身沒垂功名.[12]

진여휴(秦女休)는 사면의 문서를 받았는데   女休逢赦書,[13]

흰 칼날이 하마터면 목에 닿을 뻔했네.   白刃幾在頸.[14]

똑같이 귀신의 명단에 이름이 올랐으나   俱上列仙籍,[15]

여휴는 죽음 피하여 홀로 살아남았네.   去死獨就生.[16]

그러자 진왕이 말하길, 만약 까마귀 머리가 희게 되고 말에 뿔이 생기면 돌려보내겠다고 하였다. 태잔 단이 하늘을 우러러보며 탄식을 하였는데 천제(天帝)가 감동하여 까마귀 머리를 희게 하고 말에 뿔이 생기게 하였다. 진왕이 하는 수 없이 그를 귀국시키는 수 밖에 없었다.

8) 鄒衍(추연) : 전국(戰國)시대 제(齊)나라 사람.

9) 繁霜爲夏零(번상위하령) : 짙은 서리가 그로 해서 여름에 내리다. 『회남자(淮南子)』에 의하면, 추연(鄒衍)이 제나라에서 연(燕)에 가서 연혜왕(燕惠王)을 충성스럽게 섬겼다. 그러나 다른 사람들의 참소를 받아 사로잡혀 감옥에 갇혔다. 추연이 하늘을 쳐다보며 울자 하늘이 감동하여 5월인데도 서리가 내렸다고 한다. 零(령) : 떨어지다.

10) 關東(관동) : 함곡관(函谷關) 동쪽의 땅으로, 지금의 하남성(河南省)과 산동성(山東省) 일부 지역.

11) 自字(자자) : '自名(자명)'과 같다. 스스로 이름을 ~라고 하다. 蘇來卿(소래경) : 한대(漢代)의 비무가(鞞舞歌)「관동유현녀(關東有賢女)」에서 노래한 인물이나 원시(原詩)가 전해지지 않으며 자세한 사적은 알 수 없다. 이백(李白)의 악부시(樂府詩)「동해유효부(東海有孝婦)」에서는 '소자경(蘇子卿)'이라 하였다.

12) 身沒(신몰) : 죽다. 垂(수) : 남기다.

13) 女休(여휴) : 진여휴(秦女休). 좌연년(左延年)의 「진여휴행(秦女休行)」에 의하면, 진여휴가 친척을 위해 복수를 하고 원수를 죽인 뒤 사형 판결을 받았으나 형을 집행할 무렵 사면을 받았다.

14) 幾(기) : 하마터면.

15) 仙籍(선적) : 선인(仙人)들의 명부(名簿). 여기서는 '죽은 사람들의 명부'를 완곡하게 이른 표현.

16) 소래경(蘇來卿)은 처형되었으나 진여휴(秦女休)는 사면을 받고 홀로 살아남았다는 의미.

태창령(太倉令)이 죄를 지어	太倉令有罪,[17]
멀리 장안(長安)으로 압송되어 구금(拘禁)당하게 되었다.	遠徵當就拘.[18]
스스로 슬퍼하길 집에 남자애가 없어	自悲居無男,[19]
재난이 이르러도 같이 겪을 사람이 없다 여겼다.	禍至無與俱.[20]
제영(緹縈)이 아버지의 말에 애통해 하고	緹縈痛父言,[21]
짐을 지고 서쪽으로 가서 글을 올렸다.	荷擔西上書,[22]
북궐(北闕) 아래에서 서성거리니	盤桓北闕下,[23]
눈물이 어찌 그리도 많이 흘러내렸나.	泣淚何漣如.[24]
언니와 누이동생을 대신하여	乞得並姊弟,[25]
관가에 몸 바쳐 아버지 대신 속죄하길 간청했다.	沒身贖父軀.[26]
한문제(漢文帝)가 그 의로움에 감동하고	漢文感其義[27]
육형(肉刑)의 법을 이로써 폐지했다.	肉刑法用除.[28]

---

17) 太倉令(태창령) : 국가의 식량 창고를 관장하는 관리. 여기서는 순우의(淳于意)를 가리킨다. 『열녀전(列女傳)』에 다음과 같은 이야기가 실려 있다. 한문제(漢文帝) 때 제(齊)나라의 태창령 순위의가 죄를 짓고 장안(長安)으로 압송되게 되었는데, 길을 떠나면서 다섯 딸에게 말하길, 자기가 딸만 있고 아들이 없어서 급한 일이 생겨도 도와줄 사람이 없다고 하였다. 어린 딸 제영(緹縈)이 이 말을 듣고 상심하고 아버지를 따라 장안에 가서 한문제에게 상소문을 올려 자기가 관노(官奴)가 되어 아버지의 죄를 속죄하기를 원한다고 말했다. 문제가 이에 감동을 하여 그의 아버지의 죄를 사면하고 명령을 내려 육형(肉刑)을 그만두도록 시켰다고 한다.

18) 徵(징) : 부르다. 사람을 불러들이다. 就拘(취구) : 체포되다. 구금(拘禁)되다.

19) 居(거) : 집.

20) 與俱(여구) : 함께하다.

21) 緹縈(제영) : 순우의(淳于意)의 딸.

22) 荷擔(하담) : 짐을 지다. 西上書(서상서) : 서쪽으로 장안(長安)에 가서 황제에게 글을 올리다.

23) 盤桓(반환) : 배회하다. 北闕(북궐) : 한대(漢代)의 미앙궁(未央宮)에 있는 북쪽을 향하고 있는 누대(樓臺). 그 아래에서 신하들이 황제를 알현(謁見)하거나 상소문을 올렸다.

24) 漣如(연여) : 눈물이 그치지 않고 흐르는 것을 형용한다.

25) 並(병) : 겸하여 대신하다. 弟(제) : 여동생을 가리킨다.

26) 沒身(몰신) : 관가의 노비(奴婢)가 되다.

27) 漢文(한문) : 한문제(漢文帝).

28) 肉刑(육형) : 육체에 대하여 과하는 형벌. 묵형(墨刑, 이마에 자자(刺字)하는 형벌), 의형(劓刑, 코를 베는 형벌), 비형(剕刑, 종지뼈를 베는 형벌), 궁형(宮刑, 생식기를 거세

그 아버지는 형벌을 면할 수 있었고　　　　　　　其父得以免

말 잘 하고 의로운 행동은『열녀전도』에 실렸다.　　辯義在列圖.29)

남자애 많은들 무엇 하랴　　　　　　　　　　多男亦何爲,

여자 아이 하나면 족히 집을 보전할 수 있다.　　一女足成居.30)

조간자(趙簡子)가 남쪽으로 강을 건너려 했으나　簡子南渡河,31)

나루터 관리가 배로 건너는 일을 그르쳤네.　　津吏廢舟船.32)

법을 집행하는 관리가 형벌을 가하려 하자　　執法將加刑,33)

딸 조연(趙娟)이 노를 안고 앞으로 나섰네.　　女娟擁棹前.34)

"저의 아버지가 듣기에 임금님께서 오셔서　　妾父聞君來,35)

하는 형벌) 등이 있다. 用除(용제) : '以除(이제)'와 같다. '이로 인해 폐기하다'는 뜻.

29) 列圖(열도) :『열녀전도(列女傳圖)』의 줄인 말. 이 책은 한(漢)나라 유향(劉向)이 지었
　　는데, 각 전(傳)마다 송(頌)이 있고 그림이 있다. 제영(緹縈)의 일은『열녀전·변통전
　　(辯通傳)』에 보인다.

30) 成居(성거) : 집을 보전하다.

31) 簡子(간자) : 조간자(趙簡子)로, 이름은 앙(鞅)이다. 주경왕(周敬王) 때 진(晉)나라의
　　집정자(執政者).『열녀전(列女傳)』에 다음과 같은 이야기가 실려 있다. 조간자가 군사
　　를 일으켜 초(楚)나라를 치려고 하여, 사전에 황하(黃河) 나루터의 관리와 강을 건너는
　　일에 대해 약속을 해두었다. 그러나 조간자가 도착했을 때, 나루터의 관리가 술에 취
　　해 건널 수가 없어 날짜를 늦추게 되었다. 조간자가 나루터의 관리를 처벌하여 죽이려
　　하자 관리의 딸 조연(趙娟)이 음료수를 안고 앞으로 나서면서 말했다. "제 아버지는 어
　　르신께서 강을 건너려고 하신다는 말을 듣고 황하의 신(神)에게 어르신께서 평안하게
　　건너시도록 기도하는 제사를 지냈는데, 제사를 마치고 조금 남은 술을 마시고는 취해
　　버렸습니다. 어르신께서 제 아버지를 죽이려 하신다면 제가 대신 죽기를 원합니다."
　　조간자가 "이것은 너의 죄가 아닌데 어떻게 대신 죽을 수가 있느냐?" 하고 말했다. 조
　　연이 "그러면 술에서 깬 뒤에 죽여서 아버지로 하여금 자신의 죄를 알도록 해 주십시
　　오" 하고 말했다. 조간자가 잠시 생각을 하더니 나루터 관리의 사형을 면해주었다. 조
　　간자가 나루를 건너는데 사공이 부족하자 조연이 배에 올라 노를 저으면서「강물은
　　세차고[河激]」노래를 불렀다. 조간자가 아주 마음에 들어 했다. 뒤에 귀국하여 조연
　　을 부인으로 맞았다. 河(하) : 황하(黃河).

32) 津吏(진리) : 나루터를 관리하는 관리. 廢(폐) : 그만두다. 늦추다.

33) 執法(집법) : 법을 집행하는 관리를 가리킨다. 加刑(가형) : 형벌을 가하다. 죽이다.

34) 女娟(여연) : 나루터를 관리하는 관리의 딸로, 이름은 연(娟), 성은 조(趙). 擁(옹) : 안
　　다. 棹(도) : 노

35) 妾(첩) : 옛날, 여자가 자기를 낮추어 일컫던 말. 여기서는 조연(趙娟)이 자기를 일컫
　　는 말.

깊이를 헤아릴 수 없는 강을 건너려 하신다고 하였습니다.　將涉不測淵.36)

풍파가 일어날까 매우 두려워하여　長懼風波起,37)

평안을 빌며 큰 강에 제사를 지냈습니다.　禱祝祭名川.38)

예물을 갖추어 천지의 신에게 제사지내 바치며　備禮饗神祇,39)

임금님을 위해 길(吉)하시길 빌었습니다.　爲君求福先.40)

정성으로 제사하고 남은 술 다 마시고 술기운 못 이겨　不勝釂祀誠,41)

죽을죄를 범하기에 이르렀습니다.　教令犯罰艱.42)

임금님께서 반드시 죽이시겠다면　君必欲加誅,

자기 죄를 알도록 해주시길 빕니다.　乞使知罪愆.43)

제가 대신 처벌받겠습니다” 하고 말하니　妾願以身代,

지극한 정성이 하늘을 감동시켰네.　至誠感蒼天.

나라의 임금님이 그 의로움을 높이 사서　國君高其義,44)

그의 아버지는 이 때문에 사면을 받았네.　其父用赦原.45)

「강물은 세차고[河激]」 노래를 강 가운데서 부르니　河激奏中流,46)

조간자가 그의 현숙함을 알았네.　簡子知其賢.

돌아와 그녀를 부인으로 맞이하니　歸聘爲夫人,

영광과 사랑이 다른 비빈(妃嬪)들보다 더하였네.　榮寵超後先.47)

---

36) 不測淵(불측연) : 깊이를 헤아리기 어려운 강. 매우 깊은 강. 여기서는 황하(黃河)를
　가리킨다.

37) 長懼(장구) : 매우 두려워하다.

38) 名川(명천) : 큰 강. 황하(黃河)를 가리킨다.

39) 饗(향) : 제사지내다. 바치다. 神祇(신지) : 천신(天神)을 ‘神(신)’이라 하고, 지신(地神)
　을 ‘祇(지)’라 부름.

40) 福先(복선) : 길(吉)하다. 상서(祥瑞)롭다.

41) 不勝(불승) : 이기지 못하다. 釂(조) : 다 들이키다. 잔에 있는 술을 다 마시다.

42) 教令(교령) : ～하여 ～되다. ～한 탓으로 ～하다. 艱(간) : 험난하다. 사형(死刑)을 가리
　킨다.

43) 愆(건) : 허물. 죄.

44) 國君(국군) : 나라의 임금. 조간자(趙簡子)를 가리킨다. 高(고) : 높이다. 귀하게 여기다.

45) 用(용) : 이 때문에. 赦原(사원) : 용서하다. 사면(赦免)하다.

46) 河激(하격) : 노래 이름.

말 잘 하는 여자가 아버지의 목숨을 구하니	辯女解父命,[48]
건장한 젊은이가 어찌 비교될 수 있겠는가.	何況健少年.[49]
황초(黃初) 연간에 조화로운 기운이 가득하니	黃初發和氣,[50]
조정에서 덕(德)의 교화를 베풀은 것이다.	明堂德教施.[51]
다스리는 도(道)는 태평을 이루는 데에 있고	治道致太平,
예악(禮樂)은 풍속을 바꿀 수 있다.	禮樂風俗移.[52]
형벌을 내버려두면 백성들이 억울할 일 없을 터이니	刑措民無枉,[53]
원망하는 여자들이 또 무엇을 하겠는가.	怨女復何爲.[54]
성황(聖皇)께서 오래오래 장수하시고	聖皇長壽考,
큰 복이 늘 찾아와 주길.	景福常來儀.[55]

5-39-5. 음력 시월(孟冬篇)[1]

음력 시월	孟冬十月,
음산한 기운이 매섭고 맑네.	陰氣厲淸.[2]

---

47) 榮寵(영총) : 영광과 임금의 은총(총애). 超後先(초후선) : 조간자(趙簡子)가 먼저 맞이
하고 나중에 맞이한 비빈(妃嬪)들보다 뛰어나다.
48) 辯女(변녀) : 말 잘 하는 여자. 여기서는 조연(趙娟)을 가리킨다. 解(해) : 구(救)하다.
49) 況(황) : 견주다. 비교하다.
50) 黃初(황초) : 위문제(魏文帝) 조비(曹丕)의 연호(220~226). 和氣(화기) : 조화로운 기운.
51) 明堂(명당) : 고대에 천자가 정사(政事)를 보던 곳.
52) 移(이) : 바꾸다.
53) 刑措(형조) : '刑錯(형조)'와 같다. '형벌을 내버려둔다'는 뜻. 錯(조) : 내버려두다.
54) 怨女(원녀) : 위에서 말한 소래경(蘇來卿), 진여휴(秦女休), 제영(緹縈), 조연(趙娟) 등
을 가리킨다.
55) 景(경) : 크다. 儀(의) : 오다.

5-39-5. 孟冬篇(맹동편)
1) 고대 중국에는 왕왕 음력 10월에 사냥의 기회를 통해 군사 훈련을 하였는데, 이 시
는 사냥의 과정을 상세하고 생동적으로 묘사하였다. 이어서 사냥을 마친 뒤의 연회 장
면을 서술하고, 임금의 장수(長壽)를 축원하는 것으로 끝맺음을 하였다. 孟冬(맹동) :
음력 시월.

무관이 사냥을 준비토록 명령을 내리니   武官誡田,3)

무술 연마와 병사들을 훈련 위해서라네.   講旅統兵.4)

큰 거북점은 길한데 더욱 길하다 하고   元龜襲吉,5)

혜성은 밝게 빛나네.   元光著明.6)

용맹한 병사들은 길을 치우고   蚩尤蹕路,7)

바람도 비도 그쳤네.   風弭雨停.8)

천자의 수레 출발하니   乘輿啓行,9)

방울은 딸랑딸랑 수레는 삐걱삐걱 소리 난다.   鸞鳴幽軋.10)

호랑이 같은 호위 병사는 채색 옷에 말을 타고   虎賁采騎,11)

상아 장식 수레를 나는 듯 몰고 할관(鶡冠)을 쓰고 있다.   飛象珥鶡.12)

북소리는 둥둥 울리고   鐘鼓鏗鏘,13)

피리소리 시끄럽다.   簫管嘈喝.14)

---

2) 陰氣(음기) : 한기(寒氣). 厲淸(여청) : 매섭고 맑다.

3) 誡(계) : 명령하다. 田(전) : 사냥(하다).

4) 講旅(강려) : 강무(講武). 무술을 연마하다. 統兵(통병) : 병사들을 훈련시키다.

5) 元龜(원귀) : 큰 거북. 고대에는 거북 껍데기를 이용하여 점을 쳐서 길흉을 물었다.
襲吉(습길) : 길한데 더욱 길하다. 襲(습) : 더하다.

6) 元光(원광) : 혜성(彗星). 옛날 사람들은 혜성의 출현을 옛 것을 없애고 새로운 것이
전개되는 상징으로 여겼다. 著明(저명) : 밝게 빛나다.

7) 蚩尤(치우) : 전설에 의하면 중국 상고(上古) 시대의 부락(部落)의 수령으로 용맹하고
싸움을 잘 하였다고 한다. 여기서는 용사(勇士)를 가리킨다. 蹕路(필로) : 길을 깨끗이
치우다. 고대에 제왕이 출행(出行)을 하면 지나가는 길에 행인의 왕래를 금지한 것을
가리킨다.

8) 弭(미) : 그치다.

9) 乘輿(승여) : 천자(天子)의 수레. 啓行(계행) : 출발하다.

10) 鸞(란) : 천자가 타는 수레에 다는 방울. 幽軋(유알) : 수레가 삐걱거리는 소리.

11) 虎賁(호분) : 황제를 호위하는 병사를 가리킨다. 호랑이 같이 날랜 용사(勇士)를 비유
한다. 采騎(채기) : 채색 옷을 입고 준마(駿馬)를 타다.

12) 飛象(비상) : 상아(象牙)를 장식한 수레, 천자가 타는 수레. 珥(이) : 쓰다. 鶡(할) : 맹금
(猛禽)의 일종. 여기서는 할관(鶡冠)을 가리킨다. 할새로 장식하여 고대의 용사(勇士)들
이 썼다.

13) 鏗鏘(갱장) : 소리가 크게 울리는 것을 형용한다.

14) 嘈喝(조갈) : 소리가 시끄럽다.

만 명의 기병(騎兵)이 재갈을 똑같이 하고 　　萬騎齊鑣,15)

천 대의 수레가 덮개를 똑같이 하였다. 　　千乘等蓋.16)

산을 평평하게 하고 골짜기를 메우며 　　夷山塡谷,17)

숲을 평평히 하고 늪을 씻어버린 듯 하네. 　　平林滌藪.18)

만리에 그물을 펼쳐 　　張羅萬里,19)

나는 새 달리는 짐승을 다 잡으려 하네. 　　盡其飛走.20)

깡충깡충 교활한 토끼는 　　趯趯狡兔,21)

흰 털을 날리며 뛰어서 달아난다. 　　揚白跳翰.22)

푸른 매로 사로잡아 　　獵以靑骹,23)

긴 그물로 덮는다. 　　掩以脩竿.24)

한로(韓盧)와 송작(宋鵲)은 　　韓盧宋鵲,25)

능력 뽐내며 나는 듯 달리네. 　　呈才騁足.26)

끈을 채 다 풀지 않아도 사냥감을 이미 물어 　　噬不盡緤,27)

고라니와 사슴을 밟으며 머리를 끌고 오네. 　　牽麋掎鹿.28)

---

15) 鑣(표) : 재갈.

16) 蓋(개) : 수레 덮개.

17) 夷(이) : 평평하게 하다.

18) 藪(수) : 늪. 이상의 두 구는 사람이 많은 것을 형용한다.

19) 羅(라) : 새와 짐승을 잡는 그물.

20) 飛走(비주) : 비금(飛禽)과 주수(走獸). 날짐승과 들짐승.

21) 趯趯(약약) : 오가며 달리는 모양. '躍躍(약약)'과 같다. 狡兔(교토) : 교활한 토끼.

22) 揚(양) : 바람에 흩날리다. 白(백) : 토끼 다리의 흰 털을 가리킨다. 翰(한) : 몸뚱이.

23) 獵(렵) : 사냥하다. 사로잡다. 靑骹(청교) : 사냥하는 매의 이름.

24) 掩(엄) : 덮다. 가리다. 脩竿(수간) : 긴 장대. 여기서는 사냥할 때의 그물을 가리킨다.
　　긴 장대 끝에 그물을 장치하여 토끼를 덮어씌워 잡는다.

25) 韓盧(한로), 宋鵲(송작) : 사냥개의 이름. 한(韓)나라에서 나는 검은 색의 사냥개를 '한
　　로'라고 부르고, 송(宋)나라에서 나는 검은 사냥개를 '송작'이라 부른다.

26) 呈才(정재) : 재능을 나타내다. 능력을 드러내 보이다. 騁足(빙족) : 힘껏 뒤쫓다.

27) 噬(서) : 물다. 緤(설) : 끈. 개를 묶는 끈. 이 구절의 의미는 사냥개를 묶은 끈을 완전
　　히 다 풀어놓지 않아도 사냥개가 신속하게 사냥감을 사로잡는다는 뜻이다.

28) 牽(견), 掎(기) : 끌어당기다. 머리 부분을 끌어당기는 것을 '牽(견)'이라 하고, 발 부분
　　을 끌어당기는 것을 '掎(기)'라고 한다. 麋(미) : 고라니. 사슴보다 크다.

위씨(魏氏)는 쇠뇌를 쏘고   魏氏發機,[29]

양유기(養由基)는 화살을 메긴다.   養基撫弦.[30]

도로국(都盧國) 사람은 높은 곳을 따라 올라   都盧尋高,[31]

원숭이를 찾는다.   搜索猴猿.

경기(慶忌)와 맹분(孟賁) 같은 용사들   慶忌孟賁,[32]

골짜기 넘고 산을 넘는다.   蹈谷超巒.

눈을 부릅뜨니 눈가가 찢어지고   張目決眥,[33]

성을 내니 머리카락이 관을 뚫을 듯.   髮怒穿冠.[34]

곰을 내리누르고 호랑이를 움켜잡으며   頓熊扼虎,[35]

표범을 발로 차고 추호(貙虎)를 손으로 치네.   蹴豹搏貙.[36]

기세는 넘치고 넘쳐   氣有餘勢,

코끼리를 짊어지고 달리네.   負象而趨.

포획한 짐승들은 수레에 가득 차고   獲車旣盈,

날이 저물어 즐거움도 끝날 때 되었다.   日側樂終.[37]

사냥을 마치고 병사들을 해산시키고   罷役解徒,[38]

---

29) 魏氏(위씨) : 옛날에 활을 잘 쏘는 사람. 전하는 바에 의하면 쇄련(瑣連)이라는 사격 (射擊) 병기(兵器)를 만들었다고 하며, 『한서(漢書)・예문지(藝文志)』에 『위씨사법(魏 氏射法)』 6편이 기록되어 있는데 지금은 전하지 않는다. 機(기) : 쇠뇌. 기계를 이용해 서 발사하는 활. 어떤 것은 여러 개의 화살을 연달아 발사할 수 있다.

30) 養基(양기) : 양유기(養由基). 춘추(春秋) 시대 초(楚)나라 사람으로 활을 잘 쏘았다고 전해진다. 撫弦(무현) : 화살을 메기다.

31) 都盧(도로) : 고대(古代)에 남해(南海) 일대에 도로국(都盧國)이 있었는데 이곳 사람 들은 높은 곳에 오르기를 잘하였다. 尋(심) : '緣(연)'과 같은 뜻. 따르다.

32) 慶忌(경기) : 춘추(春秋) 시대 오왕(吳王) 료(僚)의 아들. 대단히 용맹하였다. 孟賁(맹 분) : 전국(戰國) 시대 위(衛)나라의 역사(力士). 여기서 경기(慶忌)와 맹분(孟賁)은 모두 들짐승을 잘 쫓는 용사들을 가리킨다.

33) 決(결) : 찢어지다. 眥(자) : 눈가.

34) 髮怒(발노) : 머리카락이 머리 꼭대기에 우뚝 선 것이 마치 분노하는 듯하다.

35) 頓(돈) : 내리누르다. 扼(액) : 움켜쥐다.

36) 貙(추) : 추호(貙虎). 크기는 개와 같고, 털색은 삵괭이 같은 동물.

37) 日側(일측) : 해가 기울다. 樂(락) : 사냥의 즐거움을 가리킨다.

38) 罷役(파역) : 사냥을 마치다. 解徒(해도) : 병졸(兵卒)들을 해산시키다.

별궁에서 크게 잔치 벌인다.　　　　　　　　　　　大饗離宮.39)

끝 노래에서 이르네　　　　　　　　　　　　　　亂曰,40)

천자께서 높이 솟은 전각에 임하시니　　　　　　聖皇臨飛軒,41)

공로를 논하고 병사들이 사로잡은 숫자를 계산하네.　論功校獵徒.42)

죽은 짐승은 언덕 같이 높이 쌓였고　　　　　　死禽積如京,43)

흐르는 피는 도랑을 이루었네.　　　　　　　　流血成溝渠.

황제께서 조서 내려 위로하는 하사품을 크게 내리시니　明詔大勞賜,44)

태관령(太官令)은 조서 받고 상품을 나누어주네.　大官供有無.45)

말을 달려 술을 내려 주고　　　　　　　　　　走馬行酒醴,46)

수레를 몰아 고기와 생선을 주네.　　　　　　驅車布肉魚.47)

북을 울리고 술잔을 들며　　　　　　　　　　鳴鼓擧觴爵,48)

종을 치며 남김없이 다 마시네.　　　　　　　擊鍾醻無餘.49)

그물을 끊어서 어린 짐승을 풀어주고　　　　絶綱縱麟麑,50)

그물을 늦추어 어린 새들 내보내네.　　　　弛罩出鳳雛.51)

---

39) 大饗(대향) : 성대한 연회를 열다. 離宮(이궁) : 황제가 정궁(正宮) 외에 임시로 묶는 궁실.

40) 亂(난) : 악곡(樂曲)의 종장(終章).

41) 飛軒(비헌) : 높이 솟은 전각(殿閣). 軒(헌) : 처마 가까이 있는 양쪽의 난간. 황제가 궁전 앞에서 신하를 접견하는 것을 '임헌(臨軒)'이라고 부름.

42) 校(교) : 계산하다. 사로잡은 것을 세다. 獵徒(엽도) : 사냥에 참여한 병사들.

43) 京(경) : 높은 언덕.

44) 勞(로) : 위로하다.

45) 大官(대관) : 태관령(太官令). 황제의 음식과 연회를 관장하는 관리. 有無(유무) : 여기서는 '有(유)'의 뜻에 중점이 주어진다. 궁중에 있는 술과 고기, 생선 등을 가리킨다.

46) 行(행) : 하사하여 주다.

47) 布(포) : 베풀어주다.

48) 觴爵(상작) : 술잔.

49) 醻(조) : 다 들이키다. 잔에 있는 술을 다 마시다.

50) 絶綱(절강) : 그물을 끊다. 縱(종) : 풀어주다. 놓아주다. 麟麑(인예) : 기린(麒麟)과 새끼 사슴. 여기서는 어린 짐승을 가리킨다.

51) 弛(이) : 늦추다. 罩(조) : 짐승을 잡는 그물. 鳳雛(봉추) : 봉황(鳳凰)의 새끼. 여기서는 어린 새를 가리킨다.

사냥을 훌륭하게 마치니 　　　　　　　收功在羽校,52)

명성과 위엄이 먼 곳에까지 떨치네. 　　威靈振鬼區.53)

폐하께서 오래 기쁘고 즐거워하시며 　　陛下長歡樂,

영원히 천명(天命)에 부합하시기를. 　　　永世合天符.54)

5-40. 버림받은 부인(棄婦篇)1)

석류를 앞뜰에 심었더니 　　　　　　　石榴植前庭,

푸른 잎은 바람에 파르스름 흔들리고 　　綠葉搖縹靑.2)

붉은 꽃은 불타듯 무성한데 　　　　　　丹華灼烈烈,3)

찬란하게 눈부신 그 빛. 　　　　　　　璀采有光榮.4)

눈부신 그 빛 유리처럼 반짝이니 　　　光榮曄流離,5)

---

52) 羽校(우교) : 우렵(羽獵)과 교렵(校獵). 병사들이 화살을 지고 황제를 따라 사냥을 나
　　서는 것을 '우렵'이라 부르고, 울타리를 만들어 놓고 둘러싸서 잡는 것을 '교렵'이라고
　　한다. 여기서는 사냥을 통하여 군대를 훈련시키는 것을 가리킨다.

53) 威靈(위령) : 명성과 위엄. 鬼區(귀구) : 멀리 떨어진 곳을 가리킨다.

54) 天符(천부) : 하늘의 부명(符命). 고대에는 하늘이 상서로운 징조를 임금에게 내려주
　　는 것을 천명(天命)을 얻은 증거로 여겼다. 이 구의 의미는 오래도록 제왕의 자리를 누
　　리시기를 빈다는 뜻이다.

5-40. 棄婦篇(기부편)

1) 이 시는 자식을 낳지 못한다는 이유로 쫓겨난 부인이 남편에게 버림받은 괴로움을
　　하소연하면서, 계수나무 열매가 늦게 열린다는 점을 비유로 들어 남편이 마음을 돌리
　　도록 호소하는 내용이다.

2) 縹靑(표) : 엷은 푸른색. 縹(표) : 옥색. 석류는 잎의 겉은 짙은 녹색이고, 안쪽은 청백
　　색(靑白色)이다.

3) 灼(작) : 꽃이 많은 것을 형용한다. 烈烈(열렬) : 석류꽃이 불타듯 새빨간 것을 형용한다.

4) 璀采(최채) : 빛나고 밝은 모양. 구슬과 옥의 광채가 찬란한 모양.

5) 曄(엽) : 빛나다. 流離(유리) : 유리. '琉璃(유리)'라고도 쓴다.

맑은 영혼 깃들만 하네.　　　　　　　　　可以處淑靈.6)

새 한 마리 날아와 나무에 깃들더니　　　　有鳥飛來集,7)

날개를 두드리며 슬피 우네.　　　　　　　撫翼以悲鳴.8)

슬피 우는 것은 무엇 때문인가　　　　　　悲鳴夫何爲,9)

붉은 꽃이 열매를 맺지 못해서 이네.　　　丹華實不成.

가슴을 치며 길게 탄식하니　　　　　　　撫心長歎息,

자식이 없으면 친정집에 돌아와야 하네.　無子當歸寧.10)

자식 있는 사람은 달이 하늘에 떠서 가는 것과 같고　有子月經天,11)

자식 없는 사람은 떨어지는 별과 같으니　無子若流星.

하늘과 달은 언제나 함께 있지만　　　　天月相終始,

떨어지는 별은 빛이 없어져 버리네.　　　流星沒無精.12)

살아가면서 마땅한 것을 제대로 못 하면　棲遲失所宜,13)

비천해져 기와나 돌멩이 같게 되네.　　　下與瓦石幷.14)

시름이 가슴 속에서 솟아나니　　　　　　憂懷從中來,15)

탄식하다 닭이 우는 때에 이르렀네.　　　歎息通雞鳴.16)

뒤척이며 잠 못 이루어　　　　　　　　　反側不能寐,17)

앞뜰에서 서성이네.　　　　　　　　　　逍遙於前庭.

배회하다 다시 방으로 돌아오니　　　　　蜘蹰還入房,18)

---

6) 淑靈(숙령) : 맑은 영혼. 아래서 말하는 '鳥(조, 새)'를 가리킨다.

7) 集(집) : 새가 나무에 깃들다.

8) 撫(무) : 치다. 두드리다. 以(이) : '而(이)'와 같다.

9) 夫(부) : 어조사(語助辭).

10) 歸寧(귀녕) : 출가(出嫁)한 여자가 친정에 돌아오다.

11) 經(경) : 가다.

12) 沒(몰) : 없어지다. 精(정) : 빛.

13) 棲遲(서지) : 살다. 생활하다.

14) 幷(병) : 어울리다. 함께하다.

15) 中(중) : 가슴 속.

16) 通(통) : 이르다.

17) 反側(반측) : 잠을 이루지 못하고 몸을 뒤척거리다.

18) 蜘蹰(지주) : 머뭇거리다. 배회하다.

휙휙 휘장 소리만이 울리네.　　　　　　　　　　肅肅帳幕聲.19)

휘장을 걷어 다시 띠를 매고　　　　　　　　　搴帷更攝帶,20)

현을 눌러 쟁(箏)을 타네.　　　　　　　　　　撫絃調鳴箏.21)

비분강개한 소리는 여운이 있고　　　　　　　慷慨有餘音,22)

가느다란 소리 슬프고도 맑네.　　　　　　　要妙悲且清.23)

눈물을 거두고 길게 탄식하니　　　　　　　收淚長歎息,

내 어찌 신비한 새의 호의 저버릴 수 있겠는가.　何以負神靈.24)

계수나무는 서리와 이슬을 기다리니　　　　招搖待霜露,25)

어찌 굳이 석류처럼 봄여름에 열매 맺을 필요 있을까.　何必春夏成.26)

늦게라야 좋은 열매를 얻을 수 있으니　　　晚穫爲良實,27)

그대여 잠시 편안히 기다리시길 바랍니다.　　願君且安寧.28)

---

19) 肅肅(숙숙) : 바람이 휘장에 부는 소리.
20) 搴(건) : 걷어 올리다. 攝帶(섭대) : 허리띠를 매다.
21) 調(조) : 악기를 연주하다. 箏(쟁) : 거문고와 비슷한 13현(絃)의 악기.
22) 慷慨(강개) : 격앙되다. 여기서는 음색(音色)이 비장(悲壯)하다.
23) 要妙(요묘) : 소리가 맑고 긴 모습. 가는 소리를 형용한다.
24) 負(부) : 저버리다. 등지다. 神靈(신령) : 앞에서 나온 새를 가리킨다.
25) 招搖(초요) : 전설에 나오는 산(山) 이름. 이곳에 계수(桂樹)나무가 많다. 여기서는 계
　　수나무를 가리킨다.
26) 이 구는 자녀를 늦게 낳는다고 해서 나쁠 것이 없다는 것을 비유한다.
27) 晚穫(만확) : 늦게 수확하다. 계수(桂樹)나무를 가리킨다. 계수나무는 가을이나 겨울
　　이 되어야 비로소 꽃이 피고 열매를 맺는다. 고대의 전하는 말에 의하면 그 열매를 먹
　　으면 장생(長生)을 할 수 있다고 하여 '좋은 열매'이라 부른다. '대기만성(大器晚成)'의
　　뜻도 가지고 있다.
28) 君(군) : 남편을 가리킨다.

5-41. 긴 노래(長歌行)[1]

먹물은 푸른 소나무의 연기에서 나오고	墨出靑松之煙,
붓은 교묘한 토끼의 털로 만들어지네.	筆出狡兔之翰.
옛사람들은 새 발자국에서 느낀 바 있어	古人感鳥迹,
문자 모양이 바뀌게 되었네.	文字有改判.

잔구(殘句)

한 자 되는 진사도 움츠렸다 펼 줄 아는데	尺蠖知屈伸,
도를 체득하려면 곤궁과 영달을 알아야 하네.	體道識窮達.[2]

5-42. 괴로운 더위(苦熱行)

돌아다니다 일남에 이르고	行遊到日南,[1]
교지의 마을을 지나네.	經歷交趾鄕.[2]

5-41. 長歌行(장가행)

 1) 정안(丁晏)에 의하면 이 시는 장부(張溥) 본에서는 '악부(樂府)'라고만 제목을 달았
   는데 『북당서초(北堂書鈔)』 권104에 의거하여 교정하고 고쳤다고 한다.

 2) 이 구는 『태평어람(太平御覽)』 권948에 보인다.

5-42. 苦熱行(고열행)

 1) 日南(일남): 지명. 진(秦)의 상군(象郡). 한무제(漢武帝) 원정(元鼎) 6년(111)에 이름을
   바꾸었는데, 그곳이 남방에 있기 때문에 이렇게 불렀다. 옛날에는 교주(交州)에 속하
   였다.

더위에 괴로워 옷 벗어 몸 드러내는데   苦熱但暴露,3)
월족 사람들은 물속에 몸을 감추네.   越夷水中藏.4)

5-43. 객을 사귀다(結客篇)

젊은이들의 모임에서 나그네를 사귀고   結客少年場,
낙양 북쪽 황폐한 교외에서 원수를 갚네.   報怨洛北荒.

잔구(殘句)

날카로운 칼이 손에서 소리내 우니   利劍手中鳴,
일격에 시체 두 동강 되어 나둥그레지네.   一擊兩尸僵.1)

---

2) 交趾(교지) : 오령(五嶺) 남쪽의 땅. 한대(漢代)에 교지군(交趾郡)을 두었다.
3) 暴露(폭로) : 옷을 벗어 피부를 드러내다.
4) 越夷(월이) : 월족(越族) 사람. 즉 백월(百越). 옛날에 광동성(廣東省)과 복건성(福建省) 지역에서 살았던 민족.

5-43. 結客篇(결객편)
1) 僵(강) : 쓰러지다. 이 구는 『문선(文選)』에 실린 장협(張協)의 「잡시(雜詩)」의 이선(李善) 주(注)에 보인다. 정안은 '報怨洛北荒(보원낙북황)'구 아래에 빠진 글이 있는 것으로 보았다.

5-44. 길가의 뽕나무(陌上桑)

구름 끝을 바라보니	望雲際,
진인이 있네.	有眞人.
어떻게 하면 가볍게 날아올라 이 분 뒤를 따를 수 있을까.	安得輕擧繼淸塵
번개 채찍을 잡고	執電鞭,
하늘 나는 기린을 치달리면서.	馳飛麟.

5-45. 하늘과 땅(天地篇)[1]

다시 시절에 구속을 받아	復爲時所拘,
굴레와 고삐에 묶여 미미한 신하가 되었네.	羈紲作微臣.

5-46. 악부 노래(樂府歌)

아교와 옻칠이 지극히 견고해도	膠漆至堅,
물에 담그면 바로 떨어진다네.	浸之則離.

5-45. 天地篇(천지편)
1) 정안(丁晏)에 의하면 원래 장부(張溥) 본에서는 유구(遺句) 안에 섞여있던 것을 이곳
으로 옮겼다고 한다.

희고 흰 실도   皎皎素絲,

염색에 따라 색이 달라지네.   隨染色移.

임금께서 나를 버린 것이 아니라   君不我棄,

헐뜯는 사람들이 그렇게 만든 것이라네.   讒人所爲.

5-47. 악부(樂府)

고기를 살 때에는 살찐 것을 골라야 하며   市肉取肥,

술을 살 때에는 순수하고 진한 것을 사야 하네.   沽酒取醇.

술잔을 주거니 받거니   交觴接杯,

은근한 정을 다하네.   以致殷勤.

5-48. 악부가사(樂府歌詞)

보내주신 천금의 보검   所齎千金之寶劍,[1]

무소뿔과 문옥 사이에 푸른 옥이 섞여 있네.   通犀文玉閒碧瑈.[2]

5-48. 樂府歌詞(악부가사)

1) 齎(재) : 주다.

2) 通犀(통서) : 서우(犀牛)의 뿔의 일종. 서우는 열대 지방의 습지에 사는 초식 동물의
하나로, 머리에는 뿔이 하나 또는 둘 있으며, 머리는 길고 목은 짧으며, 다리는 코끼리
와 비슷하다. 文玉(문옥) : 무늬 있는 옥. 閒(간) : 섞이다. 碧瑈(벽여) : 푸른 옥(玉).

비취는 푸른 옥돌 장식하고 　　　　　　　　翡翠飾鷄璧,3)

머리쪽엔 명월주(明月珠) 달려 있네. 　　　　　標首明月珠.4)

5-49. 남아있는 시구(遺句)

소보(巢父)와 허유(許由)는 천하를 가벼이 여기는데 　巢許蔑四海,1)

장사꾼들은 돈 한 푼을 다투네. 　　　　　　　　　商賈爭一錢.2)

---

3) 鷄璧(계벽): '碧鷄(벽계)'로 써야 될 것 같다. '碧鷄(벽계)'는 청록색의 옥돌.
4) 이상은 『북당서초(北堂書鈔)』 권122에 보인다.

5-49. 遺句(유구)
1) 巢許(소허): 소보(巢父)와 허유(許由). 전하는 바에 의하면, 두 사람 모두 요(堯) 임금 때의 은사(隱士)이다. 소보는 나무에 둥지를 만들어 살아 사람들이 그를 소보라 불렀다. 요 임금이 일찍이 천하를 그에게 양보하였으나 소보가 받지 않았다. 다시 허유에게 양보하니 허유도 받으려 들지 않고, 물가에서 귀를 씻었다.
2) 이 두 구는 『태평어람(太平御覽)』 권836에는 「악부가(樂府歌)」라 되어 있다.

권6

송(頌)·비(碑)·찬(贊)·명(銘)

[송(頌)]

6-1. 황태자의 탄신(皇子生頌)[1]

아! 성스러운 우리 황제께서는	於聖我后,[2]
전대(前代)의 법을 본받으셨네.	憲章前志.[3]

6-1. 皇子生頌(황자생송)

1) 이 칭송의 문장은 위(魏)나라 두 번째 황제로 등극한 조예(曹叡, 205~239)의 아들이 탄생한 것을 축하하고 있다. 조예가 등극한 것은 황초(黃初) 7년(226), 즉 조비가 40세로 5월 이후이다. 본문에서 "아름다운 좋은 봄날에"라고 하는 것으로 보아 등극한 다음 해(227)로 추정되는데, 바로 조예의 첫째 아들인 조경(曹冏)의 탄생을 노래하고 있는 것으로 보인다. 이 해는 조식의 나이 35세였음. 한편 부아서(傅亞庶)와 조유문(趙幼文)은 태화(太和) 5년(231)에 이 작품을 지은 것으로 추정하고 있는데 이들의 견해에 따른다면 조예의 첫째 아들이 아니라 셋째 아들인 조은(曹殷)이 된다. 정안(丁晏)은 『예문유취(藝文類聚)』 권45에 「황태자송(皇太子頌)」으로 되어 있다고 함.

2) 於(오): 문두에 쓰여 감탄의 뜻을 나타냄. 아후(我后): 위명제(魏明帝) 조예(曹叡). 조비(曹丕)의 둘째 아들로 어머니는 견부인(甄夫人)으로 조비가 병들어 죽고 위나라 두 번째 황제에 오름.

3) 憲章(헌장): 선대(先代)의 법을 본받다. 『예문유취(藝文類聚)』에서는 '懿章(의장)'으

두 황제를 잘 계승하시어,   克纂二皇,[4]

해, 달, 별처럼 밝게 섬기시네.   三靈昭事.[5]

공손하고 엄숙히 교묘(郊廟)제사 지내시고,   祇肅郊廟,[6]

재덕(才德)을 겸비하시니 공경스럽고 은혜롭네. 明德敬惠.[7]

온화한 기운으로 길함을 쌓아,   陽和積吉,[8]

하늘의 복을 모으시고,   鍾天之釐.[9]

아름다운 봄 좋은 때에,   嘉月令辰,[10]

도탑게 후사를 낳으셨네.   篤生聖嗣.[11]

천지신명이 상서로움을 내리시어   天地降祥,

태자로서 복을 받으셨네.   儲君應祉.[12]

경사는 한사람에게 나온 것이나,   慶由一人,[13]

온 국가의 기쁨이 되었네.   萬國作喜.

로 되어 있음. 前志(전지) : 앞 사람 혹은 선대(先代)의 기술이나 기록.

4) 纂(찬) : 계승하다. 二皇(이황) : 위무제(魏武帝) 조조(曹操)와 위문제(魏文帝) 조비를 말함.

5) 三靈(삼령) : 일(日)·월(月)·성(星). 昭事(소사) : 밝게 섬기다. 『시경(詩經)·대아(大雅)·대명(大明)』에서 "상제(上帝)를 밝게 섬기시어 많은 복(福)을 오게 하시니(昭事上帝, 聿懷多福)"라고 한 표현을 참고할 만하다.

6) 祇肅(지숙) : 공손하고 엄숙함. 郊(교) : 하늘에 제사지내는 것. 廟(묘) : 조상들에게 제사 지내는 것.

7) 明德(명덕) : 재덕(才德)을 겸비한 사람.

8) 陽和(양화) : 저본에는 '潛和(잠화)'라고 되어 있는데 정확한 뜻을 파악하기 어려워 『예문유취(藝文類聚)』를 따름. 여기서는 양기(陽氣), 또는 온화한 기운을 말함.

9) 鍾(종) : 모으다. 釐(희) : 禧(희)와 같은 뜻으로 '복(福).'

10) 嘉月(가월) : 아름다운 봄날. 令辰(영신) : 길한 때, 길일.

11) 篤生(독생) : 견실하게 낳는다는 말로 『시경(詩經)·대아(大雅)·대명(大明)』에 "장녀(長女)로 시집보내오니 견실하게 무왕(武王)을 낳게 하셨네(長子維行, 篤生武王)"에서 빌려온 표현. 聖嗣(성사) : 성스러운 후사. 『삼국지(三國志)·위지(魏志)·명제기(明帝紀)』에 따르면 태화(太和) 5년(231) 가을 7월 을유(乙酉)일에 황자(皇子) 은(殷)이 탄생하여 크게 사면하였다고 한다. 조은(曹殷)은 조예(曹叡)의 세 번째 아들로 태어나 이듬해 죽음. 하지만 위의 '嘉月(가월)'과는 시기가 어긋난다.

12) 儲君(저군) : 태자 조은(曹殷)을 말함. 應祉(응지) : 복을 받다.

13) 一人(일인) : 조예(曹叡)를 말함.

숨 가쁜 온 나라에,　　　　　　　　　　　嗯嗯萬國,14)

위태로운 백성들이여!　　　　　　　　　　岌岌羣生.15)

우리황제에게 운명을 맡기고,　　　　　　禀命我后,16)

안심하고 있으면 번영하리니,　　　　　　綏之則榮.

길이길이 신하가 되어,　　　　　　　　　長爲臣妾,17)

하늘의 도리를 완수하세.　　　　　　　　終天之經.18)

어진 황제들 대를 이어가니,　　　　　　仁聖奕代,19)

영원히 존귀함으로 충만하리.　　　　　　永載明明.20)

하느님과 같은 수명을 누리시며,　　　　同年上帝,

아름다운 징조가 상서로우리라.　　　　休祥淑禎.21)

번방의 신하가 송(頌)을 지어,　　　　　藩臣作頌,22)

덕성(德聲)을 널리 전파하니,　　　　　　光流德聲.23)

아! 사대부들이여!　　　　　　　　　　吁嗟卿士,

내게 들은 바를 공경히 받들라!　　　　祇承予聽.24)

---

14) 嗯嗯(옹옹) : 물고기가 수면위로 떠올라 숨을 쉬는 모양을 형용하여 매우 고통스러운
　　모습을 비유함.

15) 岌岌(급급) : 위태로운 모양을 형용.

16) 禀命(품명) : 운명을 맡기다.

17) 臣妾(신첩) : 고대 노예를 부르는 말로, 남자는 '신(臣)', 여자는 '첩(妾)'이라 하였음.
　　여기서는 신하를 통칭하고 있음. 저본에는 '臣職(신직)'으로 되어 있으나, 『예문유취
　　(藝文類聚)』와 엄가균(嚴可均)의 『전삼국문(全三國文)』에 의거하여 바로잡음.

18) 天之經(천지경) : 천경(天經), 하늘의 도리.

19) 仁聖(인성) : 인덕(仁德)이 성명(聖明)한 사람, 바로 황제를 칭송하는 상투어.

20) 載(재) : 충만하다. 明明(명명) : 지극히 존귀함을 형용.

21) 淑禎(숙정) : 상서로움.

22) 藩臣(번신) : 황실을 호위하는 신하를 말하는데, 여기서는 번방(藩邦)의 신하, 즉 조식
　　자신을 지칭함.

23) 光流(광류) : 널리 전파함.

24) 祇承(지승) : '祇奉(지봉)', 즉 공경히 받들다.

6-2. 현속(玄俗頌)[1]

현속(玄俗)은 이치에 정통(精通)하여,	玄俗妙識,[2]
배고프면 신비로운 이삭을 먹으며,	飢餌神穎.[3]
어두운 곳에서도 빨리 가고,	在陰倏遊,[4]
밝은 곳에서는 그림자가 없었네.	卽陽無景.[5]
북악(北嶽)에서 소요(逍遙)하고,	逍遙北嶽,[6]
목을 늘여서 하늘로 올라,	凌霄引領.[7]
높은 하늘에서 운무(雲霧)를 뿌리며,	揮霧昊天,
신비함을 머금고 홀로 고요하였네.	含神自靜.

6-2. 玄俗頌(현속송)

1) 창작 연대를 파악할 수 없는 이 칭송문은 한나라 때의 신선인 현속(玄俗)의 행위를 찬송하고 있다. 그는 약을 팔아 생계를 유지했으며 7환(丸)을 1전(錢)에 팔았는데 온갖 병을 다 치료할 수 있었다고 한다. 전설에 따르면 그는 해가 뜬 길을 가도 그림자가 없었다고 한다. 자세한 이야기는 『열선전(列仙傳)』 권 하(下)를 참고

2) 妙識(묘식) : 깊이 알다 또는 정통(精通)하다.

3) 餌(이) : 먹다. 神穎(신영) : 신비로운 이삭, 즉 신선들이 먹는 식량을 말하는 것으로 보임.

4) 倏(숙) : 빨리 달리다.

5) 景(영) : '影(영)'의 옛 자로 그림자.

6) 北嶽(북악) : 항산(恒山).

7) 凌霄(능소) : 하늘로 오르다.

6-3. 훌륭한 어머니(母儀頌)[1]

은나라 탕 임금의 아름다운 후비는,	殷湯令妃,[2]
유신(有莘)국의 따님이시네.	有莘之女.[3]
인(仁)으로 교화하고 안으로 닦아,	仁敎內修,
법도를 헤아려 처신하셨네.	度儀以處.
후궁들을 편안하게 하셨고,	淸謐后宮,[4]
여자 신하들의 서열을 분명히 하셨네.	九嬪有序.[5]
이윤(伊尹)을 잉신(媵臣)으로 데려와서,	伊爲媵臣,[6]
결국 재상으로 만드셨네.	遂作元輔.[7]

6-3. 母儀頌(모의송)

1) 정안(丁晏)의 주에 따르면 『예문유취(藝文類聚)』 권15에는 이 작품과 다음에 보이는 「명현송(明賢頌)」을 인용하면서 성공수(成公綏)의 시(詩) 다음에 작자의 성명을 달지 않고 수록하고 있으나, 『초학기(初學記)』 권10에는 조식(曹植)의 작품으로 인용하였다. 한편 장본(張本)에는 「탕비송(湯妃頌)」으로 되어 있다고 함. 母儀(모의)는 『열녀전(列女傳)』의 편명으로 '훌륭한 어머니' 정도로 번역할 수 있겠다. 이 편에는 상고시대 14명의 현명한 어머니들의 이야기를 서술하고 있는데 여기서는 탕(湯)임금의 부인인 유신(有莘)을 칭송하고 있음.
2) 令(영) : 아름답다.
3) 有莘(유신) : 나라 이름으로 '莘(신)'은 '嫩(신)' 또는 '侁(신)'자로도 쓰임. 옛 터가 지금 하남성(河南省) 개봉현(開封縣)에 있다고 함.
4) 淸謐(청밀) : 청정(淸靜) 또는 안녕(安寧).
5) 九嬪(구빈) : 천자를 모시는 부관(婦官)을 말함.
6) 伊(이) : 이윤(伊尹), 유신국(有莘國)의 농부로 살았는데, 유신씨(有莘氏)의 딸이 탕임금에게 시집가자 잉신(媵臣)으로 따라와 탕임금의 어진 재상이 되어 후세에 명신(名臣)으로 남은 사람. 媵臣(잉신) : '媵(잉)'이란 고대 혼인제도의 하나로 제후의 딸이 시집갈 때 여동생이나 질녀 또는 신하들을 데리고 가는 제도를 말한다. 여자인 경우에는 잉첩(媵妾)이라 하고 남자는 잉신(媵臣)이라 하였음.
7) 元輔(원보) : 재상(宰相).

6-4. 현명한 부인(明賢頌)[1]

아! 강후(姜后)시여!	於鑠姜后,[2]
영광스럽게 주선왕(周宣王)의 배필이 되셨네.	光配周宣.
의(義)가 아니면 움직이지 않으시고,	非義不動,[3]
예(禮)가 아니면 말하지 않으셨네.	非禮不言.
늦게 일어나서 조정에 나아가지 않으니,	晏起失朝,
영항(永巷)에서 그 잘못을 아뢰셨다네.	永巷告愆.[4]
왕은 이 때문에 정사(政事)에 힘쓰셨으니,	王用勤政,[5]
온 나라가 그녀를 존경하였다네.	萬國以虔.[6]

6-4. 明賢頌(명현송)

1) 정안(丁晏)의 주에 따르면, 『예문유취(藝文類聚)』 권15에는 「현명송(賢明頌)」으로 되어 있고, 장본(張本)에는 「강후송(姜后頌)」으로 되어 있다고 함. 明賢(명현): 위의 「모의송(母儀頌)」과 마찬가지로 『열녀전』의 한 편명으로 보인다. 『열녀전』의 「현명전」에는 15명의 현명한 부인들의 이야기기 실려 있는데 이 작품에서는 바로 주(周)나라 선왕(宣王)의 후비인 강후(姜后)를 묘사하고 있다. 그러므로 『예문유취(藝文類聚)』 권15에서처럼 '賢明(현명)'으로 고쳐야 할 것이다. 엄가균 역시 이와 같이 교정하고 있다.

2) 於鑠(오삭): 찬미하는 감탄사. 『시경(詩經)·주송(周頌)·작(酌)』에 "아! 성대한 왕사(王師)로 도를 따라 힘을 길러 때로 감추어(於鑠王師, 遵養時晦)"라고 한 쓰임이 있음. 姜后(강후): 제(齊)나라 제후의 딸로 주(周)나라 선왕(宣王)의 왕후. 어진 덕행으로 잘 알려져 있음. 자세한 것은 김장환 역, 『열선전』, 102~104면 참고.

3) 義(의): 저본에는 '예(禮)'로 되어 있으나, 『예문유취(藝文類聚)』와 엄가균의 교정을 따름.

4) 永巷(영항): 궁중에 있는 긴 복도를 말하는데, 죄를 지은 궁녀를 유폐시키는 곳. 이상 두 구의 의미는 『열녀전』의 고사를 암시하고 있다. "선왕(宣王)에게는 일찍 자고 늦게 일어나는 버릇이 있어, 후부인(后夫人)도 방에서 나오지 못하였다. 강후(姜后)는 몸에 지닌 모든 패물을 벗고 영항(永巷)에서 대죄(待罪)하였다. 이어 보모로 하여금 황제에게 말을 전하였다. '제가 모자라 음탕한 마음이 드러난 것입니다! 군왕께서 예(禮)를 잃게 하고, 늦게 조정에 나아가게 하였습니다'라고 하였다(宣王常早臥晏起, 后夫人不出房. 姜后脫簪珥, 待罪於永巷, 使其傅母通言於王曰, 妾之才, 妾之淫心見矣. 至使君王失禮而晏朝)"는 이야기가 보인다.

5) 用(용): 이 때문에.

6) 虔(건): 공경하다.

6-5. 학관(學官頌)[1]

서문

　오제(五帝)의 전적이 끊어지고, 삼왕(三王)의 예(禮)가 폐지된 이래로, 시기적절하게 맞추어 이름을 드러낸 여러 현자(賢者)와 성인(聖人)들이 있으나, 공자(孔子)님보다 높지 않았다. 그러므로 유약(有若)이 말하기를, "그 무리 중에서 출중하고, 그 중에서 빼어났으나, 진실로 인간의 본성과 대도(大道)에 관하여 말한 것을 들을 수 없었다"고 하였다.

　自五帝典絶,[2] 三王禮廢,[3] 應期命世,[4] 齊賢等聖者, 莫高於孔子也. 故有若曰,[5] 出乎其類, 拔乎其萃, 誠所謂性與天道,[6] 不可得而聞矣.

6-5. 學官頌(학관송)

1) 學官頌(학관송) : 장본(張本)에는 「공묘송(孔廟頌)」으로 되어 있음. 『예문유취(藝文類聚)』에 따름. 『전삼국문(全三國文)』에는 「학궁송(學宮頌)」으로 되어 있음. 학관(學官) : 고대 태학(太學)의 학업을 관장하는 관원이나 선생을 말하는데, 한대(漢代)의 오경(五經)박사(博士)나 제주(祭酒) 등을 지칭하기도 하였다. 여기서는 바로 공자를 지칭하여 인(仁)과 문교(文敎)를 실천하고 이룩한 그의 업적을 칭송하고 있음. 부아서(傅亞庶)는 이글이 황초 2년(221), 「명(命)을 받들어 종성후(宗聖侯) 공선(孔羨)의 집안 사당에 지은 비문(制命宗聖侯孔羨奉家祀碑)」과 같은 해에 지어진 것으로 추정하였는데, 그 근거는 후자의 내용과 비슷하게 공자를 칭송하고 있기 때문으로 보임.

2) 典(전) : 오전(五典), 전설상의 가장 오래 되었다고 하는 문헌, 전적을 말함. 『좌전(左傳)·소공(昭公)』 12년 조목에는 "이에 능히 삼분(三墳), 오전(五典), 팔색(八索), 구구(九丘)를 읽을 수 있었다(是能讀三墳·五典·八索·九丘)"라고 하였는데, 두예(杜預)는 "모두 고서의 이름이다"고 주석하였다. 여기서는 형법(刑法) 조문을 가리킴.

3) 王(왕) : 저본에는 '皇(황)'자로 되어 있으나 『예문유취(藝文類聚)』와 『전삼국문(全三國文)』에 따라 고침. 三王(삼왕) : 하(夏)·은(殷)·주(周)를 말함.

4) 應期(응기) : 주기(週期)에 순응하는 것을 말하는데, 여기서는 왕이 출현하는 주기(週期)를 말함. 작자의 「制命宗聖侯孔羨奉家祀碑」에 "아! 빛나는 사성(四聖)이시여! 운명이 적기(適期)에 응하셨네(於赫四聖, 運世應期)"라고 한 것과 같음. 命世(명세) : 세상에 이름을 날리는 것을 말하는데, 대부분 치국(治國)의 재능이 있는 자를 칭송하는 말로 쓰임. 『한서(漢書)·초원왕전찬(楚元王傳贊)』에 "성인(聖人)이 나오지 않으면 그 사이에는 반드시 이름을 날리는 자가 있다(聖人不出, 其間必有命世者焉)"고 한 예(例)가 있음.

안회(顔回)는 면학하여,	回也務學,[7]
이름이 옛 기록에 남아있고,	名在前志.
재여(宰予)는 낮에 잠을 자서	宰予晝寢,[8]
거름흙으로 훈계하였네.	糞土作誡.
뜰을 지나가는 아들에게,	過庭子弟,[9]

---

5) 有若(유약) : 공자(孔子)의 제자로 자(字)가 자유(子有)임. 『맹자(孟子)·공손추(公孫丑)』에 "유약(有若)이 이르기를, (…중략…) 일반백성 중의 성인(聖人)도 이와 같은 것이다. 무리 중에서 빼어나며, 모인 것에서 높이 솟아났으나 생민(生民)이 있은 이래로 공자(孔子)보다 더 훌륭하신 분은 계시지 않다' 하였다(有若曰 (…中略…) 聖人之於民, 亦類也, 出於其類, 拔乎其萃, 自生民以來, 未有盛於孔子也)"는 표현을 빌려 왔음.

6) 性與天道(성여천도) : 인간의 본성과 대도(大道)라는 뜻으로, 『논어(論語)·공야장(公冶長)』에 "자공(子貢)이 말하기를, 부자(夫子)의 문장(文章)은 들을 수 있으나, 부자(夫子)께서 성(性)과 천도(天道)를 말씀하시는 것은 들을 수 없다(子貢曰, 夫子之文章, 可得而聞也, 夫子之言性與天道, 不可得而聞也)"고 한 말에서 나온 것임.

7) 回(회) : 저본에는 '由(유)'로 되어 있으나 조유문(趙幼文)의 교정에 따름. 『사기(史記)·중니제자열전(仲尼弟子列傳)』에서 "노(魯)나라 애공(哀公)이 '제자들 중에서 누가 호학(好學)합니까?'라고 물으니, 공자가 말하기를, '안회(顔回)라는 자가 호학(好學)하며 노여움을 옮기지 않고 잘못을 되풀이하지 않았습니다. 그러나 불행히도 요절하였습니다. 지금은 배움을 좋아하는 자가 없습니다'(魯哀公問, 弟子孰爲好學? 孔子對曰, 有顔回者好學, 不遷怒 不貳過, 不幸短命死矣, 今也則亡)"라고 한 것을 보아 '回(회)'가 적절하다.

8) 宰子(재여) : 공자의 제자로 사령(辭令)에 뛰어났다고 함. 이 두 문장은 『논어(論語)·공야장(公冶長)』에 "재여(宰予)가 낮잠을 자자, 공자(孔子)는 '썩은 나무는 조각할 수 없고, 거름흙으로 쌓은 담장은 흙손질 할 수가 없다. 내가 재여(宰予)에 대하여 꾸짖을 것이 있겠는가?'라고 하였다(宰予晝寢, 子曰 朽木不可雕也, 糞土之墙不可圬也, 於予與何誅)"라고 한 것을 말함.

9) 過庭(과정) : 뜰을 지나가다. 이 두 문장은 『논어(論語)·계씨(季氏)』에 "진항(陳亢)이 백어(伯魚)에게 물었다. '그대는 역시 특별한 가르침이 있었는가?' 백어(伯魚, 공자의 아들)가 대답하기를, '없었다. 일찍이 홀로 서 계실 때에 내가 빠른 걸음으로 뜰을 지나는데, '시(詩)를 배웠느냐?'고 물으시기에 '못하였습니다' 하고 대답하였더니, '시(詩)를 배우지 않으면 말을 할 수 없다' 하시어 내가 물러가 시(詩)를 배웠습니다'고 하였다. 다른 날에 또 홀로 서 계실 때, 내가 빠른 걸음으로 뜰을 지나는데, '예(禮)를 배웠느냐?' 하고 물으시기에 '못하였습니다' 하고 대답하였더니, '예(禮)를 배우지 않으면 설 수 없다' 하시어 내가 물러 나와 예(禮)를 배웠습니다(陳亢問於伯魚曰, 子亦有異

『시(詩)』『예(禮)』를 훤히 암기하게 하셨네.　　　　詩禮明記.

노래는 말을 길게 늘인 것이요,　　　　歌以詠言,10)

문장은 뜻을 펴낸 것이라 하셨네.　　　　文以騁志.11)

내가 지금 서술하지 않으면,　　　　予今不述,

후대의 현인(賢人)이 어찌 알겠는가?　　　　后賢曷識.12)

아! 공자(孔子)께서는　　　　於鑠尼父,13)

백성들의 영웅이시네.　　　　生民之傑.

성품은 하늘에서 받아 만들어지니,　　　　性與天成,

성스러움과 학문을 두루 갖추셨네.　　　　該聖備藝.14)

덕은 삼황(三皇) 오제(五帝)와 같고,　　　　德倫三五,15)

성황(聖皇)의 공업에 짝을 이루시네.　　　　配皇作烈.16)

聞乎? 對曰, 未也. 嘗獨立鯉趨而過庭, 曰, 學詩乎? 對曰, 未也. 不學詩無以言, 鯉退
而學詩. 他日又獨立, 鯉趨而過庭, 曰, 學禮乎? 對曰, 未也. 不學禮無以立, 鯉退而學
禮"라고 하였던 것을 말하고 있음.

10) 詠言(영언) : 말을 길게 늘이다, 즉 음영(吟詠)하는 것을 말한다. 이 표현은 『서경(書
經)·순전(舜典)』에서 "시는 뜻을 말하는 것이요 노래는 말을 길게 늘인 것이다(詩言
志, 歌永言)"고 한데서 나옴. 부의(傅毅)의 「무부(舞賦)」에서 "신이 듣건대 노래는 말
을 길게 늘인 것이요 춤은 마음을 다해낸 것이라고 합니다(臣聞歌以詠言, 舞以盡意)"
라고 하였는데 역시 같은 뜻이다.

11) 騁志(빙지) : 마음의 뜻을 펼쳐내다. 이상 두 구의 의미는 『논어(論語)·선진(先秦)』
에서 "[너희들이] 평소에 말하기를 '나를 알아주지 않는다'고 하는데, 만일 혹시라도
너희들을 알아준다면 어찌 하겠느냐? (…중략…) '늦봄에 봄옷이 다 만들어지면 관(冠)
을 쓴 어른 5~6명과 동자(童子) 6~7명과 함께 기수(沂水)에서 목욕하고 무우(舞雩)에
서 바람 쐬고 노래하면서 돌아오겠습니다.' 공자(孔子)께서는 '아!' 하고 감탄하시며
'나도 증점(曾點)의 생각에 찬동한다'고 하셨다(居則曰不吾知也, 如或知爾, 則何以
哉? (…中略…) 莫春者, 春服旣成, 冠者五六人, 童子六七人, 浴乎沂, 風乎舞雩, 詠而
歸. 夫子喟然嘆曰, 吾與點也)"라고 한 것을 암시하고 있음.

12) 曷(갈) : '何(하)'의 뜻으로 '어찌' 또는 '무엇으로.'

13) 於鑠(오삭) : 감탄을 나타내는 발어사. 『시경·주송(周頌)·작(酌)』에서 "아! 성대한
왕사(王師)로 도를 따라 힘을 길러 때때로 감추네(於鑠王師, 遵養時晦)"라고 한 쓰임
이 보임. 尼父(니보) : 공자(孔子)를 말함.

14) 該(해) : 갖추다, 구비하다. 藝(예) : 학문과 재능을 말함.

15) 倫(륜) : 같다, 동등하다. 三五(삼오) : 삼황(三皇)과 오제(五帝).

16) 配(배) : ~에 상당하다, 짝하다. 作烈(작렬) : '烈(렬)'은 공업(功業)의 뜻이 있으므로

맑은 거울처럼 홀로 비추시니,　　　　　　　玄鏡獨鑒,17)

신명(神明)같이 맑고 빛나셨네.　　　　　　神明昭晰.18)

인(仁)은 우주를 메우고,　　　　　　　　　仁塞宇宙,

뜻은 하늘을 능가하시네.　　　　　　　　　志凌雲霓.19)

배우는 제자 삼천 명　　　　　　　　　　　學者三千,20)

재덕이 출중하지 않은 자 없었네.　　　　　莫不俊乂.21)

단지 인(仁)에만 의존하시고,　　　　　　　惟仁是憑,22)

오로지 도(道)만 넉넉히 믿으셨네.　　　　　惟道足恃.

꿰뚫을수록 더욱 높아,　　　　　　　　　　鑽仰彌高,23)

가르침을 다시 구함이 그치지 않네.　　　　請益不已.24)

공업을 만들다 즉 공업을 세운다는 말. 이 말은 공자가 비록 황제의 자리에는 오르지 못했지만, 『춘추(春秋)』를 쓰고 산시(刪詩)하는 등 그가 세운 공업이 성황(聖皇)들에 상당한다는 말.

17) 玄鏡(현경) : 명경(明鏡), 맑은 거울.

18) 昭晰(소석) : 맑고 빛남.

19) 雲霓(운예) : 무지개를 말하나 여기서는 이를 빌려 하늘을 비유하였음.

20) 三千(삼천) : 전하는 바에 따르면 공자의 제자는 3천에 달했고 그 중에서 세상에 이름을 떨친 자가 70여 명이라고 함. 『사기·중니제자열전(仲尼弟子列傳)』에서 "공자께서 말씀하기기를 '학업을 닦고 수신하여 통달한 자가 77명인데 모두 남다른 능력을 갖춘 선비들이다'(孔子曰受業身通者, 七十有七人, 皆異能之士也)"라고 하였음.

21) 俊乂(준예) : 재덕(才德)이 출중한 사람을 말함.

22) 是(시) : 『예문유취(藝文類聚)』와 『전삼국문(全三國文)』에서는 '可(가)'자로 되어 있는데, 뒤의 구와 대구(對句)로 살필 때 '可(가)'가 '足(족)'과 더 잘 호응한다.

23) 鑽仰彌高(찬앙미고) : 『논어(論語)·자한(子罕)』에 "안연(顏淵)이 크게 탄식하며 말하였다. 선생님[孔子]의 도(道)는 우러러볼수록 더욱 높고, 꿰뚫을수록 더욱 견고하며, 바라봄에 앞에 있더니 홀연히 뒤에 있다(顏淵喟然歎曰, 仰之彌高, 鑽之彌堅, 瞻之在前, 忽焉在後)"라고 하였는데, 주희(朱熹)의 주(註)에 우러러볼수록 더욱 높다는 것은 미칠 수 없다(仰彌高不可及)는 뜻이고 (…중략…) 공자(孔子)의 도가 무궁무진하다(夫子之道無窮盡)는 것을 안연(顏淵)이 잘 알고 있었다고 하였다. 여기에서 '찬(鑽)'은 사리(事理)를 끝까지 추구하는 것을 말한다.

24) 請益(청익) : 이미 가르침을 받았으나 더 묻는다는 의미로 『예기(禮記)·곡례(曲禮) 상(上)』에 "학업을 청할 때에는 일어나고, 더 설명해 주실 것을 청할 때에는 일어난다(請業則起, 請益則起)"라고 하였는데 정현(鄭玄)은 "익(益)은 가르침을 주신 말이 명료하지 않아 스승에게 다시 설명해 주실 것을 원하는 것을 말한다(益, 謂受說不了, 欲師更明說之)"라고 주하였음.

언론은 세인의 모범이 되었고,　　　　　　言爲世範,

행동은 시대의 잣대가 되었네.　　　　　　行爲時矩.25)

6-6. 사당(社頌)1)

서문

나는 전에 견성후(鄄城侯)에 봉해졌다가 옹구(雍丘)로 옮겼는데, 모두 황폐한 땅을 만나게 되어 집도 처음으로 지어야했다. 창고는 그래도 넉넉하여, 마음은 궁실(宮室)을 개보수하고 정원과 텃밭을 가꾸는데 힘쓸 따름이었고 농사와 양잠은 운영되는 곳이 하나도 없었다. 10년이 지난 뒤에도 쓸쓸하게 빈 땅만 지키고 있으며 굶주림과 추위를 다 겪었었다. 우리 조정이 그것을 불쌍히 여겨 이 현(縣)에 [나를] 봉한 것이리라. 밭은 전체 주(州)에서 가장 비옥하였고, 뽕은 천하에 최상의 것이었다. 그러므로 이 뽕나무를 봉하여 전사(田社)로 삼고 이내 송(頌)을 지어 말하였다.

---

25) 이 구(句)는 『문선(文選)』, 심약(沈約)의 「안륙소왕비문(安陸昭王碑文)」에서 이선(李善)이 주(注)에서 인용되어 있음.

6-6. 社頌(사송)

1) 이 글은 조식이 동아왕(東阿王)에 봉해진 태화(太和) 3년(229) 이후에 지어진 것으로 보인다. 부아서(傅亞庶)는 태화(太和) 원년(227)의 창작으로 추정하였다. 그러나 227년은 조식이 준의(浚儀)에 봉해진 해로 본문의 내용과 어긋나 보인다. 조식이 이 황폐한 곳에서 양잠을 장려하여 부유하고 기름진 고장으로 만들었고 잘 다스리고 있다는 것을 은근히 자랑하고 있는데, 이를 지신(地神)에게 제사지내는 사당을 대상으로 자찬하고 있음. 정안(丁晏)에 따르면 『태평어람(太平御覽)』 권532에는 「찬사문(贊社文)」으로 되어 있다고 함.

余前封鄄城侯,[2] 轉雍丘, 皆遇荒土, 宅宇初造. 以府庫尙豐,[3] 志在繕宮室, 務園圃而已, 農桑一無所營. 經離十載,　塊然守空,[4]　飢寒備嘗.[5] 聖朝愍之, 故封此縣,[6] 田則一州之膏腴,[7] 桑則天下之甲第.[8] 故封此桑, 以爲田社.[9] 乃作頌云,

본문

아! 태사(太社)여!	於惟太社,[10]
관명은 후토(后土)이니,	官名后土.[11]
이분이 바로 구룡(句龍)이요,	是曰句龍,
공적이 먼 옛날에 드러났네.	功著上古.
덕은 제왕들과 짝을 이루니,	德配帝王,[12]

---

2) 鄄城侯(견성후) : 조식의 봉작(封爵)으로 황초(黃初) 2년(221), 감국알자(監國謁者) 관균(灌均)의 무고(誣告)로 작위가 깎여 안향후(安鄕侯)에 봉해진 뒤에 다시 견성후(鄄城侯)에 봉해졌음. '鄄城(견성)'은 지금 산동성 경내에 있음.

3) 府庫(부고) : 국가의 재물을 보관하는 곳.

4) 塊然(괴연) : 고독한 모양.

5) 備嘗(비상) : 모두 다 겪다.

6) 此縣(차현) : 바로 동아(東阿)를 말함.

7) 州(주) : 연주(兗州)를 가리킴.

8) 甲第(갑제) : 제1등급.

9) 田社(전사) : 농사를 관장하는 신에게 제사지내는 사당. 동아(東阿)의 땅에는 뽕이 주산이었기 때문에 사당을 세우며 뽕나무를 심어 표시하였던 것을 말함.

10) 太社(태사) : '大社(대사)'라고도 쓰며, 고대 토지의 신이나 곡식의 신에게 제사하는 곳을 말함. 『예기(禮記)·제법(祭法)』에 "왕이 백성들을 위하여 세우는 곳을 '대사'라고 한다(王爲羣姓所立曰大社)"고 하였음. 여기에서 '사'는 지신(地神)에게 제사지내는 사당을 말함.

11) 后土(후토) : 고대에 토지 관련 일을 보던 벼슬. 토지신. 『좌전(左傳)·소공(昭公) 29년』에 "공공씨(共工氏)의 아들은 구룡(句龍)이라 하는데 후토가 되었다. (…중략…) 후토에서 토지신이 되었다(共工氏有子曰句龍爲后土 (…中略…) 后土爲社)"라고 한 기록을 참고.

12) 帝王(제왕) : 삼황(三皇)과 오제(五帝).

실로 신들의 주인이 되었네.　　　　　　　　實爲靈主.[13]

능히 씨 뿌려 심는 것을 밝히시니,　　　　　克明播植,[14]

농정(農正)은 이름을 주(柱)라 하였네.　　　農正曰柱.[15]

높이 받들어 오곡(五穀)의 신으로 모시니,　尊以作稷,

풍년이 이와 더불어 왔네.　　　　　　　　豐年是與.

의제(儀制)는 사(社)와 같으니,　　　　　　義與社同,[16]

북사(北社)에 신위(神位)를 놓았네.　　　　方神北宇.[17]

나라를 수립하고 이어가며,　　　　　　　　建國承家,

차례에 따르지 않음이 없네.　　　　　　　莫不攸敘.[18]

잔구(殘句)

신령스런 벼이삭 무성하고,　　　　　　　　靈稼阿那,[19]

---

13) 靈主(영주) : 신주(神主), 즉 위패(位牌)를 말함.

14) 克明(극명) : ‘克(극)’자는 ‘能(능)’자의 뜻으로 능명(能明). 『서경(書經)·요전(堯典)』에
“능히 큰 덕을 밝히시어, 구족을 화목하게 하셨다(克明俊德, 以親九族)”라고 하였음.

15) 農正(농정) : 관명(官名)으로 농사와 농사에 관한 제사를 관장하는 직책. 曰柱(왈주) :
『좌전(左傳)·소공(昭公) 29년』에 “열산씨(烈山氏)의 아들은 이름을 주(柱)라 하며, 오
곡의 신이 되자, 하(夏)나라 이전서부터 그를 제사지냈고, 주(周)나라의 기(棄) 또한 오
곡의 신이 되자 상(商)나라 이후서부터 그를 제사지냈다(有烈山氏之子曰柱, 爲稷 (…
中略…) 自夏以上祀之, 周棄亦爲稷, 自商以來祀之)”고 하였으니, 여기서 주(柱)가 바
로 농정(農正)을 지냈으며, 뒤에 ‘직(稷)’, 즉 오곡의 신이 되었다. 한편 장본(張本)에서
는 ‘日擧(일거)’라고 되어 있으며, 『전삼국문(全三國文)』에서는 ‘具擧(구거)’로 교정되
었다.

16) 義(의) : ‘儀(의)’자와 통용하여 ‘의제(儀制)’ 또는 ‘법도(法度).’

17) 北宇(북우) : 북사(北社), 즉 태사(太社)의 북쪽에 세운 사당. 반고(班固)의 『백호통(白
虎通)·사직(社稷)』에 따르면 태사(太社)를 중심으로 사방에 토신에게 제사하는 사단
(社壇)이 있었다고 함.

18) 敘(서) : ‘敍(서)’의 속자로 순서를 뜻하는데, 즉 먼저 사(社, 땅의 신)에게 제사지내고
직(稷, 오곡의 신)에게 제사하는 차례에 따른다는 뜻.

19) 阿那(아나) : 무성한 모양을 형용.

한 줄기에 천 갈래로다.　　　　　　　　　　　　一禾千莖.[20]

6-7. 의남화(宜男花頌)[1]

이 풀은 의남(宜男)이라 부르는데,　　　　　　草號宜男,

화려하고도 곧네.　　　　　　　　　　　　　　既曄且貞.

그 정절은 어떠한가?　　　　　　　　　　　　其貞伊何,[2]

하늘이 가상히 여기네.　　　　　　　　　　　惟乾之嘉.[3]

그 화려함은 어떠한가?　　　　　　　　　　　其曄伊何,

푸른 잎에 붉은 꽃이로다.　　　　　　　　　　綠葉丹花.

광채는 찬란히 빛나고,　　　　　　　　　　　光采曜晃,[4]

저 아침 태양과 짝을 이루네.　　　　　　　　配彼朝日.

군자는 이 꽃을 즐겨 탐하며,　　　　　　　　君子耽樂,

금슬(琴瑟)같이 화락하네.　　　　　　　　　　好和琴瑟.

본디 「종사(螽斯)」를 지은 것은　　　　　　　固作螽斯,[5]

오로지 훌륭하게 자손을 서게 하는 것이네.　　惟立孔臧.[6]

---

20) 이 두 구(句)는 『초학기(初學記)』 권27에 인용되어 있음.

6-7. 宜男花頌 (의남화송)

1) 宜男花(의남화): 훤초(萱草)의 별명. 일명 '망우(忘憂)', '의남(宜男)', '기녀(岐女)'라고
　　도 불리는데 임신한 부인이 패용하고 다니면 아들을 낳는다는 설이 있음. 이 글은 의남
　　화를 빌려 딸밖에 없었던 조식 자신의 아내와 후사를 생각하며 지은 작품으로 보임.

2) 伊(이): 어기사(語氣詞)로 아무런 의미가 없음.

3) 乾(건): 팔괘(八卦)중에서 건괘(乾卦), 즉 하늘을 지칭하고 태양을 의미하므로 남자를
　　말한다.

4) 曜晃(요황): 찬란하게 빛나다.

5) 螽斯(종사): 『시경(詩經)·주남(周南)』의 편명으로 자손의 번창함을 노래하고 있음.

6) 孔臧(공장): 아주 훌륭하다. 즉 자손들을 번성하게 한다는 말.

복은 태사(太姒)와 같아,　　　　　　　　　福齊太姒,[7]

영원히 창성하리라.　　　　　　　　　　　永世克昌.

6-8. 동지에 버선과 신발을 헌상하며(冬至獻襪履頌)[1]

표문

삼가 옛날 의례(儀禮)를 보면 국가에서 동짓날에는 신발을 바치고 버선을 올리는 것으로 복을 맞이하고 장수를 누리는 것으로 여겨 이전 신하들은 그것을 송(頌)으로 짓기도 하였습니다. 신은 이미 그 아름다운 문장들을 익히 보았기에, 나라의 경사를 서술코자 합니다. 천년의 태평한 시기에, 막 양기가 나오는 아름다운 절기에 사방에서 천지의 기운이 융화되어 만물이 소생하고 있습니다. 동지에 길상(吉祥)을 맞이하고, 이장(履長)하여 경사를 받아들입니다. 이러한 절기에 대한 감흥을 이기지 못하고, 마음은 황궁에 매달려 있으니, 표(表)로서 하례(賀禮)를 올립니다. 아울러 하얀 무늬가 있는 신발 7켤레와 약간의 버선을 덧붙였습니다. 집이 가난하여 이들이 금문(金門)에 들고 옥대에 오르기에는 부족하옵니다. 이에 표를 올리니 들어주소서. 삼가 바칩니다.

---

7) 齊(제) : 저본에는 '濟(제)'자로 되어 있으나 『전삼국문(全三國文)』과 조유문(趙幼文)의 교정에 따름. 太姒(태사) : 주문왕(周文王)의 아내이자, 무왕(武王)의 어머니.

6-8. 冬至獻襪履頌(동지헌말리송)

1) 조유문(趙幼文)에 따르면 이 글은 태화(太和) 5년(231)에 지어진 작품이라 추정하고 있다. 즉 명제(明帝) 조예(曹叡)에게 동지절을 맞이하여 버선과 신발을 바쳤던 것을 표현하고 있다. 이를 신고 훌륭한 정사(政事)를 펴줄 것을 기원하고 있음. 정안(丁晏)에 따르면, 『태평어람(太平御覽)』에는 「하동표(賀冬表)」로 되어 있다고 함.

伏見舊儀, 國家冬至獻履貢襪, 所以迎福踐長,[2] 先臣或爲之頌. 臣旣
玩其嘉藻, 願述朝慶. 千載昌期,[3] 一陽嘉節.[4] 四方交泰,[5] 萬物昭蘇.[6] 亞
歲迎祥,[7] 履長納慶.[8] 不勝感節, 情繫帷幄,[9] 拜表奉賀. 幷獻白紋履七
量,[10] 襪若干副.[11] 茅茨之陋,[12] 不足以入金門, 登玉臺也.[13] 上表以
聞,[14] 謹獻.

본문

임금님의 발에 신겨지니,	玉趾旣御,[15]
화평과 정직을 밟으시리.	履和蹈貞.

---

2) 踐長(천장) : 장수를 누리다.

3) 昌期(창기) : 태평한 시기나 시대.

4) 一陽(일양) : 옛날에는 동지(冬至)에서부터 9일씩 나누어 아홉 번이 지나가면 봄이 온
다고 생각하였음. 일양(一陽)은 바로 일구(一九), 양기가 막 태동하는 시기를 말함.

5) 交泰(교태) : 천지의 기가 서로 융합하고 관통하여, 만물을 낳고 기르며, 만물은 대통
(大通)하는 것.

6) 昭蘇(소소) : '昭(소)'는 깨어나다, '蘇(소)'는 다시 쉬는 것을 말하여, 여기서는 소생한
다는 의미.

7) 亞歲(아세) : 하(夏)나라 시기 11월이 1월 달이었으므로 동지(冬至)를 한 해의 시작으
로 보아 만들어진 표현.

8) 履長(이장) : 동짓날에 신발을 헌상하는 일을 가리키는데, 일설에는 해가 남극(南極)
에 있으므로 밤이 가장 길고 율(律)로는 황종(黃鐘)에 해당되며 그 관(管)은 가장 길므
로 이장(履長)의 하례(賀禮)가 있었다고 하며, 일설에는 동지에 양기가 시작되므로 낮
길이가 이때부터 점점 길어지는데, 부녀들이 이날 신발이나 버선을 시부모에게 올려
서 아녀자의 일이 시작되었음을 알렸다고 한다.

9) 帷幄(유악) : 軍幕(군막)을 뜻하는데 여기서는 황궁(皇宮)을 가리킴.

10) 量(량) : 兩(양), 즉 짝을 이룬다는 뜻으로 신 한 켤레.

11) 副(부) : 짝을 이루는 사물에 대한 양사(量詞).

12) 茅茨(묘자) : 띠로 이은 집, 즉 가난한 집을 상징함.

13) 金門·玉臺(금문·옥대) : 모두 황궁(皇宮)에 있는 크고 작은 궁궐을 말함.

14) 表(표) : 저본에는 '獻(헌)'자로 되어 있으나 문맥상 『太平御覽(태평어람)』를 따라 고침.

15) 玉趾(옥지) : '玉(옥)'은 존칭을 표시하며, '趾(지)'는 발. 御(어) : 사용하다. 여기서는
신는다는 의미.

행보에 복록과 함께 하시고,　　　　　　　　行與祿邁,[16]

움직임에 상서로움으로 나란히 하시리.　　　動以祥幷.

남쪽으로는 북호(北戶)를 바라보시며,　　　南闚北戶,[17]

서쪽으로는 왕성(王城)을 순무하시리.　　　西巡王城.

온 강역에 날아오르시니,　　　　　　　　　翺翔萬域,

임금님의 몸 가볍게 떠있으리.　　　　　　　聖體浮輕.

잔구(殘句)

해 그림자 길고 길어지네.　　　　　　　　　暠景舒長.[18]

[비(碑)]

6-9. 명을 받들어 종성후 공선의 집안 사당에 지은 비문

(制命宗聖侯孔羨奉家祀碑)[1]

황초 원년(220)에 위(魏)나라는 천명을 받아 헌원(軒轅)의 고매한 행적

---

16) 邁(매): 가다.

17) 北戶(북호): 상고시대 국명(國名)으로 한위(漢魏)시대 일남군(日南郡)에 해당함. 闚(규): 엿보다.

18) 暠景(구영): 暠影(구영), 해 그림자. 舒長(서장): 길어지다. 정안(丁晏)에 따르면, 『북당서초(北堂書鈔)』 권156에 「동지헌말리송(冬至獻襪履頌)」으로 인용되었다고 하며 '舒(서)'자가 '耶(야)'로 되어 있어 그에 따라 교정하였다고 함.

6-9. 制命宗聖侯孔羨奉家祀碑(제명종성후공선봉가사비)

1) 이 비문은 제목에서 보는 바와 같이 조비(曹丕)의 명을 받아 지어진 글로 황초(黃初)

을 계승하고 순임금의 먼 공적을 이으셨다. 천도(天道)에 순응하여 만물을 고치시고, 인풍(仁風)을 선양하며 교화를 펴셨다. 다섯 가지 옥을 거두어들이시고, 제기(祭器)를 나누어 주시며, 저울을 고르게 하시고, 도량형을 같게 하셨으며, 뭇 제사들을 바로 세워 꾸밈없이 하셨고, 천시(天時)에 순응하여 교화를 펴셨다. 이에 성왕(聖王)의 업적을 빛내시고, 윗세대를 이어 드러내셨으며, 이대(二代), 삼각(三恪)의 예를 거슬러 올라가 존속시키시면서, 공자와 포성후(襃成侯)의 뒤를 잇도록 하셨다. 노현(魯縣) 백호(百戶)를 주면서 공자의 21세손 의랑(議郞) 공선(孔羨)를 종성후로 삼아 공자의 제사를 받들게 하시고, 삼공(三公)에게 명령하여 이르셨다.

維黃初元年, 大魏受命, 胤軒轅之高縱,[2] 紹虞氏之遐統.[3] 應曆數以改物,[4] 揚仁風以作敎. 於是揖五瑞,[5] 班宗彜,[6] 鈞衡石,[7] 同度量, 秩羣祀於

원년(220)에 지어진 것으로 추정된다. 내용상 서문과 본문으로 나눠지는 이 글은 조비의 공덕을 칭송하면서 이미 행해지지 않던 공자(孔子)에 대한 제사가 다시 이루어지고 사당을 건립하게 된 경위를 소상히 설명하고 있다. 정안(丁晏)은 "정본(程本)에는 「공자묘송(孔子廟頌)」으로 되어있고 단지 송(頌)의 내용 '수복구당(修復舊堂)'에서 '외피황하(外被荒遐)'까지 14구만 싣고 있어 여기서는 뺐다고 하였다. 장본(張本)은 이 비문(碑文)이 전부 다 실려 있으나, 탈오(脫誤)가 심하여, 여기서는 비문(碑文)이 실려 있는 책들을 근거로 다 수록하면서 정・장(程・張)본의 동이(同異)를 아래에 주석하였다. 『예석(隷釋)』 권19에 실려 있는데, '조식이 쓰고 양곡(梁鵠)이 썼다'고 한다"고 하였다. 孔羨(공선) : 공자의 21대 후손으로 위문제(魏文帝) 황초(黃初) 2년(221)에 종성후(宗聖侯)로 봉해짐.
2) 胤(윤) : 잇다. 高縱(고종) : 고상하고 탁월한 행적.
3) 虞氏(우씨) : 우순(虞舜)임금. 遐統(하통) : 유구한 업적.
4) 曆數(역수) : 하늘의 도리. 즉 제왕이 서로 계승하는 순서. 『서경(書經)・대우모(大禹謨)』에 "하늘의 역수(曆數)가 너의 몸에 있으니, 네가 마침내 원후(元后)의 자리에 오를 것이다(天之曆數在汝躬, 汝終陟元后)"라고 하였음.
5) 揖(읍) : '輯(집)'자와 통용하여 '거두어들이다'는 의미. 五瑞(오서) : 고대의 제후가 부신(符信)으로 패용하는 다섯 가지의 옥. 『서경(書經)・순전(舜典)』에 "다섯 가지 서옥(瑞玉)을 거두시니 한 달이 다 되었는데, 날마다 사악(四岳)과 군목(群牧)을 만나보시고 서옥을 여러 제후들에게 나누어 돌려주셨다(輯五瑞, 旣月, 乃日覲四岳群牧, 班瑞于群后)"라고 하였다. 공(公)은 환규(桓圭), 후(侯)는 신규(信圭), 백(伯)은 궁규(躬圭), 자(子)는 곡벽(穀璧), 남(男)은 포벽(蒲璧)을 잡았다고 함.
6) 宗彜(종이) : 종묘제사에 사용하는 술 그릇.
7) 衡石(형석) : '衡(형)'은 중량을 재는 것이고 '石(석)'은 중량의 단위를 말하여, 중량을

無文,8) 順天時以布化. 旣乃緝熙聖緒,9) 紹顯上世, 追存二代三恪之禮,10) 兼紹宣尼褒成之後.11) 以魯縣百戶, 命孔子廿一世孫議郞孔羨,12) 爲宗聖侯. 以奉孔子之祀, 制詔三公曰,13)

　　"옛날 중니께서는 대성(大聖)의 재주에 의지하시고, 제왕의 재능을 품으셨다. 쇠락하는 주(周)나라 말기에 천명을 받는 운이 없어, 노(魯)와 위(衛)나라 시기에 사시면서 수(洙)와 사(泗)의 강가에서 가르침을 펴시느라 바쁘셨고 편하지 않으셨다. 자신을 굽혀 도를 지키려하셨고, 신분을 낮추시어 세상을 구제하셨다. 당시의 왕공(王公)들이 끝내 [공자의 주장을] 채용하지 않자, 이내 오대(五代)의 예를 거슬러 상고하시고 소왕(素王)의 일을 닦으셨다. 노나라의 역사를 근거로 하여 『춘추』를 지으시고, 태사(太師)에게 나아가 「아(雅)」와 「송(頌)」을 바로 잡으셨다. 천년의 후세 사람들로 하여금 그 문장을 따라 저술하지 않음이 없게 하셨고, 그 성인됨을 우러러 계획을 이루게 하셨으니, 아! 당세에 이름을 떨치신 천년의 모범이다. 천하가 대 혼란을 당하여 온갖 사당들이 무너져 내리고, 계시던 집의 사당은 부서졌으나 수리도 하지 않았고, 포성후(褒成侯)의

　　재는 것을 말함.
　8) 無文(무문): '文(문)'자는 紋(문, 무늬)와 통용하여 꾸밈이 없는 것을 말함.
　9) 緝熙(집희): 빛이 밝은 모양. 『시경(詩經)·대아(大雅)·문왕(文王)』에 "찬란하신 문왕(文王)이여! 경(敬)을 계속하여 밝히셨네(穆穆文王, 於緝熙敬止)"라고 하였는데, 정현(鄭玄)은 '광명(光明)'으로 해석하였다. 聖緒(성서): 성왕(聖王)의 업적.
　10) 二代(이대): 하(夏)나라와 은(殷)나라. 三恪(삼각): '恪(각)'은 '恪(각)'자와 통용한다. 주(周)나라가 세워지고 이전의 세 왕조의 자손을 봉(封)하여 왕후(王侯)의 칭호를 수여한 것을 말함. 여기서는 황제(黃帝), 요(堯), 순(舜)임금의 후손들을 가리킨다.
　11) 宣尼(선니): 공자(孔子)를 가리킴. 褒成(포성): '褒(포)'는 '襃(포)'자와 통용하여 포성후(褒成侯)를 말함. 포성후는 한(漢) 평제(平帝) 때 공자와 그의 후손들에게 봉(封)한 작위로, 원시(元始) 원년(1)에 공자의 후손 공균(孔均)을 포성후(褒成侯)에 봉하여 제사를 받들어 모시게 하였고, 공자를 추중하여 포성선니공(褒成宣尼公)이라 하였다고 함.
　12) 議郞(의랑): 황제의 고문(顧問)과 응대(應對)를 맡은 관직.
　13) 制詔(제조): 임금의 명령. 『사기(史記)·진시황본기(秦始皇本紀)』에 따르면 "명(命)을 '제(制)'라하고, 령(令)을 '조(詔)'라 한다"고 하였음. 三公(삼공): 동한(東漢)시대에는 태위(太尉), 사도(司徒), 사공(司空)를 삼공이라 하였음.

후예들은 단절되어 이어지지 않았다. 궐리(闕里)에는 강학하는 소리가 들리지 않았고 사계절 내내 제사지내는 자리조차 보이지 않았다. 이 어찌 예로 받들고 공적에 보답하는 것이며, 큰 덕을 백세(百世)에 전하도록 제사지내는 것이겠는가? 아! 짐이 참으로 마음 아프구나! 이에 의랑(議郎) 공선(孔羨)으로 하여금 종성후로 삼고 백호(百戶)의 식읍을 주어 공자의 제사를 받들고 노군(魯郡)으로 하여금 옛 사당을 고쳐 세우도록 하노라. 백석(百石)의 관리를 두어 그것을 지키게 하고, 또한 그밖에도 집을 넓혀 배우는 사람들이 머물 수 있도록 하라!"고 하셨다.

昔仲尼姿大聖之才,[14] 懷帝王之器. 當衰周之末, 而無受命之運, □生乎魯衛之朝,[15] 敎化乎洙泗之上,[16] 栖栖焉,[17] 皇皇焉.[18] 欲屈已以存道, 貶身以救世. 當時王公終莫能用, 乃追考五代之禮, 修素王之事.[19] 因魯史而制春秋, 就大師而正雅頌.[20] 俾千載之後,[21] 莫不采其文以述作, 仰

---

14) 姿(자):『위지(魏志)·문제기(文帝紀)』에는 '資(자)'로 되어 있는데, 두 글자는 통용하여 '의지하다'는 의미.

15) 魯衛之朝(노위지조): 노(魯) 애공(哀公)과 위(衛) 영공(靈公) 시기를 가리킴.

16) 洙泗(수사): 저본에는 '汶泗(문사)'로 되어 있는데,『위지(魏志)·문제기(文帝紀)』에 따라 바로 잡음. '수사'는 둘 다 물 이름으로 고대 산동 사수현(泗水縣) 북쪽에서 합류되어 서쪽으로 흐르다가 곡부(曲阜)의 북쪽에 이르러 다시 나뉘지는데, 수수(洙水)는 북쪽에 있고, 사수(泗水)는 남쪽에 있다고 한다. 공자는 수사(洙泗)의 사이에서 강학하고 제자들을 가르쳤다고 한다.

17) 栖栖(서서):『시경(詩經)·소아(小雅)·유월(六月)』에 "유월(六月)에 서둘러서, 전차를 정돈해두네(六月棲棲, 戎車旣飭)"라고 하였는데, 주희(朱熹)는 '棲棲(서서)'가 皇皇(황황)과 같은 뜻으로 '황급하고 불안한 모습'이라고 설명하였음.

18) 皇皇(황황): 황급한 모양.

19) 素王(소왕): 제왕의 덕을 품었으나 그 지위에 오르지 못하는 사람.『논형(論衡)·정현(定賢)』에 "공자는 왕이 되지는 못했으나,『춘추』에서 소왕(素王)의 업적을 남겼다(孔子不王, 素王之業在於春秋)"라고 하였음.

20) 就太師(취태사): 공자(孔子)가 태사(太師)에게 나아가서 음악에 대해서 말한 것과 그가 노(魯)나라로 돌아온 뒤에야 비로소 음악이 제자리를 잡았다는 사실을 말하고 있음. 『사기(史記)·공자세가(孔子世家)』에 "공자(孔子)께서 음악에 대하여 태사(太師)에게 말하셨다. '음악, 그것을 좀 알 것 같습니다. 연주를 시작했을 때는 여러 소리가 조화롭게 합해지고, 이어서 한 가지 소리가 분명히 똑똑하게 울리고 이 상태가 지속되다가 끝이 납니다'라고 하셨다. 내가 위(衛)나라에서 노(魯)나라로 돌아오고서야 음악이 반듯해졌고, 아(雅)와 송(頌)이 각기 제자리를 잡았다(孔子語魯太師樂, 樂其可知也. 始

其聖以成謀,22) 咨可謂命世大聖,23) 億載之師表者已.24) 遭天下大亂, 百
祀墮壞, 舊居之廟,25) 毀而不修, 褒成之後, 絶而莫繼. 闕里不聞講誦之
聲,26) 四時不睹烝嘗之位.27) 斯豈所謂崇禮報功,28) 盛德百世必祀者哉.
嗟乎. 朕甚閔焉. 其以議郎孔羨爲宗聖侯, 邑百戶, 奉孔子之祀, 令魯郡修
起舊廟. 置百石卒史以守衛之,29) 又於其外廣爲屋宇, 以居學者.

이에 노(魯)의 노인들과 유생(儒生), 유학 온 사람들은 묘당(廟堂)이 막
수복되어, 제사가 막 치러지는 것을 보고 성령(聖靈)이 마치 있는 것과
같이 기뻐하고 길조가 모여드는 것으로 생각하였다. 이에 감개하고 찬
탄하며 말하였다. 대도(大道)가 쇠퇴하고 예악(禮樂)이 멸절된 지 30여년
이 되어서야 황상(皇上)께서 인성(仁聖)의 아름다운 덕을 품으시고, 음양
으로 만물을 기르시며, 광대한 포용은 구속됨이 없으셨고, 깊은 은택은

作翕如, 縱之純如, 皦如, 繹如也, 以成. 吾自衛反魯, 然後樂正, 雅頌各得其所)"라고
한 것을 참고.
21) 俾(비) : '使(사, ~로 하여금 ~하게 하다)'와 같음.
22) 卬(앙) : '仰(앙)'의 옛 글자로 우러러보다.
23) 命世(명세) : 당세(當世)에 저명해지다.
24) 咨(자) : 감탄사. 師表(사표) : 도덕이나 학문상의 모범. 已(이) : 종결형 어조사 '矣(의)'
    자와 같음.
25) 舊居(구거) : 여기서는 공자(孔子)가 살던 옛 집을 가리킨다.
26) 闕里(궐리) : 수사(洙泗) 사이에 공자가 강학(講學)하던 곳. 당초에 이곳은 이름이 없
    었으나, 후한(後漢) 시대에 공자의 옛 마을을 '궐리'라고 했다고 전해진다.
27) 烝嘗(증상) : '烝(증)'은 겨울제사를 말하고, '嘗(상)'은 가을 제사를 말함. 여기서는
    '제사(祭祀)'를 가리키는 말로 쓰였음.
28) 崇禮(숭례) : 저본에는 '崇化(숭화)'라고 되어 있는데, 『위지(魏志)·문제기(文帝紀)』
    에 따라 바로 잡음.
29) 百石卒史(백석졸사) : 즉 백석(百石)의 녹봉을 받는 관리라는 뜻으로, 저본에는 '百戶
    卒吏(백호졸리)'라고 되어 있으나, 조유문(趙幼文)의 교정에 따른다. 한(漢) 환제(桓帝)
    영흥(永興) 원년(153)에 「공자(孔子)의 묘에 백석졸사(百石卒史) 공화(孔和)를 두어 묘
    를 지키게 하는 비(孔廟置守廟百石卒史孔和碑)」를 세웠는데 노국(魯國)의 승상(丞相)
    인 을영(乙瑛)이 공자의 19세 후손인 공린(孔麟)이 청렴한 것을 보고 관리로 기용하고
    백석졸사(百石卒史) 1명을 두어 공묘(孔廟)의 예기(禮器)를 관장할 것을 청한 일을 기
    록하고 있다.

헤아릴 수 없었다. 그러므로 천명(天命)을 받으신 이래로 하늘과 사람이 모두 평화롭고 신비로운 기운이 피어났으며, 상서로움이 연이어 따르고, 아름다운 징후가 수차례 이르렀습니다. 다른 나라 사람들도 변발을 풀고 인의(仁義)를 앙모하였고, 먼 이민족들은 험한 길을 넘어서 신하를 칭하러 왔다. 복희(伏犧)는 유룡(遊龍)으로 세상을 다스리셨고, 우순(虞舜)은 의봉(儀鳳)이 백성에게 임하게 하셨으며, 하우(夏禹)는 큰 공로로 천명을 받아 하(夏)의 왕이 되었고, 서백(西伯)은 기산(岐山)의 사당에서부터 주문왕(周文王)이 되었다고 할지라도, 그래도 어찌 대 위(魏)나라와 함께 칭할 수 있겠는가! 이에 미약하고 단절된 것을 계승하고 무너진 관청을 수리하여 다시 일으키고 누구에게라도 옛날의 일을 자문하여 천지를 나란히 숭상하는 것은 진실로 신명(神明)이 복을 내려주시는 바이요, 나라 안이 즐거워하는 바인데, 어찌 한갓 노군(魯郡)에만 그치겠는가! 이내 노침(路寢)하는 의리로 은(殷)나라 사람들을 감화시키고 반궁(泮宮)의 일로 먼저 백성들을 기쁘게 하였던 것은 고종(高宗)과 노(魯)나라 희공(僖公)으로 대저 대를 이은 왕이요 제후의 나라일 따름이었으나, 그래도 노송(魯頌)과 상송(商頌)에서 덕을 드러내시어 천년에 명성을 날리셨다.

하물며 우리 성왕(聖王)께서는 중국을 처음으로 세우시고, 기업(基業)을 창건하시어 전통을 드리우시며, 천명을 받는 날에는 일찍이 수레에서 내리지 않으셨으나, 대성(大聖)을 추숭함이 이와 같이 돈후(敦厚)하게 되었으니 어찌 송(頌)이 없을 수 있겠는가! 이에 송(頌)을 지었다.

於是魯之父老諸生遊士, 睹廟堂之始復, 觀俎豆之初設,30) 嘉聖靈於髣髴,31) 想禎祥之來集.32) 乃慨然而歎曰, 大道衰廢, 禮樂滅絶,33) 卅餘

---

30) 俎豆(조두) : 고대 제사나 연회에서 사용하는 예기(禮器)를 말하여 '제사(祭祀)'를 가리킨다.
31) 聖靈(성령) : 성인(聖人)의 혼령, 즉 공자(孔子)의 혼.
32) 禎祥(정상) : 길조(吉兆). 저본에는 '貞祥(정상)'으로 되어 있으나, 장본(張本)에 따라 바로 잡음.
33) 禮樂(예악) : 저본에는 '禮學(예학)'으로 되어 있으나 장본(張本)에 따라 바로 잡음.

年,34) 皇上懷仁聖之懿德,35) 兼二儀之化育,36) 廣大苞於無方,37) 淵恩淪於不測.38) 故自受命以來, 天人咸和, 神氣烟熅,39) 嘉瑞踵武,40) 休徵屢臻. 殊俗解編髮而慕義,41) 遐夷越險阻而來賓.42) 雖太皓遊龍以君世,43) 虞氏儀鳳以臨民,44) 伯禹命元功而爲夏后,45) 西伯由岐社而爲周文,46) 尙何足稱於大魏哉. 若乃紹繼微絶, 興修廢官, 疇咨稽古, 崇配乾坤, 允神明之所福祚, 宇內之所歡欣也,47) 豈徒魯邦而已哉. 爾乃感殷人路寢之義,48) 嘉先民泮宮之事,49) 以爲高宗僖公,50) 蓋嗣世之王, 諸侯之國耳, 猶

---

34) 卅(삽): 삼십(30).

35) 皇上(황상): 조비를 가리킴.

36) 二儀(이의): 음양(陰陽).

37) 無方(무방): 방향이 정해지지 않음, 즉 변화무쌍한 것을 말함.

38) 淵恩(연은): 은택(恩澤). 장본(張本)에는 '淵深(연심)'으로 되어 있는데, 위의 '廣大(광대)'와 잘 대(對)를 이룬다. 淪(륜): '빠져들다'는 뜻으로 여기서는 깊이 빠져들어 그 깊이를 헤아릴 수 없다는 말.

39) 烟熅(연온): 구름이나 안개 따위가 뭉게뭉게 피어오르는 모양.

40) 踵武(종무): 다른 사람의 발자취를 따라가다. 여기서는 끊임없이 연이어 오는 것을 말함.

41) 殊俗(수속): 풍속이 다른 사람들. 이국(異國)의 사람들. 編髮(변발): 고대 한족(漢族)은 머리를 묶어 정수리로 틀어 올렸고 이민족들은 땋아서 늘어뜨렸다. 여기서 변발을 풀었다고 하는 것은 중화세계에 감화되는 것을 말함.

42) 來賓(래빈): 번국(藩國)이 천자국에 신하를 칭하면서 조공을 바치러 온다는 것을 말함.

43) 太皓(태호): 복희씨(伏羲氏). 遊龍(유룡): 복희씨는 용을 수호신으로 삼아 다스린 것을 말하는데, 아래의 6-9「포희찬(庖犧贊)」주 3)을 참고. 君(군): 다스린다는 동사적 의미로 사용되었음.

44) 儀鳳(의봉): '儀(의)'는 와서 수호한다는 뜻으로『서경(書經)·익직(益稷)』에 "소소(簫韶)를 아홉 번 연주하니, 봉황이 날아와 수호하였다(簫韶九成, 鳳皇來儀)"고 하였음.

45) 伯禹(백우): 하우(夏禹). 우(禹)의 아버지 곤(鯀)이 숭백(崇伯)이었으므로 붙여진 이름. 元功(원공): 저본에는 '元宮(원궁)'으로 되어 있으나, 문맥상 부아서(傅亞庶)의 교정에 따라 바로 고쳤음.

46) 西伯(서백): 서방(西方)을 다스리는 제후들의 우두머리란 뜻으로 바로 주문왕(周文王)을 일컬음. 岐(기): 산 이름.

47) 宇內(우내): 국내(國內).

48) 路寢(노침): 정침(正寢). 천자나 제후가 정사(政事)를 보는 곳.

49) 泮宮(반궁): 서주(西周) 시대 제후가 설치한 대학(大學)으로 반수(泮水)에 지어졌다고 하여 붙여진 이름.『시경(詩經)·노송(魯頌)·반수(泮水)』에는 노나라 사람들이 희공(僖公)이 반수(泮水)에서 음주했던 사실을 노래하고 있음.

著德於名頌,51) 騰聲乎千載. 況今聖王肇造區夏,52) 創業垂統,53) 受命之
日, 曾未下與, 而褒崇大聖, 隆化如此,54) 能無頌乎.55) 乃作頌曰,

찬란한 대 위(魏)나라여!	煌煌大魏,
천명을 받아 광대하리라.	受命溥將.56)
황제(黃帝)와 우순(虞舜)을 이으시고,	繼體黃虞,57)
하나라를 품고 상나라를 안으셨네.	含夏苞商.58)
백성들에게 복을 내리셨고,	降釐下土,59)
삼광(三光)같이 크게 밝히셨네.	廓淸三光.60)
뭇 제사에 모두 질서가 잡히고,	羣祀咸秩,
다스려지지 않는 일이 없었네.	靡事不綱.61)
훌륭하시도다! 공자님이시여!	嘉彼玄聖,62)
그 영혼은 오래고 아득하네.	有邈其靈.63)

---

50) 高宗(고종) : 은(殷)나라 고종(高宗)인 무정(武丁). 『시경(詩經)·상송(商頌)·은무(殷
武)』에는 정침(正寢)에서 나라를 다스린 일을 말하고 있음.
51) 名頌(명송) : 『시경(詩經)』의 노송(魯頌)과 상송(商頌)을 말하는 것으로 보임.
52) 聖王(성왕) : 조비를 가리킴. 區夏(구하) : 제하(諸夏), 중국(中國).
53) 創業垂統(창업수통) : 나라의 기업을 창건하고 전통을 드리우다. 『맹자(孟子)·양혜
왕(梁惠王)』에 "군자(君子)는 기업(基業)을 창건하고 전통(傳統)을 드리워서 계속할 수
있습니다(君子創業垂統, 爲可繼也)"라고 하였음.
54) 隆化(융화) : 사회풍속을 돈후(敦厚)하게 하다.
55) 能(능) : 어찌 ~하겠는가? 『좌전(左傳)·희공(僖公) 9년』에 "순숙(荀叔)이 말하기를
'나는 돌아가신 군왕과 언약을 했으니, 두 마음을 가질 수 없습니다. 어찌 그 말을 다
시 실행하고자 하면서 몸을 아끼겠습니까?'(荀叔曰, 吾與先君言矣, 不可以貳, 能欲復
言而愛身乎"라고 하였음.
56) 溥將(보장) : '溥(보)'는 넓다는 뜻이고 '將(장)'은 크다는 의미로 광대함을 뜻함.
57) 黃虞(황우) : 황제(黃帝)와 우순(虞舜, 순임금).
58) 苞(포) : '包(포)'자와 같은 의미로 '안다.'
59) 釐(희) : 복(福). 下土(하토) : 백성.
60) 廓(곽) : '크다'는 의미. 『전삼국문(全三國文)』에는 '上(상)'자로 되어있는데 앞의 구
와 대(對)를 이루면서 문맥도 통하는 면이 있다. 三光(삼광) : 해, 달, 별.
61) 綱(강) : 다스리다.
62) 玄聖(현성) : 공자(孔子).

혼란스러운 세상을 만나,　　　　　　　　遭世霧亂,[64]

영광을 드러내지 못하였네.　　　　　　　莫顯其榮.

포성후(褒成侯)의 공은 이미 끊어졌고,　　　褒成旣絶,

종묘는 이렇게 기울어졌으니,　　　　　　寢廟斯傾.[65]

궐리(闕里)는 쓸쓸하고,　　　　　　　　　闕里蕭條,

흠향할 것도 향기도 없네.　　　　　　　靡歆靡馨.[66]

우리 황제께서 그것을 안타깝게 여기시어,　我皇悼之,

그 후손을 찾아,　　　　　　　　　　　尋其世武.[67]

이에 종성후(宗聖侯)로 세우시고,　　　　乃建宗聖,

그 뒤를 잇도록 하셨네.　　　　　　　　以紹厥後.

옛 사당을 수복하게 하시고,　　　　　　修復舊堂,[68]

그 가옥을 넉넉하게 하시니,　　　　　　豐其甍宇.[69]

학도(學徒)들이 많아지고,　　　　　　　莘莘學徒,[70]

머물고 살기도 하였네.　　　　　　　　爰居爰處.[71]

왕의 교화가 갖추어지고,　　　　　　　王敎旣備,

소인배들이 빠르게 없어지며,　　　　　羣小遄沮.[72]

노(魯)나라의 도가 흥해지니,　　　　　魯道以興,

영원한 전범을 만드셨네.　　　　　　　永作憲矩.[73]

---

63) 有(유) : 문두에서 아무런 뜻 없이 쓰인 일종의 접두사.

64) 霧亂(몽란) : 어두운 분란, 혼란.

65) 寢廟(침묘) : 고대 종묘(宗廟)의 정전(正殿)을 '廟(묘)'라하고 후전(後殿)을 '寢(침)'이
라 한다. 여기서는 '종묘(宗廟)'의 의미로 쓰였음.

66) 靡(미) : 없다.

67) 世武(세무) : 후손. '武(무)'는 '계승하다'는 의미.

68) 舊堂(구당) : 공자(孔子)를 모셔두었던 사당.

69) 甍宇(맹우) : 가옥, 옥우(屋宇).

70) 莘莘(신신) : 많은 모양.

71) 爰(원) : 어기사로서 아무런 뜻이 없음.

72) 遄沮(천저) : 빠르게 파괴되다.

73) 憲矩(헌구) : 법식(法式)이나 전범(典範).

커다란 명성이 멀리 올라, 洪聲登遐,74)

하늘과 땅이 복을 내려 주시네. 神祇來祜,75)

아름다운 조짐이 많아져, 休徵雜遝,76)

우리 국가를 상서롭게 하네. 瑞我邦家.

안으로는 강역을 비추고, 內光區域,

밖으로는 사방 먼 곳을 덮네. 外被荒遐.77)

다른 나라에서는 다시 번역되어, 殊方重譯,78)

[금슬을] 어루만지며 노래로 찬양하네. 搏拊揚歌.79)

아! 빛나는 사성(四聖)이시여! 於赫四聖,80)

운명이 시기에 순응하셨네. 運世應期.81)

중니(仲尼)께서는 이미 돌아가셨으나, 仲尼旣沒,82)

예악제도는 여기에 있네. 文亦在玆.83)

문질(文質)이 조화로운 우리 황제시여! 彬彬我后,84)

---

74) 遐(등): 저본에는 '豈(기)'자로 되어 있으나 문맥상 『전삼국문(全三國文)』의 교정을 따라 바로잡음.

75) 祜(호): 복을 내려주다. 저본에는 '和(화)'자로 되어 있으나 문맥상 조유문의 교정에 따름.

76) 雜遝(잡답): 많아지는 모양.

77) 荒遐(황하): 사방의 먼 곳.

78) 重譯(중역): 장본(張本)에는 '慕義(모의, 도의를 앙모하다)'로 되어 있는데, 문맥의 의미는 더 자연스럽게 어울린다.

79) 搏拊(박부):『서경(書經)·익직(益稷)』에 "금슬을 어루만져 노래한다(搏拊琴瑟以詠)"는 표현에서처럼 '搏(박)'는 치는 것을 말하고, '拊(부)'는 '박'보다 가볍게 치는 것을 말한다고 하는 것으로 보아 일종의 연주방법으로 보임.

80) 四聖(사성): 황제(黃帝)·우순(虞舜)·하우(夏禹)·주문왕(周文王)을 말함.

81) 應期(응기): 시기의 운에 순응하다.

82) 沒(몰): 죽다.

83) 文亦在玆(문역재자): 이 표현은『논어(論語)·자한(子罕)』에 "문왕(文王)이 돌아가셨지만 문(文, 예악 제도)이 이 몸에 있지 않은가?(文王旣沒, 文不在玆乎)"라고 한 것에서 나왔다. 주희(朱熹)는 "도(道)가 드러난 것을 문(文)이라 하니, 예악(禮樂)과 제도(制度)를 말한다. 도(道)라 하지 않고 문(文)이라고 한 것은 또한 공자(孔子)의 겸사(謙辭)이다. '자(玆)'는 이것이니, 공자(孔子)께서 자신을 일컬은 것이다"라고 하였다.

84) 彬彬(빈빈): 문질(文質)을 겸비한 모양을 나타냄. 역시『논어(論語)·옹야(雍也)』에

초월하여 다섯 성인이 되셨네.   越而五之.[85]

억년을 나란히 하시며,   並於億載,

태산 같은 기반을 이루시리.   如山之基.[86]

[찬(贊)]

6-10. 포희(庖犧贊)[1]

목(木)의 덕을 가진 복희씨(伏犧氏)는,   木德風姓,[2]

"문(文)과 질(質)이 적당히 배합된 뒤에야 군자(君子)이다(文質彬彬, 然後君子)"라고
한 것을 말하고 있음.

85) 五之(오지): 황제(黃帝), 우순(虞舜), 하우(夏禹), 주문왕(周文王) 그리고 조비(曹丕)를
가리킴.

86) 정안(丁晏)에 따르면, 비문(碑文) 마지막에는 '진사왕 조식 정서(陳思王曹植正書)'라
는 7자(字)가 들어있다고 한다. 비문의 글자는 양곡(梁鵠)이 쓴 것으로 가우(嘉祐) 연간
장치규(張稚圭)의 「도기(圖記)」와 동일하다. 송(宋) 이래로 이와 같이 전해지므로 양곡
(梁鵠)이 썼다고 하는 것은 믿을 만하다고 하였음.

6-10. 庖犧贊(포희찬)

1) '찬(贊)'은 '찬(讚)'으로 문체의 일종이다. 주로 인물을 칭송하며 사언(四言)으로 이루
어지는 운문(韻文)이다. 바로 이글은 상고시대 포희(庖犧)가 인류에게 끼친 공을 찬양
하고 있음. 이하에서 보이는 상고시대의 인물에 대한 찬(讚)은 모두 유사한 형식으로
이루어져 있는데, 이러한 일련의 작품들이 어떠한 동기에서 언제 지어졌는지는 알 수
없다. 다만 이러한 과거 인물에 대한 칭송의 글들은 조비의 통제에서 벗어나기 위한
방편으로서 채택된 소재로 보인다. 庖犧(포희): 복희(伏羲), 희황(犧皇), 황희(皇羲), 태
호(太昊) 등으로 불림. 삼황(三皇) 중의 하나로 여와(女媧)와 같이 인류의 시조로 알려
져 있으며, 그물로 물고기와 짐승 잡는 법을 가르쳤고, 팔풍(八風)의 기운으로 팔괘(八
卦)를 창제했다고 함.

2) 木德(목덕): 오덕(五德) 중의 하나, 진한(秦漢)시대 방사(方士)들은 금(金), 목(木), 수
(水), 화(火), 토(土) 등 5행을 상생(相生)과 상극(相剋)의 도리로서 왕조의 흥망성쇠에
끌어다 붙였는데, 이를 '오덕(五德)'이라 한다. 여기에서 목덕(木德)이란 목(木)의 기운
이 강한 것을 말함이다. 風姓(풍성): 복희(伏羲)는 풍(風)으로 성(姓)을 삼았음.

팔괘를 창제하셨네.　　　　　　　　　　八卦創焉.

상서로운 용은 관명이 되었고,　　　　　龍瑞名官,[3]

땅을 본받고 하늘을 모방하였네.　　　　法地象天.

주방에서 제수를 준비하게 하고,　　　　庖廚廚祭祀,

그물로 물고기와 사냥을 하게 하셨네.　　網罟魚畋.[4]

슬(瑟)은 사계절과 같게 하시니,　　　　瑟以像時,[5]

신덕(神德)이 하늘에 통하였네.　　　　神德通玄.[6]

6-11. 여와(女媧贊)[1]

옛날의 국군(國君)이시여!　　　　　　　古之國君,[2]

---

3) 龍瑞名官(용서명관) : 『좌전(左傳) · 소공(昭公) 17년』에 "태호씨(大皥氏)는 용을 수호신으로 삼았으므로 용을 부리는 사람이 되어 용(龍)을 벼슬이름으로 삼았다(大皥氏以龍紀, 故爲龍師而龍名)"이라 하였는데 복건(服虔)은 주에서 "태호씨(大皥氏)는 용으로 관직명을 삼았는데, 춘관(春官)은 청룡씨(靑龍氏), 하관(夏官)은 적룡씨(赤龍氏), 추관(秋官)은 백룡씨(白龍氏), 동관(冬官)은 흑룡씨(黃龍氏), 중관(中官)은 황룡씨(黃龍氏)라 하였다(大皥以龍名官, 春官爲靑龍氏, 夏官爲赤龍氏, 秋官爲白龍氏, 冬官爲黑龍氏, 中官爲黃龍氏)"라고 설명하였다.

4) 網罟(망고) : '網(망)'은 짐승을 잡는 그물을 말하고 '罟(고)'는 물고기를 잡는 그물을 말함.

5) 瑟以像時(슬이상시) : 복희(伏羲)씨가 슬(瑟)을 36현으로 만든 것은 일년(一年)의 360여일을 본뜬 것이라고 함.

6) 神德(신덕) : 고결한 품덕(品德). 玄(현) : 하늘.

6-11. 女媧贊(여와찬)

1) 전설상의 여와(女媧)의 행적을 찬송한 글. 女媧(여와) : 복희(伏羲)와 더불어 인간을 창조했다고 하며 복희와 남매 또는 아내로 알려져 있다. 신화에 따르면 갑자기 하늘에서 많은 비가 내려 온 천지가 물에 잠기자 여와는 오색 돌을 빚어서 갈라진 곳을 메우고 큰 거북의 다리를 잘라 하늘을 떠받쳤으며 갈짚의 재로 물을 빨아들이게 하였다고 한다.

황(簧)과 생(笙)을 만드셨네.　　　　　　　造簧作笙.[3]

전례와 문물이 갖추어지지 않았으나,　　禮物未就,[4]

헌원(軒轅)께서 이어 이루셨네.　　　　　軒轅纂成.[5]

혹 복희와 여와께서는　　　　　　　　　或云二皇,[6]

사람 머리에 뱀 형상이라 하고,　　　　人首蛇形.

하루에도 70번씩 변화시켰다니,　　　　神化七十,[7]

얼마나 덕이 신령스러운가?　　　　　　何德之靈.

6-12. 신농(神農贊)[1]

소전(少典)의 후예이시며,　　　　　　　少典之胤,[2]

화덕(火德)으로 목덕(木德)을 이으셨네.　火德承木.[3]

---

2) 國君(국군) :『산해경(山海經)·대황서경(大荒西經)』에서 곽박(郭璞)은 "여와는 옛 신
   녀이자 제왕이 된 자이다(女媧古神女而帝者)"라고 하였음.
3) 簧笙(황생) : 둘 다 피리의 일종.
4) 禮物(예물) : 전례(典禮)와 문물(文物).
5) 軒轅(헌원) : 황제(黃帝). 아래의 「황제찬(黃帝贊)」을 참고.
6) 二皇(이황) : 복희(伏羲)와 여와(女媧).
7) 神化七十(신화칠십) : 전설에 따르면 여와(女媧)의 몸은 하루에도 70번씩 바뀌었다고 함.

6-12. 神農贊(신농찬)

1) 전설상의 신농씨의 행적을 찬송한 글. 神農(신농) : 상고시대 제왕으로 염제(炎帝), 열
   산씨(烈山氏) 등으로 불리며, 백성들에게 김매는 농사를 가르쳤으며 온갖 풀을 맛보아
   병을 치료하였다고 함.
2) 少典(소전) : 상고(上古)시대 제후국의 이름.『사기(史記)·오제본기(五帝本紀)』에 따르
   면 "황제(黃帝)는 소전(少典)의 아들이다"고 하였고『국어(國語)』에는 소전(少典)은 유교
   씨(有蟜氏)의 딸에게 장가들어 황제(黃帝)와 염제(炎帝)를 낳았다고 함. 胤(윤) : 후손.
3) 火德承木(화덕승목) :『태평어람(太平御覽)』권78「염제신농씨(炎帝神農氏)」조목에
   는『제왕세기(帝王世紀)』를 인용하고 있는데, "염제(炎帝)는 사람의 몸에 소의 머리를
   하고 있으며, 강수(姜水)에서 자랐고 성덕(聖德)을 갖추었다. 화덕(火德)으로 목덕(木

쟁기와 보습을 만드시어,　　　　　　　　　　造爲耒耜,[4]

백성들이 파종하게 이끄셨네.　　　　　　　　導民播穀.

아금(雅琴)을 바로잡아,　　　　　　　　　　　正爲雅琴,[5]

풍속을 화락하게 하셨네.　　　　　　　　　　以暢風俗.

6-13. 황제(黃帝贊)[1]

소전(少典)의 손자로,　　　　　　　　　　　　少典之孫,

신명(神明)한 제왕이셨네.　　　　　　　　　　神明聖哲.[2]

토덕(土德)으로 화(火)를 이으니,　　　　　　土德承火,

적제(赤帝)가 이에 멸하였네.　　　　　　　　赤帝是滅.[3]

소를 부리고 말을 타면서,　　　　　　　　　　服牛乘馬,[4]

德)을 계승하여 남방에 자리하며, 여름을 주관하기 때문에 염제라 했다(炎帝人身牛首, 長於姜水, 有聖德. 以火承木, 位在南方, 主夏故謂之炎帝)"는 기록이 보임.

4) 耒耜(뇌사) : 쟁기와 보습. 『역경(易經)·계사(繫辭)』에 "신농씨(神農氏)가 나오시어 나무를 깎아 쟁기를 만들고 나무를 휘어 쟁기자루를 만들어서 (神農氏作, 斲木爲耜, 揉木爲耒)"라고 하였음.

5) 雅琴(아금) : 고대 악기로 금(琴)의 일종이라고 함. 위의 『제왕세기(帝王世紀)』에 따르면 오현(五絃)의 금(琴)을 만들었다는 기록이 보임.

6-13. 黃帝贊(황제찬)

1) 전설상의 황제(黃帝)를 칭송한 문장. 黃帝(황제) : 성(姓)은 공손(公孫, 일설에는 희(姬)라고 함), 이름은 헌원(軒轅)이고, 헌원씨(軒轅氏), 유웅씨(有熊氏)라고 불림. 그는 토덕(土德)으로 제왕이 되었으므로 황제라고 하며 수레와 관(冠)의 복식을 만들었기 때문에 헌원(軒轅)이라 한다고 함.

2) 聖哲(성철) : 보통 사람을 초월하는 도덕과 지혜를 가춘 사람, 바로 제왕을 가리킴.

3) 赤帝(적제) : 염제(炎帝), 신농씨(神農氏). 이 구는 황제(黃帝)와 신농(神農)이 판천(阪泉)에서 결투하여 신농의 족속들을 몰아낸 일을 말하고 있음.

4) 服(복) : 사용하다, 이용하다.

의복이 이에 만들어졌네.　　　　　　　　衣裳是制.

구름으로 씨족의 관명(官名)을 지으니,　　雲氏名官,[5]

공(功)이 오제(五帝) 중에 으뜸이네.　　　功冠五帝.

6-14. 소호(少昊贊)[1]

조상은 헌원씨(軒轅氏)에서 비롯하고,　　　祖自軒轅,

청양씨(青陽氏)의 후예시네.　　　　　　　青陽之裔.[2]

금덕(金德)으로 토(土)를 이으시니,　　　　金德承土,

봉황이 나타나 세상에서 제왕이 되셨네.　儀鳳帝世.[3]

---

5) 雲氏名官(운씨명관) : 『사기집해(史記集解)』의 응소(應劭) 주(注)에 "황제(黃帝)가 천
명을 받자 상서로운 구름이 있었으므로 구름으로 수호신을 삼았음. 춘관(春官)은 청운
(青雲), 하관(夏官)은 진운(縉雲), 추관(秋官)은 백운(白雲), 동관(冬官)은 흑운(黑雲), 중
관(中官)은 황운(黃雲)이라 하였다(黃帝受命有雲瑞, 故以雲紀事也. 春官爲青雲, 夏官
爲縉雲, 秋官爲白雲, 冬官爲黑雲, 中官爲黃雲)"라고 하였음.

6-14. 少昊贊(소호찬)

1) 전설상의 소호씨(少昊氏)를 찬양한 글. 少昊(소호) : '昊(호)'자는 '暤(호)', '皓(호)',
'顥(호)'라고도 쓰며, 청양씨(青陽氏), 금천씨(金天氏), 궁상씨(窮桑氏), 운양씨(雲陽氏)
혹은 주선(朱宣)이라고도 칭함. 성(姓)은 기(己)요 이름은 지(摯)이며 황제의 아들로 궁
상(窮桑)에서 태어나 고대 동이(東夷)의 영수가 되었다고 함. 조류(鳥類)로 관직이름을
삼았고 수공업과 농업의 관리를 설치하여 다스렸다고 함.

2) 青陽之裔(청양지예) : 청양씨(青陽氏)의 후예. 『사기(史記)·오제본기(五帝本紀)』에
"누조(嫘祖)는 황제(黃帝)의 정부인으로 두 아들을 낳았는데, 그 후손들 모두 천하를
소유했다. 큰 아들은 이름이 현효(玄囂), 즉 청양(青陽)으로 강수(江水)의 제후가 되었
다(嫘祖黃帝正妃生二子, 其後皆有天下, 其一曰玄囂, 是爲青陽, 降居江水)"라고 한
것으로 보아 조식(曹植)은 바로 이를 근거로 삼고 있음을 알 수 있다. 즉 황제는 소호
(少昊)의 할아버지요, 청양은 그의 아버지가 되는 셈이다.

3) 儀鳳(의봉) : '儀(의)'는 와서 수호한다는 뜻으로 『서경(書經)·익직(益稷)』에 "소소(簫
韶)를 아홉 번 연주하니, 봉황이 날아와 수호하였다(簫韶九成, 鳳皇來儀)"고 하였음.

관직은 새 이름으로 부르시며,

官鳥號名,[4]

직위와 계통을 구분하였네.

殊職別系.

호씨(扈氏)로 농정(農正)을 삼고

農正扈氏,[5]

각각 등급과 책임을 두었네.

各有品制.

6-15. 전욱(顓頊贊)[1]

창의(昌意)의 아들이요,

昌意之子,

조상은 헌원(軒轅)에서 비롯하네.

祖自軒轅.

처음으로 구려(九黎)를 주살하고,

始誅九黎,[2]

---

4) 官鳥號名(관조호명) : 관직은 새의 이름으로 명칭을 부르다. 『좌전(左傳)·소공(昭公) 17년』에 "봉조씨(鳳鳥氏)는 역(曆)을 주관하는 장(長)이요, 현조씨(玄鳥氏)는 춘분(春分)과 추분(秋分)을 관장하였고, 백조씨(伯趙氏)는 하지(夏至)와 동지(冬至)를 관장하였고, 청조씨(靑鳥氏)는 여는 것을 관장하였고, 단조씨(丹鳥氏)는 입추(立秋)와 입동(立冬)을 관장하였으며, 축구씨(祝鳩氏)는 사도(司徒), 저구씨(鴡鳩氏)는 사마(司馬), 시구씨(鳲鳩氏)는 사공(司空), 상구씨(爽鳩氏)는 사구(司寇), 골구씨(鶻鳩氏)는 사사(司事)가 되었다(鳳鳥氏歷正也, 玄鳥氏司分者也, 伯趙氏司至者也, 靑鳥氏司啓者也, 丹鳥氏司閉者也, 祝鳩氏司徒也, 鴡鳩氏司馬也, 鳲鳩氏司空也, 爽鳩氏司寇也, 鶻鳩氏司事也)"라는 기록을 참고.

5) 農正(농정) : 상고시대 농업 생산을 관장하는 벼슬. 『좌전(左傳)·소공(昭公) 17년』에 "구호(九扈)는 농업을 관장하는 아홉 종류의 관리이다(九扈爲九農正)"라고 하여, 호(扈)와 농정(農正)은 같은 일을 주관하는 관직임을 알 수 있음.

6-15. 顓頊贊(전욱찬)

1) 전설상의 전욱(顓頊)의 공적을 찬양한 글. 顓頊(전욱) : 오제(五帝) 중의 하나이며 아버지는 창의(昌意)이고 창의(昌意)는 황제(黃帝)와 누조(嫘祖)의 차남(次男)이다. 창의는 촉산씨(蜀山氏)의 딸 창복(昌僕)을 아내로 맞아 전욱(顓頊)을 낳았다고 함. 15세에 소호(少昊)를 보좌하여 구려(九黎)지역을 다스려 고양(高陽)에 봉해졌기 때문에 고양씨(高陽氏)라고 하였음. 황제가 죽은 뒤에 전욱이 성덕(聖德)을 지녀 20세의 나이로 제위에 올랐다고 함.

2) 九黎(구려) : 상고시대 부락 이름으로, 『국어(國語)·초어(楚語)』에 "소호(少昊)가 쇠

수덕(水德)으로 천하를 다스렸네.　　　　　　　水德統天.

국토로 명칭을 삼으시니,　　　　　　　　　以國爲號,3)

교화로서 다스려 선양하셨네.　　　　　　　風化神宣.4)

명성이 팔방에 통하고,　　　　　　　　　　威暢八極,5)

공경하지 않는 바가 없었네.　　　　　　　靡不祇虔.6)

6-16. 제곡(帝嚳贊)1)

조상은 헌원(軒轅)에서 비롯하고,　　　　　　祖自軒轅,

현효(玄囂)의 후예시네.　　　　　　　　　玄囂之裔.

락함에 구려(九黎)가 덕을 어지럽혔다(及少皞之衰也, 九黎亂德)"라고 하였는데, 위소 (韋昭)는 "구려는 여씨(黎氏) 아홉 사람으로 치우(蚩尤)의 무리들이다(九黎, 黎氏九人, 蚩尤之徒也)"고 하였음.

3) 以國爲號(이국위호) : 나라의 땅으로 이름을 삼다. 『사기집해(史記集解)』에서 장안 (張晏)의 설에 따르면, 소호(少昊) 이전에 천하의 호칭은 그 덕으로 상징하였지만, 전 욱(顓頊) 이후로 천하의 명칭은 그 땅의 이름을 따랐는데, 고양(高陽)이나 고신(高辛) 같은 것은 출신 지명이라고 설명하였다.

4) 神宣(신선) : '神(신)'은 다스리다는 뜻으로 다스림을 펴다. 風化(풍화) : 교화(敎化).

5) 八極(팔극) : 팔방(八方). 이 문장은 『사기(史記)・오제본기(五帝本紀)』에서 전욱(顓 頊)에 대하여 "북으로는 유릉(幽陵)에 이르렀고, 남으로는 교지(交趾)에 이르렀으며, 서쪽으로는 유사(流沙)에 이르렀고, 동으로는 반목(蟠木)에 이르렀다. 생물, 사물이나 크고 작은 신들에 이르기까지 해와 달이 비추는 곳이라면 모두 평정되고 귀속하지 않 은 곳이 없었다"라고 한 것을 말하고 있음.

6) 祇虔(지건) : 공경(恭敬)하다.

6-16. 帝嚳贊(제곡찬)

1) 전설상의 오제(五帝) 중의 하나인 제곡(帝嚳)를 칭송한 글. 帝嚳(제곡) : 오제(五帝) 중의 하나로 성(姓)은 희(姬)요 이름은 준(俊)으로 고신씨(高辛氏)로 불렸음. 할아버지 현효(玄囂)는 바로 황제(黃帝)의 정비(正妃)인 누조(嫘祖)의 큰 아들이며, 그의 아버지 는 교극(蟜極)이고 전욱(顓頊)은 그의 백부(伯父)가 된다. 15세에 전욱(顓頊)의 조수(助 手)로 발탁되어 유신(有辛)에 봉해졌다가 전욱이 죽고 30세의 나이로 제위를 계승함.

태어나면서 그 이름을 말하였고,	生言其名,[2]
목덕(木德)으로 세상에 제왕이 되셨네.	木德帝世.
천지를 안정시키고,	撫寧天地,
숭고하고 성스럽게 통찰하셨네.	神聖靈察.[3]
교화로 사해(四海)를 안무(按撫)하니,	敎弭四海,[4]
밝음이 일월과 나란하네.	明並日月.

6-17. 요임금(帝堯贊)[1]

화덕(火德)으로 제위(帝位)를 이었으니,	火德統位,[2]
아버지는 바로 고신씨(高辛氏)라네.	父則高辛.
공공(共工)을 평정하고,	克平共工,[3]

---

2) 生言其名(생언기명):『사기(史記)・오제본기(五帝本紀)』에 따르면 고신(高辛)은 태어나면서부터 신령스러워 그 이름을 스스로 말했다고 한다.

3) 神聖(신성): 제왕의 존칭으로 쓰였음. 靈察(영찰): '靈(영)'은 존칭의 의미로, 통찰한다는 의미를 강조하여 높이고 있음.

4) 弭(미): 안무(按撫)하다.

6-17. 帝堯贊(제요찬)

1) 요(堯)임금의 행적을 찬양한 글. 堯(요): 오제(五帝) 중의 하나로, 성(姓)은 기(祁), 혹은 이(伊), 이기(伊祁)라고 하며, 이름은 방훈(放勳), 또는 요당씨(陶唐氏), 당요(唐堯)라고 함.『사기(史記)・오제본기(五帝本紀)』에 따르면, 제곡(帝嚳)에게는 두 명의 아들 지(摯)와 방훈(放勳)이 있었는데, 제곡(帝嚳)이 죽고 지(摯)가 제위를 계승하였다. 요(堯)는 지(摯)를 보좌하였는데, 다스림에 있어 지(摯)보다 뛰어나 명성이 천하에 자자해지자 재위 9년 만에 요임금에게 선양했다고 함.

2) 統位(통위): 제왕의 자리를 계승하다.

3) 共工(공공): 요(堯) 임금 시대 사흉(四凶)의 하나.『사기정의(史記正義)』에『신이경(神異經)』을 인용하여 "서북 변방에 사는 사람은 얼굴에 붉은 머리카락이고, 뱀의 몸에 사람의 손과 발을 가졌으며 오곡과 금수(禽獸)를 먹고 완고하고 어리석은 자들을 공공이라 한다(西北荒有人焉, 人面朱髥, 蛇身人手足, 而食五穀禽獸頑愚, 名曰共工)"

만국을 통일하셨네.　　　　　　　　　　　萬國同塵.[4]

더위와 추위를 적절히 조절하니,　　　　　　調適陰陽,[5]

그 은택이 봄과 같았네.　　　　　　　　　　其惠如春.

높다랗게 공적을 이루시니,　　　　　　　　巍巍成功,[6]

하늘을 본받은 정신이시네.　　　　　　　　則天之神.[7]

6-18. 순임금(帝舜贊)[1]

전욱(顓頊)의 후손이시며,　　　　　　　　　顓頊之族,[2]

중첩된 눈동자 신비롭고 성스럽네.　　　　　重瞳神聖.

고 하였고, 전하는 바에 따르면, 환두(驩兜), 삼묘(三苗), 곤(鯀)과 더불어 사흉(四凶)으로 지목되어 『서경(書經)·요전(堯典)』에 따르면 유주(幽州)로 쫓겨났다고 함.

4) 同塵(동진) : 먼지와 같이 이물질이 섞이는 것을 비유하여 혼일(混一)이나 통일(統一)을 의미함.

5) 調適陰陽(조적음양) : 더위와 추위를 적절히 조절하다. 즉 『사기(史記)·오제본기(五帝本紀)』에 "희씨(羲氏)와 화씨(和氏)에게 명하여 하늘의 이치에 공손히 따르게 하고, 해와 달과 별의 운행을 헤아려 백성들에게 농사짓는 시기를 삼가 가르치도록 하였다"라고 한 것을 말함.

6) 巍巍(외외) : 높고 높은 모양.

7) 則天之神(칙천지신) : 하늘을 본받는 정신. 저본에는 '配天則神(배천즉신)'으로 되어 있으나, 문맥상 『태평어람(太平御覽)』과 조유문(趙幼文)의 교정에 따라 바로 잡음.

6-18. 帝舜贊 (제순찬)

1) 순(舜)임금의 출신 내력과 집정(執政)한 것을 찬양한 글. 舜(순) : 성(姓)은 요(姚), 이름은 중화(重華)이며, 우씨(虞氏) 또는 우순(虞舜)으로 불림. 전욱(顓頊)의 6세손으로 아버지 고수(瞽叟)에 대한 효성으로 알려진 임금.

2) 顓頊之族(전욱지족) : 전욱의 씨족. 『사기(史記)·오제본기(五帝本紀)』에 따르면, 고수(瞽叟)의 아버지는 교우(橋牛)이며, 교우의 아버지는 구망(句望)이고, 구망의 아버지는 경강(敬康)이며, 경강의 아버지는 궁선(窮禪)이고 궁선의 아버지는 전욱(顓頊)이라 하였으니, 순임금에 이르기까지 7세대가 내려온 셈이다.

능히 고수(瞽叟)와 화합하고,　　　　　　克協頑瞽,[3]

당요(唐堯)에 부름 받아 정사(政事)를 맡았네.　　　　應唐蒞政.[4]

사흉(四凶)을 제거하고 준재(俊才)를 천거하니,　　除凶擧俊,[5]

해, 달, 별과 나란히 하시네.　　　　　　以齊七政.[6]

천력(天曆)에 응하여 선양받으시어,　　　　應曆受禪,[7]

하늘의 명을 드러내셨네.　　　　　　　顯天之命.

6-19. 하나라 우임금(夏禹贊)[1]

아! 천자시여!　　　　　　　　　　吁嗟天子,[2]

세상을 건지고 백성을 구제하셨네.　　　　拯世濟民.[3]

---

3) 克(극) : 능히. 頑瞽(완고) : 순임금의 아버지 고수(瞽叟)를 가리킴.

4) 唐(당) : 당요(唐堯). 蒞政(이정) : 벼슬에 나아가 일을 맡다.

5) 除凶(제흉) : 사흉(四凶)을 제거하다. 『사기(史記)·오제본기(五帝本紀)』에 따르면 순임금이 돌아와 요임금에게 말하기를, "공공(共工)을 유릉(幽陵)으로 보내어 북적(北狄)을 변화시켰고, 환두(驩兜)를 숭산(崇山)으로 내쳐서 남만(南蠻)을 변화시키며, 삼묘(三苗)를 삼위산(三危山)으로 쫓아내어 서융(西戎)을 변화시키고, 곤(鯀)을 우산(羽山)으로 추방하여 동이(東夷)를 변화시키고자 합니다"라고 청하여 이 사흉(四凶)을 처벌하니 천하가 모두 복종했다고 하는 기록이 보임.

6) 七政(칠정) : 일월(日月)과 오성(五星).

7) 應曆(응력) : 천력(天曆)에 따르다. 즉 하늘의 운행에 따라 제위(帝位)에 오르는 것을 말함.

6-19. 夏禹贊(하우찬)

1) 하(夏)나라 우(禹)임금의 행적을 찬송한 글. 夏禹(하우) : 삼왕(三王) 중의 한명으로 『사기(史記)·하본기(夏本紀)』에 따르면, 하우(夏禹)는 이름이 문명(文命)이요, 아버지는 곤(鯀)이며, 곤의 아버지는 전욱(顓頊)이고, 전욱의 아버지는 창의(昌意)이며, 창의는 황제(黃帝)의 아들이므로 우(禹)는 황제의 현손(玄孫)이자 전욱의 손자가 된다.

2) 天子(천자) : 하늘의 아들, 즉 제왕.

3) 拯世濟民(증세제민) : 세상을 건지고 백성을 구제하다. 즉 우임금이 치수(治水)한 일

허름한 궁실에서 견디시며,　　　　　克卑宮室,

귀신들에게는 정성을 다하였네.　　　致孝鬼神.4)

거친 식사에 엷은 옷을 입었으나,　　蔬食薄服,5)

예복과 예관(禮冠)은 새 것 그대로였네.　黻冕乃新.6)

그 덕이 사악하지 않고,　　　　　　厥德不回,7)

그 정성 가까이할 만하구나.　　　　其誠可親.

그 덕은 부지런하셨고,　　　　　　亹亹其德,8)

그 어짊은 따스하셨네.　　　　　　溫溫其仁.

공자(孔子)께서 평할 것이 없구나! 하셨으니,　尼稱無間,9)

얼마나 덕이 순수하신가?　　　　　何德之純.

잔구(殘句) 1

순(舜)임금께서는 농토에 살면서,　　　舜居隴畝,

밝은 덕이 위로 펴졌네.　　　　　　明德上宣.

을 말함.

4) 이 두 구(句)는 『논어(論語)·태백(泰伯)』에서 공자가 우임금을 평한 것을 바탕으로 하고 있다. 공자(孔子)는 "우임금은 내가 비평할 것이 없구나! 좋지 않은 음식을 드시면서 귀신들에게는 정성을 다하셨고, 나쁜 의복을 입으시면서 제사의 예복은 아름답게 하셨으며, 허술한 궁실에 사시면서 수리사업에 힘을 기울이셨으니, 우임금에 대해서라면 나는 달리 비평할 것 없다(禹吾無間然矣. 菲飮食而致孝乎鬼神, 惡衣服而致美乎黻冕, 卑宮室而盡力乎溝洫, 禹吾無間然矣)"고 하였음.

5) 蔬食(소식) : 거친 식사, 즉 채식(茱食)을 말함.

6) 黻冕(불면) : '黻(불)'은 제사 때 입는 예복, '면(冕)'은 제사 때 쓰는 모자.

7) 厥德不回(궐덕불회) : 덕이 간사하지 않다. 이 표현은 『시경(詩經)·소아(小雅)·고종(鼓鍾)』에 "선인(善人)인 군자(君子)시여! 그 덕(德)이 간사하지 않네(淑人君子, 其德不回)"에서 나온 것으로 주석가들은 '回(회)'자를 '사악하다'는 의미로 설명하였음.

8) 亹亹(미미) : 근면한 모양.

9) 尼(니) : 공자(孔子)를 가리킴. 無間(무간) : 말할 것이 없다. 위의 주 4에서 인용한 『논어(論語)·태백(泰伯)』을 참고

아버지 고수(瞽叟)에게 효도하며,　　　　　　　孝乎頑瞽,[10]
출중한 재덕(才德)은 사악함에 이르지 않으셨네.　乂不格姦.[11]

잔구(殘句) 2

순(舜)임금께서 죽으면서,　　　　　　舜將崩殂,[12]
선위(禪位)를 하늘에 아뢰셨네.　　　告天禪位.
순(舜)임금께서 죽고 난 뒤로,　　　虞氏旣沒,[13]
3년의 상례(喪禮)를 다했네.　　　　三年禮畢.[14]

잔구(殘句) 3

피하여 상산(商山)에 숨으시고,　　　　　　　　避隱商山,[15]
몸을 드러내어 감히 왕위에 오르지 못하네.　示不敢莅.[16]
제후들이 자신에게 몰려오니,　　　　　　　　諸侯向己,
이에 하늘의 명을 받드셨네.　　　　　　　　　乃奉天秩.[17]

---

10) 頑瞽(완고) : 순(舜)임금의 아버지 고수(瞽叟).
11) 乂(예) : 출중한 재덕(才德). 格(격) : 이르다. 정안(丁晏)에 따르면『운보(韻補)』권2에
　　조식의「우찬(禹贊)」으로 인용되어 있다고 함.
12) 崩殂(붕조) : 제왕(帝王)의 죽음을 일컫는 말.
13) 虞氏(우씨) : 우순(虞舜), 즉 순(舜)임금.
14) 三年禮(삼년례) : 3년의 상례(喪禮)를 말함. 이 잔구(殘句) 역시『운보(韻補)』권5에
　　인용되어 있음.
15) 商山(상산) : 섭서(陝西) 상현(商縣) 동쪽.
16) 莅(위) : 왕위에 오르다.
17) 天秩(천질) : 천명(天命). 위의 잔구(殘句)와 마찬가지로『운보(韻補)』권5에 인용되었음.

6-20. 은나라 탕임금(殷湯贊)[1]

<table>
<tr><td>은나라 탕왕께서 하(夏)를 벌하시니,</td><td>殷湯伐夏,</td></tr>
<tr><td>제후들이 떨쳐 일어나 앙모하네.</td><td>諸侯振仰.</td></tr>
<tr><td>걸왕(桀王)을 명조(鳴條)에서 쫓아버리고,</td><td>放桀鳴條,[2]</td></tr>
<tr><td>남쪽으로 앉으시어 왕이 되셨네.</td><td>南面以王.</td></tr>
<tr><td>상림(桑林)의 기도로</td><td>桑林之禱,[3]</td></tr>
<tr><td>가뭄에서 회복 될 수 있었네.</td><td>炎災克償.[4]</td></tr>
<tr><td>이윤(伊尹)이 다스림을 보좌하니,</td><td>伊尹佐治,[5]</td></tr>
<tr><td>가히 어진 정승이라 할 만하네.</td><td>可謂賢相.</td></tr>
</table>

6-20. 殷湯贊(은탕찬)

1) 은(殷)나라 탕(湯)임금의 치세를 찬양한 문장. 殷湯(은탕) : 성탕(成湯)이라고도 칭하며, 상(商)나라의 개국 군주이므로 은탕(殷湯)이라 한다. 설(契)의 후대(後代)로 성(姓)은 자(子)이며 이름은 리(履), 또는 천을(天乙)이라고도 부름.

2) 桀(걸) : 하(夏)나라 말기의 폭군. 鳴條(명조) : 성탕(成湯)이 걸왕(桀王)을 물리친 곳으로 어디인지는 의견이 분분하다.

3) 桑林之禱(상림지도) : 상림(桑林)의 기도 『논형(論衡) · 감허(感虛)』에 "진서(晉書)에 전하기를 탕은 7년 동안이나 가뭄을 만나자, 상림(桑林)에서 몸소 기도하며 여섯 가지 허물을 하늘에 자책하니, 비로소 비가 내렸다(傳書言湯遭七年旱, 以身禱於桑林, 自責以六過天, 乃雨)"라고 한 기록이 있음.

4) 炎災(염재) : 가뭄. 償(상) : 회복하다.

5) 伊尹(이윤) : 유신씨(有莘氏)의 잉신(媵臣, 귀족의 여식이 시집갈 때 따라가는 남자)으로 탕왕의 재상(宰相)이 되어 국정을 보좌함.

6-21. 탕임금이 상림에서 기도하심에(湯禱桑林贊)[1]

은(殷) 나라 시대에	惟殷之世,
가뭄이 7년이라,	炎旱七年.
탕(湯)은 상림(桑林)에서 기도하며,	湯禱桑林,
하늘에 복을 비셨네.	祈福於天.
머리카락을 자르고 손톱을 깎아,	翦髮離爪,[2]
스스로를 제물로 삼으시니,	自以爲牲.
천제(天帝)께서 감응하여,	皇靈感應,[3]
때맞춘 비를 내려주네.	時雨以零.[4]

6-21. **湯禱桑林贊**(탕도상림찬)

1) 탕(湯)임금이 상림(桑林)에서 손톱과 머리카락을 잘라 제물로 삼아 기우제를 지내 계속되는 가뭄을 해결했다는 행적을 찬양하고 있음.

2) 離爪(리조) : 손톱을 자르다. 자세한 것은 아래의 주 4)를 참고

3) 皇靈(황령) : 천제(天帝).

4) 零(령) : '落(락, 떨어지다)'의 의미. 이상의 내용은 『논형(論衡)·감허(感虛)』에 실려 있는 기도문과 명확히 부합하고 있다. "기도문에 '저 한 사람에게 죄가 있다면 만백성에게 미치지 마시고, 만백성에게 죄가 있다면 저 한 사람에게 있는 것입니다. 한 사람의 어리석음 때문에 상제(上帝)와 귀신이 백성의 목숨을 상하게 하는 일이 없도록 하시기 바랍니다'라고 했다. 이에 머리카락을 자르고 손톱을 잘라 자신을 희생물로 삼아 상제(上帝)에게 복을 기원하자, 상제는 매우 기뻐하여 적절한 비를 이내 내려주었다(禱辭曰余一人有罪, 無及萬夫. 萬夫有罪, 在余一人. 天以一人之不敏, 使上帝鬼神傷民之命.' 於是剪其髮, 麗其手, 自以爲牲, 用祈福於上帝. 上帝甚說, 時雨乃至)"고 한 것을 참고.

6-22. 주나라 문왕(周文王贊)[1]

아! 지고한 덕을 가지신 분은 　　於赫聖德,[2]

진실로 문왕(文王)뿐이시네. 　　實惟文王.

천하의 3분의 2를 가지셨으나, 　　三分有二,[3]

그래도 상(商)나라를 섬겼네. 　　猶服事商.

교화로 우(虞)와 예(芮)를 더하시고, 　　化加虞芮,[4]

6-22. 周文王贊 (주문왕찬)

1) 주(周)나라 문왕(文王)의 겸손과 공적을 칭송한 글. 周文王(주문왕) : 상(商)나라 말기 주나라 부족의 수령으로 성은 희(姬)요 이름은 창(昌)으로 계력(季歷)의 아들. 주왕(紂王) 때 서백후(西伯侯)를 지냈기 때문에 백창(伯昌)이라고도 함. 주(紂)의 시기를 받아 감옥에 갇히지만 유신씨(有莘氏)의 딸과 여융(驪戎)의 문마(文馬)를 받쳐 풀려난다. 일찍이 우(虞)와 예(芮) 두 나라의 분쟁 실마리를 해결하였고 견융(犬戎), 밀수(密須), 여국(黎國), 한(邗), 숭국(崇國)들을 정벌하고, 풍읍(豊邑)에 도성을 세웠음. 그의 세력은 장강, 한수(漢水), 여수(汝水) 등의 유역으로 뻗쳤으며 문왕(文王) 43년에 왕위에 올랐다. 재위 50년에 천하의 3분의 2를 차지하는 국면을 맞이했다고 한다. 한편 전설에 따르면 오늘날 『역경(易經)』과 『후천팔괘(後天八卦)』는 문왕이 지은 것이라고 전해진다.

2) 於赫(오혁) : 감탄하는 말. 聖德(성덕) : 지고한 도덕을 이르는 말로 주로 고대의 성인(聖人)이나 제왕의 덕을 일컫는 말로 사용.

3) 三分有二(삼분유이) : 주문왕(周文王)은 구주(九州) 중의 여섯 주(州)를 차지했다는 말. 즉 옹(雍), 양(梁), 형(荊), 예(豫), 서(徐), 양(揚) 등의 여섯 주(州)를 말하고 그 나머지 기(冀), 청(靑), 곤(袞)등 세 주(州)는 주왕(紂王)에게 속했었다.

4) 虞(우) : 고대의 나라 이름. 그 땅은 지금의 산서성(山西省) 평륙현(平陸縣)에 있음. 주무왕(周武王)이 은(殷)나라에 승리하고 고공단보(古公亶父)의 아들 우중(虞仲)의 후손을 이 땅에 봉하여 서우(西虞)라 했다고 함. 芮(예) : 주문왕(周文王) 때의 건립된 나라로 지금의 섬서성(陝西省) 대려(大荔) 조읍(朝邑)에 위치. 『시경(詩經) · 대아(大雅) · 면(緜)』에 "우(虞)나라와 예(芮)나라의 분쟁이 이에 풀렸다(虞芮質厥成)"고 했는데, 공영달(孔穎達)은 이 두 나라의 군주는 송사(訟事)가 많았는데 문왕(文王)에게 나와서 화평을 이루었다고 풀이하였음. 또한 『사기(史記) · 주본기(周本紀)』에 따르면 서백(西伯)은 남몰래 선을 행하여 제후들이 공정한 판결을 청하며 왔다. 우(虞)와 예(芮)사람들도 송사(訟事)가 있었는데 해결하지 못하고 주나라로 오게 되었다. 주나라 경계에 들어서자 밭가는 자는 서로의 밭 경계를 양보하고 백성들의 풍속은 연장자에게 양보하였다. 그러자 서백을 만나지 않고도 부끄러워하며 말하기를 "우리가 싸운 것은 주나라 사람들이 부끄러워하는 것인데 무엇 때문에 가겠는가? 다만 치욕만 얻을 텐데"라고 하고 양보하며 돌아갔다는 기록을 참고

연이어 사방으로 미치네.　　　　　　　　　傍曁四方.

왕의 사업을 능히 밝히시니,　　　　　　　王業克昭,

무왕(武王)께서 이어 빛내시네.　　　　　　武嗣遂光.[5]

6-23. 주나라 무왕(周武王贊)[1]

용감하신 무왕(武王)께서는　　　　　　　　桓桓武王,[2]

문왕(文王)의 공적을 계승하여 은(殷)을 멸하셨네.　繼世滅殷.[3]

모두 여망(呂望)에게 일임하시고,　　　　　咸任尙父,[4]

잠시 상(商)나라 신하 노릇을 하셨네.　　　且作商臣.

공(功)은 사해(四海)를 덮고,　　　　　　　功冒四海,[5]

세상을 건지고 백성을 구제하셨네.　　　　救世濟民.

천하가 주(周)나라를 종주국으로 삼고,　　天下宗周,[6]

온 나라가 신하를 칭하네.　　　　　　　　萬國是賓.[7]

---

5) 武(무) : 주무왕(周武王). 嗣(사) : 계승하다.

6-23. 周武王贊(주무왕찬)

1) 주(周)나라를 건국한 용감한 무왕(武王)의 공적을 칭송하고 있음. 周武王(주무왕) : 주
   (周)나라를 세운 왕으로 성은 희(姬)며 이름은 발(發), 시호(諡號)가 무왕이다. 문왕(文
   王)의 둘째 아들로 문왕을 계승하여 왕위에 오름. 어머니는 태사(太姒), 부인은 읍강
   (邑姜).

2) 桓桓(환환) : 용감하고 씩씩한 모양.

3) 繼世(계세) : 문왕(文王)의 업적을 계승하다.

4) 尙父(상보) : 여망(呂望). 이 구는 모든 일이 여망(呂望)의 결재를 거쳐 이루어졌음을
   말하고 있다. 『사기(史記)·주본기(周本紀)』에 "무왕(武王)이 즉위하자 태공망(太公望)
   을 군사(軍師)로 삼고 주공(周公) 단(旦)을 보좌하도록 하며 소공(召公)과 필공(畢公)등
   은 왕을 좌우에서 보좌하여 문왕(文王)의 위업을 본받고 닦도록 하였다"는 기록을 참고

5) 仍(잉) : 거듭하다. 冒(모) : 가리다, 덮다.

6) 宗(종) : 종주(宗主)으로 삼다.

6-24. 주공(周公贊)[1]

성왕(成王)이 즉위하셨으나,	成王卽位,
나이가 아직도 어리시어,	年尙幼稚.
주공(周公)께서 섭정(攝政)하시니,	周公居攝,[2]
사해(四海)가 훌륭함을 앙모하네.	四海慕利.[3]
반란자는 벌하고 복종자는 어루만지시니,	罰叛柔服,[4]
상서로운 조짐이 계속하여 이르네.	祥應仍至.[5]
성왕이 장성하자 정권을 돌려주시며,	誦長反政,[6]
충성과 의리를 표현하셨네.	達夫忠義.[7]

---

7) 賓(빈) : 신하임을 칭하여 조공(朝貢)을 하러오다.

6-24. 周公贊(주공찬)

1) 공자(孔子)가 모신 성인(聖人) 중의 한 사람인 주공(周公)을 칭송하는 글. 周公(주공)
 : 문왕(文王)의 아들이자 무왕(武王)의 동생. 성은 희(姬), 이름은 단(旦). 『논어(論語)·
 술이(述而)』에 "심하도다! 나의 쇠함이여. 오래되었구나! 내가 꿈에서 주공(周公)을 다
 시 뵙지 못한 것이(子曰甚矣! 吾衰也. 久矣! 吾不復夢見周公)"라고 말할 정도로 공자
 가 성인으로 모셨던 사람. 일설에 따르면 팔괘(八卦)의 효(爻)를 창안하여 『역경(易經)』
 을 완성했으며 『주례(周禮)』를 썼다고 전해짐.

2) 居攝(거섭) : 섭정(攝政)하다.

3) 慕利(모리) : 훌륭함을 앙모하다. '利(리)'는 뛰어난 점, 장점.

4) 罰叛(벌반) : 바로 주공(周公)이 동쪽으로 출정하여 무경(武庚), 관숙(管叔), 채숙(蔡
 叔)의 반란을 평정한 것을 말함. 柔服(유복) : 복종하는 자를 어루만져 주다. 『좌전(左
 傳)·선공(宣公) 12년』에 "반란을 벌하는 것은 형(刑)이고 복종하는 자를 어루만져 주
 는 것은 덕(德)이다(伐叛, 刑也. 柔服, 德也)"라고 한 표현이 보임.

5) 祥應(상응) : 길한 조짐.

6) 誦(송) : 주성왕(周成王)의 이름. 『사기(史記)·주본기(周本紀)』에 "주공(周公)이 정사
 (政事)를 집행한지 7년이 지나 성왕이 장성하니, 주공은 정권을 성왕에게 돌려주고 신
 하의 자리로 돌아갔다"는 사실을 말하고 있음. 反(반) : '손을 뒤집다'는 의미지만 여기
 서는 '되돌려 주다.'

7) 夫(부) : 어조사로 아무런 뜻이 없음.

6-25. 주나라 성왕(周成王贊)[1]

성왕(成王)께서 무왕(武王)을 이으시니,	成王繼武,
성현들이 가르치며 보좌하셨네.	賢聖保傅.[2]
나이는 비록 어리셨으나,	年雖幼稚,
천부적으로 총명하셨네.	岐嶷有素.[3]
처음에는 주공(周公)을 의심했으나,	初疑周公,
결국에는 깨닫게 되셨네.	終焉克寤.[4]
주공단(周公旦)과 소공석(召公奭)이 보좌하여 다스리니,	旦奭佐治,[5]
결국 형법이 쓸모없어 졌네.	遂致刑錯.[6]

6-25. 周成王贊(주성왕찬)

1) 주(周)나라의 두 번째 왕으로 등극한 성왕(成王)의 치세를 찬양한 글. 周成王(주성왕) : 성(姓)은 희(姬) 이름은 송(誦). 중국 주나라 2대 황제로 시호가 성왕(成王)임. 성왕이 즉위하였으나 나이가 너무 어려 주공단(周公旦)이 섭정하였는데, 관숙(管叔), 채숙(蔡叔) 등이 의심하고 무경(武庚)과 연합하여 삼감지란(三監之亂)을 일으키니 주공이 평정하고 정권을 성왕에게 물려줌. 아들인 강왕(康王)과 더불어 치세를 이루어 40여 년 동안 형벌을 사용할 필요가 없었다고 함.

2) 賢聖(현성) : '賢(현)'은 소공(召公) 석(奭), '聖(성)'은 주공(周公) 단(旦)을 지칭하고 있음. 保傅(보부) : 고대에 어린 왕이나 태자 또는 귀족의 자제들을 교육하는 남녀 관원을 통칭하는데, 여기서는 '보좌하다'는 뜻으로 사용되었음.

3) 岐嶷(기억) : 어린나이에도 똑똑하고 영리한 것을 형용하는 표현. 『시경(詩經)·대아(大雅)·생민(生民)』에 "포복(匍匐)을 하면서부터, 쑥쑥 자라시더니(誕實匍匐, 克岐克嶷)"라고 한 표현에서 나온 것으로 주희(朱熹)는 무성한 모양으로 설명하였다. 나중에는 어린 나이에 총명한 것을 비유하여 사용하였음. 有素(유소) : '素(소)'자는 '本(본)'자의 의미로 원래부터 가지고 있다.

4) 克(극) : '~를 할 수 있다.' 이상 두 구는 무왕이 병이 들어 위급해지자, 주공은 무왕을 위해 대신 죽기로 하늘에 기도한다. 그 때 써둔 기도문을 돌 궤짝에 넣어 보관해 두었는데, 주공(周公)이 섭정하게 되자 관숙(管叔)과 채숙(蔡叔) 등이 유언비어를 퍼뜨려 성왕은 주공의 충심을 의심하게 된다. 이에 하늘이 재앙을 보이니, 그 돌 궤짝을 열어보고 주공(周公)의 충성심을 깨달았다고 하는 이야기로, 『서경(書經)·금등(金縢)』에 자세히 실려 있음.

5) 旦奭(단석) : 주공(周公) 단(旦)과 소공(召公) 석(奭).

6) 刑錯(형조) : '刑措(형조)', '刑厝(형조)'라고도 씀. 형법을 만들어 두고는 사용하지 않는다는 뜻이다. 『사기(史記)·주본기(周本紀)』에 "그러므로 성왕과 강왕의 시대에는

6-26. 한나라 고조(漢高帝贊)[1]

구름을 모으고 뱀을 베어버리니,　　　　　　屯雲斬蛇,[2]

신령스런 어미가 길상을 알려주네.　　　　　靈母告祥.[3]

붉은 깃발이 이미 올라가니,　　　　　　　　朱旗旣抗,[4]

구주(九州)가 복종하여 따르네.　　　　　　九野披攘.[5]

천하가 안녕하여 형법을 만들어 두고 40여년 사용하지 않았다(故成康之際, 天下安寧, 刑錯四十餘年不用)”고 하는 기록을 참고.

6-26. 漢高帝贊(한고제찬)

1) 한(漢)나라를 건국한 고조(高祖) 유방(劉邦)의 공적을 칭송하는 글. 漢高帝(한고제) : 한나라 고조(高祖) 유방(劉邦, B.C. 202～B.C. 195 재위). 자(字)는 계(季)로 패(沛, 江蘇省 豊縣)의 농가에서 태어나 장년에 사수정장(泗水亭長, 하급관리)이 되었고 함. 진승(陳勝)·오광(吳廣)의 반란을 계기로 유방도 진(秦)나라 타도를 명분으로 군사를 일으켜 패공(沛公)이라 칭하였다(B.C. 209). 이후 항량(項梁)·항우(項羽)의 군대와 연합 세력을 구축한 뒤 항우의 군대가 동쪽에서 진군(秦軍)의 주력부대와 결전을 벌이는 사이, 그는 남쪽으로 관중(關中)을 향해 진격을 계속하여 항우보다 앞서 수도 함양(咸陽)을 함락시킴. 이후 벌어지는 항우와의 쟁탈전에서, 소하(蕭何)·조참(曹參)·장량(張良)·한신(韓信) 등의 도움으로 해하(垓下)의 결전에서 항우를 대파하고 천하를 통일하였음.

2) 屯雲(둔운) : 구름이 몰려들다. 즉 『사기(史記)·고조본기(高祖本紀)』에 따르면 진시황(秦始皇)이 동남쪽에 천자의 기운이 있음을 알고 그 기운을 눌러 버리려 순행하자 유방은 자신으로 생각하여 망산(芒山)과 탕산(碭山)으로 도망쳐 숨게 된다. 여후(呂后)가 그때마다 찾아내자 고조는 기이하게 여겨 그 까닭을 묻자 “당신이 머무는 곳 위에는 언제나 구름의 기운이 있기 때문에 따라가면 항상 당신을 찾을 수가 있소”라고 했던 이야기를 하고 있음. 여기서는 그 정도로 신령스러운 존재임을 표현하기 위한 것임. 斬蛇(참사) : 『사기(史記)·고조본기(高祖本紀)』에 따르면 유방은 밤길에서 만난 뱀을 베어 죽이게 되는데, 노파가 아들이 죽었다고 통곡하는 연유를 물으니 “내 아들은 백제(白帝)의 아들인데, 뱀으로 변하여 길을 막았다가 적제(赤帝)의 아들에게 잘렸기 때문에 통곡하는 것입니다”라고 했던 이야기를 하고 있음. 여기서는 바로 유방이 주나라의 적색(赤色)을 잇고 있음을 상징적으로 표현하고 있는 것임.

3) 靈母(영모) : 바로 뱀의 어머니.

4) 朱旗(주기) : 붉은 깃발, 즉 전쟁 때 사용하는 깃발로 여기서는 유방 군대의 깃발을 말함. 抗(항) : 들어 올리다.

5) 九野(구야) : 九州(구주), 온 나라. 披攘(피양) : 피미(披靡), 초목이 쓰러지는 것을 말하는데 여기서는 복종하여 따른다는 것을 비유하고 있음.

영자영(贏子嬰)을 사로잡고 항우에게 승리하여,　　禽嬰克羽,[6]

영웅들을 쓸어 없애 버렸네.　　掃滅英雄.

천명을 받들어 세상에 황제가 되시니,　　承機帝世,[7]

공적은 주무왕(周武王)과 탕왕(湯王)같이 빛나네.　　功著武湯.[8]

6-27. 한나라 문제(漢文帝贊)[1]

문제(文帝)께서 즉위하시자,　　孝文卽位,[2]

사물을 아끼시며 몸을 단속하셨네.　　愛物儉身.[3]

오왕(吳王)을 내버려두고 남월(南越)을 달래시니,　　驕吳撫越,[4]

흉노(匈奴)들이 화친하여 오네.　　匈奴和親.

충언을 받아들여 죄인들을 사면하시고,　　納諫赦罪,[5]

---

6) 禽嬰(금영) : '禽(금)'자는 '擒(금, 사로잡다)'자와 통용하며, '嬰(영)'은 진(秦)나라 3세(世) 황제인 영자영(贏子嬰)을 말함. 克羽(극우) : 項羽(항우)를 이기다.

7) 承機(승기) : 천기(天機)를 타다, 즉 천명(天命)을 받는 것을 말함.

8) 武湯(무탕) : 주무왕(周武王)과 탕(湯)임금.

6-27. 漢文帝贊(한문제찬)

1) 한나라 다섯 번째 황제인 유항(劉恒)의 공적을 찬송한 글. 漢文帝(한문제) : 고조(高祖)의 4째 아들 유항(劉恒, B.C. 179~B.C. 157 재위)으로 여태후(呂太后)가 죽은 뒤에 주발(周勃), 진평(陳平)이 여씨(呂氏)들의 난을 진압하고 황제로 옹립하였음. 문제(文帝)는 정사(政事)에 전념하여 수리시설을 세우고 형벌제도를 폐지하는 태평천하를 이룩하여 뒤에 나오는 경제(景帝)와 더불어 '문경(文景)의 치세'로 불리기도 한다.

2) 孝文(효문) : 한문제(漢文帝)의 묘호(廟號).

3) 儉身(검신) : 몸을 단속하여 근검하게 생활하는 것을 말함.

4) 驕吳(교오) : 오왕(吳王)을 내버려두다. '吳(오)'는 오왕(吳王) 유비(劉濞)를 가리키는 것으로 보임. 撫越(무월) : '越(월)'은 바로 남월왕(南越王) 조타(趙佗)를 가리킴. 『사기(史記)·효문본기(孝文本紀)』에 따르면, 남월왕 조타(趙佗)가 스스로 황제라 칭해도 그의 형제를 불러 잘 대접하니 그 덕에 감복하여 조타는 신하를 칭하였다고 한다.

5) 赦罪(사죄) : 죄수들을 사면하다.

덕(德)으로써 백성을 품으셨네.　　　　　　　以德懷民.6)

거의 법을 두고 쓰지 않음에 이르니,　　　　殆至刑錯,7)

만국이 순박하게 교화되네.　　　　　　　　萬國化淳.

6-28. 한나라 경제(漢景帝贊)1)

경제(景帝)께서는 덕을 밝히시고,　　　　　景帝明德,

문제(文帝)의 법도를 계승하셨네.　　　　　繼文之則.

황실을 숙청하시고,　　　　　　　　　　　肅淸王室,

칠국(七國)을 평정하셨네.　　　　　　　　克滅七國.2)

부역을 줄이고 세금을 가벼이 하시니,　　　省役薄賦,

---

6) 懷(회) : 저본에는 ‘讓(양)’자로 되어 있으나 문맥상 『전삼국문(全三國文)』에 따라 바로 잡음.

7) 殆(태) : 거의. 刑錯(형조) : 형법이 있으나 사용하지 않는 것을 말함. 자세한 것은 위의 「주성왕찬(周成王贊)」의 주 6)을 참고.

6-28. 漢景帝贊(한경제찬)

1) 한(漢)나라 6번째 황제 유계(劉啓)를 칭송한 글. 漢景帝(한경제) : 한문제(漢文帝) 유항(劉恒)의 넷째 아들 유계(劉啓, B.C. 188~141), 어머니는 두의(竇漪)로 한나라의 6번째 황제로 재위(B.C. 156~141)하였고, 양릉(陽陵, 섬서성(陝西省)에 있음)에 묻혔으며 시호는 효경황제(孝景皇帝). 칠국(七國)의 난을 평정한 뒤로 흉노와는 화친을 맺고 수리시설을 고치며 조세를 낮추어 치세를 이루었음.

2) 克滅(극멸) : 극멸(剋滅), 즉 소멸시키다. 七國(칠국) : 한나라 초기에 황족들을 제후왕(諸侯王)으로 각 지역에 봉하였으나 세금, 소금, 주전(鑄錢) 등의 문제로 중앙집권체제를 약화시키자, 문제(文帝)와 경제(景帝) 연간에 가의(賈誼)와 조착(晁錯)의 건의로 번국(藩國)들을 없애기 시작했다. 그러자 경제(景帝) 3년에 오왕(吳王) 유비(劉濞)가 초(楚), 조(趙), 교동(膠東), 교서(膠西), 제남(濟南), 치천(淄川) 등과 결합하여 모두 7나라가 조착을 죽이는 명분으로 반란을 일으켰다. 이에 한조정에서는 주아부(周亞夫)를 파견하여 3개월 동안 오초(吳楚)를 토벌하고 반란을 진압하였는데, 이를 ‘오초칠국(吳楚七國)의 난(亂)’이라고 함.

백성들이 크게 창성하였네.	百姓殷昌.[3]
풍속이 바뀌고 변화해가니,	風移俗易,
성왕(成王), 강왕(康王)과 나란히 아름답네.	齊美成康.[4]

6-29. 한나라 무제(漢武帝贊)[1]

찬란하시네! 무제시여!	世宗光光,[2]
문무(文武)가 풍성하셨네.	文武是攘.[3]
무위를 남쪽 이민족에게 떨치시고,	威振百蠻,[4]
강역을 크게 확장하셨네.	恢拓土疆.
음률과 역법을 골라 확정하시고,	簡定律曆,[5]
옛 전장(典章)을 따져 정리하셨네.	辨修舊章.
하늘에 봉(封)하고 땅에 선(禪)하시니,	封天禪土,[6]

---

3) 殷昌(은창) : ‘殷(은)’은 크다는 뜻으로 매우 창성한다는 의미.

4) 成康(성강) : 주(周)나라 성왕(成王)과 강왕(康王).

6-29. 漢武帝贊(한무제찬)

1) 한나라 최고의 영토와 치세를 이룩한 7대 황제의 공적을 칭송한 글. 漢武帝(한무제) : 경제(景帝)의 10번째 아들 유철(劉徹, B.C. 156~87), 자(字)는 통(通)으로 한나라 7대 황제. 7세에 태자에 책봉되고 16세에 등극하여 한나라를 최강의 국가로 성장시키는 공을 세움.

2) 世宗(세종) : 무제(武帝)의 묘호(廟號).

3) 攘(양) : ‘穰(양)’과 통용하여 ‘풍족하다’, ‘많다’는 의미로 쓰였음.

4) 百蠻(백만) : ‘蠻(만)’은 남방의 이민족을 뜻함. 여기서는 월남(越南, 베트남)을 정벌한 것을 말함.

5) 簡定(간정) : 골라 확정하다.

6) 封禪(봉선) : 하늘에 제사지내는 것을 ‘封(봉)’, 지신(地神)에게 제사 지내는 것을 ‘禪 (선)’이라 함.

6-30. 姜嫄簡狄贊(강원간적찬)

공업은 뭇 왕을 능가하시네.　　　　　　　功越百王.

6-30. 강원과 간적(姜嫄簡狄贊)[1]

제곡(帝嚳)의 네 부인께서는　　　　　　　嚳有四妃,[2]

그 자식들이 모두 왕이 되었네.　　　　　子皆爲王.

지(摯)황제가 일찍이 죽고,　　　　　　　帝摯早崩,

요(堯)임금이 천명을 이었네.　　　　　　堯承天綱.[3]

제비와 큰 발자국은,　　　　　　　　　　玄鳥大迹,[4]

은(殷)나라와 주(周)나라의 길조였네.　　殷周美祥.

후직(后稷)과 설(契)이 태어나시니,　　　稷契旣生,

---

1) 전설상의 기(棄, 후직의 이름)의 어머니인 강원(姜嫄)과 설(契)의 어머니인 간적(簡
狄)의 덕을 찬양한 글. 이이야기는 『열녀전(列女傳)·현명(賢明)』에 상세함. 姜嫄(강원)
: 성은 강(姜)이요, 염제(炎帝)의 후손인 유태씨(有邰氏)의 딸로 제곡(帝嚳)의 왕비가
되어 후직(后稷)을 낳음. 簡狄(간적): 제곡(帝嚳)의 둘째 부인이자, 유융씨(有娀氏)의
장녀로 설(契)의 어머니며 당요(唐堯)의 고모
2) 四妃(사비): 제곡(帝嚳)에게는 네 명의 부인이 있었는데, 정부인은 유태씨(有邰氏)
강원(姜嫄)으로 기(棄), 즉 후직(后稷)을 낳았고, 둘째 부인 유융씨(有娀氏)는 간적(簡
狄)으로 설(契)을 낳았으며, 셋째부인 진풍씨(陳豐氏) 경도(慶都)는 방훈(放勳)을 낳았
고, 넷째 부인은 추자씨(娵訾氏) 상의(常儀)로 지(摯)를 낳는다. 제곡이 죽은 뒤에 지
(摯)가 제위를 계승하나 9년 만에 방훈(放勳)에게 선양하니 바로 요(堯)임금이 된다.
3) 天綱(천망): 하늘의 명, 천명.
4) 玄鳥(현조): 제비. 『사기(史記)·은본기(殷本紀)』에 "간적(簡狄) 등 세 사람이 목욕을
갔다가 제비가 알을 떨어뜨리는 것을 보고 간적이 받아 삼켰는데 임신하여 설(契)을
낳았다"고 하는 전설을 말하고 있음. 이는 『시경(詩經)·상송(商頌)·현조(玄鳥)』에도
"하늘이 현조(玄鳥)에게 명하시오, 내려와 상(商)을 낳았네"라고 하였음. 大迹(대적):
『시경(詩經)·대아(大雅)·생민(生民)』의 정현(鄭玄)의 전(箋)에 따르면, 강원(姜嫄)이
제사를 드리러 나갔다가 대인(大人)의 발자국을 보고 그 엄지발가락을 밟고 임신하였
다고 하는 전설을 말함.

그 공업은 당우(唐虞)에서 드러났네.　　　　　　　功顯虞唐.[5]

6-31. 우임금의 부인(禹妻贊)[1]

우(禹)임금의 부인은 도산씨(塗山氏)로,　　　　　禹妻塗山,[2]

토목공사가 아주 시급하였네.　　　　　　　　　土功是急.[3]

계(啓)가 태어난 것을 듣고,　　　　　　　　　聞啓之生,[4]

대문을 지나면서도 들어가지 않았네.　　　　　過門不入.

여교(女嬌)는 사리에 통달하여,　　　　　　　女嬌達義,[5]

---

5) 功顯(공현) : 저본에는 '翊化(익화)'로 되어 있으나, 『예문유취(藝文類聚)』와 『전삼국
문(全三國文)』에 의거하여 바로 잡음. 순(舜)임금 시절에 설(契)을 사도(司徒)로 삼아
상(商)에 봉하였고, 기(棄)를 농사(農師)로 삼아 태(邰)에 봉하고 후직(后稷)이라 불렀던
것을 말하고 있음. 虞唐(우당) : 우순(虞舜)과 당요(唐堯).

6-31. **禹妻贊**(우처찬)

1) 우(禹)임금의 부인인 여교(女嬌)의 어짊을 칭송한 글. 禹妻(우처) : 여교(女嬌). 도산
(塗山)의 족장 딸에 반하여 결혼하였으나, 우임금이 치수(治水)에 전력한 끝에 곰으로
변하여 물을 막아 보고자 하였는데, 그에 놀란 여교(女嬌)가 도망치다가 바위가 되어
버렸다는 이야기가 전해진다. 이에 우임금이 아들을 돌려달라고 외치자 바위를 가르
고 하(夏)왕조의 시조인 계(啓)가 나왔다고 함.

2) 塗山(도산) : 도산씨(塗山氏), 고대의 씨족 이름으로 안휘성(安徽省), 회원현(懷遠縣)
이라는 설과 사천성(四川省) 파현(巴縣), 혹은 절강성(浙江省) 소흥(紹興)이라는 설이
있음.

3) 土功(토공) : 치수(治水)를 위한 토목공사.

4) 聞(문) : 저본에는 '惟(유)'자로 되어 있으나 문맥상 『예문유취(藝文類聚)』와 『전삼국
문(全三國文)』에 따라 바로 잡음. 啓(계) : 우(禹)임금과 도산씨(塗山氏)의 딸 사이에서
낳은 아들.

5) 女嬌達義(여교달의) : 여교(女嬌)는 사물의 이치에 통달하다. 정안(丁晏)에 따르면 정
본(程本)에는 '矯達明義(교달명의)'로 되어 있다고 하며, 『예문유취(藝文類聚)』에는
『열녀전(列女傳)』을 인용하여 "계(啓)의 어머니는 도산씨(塗山氏)의 딸이 여교(女嬌)이
다"고 하였음.

공훈을 세우셨네.   勳庸是執.[6]

계(啓)를 양육하시어,   成長聖嗣,[7]

황위(皇位)를 잇게 하셨네.   天祿以襲.[8]

6-32. 반첩여(班婕妤贊)[1]

덕이 있고 저술이 있는 이는,   有德有言,[2]

실제로 반첩여(班婕妤) 뿐이네.   實惟班婕.

교만함을 원만하게 비우고,   盈沖其驕,[3]

싫은 것도 아주 달갑게 여기네.   窮悅其厭.[4]

---

6) 勳庸(훈용) : 훈공(勳功). 執(집) : 시행(施行)하다.

7) 聖嗣(성사) : 바로 아들 계(啓)를 말함.

8) 天祿(천록) : 제왕의 자리. 저본에는 大祿(대록)으로 되어 있으나 『예문유취(藝文類聚)』와 『전삼국문(全三國文)』에 따라 바로 잡음.

6-32. 班婕妤贊(반첩여찬)

1) 한나라 성제(成帝)의 비빈(妃嬪)인 반첩여의 현명함을 찬양한 글. 班婕妤(반첩여) : 한나라 성제(成帝)의 비빈(妃嬪)으로 반황(班況)의 딸이자 반표(班彪)의 고모이며, 반고(班固)・반초(班超)・반소(班昭)의 조고(祖姑). 성제(成帝) 초기에 입궁하여 성제의 총애를 받아 첩여(婕妤, 비빈의 등급)에 책봉되었다. 그녀는 아름다움을 가꾸기 보다는 덕을 지니려 노력하였다고 한다. 그 예로 성제가 그녀와 나란히 출유(出遊)하려고 하자 그녀는 "어진 임금의 곁에는 언제나 명신(名臣)이 곁에 있었고, 삼대(三代)의 말기 왕들은 애첩들이 있었다(賢聖之君皆有名臣在側, 三代末主乃有嬖女)"고 하면서 사양하였다고 함.

2) 言(언) : 여기서는 반첩여(班婕妤)의 저술을 가리킴. 『한서(漢書)・반첩여전(班婕妤傳)』에는 부(賦) 1편이 수록되어 있고, 『문선(文選)』에는 악부시(樂府詩)인 「연가행(燕歌行)」이 한 수 실려 있음.

3) 盈(영) : 원만하다.

4) 窮悅其厭(궁열기염) : '窮(궁)'자는 부사로 쓰여 '아주, 매우'의 뜻. 저본에는 '窮其厭悅(궁기염열, 싫어하는 것과 좋아하는 것을 다 겪었다)'로 되어 있으나, 여러 판본과 『전삼국문(全三國文)』에 의거하여 바로 잡음.

어둡고 어려운 때에는 곧게 하고,	在夷貞艱,[5]
밝고 태평의 시대에는 세 번을 접견하네.	在晉三接.[6]
돌풍에 임해서도 몸을 바로 세우고,	臨飆端幹,
서리를 맞아도 잎을 떨쳤네.	衝霜振葉.

6-33. 비구름이 불어옴에(吹雲贊)[1]

천지가 변화하니,	天地變化,
이에 신물(神物)들이 생겨나네.	是生神物.
구름을 불어 비를 내리니,	吹雲吐潤,[2]

---

5) 夷艱貞(이간정) : 『역경(易經)·명이(明夷)』에 "명이(明夷)는 어려울 때에 정(貞)함이 이롭다(明夷利艱貞)"라고 한 것에서 나온 표현임. 명이괘(明夷卦)는 「서괘전(序卦傳)」에 "진(晉)은 나아감이니, 나아가면 반드시 상(傷)하는 바가 있으므로 명이괘(明夷卦)로 받았으니, 이(夷)는 상(傷)함이다"고 하였다. 나아가기를 그치지 않으면 반드시 상(傷)하는 바가 있음은 이치에 자연스러운 바이니, 명이괘(明夷卦)가 이 때문에 진괘(晉卦) 다음이 된 것이다. 괘(卦)는 곤(坤)이 위에 있고 이(離)가 아래에 있으니, 밝음이 지중(地中)으로 들어간 것이다. 진(晉)을 뒤집으면 명이(明夷)가 되므로 뜻이 진(晉)과 정반대이다. 진(晉)은 밝음이 성한 괘(卦)이니 명군(明君)이 위에 있어 여러 현자(賢者)가 함께 나아가는 때이고, 명이(明夷)는 혼암(昏暗)의 괘(卦)이니 혼암(昏暗)한 군주가 위에 있어 밝은 자가 상(傷)함을 당하는 때이다. 해가 지중(地中)으로 들어가면 밝음이 상(傷)하여 혼암(昏暗)하기 때문에 명이(明夷)라 한 것이다. 이로써 조유문은 '艱貞(간정)'을 '貞艱(정간)'으로 보았음.

6) 晉三接(진삼접) : 저본에는 '三(삼)'자가 '正(정)'자로 되어 있는데, 이 표현 역시 『역경(易經)·진(晉)』에 "진(晉)은 나라를 편안히 하는 제후(諸侯)에게 말을 많이 하사(下賜)하고 낮에 세 번 접견(接見)하도다(晉康侯, 用錫馬蕃庶, 晝日三接)"라고 한 것에서 온 것이므로 이에 바로 잡음.

6-33. 吹雲贊(취운찬)

1) 『예문유취(藝文類聚)』 권1에도 실려 있는 이 작품은 탈문(脫文)이 많아 무엇을 의미하는지 파악할 수 없음.

2) 吐潤(토윤) : 비를 내리다.

뜬 구름이 빽빽하네.　　　　　　　　　　　浮雲蓊鬱.3)

6-34. 붉은 참새(赤雀贊)1)

문왕(文王)께서는 덕을 쌓으시니,　　　　　　西伯積德,2)

천명이 돌아보는 바였네.　　　　　　　　　天命攸顧.

붉은 참새 편지를 물고 와서,　　　　　　　赤雀銜書,

희창(姬昌)의 집에 떨어뜨렸네.　　　　　　爰集昌戶.3)

상서롭게 하늘의 사자가 되니,　　　　　　　瑞爲天使,

조화의 기운을 불러오는 소치이네.　　　　　和氣所致.

아아! 왕의 뒤를 이으시니,　　　　　　　　嗟爾後王,

창성한 시기가 이르렀네.　　　　　　　　　昌期而至.

---

3) 蓊鬱(옹울) : 구름이 농밀(濃密)한 모양.

6-34. 赤雀贊(적작찬)

1) 전설 속에 나타나는 길조(吉鳥)인 적작(赤雀)이 주(周)나라 문왕(文王)의 치세에 나타
난 것을 찬송한 글. 정안(丁晏)에 따르면 『예문유취(藝文類聚)』 권12에는 「문왕적작찬
(文王赤雀贊)」으로 되어 있다고 하며 정본(程本)에는 '雀(작)'자 아래에 '賦(부)'자가
부연되어 있어 삭제했다고 한다.

2) 西伯(서백) : 주왕(紂王)이 문왕(文王)을 서방(西方) 제후들의 우두머리로 삼았기 때
문에 붙여진 별명.

3) 爰集昌戶(원집창호) : '爰(원)'자는 뜻 없는 발어사. '集(집)'은 떨어뜨린다는 뜻으로
쓰였으며, '昌戶(창호)'는 희창(姬昌)의 집안을 말함. 이 문장은 주문왕(周文王) 희창(姬
昌)이 서백(西伯)을 지내던 시절에 붉은 새가 붉은 편지를 물고 집안으로 들어와 천명
을 받았다고 하는 이야기를 하고 있다. 그 기록은 『태평어람(太平御覽)』 권24에 인용
된 「상서중후(尙書中候)」에 "주문왕이 서백(西伯)이 되어 늦가을 달 갑자(甲子) 일에
붉은 참새가 붉은 편지를 물고 풍호(豐鄗)에 들어와 희창의 집안에 이르렀다. 이내 절
하고 머리를 숙여 받아 보니, '희창은 창제(蒼帝)의 아들이며 은나라를 망하게 하는 자
는 주(紂)이다'고 하였다(周文王爲西伯, 季秋之月甲子, 赤雀銜丹書入豐鄗, 止于昌戶.
乃拜, 稽首受取. 曰 : '姬昌, 蒼帝子. 亡殷者, 紂也')"고 한 것을 참고

6-35. 허유, 소보, 지주(許由巢父池主贊)[1]

<table>
<tr><td>요(堯)임금이 허유(許由)에게 선양하려 하자,</td><td>堯禪許由,[2]</td></tr>
<tr><td>소보(巢父)는 이를 부끄럽게 여겼다네.</td><td>巢父是恥.</td></tr>
<tr><td>그 더러운 소리에 더럽혀져,</td><td>穢其溷聽,</td></tr>
<tr><td>강에 임하여 귀를 씻었다네.</td><td>臨河洗耳.</td></tr>
<tr><td>연못 주인이 이를 꾸짖으며,</td><td>池主是讓,[3]</td></tr>
<tr><td>물을 더럽혔다 여겼다지.</td><td>以水爲濁.</td></tr>
<tr><td>아! 이 세 은자들은,</td><td>嗟此三士,</td></tr>
<tr><td>고결한 지조로 세속을 격려했지.</td><td>淸足厲俗.[4]</td></tr>
</table>

6-35. 許由巢父池主贊 (허유소보지주찬)

1) 앞서 본 칭송의 글과는 달리 한꺼번에 3명(허유, 소보, 지주)의 은자(隱者)들의 고상한 행적을 칭송하고 있음.

2) 許由(허유) : 기산(箕山)에 은거하던 상고 시대 은자(隱者).『사기정의(史記正義)·백이열전(伯夷列傳)』에 인용된 황보밀(皇甫謐)의『고사전(高士傳)』에 따르면, 허유의 자(字)는 무중(武仲)인데, 요임금이 천하를 그에게 넘겨주려 하자 영수(潁水)의 남쪽에 숨어들었고, 요임금이 또한 그를 불러 구주(九州)의 장을 맡기려 하였으나 그 소리를 듣고 귀를 씻었다고 한다. 이때 소보(巢父)가 말에게 물을 먹이고자 물가에 와서 보니, 허유가 귀를 씻고 있기에 말의 입이 더러워질 것을 걱정하여 말을 끌고 올라가 상류에서 물을 먹였다는 고사를 말함. 소보(巢父)는 당요(唐堯)시대 은자로 나무에서 둥지를 틀고 살았기 때문에 붙여진 이름.

3) 池主(지주) : 연못의 주인. 혜강(嵇康)의『성현고사전(聖賢高士傳)』에 따르면, 소보(巢父)는 허유에게 요(堯)임금이 선양(禪讓)하려 한다는 소식을 전해 듣고 자신의 귀가 더럽혀졌다고 생각하여 연못에서 귀를 씻었는데, 연못 주인이 이르기를 "누가 나의 물을 더럽히는가?"라고 했다는 이야기. 황보밀(皇甫謐)의 이야기와 약간 다르며 조식은 바로 혜강의 설을 근거하고 있음을 알 수 있다. 讓(양) : 꾸짖다.

4) 淸足(청족) : 고결한 지조

6-36. 변수(卞隨贊)[1]

탕(湯)임금이 걸왕(桀王)을 벌하려 함에,	湯將伐桀,[2]
변수(卞隨)에게 의논하였네.	謀於卞子.
결국 승리하여 황위를 양보하니,	旣克讓位,[3]
변수는 이를 부끄럽게 여겼다네.	隨以爲恥.
은나라의 세상을 가벼이 여기고,	薄於殷世,
자신에게 달라붙어 스스로를 더럽힌 듯 했네.	著自汙己.[4]
영수(潁水)에 스스로 몸을 던지니,	自投潁水,[5]
맑은 풍격이 멀리 전해지네.	淸風邈矣.

6-36. 卞隨贊(변수찬)

1) 하(夏)나라 시대 말기의 은사(隱士)인 변수(卞隨)의 고결한 행적을 찬양한 글. 역시 위의 작품에서 마찬가지로 배척되어 변방에 떠돌고 있는 저자와의 상대적 동질성을 짐작할 수 있는 작품이다. 정안(丁晏)에 따르면, 정본(程本)과 장본(張本)에는 「무광찬(務光贊)」으로 되어 있으나 『예문유취(藝文類聚)』 권36에 따라 바로 잡았다고 함. 卞隨(변수) : 하나라 시대 말기의 은사(隱士).

2) 桀(걸) : 하나라 시대 말기의 군주. 『장자(莊子)·양왕(讓王)』에 이윤(伊尹)의 도움으로 걸왕을 정벌한 탕임금은 천하를 변수에게 물려주려 하자 변수는 "임금께서 걸왕을 칠 때 저와 상의하신 것은 저를 적(賊)으로 생각하셨기 때문이고 지금 천하를 물려주시려 하는 것은 저를 탐욕한 사람으로 생각하셨기 때문입니다 제가 어지러운 세상에 태어나기는 했지만 무도한 사람들이 자꾸 와서 욕된 행동으로 저를 더럽히고 있느니 저는 차마 이런 말을 더 이상 듣지 못하겠습니다(后之伐桀也, 謀乎我, 必以我爲賊也. 勝桀而讓我, 必以我爲貪也. 吾生乎亂世, 而無道之人再來漫我以其辱行, 吾不忍數聞也)"라고 하며 주수(椆水)에 몸을 던져 죽었다고 하는 이야기가 보임.

3) 克(극) : 승리하다, 이기다. 저본에는 '聞(문)'자로 되어 있으나, 『예문유취(藝文類聚)』와 『전삼국문(全三國文)』에 의거하여 바로 잡음.

4) 著(착) : 달라붙다.

5) 潁水(영수) : 하남성(河南省) 등봉현(登封縣) 서남에서 발원하여 동남쪽으로 흘렀다가 상수(商水)에 이르러 북쪽으로 가로하(賈魯河)와 합해지고 남으로는 사하(沙河)와 합하여 회수(淮水)로 흘러든다. 『장자(莊子)』에는 주수(椆水)로 되어 있는데 이는 영천군(潁川郡) 경계에 있는 것으로 영수(潁水)의 지류로 추정됨.

6-37. 상산의 사호(商山四皓贊)[1]

아! 사호(四皓)시여!	嗟爾四皓,
진(秦)왕조를 피하여 모습을 감추셨네.	避秦隱形.[2]
유방(劉邦)과 항우(項羽)의 싸움에서,	劉項之爭,[3]
은거하며 벼슬을 구하지 않았네.	養志弗營.[4]
조정의 부름에 응하지 않고,	不應朝聘,
절개를 지키며 정절을 온전히 하였네.	保節全貞.
태자의 부름에 응하여,	應命太子,[5]
한(漢)나라 후사(後嗣)를 안녕하게 하였네.	漢嗣以寧.[6]

6-37. 商山四皓贊(상산사호찬)

1) 한나라 초기에 상산(商山)에 살았던 4명의 은자(隱者)의 행적을 칭송한 글. 商山四皓(상산사호): '商山(상산)'은 상령(商嶺)으로 지금 섬서성(陝西省) 상현(商縣) 동쪽에 있음. 한나라 초기에 4명의 은자가 여기에서 은거하여 '상산사호'라고 하였음. 『사기색은(史記索隱)·유후세가(留侯世家)』에 따르면 사호(四皓)는 동원공(東園公), 기리계(綺里季), 하황공(夏黃公), 녹리선생(甪里先生)을 말한다고 한다. 또한 『색은』에 인용된 『진류지(陳留志)』에 따르면, 원공(園公)의 성은 유(庾)이고 자(字)는 선명(宣明)인데 정원에 살아서 이렇게 불렸다고 하며, 하황공(夏黃公)은 성이 최(崔)이고 이름이 광(廣)이며, 자는 소통(少通)으로 하리(夏里)에서 도를 닦았기 때문에 하황공이라 불렸다고 하고, 녹리선생(甪里先生)은 태백(太伯)의 후예로 성은 주(周)이고 이름은 술(術)이며 자는 원도(元道)인데 서울에서는 패상선생(霸上先生)으로도 불렸다고 한다.
2) 避秦隱形(피진은형): 진(秦)나라의 폭정을 피하여 형체를 숨기다. 이는 『한서(漢書)·왕공양공포전(王貢兩龔鮑傳)』에 "이 네 사람은 진(秦)나라의 세상에서 피하여 상락(商雒)의 깊은 산속에 들어가 천하가 평정되기를 기다렸다(此四人者, 當秦之世, 避而入商雒深山, 以待天下之定也)는 것을 말함.
3) 劉·項(유·항): 유방(劉邦)과 항우(項羽).
4) 養志(양지): 뜻을 기르다. 『장자(莊子)·양왕(讓王)』에 "그러므로 뜻을 기르는 사람은 형체를 잊고 형체를 기르는 사람은 그 이득을 잊는다(故養志者忘形, 養形者忘利)"라고 한 것에서 나온 표현으로 은거(隱居)를 말함. 營(영): 벼슬살이를 도모하다.
5) 太子(태자): 한나라 혜제(惠帝)인 유영(劉盈)을 가리킴.
6) 漢嗣以寧(한사이녕): 한(漢)나라의 후사(後事)를 안녕하게 하다. 한(漢)나라 고조(高祖) 유방(劉邦)의 총희(寵姬)인 척부인(戚夫人)은 자신의 소생을 태자로 삼으려고 여러 차례 여태후(呂太后)의 소생인 유영(劉盈)을 폐위하도록 건의하였으나 여태후(呂太后)

6-38. 세 솥(三鼎贊)[1]

정(鼎)의 바탕엔 문양이 정교하여,	鼎質文精,[2]
옛날의 신비로운 그릇이로다.	古之神器.
황제(黃帝)가 이를 주조하시며,	黃帝是鑄,[3]
천신(天神)을 본떴네.	以像太一.[4]
가벼웠다 무거웠다할 수 있어,	能輕能重,
길함과 흉함을 알아냈네.	知凶識吉.
세상이 쇠하면 감춰지고,	世衰則隱,
세상이 화평하면 나온다네.	世和則出.

와 중신(重臣)들의 반대에 봉착하게 된다. 여태후는 유영을 지키기 위해 장량(張良)에게 계책을 물어 사호(四皓)로 하여금 유영을 보좌하도록 하니 척부인(戚夫人)은 유영을 폐위하려는 음모를 포기하게 되는데 이 구(句)는 이를 말하고 있다.

6-38. 三鼎贊(삼정찬)

1) 황제(黃帝)가 주조한 3개의 보물 솥의 신비로움을 찬양한 글. 정안(丁晏)에 따르면 장본(張本)에는 「황제삼정찬(黃帝三鼎贊)」으로 되어 있다고 함.

2) 文(문) : 문양(紋樣), 저본에는 '之(지)'자로 되어 있으나 문맥상 『예문유취(藝文類聚)』와 『전삼국문(全三國文)』에 의거하여 바로 잡음.

3) 黃帝是鑄(황제시주) : 황제(黃帝)가 주조한 것이다. 『사기(史記)·봉선서(封禪書)』에 따르면 황제(黃帝)가 보정(寶鼎) 세 개를 주조하였는데, 천(天)·지(地)·인(人)을 본떴다고 함.

4) 太一(태일) : 천신(天神).

6-39. 우임금의 치수(禹治水贊)[1]

아! 우(禹)임금이시여!	嗟夫夏禹,
실로 치수(治水)에 수고로우셨네.	實勞水功.
서쪽으로 용문(龍門)까지 뚫어,	西鑿龍門,[2]
황하(黃河)를 소통시키고 장강(長江)으로 인도하였네.	疏河道江.[3]
양산(梁山)과 기산(岐山)이 열리니,	梁岐旣闢,[4]
구주(九州)가 하나로 같아졌네.	九州以同.
천자께서 검은 홀(笏)을 내려주시니,	天賜玄圭,[5]
그 덕이 만방(萬邦)을 가려 덮었네.	奄有萬邦.

6-39. 禹治水贊(우치수찬)

1) 우임금이 치수하여 중국을 하나로 한 것을 찬양하는 글. 이 작품은 정본(程本)에 실려 있지 않다.

2) 龍門(용문) : 산 이름으로 지금의 섬서성(陝西省) 한성현(韓城縣)과 산서성(山西省) 하진현(河津縣) 사이에 있음.

3) 道(도) : '導(도)'자와 통용하여 '이끌다'는 뜻.

4) 梁岐(양기) : '梁(양)'은 양산(梁山)으로 섬서성(陝西省) 합현(郃縣)과 한성현(韓城縣) 사이에 있음. '岐(기)'는 기산(岐山)으로 지금 섬서성(陝西省) 기산현(岐山縣) 동북쪽에 있음.

5) 玄圭(현규) : 검은 홀(笏). 『서경(書經)·우공(禹貢)』에 "우왕(禹王)이 검은 홀(笏)을 올려 성공(成功)을 아뢰었다(禹錫玄圭, 告厥成功)"라고 하였는데, 공영달은 '현(玄)'은 하늘의 색인데 우임금의 공로가 사해(四海)에 다하여 요(堯)임금이 현규(玄圭)를 내려 그를 표창하고 하늘에 아뢴 것이라고 설명하였다.

6-40. 우임금이 황하를 건넌 것을(禹渡河贊)[1]

우(禹)임금이 황하(黃河)를 건너는데,	禹濟於河,
황룡(黃龍)이 배를 짊어졌네.	黃龍負船.[2]
뱃사람들이 모두 두려워하니,	舟人並懼,
우임금은 하늘을 우러러 탄식하였네.	禹歎仰天.[3]
"나는 천명(天命)을 받아,	予受大運,[4]
열심히 백성을 구휼하였고,	勤功恤民.
죽는 것에는 운명이 있도다!"고 하니,	死亡命也,
용은 이내 몸을 거두어 갔다네.	龍乃弭身.[5]

6-40. 禹渡河贊(우도하찬)

1) 우임금이 황하를 건너는데 황룡이 위협하자 이에 굴하지 않고 천명(天命)으로 물리친 우임금의 신령스러움을 칭송한 글.

2) 黃龍負船(황룡부선) : 황룡이 배를 짊어지다. 이 이야기는 『수경주(水經注)』 권35에 "섬의 북쪽에는 용소(龍巢)가 있는데, 지명이다. 옛날 우임금이 남쪽에서 강을 건너는데 황룡이 배를 끼자 뱃사람들이 놀라 실색하자, 우임금은 웃으면서 '내가 하늘에 명을 받아 백성들을 극력으로 양육하고 있으며 삶과 죽음은 운명이거늘 어찌 용을 두려워하겠는가?'라고 했다. 이에 두 마리 용은 비늘을 꺾고 꼬리를 흔들며 사라졌다(又洲北有龍巢, 地名也. 昔禹南濟江, 黃龍夾舟, 舟人五色無主, 禹笑曰, 吾受命于天, 竭力養民, 生死命也, 何憂龍哉? 于是二龍弭鱗掉尾而去焉)"고 하는 이야기를 참고

3) 歎仰天(탄앙천) : 구법(句法)으로 보건대 '仰天歎(앙천탄)'으로 되어야 하나 운자(韻字)를 맞추기 위해 도치시킨 것으로 보임.

4) 大運(대운) : 천명(天命).

5) 弭(미) : 시위를 매는 활의 두 끝을 말하는데, 시위를 당겨 매게 되면 활이 굽게 되므로 여기서는 상징적인 의미로 몸을 굽히다, 즉 몸을 거둔다는 뜻으로 쓰였음.

6-41. 장락궁의 그림(長樂觀畫贊)[1]

묘하도다! 한 평생 동안	妙哉平生,[2]
재주는 교묘하여 귀신같았네.	才巧若神.
사부(辭賦)의 작품들은,	辭賦之作,
화려하여 봄을 보는 듯하네.	華若望春.

6-42. 고야자 등(古冶子等贊)[1]

제(齊)나라의 전개강(田開疆)과 공손접(公孫接)은,	齊疆接子,[2]
용감한 절개로 명성을 날렸네.	勇節徇名.[3]

6-41. **長樂觀畫贊**(장락관화찬)

1) 장락궁(長樂宮)에 그려져 있는 전대(前代) 인물들의 도상(圖像)을 보고 이를 찬양한 글. 長樂(장락) : 한(漢)나라 때 장안(長安)에 있던 3대 궁전 중의 하나. 이 찬문(讚文)은 조유문(趙幼文)의 책에는 실려 있지 않음.

2) 平生(평생) : 저본에는 '平安君(평안군)'으로 되어 있음. 정안(丁晏)에 따르면 『북당서초(北堂書鈔)』 권100에 의거했다고 한다. 또한 이 3자(字)는 장본(張本)에서 '平生(평생)'으로 되어 있다고 한다. 조식(曹植)이전의 문서에서 '평안군'이란 사람을 찾을 수 없고, 엄가균(嚴可均)은 '平生(평생)'으로 교감하였으므로 이에 따라 바로 잡았음.

6-42. **古冶子等贊**(고야자등찬)

1) 명분을 중시하는 고야자(古冶子), 전개강(田開疆), 공손접(公孫接)의 일화를 칭송한 글. 『전삼국문(全三國文)』에서는 「전개강공손접고야자(田開疆公孫接古冶子)」로 되어 있음. 정안(丁晏)은 "『안자(晏子)』에 고야자(古冶子)가 경공(景公)을 섬긴 것을 기록하고 있는데, 용력(勇力)으로 호랑이를 때려잡는다는 소문이 있었다고 한다. 제갈공명(諸葛孔明)의 「양보음(梁甫吟)」 역시 고야자(古冶子)의 고사를 사용하고 있다"고 하였다.

2) 疆接(강접) : 전개강(田開疆)과 공손접(公孫接). 저본에는 '疆(강)'자가 '姜(강)'자로 되어 있으나 『안자춘추(晏子春秋)』와 『전삼국문(全三國文)』에 의거하여 바로 잡음.

3) 徇名(순명) : 몸을 던져 명예를 구한다는 뜻인데, 여기서는 명성을 날리는 것을 말함.

호문(虎門)에서 무술을 연마하면서,	虎門之搏,[4]
인사를 소홀하여 안자(晏子)에게 잘못하였네.	忽晏置釁.[5]
괴로워하며 스스로를 자책하며,	矜而自伐,[6]
죽음을 가벼이 하고 명분을 중시하네.	輕死重分.

[명(銘)]

6-43. 승로반(承露盤銘)[1]

서문

무릇 형체를 능히 드러내는 것으로는 높은 산만한 것이 없고, 사물이 썩지 않는 것으로는 청동만한 것이 없으며, 기체의 맑은 것으로는 이슬만한 것이 없고, 가득 채워 안전한 것은 쟁반만한 것이 없다. 황제께서

‘徇(순)’은 ‘殉(순)’과 통용함.

4) 虎門(호문): 노침(路寢, 천자나 제후가 정사(政事)를 보던 정전(正殿)의 문). 搏(박): 저본에는 ‘博(박)’자로 되어 있으나 문맥상 엄가균(嚴可均)의 교정에 따름.

5) 晏(안): 안자(晏子). 置釁(치흔): 오점, 결점을 남기다. 『안자춘추(晏子春秋)・내편(內篇)・간(諫)』 권3에 “공손접(公孫接), 전개강(田開疆), 고야자(古冶子)는 경공(景公)을 섬기면서 용력(勇力)으로 호랑이를 때려잡은 명성이 있었다. 안자가 그들 앞을 지나가는데, 세 사람은 일어나지 않았다(公孫接田開疆古冶子事景公, 以勇力搏虎聞, 晏子過而趨, 三子者不起)”고 하는 것을 말함.

6) 自伐(자벌): 저본에는 ‘日伐(일벌)’로 되어 있으나 자형(字形)에서 비롯된 오류로 보여 문맥으로 보아 바로잡음. 『안자춘추(晏子春秋)・내편(內篇)』 권3에 따르면, 안자(晏子)는 이 세 사람을 제거하기 위해 두 개의 복숭아를 주며 용력이 가장 큰 사람이 먹으라고 하자 세 사람은 서로 겨룬 끝에 스스로 깨닫고 복숭아를 양보하며 자결하였다고 하는 이야기.

6-43. 承露盤銘(승로반명)

1) ‘銘(명)’이란 고대 문체의 일종으로 돌이나 기물(器物)에 새기는 글로 주로 공덕을

해당부서에 명을 내려 청동으로 승로반을 주조하여 방림원(芳林園)에 두
게 하셨다. 기둥의 길이는 12장(丈)이요 크기는 10아름이다. 상반(上盤)은
직경이 4척(尺) 9촌(寸)이며, 하반(下盤)은 직경이 5척(尺)이다. 청동으로 만
든 용이 그 바닥을 휘감고 있다. 용의 몸은 1장(丈)에 달하며 등에는 두
마리 새끼를 업고 있다. 방림원(芳林園)에 세워진 이래로 감로가 내리니,
신(臣)으로 하여금 칭송하는 명(銘)을 짓게 하셨다. 새긴 글에 이르기를,

夫形能見者莫如高, 物不朽者莫如金,[2] 氣之淸者莫如露, 盛之安者莫
如盤. 皇帝乃詔有司,[3] 鑄銅承露盤, 在芳林園中.[4] 莖長十二丈, 大十圍.
上盤逕四尺九寸,[5] 下盤逕五尺. 銅龍繞其根. 龍身長一丈, 背負兩子. 自

칭송하며, 스스로를 경계하기도 한다. 주로 사언(四言)으로 이루어지며 운문(韻文)이
다. 서문에 따르면 명제(明帝)때 감로(甘露)를 받는 쟁반을 방림원(芳林園)에 설치하고
저자로 하여금 이를 찬양하는 글을 짓게 하였다고 한다. 조식은 이 글에서 묘사된 승
로반의 웅장함을 통하여 위나라의 위엄을 나타내는 상징물로 찬송하고 황제와 나라의
영원을 노래하고 있다. 정안(丁晏)은 『위략(魏略)』에 이르기를 "중상방(中尙方)은 오로
지 애완 물품만을 만들어 후원(後園)이 찬란하였고, 이슬을 받는 쟁반을 세웠다(中尙
方純作玩弄之物, 炫燿後園, 建承露之盤)"고 하였고, 『삼보황도(三輔黃圖)』에 "장안
의 북문(北門, 낙성문(洛城門))은 관작대문(鸛雀臺門)이라고도 하는데, 그 밖에는 한무
제(漢武帝)의 승로반(承露盤)이 대(臺) 위에 있다(長安北門也又名鸛雀臺門, 外有漢武
承露盤在臺上)"는 기록이 있다고 하였다. 위(魏)나라 명제(明帝)가 이를 모방한 것으
로 조자건(曹子建)은 명제(明帝) 태화(太和) 6년(232) 11월 경인(庚寅)일에 죽었으므로
이 명(銘)은 태화(太和) 연간에 지어진 것이다. 『초학기(初學記)』 권2에 인용된 「위명
제가 동아왕에게 내린 명(魏明帝與東阿王詔)」에 "옛날 선제(先帝)시대에 감로가 여러
차례 인수전(仁壽殿) 앞에 내려 영지(靈芝)가 방림원(芳林園)에 생겨났다. 내가 승로반
을 세운 이래로 감로가 다시 방림원(芳林園) 인수전(仁壽殿) 앞에 내렸다(昔先帝時,
甘露屢降於仁壽殿前, 靈芝生芳林園中. 自吾建承露盤已來, 甘露復降於芳林園仁壽
殿前)"고 하였다. 承露盤(승로반): 한무제(漢武帝)는 신선(神仙)을 좋아하여 신명대(神
明臺) 위에 승로반을 만들고 동(銅)으로 만든 선인(仙人)이 손을 펴서 승로반을 받들도
록 하여 감로를 받았다. 그것을 먹으면 장수한다고 믿었던 것이다. 위(魏) 명제도 한무
제(漢武帝)를 흉내 내어 방림원(芳林園)에 승로반을 세웠다고 함.
2) 金(금): 여기서는 승로반을 만든 청동(靑銅)을 가리키고 있음.
3) 皇帝(황제): 위(魏) 명제(明帝).
4) 芳林園(방림원): 동한(東漢)시기에 세워진 정원으로 위(魏)나라 때 제왕(齊王) 방(芳)
의 이름 글자를 피하여 화림원(華林園)으로 불리기도 했다고 함. 옛터가 지금 낙양성
(洛陽城)에 있음.
5) 逕(경): 직경, 지름.

立於芳林園, 甘露乃降. 使臣爲頌銘, 銘曰 :

본문

높고 높은 승로반,	嵒嵒承露,[6]
하늘 높이 닿아있네.	峻極太淸.[7]
신비한 바위들이 들쭉날쭉하고,	神石礌磈,[8]
넓은 기초는 산처럼 서있네.	洪基嶽停.
아래로는 감미로운 샘물에 잠겼고,	下潛醴泉,[9]
위로는 감로(甘露)를 받네.	上受雲英.[10]
조화로운 기운이 사방에 가득하고,	和氣四充,
상서로운 바람이 지나는 곳이네.	祥風所經.[11]
우리 성명한 임금님이 아니라면,	匪我明君,
누가 생각이나 할 수 있겠는가?	孰能經營.[12]
역법(曆法)과 일월성신의 운행에 통달하여,	近歷闡度,[13]
해, 달, 별같이 맑고 밝았네.	三光朗明.[14]
이민족들 정의로 귀속되고,	殊俗歸義,[15]

---

6) 嵒嵒(초초) : 높고 높은 모양.

7) 太淸(태청) : 하늘, 고공.

8) 石(석) : 저본에는 '君(군)'자로 되어 있으나 문맥상 엄가균(嚴可均)과 조유문(趙幼文)
의 교정에 따라 바꿈. 礌磈(뇌외) : 높낮이가 고르지 못한 모양.

9) 醴泉(예천) : 감미로운 샘물을 말하는데, 여기서는 지하수를 가리킴.

10) 雲英(운영) : 감로(甘露).

11) 祥風(상풍) : 저본에는 '翔風(상풍)'으로 되어 있으나 문맥에 따라 고쳤음.

12) 經營(경영) : 구상(構想)하다.

13) 近歷(근력) : 역법(曆法)에 통달하다. 闡度(천도) : 일월성신의 운행 규칙을 잘 안다.
'闡(천)'자는 저본에 '繟(전)'자로 되어 있으나, 엄가균(嚴可均)과 조유문(趙幼文)의 교
정에 따라 바로 잡음.

14) 三光(삼광) : 해, 달, 별.

15) 殊俗(수속) : 풍속이 다른 이민족.

상서로운 조짐들 많아지네.　　　　　　祥瑞混幷.16)

난새와 봉황이 새벽에 깃들고,　　　　　鸞鳳晨棲,

감로는 저녁에 떨어지네.　　　　　　　甘露宵零.17)

신명께서 도우시어,　　　　　　　　　神物攸協,18)

높아도 기울지 않네.　　　　　　　　　高而不傾.

높다랗게 바쳐 이고 있으며,　　　　　　奉戴巍巍,19)

공손히 신물들을 다스리네.　　　　　　恭統神器.20)

견고함이 이슬 쟁반과 같으니,　　　　　固若露盤,

영원토록 소중하게 남으리.　　　　　　長存永貴.

임금께서는 업적을 계승하시고,　　　　賢聖繼跡,21)

대를 이어가며 덕을 밝히셨네.　　　　　奕世明德.

선왕들의 공적을 더럽히지 않고,　　　　不忝先功,22)

이렇게 황위(皇位)를 보전하시네.　　　保玆皇極.23)

억조(億兆)년 동안 복을 드리우고,　　　垂祚億兆,24)

영원토록 하늘의 복록을 입으리라.　　　永荷天秩.25)

---

16) 混幷(혼병) : 많은 모양.

17) 零(령) : 떨어지다.

18) 神物(신물) : 신령(神靈), 신명(神明).

19) 奉戴巍巍(봉대위위) : 높다랗게 받쳐 이고 있는 승로반을 표현한 말. 저본에는 '奉天
戴巍(봉천대위)'로 되어 있으나 문맥상 『예문유취(藝文類聚)』와 『전삼국문(全三國文)』
을 따름.

20) 神器(신기) : 제위(帝位)를 비유하는 말이나 여기서는 신비로운 기물들을 통칭하는
말로 쓰였음.

21) 賢聖(현성) : 성명(聖明), 성현(聖賢) 등과 같이 재위하는 임금을 높여 일컫는 말. 여
기서는 명제(明帝)를 가리킴.

22) 忝(첨) : 더럽히다. 욕(辱)되게 하다.

23) 皇極(황극) : 황상(皇上)의 자리.

24) 兆(조) : 만억(萬億)을 1조(兆)라 함.

25) 天秩(천질) : 하늘의 복록(福祿).

잔구(殘句)

| 천지를 가려 덮고, | 弊之天壤,26) |
| 으뜸 공로를 드러냈네. | 以顯元功.27) |

6-44. 보배 칼(寶刀銘)1)

이 보배 칼을 만들며,	造玆寶刀,
숫돌에 갈고 문질렀네.	旣礱旣礪.2)
상무(尙武)때문이 아니라,	匪以尙武,
내 스스로를 지키기 위함이네.	予身是衛.
기린의 뿔도 범하지 못하고,	麟角匪觸,3)

---

26) 弊(폐) : '蔽(폐, 가려 덮다)'자와 통용함.

27) 정안(丁晏)에 따르면 『문선(文選)』에 실려 있는 심약(沈約)의 「안륙소왕비(安陸昭王碑)」의 이선(李善) 주(注)에 인용되어 있다고 하였으나, 실제 이선(李善)이 인용한 글은 「노반송(露盤頌)」으로 되어 있으니 같은 문장인지 알 수 없음.

6-44. 寶刀銘 (보도명)

1) 이 글은 아버지인 조조가 주조하여 자식들에게 나누어준 보물 칼에 새긴 글로 보도(寶刀)의 강함과 예리함을 칭송하고 있음. 寶刀(보도) : 백벽도(百辟刀)를 말하는 것으로 보임. 조조(曹操)의 「백벽도령(百辟刀令)」에 "지난 해 백벽도(百辟刀) 다섯 자루를 만들게 하였는데, 마침 완성되어 우선 한 자루는 오관중랑장(五官中郎將)에게 주고 그 나머지 네 자루는 나의 아들 중에 무(武)를 싫어하고 문학을 좋아하는 자가 있으면 차례로 주고자 한다(往歲作百辟刀五枚適成, 先以一與五官將, 其餘四, 吾諸子中有不好武而好文學, 將以次與之)"라고 한 것으로 추정할 수 있다. 이 도(刀)에 관하여 지어진 부(賦)가 권2-28에 역주되어 있으니 참고 바람.

2) 礱礪(농려) : '礱(농)'은 '磨(마)'의 뜻으로 가는 숫돌에 가는 것을 말하는 것으로 보이며, '礪(려)'는 거친 숫돌에 가는 것을 말한다.

3) 匪觸(비촉) : 저본에는 '是觸(시촉)'으로 되어 있으나, 『예문유취(藝文類聚)』와 『전삼국문(全三國文)』에 의거하여 바로 잡음.

난새의 발톱도 밟지 못하네.　　　　　　　　　　鸞距匪蹶.4)

---

4) 距(거) : 발톱. 蹶(궐) : 밟다.

권7

장(章) · 표(表)

[장(章)]

7-1. 진왕으로 바꾸어 봉해주신 것을 감사드리며(改封陳謝章)[1]

제가 사람됨이 비루하고 봉지(封地)를 지키는 데도 아무런 공(功)이 없어, 제 스스로도 임금님께서 제 식읍을 줄이고 저의 작위(爵位)를 강등하여, 많은 사람들에게 경계시키시는 뜻을 분명하게 나타내시리라 생각하고 있었습니다. 뜻밖에도 임금님의 은혜가 너무나 크고 은택(恩澤)이 널리 베풀어져, 외람되게도 저에게도 벼슬이 더 봉(封)해 지게 되었습니다. 진왕(陳王)으로 봉하여 우대해 주시니, 작위와 상도 틀림없이 매우 많을

7-1. 改封陳王謝章(개봉진사왕사장)

1) 이 글은 태화(太和) 6년(232) 조식(曹植)의 나이 41세 되던 해, 2월에 명제(明帝)가 진(陳)땅의 네 현(縣)(지금의 하남성(河南省) 회양현(淮陽縣) 일대)을 가지고 조식을 동아왕(東阿王)에서 진왕(陳王)으로 봉한 데에 대해, 조식이 감사의 뜻을 밝히며 명제에게 올린 글이다. 陳王(진왕): 진사왕(陳思王). 조식이 맨 마지막으로 봉해진 명호(名號). 章(장): 고대의 문체(文體)의 하나. 신하가 황제에게 올리는 편지.

텐데, 이것은 저같이 무능한 사람이 받아야 할 바가 아니며, 저의 몸이
분골쇄신하여 재가 될지라도 보답할 수 있는 것이 아닙니다.

臣旣弊陋,2) 守國無效,3) 自分削黜,4) 以彰衆誠.5) 不意天恩滂霈,6) 潤澤
橫流,7) 猥蒙加封,8) 茅土旣優,9) 爵賞必重.10) 非臣虛淺,11) 所宜奉受, 非
臣灰身,12) 所能報答.

7-2. 두 아들을 공으로 봉해주신 은혜에 감사드리며(封二子爲公謝恩章)1)

황제께서 조서를 내리시어 저의 자식 묘(苗)를 고양향공(高陽鄕公)에
봉하시고, 지(志)를 목향공(穆鄕公)에 봉하셨습니다. 제가 엎드려 스스로
생각해보니, 저는 문(文)의 방면에서는 조정에서 계책을 세워 적을 이긴

---

2) 弊陋(폐루) : 비루(鄙陋)하다. 용렬하고 천박하다. 스스로 겸손하게 하는 말.

3) 國(국) : 봉지(封地)인 동아(東阿)를 가리킨다. 效(효) : 공로.

4) 自分(자분) : 스스로 알다. 分(분) : 추측하다. 削(삭) : 식읍(食邑)의 호수(戶數)를 줄이
다. 黜(출) : 봉작(封爵)의 등급을 강등하다.

5) 彰(창) : 밝히다.

6) 天恩(천은) : 황제의 은택(恩澤). 滂霈(방패) : 은택이 많고 성(盛)한 모양.

7) 橫流(횡류) : 널리 퍼지다.

8) 猥(외) : 외람되게. 겸사(謙詞).

9) 茅土(모토) : 제후(諸侯)를 봉(封)함을 말한다. 옛날, 임금이 제후를 봉할 때 그 사방색
(四方色), 곧 동(東)은 청색, 서(西)는 백색, 남(南)은 적색, 북(北)은 흑색, 중앙(中央)은
황색의 흙을 흰 띠에 싸서 하사한 데서 온 말.

10) 식읍(食邑)이 원래의 2천5백 호(戶)에서 3천5백 호로 더 많아지게 되었음을 의미함.

11) 虛淺(허천) : 재능이 낮다.

12) 灰身(회신) : 죽음을 이른다. 목숨이 있는 한 애써 노력함을 비유하여 이르는 말.

7-2. 封二子爲公謝恩章 (봉이자위공사은장)

1) 이 글은 황초(黃初) 3년(222) 조식(曹植)의 나이 31세 되던 해 3월, 문제(文帝)가 조서
를 내려 조식의 두 서자(庶子)를 향공(鄕公)에 봉해준 데에 대하여 조식이 감사의 뜻을
밝혔다. 二子(이자) : 조식의 아들 조묘(曹苗)와 조지(曹志). 公(공) : 향공(鄕公). 왕(王)의
서자(庶子)를 향공에 봉한다.

공로가 없고, 무(武)의 방면에서는 적의 예봉을 꺾고 맞붙어 싸운 공적이 없습니다. 단지 운수 좋은 천시(天時)를 타고나 존귀한 집안에서 태어날 수 있었습니다. 황제께서 자제(子弟)들에게 은혜로 대하시어, 어려서부터 은총을 받아 높은 자리에 올랐습니다. 재능 없이 자리를 차지하여 제후의 열에 서서 세상에 이름을 드날리고 있습니다. 그러나 제 모습을 돌아보면 스스로 부끄러워 땀을 흘리며 마음이 편치 못합니다. 임금님의 크나큰 은혜 끝이 없어, 마치 구름과 비가 많아져 뿌리와 줄기를 번성하게 할 뿐만 아니라 가지와 잎도 은택을 받는 것과 같습니다. 묘와 지는 어린아이로 어리석고 유치한데, 외람되게도 작위를 받고 금 도장과 자주빛 인끈을 차게 되니, 임금님의 큰 은혜 내려져 저희 부자 세 사람에까지 미치게 되었습니다.

詔書封臣息男苗爲高陽鄕公,[2] 志爲穆鄕公.[3] 臣伏自惟,[4] 文無升堂廟勝之功,[5] 武無摧鋒接刃之效,[6] 天時運幸, 得生貴門. 遇以親戚,[7] 少荷光寵.[8] 竊位列侯,[9] 榮曜當世. 顧景慚形, 流汗反側.[10] 洪恩罔極,[11] 雲雨增加, 旣榮本幹,[12] 枝葉幷蒙.[13] 苗志小豎,[14] 旣頑且稚, 猥荷列爵,[15] 幷佩

---

2) 息男(식남) : 친아들. 苗(묘) : 조식의 아들 조묘(曹苗). 高陽鄕(고양향) : 지금의 하남성(河南省) 기현(杞縣) 서쪽.

3) 志(지) : 조식의 아들 조지(曹志). 穆鄕(목향) : 대략 지금의 산동성(山東省) 임구현(臨朐縣) 경내(境內).

4) 自惟(자유) : 스스로 생각하다.

5) 廟勝(묘승) : 직접 전투를 하지 않고 조정에서 세운 계략만으로 승리하는 일. 廟(묘) : 사당. 옛날 조정에서 국사를 의결 집행하기 전에 먼저 종묘(宗廟)에서 조상에게 고하고 군신(群臣)에게 자문하였다.

6) 效(효) : 공(功).

7) 遇(우) : 황제가 은혜로 대하는 것을 말한다. 親戚(친척) : 귀족(貴族)의 자제(子弟)들을 가리킨다.

8) 少(소) : (나이가) 어리다. 光寵(광총) : 총애를 받아 높은 자리에 오르다.

9) 竊位(절위) : 자격이 없으면서 벼슬자리에 머물러 있다. 또는 관직에 있으면서 직무를 다하지 않다. 列侯(열후) : 제후(諸侯).

10) 反側(반측) : 마음에 걸리는 일이 있어 잠을 이루지 못하고 몸을 이리저리 뒤척거리다 근심걱정으로 마음이 뒤숭숭하다.

11) 罔極(망극) : 끝이 없다. 한이 없다.

金紫,16) 施崇所加,17) 惠及父子.

[표(表)]

7-3. 안향후에 처음으로 봉해주신 것을 감사드리며(謝初安鄕侯表)

　제가 죄를 지은 몸으로 봉지로 길을 떠나게 되니, 근심하고 두려움에 떨면서, 어떤 형벌이 저에게 내려질지 몰랐습니다. 그런데 폐하께서는 저를 불쌍히 여기시어, 사법 관리의 판결을 듣지 않고 저를 너무나 후하게 대해주셨으니, 연진(延津)에 도착한 그날, 바로 안향후(安鄕侯)에 봉해져 인장을 받게 되었습니다. 조서를 받던 날, 저는 두렵고도 슬펐습니다. 두려운 것은 수양을 잘 못해 처음으로 나라의 법을 어겨서이고, 슬픈 것은 몸을 삼가지 않아 이렇게 벼슬이 깎여 물러나게 됨을 초래했기 때문입니다. 위로는 폐하께 걱정을 더해드리고 아래로는 태후(太后)께 근심을 끼쳐드렸습니다. 저는 스스로 죄가 깊고 잘못이 엄중함을 알고 있는데 한량없는 은혜를 받게 되니, 혼백이 날아가 흩어질 때까지 이 한 몸 잊고 목숨 다해 애쓰겠습니다.

　臣抱罪卽道,1) 憂惶恐怖, 不知刑罪當所限齊.2) 陛下哀愍臣身,3) 不聽

---

12) 本幹(본간): 뿌리와 줄기. 조식(曹植) 자신을 비유한 것.
13) 枝葉(지엽): 가지와 잎. 조묘(曹苗)와 조지(曹志)를 비유한 것.
14) 小豎(소수): 아직 관례(冠禮)를 치르지 않은 총각 아이. 나이가 아직 스물 살이 되지 않은 남자를 가리킨다.
15) 荷(하): 은혜를 입다. 列爵(열작): 작위(爵位)를 나누어 주다.
16) 金紫(금자): 금인(金印)과 자수(紫綬). 금 도장과 자주빛 인끈.
17) 施崇(시숭): 은혜가 크다.
7-3. 謝初封安鄕侯表(사초봉안향후표)
　1) 卽道(즉도): 길을 떠나다. 봉지(封地)로 돌아가다. 임치(臨淄)로 돌아가는 것을 가리

有司所執,4) 待之過厚, 即日於延津受安鄕侯印綬.5) 奉詔之日, 且懼且悲. 懼於不修, 始違憲法, 悲於不愼, 速此貶退.6) 上增陛下垂念, 下遺太后見憂.7) 臣自知罪深責重,8) 受恩無量, 精魄飛散, 忘軀殞命.

7-4. 처의 작위를 바꾸어 봉해주신 것을 감사드리며(謝妻封表)1)

옥새를 찍은 조서에서 말씀하시길, "이제 동아왕비(東阿王妃)를 진왕비(陳王妃)에 봉하면서 인장과 끈을 내리며, 이로서 앞서 주었던 도장은 반납해야 하며, 임명하는 글은 수일 내에 하달한다"고 하셨습니다. 저는 곧 조서를 받고 절을 올렸습니다. 저의 처는 재주가 낮은데도 외람되게도 저와 함께 은혜를 받았습니다만, 총애를 받으면서 하는 일 없이 녹(祿)만 받는 셈으로 제가 그런 인물로는 으뜸입니다. 폐하께서는 하늘과 땅이 만물을 기르는 덕을 품으시고 동해(東海)와도 같이 포용력이 크시어, 저의 처도 또 관례에 따라 높은 지위로 큰 나라에 봉해지게 되었습

킨다.
2) 限齊(한제) : 한도(限度). 범위(範圍).
3) 陛下(폐하) : 조비(曹丕)를 가리킨다. 哀愍(애민) : 불쌍히 여기다.
4) 有司(유사) : 어떤 사무를 전담하는 관리. 여기서는 법(法)을 집행하는 관리를 가리킨다.
5) 延津(연진) : 지명. 지금의 하남성(河南省) 연진현(延津縣) 북쪽. 印綬(인수) : 옛날에 관리가 몸에 지니고 있던 인장과 그 끈.
6) 速(속) : 초래하다.
7) 太后(태후) : 조식의 생모(生母) 변씨(卞氏)를 가리킨다.
8) 責重(책중) : 잘못이 엄중하다.
7-4. 謝妻改封表(사처개봉표)
1) 이 글은 태화(太和) 6년(232) 조식(曹植)의 나이 41세 되던 해 2월, 명제(明帝)가 조식을 동아왕(東阿王)에서 진왕(陳王)으로 봉하면서, 조식의 처(妻)도 원래의 동아왕비(東阿王妃)에서 진왕비(陳王妃)로 봉한 것에 대해 감사의 뜻을 밝히며 명제에게 올린 글이다.

니다. 영광스럽게 이름을 날리게 되었지만 저 같이 재주가 보잘 것 없는 사람이 감당할 수 있는 바가 아니며, 저 같이 행실이 좋지 않은 사람이 마땅히 받을 바도 아닙니다. 조석(朝夕)으로 걱정하고 탄식하면서, 임금님의 끝없는 은혜를 갚고자 생각합니다. 큰 은혜 이미 극진하여 저의 부자(父子)를 영광스럽게 하시더니, 외람되게도 이제는 또 명분을 바로하여 저의 처를 진왕비(陳王妃)에 봉하셨습니다. 영광스럽고 명예가 높아지게 되었으나 어리석은 부인이 받을 바가 아닙니다. 해바라기와 곽향(藿香)은 초목 종류이지만 그래도 햇볕이 길러준 은혜에 감사할 줄 아는데, 하물며 저같이 혈기방강(血氣方剛)한 사람이야 무슨 말을 더 하겠습니까? 폐하로부터 받은 큰 은혜는 늘 간직하며 죽은 뒤에나 그치리니, 진실로 붓으로 말을 늘어놓는다고 보답할 수 있는 바가 아닙니다.

璽書,[2] 今以東阿王妃爲陳王妃, 幷下印綬,[3] 因故上前所假印,[4] 以其拜授書, 以卽日到. 臣輒奉詔拜. 其才質低下,[5] 謬同受私,[6] 遇寵素餐,[7] 臣爲其首. 陛下體乾坤育物之德,[8] 東海含容之大, 乃復隨例,[9] 顯封大國. 光揚章灼,[10] 非臣負薪之才所宜克當,[11] 非臣穢釁所宜蒙獲.[12] 夙夜憂歎, 念報罔極. 洪施逾隆,[13] 旣榮枝幹,[14] 猥復正臣妃爲陳妃.[15] 光曜宣

---

2) 璽書(새서) : 제왕의 도장을 찍은 조서(詔書). 옥새를 찍은 문서.
3) 印綬(인수) : 옛날에 관리가 몸에 지니고 있던 인장과 그 끈.
4) 前所假印(전소가인) : 이전에 수여하였던 동아왕비(東阿王妃)의 도장을 가리킨다.
5) 其(기) : 조식(曹植)의 처(妻)를 가리킨다.
6) 私(사) : 은혜.
7) 素餐(소찬) : 아무 하는 일 없이 놀고먹다. 공(功)을 세움 없이 녹(祿)을 받다.
8) 體(체) : 구비하다. 가지다.
9) 隨例(수례) : 전례(前例)에 따르다. 부인이 남편을 따라 봉해지는 것을 가리킨다.
10) 光揚(광양) : 드높게 빛나다. 영광스럽다. 章灼(장작) : 뚜렷이 드러나다. 특히 잘 알려지다.
11) 負薪之才(부신지재) : 보잘 것 없는 자질이나 재능.
12) 穢釁(예흔) : 행실이 좋지 않다.
13) 洪施(홍시) : 큰 은혜. 隆(융) : 극진하다.
14) 枝幹(지간) : 가지와 줄기. 조식과 그의 아들을 가리킨다.
15) 正(정) : 명분(名分)을 바르게 하다.

朗, 非妾婦愚意所當蒙被. 葵藿草物,16) 猶感恩養, 況臣含氣, 銜佩弘
惠,17) 歿而後已, 誠非翰墨屢辭所能報答.

7-5. 스스로를 시험해보고자 하며(自試表)1)

　저가 듣건대, 선비들이 불로장생을 부러워하는 원인은 단지 맛있는
음식 먹고 화려한 옷을 입고 만물을 지배하기 위해서만이 아니라, 장차
백성들에게 보탬이 되고 임금을 높이고 만민(萬民)에게 은혜를 베풀어
공적이 역사책에 길이 남고 이름이 후대에 빛나도록 하기 위해서입니
다. 이제 저는 문(文)에 있어서는 정사(政事)에 밝지 못하고 무(武)에 있어
서는 군사(軍事)를 익히지 못하면서 제후왕의 자리를 훔치고 하는 일 없
이 동쪽 땅에서 봉록만 타먹으니 시간을 소모하면서 성스러운 조정에
아무런 도움이 안 되고 있습니다. 회남(淮南)에는 아직 산중에 숨어있는
도적이 있고 오회(吳會)에는 여전히 강가에 숨어 지내는 오랑캐가 있습
니다. 전사(戰士)들로 하여금 밭으로 돌아가게 하지 못하고 갖가지 무기
는 무기고에 거두어지지 못하고 있습니다. 무릇 논변(論辯)을 잘하는 사
람은 물러나는 것을 부끄럽게 여기지 않고 싸움을 잘하는 사람은 퇴각
(退却)하는 것을 부끄럽게 여기지 않습니다. 무릇 구름 위로 솟아오르는

---

　16) 葵藿(규곽) : 해바라기와 곽향(藿香, 향초(香草)의 하나. 잎은 콩잎과 비슷).
　17) 銜佩(함패) : 입에 머금고 몸에 차다.
　7-5. 自試表(자시표)
　1) 이 글은 명제(明帝)에게 동오(東吳)를 대처하는 방안으로 직접 병력을 동원하기보다
　　적을 타일러서 항복시키는 유화 정책을 펼 것을 건의하였다. 이 글의 제목은 『예문유
　　취(藝文類聚)』에는 「항강동표(降江東表)」로 되어 있고, 명대(明代)의 장부(張溥)의 『한
　　위육조백삼가집(漢魏六朝百三家集)』에는 「청초항강동표(請招降江東表)」라고 되어 있
　　다. 본문의 내용을 보건대 후자의 제목이 옳을 듯하다.

것은 진흙 속에 서리고 있는 것[龍]입니다. 뒤에 몸을 펴는 것은 먼저 몸을 굽힌 것[지렁이]입니다. 그래서 신룡(神龍)은 진흙 속에 서리는 것을 미덕으로 삼고 지렁이는 먼저 구부렸다가 나중에 펴는 것으로 이치를 밝힙니다. 옛날에 탕왕(湯王)은 갈(葛)을 섬겼으며 주(周) 문왕(文王)은 견이(犬夷)를 섬겼는데 본래 어진 임금은 큰 나라로서 작은 나라를 섬길 수 있습니다. 만약 폐하께서 현명한 사자(使者)를 파견하시어 육가(陸賈)의 자취를 이어 강남(江南)에 사신으로 보내어 화락하고 간략한 조서를 공포하시고 해와 달 같이 분명한 편지를 펼쳐 보이시며 항복의 길을 열어 주시면 손권(孫權)은 틀림없이 폐하의 교화를 받들 것이니 이것은 의심할 필요가 없는 일입니다.

臣聞士之羨永生者,2) 非徒以甘食麗服,3) 宰割萬物而已,4) 將有以補益羣生,5) 尊主惠民, 使功存於竹帛,6) 名光於後嗣.7) 今臣文不昭於俎豆,8) 武不習於干戈,9) 而竊位藩王,10) 尸祿東夏,11) 消損天日,12) 無益聖朝. 淮南尙有山竄之賊,13) 吳會猶有潛江之虜.14) 使戰士未獲歸於農畝, 五兵

---

2) 永生(영생) : 장생(長生).

3) 甘食(감식) : 맛있는 음식.

4) 宰割(재할) : 착취하다. 지배하다.

5) 羣生(군생) : 백성(百姓).

6) 竹帛(죽백) : 죽간(竹簡)과 포백(布帛). 역사서.

7) 光(광) : 빛나다. 後嗣(후사) : 후대.

8) 昭(소) : 밝다. 俎豆(조두) : 적대(炙臺)와 접시. 제기(祭器). 여기서는 조정의 정사(政事)를 비유하다.

9) 干戈(간과) : 방패와 창. 무기(武器). 군사(軍事)를 비유한다.

10) 竊位(절위) : 벼슬자리를 훔치다. 藩王(번왕) : 번국(藩國)의 왕. 제후왕(諸侯王).

11) 尸祿(시록) : 하는 일 없이 봉록(俸祿)만 타먹다. 東夏(동하) : 고대에 일반적으로 중국의 동부(東部)를 가리킨다.

12) 消損(소손) : 소모(消耗)하다. 天日(천일) : 시간과 날짜. 생명의 시간(세월).

13) 淮南(회남) : 지금의 안휘성(安徽省) 합비시(合肥市) 일대를 가리킨다. 山竄(산찬) : 산에 숨다.

14) 吳會(오회) : 진대(秦代)의 회계군(會稽郡)을 동한(東漢) 때에는 오군(吳郡)과 회계군(會稽郡)으로 나누고 합쳐서 '오회'라고 불렀다. 지금의 강소성(江蘇省) 동부(東部)와 절강성(浙江省) 서부(西部)에 해당된다. 潛江之虜(잠강지로) : 강가에 숨어 지내는 오랑캐. 오(吳)나라의 손권(孫權)을 가리킨다.

未得收於武庫.15) 蓋善論者不恥謝,16) 善戰者不羞走.17) 夫凌雲者,18) 泥蟠者也.19) 後申者,20) 先屈者也.21) 是以神龍以爲德, 尺蠖以昭義.22) 昔湯事葛,23) 文王事犬夷,24) 固仁者能以大事小. 若陸下遣明哲之使,25) 繼能陸賈之蹤者,26) 使之江南, 發愷悌之詔,27) 張日月之信,28) 開以降路, 權必奉承聖化,29) 斯不疑也.

---

15) 五兵(오병) : 과(戈, 끝이 뾰족하고 한쪽 옆에만 날이 덧붙은 창), 수(殳, 대나무로 날은 없이 여덟 모지게 묶어 사람을 내쫓는 데 쓰는 창), 극(戟, 끝이 뾰족하고 양쪽 옆에 날이 덧붙은 창), 추모(酋矛, 자루 길이가 스무 자 되는 창), 이모(夷矛, 긴 창의 한 가지)의 다섯 가지 병기(兵器). 武庫(무고) : 무기고.

16) 謝(사) : 물러나다. 말이 궁(窮)하다.

17) 走(주) : 달아나다. 퇴각(退却)하다.

18) 凌(릉) : 오르다.

19) 泥蟠(니반) : 진흙 가운데에 서리다(몸을 감추고 엎드려 있다). 용(龍)을 가리킨다.

20) 申(신) : 펴다.

21) 이 두 구는 『주역(周易)·계사(繫辭)』의 "지렁이가 구부리는 것은 펴기 위해서이다(尺蠖之屈, 以求信也)"에서 나왔다.

22) 尺蠖(척확) : 지렁이. 昭義(소의) : 이치(理致)를 밝히다. 저본에는 '求申(구신)'으로 되어 있으나 송간본(宋刊本) 『조자건문집(曹子建文集)』과 『예문유취(藝文類聚)』, 『전삼국문(全三國文)』 등에 의거해서 고치다.

23) 湯(탕) : 상(商)나라의 건립자. 성탕(成湯)이라고도 불린다. 葛(갈) : 하대(夏代)의 제후(諸侯). 그 지역은 대략 지금의 하남성(河南省) 규구현(葵丘縣) 동쪽이다.

24) 犬夷(견이) : 중국 고대 서방(西方)의 소수 민족의 하나. 그 지역은 대략 지금의 섬서성(陝西省) 봉상(鳳翔)의 북쪽이다.

25) 陛下(폐하) : 조예(曹睿)를 가리킨다. 明哲(명철) : 현명하다.

26) 陸賈(육가) : 한초(漢初)의 명신(名臣). 말을 잘 하여 남월(南越)의 조타(趙佗)가 번옹(番禺)에 근거지를 두고 왕(王)을 일컫자 고조(高祖)가 육가를 보냈는데, 조타를 무마하여 귀순시킨 공으로 태중대부(太中大夫)에 봉해졌다. 문제(文帝) 때, 조타가 또 한나라를 배반하고 황제(皇帝)를 일컬어 육가가 다시 남월에 사신으로 가서 조타를 한나라에 귀순하도록 설득하였다. 蹤(종) : 자취.

27) 愷悌(개제) : 화락(和樂)하고 간략(簡略)하다.

28) 張(장) : 나타내 보이다. 펼쳐 보이다. 日月之信(일월지신) : 뜻이 해와 달 같이 분명한 편지.

29) 權(권) : 오(吳)나라의 손권(孫權)을 가리킨다. 聖化(성화) : 성스러운 교화(敎化). 聖(성) : 조예(曹睿)를 가리킨다.

7-6. 스스로를 시험해보기를 청하면서(求自試表)[1]

　　신(臣) 조식이 말씀 올립니다. 제가 듣건대, 선비가 세상을 살면서 집에 들어가서는 아버지를 섬기고 밖에 나와서는 임금을 섬기는데, 아버지를 섬기는 것은 친족을 영광되게 하는 것을 중시하고, 임금을 섬기는 것은 나라를 흥하게 하는 것을 귀하게 여긴다고 합니다. 그러므로 자애로운 아버지는 무능한 자식을 사랑하지 않고 어진 임금은 쓸 모 없는 신하를 기르지 않습니다. 무릇 덕행을 논하여 관직을 주는 것은 공업(功業)을 이룬 임금이요, 능력을 헤아려 관직을 받는 것은 자기의 생명을 다 바쳐 일하는 신하입니다. 그러므로 임금은 아무 근거 없이 관직을 주는 일이 없고 신하도 자기와 맞지 않는 관직을 받는 일이 없습니다. 아무 근거 없이 관직을 주는 것을 잘못 추천했다 일컫고, 자기와 맞지 않은 관직을 받는 것을 봉록만 받고 일은 하지 않는다고 일컬으니, 『시경(詩經)』의 '소찬(素餐)'이란 말이 여기에서 생겨난 것입니다. 옛날 두 괵씨(虢氏)가 두 나라에 임명되는 것을 사절하지 않은 것은 그들의 덕행이 뛰어나기 때문이었고, 주공(周公) 단(旦)과 소공(召公) 석(奭)이 노(魯)나라와 연(燕)나라에 봉해지는 것을 사양하지 않은 것은 그들의 공로가 컸기 때문입니다. 이제 저는 국가의 큰 은혜를 입고 지금에 이르기까지 이미 삼대(三代)에 이르렀습니다. 바야흐로 폐하께서 나라를 다스려 태평한 때를 맞아 성왕(聖王)의 은택을 입고 은연중에 덕스러운 가르침을 받고 있으니 대단한 행운이라 할 수 있습니다. 그리고 능력 없이 동쪽 제후의 나라에 봉해져 작위가 위의 반열에 있고 몸에는 가볍고 따뜻한 옷을

7-6. 求自試表(구자시표)

1) 이 글은 조정에서 작자 자신을 시험 삼아 한번 등용해 줄 것을 간청하는 글이다. 나라를 위해 공을 세우고픈 강렬한 마음을 밝히는 동시에, 아무도 자신을 알아주고 천거하지 않는 현실에 대한 슬픔을 묘사하였다.

입고 입으로 온갖 맛을 물리도록 먹으며 눈으로 화려한 것들을 다 보고 귀로 관현악을 듣는 데에 권태로운 것은 작위가 높고 봉록이 많아 초래된 것입니다. 물러나 옛날에 작위와 봉록을 받는 사람들을 생각해보면 저의 이런 것과는 다르니 그들은 모두 공적을 세워 국가에 도움이 있고 임금을 도와 백성들에게 은혜를 베풀었습니다. 이제 저는 기술할 만한 덕행이 없고 기재할 만한 공로가 없는데 만약 이렇게 평생을 마치게 되면 나라와 조정에 이익 됨이 없고 장차 시인들에 의해 '이름이 실질과 어울리지 않는다'는 비방을 듣게 될 것입니다. 그래서 머리를 위로 들면 검은 면류관에 부끄럽고 몸을 구부리면 붉은 인끈에 부끄럽습니다.

臣植言, 臣聞士之生世, 入則事父, 出則事君, 事父尙於榮親, 事君貴於興國. 故慈父不能愛無益之子, 仁君不能畜無用之臣.[2] 夫論德而授官者, 成功之君也, 量能而受爵者, 畢命之臣也.[3] 故君無虛授, 臣無虛受. 虛授謂之謬擧, 虛受謂之尸祿,[4] 詩之素餐所由作也.[5] 昔二虢不辭兩國之任,[6] 其德厚也, 旦奭不讓燕魯之封,[7] 其功大也. 今臣蒙國重恩, 三世于今矣.[8] 正値陛下升平之際,[9] 沐浴聖澤,[10] 潛潤德敎,[11] 可謂厚幸矣. 而竊位東藩,[12] 爵在上列, 身被輕煖,[13] 口厭百味,[14] 目極華靡,[15] 耳倦絲竹

---

2) 畜(휵) : 기르다.

3) 畢命(필명) : 목숨을 다하다. 자기의 생명을 다 바치다.

4) 尸祿(시록) : 봉록(俸祿)만 받고 일은 하지 않다.

5) 素餐(소찬) : 아무 하는 일 없이 놀고먹다. 그 지위에 있으면서 하는 일 없이 녹(祿)만 먹다.

6) 二虢(이괵) : 주문왕(周文王)의 동생 괵중(虢仲)과 괵숙(虢叔). 괵중은 동괵(東虢)에 봉해졌고, 괵숙은 서괵(西虢)에 봉해졌다.

7) 旦奭(단석) : 주(周) 문왕(文王)의 아들 주공(周公) 단(旦)과 종실(宗室)의 한 사람인 소공(召公) 석(奭). 주공은 노(魯)나라에 봉해졌고, 소공은 연(燕)나라에 봉해졌다.

8) 三世(삼세) : 위무제(魏武帝) 조조(曹操), 문제(文帝) 조비(曹丕), 명제(明帝) 조예(曹睿)를 가리킨다.

9) 升平(승평) : 태평(太平)하다.

10) 沐浴(목욕) : 목욕하다. 혜택을 입다.

11) 潛潤(잠윤) : 차츰차츰 스며들다. 潛潤德敎(잠윤덕교) : 자신이 위(魏)나라에 아무런 공로를 세움도 없이 다만 은연중에 성황(聖皇)의 은택(恩澤)과 덕교(德敎)를 받고 있다.

12) 竊位(절위) : 저본에는 '位竊(위절)'이라 되어 있으나 송간본(宋刊本) 『조자건문집(曹

者,16) 爵重祿厚之所致也. 退念古之受爵祿者, 有異於此, 皆以功勤濟國, 輔主惠民. 今臣無德可述, 無功可紀, 若此終年無益國朝, 將挂風人彼己之譏.17) 是以上慚玄冕, 俯愧朱紱.

　이제 천하가 통일되고 구주(九州)가 편안합니다. 그러나 서쪽을 돌아다보면 아직 왕명을 어기는 촉(蜀)이 있고 동쪽에는 신하라고 일컬으려 들지 않는 오(吳)나라가 있어 변방의 장수와 병졸들로 하여금 갑옷을 벗지 못하게 하고 모사(謀士)로 하여금 베개를 높이 베고 아무 걱정 없도록 하게 하지 못하니 그래서 진실로 천하를 하나로 통일함으로써 태평과 평화를 이룩하고자 합니다. 그러므로 계(啓)가 유호씨(有扈氏)를 멸망시키고 하(夏)나라의 공적은 환히 나타나게 되었으며 성왕(成王)이 상(商)나라와 엄(奄)을 싸워 이기자 주(周)나라의 공덕이 분명히 드러나게 되었습니다. 이제 폐하께서는 성스럽고 밝은 덕으로 세상을 다스리시며 장차 주(周) 문왕(文王)과 무왕(武王)의 공적을 완성하고 성왕(成王)과 강왕(康王) 시대의 융성함을 이으시려 하시며 어진 사람을 뽑고 재능 있는 사람에게 관직을 주시고 방숙(方叔)과 소호(召虎) 같은 신하를 임명하여 변방을 지키게 하고 국가의 용맹한 신하로 삼으시는 것은 아주 타당한 것이라 할 수 있습니다. 그러나 높이 나는 새가 가벼운 주살의 줄에 걸리지 않고 깊은 못의 물고기가 낚싯밥에 걸리지 않는 것은 아마도 물고기를

　子建文集)』과 『삼국지(三國志)·위서(魏書)』에 근거를 둔 조유문(趙幼文)의 주장에 따라 '竊位(절위)'로 바꾸다. 東藩(동번): 동쪽의 번국(藩國, 제후의 나라). 여기서는 견성왕(鄄城王)과 옹구왕(雍丘王)에 봉해진 것을 가리킨다.

13) 輕煖(경난): 가볍고 따뜻한 옷. 화려하고 부귀함을 가리킨다.

14) 厭(염): 만족하다. 물리다.

15) 華靡(화미): 색채가 화려하고 아름다운 물건.

16) 絲竹(사죽): 관현악(管絃樂).

17) 風人(풍인): 시인(詩人). 『시경(詩經)』 중의 각 제후국의 민가(民歌)를 '국풍(國風)'이라 부르며, 후세에는 시인을 '풍인(風人)'이라 부른다. 彼己(피기): 『시경(詩經)·조풍(曹風)·후인(候人)』편에 "저 사람은 품행이 옷과 안 어울리네[彼其之子, 不稱其服]"라는 말이 보인다. 그 사람의 품행이 화려한 관복(官服)과 어울리지 않는다는 의미이다.

낚고 새를 쏘는 기술이 어쩌면 아직 극진하지 못해서일 것입니다. 옛날에 경엄(耿弇)은 광무제(光武帝)가 오기를 기다리지 않고 급하게 장보(張步)를 치면서 말하기를 적군을 임금에게 넘겨주어 처리하게 할 수는 없다고 하였습니다. 그래서 제(齊)나라의 왕이 타는 수레에서 오른쪽에서 호위하는 병사는 수레바퀴통에서 소리가 울려 임금을 놀라게 만들었다 해서 검(劍)으로 자결했으며, 옹문자적(雍門子狄)은 월(越)나라 군대가 제나라 변경에 침입해 오는 것을 보고 스스로 목을 베었습니다. 이 두 사람 같은 경우 어찌 사는 것을 싫어하고 죽는 것을 원한 것이겠습니까? 정녕 자신들의 임금을 업신여기고 깔보는 행위에 분노해서 이렇게 한 것입니다. 무릇 임금은 신하를 총애하여 우환을 없애고 이로운 일을 일으키려 하며, 신하는 임금을 섬기며 반드시 자기를 희생하여 전란(戰亂)을 평정하고 공로를 세움으로써 군주에게 보답하고자 합니다. 옛날에 가의(賈誼)는 스무 살 때 전속국(田屬國)이 되기를 요구하면서 흉노(匈奴)의 왕 선우(單于)의 목을 묶어서 끌고 와 목숨을 제압하길 청했으며, 종군(終軍)은 열여덟 살 어린 나이에 남월(南越)에 사신으로 가서 긴 새끼줄로 남월의 왕을 묶어 한나라 북쪽 궁문(宮門)으로 끌고 오고자 하였습니다. 이 두 신하가 어찌 임금의 앞에서 자기를 자랑하고 세상 사람들 앞에서 뽐내기를 좋아해서 그랬겠습니까? 아마도 뜻을 펴지 못하고 맺혀 있어 자신의 재주와 힘을 펼쳐 현명하신 임금께 재능을 바치려는 것이었겠지요. 옛날에 한(漢) 무제(武帝)가 곽거병(霍去病)을 위해 저택을 짓자 곽거병이 사양하면서 "흉노(匈奴)가 아직 멸망되지 않아 저는 집안일을 생각도 않습니다"라고 말했습니다. 진실로 나라를 걱정하여 집을 잊고 목숨을 바쳐 나라의 재난을 구하는 것이 충신의 뜻입니다.

方今天下一統, 九州晏如.[18] 顧西尙有違命之蜀, 東有不臣之吳, 使邊境未得稅甲,[19] 謀士未得高枕者, 誠欲混同宇內,[20] 以致太和也.[21] 故啓

---

18) 晏如(안여) : 편안한 모양.
19) 稅甲(탈갑) : 갑옷을 벗다. 稅(탈) : '脫(탈)'과 통한다. 벗다.

滅有扈而夏功昭,22) 成克商奄而周德著.23) 今陛下以聖明統世,24) 將欲
卒文武之功,25) 繼成康之隆,26) 簡良授能,27) 以方叔召虎之臣鎮衛四
境,28) 爲國爪牙者,29) 可謂當矣. 然而高鳥未絓於輕繳,30) 淵魚未懸於鉤
餌者,31) 恐釣射之術或未盡也. 昔耿弇不俟光武,32) 亟擊張步,33) 言不以
賊遺於君父也.34) 故車右伏劍於鳴轂,35) 雍門刎首於齊境.36) 若此二子

---

20) 混同(혼동) : 모아서 하나로 하다. 宇內(우내) : 천하(天下).

21) 太和(태화) : 세상이 잘 다스려짐. 태평(太平).

22) 啓(계) : 하(夏)나라의 제왕. 우(禹)의 아들. 有扈(유호) : 하대(夏代)의 제후. 昭(소) : 밝
다. 빛나다. 환히 나타나게 하다.

23) 成(성) : 주(周) 무왕(武王)의 아들 성왕(成王). 商(상) : 상(商)나라의 주왕(紂王)의 아들
무경(武庚)과 상나라의 유민(遺民)들을 가리킨다. 무왕이 상나라를 멸망시킨 뒤, 관숙
(管叔)과 채숙(蔡叔)으로 하여금 무경을 감시하도록 시켰다. 성왕 때, 관숙과 채숙이
무경을 끼고 반란을 일으켜, 주공(周公)이 성왕의 명령을 받고 가서 평정시켰다. 奄(엄)
: 옛날 나라 이름. 지금의 산동성(山東省) 곡부현(曲阜縣)에 위치하였으며, 성왕 때 무
경을 따라 반란을 일으켰다가 주공에 의해 멸망당하였다.

24) 統世(통세) : 국가를 통치하다.

25) 卒(졸) : 완성하다. 文武(문무) : 주(周) 문왕(文王)과 무왕(武王).

26) 成康(성강) : 주(周) 성왕(成王)과 강왕(康王). 성왕과 강왕은 문왕과 무왕의 공적을 이
어 역사에서는 '성강지치(成康之治)'라 부른다. 여기서는 위(魏) 명제(明帝)를 비유한다.

27) 簡(간) : (인재를) 선발하다.

28) 方叔(방숙), 召虎(소호) : 주(周) 선왕(宣王) 때의 어진 신하. 방숙은 일찍이 병거(兵車)
3천대를 이끌고 초(楚)나라를 공격하여 승리를 거두고 초나라로 하여금 주나라에 신복
(臣服)하도록 만들었다. 소호는 일찍이 군대를 이끌고 회이(淮夷)와 싸워서 이겼으며
명령을 받들어 사읍(謝邑)을 만들었다. 여기서는 조진(曹眞)이 촉(蜀)을 막고, 조휴(曹
休)가 오(吳)나라와 싸운 것을 비유한다.

29) 爪牙(조아) : (짐승의) 발톱과 이빨. 용맹한 신하.

30) 繳(작) : 주살의 줄.

31) 鉤餌(구이) : 낚싯밥. 여기서는 '높이 나는 새(高鳥)'와 '깊은 연못의 물고기(淵魚)'로
촉(蜀)과 오(吳) 두 나라를 비유한다.

32) 耿弇(경엄) : 한(漢)나라 광무제(光武帝) 유수(劉秀)의 신하. 俟(사) : 기다리다.

33) 亟(극) : 급히. 張步(장보) : 왕망(王莽)의 신(新)나라 말기의 지방 군벌.

34) 『동관한기(東觀漢記)』에 다음과 같은 이야기가 실려 있다. 광무제(光武帝) 건무(建
武) 4년(29) 전후에 경엄(耿弇)이 장보(張步)와 싸움을 벌였는데, 장보의 병사가 숫자가
많아, 광무제가 직접 군대를 이끌고 구원하려고 하였다. 진준(陳俊)이 경엄에게 말하
길 "이제 적군의 병사가 매우 많으니 영문(營門)을 닫고 병사를 쉬게 하면서 황제의
구원병이 오기를 기다리는 것이 좋겠습니다"라고 하였다. 그러자 경엄이 대답하길 "황
제께서 오시면 신하는 소를 잡고 술을 마련하여 백관(百官)을 대접하는 것이 마땅한
일이지, 어찌 도적을 없애는 일을 황제에게 남겨 드릴 수 있겠소?"라고 하였다. 그리고

豈惡生而尙死哉, 誠忿其慢主而凌君也.[37] 夫君之寵臣, 欲以除患興利,
臣之事君, 必以殺身靜亂, 以功報主也. 昔賈誼弱冠求試屬國,[38] 請係單
于之頸而制其命,[39]　終軍以妙年使越,[40]　欲得長纓纓其王,[41]　羈致北
闕.[42] 此二臣者, 豈好爲夸主而曜世俗哉,[43] 志或鬱結, 欲逞其才力,[44] 輸

는 군대를 이끌고 군영(軍營)을 나서 싸움을 크게 벌려 아침부터 시작하여 저녁에 이
르러 장보의 군대를 대파(大破)하였다.

35) 車右(거우) : 수레의 오른쪽에 앉는 호위병. 伏劍(복검) : 칼에 엎드려 자살하다. 轂(곡)
: 수레 바퀴통. 유향(劉向)의 『설원(說苑)·입절(立節)』편에 다음과 같은 이야기가 실
려 있다. 제(齊)나라 왕이 동산에서 사냥을 하는데 왼쪽 수레바퀴에서 소리가 나자 오
른쪽에 탄 호위병이 죽기를 자청하였다. 왕이 왜 죽으려 하느냐고 물으니, 대답하길
소리가 나서 왕에게 폐를 끼쳤기 때문이라고 하였다. 왕이 이에 왼쪽 바퀴가 소리 나
는 것은 수레를 만든 사람의 잘못이지 그대와 무슨 상관이 있냐고 묻자, 그가 대답하
길 수레 만드는 장인이 수레를 만드는 것은 보지 못했고 어쨌거나 소리가 나서 임금
께 폐를 끼친 사실은 알고 있다고 말하고는 스스로 목을 베어 죽었다.

36) 雍門(옹문) : 제(齊)나라 사람 옹문자적(雍門子狄). 刎首(문수) : 목을 베다. 스스로 자
신의 목을 치다. 앞의 주 34)의 이야기를 이어 유향(劉向)의 『설원(說苑)·입절(立節)』
편에 다음과 같은 이야기가 실려 있다. 옹문자적이 제나라 왕에게 말하길 "이제 월(越)
나라 군대가 쳐들어와 임금님에게 심려를 끼쳐드리게 되었으니, 이 일이 어찌 왼쪽 수
레바퀴가 소리를 내는 것보다도 약한 일이겠습니까? 수레 오른쪽에 탄 호위병이 왼쪽
수레바퀴가 소리가 난다고 해서 죽기도 하는데 제가 어찌 월나라 군대가 쳐들어 온
일로 해서 죽지 않을 수 있겠습니까?"라고 하고는 마침내 스스로 목을 베어 죽었다.
옹문(雍門)은 복성(複姓)이다.

37) 忿(분) : 성내다. 慢(만) : 업신여기다. 慢主(만주) : 바퀴통이 울린 일을 가리킨다. 凌
(릉) : 깔보다. 凌君(능군) : 월(越)나라 군대가 제(齊)나라를 침입한 일을 가리킨다.

38) 賈誼(가의) : 한대(漢代)의 사부가(辭賦家). 弱冠(약관) : 20세. 가의는 20세에 박사(博
士) 벼슬을 하였다. 屬國(속국) : 전속국(田屬國)의 줄인 말. 한대(漢代)에 귀복(歸服)한
이적(夷狄)을 관장하던 관직

39) 係(계) : 묶다. 單于(선우) : 한(漢)나라 때, 흉노(匈奴)의 군주(君主)를 부르던 말.

40) 終軍(종군) : 한(漢)나라 무제(武帝) 때 사람. 18살에 박사제자(博士弟子)로 뽑혔으며,
무제에게 글을 올려 남월(南越)의 왕을 묶어서 대궐 아래에 데려오기를 자청하였다.
뒤에 남월의 왕이 한나라 조정에 귀순하도록 설득시키는 일을 맡아 파견되었다. 남월
왕은 한나라에 귀순하기를 원하였으나 재상 여가(呂嘉)가 따르지를 않고 군대를 일으
켜 남월왕과 한나라 사신을 죽였다. 종군이 죽을 때 나이는 20여 세에 지나지 않았다.
妙年(묘년) : 소년(少年)의 시기.

41) 長纓(장영) : 사람을 묶는 긴 새끼줄(끈). 纓其王(영기왕) : 저본에는 '纓(영)'이 '占(점)'
으로 되어 있으나 『삼국지(三國志)·위서(魏書)』 본전(本傳)과 송간본(宋刊本) 『조자
건문집(曹子建文集)』에 의거해서 바꾸다. 조유문(趙幼文)은 '嬰(영, 목에 걸다)'의 뜻으
로 보았다(『조식집교주(曹植集校注)』, 374면). (긴 새끼줄로) 그 왕을 묶다.

能於明君也.45) 昔漢武爲霍去病治第,46) 辭曰, "匈奴未滅, 臣無以家爲."
固夫憂國忘家, 捐軀濟難, 忠臣之志也.

이제 제가 바깥에서 살면서 대우가 후하지 않은 것이 아니지만 잠을
자도 편히 자지 못하고 무얼 먹어도 맛을 제대로 볼 겨를이 없는 것은
촉(蜀)과 오(吳)를 아직 평정하지 못한 것을 속으로 가만히 생각하고 있
기 때문입니다. 돌아가신 무황제의 무신(武臣)과 노장(老將)들을 본 적이
있는데 연로하여 세상을 떠난 사람들에 대해서도 들은 적이 있습니다.
비록 훌륭한 사람이 세상에 없는 것은 아니지만 노장과 옛 병졸들이 아
직도 전투를 익히고 있습니다. 저는 자신의 역량을 가늠하지 못하고 나
라를 위해 목숨을 바칠 뜻을 가지고 있으며 머리털만한 작은 공이라도
세워 제가 받은 은혜에 보답하기를 바랍니다. 만약 폐하께선 세상에 드
문 조서를 내리시어 저로 하여금 미미한 쓰임이나마 다 바쳐, 서쪽으로
대장군 조진(曹眞)의 군에 속하게 하여 한 군영(軍營)의 부대를 맡게 하시
거나, 혹은 동쪽으로 대사마(大司馬) 조휴(曹休)의 군에 속하게 하여 한
조(組)의 부대를 거느리는 임무를 통괄하게 하시면, 저는 반드시 위험을
무릅쓰고 배를 몰고 검은 말을 내달려 적군의 칼날을 향해 돌진하여 병
졸들의 앞장을 서겠습니다. 설사 손권(孫權)을 사로잡고 제갈량(諸葛亮)의
왼쪽 귀를 베지 못하더라도 그들의 대장(大將)을 사로잡고 추악한 무리
들을 섬멸할 수 있기를 희망합니다. 반드시 잠깐 사이의 승리에 힘을
다 바쳐 평생의 부끄러움을 없애고 이름이 역사서에 남고 사적이 조정
의 서책(書策)에 기록되도록 하여야 할 것입니다. 설사 촉(蜀)나라 변경에

42) 羈(기) : 끌다. 잡아매다.
43) 夸主(과주) : 임금 앞에서 자기를 자랑하다. 曜(요) : 뽐내다.
44) 逞(령) : 펴다. 다하다.
45) 輸能(수능) : 자기의 재능을 바치다.
46) 霍去病(곽거병) : 한(漢) 무제(武帝) 때의 명장(名將). 일찍이 여러 차례 군대를 이끌
    고 흉노(匈奴)를 쳐서 큰 공을 세웠다. 第(제) : 집. 저택.

서 전사하여 몸이 나누어지고 머리가 오(吳)나라 궁궐에 내걸리더라도
오히려 다시 살아나는 해와 같을 것입니다. 만약 저의 미미한 재주를
시험해보지 못하고 이름이 세상에 알려지지 않은 채 죽는다면 헛되이
몸만 영화롭고 풍족하게 할 따름이니, 살아서 국가의 일에 유익함이 없
고 죽어도 국가의 운수에 손상됨이 없이 헛되이 높은 자리를 차지하여
많은 봉록(俸祿)을 욕되게 하면서 새들같이 살아가며 끝내 흰머리가 되
는 것은 이것은 단지 우리 안에서 기르는 가축에 불과할 뿐이고 제가
바라는 것은 아닙니다.

今臣居外非不厚也,[47] 而寢不安席, 食不遑味者,[48] 伏以二方未克爲
念.[49] 伏見先武皇帝武臣宿將,[50] 年耆卽世者有聞矣.[51] 雖賢不乏世,[52]
宿將舊卒猶習戰也. 竊不自量, 志在授命,[53] 庶立毛髮之功,[54] 以報所受
之恩. 若使陛下出不世之詔,[55] 效臣錐刀之用,[56] 使得西屬大將軍,[57] 當
一校之隊,[58] 若東屬大司馬, 統偏師之任,[59] 必乘危蹈險, 騁舟奮驪,[60] 突
刃觸鋒, 爲士卒先. 雖未能擒權馘亮,[61] 庶將虜其雄率,[62] 殲其醜類. 必效

---

47) 居外(거외) : 바깥에서 살다. 번국(藩國)에서 살다. 厚(후) : 대우(待遇)가 후하다.

48) 遑(황) : 겨를.

49) 二方(이방) : 촉(蜀)과 오(吳)를 가리킨다.

50) 將(장) : 저본에는 '兵(병)'으로 되어 있으나 조유문(趙幼文)의 견해에 따라 고치다
(『조식집교주(曹植集校注)』, 374면). 宿將(숙장) : 노장(老將). 옛 장수.

51) 年耆(연기) : 연로(年老)하다. 耆(기) : 일흔 살 이상의 늙은이. 卽世(즉세) : 죽다.

52) 賢不乏世(현불핍세) : 훌륭한 사람이 세상에 없지 않다.

53) 授命(수명) : 생명을 바치다.

54) 毛髮(모발) : 털과 머리털. 작은 것을 비유하다.

55) 不世之詔(불세지조) : 세상에 매우 드문 조서(詔書). 不世(불세) : 특별하다.

56) 錐刀(추도) : 끝이 뾰족한 칼. 미소(微小)한 것을 비유한다.

57) 大將軍(대장군) : 『삼국지(三國志)·위서(魏書)』에 의하면, 태화(太和) 2년에 대장군
조진(曹眞)을 보내어 제갈량(諸葛亮)을 가정(街亭)에서 치게 한 일이 있다.

58) 校(교) : 군영(軍營). 부대(部隊).

59) 統(통) : 통괄하다. 偏師(편사) : 일부의 군대. 한 조(組)의 군대. 전차(戰車)는 25승(乘),
사졸(士卒)은 50명을 이른다.

60) 驪(려) : 온몸의 털빛이 검은 말.

61) 權(권) : 손권(孫權)을 가리킨다. 馘(괵) : 베다. 전쟁에서 적(敵)의 왼쪽 귀나 머리를 베
다. 亮(량) : 제갈량(諸葛亮)을 가리킨다.

須臾之捷,(63) 以滅終身之愧, 使名掛史筆,(64) 事列朝策.(65) 雖身分蜀境, 首懸吳闕,(66) 猶生之年也.(67) 如微才弗試, 沒世無聞,(68) 徒榮其軀而豐其體, 生無益於事, 死無損於數,(69) 虛荷上位而忝重祿,(70) 禽息鳥視,(71) 終於白首, 此徒圈牢之養物,(72) 非臣之所志也.

　　전하는 말에, 동오(東吳)와 싸우던 군대가 방비(防備)를 잘 못하여 부대가 조금 패배를 당하였다는 말을 듣고, 저는 밥도 제대로 먹지 못한 채 소매를 떨치고 일어나 옷섶을 걷어 올리며 칼을 어루만지며 동쪽을 바라보는데, 마음은 이미 오군(吳郡)과 회계군(會稽郡)으로 내달리고 있습니다. 제가 옛날에 돌아가신 무황제(武皇帝)를 따라 남쪽으로는 적벽(赤壁)에 이르고, 동쪽으로는 동해(東海)에 갔으며, 서쪽으로는 옥문관(玉門關)을 바라보고, 북쪽으로 장성(長城)을 나섰는데, 행군(行軍)과 용병(用兵)의 방법을 보면 신묘(神妙)하다 말할 수 있습니다. 그러므로 군사(軍事)상의 일이라는 것은 미리 말할 수 없고, 위급한 형세에 임하여 임기응변하는 것입니다. 저의 뜻은 태평한 시절에 나라 위해 힘을 바치고 성왕(聖王)의 세상에 공을 세우는 것입니다. 매번 역사책을 볼 때마다 옛날의 충신과 의사(義士)들이 하루아침 같은 짧은 목숨을 바쳐 국가의 위급한 일에 죽어, 몸은 비록 죽임을 당하고 찢어지지만 공훈(功勳)은 종(鍾)에 새겨지고

---

62) 虜(로) : 사로잡다. 雄率(웅수) : 대장(大將). 率(수) : 장수.

63) 須臾(수유) : 잠시. 잠깐. 捷(첩) : 싸움에 이기다. 승리.

64) 史筆(사필) : 사관(史官)이 일을 기록하는 붓.

65) 朝策(조책) : 국사(國史). 策(책) : 저본에는 '榮(영)'으로 되어 있으나 조유문(趙幼文)의 견해에 따라 고치다『조식집교주(曹植集校注)』, 375면).

66) 吳闕(오궐) : 오(吳)나라의 궁궐.

67) 猶生之年(유생지년) : 비록 죽어도 다시 살아난다는 뜻.

68) 沒世無聞(몰세무문) : 이름이 세상에 알려지지 않은 채 죽다. 沒世(몰세) : 죽다.

69) 數(수) : 국가의 운수(運數).

70) 荷(하) : 은혜를 입다. 忝(첨) : 욕되게 하다.

71) 視(시) : 살다. 息視(식시) : 생활하다.

72) 圈牢(권뢰) : 우리.

이름이 역사책에 전해지는 것을 보면 가슴을 어루만지며 탄식하지 않은 적이 없습니다.

流聞東軍失備,[73] 師徒小衄,[74] 輟食忘餐,[75] 奮袂攘袵,[76] 撫劍東顧而心已馳於吳會矣.[77] 臣昔從先武皇帝,[78] 南極赤岸,[79] 東臨滄海,[80] 西望玉門,[81] 北出玄塞,[82] 伏見所以行師用兵之勢, 可謂神妙也. 故兵者不可豫言, 臨難而制變者也. 志欲自效於明時,[83] 立功於聖世. 每覽史籍, 觀古忠臣義士, 出一朝之命, 以殉國家之難,[84] 身雖屠裂, 而功勳著於景鍾,[85] 名稱垂於竹帛,[86] 未嘗不撫心而歎息也.

제가 듣건대, 영명하신 임금은 신하를 부리되 신하가 죄를 지었다고 해서 그를 버리지 않는다고 합니다. 그러므로 패주(敗走)하고 패전(敗戰)한 장수도 중용(重用)되니 진(秦)나라와 노(魯)나라가 큰 공을 이루었으며,

---

73) 流聞(유문): 전하여 듣다.

74) 師徒(사도): 군대. 衄(뉵): 코피. 꺾이다. 패배하다.

75) 輟食(철식): 음식을 먹다 중지하다.

76) 奮袂(분메): 소매를 떨치고 일어나다. 攘袵(양임): 옷섶을 걷어 올리다. 옷깃을 열어 젖히다. 격분(激憤)한 모양.

77) 吳會(오회): 오군(吳郡)과 회계군(會稽郡). 지금의 강소성(江蘇省)과 절강성(浙江省) 지역이며, 당시엔 동오(東吳)에 속해 있었다.

78) 先武皇帝(선무황제): 위(魏) 무제(武帝) 조조(曹操)를 가리킨다.

79) 極(극): 이르다. 닿다. 赤岸(적안): 적벽(赤壁). 지금의 호북성(湖北省) 무창현(武昌縣).

80) 滄海(창해): 동해(東海)를 가리킨다. 여기서는 조조(曹操)를 따라 원담(袁譚)을 치러 간 것을 가리킨다.

81) 玉門(옥문): 옥문관(玉門關). 지금의 감숙성(甘肅省) 돈황(敦煌)의 서북쪽에 있다.

82) 玄塞(현새): 장성(長城)을 가리킨다. 玄(현): 검은 색. 옛날 사람들은 검은 색으로 북쪽을 대표하였으며, 따라서 '玄(현)'으로 북방을 가리킨다. 여기서는 조조(曹操)를 따라 북쪽으로 오환(烏桓)을 친 일을 가리킨다.

83) 明時(명시): 태평한 세상.

84) 殉(순): 나라를 위해 희생하다.

85) 景鍾(경종): 진(晉) 경종(景宗)의 종. 춘추(春秋) 시대에, 진(晉)나라 장군 위과(魏顆)가 진(秦)나라 군대를 물리치자 그의 공적이 경종(景鍾)에 새겨졌다. 후세에는 '경종(景鍾)'을 공(功)을 포상하는 전고로 사용한다.

86) 竹帛(죽백): 죽간(竹簡, 대면).과 포백(布帛, 베와 비단). 서적. 역사(歷史).

갓끈을 끊고 말을 훔친 신하는 사면(赦免)을 받으니 초(楚)나라와 조(趙)나라가 어려운 지경을 벗어나게 되었습니다. 저는 선제(先帝)께서 너무 일찍 돌아가셨다고 삼가 생각하며, 위왕(威王)도 세상을 버리고 돌아갔는데 저는 유독 어떤 사람이기에 이렇게 많은 나이를 누리는 건지요. 저는 언제나 아침 이슬보다 일찍 사라져 골짜기에 몸이 묻히고, 무덤의 흙이 아직 마르지도 않았는데 명성이 몸과 더불어 소멸되는 것을 두려워합니다. 제가 듣기에 천리마가 소리를 길게 하여 울면 백락(伯樂)은 그 재능을 알아보고, 노구(盧狗)가 슬피 울면 한국(韓國)이 그 재주를 알아보았다고 합니다. 그래서 서로 멀리 떨어진 제(齊)와 초(楚)의 사이 길에서 힘을 다 쏟아 하루에 천리를 달리는 소임을 다하게 하고, 재빠른 토끼로 노구를 시험하여 사냥감을 붙잡고 물어뜯는 능력을 시험해봅니다. 이제 제가 미미한 공이나마 세우고자 뜻을 가지고 있습니다만, 가만히 생각해보건대 끝내 백락(伯樂)이나 한국(韓國) 같은 사람들의 추천이 없으니, 따라서 번민과 수심에 잠겨 몰래 저 혼자 애통해 하는 것입니다.

臣聞明主使臣, 不廢有罪. 故奔北敗軍之將用,[87] 而秦魯以成其功,[88] 絶纓盜馬之臣赦,[89] 而楚趙以濟其難.[90] 臣竊感先帝早崩,[91] 威王棄

---

87) 奔北(분배) : 패주(敗走)하다. 北(배) : 패(敗)하여 달아나다. 敗軍(패군) : 패전하다.
88) 춘추(春秋) 때, 진(秦) 목공(穆公)이 대장(大將) 맹명시(孟明視)와 서걸술(西乞術), 백을병(白乙丙) 등 세 사람을 파견하여 병사를 거느리고 정(鄭)나라를 공격하게 하였는데, 돌아오는 도중에 진(晉)나라가 군대를 출동시켜 효(殽)에서 매복하고 있다가 진군(秦軍)을 가로막고 공격하여 맹명시 등 세 사람을 포로로 사로잡았다. 뒤에 세 사람이 풀려나 진(秦)나라로 돌아가자 진 목공이 그들의 직급을 그대로 복직시켜주고 병사를 거느리고 진(晉)을 공격하도록 시켰는데 마침내 진나라를 대패시켰다. 또 『사기(史記)』에는 다음과 같은 이야기가 실려 있다. 춘추 시대 때, 노(魯)나라 장수 조말(曹沫)은 제(齊)나라와의 싸움에서 세 번이나 패하였다. 노(魯) 장공(莊公)이 두려워서 땅을 떼어주고 화친(和親)을 청하면서도 조말을 여전히 장수로 삼았다. 뒤에 노 장공이 제(齊) 환공(桓公)과 가(柯)땅에서 만나 동맹을 할 적에, 조말이 비수(匕首)를 품고 있다가 기회를 틈타 환공을 협박하여 노나라가 떼어준 땅을 모두 돌려주도록 응낙하게 시켰다.
89) 纓(영) : 갓끈.
90) 유향(劉向)의 『설원(說苑)』 권6 「복은(復恩)」편에 다음과 같은 이야기가 실려 있다. 춘추 시대 때, 초(楚) 장왕(莊王)이 여러 신하들에게 술을 하사하여 밤에 연회를 벌이는 도중, 촛불이 갑자기 꺼졌는데, 어떤 자가 몰래 후궁의 한 미인의 옷을 잡아당겼다.

世,92) 臣獨何人, 以堪長久. 常恐先朝露,93) 塡溝壑,94) 墳土未乾, 而身名並滅. 臣聞騏驥長鳴,95) 伯樂昭其能,96) 盧狗悲號,97) 韓國知其才.98) 是以效之齊楚之路, 以逞千里之任,99) 試之狡免之捷, 以驗搏噬之用. 今臣志狗馬之微功,100) 竊自惟度,101) 終無伯樂韓國之擧, 是以於悒而竊自痛者也.102)

미인이 이 사람의 관(冠) 위의 갓끈을 잡아당겨 끊고는 이러한 사실을 초왕에게 고하였다. 초왕은 이 사람을 처벌하지 않고 도리어 여러 신하들에게 명을 내려 모두 갓끈을 끊게 한 뒤에 불을 밝히게 하였다. 여러 사람들이 즐겁게 다 놀고 돌아갔다. 뒤에 초나라가 진(晉)나라와 싸웠는데, 일찍이 미인의 옷을 잡아당겼던 그 사람은 전투에서 다섯 번 싸움에 다섯 번 다 분발하여 싸워 적을 물리침으로써 초왕에게 보답하였다. 또 『여씨춘추(呂氏春秋)·애사(愛士)』편에는 다음과 같은 이야기가 실려 있다. 진(秦) 목공(穆公)이 타던 수레가 부서지면서 수레 오른쪽의 말을 잃어 버렸는데 어떤 시골 사람의 수중에 들어갔다. 목공이 직접 가서 찾아 오려하니 시골 사람이 마침 기산(岐山)의 남쪽 기슭에서 말고기를 먹으려 하고 있었다. 목공이 탄식하면서 말했다. "준마(駿馬)의 고기를 먹으면서 술을 마시지 않으면 그대들의 몸을 상하게 할지 모르지." 그러고는 그와 같이 있던 사람들에게 맛있는 술을 두루 하사하여 마시게 하였다. 뒤에 한원(韓原)의 싸움에서 진(秦)나라가 진(晉)과 싸울 때 목공이 진(晉)나라 군대에 의해 포위된 적이 있었는데 이전에 기산의 산기슭에서 말고기를 먹었던 3백 여 명의 사람들이 모두 온힘을 다해 목공을 위해 싸워 마침내 진(晉)나라를 크게 이겼다. 楚趙(초조): 초(楚)나라와 조(趙)나라. 진(秦)나라와 조나라는 조상이 같기 때문에 이 글에서는 말을 훔친 일을 조나라로 귀속시켰다.
91) 先帝(선제): 문제(文帝) 조비(曹丕)를 가리킨다.
92) 威王(위왕): 조조(曹操)의 아들 임성왕(任城王) 조창(曹彰)을 가리킨다. '威(위)'는 시호(諡號). 棄世(기세): 죽다.
93) 先朝露(선조로): 아침 이슬보다 먼저 죽다. 사람이 빨리 죽음을 비유하다.
94) 塡溝壑(전구학): 죽다. 사망하다. 溝壑(구학): 계곡.
95) 騏驥(기기): 천리마(千里馬).
96) 伯樂(백락): 주대(周代)의 손양(孫陽). 말[馬]의 좋고 나쁨을 잘 감별하였다고 한다. 昭(소): 환하다.
97) 盧狗(노구): 한로(韓盧). 전국(戰國) 시대 한(韓)나라의 털이 검은 명견(名犬)의 이름.
98) 韓國(한국): 사람 이름. 제(齊)나라 사람으로 개를 잘 감별하였다고 한다. 전하는 바에 의하면, 한국이 시장에서 개를 감별하는데 소리 내어 우는 개가 있어 그것이 좋은 개라는 것을 알아보았다고 한다.
99) 逞(령): 마음대로 하다. 다하다. 극진히 하다.
100) 狗馬(구마): 개와 말. 신하가 임금에게 대하여 자기를 낮추어 이르는 말.
101) 惟度(유도): 생각하다.
102) 於悒(오읍): 번민과 수심에 잠기다. 슬퍼하여 우울해지다. 自痛(자통): 스스로 슬퍼

육박(六博)판 옆에서 발돋움하여 서서 구경하고, 음악을 듣고 혼자 손뼉을 치며 박자를 맞추는 사람 중에도 어쩌면 음악을 감상할 줄 알고 육박에서 말이 가는 길을 아는 사람이 있을 것입니다. 옛적에 모수(毛遂)는 조(趙)나라 평원군(平原君)의 가신(家臣)이었으나 그래도 송곳과 주머니의 비유를 빌어 주인을 깨닫게 하고 공을 세운 바 있는데, 하물며 강성하며 인재도 많은 위(魏)나라 조정에 비분강개하며 국난(國難)을 위해 목숨을 버릴 신하가 없겠습니까? 무릇 자신의 재능을 스스로 자랑하며 중매 없이 자기 스스로 배우자를 구하는 것은 선비와 여자의 부끄러운 행위이며, 시속(時俗)과 영합하려고 애쓰고 벼슬길에 나아가길 추구하는 것은 도가(道家)에서 분명히 꺼리는 것입니다. 그런데 제가 폐하에게 감히 이런 말씀을 드리는 것은 정녕 제가 나라 임금님과 한 몸에서 나뉘어져 나온 골육(骨肉)의 관계인지라 환난(患難)을 함께 하고자 해서입니다. 바라옵기는 먼지와 이슬 같은 미미한 재능으로 산과 바다 같은 나라의 대업(大業)에 보탬이 되고 도움이 되고자 하며, 희미한 촛불로 해와 달에 빛을 더할 수 있고자 합니다. 그래서 감히 부끄러움을 무릅쓰고 충성을 바치니, 틀림없이 조정의 사람들이 저를 비웃으리라는 것을 잘 알고 있습니다. 영명하신 폐하께선 사람에 따라 그 말마저 버리지 마시고, 바라옵기는 폐하께서 조금이라도 귀 기울여 들어주신다면 저로서는 천만다행이겠습니다.

夫臨博而企竦,103) 聞樂而竊抃者,104) 或有賞音而識道也. 昔毛遂趙之陪隷,105) 猶假錐囊之喩, 以寤主立功,106) 何況巍巍大魏多士之朝,107) 而

하다.

103) 博(박) : 고대의 오락성을 띤 놀이의 일종. 말판에 12갈래의 길이 있으며, 말은 흑백(黑白) 각각 6개이다. 육박(六博, 六簙)이라고도 한다. 企竦(기송) : 발돋움하여 서다. 企(기) : 발돋움하다. 竦(송) : 발돋움하다.
104) 抃(변) : 손뼉 치다. 박자를 맞추다.
105) 毛遂(모수) : 전국(戰國) 시대 조(趙)나라 평원군(平原君)의 식객(食客). 陪隷(배예) : 제후(諸侯)의 신하. 대부(大夫)의 가신(家臣).
106) 『사기(史記)·평원군열전(平原君列傳)』에 다음과 같은 이야기가 실려 있다. 전국(戰

無慷慨死難之臣乎.108) 夫自衒自媒者,109) 士女之醜行也,110) 干時求進者,111) 道家之明忌也. 而臣敢陳聞於陛下者, 誠與國分形同氣,112) 憂患共之者也. 冀以塵露之微,113) 補益山海, 熒燭末光,114) 增輝日月. 是以敢冒其醜而獻其忠,115) 必知爲朝士所笑. 聖主不以人廢言, 伏惟陛下少垂神聽, 臣則幸矣.

國)시대에 진(秦)나라가 조(趙)나라의 수도 한단(邯鄲)을 포위하자 평원군(平原君)은 임금의 명을 받고 초(楚)나라에 도움을 청하러 가게 되었다. 식객 중에 모수(毛遂)라는 사람이 스스로 자기 자신을 추천하며 같이 갈 것을 원하였다. 이에 평원군이 온 지 얼마나 되었는가 물으니 모수가 3년 되었다고 대답하였다. 평원군이 또 "무릇 현자(賢者)가 세상에서 사는 것은 마치 주머니 속의 송곳과 같아서 가만히 있어도 금새 드러나는 법인데, 선생이 내 문하에 있은 지 3년 되도록 당신을 칭찬하는 사람이 없었으니, 남아 있으시오"라고 말했다. 그러자 모수가 말하길 "그럼 오늘 바로 저를 주머니 안에 넣어 주십시오 만약 일찌감치 저를 주머니 안에 넣어주셨으면 저도 일찌감치 송곳 끝처럼 밖으로 나와 이름을 날렸을 것입니다"라고 하였다. 이에 평원군이 모수와 함께 초나라에 갔는데 회담이 잘 진행되지 못하자 모수가 칼을 뽑아들고 초왕을 설득하여 마침내 합종(合縱)의 협약을 맺게 하였다. 조나라로 돌아온 뒤 평원군은 모수를 상객(上客)으로 모시고 후하게 대접하였다. 寤(오): '悟(오)'와 통한다. 깨닫다.

107) 巍巍(외외): 높고 큰 모양. 多士(다사): 많은 인재(人才).
108) 死難(사난): 국난(國難)을 위하여 목숨을 버리다.
109) 自衒(자현): 자기의 재능을 스스로 자랑하여 남에게 내보이다. 自媒(자매): 중매를 세우지 않고 바기 스스로 배우자를 구하다.
110) 醜行(추행): 부끄러워할 만한 행위. 추잡한 행동.
111) 干時(간시): 시대와 합쳐지기를 구하다. 시속(時俗)과 영합(迎合)하려고 애쓰다. 干(간): 구하다. 요구하다. 求進(구진): 벼슬길에 나아가기를 추구하다. 벼슬자리를 꾀하다.
112) 分形(분형): 하나의 몸에서 나누어져 나온 몸. 同氣(동기): 기혈(氣血)이 같다. 이것은 자기와 명제(明帝)는 골육(骨肉) 사이의 친밀한 관계임을 말하는 것이다.
113) 塵露(진로): 먼지와 이슬. 미세(微細)한 것. 露(로): 저본에는 '霧(무)'로 되어 있으나 조유문(趙幼文)의 설에 따라 고치다(『조식집교주(曹植集校注)』, 379면).
114) 熒燭(형촉): 희미한 촛불. 熒(형): 빛이 어슴푸레하게 나타나는 모양. 末光(말광): 희미한 빛.
115) 醜(추): 부끄럽다.

7-7. 인재를 살펴서 뽑기를 아뢰며(陳審擧表)[1]

제가 듣건대, 천지가 기운이 합쳐져서 만물이 생장하고, 군신(君臣)은 덕이 합해져서 각종 정사(政事)가 이루어진다고 합니다. 오제(五帝)의 시대라고 해서 모두가 현명한 사람은 아니었으며, 하(夏), 상(商), 주(周) 삼대(三代)의 말년(末年)이라고 해서 모두가 어리석은 것은 아니었으니, 현명한 인재를 등용하나 등용하지 않나, 인재를 제대로 알아주나 알아주지 못하냐에 달려 있을 따름입니다. 때때로 현명한 인재를 뽑는다는 이름은 있었지만 현명한 인재를 제대로 뽑았다는 실질은 없으니, 반드시 자기와 뜻을 같이하는 사람만을 추천하여 벼슬하도록 하기 때문입니다. 속담에 말하기를 "재상(宰相) 집에서 재상 나오고 장군(將軍) 집에서 장군 나온다"고 하였습니다. 무릇 재상은 문덕(文德)이 빛나는 사람이고, 장군은 무공(武功)이 혁혁한 사람입니다. 문덕이 빛나면 조정을 바로잡아 태평을 이룰 수 있으니 직(稷)과 설(契)과 기(夔)와 용(龍)이 바로 이런 사람들이었습니다. 무공이 혁혁하면 조정에 복종하지 않는 자를 정벌하고 사방의 오랑캐를 위력으로 누를 수 있으니 남중(南仲)과 방숙(方叔)이 바로 이런 사람들이었습니다. 옛날에 이윤(伊尹)은 유신씨(有莘氏)의 딸이 시집갈 때 데리고 갔던 하인이었으니 지위가 지극히 천하였으며, 여상

---

1) 이 글은 조정의 관리를 잘 살펴서 신중하게 임용하는 문제에 관해 자신의 견해를 밝혔다. 국가가 태평하자면 어진 신하를 뽑아야 하며, 왕조의 통치를 굳건히 하자면 황실과 같은 성(姓)의 신하를 임용해야 한다는 점을 강조하였다. 태화(太和) 5년(231)에 조식이 「친족들과 안부 묻고 내왕할 수 있기를 청하며(求通親親表)」를 올리자 명제(明帝)가 조서를 내려 회답을 하며 "나라의 기강엔 본래 여러 제후국이 서로 안부를 묻는 것을 금하는 명령이 없는데 아래의 관리들이 질책을 두려워하여 잘못을 바로잡는다는 것이 너무 지나쳐 이 지경에 이르렀을 따름이오 이미 담당 관리에게 조칙을 내려 왕께서 하소연하신 대로 처리하였소"라고 하였다. 그래서 조식이 조서를 받은 뒤 또 이 글을 올려 신중하게 인재를 임용하여야 된다는 뜻을 진술하였다. 陳(진) : 진술하다. 말하여 밝히다. 審(심) : 살피다. 심사하다. 擧(거) : 뽑다.

(呂尙)은 조가(朝歌)에서 백정(白丁)으로 지내고 반계(磻溪)에서 낚싯대를 드리웠으니 신분이 지극히 낮았습니다. 그러나 그들이 탕왕(湯王)과 주(周) 문왕(文王)에 의해 천거(薦擧)를 받게 되자 진실로 의기가 투합하고 지향하는 바가 같으며 신묘한 계책은 신령(神靈)과 통한 듯하니, 어찌 다시 임금이 가까이 하고 총애하는 신하의 추천의 도움을 빌리고 좌우 시종들의 소개에 의지할 필요가 있겠습니까? 『상서(尙書)』에서 말하길, "비범한 임금이 있으면 반드시 비범한 신하를 등용할 줄 알며, 비범한 신하를 등용하면 반드시 비범한 공(功)을 세울 수 있다"고 하였습니다. 상(商)의 탕왕(湯王)과 주(周)의 문왕(文王), 이 두 왕이 바로 이런 사람이었습니다. 도량이 좁고 식견이 천박하며 관습을 따르고 옛 것을 지키는 사람 같은 경우에야 어찌 폐하께 말씀드릴 것이 있겠습니까? 그러므로 음양이 조화롭지 못하고 해와 달과 별의 운행이 순조롭지 못하여, 관청은 텅 비어 유능한 사람 없고, 여러 정사(政事)가 처리되지 못하는 것은 삼사(三司)의 책임입니다. 변경이 문란해져 불안하고, 이웃나라가 나라 안으로 침입해 들어와 군대가 궤멸(潰滅)하고 많은 병사들이 목숨을 잃으며 전쟁이 종식되지 않는 것은 변방의 장수의 걱정거리입니다. 어찌 나라의 은총을 거저 받으면서 자기의 직책에 어울리게 하지 않을 수 있겠습니까? 그러므로 직책이 높은 사람일수록 짐도 더욱 무거우며, 지위가 높은 사람일수록 책임도 더욱 큽니다. 『상서(尙書)』에서 "여러 관직에 적임이 아닌 사람을 임용하여 자리를 비워놓듯 하지 말라"고 하였고, 『시경(詩經)』에 "언제나 근심스러운 일이 닥칠 것을 생각해야하네"라는 시구가 있는데, 이것이 아마도 그 뜻일 것입니다.

臣聞天地協氣而萬物生,[2] 君臣合德而庶政成.[3] 五帝之世非皆智,[4] 三

---

2) 協氣(협기) : 음양(陰陽) 두 기(氣)가 화합하다.

3) 庶(서) : 여러. 많다.

4) 五帝(오제) : 옛날 중국에 있던 전설상의 다섯 황제(皇帝). 즉 황제(黃帝), 전욱(顓頊), 제곡(帝嚳), 요(堯), 순(舜). '황제' 대신 '소호(少昊)', '제곡' 대신 '고신(高辛)'을 넣기도 한다.

季之末非皆愚,5) 用與不用, 知與不知也. 旣時有擧賢之名, 而無得賢之
實, 必各援其類而進矣.6) 諺曰,7) "相門有相, 將門有將."8) 夫相者, 文德
昭者也,9) 將者, 武功烈者也.10) 文德昭則可以匡國朝,11) 致雍熙,12) 稷契
夔龍是也.13) 武功烈則可以征不庭,14) 威四夷,15) 南仲方叔是矣.16) 昔伊
尹之爲媵臣,17) 至賤也, 呂尙之處屠釣,18) 至陋也. 及其見擧於武湯周

---

5) 三季(삼계) : 하(夏), 상(商), 주(周) 삼대(三代)를 가리킨다.

6) 援其類(원기류) : 자기와 뜻이 맞고 관계가 밀접한 사람을 추천하다. 進(진) : 나아가
   다. 벼슬하다.

7) 諺(언) : 속담. 옛부터 전해오는 말.

8) 『사기(史記)·맹상군열전(孟嘗君列傳)』에도 유사한 내용이 있어, "제가 듣건대, '장
   군(將軍) 집에서 반드시 장군 나오고 재상(宰相) 집에서 반드시 재상 나온다'고 하였습
   니다(文聞, 將門必有將, 相門必有相)"라는 말이 있다.

9) 文德(문덕) : 문치(文治)의 덕(德). 예악(禮樂)으로써 교화(敎化)하고 사람을 설복시키
   는 덕. 학문 문교의 덕. 昭(소) : 빛나다. 두드러지다.

10) 武功(무공) : 전쟁에서 세운 공적. 군사상의 공적. 烈(렬) : 뚜렷하다. 혁혁하다.

11) 匡(광) : 바로잡다. 國朝(국조) : 당대(當代)의 조정. 다른 나라, 또는 당대 이외의 조정
    에 대하여 이른다.

12) 雍熙(옹희) : 화락하다. 천하가 태평하다.

13) 稷契夔龍(직설기용) : 순(舜)임금 때의 네 명신(名臣). 『상서(尙書)·순전(舜典)』에 의
    하면 '직(稷)'은 농업, '설(契)'은 교육, '기(夔)'는 악무(樂舞), '용(龍)'은 임금의 명령을
    선포하고 신하의 말을 임금에게 전하는 일을 맡았다.

14) 不庭(부정) : 조정(朝廷)에 순복(順服)하지 아니하다.

15) 四夷(사이) : 옛날 중국에서 한족(漢族) 이외의 이방인(異邦人)을 사방의 오랑캐라고
    이르던 말. 곧 동이(東夷), 서융(西戎), 남만(南蠻), 북적(北狄)을 통틀어 이르는 말.

16) 南仲(남중) : 주(周) 선왕(宣王) 때의 장군. 군대를 이끌고 험윤(玁狁, 중국의 서북쪽
    에 살던 오랑캐들. 진한(秦漢) 이후 흉노(匈奴)라 불렀다)을 쳤다. 『시경(詩經)·소아
    (小雅)·출거(出車)』편에 보인다. 方叔(방숙) : 주 선왕 때의 대신으로 일찍이 병거 3천
    대를 이끌고 남쪽의 초(楚)나라를 공격하여 승리를 거두었다. 『시경(詩經)·소아(小
    雅)·채기(采芑)』편에 보인다.

17) 伊尹(이윤) : 은(殷)의 어진 재상. 이름은 지(摯). 탕왕(湯王)을 도와 하(夏)의 걸(桀)을
    쳐서 천하를 평정허였다. 媵臣(잉신) : 옛날에 귀한 집 여자가 시집갈 때 데리고 가던
    남자 하인. 이윤(伊尹)은 일찍이 유신씨(有莘氏)의 딸이 시집갈 때 데리고 갔던 하인이
    었는데, 탕(湯) 임금이 그를 등용하여 작은 관리로 삼았으며, 나중에 나라의 정사를 맡
    겼다.

18) 呂尙(여상) : 주(周) 문왕(文王)의 스승. 무왕(武王)을 도와 은(殷)의 주왕(紂王)을 쳐서
    나라를 세운 공(功)으로 제(齊)에 봉하였다. 본성(本姓)은 강씨(姜氏). 그의 선조가 여
    (呂)에 봉해졌으므로 '여상'이라 한다. 屠釣(도조) : 여상이 조가(朝歌)에서 백정(白丁)
    으로 지내고 반계(磻溪)에서 낚싯대를 드리운 일을 가리킨다.

文,19) 誠道合志同, 玄謨神通,20) 豈復假近習之薦,21) 因左右之介哉.22) 書
曰, "有不世之君,23) 必能用不世之臣, 用不世之臣, 必能立不世之功." 殷
周二王是矣.24) 若夫齷齪近步,25) 遵常守故, 安足爲陛下言哉. 故陰陽不
和, 三光不暢,26) 官曠無人,27) 庶政不整者, 三司之責也.28) 疆場騷動,29)
方隅內侵,30) 沒軍喪衆, 干戈不息者,31) 邊將之憂也. 豈可虛荷國寵而不
稱其任哉. 故任益隆者負益重, 位益高者責益深. 書稱無曠庶官,32) 詩有
職思其憂,33) 此其義也.

폐하께서는 아름답고 성스러운 천성을 품으시고 제왕의 자리에 오르
시어 선왕(先王)의 사업을 계승하시니, 군주가 현명하면 신하가 어질어
서 모든 일이 다 편안할 것이다 라는 노래를 들으시고, 전쟁을 그치고
덕치(德治)를 시행하는 아름다운 정치를 이루시길 바랍니다. 그러나 몇

---

19) 湯武(탕무) : 상(商)나라 탕왕(湯王). 조유문(趙幼文)은 '武湯(무탕)'으로 바꾸어야 된다
고 보았으나『조식집교주(曹植集校注)』, 447면),『사기(史記) · 은본기(殷本紀)』에 "이에
탕왕(湯王)이 말하기를 '나는 매우 용맹스럽다'라 하고는 호칭을 '무왕(武王)'이라 하였
다(於是湯曰, 吾甚武, 號曰武王)"는 기록이 있어, 여기서는 그대로 둔다.

20) 玄謨(현모) : 신묘한 계책.

21) 近習(근습) : 군주가 가까이 하고 총애하는 신하.

22) 介(개) : 소개(紹介).

23) 不世(불세) : 불세출의. 세상에 매우 드문(뛰어난).

24) 殷周二王(은주이왕) : 상(商)이 탕왕(湯王)과 주(周)의 문왕(文王)을 가리킨다.

25) 齷齪(악착) : 도량이 좁은 모양. 작은 일에 구애하여 아득바득 다투는 모양. 近步(근
보) : 거리가 짧은 걸음걸이. 식견이 얕고 좁다. 천박하고 비루하다.

26) 三光(삼광) : 해와 달과 별. 暢(창) : 통하다.

27) 官(관) : 관청. 曠(광) : 비다.

28) 三司(삼사) : 삼공(三公). 사도(司徒, 周代에 교육을 맡아보던 벼슬), 사공(司空, 고대
에 土地와 民事를 맡아보던 벼슬 이름), 사마(司馬, 주대에 軍事를 맡아보던 벼슬)를
가리킨다.

29) 疆場(강장) : 변경(邊境). 騷動(소동) : 질서가 문란해지다. 불안하다.

30) 方隅(방우) : 이웃나라.

31) 干戈(간과) : 방패와 창. 전쟁.

32) 書(서) :『상서(尙書) · 고요모(皐陶謨)』편을 가리킨다. 庶(서) : 여러.

33) 詩(시) :『시경(詩經) · 당풍(唐風) · 실솔(蟋蟀)』편을 가리킨다. 職(직) : 언제나. 또는
관련된 사무를 담당하는 관리를 가리킨다고 보기도 한다.

년 간 수재(水災)와 가뭄이 늘상 일어나고 백성들은 의식(衣食)에 곤란을 겪으며, 군대 사병의 징발은 해마다 인원수를 증가하고 있습니다. 게다가 동쪽에서는 오(吳)나라를 치다가 패배한 군대가 있고, 서쪽에서는 촉(蜀)을 치다가 전사한 장수가 있어, 방합과 대합조개가 회하(淮河)와 사수(泗水)에서 떠다니고, 다람쥐와 족제비가 숲에서 시끄럽게 떠들도록 만들고 있습니다. 저는 매번 이런 일을 생각할 때마다 밥 먹는 것을 멈추고 음식물을 치우며, 술잔을 마주하고 손목을 불끈 쥐지 않은 적이 없습니다. 옛날에 한(漢) 문제(文帝)가 대(代) 땅을 떠날 때, 조정에 변고(變故)가 생기려나 의심을 품었습니다. 송창(宋昌)이 말하길, "조정의 안에는 주허후(朱虛侯)와 동모후(東牟侯)와 같은 황친(皇親)이 있고, 조정의 밖에는 제왕(齊王), 초왕(楚王), 회남왕(淮南王), 낭야왕(琅邪王) 등이 있어, 이들은 모두 반석처럼 견고하고 믿을만한 종친들이니 왕께서는 의심하지 마시기 바랍니다"라고 하였습니다. 저는 삼가 생각건대, 폐하께서는 멀리는 괵중(虢仲)과 괵숙(虢叔)이 주(周) 문왕(文王)을 원조(援助)한 것을 보시고, 다음으로는 소공(召公)과 필공(畢公)이 주(周) 성왕(成王)을 보좌(輔佐)한 것을 생각하시고, 끝으로 송창이 말한 바 반석과 같이 견고한 종친을 기억해주십시오. 옛날 천리마는 오(吳) 땅의 산비탈을 오를 때 아주 괴로웠다고 할 수 있습니다. 그러다가 백락(伯樂)이 그를 알아보고 손우(孫郵)가 몰게 되자, 몸은 노고롭지 않으면서 손쉽게 천리를 달렸습니다. 백락은 말을 잘 몰고 현명한 임금은 신하를 잘 부리며, 백락은 천리를 달리고 현명한 임금은 태평을 이룩합니다. 이것이 진실로 어진 사람을 등용하고 재능 있는 사람을 부린 분명한 효과입니다. 만약 조정의 삼공(三公)이 모두 어진 사람이면 번잡한 정사(政事)가 조정안에서 처리될 수 있으며, 무장(武將)은 군대를 이끌고 출정하여 변경의 전쟁을 능히 그치게 할 수 있어, 폐하께서는 도성(都城)에서 여유 있게 지내실 수 있으시리니, 어찌 수고스럽게 수레를 타고 변경에 모습을 드러내실 필요가 있겠습니까?

陛下體天眞之淑聖,[34] 登神機以繼統,[35] 冀聞康哉之歌,[36] 偃武行文
之美.[37] 而數年以來, 水旱不時, 民困衣食, 師徒之發,[38] 歲歲增調.[39] 加
東有覆敗之軍,[40] 西有殪沒之將,[41] 至使蚌蛤浮翔於淮泗,[42] 鼪鼬讙譁
於林木.[43] 臣每念之, 未嘗不輟食而揮餐,[44] 臨觴而搤腕矣.[45] 昔漢文發
代,[46] 疑朝有變.[47] 宋昌曰,[48] "內有朱虛東牟之親,[49] 外有齊楚淮南琅

---

34) 天眞(천진) : 태어나면서 갖추고 있는 본성(本性). 천성(天性). 淑(숙) : 선(善)하다. 聖
   (성) : 현명하다.
35) 神機(신기) : 제위(帝位)를 비유하다. 繼統(계통) : 선인(先人)의 사업(事業)을 계승하다.
36) 冀(기) : 바라다. 康哉之歌(강재지가) : 군주가 현명하면 신하가 어질어서 모든 일이
   다 편안할 것임을 칭송한 노래. 『상서(尚書)·익직(益稷)』편에 순(舜)임금의 군신(君臣)
   이 지은 노래를 싣고 있는데 "군주가 현명하시면 신하가 어질어서 모든 일이 평안할
   것입니다(元首明哉, 股肱良哉, 庶事康哉)"라는 말이 있다. 康(강) : 편안하다.
37) 偃(언) : 그만두다. 그치다.
38) 師徒(사도) : 군대(軍隊).
39) 增調(증조) : 징발하는 사병(士兵)의 인원수를 증가시키다. 師徒之發(사도지발), 歲歲
   增調(세세증조) : 군대사병의 징발은 해마다 인원수를 증가한다. 여러 해 계속 오(吳)나
   라 및 촉(蜀)나라와 전쟁을 벌이는 것을 가리킨다.
40) 東有覆敗之軍(동유복패지군) : 위(魏) 명제(明帝) 태화(太和) 2년(228), 조휴(曹休)가
   동오(東吳)의 육손(陸遜)에 의해 석정(石亭)에서 패한 일을 가리킨다.
41) 西有殪沒之將(서유에몰지장) : 태화(太和) 2년, 위(魏)나라 장수 왕쌍(王雙)이 촉(蜀)
   과 싸우다가 패하여 살해당했다. 5년에는, 장합(張郃)이 또 기산(祁山)에서 제갈량(諸
   葛亮)과 싸우다가 목문(木門)에서 촉군(蜀軍)의 화살을 맞고 죽었다. 殪沒(에몰) : 사망
   (死亡)하다.
42) 蚌蛤(방합) : 방합과 대합조개. 오(吳)나라를 가리킨다. 淮泗(회사) : 회하(淮河)와 사수
   (泗水). 이 두 강은 동오(東吳)가 점거하고 있는 지역에 있다.
43) 鼪鼬(혼유) : 다람쥐와 족제비. 촉(蜀)나라를 비유해 가리킨다. 讙譁(환화) : 시끄럽다.
   시끄럽게 떠들다.
44) 揮(휘) : 치우다.
45) 搤腕(액완) : (성이 나거나 분해서) 손목을 불끈 쥐다.
46) 漢文(한문) : 한(漢) 문제(文帝) 유항(劉恒)을 가리킨다. 發(발) : 떠나다. 代(대) : 군(郡)
   이름. 지금의 산서성(山西省) 경내(境內)에 있다. 유항이 황제가 되기 전에 일찍이 이
   곳에 봉해졌다. 유항이 어릴 때 어머니 박희(薄姬)와 함께 여후(呂后)로부터 화(禍)를
   입는 것을 피하기 위하여 대국(代國)에서 살았으며, 뒤에 대왕(代王)이 되었다. 뒤에
   승상 진평(陳平)과 태위(太尉) 주발(周勃) 등이 여러 여씨(呂氏)들의 난(亂)을 처리하고
   사람을 시켜 대왕(代王)을 맞아 장안(長安)에 가서 즉위(卽位)하도록 하였다.
47) 朝(조) : 조정(朝廷). 變(변) : 변고(變故).
48) 宋昌(송창) : 사람 이름. 당시 대국(代國)의 중위(中尉)로 있었다.
49) 朱虛(주허) : 주허후(朱虛侯) 유장(劉章)을 가리킨다. 東牟(동모) : 동모후(東牟侯) 유

邪,50) 此則盤石之宗,51) 願王勿疑." 臣伏惟陛下遠覽姬文二虢之援,52) 中慮周成召畢之輔,53) 下存宋昌磐石之固.54) 昔騏驥之於吳阪,55) 可謂困矣. 及其伯樂相之, 孫郵御之,56) 形體不勞, 而坐取千里.57) 蓋伯樂善御馬, 明君善御臣, 伯樂馳千里, 明君致太平. 誠任賢使能之明效也. 若朝司惟良,58) 萬機內理,59) 武將行師, 方難克弭,60) 陛下可得雍容都城,61) 何事勞動鑾駕暴露於邊境哉.62)

　저는 "양(羊)의 몸에 호랑이 가죽을 걸치고 있지만 풀을 보면 기뻐하고 승냥이를 보면 두려워한다"는 말을 들은 적이 있는데, 호랑이 가죽을 걸치고 있는 것을 잊었기 때문입니다. 이제 임용한 장수가 훌륭하지 않아 이와 같은 경우가 있습니다. 그러므로 흔히 하는 말에 "일 하는 것을 두려워하는 사람은 어떻게 하여야 하는지를 모르고, 어떻게 하는지를 아는 사람은 하질 못한다"고 합니다. 옛날에 악의(樂毅)는 조(趙)나라로 달아났으나 마음으로 연(燕)나라를 잊지 않았으며, 염파(廉頗)는 초(楚)

홍거(劉興居)를 가리킨다. 유장의 동생. 당시 모두 장안(長安)에 있었다.

50) 齊(제) : 제왕(齊王) 유비(劉肥)를 가리킨다. 楚(초) : 초왕(楚王) 유교(劉交)를 가리킨다. 淮南(회남) : 회남왕(淮南王) 유장(劉長)을 가리킨다. 琅邪(낭야) : 낭야왕(琅邪王) 유택(劉澤)을 가리킨다.

51) 盤石(반석) : 큰 바위. 반석처럼 안정되고 견고함을 비유한다.

52) 姬文(희문) : 주(周) 문왕(文王) 희창(姬昌)을 가리킨다. 二虢(이괵) : 괵중(虢仲)과 괵숙(虢叔)을 가리킨다.

53) 召畢(소필) : 소공(召公) 석(奭)과 필공(畢公) 고(高)를 가리킨다.

54) 存(존) : 돌이켜보다. 기억하다.

55) 吳阪(오판) : 오(吳) 땅의 산비탈.

56) 孫郵(손우) : 옛날에 말을 잘 모는 사람으로, 『좌전(左傳)・애공(哀公) 2년』에 보이는 우무휼(郵無恤)이며, 조간자(趙簡子)의 마부(馬夫). 御(어) : (수레나 말을) 부리다. 몰다.

57) 坐(좌) : 저절로. 자연스럽게.

58) 朝司(조사) : 조정의 삼공(三公), 즉 사공(司空), 사도(司徒), 사마(司馬).

59) 萬機(만기) : 천자가 보살피는 여러 가지 일. 內理(내리) : 안에서 다스리다.

60) 方難(방난) : 변경(邊境)의 전쟁을 가리킨다. 克(극) : 능히. 弭(미) : 그치다. 중지하다.

61) 雍容(옹용) : 여유 있고 유유자적하다.

62) 鑾駕(난가) : 천자의 수레.

나라에 있으면서 조나라의 장수가 되길 생각하였습니다. 저는 동란(動
亂)의 시대에 태어나 군중(軍中)에서 자라고, 또 여러 차례 무황제(武皇帝)
의 가르침을 받으며 행군(行軍)과 용병(用兵)의 요령을 직접 보았는데, 손
무(孫武)와 오기(吳起)의 병서(兵書)를 가져와 보지 않더라도 암암리에 일
치하였습니다. 삼가 마음으로 미루어 생각하면, 늘 혹시라도 조정에 들
어가 천자를 알현하고 시봉(侍奉)할 수 있기를 원하니, 황궁(皇宮)의 금문
(金門)을 열고 옥 섬돌을 밟고 직위(職位)가 있는 신하들의 대열에 서서,
극히 짧은 짬이나마 저에게 하사하시어, 저로 하여금 품은 생각을 털어
버리고 가슴에 맺힌 것을 펼쳐낼 수 있게 해주신다면, 죽어도 여한(餘恨)
이 없겠습니다.

臣聞羊質虎皮, 見草則悅, 見豺則戰,⁶³⁾ 忘其皮之虎也. 今置將不良, 有
似於此. 故語曰, "患爲之者不知, 知之者不得爲也." 昔樂毅奔趙,⁶⁴⁾ 心不
忘燕, 廉頗在楚,⁶⁵⁾ 思爲趙將. 臣生乎亂,⁶⁶⁾ 長乎軍, 又數承敎於武皇
帝,⁶⁷⁾ 伏見行師用兵之要,⁶⁸⁾ 不必取孫吳而闇與之合.⁶⁹⁾ 竊揆之於心,⁷⁰⁾
常願得一奉朝覲⁷¹⁾ 排金門,⁷²⁾ 蹈玉陛, 列有職之臣, 賜須臾之間,⁷³⁾ 使臣

---

63) 豺(시) : 승냥이. 戰(전) : 두려워하다.

64) 樂毅(악의) : 전국(戰國) 시대 연(燕)나라 장수. 연나라 소왕(昭王) 때 일찍이 군대를
거느리고 제(齊)나라를 격파하고 잃어버린 땅을 되찾았다. 혜왕(惠王)이 즉위한 뒤, 제
나라의 이간질에 빠져 악의가 의심과 질시를 받자 조(趙)나라로 달아났다. 『사기(史
記)·악의열전(樂毅列傳)』에 자세히 보인다.

65) 廉頗(염파) : 전국(戰國) 시대 조(趙)나라의 명장(名將). 조나라 도양왕(悼襄王) 때 뜻
을 펴지 못하여 위(魏)나라로 도망가 대량(大梁)에서 살다가 뒤에 초(楚)나라에서 늙어
죽었다.

66) 生乎亂(생호란) : 동란(動亂)의 시대에 태어나다. 한(漢) 헌제(獻帝) 초평(初平) 3년
(192)에 조식(曹植)이 출생(出生)하였는데 그 때 마침 동탁(董卓)의 난(亂)을 만났다.

67) 武皇帝(무황제) : 조조(曹操)를 가리킨다.

68) 伏見(복견) : 직접 보다.

69) 孫吳(손오) : 손무(孫武)와 오기(吳起)의 병서(兵書) 『손자(孫子)』와 『오자(吳子)』를
가리킨다. 闇(암) : 암암리.

70) 揆(규) : 헤아리다.

71) 一(일) : '或(혹)'과 같다. 혹시. 조금. 朝覲(조근) : 신하가 입조(入朝)하여 임금을 알현
하다.

得一散所懷, 攄舒蘊積,74)死不恨矣.

　　근자에 홍려관(鴻臚官)이 하달한 병사의 자식 징집 공문을 펼쳐보니 기한이 매우 급합니다. 또 듣자하니 표범 꼬리를 이미 세워놓았으며 병거(兵車)를 신속하게 말에 매었다고 하니, 폐하께서는 장차 다시 옥체(玉體)를 노고롭게 하시고 정신을 번거롭게 어지럽히시게 되리니, 저는 진실로 두려워 편안히 지낼 수가 없습니다. 저는 채찍을 휘둘러 말을 몰아 앞장을 서서 먼지와 이슬을 맞으며, 풍후(風后)의 기이한 계책을 취하고 손자(孫子)와 오자(吳子) 병법의 요점을 파악하여, 공자(孔子) 제자 복상(卜商)을 그리워하며 내 몸 가까이 계신 분을 일깨워드리고, 목숨을 바쳐 앞장서서 진격하여 수레바퀴 아래에서 목숨을 바치고자 하니, 비록 크게 도움되는 바는 없을지라도 작은 보탬이 있기를 희망합니다. 그러나 하늘은 높이 계시고 멀리서 들으시니 저의 진정이 위로 통하지 못하여, 단지 푸른 구름을 바라보며 가슴을 어루만지며 높은 하늘을 우러러보면서 탄식할 따름입니다. 굴원(屈原)이 말하길, "나라에 천리마가 있는데 탈 줄 모르고, 어찌하여 바쁘게 다른 말을 구하는 것인가?"라고 하였습니다. 옛날 관숙(管叔)은 피살(被殺)되고 채숙(蔡叔)은 추방을 당하여 주공(周公)과 소공(召公)이 천자를 보좌하였으며, 숙어(叔魚)가 형법(刑法)에 저촉(抵觸)되자 숙향(叔向)이 나라를 바로잡았습니다. 삼감(三監)과 같은 죄(罪)는 제가 맡도록 하겠습니다. 주공(周公)과 소공(召公) 같은 보좌하는 신하는 구하더라도 반드시 먼 곳에서 찾을 필요 없으니, 황실(皇室) 귀족과 제후왕(諸侯王) 가운데 반드시 이들을 본받는 사람이 있을 것입니다. 그러므로 옛 책에 말하길, "주공과 같은 종친(宗親)이 없으면 주공처럼

---

72) 排(배) : 밀치다. 金門(금문) : 금마문(金馬門). 한대(漢代)에는 관서(官署)의 문 옆에 구리로 만든 말[銅馬]이 있어서 '금마문'이라 불렀다. 여기서는 궁문(宮門)을 가리킨다.

73) 閒(한) : 틈. 저본에는 '問(문)'으로 되어 있으나 조유문(趙幼文)의 견해에 따라 고치다(『조식집교주(曹植集校注)』, 450면).

74) 攄舒(터서) : 펴다. 蘊積(온적) : 쌓이다. 가슴에 맺힌 근심과 고민.

정사(政事)를 보좌한 일을 할 수 없다”고 하였습니다. 폐하께서 여기에 대해 조금이라도 유념해 두시기 바랍니다.

被鴻臚所下發士息書,75) 期會甚急.76) 又聞豹尾已建,77) 戎軒鶩駕,78) 陛下將復勞玉躬,79) 擾挂神思.80) 臣誠竦息,81) 不遑寧處.82) 願得策馬執鞭, 首當塵露, 撮風后之奇,83) 接孫吳之要,84) 追慕卜商,85) 起予左右,86) 效命先驅,87) 畢命輪轂,88) 雖無大益, 冀有小補. 然天高聽遠,89) 情不上通, 徒獨望靑雲而拊心, 仰高天而嘆息耳. 屈平曰, “國有驥而不知乘, 焉

---

75) 被(피) : ‘披(피)’와 통한다. 열다. 펼쳐 보다. 鴻臚(홍려) : 관직 이름. 신하가 입조(入朝)하여 임금에게 하례(賀禮)하는 일과 경조사(慶弔事)에 관한 예의를 관장한다. 發(발) : 징집(徵集). 士息(사식) : 사가(士家)의 자제(子弟). 병사(兵士)의 아들을 가리킨다. 息(식) : 자식. 위(魏)나라 때는 세병제(世兵制)를 실시하였는데, 병역(兵役)에 복무하는 자는 일정한 사람에 한정되어 있으며 ‘병가(兵家)’ 혹은 ‘사가(士家)’라 불렀다. 병사의 아들도 징집되어 병역에 복무해야 한다.

76) 期會(기회) : 기한(期限).

77) 豹尾(표미) : 표범의 꼬리. 표범의 꼬리로 장식한 수레. 임금의 수레. 한위(漢魏) 때는 황제가 외출하면 수행하는 수레가 모두 81대이며 맨 끝의 수레에 표범 꼬리를 매달아 놓는다. 建(건) : 세우다. 설치하다.

78) 戎軒(융헌) : 병거(兵車). 鶩(목) : 빠르다.

79) 勞玉躬(노옥궁) : 옥체(玉體)를 노고롭게 하다. 직접 군대를 이끌고 출정한다는 의미.

80) 擾(요) : 어지럽히다. 挂(괘) : 마음에 걸리다. 神思(신사) : 정신. 마음.

81) 竦息(송식) : 두려워하는 모양.

82) 不遑(불황) : 겨를이 없다. 遑(황) : 겨를. 한가한 시간. 寧處(영처) : 편안히 지내다.

83) 撮(촬) : 취(取)하다. 風后(풍후) : 전하는 말에 의하면 황제(黃帝, 중국 전설 시대의 제왕. 軒轅氏라고도 한다)의 신하로 병법(兵法)에 뛰어났다고 한다.

84) 接(접) : 가지다. 孫吳(손오) : 손무(孫武)와 오기(吳起). 둘 다 춘추(春秋) 시대의 병법(兵法)의 대가.

85) 卜商(복상) : 공자(孔子)의 제자 자하(子夏). 성(姓)은 ‘복(卜)’, 이름이 ‘상(商).’

86) 起予左右(기여좌우) : 『논어(論語)·팔일(八佾)』편에 “공자(孔子)께서 말하였다. ‘나를 일깨워주는 사람은 상(商)이로구나. 비로소 너와 더불어 시(詩)를 말할 만 하구나(子曰, 起予者商也, 始可與言詩已矣)”라는 말이 있다. 조식은 여기서 조예(曹叡)를 공자(孔子)에 비기고, 자기를 복상(卜商)에 비겼다. 起(기) : 일깨우다.

87) 驅(구) : 저본에는 ‘軀(구)’로 되어 있으나 『삼국지(三國志)·위서(魏書)』 본전(本傳)과 『전삼국문(全三國文)』에 의거한 『삼조시문전집역주(三曹詩文全集譯注)』에 따라 고치다(899면).

88) 輪轂(윤곡) : 수레바퀴.

89) 天(천) : 조예(曹叡)를 가리킨다.

皇皇而更索."90) 昔管蔡放誅,91) 周召作弼,92) 叔魚陷刑,93) 叔向匡國.94)
三監之釁,95) 臣自當之. 二南之輔,96) 求不必遠, 華宗貴族,97) 藩王之中,
必有應斯擧者. 故傳曰, "無周公之親, 不得行周公之事." 唯陛下少留意
焉.98)

지금으로부터 가까웠던 한(漢)나라는 제후왕을 넓은 지역에 걸쳐 두어,

---

90) 皇皇(황황) : '皇(황)'은 '惶(황)'과 통한다. 惶惶(황황) : 바쁘고 불안한 모양. 불안해서
　　떠는 모양. 이상의 두 구절은 송옥(宋玉)의 「구변(九辯)」 제8장(章)에 보인다. 조식이
　　이것을 굴원의 말이라 한 것은 잘못이다.
91) 管蔡放誅(관채방주) : 관숙(管叔)은 피살되고 채숙(蔡叔)은 추방당하다. 관숙(管叔)과
　　채숙(蔡叔)은 주공의 형제 숙선(叔鮮)과 숙도(叔度)로, 각기 관(管)과 채(蔡) 땅에 봉해
　　져서 '관숙'과 '채숙'으로도 불린다. 주(周) 무왕(武王)이 즉위한 뒤, 관숙과 채숙이 상
　　(商)나라 주왕(紂王)의 아들 무경(武庚)과 같이 군대를 일으켜 주나라에 배반하였는데,
　　성왕(成王)이 관숙을 죽이고 채숙을 추방하였다.
92) 周召作弼(주소작필) : 주공(周公)과 소공(召公)이 보좌(輔佐)하다. 성왕(成王)이 관숙
　　(管叔)을 죽이고 채숙(蔡叔)을 추방한 뒤, 주공을 사(師)로 삼고 소공을 보(保)로 삼아
　　좌우에서 보좌하게 하였다.
93) 叔魚陷刑(숙어함형) : 숙어(叔魚)가 법망(法網)에 떨어지다. 자세한 내용은 아래의 주
　　석을 참고.
94) 叔向匡國(숙향광국) : 나라를 바로잡다. 『좌전(左傳)·소공(昭公) 14년』조에 다음과
　　같은 이야기가 실려 있다. 진(晉)나라의 형후(邢侯)가 옹자(雍子)와 축(鄐) 땅의 밭을
　　다투었는데 오래 지나도록 해결되지 않았다. 한선자(韓宣子)가 숙어(叔魚)에게 명령을
　　내려 사건을 심리하도록 하였는데 옹자가 죄를 지은 것으로 판단하였다. 옹자가 딸을
　　숙어에게 시집보내어 승소(勝訴)하였다. 형후가 분노하여 숙어와 옹자를 죽였다. 한선
　　자가 숙향(叔向)에게 의견을 물으니, 숙향은 세 사람 모두 똑같이 죄를 지었다고 하였
　　다. 이에 형후를 죽이고 세 사람의 시체를 거리에 내다버렸다
95) 三監(삼감) : 관숙(管叔), 채숙(蔡叔), 곽숙(霍叔). 주(周) 무왕(武王)이 상(商)나라를 멸
　　망시킨 뒤, 상의 옛 수도를 주왕(紂王)의 아들 무경(武庚)에게 봉(封)하고, 수도의 동쪽
　　을 위(衛)라고 이름 붙여 무왕의 동생 관숙(管叔)이 감독하고, 서쪽을 용(鄘)이라 부르
　　고 무왕의 동생 채숙(蔡叔)이 감독하고, 북쪽은 패(邶)라 부르고 무왕의 동생 곽숙(霍
　　叔)이 감독하게 하였는데, 이들을 합쳐서 '삼감(三監)'이라 부른다. 釁(흔) : 죄(罪).
96) 二南(이남) : 본래는 『시경(詩經)』 중의 「주남(周南)」과 「소남(召南)」을 가리킨다. 이
　　두 가지가 각기 주공(周公)과 소공(召公)의 봉지(封地)의 민가(民歌)이기 때문에 '이남
　　(二南)'으로 주공과 소공을 대신하여 가리킨다.
97) 華宗貴族(화종귀족) : 황실(皇室) 귀족(貴族).
98) 少(소) : 조금. 약간.

봉지(封地)가 큰 것은 수십 개의 성(城)을 연이었으며 봉지가 작은 것은
단지 배나 부르게 먹고 조상에게 제사나 지낼 수 있을 따름이었습니다.
이것은 주(周)나라가 제후 나라를 세우는데 다섯 등급의 작위(爵位)를 두
는 제도가 있은 것과 다릅니다. 부소(扶蘇)가 진시황(秦始皇)에게 간하고
순우월(淳于越)이 주청신(周青臣)을 반박한 것은 시세(時勢)의 변화를 잘
알았다 할 수 있습니다. 무릇 천하의 사람들로 하여금 귀 기울여 듣고
주목해서 보게 할 수 있는 사람은 바로 권력을 장악하고 있는 사람입니다.
그러므로 지모(智謀)는 임금의 생각을 바꿀 수 있고 권세는 아랫사람을
두려워하게 만들 수 있으니, 호족(豪族)이 정권을 잡으면 황제의 친척이
더 이상 존재하지 않게 합니다. 권력이 있으면 비록 관계가 먼 사람일지라
도 중시를 받고, 권세가 떠나면 설사 친근한 사람일지라도 반드시 경시를
받게 됩니다. 무릇 제(齊)나라를 탈취한 자는 전씨(田氏) 가족이지 여씨(呂
氏) 종족이 아니며, 진(晉)나라를 나눈 것은 조씨(趙氏)와 위씨(魏氏) 집안
이지 희씨(姬氏) 성(姓)을 쓰는 사람이 아니었습니다. 폐하께서 잘 살펴주
시길 바랍니다. 국가가 태평할 때 구차하게 권력 자리를 독점하다가 국가
가 불행할 때 환난에서 떠나가는 자들은 황실과 다른 성(姓)을 쓰는 신하들
입니다. 국가가 평안하길 바라고 가족이 부귀해지길 빌며, 살아서 영화를
같이 누리고 죽음에 처하여 재난을 함께 겪는 사람은 황실 종친의 신하들
입니다. 지금은 반대로 황실의 종친을 멀리하고 다른 성을 쓰는 사람들을
가까이 하니, 저는 삼가 이 점이 도저히 이해되지 않습니다.

　近者漢氏廣建藩王, 豐則連城數十, 約則饗食祖祭而已. 未若姬周之
樹國,99) 五等之品制也.100) 若扶蘇之諫始皇,101) 淳于越之難周青臣,102)

---

99) 姬周(희주) : 주(周)나라. 주나라 왕실의 성(姓)이 '희(姬)'씨이어서 이렇게 부른다.
100) 五等(오등) : 공(公), 후(侯), 백(伯), 자(子), 남(男)의 다섯 등급의 작위(爵位).
101) 扶蘇(부소) : 진시황(秦始皇)의 태자(太子). 부소가 진시황에게 제후(諸侯)를 봉하는
　　문제와 관련하여 간(諫)한 말은 지금 전하는 사적(史籍)에는 실려있지 않다.
102) 순우월(淳于越)이 주청신(周青臣)을 반박한 내용은 『사기(史記)·진시황본기(秦始皇
　　本紀)』에 보이는데 다음과 같다. 복야(僕射) 벼슬의 주청신이 진시황이 천하를 평정하

可謂知時變矣.103)　　夫能使天下傾耳注目者,　當權者是矣.　故謀能移
主,104)　威能懾下,105)　豪右執政,106)　不在親戚.107)　權之所在,　雖疏必
重,108)　勢之所去,109)　雖親必輕. 蓋取齊者田族,110) 非呂宗也,111) 分晉者
趙魏,112) 非姬姓也. 惟陛下察之. 苟吉專其位, 凶離其患者,113) 異姓之臣
也. 欲國之安, 祈家之貴, 存共其榮, 沒同其禍者, 公族之臣也. 今反公族
疏而異姓親, 臣竊惑焉.

　제가 듣기에, 맹자(孟子)가 말하길, "군자는 궁하게 되면 홀로 자신의
몸을 잘 수양하고, 현달(顯達)하게 되면 천하의 사람들을 두루 이롭게 한
다"고 하였습니다. 이제 저는 폐하와 함께 얼음을 밟고 숯을 밟고 산에
오르고 계곡을 건너며, 추위와 따뜻함, 건조함과 습기 많음, 높은 곳에
오르는 일과 낮은 곳에 내려가는 일 등등을 모두 같이 겪고 있습니다.

고 제후를 없애고 군현(郡縣)을 세운 것을 칭송하자, 박사(博士) 순우월이 옳지 않다 생
각하고 주청신을 반박했다. "은(殷)과 주(周)는 나라를 세워 왕(王)을 일컫은 지 천 여
년 되는데, 모두가 자제(子弟)와 공신(功臣)에게 토지(土地)를 분봉(分封)하여 제후(諸
侯)로 삼아 조정을 보좌하도록 하였소 이제 폐하께서 천하를 차지하셨는데 자제들은
모두 평민이 되니, 만약 갑작스레 옛날의 제(齊)나라의 전상(田常)이나 진(晉)나라의 육
경(六卿, 진나라의 통치권을 장악했던 여섯 집안으로 趙, 韓, 魏, 智, 范, 中行氏)과 같은
신하들이 난을 일으킨다면 나라에 보좌하는 신하가 없는데 어떻게 구할 수 있겠소?"

103) 時變(시세) : 시대의 추세. 시대의 정치 형세의 변화.

104) 移主(이주) : 임금의 생각을 바꾸다. 移(이) : 옮기다. 바꾸다.

105) 懾(섭) : 두려워하다.

106) 豪右(호우) : 호족(豪族). 세가(世家) 대족(大族).

107) 親戚(친척) : 황친(皇親, 황제의 친척). 不在親戚(부재친척) : 황제의 친척이 더 이상
존재하지 않게 된다. 황제의 친척들로 하여금 집권하지 않게 하다.

108) 疏(소) : 소원(疏遠)하다. 여기서는 '원래 황제와 관계가 소원하다' '황친(皇親)'이 아
니다'는 의미.

109) 勢(세) : 권세.

110) 田族(전족) : 전씨(田氏) 가족(家族). 주(周)나라 초에 여상(呂尙, 즉 姜太公)이 제(齊)
땅에 봉해졌는데, 뒤에 제(齊)나라는 대신(大臣) 전화(田和)에게 찬탈 당하였다.

111) 呂宗(여종) : 여씨(呂氏) 종족.

112) 주(周)나라 초에 당숙(唐叔)이 진(晉) 땅에 봉해졌는데 희씨(姬氏) 성(姓)을 썼다. 뒤
에 조적(趙籍)과 위사(魏斯), 한건(韓虔)의 세 집안에 의해 나누어지게 되었다.

113) 凶(흉) : 불행하다.

어찌 폐하를 떠날 수 있겠습니까? 분노와 번민을 이기지 못하여 글을 올려 충정(衷情)을 털어놓습니다. 만약 합당하지 않은 곳이 있더라도, 청컨대 잠시 서부(書府)에 보관하시고 곧바로 폐기하지 말아주시길 빕니다. 제가 죽은 뒤에, 제가 올린 글에서 말한 일이 어쩌면 사람을 깊이 생각하게 할지도 모릅니다. 만약 이 글에서 조금이라도 폐하의 마음을 끄는 곳이 있으면 청컨대 조당(朝堂)에 내걸어, 옛날 일에 밝은 사람으로 하여금 저의 글에서 사리(事理)에 맞지 않는 곳을 바로잡도록 해주시길 바라니, 이와 같이 해주시면 제가 원하는 것은 만족합니다.

臣聞孟子曰, "君子窮則獨善其身,[114] 達則兼善天下."[115] 今臣與陛下踐冰履炭, 登山浮澗, 寒溫燥濕高下共之. 豈得離陛下哉. 不勝憤懣,[116] 拜表陳情. 若有不合, 乞且藏之書府,[117] 不便滅棄.[118] 臣死之後, 事或可思. 若有毫釐少挂聖意者, 乞出之朝堂,[119] 使夫博古之士糾臣表之不合義者,[120] 如是則臣願足矣.

잔구(殘句)

옛날에 단간목(段干木)이 마을에서 덕(德)을 닦자 진(秦)나라 군대가 이 때문에 공격을 중지하여 위(魏) 문후(文侯)는 이로써 편안할 수 있었습니다. 사마양저(司馬穰苴)가 변경에서 장군으로 임명을 받자 연(燕)나라와 진

---

114) 정치적으로 소망을 실현시키지 못하면 마땅히 홀로 자기의 품덕을 닦아야 한다는 의미.

115) 정치적으로 자기의 포부를 실천할 수 있으면 마땅히 천하의 사람들을 두루 이롭게 하여야 된다는 의미. 이상의 두 구절은 『맹자(孟子)·진심(盡心) 상(上)』에 보인다.

116) 憤懣(분만) : 분노와 번민. 화가 나서 속을 끓이다.

117) 書府(서부) : 조정에서 도서(圖書)와 비기(秘記), 신하의 상주문(上奏文)을 보관하는 곳.

118) 不便(불변) : 곧바로 ~하지 않다.

119) 朝堂(조당) : 조정(朝廷). 出之朝堂(출지조당) : 이 글을 조정에서 공포(公布)한다는 의미.

120) 博古(박고) : 고대(古代)의 사사(史事)를 널리 알다. 糾(규) : 바로잡다. 시정하다.

(晉)나라가 그 때문에 철군하여 제(齊) 경공(景公)이 걱정거리가 없어졌으니, 이것은 모두 덕(德) 있는 사람을 뽑고 어진 사람을 존경한 결과입니다. 원컨대 폐하께서는 은(殷)나라 고종(高宗)이 부암(傅巖)에서 인재를 뽑던 그런 밝은 덕을 내리시어 중흥(中興)의 공(功)을 드러내시길 바랍니다.

昔段干木修德於閭閻,[121] 秦師爲之輟攻,[122] 而文侯以安. 穰苴授節於邦境,[123] 燕晉爲之退師, 而景公無患, 皆簡德尊賢之所致也. 願陛下垂高宗傅巖之明,[124] 以顯中興之功.

---

121) 여기의 아홉 구절은 저본에는 앞의 7-6 「스스로를 시험해보기를 청하면서(求自試表)」 뒤에 실려 있는데, 정안(丁晏)은 이에 대해 "이 글의 문세(文勢)를 음미해보건대 「인재를 살펴서 뽑기를 아뢰며(陳審擧表)」(앞의 7-7)의 탈문(脫文)인 것 같다"고 하였다. 여기서는 정안의 견해를 따라 「인재를 살펴서 뽑기를 아뢰며」의 뒤에 배열한다. 조유문(趙幼文)의 『조식집교주(曹植集校注)』 또한 마찬가지이며(452~454면), 부아서(傅亞庶)의 『삼조시문전집역주(三曹詩文全集譯注)』는 이곳의 아홉 구절(63자)을 「인재를 살펴서 뽑기를 아뢰며」 안의 '성임현사능지명효야(誠任賢使能之明曉也)'와 '약조사유량(若朝司惟良)' 사이에 두었다(895~896면). 段干木(단간목) : 전국(戰國) 시대 위(魏)나라 사람으로 공자(孔子)의 제자(弟子)인 자하(子夏)의 제자. 閭閻(여염) : 마을. 촌리(村里).

122) 輟(철) : 그치다. 『여씨춘추(呂氏春秋)·기현(期賢)』편에 다음과 같은 이야기가 있다. 진(秦)나라가 군대를 일으켜 위(魏)나라를 치려고 하자 사마당(司馬唐)이 진나라 임금을 간하였다. "단간목은 현자(賢者)이며 위나라가 그를 예우(禮遇)하고 있음을 천하에 들어서 모르는 사람이 없을 것이니, 군대를 일으켜 공격해서는 안 되지 않겠습니까." 진나라 임금도 그 말을 옳다고 여기고 마침내 진군(進軍)을 멈추고 공격하지 않았다.

123) 穰苴(양저) : 춘추(春秋) 시대 제(齊)나라의 장수. 본성(本姓)은 전(田). 대사마(大司馬)가 되었기 때문에 사마양저(司馬穰苴)라 했다. 授節(수절) : 병부(兵符)를 받다. 장수로 임명되다. 邦境(방경) : 나라 안. 변경(邊境).

124) 高宗(고종) : 은(殷) 나라 임금. 傅巖(부암) : 지명. 은(殷) 고종(高宗) 때의 어진 재상(宰相) 부열(傅說)이 일찍이 이곳에서 살아 이렇게 부른다. 『상서(尚書)·열명(說命)』편에 다음과 같은 이야기가 있다. 고종이 꿈에 좋은 보필이 될 신하를 꿈꾸고 그 모습을 그림으로 그려 천하에 널리 구하게 하였는데 부암에서 지내는 부열의 얼굴 모양이 꿈에서 본 사람과 꼭 같아 그를 재상으로 삼았다.

7-8. 능금 하사를 감사드리며(謝賜柰表)[1]

　오늘 저녁 궁중의 근위병이 조서를 전하면서, 신(臣) 등에게 겨울 능금을 한 상자 하사하시며 따뜻하게 하여 먹으라는 말씀도 계셨습니다. 밤은 식사하는 때가 아닌데도 하사하심을 보게 되었습니다. 능금은 여름에 익는데 지금은 겨울인데도 여기까지 오게 되었군요. 물건은 제 철에 나는 것이 아닌 것을 진귀하게 여기고 임금님의 은혜는 과일이 대단히 맛있어 더욱 깊게 느껴지니, 이것은 실로 신(臣) 등이 받아 마땅한 것이 아닙니다.

　卽夕殿中虎賁宣詔,[2] 賜臣等冬柰一奩,[3] 詔使溫啖.[4] 夜非食時, 而賜見及. 柰以夏熟, 今則冬至. 物以非時爲珍, 恩以絶口爲厚,[5] 實非臣等所宜荷之.[6]

7-8. 謝賜柰表〈사사내표〉

　1) 이 글은 태화(太和) 5년(231) 조식의 나이 40세 되던 해 겨울, 작자가 낙양(洛陽)에 갔을 때 명제(明帝)가 양주(梁州)의 능금을 한 상자 하사하여 이에 감사의 뜻을 밝혔다. 柰(내) : 능금나무. 여기서는 능금을 가리킨다.
　2) 夕(석) : 저본에는 '日(일)'로 되어 있으나 『예문유취(禮文類聚)』, 송간본(宋刊本) 『조자건문집(曹子建文集)』, 『태평어람(太平御覽)』 등에 의거하여 고치다. 虎賁(호분) : 용맹스러운 군사. 궁중의 근위병(近衛兵). 宣詔(선조) : 조서(詔書)를 전하다.
　3) 臣等(신등) : 조유문(趙幼文)은 『삼국지(三國志)·위서(魏書)·무문세왕공전(武文世王公傳)』을 살펴볼 때, 태화(太和) 5년에 입조(入朝)한 사람으로 조표(曹彪)와 조곤(曹袞) 등이 있었기 때문에 조식이 '臣等(신등)'이라 일컬었다고 하였다(『조식집교주(曹植集校注)』, 488면). 奩(렴) : 상자.
　4) 詔(조) : 윗사람이 아랫사람에게 알리다. 啖(담) : 먹다.
　5) 絶口(절구) : 식품의 맛이 대단히 좋아, 이것을 먹은 뒤에는 다른 것에 대해서는 입을 다물고 먹지 않는다.
　6) 荷(하) : 받다.

7-9. 요동 정벌을 간하며(諫伐遼東表)[1]

제가 생각건대, 요동은 험준한 지형을 가진 곳으로, 지세는 굳건히 지키기에 편리하며 발해(渤海)가 둘러싸고 있습니다. 이제 가벼운 수레가 멀리 가 공격하니 군대는 피로하고 힘은 다 떨어졌는데, 저쪽은 준비함이 있을 것이니, 이것이 이른바 편히 쉬면서 피로한 상대를 맞아 싸운다는 것이요, 배부른 사람이 굶주린 사람을 상대한다는 것입니다. 제가 보기에는 진실로 공격하기 쉽지 않습니다. 가령 조정이 그들을 공격하여 반드시 이겨, 양평성(襄平城)의 적병을 도살하고 공손연(公孫淵)의 머리를 높이 내걸 수 있다 하더라도, 그곳의 땅을 얻은들 조정이 들인 비용을 보상하기에 부족할 것이고, 그곳의 사람들을 포로로 한들 삼군(三軍)의 손실을 보충하기에 부족할 것이니, 이것은 우리 쪽이 얻는 것이 잃은 것보다 못한 것입니다. 만약 함락시키지 못하고 헛되이 시일을 질질 끌면, 군대를 들판에서 비바람을 맞히게 하는 것입니다. 그런데 천시(天時)는 예측할 수 없으며, 비가 오는 것은 일정한 규율이 없습니다. 적군과 아군이 성 아래에 얽혀있는데, 나아가자니 높은 성과 깊은 해자(垓字)가 있어 힘을 발휘할 수 없고, 물러나자니 돌아가는 길이 통하지 않고 길엔 빗물이 가득 합니다. 동쪽엔 틈을 기다리는 오(吳)나라가 있고,

---

1) 이 글은 공손연(公孫淵)의 요동(遼東)을 치지 말도록 간하는 글이다. 작자가 보건대 요동 공격은 얻은 것보다 잃은 것이 더 많으며, 오(吳)나라와 촉(蜀)나라가 기회를 엿보고 있는 상황에서는 더욱 그러하니, 그보다는 백성들에 더 신경을 기울여 그들의 요역(徭役)을 줄여주고, 세금을 감면해주며, 농사짓기와 누에치기를 부지런히 하도록 권장하는 것이 급한 일이라고 여겼다. 이 글의 작성 시기에 관하여 정안(丁晏)은 경초(景初) 원년(元年, 237)에서 2년(238) 사이, 엄가균(嚴可均)은 태화(太和) 2년(228)에서 3년(229) 사이로 보았는데, 조유문(趙幼文)은 이런 견해를 모두 부정하고 태화 6년(232, 조식의 나이 41세)에 지어진 것으로 보았다(『조식집교주(曹植集校注)』, 511면). 遼東(요동): 군(郡)의 이름. 치소(治所)는 양평(襄平)에 있으며, 관할 지역은 지금의 요녕성(遼寧省) 요하(遼河) 동쪽의 땅이다.

서쪽엔 기회를 엿보는 촉(蜀)나라가 있습니다. 오나라가 동남쪽에서 군대를 일으키면 형주(荊州)와 양주(揚州)가 술렁거릴 것이고, 촉나라가 서쪽 변경에서 호응하면 옹주(雍州)와 양주(涼州)는 뒤섞여 버릴 겁니다. 병사들은 밖에서 쉬지 못하고 백성들은 안에서 곤경에 빠져, 밭 갈기를 독촉해도 굶주림을 해결하지 못하고 양잠(養蠶)을 서둘러도 추위에서 벗어나지 못할 겁니다. 대저 목이 마르게 된 뒤에 우물을 파고, 굶주리게 된 뒤에 종자를 심는 것은, 먼 장래는 꾀할 수 있지만 눈앞의 급한 일은 대처하기 어려운 법입니다. 제가 생각건대, 지금 힘쓸 일은 요역(徭役)을 줄여주고 세금을 감면해주며 농사와 양잠(養蠶)을 부지런히 하도록 하는 데에 있습니다. 세 가지가 갖추어진 뒤에야 이윤(伊尹)이나 관중(管仲) 같은 신하들이 치국(治國)의 수단을 펼칠 수 있고, 손무(孫武)와 오기(吳起) 같은 장군들이 힘을 떨칠 수 있습니다. 이와 같으면 태평성세의 사업을 서서 기다릴 수 있으며 태평성대의 노래를 앉아서 들을 수 있으리니, 오(吳)나라와 촉(蜀) 두 나라에 무슨 걱정이 있으며, 공손연(公孫淵)에게 무슨 두려움이 있겠습니까? 이제 나라 안의 백성들을 돌보지 않고 오랑캐 땅에 신경을 노고롭게 하는 것은, 저는 폐하께서 취하실 바가 아니라 생각됩니다.

臣伏以遼東負阻之國,[2] 勢便形固, 帶以遼海.[3] 今輕車遠攻,[4] 師疲力屈, 彼有其備, 所謂以逸待勞,[5] 以飽待饑者也. 以臣觀之, 誠未易攻也. 若國家攻之而必克, 屠襄平之城,[6] 懸公孫之首, 得其地不足以償中國之費, 虜其民不足以補三軍之失, 是我所獲不如所喪也. 若其不拔, 曠日持

---

2) 負阻(부조) : 험준한 지형에 의지하다.

3) 遼海(요해) : 지금의 발해(渤海).

4) 輕車(경거) : 가볍고 빨리 달리는 수레. 옛날 병거(兵車)의 하나.

5) 以逸待勞(이일대로) : 견고한 성에 웅거하여 편하게 지내면서 피로한 적군을 맞아 싸운다.

6) 襄平(양평) : 대략 지금의 요녕성(遼寧省) 요양현(遼陽縣) 북쪽. 당시 공손연(公孫淵) 정권의 주둔지.

久,7) 暴師於野.8) 然天時不測, 水濕無常. 彼我之兵連於城下, 進則有高城深池, 無所施其功,9) 退則有歸途不通, 道路瀸洳.10) 東有待釁之吳, 西有伺隙之蜀. 吳起東南, 則荊揚騷動,11) 蜀應西境, 則雍涼三分.12) 兵不解於外, 民罷困於內, 促耕不解其饑, 疾蠶不救其寒. 夫渴而後穿井, 饑而後殖種, 可以圖遠, 難以應卒也.13) 臣以爲當今之務, 在於省徭役, 薄賦斂,14) 勤農桑. 三者旣備, 然後令伊管之臣得施其術,15) 孫吳之將得奮其力. 若此, 則太平之基可立而待, 康哉之歌可坐而聞,16) 曾何憂於二敵,17) 何懼於公孫乎. 今不恤邦畿之內,18) 而勞神於蠻貊之域,19) 竊爲陛下不取也.

---

7) 曠日(광일) : 하는 것 없이 여러 날을 보내다. 허송세월하다.

8) 暴師(폭사) : 군대를 비바람을 맞히다.

9) 施功(시공) : 힘을 펼치다. 功(공) : 힘.

10) 瀸洳(첨여) : 빗물이 가득 고이다.

11) 荊揚(형양) : '荊(형)'은 호북성(湖北省) 장강(長江) 이북의 땅을 가리키고, '揚(양)'은 지금의 합비(合肥), 여강(廬江) 등지를 가리킨다.

12) 雍涼(옹량) : '雍(옹)'은 지금의 섬서성(陝西省)이고 '涼(량)'은 지금의 감숙성(甘肅省). 三(삼) : 조유문(趙幼文)은 '參(삼)'자가 옳다고 보았다. 뜻은 뒤섞이다[錯雜].

13) 卒(졸) : '猝(졸, 갑자기)'과 통한다. 갑작스레 나타난 일. 눈앞의 갑작스러운 일.

14) 賦斂(부렴) : 세수(稅收).

15) 伊管(이관) : 이윤(伊尹)과 관중(管仲).

16) 康哉之歌(강재지가) : 천하가 태평함을 구가한 노래. 순(舜)임금이 노래를 지어 정사(政事)에 관하여 신하를 책하였을 때, 고요(皋陶)가 이에 답한 노래.

17) 二敵(이적) : 오(吳)나라와 촉(蜀)나라.

18) 恤(휼) : 가엾게 여기다. 돌보다.

19) 蠻貊之域(만맥지역) : 공손연(公孫淵)을 가리킨다.

7-10. 옥을 바치며(獻璧表)[1]

제가 듣건대, 옥은 흠을 숨기지 않으며 신하된 사람은 마음을 숨기지 않는다고 합니다. 진상하는 것이 화씨(和氏)의 옥이 아니고 여러 제후국에서 바치는 예물이 아니라는 것도 알지만 옥을 공물(貢物) 삼아 바칩니다.

臣聞玉不隱瑕,[2] 臣不隱情. 伏知所進非和氏之璞,[3] 萬國之幣,[4] 璧爲充貢.[5]

잔구(殘句)

황제께서 타신 수레가 혹 외출을 하면 영광스러운 일을 이루시라 비는 것이 옳은 줄 아니, 황제의 수레가 길에 나서면 신하들은 마음이 늘 표범 꼬리로 장식한 수레 뒤를 따라 달린다고 말합니다.

伏知車駕或所出, 可祈以建榮, 曰主路,[6] 臣每馳心豹尾.[7]

7-10. 獻璧表(헌옥표)

1) 이 글은 황제에게 옥(玉)을 바치면서 지은 것이다.

2) 瑕(하) : 옥의 티. 옥의 흠.

3) 和氏之璞(화씨지박) : 화씨지벽(和氏之璧). 초(楚)나라 사람인 옥(玉)의 감정인 변화(卞和)가 초산(楚山)에서 얻은 옥돌을 여왕(厲王)에게 바쳤으나 그 진가(眞價)를 알지 못하고 임금을 속였다는 죄목으로 월형(刖刑)까지 받았으나 뒤에 문왕(文王) 때에 이르러 그 진가가 판명되었다는 보옥(寶玉).

4) 萬國(만국) : 여러 제후국(諸侯國)을 가리킨다. 幣(폐) : 예물.

5) 充(충) : 저본에는 '원(元)'으로 되어 있으나 부아서(傅亞庶)의 『삼조시문전집역주(三曹詩文全集譯注)』(871면)에 의거하여 고치다. 貢(공) : 공물(貢物).

6) 主路(주로) : 황제의 수레가 길을 가다.

7) 豹尾(표미) : 표미거(豹尾車). 표범 꼬리로 장식한 수레. 임금의 수레. 이상은 『북당서초(北堂書鈔)』 권130에 인용된 「헌벽표(獻璧表)」의 구절.

7-11. 문제에게 말을 바치며(獻文帝馬表)[1]

저는 돌아가신 무황제(武皇帝) 때에 대원(大宛)의 자줏빛 말을 한 필 얻었습니다. 모습이 그림에 나오는 양마(良馬)와 꼭 부합합니다. 머리와 꼬리의 자세를 잘 유지하며 절하는 예절을 가르쳤는데, 이제는 언제나 잘 합니다. 또 걸을 때 북소리의 박자와도 잘 맞습니다. 이제 삼가 글을 올리면서 바칩니다.

臣於先武皇帝世,[2] 得大宛紫騂馬一匹.[3] 形法應圖, 善持頭尾, 教令習拜, 今輒已能.[4] 又能行與鼓節相應. 謹以表奉獻.

7-12. 소를 진상하며(上牛表)[1]

제가 듣건대, 물건은 덩치가 큼으로 해서 귀하게 여겨지지만 작은 것도 때로는 진귀할 수 있습니다. 그래서 초요국(僬僥國) 사람같이 몸집이 왜소한 것을 보지 않으면 광대무변하고 큰 것을 알지 못하며, 과하마(果

7-11. 獻文帝馬表(헌문제마표)

　1) 이 글은 서역(西域)의 대원국(大宛國)의 명마를 문제(文帝)에 바치면서 지은 것으로, 말의 특징을 잘 묘사하였다.

　2) 武皇帝(무황제) : 조조(曹操)를 가리킨다.

　3) 大宛(대원) : 한대(漢代) 서역(西域)의 나라 이름. 좋은 말[馬]이 많이 났다. 騂(성) : 붉다. 붉은 말.

　4) 輒(첩) : 늘. 언제나.

7-12. 上牛表(상우표)

　1) 이 글은 문제(文帝)에게 소를 바치면서 '물건은 희귀한 것을 귀하게 여긴다'는 이치를 말하였다.

下馬)를 보지 않으면 용마(龍馬)가 크다는 것을 분별할 수 없으니, 높고 낮은 차이가 현격하여 크고 작은 극치를 볼 수 있습니다. 삼가 소 한 마리를 바치니, 물건의 크기와 관련된 조정의 규정을 따르지는 못하나, 형체가 작아도 특별한지라, 어찌 감히 진상하지 않을 수 있겠습니까?

臣聞物以洪珍,[2] 細亦或貴. 故不見僬僥之微,[3] 不知泱漭之泰,[4] 不見果下之乘,[5] 不別龍馬之大, 高下相懸,[6] 所以致觀也.[7] 謹奉牛一頭, 不足追遵大小之制,[8] 形少有殊, 敢不獻上.

7-13. 고취악 악대(樂隊)를 내려주심에 감사하며(謝鼓吹)[1]

퉁소와 피리의 음악을 듣도록 허락하시고, 즐거운 사냥에 참가하도록 하시어 저를 영광스럽게 해 주셨습니다. 폐하의 인자하심은 순(舜)임금보다 더 뛰어나고, 은혜는 주공(周公)보다 더 많으시며, 세상을 구제하

---

2) 洪(홍) : 크다. 珍(진) : 귀(貴)하다.

3) 僬僥(초요) : 난장이가 사는 나라 이름. 『열자(列子)·탕문(湯問)』편에 의하면 초요국의 사람들은 키가 단지 한 자 다섯 치[一尺五寸] 밖에 되지 않는다고 한다.

4) 泱漭(앙망) : 광대(廣大)한 모양. 泰(태) : 크다.

5) 果下之乘(과하지승) : 과하마(果下馬). 키가 썩 작은 말. 과실나무 밑을 지나가기가 좋은 데서 이르는 말.

6) 相懸(상현) : 차이가 크다. 懸(현) : 요원(遙遠)하다.

7) 致觀(치관) : 시력이 미치는 데까지 바라보다. 보는 것이 극치에 이르다.

8) 遵(준) : 좇다. 制(제) : 制度(제도).

7-13. 謝鼓吹表(사고취표)

1) 이 글은 문제(文帝)가 고취악(鼓吹樂)을 연주하는 악대(樂隊)를 하사한 데에 대해 감사하면서 지은 것이다. 鼓吹(고취) : 군악(軍樂). 한대(漢代)에는 「주로(朱鷺)」 등 열여덟 곡이 있어 궁정과 군신(群臣)들과의 연회 때에 연주하였다. 주요 악기로는 북과 징, 퉁소, 갈잎피리가 있다. 여기서는 고취악(鼓吹樂)을 연주하는 악대(樂隊)를 가리킨다. 한위(漢魏) 때에는 대략 십 여 인으로 구성되어 있다.

고 종실을 안정시키시니, 참으로 성스러운 덕을 이루셨습니다.

許以簫管之樂,2) 榮以田游之嬉.3) 陛下仁重有虞,4) 恩過周旦, 濟世安宗,5) 實在聖德.

7-14. 친족들에게 안부를 물을 수 있기를 청하며(求通親親)1)

신(臣) 조식이 말씀 올립니다. 제가 듣건대, 하늘을 높다고 하는 것은 덮지 않는 것이 없기 때문이며, 땅을 넓다고 하는 것은 담지 않는 것이 없기 때문이고, 해와 달을 밝다고 하는 것은 비추지 않는 것이 없기 때

---

2) 簫管(소관) : 퉁소와 피리.

3) 田游(전유) : 사냥.

4) 陛下(폐하) : 위문제(魏文帝) 조비(曹丕)를 가리킨다. 有虞(유우) : 우순(虞舜). 순임금. 여기서는 순임금이 제위(帝位)에 오른 뒤, 동생 상(象)의 옛날 잘못을 따지지 않고 유고(有庫)에 봉한 것을 가리킨다. 역사가들은 이를 대해 인자하다고 칭했다.

5) 濟世(제세) : 세상의 폐해를 없애고 사람을 고난에서 건져주다. 安宗(안종) : 황족(皇族)을 안정시키다.

7-14. 求通親親表(구통친표)

1) 이 글은 명제(明帝)가 제후왕(諸侯王)들에게 내려진 금령(禁令)을 해제하여 제후왕들 간에, 그리고 제후왕과 황실 간에 서로 소식을 주고받고 내왕을 할 수 있도록 허락해주길 간청한 글이다. 조비(曹丕)와 조예(曹睿)는 집정(執政)을 하던 기간 동안 명령을 내려 각 번국(藩國)의 왕후(王侯)는 천자의 명령이 없으면 수도에 들어올 수 없으며, 각 제후 간에도 마음대로 왕래하는 것을 허용하지 않았다. 이런 상황에서, 작자는 태화(太和) 5년(231) 위(魏) 명제(明帝)에게 이 표(表)를 올려 금령(禁令)을 해제하여, 여러 제후왕들이 경사(慶事)와 흉사(凶事)에 사절을 보내고 서로 왕래하는 것을 허용하기를 간절히 청하고, 또 명제가 골육(骨肉)의 정을 고려하여 그가 조정에 들어가 관리가 되는 것을 허락함으로써 충성을 다해 나라에 보답하고자 하는 숙원이 이루어지게 해주기를 희망하였다. 이 글은 문장이 진실되고 간절하여, 뒤에 명제가 조서(詔書)를 내려 제후왕에 대한 가혹한 제한들을 없앴다. 그러나 조식이 나라를 위해 일하고자 하는 바람에 대해서는 여전히 아무런 관심을 가지지 않아, 조식은 이 글을 올린 다음해 울적하게 지내다가 죽었다. 通親親(통친친) : 친족에게 안부를 묻다. 通親(통친) : 안부를 묻다. 親(친) : 친족(親族).

문이며, 강과 바다를 크다고 하는 것은 포용하지 않는 것이 없기 때문입니다. 그러므로 공자(孔子)님이 말씀하시길, "위대하도다, 요(堯) 임금이 나라의 임금 되시니, 오직 하늘만이 가장 큰데, 오직 요 임금만이 그것을 본받으셨네"라고 하셨습니다. 대저 하늘의 덕이 만물에 있어서 크고 넓다고 할 수 있습니다. 요 임금은 교화(敎化)를 행함에 친족(親族)을 먼저 대하고 다른 사람을 뒤에 하셨으니, 가까운 데서 먼 곳에 미친 것입니다. 『상서(尙書)·요전(堯典)』에 말하기를, "능히 덕행이 높은 사람을 임용하여 구족(九族)을 화목하게 하고, 구족이 이미 화목해지자 백관(百官)들을 공평하게 품평하였다"고 하였습니다. 주(周)나라 문왕(文王)에 이르러, 역시 요(堯) 임금의 교화를 우러러 받들었습니다. 시(詩)에서 말하기를, "부인에게 모범을 보여 형제에까지 이르고, 이렇게 함으로써 집안과 나라를 다스리셨네"라고 하였습니다. 이 때문에 화목하게 되어 시인이 노래하였습니다. 옛날에 주공(周公)은 관숙(管叔)과 채숙(蔡叔)이 한 마음이 되지 못하는 것을 슬퍼하여 주 왕실의 종친(宗親)을 널리 봉함으로써 왕실을 보위(保衛)하였습니다. 『좌전(左傳)』에서 말하기를, "주 왕실의 종족 맹약은 다른 성(姓)은 뒤로 한다"고 하였습니다. 진실로 골육간의 은정(恩情)은 소원할지라도 단절되지 않고, 친족을 친애하는 의리는 진실로 두텁고도 견고합니다. "의로우면서 자기 임금을 뒤로 하고 어지면서 어버이를 버리는 사람은 없다"고 합니다.

臣植言, 臣聞天稱其高者, 以無不覆,[2] 地稱其廣者, 以無不載, 日月稱其明者, 以無不照, 江海稱其大者, 以無不容. 故孔子曰, "大哉堯之爲君, 惟天爲大, 惟堯則之."[3] 夫天德之於萬物, 可謂弘廣矣. 蓋堯之爲教,[4] 先親後疎,[5] 自近及遠. 其傳曰,[6] "克明峻德,[7] 以親九族,[8] 九族旣睦, 平章

---

2) 以(이) : 때문이다. 覆(복) : 덮다.
3) 則之(칙지) : 하늘을 본받다. 則(칙) : 본받다.
4) 蓋(개) : 발어사(發語辭). 실제 뜻이 없다. 爲教(위교) : 교화(敎化)를 행하다.
5) 親(친) : 동성(同姓)의 사람.
6) 傳(전) : 경전(經傳). 여기서는 『상서(尙書)·요전(堯典)』을 가리킨다.

百姓.”9) 及周之文王, 亦崇厥化.10) 其詩曰,11) “刑于寡妻,12) 至于兄弟, 以御于家邦.”13) 是以雍雍穆穆,14) 風人詠之.15) 昔周公弔管蔡之不咸,16) 廣封懿親,17) 以藩屏王室.18) 傳曰,19) “周之宗盟,20) 異姓爲後.”21) 誠骨肉之恩, 爽而不離,22) 親親之義, 實在敦固.23) “未有義而後其君,24) 仁而遺其親者也.”25)

삼가 생각하옵건대, 폐하께서는 요(堯) 임금의 몸을 삼가고 도리에 밝

---

7) 克(극) : 능히. 峻(준) : 높다.

8) 九族(구족) : 고조(高祖)로부터 증조(曾祖), 조부(祖父), 부(父), 자기(自己), 자(子), 손(孫), 증손(曾孫), 현손(玄孫)까지의 직계친(直系親)을 중심으로 하여 방계친(傍系親)으로 고조(高祖)의 사대손(四代孫) 되는 형제(兄弟), 종형제(從兄弟), 재종형제(再從兄弟), 삼종형제(三從兄弟)를 포함하는 동종(同宗) 친족의 일컫는다.

9) 平章(평장) : 공명정대하게 다스리다. 공평하게 품평(品評)하여 품위(品位)를 밝히다.

10) 崇(숭) : 존숭(尊崇)하다. 우러러 받들다. 厥化(궐화) : 요(堯) 임금이 '친족(親族)을 먼저 대하고 다른 사람을 뒤에 한' 교화를 가리킨다. 厥(궐) : 그. 化(화) : 교화.

11) 詩(시) : 『시경(詩經)·대아(大雅)·사재(思齊)』편을 가리킨다.

12) 刑(형) : '型(형, 본보기, 모범)'과 같다. 모범을 보이다. 寡妻(과처) : 정부인(正夫人). 적처(嫡妻, 육례(六禮)를 갖추어 정식으로 맞은 부인).

13) 御(어) : 다스리다. 家邦(가방) : 집안과 나라.

14) 雍雍穆穆(옹옹목목) : 서로 뜻이 맞고 정답다. 화목하다.

15) 風人(풍인) : 시인(詩人). 之(지) : 『시경(詩經)·대아(大雅)·사재(思齊)』편을 가리킨다.

16) 周公(주공) : 주(周) 문왕(文王)의 아들, 무왕(武王)의 아우. 이름은 단(旦). 문왕과 무왕을 도와 왕실(王室)의 기초를 세우고 제도(制度)와 예악(禮樂)을 정하여 주나라의 문화 발전에 이바지한 바가 크다. 弔(조) : 슬퍼하다. 管蔡(관채) : 관숙(管叔)과 채숙(蔡叔). 주공의 형제 숙선(叔鮮)과 숙도(叔度). 각기 관(管)과 채(蔡) 땅에 봉해져서 '관숙'과 '채숙'으로도 불린다. 咸(함) : 화목하다. 같다.

17) 懿親(의친) : 친밀한 친척. 황실의 종친(宗親)을 가리킨다. 懿(의) : 아름답다. 좋다. 훌륭하다.

18) 藩屏(번병) : 울타리와 병풍. 보위(保衛)하다.

19) 傳(전) : 『좌전(左傳)·은공(隱公) 11년』을 가리킨다.

20) 宗盟(종맹) : 같은 종파끼리 하는 맹세(동맹).

21) 異姓(이성) : 다른 성(姓). 희성(姬姓) 이외의 다른 사람을 가리킨다.

22) 爽(상) : 소원(疏遠)하다.

23) 敦固(돈고) : 두텁고 견고하다.

24) 後(후) : 뒤에 두다. 중시하지 않다.

25) 遺(유) : 버리다. 이 두 구절은 『맹자(孟子)·양혜왕(梁惠王) 상(上)』에 보인다.

은 덕을 선천적으로 타고나시고 문왕(文王)이 공경하고 삼가는 인(仁)을 본받아, 은혜는 후비(后妃)에게 두루 미치고 은정(恩情)은 구족(九族)을 비추시며, 여러 제후와 백관들은 교대로 쉬고 차례에 따라 조정에 들어가 근무하니, 정사(政事) 처리를 조정에서 그치지 않고 신하들의 개인 정을 자기 집에서 나타낼 수 있어, 친척간의 윤리의 길이 잘 통하고 축하하고 조문하는 정을 나타낼 수 있으니, 진실로 자신의 마음으로 다른 사람의 마음을 헤아리며 은혜를 널리 베푸는 것이라 할 수 있습니다. 저의 경우에 있어서는 인륜 관계가 단절되고 태평성세에 벼슬길 막혀 등용되지 않아, 저는 남몰래 스스로 슬퍼하면서 감히 의기투합하는 사람과 사귀고 사람들과 교제를 하며 인륜 관계를 펴는 것들은 바라지 않습니다. 근래에는 또 사돈댁과도 내왕하지 못하고 형제 사이는 영원히 끊어졌으며, 길흉(吉凶)의 소식은 통하지 않고 축하와 조문의 예절은 중단되어, 은정(恩情)은 소원해져 길 가는 사람보다 더 심하고 서로 떨어짐으로 생긴 차이는 남(南)과 북(北) 만큼이나 다릅니다. 이제 저는 일시적인 제도로 인해서 영원히 황제를 알현하는 희망이 없게 되었습니다. 제가 황제에게 마음을 쏟고 황제에게 정을 맺고 있는 것에 관해서는 신(神)만이 아실 것입니다. 그러나 "하늘이 실제로 이렇게 하시니 제가 또 무슨 말을 할 수 있겠습니까?" 물러나 여러 왕들을 생각해 보면 늘 서로 친애하고 함께 가까이서 지내고픈 마음을 가지고 있습니다. 원컨대 폐하께서 은혜를 내려 조서(詔書)를 내리시어, 여러 제후왕으로 하여금 축하하고 위문하도록 하고 네 절기(節氣)에 서울에 와 황제를 알현할 수 있게 함으로써, 골육 사이의 기쁜 정을 펼치고 형제간의 두터운 정을 이루게 해주시길 바랍니다. 비첩(妃妾)의 집에서는 머릿기름을 보내고, 일년에 두 번 내왕하여 올바른 도리가 외척(外戚)과 똑같게 행해지며, 은혜가 백관(百官)과 똑같게 내려지기를 바랍니다. 이와 같으면 옛사람이 찬탄하고 『시경(詩經)』에서 노래한 그러한 친정(親情)이 다시 지금의 태평성세에 존재하게 될 것입니다.

伏惟陛下資帝唐欽明之德,26) 體文王翼翼之仁,27) 惠洽椒房,28) 恩昭
九親,29) 羣后百僚,30) 番休遞上,31) 執政不廢於公朝,32) 下情得展於私
室,33) 親理之路通,34) 慶弔之情展, 誠可謂恕已治人,35) 推惠施恩者矣. 至
於臣者, 人道絶緒,36) 禁錮明時,37) 臣竊自傷也, 不敢乃望交氣類,38) 修人
事,39) 敍人倫. 近且婚媾不通,40) 兄弟永絶, 吉凶之問塞,41) 慶弔之禮廢,
恩紀之違甚於路人,42) 隔閡之異殊於胡越,43) 今臣以一切之制,44) 永無
朝覲之望.45) 至於注心皇極,46) 結情紫闥,47) 神明知之矣. 然"天實爲之,

---

26) 伏惟(복유) : 삼가 생각하옵건대. 資(자) : 품부(稟賦)하다. 선천적으로 타고나다. 帝唐(제
　　당) : 요(堯) 임금을 가리킨다. 欽明(흠명) : 몸을 삼가고 도리에 밝다. 德(덕) : 품덕(品德).
27) 體(체) : 본받다. 文王(문왕) : 주(周) 문왕(文王). 翼翼(익익) : 공경하고 삼가는 모양.
28) 洽(흡) : 적시다. 두루 미치다. 椒房(초방) : 후비(后妃)의 궁전(宮殿). 산초는 난기(暖
　　氣)를 돕고 잡된 냄새를 없애는 효과가 있으며, 또 많은 열매를 맺음으로 자손이 많도
　　록 한다는 뜻에서, 이를 벽에 칠한 데서 온 말. 여기서는 후비(后妃)를 가리킨다.
29) 昭(소) : 밝히다. 비추다. 九親(구친) : 구족(九族). 앞의 주석 8) 참고.
30) 后(후) : 저본에는 '臣(신)'으로 되어 있으나 『문선(文選)』에 의거하여 고치다. 羣后
　　(군후) : 여러 제후(諸侯). 百僚(백료) : 백관(百官).
31) 番休(번휴) : 교대로 쉬다. 遞上(체상) : 차례에 따라 당직근무하다.
32) 廢(폐) : 그만두다. 그치다. 公朝(공조) : 조정(朝廷).
33) 下情(하정) : 신하의 개인적인 감정을 가리킨다. 展(전) : 펼치다. 나타내다. 私室(사실)
　　: 사가(私家). 신하들의 가정을 가리킨다.
34) 親理(친리) : 친척간의 윤리 관계를 가리킨다.
35) 恕已治人(서기치인) : 자신의 마음으로 다른 사람의 마음을 헤아리다.
36) 人道(인도) : 인륜(人倫). 군신(君臣), 부자(父子), 형제(兄弟), 부부(夫婦), 친구 등의
　　관계를 가리킨다. 絶緒(절서) : 관계가 단절되다.
37) 禁錮(금고) : 벼슬길을 막아 등용하지 않다. 明時(명시) : 성세(盛世).
38) 氣類(기류) : 의기투합하는 사람.
39) 人事(인사) : 사람 사이의 교제.
40) 婚媾(혼구) : 혼인(婚姻). 인척(姻戚). 사돈댁.
41) 塞(색) : 막히다. 통하지 않(게 되)다. 두절(杜絶)되다.
42) 恩紀(은기) : 은정(恩情). 違(위) : 떠나다. 소원(疏遠)하다.
43) 隔閡(격애) : 피차 감정과 뜻이 통하지 않다. 殊(수) : 다르다. 胡越(호월) : '胡(호)'는
　　북쪽에 있고 '越(월)'은 남쪽에 있어, 서로 매우 멀리 떨어져 있다.
44) 一切之制(일체지제) : 일시적인 임시 조치로서의 제도. 황초(黃初) 연간에 위(魏) 문
　　제(文帝)는 일찍이 조서를 내려 여러 제후왕들이 서로 왕래하는 것을 금지하고, 또 서
　　울에 와서 황제를 알현하는 것을 허락하지 않았다. '一切之制(일체지제)는 바로 이것
　　을 가리킨다.
45) 朝覲(조근) : 황제를 알현하다. 봄에 알현하는 것을 '조(朝)', 가을에 알현하는 것을

謂之何哉."48) 退省諸王,49) 常有戚戚具爾之心.50) 願陛下沛然垂詔,51) 使
諸國慶問, 四節得展,52) 以敍骨肉之歡恩, 全怡怡之篤義.53) 妃妾之家,54)
膏沐之遺,55) 歲得再通,56) 齊義於貴宗,57) 等惠於百司.58) 如此, 則古人之
所歎, 風雅之所詠,59) 復存於聖世矣.

　제가 삼가 스스로 생각해 보건대 설마 자그마한 쓸모라도 없겠습니
까. 폐하께서 발탁하여 관직을 주신 사람들을 살펴보면, 혹시 다른 성
(姓)일지라도 제가 스스로 헤아려 보건대 조정에 있는 선비들보다 못하
지 않을 것입니다. 만약 원유관(遠遊冠)을 벗고 무관(武官)의 관(冠)을 쓰
며, 붉은 띠를 풀고 푸른 인끈을 두르며, 부마도위(駙馬都尉)든 봉거도위
(奉車都尉)든 간에 서둘러 관직을 하나 얻을 수 있게 한다면, 편안하게
서울에서 살면서 말채찍을 잡고 붓을 꽂고서, 밖으로 나가 황제의 일산

‘근(覲)’이라고 한다.

46) 注心(주심) : 마음을 쏟다. 皇極(황극) : 황제의 거처. 황제를 가리킨다. 皇(황) : 크다.
　極(극) : 들보.

47) 結情(결정) : 정을 매다. 紫闥(자달) : 제왕의 궁중의 문. 제왕을 상징한다. 闥(달) : 문.

48) 이 두 구는 『시경(詩經)·패풍(邶風)·북문(北門)』편에 나오는 말이다.

49) 退省(퇴성) : 물러나 생각하다.

50) 戚戚(척척) : 서로 친애하다. 具(구) : ‘俱(구)’와 같다. 함께. 함께 하다. 爾(이) : ‘邇(이)’
　와 같다. 가깝다. 가까이하다.

51) 沛然(패연) : 성대한 모양. 여기서는 은택(恩澤)을 내림을 비유하다. 垂詔(수조) : 조서
　(詔書)를 내리다.

52) 四節(사절) : 사시(四時)의 절기(節氣). 입춘(立春), 입하(立夏), 입추(立秋), 입동(立冬)
　을 가리킨다. 展(전) : 문서를 펼치다. 황제를 알현(謁見)하는 것을 가리킨다.

53) 全(전) : 온전하게 하다. 怡怡(이이) : 화락(和樂)한 모양. 『논어(論語)·자로(子路)』편
　에 “형제간에는 화락(和樂)하여야 한다(兄弟怡怡)”는 말이 있다. 여기서는 ‘형제(兄弟)’
　를 가리킨다. 篤義(독의) : 깊은 정의(情義).

54) 妃妾(비첩) : 제왕(諸王)의 비첩(妃妾)을 가리킨다.

55) 膏沐(고목) : 부녀자들의 머릿기름. 遺(유) : 보내다. 선물하다.

56) 再通(재통) : 두 번 서로 내왕하다.

57) 齊義(제의) : 올바른 도리를 똑같게 한다. 貴宗(귀종) : 황제의 외척(外戚).

58) 等惠(등혜) : 은혜를 똑같게 한다. 百司(백사) : 백관(百官).

59) 風雅(풍아) : 『시경(詩經)』중의 「국풍(國風)」, 「대아(大雅)」, 「소아(小雅)」 등을 가리
　킨다.

(日傘)을 뒤따르고 들어와서는 황성(皇城)에서 모시며, 황제의 물으심에 수시로 답을 하고 옆에서 잘못을 바로잡는 것이 바로 저가 충심으로 지극히 원하는 것이며 꿈속에서도 떠나지 않는 것입니다. 멀리 「녹명(鹿鳴)」시의 군신(君臣)의 연회를 부러워하고, 중간에 「당체(棠棣)」시의 '다른 사람 아니네'라는 훈계(訓戒)를 읊조리며, 아래로 「벌목(伐木)」시의 친구 간의 의(義)를 생각하고, 끝으로 「요아(蓼莪)」시의 끝없는 슬픔을 생각합니다. 매번 사계절 명절 모임 때면 고독하게 홀로 지내는데, 옆에는 오직 하인뿐이고 마주 하는 사람은 단지 아내와 자식뿐이니, 고상한 이야기를 하려도 더불어 말 할 사람 없고, 이치를 밝히려 해도 더불어 논할 사람 없어, 일찍이 음악을 들으며 가슴을 어루만지며 술을 마주하고 탄식하지 않은 적이 없습니다. 제가 가만히 생각해보면, 개나 말의 정성스러운 마음이 사람을 감동시킬 수는 없으니, 비유하자면 사람의 정성이 하늘을 감동시킬 수 없는 것과 같은 것이라, 기량(杞梁)의 처(妻)가 울어 성(城)이 무너지고 추연(鄒衍)이 통곡하여 여름에 서리가 내린 일을 제가 처음에는 믿었으나 저의 마음으로 헤아려보건대 단지 헛된 말일 따름입니다. 해바라기가 해를 따라 잎이 기울어지는데, 태양이 설사 돌아서서 비추지 않더라도 끝끝내 해를 향하는 것 같은 것은 진실된 마음입니다. 저는 남몰래 스스로를 해바라기에 비유해 봅니다. 하늘과 땅 같이 은혜를 베풀고 해와 달, 별 같은 빛을 드리우는 것 같은 것은 진실로 폐하에게 달려있습니다.

臣伏自惟省, 豈無錐刀之用.[60] 及觀陛下之所拔授,[61] 若以臣爲異姓,[62] 竊自料度,[63] 不後於朝士矣.[64] 若得辭遠遊,[65] 戴武弁,[66] 解朱

---

60) 錐刀(추도) : 작은 칼. 미세(微細)하고 작은 것을 비유한다.
61) 拔(발) : 선발하다. 授(수) : 관직을 주다.
62) 異姓(이성) : 다른 성(姓). 타성(他姓).
63) 料度(요탁) : 추측하다. 짐작하다.
64) 不後(불후) : 못하지 않다.
65) 遠遊(원유) : 벗다. 遠遊(원유) : 관(冠) 이름으로, 한(漢) 고조(高祖) 유방(劉邦)이 만들었다.

組,67) 佩青紱,68) 駙馬奉車,69) 趣得一號,70) 安宅京室,71) 執鞭珥筆,72) 出從華蓋,73) 入侍輦轂,74) 承答聖問, 拾遺左右,75) 乃臣丹情之至願,76) 不離於夢想者也. 遠慕鹿鳴君臣之宴,77) 中詠棠棣匪他之誠,78) 下思伐木友生之義,79) 終懷蓼莪罔極之哀.80) 每四節之會,81) 塊然獨處,82) 左右唯僕隷,83) 所對惟妻子,84) 高談無所與陳,85) 發義無所與展,86) 未嘗不聞樂而

辭遠遊(사원유) : 왕위(王位)의 작위(爵位)를 사퇴하고 보통 관리가 되다.

66) 武弁(무변) : 무관(武官)이 쓰던 관(冠)의 하나.

67) 朱組(주조) : 붉은 끈. 제후(諸侯)나 왕(王)이 두른다.

68) 靑紱(청불) : 푸른 인끈. 2천석(石) 이상의 관원(官員)이 허리에 두른다.

69) 駙馬(부마) : 부마도위(駙馬都尉)를 가리킨다. 황제의 시종(侍從) 무관(武官)으로서, 천자(天子)의 부거(副車)의 말에 관한 일을 관장한다. 奉車(봉거) : 봉거도위(奉車都尉)를 가리킨다. 역시 황제의 시종 무관으로서 수레에 관한 일을 관장한다.

70) 趣(촉) : 빠르다. 서두르다. 一號(일호) : 관직의 이름. 부마도위와 봉거도위 중에서 관직을 하나 얻는 것을 가리킨다.

71) 宅(택) : 살다.

72) 執鞭(집편) : 채찍을 잡다. 황제를 위해 수레와 말을 모는 것을 가리킨다. 珥筆(이필) : 붓을 꽂다. 옛날 관리들은 조회에 참석할 때 늘 붓을 관(冠) 옆에 꽂아 수시로 기록하는 것을 대비하였다.

73) 華蓋(화개) : 옛날 어가(御駕) 위에 씌우는 일산(日傘). 제왕이 출행(出行)하는 수레를 가리킨다.

74) 輦轂(연곡) : 황제가 타는 수레. 또는 여기서는 황성(皇城)을 가리킨다.

75) 拾遺(습유) : 결함을 보완하다. 잘못을 바로잡다.

76) 丹情(단정) : 충심(衷心).

77) 鹿鳴(녹명) : 『시경(詩經) · 소아(小雅)』의 편명.

78) 棠棣(당체) : 『시경(詩經) · 소아(小雅)』의 편명. 匪他(비타) : "어찌 남이랴, 형제지 다른 사람 아니네(豈伊異人, 兄弟匪他)"라는 구절에 나오는데 출전은 「당체(棠棣)」시가 아니라 『시경 · 소아』의 「규변(頍弁)」시이다. 이 시는 주(周)나라 유왕(幽王)이 같은 성(姓)의 사람들과 같이 즐기고 구족(九族)과 친목(親睦)하지 않음을 풍자하였다.

79) 伐木(벌목) : 『시경(詩經) · 소아(小雅)』의 편명. 友生(우생) : 친구.

80) 蓼莪(육아) : 『시경(詩經) · 소아(小雅)』의 편명. 망극(罔極) : 끝이 없다. 무한하다.

81) 四節之會(사절지회) : 사계절 명절 때의 모임.

82) 塊然(괴연) : 고독한 모양.

83) 僕隷(복예) : 하인.

84) 妻子(처자) : 아내와 자녀.

85) 高談(고담) : 고상한 이야기. 無所與陳(무소여진) : 자기와 더불어 이야기를 나눌 사람이 없다. 所(소) : '可(가)'와 같다.

86) 發義(발의) : 도리(道理)를 밝혀 말하다. 展(전) : 펼치다.

撫心,[87] 臨觴而歎息也.[88] 臣伏以爲犬馬之誠不能動人, 譬人之誠不能動天, 崩城隕霜,[89] 臣初信之, 以臣心況,[90] 徒虛語耳. 若葵藿之傾葉,[91] 太陽雖不爲之迴光,[92] 然終向之者誠也. 臣竊自比葵藿.[93] 若降天地之施,[94] 垂三光之明者,[95] 實在陛下.

　저는 문자(文子)가 한 말을 들은 적이 있는데, "복(福)을 받아들이는데 앞을 다투지 말고, 앞장서서 화(禍)를 부르지 말라"고 하였습니다. 이제 멀리 떨어져 통하지 않으니 형제들이 똑같이 근심하는데도 제가 홀로 먼저 말을 꺼내는 것은 무엇 때문일까요? 삼가 이 성스러운 시대에 은혜를 받지 못하는 사람이 있는 것을 원치 않는 것이니, 은혜를 받지 못하는 사람이 있으면 반드시 강하게 원망하는 마음이 생기게 됩니다. 그러므로 「잣나무배[柏舟]」시에는 "하늘같으신 분인데"라는 원망이 있고, 「동풍[谷風]」시에는 "나를 버리시네"라는 탄식이 있습니다. 이윤(伊尹)은 자신의 임금을 요(堯) 임금 순(舜)임금 같이 되게 하지 못하는 것을 부끄럽게 여겼습니다. 맹자(孟子)는 말하기를, "순임금이 요 임금을 섬긴 태도로 자신의 임금을 섬기지 않는 것은 자신의 임금을 공경하지 않는

---

87) 撫心(무심) : 가슴을 어루만지다. 걱정하고 슬퍼하다.

88) 臨觴(임상) : 술을 마주하다.

89) 崩城(붕성) : 성(城)이 무너지다. 춘추(春秋) 시대 제(齊)나라의 기량식(杞梁殖)이 거성(莒城)에서 싸우다가 죽어 그의 아내가 성 아래에서 열흘 밤낮 울었더니 성이 무너졌다. 隕霜(운상) : 서리가 내리다. 전국(戰國) 시대 제나라 사람 추연(鄒衍)이 연(燕)나라에 가서 혜왕(惠王)을 지극 정성으로 충성을 다해 섬겼으나 다른 사람의 비방을 받아 감옥에 갇히게 되어 하늘을 보고 통곡하자 여름 5월에 서리가 내렸다.

90) 況(황) : 견주다. 따져보다.

91) 葵藿(규곽) : 해바라기와 콩잎. 여기서는 해바라기를 가리킨다. 해바라기는 해를 향하는 성질이 있어 옛날 사람들은 해바라기로 아랫사람이 윗사람에 대해 충성스러운 마음을 비유하는 경우가 많다. 傾葉(경엽) : 잎이 햇빛을 따라 기울어지다.

92) 迴光(회광) : 돌아서서 비추다.

93) 竊(절) : 남몰래. 살짝. 이 구에서 작자는 조예(曹睿)가 비록 생각해주지 않더라도 여전히 진실된 마음으로 받드는 마음이 있어, 해바라기로 자신을 비유하였다.

94) 施(시) : 베풀다. 은혜를 베풀다.

95) 三光(삼광) : 해, 달, 별.

것이다”라고 하였습니다. 저는 어리석고 사리에 어두워 진실로 순임금이나 이윤과 비교할 수 없습니다. 폐하께서 요 임금이 은택을 널리 펴고 백성들을 화목하게 하던 아름다운 정치를 존중하시도록 하고, 주(周) 문왕(文王)같이 빛나고 밝은 덕을 선양(宣揚)하시도록 하고자 하는 것은, 이것은 저의 정성스러운 성의로 삼가 홀로 지키는 바이며, 진실로 간절히 바라는 마음을 품고 있습니다. 감히 다시 말씀을 올리는 것은 폐하께서 혹시 성스러운 귀를 여시고 들어주시길 바라기 때문입니다.

臣聞文子曰,[96] “不爲福始, 不爲禍先.” 今之否隔,[97] 友于同憂,[98] 而臣獨唱言者,[99] 何也. 竊不願於聖代, 使有不蒙施之物, 有不蒙施之物, 必有慘毒之懷.[100] 故柏舟有天只之怨,[101] 谷風有棄予之歎.[102] 伊尹恥其君不爲堯舜.[103] 孟子曰, “不以舜之所以事堯事其君者, 不敬其君者也.”[104] 臣之愚蔽,[105] 固非虞伊.[106] 至於欲使陛下崇光被時雍之美,[107] 宣緝熙

---

96) 文子(문자) : 전하는 바에 의하면 노자(老子)의 제자. 혹자는 말하길, 성(姓)이 신(辛), 이름이 견(鈃)이고, 자(字)가 문자(文子)이며, 호(號)는 계연(計然)으로, 규구(葵丘) 복상(濮上) 사람이며, 범려(范蠡)의 선생이다. 『한서(漢書)・예문지(藝文志)』에 『문자(文子)』 9편이 저록(著錄)되어 있다.

97) 否隔(비격) : 막혀서 통하지 않다. 멀리 떨어져 있다. 否(비) : 막히다.

98) 友于(우우) : 형제(兄弟)를 가리킨다.

99) 唱言(창언) : ‘倡言(창언)’과 같다. 먼저 발언하다.

100) 慘毒之懷(참독지회) : 강하게 원망하는 마음.

101) 柏舟(백주) : 『시경(詩經)・용풍(鄘風)』의 편명. 그 중에 “어머님은 하늘 같으신 분인데, 나를 믿지 않으시네(母也天只, 不諒人只)”라는 시구가 있다. ‘母也天只(모야천지)’는 ‘어머니여, 하늘이여’라고 풀이하기도 한다. 只(지) : 어기조사(語氣助詞).

102) 谷風(곡풍) : 동풍(東風). ‘곡(谷)’은 ‘穀(곡)’과 통하여 곡식을 자라게 하는 바람이라는 뜻이다. 『시경(詩經)・패풍(邶風)』과 「소아(小雅)」에 각기 「곡풍(谷風)」이라는 시가 있는데, 여기서는 「소아」 나오는 시를 가리킨다. 그 중에 “장차 편안하고 즐겁게 살만 하자, 그대는 도리어 나를 버리시는군요(將安將樂, 女轉棄予)”라는 시구가 있다.

103) 伊尹(이윤) : 은(殷)나라 탕왕(湯王)의 신하. 이름은 지(摯). 본래는 탕왕의 부인이 시집갈 때 딸려서 보내진 노예였으나 뒤에 탕왕이 하(夏)나라의 걸왕(桀王)을 치는 것을 도와 아형(阿衡, 재상)이 되다. 탕왕을 보좌할 때 일찍이 “내가 임금을 요 임금이나 순임금 같이 되게 하지 못하면 마음으로 부끄러움과 치욕을 느낀다”라는 말을 하였다. 『상서(尙書)・세명(說命) 하(下)』에 보인다.

104) 이상의 두 구절은 『맹자(孟子)・이루(離婁) 상(上)』에 보인다.

105) 愚蔽(우폐) : 어리석고 사리에 어둡다. 우매(愚昧)하다. 여기서는 작자가 스스로 겸손

章明之德者,[108] 是臣慺慺之誠竊所獨守,[109] 實懷鶴立企佇之心.[110] 敢
復陳聞者, 冀陛下儻發天聰而垂神聽也.[111]

7-15. 문제께서 임금의 자리를 물려받으심을 경축드리며
(慶文帝受禪表)[1] 2수

7-15-1. 첫째(其一)[1]

폐하께서는 성스러운 덕으로 제위(帝位)에 오르시어 하늘의 뜻에 따

하게 하는 말이다.
106) 虞伊(우이) : 우순(虞舜, 순임금)과 이윤(伊尹).
107) 崇(숭) : 존중하다. 光被(광피) : 은혜가 사방에 두루 미치다. 光(광) : '廣(광)'의 뜻. 時
　雍(시옹) : 민풍(民風)이 아름답고 화목하다. 時(시) : 이에.
108) 宣(선) : 선양(宣揚)하다. 드높이다. 緝熙(집희) : 밝고 빛나다. 章明(장명) : 밝고 빛나다.
109) 慺慺(누루) : 정성스럽다. 정성을 다하여 힘쓰는 모양. 공손하고 삼가는 모양.
110) 鶴立企佇(학립기저) : 학처럼 우두커니 서서 기다리다. 사람이나 사물을 몹시 기다림
　을 이른다. 鶴立(학립) : 학처럼 목을 길게 빼고 발돋움하여 기다리다. 企佇(기저) : 발돋
　움을 하여 기다리다. 몹시 기다리다. 佇(저) : 오랫동안 서있다.
111) 冀(기) : 바라다. 儻(당) : 혹시. 天聰(천총) : 듣다. 神聽(신청) : 듣다. '天(천)'과 '神(신)'
　은 옛날에 신하들이 제왕에 대해 경의를 표시하기 위해 붙이던 수식어이다.
7-15. 慶文帝受禪表(경문제수선표)
　1) 이 글은 조비(曹丕)가 제위(帝位)를 선양(禪讓) 받아 즉위(卽位)하는 것을 축하하였
　다. 한(漢) 헌제(獻帝) 건안(建安) 25년(220) 정월에 조조(曹操)가 병으로 죽자 조비가
　이어서 승상(丞相) 겸 위왕(魏王)이 되었고 연호를 연강(延康) 원년으로 바꾸었다. 이
　해 10월에 헌제가 자리를 물려주어 조비가 제위(帝位)에 올랐다. 연호를 연강(延康) 원
　년에서 황초(黃初) 원년으로 바꾸었으며, 수도를 허창(許昌)에서 낙양(洛陽)으로 옮겼
　다. 受禪(수선) : 임금의 자리를 물려받다.
7-15-1. 其一(기일)
　1) 이 글은 문제(文帝)가 제위(帝位)에 오르는 것을 축하하며, 선조의 업적을 잇고 나라
　안팎을 안정시키길 비는 마음을 나타내었다.

라 천명(天命)을 바꾸시니, 진실로 하늘의 명에 응하여 만백성의 군주가 되셨습니다. 이에 고대의 임금들을 본받아 덕(德)과 인(仁)을 쌓으십니다. 우리 집안은 대대로 조상의 아름다운 덕을 이었으며, 선왕(先王)의 대에 이르러서는 백성들의 고통을 걱정하여 수고롭게 힘을 들여 애를 써서 백성들의 재난을 없애며, 천하 사방을 오가느라 편히 쉴 여가가 없었습니다. 이 때문에 이렇게 많은 복(福)과 경사가 우리 위(魏)나라를 빛나게 열어주는 것입니다. 폐하께서 선왕(先王)의 사업을 계승하고 선조의 업적을 잇고 확대하며, 덕스러운 말을 넓게 펴시고 나라 안팎을 안정시키시길 빕니다. 선조 주(周) 왕실의 옛 자취를 잇고 문왕(文王)과 무왕(武王)의 아름다운 덕을 계승하여, 제위를 지키시며 공을 세우고 천하를 통일시키시면 어찌 아름다운 일이 아니겠습니까?

陛下以聖德龍飛,[2] 順天革命,[3] 允答神符,[4] 誕作民主.[5] 乃祖先后,[6] 積德累仁. 世濟其美,[7] 以曁於先王,[8] 勤恤民隱,[9] 劬勞戮力,[10] 以除其害,[11] 經營四方,[12] 不遑啓處.[13] 是用隆茲福慶,[14] 光啓于魏.[15] 陛下承統,[16] 纘

---

2) 陛下(폐하) : 조비(曹丕)를 가리킨다. 龍飛(용비) : 황제가 즉위하는 것을 비유하다. 『주역(周易)·건괘(乾卦)』에 "나는 용(龍)이 하늘에 있으니 대인(大人)을 보기에 좋다(飛龍在天, 利見大人)"고 한 데서 나온 말.

3) 革命(혁명) : 천명(天命)이 바뀌다. 한 왕통(王統)이 다른 왕통(王統)으로 바뀌다. 조대(朝代)가 바뀌다.

4) 允(윤) : 진실로. 神符(신부) : 하늘이 내린 부명(符命, 하늘이 상서(祥瑞)로서 인군(人君)에게 내리는 명령). 하늘의 뜻.

5) 誕(탄) : 발어사(發語辭)로, 뜻이 없다. 民主(민주) : 백성의 군주가 되다.

6) 祖(조) : 본받다. 先后(선후) : 고대의 현명한 임금. 后(후) : 임금. 주대(周代)의 여러 왕(王)을 가리킨다.

7) 濟(제) : 이루다. 저본에는 "世濟其美"구에서 문장을 끊어 "乃祖先后, 積德累仁, 世濟其美. 以曁於先王, (…中略…) 不遑啓處"로 되어 있으나 앞뒤의 뜻으로 보아 "乃祖先后, 積德累仁. 世濟其美, 以曁於先王, (…中略…) 不遑啓處"로 단구(斷句)하는 것이 옳을 듯하다.

8) 曁(기) : 이르다. 先王(선왕) : 조조(曹操)를 가리킨다.

9) 勤(근) : 근심하다. 걱정하다. 恤(휼) : 근심하다. 가엾게 여기다. 隱(은) : 고통.

10) 劬勞(구로) : 몹시 애써 일하다. 戮力(육력) : 힘을 들여 애를 쓰다. 서로 힘을 합하다.

11) 害(해) : 여기서는 재난(災難)을 가리킨다.

12) 經營(경영) : 왕래하다.

戎前緖,17) 克廣德音,18) 綏靜內外.19) 紹先周之舊迹,20) 襲文武之懿德,21) 保大定功,22) 海內爲一,23) 豈不休哉.24)

7-15-2. 둘째(其二)1)

폐하께서는 현명하고 성스러운 덕으로 하늘의 밝은 명을 받아, 좋은 날에 즉위하시어 천하를 다스리시게 되었습니다. 크나큰 은혜 널리 퍼져 온 세상에 가득 차 넘칩니다. 그래서 하늘 아래 땅 위에서 즉위하신다는 명령을 전해 듣고 기뻐하며 경축하지 않는 사람이 없습니다. 손에 예물(禮物)을 들고 바삐 와서 대궐 아래에서 축하드립니다. 하물며 저는 같은 핏줄의 형제이니 기쁜 마음에 뛸 듯합니다.

陛下以明聖之德, 受天顯命,2) 良辰卽祚,3) 以臨天下.4) 洪化宣流,5) 洋

---

13) 遑(황) : 틈. 여가 겨를. 啓處(계처) : 집에서 편안하게 지내다.

14) 是用(시용) : 이 때문에. 隆(융) : 풍성하고 크다. 福慶(복경) : 행복과 경사.

15) 光(광) : 빛나다. 크다. 啓(계) : 열다.

16) 承統(승통) : 사업을 잇다. 조비(曹丕)가 조조(曹操)의 왕업(王業)을 계승하는 것을 가리킨다.

17) 纘(찬) : 잇다. 계승하다. 戎(융) : 확대하다. 前緖(전서) : 앞 사람(선조)의 업적.

18) 德音(덕음) : 덕스러운 말. 여기서는 인덕(仁德)에 부합하는 정치상의 법령(法令).

19) 綏靜(수정) : 안정시키다.

20) 紹(소) : 잇다. 先周(선주) : 주(周) 왕실(王室). 조조(曹操)는 일찍이 스스로를 일컬어 조숙진탁(曹叔振鐸)의 후손이라 하였는데, 조숙진탁은 주(周) 문왕(文王)의 아들이다. 무왕(武王)이 동생 조숙진탁을 조(曹) 땅에 봉하였는데 뒤에 나라 이름으로 성씨(姓氏)를 삼았다.

21) 襲(습) : 계승하다. 文武(문무) : 주(周)의 문왕(文王)과 무왕(武王). 懿德(의덕) : 아름다운 덕.

22) 保大(보대) : 제위(帝位)를 보존하다. 定功(정공) : 공을 세우다.

23) 海內(해내) : 천하.

24) 休(휴) : 아름답다.

7-15-2. 其二(기이)

1) 이 글은 조비(曹丕)의 천자 즉위를 축하하면서, 특히 같은 핏줄의 형제로서 기쁜 마음을 나타내었다.

溢宇內.6) 是以普天率土,7) 莫不承風欣慶,8) 執贄奔走,9) 奉賀闕下. 況臣
親體至戚,10) 懷歡踊躍.11)

7-16. 용이 나타난 것을 축하드리며(龍見賀表)1)

제가 들으니, 봉황이 다시 업성(鄴城)의 남쪽에 나타나고, 황룡(黃龍)
두 마리가 맑은 물에 나타났다고 합니다. 성스러운 임금님의 덕이 나라
가 지극히 잘 다스려지도록 하셔서 아름다운 길조가 나타나게 하신 것
입니다. 장차 봉황이 수풀 무성한 동산에서 깃들게 하고, 용을 못에서
길러 백성들이 아침저녁으로 보도록 하소서.

臣聞鳳凰復見於鄴南,2) 黃龍雙出於淸泉.3) 聖德至理,4) 以致嘉瑞.

2) 顯命(현명): 밝은 명령. 천명(天命). 顯(현): 빛나다.
3) 良辰(양신): 좋은 때. 좋은 날. 卽祚(즉조): 즉위(卽位)하다. 祚(조): 천자의 자리.
4) 臨(임): 임하다. 다스리다.
5) 洪化(홍화): 큰 은혜. 큰 교화. 宣流(선류): 널리 퍼지다.
6) 洋溢(양일): 차서 넘치는 모양. 宇內(우내): 온 세상. 천하.
7) 普天(보천): 넓은 하늘. 率土(솔토): 모든 땅. 普天率土(보천솔토): 하늘 아래 땅 위의
   전체. 온 세상. 천하.
8) 風(풍): 조비(曹丕)가 즉위(卽位)한다는 조령(詔令).
9) 贄(지): 폐백(幣帛). 어른을 처음 만날 때 가지고 가는 예물.
10) 至戚(지척): 아주 가까운 친척. 여기서는 형제(兄弟)를 가리킨다.
11) 踊躍(용약): 뛰다. 뛰어 오르다.

7-16. 龍見賀表(용현하표)
1) 이 글은 황제에게 위(魏)나라에 용(龍)이 나타난 것을 축하하며 올린 것이다. 見(현)
   : '現(현)'과 같다. 나타나다. 출현하다.
2) 鄴南(업남): 업성(鄴城)의 남쪽.
3) 淸泉(청천): 장수(漳水)를 가리키는 듯하다. 『삼국지(三國志)·위서(魏書)·중산공왕
   곤전(中山恭王袞傳)』에 "그 해(황초(黃初) 3년, 222), 황룡(黃龍)이 업성(鄴城) 서쪽의
   장수(漳水)에 나타났다(其年, 黃龍見鄴西漳水)"라고 하였다.
4) 理(리): 다스리다.

將棲鳳於林圃, 豢龍於陂池,5) 爲百姓旦夕之所觀.

7-17. 선제께서 하사하신 갑옷을 올리며(上先帝賜鎧表)1)

선제께서 신에게 하사하신 갑옷으로는 검은 빛과 밝은 빛이 각기 한 벌, 소매는 없고 가슴과 등에만 걸치는 갑옷이 한 벌, 고리 모양의 둥근 쇠사슬로 만든 갑옷이 한 벌, 말에 입히는 갑옷이 한 벌 있습니다. 이제 천하가 태평하여 칼과 갑옷을 쓸 일이 없으니, 이 모두를 갑옷 담당 관리에게 주어 관리하게 하시길 청합니다.

先帝賜臣鎧, 黑光明光各一領,2) 兩當鎧一領,3) 環鏁鎧一領,4) 馬鎧一領.5) 今代以昇平,6) 兵革無事,7) 乞悉以付鎧曹自理.8)

---

5) 豢(환) : 기르다. 陂池(피지) : 못.

7-17. 上先帝賜鎧表(상선제사개표)

1) 이 글은 조조(曹操)가 하사했던 갑옷을 문제(文帝)에게 바치면서 지은 것이다. 先帝(선제) : 조조(曹操)를 가리킨다.

2) 黑光(흑광) : 쇠로 만든 갑옷[鐵甲]을 가리킨다. 明光(명광) : 구리로 만든 갑옷을 가리킨다. 領(령) : 벌. 의류(衣類)를 세는 단위.

3) 兩當(양당) : 소매는 없고 가슴과 등에만 걸치는 옷.

4) 鏁鎧(쇄갑) : 쇠사슬을 이어 만든 갑옷. '鏁(쇄)'는 '鎖(쇄)'와 같은 글자.

5) 馬鎧(마개) : 말에 입히는 갑옷.

6) 代(대) : 『조집전평(曹集銓評)』에서 이 자에 대해 "『북당서초(北堂書鈔)』에는 '世(세)'로 되어 있다"고 하였다. '代(대)'로 고친 것은 당(唐)나라 사람들이 피휘(避諱)를 해서 바꾼 것이다.

7) 兵革(병혁) : 무기(武器)와 갑옷. 전쟁(戰爭)

8) 鎧曹(개조) : 조정에서 갑옷을 관리하는 관리 또는 관서(官署).

7-18. 견성왕에 봉해주심을 감사드리며(封鄄城王謝表)[1]

저는 어리석고 둔하고 행실이 깨끗하지 않으며 타고난 재주가 시원찮습니다. 과분하게도 폐하의 넓으신 은혜를 입으니, 분골쇄신하더라도 폐하의 두터운 은덕에 보답할 수 없습니다. 그런데 미쳐서 도리를 어기는 언행을 드러내어 처음으로 국법(國法)을 범하였습니다. 유배되어 버려져도 스스로 기꺼이 받아들이고, 죄를 안고 평생 보내는 것을 달게 여기며 구차하게, 눈 뜨고 숨이나 쉬는 것만 바랄 뿐 더 이상 폐하의 은총을 바라지 않았습니다. 기대하지도 않았는데 성은(聖恩)이 관직을 내리시니 마른 나무에 꽃이 피고 백골(白骨)에 살이 다시 생긴 것과 같은데, 저의 이런 죄로 마땅히 받은 바가 아닙니다. 하늘을 우러러보고 세상을 굽어보니 부끄럽고 두려우며 내심 두려워서 떨릴 따름입니다. 조서를 받던 날, 슬픔과 기쁨이 함께 이르렀습니다. 비록 글에서 은혜에 감사하는 정을 나타내고자 하였지만 속마음을 전부 다 말할 수는 없습니다.

臣愚駑垢穢,[2] 才質疵下.[3] 過受陛下日月之恩,[4] 不能摧身碎首,[5] 以答陛下厚德. 而狂悖發露,[6] 始干天憲.[7] 自分放棄,[8] 抱罪終身, 苟貪視息,[9] 無復睎幸.[10] 不悟聖恩爵以非望,[11] 枯木生葉, 白骨更肉, 非臣罪戾所當

7-18. 封鄄城王謝表(봉견성왕사표)

1) 이 글은 황초(黃初) 3년(222), 국법을 어겼음에도 불구하고 과분하게도 견성왕(鄄城王)으로 봉해준 은혜에 감사하며 문제(文帝)에게 올린 것이다. 당시 작자의 나이 31세.
2) 愚駑(우노) : 어리석고 둔하다. 垢穢(구예) : 더럽다.
3) 才質(재질) : 타고난 재주. 疵(자) : '眥(자)'와 통하다. 약하다.
4) 日月之恩(일월지은) : 해와 달이 사사로움이 없이 비추듯 은혜가 널리 미침을 말한다.
5) 摧(최) : 꺾다. 멸하다. 碎(쇄) : 부수다. 깨뜨리다.
6) 狂悖(광패) : 미쳐서 도리를 어김. 發露(발로) : 드러내다.
7) 干(간) : 범하다. 天憲(천헌) : 국법(國法).
8) 自分(자분) : 스스로 진심으로 원하다. 放棄(방기) : 유배(流配)되어 버려지다.
9) 視息(시식) : 눈을 뜨고 숨을 쉬다. 이 세상에 살아있는 일. 생존.

宜蒙. 俯仰慙惶,12) 五內戰悸.13) 奉詔之日, 悲喜參至.14) 雖因拜章陳答聖
恩, 下情未展.15)

7-19. 동아왕으로 옮겨 봉하신 것에 감사드리며(轉封東阿謝表)1)

　　조서를 받으니, "태황태후께서 옹구(雍丘)가 지대가 낮고 습하며 뽕나
무가 없는 것을 염려하셔서 동아(東阿)로 옮기려 하니, 만약 옹구왕(雍丘王)
의 뜻에 맞으면 사람을 보내 순시하여 살 수 있는지 어떤지 알아보려
하오"라고 말씀하셨습니다. 조서를 받던 날, 슬픔과 기쁨이 한꺼번에 겹
쳤습니다. 저는 아무런 공이 없이 거저 나라의 은혜를 입어, 작위(爵位)
는 높고 봉록은 많지만 시국에 이익됨이 없어, 수레바퀴에 기름칠하고
말에 꼴을 먹여, 쫓겨나 멀리 가리라 생각하고 있었습니다. 뜻밖에도 폐
하께선 하느님 같은 은혜로 외람되게도 황태후 어머님의 생각을 언명
하시고 저를 동아로 옮기려 하시는군요. 폐하께서 다행히 저를 위해 먼
뒷날을 고려해 주시니, 성지(聖旨) 중에 애통해함이 있으시고 은혜는 하
늘과 땅보다 더 하십니다. 제가 옹구(雍丘)에 있으면서 5년간 부지런히

---

10) 睎(희) : 바라다. 幸(행) : 은총. 베풀어준 은혜.

11) 爵(작) : 관직을 내리다. 황초(黃初) 3년(222)에 견성왕(鄄城王)으로 봉한 것을 가리킨
　　다. 非望(비망) : 기대하지 않다. 생각하지도 않다.

12) 俯仰(부앙) : 하늘을 우러러보고 세상을 굽어보다. 慙惶(참황) : 부끄럽고 두렵다.

13) 五內(오내) : 오장(五臟). 내심(內心). 戰悸(전계) : 두려워서 떨다.

14) 參至(참지) : 뒤섞여 이르다.

15) 下情(하정) : 자기의 심정.

7-19. 轉封東阿王謝表(전봉공아왕사표)

　1) 이 글은 태화(太和) 3년(229), 명제(明帝)가 작자를 동아왕(東阿王)으로 봉한 것에 대
　　해 감사의 뜻을 말한 것이다. 작자의 나이 38세.

수고하고, 좌우의 사람들이 지치고 쇠약하도록 일하여 가업(家業)이 안정되고 있습니다. 정원의 만 그루 과일나무는 가지가 무성해지기 시작하여 제 마음 속으로 사랑해마지 않는데, 버리자니 참으로 애석합니다. 그러나 뽕나무며 밭이며 일이 없어, 주위의 사람들이 빈궁하여, 먹는 것은 겨우 끼니를 떼우고 몸은 벌거벗고 지냅니다. 제가 듣건대, 옛날의 어진 임금은 반드시 백성들을 위해 나라를 버리는 일이 있었다고 합니다. 하물며 저는 비옥한 땅에 옮겨와 살며, 사람들은 저를 따라 복을 받고 있습니다. 강과 바다가 흘러가는 곳에 윤택하지 않는 땅이 없고, 구름과 비가 드리우는 곳에 풍성하지 않은 물산이 없습니다. 폐하께서 옹구(雍丘)에 와서 5년을 부지런히 지내며 도움 받은 일이 적음을 생각해 주신다면, 이것은 고목에 꽃이 피고 백골에 새살이 자라나는 것과 같으니, 제가 감히 바랄 수 있는 일이 아닙니다. 굶주린 자는 먹는 것에 쉽게 만족하고 추위에 떠는 자는 옷 입는 것에 쉽게 만족하는 법이니, 저를 두고 이르는 말입니다.

奉詔, "太皇太后念雍丘下濕少桑,[2] 欲轉東阿, 當合王意,[3] 可遣人按行,[4] 知可居不." 奉詔之日, 伏增悲喜. 臣以無功, 虛荷國恩, 爵尊祿厚, 用無益於時, 脂車秣馬,[5] 志在黜放.[6] 不圖陛下天父之恩,[7] 猥宜皇太后慈母之念遷之.[8] 陛下幸爲久長計, 聖旨惻隱, 恩過天地. 臣在雍丘, 劬勞五年,[9] 左右罷怠,[10] 居業向定.[11] 園果萬株, 枝條始茂, 私情區區,[12] 實所

---

2) 太皇太后(태황태후) : 조조(曹操)의 처 변씨(卞氏)로, 작자의 생모(生母)요, 조예(曹叡)의 조모(祖母).

3) 王(왕) : 조식(曹植)을 가리킨다. 그때 옹구왕(雍丘王)으로 있었다.

4) 按行(안행) : (여행, 또는 공무를 띄고) 어떤 지역을 돌아다님.

5) 脂車(지거) : 수레바퀴에 기름칠하다. 秣馬(말마) : 말에 꼴을 먹이다.

6) 黜放(출방) : 내쫓다.

7) 天父(천부) : 만물을 창조하는 하느님을 일컫는다.

8) 皇太后慈母(황태후자모) : 조식이 어머니 변씨(卞氏)를 일컫는 말. 遷之(천지) : 동아(東阿)로 옮겨 봉하는 것을 가리킨다.

9) 劬勞(구로) : 힘들여 수고하다. 몹시 애써 일하다. 五年(오년) : 황초(黃初) 4년(223)에 옹구(雍丘)에 봉해진 이후 태화(太和) 2년(228)(부아서(傅亞庶)는 태화 3년(229)으로 봄)

重棄.13) 然桑田無業, 左右貧窮, 食裁餬口,14) 形有躶露. 臣聞古之仁君, 必有棄國以爲百姓. 況乃轉居沃土, 人從蒙福. 江海所流, 無地不潤, 雲雨所加, 無物不茂. 若陛下念臣入從五年之勤, 少見佐助, 此枯木生華, 白骨更肉, 非臣之敢望也. 饑者易食, 寒者易衣, 臣之謂矣.

7-20. 궁중에 들어가 임금님을 뵙게 됨을 감사드리며(謝覲表) 1[1]

제가 외진 곳을 떠나 백관(百官)들의 아름다운 모습을 볼 수 있게 되니, 이것이 첫 번째 기쁨입니다. 띠로 지붕을 이은 누추한 집을 떠나 궁궐의 문에 오르게 되니, 이것이 두 번째 기쁨입니다. 부끄러워하는 낯으로 위엄 있는 얼굴을 뵙게 되니, 이것이 세 번째 기쁨입니다. 장차 흉악

까지 5년이 되었다.

10) 罷怠(피태) : 피로하다. 지치고 쇠약하다.

11) 向(향) : 향하다. 근접하다. 다가가다.

12) 區區(구구) : 사랑하다. 득의(得意)한 모양.

13) 重(중) : 애석하게 여기다.

14) 裁(재) : '才(재)'와 통한다. 겨우. 간신히. 餬口(호구) : 입에 풀칠하다. 겨우 먹고 살다.

7-20. 謝入覲表(사입근표) 1

1) 이 글은 수도에 가서 명제(明帝)를 만나게 되는 기쁨을 적었다. 入覲(입근) : 궁중에 들어가 임금을 뵙다. 이 글을 지은 연대와 관련하여 엄가균(嚴可均)은 태화(太和) 6년(232)에 지은 것으로 보았고, 조유문(趙幼文)은 태화 5년(231) 겨울에 지었다고 말한 데에 대해, 부아서(傅亞庶)는 조식(曹植) 본전(本傳)에서 말한 "그 해(태화 5년) 겨울, 여러 왕들에게 6년 5월(이것은 '正月(정월)'의 잘못임)에 입조(入朝)하도록 명령을 내렸다(其年冬, 詔諸王朝六年五月)"고 한 말을 들어 엄가균의 말이 옳다고 하였다(『삼조시문전집역주(三曹詩文全集譯注)』, 868~869면). 그러나 조유문은 「중산공왕곤전(中山恭王袞傳)」과 「초왕표전(楚王彪傳)」의 기록을 들어 여러 왕들이 태화 5년 겨울에 서울에 들어갔으며, 이 글은 입조(入朝)하라는 명령을 받고 난 뒤, 그리고 궁중에서 알현하기 전에 지어진 것이므로 '將以(장이)'라는 구절이 있는 것으로 보아 마땅히 태화 5년 겨울의 일로 보아야 한다고 주장하였다(『조식집교주(曹植集校注)』, 474면). 조유문의 설이 타당한 것으로 보인다.

한 자질로 높고 성스러운 가르침을 받게 되니, 이것이 네 번째 기쁨입
니다.

臣得出幽屛之城,2) 獲覲百官之美,3) 此一喜也. 背茅茨之陋,4) 登閶闔
之闥,5) 此二喜也. 必以有靦之容,6) 瞻見穆穆之顔,7) 此三喜也. 將以檮杌
之質,8) 禀受崇聖之訓,9) 此四喜也.

7-21. 궁중에 들어가 임금님을 뵙게 됨을 감사드리며(謝覲表) 2¹⁾

좀처럼 보기 드문 명령이라 생각도 못했던 일입니다. 뜬구름을 헤치
고 해를 보며 깊은 골짜기에서 나와 높은 나무에 오르는 것과 같은지라,
뜰의 횃불을 바라보며 마음으로 태극전(太極殿)을 생각합니다.

不世之命,2) 非所致思, 有若披浮雲而覲白日,3) 出幽谷而登喬木,4) 目

---

2) 幽屛(유병) : 구석지다. 외지다. 幽屛之城(유병지성) : 동아성(東阿城)을 가리킨다.
3) 覲(근) : 보다. 만나 보다.
4) 背(배) : 떠나다. 茅茨(모자) : 띠로 인 지붕.
5) 閶闔(창합) : 신화나 전설 중의 하늘의 문(門). 왕궁(王宮)의 정문(正門). 闥(달) : 궁문
   (宮門). 궁중(宮中)의 소로(小路)에 세운 문.
6) 有靦(유전) : 부끄러워하는 것. 靦(전) : 부끄러워하다.
7) 穆穆(목목) : 위엄이 있는 모양.
8) 檮杌(도올) : 전설상의 흉악한 맹수. 흉악한 사람.
9) 崇聖(숭성) : 높고 성스럽다. 위(魏) 명제(明帝) 조예(曹叡)를 가리킨다.

7-21. 謝入覲表(사입근표) 2
1) 이 글은 궁중에 들어가 임금을 만나게 되는 기쁨을 적었다. 엄가균(嚴可均)과 조유
   문(趙幼文)은 이 글이 황초(黃初) 4년(223)에 지어진 것으로 보았다(『조식집교주(曹植
   集校注)』, 268면). 이때의 임금은 문제(文帝)이다.
2) 不世(불세) : 좀처럼 보기 드묾. 황초(黃初) 4년(223)에 조비(曹丕)가 여러 왕들을 서울
   로 불러 절기(節氣)에 맞추어 모이고자 한 것을 가리킨다. 황초 2년(221)에 여러 왕들
   이 봉지(封地)로 돌아갈 때 조비가 명령을 내려 여러 왕들이 궁중에 들어와 임금을 만
   나지 못하도록 하였는데, 이제 다시 서울에 와 임금을 알현하도록 불러 '좀처럼 보기

希庭燎,5) 心存泰極.6)

7-22. 두루 구경하도록 해주신 것을 감사드리며(謝周觀表)1)

　조서를 내려 두루 구경하게 하시니, 처음에는 승로반(承露盤)을 완상(玩賞)하고 북쪽으로 가서 소포전(疏圃殿)을 보고 구화대(九華臺)에 올랐습니다. 신령스러운 분이 홀로 거처하는 듯한데, 괴이한 모습은 천연적으로 이루어진 듯하니, 진실로 황제께서 거처하시는 곳이라 할 만 합니다. 비록 곤륜산(崑崙山)과 낭풍산(閬風山)의 아름다움이나 하늘의 문창궁(文昌宮)의 처소라 할지라도 이보다 뛰어나지는 않을 것입니다.

　詔使周觀, 初玩雲盤,2) 北觀疏圃,3) 遂步九華.4) 神明特處,5) 譎詭天然,6) 誠可謂帝室皇居者矣. 雖崐崙閬風之麗,7) 文昌之居,8) 不是過也.

　드문 명령(不世之命)'이라고 한 것이다.
　3) 披(피) : 열다. 밀어 헤치다.
　4) 『시경(詩經)·소아(小雅)·벌목(伐木)』편에 "깊은 골짜기에서 나와, 큰 나무로 옮겨 가네(出自幽谷, 遷于喬木)"라는 말이 있는데, 이것은 어두운 곳에서 나와 밝은 곳으로 올라감을 비유한다.
　5) 希(희) : '睎(희)'와 통한다. 바라보다. 庭燎(정료) : 옛날 뜰에, 입궐(入闕)하는 여러 신하를 위해 밝힌 횃불.
　6) 泰極(태극) : '泰(태)'는 '太(태)'와 같다. '太極(태극)'은 위(魏)나라의 정전(正殿)을 가리킨다.

7-22. 謝周觀表(사주관표)
　1) 이 글은 궁중의 안을 두루 구경하도록 허락해 준 명제(明帝)의 은혜에 감사하는 마음을 적었다.
　2) 雲盤(운반) : 승로반(承露盤)을 가리킨다. 한(漢)의 무제(武帝)가 불로장생의 약으로 이슬을 받기 위하여 만든 동반(銅盤). '雲(운)'은 높은 것을 형용한다.
　3) 疏圃(소포) : 위(魏)나라 궁중에 있는 소포전(疏圃殿). 화림원(華林園) 안에 있다.
　4) 九華(구화) : 구화대(九華臺). 황초(黃初) 7년(226)에 지었다.
　5) 神明(신명) : 신령(神靈). 特處(특거) : 홀로 거처하다.

7-23. 명제께서 음식을 하사하신 것에 감사드리며(謝明帝食表)[1]

근자에 임금님께서 드시는 음식을 하사하신 것을 받고 글을 올려 은 혜에 감사드립니다. 손수 쓰신 조서를 찾아 들고 보니 제가 마르고 약한 것을 걱정해 주셨습니다. 조서를 받던 날, 눈물이 마구 흘렀습니다. 비록 무제(武帝)와 문제(文帝) 두 분께서 저를 걱정해주셨지만 임금님의 조서보다 더 낫지는 못합니다.

近得賜御食, 拜表謝恩. 尋奉手詔,[2] 愍臣瘦弱. 奉詔之日, 涕泣橫流. 雖武文二帝所以愍憐於臣,[3] 不復過於明詔.

7-24. 명제의 조서에 답하며(答明帝詔表)[1]

조서를 받고 아울러 황제께서 지으신 「고평원공주뢰(故平原公主誄)」를

---

6) 譎詭(휼궤) : 물건의 형체가 괴이하다.

7) 閬風(낭풍) : 낭풍산(閬風山). 곤륜산(崑崙山) 위에 있으며, 전설에서 신선이 사는 곳이다.

8) 文昌(문창) : 전설에서 천제(天帝)가 거처하는 곳.

7-23. 謝明帝賜食表 (사명제사식표)

1) 이 글은 명제(明帝)가 음식을 보내면서 작자가 몸이 마르고 약한 것을 걱정해준 것에 대해 감사하는 뜻을 적었다.

2) 手詔(수조) : 임금이 손수 쓴 조서.

3) 武文(무문) : 저본에는 '文武(문무)'로 되어 있으나 『태평어람(太平御覽)』에 근거한 조유문(趙幼文)의 설에 따라 고친다(『조식집교주(曹植集校注)』, 475면). '武(무)'는 무제(武帝) 조조(曹操), '文(문)'은 문제(文帝) 조비(曹丕)를 가리킨다.

7-24. 答明帝詔表 (답명제조표)

1) 이 글은 명제(明帝)가 딸을 잃고 지은 「고평원공주뢰(故平原公主誄)」가 읽는 사람들을 대단히 감동시킴을 찬탄하였다.

보았습니다. 문사와 뜻이 서로 떠받치며 한 단락 한 단락마다 특별한 곳이 있고 구절구절마다 사람을 간절히 감동시키는데, 애통한 심정은 신령님을 감동시키고 슬픔은 하늘과 땅을 꿰뚫고 있습니다. 초왕(楚王) 조표(曹彪) 등은 제가 그들을 위해 설명한 말을 듣고 눈물을 떨어뜨리지 않은 사람이 없었습니다.

奉詔, 並見聖恩所作故平原公主誄.[2] 文義相扶, 章章殊興, 句句感切, 哀動聖明, 痛貫天地. 楚王臣彪等聞臣爲讀,[3] 莫不揮涕.

7-25. 여러 제후국의 젊은이를 징발해가는 것을 반대하며 (諫取諸國士息表)[1]

제가 듣건대, 옛날의 성군(聖君)은 현명하기가 해와 달과 같고 신의는 사시(四時)와 같아, 흉악한 사람을 죽이더라도 지나치게 엄중함이 없고, 착한 사람에게 상을 줌에 가볍게 함이 없으며, 성낼 때는 사람을 놀라

---

2) 故平原公主誄(고평원공주뢰) : 명제(明帝)가 딸이 한 살이 되지 않아 요절하자 평원공주(平原公主)에 봉하고 낙양(洛陽)에 사당을 세우고 친히 영구(靈柩)를 묘지까지 보낸 뒤, 이 글을 지었다.

3) 臣彪等(신표등) : 조표(曹彪)와 조곤(曹袞) 등을 가리킨다. 讀(독) : 설명하다.

7-25. 諫取諸國士息表(간취제국토식표)

1) 이 글은 조정에서 여러 제후국의 젊은이들을 징발해 가는 것에 대해 그 폐해를 지적하면서 반대의 뜻을 밝혔다. 『삼국지(三國志)·위서(魏書)』의 본전(本傳)에서는 조식(曹植)이 이 글을 짓게 된 배경과 관련하여 『위략(魏略)』을 인용하여 다음과 같이 말하였다. "이 뒤에 사인(士人)들의 자식들을 크게 징발하고 여러 제후국의 사인(士人)들을 뽑았다. 조식은 근자에 이미 여러 제후국의 사인의 자식들이 징발 당하고, 남아있는 어리고 힘이 약한 사람들도 얼마 되지 않는데 다시 또 뽑혀가게 되자 이에 글을 올리게 되었다(是後大發士息, 及取諸國士. 植以近前諸國士息已見發, 其遺孤稚弱, 在者無幾, 而復被取, 乃上書)." 士息(사식) : 사인(士人)의 자식.

게 하는 천둥소리 같고, 기쁠 때는 때맞추어 내리는 비와 같은데, 은혜는 중간에 그만두는 일이 없으며, 가르침은 이래도 좋고 저래도 좋은 경우는 없다고 합니다. 이런 방식으로 조정에 임하면 신하들은 어떻게 죽어야 하는지를 알게 됩니다. 임무를 받고 만리 밖에 나가게 되면 임금께서 관직을 내리신 까닭을 분명히 살피고 스스로 반드시 목숨을 바쳐 보답하게 되니, 설사 이간질하는 무리들이 있을지라도 태연하며 두려워하지 않는 것은 임금과 신하가 서로 믿는 효과가 분명히 드러난 것입니다. 옛날에 광장(匡章)이 제(齊)나라의 장군이 되었을 때, 사람들 중에 그가 모반을 꾀한다고 고발한 사람이 있었는데, 위왕(威王)이 말하길 “그럴 리가 없다”고 하였습니다. 주위의 사람들이 “왕께서는 어떻게 그가 그러지 않으리라는 것을 분명히 아십니까?”하고 묻자, 위왕이 말하길, “들자하니 광장은 죽은 자기 모친을 개장(改葬)하는 일 조차도 돌아가신 아버지를 속이려 들지 않았다고 하는데, 설마 살아있는 임금을 배반할 리가 있겠는가”라고 하였습니다. 이것이 바로 임금이 신하를 믿는 것입니다. 옛날에 관중(管仲)은 자기가 직접 제(齊) 환공(桓公)을 활로 쏜 적이 있는데, 그 이후 잡혀서 감금되었다가 노(魯)나라의 죄수 수레에 실려 젊은 사람이 수레를 끌고 제나라에 보내지게 되는 일이 있었습니다. 관중은 환공이 반드시 자기를 등용(登用)하리라는 것은 알지만 노나라가 후회할 까 두려워 젊은이에게, “내가 당신 위해 노래를 부를 테니 당신은 나에 맞추어 부르시오. 소리가 잘 어울리면 길가기도 편한 법이오”라고 말했습니다. 그러고는 관중이 노래를 부르면 젊은이가 가면서 따라 부르고 하면서, 하루에 몇 백 리를 가서 아침에 출발해 저녁에 도착하였는데, 제나라에 이르자 재상으로 임명받았습니다. 이것은 신하가 임금을 믿는 것입니다. 제가 처음으로 작위를 받는 책서(策書)에서 말하길, “저가 이 청사(青社)를 받고 동토(東土)에 봉해지게 되었으니, 황실(皇室)을 지키고 위(魏)나라의 울타리가 되겠습니다”라고 하였습니다. 그러나 하사 받은 병사 백 오십 명은 모두 나이가 육십이며, 어떤 사람은 칠십이 된 이도 있습니다. 근위병(近衛兵)과 관기병(官騎兵), 그리고 몸 가까이 있는 사람 등은 모두 이백 여명 됩니다. 만약 이들이 늙지 않고 모두 설령 나이가 30세라고 하더라도, 뜻밖의 일을 대비하고 군영(軍營)과 보루(堡壘)를 시찰하고 성(城)에 올라 적을 상대하는 것도 오히려 스스로를 구할 수 없는데, 하물며 이들이 모두 나이가 많고 행동이 불편한 사람들이니 더 말할 나위가 있겠습니까. 그런데 이름은 위나라의 동쪽 울타리로서 저로 하여금 왕실을 지키게 하시니 저는 마음속으로 스스로 부끄럽게 여기고 있습니다. 제후로 봉해진 나라에 와 보니 나라에는 사인(士人)의 아들이 모두 합쳐야 5백 명을 넘지 않았습니다. 제가 생각해보니, 삼군(三軍)의 증손(增損)은 더 이상 이 사람들에게 힘입을 수가 없었습니다. 나라밖이 안정되지 못하고 있는데 만약 반드시 군대를 이끌고 치러가야 된다면, 저는 원컨대 가병(家兵)을 이끌고 하루에 이틀 길을 가서 전선(戰線)으로 달려가고자 하니, 지아비와 지어미는 등에 어린 아이를 지고 자식과 동생은 양식을 품에 품고, 칼날과 칼끝을 밟고 적진에 돌격하여 국난(國難)을 구하기 위해 목숨을 바치고자 하는데, 어찌 단지 공부하는 어린 아이들만을 징집해서야 되겠습니까. 제가 진실로 생각건대, 눈물을 뿌려 강물을 더 보태고 생쥐가 바닷물을 마신다한들, 조정에는 절대로 이익 되는 바가 없으며, 저의 집에는 큰 손해가 있습니다. 또 저의 사인(士人)의 자식들은 지금까지 세 차례 출정 나가는 것을 전송하였는데 건장한 남자들은 이미 고갈되었고, 단지 아직 7,8세 이상, 16,7세 이내의 어린아이가 30여 명 있습니다. 이제 가병(家兵)들은 모두 나이 많아 늙고 병들어 침대에 누워 있으니, 죽이 아니면 먹지를 못하고, 눈으로 보지 못하며 숨을 겨우 잇는 자가 모두 서른일곱 명됩니다. 늙고 병이 많고 중풍에 걸렸으며, 몸에 종기가 나고 앞을 못보고 귀머거리인 자들이 스물세 사람입니다. 그래서 지금 바로 이런 아이들을 필요로 하니, 나이가 많은 아이들은 저녁의 경비 요원으로 보충해 쓸 수 있고, 비록 외적의 침략을 막기에는 부족할지라도 대충 좀도둑을 방비하는 것은 할 만 합니다. 나이가 적은 아이들은 큰 일을 맡을 수 없으나 이 애들을 시켜 잡초를 뽑고 새들을 내쫓는 일을 하게 할 수 있습니다. 길에서 손님을 맞이하고 보내는 일을 하는 관직을 없애면 한 가지 일을 그만 둘 수 있으나 하루 사냥을 하게 되면 많은 일을 끝낼 수 없게 되니, 직접 스스로 일을 하지 않으면 일의 성과를 거두지 못하여, 늘 스스로 몸소 일을 하며 아래 관리들에게 맡기지 않습니다. 폐하께선 성스럽고 인자하시어, 은혜를 내리는 조서가 세 번이나 내려와, 사인(士人)의 자식들을 조정에 보내기 위해 징발하는 일이 오랫동안 더 이상 일어나지 않게 되었습니다. 현명하신 조서가 하달되니 마치 밝게 빛나는 태양이 환히 비추는 듯합니다. 금석(金石) 같이 변치 않는 은혜를 지키시고 신명(神明)과 같은 신용을 반드시 견지하시며, 경계(境界)를 분명히 하며 스스로 굳건하게 하시면, 하늘과 같고 대지(大地)와 같이 위대하시게 됩니다. 학업을 닦는 젊은이들이 반드시 다시 징발되어 보내져야 한다면 대낮이 어두워지듯 온 세상이 깜깜해질 것이니, 저는 잘못된 생각에 실망할 것입니다. 제가 생각건대, 폐하께서 이미 저에게 백관(百官)들의 윗자리 벼슬을 주시고 제후국의 소임을 맡도록 하시고는, 이를 위해 경(卿)과 사(士)를 두고, 집의 이름을 궁(宮)이라 부르고 무덤의 이름을 릉(陵)이라 부르며, 높은 자리에서 홀로 서있도록 해주시지 않으셨으니, 평민들과 다를 바 없습니다. 백성자고(伯成子高)처럼 들에서 밭가는 것을 기쁘게 여기며, 진중자(陳仲子)처럼 정원에 물 대는 것을 즐거워합니다. 쑥대를 엮어서 만든 문과 띠 풀로 만든 창(窓)은 원헌(原憲)의 집과 같고, 누추한 거리에 살며 한 소쿠리의 밥을 먹고 한 표주박의 물을 마시는 것은 안회(顔回)의 삶과 같은데, 저의 재능은 쓰이지 못하여 늘 비분강개하면서 이런 사람들의 뜻을 간직하고 있습니다. 만약 폐하께서 저의 말을 들으시고 병사들을 모두 돌아오게 하시고 관리들을 해산하시며, 감국알자(監國謁者)를 없애시고 저로 하여금 제후왕의 작위를 사직하게 하시면, 백성자고(伯成子高)와 진중자(陳仲子)의 발자취를 뒤쫓고 안회(顔回)와 원헌

(原憲)의 일을 꾀하며, 자장(子臧)의 오두막집에서 지내고 연릉계자의 집
과 같은 것을 지으리니, 이렇게 되면 비록 조정에 나아가 업적을 세우
지 못하더라도 물러나 절조(節操)를 지킬 수 있고, 죽게 되는 날엔 신선
적송자(赤松子)나 왕자교(王子喬)와 같이 될 수 있을 것입니다. 그러나 제
가 생각건대, 국가 조정이 만약 끝내 저의 이 같은 의견을 들으려하지
않으신다면, 저는 진실로 응당 세상의 법도에 구속받고 봉록(俸祿)과 작
위(爵位)에 몸이 매여, 마음이 안정되지 못하는 작은 근심을 품고 끝없는
갖가지 생각을 가지고 있으리니, 어찌 저 널리 뜻을 거리낌 없이 마음
껏 펼치고, 우주의 밖에서 소요자적(逍遙自適)할 수 있겠습니까. 이 소원
이 실현되지 못하면 폐하께선 반드시 황족들을 높이시고 육친(肉親)들을
친밀하게 대하시며, 백골(白骨)에 새 살이 생겨나고 고목(枯木)에 꽃이 피
어나듯 하게 하시고, 어진 덕을 이루시어, 이전 내리신 은혜로운 조서(詔
書)와 잘 어울리도록 하시옵소서.

　臣聞古者聖君與日月齊其明, 四時等其信, 是以戮凶無重, 賞善無輕,
怒若驚霆,2) 喜若時雨, 恩不中絶,3) 敎無二可.4) 以此臨朝, 則臣下知所死
矣.5) 受任在萬里之外, 審主之所以授官, 必己之所以投命,6) 雖有構會之
徒,7) 泊然不以爲懼者,8) 蓋君臣相信之明效也. 昔章子爲齊將,9) 人有告
之反者, 威王曰, "不然." 左右曰, "王何以明之." 王曰, "聞章子改葬死母,
彼尙不欺死父, 顧當叛生君乎." 此君之信臣也. 昔管仲親射桓公, 後幽
囚,10) 從魯檻車載,11) 使少年挽而送齊. 管仲知桓公之必用己, 懼魯之悔,

---

　2) 驚霆(경정) : 사람을 놀라게 하는 천둥소리. '경뢰(驚雷)'와 같다.
　3) 中絶(중절) : 중간에 그만두다.
　4) 二可(이가) : 이래도 좋고 저래도 좋다.
　5) 知所死(지소사) : 어떻게 죽어야 하는지를 알다.
　6) 投命(투명) : 목숨을 바치다.
　7) 構會(구회) : 쌍방을 부추겨 시비를 일으키며 이간질을 하다.
　8) 泊然(박연) : 욕심이 없고 마음이 평정(平靜)한 모양. 편안하고 태연한 모양.
　9) 章子(장자) : 광장(匡章). 전국(戰國) 시대 제(齊)나라의 장군.
　10) 幽囚(유수) : 감금(監禁)하다. 幽(유) : (죄인을) 가두다. 囚(수) : 가두다.
　11) 檻車(함거) : 옛날, 짐승이나 죄인을 운반하던 수레.

謂少年曰, "吾爲汝唱, 汝爲和聲, 和聲宜走." 於是管仲唱之, 少年走而和之, 日行數百里, 宿昔而至,[12] 至則相齊. 此臣之信君也. 臣初受策封書曰, "植受茲靑社,[13] 封於東土, 以屛翰皇家, 爲魏藩輔." 而所得兵百五十人, 皆年在耳順,[14] 或不踰矩.[15] 虎賁官騎及親事凡二百餘人.[16] 正復不老, 皆使年壯,[17] 備有不虞,[18] 檢校乘城顧不足以自救,[19] 況皆復耄耄罷曳乎.[20] 而名爲魏東藩, 使屛翰王室,[21] 臣竊自羞矣. 就之諸國, 國有士子合不過五百人. 伏以爲三軍益損不復賴此. 方外不定,[22] 必當須辦者, 臣願將部曲,[23] 倍道奔赴,[24] 夫妻負襁,[25] 子弟懷糧, 蹈鋒履刃, 以徇國難, 何但習業小兒哉. 愚誠以揮涕增河, 鼮鼠飮海,[26] 於朝萬無損益, 於臣家計甚有廢損. 又臣士息前後三送, 兼人已竭,[27] 惟尙有小儿七八歲已上,

---

12) 宿昔(숙석) : 아침과 저녁.

13) 靑社(청사) : 동방(東方)의 흙. 『사기(史記)・삼왕세가집해(三王世家集解)』에서 장안(張晏)의 말을 인용하여 "제왕은 오색(五色)의 흙을 태사(太社)로 삼아 사방의 제후들을 봉(封)하는데, 각자 그 지방의 색의 흙을 주면 흰 띠풀[白茅]로 쌘[苴] 다음 돌아가 사(社)를 세운다[王者以五色土爲太社, 封四方諸侯, 各以其方色土與之, 苴以白茅, 歸以立社]"고 하였다. 조식은 제후국이 동쪽에 있기 때문에 '청사(靑社)'라고 일컬었다.

14) 耳順(이순) : 나이가 육십 살에 이르다. 『논어(論語)・위정(爲政)』편에 "나이 육십이 되자 귀로 들어도 거슬림이 없이 순하다(六十而耳順)"라는 말이 있다.

15) 不踰矩(불유구) : 나이가 칠십 살에 이르다.

16) 虎賁(호분) : 왕(王)을 호위하고 왕궁(王宮)을 지키는 근위병(近衛兵).

17) 年壯(연장) : 30세를 가리킨다. 『예기(禮記)・곡례(曲禮)』편에서 "나이 설흔을 '장(壯)'이라 한다(三十曰壯)"라고 하였다.

18) 不虞(불우) : 뜻밖의 일. 虞(우) : 예상하다.

19) 檢校(검교) : 군영(軍營)과 보루(堡壘)를 시찰하다. 檢(검) : 시찰하다. 校(교) : 영루(營壘, 군영과 보루). 乘城(승성) : 성(城)에 오르다.

20) 耄耄(모모) : 노년(老年). 늙은이. 『예기(禮記)』에는 8,90세를 '모(耄)'라 하였다. 罷曳(피예) : 행동이 느리고 힘이 없다. '罷(피)'는 '疲(피)'와 통한다.

21) 屛翰(병한) : 가로막고 지키다. 보위(保衛)하다. 王室(왕실) : 위(魏)나라 조정을 가리킨다.

22) 方外(방외) : 나라밖. 여기서는 촉(蜀)과 오(吳), 두 나라를 가리킨다.

23) 部曲(부곡) : 제후(諸侯)의 가병(家兵).

24) 倍道(배도) : 갑절의 길을 걷다. 하루에 이틀 길을 가다.

25) 負襁(부강) : 어린 아이를 등에 지다.

26) 鼮鼠(혜서) : 생쥐.

27) 兼人(겸인) : 용력(勇力)이 다른 사람보다 뛰어난 사람. 여기서는 건장(健壯)한 남자를 가리킨다.

十六七已還, 三十餘人. 今部曲皆年耆, 臥在牀席, 非糜不食,28) 眼不能
視, 氣息裁屬者,29) 凡三十七人. 疲瘵風靡,30) 疣盲聾瞶者,31) 二十三人.
惟正須此小兒, 大者可備宿衞,32) 雖不足以禦寇, 粗可以警小盜. 小者未
堪大使, 爲可使耘鋤穢草,33) 驅護鳥雀.34) 休候人則一事廢,35) 一日獵則
衆業散, 不親自經營, 則功不攝,36) 常自躬親, 不委下吏而已.37) 陛下聖
仁, 恩詔三至, 士子給國, 長不復發, 明詔之下, 有若皦日.38) 保金石之
恩,39) 必明神之信, 畫然自固,40) 如天如地. 定習業者並復見送, 晻若畫
晦,41) 悵然失圖.42) 伏以爲陛下旣爵臣百寮之右,43) 居藩國之任, 爲置卿
士, 屋名爲宮, 冢名爲陵, 不使其危居獨立, 無異於凡庶.44) 若柏成欣於野
耕,45) 子仲樂於灌園.46) 蓬戶茅牖,47) 原憲之宅也,48) 陋巷簞瓢,49) 顔子之

---

28) 糜(미) : 죽.

29) 氣息(기식) : 호흡. 숨. 裁(재) : 줄이다. 屬(촉) : 계속되다.

30) 疲瘵(피채) : 지치고 병을 앓다. 부아서(傅亞庶)는 '疲癃(피륭, 늙고 병이 많다)'으로
   적어야 된다고 보았다(『삼조시문전집역주(三曹詩文全集譯注)』, 907면). 風靡(풍미) : 늙
   고 몸이 약하여 바람이 불면 쓰러지는 사람을 가리킨다. 조유문(趙幼文)은 '靡(미)'를
   '痺(비, 저리다)'의 오자로 보고, '風靡(풍미)'를 '중풍(中風)'으로 풀이하였다(『조식집교
   주(曹植集校注)』, 465~466면).

31) 疣(우) : 사마귀. 종기. 聾(롱) : 귀머거리. 瞶(귀) : 장님. 소경.

32) 宿衞(숙위) : 궁궐을 호위하기 위한 숙직(을 하다). 궁중, 관청의 숙직(을 하다).

33) 耘鋤(운서) : 김매다. 제초(除草)하다. 穢草(예초) : 잡초(雜草).

34) 鳥雀(조작) : 새. 조류.

35) 候人(후인) : 길에서 손님을 맞이하고 보내는 일을 하는 사람.

36) 功(공) : 성과. 업적. 攝(섭) : 거두다.

37) 委(위) : 맡기다.

38) 皦日(교일) : 밝게 빛나는 태양.

39) 金石(금석) : 동기(銅器)와 비석(碑石). 매우 굳고 단단한 것을 비유하며, 변할 수 없
   음을 나타낸다.

40) 畫然(획연) : 경계(境界)가 분명한 모양. 구별이 분명한 모양.

41) 晻(암) : 어둡다. 晝晦(주회) : 대낮이 어두워지다.

42) 悵然(창연) : 실망(失意)한 모양. 失圖(실도) : 제대로 고려하지 못하다.

43) 右(우) : 위.

44) 凡庶(범서) : 평민(平民).

45) 柏成(백성) : 백성자고(伯成子高). 요(堯) 임금 때 제후(諸侯)가 되었다가 우(禹)임금
   때 제후의 자리를 버리고 들에서 밭을 갈았다. 그의 사적(事跡)은 『장자(莊子)·천운
   (天運)』편에 보인다.

居也,50) 臣才不見效用, 常慨然執斯志焉. 若陛下聽臣悉還部曲,51) 罷官
屬, 省監官,52) 使解璽釋紱,53) 追柏成子仲之業, 營顔淵原憲之事, 居子臧
之廬,54) 宅延陵之室,55) 如此雖進無成功, 退有可守,56) 身死之日猶松喬

---

46) 子仲(자중) : 진중자(陳仲子). '우릉자중(于陵子仲)'이라고도 부른다. 전국(戰國) 시대
   제(齊)나라 사람. 그는 형의 식록(食祿)이 만종(萬鍾)이나 되는 것을 의(義)롭지 못하다
   고 여기고 초(楚)나라로 갔다가 초왕이 그가 현명하다는 것을 알고 재상으로 삼으려
   하자 처와 함께 도망가 다른 사람의 정원에 물 대주는 일을 하였다. 『고사전(高士傳)』
   에 상세하게 보인다.

47) 蓬戶茅牖(봉호모유) : 쑥을 엮어서 만든 문과 띠풀을 엮어서 만든 창(窓). 빈천(貧賤)
   한 집을 비유한다.

48) 原憲(원헌) : 자(字)가 자사(子思)이어서, 원사(原思)라고도 부른다. 공자(孔子)의 제자.
   『장자(莊子)·양왕(讓王)』편에 다음과 같은 말이 있다. "원헌이 노(魯)나라에 살고 있
   을 때, 사방 한 칸 정도의 작은 집에, 초가 지붕에는 풀이 자라 있었고, 싸리문은 제대
   로 완전하지 못했으며, 뽕나무 줄기로 문지도리를 삼고, 깨진 항아리를 벽에 박아 창
   을 낸 두 개의 방에, 칡베로 창을 가리고 있었다. 위에서는 비가 새고 아래 바닥은 축
   축했는데, 원헌은 똑바로 앉아서 금(琴)을 뜯었다(原憲居魯, 環堵之室, 茨以生草, 蓬
   戶不完, 桑以爲樞, 而甕牖二室, 褐以爲塞. 上漏下濕, 匡坐而弦)."

49) 巷(항) : 거리. 簞瓢(단표) : 대광주리와 표주박.

50) 顔子(안자) : 안회(顔回). 공자(孔子)의 제자. 『논어(論語)·옹아(雍也)』편에 다음과 같
   은 말이 있다. "공자(孔子)께서 말씀하셨다. '현자(賢者)로구나, 회(回)는. 한 소쿠리의
   밥과 한 표주박의 물로 누추한 거리에서 살고 있다. 다른 사람들은 그 괴로움을 견뎌
   내지 못하는데 회는 그렇게 살면서도 그의 즐거움을 바꾸려고 하지 않는다. 현자로구
   나, 회는(子曰, 賢哉回也. 一簞食, 一瓢飮, 在陋巷. 人不堪其憂, 回也不改其樂. 賢哉
   回也)."

51) 部曲(부곡) : 산하에 있는 군대. 부하 군대.

52) 監官(감관) : 감국알자(監國謁者)를 가리킨다.

53) 解璽釋紱(해새석불) : 왕후(王侯)의 작위(爵位)를 사직하는 것을 가리킨다. 璽(새) : 도
   장. 옥새. 紱(불) : 인끈.

54) 子臧(자장) : 춘추(春秋) 시대 조(曹) 선공(宣公)의 서자(庶子) 공자(公子) 흔시(欣時).
   『좌전(左傳)·성공(成公) 13년』과 『좌전·성공 15년』의 기록을 보면, 조 선공이 군중
   (軍中)에서 죽자 선공의 서자 공자 부추(負芻)가 태자를 죽이고 자기가 왕이 되니 그가
   바로 조 성공이다. 2년 뒤, 제후들이 조 성공을 쳐서 사로잡고 자장(子臧)을 왕으로 세
   우려 하니 자장이 사양을 하고 왕위를 받지 않고 송(宋)나라로 달아났다. 廬(려) : 오두
   막집.

55) 延陵(연릉) : 춘추(春秋) 시대 오(吳)나라의 공자 계찰(季札)을 가리킨다. 연릉(延陵)에
   봉해졌기 때문에 '연릉계자(延陵季子)'라고 불린다. 여기서는 앞의 구와 더불어, 자장
   과 연릉계자의 뒤를 따르겠다는 뜻.

56) 守(수) : 지키다. 절조(節操)를 지키는 것을 가리킨다.

也.57)　　然伏度國朝終未肯聽臣之若是,　固當羈絆於世繩,58)　　維繫於祿位,59)　懷屑屑之小憂,60)　執無已之百念,61)　安得蕩然肆志,62)　逍遙於宇宙之外哉. 此願未從, 陛下必欲崇親親,63)　篤骨肉,64)　潤白骨而榮枯木者,65)　惟遂仁德,66)　以副前恩.67)

7-26. 은혜를 바라며(望恩表)1)

　신이 듣건대 , 추운 사람은 한 자 되는 구슬을 탐내지 않고 짧은 베옷을 생각하며, 굶주린 사람은 천금(千金)을 원치 않고 한 끼 식사를 아름답게 여긴다고 합니다. 천금과 한 자 되는 구슬이 지극히 진귀하지만 한 끼 식사나 짧은 베옷만 못한 것은 물건마다 급히 필요로 하는 것이

---

57) 松喬(송교) : 신선(神仙) 적송자(赤松子)와 왕자교(王子喬).

58) 羈絆(기반) : 굴레. 구속을 받다. 世繩(세승) : 사회의 법제(法制). 사회의 규칙과 제도

59) 祿位(녹위) : 봉록(俸祿)과 작위(爵位).

60) 屑屑(설설) : 마음이 안정되지 못하다.

61) 無已(무이) : 다함이 없다. 끝이 없다.

62) 蕩然(탕연) : 광대한 모양. 肆(사) : 거리낌 없이 마음대로 하다.

63) 親親(친친) : 황족(皇族)을 가리킨다.

64) 骨肉(골육) : (부모, 형제, 자매 등의) 혈육(血肉). 육친(肉親).

65) 潤白骨而榮枯木者(윤백골이영고목자) : 백골(白骨)에 새 살이 나고 고목(枯木)에 꽃이 피다.

66) 遂(수) : 이루다.

67) 副(부) : 부합하다. 서로 걸맞다. 前恩(전은) : '사인(士人)의 자식들을 조정에 보내기 위해 징발하는 일이 오랫동안 더 이상 일어나지 않게 한(士子給國, 長不復發)' 조서(詔書)를 가리킨다.

7-26. 望恩表(망은표)

1) 이 글은 일부만 전하여 전체 글 뜻이 분명치 않으나, 대단치 않은 것처럼 보이는 물건도 당사자에게는 아주 절실하게 필요로 하는 것임을 예로 들며 작으나마 도움을 청하는 내용이다.

있기 때문입니다.

臣聞寒者不貪尺玉,2) 而思短褐,3) 饑者不願千金, 而美一餐. 夫千金尺玉至貴, 而不若一餐短褐者, 物有所急也.

7-27. 선왕에게 제사지내길 청하며(請祭先王表)1)

제가 비록 최근에 글을 올렸지만 스스로 헤아리건대 서울을 멀리 떠난 이래, 또 다시 십 여일이 지나 이 달도 끝나가려 합니다. 여름철이 바야흐로 이르려하니 저는 마음이 슬퍼집니다. 조부께서 하지(夏至)날 돌아가신 것을 기념하기 때문에 집안 풍속에 하지에는 제사를 지내지 않습니다. 돌아가신 아버님의 경우는 여전히 이날 제사를 올릴 수 있습니다. 제가 비록 지위가 낮지만 사실 선왕에게서 몸을 받았습니다. 제가 비록 가난할지라도 폐하의 두터운 하사를 받아 소·양·돼지 제사에 필요로 하는 것은 공급할 수 있습니다. 저는 성 북쪽의 하천에서 선왕에게 제사지내고자 합니다. 양·돼지·소 같은 것은 제가 준비할 수 있으며 살구는 제가 있는 현(縣)에 원래 있습니다. 선왕께서는 전복을 드시는 것을 좋아하시어, 제가 앞서 글을 올려 서주(徐州) 자사(刺史) 장패(臧霸)로부터 2백 마리를 얻었으니 제사 일에 족히 공급할 만합니다. 수박 다섯 개와 흰 능금 스무 개를 내려주시길 청합니다. 헤아리건대 선왕께서 돌아가신 이래, 아직 반년이 되지 않았습니다. 저는 진실로 공경

---

2) 尺玉(척옥) : 지름이 한 자 되는 보옥(寶玉). 귀중한 구슬.
3) 短褐(단갈) : 굵은 베로 기장을 짧게 지은 옷. 천인(賤人)이 입었다.
7-27. 請祭先王表(청제선왕표)
1) 이 글은 죽은 조조(曹操)의 제사를 지내기를 청하면서 아울러 필요한 물품을 내려주길 요청하였다.

하는 마음을 아뢰면서 다시 애도의 정을 다하고자 합니다.

臣雖比拜表,[2] 自計違遠以來,[3] 有踰旬日垂竟.[4] 夏節方到,[5] 臣悲傷有心. 念先王公以夏至日終,[6] 是以家俗不以夏日祭. 至於先王,[7] 自可以今辰告祠.[8] 臣雖卑鄙,[9] 實稟體於先王. 自臣雖貧窶,[10] 蒙陛下厚賜, 足供大牢之具.[11] 臣欲祭先王於北河之上. 羊猪牛臣能自辦, 杏者臣縣自有. 先王喜食鰒魚,[12] 臣前以表, 得徐州臧霸遺鰒二百枚,[13] 足自供事. 乞請水瓜五枚,[14] 白柰二十枚.[15] 計先王崩來, 未能半歲.[16] 臣實欲告敬, 且欲復盡哀.

---

2) 比(비) : 최근. 拜表(배표) : 글을 올리다.

3) 違遠(위원) : 멀리 떠나다. 이것은 조식이 문제(文帝)가 즉위한 뒤에 여러 제후들과 함께 각자의 봉국(封國)에 간 일을 가리킨다. 황초(黃初) 원년(元年, 220)의 일이다.

4) 有(유) : '又(우)'와 통한다. 또. 踰(유) : 지나가다. 旬日(순일) : 10일. 열흘. 垂竟(수경) : 끝나려 하다. 월말(月末)에 가깝다. 조유문(趙幼文)은 '日(일)'을 '月(월)'의 오자로 보고, '月垂竟(월수경)'을 '이 달도 끝나려 한다'로 보았다(『조식집교주(曹植集校注)』, 208면).

5) 夏節(하절) : 여름철. 方(방) : 바야흐로

6) 先王公(선왕공) : 조숭(曹嵩)을 가리킨다. 終(종) : 죽다.

7) 先王(선왕) : 조조(曹操)를 가리킨다.

8) 祠(사) : 제사 지내다.

9) 卑鄙(비비) : 지위가 낮다.

10) 自(자) : 설사 ~할지라도 貧窶(빈구) : 가난하다.

11) 大牢(태뢰) : 제사에 소·양·돼지의 세 동물을 제수(祭需)로 하는 제사. '大(태)'는 '太(태)'와 같다.

12) 鰒魚(복어) : 전복.

13) 臧霸(장패) : 서주(徐州) 자사(刺史). 遺(유) : 저본에는 '上(상)'으로 되어 있으나 조유문(趙幼文)의 설을 따라 고침(『조식집교주(曹植集校注)』, 208면). 주다. 선사하다.

14) 水瓜(수과) : 수박.

15) 柰(내) : 능금.

16) 未能(미능) : 미치지 않다[未及]. 이르지 않다. '能(능)'은 '及(급)'의 뜻.

7-28. 설날 경축연 참가를 청하며(請赴元正表)[1]

기쁘게 백관(百官)들이 다 모이는 성대한 자리에 참가하면, 생각건대 황제를 배알(拜謁)하는 예법을 볼 수 있으리니, 귀에는 여러 차례 연주하는 소악(韶樂)이 남아 있고 눈으로는 백수(百獸)가 춤추는 것을 생각할 수 있을 겁니다.

欣豫百官之美,[2] 想見朝覲之禮, 耳存九成,[3] 目想率舞.[4]

7-29. 수레의 휘장을 만드는 일에 관해(作車帳表)[1]

사람을 업(鄴)에 보내 상당(上黨)의 베 50필을 사서 수레 위의 작은 휘장을 만들려고 하나 감국알자(監國謁者)가 들어주지 않습니다.

欲遣人到鄴,[2] 市上黨布五十匹,[3] 作車上小帳帷, 謁者不聽.[4]

7-28. 請赴元正表(청부원정표)
　1) 이 글은 새해를 맞아 경축하는 자리에 참석할 수 있도록 윤허해주길 청하였다. 元正(원정): 원단(元旦). 설날. 설날 아침.
　2) 豫(예): 참가하다.
　3) 九成(구성): 음악의 구곡(九曲)이 끝나는 일. 일곡(一曲)이 끝나는 것을 일성(一成)이라 한다. 『상서(尙書)·익직(益稷)』편에 "簫韶九成, 鳳凰來儀"라는 말에서 나왔다. '韶(소)'는 순(舜)임금의 음악. '구성'은 '소'를 여러 차례 연주함을 말한다.
　4) 率舞(솔무): 『상서(尙書)·익직(益稷)』편의 "백수솔무(百獸率舞)"를 가리킨다. 얼굴에 각종 야수(野獸)의 가면을 쓴 사람들이 악곡(樂曲)에 따라 일어나 춤추는 것을 가리킨다.
7-29. 作車帳表(작거장표)
　1) 이 글은 수레의 휘장을 만들기 위해 사람을 업성(鄴城)에 보내고자 하나 감국알자(監國謁者)가 허용하지 않는 것에 대해 불만을 토로했다.
　2) 鄴(업): 업성(鄴城).

7-30. 밭을 청하며(乞田表)[1]

성(城) 안과 근처의 좋은 밭을 모두 고령(高齡)이면서도 여전히 일하는 사람들에게 하사하시길 청합니다. 신은 비록 지극히 존귀한 집안에서 태어났지만 마음으로 들을 좋아하며 천성이 농사일을 즐깁니다.

乞城內及城邊好田, 盡所賜百年力者.[2] 臣雖生自至尊,[3] 然心甘田野, 性樂稼穡.[4]

7-31. 사냥에 대하여(獵表)[1]

7월에는 엎드린 수사슴이 암사슴을 생각하여 울고 4월과 5월은 꿩을 잡는 때니, 이런 계절은 바로 즐겁게 사냥하는 시기입니다.

於七月伏鹿鳴麀,[2] 四月五月射雉之際,[3] 此正樂獵之時.

---

3) 市(시) : 사다. 上黨(상당) : 지명. 지금의 산서성(山西省) 장치시(長治市)에 있다.
4) 謁者(알자) : 사방으로 파견되는 사자(使者). 여기서는 제후(諸侯)의 나라를 감시하는 감국알자(監國謁者)를 가리킨다.

7-30. 乞田表(걸전표)
1) 이 글은 고령(高齡)임에도 일하기 좋아하는 노인들에게 밭을 하사하길 청하였다.
2) 百年(백년) : 고령(高齡)의 사람을 가리킨다.
3) 至尊(지존) : 황실(皇室)을 가리킨다.
4) 稼穡(가색) : 곡식을 심고 거두는 일. 농사.

7-31. 獵表(렵표)
1) 이 글은 사냥하기에 좋은 시기를 말하였으며, 일부만 전하여 전체 내용이 분명치 않다.
2) 麀(우) : 저본에는 '塵(진)'으로 되어 있으나 조유문(趙幼文)의 견해에 따라 바꾸다 (『조식집교주(曹植集校注)』, 236면). '우'는 암사슴. 가을은 사슴들의 교미(交尾) 시기인데, 수사슴이 외진 곳에서 우면 암사슴이 소리를 듣고 달려간다.
3) 4월과 5월은 꿩이 교미하는 때로, 소리 내어 울기 때문에 사냥하는 사람들이 소리

7-32. 구야자를 생각하며(歐冶表)[1]

옛날에 구야자(歐冶子)가 보는 눈을 달리하면 무딘 칼도 값이 올랐고,
백락(伯樂)이 돌아보면 둔한 말도 값이 백배 뛰었다 합니다.

  昔歐冶改視, 鉛刀易價,[2] 伯樂所盼,[3] 駑馬百倍.

7-33. 은 말안장을 진상하며(上銀鞍表)[1]

선친 무황제(武皇帝) 때에 조서를 받고 이 은(銀) 말안장을 하나 얻었
는데, 그때는 감히 타보지 못하였고 이제 삼가 바칩니다.

  於先武皇帝世,[2] 勑此銀鞍一具,[3] 初不敢乘, 謹奉上.

나는 곳을 찾아가 쉽게 잡을 수 있다.

7-32. 歐冶表(구야표)

  1) 이 글은 춘추(春秋) 시대의 유명한 대장장이였던 구야자(歐冶子)에 대해 말한 것인
  데, 글이 일부만 전하여 전체 글의 내용이 분명치 않다. 歐冶(구야) : 구야자(歐冶子).
  춘추(春秋) 시대 때 유명한 대장장이. 쇠를 녹여 검(劍)을 잘 만들기로 이름났다.

  2) 鉛刀(연도) : 무딘 칼. 易價(역가) : 값이 오르다.

  3) 伯樂(백락) : 주대(周代)의 손양(孫陽). 말[馬]의 좋고 나쁨을 잘 감별하였다 한다. 盼
  (반) : 보다. 돌아보다.

7-33. 上銀鞍表(상은안표)

  1) 이 글은 조조(曹操)로부터 받은 은(銀) 말안장을 바치면서 지은 것이다.

  2) 武皇帝(무황제) : 조조(曹操)를 가리킨다.

  3) 勑(칙) : 조서(詔書).

7-34. 곡식 하사에 감사하며(謝賜穀表)[1]

황제께서 저의 경상적인 비용이 부족할까 염려하시어 조서를 내려, 선하(船河)의 쌀 창고의 5천 곡(斛)을 저에게 하사하셨습니다.

詔書念臣經用不足, 以船河邸閣穀五千斛賜臣.[2]

7-34. 謝賜穀表(사사곡표)

1) 이 글은 명제(明帝)의 곡식 하사에 감사의 뜻을 말하였다.
2) 船河(선하) : 지명. 邸閣(저각) : 국가의 곡식 창고. 미창(米倉). 斛(곡) : 10말[斗]의 용량.

권8

령(令)·문(文)·칠(七)·영(詠)·서(序)·서(書)

[령(令)]

8-1. 황초 5년에 내리는 명령(黃初五年令)[1]

명령을 내리노라. 대체로 멀어서 알 수 없는 것은 하늘이요, 가까워도 알 수 없는 것은 사람이다. 『상서(尙書)』에서 말하길, "다른 사람을 잘 아는 것이 총명하다는 것인데 요(堯) 임금조차도 이것을 어렵게 여겼다"고 하였다. 속담에는 말하길, "사람 마음은 서로 같지 않으니 마치 얼굴이 서로 다른 것과 같다"고 하였다. "오직 여자와 소인은 다루기가 어려우니, 가까이 하면 불손해지고 멀리 하면 원망한다"는 말도 있다.

8-1. 黃初五年令(황초오년령)

1) 이 글은 작자가 옹구왕(雍丘王)으로 있으면서 신하들에게 상벌(賞罰) 집행의 원칙을 밝힌 것으로, 공이 있으면 관계가 소원한 사람일지라도 반드시 상을 주지만, 죄를 저지르면 설사 친족일지라도 사면할 수 없다는 점을 강조하였다. 정안(丁晏)에 의하면 이 글의 제목은 『문관사림(文館詞林)』 권695에는 「상벌령(賞罰令)」으로 되어 있다. 黃初五年(황초오년): 서기 224년. 이 해 조식의 나이는 33세. 令(령): 문체(文體) 이름.

『시경(詩經)』에 말하길, "마음에 근심이 가득하니 여러 소인(小人)들이 나에게 성을 내네"라고 하였다. 세간의 임금 주변의 사람들로부터 말할 것 같으면, 어떤 사람은 총애를 입었으나 은혜를 저버리고, 어떤 사람은 까닭 없이 내부에서 난을 일으킨다. 주변을 둘러보아도 휑그러니 믿을 만한 사람이 없다. 큰 입으로 음식물을 씹는 사람이 자신의 그 혀를 깨물어 끊어버리고, 오른 손에 작은 도끼를 들고 왼손에 큰 도끼를 잡고 싸움에서 온몸에 상처를 입는 용맹한 사람 중에도 그래도 신임할 수 없는 사람이 있는데, 하물며 보통 사람이야 더 말할 나위 있겠는가. 오직 은폐한 결점과 숨긴 죄악, 그리고 감춘 과실과 잘못이 없어야만 비로소 백성을 다스리는 사람이 되어 주변 사람에게 형벌을 가할 수 있는데, 앞이나 뒤에도 이런 사람이 없다. 속담에 말하길, "둔한 말 천 필을 사육하는 것은 천리마 한 필을 기르는 것만 못하다"고 하였다. 또 말하길, "둔한 말을 기르고 보잘 것 없는 사람을 부양하는 것은 이로운 것이 없다"고 하였다. 이에 한소후(韓昭侯)가 사람을 시켜 낡은 바지를 간직해두도록 시킨 것이 진실로 까닭이 있음을 알겠도다. 신하를 부리는 데 세 가지 등급이 있으니, 인의로써 감화시킬 수 있는 사람이 있고, 은혜를 베풂으로써 부릴 수 있는 사람이 있다. 만약 이 두 가지 방법이 그들을 이끌 수 없으면 마땅히 형벌로써 그들을 부려야 하며, 형벌을 사용하여도 그들을 거느릴 수 없으면 현명한 군주라도 그들을 기를 수 없다. 이 때문에 요(堯) 임금은 지극히 인자하였으나 쓸모없는 아들을 용납할 수 없었고, 탕(湯) 임금과 주무왕(周武王)은 지극히 현명하였으나 쓸모없는 대신들을 맡아 기를 수가 없었다. "팔을 여러 번 부러뜨려봐야 좋은 의사가 될 수 있다"는 말이 있는데, 나는 아래 신하를 대하는 법을 알고 있도다. 여러 관리들이 각자 자기 자리의 일을 신중히 잘 하면 나는 공정하게 그대들을 대할 것이다. 공이 있으면 응당 상을 내릴 것이니, 설사 관계가 소원한 사람일지라도 반드시 상을 줄 것이고, 죄를 저지르면 응당 죽일 것이니, 설사 친족일지라도 사면할 수가 없다. 이 명령의 시행은 밝은 해와 같이 (공평무사하게) 할 것이라. 아아! 여러 신하들은 한 번 볼지어다.

令, 夫遠不可知者, 天也, 近不可知者, 人也. 『傳』曰, "知人則哲, 堯猶病諸."[2] 諺曰, "人心不同, 若其面焉."[3] "唯女子與小人爲難養也, 近之則不遜,[4] 遠之則有怨."[5] 『詩』云 : "憂心悄悄,[6] 慍於群小."[7] 自世間人從,[8] 或受寵而背恩, 或無故而入叛.[9] 違顧左右,[10] 曠然無信.[11] 大嚼者咋斷其舌,[12] 右手執斧, 左手執鉞,[13] 傷夷一身之中,[14] 尙有不可信, 況於人乎. 唯無深瑕潛釁,[15] 隱過匿愆,[16] 乃可以爲人君上,[17] 行刀鋸於左右耳,[18] 前後無其人也. 諺曰, "穀千駑不如養一驥."[19] 又曰, "穀駑馬,

---

2) 哲(철) : 총명하다. 지혜롭다. 병(病) : 근심하다. 저(諸) : '지호(之乎)'와 같다. 이 구절은 『상서(尙書)·고요모(皐陶謨)』에 나오는데, 조식의 인용은 원문과 조금 다른 점이 있다. 원문에는 "咸若時, 惟帝其難之, 知人則哲, 能官人(다 이와 같이 하는 것은 요(堯) 임금도 어렵게 여기셨으니, 다른 사람을 잘 아는 것이 지혜롭다는 것인데, 훌륭한 사람을 벼슬시킨다)"라고 되어 있다.

3) 若(약) : 같다. 『좌전(左傳)·양공(襄公) 31년』에, "자산(子産)이 말하길 '사람의 마음이 같지 않은 것은 얼굴(이 다른 것)과 같다(人心之不同, 如其面焉)'라고 하였다"는 기록이 있다.

4) 不遜(불손) : 무례(無禮)하다. 遜(손) : 겸손하다. 공손하다.

5) 이 말은 『논어(論語)·양화(陽貨)』편에 나온다.

6) 悄悄(초초) : 근심스런 모양.

7) 慍(온) : 성내다. 원망하다. 群小(군소) : 여러 소인(小人)들. 임금 주변의 간사한 사람들을 가리킨다. 이 구절은 『시경(詩經)·패풍(邶風)·백주(柏舟)』편에 보인다.

8) 人從(인종) : 임금의 주변 신하를 가리킨다.

9) 入叛(입반) : 내부의 반란을 말한다.

10) 違顧(위고) : 돌이켜보다. 無信(무신) : 신임할 수 있는 사람이 없음을 가리킨다.

11) 曠(광) : 비다.

12) 咋斷(색단) : 깨물어 끊다.

13) 鉞(월) : 고대 병기(兵器)의 하나. '斧(부, 도끼)'와 비슷하나 더 크다.

14) 傷夷(상이) : 상처를 입다. '夷(이)'는 '痍(이, 상처 나다)'와 통한다.

15) 深瑕潛釁(심하잠은) : 은폐한 결점. 숨긴 죄악.

16) 隱過匿愆(은과닉건) : 숨긴 과실과 잘못.

17) 君上(군상) : 저본에는 이 두 자가 다음 구 "行刀鋸於左右耳(행도거어좌우이)"의 앞에 붙어 있으나 앞의 구에 붙이는 것이 타당한 것으로 보인다. 爲人君上(위인군상) : 백성들의 통치자가 되다.

18) 刀鋸(도거) : 칼과 톱. 여기서는 형벌(刑罰)을 가리킨다.

養庸夫, 無益也."20) 乃知韓昭侯之使藏弊袴,21) 良有以也.22) 使臣有三
品,23) 有可以仁義化者, 有可以恩惠驅者. 此二者不足以導之,24) 則當以
刑罰使之, 刑罰復不足以率之,25) 則明主所以不畜.26) 故唐堯至仁,27) 不
能容無益之子,28) 湯武至聖, 不能養無益之臣.29) "九折臂知爲良医."30)

---

19) 穀(곡) : 곡식. 여기서 동사로 쓰여, '기르다', '곡물(穀物)로써 사육(飼育)하는 것'을
    말한다. 駑(노) : 둔한 말. 驥(기) : 천리마. 저본에는 '驢(려)'로 되어 있으나 조유문(趙幼
    文)의 견해에 의거하여 고치다(『조식집교주(曹植集校注)』, 321면). 이는 둔마(鈍馬) 천
    필을 기르는 것이 천리마 한 필을 기르는 것만 못하다는 것을 말하였다.
20) 이상의 두 구는 저본에는 "穀駑養虎, 大無益也(둔한 말과 늙은 호랑이를 기르는 것은
    크게 이로운 것이 없다)"라고 되어 있으나 『문관사림(文館詞林)』에 의거하여 고치다.
21) 韓昭侯(한소후) : 전국(戰國)시대 한(韓)나라의 왕. 弊袴(폐고) : 낡은 바지. 『한비자(韓
    非子)·내저설(內儲説)』 상편(上篇) 칠술(七術, 군주가 나라를 다스리는데 사용해야
    할 일곱 가지 술수)에 다음과 같은 내용이 있다. "한(韓)의 소후(昭侯)가 사람을 시켜
    낡은 바지를 보관하도록 하였는데, 모시는 자가 말하길, '왕께서도 인자하시지 않으시
    군요. 낡은 바지를 주위 사람들에게 하사하시지 않으시니'라고 말했다. 소후가 다음과
    같이 말했다. '그대가 알지 못하도다. 나는 현명한 군주는 찡그리고 웃는 것을 아껴야
    한다고 들었다. 찡그리는 데는 찡그리는 까닭이 있어야 하고, 웃는 데는 웃는 이유가
    있어야 한다. 지금 바지가 어찌 찡그리고 웃는 것에 견주겠는가. 바지를 주는 것은 찡
    그리고 웃는 것과는 서로 거리가 먼 경우이다. 나는 반드시 공이 있는 자를 기다리기
    때문에 보관하는 것이지, 주지 않으려는 것이 아니다(韓昭侯使人藏弊袴, 侍者曰, '君
    亦不仁矣. 弊袴不以賜左右而藏之.' 昭侯曰, '非子之所知也. 吾聞明主之愛一嚬一笑,
    嚬有爲嚬而笑有爲笑, 今夫袴豈特嚬笑哉. 袴之爲嚬笑相去遠矣, 吾必待有功者, 故
    收藏之, 未有子也)."
22) 以(이) : 까닭. 원인(原因).
23) 『설원(說苑)·정리(政理)』편에서 다음과 같이 말했다. "통치는 3개 등급이 있으니,
    왕자(王者)는 교화(教化)에 의하고, 패자(覇者, 고대 제후의 맹주)의 통치는 위세(威勢)
    에 의하고, 강자(强者)의 통치는 협박(脅迫)에 의한다. 대체로 이 3가지는 각각 시행하
    는 바가 있지만, 교화가 이 가운데 가장 좋은 방식이다. 무릇 교화하여도 변하지 않으
    면, 그 후에 위세를 부리고, 위세를 부려도 변하지 않으면, 그 후에 협박하고, 협박해도
    변하지 않으면 그 후에 형벌을 사용한다(政有三品, 王者之政化之, 覇者之政威之, 强
    國之政脇之. 夫此三者却有所施, 而化之爲貴矣. 夫化之不變, 而後威之, 威之不變,
    而後脇之, 脇之不變, 而後刑之)"고 하였다. 이것이 바로 조식(曹植)이 근거로 하는 내
    용이다.
24) 導(도) : 이끌다.
25) 率(솔) : 거느리다. 부리다.
26) 畜(혹) : 기르다.
27) 唐堯(당요) : 요(堯)임금. 당(唐)이라는 곳에서 살았기에 이르는 말.
28) 無益之子(무익지자) : 쓸모없는 아들. 요(堯) 임금의 아들 단주(丹朱)를 가리킨다.

吾知所以待下矣.[31] 諸吏各敬爾在位, 孤推一概之平,[32] 功之宜賞, 於疏
必與,[33] 罪之宜戮, 在親不赦. 此令之行, 有若皎日.[34] 於戲,[35] 群臣其
覽之哉.

8-2. 황초 6년에 내리는 명령(黃初六年令)[1]

　명령을 내리노라. 나는 이전에 다른 사람을 믿는 마음으로 주위 사람
들에 대해 꺼리는 바가 없었기 때문에, 동군태수(東郡太守) 왕기(王機)와
방보리(防輔吏) 창집(倉輯) 등에게 억울하게 무고(誣告)를 당하여 조정에
죄를 짓게 되었다. 내 몸은 기러기 털보다 가벼운데 다른 사람의 비방
은 태산(泰山)보다 무거웠다. 임금님의 하늘과 땅 같은 인자함에 힘입어

---

29) 無益之臣(무익지신) : 조정의 쓸모없는 신하.
30) 九(구) : 여러 번을 의미한다. 『초사(楚辭) · 석송(惜誦)』에 "여러 번 팔을 부러뜨려야
　　좋은 의사가 될 수 있다(九折臂而成醫)"라는 말이 있다. 왕일(王逸)의 주석에 "여러 번
　　팔을 부러뜨린다는 것은, 처방 약을 여러 번 바꾸다 보면 좋은 의사가 되어 스스로 그
　　병을 알게 된다는 말이다(言人九折臂, 更歷方藥, 則成良醫, 乃自知其病)"라고 하였
　　다. 이 말은 여러 번의 실패에서 경험과 교훈을 얻게 된다는 뜻이다.
31) 待(대) : 대하다.
32) 槪(개) : 곡식을 잴 때 사용하는 말[斗]이나 곡(斛)을 평평하게 깎는 나무판을 가리킨
　　다. 推一槪之平(추일개지평) : 사람을 대함에 있어서 공정하게 한다는 뜻.
33) 疏(소) : 관계(關係)가 소원(疏遠)한 사람을 가리킨다.
34) 皎(교) : 밝다.
35) 於戲(오희) : '嗚呼(오호)'와 같다.
8-2. 黃初六年令(황초육년령)
　1) 이 글은 작자가 황초(黃初) 연간에 몇 차례에 걸쳐 무고(誣告)를 당했으나 결국 진실
　　된 마음 덕분에 큰 해를 입지 않았고, 황제와도 다시 형제의 정을 되새기게 되었음을
　　말한 다음, 앞으로 행동거지를 더욱 신중하게 하며 황제의 은혜에 보답하겠다는 뜻을
　　밝혔다. 이 글은 『문관사림(文館詞林)』 권695에는 제목이 「자성령(自誠令)」으로 되어
　　있다. 黃初六年(황초육년) : 서기 225년. 이 해 조식의 나이는 34세.

백관(百官)들의 건의를 거슬러 3천 죄목 중의 첫 째 가는 죄를 사면시켜
주셔서, 나로 하여금 옛 집으로 돌아가게 하시고, 나의 처음의 작위(爵
位)를 회복시켜 주시니, 구름과 비와 같이 베풀어주시는 은혜 어찌 다
헤아릴 수 있으랴. 봉해진 나라에 돌아와, 문을 닫고 물러나 집안이나
쓸며, 몸과 그림자만이 서로 가까이 하며 지낸지, 2년에 가깝다. 왕기
등은 털을 불어가며 흠을 찾으려고 갖가지로 애를 썼으나 끝내 할 말이
없었다. 나는 옹구(雍丘)로 돌아오자 또 감국알자(監國謁者)에 의해 고소
되었는데, 역시 고소된 일이 잡다하게 많았으며, 지금에 이르러 다시 3
년이 되었다. 그러나 끝내 나를 해칠 수 없었던 것은 나의 진실된 마음
이 신(神)에게 통할 수 있었기 때문이다. 옛날 웅거(熊渠)와 이광(李廣)은
용맹함을 떨쳐 돌도 갈라놓았으며, 추연(鄒衍)이 연(燕)나라에 수감되어
있자 한 여름에 서리가 내렸으며, 기량(杞梁)의 처(妻)가 남편이 죽어 울
자 산이 그로 인하여 무너졌으니, 본래 갸륵한 정성은 천지(天地)와 금석
(金石)도 움직이게 하는데, 하물며 사람에 있어서야 더 말할 나위가 있겠
는가.

令, 吾昔以信人之心無忌於左右,[2] 深爲東郡太守王機防輔吏倉輯等
枉所誣白,[3] 獲罪聖朝. 身輕於鴻毛, 而謗重於泰山.[4] 賴蒙帝主天地之
仁,[5] 違百寮之典議,[6] 舍三千之首戾,[7] 反我舊居,[8] 襲我初服,[9] 雲雨之施

---

2) 左右(좌우) : 가까이서 모시는 신하. 측근의 신하를 가리킨다.
3) 東郡(동군) : 한(漢)·위(魏) 때의 군(郡)의 이름. 관할 지역은 지금의 산동성(山東省)
  요성(聊城), 동아(東阿), 신현(莘縣), 양곡(陽谷), 그리고 하남성(河南省)의 청풍(淸豐),
  남악(南樂) 등지이다. 견성(鄄城)은 위(魏)나라에서 동군(東郡)의 관할에 속하기 때문
  에, 동군태수(東郡太守)가 견성의 일을 사찰(査察)하였다. 王機(왕기) : 태원(太原) 진양
  (晉陽) 사람. 위(魏)나라 정남장군(征南將軍) 왕창(王昶)의 종형(從兄)이며, 진(晉)나라
  표기장군(驃騎將軍) 왕침(王沈)의 아버지. 防輔吏(방보리) : 제후국(諸侯國)의 왕의 행
  동을 감찰(監察)하는 관리. 倉輯(창집) : 사람 이름. 사적(事迹)이 자세히 알려져 있지
  않다. 枉(왕) : 저본에는 '任(임)'으로 되어 있으나 조유문(趙幼文)의 설(說)에 의거하여
  고치다『조식집교주(曹植集校注)』, 339면). 誣白(무백) : 무고(誣告)하다.
4) 謗(방) : 비방하다.
5) 賴(뢰) : 힘입다. 蒙(몽) : 받다. 帝主(제주) : 위문제(魏文帝) 조비(曹丕)를 가리킨다. 저
  본에는 '帝王(제왕)'으로 되어 있으나 『예문유취(藝文類聚)』에 의거하여 고치다.

焉有量哉. 反旋在國,[10] 揵門退掃,[11] 形景相守,[12] 出入二載.[13] 機等吹毛
求瑕,[14] 千端萬緒, 然終無可言者. 及到雍,[15] 又爲監官所擧,[16] 亦以紛
若,[17] 於今復三年矣. 然卒歸不能有病於孤者,[18] 信心足以貫於神明

---

4) 百寮(백료) : 조정의 백관(百官). 모든 관리. 寮(료) : 저본에는 '師(사)'로 되어 있으나
   부아서(傅亞庶)의 견해에 따라 바로 잡다(『삼조시문전집역주(三曹詩文全集譯注)』,
   928면). 典議(전의) : 의식(儀式)과 제도. 여기서는 형법에 의거하여 의견을 상주하는 것
   을 가리킨다. 조식이 황초(黃初) 연간에 죄를 지었을 때 조정의 관리 중에는 조식의 작
   위를 빼앗고 서인(庶人)으로 만들 것을 건의한 사람이 있었다.

7) 舍(사) : 사면(赦免)하다. 三千(삼천) : 형법(刑法)의 조문(條文)을 말한다. 『상서(尙
   書)·여형(呂刑)』편에, "오형(五刑)에 속하는 죄목이 3천 가지이다(五刑之屬三千)"라
   고 하였다. '오형'은 중국 고대의 다섯 가지 형벌. 즉 묵(墨, 이마에 자자(刺字)하는 형
   벌), 의(劓, 코를 베는 형벌), 비(剕, 발을 베는 형벌), 궁(宮, 거세하는 형벌), 대벽(大辟,
   사형)을 가리키며, 3천 조(條)의 죄상(罪狀)을 포함한다. 首戾(수려) : 첫 번째 죄. 최고
   의 죄. 여기서는 사형(死刑)을 가리킨다.

8) 反我舊居(반아구거) : 反(반) : '返(반)'과 같다. 돌아가다. 舊居(구거) : 조식이 원래 살
   던 견성(鄄城)을 가리킨다. 본전(本傳)에서 "황제가 태후(太后) 때문에 그(조식(曹植))
   의 벼슬을 깎아 안향후(安鄕侯)로 삼았다. 그 해에 견성후(鄄城侯)로 바뀌어 봉했다. 3
   년(222)에 견성왕(鄄城王)으로 임명하였다(帝以太后故, 貶爵安鄕侯. 其年改封鄄城侯.
   三年, 立爲鄄城王)"고 하였다.

9) 襲(습) : 옷을 입다. 初服(초복) : 처음으로 제후로 봉해졌을 때의 관복(官服)을 가리킨
   다. 제후의 작위(爵位)를 회복하였다는 의미.

10) 國(국) : 봉지(封地) 견성(鄄城)을 가리킨다. 지금의 산동성(山東省) 경내에 있다.

11) 揵門(건문) : 문을 닫다. 退掃(퇴소) : 더 이상 빗자루를 들고 집안을 깨끗이 쓸어 손님
    을 맞이하는 일을 하지 않다. 손님을 만나지 않다. 홀로 지내면서 다른 사람과 교제나
    왕래를 하지 않는다는 의미.

12) 景(영) : '影(영)'과 같다. 그림자. 形景相守(형영상수) : 남에게 구실을 주지 않기 위해
    다른 사람과 왕래를 하지 않는 것을 말한다. 守(수) : 돌보다. 가까이 하다.

13) 載(재) : 해. 년(年). 조식이 황초(黃初) 2년(221) 말에 견성(鄄城)으로 다시 돌아와서
    황초 4년(223) 6월 전에 옹구왕(雍丘王)으로 다시 봉해지기까지 이므로 2년에 가깝다
    고 말한 것이다.

14) 吹毛求瑕(취모구하) : 털을 불어가면서 흠집을 찾다. 억지로 남의 결점(흠)을 들추어
    내다. 瑕(하) : 옥(玉)의 흠. 허물.

15) 雍(옹) : 옹구(雍丘)를 가리킨다. 지금의 하남성(河南省) 기현(杞縣) 일대. 옹구로 옮겨
    봉해진 것은 황초(黃初) 4년(223)의 일이다.

16) 監官(감관) : 조정에서 제후의 봉국(封國)에 파견하여 제후왕(諸侯王)을 감시하게 하
    는 관리로, '감국알자(監國謁者)' 또는 '감국사자(監國使者)'라고 부른다. 여기서는 관
    균(灌均)을 가리킨다. 擧(거) : 탄핵(彈劾)하다.

17) 紛若(분약) : 많고 잡다하다.

18) 卒歸(졸귀) : 끝내, 결국. 病(병) : 해치다. 孤(고) : 옛날 왕후(王侯)의 겸칭(謙稱). 여기

也.[19] 昔雄渠李廣,[20] 武發石開,[21] 鄒子囚燕,[22] 中夏霜下,[23] 杞妻哭
梁,[24] 山爲之崩, 固精誠可以動天地金石,[25] 何況於人乎.

　　이제 황제께서 먼 곳에 와 이곳을 지나게 되었는데, 넓은 도량으로
크게 사면을 해주고, 나와 다시 형제의 정을 되새기셨다. 즐겁게 웃으며
화락한 표정으로 나를 기쁘게 하시고, 눈물을 흘리며 탄식하면서 나의
처지를 슬퍼하셨다. 하사한 물품은 풍성하고도 많아, 헤아리건대 천금
(千金)보다 값이 더 나가며, 행차하실 때의 부거(副車)를 줄여서 나에게
주려 하시고, 황궁의 창고에 있는 진귀한 물건을 다 나에게 주려고 하
시니, 좋은 말이 마구간에 가득 차고 모는 소는 길을 매웠다. 내가 무슨
덕이 있어서 이런 은혜를 받으며, 내가 무슨 공로가 있어 이런 하사품
을 받게 되었는가? 부귀하지만 인색하지 않고 총애를 받지만 교만하지

　　서는 조식이 스스로를 일컫는 말.
19) 貫(관) : 통(通)하다.
20) 雄渠(웅거) : '熊渠(웅거)'라고도 쓴다. 주(周)나라 때 초(楚)땅 사람으로 활을 잘 쏘았
　　다. 李廣(이광) : 한대(漢代)의 명장(名將)으로, 비장군(飛將軍)이라 불렸다.
21) 가의(賈誼)의 『신서(新序)·잡사(雜事) 4』에 다음과 같은 이야기가 있다. "초(楚)의
　　웅거자(熊渠子)가 밤에 길을 가다가 누워있는 돌 하나를 보고는 호랑이라 생각하고 활
　　을 당겨 쏘았더니 화살대와 화살촉까지 돌에 깊이 박혔는데 내려가 살펴보고는 비로
　　소 돌이라는 것을 알게 되었다." 『사기(史記)·이장군열전(李將軍列傳)』에 다음과 같
　　은 이야기가 있다. "이광이 사냥하러 나가, 풀 가운데 돌을 보고 호랑이라 여겨 활을
　　쏘자, 돌에 명중하여 화살촉까지 깊숙이 들어갔는데, 자세히 보니 돌이었다." 武發(무
　　발) : 용맹함을 떨치다.
22) 鄒子(추자) : 추연(鄒衍)을 가리킨다. 전국(戰國)시대 제(齊)나라 사람. 『회남자(淮南
　　子)』에 의하면, 추연이 제나라에서 연(燕)에 가서 연혜왕(燕惠王)을 충성스럽게 섬겼
　　다. 그러나 다른 사람들의 참소를 받아 사로잡혀 감옥에 갇혔다. 추연이 하늘을 쳐다
　　보며 울자 하늘이 감동하여 5월인데도 서리가 내렸다고 한다.
23) 中夏(중하) : 한여름.
24) 杞妻(기처) : 춘추(春秋) 시대 제(齊)나라 기량식(杞梁殖)의 처(妻). 유향(劉向)의 『열
　　녀전(列女傳)』 기록에 의하면, 기량식이 거성(莒城)에서 싸우다 죽자 그의 처가 성 아
　　래에서 열흘 밤낮을 울었는데 그러자 성벽이 무너졌다고 한다.
25) 固(고) : 본래. 精誠(정성) : 저본에는 '精神(정신)'이라 되어 있으나, 『문관사림(文館詞
　　林)』에 의거하여 고치다. 이것은 정성이 지극하면 금석(金石)도 깰 수 있다는 뜻.

않는 사람은 주공(周公)이 이런 사람이리라. 나는 큰 뜻이 없는 사람이라, 더욱더 깊이 영광을 근심스런 일로 여긴다. 어째서 그런가 하면, 태만하고 소홀한 허물이 미세한 일에서 드러나고, 경솔하고 무례한 과실이 하루아침에 다시 드러나게 될까 두려웠기 때문이다. 그래서 내가 이전에 하던 일을 다시 하면서 나의 처음의 뜻을 지키고자 하였다. 황제의 은혜를 하늘처럼 드높이고, 내 마음은 항상 조심하고 신중하도록 하여, 장차 이렇게 함으로써 폐하의 후한 덕을 보전하고 나의 비천한 인생을 다하고자 하였다. 이것은 능히 해내기 어렵지만 나는 본래 다른 사람들이 하기 어려워하는 일을 하고자 한다. 『시경(詩經)』에 말하길 "덕(德)이 가볍기가 털과 같으나 백성 중에 그것을 능히 들어 올리는 이 드물다"고 하였는데 이는 나의 이런 행위를 말하는 것이다. 그러므로 이 훈령의 글을 지어 궁문(宮門)에 붙이고 주변의 사람들로 하여금 나의 뜻을 함께 보도록 하고자 한다.

今皇帝遙過鄙國,[26] 曠然大赦,[27] 與孤更始.[28] 欣笑和樂以歡孤, 隕涕咨嗟以悼孤.[29] 豐賜光厚,[30] 訾重千金,[31] 損乘輿之副,[32] 竭中黃之府,[33]

---

26) 遙過鄙國(요과비국) : 본전(本傳)에서 "황초(黃初) 6년(225)에 황제가 동쪽으로 정벌하고 돌아오다가 옹구(雍丘)를 지나면서 조식(曹植)의 궁궐에 행차하여 호구(戶口) 500호(戶)를 더 늘여주었다(六年, 帝東征, 還過雍丘, 幸植宮, 增戶五百)"고 하였다. 皇帝(황제) : 위문제(魏文帝) 조비(曹丕)를 가리킨다. 鄙國(비국) : 조식이 자신의 봉지(封地)를 겸손하게 일컫는 말. 옹구(雍丘)를 가리킨다.

27) 曠然(광연) : 도량이 넓은 모양.

28) 更始(갱시) : 다시 새롭게 시작하다. 지난날 형제의 정을 다시 한 번 되새기는 것을 말한다.

29) 隕涕(운체) : 눈물을 흘리다. 咨嗟(자차) : 탄식하다. 悼(도) : 슬퍼하다.

30) 光厚(광후) : 풍성하고 많다. 종류와 수량이 많다.

31) 訾(자) : '貲(자)'와 통용된다. 헤아리다. 추산(推算)하다.

32) 損(손) : 줄이다. 乘輿(승여) : 천자가 타는 수레. 副(부) : 부거(副車, 임금이 행차할 때, 보조로 따라가는 수레).

33) 竭(갈) : 다하다. 中黃之府(중황지부) : 중황장부(中黃藏府), 즉 황실의 창고를 가리킨다. 『후한서(後漢書)·환제기(桓帝紀)』의 주(注)에서 『한관의(漢官儀)』를 인용하여 말하길, "중황(中黃)과 장부(藏府)는 비단과 금은(金銀) 등의 여러 가지 재물을 관장한다(中黃藏府, 掌中幣帛金銀諸貨物也)"고 하였다.

名馬充廐,34) 驅牛塞路. 孤以何德, 而當斯惠,35) 孤以何功? 而納斯貺.36) 富而不吝, 寵至不驕者, 則周公其人也.37) 孤小人爾, 深更以榮爲戚.38) 何者, 將恐簡易之尤出於細微,39) 脫爾之愆一朝復露也.40) 故欲修吾往業,41) 守吾初志. 欲使皇帝恩在摩天,42) 使孤心常存入地,43) 將以全陛下厚德, 究孤犬馬之年.44) 此難能也, 然孤固欲行衆人之所難.『詩』曰, "德輶如毛,45) 民鮮克擧之",46) 此之謂也. 故爲此令, 著於宮門,47) 欲使左右共觀志焉.

---

34) 廐(구) : 마구간.

35) 惠(혜) : 재물을 하사한 은혜를 가리킨다.

36) 貺(황) : 하사하다.

37) 『논어(論語)·태백(泰伯)』에서 말하길, "만일 주공(周公)과 같은 아름다운 재주를 가지고 있더라도 교만하고 인색하다면 그 나머지는 볼 것이 없다(如有周公之才之美, 使驕且吝, 其餘不足觀也已)"고 하였다.

38) 深(심) : 저본에는 '身(신)'으로 되어 있으나 『예문유취(藝文類聚)』에 의거하여 고치다. 戚(척) : 근심.

39) 簡易(간이) : 간만(簡慢)하다. 신중하지 못하고 거칠다. 성정(性情)을 가리켜 말한 것이다. 본전(本傳)에서 말하길, "성품이 간만(簡慢)하여 위의(威儀)를 힘쓰지 않았다(性簡易, 不治威儀)"고 하였다. 尤(우) : 허물. 잘못.

40) 脫爾(탈이) : 경솔하고 무례하다. 復露(부로) : 다시 드러나다.

41) 修(수) : 닦다. 다루다.

42) 摩(마) : 가까이 가다. 접근하다.

43) 入地(입지) : 땅속으로 들어가다. 아래에 처하여 조심하고 경계하는 뜻을 지니다. 신중하게 일을 하다.

44) 究(구) : 끝까지 다하다. 犬馬(견마) : 신하가 임금에 대하여 자기를 낮추어 일컫는 말.

45) 輶(유) : 가볍다. 이 두 구는 『시경(詩經)·대아(大雅)·증민(烝民)』편에 나온다.

46) 鮮(선) : 적다. 克(극) : 능히.

47) 著(착) : 붙이다.

8-3. 관균(灌均)의 상소문을 베끼도록 하며(寫灌均上事令)[1]

내가 이전에 명하여 베껴 쓰게 한 관균(灌均)의 상주문과 삼대(三臺)와 구부(九府)가 상주한 일, 그리고 조정의 조서 한 통을 자리 옆에 두고, 나는 아침저녁으로 소리 내어 읽으며 이로써 스스로를 경계하고자 한다.

孤前令寫灌均所上孤章,[2] 三臺九府所奏事,[3] 及詔書一通,[4] 置之座隅[5], 欲朝夕諷詠, 以自警誡也[6].

8-3. 寫灌均上事令(사관균상사령)

1) 이 글은 사람을 시켜 자신을 무고(誣告)한 관균(灌均)의 상소문과 여러 관청의 공문, 그리고 조정의 조서를 베끼게 한 다음, 옆에 두고 아침저녁으로 읽으며 자신을 경계하겠다는 뜻을 밝혔다. 灌均上事(관균상사) : 『삼국지(三國志)·위서(魏書)』 본전(本傳)에 말하길, "감국알자(監國謁者) 관균(灌均)이 윗사람의 비위를 맞추어, 조식(曹植)이 술에 취해 오만불손하고 사자(使者)를 위협하였다고 상주하였다(監國謁者灌均希旨, 奏植醉酒悖慢, 劫脅使者)"고 하였는데, 바로 이 글이다.

2) 孤(고) : 옛날 왕후(王侯)의 겸칭(謙稱).

3) 三臺(삼대) : 상서대(尙書臺), 어사대(御史臺), 알자대(謁者臺)를 가리킨다. 九府(구부) : 구경(九卿)의 관부(官府), 즉 태상(太常), 광록훈(光祿勳), 위위(衛尉), 태복(太僕), 정위(廷尉), 대홍려(大鴻臚), 종정(宗正), 대사농(大司農), 소부(小府)를 말한다.

4) 詔書(조서) : 문제(文帝)가 조식(曹植)을 안향후(安鄕侯)로 바꾸어 봉한 글을 가리킨다.

5) 座隅(좌우) : 자리 옆.

6) 諷詠(풍영) : 소리 내어 읽다.

[믿(치)]

8-4. 허물을 꾸짖으며(詰咎文)[1]

서문

오행(五行)이 불러일으키는 자연 재해에 대해, 이전의 역사책은 모두 이런 재해가 정사(政事)에 감응하여 발생한 것이라고 여겼다. 천지의 기운이 스스로 변동이 있는 것이지, 반드시 정치가 야기하여 발생하는 것은 아니다. 근자에 큰 바람이 불어 집의 지붕이 벗겨지고 나무가 뽑혔는데, 나는 마음속으로 느끼는 바가 있었다. 잠시 천제(天帝)의 명을 빌어 여러 신들의 허물을 꾸짖고 백성들의 복(福)을 구한다. 글은 다음과 같다.

五行致災,[2] 先史咸以爲應政而作[3]. 天地之氣自有變動, 未必政治之所興致也.[4] 于時大風, 發屋拔木,[5] 意有感焉. 聊假天帝之命,[6] 以詰咎祈

8-4. 詰咎文(힐구문)

1) 이 글은 큰 바람이 불어 집의 지붕이 벗겨지고 나무가 뽑히는 것을 보고, 작자가 천제(天帝)의 명령을 빌려 바람과 비를 비롯한 여러 신(神)을 꾸짖어 비바람을 그치게 하고 풍년이 들게 한다는 내용이다. 詰(힐) : 꾸짖다. 저본에는 '誥(고)'로 되어 있으나 조유문(趙幼文)의 설(說)에 의거하여 고치다(『조식집교주(曹植集校注)』, 457면). 아래의 '詰(힐)'자 역시 이것에 의거하여 고쳤다. 文(문) : 문체(文體)의 한 가지.

2) 五行(오행) : 금(金), 목(木), 수(水), 화(火), 토(土)를 가리킨다. 옛날 사람들은 이것을 만물을 구성하는 5가지 물질이라고 일컬었다. 致(치) : 이끌어 이르게 하다. 일으키다. 야기하다.

3) 先史(선사) : 고대(古代)의 역사책. 『좌전(左傳)』 및 여러 사서(史書) 중의 「오행지(五行志)」를 가리킨다. 應政而作(응정이작) : 오행(五行)이 일으키는 재해(災害)는 최종적으로는 그 원인이 정치에 돌아가니, 정치에 감응하여 생긴다는 의미. 한대(漢代)의 음양가(陰陽家)들이 오행(五行)이 상생(相生) 상극(相剋)한다는 미신(迷信)에 가까운 설(說)을 정사(政事)와 억지로 결부시켜 자연 재해 형성의 원인을 해석하고자 한 것을 가리킨다. 作(작) : 발생하다.

4) 興致(흥치) : 야기하다. 일으키다. 초래하다.

5) 發(발) : 들어 올리다. 屋(옥) : 지붕.

6) 聊(료) : 잠시.

福.7) 辭曰,

본문

　상제(上帝)께서 명령을 풍백(風伯)과 우사(雨師)에게 내린다. 바람은 기후변화를 촉진시키고, 비는 계절에 따라 만물을 윤택하게 해야 한다. 음양이 조화로워야 만물은 이로써 번성한다. 가뭄은 식물의 싹을 해치고 폭풍은 나무의 가지를 상하게 하니, 주(周)나라 성왕(成王)도 이런 폭풍을 만났었고, 상(商)의 탕왕(湯王)도 이런 가뭄을 만난 적이 있었다. 탕왕이 상림(桑林)에서 기도를 드린 뒤, 상서로운 구름이 높이 올라가니, 누웠던 벼 싹이 다시 꼿꼿하게 섰고, 주공(周公)은 초(楚)를 떠나 서울로 돌아갔다. 하물며 우리 황제의 크나큰 덕은 하늘의 뜻을 받들어 백성을 다스리고 예(禮)로 산천(山川)을 공경하게 대하며, 여러 신령들을 공경하고 복을 구하여, 이렇게 크게 길(吉)함을 누리시고 복(福)된 일이 나날이 더욱 새로웠다.

　上帝有命, 風伯雨師.8) 夫風以動氣,9) 雨以潤時10), 陰陽協和, 庶物以滋.11) 亢陽害苗,12) 風傷條,13) 伊周是遇,14) 在湯斯遭.15) 桑林旣禱,16) 慶

---

7) 詰(힐) : 저본에는 '誥(고)'로 되어 있으나 조유문(趙幼文)의 설에 의거하여 바꾸다(『조식집교주(曹植集校注)』, 458면).

8) 風伯(풍백) : 바람의 신(神). 雨師(우사) : 비의 신.

9) 動氣(동기) : 기후(氣候)의 변화를 촉진시키다.

10) 潤時(윤시) : 계절에 따라 만물을 윤택하게 하다.

11) 庶物(서물) : 자연의 만물. 滋(자) : 번성하다.

12) 亢陽(항양) : 가뭄.

13) 條(조) : 나뭇가지.

14) 伊(이) : 어기사(語氣詞). 周(주) : 주(周) 성왕(成王) 시대를 가리킨다. 『상서(尚書)·금등(金縢)』편에 의하면, 주공(周公)이 동쪽의 낙양(洛陽)에서 지내던 둘째 해 가을에 호경(鎬京)에 천둥 번개가 치고 바람이 불어 벼가 모두 쓰러지고 큰 나무가 뽑히는 일이 있었다.

15) 湯(탕) : 상(商)나라 탕왕(湯王)의 때를 가리킨다. 遭(조) : 만나다.

雲克擧, 偃禾之復, 姬公去楚[17]. 況我皇德, 承天統民,[18] 禮敬川嶽, 祈肅
百神,[19] 享茲元吉,[20] 釐福日新.[21]

이제 가뭄이 엄중하고 폭풍이 크게 일어나, 좋은 싹이 이 때문에 시
들고, 좋은 나무가 이 때문에 뿌리째 뽑힌다. 어느 계곡을 메워야하고
어느 산의 나무를 베어야하며, 어느 신령에게 죄를 따져야 하고 어느
신에게 제사지내야 하나?

至若炎旱赫羲,[22] 飆風扇發,[23] 嘉卉以萎,[24] 良木以拔. 何谷宜塡, 何山
應伐, 何靈宜論,[25] 何神宜謁.[26]

---

16) 상(商)의 탕왕(湯王)이 하(夏)의 걸(桀)을 쳐서 대승(大勝)을 거둔 뒤 천하는 7년 동안
　　가물어 낙하(洛河)가 바싹 말랐다. 사관(史官)이 점을 쳐보더니, 마땅히 사람을 제물로
　　삼아 신에게 제사를 지내며 비가 내리도록 빌어야 된다고 말했다. 이에 탕왕이 자기의
　　머리카락을 자르고 손톱을 깎고는 스스로를 제물로 삼아 상림(桑林)에서 제사를 지내
　　며 비를 빌었다. 제사가 아직 끝나지 않아 하늘에서 큰 비가 내렸다. 조식은 「탕도상림
　　찬(湯禱桑林贊)」에서 탕왕의 사적을 다시 거론하며 칭송하였다.
17) 姬公(희공) : 주공(周公)을 가리킨다. 주(周)나라 왕의 성(姓)이 희(姬)씨이어서 주공을
　　'희공'이라고도 부른다. 去楚(거초) : 주(周)나라의 동도(東都) 낙양(洛陽)을 떠나다. 무
　　왕(武王)이 죽은 뒤, 성왕(成王)의 나이가 어려 주공(周公)이 국정(國政)을 맡아 다스렸
　　다. 뒤에 관숙(管叔) 선(鮮)과 채숙(蔡叔) 도(度)가 유언비어를 퍼트려, 주공이 성왕에게
　　이롭지 않은 행동을 할 것이라고 하자, 주공이 낙양으로 피하였다. 뒤에 성왕이 주공
　　의 충성심을 알고는 낙양에서 맞아 호경(鎬京)으로 돌아갔다.
18) 承天(승천) : 하늘의 뜻을 받들다. 하늘의 명(命)을 받들다.
19) 祈(기) : 복(福)을 구하다. 肅(숙) : 공경하다.
20) 元吉(원길) : 크게 길(吉)하다.
21) 釐福(희복) : 복(福). '釐(희)'는 '禧(희)'와 통한다. 복(福). 日新(일신) : 나날이 더욱 새
　　롭다. 『주역(周易)·계사(繫辭)』 상(上)에, "부유한 것은 대업(大業)을 말하고, 일신(日
　　新)은 성덕(聖德, 훌륭한 품덕)을 말한다(富有之謂大業, 日新之謂盛德)"고 하였다.
22) 炎旱(염한) : 가뭄. 赫羲(혁희) : 더위가 성함을 말한다.
23) 飆風(표풍) : 강풍. 폭풍. 扇發(선발) : 부채로 바람을 부채질하는 것과 같이 그 바람의
　　세기가 맹렬함을 말한다.
24) 嘉卉(가훼) : 싹[禾苗]을 가리킨다.
25) 論(논) : 죄를 따지다. 상벌(賞罰)을 논하다.
26) 謁(알) : 아뢰다. 제사지내다.

그러자 오방(五方)의 신령들은 떨고 두려워하며, 천신(天神)과 지신(地神)은 분노하고, 초요성(招搖星)은 놀라 겁먹고, 참창성(欃槍星)은 도끼를 휘두른다. 하백(河伯)은 운우(雲雨)를 주관하고, 풍신(風神)은 바람을 관장하며, 몸을 돌려 비렴(飛廉)을 질책하고, 돌아보며 풍융(豐隆)을 꾸짖는다. 폭풍을 쉬게 하고 폭우를 중지시키고, 맨 먼저 화산(華山)과 숭산(嵩山)에게 칙령을 내려 상서로운 구름이 일어나게 하고 풍년이 되도록 힘을 다하게 한다. 그러자 짙은 구름이 빽빽이 모여들고 단비가 부슬부슬 내리니, 우리 공전(公田)에 비 떨어지고 나의 사전(私田)도 적신다. 기장이 밭에 가득하고 방초는 무성하며, 신령스러운 벼는 이삭도 많이 달렸는데 이 나라 땅에서 자라, 해마다 곡식은 여물고 풍년이 되니, 백성은 굶주리는 이 없네.

於是五靈振悚,27) 皇祇赫怒,28) 招搖驚怯,29) 欃槍奮斧30). 河伯典澤,31) 屏翳司風,32) 迴呵飛廉,33) 顧叱豐隆.34) 息飈遏暴,35) 元敕華嵩,36) 慶雲是興, 效厥年豐.37) 遂乃沉陰块扎,38) 甘澤微微,39) 雨我公田, 爰暨于私.40)

---

27) 五靈(오령) : 오방(五方)의 신령(神靈). 즉, 동방(東方)의 청제(靑帝), 남방(南方)의 적제(赤帝), 중앙(中央)의 황제(黃帝), 서방(西方)의 백제(白帝), 북방(北方)의 흑제(黑帝)를 가리킨다. 振悚(진송) : 떨고 두려워하다.

28) 皇祇(황지) : 천신(天神)과 지신(地神). 赫怒(혁노) : 분노하다.

29) 招搖(초요) : 별 이름. 북두칠성(北斗七星)의 일곱 번째 별.

30) 欃槍(참창) : 혜성(彗星)의 별칭(別稱). 낡은 것은 제거하고 새로운 것을 취한다는 뜻을 가지고 있다.

31) 河伯(하백) : 하신(河神). 典澤(전택) : 강우(降雨)를 주관(主管)하다.

32) 屏翳(병예) : 풍신(風神)의 이름.

33) 迴呵(회가) : 몸을 돌려 큰 소리로 질책하다. 飛廉(비렴) : 옛 책에는 풍신(風神)으로 되어 있으나, 여기서는 뇌신(雷神)을 가리키는 것으로 보인다.

34) 豐隆(풍융) : 뇌신(雷神). 혹은 구름의 신[雲神]으로 보기도 한다.

35) 飈(표) : 폭풍. 遏(알) : 저지하다. 중지하다. 暴(폭) : 여기서는 폭우(暴雨)를 말한다.

36) 元(원) : 먼저. 敕(칙) : 칙령을 내리다. 華嵩(화숭) : 화산(華山)과 숭산(嵩山). 화산은 지금의 섬서성(陝西省)에 있고, 숭산은 하남성(河南省) 경내(境內)에 있다. 여기서는 두 산의 신(神)을 가리킨다. 옛날에는 높은 산을 구름을 일으키고 비를 내리는 신(神)으로 보았다.

37) 效(효) : 힘을 다하다.

38) 沉陰(침음) : 짙은 구름. 块扎(앙알) : 자욱하다.

黍稷盈疇,[41] 芳草依依,[42] 靈禾重穗,[43] 生彼邦畿, 年登歲豐,[44] 民無餒饉.[45]

8-5. 근심을 풀며(釋愁文)[1]

　나는 근심으로 참담하여 길가를 걸으면서 탄식하였는데, 얼굴이 마르고 초췌하며 시름겨운 마음은 술 취한 듯하였다. 현령선생(玄靈先生)이란 분이 나를 보고 물었다. "그대는 지금 무슨 병을 앓아 이 지경에 이르렀소?" 내가 대답하였다. "제가 앓는 병은 근심입니다." 선생이 말했다. "근심이 어떤 물건이기에 당신으로 하여금 병을 앓게 할 수 있소?" 내가 대답하였다. "근심이란 물건은 정신이 맑지 않을 때, 부르지 않아도 스스로 오고, 밀어도 가지 않습니다. 찾으려 해도 있는 장소를 알 수 없고, 쥐려 해도 손바닥에 가득 차지 않습니다. 적적한 긴 밤, 때로는 무리를 지어 오는데, 오고 감에 일정한 방향이 없이 내 정신을 어지럽힙

---

39) 甘澤(감택): 단비. 때 맞춰 내리는 비. 微微(미미): 가랑비가 부슬부슬 내리는 모양.

40) 予(여): 저본에는 '于(우)'로 되어 있으나 송간본(宋刊本)『조자건문집(曹子建文集)』과『예문유취(藝文類聚)』, 그리고『전삼국문(全三國文)』에 의거하여 고치다.『시경(詩經)・소아(小雅)・대전(大田)』시에 "비가 우리 공전(公田)에 내리고, 나의 사전(私田)에도 이른다(雨我公田, 遂及我私)"라는 구절이 있다. '予(여)'는 '我(아)'와 같다.

41) 黍稷(서직): 기장. 疇(주): 밭.

42) 依依(의의): 무성하다.

43) 靈禾(영화): 신령스러운 벼. 좋은 벼. 重穗(중수): 줄기 하나에 벼이삭이 많이 달리다.

44) 登(등): 여물다. 열매 맺다.

45) 餒(뇌): 굶주리다.

8-5. 釋愁文(석수문)

1) 이 글은 작자가 깊은 시름에 잠겨 있을 때 현령선생(玄靈先生)을 만나 그의 도가적(道家的)인 처방의 도움으로 결국 갖가지 시름들이 홀연 다 사라져버린다는 내용이다.

니다. 오고 나면 물리치기 어렵고, 떠날 때는 뒤쫓아 가기 쉬운데, 밥 먹을 때에는 목이 메 먹기 곤란하고, 시름에 잠길 때는 목이 쉬어 고통스럽습니다. 분을 발라도 얼굴은 윤택하지 않고, 여러 가지 요리를 먹어도 살이 찌지 않으며, 부싯돌로 불 만들어 따뜻하게 해도 사라지지 않고, 신기한 고약(膏藥)으로 어루만져도 줄어들지 않으며, 사랑스런 웃음 주어도 기쁘지 않고 관악기 현악기로 즐겁게 하여도 슬픔만 더하는구려. 의화(醫和)가 생각을 다 짜내도 어쩔 도리 없는데, 선생께서 나에게 치료할 방법을 가르쳐주실 수 있다는 말씀입니까?"

予以愁慘, 行吟路邊,[2] 形容枯悴,[3] 憂心如醉. 有玄靈先生見而問之曰,[4] "子將何疾以至於斯?" 答曰, "吾所病者, 愁也." 先生曰, "愁是何物, 而能病子乎?" 答曰, "愁之爲物, 惟惚惟怳,[5] 不召自來, 推之弗往. 尋之不知其際,[6] 握之不盈一掌.[7] 寂寂長夜, 或羣或黨,[8] 去來無方,[9] 亂我精爽.[10] 其來也難退, 其去也易追, 臨餐困於哽咽, 煩冤毒於酸嘶.[11] 加之以粉飾不澤,[12] 飲之以兼肴不肥,[13] 溫之以火石不消,[14] 摩之以神膏不希,[15] 授之以巧笑不悅,[16] 樂之以絲竹增悲.[17] 醫和絶思而無措,[18] 先生

---

2) 行吟(행음) : 걸으면서 탄식하다.
3) 枯悴(고췌) : 마르고 초췌하다.
4) 玄靈先生(현령선생) : 작자가 허구(虛構)로 만들어 대화(對話)를 나누는 인물. 사마상여(司馬相如)의 「자허부(子虛賦)」에 나오는 '자허(子虛)'나 '오유선생(烏有先生)'과 같다.
5) 惚怳(홀황) : '怳惚(황홀)'이라고도 쓴다. 정신이 맑지 않는 모양을 말한다.
6) 際(제) : 경계(境界). 곳(장소).
7) 盈(영) : 가득 차다.
8) 黨(당) : 무리(를 짓다).
9) 無方(무방) : 일정한 방침(규칙)이 없다.
10) 精爽(정상) : 정신(精神). 심신(心神).
11) 煩冤(번원) : 근심하다. 걱정하다. 毒(독) : 고생하다. 괴로워하다. 酸嘶(산시) : 목이 쉬다.
12) 粉飾(분식) : 분(粉)을 얼굴에 바르다. 화장하다. 澤(택) : 얼굴빛이 윤기 있다.
13) 飲(음) : 여기서는 '食(식)'의 의미. 兼肴(겸효) : 두 가지 이상의 요리나 반찬.
14) 火石(화석) : 부싯돌. 저본에는 '金石(금석)'으로 되어 있으나 조유문(趙幼文)의 견해에 따라 바꾸다(『조식집교주(曹植集校注)』, 469면).
15) 摩(마) : 어루만지다. 希(희) : 감소하다.
16) 巧笑 : 사랑스러운 웃음. 방긋 예쁘게 웃다. 『시경(詩經)·위풍(衛風)·석인(碩人)』에,

豈能爲我蓍龜乎?"19)

현령선생이 안색이 변하면서 말했다. "나는 단지 당신의 근심하는 형색만을 살필 수 있지 당신의 근심이 어찌하여 생기는지 알지 못하니, 나는 단지 당신에게 일깨우는 말만을 할 수 있소. 이제 대도(大道)는 이미 숨어버렸는데 당신은 말세(末世)에 태어나, 세속의 유행하는 풍습에 빠져 명예와 지위에 미혹되어, 갓끈을 씻고 관(冠)의 먼지를 터니 부귀영화를 도모하고자 하는 것이지요. 앉아도 자리가 편하지 않고, 먹어도 끝까지 맛을 보지 못하며, 바쁘고 분주하기만 한 채, 얼굴은 수척하고 야윌 것이요. 추구하는 바가 명성이요 얻고자 하는 바는 이익인데, 진실로 허황되고 경박하기 때문에 바른 기운을 손상시키는 것이요. 내가 장차 그대에게 무위(無爲)의 약을 주고 그대에게 담박(淡泊)한 더운 물을 주며, 그대에게 현허(玄虛)한 침을 놓고, 그대에게 순박(淳朴)한 처방으로 뜸을 뜨며, 그대를 광활한 집에서 거주하도록 하고, 그대를 적막한 침상에 앉도록 하겠소. 왕자교(王子喬)로 하여금 그대와 함께 노닐러 가도록할 것이고, 황공(黃公)으로 하여금 그대와 함께 노래를 부르다 가게 할것이며, 장자(莊子)로 하여금 그대를 위해 정신을 정양하는 음식을 준비하게 할 것이며, 노자(老子)로 하여금 그대를 위해 양성(養性)의 방법을전하게 하겠소. 먼 길을 달려 은거하고, 가벼운 구름을 타고 하늘 높이날아 보시오."

先生作色而言曰,20) "予徒辯子之愁形,21) 未知子愁所由而生,22) 我獨

"사랑스러운 웃음 예쁘고, 아름다운 눈 맑기도 하네(巧笑倩兮, 美目盼兮)"라는 말이있다.
17) 絲竹(사죽) : 관악기(管樂器)와 현악기(絃樂器).
18) 醫和(의화) : 춘추(春秋)시대의 명의(名醫). 絶思(절사) : 생각을 다 짜내다. 無措(무조): 속수무책(束手無策)이다.
19) 蓍龜(시귀) : 점치다. 시초(蓍草)와 귀갑(龜甲). 고대에 점치는 도구로, 점대[筮]는 시초를 사용하고, 점[卜]은 귀갑을 사용하였다. 여기서는 '지도하다', '지시하다'는 의미.
20) 作色(작색) : 안색이 변하다.

爲子言其發矣.[23] 方今大道旣隱,[24] 子生末季,[25] 沉溺流俗,[26] 眩惑名位,[27] 濯纓彈冠,[28] 諮諏榮貴.[29] 坐不安席, 食不終味,[30] 遑遑汲汲,[31] 或憔或悴. 所鬻者名,[32] 所拘者利,[33] 良由華薄,[34] 凋損正气.[35] 吾將贈子以無爲之藥, 給子以澹薄之湯,[36] 刺子以玄虛之鍼, 灸子以淳朴之方,[37] 安子以恢廓之宇,[38] 坐子以寂寞之牀. 使王喬與子遨遊而逝,[39] 黃公與子詠歌而行,[40] 莊子與子具養神之饌,[41] 老聃與子致愛性之方.[42] 趣遐路以棲迹,[43] 乘輕雲以翶翔."[44]

---

21) 辯(변) : '辨(변)'과 통한다. 분별하다. 똑똑히 관찰하다.

22) 所(소) : 저본에는 '何(하)'로 되어 있으나 『예문유취(藝文類聚)』에 의거하여 고치다. 所由而生(소유이생) : 생겨나는 원인(까닭).

23) 發(발) : 일깨우다. 깨우치다.

24) 大道(대도) : 천도(天道). 隱(은) : 소실(消失)되다.

25) 末季(말계) : 성세(盛世)의 말년(末年). 쇠세(衰世).

26) 流俗(유속) : 세상에 유행하는 풍습.『맹자(孟子)·진심(盡心) 하(下)』에, "세상의 풍속에 동조하고, 세상의 더러운 것과 합류한다(同乎流俗, 合乎汙世)"는 말이 있다.

27) 眩惑(현혹) : 미혹되다.

28) 濯纓彈冠(탁영탄관) : 갓끈을 씻고 관(冠)의 먼지를 털다. 장차 관직에 나가는 것을 비유한다.

29) 諮諏(자추) : 도모하다.

30) 終(종) : 마치다. 終味(종미) : 한 끼 식사를 마치다.

31) 遑遑汲汲(황황급급) : 바쁘다. 분주하다.

32) 鬻(육) : 사다. 추구하다.

33) 拘(구) : 잡다. 취하다.

34) 華薄(화박) : 부박(浮薄)하다. 불성실하고 경박하다.

35) 正氣(정기) : 타고난 순수하고 참된 기운.

36) 澹薄 : 담박(淡泊)하다. 청정(淸靜)하다.

37) 灸(구) : 뜸. 뜸질하다. 약쑥 등으로 길게 종이 막대처럼 만들어 경혈에 따라 불을 붙여 쓰는 한방 치법으로, 침법(針法)과 더불어 합하여 침구(針灸)라고 부른다. 淳朴(순박) : 순수하고 질박하다. 성실하고 꾸밈이 없다.

38) 安(안) : 거처하다. 恢廓(회곽) : 광대한 모양. 宇(우) : 가옥. 집.

39) 王喬(왕교) : 중국 고대 신화 전설에 나오는 선인(仙人) 왕자교(王子喬).

40) 黃公(황공) : 태공병법(太公兵法)을 장량(張良)에게 전해주었던 황석공(黃石公)을 가리키는 듯하다.

41) 饌(찬) : 음식.

42) 老聃(노담) : 노자(老子). 愛性(애성) : 생명을 아끼다. 천성(天性)을 기르다[養性].

43) 趣(취) : 달리다. 遐路(하로) : 먼 길. 棲迹(서적) : 은거하다.

44) 輕(경) : 저본에는 '靑(청)'이라 되어 있으나, 송간본(宋刊本)『조자건문집(曹子建文集)』

이 말을 듣고 나의 정신은 놀라고 혼은 흩어지니, 마음을 새로이 하여 현령선생(玄靈先生)의 지극한 말을 받아들여, 심오한 이치를 우러러 존중하기를 원했다. 많은 근심들이 홀연 작별 인사도 않고 가버렸다.

於是精駭魂散, 改心回趣,[45] 願納至言,[46] 仰崇玄度[47]. 衆愁忽然, 不辭而去.

[칠(七)]

8-6. 일곱 가지 이야기(七啓)[1]

서문

옛날에 매승(枚乘)은 「칠발(七發)」을 지었고 부의(傳毅)는 「칠격(七激)」을 지었으며, 장형(張衡)은 「칠변(七辯)」을 지었고 최인(崔駰)은 「칠의(七依)」를 지었는데, 문장이 각자 아름다워 나는 이것을 부러워하는 마음이 있었다. 이에 「칠계」를 짓고 아울러 왕찬(王粲)에게 명하여 역시 한 편의 문장을 짓게 했다.

昔枚乘作七發,[2] 傳毅作七激,[3] 張衡作七辯,[4] 崔駰作七依,[5] 辭各美

과 『예문유취(藝文類聚)』, 『전삼국문(全三國文)』, 조유문(趙幼文)의 『조식집교주(曹植集校注)』 등에 의거하여 고치다. 翱翔(고상): 하늘을 높이 빙빙 날며 돌다.
45) 趣(취): 뜻. 回趣(회취): 뜻을 돌리다. 마음을 새로이 하다.
46) 納(납): 받아들이다. 至言(지언): 이상(以上)의 현령선생(玄靈先生)의 말을 가리킨다.
47) 玄度(현도): 심오(深奧)한 이치. 묘법(妙法).
8-6. 七啓(칠계)
1) 이 글은 현미자(玄微子)와 경기자(鏡機子)라는 두 사람의 대화를 내용으로 하고 있다. 세속을 떠나 은거생활을 하는 현미자에게 경기자가 벼슬길에 나아가기를 권하면서 세속생활의 즐거움으로 좋은 음식, 아름다운 복식(服飾), 즐거운 사냥, 멋진 궁궐,

麗, 余有慕之焉. 遂作七啓, 幷命王粲作焉.6)

아름다운 음악과 여색, 그리고 훌륭한 사람들과의 교제를 차례차례 들었으나 모두 현미자의 마음을 끌지 못하다가, 끝에 가서 지금 세상에 현명한 재상이 있어 천자를 보좌하여 세상에 패업을 이루니 나라는 부유하고 백성은 평안하며, 뛰어난 인재들이 와서 벼슬한다는 말을 듣고, 결국 현미자가 경기자를 따라 세상에 나가기로 결정한다는 것으로 끝맺는다. 七(칠): 옛날 문체(文體)의 하나. 이 문체의 유래와 주요 작가 및 작품의 특색에 대해, 유협(劉勰)은 『문심조룡(文心雕龍)·잡문(雜文)』편에서 다음과 같이 말했다. "매승(枚乘)이 「칠발(七發)」을 지은 이후, 이런 문체의 작자가 끊이지 않고 계속 되었다. 매승이 처음으로 지은 작품을 보면, 진실로 독보적으로 뛰어나고 크게 아름다웠다. 부의(傅毅)의 「칠격(七激)」에 이르러서는 분명하면서 요점을 찌르는 솜씨를 얻었고, 최인(崔駰)의 「칠의(七依)」는 박식하고도 전아한 기교가 들어있으며, 장형(張衡)의 「칠변(七辯)」은 면밀하고도 미려한 문장을 구성했고, 최원(崔瑗)의 「칠려(七厲)」는 순수하고도 바른 뜻을 세웠고, 조식(曹植)의 「칠계(七啓)」는 넓고 장엄한 미를 취했으며, 왕찬(王粲)의 「칠석(七釋)」은 사물의 이치를 분별하는데 힘을 기울였다. 환린(桓麟)의 「칠설(七說)」로부터 좌사(左思)의 「칠풍(七諷)」에 이르기까지 이런 문체를 모방하고 학습한 사람이 또 10여 명 있었다. 어떤 이는 문장은 아름다우나 뜻은 떨어지고, 어떤 이는 이치는 순수하나 문장은 순수하지 못하였다. 대체로 그 귀추를 보면, 궁정이나 누각에 대해 높게 말하고, 사냥에 대해 장황하게 늘어놓지 않는 것이 없다. 진기한 복장이나 음식을 궁리하고, 사람을 미혹시키는 아름다운 음악과 미녀를 극력 늘어놓는다. 감미로운 뜻은 골수에서부터 요동치게 하고, 아름다운 글귀는 사람들의 심령을 흔들어 놓는데, 비록 과장된 묘사로 시작하지만, 올바른 이치에 처하는 것으로 끝을 맺는다. 그러나 풍자하고 간하는 것은 하나에 유혹하는 것이 백이나 되니, 이런 추세는 이미 되돌릴 수 없다. 양웅(揚雄)이 이른바 '먼저 음란한 음악을 펼치고, 곡의 끝에 아정(雅正)한 음악을 연주한다'는 것이다(自七發以下, 作者繼踵, 觀枚氏首唱, 信獨拔而偉麗矣. 及傅毅七激, 會淸要之工, 崔駰七依, 入博雅之巧, 張衡七辨, 結采綿靡, 崔瑗七厲, 植義純正, 陳思七啓, 取美於宏壯, 仲宣七釋, 致辨於事理. 自桓麟七說以下, 左思七諷以上, 枝附影從, 十有餘家. 或文麗而義暌, 或理粹而辭駁. 觀其大抵所歸, 莫不高談宮館, 壯語畋獵. 窮瑰奇之服饌, 極蠱媚之聲色. 甘意搖骨髓, 艶詞洞魂識, 雖始之以淫侈, 而終之以居正. 然諷一勸百, 勢不自反. 子雲所謂先騁鄭衛之聲, 曲終而奏雅者也)."
2) 枚乘(매승): 서한(西漢)의 무제(武帝) 때 사람. 「칠발(七發)」은 『문선(文選)』에 보인다.
3) 傅毅(부의): 동한(東漢)의 장제(章帝) 때 사람.
4) 張衡(장형): 동한의 안제(安帝) 때의 사람.
5) 崔駰(최인): 부의(傅毅)와 같은 때의 사람. 부의와 장형(張衡), 최인이 각기 쓴 「칠격(七激)」, 「칠변(七辯)」, 「칠의(七依)」는 모두 엄가균(嚴可均)의 『전후한문(全後漢文)』에 보인다.
6) 정안(丁晏)이 말하길, "왕찬이 이름 붙인 「칠석(七釋)」은 『예문유취(禮文類聚)』 권57에 보인다"고 하였다.

본문

　현미자(玄微子)가 대황산(大荒山)에 은거하여 세속을 떠나 지내니, 정신은 맑고 마음은 안정되어, 봉록(俸祿)을 가벼이 보고 작위(爵位)를 무시하였으며, 물질에 대해 추구하는 바 없이 텅 빔을 즐기고 고요함을 좋아하며 이 영원한 생명을 추구하였다. 홀로 하늘의 구름 사이로 생각을 달리니, 세상의 어떤 사물도 그를 추월할 수 없었다. 이에 경기자(鏡機子)가 이런 이야기를 듣고 장차 그에게 가서 말해 보고자 하였다. 들판을 뛰어넘는 네 필의 말을 몰고 바람을 쫓는 수레를 타고, 아득히 먼 사막을 지나 깊고 외딴 산언덕에서 나와, 끝없이 넓은 들판에 들어서서 마침내 현미자가 사는 곳에 이르렀다. 그가 사는 곳은 왼쪽은 세차게 흐르는 강물이고 오른쪽은 우뚝 솟은 산봉우리이며, 뒤에는 깊고 큰 골짜기가 있고 앞에는 향기로운 숲이 마주하고 있었다. 그는 머리에 흰 사슴 가죽으로 만든 관을 쓰고 무늬 있는 여우 가죽 옷을 입고 있었다. 산속의 깊은 동굴에서 나와 험준한 산 절벽을 따라 즐기며 노닐고 있었다. 그의 뜻은 날아오를 듯하고 높고 높아, 마치 천지사방과 천하를 좁게 여기는 것 같은데, 날아가려다가 아직 가지 않는 것 같기도 하고, 날개를 들어 날다가 도중에 머무는 것 같기도 하였다.

　玄微子隱居大荒之庭,7) 飛遯離俗,8) 澄神定靈,9) 輕祿傲貴,10) 與物無營,11) 耽虛好靜,12) 美此永生.13) 獨馳思乎天雲之際, 無物象而能傾.14) 於

---

7) 玄微子(현미자) : 작자가 허구(虛構)로 꾸며 문답(問答)을 나누는 인물. '玄微(현미)'
　는 깊고 심오하며 정밀하고 미묘하다는 뜻. 大荒之庭(대황지정) : 큰 황야의 들판. 『문
　선(文選)』의 이선(李善) 주(注)에 다음과 같이 말했다. "『산해경(山海經)』에서 말하길,
　'큰 황야 가운데 산이 있어 이름을 대황산(大荒山)이라 하니, 해와 달이 지는 곳이라,
　큰 황야 들판의 가운데라 이른다'라고 하였다(山海經曰, 大荒之中有山, 名曰大荒之
　山, 日月所入, 是謂大荒之野中也)."
8) 飛遯(비둔) : 세속을 떠나 은거하다. 遯(둔) : '遁(둔)'과 같다. 달아나다. 피하다.
9) 澄(징) : 맑다. 고요하다.
10) 輕祿傲貴(경록오귀) : 봉록(俸祿)을 가벼이 보고 권귀(權貴)를 하찮게 여기다. 가난에
　편안하고 천하여도 즐겁다(安貧樂賤)는 뜻.

是鏡機子聞而將往說焉.[15) 駕超野之馳,[16) 乘追風之與,[17) 經迥漠,[18) 出幽墟,[19) 入乎泱漭之野,[20) 遂屆玄微子之所居[21). 其居也, 左激水,[22) 右高岑,[23) 背洞壑,[24) 對芳林[25). 冠皮弁,[26) 被文裘.[27) 出山岫之潛穴,[28) 倚峻崖而嬉游[29). 志飄飄焉,[30) 嶢嶢焉,[31) 似若狹六合而隘九州,[32) 若將飛而未逝, 若擧翼而中留.

이에 경기자(鏡機子)는 칡덩굴을 붙잡고 올라가 바위에 이르러 우뚝 서서 바람이 부는 대로 향하여 그에게 말했다. "제가 듣기에, 군자는 세속을 떠나 좋은 명성을 버리지 않고, 지혜로운 선비는 세상과 등을 돌

---

11) 營(영) : 추구하다. 도모하다.

12) 耽(탐) : 즐기다.

13) 永生(영생) : 장생(長生).

14) 傾(경) : 추월하다.

15) 鏡機子(경기자) : 작자의 허구(虛構)의 인물. 문장 중에서 현미자(玄微子)에게 충고하는 인물. '鏡機子(경기자)'의 '거울'은 '기미(조짐)를 비춘다'는 뜻을 가지고 있다.

16) 이선(李善)이 주(注)에서 '超野(초야)'와 '追風(추풍)'은 빠르다는 것을 말한 것이라고 하였다.

17) 與(여) : 수레.

18) 迥漠(형막) : 아득히 먼 사막.

19) 幽墟(유허) : 깊고 외딴 산언덕.

20) 泱漭(앙망) : 끝없이 넓은 모양.

21) 屆(계) : 이르다.

22) 激水(격수) : 흐르는 속도가 매우 빠른 강물.

23) 岑(잠) : 산봉우리.

24) 洞壑(동학) : 깊고 큰 골짜기.

25) 芳林(방림) : 향기로운 숲.

26) 皮弁(피변) : 흰 사슴 가죽으로 만든 관(冠).

27) 文裘(문구) : 무늬가 있는 여우 가죽 옷.

28) 岫(수) : 산굴. 산봉우리. 潛(잠) : 깊은 모양.

29) 峻崖(준애) : 험준한 낭떠러지. 嬉游(희유) : 즐기며 놀다.

30) 飄飄(표표) : 날아오르는 모양. 바람에 가볍게 날리는 모양.

31) 嶢嶢(요요) : 산이 높은 모양. 뜻이 높은 모양.

32) 六合(육합) : 천지와 사방. 천하. 隘(애) : 좁다. 九州(구주) : 옛날 중국의 우(禹)가 전국을 아홉 개의 주로 나누었다는 행정 구획. 『상서(尙書)・우공(禹貢)』편에는 기(冀), 연(兗), 청(靑), 서(徐), 예(豫), 형(荊), 양(揚), 옹(雍), 양(梁)이라 하였다. 중국 전토(全土).

려 공훈(功勳)을 사라져 없어지게 하지 않는다고 합니다. 지금 그대는 빛
나는 학문과 기예(技藝)를 버리고 뛰어난 인의(仁義)를 포기하였으며, 공
허한 가운데 정신을 소모하고 사람 사이에 서로 사귀는 기강(紀綱)을 폐
기(廢棄)하였소. 이것은 비유하자면 형상이 없는 곳에서 형체를 그리고,
소리 없는 곳에서 메아리를 발하려 하는 것과 같습니다. 이런 것들을
생각 못했습니까? 어찌하여 충고하여도 알아듣질 못하는 겁니까?"

　於是鏡機子攀葛藟而登,33) 距巖而立34), 順風而稱曰,35) "予聞君子不
邀俗而遺名,36) 智士不背世而滅勳.37) 今吾子棄道藝之華,38) 遺仁義之
英, 耗精神乎虛廓,39) 廢人事之紀經.40) 譬若畫形於無象, 造響於無聲. 未
之思乎, 何所規之不通也."41)

현미자기 몸을 숙이며 대답해 말했다. "아아, 이런 말도 있소? 대체로
태극은 처음에 혼돈하여 아직 분리되지 않았는데 만물이 어지러이 도
(道)와 더불어 변화하게 되었소. 대개 형체가 있는 것은 반드시 쇠퇴함
이 있고, 흔적이 있는 것은 반드시 다함이 있습니다만 망망한 원기(元氣)
는 누가 그 끝을 알겠소? 명예는 내 몸을 더럽히고 작위는 내 몸을 얽어
맵니다. 남몰래 옛사람이 뜻하는 바를 흠모하고 노자(老子) 장자(莊子)의
유풍(遺風)을 우러러보니, 신령스러운 거북을 빌어 이로써 비유하여 뜻

---

33) 葛藟(갈류) : 칡이나 등나무 같은 덩굴풀.
34) 距(거) : 다다르다.
35) 稱(칭) : 말하다.
36) 遺名(유명) : 좋은 명성을 버리다. 遺(유) : 버리다.
37) 滅(멸) : 멸하다. 숨기다.
38) 道藝(도예) : 도덕(道德)과 학예(學藝). 학문과 기예(技藝).『주례(周禮)·천관(天官)·
　　종정(宗正)』의 정중(鄭衆)의 주(注)에서 말하길 "'도(道)'는 예전의 왕[先王]들이 백성
　　들을 교도(教導)하던 것이고, '예(藝)'는 예(禮, 禮法), 악(樂, 음악), 사(射, 弓術), 어(御,
　　馬術), 서(書, 글씨 쓰기), 수(數, 셈하기)를 말한다"고 하였다.
39) 耗(모) : 소모하다. 虛廓(허곽) : '허공(虛空)', '허무(虛無)'와 같은 의미.
40) 人事(인사) : 사회에서 사람들 사이의 교제를 가리킨다. 紀經(기경) : 강령(綱領). 준칙
　　(準則).
41) 規(규) : 충고하다. 권고하다.

을 붙이거니와, 차라리 진흙탕에서 꼬리를 흔들며 살겠소.”

玄微子俯而應之曰, “譆,[42] 有是言乎. 夫太極之初, 混沌未分,[43] 萬物紛錯,[44] 與道俱運[45]. 蓋有形必朽, 有迹必窮, 茫茫元气, 誰知其終. 名穢我身,[46] 位累我躬. 竊慕古人之所志, 仰老庄之遺風, 假靈龜以托喩,[47] 寧掉尾於塗中.[48]”

경기자가 말했다. “아름다운 변론의 말은 고갈된 호수에도 물이 흐르게 하고 고목나무에도 꽃이 피게 하며, 어쩌면 신령(神靈)들도 감동시킬 수 있게 하는데, 하물며 가까이 있는 사람의 마음이야 오죽하겠습니까? 저는 장차 당신에게 유람의 즐거움에 대해 말하고, 성색(聲色)의 아름답고 화려함을 설명하고, 사물의 변화의 지극한 묘미를 논하고, 도덕의 넓고도 장려함에 대해 말하고자 하는데, 당신은 이것을 들어보기 원하십니까?” 현미자가 말했다. “선생은 몸을 바르게 닦고자 하는데 인간 세상에 염증을 느껴, 은거하는 사람을 찾고 미천한 처지에 있는 추천하고자 먼 길도 마다하지 않고 천만 다행으로 이곳에 왕림해 주시니, 저는 장차 공경하게 귀를 씻고 옥 같은 말씀을 듣고자 하오.”

---

42) 譆(희) : 탄식하는 소리. 놀라는 소리.
43) 混沌(혼돈) : 천지개벽 초에 아직 만물이 확실히 구별되지 않은 모양.
44) 紛錯(분착) : 어지러운 모양.
45) 與道俱運(여도구운) : 만물이 자연의 운행 규율을 따라 변화하다. 運(운) : 전환하다. 달라지다. 저본에는 ‘隆(륭)’으로 되어 있으나 조유문(趙幼文)의 견해에 따라 고치다 (『조식집교주(曹植集校注)』, 14면).
46) 穢(예) : 더럽히다.
47) 靈龜(영귀) : 신령스러운 거북.
48) 掉尾(도미) : 꼬리를 흔들다. 『장자(莊子)·추수(秋水)』편에 다음과 같은 이야기가 실려 있다. 초왕(楚王)이 대부(大夫) 두 사람을 보내어 장자(莊子)를 초빙하여 데려오라고 시켰더니, 장자가 말하길, “나는 초나라에 신령스러운 거북이 죽은 지 이미 삼천 년이 되었고, 왕이 그것을 비단으로 싸서 상자에 넣어 조상의 사당 위에 두었다는 얘길 들었소. 이 거북은 죽어 뼈만 남아 귀하게 되기를 바라겠소? 그렇지 않으면 살아서 진흙탕 속에서 꼬리를 흔들길 바라겠소?”라고 하였다. 두 명의 대부가 “차라리 살아서 진흙탕 속에서 꼬리를 흔들기를 바라겠지요”라고 대답하였다. 장자가 말하길 “가시오 나는 장차 진흙탕 속에서 꼬리를 흔들며 살겠오”라고 말했다.

鏡機子曰, "夫辯言之豔,49) 能使窮澤生流,50) 枯木發榮,51) 庶感靈而激神, 況近在乎人情.52) 僕將爲吾君子說游觀之至娛,53) 演聲色之妖靡,54) 論變化之至妙, 敷道德之弘麗,55) 願聞之乎." 玄微子曰, "吾子整身倦世,56) 探隱拯沉,57) 不遠遐路,58) 幸見光臨, 將敬滌耳,59) 以聽玉音.60)"

경기자가 말했다. "향기로운 줄풀과 정제된 쌀과, 서리 내린 푸성귀와 이슬 내린 아욱이 있는데, 검은 곰의 흰 살코기와 살찐 가축의 살찐 고기를 매미 날개처럼 얇게 잘라내고 아주 가늘고 작게 가르니, 쌓아올린 것은 겹겹의 비단과 같고 떨어지는 것은 흩날리는 눈과 같은데, 고기는 가벼워 바람 따라 날리며 칼날을 움직여 더 이상 자를 수 없을 정도로 얇습니다. 사막꿩과 못가의 세가락메추라기와 진귀한 진주조개살이 있으며, 향기로운 연꽃 위에 있는 거북을 삶고 서해(西海)의 날치를 회치며, 강동(江東)의 물속 악어로 고기 수프를 만들고 한남(漢南)의 우는 메추라기로 지짐이를 만듭니다. 향기로운 신맛을 섞으니 맛은 달면서 순수하며, 북방의 물산은 짠맛에 적합하고 서방의 물산은 매운맛에 맞습니다. 자줏빛 난과 붉은 산초나무는 조미료로 사용할 때 반드시 알맞

---

49) 豔(염): 문장의 아름다움을 가리킨다.

50) 窮澤(궁택): 고갈된 못(호수).

51) 發榮(발영): 꽃이 피다.

52) 激神: 신령을 감동시키다.

53) 吾子(오자): 저본에는 '君子(군자)'로 되어 있으나 조유문(趙幼文)과 부아서(傅亞庶)의 견해에 따라 고치다(『조식집교주(曹植集校注)』, 15면; 『삼조시문전집역주(三曹詩文全集譯注)』, 942면).

54) 演(연): 상세히 설명하다. 聲色(성색): 가무(歌舞)와 여색(女色).

55) 敷(부): 진술하다.

56) 吾子(오자): 경기자(鏡機子)를 가리킨다. 整身(정신): 자신의 몸을 바로잡다. 자신의 행위를 단정(端正)하게 하다. 倦世(권세): 인간 세상에 싫증나다.

57) 探隱(탐은): 은거(隱居)하는 사람을 찾다. 拯沉(증침): 아랫자리에 있는 사람을 추천하다.

58) 遐路(하로): 먼 길.

59) 滌耳(척이): 귀를 씻다. 경청(傾聽)하다.

60) 玉音(옥음): 훌륭한 말. '玉(옥)'은 찬미하는 말.

게 조절하여야 맛이 특이하며 향기가 사방으로 널리 퍼집니다. 또 봄에 빚은 맑은 술이 있으니 두강(杜康)과 의적(儀狄)이 만든 것인데, 술은 계절의 변화에 따라 변하고 자연의 기후에 감응하여 이루어지니, 치음(徵音)을 연주하는 달에는 쓴 맛이 생기고 궁조(宮調)를 두드리는 달에는 단 맛이 생깁니다. 이에 술을 비취색 옥으로 만든 술 단지에 담고 조각한 술잔에 술을 따르는데, 개미 같은 거품이 술 위에 둥둥 떠 솥에서 끓어 올라, 짙은 술 향기는 정신을 평화롭게 하고 뱃속을 편안하게 하지요. 이런 맛좋은 안주와 요리를 당신은 나를 따라 먹을 수 있겠습니까?" 현미자가 말했다. "나는 명아주 잎과 콩잎 같은 변변치 않은 야채도 즐거이 먹지만, 아직 이런 좋은 음식을 먹을 만큼 한가하지 않소."

鏡機子曰, "芳菰精粺,61) 霜蓄露葵,62) 玄熊素膚,63) 肥豢膿肌64), 蟬翼之割,65) 剖纖析微, 累如疊縠,66) 離若散雪, 輕隨風飛, 刀不轉切.67) 山鸐斥鷃,68) 珠翠之珍,69) 寒芳蓮之巢龜,70) 膾西海之飛鱗,71) 曜江東之潛

---

61) 菰(고) : 줄. 줄풀. 粺(패) : 정미. 정제된 쌀.

62) 蓄(혹) : 갸울 푸성귀. 순무. 露葵(노규) : 동규(冬葵), 아욱.『본초강목(本草綱目)』권16에, "옛 사람들은 동규를 반드시 이슬이 내리기를 기다렸다가 채취하였기 때문에 '노규(露葵)'라고 부른다. 지금 사람들은 '활채(滑菜)'라고 부른다"고 하였다.

63) 玄熊(현웅) : 검은 곰. 素膚(소부) : 흰 고기.

64) 豢(환) : 곡식으로 가축을 기르다. 여기서는 개, 돼지 따위를 가리킨다. 膿肌(농기) : 살찐 고기. 膿(농) : 살찐 모양.

65) 蟬翼(선익) : 매미 날개. 여기서는 고기를 매미 날개 같이 얇게 자른다는 것을 가리킨다. 割(할) : 나누다. 쪼개다.

66) 疊縠(첩곡) : 겹겹의 비단.

67) 轉(전) : 이동하다.

68) 山鸐(산탈) : 사막꿩. 비둘기 비슷한 새. 중국 북방 사막 지대에 무리지어 산다. 암꿩과 비슷하며, 털은 옅은 노란색이다. 斥鷃(척안) : 늪에 사는 세가락메추라기. 항상 쑥대 사이를 날아다닌다. '斥(척)'은 '池(지, 못)'과 통한다.

69) 珠翠(주취) : 진주조개살. 진귀한 식품을 만들 수 있다.

70) 寒(한) : 불에 굽다. 삶다.

71) 膾(회) : 잘게 저민 날고기. 회치다. 飛鱗(비린) : 여기서는 날치를 가리킨다.『산해경(山海經)·서산경(西山經)』에 다음과 같은 이야기가 있다. "태기산(泰器山)에서 호수(濩水)가 흘러나온다. 여기에 날치가 많다. 항상 서해(西海)로 갔다가 동해(東海)에서 놀고 밤에 날아서 간다."

鼉,72) 騰漢南之鳴鶉.73) 糅以芳酸,74) 甘和旣醇,75) 玄冥適鹹,76) 蓐收調
辛.77) 紫蘭丹椒,78) 施和必節, 滋味旣殊, 遺芳射越.79) 乃有春淸縹酒,80)
康狄所營,81) 應化則變, 感氣而成,82) 彈徵則苦發,83) 叩宮則甘生.84) 於是
盛以翠樽,85) 酌以雕觴,86) 浮蟻鼎沸,87) 酷烈馨香,88) 可以和神,89) 可以娛
腸.90) 此肴饌之妙也,91) 子能從我而食之乎." 玄微子曰, "予甘藜藿,92) 未
暇此食也."

경기자(鏡機子)가 말했다. "보광검(步光劍)은 화려한 장식이 많은데, 무
늬 있는 무소뿔로 꾸미고 청록색의 아름다운 옥을 조각한 것을 달았으

---

72) 臛(학) : 고깃국. 고기수프를 만들다. 鼉(타) : 악어. 양자강 악어.
73) 騰(전) : 지짐이. 漢南(한남) : 한수(漢水)의 남쪽 지역. 鶉(순) : 메추라기.
74) 糅(유) : 섞다.
75) 醇(순) : 순일(純一)하다. 맛이 짙다.
76) 玄冥(현명) : 북방(北方)의 신. 겨울의 신. 適(적) : 적합하다. 알맞다. 鹹(함) : 짜다.
77) 蓐收(욕수) : 서방(西方)의 신. 가을의 신.
78) 椒(초) : 산초나무.
79) 射越(사월) : 향기가 발산하여 흩어지다.
80) 縹酒(표주) : 맑은 술.
81) 康狄(강적) : 두강(杜康)과 의적(儀狄)을 가리킨다. 옛날에, 술을 잘 빚은 사람들.
82) 氣(기) : 기후(氣候).
83) 徵(치) : 음률(音律) 이름. 오음(五音)의 하나로, 우(羽)에 버금가는 청징(淸澄)한 음.
    옛날 사람들은 흔히 악율(樂律)과 역법(曆法)을 연계시켜 오음을 사계(四季)와 결합시
    키고, 또 다섯 가지 맛[五味]과 결부시켰다. '치'는 사시(四時)로는 하(夏, 여름)에 해당
    된다. 『예기(禮記)』에, "음력 6월은 음(音)이 치(徵)이고 맛이 쓰다"고 하였다.
84) 음력 6월 중순에는 술맛이 달게 변한다. 宮(궁) : 五音(오음)의 하나. 『예기(禮記)』에,
    "중앙의 토(土)는 음이 궁(宮)이고 맛은 달다"는 말이 있다.
85) 翠樽(취준) : 비취색 옥으로 만든 술 단지.
86) 觴(상) : 술잔.
87) 浮蟻(부의) : 술 위에 뜬 거품. 술이 익을 때 표면에 흰 거품이 둥둥 뜨는데 마치 개
    미 같이 보여 이렇게 부른다. 沸(비) : 끓다.
88) 酷烈(혹렬) : 술 향기가 진하다.
89) 和神(화신) : 정신을 평화롭고 기쁘게 하다.
90) 娛腸(오장) : 뱃속을 편하게 하다.
91) 肴(효) : 안주. 饌(찬) : 반찬
92) 藜藿(여곽) : 명아주 잎과 콩 잎. 변변치 않은 음식을 가리킨다.

며, 검은 용(龍)의 진귀한 구슬을 비끄러매고 형산(荊山)의 옥을 끼워 넣었소. 이 칼은 육지의 무소와 코끼리를 베어 죽일 수 있으나 뛰어나다고 말하기엔 아직 부족하며, 파도 위에서 기러기를 칼로 벨 수 있는데 물은 칼날을 적시지도 않소. 아홉 줄의 옥구슬이 드리워진 면류관은 빛을 내뿜으며 장식을 드리우고, 관(冠) 위의 띠의 끈은 바람 따라 나부낍니다. 몸에 결록(結綠)과 현려(懸黎) 같은 옥(玉)을 차니 대단히 정교하고 아름다운 보물이며, 옥의 가로 무늬는 광택이 선명하고 흐르는 광채는 빛을 발하지요. 도끼 문양과 화문(花紋)을 수놓은 예복에 얇은 주름 비단 치마를 입고, 금화(金花)로 장식한 신발은 발을 움직이면 빛이 반짝입니다. 많은 장식물은 들쑥날쑥한데 흰 서리 같이 밝고 깨끗합니다. 아름다운 옥은 꽃무늬가 촘촘한데 어떤 것은 아로새기고 어떤 것은 상감(象嵌)해 넣었는데, 그윽한 두약(杜若)으로 향기를 내며 장식하니 퍼지는 향기가 사방으로 흩어지지요. 느릿느릿 한가로이 걸으니 몸을 움직일 때마다 빛이 반짝거리며 흩어져, 남지위(南之威)는 이것을 보고 기뻐서 얼굴을 펴고 서시(西施)는 이것을 보고 애교 있는 웃음을 짓지요. 이런 것들은 모두 다 아름답게 치장하고 꾸미는 것인데 당신은 나를 따라 이런 것을 허리에 차거나 입어 보겠소?" 현미자가 말했다. "나는 거친 베옷을 좋아하지, 이런 옷을 입을 만큼 한가하지 않소."

鏡機子曰, "步光之劍,[93] 華藻繁縟,[94] 飾以文犀,[95] 雕以翠綠,[96] 綴以

---

93) 步光(보광) : 검(劍)의 이름. 월왕(越王) 구천(句踐)이 천하의 현사(賢士)와 성인(聖人)을 초빙하여, 공자(孔子)가 제자 70명을 거느리고 월(越)나라에 갔을 때, 구천이 공자를 맞으러 나오면서 '사이(賜夷)'라 불리는 두꺼운 갑옷을 입고, '보광'이라 불리는 보검(寶劍)을 차고, 손에는 '물로(物盧)'라고 하는 창을 쥐고 있었다는 내용이 『월절서(越絶書)』 권8 「월절외전기지전(鉞絶外傳記地傳)」에 보인다.

94) 藻(조) : 문채(文采). (문장의) 화려한 수식. 아름다운 문사(文辭). 繁縟(번욕) : 번성하고 화려하다.

95) 文犀(문서) : 무소 뿔의 이름. 통천서(通天犀, 위아래가 통해 있는 무소의 뿔)라고도 부른다. 뿔 위에 실 같은 무늬가 있어 '문서'라고 부른다.

96) 翠綠(취록) : 청록색(靑綠色)의 아름다운 옥(玉).

驪龍之珠,97) 錯以荊山之玉.98) 陸斷犀象, 未足稱雋,99) 隨波截鴻, 水不漸刃.100) 九旒之冕,101) 散曜垂文,102) 華組之纓,103) 從風紛紜.104) 佩則結綠懸黎,105) 寶之妙微,106) 符采照爛,107) 流景揚輝.108) 黼黻之服,109) 紗縠之裳,110) 金華之舃,111) 動趾遺光.112) 繁飾參差,113) 微鮮若霜.114) 琨佩綢繆,115) 或彫或錯, 薰以幽若,116) 流芳肆布.117) 雍容閒步,118) 周旋馳

---

97) 綴(철) : 비끄러매다. 매어 두다. 驪龍之珠(여룡지주) : 검은 용의 턱 밑의 구슬. 『장자(莊子)·열어구(列禦寇)』편에 "천금(千金)의 구슬은 반드시 깊은 연못 속의 검은 용의 턱 밑에 있다(夫千金之珠, 必在九重之淵, 而驪龍頷下)"는 말이 있다.

98) 錯(착) : 끼워 넣다. 荊山之玉(형산지옥) : 화씨지벽(和氏之璧)을 가리킨다. 초(楚)나라 사람인 옥(玉)의 감정인 변화(卞和)가 초산(楚山)에서 얻은 옥돌을 여왕(厲王)에게 바쳤으나 그 진가를 알지 못하고 임금을 속였다는 죄목으로 발뒤꿈치를 잘리는 형벌을 받았으나 나중에 문왕(文王) 때에 이르러 그 진가가 판명되었다는 보옥(寶玉).

99) 雋(준) : 뛰어나다.

100) 漸(점) : 적시다.

101) 旒(류) : 면류관(冕旒冠)의 앞뒤에 드리운 주옥(珠玉)을 꿴 술. 천자(天子)는 12줄, 제후(諸侯)는 9줄을 드리운다. 冕(면) : 면류관. 대부(大夫) 이상의 자리에 있는 사람이 조회(朝會) 때나 제례(祭禮) 때에 쓰는 관.

102) 散曜(산요); 빛을 내뿜다. 垂文(수문) : 장식을 드리우다.

103) 華組(화조) : 관(冠) 위의 띠. 纓(영) : 갓끈. 끈.

104) 從風(종풍) : 바람을 따르다. 紛紜(분운) : 나부껴 움직이는 모양.

105) 結綠懸黎(결록현려) : '결록'과 '현려' 모두 아름다운 옥(玉)의 이름.

106) 妙微(묘미) : 대단히 정교하고 아름답다. 妙(묘) : 아름답다.

107) 符采(부채) : 옥(玉)에 가로로 나있는 무늬. 照爛(조란) : 광택(光澤)이 선명한 모양.

108) 流景(유경) : 휘황찬란한 빛. 흐르는 밝은 빛. 景(경) : 빛.

109) 黼(보) : 옛날 예복에 수놓은 무늬. 반은 흰색, 반은 검은 색으로 서로 등을 대고 있는 도끼 형상을 하고 있다. 黻(불) : 옛날 예복에 푸른 실과 검은 실로 수놓은 화문(花紋).

110) 紗縠(사곡) : 아주 얇은 주름 비단.

111) 金華(금화) : 금화(金花). 복식(服飾)의 한 종류. 舃(석) : 신.

112) 趾(지) : 발.

113) 參差(참치) : 들쑥날쑥하다. 가지런하지 않다.

114) 微(미) : 밝다. 鮮(선) : 깨끗하다.

115) 琨(곤) : 아름다운 옥(玉). 저본에는 '鯤(곤)'으로 되어 있으나 조유문(趙幼文)의 견해에 따라 고치다(『조식집교주(曹植集校注)』, 18면). 綢繆(주무) : 꽃무늬가 촘촘한 모양.

116) 薰(훈) : 향풀[香草]. 향내 나다. 幽若(유약) : 그윽한 향기의 두약(杜若).

117) 肆布(사포) : 사방으로 흩어지다.

118) 雍容(옹용) : 느릿느릿하고 조용하다. 온화하고 점잖다. 閒步(한보) : 발길 가는 대로 걷다. 천천히 걷다.

曜,119) 南威爲之解顔,120) 西施爲之巧笑. 此容飾之妙也, 子能從我而服
之乎." 玄微子曰, "予好毛褐,121) 未暇此服也."

경기자가 말했다. "말을 타고 달리면 근심을 깨끗이 씻어버릴 수 있
고, 사냥을 하면 마음을 즐겁게 할 수 있습니다. 저는 장차 선생을 위해
나는 듯한 네 필의 구름 속의 용[雲龍] 같은 말을 몰고, 옥으로 장식한
수레의 끌채마구리와 말의 뱃대끈과 가죽 끈을 새로이 꾸미며, 구부러
진 무지개 같은 긴 깃발을 늘어뜨리고 초요성(招搖星)이 그려진 화려한
깃발이 높이 들겠습니다. 좋은 화살 망귀(忘歸)를 끼우고 좋은 활 번약(繁
弱)을 쥐고, 문득 진시황(秦始皇)의 명마 섭경(躡景)을 가볍게 질주하게 하
며, 달리는 천리마를 풀어놓아 명마 유풍(遺風)을 추월하게 합니다. 그리
하여 사람과 말이 시내를 메우고 산골짜기에 가득 차며 숲과 늪은 평평
해지고, 산을 따라 짐승을 잡는 그물을 치고 온 들에 새을 잡는 그물을
벌려놓으니, 아래로는 빠져나가는 짐승의 흔적이 없고, 위로는 달아나
날아가는 새가 없어, 새가 모이고 짐승도 모여드니, 그런 후에 포위합니
다. 사냥하는 무리들이 구름처럼 깔리고, 무기를 든 기병들은 안개처럼
흩어져, 붉은 깃발은 들판에서 빛나고 창 등의 병기는 반짝이며 빛을
냅니다. 무늬 있는 여우를 질질 끌고 교활한 토끼를 덮치며, 숙상(鸕鸘)
을 칼로 베고 백로(白鷺)를 잡습니다. 수레바퀴에 깔리고 사람 발에 밟히
기도 하는데, 나는 듯한 수레는 번개처럼 지나가고, 짐승들은 수레바퀴
움직임을 따라 이리저리 방향을 바꿉니다. 새들은 날개가 있어도 미쳐
펼 겨를이 없고, 짐승들은 발이 있어도 달릴 겨를이 없으니, 움직이면

---

119) 周旋(주선) : 주위를 돌다. 몸을 움직이다. 馳曜(치요) : 빛이 번쩍이며 흩어지다.
120) 南威(남위) : 고대의 미녀(美女) 남지위(南之威)를 생략하여 부른 이름. 『전국책(戰國
　　策)』권23 「위책(魏策) 2」에 "진(晉) 문공(文公)이 미인 남위를 얻은 뒤, 3일 동안 조정
　　의 정사(政事)를 처리하지 않았다"는 기록이 있다. 解顔(해안) : 기뻐서 웃다, 얼굴에 웃
　　음을 띠다.
121) 毛褐(모갈) : 거친 베옷.

날아드는 화살에 맞고 위로 날면 가는 그물에 걸려듭니다. 수풀과 험준한 곳을 수색하고 풀숲과 멀리 떨어진 곳을 다 찾아보며, 산을 오르고 골짜기로 가니, 마치 바람이 빠르게 지나가고 불꽃이 날아오르는 것 같은데, 쇠뇌 틀의 화살은 헛방을 놓는 일이 없으며, 명중하면 반드시 새 깃까지 화살이 박힙니다. 이 때 사람은 많고 그물은 빽빽하게 깔려있어, 지리적으로 압박하고 대단한 형세로 겁을 주면, 울부짖는 짐승들은 이를 드러내고 수염을 치켜 올리고 부딪쳐 그물을 돌파하려는 생각을 갖는데, 맹렬한 기세로 조금도 두려워함이 없습니다. 이에 북궁(北宮)과 동곽(東郭)과 같은 무리의 용사로 하여금 표범의 꼬리를 산채로 뽑고 추(貙)의 어깨를 나누어 찢게 하니, 맹수의 몸은 용사의 손에 저항할 수 없고 뼈는 용사의 주먹에서 벗어날 수 없어, 곰을 손으로 치니 발바닥이 부서지고 호랑이를 잡아당기니 무늬 있는 가죽이 끊어져, 들에는 들짐승이 없고 숲에는 날짐승이 없는데, 들짐승을 쌓은 것이 언덕과 같고 날아다니는 새의 깃털은 구름을 이룹니다. 이에 종을 치고 북을 울려서 깃발을 풀어서 거두고, 그물의 밧줄을 정리하고 그물을 풀어버리며, 사냥을 중단하고 회군하니, 준마는 나란히 달리며 방울을 흔들면서 말의 입에서 침이 튀어 날아오르는데, 몸을 숙여 황금 수레 귀에 기대고 손을 들어 물총새 깃으로 장식한 수레 덮개를 어루만지며 온화하고 조용하게 한가롭게 즐기니, 즐거워하는 마음은 이미 세속의 밖에 벗어나 있습니다. 이런 사냥의 즐거움을 당신은 나를 따라 구경해보시겠소?" 현미자가 말했다. "나는 천성이 편안하고 고요함을 즐기지 이런 것을 구경할 만큼 한가하지 않소."

鏡機子曰, "馳騁足用蕩思,[122] 游獵可以娛情. 僕將爲吾子駕雲龍之飛駟,[123] 飾玉輅之繁纓,[124] 垂宛虹之長綾,[125] 抗招搖之華旍.[126] 挿忘歸

---

122) 蕩思(탕사) : 근심을 깨끗이 씻어버리다. 품은 생각을 털어버리다.
123) 雲龍(운룡) : 준마(駿馬)의 미칭(美稱). 『주례(周禮)』에는 여덟 재[八尺] 이상인 말을 용(龍)이라 한다는 말이 있다. 駟(사) : 한 수레에 메우는 네 마리의 말.

之矢,127) 秉繁弱之弓,128) 忽躡景而輕鶩,129) 逸奔驥而超遺風.130) 於是
磎塡谷塞,131) 榛藪平夷,132) 緣山置罝,133) 彌野張罘,134) 下無漏迹, 上無
逸飛,135) 鳥集獸屯,136) 然後會圍.137) 獠徒雲布,138) 武騎霧散, 丹旗耀野,
戈殳皓旰.139) 曳文狐, 掩狡兎,140) 捎鷫鷞,141) 拂振鷺.142) 當軌見藉,143)
値足遇踐,144) 飛軒電逝,145) 獸隨輪轉. 翼不暇張, 足不及騰,146) 動觸飛
鋒,147) 舉挂輕矰.148) 搜林索險, 探薄窮阻,149) 騰山赴壑, 風厲焱舉,150) 機

---

124) 輅(로) : 수레. 끌채마구리(수레의 끌채에 묶어 수레를 끄는 데 사용하는 가로막은 나
무). 繁(반) : '鞶(반, 말의 뱃대끈)'과 통한다. 뱃대끈(마소의 배에 매는 끈). 纓(영) : 끈.
말의 가슴에 걸어 안장을 매는 가죽 끈.

125) 宛(완) : 굽다. 綏(유) : 깃대의 끝에 쇠털을 단 기.

126) 抗(항) : 들다. 招搖(초요) : 별 이름. 북두칠성(北斗七星)의 일곱째 별. 旍(정) : 깃발.
'旌(정)'과 같은 자.

127) 忘歸(망귀) : 좋은 화살의 이름.

128) 繁弱(번약) : 좋은 활[弓]의 이름.

129) 躡景(섭경) : 진시황(秦始皇)의 양마(良馬)의 이름. 輕鶩(경목) : 질주(疾走)하다. 鶩(목)
: 달리다.

130) 逸(일) : 풀어놓다. 멋대로 하게 하다. 驥(기) : 천리마. 遺風(유풍) : 고대(古代)의 좋은
말의 이름.

131) 磎(계) : 시내.

132) 榛(진) : 덤불. 잡목의 숲. 藪(수) : 늪. 平夷(평이) : 평평하여 편안하다.

133) 罝(저) : 짐승을 잡는 그물.

134) 罘(부) : 새를 잡는 그물.

135) 逸(일) : 달아나다.

136) 屯(둔) : 모이다.

137) 會圍(회위) : 포위하다.

138) 獠(료) : 사냥(하다).

139) 戈殳(과수) : 창. 병기(兵器). 皓旰(호간) : 밝다. 빛이 매우 밝은 모양.

140) 掩(엄) : 덮치다. 습격하다.

141) 捎(소) : 칼로 베다. 죽이다. 鷫鷞(숙상) : 새 이름. 기러기의 한 가지.

142) 拂(불) : 베다. 振鷺(진로) : 백로(白鷺).

143) 當(당) : 만나다. 見藉(견자) : 수레바퀴에 깔리다. 藉(자) : 깔다.

144) 値(치) : 만나다. 踐(천) : 밟다.

145) 軒(헌) : 수레. 電逝(전서) : 수레가 빨리 가는 것을 형용한다.

146) 騰(등) : 힘차게 달리다. 뛰다.

147) 飛鋒(비봉) : 발사된 화살을 가리킨다. 날아드는 화살.

148) 舉(거) : 위로 날다. 輕矰(경증) : 공중에 친 가는 그물.

149) 薄(박) : 풀숲. 阻(조) : 험하다. 떨어지다.

不虛發,151) 中必飲羽.152) 於是人稱網密, 地逼勢脇,153) 哮闞之獸,154) 張
牙奮鬣,155) 志在觸突, 猛氣不懾.156) 乃使北宮東郭之儔,157) 生抽豹尾,
分裂貙肩,158) 形不抗手,159) 骨不隱拳,160) 批熊碎掌,161) 拉虎摧斑,162) 野
無毛類,163) 林無羽羣, 積獸如陵, 飛翮成雲.164) 於是駭鐘鳴鼓,165) 收旌
弛旆,166) 頓綱縱網,167) 罷獠回邁,168) 駿騄齊驤,169) 揚鑾飛沫,170) 俯倚金

---

150) 厲(려) : 빠르다. 焱(염) : 불꽃.

151) 機(기) : 쇠뇌 틀. 화살을 내쏘는 용수철.

152) 飲羽(음우) : 깃까지 화살이 깊이 박히다.

153) 逼(핍) : 위협하다. 脇(협) : 겁주다. 으르다.

154) 哮闞(효함) : 사나운 짐승이 울부짖다.

155) 鬣(렵) : 갈기. 수염.

156) 懾(섭) : 두려워하다.

157) 北宮東郭(북궁동곽) : 고대의 용사(勇士). 『맹자(孟子)·공손추(公孫丑) 하(下)』에 북
궁유(北宮黝)라는 용사에 대한 이야기가 있는데, 다른 사람에게 피부를 찔려도 동요하
지 않고, 눈동자를 찔려도 눈을 꿈쩍하지 않으며, 털끝만치라도 남에게 꺾여 욕을 당
하면 마치 시장이나 조정에서 종아리를 맞는 것 같이 여겼다고 한다. 『여씨춘추(呂氏
春秋)·당무(當務)』편에 다음과 같은 이야기가 있다. 제(齊)나라에 용맹함을 좋아하는
사람이 있었는데, 한사람은 동쪽 성곽에 살고, 한사람은 서쪽 성곽에 살았다. 두 사람
이 우연히 길에서 만나, 서로 술을 여러 잔 마시고는 칼을 뽑아 서로 상대방 몸의 살
을 도려내어 안주 삼아 먹었다. 儔(주) : 무리.

158) 貙(추) : 맹수의 이름. 개만한 크기에 살쾡이 같은 무늬가 있는 짐승으로, 표범 비슷
한 동물.

159) 形(형) : 몸. 不抗手(불항수) : 들짐승이 무사들의 공격을 막아낼 수 없다. 抗(항) : 막다.

160) 隱(은) : 벗어나다. 숨다.

161) 批(비) : 치다. 손으로 때리다. 碎(쇄) : 부서지다. 掌(장) : 곰발바닥을 가리킨다.

162) 摧(최) : 꺾다. 부러뜨리다. 斑(반) : 얼룩진 무늬. 범과 표범의 가죽을 가리킨다.

163) 毛類(모류) : 들짐승.

164) 飛翮(비핵) : 공중을 나는 새의 날개.

165) 駭鐘(해종) : 종을 치다.

166) 旌(정) : 기(旗). 弛(이) : 풀다. 旆(패) : 기.

167) 頓(돈) : 정리하다. 치우다. 綱(망) : 그물에 쓰이는 밧줄. 縱網(종망) : 그물을 풀다.

168) 罷(파) : 저본에는 '羆(비)'로 되어 있으나 송간본(宋刊本)『조자건문집(曹子建文集)』
과 조유문(趙幼文)의 견해에 따라 고치다『조식집교주(曹植集校注)』, 21면). 獠(료) : 사
냥(하다). 回邁(회매) : 회군(回軍)하다.

169) 駿騄(준록) : 좋은 말. 駿(준) : 준마(駿馬). 騄(록) : 말의 이름. 녹이(騄駬, 주(周) 목왕
(穆王)이 천하를 주유(周遊)할 때 탔다는 팔준마(八駿馬) 중의 하나) 驤(양) : 달리다.

170) 鑾(란) : 말 재갈위의 방울.

較,171) 仰撫翠蓋,172) 雍容暇豫,173) 娛志方外.174) 此羽獵之妙也, 子能從
我而觀之乎." 玄微子曰, "予性樂恬靜,175) 未暇此觀也."

경기자가 말했다. "조용한 궁전은 지세가 널찍하고 구름같이 높은 집
은 넓고 크며, 경산(景山)과 같이 높은 지대에 우뚝 서 있고 맑은 바람을
맞이하며 높은 건물 세웠습니다. 붉은 색 난간과 자줏빛 기둥과 꽃무늬
서까래와 화려한 들보에, 단청으로 채색한 천정엔 연꽃무늬가 있고 청
동을 씌운 문턱과 아름다운 곁채가 있는데, 따뜻한 방안은 겨울에도 갈
포의 옷을 입고 서늘한 방안은 한여름에도 서리 기운을 간직하고 있습
니다. 채색 그림의 복도(複道)는 구름 위로 오르고 나는 듯한 계단은 하
늘 높이 솟아 있어, 유성(流星)을 굽어보고 팔방(八方)을 올려다 볼 수 있
으며, 흰 구름도 붙잡고 오르지만 미치지 못하는데, 하늘 끝을 바라보며
높은 곳에서 지냅니다. 이곳 건축물들은 교묘한 장식이 많고 신기하고
특이하여 보통과 모습이 다르고 형태가 달라, 재주 많은 공수반(公輸般)
도 도끼를 사용할 곳이 없고 눈 좋은 이루(離婁)도 이것을 보면 눈이 어
지러울 정도입니다. 아름다운 화초를 함께 심으니 독특한 품질은 보통
의 것과 다른데, 초록색 잎과 붉은 꽃이 하늘과 태양 아래에서 빛납니
다. 맑은 물은 못에 가득하고 떼 지어 자란 나무들은 숲을 이룹니다. 새
들은 높은 하늘에 오르고 물고기들은 깊은 물속에 숨습니다. 이 때 자
유롭게 거닐며 한가로이 즐기노라니 문득 마치 돌아가는 것도 잊어버
린 것 같습니다. 이에 임자(任子)로 하여금 낚싯대를 드리우게 하고 위씨

---

171) 金較(금각): 황금 수레 귀. 較(각): 수레 귀. 수레 안의 양쪽 윗부분의 가로나무가 고
    부장하게 앞쪽으로 내밀어 나와 있는 부분. 수레 안에 서있을 때의 손잡이가 된다. 용
    (龍)의 모양을 황금으로 장식하기 때문에 '금각'이라 부른다.
172) 翠蓋(취개): 물총새 깃으로 장식한 수레 덮개.
173) 雍容(옹용): 온화하고 조용하다. 暇豫(가예): 한가롭게 즐기다.
174) 方外(방외): 세속(世俗)의 밖.
175) 恬靜(염정): 편안하고 고요하다.

(魏氏)로 하여금 화살을 쏘게 합니다. 향기로운 미끼는 물 속 깊이 잠기고 가벼운 주살의 끈은 날아가는 새를 향해 발사되는데, 하늘을 덮고 있는 구름 속을 날아가는 새를 활로 쏘아 떨어뜨리고, 깊은 연못 속의 신령스런 거북을 끌어당깁니다. 그런 후에 마름꽃을 따고 부평초를 잡아당기며, 진주조개를 가지고 놀고 교인(鮫人)과 장난합니다. 「한광(漢廣)」의 시구를 읊다가 물가에서 한수(漢水)의 여신(女神)을 만났습니다. 여신의 신령스러운 빛은 강 가운데의 작은 섬에서 빛나는데, 가벼운 주름 비단과 엷은 명주옷을 걸치고, 진한 향기를 남기며 천천히 걸어가며 흰 손을 들어 슬픈 노래를 부릅니다. 노래 가사는 다음과 같습니다. '구름 속을 바라보니 좋은 배필 있지만 하늘 길 너무 멀어 갈 수가 없네. 난초(蘭草)와 혜초(蕙草)를 차고 있지만 누구를 위해 꾸밀 건가. 아름다운 정 끊어지고 내 마음은 시름겹네.' 이러한 것들은 궁궐의 아름다움에 대해 말한 것인데 당신은 나를 따라 그곳에서 살겠소?" 현미자가 말했다. "나는 바위굴을 좋아하며, 이런 곳에서 살 틈이 없소."

鏡機子曰, "閒宮顯敞,[176] 雲屋皓旰,[177] 崇景山之高基,[178] 迎清風而立觀.[179] 彤軒紫柱,[180] 文榱華梁,[181] 綺井含葩,[182] 金墀玉箱,[183] 溫房則

---

176) 顯敞(현창) : 지세가 널찍하다.

177) 雲屋(운옥) : 구름같이 높은 집. 皓旰(호간) : 광대(廣大)한 모양.

178) 崇(숭) : 서있다. 景山(경산) : 「낙신부(洛神賦)」에서 말하는 경산(景山). 지금의 하남성(河南省)의 언사현(偃師縣) 남쪽에 있다. 구씨현(緱氏縣)에서 남쪽으로 7리 되는 곳에 있다.

179) 觀(관) : 종묘(宗廟)나 궁정(宮廷)의 대문 밖 좌우에 있는 높은 대(臺). 여기서는 위(魏)의 수도 업(鄴)에 있는 영풍관(迎風觀)을 가리킨다.

180) 彤軒(동헌) : 붉은 난간. 紫柱(자주) : 자줏빛, 기둥.

181) 文榱(문최) : 꽃무늬가 그려져 있는 서까래. 華梁(화량) : 화려한 들보.

182) 綺井(기정) : 아름답게 꾸민 천정. 널빤지로 우물 '정(井)'자 모양을 만들고 그 위에 아름다운 무늬를 칠한 천정널. 含葩(함파) : 천정널에 연꽃무늬 모양이 그려져 있는 것을 가리킨다.

183) 金墀(금지) : 청동(青銅)으로 덮은 문턱(문지방). 墀(지) : 섬돌. 한대(漢代)의 궁실(宮室)은 구리로 문턱을 씌우고 금(金)으로 구리 위를 칠하였는데, 이것을 '금지(金墀)' 또는 '금사(金阤)'라고 부른다. 사(阤) : 문지도리. 계단(階段) 양쪽에 박아놓은 돌. 玉廂(옥상) : 곁채. '玉(옥)'은 찬미하는 말.

冬服絺綌,184) 淸室則中夏含霜.185) 華閣緣雲,186) 飛陛凌虛,187) 俯眺流星, 仰觀八隅,188) 升龍攀而不逮,189) 眇天際而高居.190) 繁巧神怪, 變容異形,191) 班輸無所措其斧斤,192) 離婁爲之失睛.193) 麗草交植,194) 殊品詭類,195) 綠葉朱榮, 熙天曜日.196) 素水盈沼,197) 叢木成林.198) 飛翮陵高,199) 鱗甲隱深.200) 於是逍遙暇豫,201) 忽若忘歸. 乃使任子垂釣,202) 魏

---

184) 絺綌(치격): 갈포(葛布)의 옷. '絺(치)'는 고운 갈포, '綌(격)'은 거친 갈포

185) 淸室: 서늘한 방. 中夏(중하): 한여름.

186) 華閣(화각): 채색(彩色) 그림이 그려져 있는 각도(閣道). 閣(각): 각도(閣道). 높게 건너지른 골마루. 다락집의 복도(複道). 緣(연): (무엇을 잡고) 오르다.

187) 飛陛(비폐): 나는 듯한 계단. 복도(複道)의 계단이 하늘 높이 곧장 위로 솟아있음을 가리킨다. 陛(폐): 섬돌. 계단. 凌虛(능허): 하늘 높이 오르다.

188) 八隅(팔우): 팔방(八方).

189) 升龍(승룡): 흰 구름을 가리킨다. 攀(반): (무엇을) 붙잡고 오르다. 逮(체): 미치다. 이르다.

190) 眇(묘): 보다. 天際(천제): 하늘 끝.

191) 變容(변용): 보통의 모습과 다르다. 容(용): 저본에는 '名(명)'으로 되어 있으나 조유문(趙幼文)의 견해에 따라 고치다(『조식집교주(曹植集校注)』, 22면).

192) 班輸(반수): 춘추(春秋)시대 노(魯)나라의 재주가 뛰어난 장인(匠人) 공수반(公輸班). 일설에는 '班(반)'은 '노반(魯班)'을 가리키고, '輸(수)'는 '공수반'을 가리켜, '班輸(반수)'를 두 사람의 합쳐 일컫는 것으로 보기도 한다. 措(조): 두다. 베풀다. 斧斤(부근): 도끼. 큰 도끼와 작은 도끼.

193) 離婁(이루): 고대에 시력(視力)이 좋은 사람. 백보(百步)나 떨어진 곳에서도 털 끝을 식별하였다고 한다. '이주(離朱)'라고도 한다. 失睛(실정): 눈이 어지러워 물체를 분명하게 보지 못하다. 睛(정): 눈동자.

194) 交植(교식): 모두 심다.

195) 詭(궤): 다르다.

196) 熙(희): 빛나다. 曜(요): 빛나다.

197) 素水(소수): 맑은 물. 沼(소): 늪. 못.

198) 叢木(총목): 무더기로 난 수목.

199) 飛翮(비핵): 조류(鳥類)를 가리킨다. 翮(핵): 깃촉. 새의 날개. 陵高(능고): 높은 하늘에 오르다. 陵(능): 오르다.

200) 鱗甲(인갑): 어류(魚類)를 가리킨다.

201) 逍遙(소요): 자적(自適)하다. 자유롭게 거닐다. 暇豫(가예): 한가하게 즐기다.

202) 任子(임자): 『장자(莊子)·외물(外物)』편에 다음과 같은 이야기가 있다. "임공자(任公子)는 큰 낚시 바늘과 굵고 검은 낚시 줄을 만들고, 50마리의 거세된 소를 미끼로 삼아, 회계산(會稽山)에 웅크리고 앉아 낚싯대를 동해(東海)에 던져 매일 낚시를 했는데, 일 년이 되어도 고기를 잡지 못했다. 얼마 후 큰 고기가 미끼를 물고는 큰 낚시 바늘을 당겨 물 아래로 들어갔다가 놀라 올라와 등지느러미를 떨치니, 흰 파도가 산과

氏發機,203) 芳餌沉水, 輕繳弋飛,204) 落翳雲之翔鳥,205) 援九淵之靈龜.
然後采菱華, 擢水蘋,206) 弄珠蚌, 戲鮫人.207) 諷漢廣之所詠,208) 覿游女
水濱.209) 耀神景於中沚,210) 被輕縠之纖羅,211) 遺芳烈而靜步,212) 抗皓
手而淸歌.213) 歌曰, '望雲際兮有好仇,214) 天路長兮往無由,215) 佩蘭蕙兮
爲誰修,216) 嬋婉絶兮我心愁.'217) 此宮館之妙也, 子能從我而居之乎." 玄

같고, 바닷물이 움직였다 흩어졌으며, 소리는 귀신의 소리와도 같아, 천리 밖의 사람들
까지도 대단히 떨게 만들었다(任公子爲大鉤巨緇, 五十犗以爲餌, 蹲乎會稽, 投竿東
海, 旦旦而釣, 期年不得魚. 已而大魚食之, 牽巨鉤, 錎沒而下, 鶩揚而奮鬐, 白波若
山, 海水震蕩, 聲侔鬼神, 憚赫千里)."

203) 魏氏(위씨):『오월춘추(吳越春秋)』에 다음과 같은 이야기가 있다. "월(越)나라 왕이
오(吳)나라를 공격하고자 하여 범려(范蠡)가 활을 잘 쏘는 진음(陳音)을 추천하였다.
월왕(越王)이 그의 활쏘기가 어떻게 비롯되었는지를 물었다. 진음이 말하길, '황제(黃
帝)가 활을 만들어 사방(四方)을 방비(防備)하였으며, 뒤에 초(楚)나라의 호보(狐父)가
그 도(道)를 예(羿)에게 전하였고, 예는 방몽(逄蒙)에게 전하였고, 방몽은 초(楚)의 금씨
(琴氏)에게 전하였고, 금씨는 대위(大魏)에게 전하였고, 대위는 초나라의 세 제후에게
전하였는데, 이 들은 미후(糜侯), 익후(翼侯), 위후(魏侯)입니다'라고 대답하였다(越王
欲伐吳, 范蠡進善射者陳音. 越王問其射所起焉. 音曰, 黃帝作弓以備四方, 後有楚狐
父以其道傳羿, 羿傳逄蒙, 蒙傳楚琴氏, 琴氏傳大魏, 大魏傳三侯, 糜侯翼侯魏侯也)."
發機(발기): 활의 화살 발사기를 움직이다. 機(기): 화살을 내쏘는 용수철.
204) 繳(작): 주살의 줄. 사냥감을 끌어당기기 위해 새를 쏠 때 화살에 묶는 무명실 끈. 弋
(익): 쏘다. 飛(비): 날아가는 새를 가리킨다.
205) 翳雲(예운): 하늘을 덮고 있는 구름.
206) 擢(탁): 뽑다. 잡아당기다.
207) 鮫人(교인): 바다에 산다는 인면(人面) 어신(魚身)의 상상의 동물.
208) 漢廣(한광):『시경(詩經) · 주남(周南)』의 편명(篇名). 시에 "한수(漢水)에 노니는 여
인이 있지만 만날 수 없네(漢有游女, 不可求思)" 등의 말이 있다.
209) 覿(적): 보다. 만나다. 游女(유녀): 한수(漢水)의 여신(女神)을 가리킨다. 濱(빈): 물가.
210) 耀(요): 빛나다. 神景(신경): 신령스러운 빛. 한수(漢水)의 여신(女神)을 가리킨다. 中
沚(중지): 강 가운데의 조그마한 섬.『이아(爾雅) · 釋水(석수)』에 의하면, 강 가운데에
서 사람이 거처할 수 있는 곳을 '주(洲)'라 하고, 그것보다 작은 것을 '渚(저)'라 하고,
그것보다 작은 것을 '沚(지)'라 한다.
211) 被(피): 입다. 걸치다. 縠(곡): 주름 비단. 之(지): '與(여)'와 같다. ~과(와).
212) 遺(유): 남기다. 芳烈(방렬): 짙은 향기. 靜步(정보): 천천히 걷다.
213) 抗(항): 들다. 淸歌(청가): 슬픈 노래.
214) 雲際(운제): 구름 속. 구름가. 仇(구): 짝. 배필.
215) 無由(무유): ~할 길이 없다.
216) 佩(패): 차다. 蘭蕙(난혜): 난초(蘭草)와 혜초(蕙草). 둘 다 향초(香草)의 이름. 修(수)
: 꾸미다.

微子曰, "予耽巖穴,[218] 未暇此居也."

경기자가 말했다. "이미 중원(中原)을 유람하고 한가한 궁전에서 소요하니, 감정은 풀어놓고 마음은 느슨한데 음탕한 음악은 아직 끝나지 않았습니다. 또 뛰어난 사람과 아름다운 기녀가 있어 속세를 떠나 세속을 벗어나, 북리(北里)의 음란한 소리를 퍼뜨리고 양아(陽阿)의 아름다운 곡을 잇습니다. 당신은 이에 채색 난간에 이르러 붉은 뜰을 마주하니 금(琴)과 비파가 서로 울리고, 왼쪽에는 대나무 피리, 오른쪽에는 생황이 있으며, 종과 북을 함께 치고 퉁소가 나란히 소리 내어 웁니다. 그런 뒤에 미인은 무늬 있는 주름 비단의 화려한 웃옷을 입었는데, 가벼운 비단의 긴 옷자락은 바람에 나부끼고 머리에 꽂은 장신구는 찬란한 빛을 내며 ,머리 위의 한 쌍의 비취색 긴 깃털이 흔들립니다. 향기를 내뿜으며 나는 듯 새 깃 장식은 빛나는데 발로 북을 밟고 춤추니 안색은 환하고 화려합니다. 긴 소매는 바람 따라 흩날리고 슬픈 노래는 구름 속에 들어갑니다. 발이 빠르고 날렵함은 나는 듯하고, 허공을 디디고 멀리 밟으며 높이 뛰어올랐다가 꺾어져 돌아 재빠르게 움직이니, 빙빙 돌던 기러기가 날아오르는 것 같고, 빠르게 오리가 물에 잠기는 것 같습니다. 가벼운 몸을 훌쩍 날려 신속히 앞으로 향하니 그림자가 형체를 쫓지만 너무 빨라 미치지 못합니다. 높이 날리는 노랫소리는 들보 위에 먼지가 일어나게 하고 구성지게 울려 퍼지면서 빠르게 울리는데, 무녀(舞女)의 재주 민첩하여 신묘(神妙)한 솜씨라 그 모습 형용해내기 어렵습니다. 이때 즐거운 놀이 아직 다하지 않았는데, 해는 이미 서산으로 기울어 악대는 해산하고, 치장했던 것을 바꾸고 천천히 규방으로 걸어갑니다. 검은 눈썹과 분을 지우고 엉클어진 머리를 다듬고, 난초 기름을 닦으며 아름다운 옷을 드러내니, 두약(杜若)의 그윽한 향기가 퍼집니다. 붉은 얼

---

217) 嬿婉(연완) : 아름다운 모양. 여기서는 아름다운 정(情)을 가리킨다.
218) 耽(탐) : 좋아하다. 巖穴(암혈) : 바위굴. 은자(隱者)가 사는 곳.

굴에 웃음이 잘 어울리는데 흘끗 보니 눈빛은 흐르는 물처럼 맑습니다. 이때 그대와 함께 손을 잡고 같이 걷습니다. 날아갈 듯한 누각의 계단을 밟고 조용한 방에 이르면 화려한 촛불은 빛나고 비단 장막은 드리워져 있습니다. 붉은 입술을 움직여 청상곡(淸商曲)을 노래하고 비단 옷 소매를 들어 화려한 의상을 흔드니 9월의 기나긴 밤, 즐거움은 아직 끝나지 않습니다. 이런 아름다운 가무와 여색(女色)을 그대는 나를 따라 즐길 수 있겠습니까?” 현미자가 말했다. “나는 청정하고 담박한 생활을 원하니, 아직 이런 것들을 노닐 여가가 없소”

鏡機子曰, “旣游觀中原, 逍遙閒宮, 情放志蕩, 淫樂未終. 亦將有才人妙妓, 遺世越俗,[219] 揚北里之流聲,[220] 紹陽阿之妙曲.[221] 爾乃御文軒,[222] 臨彤庭,[223] 琴瑟交揮,[224] 左篪右笙,[225] 鐘鼓俱振,[226] 簫管齊鳴. 然後姣人乃被文縠之華袿,[227] 振輕綺之飄颻,[228] 戴金搖之焰耀,[229] 揚翠羽之雙翹.[230] 揮流芳,[231] 耀飛文,[232] 歷盤鼓,[233] 煥繽紛.[234] 長袖隨

---

219) 遺(유) : 떠나다.
220) 北里(북리) : 지명(地名)으로, 창부(娼婦)가 사는 곳. 여기서는 은(殷)의 주왕(紂王)이 지은 음탕한 무악(舞樂)을 가리킨다. 流聲(유성) : 음란한 소리.
221) 紹(소) : 잇다. 계승하다. 陽阿(양아) : 악곡(樂曲)의 이름이다.
222) 御(어) : 다다르다. 임하다. 文軒(문헌) : 그림으로 장식한 전각(殿閣)의 난간(欄干).
223) 彤庭(동정) : 궁궐의 뜰. 옛날, 임금이 거처하던 궁궐의 뜰을 붉게 색칠한 데서 온말.
224) 揮(휘) : 타다. 연주하다.
225) 篪(지) : 대나무 피리. 죽관(竹管)으로 만든 구멍이 여덟 개인 저[笛].『이아(爾雅)·釋樂(석악)』에 의하면 지(篪)는 대나무로 만드는데 길이가 한 자[尺] 4치[寸]이고 둘레가 3푼[分]이다. 1개의 구멍은 위로 나와 있는데 길이가 한 치 3푼이다. 가로로 분다. 작은 것은 길이가 한 자 2치이다.
226) 振(진) : 치다.
227) 文縠(문곡) : 무늬 있는 주름 비단. 袿(규) : 여자의 웃옷.
228) 飄颻(표요) : 긴 옷자락이 펄럭이는 모양.
229) 金搖(금요) : 부인들이 머리에 꽂는 장신구. 금속으로 봉황(鳳凰)의 모양을 만들었으며, 아래에는 오색(五色)의 옥(玉)이 매달려 있어, 움직이면 옥이 흔들린다. 보요(步搖)라고도 부른다. 熠耀(습요) : 빛나다. 머리 위의 장신구가 찬란하게 빛나다.
230) 翠羽雙翹(취우쌍교) : 무녀(舞女)의 머리 위에 꽂은 한 쌍의 녹색의 긴 깃털.
231) 揮(휘) : 발산(發散)하다.
232) 耀(요) : 빛나다. 飛文(비문) : 무기(舞妓)의 머리에 꽂은 긴 깃털이 흔들거리는 것을

風,235) 悲歌入雲. 蹻捷若飛,236) 蹈虛遠蹠,237) 陵躍超驤,238) 蜿蟬揮
霍,239) 翔爾鴻翥,240) 潚然鳧沒.241) 縱輕體以迅赴,242) 景追形而不逮.243)
飛聲激塵,244) 依威厲響,245) 才捷若神, 形難爲象.246) 於是爲歡未渫,247)
白日西頹, 散樂變飾,248) 微步中閨.249) 玄眉弛兮鉛花落,250) 收亂髮兮拂
蘭澤,251) 形婬服兮揚幽若.252) 紅顔宜笑,253) 睇盼流光.254) 時與吾子, 攜

가리킨다.

233) 盤鼓(반고) : 옛날에 춤출 때 반주(伴奏)로 사용하였던 북의 곡조[鼓曲]. 한(漢)·위
    (魏) 때의 칠반무(七盤舞). 땅에 대야를 일곱 개 벌려놓고, 북은 무기(舞妓)의 발밑에
    놓고 춤추는 사람이 소매가 긴 옷을 입고 발로 북을 밟는데, 북 소리를 춤 출 때의 박
    자로 삼는다.

234) 煥(환) : 빛나다. 繽紛(빈분) : 화려하다. 찬란하다.

235) 袖(수) : 저본에는 '裾(거)'로 되어 있으나 조유문(趙幼文)의 견해에 따라 고치다(『조
    식집교주(曹植集校注)』, 24면). 隨風(수풍) : 춤 출 때 긴 소매가 바람에 날리는 모습을
    형용하다.

236) 蹻捷(교첩) : 발이 빠르고 날쌔다. 蹻(교) : 발돋움하다.

237) 蹈(도) : 밟다. 蹠(척) : 밟다. 蹈虛遠蹠(도허원척) : 무기(舞妓)가 일곱 개의 대야 옆에
    서 뛸 때 바람같이 빨라 마치 발이 땅을 밟지 않는 것 같으며 걸음을 대단히 크게 내
    딛는 모습을 형용하다.

238) 陵(릉) : 높이 오르다. 躍(약) : 뛰다. 뛰어오르다. 超驤(초양) : 뛰어오르다.

239) 蜿蟬(완선) : 꺾어져 돌다. 춤추는 기녀가 꺾어져 돌아서는 모습을 형용하다. 揮霍(휘
    곽) : 신속한 모양.

240) 翥(저) : 날아오르다.

241) 潚(숙) : 빠른 모양. 鳧沒(부몰) : 오리가 물속에 빠지는 것 같다.

242) 縱(종) : 몸을 훌쩍 날리다. 뛰어 오르다.

243) 不逮(불체) : 미치지 못하다. 동작이 너무나 빠름을 형용하다.

244) 이 구는 노랫소리가 드높은 것을 형용한다.

245) 依威(의위) : 배회하다. 厲(려) : 빠르다.

246) 이 구는 무녀(舞女)의 자태를 글로 자세히 표현해내기가 매우 어렵다는 것을 의미한다.

247) 渫(설) : 그치다.

248) 散樂(산악) : 악대(樂隊)를 해산하다. 變飾(변식) : 치장(治裝)을 바꾸다.

249) 微步(미보) : 천천히 걷다.

250) 玄眉(현미) : 검은 색의 눈썹. 弛(이) : 없애다. 그린 눈썹을 지우다. 鉛花(연화) : 분(粉).
    (옛날 부녀자의 화장에 사용되었던 연백분(鉛白粉).

251) 拂(불) : 닦다. 씻다. 蘭澤(난택) : 난초(蘭草)를 기름에 적혀 머리에 바르다. 澤(택) : 기름.

252) 婬(타) : 예쁘다. 곱고 아름답다. 形婬服(형타복) : 아름다운 옷을 드러내다. 幽若(유약)
    : 그윽한 향기의 두약(杜若). '두약'은 향초(香草)의 이름.

253) 宜(의) : 적합하다. 알맞다.

254) 睇盼(제반) : 흘끗 보다. 流光(유광) : 흘러가는 물결처럼 눈빛이 맑다.

手同行. 踐飛除,255) 卽閒房,256) 華燭爛,257) 幄幕張.258) 動朱脣, 發淸
商,259) 揚羅袂, 振華裳, 九秋之夕,260) 爲歡未央.261) 此聲色之妙也, 子能
從我而游之乎." 玄微子曰, "予願淸虛, 未暇此遊也."262)

경기자가 말했다. "제가 들건대, 군자(君子)는 지조를 떨치고 의(義)를
밝히는 것을 즐겨 하며, 열사(烈士)는 위험을 무릅쓰고 몸 바쳐 인(仁)을
이루는 것을 기꺼이 한답니다. 그래서 재능이 뛰어난 사람들은 뜻이 같
은 사람과 사귀고 의기를 중시하고 목숨을 가벼이 여기며 정(情)에 감동
하여 자기 몸을 잊습니다. 그래서 전광(田光)은 북쪽의 연(燕)나라에서 자
살했고 형가(荊軻)는 서쪽의 진(秦)나라에서 목숨을 잃었습니다. 결단성
있고 굳세어 가벼이 결정 내리니 호랑이가 걸어감에 산골짜기에 바람
이 일어나는 것 같으며 천자를 위협하고 두려워하게 하니 전 중국에서
영웅이라 일컫습니다." 말이 미쳐 다 끝나기도 전에 현미자가 말했다.
"좋습니다." 경기자가 말했다. "이들은 유협(遊俠)의 무리들 일 따름이고,
훌륭하다고 하기에는 아직 부족합니다. 맹상군(孟嘗君)과 신릉군(信陵君)
같은 사람들이야말로 바로 옛적의 뛰어난 공자들로서, 모두 인의(仁義)
를 드날리고 도예(道藝)를 향해 나아갔으며, 식견(識見)이 넓고 뜻은 구름
끝까지 드높았는데, 제후(諸侯)를 제압하고 당시의 사람들로 하여금 그
들을 위해 달리게 만들었으니, 소매를 내저으면 사방에서 바람이 생기
고, 비분강개하면 그 기운이 무지개로 되었습니다. 그대가 만약 이런 때

---

255) 除(제) : 누각(樓閣)의 계단.
256) 閒房(한방) : 조용한 방.
257) 爛(란) : 빛나다. 반짝이다.
258) 幄幕(악막) : 비단 휘장. 張(장) : 치다. 펼치다.
259) 淸商(청상) : 악부(樂府)의 가곡(歌曲) 이름.
260) 九秋(구추) : 9월의 늦가을. 여기서는 긴 밤을 가리킨다.
261) 未央(미앙) : 아직 끝나지 않다. 央(앙) : 다하다.
262) 저본에는 '暇(가)'자 뒤에 '及(급)'자가 있으나 조유문(趙幼文)의 견해에 따라 빼다
    (『조식집교주(曹植集校注)』, 25면).

에 살았다면 나를 따라 그들과 벗하시겠소?" 현미자가 말했다. "나는 진실로 그러기를 원합니다만, 대도(大道)에 누(累)를 끼치게 되면 어떻게 하지요?"

鏡機子曰, "予聞君子樂奮節以顯義,[263] 烈士甘危軀以成仁.[264] 是以雄俊之徒,[265] 交黨結倫,[266] 重氣輕命,[267] 感分遺身.[268] 故田光伏劍於北燕,[269] 公叔畢命於西秦.[270] 果毅輕斷,[271] 虎步谷風,[272] 威懾萬乘,[273] 華夏稱雄."[274] 詞未及終, 而玄微子曰, "善." 鏡機子曰, "此乃游俠之徒耳, 未足稱妙也. 若夫田文無忌之儔, 乃上古之俊公子也,[275] 皆飛仁揚義, 騰躍道藝, 遊心無方,[276] 抗志雲際,[277] 凌轢諸侯,[278] 驅馳當世,[279]

---

263) 奮節(분절) : 절개를 떨치다. 顯義(현의) : 의(義)를 밝히다.

264) 成仁(성인) : 인(仁)을 이루다. 자기 생명을 희생하여 백성을 위해 큰 재난을 막는 일을 하다.

265) 雄俊(웅준) : 재능이 출중(出衆)하다.

266) 交黨結倫(교당결륜) : 뜻이 같은 사람과 사귀다.

267) 氣(기) : 義氣(의기). 절개. 지조

268) 感分(감분) : 정(情)에 감동하다. 遺身(유신) : 몸을 잊다. '遺(유)'는 '忘(망)'의 뜻.

269) 『사기(史記)·자객열전(刺客列傳)』에 다음과 같은 이야기가 실려 있다. 燕田나라 太子 丹이 전광(田光)에게 자기가 말한 것은 국가의 대사이니 원컨대 선생께서는 누설하지 말라달라고 말했다. 이에 전광은 그렇게 하겠다고 응낙을 하고 물러나 형가(荊軻)를 보고, "나는 장자(長者)는 다른 사람으로 하여금 자기를 의심하지 않게 행동을 해야 한다고 들었는데, 이제 태자가 나를 의심하고 있으니 이는 절조 있는 협객이 아니오 스스로 죽어 형경(荊卿)을 격려시키도록 하고자 하오"라고 말하고는 마침내 스스로 목숨을 끊었다. 北燕(북연) : 연(燕)나라는 중국의 북부 지역에 있기 때문에 이렇게 부른다.

270) 公叔(공숙) : 오신주(五臣注) 『문선(文選)』에서 유량(劉良)의 주(注)에, "공숙(公叔)은 형가(荊軻)의 자(字)이다(公叔, 荊軻之字)"라고 하였다.

271) 果毅(과의) : 결단성이 있고 굳세다. 輕斷(경단) : 가벼이(경솔하게) 결정하다.

272) 虎步谷風(호보곡풍) : 용맹하여 두려움이 없는 모습을 상징한다.

273) 懾(섭) : 겁내다. 두려워하다. 萬乘(만승) : 천자(天子)를 가리킨다.

274) 華夏(화하) : 중국(中國).

275) 田文(전문) : 전국(戰國)시대 제(齊)나라의 맹상군(孟嘗君)의 이름. 맹상군은 설(薛)에 있으면서 빈객(賓客)들을 초치(招致)하였는데 식객(食客)이 수 천 명에 이르렀다. 無忌(무기) : 위(魏)나라 공자(公子)의 이름. 신릉군(信陵君). 식객을 3천 명 모았다.

276) 遊心無方(유심무방) : 식견(識見)이 넓다.

277) 抗(항) : 들다. 雲際(운제) : 지극히 높은 것을 비유하다.

揮袂則九野生風,280) 慷慨則氣成虹霓. 吾子若當此之時, 能從我而友之乎." 玄微子曰, "予亮願焉,281) 然方於大道有累,282) 如何."

　　경기자가 말했다. "세상에 현명한 재상[曹操]이 있어 천자(天子)를 보좌하여 세상에 패업을 이루니, 하늘과 땅과 같이 도량(度量)이 넓고 해와 달 같이 밝게 비추며, 깊고도 넓은 교화는 신(神)과 같아 신령스러움과 합쳐지게 되어, 은혜가 여묘족(黎苗族)에게 널리 퍼지고, 위세는 끝없이 떨쳐 융성하고, 태평스러움은 은(殷)과 주(周) 이대(二代)를 뛰어 넘고, 복희(伏羲)와 신농(神農)을 이어 아름다움을 같이 하지요. 빛나는 조정의 정치는 오직 청명(淸明)하고, 성왕(聖王)의 교화(敎化)는 멀리서도 균등하여, 백성들의 소망은 풀과 같고 우리 왕의 은혜는 봄과 같은데, 물가에는 귀를 씻는 사람 없고 높은 산에는 나무 위에 집 지어 사는 백성도 없지요. 그래서 뛰어난 인재가 와서 벼슬하여 나라의 빛남을 보며, 재주 있는 자를 빠뜨리지 않고 천거하여 각기 다른 방법으로 벼슬길에 나아가지요. 벽옹(辟雍)에서 전법(典法)과 예의(禮儀)를 칭송하고 명당(明堂)에서 문교(文敎)의 덕을 강론하며, 세속의 허황된 말을 바로잡고 공자(孔子)가 말한 옛 제도를 모았습니다. 음악을 널리 퍼뜨려 나쁜 풍습을 변화시키고 나라는 부유하고 백성은 평안하며, 신령들은 길한 징조에 답하여 여러 번 상서로운 복을 주셨지요. 그래서 감로(甘露)는 아침에 어지러이 내리고 경성(景星)은 밤에 광채를 펼칩니다. 깊은 연못가에 노니는 용을 보고 높은 산등성이에서 우는 봉황의 소리를 듣습니다. 이것은 패업(霸業)의 도가 지극히 융성하고 아래 위가 서로 즐거워하는 번영의 때입니다. 그러나 황제께선 여전히 두터운 은혜가 아직 널리 퍼지지 못하고 위엄

---

278) 陵轢(능력) : 범(犯)하여 짓밟다. 남을 압박하다.
279) 驅馳(구치) : 남의 일로 분주히 돌아다니다. 마구(마음대로) 부리다.
280) 揮(휘) : 휘두르다. 떨치다. 九野(구야) : 구주(九州)의 들. 천하(天下).
281) 亮(량) : 진실로.
282) 方(방) : 장차. 累(누) : 누를 끼치다. 방해하다.

과 교화가 아직 높지 못함을 두려워하여, 뛰어난 인재를 비천한 사람들 중에서 뽑고, 황제의 밝은 정교(政敎)를 산림에까지 펼치시니, 지금은 영척(寧戚)이 슬픈 노래를 불러 환공(桓公)을 만난 것과 같은 때이고, 여망(呂望)이 낚싯줄을 버리고 주문왕(周文王)을 따라 간 경우와 같습니다. 선생은 태평성대의 백성으로 요(堯) 임금 시대와 같은 때에 벼슬하고 싶지 않소?" 그러자 현미자가 소매를 걷어 올리며 일어나 말했다. "훌륭하신 말씀입니다. 조금 전까진 선생께서 화려하나 바르지 못한 것을 말씀하시면서 저에게 권하고자 하시나, 그것은 제 마음을 어지럽게 할 뿐이었습니다. 이제 천하가 태평무사하고 현명하신 임금이 나라에 임하고 계시다는 것을 듣게 되자 성쇠(盛衰)의 정도(正道)를 살펴볼 수 있고 어리석은 사람이 미혹된 바를 알 수 있게 되었습니다. 저로 하여금 마음이 확 트이고 몸은 날듯이 가볍게 하시니, 원컨대 처음의 뜻으로 돌아가 당신을 따라 돌아가고자 합니다."

鏡機子曰, "世有聖宰,283) 翼帝霸世,284) 同量乾坤,285) 等曜日月, 玄化參神,286) 與靈合契,287) 惠澤播於黎苗,288) 威靈振乎無外,289) 超隆平於殷周,290) 踵義皇而齊泰.291) 顯朝惟淸,292) 王道遐均,293) 民望如草, 我澤

---

283) 聖宰(성재) : 조조(曹操)를 가리킨다. 조조는 건안(建安) 13년(208) 6월에 승상(丞相)이 되었다.

284) 翼帝(익제) : 한(漢)의 헌제(獻帝)를 보좌한 것을 말한다. 패세(霸世) : 세상에 패업(霸業)을 이루다. 여기서는 조정의 정무(政務)를 총괄하는 것을 말한다.

285) 同量乾坤(동량건곤) : 하늘과 땅과 같이 도량(度量)이 넓고 크다.

286) 玄化(현화) : 깊고도 넓은 교화(敎化)를 말한다. 참신(參神) : 신(神)과 같다.

287) 契(계) : 서로 맞다.

288) 黎苗(여묘) : 변방 먼 지역의 소수민족으로, 고서(古書)에서 말하는 구려(九黎), 삼묘(三苗)이다.

289) 無外(무외) : 끝이 없다.

290) 隆平(융평) : 융성과 태평. 즉 태평성세.

291) 踵(종) : 잇다. 계승하다. 農(농) : 저본에는 '皇(황)'으로 되어 있는데, 정안(丁晏)이 말하길, "『예문유취(藝文類聚)』에 '濃(농)'이라 한 것은 '農(농)'의 잘못이다(藝文作濃, 係農誤)"라고 하였다. 여기에 근거하여 '農(농)'으로 고친다. 義農(희농) : 복희(伏羲)와 신농(神農)을 가리킨다. 고대엔 이들을 '이황(二皇)'이라 불렀다.

292) 顯(현) : 밝다. 빛나다. 淸(청) : 조용하다. 望(망) : 대우하다.

如春,294) 河濱無洗耳之士,295) 喬嶽無巢居之民.296) 是以俊乂來仕,297)
觀國之光, 擧不遺材, 進各異方.298) 讚典禮於辟雍,299) 講文德於明堂,300)
正流俗之華說,301) 綜孔氏之舊章.302) 散樂移風, 國富民康, 神應休徵,303)
屢獲嘉祥. 故甘露紛而晨降, 景星宵而舒光.304) 觀游龍於神淵, 聆鳴鳳於
高岡.305) 此霸道之至隆,306) 而雍熙之盛際.307) 然主上猶尙以沉恩之未
廣,308) 惧聲敎之未厲,309) 采英奇於仄陋,310) 宣皇明於巖穴,311) 此寗子

---

293) 遐(하) : 멀다. 均(균) : 고르다. 같다.

294) 澤(택) : 은혜. 如春(여춘) : 봄이 만물을 생육(生育)하듯이 한다.

295) 洗耳(세이) : 허유(許由)를 가리킨다. 「금조(琴操)」에, 요(堯) 임금이 허유의 생각을 훌
　　륭하게 여겨 천자의 자리를 선양(禪讓)하려 하자, 허유는 좋지 않은 말을 들었다고 여
　　기고 물가에 가서 귀를 씻었다는 말이 있다(堯大許由之志, 禪爲天子, 由以其不善, 乃
　　臨河而洗耳).

296) 喬嶽(교악) : 높은 산. 巢居(소거) : 소보(巢父)를 가리킨다. 황보밀(皇甫謐)의 『일사전
　　(逸士傳)』에, "소보는 요(堯) 임금 때의 은자(隱者)로, 항상 산에서 살면서 나무를 집으
　　로 삼아 그 위에서 잤는데, 당시 사람들이 소보라고 불렀다(巢父者, 堯時隱人, 常山
　　居, 以樹爲巢而寢其上, 時人號曰巢父也)"라고 하였다.

297) 俊乂(준예) : 준재(俊才).

298) 進(진) : 조정에서 벼슬하는 것을 가리킨다. 方(방) : 길. 방법.

299) 典禮(전례) : 전법(典法)과 예의(禮儀). 辟雍(벽옹) : 주대(周代)에 귀족 자제들을 위해
　　설립한 학교. 학교가 5개 있는데, 남쪽은 성균(成均), 북쪽은 상상(上庠), 동쪽은 동서
　　(東序), 서쪽은 고종(瞽宗), 가운데에 있는 것은 벽옹이라 불렀다.

300) 文德(문덕) : 예악(禮樂)으로써 교화(敎化)하고 사람들을 심복시키는 덕. 문치(文治)
　　의 덕. 학문 문교의 덕. 明堂(명당) : 고대의 제왕이 정교(政敎)를 베풀던 곳.

301) 華說(화설) : 허황된 말. 화려하기만 하고 알맹이가 없는 말.

302) 綜(종) : 모으다. 章(장) : 법도. 舊章(구장) : 옛날의 제도(制度).

303) 應(응) : 답(答)하다. 休徵(휴징) : 길(吉)한 징조

304) 景星(경성) : 큰 별. 경사스러운 때에 나타난다고 한다. 이선(李善)은 주(注)에서 다음
　　과 같이 말했다. "『사기(史記)』에서 말하길, '하늘이 청명할 때 적방기(赤方氣)와 청방
　　기(靑方氣)가 서로 이어진다. 적방(赤方)에는 황성(黃星)이 두 개 있고, 청방(靑方)에는
　　황성이 하나 있는데, 이 세 개의 별이 합쳐져 경성(景星)이 되고, 그 모양은 일정하지
　　않으며, 도(道)가 행해지는 나라에 나타난다'고 하였다(史記曰, 天精明時, 有赤方氣與
　　靑方氣相連. 赤方中有兩黃星, 靑方中有一黃星, 凡三星合爲景星, 其狀無常, 出於有
　　道之國也).

305) 聆(령) : 듣다.

306) 霸道(패도) : 패업(霸業)의 도(道).

307) 雍熙(옹희) : 아래 위가 서로 즐거워하다.

308) 主上(주상) : 한(漢)의 헌제(獻帝)를 가리킨다. 沉恩(침은) : 깊은 은혜. 커다란 은혜.

商歌之秋,312) 而呂望所以投綸而逝也.313) 吾子爲太和之民, 不欲仕陶唐
之世乎." 於是玄微子攘袂而興曰,314) "偉哉言乎.315) 近者吾子, 所述華
淫,316) 欲以厲我,317) 祇攪予心.318) 至聞天下穆淸,319) 明君莅國,320) 覽盈
虛之正義,321) 知頑素之迷惑.322) 令予廓爾,323) 身輕若飛, 願反初服,324)
從子而歸."

---

309) 聲敎(성교) : 위엄과 교화. 임금이 백성을 감화(感化)하는 덕택(德澤). 임금의 덕화(德
    化). 厲(려) : 높다.
310) 仄陋(측루) : 비천(卑賤)한 신분. 재야(在野)에 있는 사람을 가리킨다.
311) 皇明(황명) : 천자의 총명. 큰 명덕(明德). 어질고 바른 정치와 교화를 가리킨다.
312) 寧子(영자) : 영척(寧戚). 商歌(상가) : 슬픈 가락의 노래. 남에게 알려져 등용되기를
    바라는 노래를 이름. 진(晉)의 영척이 환공(桓公)을 만나기 위하여 달구지 아래에서 밥
    을 지으며 슬픈 노래를 불렀다는 고사가 이다. 秋(추) : 때.
313) 投(투) : 버리다. 綸(륜) : 낚싯줄. 주(周) 문왕(文王)이 반계(磻溪)에 갔을 때, 여상(呂
    尙)이 절벽 아래에서 낚시하고 있다가 왕을 찾아뵙고, 이름을 망(望)이라고 바꾸었다.
    뒤에 무왕(武王)을 도와 은(殷)의 주왕(紂王)을 쳐서 나라를 세운 공(功)으로 제(齊)에
    봉해졌다.
314) 攘袂(양몌) : 소매를 걷어 올리다. 興(흥) : 일어나다.
315) 偉(위) : 뛰어나다. 훌륭하다.
316) 華淫(화음) : 화려하나 바르지 않다.
317) 厲(려) : 권(勸)하다.
318) 攪(교) : 어지럽히다.
319) 穆淸(목청) : 태평하고 조용하다.
320) 莅(위) : 임(臨)하다. 莅國(위국) : 그 나라를 소유하다.
321) 盈虛(영허) : 성쇠(盛衰). 정의(正義) : 정도(正道).
322) 頑素(완소) : 어리석은 사람. 頑(완) : 어리석다. 素(소) : 질박하다. 사람이 소박하기만
    할 뿐, 다른 사람을 다스릴 만한 재주가 없다.
323) 令(령) : 조유문(趙幼文)은 '今(금)'이 옳은 것 같다고 보았으나, '令(령)'으로 보아도
    해석상 큰 무리가 없어 그대로 둔다. 廓爾(확이) : 확 트인 모양.
324) 初服(초복) : 은거(隱居)하기 전에 입었던 의복을 가리킨다. 이 구절은 다시 벼슬하기
    를 원한다는 뜻이다.

8-7. 일곱 가지 탄식(七咨)[1]

하얀 얼음과 상아(象牙) 옥(玉)은 갈아서 뜨거운 물을 만들어 내기 어렵
네. 흙을 뭉쳐 용(龍) 모양을 만들었지만 비를 만나자 훼손되어 버리네.
素冰象玉,[2] 難可磨蕩.[3] 結土成龍,[4] 遭雨則傷.

[영(詠)]

8-8. 많은 시름을 읊조리며(九詠)[1]

연꽃으로 장식한 수레와 계수나무로 된 횡목에, 부평초를 엮은 덮개
와 물총새 깃털로 만든 깃발 있네. 네 마리 청룡(靑龍)을 말로 삼아 수레
바퀴 양쪽에 두고, 능어(陵魚)를 몰고 고래를 곁마로 삼네. 훤초(茵草) 방
석과 난초(蘭草) 자리 있고, 혜초(蕙草) 휘장과 전초(荃草) 침상이 있네. 남
쪽 하늘의 기성(箕星)을 높이 들어 경수(瓊樹)의 꽃술을 키질하고, 하늘의

8-7. 七咨(칠자)
  1) 이 글은 일부만 전하여 전체 글 뜻을 분명히 알 수 없으며, 여기서는 사물마다 고유
    의 특성이 있음을 말하였다. 咨(자) : 탄식하다.
  2) 素(소) : 희다. 象(상) : 상아(象牙).
  3) 湯(탕) : 저본에는 '蕩(탕)'으로 되어 있으나 부아서(傅亞庶)의 『삼조시문전집역주(三
    曹詩文全集譯注)』를 따라 고치다. 955면 참고.
  4) 龍(용) : 흙으로 만든 용(龍) 모양의 조상(彫像).
8-8. 九詠(구영)
  1) 이 글은 굴원(屈原)의 「구가(九歌)」를 본떠서 지은 것이다. 정성스럽게 모든 물건을
    준비했으나 님을 만나지 못해 애통해 하고, 임금이 간사한 무리들을 임용하여 나라가
    안정되지 못함을 염려하며, 괴로워하면서 일생을 마치느니 차라리 물에 몸을 던지겠
    다는 뜻을 밝히는 것으로 끝을 맺었다.

은하수를 떠 와 옥 술잔을 씻네. 천신(天神)이 내려와 조용하니 아무 말 없고, 무늬가 아로새겨진 계단을 올라 자방(紫房)에 앉는다. 봄꽃을 다니 옷이 아름답기도 하고, 구름 같은 옷자락은 감아 돌며 나부낀다. 북두성을 관(冠) 삼아 머리에 쓰니 높고도 높고, 긴 무지개를 허리띠 삼아 두르니 구불구불 감도네. 난초(蘭草)로 싼 고기를 진상하며 옥 쟁반을 벌여놓고, 우아한 음악을 연주하고 꽃무늬 장식한 쇠북 걸이 기둥을 늘어놓네. 「한광(漢廣)」시에 감동하여 한수(漢水)의 여신을 사모하고, 「격초(激楚)」를 드높이 부르며 상수(湘水)의 여신을 노래하네. 회오리바람을 맞으며 한수의 모래섬에 떠돌며, 견우성(牽牛星)을 응시하고 직녀성(織女星)을 바라보네. 사귐엔 때가 있고 만남도 기일이 정해져 있으니 아, 애통한 나는 때 맞춰 오질 못했네. 이곳에 와도 볼 수 없고 앞으로 나아가도 들을 수 없으니, 눈물이 비 오듯 떨어지고 탄식은 구름처럼 일어나네.

芙蓉車兮桂衡,2) 結萍蓋兮翠旌.3) 駟蒼虯兮翼轂,4) 駕陵魚兮驂鯨.5) 茵薦兮蘭席,6) 蕙幬兮荃牀.7) 抗南箕兮簸瓊蕊,8) 挹天河兮滌玉觴.9) 靈旣降

---

2) 芙蓉車(부용거) : 연꽃으로 장식한 수레. 衡(형) : 수레 채 끝에 댄 횡목(橫木).

3) 結(결) : 잇다. 엮다. 萍蓋(평개) : 부평초(浮萍草)로 짠 수레 덮개. 翠旌(취정) : 물총새 깃털로 만든 깃발.

4) 駟(사) : 본래는 한 수레에 메우는 네 마라의 말을 가리키나 여기서는 동사로 쓰이다. 수레를 몰다. 蒼虯(창규) : 청룡(靑龍). 翼轂(이곡) : 수레바퀴의 양쪽에 두다.

5) 陵魚(능어) : 중국 고대 전설에 나오는 물고기. 몸은 물고기 모양이나 얼굴과 손발은 사람처럼 생겼다. 驂(참) : 곁마. 네 필의 말이 끄는 마차에서 바깥의 두 말. 驂鯨(참경) : 고래를 곁마로 삼다. 고래를 수레의 끌채 양쪽 옆에 두다.

6) 茵(훤) : 훤초(茵草). 향초(香草)의 이름. 저본에는 '茵(인)'으로 되어 있지만 조유문(趙幼文)의 견해에 따라 고치다(『조식집교주(曹植集校注)』, 522면). 茵薦(훤천) : 향초(香草)로 만든 방석. 薦(천) : 짚방석.

7) 蕙(혜) : 혜초(蕙草). 향초의 이름. 난초의 일종. 幬(주) : 휘장. 荃(전) : 전초(荃草). 향초의 이름.

8) 抗(항) : 들다. 箕(기) : 별 이름. 이십팔수(二十八宿)의 하나. 네 개의 별로 이루어져 있는데, 그 모양이 키(곡식을 까부는 데 쓰는 기구)처럼 생겨 이렇게 부른다. 簸(파) : 까부르다. 瓊蕊(경예) : 전설에 나오는 경수(瓊樹, 옥이 연다는 나무. 그 꽃을 먹으면 오래 산다고 한다)의 꽃술. 이 구절은 『시경(詩經)·소아(小雅)·대동(大東)』편에서 "남쪽에 키 같은 기성(箕星)이 있으나 곡식을 까부를 수 없네(維南有箕, 不可以簸揚)"라고 한 것을 반대로 표현하였다.

兮泊靜默,10) 登文階兮坐紫房.11) 服春榮兮猗靡,12) 雲裾繞兮容裔.13) 冠北辰兮岌峨,14) 帶長虹兮陵厲.15) 蘭肴御兮玉俎陳,16) 雅音奏兮文虡羅.17) 感漢廣兮羡游女,18) 揚激楚兮詠湘娥.19) 臨回風兮浮漢渚,20) 目牽牛兮眺織女.21) 交有際兮會有期,22) 嗟痛吾兮來不時. 來無見兮遘無聞, 泣下雨兮歎成雲.

앞의 임금은 후회해도 어쩔 수 없으며 뒤의 임금께선 한번 깨달으시길 바랐네. 허나 여전히 말의 고삐를 잡고 자꾸 채찍질하며 수레가 뒤집혀질 정도로 위험한 길을 내달리시네. 여러 사람이 배를 탔으나 노가 없으니 장차 어느 하천을 건널 수 있을까? 세속의 사람들이 어찌 이리

---

9) 挹(읍): 뜨다. 滌(척): 씻다. 觴(상): 술잔.

10) 靈(령): 신령(神靈). 신(神). 泊(박): 조용한 모양.

11) 文階(문계): 그림이 새겨진 계단. 紫房(자방): '자부(紫府)', '자궁(紫宮)'이라고도 하며, 도가(道家)에서 이른바 신선(神仙)이 거처하는 곳.

12) 服(복): 차다. 몸에 달아매다. 春榮(춘영): 봄꽃. 榮(영): 꽃. 猗靡(의미): 옷이 아름다운 모양. 바람 따라 나부끼는 모양.

13) 裾(거): 옷자락. 繞(요): 두르다. 감(싸고) 돌다. 容裔(용예): 떠돌아다니는 모양.

14) 冠(관): 관. 모자. 여기서는 관을 쓰다. 北辰(북신): 북두성(北斗星). 岌峨(급아): 높고 험준한 모양.

15) 陵厲(능려): 구불구불한 모양.

16) 蘭肴(난효): 난초(蘭草)로 싼 고기 음식. 肴(효): 새, 짐승, 물고기 따위를 뼈째 구워 익힌 고기. 御(어): 진상(進上)하다. 俎(조): 네 발 달린 작은 쟁반. 陳(진): 늘여놓다. 벌려놓다.

17) 雅音(아음): 전아(典雅)한 음악. 虡(거): 쇠북 걸이 틀 기둥. 저본에는 '虞(우)'로 되어 있으나 송간본(宋刊本)『조자건문집(曹子建文集)』에 의거하여 고치다. 文虡(문거): 꽃무늬 그림으로 장식하여 종고(鐘鼓)를 거는 데 사용하는 나무 기둥. 羅(라): 벌여놓다. 진열하다.

18) 漢廣(한광):『시경(詩經)·주남(周南)』의 편명(篇名). 羡(선): 사모하다. 부러워하다. 游女(유녀): 한수(漢水)의 여신(女神).

19) 激楚(격초): 고대의 곡(曲) 이름. 湘娥(상아): 상수(湘水)의 여신. 요(堯) 임금의 딸이요 순(舜)임금의 왕비였던 아황(娥皇)과 여영(女英). 물에 빠져죽은 뒤 상수의 여신이 되었다.

20) 回風(회풍): 회오리바람.

21) 目(목): 응시하다. 眺(조): 바라보다.

22) 際(제): 때. 한계. 끝. 期(기): 정해진 시일(時日).

어리석은가. 나라가 아직도 안정되지 못한 것을 슬퍼하도다. 자초(子椒)
와 자란(子蘭)을 임용하여 나라가 다스려지기를 바라는 것은 마치 옷을
거꾸로 입고 옷깃을 찾는 것과 같다네.

先后悔其靡及,23) 冀後王之一悟.24) 猶搦轡而繁策,25) 馳覆車之危路.
羣乘舟而無檝,26) 將何川而能度. 何世俗之蒙昧,27) 悼邦國之未靜.28) 任
椒蘭其望治,29) 由倒裳而求領.30)

상강(湘江)과 한수(漢水)의 긴 강물을 따라 강기슭에서 향긋한 영지(靈
芝)를 따네. 물가에서 여신(女神) 유녀(游女)를 만나 마름꽃을 따 말을 건
네네. 들판은 적막한데 시력 닿는 곳까지 바라보니 텅 빈 천리에 사람
하나 없구나. 사람의 삶은 반드시 죽기 마련인데 어찌하여 스스로 괴로
워하며 일생을 마치는가. 차라리 맑은 물에 가라앉은 진흙이 될지언정
혼탁한 길에서 날리는 먼지는 되지 않으리.

尋湘漢之長流,31) 採芳岸之靈芝. 遇游女於水裔,32) 采菱華而結詞.33)

---

23) 先后(선후) : 선왕(先王). 여기서는 초(楚) 회왕(懷王)을 가리킨다. 회왕은 근상(靳尙)
   과 정수(鄭袖) 등의 사람을 신임하고 굴원(屈原)을 소원(疏遠)히 하다가 나라의 정치를
   부패하게 만들었으며 진(秦)과 제(齊)나라에 패배를 당하였다. 또 장의(張儀)의 계책을
   듣고 진(秦)나라에 입조(入朝)하였다가 구금(拘禁)을 당해 후회해마지 않다가 결국 진
   나라에서 객사하였다. 조식은 여기에서 회왕을 조비(曹丕)에 은근히 비유하고 있다.
   靡及(미급) : 미치지 못하다.
24) 冀(기) : 바라다.
25) 搦轡(익비) : 고삐를 잡다. 策(책) : 말채찍. 繁(번) : 자주.
26) 檝(즙) : 노
27) 蒙昧(몽매) : 사리에 어둡고 어리석다.
28) 悼(도) : 슬퍼하다.
29) 任(임) : 임용하다. 저본에는 '焚(분)'이라 되어 있으나 조유문(趙幼文)의 설에 따라 고
   치다『조식집교주(曹植集校注)』, 523면). 椒(초) : 초(楚) 회왕(懷王)의 대부(大夫) 자초
   (子椒). 蘭(란) : 초 회왕의 막내 동생인 영윤(令尹, 재상) 자란(子蘭). 굴원(屈原)이 「이소
   (離騷)」에서는 그들을 간사한 신하라고 일컬었으며 조정에서의 소인배를 비유한다.
30) 由(유) : 같다. 倒裳求領(도상구령) : 본말(本末)이 전도(顚倒)된 것을 가리킨다. 소망
   을 실현하기 어려움을 비유한다.
31) 尋(심) : 따라. 湘(상) : 강(江) 이름. 상수(湘水). 상강(湘江). 광서성(廣西省) 홍안현(興
   安縣)에서 동북으로 흘러 동정호(洞庭湖)로 흘러들어간다. 漢(한) : 강 이름. 한수(漢水).

野蕭條以極望,34) 曠千里而無人.35) 民生期於必死,36) 何自苦以終身. 寧
作淸水之沉泥, 不爲濁路之飛塵.37)

잔구(殘句) 1

덩굴이 번식하여 사당(祠堂)을 덮네.
蔓葛滋兮冒神宇.38)

잔구(殘句) 2

외로운 나그네는 그 얼마나 슬픈가.
何孤客之可悲.39)

한강(漢江). 장강(長江)에서 가장 긴 지류(支流)로, 지금의 섬서성(陝西省) 영강현(寧强
縣)에서 발원(發源)하여 호북성(湖北省)을 거쳐 무한시(武漢市)에서 장강으로 들어간
다.
32) 游女(유녀) : 한수(漢水)의 여신(女神). 水裔(수예) : 물가. 裔(예) : 가장자리.
33) 結詞(결사) : 문자나 말로 다른 사람에게 뜻과 감정을 나타내다.
34) 蕭條(소조) : 적막하다. 쓸쓸하다. 極望(극망) : 시력이 미치는 데까지 바라보다.
35) 曠(광) : 비다.
36) 民生(민생) : 사람의 삶.
37) 부아서(傅亞庶)는 엄가균(嚴可均)이 말한 바 "마지막 여섯 구(句)는『구수부(九愁賦)』
와 같다"고 한 것을 인용하면서, 이 여섯 구는 잘못 들어간 것인 듯하니, 마땅히 빼야
할 것 같다고 하였다(『삼조시문전집역주(三曹詩文全集譯注)』, 957면). '野蕭條' 이하
가 모두 작자의「구수부(九愁賦)」에 나오는 문구로, 아마도 후인(後人)들이『조자건집
(曹子建集)』을 편찬할 때 일시적인 소홀(疏忽)로 잘못 본편에 들어간 것으로 보고 마
땅히 빼야한다고 보았다.
38)『문선(文選)』에 실린 반악(潘岳, 자(字)는 안인(安仁))의「과부부(寡婦賦)」의 이선(李
善) 주(注)에 인용된「구영(九詠)」의 구절. 神宇(신우) : 제당(祭堂). 사당(祠堂).
39)『문선(文選)』에 실린 사령운(謝靈運)의「칠리뢰시(七里瀨詩)」의 이선(李善) 주(注)에
인용된「구영(九詠)」의 구절.

잔구(殘句) 3

하늘과 땅의 신(神)이 강림하니 물속에 잠긴 신령이 춤을 추네.
皇祇降兮潛靈舞.[40]

잔구(殘句) 4

신령스런 용은 명주 끈을 물고, 떠다니는 새 깃은 사방으로 나아가네.
靈龍兮銜組,[41]　流羽兮交橫.[42]

잔구(殘句) 5

정박한 배는 누구를 기다리는가? 돛을 높이 올려 어디로 뒤쫓아 가는가?
停舟兮焉待,擧帆兮安追.[43]

잔구(殘句) 6

따뜻한 바람이 그쳐 모래와 자갈을 달구니, 새는 날아가지 못하고 짐
승은 앞으로 갈 수 없네.

---

40) 『문선(文選)』에 실린 안연년(顔延年)의 「삼월삼일곡수시서(三月三日曲水詩序)」의
　　이선(李善) 주(注)에 인용된 「구영(九詠)」의 구절. 皇祇(황기) : 천지(天地)의 신. 皇(황) :
　　하늘의 신. 祇(기) : 토지의 신.
41) 組(조) : 끈. 명주 띠.
42) 이상 두 구는 『문선(文選)』에 실린 안연년(顔延年)의 「삼월삼일곡수시서(三月三日
　　曲水詩序)」의 이선(李善) 주(注)에 인용된 「구영(九詠)」의 구절.
43) 이상 두 구는 『북당서초(北堂書鈔)』 권138에 인용된 「구영(九詠)」의 구절.

溫風翕兮煎沙石,⁴⁴⁾　鳥罔竄兮獸無蹤.⁴⁵⁾

잔구(殘句) 7

빠른 소리를 따라 번개 채찍을 잡고 홀연히 나아가나 정신이 멍하여 돌아오네.

乘逸響兮執電鞭,⁴⁶⁾忽而往兮怳而旋.⁴⁷⁾

잔구(殘句) 8

강 건너 난초를 베고 늦가을이라 약간 쌀쌀한데 도롱이 입고 삿갓 쓴 채 이슬도 아랑곳 않고 즐거움을 누리네.

越江兮刈蘭,⁴⁸⁾　暮秋兮薄寒, 被簑兮戴笠, 置露兮踐歡.⁴⁹⁾

잔구(殘句) 9

공연히 스스로 부지런을 떨며 고심하네.

---

44) 翕(흡) : 거두다. 그치다.
45) 이상 두 구는 『태평어람(太平御覽)』 권34에 인용된 「구영(九詠)」의 구절. 罔(망) : 없다. 아니다. 竄(찬) : 숨다. 달아나다. 蹤(적) : 밟다. 나아가다.
46) 響(향) : 소리. 저본에는 '嚮(향)'으로 되어 있으나 글의 뜻에 근거하여 고치다.
47) 이상 두 구는 『태평어람(太平御覽)』 권359에 인용된 「구영(九詠)」의 구절. 怳(황) : 멍하다.
48) 刈(예) : 베다.
49) 이상 네 구는 『태평어람(太平御覽)』 권765에 인용된 「구영(九詠)」의 구절. 踐歡(천환) : 즐거움을 누리다. 踐(천) : 실행하다. 이행하다.

徒勤躬兮苦心.[50]

잔구(殘句) 10

옥 같은 손을 들어 올려 대나무 피리를 부네.
抗玉手吹簫.[51]

잔구(殘句) 11

□ 흰 쟁(箏)을 타고, 옥으로 만든 북채를 들어 악어가죽 북을 어지럽
게 두드리네.
瞍文詳□素箏,[52] 抗玉枹兮駭鼉鼓.[53]

---

50) 『문선(文選)』에 실린 왕간서(王簡栖)의 「두타사비문(頭陀寺碑文)」의 이선(李善) 주
(注)에 인용된 「의구영(擬九詠)」의 구절.
51) 『북당서초(北堂書鈔)』 권111에 인용된 「구가영(九歌詠)」의 구절. 簫 : 부아서(傅亞庶)
의 『삼조시문전집역주(三曹詩文全集譯注)』에서 '籐(지)'로 되어 있다(959면). 저[笛]
이름.
52) 瞍文詳(수문상) : 뜻이 분명치 않다. 瞍(수) : 소경. 여위다. 총명하다. 『조집전평(曹集
銓評)』에서는 이 세 글자가 정확한지에 대해 의문을 제기하였다. 부아서(傅亞庶)의
『삼조시문전집역주(三曹詩文全集譯注)』에서는 첫 구절이 "騁文犀彈素箏(무늬 있는
무소뿔 악기를 연주하고 흰 쟁(箏)을 탄다)"라고 되어 있다(959면).
53) 이상 두 구는 『북당서초(北堂書鈔)』 권108에서는 「구가영(九歌詠)」에서 인용하였다
고 하고, 권120에서는 『초사(楚辭)』에서 인용하였다고 되어 있다. 抗(항) : 들다. 들어
올리다. 잡다. 枹(부) : 북채. 駭(해) : 놀라다. 어지러워지다. 鼉鼓(타고) : 악어의 가죽으
로 메운 북. 악어의 울음 소리.

잔구(殘句) 12

동굴을 지나니 맑고도 서늘하고, 나뭇가지 바람결에 소리 내 우니 내
마음을 움직이네.

過穴兮淸泠, 木鳴條兮動心.[54]

잔구(殘句) 13

단혈(丹穴)을 밟고 난(鸞)새가 사는 곳을 보고, 주작(朱雀)을 지나가 남
쪽 둥지에서 쉬네.

踐丹穴兮觀鸞居,[55] 通朱雀兮息南巢.[56]

잔구(殘句) 14

목란(木蘭)으로 만든 노를 저어 빨리 가는데, □ 빙빙 도는 파도는 한
가롭네.

運蘭櫂以速往,[57] □迴波之容與.[58]

---

54) 이상 두 구는 『북당서초(北堂書鈔)』 권158에 인용된 「칠영(七詠)」의 구절. 條(조):
   나뭇가지.
55) 丹穴(단혈): 전설에 나오는 지명. 『이아(爾雅)·석지(釋地)』에 "중국 이남(以南)에 떨
   어져 있으면서 해를 이고 있으므로 단혈(丹穴)이라고 한다(岠齊州以南, 戴日爲丹穴)"
   고 하였고, 형병(邢昺)의 『이아소(爾雅疏)』에서는 "중국 이남에 떨어져 있고 북호(北
   戶) 이북(以北)에서 해를 만나는 아래인데 그곳의 이름이 단혈(丹穴)임을 말한다(言去
   中國以南, 北戶以北, 値日之下, 其處名丹穴)"라고 하였다. 鸞(란): 봉황(鳳凰)의 일종
   인 영조(靈鳥).
56) 이상 두 구는 『북당서초(北堂書鈔)』 권158에 인용된 「칠영(七詠)」의 구절. 朱雀(주
   작): 고대 전설에 나오는 상서(祥瑞)로운 동물.
57) 蘭櫂(난도): 목란(木蘭)으로 만든 노.

528 조자건집(曹子建集)

잔구(殘句) 15

오색 깃발 세우니 화려한 색채 온통 널려 있고, 구름 같은 깃발 흔드
니 용과 봉황이 움직이네.
建五旗兮華采占,59) 揚雲麾兮龍鳳.60)

잔구(殘句) 16

바람을 거슬러 힘차게 올라가고, 조개로 장식한 배에 연꽃 덮개이네.
溯流風兮上邁, 貝船兮荷蓋.61)

---

58) 이상 두 구는 『북당서초(北堂書鈔)』 권138에 인용된 「의초사(擬楚辭)」의 구절. 迴波
    (회파): 빙빙 도는 파도. 容與(용여): 여유 있는 모양.
59) 五旗(오기): 오색(五色) 깃발. 占(점): '霑(점)'과 같다. 두루 미치다.
60) 이상 두 구는 『북당서초(北堂書鈔)』 권120에 인용된 「의사(擬辭)」의 구절. 雲麾(운
    휘): 구름 같은 깃발. 隊(추): 떨어지다. '墜(추)'와 같다. 龍鳳(용봉): 용과 봉황. 깃발 위
    에 그려진 용과 봉황의 그림을 가리킨다.
61) 이상 두 구는 『북당서초(北堂書鈔)』 권137에 인용된 「의사(擬辭)」의 구절. 溯(소):
    거슬러 올라가다. 저본에는 '愬(소, 하소연하다)'로 되어 있으나 부아서(傅亞庶)가 '溯
    (소)'의 잘못일 것으로 보는 견해에 따랐다. 遠(원): 저본에는 '上(상)'으로 되어있으나
    부아서(傅亞庶)의 설에 따라 『북당서초(北堂書鈔)』 진유(陳兪) 본(本)에 근거하여 고치
    다(이상 『삼조시문전집역주(三曹詩文全集譯注)』, 960면 참조).

8-9. 「버드나무를 칭송하며」의 서문(柳頌序)[1]

내가 한가하여 수레를 몰아 나들이 나가 친구 양덕조의 집을 지나게 되었다. 집을 보니 넓었으며 뜰에는 버드나무가 한 그루 있었다. 짐짓 장난삼아 나뭇가지와 잎을 꺾고 이 글을 지어 붓을 먹에 찍어 쓰며 글의 뜻을 빌려 지금 세상의 사람들을 풍자한다.

予以閑暇, 駕言出遊,[2] 過友人楊德祖之家.[3] 視其屋宇寥廓,[4] 庭中有一柳樹. 聊戲刊其枝葉,[5] 故著斯文,[6] 表之遺翰,[7] 遂因辭勢,[8] 以譏當世之士.

8-10. 『전록(前錄)』 자서(自序)

그러므로 군자의 저술(著述)은 품격이 높기가 높은 산과 같고, 기세가

8-9. 柳頌序(류송서)

1) 이 글은 친구 양덕조(楊德祖)의 집 뜰의 버드나무를 보고 「버드나무를 칭송하며(柳頌)」라는 글을 짓게 된 연유를 밝혔다. 頌(송) : 문체(文體)의 하나. 공적을 기리는 글. 序(서) : 문체(文體) 이름.

2) 駕(가) : 수레를 몰다. 言(언) : 어조사.

3) 楊德祖(양덕조) : 조식의 친구 양수(楊修, 175~219). '덕조'는 그의 자(字).

4) 寥廓(요곽) : 넓은 모양.

5) 刊(간) : 깎다. 꺾다.

6) 斯文(사문) : 이 글. 「버드나무를 칭송하며(柳頌)」를 가리킨다.

7) 遺翰(유한) : 전인(前人)이 남겨놓은 시문(詩文). 여기서는 붓을 먹[墨]에 찍어 글을 짓는 것을 가리킨다.

8) 辭勢(사세) : 문사(文辭)의 기세(氣勢).

성(盛)하기가 떠있는 구름과 같다. 문장이 질박함은 가을 쑥의 흰 꽃과 같고, 문채를 펼침은 봄꽃과 같다. 내용은 넓고 넓으며 표현은 빛나며 다양하여, 『시경(詩經)』 중의 「아(雅)」, 「송(頌)」과 우열을 다툴 만하다. 나는 어려서부터 부(賦)를 좋아하였는데, 그 중에서도 중시하는 것은 비분강개한 것을 평소에 좋아하여, 지은 작품이 매우 많았다. 비록 일과 사물에 느낀 바가 있어 지은 것이지만 품위가 높지 않은 것이 많기 때문에, 뺄 것은 빼고 선정(選定)하여 별도로 『전록(前錄)』 78편을 편찬하였다.

故君子之作也,1) 儼乎若高山,2) 勃乎若浮雲.3) 質素也如秋蓬,4) 擒藻也如春葩.5) 汜乎洋洋,6) 光乎皜皜,7) 與雅頌爭流可也.8) 余少而好賦, 其所尙也, 雅好慷慨,9) 所著繁多.10) 雖觸類而作,11) 然蕪穢者衆,12) 故刪定,13) 別撰爲前錄七十八篇.

8-10. 前錄自序(전록자서)

1) 이 글은 작자 자신의 문학 창작에 관한 생각과 『전록(前錄)』 78편을 편찬하게 된 경위를 밝혔다. 作(작) : 저술(著述)을 가리킨다.

2) 儼乎(엄호) : 높다. 엄숙하고 위엄이 있다. 품격(品格)이 높은 것을 말한다.

3) 勃乎(발호) : 기세(氣勢)가 성(盛)함을 말한다.

4) 質(질) : 문장의 내용을 가리킨다. 素(소) : 조탁(彫琢)을 가하지 않다. 秋蓬(추봉) : 가을의 쑥은 꽃이 흰 색이며, 여기서는 내용이 질박함을 비유한다.

5) 擒(리) : 펼치다. 藻(조) : 문채(文彩). 葩(파) : 꽃.

6) 汜(사) : 광대(廣大)한 모양. 洋洋(양양) : 풍부하다. 끝없이 넓다. 내용이 광박(廣博)함을 말한다.

7) 光(광) : 빛나다. 皜皜(호호) : 넓은 모양.

8) 雅(아) : 『시경(詩經)』 중의 「대아(大雅)」와 「소아(小雅)」를 가리킨다. 頌(송) : 『시경(詩經)』 중의 「주송(周頌)」과 「노송(魯頌)」, 「상송(商頌)」을 가리킨다. 爭流(쟁류) : 상류(上流)를 다투다. 앞을 다투다.

9) 雅(아) : 본래. 평소에.

10) 繁(번) : 많다.

11) 觸類(촉류) : 일과 사물에 느끼는 바가 있음을 가리킨다.

12) 蕪(무) : 내용이 잡다하고 어지럽다. 穢(예) : 말이 우아하지 못하다.

13) 刪定(산정) : 졸렬한 것은 빼버리고 취할 만한 것을 선정(選定)하다.

8-11. 「역이기를 칭송하며」의 서문(酈生頌序)[1]

내가 가는 길이 역이기(酈食其)의 묘를 지나다가 잠시 수레를 멈추고 이 글을 묘비 옆에 적는다.

余道經酈生之墓, 聊駐馬,[2] 書此文於其碑側也.[3]

8-12. 「도읍을 옮기며」의 서문(遷都賦序)[1]

내가 처음에는 평원후(平原侯)에 봉해졌다가 임치후(臨淄侯)로 전출되었고, 중간에 견성후(鄄城侯)로 봉하는 명령이 내려졌다가 이윽고 옹구왕(雍丘王)으로 옮기게 되었으며, 준의(浚儀)로 봉읍(封邑)을 바꾸었고, 끝내는 장차 동아(東阿)로 가게 되었다. 호칭은 여섯 번 바뀌었고 거주지는 실제로 세 번 옮기게 되었다. 연이어 척박한 땅을 만나 옷 입고 먹는 것을 제대로 이을 수 없었다.

余初封平原,[2] 轉出臨淄,[3] 中命鄄城,[4] 遂徙雍丘,[5] 改邑浚儀,[6] 而末將

8-11. 酈生頌序(역생송서)

　1) 이 글은 「역이기를 칭송하며(酈生頌)」라는 글을 짓게 된 연유를 밝혔다. 酈生(역생) : 역이기(酈食其). 진(秦)나라 말(末) 때의 사람. 농민을 이끌고 유방(劉邦) 편에 들어가 광야군(廣野君)에 봉해졌다. 초(楚)와 한(漢)이 전쟁을 벌일 때 제(齊)에서 죽었다. 그의 묘(墓)는 옹구(雍丘)의 서남쪽 28리 떨어진 곳에 있다. 頌(송) : 문체(文體)의 하나. 공적을 기리는 글.

　2) 駐馬(주마) : 수레를 멈추다.

　3) 此文(차문) : 「역생을 칭송하며(酈生頌)」를 가리킨다.

8-12. 遷都賦序(천도부서)

　1) 이 글은 작자가 평원후(平原侯)를 비롯하여 호칭이 모두 여섯 번 바뀌었고 거주지는 세 번 옮기게 되었는데 가는 곳마다 어려운 생활을 하였음을 말하였다.

適於東阿.7) 號則六易,8) 居實三遷.9) 連遇瘠土,10) 衣食不繼.11)

8-13. 「화찬」의 서문(畫贊序)1)

　　그림이란 것은 조충서(鳥蟲書)의 부류이다. 옛날 현명하고 덕스러운 마후(馬后)는 용모가 아름답고 덕이 많아 황제가 이 때문에 그녀를 찬미하였다. 마후가 일찍이 황제를 모시고 그림을 구경하였다. 순(舜)임금의 초상화 앞을 지나다가 아황(娥皇)과 여영(女英)을 보고 황제가 손가락으로 가리키면서 황후에게 농담으로 말하여, "이런 미인을 비빈(妃嬪)으로

2) 平原(평원) : 현(縣)의 이름. 지금의 산동성(山東省) 덕현(德縣) 남쪽에 있다. 조식이 평원후에 봉해진 것은 건안(建安) 16년(211)의 일이다.
3) 臨淄(임치) : 옛 성(城)은 지금의 산동성(山東省) 광요현(廣饒縣) 남쪽에 있다. 임치후로 옮겨 봉해진 것은 건안 19년(214)의 일이다.
4) 鄄城(견성) : 옛 땅은 지금의 산동성(山東省) 복현(濮縣) 경내(境內)에 있다. 견성후로 바뀌어 봉해진 것은 황초(黃初) 2년(221)의 일이다.
5) 雍丘(옹구) : 옛 성은 지금의 하남성(河南省) 기현(杞縣)에 있다. 옹구왕으로 옮긴 것은 황초 4년(223)의 일이다.
6) 浚儀(준의) : 옛 땅은 지금의 하남성(河南省) 개봉시(開封市) 서북쪽에 있다. 준의로 옮겨 봉해진 것은 태화(太和) 원년(227)의 일이다.
7) 東阿(동아) : 현(縣)이 이름. 조식의 본전(本傳)에 의하면 태화 3년(229)에 동아로 옮겨 봉해졌다.
8) 號(호) : 호칭. 六易(육역) : 여섯 번 바뀌다.
9) 三遷(삼천) : 조식은 평원후(平原侯)와 임치후(臨淄侯)에 봉해졌으나 부임을 하지 않아 여전히 업성(鄴城)에서 살았으며, 견성(鄄城)과 옹구(雍丘), 준의(浚儀) 세 곳은 조식이 처음으로 업성을 나가 임지로 갔기 때문에 세 번 옮겼다고 말하는 것이다.
10) 瘠土(척토) : 척박한 땅. 여기서는 견성, 준의, 옹구 세 곳을 가리킨다.
11) 繼(계) : 잇다. 衣食不繼(의식불계) : 그 곳의 땅이 빈곤하여 생계를 잇기 어려움을 가리킨다.

8-13. 畫贊序(화찬서)
1) 이 글은 그림 구경과 관련된 한 일화를 소개하며, 그림은 관람자들을 경계(警戒)시키는 점에서 거울과 같은 역할을 한다는 견해를 밝혔다.

삼지 못해 유감이요"라고 하였다. 또 앞으로 가다가 요(堯) 임금의 초상화를 보자 황후가 요 임금을 가리키면서, "아, 여러 신하들과 백관이 이런 임금을 모시지 못하여 유감이네요"라고 말하였다. 황제가 돌아보고 웃었다. 그러므로 그 초상화들을 보는 사람이 많다.

蓋畫者, 鳥書之流也.[2] 昔明德馬后美於色,[3] 厚于德, 帝用嘉之.[4] 嘗從觀畫. 過虞舜像,[5] 見娥皇女英, 帝指之, 戲后曰, "恨不得如此人爲妃." 又前見陶唐之像, 后指堯曰, "嗟乎, 群臣百僚恨不得戴君如是."[6] 帝顧而笑. 故夫畫, 所見多矣.

잔구(殘句) 1

위로는 천지(天地)가 생겨나기 전의 일을 나타낼 수 있고, 아래로는 장래에 아직 일어나지 않은 일을 나열한다.

上形太極混元之前,[7] 卻列將來未萌之事.[8]

---

2) 鳥書(조서) : '조충서(鳥蟲書)'라고도 부른다. 고대의 상형문자. 전서(篆書)의 변체(變體)인데, 글자 모양이 벌레나 새 모양과 비슷하기 때문에 이렇게 부른다. 자체(字體)는 춘추(春秋)시대에 시작되었으며, 대부분 병기(兵器)와 종(鍾)에 주조(鑄造)되거나 새겨졌다. 流(류) : 부류(部類). 파생되어 나온 문자.

3) 馬后(마후) : 한(漢)나라 명제(明帝)의 왕후. 마원(馬援)의 딸.

4) 帝(제) : 한(漢) 명제(明帝)를 가리킨다. 用(용) : 이 때문에. 嘉(가) : 칭찬하다.

5) 像(상) : 화상(畫像). 저본에는 '廟(묘)'라 되어 있으나 조유문(趙幼文)의 말에 따라 고치다『조식집교주(曹植集校注)』, 68면). 양한(兩漢) 때는 궁전의 벽에 역사상의 인물들의 초상을 그림으로 그려 경계(警戒)로 삼는 경우가 많았다.

6) 戴(대) : 떠받들다. 공경하여 모시다.

7) 形(형) : 나타내다. 太極(태극) : 천지(天地)의 처음. 混元(혼원) : 천지가 개벽할 때.

8) 卻列(각렬) : '下列(하열)'과 같은 의미. 아래로 ~을 나열하다. 萌(맹) : 싹트다, 생기다. 이상의 두 구는 『태평어람(太平御覽)』 권1에 인용된 「화찬서(畫贊序)」에 보인다.

잔구(殘句) 2[9]

　　그림을 보는 사람들은 삼황(三皇) 오제(五帝)를 보면 공경하고 우러러 보지 않는 사람이 없다. 하(夏)·상(商)·주(周)·삼대(三代)의 말년(末年)의 폭군(暴君)을 보면 슬퍼하고 한탄하지 않는 사람이 없다. 임금의 자리를 찬탈하는 신하와 아버지를 죽이고 자기가 임금의 자리에 오르는 사람을 보면 이를 갈지 않는 사람이 없다. 절조(節操)가 높고 재능이 출중한 사람을 보면 밥 먹는 것도 잊고 흠모하지 않는 사람이 없다. 충성되고 절개가 뛰어나며 국난(國難)에 몸을 희생하는 사람을 보면 머리를 들고 찬탄하지 않는 사람이 없다. 충신과 효자를 보면 탄식하지 않는 사람이 없다. 음란한 사내와 질투가 심한 여자를 보면 질시(嫉視)하지 않는 사람이 없다. 아름다운 비(妃)와 유순한 황후를 보면 훌륭하게 보고 존중하지 않는 사람이 없다. 이러한 것으로 볼 때 세상에 보존되어 거울로 삼을 만한 것이 어떤 것인지를 알겠다.

　　觀畫者, 見三皇五帝, 莫不仰戴.[10] 見三季暴主,[11] 莫不悲惋. 見簒臣賊嗣,[12] 莫不切齒. 見高節妙士, 莫不忘食. 見忠節死難,[13] 莫不抗首.[14] 見忠臣孝子, 莫不歎息.. 見淫夫妬婦, 莫不側目.[15] 見令妃順后,[16] 莫不嘉貴. 是知存乎鑒者何如也.[17]

---

　9) '觀畫者(관화자)' 이하는 저본에서는 「畫說(화설)」이란 제목으로 권9에 들어있는데, 엄가균(嚴可均)은 『전삼국문(全三國文)』에서 이 글 역시 「화찬서(畫贊序)」에 속하는 것으로 보고 한데 포함시켰으며, 조유문(趙幼文)과 부아서(傅亞庶)도 이 의견을 따랐다.

10) 仰戴(앙대) : 우러러보고 떠받들다. 공경하고 우러러보다.

11) 三季(삼계) : 하(夏) 상(商) 주(周) 삼대(三代)의 말년(末年)을 가리킨다. 暴主(폭주) : 폭군(暴君). 하(夏)의 걸왕(桀王), 상(商)의 주왕(紂王), 주(周)의 유왕(幽王)을 가리킨다.

12) 簒臣(찬신) : 임금의 자리를 찬탈하는 신하. 賊嗣(적사) : 아버지를 죽이고 자기가 임금의 자리에 오르는 사람.

13) 死難(사난) : 국난(國難)에 자기 몸을 희생하다.

14) 抗首(항수) : 머리를 들다. 찬탄(讚歎)하다.

15) 側目(측목) : 곁눈으로 보다. 질시(嫉視)하다.

16) 令(령) : 아름답다.

17) 鑒(감) : 거울. 거울로 삼다. 이상의 18구는 저본에는 없으나 엄가균(嚴可均)의 『전삼

8-14. 사마중달에게 드리며(與司馬仲達書)[1]

이제 도적들이 단지 강남(江南)의 성을 보전하고 작은 오(吳)나라만 지키려 하며, 중원(中原)에서 경쟁하고 평원(平原)에서 승부를 겨룰 뜻이 없습니다. 그래서 그들의 습속은 대체로 수중(水中)의 모래섬을 군영(軍營)의 보루로 삼고 강회(江淮)의 물로 해자(垓字)로 삼을 따름입니다. 만약 그들을 유인해 내어 싸울 수 있다면 우리들은 한 여단(旅團)의 군대만으로도 그들을 대적할 수 있습니다. 대체로 새를 잡는 사람은 화살을 똑바르게 다듬고, 물고기를 잡는 사람은 낚싯줄을 잘 손질하는 법입니다. 이런 것들은 모두 상대를 헤아려 고려하고 객관 형세에 따라 적당한 조치를 취하는 것입니다. 이제 선생께서는 화살을 똑바르게 다듬고 낚싯줄을 잘 손질하는 책략도 없이, 단지 그들이 배에서 내려 육지에 오르기를 기다려, 오군(吳郡)과 회계군(會稽郡)을 삼키고 동오(東吳)의 백성을 다스리려고 하지만, 아마도 황제께서 장군에게 부절(符節)을 하사하실 때의 마음이 아닌 듯합니다.

今賊徒欲保江表之城,[2] 守區區之吳爾,[3] 無有爭雄於宇內,[4] 角勝於平原之志也.[5] 故其俗蓋以洲渚爲營壁,[6] 江淮爲城塹而已. 若可得挑致,[7] 則吾

국문(全三國文)』에 의거하여 보충하다.

8-14. 與司馬仲達書(여사마중달서)
1) 이 글은 사마의(司馬懿)의 동오(東吳) 공격의 전략을 반대하는 편지로, 오나라를 유인해내어 공격하기란 쉽지 않으며, 상대를 헤아려 계획을 세워야 하고 객관적인 형세에 따라 적당한 조치를 취해야 된다는 점을 주장하였다. 司馬仲達(사마중달) : 사마의 (司馬懿). '중달'은 그의 자(字). 위(魏) 명제(明帝) 때 대장군(大將軍)에 임명되었다. 書 (서) : 문체(文體) 이름.
2) 賊(적) : 손권(孫權)의 오(吳)나라를 가리킨다. 江表(강표) : 장강(長江) 이남(以南)의 지역을 가리킨다.
3) 區區(구구) : 작다. 그 지역이 협소함을 가리킨다.
4) 宇內(우내) : 중원(中原) 지역을 가리킨다.
5) 角勝(각승) : 승부를 다투다.

一旅之卒足以敵之矣.[8] 蓋弋鳥者矯其矢,[9] 釣魚者理其綸.[10] 此皆度彼爲慮,[11] 因象設宜者也.[12] 今足下曾無矯矢理綸之謀, 徒欲候其離舟, 伺其登陸, 乃圖幷吳會之地,[13] 牧東野之民,[14] 恐非主上授節將軍之心也.[15]

8-15. 양덕조에게 드리며(與楊德祖書)[1]

조식이 아룁니다. 며칠 뵙지 못해 그대 생각에 병이 드니 선생께서도

6) 洲渚(주저): 모래섬. 강이나 호수 가운데 모래가 쌓여 된 섬. 營壁(영벽): 보루.

7) 挑致(도치): 적이 나와서 싸우도록 유인하다.

8) 旅(려): 옛날엔 군사 5백 명을 '려'라 불렀다. 敵(적): 대적하다.

9) 矯(교): 바로잡다.

10) 綸(륜): 낚싯줄.

11) 度(탁): 헤아리다.

12) 因象(인상): 객관 형세에 근거하다. 設宜(설의): 변화에 따른 조치를 취하다.

13) 幷(병): 병탄(併呑)하다. 삼키다. 吳會(오회): 오군(吳郡)과 회계군(會稽郡). 당시 동오(東吳)의 땅이었다.

14) 東野(동야): 동오(東吳)를 가리킨다.

15) 將軍(장군): 사마의(司馬懿)를 가리킨다. 당시 표기대장군(驃騎大將軍)에 임명되어 형주(荊州)와 예주(豫州) 두 곳의 군사(軍事)를 감독하고 있었다.

8-15. 與楊德祖書(여양덕조서)

1) 이 글은 양수(楊修)와 문학비평에 관련된 문제를 논한 편지이다. 작자는 우선 세상 사람들의 저술은 결점이 없을 수 없음을 전제하여 다듬는 작업의 필요성을 강조하고, 문학비평을 잘 하려면 창작의 실천도 겸해야 하며, 평가는 개인적인 기호와 밀접한 관계가 있다고 보았다. 끝으로 자신은 국가를 위해 온 힘을 바치고 백성들에게 널리 은혜를 베풀며, 영원히 후세에 전해질 공을 세우고 불후의 공적을 남기기를 희망하지만, 이런 것들이 실현되지 못하면 글을 지어 후세에 전하고자 한다는 생각을 밝혔다. 楊德祖(양덕조, 175~219): 이름은 수(修), 자(字)가 덕조 화음(華陰, 지금의 섬서성(陝西省), 화음현(華陰縣)) 사람. 건안(建安) 중에 효렴(孝廉)에 뽑혀 낭중(郎中)을 제수받고 승상(丞相) 창조(倉曹) 소속 주부(主簿)일을 맡아보았는데, 박학(博學)하고 재주가 많아 조씨(曹氏) 부자(父子)의 사랑을 많이 받았으며, 조식(曹植)과 특히 사이가 친밀하였다. 뒤에 "언교(言敎)를 누설하고 제후(諸侯)들과 사귄다"고 하여 조조(曹操)에게 의해 죽임을 당했다. 이 편지는 건안 21년(216) 조식이 25살, 임치후(臨淄侯)로 있을 때 지어졌다.

저와 같으리라 생각됩니다.

植白, 數日不見, 思子爲勞,2) 想同之也.

저는 어려서부터 글짓기를 좋아하여 지금에 이르기까지 25년이나 되었습니다. 그래서 지금 세상의 작가에 대해서는 대략이나마 말할 수 있습니다. 옛날에 왕찬(王粲)은 한수(漢水)의 남쪽에서 독보적이었고 진림(陳琳)은 황하(黃河)의 북쪽에서 뛰어난 재주를 펼쳤으며, 서간(徐幹)은 청주(青州)에서 이름을 드날렸고 유정(劉楨)은 바닷가에서 문채(文采)를 떨쳤으며 응창(應瑒)은 위(魏)나라 북쪽에서 입신출세하였는데, 선생은 수도 낙양(洛陽)에서 높은 곳을 바라보고 계십니다. 이때에 사람들마다 스스로 말하기를 신령스러운 뱀의 구슬을 쥐고 있다고 하고 집집마다 스스로 말하기를 형산(荊山)의 옥을 간직하고 있다고 말합니다. 우리 왕께서는 이에 하늘을 덮는 큰 그물을 펼쳐 이들을 포용하고 여덟 개의 밧줄을 늘어뜨려 이들을 취하여 이제 모두 이 나라에 모이게 되었습니다. 그러나 이 몇 사람들이 아직 신속하게 높이 날아 단숨에 천리를 가지는 못 합니다. 공장(孔璋)의 재주는 사부(辭賦)를 짓는 데에 뛰어나지 못 하지만 스스로 사마상여(司馬相如)와 풍격이 같다고 종종 말하니, 비유하자면 호랑이를 그리다가 성공하지 못 하고 도리어 개를 그린 것과 같은 것이지요. 이전에는 편지를 써서 그의 사부를 풍자하였는데 도리어 글을 지어 제가 그의 문장을 찬미하였다고 극력 일컬었습니다. 무릇 종자기(鍾子期)는 백아(伯牙)가 타는 금(琴)의 소리를 잘못 듣지 않았기에 지금까지 칭찬 받고 있습니다. 저 또한 도리에 맞지 않는 찬탄을 할 수 없는 것은 후세 사람이 저를 비웃을까 두려워해서입니다.

僕少小好爲文章,　迄至於今二十有五年矣.3)　然今世作者可略而言

---

2) 子(자) : 상대에 대한 경칭(敬稱). 勞(로) : 병(病).
3) 有(유) : '又(우)'와 같다. 또. 이십유오년(二十有五年) : 25년. 조식(曹植)은 초평(初平) 3년(192)에 때어났는데 건안(建安) 21년(216)에 이르러서는 나이가 25살이다.

也.4) 昔仲宣獨步於漢南,5) 孔璋鷹揚於河朔,6) 偉長擅名於靑土,7) 公幹振藻於海隅,8) 德璉發迹於北魏,9) 足下高視於上京.10) 當此之時, 人人自謂握靈蛇之珠,11) 家家自謂抱荊山之玉.12) 吾王於是設天網以該之,13) 頓八紘以掩之,14) 今悉集茲國矣. 然此數子猶復不能飛軒絶迹,15) 一擧千里也. 以孔璋之才, 不閑於辭賦,16) 而多自謂能與司馬長卿同風,17) 譬畫虎不成, 反爲狗也.18) 前爲書嘲之, 反作論, 盛道僕讚其文.19) 夫鍾期不失

------

4) 作者(작자) : 글을 짓는 사람을 가리킨다. 略(략) : 대략(大略).

5) 仲宣(중선) : 왕찬(王粲)의 자(字). 獨步(독보) : 뛰어나다. 漢南(한남) : 한수(漢水)의 남쪽. 형주(荊州)를 가리킨다. 왕찬은 한말(漢末)에 형주에서 유표(劉表)에게 의지하였다.

6) 孔璋(공장) : 진림(陳琳)의 자. 鷹揚(응양) : 매가 하늘 높이 선회(旋廻)하듯이, 뛰어난 재주를 펼치다. 河朔(하삭) : 황하(黃河)의 북쪽. 기주(冀州)를 가리킨다.

7) 偉長(위장) : 서간(徐幹)의 자. 擅名(천명) : 이름을 드날리다. 靑土(청토) : 청주(靑州). 이선(李善)의 주(注)에 의하면, 서간은 북해군(北海郡)에 살았는데 그곳은 「우공(禹貢)」에서 이른바 청주에 속하기 때문에 '청토'라고 말했다고 하였다.

8) 公幹(공간) : 유정(劉楨)의 자(字). 振藻(진조) : 문채(文采)를 떨치다. 문장 저술의 훌륭함을 과시하다. 海隅(해우) : 바닷가. 유정은 동평(東平) 영양(寧陽), 지금의 산동성(山東省) 영양현(寧陽縣) 남면) 사람으로, 그 땅이 바닷가에 가까웠다.

9) 德璉(덕련) : 응창(應瑒)의 자(字). 發迹(발적) : 입신출세하다. 北(북) : 저본에는 '大(대)'로 되어 있으나 조유문(趙幼文)의 설에 따라 고치다(『조식집교주(曹植集校注)』, 155면). 응창은 여남(汝南) 남돈(南頓, 지금의 하남성(河南省) 항성현(項城縣) 북면) 사람인데, 여남 일대는 조조(曹操)의 식읍(食邑)이 있는 곳으로 허창(許昌)에 가깝다.

10) 足下(족하) : 양수(楊修)를 가리킨다. 高視(고시) : 높은 곳을 바라보다. 오만하게 바라보다. 上京(상경) : 수도 낙양(洛陽)을 가리킨다.

11) 靈蛇之珠(영사지주) : 수후(隋侯)의 구슬을 가리킨다. 수후가 뱀을 살려준 보답으로 뱀에게서 얻었다는 보주(寶珠). 야광주(夜光珠).

12) 荊山之玉(형산지옥) : 화씨벽(和氏璧)을 가리킨다. 초(楚)나라 사람 변화(卞和)가 형산(荊山)에서 얻은 옥돌을 여왕(厲王)에게 바쳤으나 그 진가(眞價)를 알아보지 못하고 임금을 속였다는 죄목으로 월형(刖刑)을 받았으나, 뒤에 문왕(文王) 때에 이르러 비로소 그 진가가 판명되었다는 보옥(寶玉).

13) 吾王(오왕) : 조조(曹操)를 가리킨다. 天網(천망) : 하늘을 덮을 만큼 큰 그물. 該(해) : '賅(해)'와 같다. 포용하다. 포괄하다. 망라하다.

14) 頓(돈) : 갖추다. 늘어뜨리다. 八紘(팔굉) : '굉'은 큰 밧줄. '팔굉'은 전설에서 이른바 하늘과 땅을 묶는 여덟 개의 밧줄. 掩(엄) : 취(取)하다.

15) 飛軒(비헌) : 높이 날다. 絶迹(절적) : 신속하다.

16) 閑(한) : '嫻(한)'과 통한다. 능란하다. 노련하다.

17) 多(다) : 재차. 거듭. 司馬長卿(사마장경) : 사마상여(司馬相如). 한(漢) 무제(武帝) 때의 사부가(辭賦家). 風(풍) : 창작(創作) 풍격(風格)을 가리킨다.

聽,20) 於今稱之,21) 吾亦不能妄歎者,22) 畏後世之嗤余也.23)

　　세상 사람들의 저술은 결점이 없을 수는 없습니다. 저는 늘 다른 사람이 저의 문장을 지적해 주길 좋아하니, 잘 못된 점이 있으면 바로 고칩니다. 옛날에 정경례(丁敬禮)가 일찍이 짧은 문장을 짓고는 저더러 문장을 다듬어달라고 했으나, 저는 스스로 생각에 저의 재주가 그를 능가하지 못하여 사양하고 하지를 않았습니다. 경례가 저에게 이렇게 말했습니다. "그대는 무엇을 주저하오? 글이 아름답게 되는 것은 내가 다른 사람의 윤색에 힘입어서이나, 후세에 누가 내 글이 다른 사람에게 힘입어 고쳐진 것이라는 것을 알 수 있겠소?" 나는 늘 이것이 사리에 맞는 말이라 감탄하고 미담이라고 여겼소. 옛날에 공자(孔子)의 글은 대체로 다른 사람과 표현이 같았으나, 『춘추(春秋)』를 편찬함에 이르러서는 자유(子游)와 자하(子夏) 같은 사람들도 결국 한 글자도 바로잡아 고칠 수 없었지요. 이것『춘추』을 제외하고 결점이 없다고 말하는 것을 나는 일찍이 본 적이 없소.

　　世人之著述, 不能無病.24) 僕常好人譏彈其文,25) 有不善者, 應時改

---

18) 反(반) : 도리어.

19) 盛道(성도) : 극력 일컫다.

20) 鐘期(종기) : 종자기(鍾子期). 『열자(列子)·탕문(湯問)』편에 다음과 같은 이야기가 있다. "백아(伯牙)는 금(琴)을 잘 탔는데 높은 산을 노래하는 곡을 연주하자 종자기가 그것을 듣고 '아주 높구나, 마치 태산(太山)과 같구나'라고 말했다. 백아가 또 흐르는 물을 노래하는 곡을 연주하였다. 종자기가 '끝없이 넓구나, 마치 양자강(揚子江), 황하(黃河)와 같구나'라고 말했다(伯牙彈琴, 奏高山之曲, 鍾子期聽之曰, 巍巍乎, 如太山. 伯牙又彈流水之曲. 鍾子期曰, 洋洋乎, 如江河)." 不失聽(부실청) : 금(琴)의 소리를 잘 못 듣지 않다. 즉 음(音)을 제대로 알아듣다.

21) 稱(칭) : 칭찬하다.

22) 妄歎(망탄) : 도리에 맞지 않게 찬탄을 하다.

23) 嗤(치) : 비웃다.

24) 病(병) : 결함. 흠.

25) 僕(복) : 자신의 겸칭(謙稱). 常(상) : 저본에는 '甞(상)'으로 되어 있으나 『문선(文選)』에는 '常(상)'으로 되어 있으며 조유문(趙幼文)의 견해에 따라 '常(상)'으로 바꾸다(『조식집교주(曹植集校注)』, 156면).

定.26) 昔丁敬禮嘗作小文,27) 使僕潤飾之,28) 僕自以才不過若人,29) 辭不
爲也.30) 敬禮謂僕, "卿何所疑難,31) 文之佳麗,32) 吾自得之, 後世誰將知
定吾文者耶."33) 吾常歎此達言,34) 以爲美談. 昔尼父之文辭,35) 與人通
流,36) 至於制春秋, 游夏之徒乃不能措一辭.37) 過此而言不病者, 吾未之
見也.

　　대체로 남지위(南之威) 같은 미모를 가져야 비로소 몸가짐과 외모의
아름다움을 논할 수 있고, 용연검(龍淵劍)의 날카로움이 있어야 비로소
절단하고 베는 것을 의론할 수 있소. 유계서(劉季緖)의 글재주는 일반 작
자들에 미치지 못하는데도 문장을 비난하고 시비(是非)를 지적하기를 좋
아했소. 옛날에 전파(田巴)는 오제(五帝)를 비방하고 삼왕(三王)을 질책하
며, 직하(稷下)에서 오패(五霸)를 헐뜯어 하루아침에 천명의 사람을 굴복
시켰소. 그러나 노중련(魯仲連)이 한 번 말하자 그로 하여금 평생 동안
입을 막게 했지요. 유계서(劉季緖)의 말재주는 전파(田巴)에 미치지 못하
는데 이제 노중련 같은 사람을 구하는 것이 어렵지 않으니 그만두지 않

---

26) 應時(응시) : 즉시.
27) 丁敬禮(정경례) : 정이(丁廙). '경례'는 그의 자(字).
28) 潤飾(윤식) : 윤색하다. 바로잡아 고치다.
29) 若人(약인) : 이 사람. 정경례를 가리킨다.
30) 辭(사) : 사양하다.
31) 卿(경) : 그대. 옛날 임금이 신하를 부르거나 부부지간 혹은 친구지간에 서로 친근하
　　게 부르는 칭호. 疑難(의난) : 우려하다. 주저하다.
32) 麗(려) : 저본에는 '惡(악)'으로 되어 있으나 조유문(趙幼文)의 견해에 따라 고치다
　　(『조식집교주(曹植集校注)』, 156면).
33) 將(장) : 저본에는 '相(상)'으로 되어 있으나 조유문(趙幼文)의 견해에 따라 고치다
　　(『조식집교주(曹植集校注)』, 157면).
34) 達言(달언) : 사리(事理)에 맞는 말.
35) 尼父(니보) : 공자(孔子). 文辭(문사) : 문사. 문장.
36) 通流(통류) : 막힘이 없이 통하다. 다른 사람과 같은 곳이 있다.
37) 游夏(유하) : 공자의 제자 자유(子游)와 자하(子夏). 두 사람 모두 문장에 뛰어났다.
　　措(조) : 두다. 배치하다. 措辭(조사) : 단어를 문맥에 맞게 골라 쓰다. 어휘를 취사선택
　　하다.

을 수 있겠소? 사람들은 각기 좋아하고 숭상하는 것이 있어 난초, 구리
때, 손 풀, 혜초와 같은 향풀은 많은 사람들이 좋아하는 바이지만 바닷
가에는 악취를 쫓아가는 사람도 있으며, 「함지(咸池)」와 「육경(六莖)」의
음악이 연주되면 많은 사람들이 모두 즐거워하지만 묵적(墨翟)은 그것을
비난하는 논의를 한 바 있었으니, 어찌 똑같이 논할 수가 있겠소.

　　蓋有南威之容,[38]　乃可以論於淑媛,[39]　有龍淵泉之利,[40]　乃可以議於
斷割. 劉季緒才不能逮於作者,[41]　而好詆訶文章,[42]　掎摭利病.[43]　昔田巴
毀五帝,[44]　罪三王,[45]　訾五霸於稷下,[46]　一旦而服千人. 魯連一說,[47]　使終

---

38) 南威(남위) : 남지위(南之威). 중국 고대의 미녀.

39) 淑媛(숙원) : 재덕(才德)이 뛰어난 여자. 淑(숙) : 몸가짐이 단정하다. 媛(원) : 외모가 아
　름답다.

40) 淵(연) : ‘저본에는 ‘泉(천)’으로 되어 있다. 송간본(宋刊本) 『조자건집문집(曹子建集
　文集)』에도 ‘淵(연)’으로 되어 있다. 조식이 원래는 ‘연’으로 쓴 것을 당(唐)나라 사람들
　이 이연(李淵)의 휘(諱)를 피(避)하여 바꾼듯하다. 龍淵(용연) : 고대의 보검(寶劍) 이름.

41) 劉季緒(유계서) : 지우(摯虞)의 『문장지(文章志)』에 의하면, 유표(劉表)의 아들로 관
　직이 낙안태수(樂安太守)에 이르렀으며, 시(詩), 부(賦), 송(頌) 6편을 지었다.

42) 詆訶(저가) : 헐뜯으며 꾸짖다. 비방하다.

43) 掎摭(기척) : 지적(指摘)하다. 利病(이병) : 잘한 점과 못한 점.

44) 田巴(전파) : 전국(戰國) 시대의 궤변가(詭辯家). 毀(훼) : 비방하다. 五帝(오제) : 옛날
　중국에 있던 전설상의 다섯 황제(皇帝). 즉 황제(黃帝), 전욱(顓頊), 제곡(帝嚳), 요(堯),
　순(舜). 또는 이것과 다르게 보는 설도 있다.

45) 罪(죄) : 질책하다. 三王(삼왕) : 삼대(三代)의 성왕(聖王). 곧, 하(夏)의 우왕(禹王), 은
　(殷)의 탕왕(湯王), 주(周)의 문왕(文王), 또는 무왕(武王).

46) 訾(자) : 헐뜯다. 稷下(직하) : 전국(戰國) 시대 제(齊) 나라 도성(都城) 임치(臨淄)의 성
　문(城門) 이름. 제 선왕(宣王)이 학자를 우대하였으므로 한때 천하의 학자들이 모두 이
　곳에 모여들었다고 한다. 당시 제 나라 학술의 중심이 되었다. 五覇(오패) : 중국 춘추
　(春秋) 시대에 가장 강대하여 한때의 패업(霸業)을 이룬 다섯 사람의 제후(諸侯). 곧,
　제(齊) 환공(桓公), 진(晉) 문공(文公), 진(秦) 목공(穆公), 송(宋) 양공(襄公), 초(楚) 장왕
　(莊王). 또는 진 목공, 송 양공 대신에 오(吳) 부차(夫差), 월(越) 구천(句踐)을 넣기도
　한다.

47) 魯連(노련) : 노중련(魯仲連). 이선(李善)이 주(注)에서 『노련자(魯連子)』를 인용하여
　다음과 같이 말했다. “제(齊) 나라의 말 잘하는 사람으로 전파(田巴)가 있었는데, 저구
　(狙丘)에서 변론하고 직하(稷下)에서 강론을 하면서 오제(五帝)를 비방하고 삼왕(三王)
　을 질책하며 하루에 천명을 굴복시켰다. 서겁(徐劫)의 제자 중에 노련(魯連)이 있었는
　데 서겁에게 말하길, ‘제가 전파를 만나 다시는 말을 못하게 하고 싶습니다’(齊之辯者
　曰田巴, 辯於狙丘, 而議於稷下, 毀五帝, 罪三王, 一日而)服千人. 有徐劫弟子曰魯連,

身杜口.48) 劉生之辯未若田氏,49) 今之仲連求之不難, 可無歎息乎,50) 人
各有好尙, 蘭茝蓀蕙之芳,51) 衆人之所好, 而海畔有逐臭之夫,52) 咸池六
莖之發,53) 衆人所共樂, 而墨翟有非之之論,54) 豈可同哉.

　이제 제가 소싯적에 지은 사부(辭賦)를 한 부 보내 드리려고 하오. 무
릇 길거리와 골목에서 떠도는 이야기라도 반드시 취할 만한 것이 있을
것이고, 민간의 가요도 「풍(風)」과 「아(雅)」와 부합하는 것이 있을 것이
며, 보통 사람의 생각도 아무렇게나 가벼이 버려서는 안되지요. 사부(辭
賦)는 작은 재능으로, 본래 큰 뜻을 밝히고 후세 사람들에게 분명히 보
여주기에는 부족합니다. 옛날 양웅(揚雄)은 한(漢)나라 때 제왕을 시중드
는 신하였을 따름이나 오히려 사내대장부는 사부 같은 것은 짓지 않는
다고 말했오. 제가 비록 덕이 부족하고 지위가 지방의 제후이지만, 그래
도 국가를 위해 온 힘을 바치고 아래 백성들에게 널리 은혜를 베풀며,
영원히 후세에 전해질 공을 세우고 불후의 공적을 남기기를 희망하는
데, 어찌 단지 글 짓는 것을 공훈과 업적으로 삼아 사부(辭賦)를 짓는 것
으로 군자가 되겠습니까. 만약 저의 뜻이 실현되지 못하고 저의 이상이

　　謂劫曰, 臣願當田子, 使不敢復說)."
48) 杜口(두구) : 입을 막다.
49) 劉生(유생) : 유계서(劉季緖)를 가리킨다.
50) 息(식) : 그치다. 저본에는 '歎息(탄식)'이라 되어 있으나 송간본(宋刊本)『조자건문집
　　(曹子建文集)』이나『문선(文選)』에 모두 '歎(탄)'자가 없다. 조유문(趙幼文)은 이 자를
　　빼는 것이 마땅하다고 하였다. 조유문의 말에 의거하다(『조식집교주(曹植集校注)』,
　　158면).
51) 蘭茝蓀蕙(난채손혜) : 모두 향초(香草) 이름이다.
52) 逐臭之夫(축취지부) : 쫓아가다. 따르다.『여씨춘추(呂氏春秋)·우합(遇合)』편에 다
　　음과 같은 이야기가 실려 있다. 제(齊)나라 사람 중에 악취(惡臭)가 아주 많이 나는 사
　　람이 있어 부모나 형제, 처첩(妻妾), 그리고 그를 아는 사람들이 그와 더불어 살 수 없
　　어하자 스스로 괴로워하며 해상(海上)땅에 가서 살았는데, 그 악취를 좋아하는 사람이
　　있어 밤낮으로 그를 따르면서 떠나가지 않았다.
53) 咸池六莖(함지육경) : 모두 악무(樂舞) 이름이다. 황제(黃帝)의 음악을 '함지'라고 하
　　고, 전욱(顓頊)이 '육경' 음악을 지은 것으로 전해진다.
54)『묵자(墨子)』에 「비악편(非樂篇)」이 있다.

행해지지 못한다면, 장차 백관의 실록을 채록하고 시대 풍속의 득실을
분별하여, 인의(仁義)의 표준을 정하고 일가를 이루고자 합니다. 설사 그
것을 명산에 간직해둘 수 없을지라도 뜻이 같은 사람에게 전할 수 있으
나 이것은 백발이 되어서야 할 수 있는 것이니, 어찌 지금 논해야하는
것이겠소. 이런 말을 부끄러이 여기지 않는 것은 선생께서 혜자(惠子)가
장자(莊子)를 알아주듯 나를 이해해주시리라 믿어서요. 내일 일찌감치
선생을 맞이하고자 하는데 편지로 생각을 다 나타낼 수 없군요. 조식이
삼가 올립니다.

今往僕少小所著辭賦一通與.55)　夫街談巷說,56)　必有可采,　擊轅之
歌,57) 有應風雅,58) 匹夫之思未易輕棄也.59) 辭賦小道, 固未足以揄揚大
義,60) 彰示來世也.61) 昔揚子雲先朝執戟之臣耳,62) 猶稱壯夫不爲也.63)
吾雖薄德64), 位爲藩侯,65) 猶庶幾戮力上國,66) 流惠下民,67) 建永世之

---

55) 往(왕) : 보내다. 少小(소소) : 젊을 때. 通(통) : 문건(文件)을 세는 단위. 여기서는 많은
　　사부(辭賦)를 한 권으로 모은 서책을 가리킨다. 相與(상여) : 증여(贈與)하다.
56) 街談巷說(가담항설) : 길거리와 골목에서 떠도는 이야기. 천박하고 자질구레한 이야기.
57) 擊轅之歌(격원지가) : 민간가요. 전하는 바에 의하면, 요순(堯舜) 임금 때에 천하가
　　태평하자 백성들이 수레의 끌채를 두드리면서 노래를 불렀다고 한다.
58) 風雅(풍아) : 『시경(詩經)』의 「국풍(國風)」과 「대아(大雅)」, 「소아(小雅)」를 가리킨다.
59) 匹夫(필부) : 평범한 사람. 匹夫之思(필부지사) : 평범한 사람의 생각. 조식이 자신의
　　글을 겸손하게 이르는 말.
60) 揄揚(유양) : 밝히다. 선양하다. 大義(대의) : 큰 이치.
61) 彰示(창시) : 분명하게 나타내 보이다. 彰(창) : 밝다. 뚜렷하다.
62) 揚子雲(양자운) : 양웅(揚雄). 자(字)가 자운. 한대(漢代)의 사부가(辭賦家). 先朝(선조) :
　　앞의 조대. 여기서는 한대(漢代). 執戟之臣(집극지신) : 제왕의 옆에서 시중드는 시랑(侍
　　郎). 양웅은 한나라 성제(成帝) 때에 일찍이 「우렵부(羽獵賦)」를 올려 랑(郎)이 되었다.
63) 壯夫不爲(장부불위) : 대장부(大丈夫)는 사부(辭賦) 같은 것은 짓지 않는다. 양웅은
　　『법언(法言)·오자(吾子)』편에서, "혹자가 묻기를 '그대는 어려서 부(賦)를 좋아하였습
　　니까?'라고 하였다. 대답하기를 '그렇습니다. 동자(童子)가 새나 벌레 모양의 글씨를
　　쓰고 도장을 새기는 것과 같습니다' 하고는 조금 있다가 곧 이어 말하길, '대장부는
　　(사부 같은 것을) 짓지 않습니다'(或問, 吾子少而好賦? 曰, 然, 童子雕蟲篆刻. 俄而曰,
　　壯夫不爲也)"라고 하였다.
64) 薄德(박덕) : 자질이 우둔하다.
65) 藩侯(번후) : 왕실을 지키는 제후. 옛날 제후(諸侯)를 분봉(分封)할 때 왕실을 보위하
　　는 직책이 주어졌는데 울타리와 병풍[藩屛]에 비유되기 때문에 '번후'라고 부른다. 여

業,68) 流金石之功,69) 豈徒以翰墨爲勳績,70) 辭賦爲君子哉. 若吾志不果,
吾道不行, 則將采庶官之實錄,71) 辯時俗之得失,72) 定仁義之衷,73) 成一
家之言.74) 雖未能藏之於名山, 將以傳之於同好,75) 此要之皓首,76) 豈今
日之論乎. 其言之不慚, 恃惠子之知我也.77) 明早相迎, 書不盡懷. 曹植白.

기서는 조식이 당시 임치후(臨淄侯)에 봉해진 것을 가리킨다.

66) 庶幾(서기) : 희망하다. 戮力(육력) : 협력하다. 마음을 같이하여 힘을 다하다. 上國(상
국) : 옛날에 천자(天子)를 '상국'이라 부르고 제후를 '하국(下國)'이라 불렀다. 여기서
'상국'은 동한(東漢) 왕조(王朝)를 가리킨다.

67) 流惠(유혜) : 널리 은혜를 베풀다.

68) 業(업) : 공업(功業). 공훈과 업적.

69) 流(류) : 남기다. 옛날에 '留(류)'와 통용된다. 金石之功(금석지공) : 불후의 업적. 옛날
에는 공적(功績)을 오래도록 전해지기 편리하도록 종(鍾)이나 솥[金] 혹은 비석[石]에
새겼다.

70) 翰墨(한묵) : 필묵(筆墨). 문장(文章)을 가리킨다.

71) 庶官(서관) : 백관(百官). 實錄(실록) : 사관(史官)이 기록한 조정(朝廷)의 대사(大事)와
전장(典章) 제도(制度).

72) 辯(변) : '辨(변)'과 통한다. 분별하다.

73) 衷(충) : 가운데. 중도(中道).

74) 一家之言(일가지언) : 한 부분의 권위자로서 체계를 갖춘 학설이나 저술.

75) 同好(동호) : 뜻이 같은 사람.

76) 此(차) : 저본에는 '非(비)'로 되어 있으나 조유문(趙幼文)의 말에 따라 고치다(『조식
집교주(曹植集校注)』, 159면). 要(요) : 요구하다. 기한(期限)을 약정(約定)하다. 皓首(호
수) : 백두(白頭). 만년(晚年).

77) 恃(시) : 믿다. 힘입다. 惠子(혜자) : 혜시(蕙施). 전국(戰國) 시대 사람으로, 장자(莊子)
의 친구. 혜자가 죽은 뒤, 장자는 더 이상 논변(論辯)할 상대가 없어졌다고 말했다. 여
기서 조식은 양수를 혜자에 비유했다.

8-16. 오계중에게 드리며(與吳季重書)[1]

　　조식이 아룁니다. 계중(季重) 선생. 며칠 전 업무 보고 관계로 서로 가까이 앉게 되었는데, 비록 하루 종일 연회를 열지만 헤어져 있을 날은 많고 만날 날은 적으리니, 걱정이 쌓이는 것을 다할 길이 없었소. 앞쪽으로 뜰의 연못을 마주하며 술잔을 들고 뒤쪽에서 통소와 피리가 소리를 낼 즈음에 이르자, 선생께선 매와 같은 그 몸을 떨쳐 봉황처럼 살피고 호랑이처럼 쳐다보시니, 소하(蕭何)와 조참(曹參)이라 부르자니 당신과 짝하기에 부족하고, 위청(衛靑)과 곽거병(霍去病)도 당신과 함께 논할 가치가 없소. 좌우를 둘러보고 나를 능가할 사람이 없는 것 같다고 말하는 것은 어찌 그대의 큰 뜻이 아니겠습니까. 푸줏간 문을 지나면서 입맛을 크게 다시는 것은 비록 고기를 먹지는 못하더라도 마음속 즐거움을 중시하는 것이지요. 이런 때를 맞아, 원컨대 태산(泰山)을 들어 고기로 삼고 동해(東海)를 기울여 술을 만들며, 운몽(雲夢)의 대나무를 베어 피리를 만들고 사수(泗水) 물가의 가래나무를 베어 쟁(箏)을 만들며, 밥 먹는 것은 큰 골짜기를 메우는 것과 같고 술 마시는 것은 바다이 새는 잔에 부어넣듯 하기를 바랍니다. 위에서 말한 것 같이 되면 그 즐거움은 진실로 헤아리기 어려우니, 어찌 대장부의 즐거움이 아니겠소 그러

　1) 이 글은 오질(吳質)에게 보낸 편지로, 지난번에 만나 연회를 할 때의 오질의 호쾌한 거동을 묘사하고, 오질의 편지글이 훌륭함을 칭찬하면서 글 짓는 어려움을 말하고, 군자는 마땅히 음악을 잘 알아야 됨을 언급하고, 오질이 그곳에서 선정(善政)을 베푼 업적을 거론하면서 백성을 바꾸어서 다스리는 것은 옳지 않다는 견해를 밝혔다. 吳季重(오계중) : 오질(吳質, 177~230). 자(字)가 계중. 『위략(魏略)』에 의하면 오질은 재주가 뛰어나고 박학하여 오관장(五官將) 조비(曹丕)와 제후들로부터 예대(禮待)를 받고 사랑을 받았으며, 오질도 두 형제 사이에서 처신을 잘 하였다. 하북(河北)이 평정되고 조비가 세자(世子)가 되었을 때 오질이 유정(劉楨) 등과 자리에 있었는데 조식(曹植)이 견책(譴責)을 당하자 오질도 지방으로 나가 조가(朝歌)의 장(長)이 되었다. 이 때 임치후(臨淄侯)로 있던 조식이 오질에게 편지를 보냈다.

나 시간이 나와 함께 하지 않아 해가 급히 움직이니, 만나보는 것은 지나가는 햇빛처럼 빠르고, 이별은 삼성(參星)과 상성(商星)처럼 아주 멀기만 할 것 같소. 생각 같아서는 여섯 마리의 용(龍)의 머리를 누르고 희화(羲和)의 수레를 멈추며, 약목(若木)의 꽃을 꺾어 해를 막고 해가 지는 골짜기를 폐쇄해 버리고 싶으나, 하늘의 길은 높고도 멀어 오랫동안 그 길을 오를 인연이 없었습니다. 그리운 마음에 전전반측하니, 어찌해야 하나 어찌해야 할는지요.

植白, 季重足下. 前日雖因常調,[2] 得爲密坐,[3] 雖燕飮彌日,[4] 其於別遠會稀,[5] 猶不盡其勞積也.[6] 若夫觴酌凌波於前,[7] 簫笳發音於後,[8] 足下鷹揚其體,[9] 鳳觀虎視,[10] 謂蕭曹不足儔,[11] 衛霍不足侔也.[12] 左顧右盼,[13] 謂若無人, 豈非吾子壯志哉.[14] 過屠門而大嚼,[15] 雖不得肉, 貴且快意.[16]

---

2) 常調(상조) : 각지의 지방 관원이 일정한 시기에 모여 상급자에게 소관 업무를 보고하는 것을 가리킨다.

3) 密坐(밀좌) : 가까이 앉다. 친근하다는 의미.

4) 彌日(미일) : 종일(終日).

5) 別遠會稀(별원회희) : 헤어져 있을 날은 많고 만날 날은 적다.

6) 勞(로) : 걱정. 근심.

7) 凌(능) : 마주하다. 凌波(능파) : 뜰의 연못을 마주하다.

8) 簫(소가) : 퉁소와 갈잎피리.

9) 鷹揚(응양) : 드러내다. 매와 같이 하늘에서 날다. 큰 재주를 드러냄을 비유하다.

10) 觀(관) : 『문선(文選)』에는 '歎(탄)'으로 되어 있으며, '鳳歎虎視(봉탄호시)'에 대하여 이선(李善)의 주(注)에 "'鳳(봉)'은 문(文)을 비유하고 '虎(호)'는 무(武)를 비유한다. '탄(歎)'은 '가(歌, 노래하다)'와 같은데, 훌륭하게 여기고 크게 여긴다는 뜻을 취하였다(鳳以喩文也, 虎以喩武也. 歎猶歌也, 取美壯之意)"라고 하였다.

11) 蕭曹(소조) : 소하(蕭何)와 조참(曹參)을 가리킨다. 두 사람 모두 한(漢)나라 고조(高祖)와 혜제(惠帝) 때 승상(丞相)을 지냈다. 儔(주) : 짝.

12) 衛霍(위곽) : 위청(衛靑)과 곽거병(霍去病)을 가리킨다. 한(漢)나라 무제(武帝) 때의 명장(名將). 侔(모) : 가지런하다. 필적(匹敵)하다.

13) 盼(반) : 보다.

14) 吾(오) : 저본에는 '君(군)'으로 되어 있으나 『문선(文選)』과 송간본(宋刊本) 『조자건문집(曹子建文集)』에 의거하여 고치다. 吾子(오자) : 상대(相對)를 친하게 부르는 호칭. 오계중(吳季重)을 가리킨다.

15) 嚼(작) : 씹다. 『문선(文選)』의 이선(李善)의 주(注)에 "환자(桓子, 즉 桓譚)의 『신론(新論)』에 '사람들은 장안(長安)의 생활이 즐겁다는 말을 들으면 문을 나서 서쪽을 바라

當斯之時, 願擧泰山以爲肉, 傾東海以爲酒,[17] 伐雲夢之竹以爲笛, 斬泗
濱之梓以爲箏,[18] 食若塡巨壑, 飮若灌漏卮.[19] 如上言,[20] 其樂固難量, 豈
非大丈夫之樂哉. 然日不我與, 曜靈急節,[21] 面有過景之速,[22] 別有參商
之闊.[23] 思欲抑六龍之首,[24] 頓羲和之轡,[25] 折若木之華,[26] 閉蒙汜之
谷,[27] 天路高邈,[28] 良久無緣.[29] 懷戀反側,[30] 何如何如.

선생께서 보내신 편지를 받아보니 글이 아름답고 변화 많고 전아하

보고 웃고, 고기 맛이 좋다는 것을 알면 푸줏간 쪽을 보고 입맛을 다신다'(桓子新論曰,
人聞長安樂 , 則出門向西而笑, 知肉味美, 對屠門而大嚼)는 말이 있다"고 하였다.
16) 貴(귀) : 중시하다. 快(쾌) : 즐거워하다.
17) 傾(경) : 다하다.
18) 泗濱(사빈) : 사수(泗水)의 물가. 泗(사) : 강 이름. 지금의 산동성(山東省) 사수현(泗水
縣)에서 발원(發源)하여 지금의 산동성과 강소성(江蘇省)을 거쳐 끝에는 회하(淮河)로
흘러든다. 濱(빈) : 물가. 梓(재) : 가래나무. 낙엽수. 나무 재질이 가볍고 잘 쪼개져서 고
대에는 종종 악기를 만드는 재료로 쓰였다.
19) 灌(관) : 물 대다. 붓다. 卮(치) : 술잔.
20) 如上言(여상언) : 『문선(文選)』과 송간본(宋刊本) 『조자건문집(曹子建文集)』에는 이
세 자가 없다.
21) 曜靈(요령) : 태양(太陽)을 가리킨다. 急節(급절) : 본래는 악곡(樂曲)의 박자가 빠른
것을 가리키나 여기서는 신속하게 움직인다는 뜻으로 쓰였다.
22) 面(면) : 보다. 만나다. 景(경) : 햇빛.
23) 參商(삼상) : 삼성(參星)과 상성(商星). 밤에 삼성이 나타나면 상성은 숨어, 두 별이
동시에 나타나지 않기 때문에, 옛날 사람들은 이 두 별을 가지고 멀리 떨어지는 것에
비유하였다. 闊(활) : 멀다.
24) 抑(억) : 누르다. 중국 고대의 신화 전설에 의하면, 태양의 신(神) 희화(羲和)가 여섯
마리의 용(龍)이 끄는 해 수레를 몰고 해를 싣고 공중을 운행한다고 한다.
25) 頓(돈) : 멈추다. 義和(희화) : 신화 전설에서 해 수레를 모는 신(神). 轡(비) : 고삐.
26) 若木(약목) : 전설에 나오는 신령스러운 나무. 곤륜산(崑崙山)의 서쪽 끝에서 산다고
전해진다. 이 구절은 굴원(屈原)의 「이소(離騷)」에 나오는 "약목을 꺾어 해를 가린다
(折若木以拂日)"는 말에서 나왔다.
27) 蒙汜(몽사) : 신화 전설에서 해가 지는 곳. 해가 황혼이 되면 서쪽 끝에 있는 몽수(蒙
水) 가에 떨어진다고 한다. 蒙(몽) : 물 이름. 汜(사) : 물가.
28) 高邈(고막) : 높고 멀다.
29) 無緣(무연) : 하늘의 길에 올라가고자 하나 어느 곳으로부터 올라가야 할 지 알 수 없
음을 말한다.
30) 反側(반측) : 마음에 걸리는 일이 있어 잠을 이루지 못하고 몸을 이리저리 뒤척거리다.

여, 봄꽃 같이 화사하고 맑은 바람처럼 산뜻한데, 거듭하여 읊조리니 분명코 선생을 다시 만난 듯하오. 여러 어진 사람들이 지은 문장은 생각건대 조가(朝歌)로 돌아가시면 다시 읊조릴 수 있을 것이요. 문장을 좋아하는 문서관리자도 읊조리고 외도록 할 수 있을 거요. 무릇 글을 짓는 어려움은 오늘날뿐만 아니라 고대의 군자도 역시 그것을 골치 아파하였소. 집집마다 천리마가 있다면 천리마가 진귀하게 여겨지지 않고, 사람마다 한 자 남짓의 화씨(和氏)의 옥을 가지고 있다면 화씨의 옥도 귀하다고 여겨질리 없소.

得所來訊,31) 文采委曲,32) 曄若春榮,33) 瀏若清風,34) 申詠反覆,35) 曠若復面.36) 其諸賢所著文章,37) 想還所治復申詠之也.38) 可令憙事小吏諷而誦之.39) 夫文章之難, 非獨今也, 古之君子猶亦病諸.40) 家有千里驥, 而不珍焉, 人懷盈尺和氏,41) 而無貴矣.42)

---

31) 來訊(내신) : 내신(來信, 보내온 편지).

32) 文采(문채) : 글이 화려하고 아름답다. 委曲(위곡) : 형식상 변화가 많고 문자 사용이 전아(典雅)하다.

33) 曄(엽) : 빛나다. 성(盛)하다. 榮(영) : 꽃.

34) 瀏(류) : 맑다. 바람이 빠른 모양. 숲에 바람이 부는 소리. 清風(청풍) : 문장의 뜻이 참신하여 낡은 틀에 사로잡히지 않음을 말한다.

35) 申詠(신영) : 거듭해서 노래하다(읊조리다, 읽다).

36) 曠(광) : 분명하다. 復面(부면) : 다시 만나다.

37) 諸賢(제현) : 여러 현사(賢士). 당시 업하(鄴下)의 문인들, 예컨대 유정(劉楨), 서간(徐幹), 양수(楊修) 등을 가리키는 듯하다.

38) 所治(소치) : 치소(治所, 정무(政務)를 처리하는 곳). 여기서는 오질(吳質)이 정무를 보는 조가(朝家)를 가리킨다.

39) 憙事(희사) : 일을 좋아하다. 여기서는 문장을 좋아하는 것을 가리킨다. 史(사) : 저본에는 '吏(리)'로 되어 있으나 조유문(趙幼文)의 견해에 따라 고치다(『조식집교주(曹植集校注)』, 145면). 小史(소사) : 관청에서 문서를 맡아보는 사람.

40) 病(병) : 어렵게 여기다. 諸(저) : '之(지)'와 '乎(호)'의 합음(合音).

41) 盈尺(영척) : 한 자 남짓하다. 和氏(화씨) : 변화(卞和)를 가리킨다. 춘추(春秋)시대 초(楚)나라 사람으로 보옥(寶玉)을 발견하다.

42) 『문선(文選)』의 이선(李善) 주(注)에, "천리마와 화씨(和氏)의 옥은 드물기 때문에 귀한 것이다. 이제 만약 집집마다 천리마가 있고 사람마다 한 자 남짓의 옥을 가지고 있다면 천리마와 화씨의 옥이 어찌 진귀해질 수 있겠는가? 라는 말이다(言驥及和氏, 以希爲貴. 今若家有千里, 人懷盈尺, 卽驥及和氏, 寧得珍貴乎)"라고 하였다.

무릇 군자로서 음악을 알지 못하면, 옛날의 고명한 논의에서 이에 대해 말하길, 이치는 알지만 막혔다고 했는데, 묵적(墨翟)은 음악을 좋아하지 않기는 하나 어찌하여 조가(朝歌)를 지나면서 수레를 돌릴 필요 있었겠소? 선생께선 음악을 좋아하시고 마침 묵자(墨子)가 수레를 돌렸던 고을에 계시니, 선생께서 제가 견식을 넓히는 것을 도와주시리라 생각합니다.

夫君子而不知音樂, 古之達論謂之通而蔽,[43] 墨翟不好伎, 何爲過朝歌而廻車乎.[44] 足下好伎, 而正値墨氏廻車之縣, 想足下助我張目也.[45]

또 선생께서 거기에 계시면서 본래 선정(善政)을 베푸셨다 들었소. 무릇 구해도 얻지 못한 경우는 있으나, 구하지 않았는데도 저절로 얻는 것은 없지요. 또 길을 바꾸어 가는 것은 왕량(王良)과 백락(伯樂)이 모는 수레가 아니요, 백성을 바꾸어서 다스리는 것은 초(楚)나라와 정(鄭)나라의 정치가 아니니, 원컨대 선생께선 힘쓰기를 바랍니다. 마침 귀한 손님을 대하고 있다가 구두로 말한 것을 받아 적게 하여 자세하게 다 전할 수 없으니, 내왕하면서 자주 말씀드리도록 하겠습니다. 조식이 삼가 올립니다.

又聞足下在彼, 自有佳政. 夫求而不得者有之矣, 未有不求而自得者也. 且改轍而行, 非良樂之御,[46] 易民而治, 非楚鄭之政,[47] 願足下勉之而

---

43) 達論(달론): 『순자(荀子)・해폐편(解蔽篇)』을 가리키는데, "묵적(墨翟)은 용(用)에 덮여서 문(文)을 알지 못한다(墨翟蔽於用而不知文)"이라 하였다. 蔽(폐): 덮다. 문(文)을 모르는 것을 말한다.

44) 伎(기): 가무(歌舞)의 일을 말한다. 朝歌(조가): 상대(商代)의 옛 수도로, 옛날 역사책에서는 이곳이 주왕(紂王)이 음란하게 즐기던 곳이라 하였다. 『회남자(淮南子)・설산편(說山篇)』에, "묵자(墨子)는 음악을 좋아하지 않아 조가읍(朝歌邑)에 들어가지 않았다(墨子非樂, 不入朝歌之邑)"라고 하였다.

45) 張目(장목): 시야(視野), 견식(見識)을 넓히다. 張(장): 열다.

46) 良樂(양락): 옛날 말을 잘 알아보던 사람으로, 조(趙)나라의 왕량(王良)과 진(秦)나라의 백락(伯樂).

47) 楚鄭(초정): 초(楚)나라의 손숙오(孫叔傲)와 정(鄭)나라의 자산(子産). 『사기(史記)』에

已矣. 適對嘉賓,48) 口授不悉,49) 往來數相聞. 曹植白.

8-17. 진림에게 드리며(與陳琳書)1)

비취빛 구름을 걸쳐 옷으로 삼고 북두칠성(北斗七星)을 머리에 이고 관(冠)으로 삼으며, 무지개를 허리에 둘러 큰 띠로 삼고 해와 달을 연이어 옥패(玉佩)로 삼으니, 이런 옷은 아름답지 않음이 없습니다. 그러나 제왕이 이런 옷을 입지 않은 것은 희망이 하늘에서 파멸되고 뜻이 마음에서 끊어졌기 때문입니다.

夫披翠雲以爲衣,2) 戴北斗以爲冠,3) 帶虹蜺以爲紳,4) 連日月以爲佩,5) 此服非不美也. 然而帝王不服者, 望殊於天,6) 志絶於心矣.

서 "규칙을 잘 지키는 선량한 관리로, 초나라에는 손숙오가 있고, 정나라에는 자산이 있어, 두 나라 모두 잘 다스려졌다(循吏, 楚有孫叔傲, 鄭有子産, 而二國俱治)"라고 하였다.

48) 適(적) : 마침.

49) 口授(구수) : 입으로 말하고 사람을 시켜 적게 하다. 不悉(부실) : 상세하게 다하지 못하다.

8-17. 與陳琳書(여진림서)

1) 이 글은 빠진 부분이 많아 글 뜻이 분명치 않다. 陳琳(진림, ?~217) : 한대(漢代)의 문학가. 자(字)는 공장(孔璋). 건안칠자(建安七子)의 한 사람.

2) 披(피) : 입다. 옷을 걸치다. 翠雲(취운) : 비취빛 구름. 푸른 구름.

3) 戴(대) : 이다. 머리 위에 올려놓다. 北斗(북두) : 북두칠성(北斗七星).

4) 帶(대) : 띠를 두르다. 虹蜺(홍예) : 무지개. '虹(홍)'은 빛이 선명한 수무지개, '蜺(예)'는 빛이 맑고 흐린 암무지개. 紳(신) : 큰 띠. 예복에 갖추어 매는 큰 띠. 허리띠.

5) 佩(패) : 허리에 차는 구슬. 허리띠에 달던 장식품.

6) 望(망) : 바라다. 희망. 殊(수) : 끊어지다. 단절되다. 파멸되다.

잔구(殘句) 1

갈천씨(葛天氏)의 음악은 천 명이 노래하고 만 명이 화답하니, 이런 까닭에 대소(大韶)와 대하(大夏)를 경시하게 되었습니다.

葛天氏之樂,7) 千人唱, 萬人和, 因以蔑韶夏矣.8)

잔구(殘句) 2

천리마는 평소에 보통 걸음을 넘지 않지만 말을 잘 모는 사람을 만나면 힘을 다해 달립니다.

驥騄不常一步,9) 應良御而效足.10)

---

7) 葛天氏之樂(갈천씨지악) : 신화 전설에 전해지는 옛날 갈천씨(葛天氏)의 악무(樂舞). 세 사람이 소의 꼬리를 잡고 노래를 부르는데, 모두 여덟 곡이다. 『여씨춘추(呂氏春秋)·고악(古樂)』편에 악곡의 이름을 상세하게 들었는데, 재민(載民), 현조(玄鳥), 수초목(遂草木), 분오곡(奮五穀), 경천상(敬天常), 달제공(達帝功), 의지덕(依地德), 총만물지극(總.萬物之極) 등이다. 葛天氏(갈천씨) : 중국 신화(神話) 중에 나오는 임금. 교화(敎化)에 힘써 세상이 태평해 졌다고 한다. 일설에는 아주 먼 옛날의 부족(部族)의 이름으로 본다.
8) 蔑(멸) : 업신여기다. 경시하다. 韶(소) : 대소(大韶). 순(舜)임금의 음악. 夏(하) : 대하(大夏). 우(禹)임금의 음악. 둘 다 주대(周代) 육악(六樂, 육무(六舞))의 하나. 주나라 사람은 이것을 사용하여 사방에 제사를 지냈다고 전해진다. 이상의 네 구절은 『문심조룡(文心雕龍)·사류(事類)』편에 실린 「공장(孔璋, 진림(陳琳)의 자(字))에게 드리며(報孔璋書)」에 보이는 구절.
9) 驥(기) : 천리마. 騄(록) : 말 이름. 녹이(騄駬). 주(周) 목왕(穆王)이 천하를 주유(周遊)할 때 탔다는 팔준마(八駿馬) 중의 하나. 常步(상보) : 보통 걸음.
10) 效(효) : 힘을 다하다. 이상의 두 구절은 『문선(文選)』에 실린 안연년(顔延年)의 「붉은 빛과 흰 빛의 말을 노래한 부(赭白馬賦)」와 육기(陸機)의 「고조(高祖)의 공신(功臣)들을 칭송하며(高祖功臣頌)」의 이선(李善)의 주(注)에 보이는 「진림(陳琳)에게 드리며(與陳琳書)」의 구절.

8-18. 정경례에게 드리며(與丁敬禮書)[1]

근자에 선생의 소식을 듣지 못하다가 또 선생의 음성을 듣게 되니 괴이하게 느껴져 이에 흥이 일어 편지를 씁니다. 기쁨을 머금은 채 붓을 잡고 크게 웃으며 말을 늘어놓으니 이 또한 대단히 기쁜 일입니다.

頃不相聞,[2] 覆相聲音亦爲怪,[3] 故乘興爲書. 含欣而秉筆,[4] 大笑而吐辭, 亦歡之極也.

8-19. 최문시에게 답장하며(答崔文始書)[1]

강가에서 줄곧 낚시를 하여도 물고기 한 마리 잡지 못하는 것은 강의 물고기가 미끼를 먹지 않아서가 아니라 미끼로 쓴 것이 그릇되기 때문입니다. 그래서 군자는 인재 선발에 신중해야 합니다.

臨江直釣, 不獲一鱗,[2] 非江魚之不食, 其所餌之者非也. 是以君子愼擧擢.[3]

8-18. 與丁敬禮書(여정경례서)
  1) 이 글은 정이(丁彛)의 음성을 듣고 기쁜 마음을 적은 편지이다. 丁敬禮(정경례) : 정이(丁彛). 조식의 친한 친구.
  2) 頃(경) : 요사이. 근래.
  3) 覆(복) : 오히려. 또.
  4) 秉筆(병필) : 붓을 잡다.
8-19. 答崔文始書(답최문시서)
  1) 이 글은 최문시(崔文始)에게 주는 편지로 인재 선발을 신중하게 해야 된다는 뜻을 밝혔다. 崔文始(최문시) : 조식의 친구.
  2) 鱗(린) : 비늘. 물고기.
  3) 擧擢(거탁) : 선발하다.

권9

논(論)·설(說)

[논(論)]

9-1. 한(漢)나라 두 황제의 우열을 비교(漢二祖優劣論)[1]

객(客)이 나에게 물었다. "한나라 두 황제이신 고조(高祖)와 광무제(光武帝)는 모두 천명을 받아 난을 평정한 임금들인데, 시사(時事)의 난이(難易)를 비교하고 그 사람들의 우열을 논하여 볼 때 누가 낫습니까?" 나는 그에게 대답하였다. "옛날 한나라가 막 일어날 때, 고조는 난폭한 진(秦)나라 때문에 일어나서, 관직은 촌장으로 있으면서 죄수들을 도망하게

9-1. 漢二祖優劣論(한이조우열론)

1) 이 작품의 창작시기는 정확히 알 수 없음. 이 작품은 유방(劉邦)과 유수(劉秀)의 인물평을 문답식으로 설정하고 있다. 이는 위진(魏晉)시대 많이 보이는 인물평가의 흐름과 무관하지 않은 것으로 보인다. 조식이 평가한 두 황제는 모두 긍정적이다. 그러나 유방(劉邦)이 가진 인적자원보다 열악했던 유수(劉秀)의 뛰어남을 전체적으로 조명하고 있는 논리성이 강한 문장이다. 정안(丁晏)에 따르면 『태평어람(太平御覽)』 권447에는 「한이조론(漢二朝論)」으로 되어 있다고 함. 二祖(이조) : 전한(前漢)의 고조(高祖) 유방(劉邦)과 후한(後漢)의 광무제(光武帝) 유수(劉秀).

하고 영웅들을 불러 모았고 끝내는 항우를 주살하여 그 영광이 천하에 남아있으니, 그 공로는 탕왕(湯王), 무왕(武王)과 같으며, 기업(基業)을 후손에게 전해주었으니 진실로 제왕(帝王)의 으뜸 훈공이요, 인군(人君)으로는 좋은 일이다. 그러나 명성은 덕(德)을 계승하지 못했고, 행동은 도리에 순수하지 않아, 자신이 죽고 난 뒤 나라가 망해가는 끝에, 과연 여태후(呂太后)가 잔혹한 마음을 다부려 애첩(愛妾)을 사람돼지의 형벌을 받게 하고, 조왕(趙王)을 가두어 죽이게 했으며, 화가 골육에게 미치게 하여 여씨(呂氏)들이 전횡하여 사직(社稷)이 얼마나 바뀌었던가? 이러한 일들이 어찌 고조의 부족한 계획과 얕은 생각의 소치가 아니겠는가? 그러나 저 영웅의 큰 책략과 범상치 않은 절개는 분명 당세(當世)의 호방하고 건장하며 뛰어난 사람이었다. 또한 그의 맹장(猛將)들과 참모들 모두 고금에 드물게 보이는 자들이며, 수세대를 걸쳐 드물게 보인다. 그는 그들의 재주에 따라 맡기고 등용했으며, 그들의 말을 듣고 그 계책들을 살폈으므로 천하를 통일하고 황제의 자리를 가지게 되었고, 거대한 공적은 유전되고 으뜸가는 공훈으로 남았다. 그러지 않았다면 여염집의 사람을 면하지 못하고 당세(當世)의 필부(匹夫)였을 것이다.

有客問予曰, 夫漢二帝, 高祖光武, 俱爲受命撥亂之君, 比時事之難易, 論其人之優劣, 孰者爲先? 予應之曰, 昔漢之初興, 高祖因暴秦而起, 官由亭長,[2] □自亡徒,[3] 招集英雄, 遂誅强楚,[4] 光有天下, 功齊湯武, 業流後嗣, 誠帝王之元勳, 人君之盛事也. 然而名不繼德, 行不純道, 身歿之

---

2) 亭長(정장) : '亭(정)'은 진(秦)나라의 가장 기초가 되는 행정 단위.

3) □自亡徒(□자망도) : 저본에는 '自亡徒(자망도)'로 되어 있으나, 전체의 구법과 문맥을 고려하면 한 글자가 '自(자)'자 앞에 빠졌다고 하는 엄가균(嚴可均)의 교정이 맞을 것으로 보여 이에 따랐음. 亡徒(망도) : 도망하다. 『사기(史記)·고조본기(高祖本紀)』에 "고조가 촌장으로 현(縣)을 위하여 죄수들을 여산(酈山)으로 죄수들을 호송했는데, 죄수들이 많이 길에서 도망해 버렸다. 죄수들이 모두 도망해 버릴 것으로 생각하여 풍읍(豊邑) 서쪽 못에서 멈추고 술을 마셨는데, 밤이 되자 호송하던 죄수들을 풀어주며 '그대들은 모두 떠나시오 나도 여기서 떠날 것이오'라고 말했다"는 이야기가 보임.

4) 强楚(강초) : 항우(項羽)를 가리킴.

後, 崩亡之際, 果令凶婦肆酖酷之心,[5] 嬖妾被人豕之刑,[6] 亡趙幽囚,[7] 禍
殃骨肉,[8] 諸呂專權, 社稷幾移. 凡此諸事, 豈非高祖寡計淺慮以致.[9] 然
彼之雄材大略, 俶儻之節,[10] 信當世至豪健壯傑士也. 又其梟將畫臣,[11]
皆古今之鮮有, 歷世之希覯. 彼能任其才而用之, 聽其言而察之, 故兼天
下有帝位, 流巨功而遺元勳也. 不然, 斯不免於閭閻之人, 當世之匹夫也.

　　세조(世祖)께서는 천신(天神)의 아름다운 덕을 체득하시고 정직하고 온
화한 성품을 받으시어 내덕(內德)의 묘한 이치를 통달하시고 성인(聖人)
에 버금가는 아름다운 재주를 감추셨다. 그분의 덕은 통달하여 아는 것
이 많았고, 어질고 지혜로워 다른 사람을 포용하였으며 신중하고 주밀
(周密)하여 베푸는 것을 즐겁게 여겨 다른 사람을 사랑하셨다. 재앙과 변
란의 세상을 만나고 한(漢)왕조가 액운을 당하는 운명을 만나 쾅쾅 우레
가 치듯 성대하게 일어나셨다. 용맹한 전략으로 폭도를 물리치셨고 의
병(義兵)을 일으켜 잔당을 쓸어버리셨다. 신광(神光)이 앞에서 몰고 위풍
(威風)이 앞서 나아가셨고 군대가 남양(南陽)에서 출발하지도 않아서 왕
망(王莽)이 장안에서 죽어버렸다. 곤양(昆陽)에서 왕심(王尋)과 왕읍(王邑)
을 격파하셨고, 한진(漢津)에서 견부(甄阜)와 양구사(梁丘賜)를 참수하셨다.
바로 이때에 구주(九州)는 솥같이 끓어오르고 사해(四海)는 연못같이 솟
아오르니, 황제라고 칭하는 자가 둘 셋이요 왕을 칭하는 자가 네다섯이

---

5) 凶婦(흉부) : 여태후(呂太后)를 가리킴.
6) 嬖妾(폐첩) : 총애하는 첩(妾). 바로 척부인(戚夫人)을 말함. 人豕之刑(인시지형) : 사
　람 돼지로 만드는 형벌. 척부인(戚夫人)은 유방(劉邦)의 사랑을 얻었기 때문에 여태후
　(呂太后)로부터 시기를 받는데 유방이 죽자 여태후는 척부인의 사지(四肢)를 잘라 내
　고 눈동자를 파내고 귀를 지지고 말 못하는 약을 먹여 화장실에 가두어 둔 것을 말함.
7) 趙(조) : 척부인(戚夫人)의 아들 조왕(趙王) 유여의(劉如意). 幽囚(유수) : 깊이 가두다.
8) 骨肉(골육) : 유씨(劉氏)성을 가진 왕족들을 가리킴.
9) 엄가균(嚴可均)은 '致(치)'자 뒤에 한 글자가 누락된 것으로 보았는데, 아마도 문맥상
　'哉(재)'자일 것으로 추정됨.
10) 俶儻(숙당) : 아주 탁월하고 평범하지 않음.
11) 畫臣(획신) : 전략을 짜는 신하, 즉 참모

되어, 모두 올빼미나 이리같이 쳐다보며 호랑이가 뛰어넘고 용이 솟구치는 것 같았다. [이에] 광무제는 한나라 조정의 큰 부월을 잡고, 분연히 진노하셨다. 그분께서 흉악하고 더러운 무리를 쓸어내시고 이 추악한 무리들을 소탕하심이 마치 질풍을 따르며 작렬하는 불을 퍼뜨리는 것처럼 태양을 비추어 아침 구름을 제거하셨다. 동쪽 제나라 같이 이기기 어려운 적을 무찔렀고, 셀 수도 없이 많은 적미군(赤眉軍)이 투항하였으며, 팽총(彭寵)은 다른 야망을 꿈꾸다 궁궐 안에서 죽었고, 방맹(龐萌)은 반란의 주모자로 주살되었으며, 외효(隗囂)는 믿음을 저버려 쓰러져 죽었고, 공손술(公孫述)은 마음이 변하여 머리를 내어주었다. 이내 조정에서 작전을 세운 뒤에 백성들을 움직이고, 계획이 정해진 뒤에 군대를 출정시키니, 공격하여 함락되지 않는 보루가 없었고, 싸워서 패주하지 않는 군대가 없었다. 이로서 모든 신하들이 기뻐하고 성덕(聖德)에게 마음을 돌렸다. 인(仁)을 선양하여 백성들을 화목하게 하시고, 덕을 멀리 펴시어 신하를 칭하여 왔다. 이때에 전쟁에서 승리한 장수들과 작전을 세웠던 신하들 그리고 황제의 명을 받든 자들은 총애를 얻었고, 황제의 명령과 뜻을 어긴 자는 엎어져 위태로웠다. 그러므로 광무제가 용병(用兵)함에 계략은 백성들의 한 마음에서 나왔고 승리는 조정에서 결정되었다고 했다. 그러므로 두융(竇融)이 명성을 듣고 그림자처럼 따랐으며, 마원(馬援)이 한 번 보고 탄식하였던 것이다. 조정의 대신들에게는 엄숙히 공경하는 아름다움이 있었고, 원수(元首)에게는 온화한 포용이 있었다. 구족(九族)을 화목하게 하시니, 요순(堯舜)의 칭송이 있고, 고상하고 순박하시어 복희씨(伏羲氏)의 바탕을 가지셨다. 겸허하게 아랫사람을 포용하심에 뱉고 움켜쥐는 수고로움이 있었고, 뭇 정사를 마음에 두시어 해가 기울고 나서야 일을 마치는 근면함이 있었다. 이에 원대한 공적을 도모하시며 황위(皇位)에 오르시니, 제왕의 도리가 수립되고 덕의 기반이 세워졌다. 이로써 공을 따져 보아도 공업이 뛰어나고, 융성함을 비교해 보아도 사업(事業)이 다르며, 덕을 표창함에는 허물이 없고, 언행(言行)

에서는 더러움이 없었으며 힘을 헤아려 보면 그 세력은 약하고, 보좌하
는 신하를 논하면 그 힘은 열등하다. 결국에는 건곤(乾坤)의 상서로운 조
짐을 움켜쥐고, 오백년에 나타나는 때를 맞으셨다. 마멸되지 않는 먼 공
적을 세우시고 불후의 으뜸 공로를 만드셨다. 금석(金石)으로 그 아름다
운 사업(事業)을 전파하고, 시와 문장으로 그 아름다운 훈공을 기록하였
으니 그러므로 광무제가 낫다고 하는 것이다.

　　世祖體乾靈之休德,[12] 禀貞和之純精,[13] 通黃中之妙理,[14] 韜亞聖之
懿才.[15] 其爲德也, 通達而多識, 仁智而明恕, 重愼而周密, 樂施而愛人.
值陽九無妄之世,[16] 遭炎光厄會之運,[17] 殷爾雷發, 赫然神擧.[18] 用武略
以攘暴, 興義兵以掃殘. 神光前驅, 威風先逝. 軍未出於南京,[19] 莽已弊於
西都.[20] 破二公於昆陽,[21] 斬阜賜於漢津.[22] 當此時也, 九州鼎沸, 四海淵
湧, 言帝者二三, 稱王者四五, 咸鴟視狼顧, 虎超龍驤. 光武秉朱光之巨
鉞,[23] 震赫斯之隆怒.[24] 夫其蕩滌凶穢,[25] 勦除醜類, 若順迅風而縱烈火,

---

12) 世祖(세조) : 후한(後漢) 광무제(光武帝) 유수(劉秀)의 묘호(廟號). 乾靈(건령) : 하늘의
　　신, 천신(天神).
13) 純精(순정) : 순수한 성품.
14) 黃中(황중) : 내덕(內德)을 말함. 고대에는 오색(五色)을 오행(五行) 오방(五方)과 배
　　열하여 토(土)를 가운데 두었으므로 황(黃)이 중앙의 색이 되었다. 마찬가지로 심장(心
　　臟)은 오장(五臟)중에서 중심에 있으므로 '황중'이라 한 것이다.
15) 韜(도) : 감추다.
16) 陽九(양구) : 재앙이나 액운. 無妄(무망) : 변란(變亂).
17) 炎光(염광) : 한(漢)나라는 화덕(火德)으로 왕이 되었으므로 이렇게 표현한 것임. 바로
　　한(漢)나라 왕조를 가리킴. 厄會(액회) : 액운(厄運).
18) 神(신) : 상대방을 높이는 겸사(謙辭)로 별다른 뜻이 없음.
19) 南京(남경) : 하남성(河南省) 남양현(南陽縣). 광무제(光武帝) 유수(劉秀)가 낙양(洛
　　陽)에 건도(建都)하였으니 낙양 남쪽의 남양(南陽)을 남도(南都)라 하였으므로 남경(南
　　京)이라 칭한 것임.
20) 西都(서도) : 장안.
21) 二公(이공) : 왕망(王莽)시절의 대사도(大司徒) 왕심(王尋)과 대사공(大司空) 왕읍(王
　　邑). 昆陽(곤양) : 지금의 하남성(河南省) 섭현(葉縣).
22) 阜賜(부사) : 견부(甄阜)와 양구사(梁丘賜). 漢津(한진) : 지금의 필하(泌河)로 하남성
　　(河南省) 남양현(南陽縣) 경계에 있음.
23) 朱光(주광) : 위에서 본 炎光(염광)과 같은 표현으로 한(漢)나라 왕조를 가리킴.

曬白日而掃朝雲也. 若克東齊難勝之寇,26) 降赤眉不計之虜,27) 彭寵以
望異內隕,28) 龐萌以叛主取誅,29) 隗戎以背信軀斃,30) 公孫以離心授
首.31) 爾乃廟謀而後動衆, 計定而後行師, 故攻無不陷之壘, 戰無奔北之
卒.32) 是以羣下欣欣, 歸心聖德.33) 宣仁以和衆, 邁德以來遠. 於時戰克之
將, 籌畫之臣, 承詔奉令者獲寵, 違命犯旨者顚危. 故曰, 建武之行師也,
計出於主心,34) 勝決於廟堂. 故竇融聞聲而影附,35) 馬援一見而歎息.36)
股肱有濟濟之美,37) 元首有穆穆之容. 敦睦九族,38) 有唐虞之稱. 高尙純

---

24) 赫斯(혁사) : 분노하는 모습. '赫(혁)'은 '怒(노)'의 뜻이고 '斯(사)'는 어조사로 쓰였음.

25) 夫其(부기) : '夫(부)'자는 문두에서 문장을 이끄는 역할을 하고 있으며 '其(기)'는 인
  칭대명사로 쓰여 광무제를 가리킴. 凶穢(흉예) : 흉악하고 더러운 무리.

26) 難勝之寇(난승지구) : 한단(邯鄲)에서 황제를 참칭하고 있던 왕랑(王郎) 같은 적들을
  말하는 것으로 보임.

27) 赤眉(적미) : 한나라 말기 번숭(樊崇) 등이 수괴(首魁)가 되어 일으킨 농민 봉기군으
  로 그들은 붉은 색으로 눈썹을 칠하여 표시하였기 때문에 붙여진 이름. 27년 적미군
  (赤眉軍)은 신안(新安)과 선양(宣陽) 일대에서 유수(劉秀)에게 포위되어 번숭(樊崇) 등
  이 투항하였음.

28) 彭寵(팽총) : 광무제(光武帝)때 연왕(燕王)을 자처하며 일어섰으나 측근에게 피살되
  었음.

29) 龐萌(방맹) : 동한(東漢)시대의 장군으로 유현(劉玄)이 즉위하자 기주(冀州)의 목사(牧
  使)가 되었으며 왕랑(王郎)을 격파하고 유수(劉秀)의 수하가 되었으나 광무제가 자신
  을 신임하지 않는다는 이유로 모반을 꾀하다가 주살되었다고 함.

30) 隗戎(외융) : 외효(隗囂). 초기에 지방에 할거하는 군벌이었으나 유수(劉秀)에게 돌아
  섰다가 얼마 뒤에 다시 공손술(公孫述)에게 돌아가 광무제를 배신했다. 뒤에는 병이
  들어 굶어죽었다고 함.

31) 公孫(공손) : 공손술(公孫述). 거병(擧兵)하여 익주(益州)에서 황제를 칭했으나 나중
  에 광무제 군대에게 격파되고 목이 잘림.

32) 奔北(분패) : 싸움에 패하여 도주하다.

33) 聖德(성덕) : 광무제를 가리키는 존칭어.

34) 主心(주심) : 중심이 된 마음, 즉 백성들의 공통된 마음을 말함.

35) 竇融(두융) : 관료집안 출신으로 초기에는 유현(劉玄)에게 투항하였으나 유현이 패배한
  뒤로 인근의 세력들과 연합하여 하서(河西)에 할거하다가 유수(劉秀)에게 귀의하였음.

36) 馬援(마원) : 농서(隴西)의 외효(隗囂)에게 붙어있었으나 광무제(光武帝)를 만나보고
  그의 인품에 감동되어 외효(隗囂)에게 돌아가지 않고 유수(劉秀)에게 귀의하였음.

37) 股肱(고굉) : 조정의 대신들. 濟濟(제제) : 엄숙히 공경하는 모양.

38) 九族(구족) : 자신을 본위(本位)로 삼아 위로 고조(高祖)까지(4세) 아래로 현손(玄孫)
  까지를 일컫는 말. 『서경(書經)·요전(堯典)』에 "능히 큰 덕을 밝히시어 구족을 화목하

樸, 有羲皇之素.39) 謙虛納下, 有吐握之勞.40) 留心庶事, 有日昃之勤.41)
乃規弘迹而造皇極,42) 創帝道而立德基. 是以計功則業殊, 比隆則事異,
旌德則靡愆,43) 言行則無穢, 量力則勢微, 論輔則力劣. 卒能握乾坤之休
徵, 應五百之顯期.44) 立不刊之遐迹,45) 建不朽之元功. 金石播其休烈,46)
詩書載其勳懿, 故曰, 光武其優也.

잔구(殘句) 1

한나라의 두 황제는 모두 포의(布衣)로 일어났으나 고조(高祖)는 세밀
함에서 모자랐고, 광무제(光武帝)는 예법에 밝았다.
　漢之二祖俱起布衣,47) 高祖闕於微細, 光武知於禮法.48)

　게 하셨네(克明俊德, 以親九族)"라고 하였음.
39) 羲皇(희황): 복희씨(伏羲氏).
40) 吐握(토악): 주공(周公)이 어진 인재를 받아들이기 위해 밥 먹다가 세 번을 뱉어내고
　　머리 감다가 세 번을 머리를 움켜쥐고 나왔다는 이야기.
41) 日昃(일측): 해가 서쪽으로 기운다는 뜻으로 『후한서(後漢書)・광무기(光武紀)』에
　　"매일 아침 조정의 일을 보시다가 해가 저물면 일을 그만 두셨다(每旦視朝, 日側乃
　　罷)"라는 기록이 보임.
42) 規(규): 밑그림을 그리다. 皇極(황극): 황제의 자리.
43) 旌德(정덕): '旌(정)'은 표창한다는 뜻으로 덕 있는 사람을 표창한다는 말.
44) 五百(오백): 옛 사람들은 오백년에 반드시 왕이 나타난다고 여겼음.
45) 不刊(불간): 마멸되지 않는다.
46) 休烈(휴열): 아주 아름다운 사업(事業).
47) 布衣(포의): 평민(平民).
48) 정안(丁晏)은 『금루자(金樓子)』 권4에서 조식의 말을 인용하고 있다고 밝히고, 이는
　　편의 앞에 '予應之曰'라고 한 것의 다음에 빠진 것으로 생각된다고 하였음.

잔구(殘句) 2

고조(高祖)는 또한 군자의 풍채가 드물었고, 유자(儒者)의 관(冠)을 적셨으니 공경스럽다 말할 수 없으며, 도망하고 음벽했던 것은 일반 사람들과 같은 것이다. 시서(詩書)와 예악(禮樂)은 당요(唐堯)가 나라를 다스린 근본이었는데, 유방은 그것을 경시하였다. 많고 많은 선비들은 주문왕(周文王)이 안녕을 얻은 근본인데도 고조(高祖)는 그것을 경시하고 사용하지 않았다. 척부인(戚夫人)의 간사한 아첨을 들으며 여태후의 흉포함을 야기했다.

高祖又鮮君子之風采, 溺儒冠不可言敬,[49] 辟陽淫僻,[50] 與衆共之. 詩書禮樂, 帝堯之所以爲治也, 而高帝輕之. 濟濟多士,[51] 文王之所以獲寧也, 高帝蔑之不用. 聽戚姬之邪媚, 致呂后之暴戾.[52]

---

49) 溺儒冠(익유관) : 유자(儒者)의 관(冠)을 적시다. 『사기(史記)·역생육가열전(酈生陸賈列傳)』에서 역이기(酈食其)는 패공(沛公)의 기사(騎士)에게 자신의 천거를 부탁하자 동향(同鄕)의 기사(騎士)가 말하기를 "패공은 유자(儒者)를 좋아하지 않습니다. 손님 중에 유자(儒者)의 관(冠)을 쓰고 오는 사람이 있으면 패공은 곧 그 관(冠)을 풀어 그 속에 오줌을 쌉니다(沛公不好儒, 諸客冠儒冠來者, 沛公輒解其冠, 溲溺其中)"라고 한 이야기를 말함.

50) 辟陽(피양) : '辟(피)'자는 '피(避)'자의 뜻이고, '陽(양)'은 태양, 즉 진시황(秦始皇)을 가리킴. 이는 진시황(秦始皇)이 동쪽에 천자의 기운이 있음을 알고 동쪽으로 순행하자 고조는 자신일 것으로 생각하여 망산(芒山)과 탕산(碭山) 사이 골짜기로 도망했던 것을 말함. 淫僻(음벽) : 유방(劉邦)이 진(秦)나라의 함양(咸陽)을 정벌하고 진나라의 화려한 궁중생활에 탐닉했던 것.

51) 濟濟(제제) : 많은 모양.

52) 暴戾(폭려) : 흉포함. 즉 여태후(呂太后)가 자행한 유씨(劉氏) 종친들을 살해하고 국권을 전횡한 것. 정안(丁晏)은 『금루자(金樓子)』 권4에서 조식의 말을 인용하고 있다고 밝히고, 원래 이 문장은 '果令凶婦肆酖酷之心'의 위에 인용되어 있는데, '然而名不繼德, 行不純道' 아래에 빠진 문장으로 생각된다고 하였음.

잔구(殘句) 3

장군으로는 한신(韓信)과 주발(周勃)에 견주기 어렵고, 책사로도 장량
(張良)과 진평(陳平)에 필적하지 못한다.

將則難比於韓周, 謀臣則不敵良平.53)

잔구(殘句) 4

솔직하게 선인(善人)이라는 미칭(美稱)에는 부족하고 군자(君子)의 풍채
(風采)는 드물었다. 진궁(秦宮)에 미혹되어 나오지 않았고, 홍문(鴻門)에서
곤경에 처해 일어나지 못했으며, 계책에 있어서는 역이기(酈食其)를 잃
었고, 분노는 한신(韓信)에게 과하였다. 태공(太公)이 이를 훈계하자 효에
어긋나게 하였으니 고금의 큰 가르침을 망쳤고 왕도(王道)의 진실한 의
리를 손상시켰다.

鮮君子之風采. 直寡善人之美稱,54) 惑秦宮而不出,55) 窘項座而不

---

53) 韓周(한주) : 유방(劉邦)의 장군인 한신(韓信)과 주발(周勃). 良平(양평) : 고조(高祖)의
책사인 장량(張良)과 진평(陳平). 정안(丁晏)은 이 2구는 위의 두 조목과 연결되지 않
는데, 원래 인용한 것을 보면 "제갈량이 이르기를 조자건이 광무제를 논하여 운운(諸
葛亮曰曹子建論光武云云)"한 것으로 보아 이 문건에서 누락된 것으로 보여 우선 여
기에 첨부해 둔다. 그 아래에 또한 무후(武侯)의 말을 인용하여 "광무제의 장군들은 한
신(韓信)이나 주발(周勃)보다 빠지지 않고, 참모들은 장량(張良)이나 진평보다 못하지
않다(光武上將非減於韓周, 謀臣非劣於良平)"라고 하였는데, 이는 바로 조자건이 힐
난하는 말을 사용한 것이다. 이로써 '장(將)'자 위에 '상(上)'자가 빠진 것으로 보인다
고 하였음.
54) 直(직) : 솔직히. 엄가균(嚴可均)은 이 자를 아래 구와 대(對)를 맞추기 위해 빼버렸는
데 역시 문맥상에는 문제가 없다.
55) 惑秦宮(혹진궁) : 진(秦)나라의 궁궐에 미혹되다. 『사기(史記)·유후세가(留侯世家)』
에 따르면, 유방(劉邦)이 진(秦)나라 궁궐에 들어가 궁실, 침실, 개, 말, 보석, 궁녀 수천
이 있으니 그곳에서 머물러 살고자 하였다. 이에 번쾌(樊噲)가 간하였으나 유방은 듣
지 않았다는 사실을 말하고 있음.

起,56) 計失乎酈生,57) 忿過乎韓信.58) 太公是詬,59) 於孝違矣, 敗古今之大
教, 傷王道之實義.60)

---

56) 窘項座(군항좌) : '窘(군)'은 곤경에 처하다. '項座(항좌)'는 항우(項羽)의 연회자리를
   말하므로 여기서는 항우가 유방을 초대하여 죽이려했던 홍문지연(鴻門之宴)의 일을
   말하고 있음.

57) 酈生(역생) : 역이기(酈食其). 『한서(漢書)・장량전(張良傳)』에 따르면, 한(漢)나라 고
   조(高祖)가 항우(項羽)와 천하를 다툴 때 형양(滎陽)에서 항우에게 포위를 당하였다.
   고조가 우려하여 역이기(酈食其)에게 초(楚)나라의 힘을 약화시키는 방책을 묻자, 역
   이기가 6국(六國)의 후사(後嗣)를 세우면 된다고 건의하였다. 이 계획에 대하여 고조가
   장량(張良)에게 물어보았다. 그런데 이때 마침 고조가 식사를 하는 도중이었으므로,
   장량이 "청컨대 앞의 저[前箸]를 빌려서 헤아려 보고 싶습니다"라고 대답하였다. 여기
   서 '앞의 저'란 고조가 식사하고 있는 젓가락을 빌어서 계책을 그려서 설명하였다는
   의미라고도 하고, 또 앞 세대의 탕왕(湯王)・무왕(武王)의 저명(著明)한 일로써 지금의
   상황을 설명하겠다는 의미라고도 함. 장량은 이어서 여덟 가지 불가(不可)함을 내세워
   역이기의 계획에 반대하였던 것을 말함.

58) 忿過乎韓信(분과호한신) : 이 일은 『사기(史記)・회음후열전(淮陰侯列傳)』에 따르면,
   한신은 항우가 세운 제나라를 격파한 후에 유방에게 사자를 파견하여 자신을 제나라
   의 가짜 왕으로 봉해줄 것을 요구했다. 그러자 유방은 매우 분노하였다. 나의 형세가
   매우 위급한 상황인데 한신이 군사를 이끌고 와서 도와주지는 못할망정 이 기회에 자
   신을 협박하여 제나라의 왕이 되려 한다고 여겼던 사실을 말하고 있다.

59) 太公(태공) : 유방(劉邦)의 아버지를 가리킴. 『사기(史記)・고조본기(高祖本紀)』에 따
   르면, 미앙궁(未央宮)이 완성되자 고조는 주연을 베풀고 태상황(太上皇, 아버지)의 장
   수를 기원하는 축배를 들면서 "당초 태상황께서는 나를 무뢰하며 가업을 이을 수 없
   다고 여기시며 둘째의 능력만 못하다고 하셨습니다. 지금 저의 성취를 둘째와 비교하
   면 누가 더 많습니까?"라고 하자 군신(群臣)들이 환호성을 질렀다고 하는 사실을 들어
   간접적으로 아버지를 무시한 언행으로 보았기 때문에 효에 어긋났다고 말한 것임.

60) 정안(丁晏)은 이 단락의 말을 일문(佚文)으로 처리하여 문건의 마지막에 배열해 놓
   고, 『태평어람(太平御覽)』 권447에 「한이조우열론(漢二祖優劣論)」에 인용되었다고 밝
   혔다. 그리고 이 말은 고조(高祖)의 말을 논한 것으로 원래는 '人君之盛事也(인군지성
   사야)' 아래에 인용되어 있다. 그러나 '然而名不繼德, 行不純道' 아래에 누락된 것으
   로 보인다. 『금루자(金樓子)』가 인용한 것과 상략(詳略)함이 있다고 하였다. 이로써
   『태평어람(太平御覽)』 권447와 엄가균(嚴可均)의 『전삼국문(全三國文)』에 따르는 것
   이 적절하게 생각된다.

9-2. 관상에 대하여(相論)[1]

　세상에는 본래 사람의 몸은 야위었으나 뜻을 세우고, 체구는 작으나 명성이 높은 자들이 있는데, 성인(聖人)에 있어서는 그렇지 않다. 이는 요(堯)임금의 눈썹은 8가지 색을 가졌고, 순(舜)임금의 눈은 눈동자가 겹쳐져 있었으며, 우(禹)임금의 귀에는 3개의 구멍이 있고 주문왕(周文王)은 4개의 유방을 가졌기 때문이다. 그러한즉 세상에는 또한 4개의 유방을 가진 자가 있는데, 이는 노둔한 말의 털 하나가 천리마의 털과 같은 것이다.

　世固有人身瘠而志立, 體小而名此則駑馬一毛似驥爾. 高者, 於聖則否. 是以堯眉八采,[2] 舜目重瞳,[3] 禹耳參漏,[4] 文王四乳.[5] 然則世亦有四

9-2. 相論(상론)

　1) 이 논문은 인물을 평가하는데 있어서 가장 중요한 관상에 대하여 구체적 사실을 들어 하늘의 이치와 사람의 일이 나타내는 이중성을 논하고 있음. 즉 천도는 감응하는 경우도 있고 감응하지 않는 경우도 있음을, 사람의 관상이 좋다고 해서 다 좋은 것만은 아님을 논변하고 있다. 결국 겉모습으로 사람을 발탁하여 쓸 수는 없다는 것을 주장하고 있다. 정안(丁晏)은 "이 편(篇)은 『예문유취(藝文類聚)』 권75에 조식의 작품으로 인용되어있다. 『태평어람(太平御覽)』 권731에는 '宋臣有公孫呂' 이하부터 나뉘어 두 편으로 되어있는데, 모두 『논형(論衡)』으로 표기하였다. 지금 『논형(論衡)』과 비교하여 교감해보면, 단지 '堯眉八彩' 등 4구(句)만 「골상편(骨相篇)」에 보이고 그 나머지 문장은 보이지 않으므로 『태평어람(太平御覽)』이 잘못 인용한 것 같다"고 하였다.

　2) 八采(팔채) : 여덟 가지 색채. 『공총자(孔叢子)·거위(居衛)』에 "옛날 요임금의 신장은 10척이고 눈썹은 8가지 안색이 있었다(昔堯身修十尺, 眉乃八彩)"고 하였음.

　3) 重瞳(중동) : 눈동자가 두 개로 겹쳐 있는 것.

　4) 參漏(삼루) : '參鏤(삼루)'라고도 쓰는데 『회남자(淮南子)·수무훈(脩務訓)』에 "우(禹)임금의 귀에는 세 개의 구멍이 있는데 이를 대통(大通)이라 한다"고 하였다. 고유(高誘)의 주에 따르면 '루'는 구멍이라 설명하였음.

　5) 四乳(사유) : 『회남자(淮南子)·수무훈(脩務訓)』에 "문왕(文王)은 네 개의 유방을 가졌는데 이를 대인(大仁)이라 한다(文王四乳, 是謂大仁)"고 하였음. 이상 4구는 왕충(王充)의 『논형(論衡)·골상편(骨相篇)』에 "전하여 말하기를 황제(黃帝)는 용의 얼굴을 가졌고 전욱(顓頊)은 이마가 방패 같으며, 제곡(帝嚳)은 이가 이어져 하나로 되었고, 요(堯)임금의 눈썹은 8가지 색이며, 순(舜)임금의 눈동자는 둘이고, 우(禹)임금이 귀는 3개의 구멍이 있으며, 탕(湯)임금의 팔은 팔꿈치가 둘이고, 문왕은 젖이 4개이며(傳言,

乳者,

　　송(宋)나라 신하 중에 공손여(公孫呂)라는 자가 있었는데, 키는 7척이
고 얼굴 길이가 3척에다 얼굴의 넓이는 3촌(寸)으로 이름이 천하에 자자
했다. 이 같은 모습은 아마도 먼 시대에나 찾을 수 있는 것이지, 한 세
대에 보이는 기이함이 아니다. 겉으로의 모습은 다르다 할지라도 도(道)
에 부합하여 이름을 천하에 떨치는 것 또한 좋지 않은가!
　　宋臣有公孫呂者, 長七尺, 面長三尺, 廣三寸,⁶⁾ 名震天下. 若此之狀,
蓋遠代而求, 非一世之異也. 使形殊於外, 道合其中, 名震天下, 不亦宜
乎!

　　속담에 말하기를 “근심이 없으면서 슬퍼하면 근심이 반드시 그에게
이르고, 좋은 일이 없으면서 기뻐하면 즐거움이 반드시 그를 따른다”고
했다. 이러한 마음이 먼저 동하여 정신이 먼저 알게 되면 안색에 먼저
드러나는 것이다. 그러므로 편작(扁鵲)은 환공(桓公)을 보고 그가 죽을 것
임을 알았고, 신숙궤(申叔跪)는 신공무신(申公巫臣)을 보고 그가 처자식을
데리고 몰래 도망한 것을 알았다. 순자(荀子)가 말하기를, “하늘이 인간
의 일을 모른다고 할 수 있는가?”라고 한 것은 주공(周公)에게 바람과 우
뢰의 재앙이 있었고, 송(宋) 경공(景公)에게 세 번 옮기는 복이 있었음이
다. 하늘이 사람의 일을 안다고 한 것은 초나라 소왕(昭王)은 제사를 지
내지 않은 응보가 있었고, 주문공(邾文公)에게는 수명을 늘려주는 보응
이 없었음이다. 이로 말미암아 말하자면, 천도(天道)가 부여하는 상(相)을
점쳐서 알고 의심할 수는 있으나, 얻고서 무시할 수는 없다.

黃帝龍顔, 顓頊戴干, 帝嚳騈齒, 堯眉八采, 舜目重瞳, 禹耳三漏, 湯臂再肘, 文王四
乳”라고 한 언급이 보인다.
　6) 三寸(삼촌) : 저본에는 ‘三尺(삼척)’으로 되어 있으나, 여러 판본과 『순자(荀子)·비상
　　(非相)』에 의거하여 바로 잡음.

語云, 無憂而戚, 憂必及之. 無慶而歡, 樂必隨之. 此心有先動, 而神有先知, 則色有先見也. 故扁鵲見桓公,[7] 知其將亡. 申叔見巫臣,[8] 知其竊妻而逃也. 荀子曰, 以爲天不知人事邪? 則周公有風雷之災,[9] 宋景有三舍之福.[10] 以爲知人事邪? 楚昭有弗禜之應,[11] 邾文無延期之報.[12] 由是

7) 扁鵲(편작) : 춘추시대 명의(名醫), 桓公(환공)은 제환후(齊桓侯)를 말함. 『사기(史記)·편작열전(扁鵲列傳)』에 따르면 편작이 제환후의 손님이 되었을 때 편작이 그를 보고 그의 병을 진찰해 주었으나 환후(桓侯)는 편작이 병도 없는 사람을 가지고 공을 세우려한다고 생각하고 무시해 버렸는데, 그의 진찰대로 병이 골수에까지 번져죽었다고 하는 이야기.

8) 申叔(신숙) : 춘추시대 송(宋)나라 대부 신숙시(申叔時)의 아들인 신숙궤(申叔跪). 巫臣(무신) : 초(楚)나라 대부 신공무신(申公巫臣). 『좌전(左傳)·성공(成公) 2년』에 따르면, 초나라 공왕(共王) 때 무신(巫臣)을 제(齊)나라에 사신으로 파견하였는데 무신은 온 집안 식구를 데리고 떠났다. 길에서 신숙궤(申叔跪)가 이들을 만나자 신숙궤(申叔跪)는 그들이 도망할 의도를 알아차렸다고 하는 이야기가 보임.

9) 風雷之災(풍뢰지재) : 주공(周公)이 관숙(管叔), 채숙(蔡叔)등의 무함을 받자 하늘이 내린 재앙으로, 『서경(書經)·금등(金縢)』에 "가을에 곡식이 크게 성숙하여 아직 수확하지 않았는데 하늘이 크게 천둥번개를 치고 바람이 부니, 벼가 모두 쓰러지고 큰 나무가 뽑히므로 나라 사람들이 크게 두려워하였다(秋大熟, 未穫, 天大雷電以風, 禾盡偃, 大木斯拔, 邦人大恐)"라고 한 것을 말함.

10) 三舍之福(삼사지복) : '舍(사)'는 이십팔수(二十八宿)의 하나를 일사(一舍)라고 한다. 『여씨춘추(呂氏春秋)·제락(制樂)』에 따르면, 춘추시대 송(宋)나라 경공(景公)이 병이 들자 혜성(彗星)이 심수(心宿, 송나라의 분야)에 머물자 사관(史官)들이 이는 하늘이 내린 징벌로 화(禍)가 재상(宰相)이나 백성 혹은 세성(歲星)으로 옮겨갈 수 있다고 하였다. 경공(景公)은 재상이나 백성에게 흉년이 없을 것이고 아마도 군주에게도 없을 것으로 여기고, 좋은 말만 내뱉으니 과연 혜성(彗星)이 송(宋)나라 분야(分野)를 넘어가 세 번이나 별자리를 옮겼다고 함.

11) 弗禜之應(불영지응) : 액막이 제사의 보응이 없다. '禜(영)'은 액막이 제사를 지낸다는 뜻. 『좌전(左傳)·애공(哀公) 6년』에 "이 해에 구름이 적조(赤鳥)처럼 해를 끼고 날아가는 것이 3일이나 되었다. 초나라 왕이 사자를 보내어 주나라의 태사(太史)에게 묻자 주나라 태사는 '그것은 왕의 신상에 덮칠 것이오. 액막이 제사를 지낸다면 영윤(令尹)이나 사마(司馬)에게 옮겨갈 수 있습니다'라고 하였다. 왕은 '뱃속의 질병을 떼어내 팔다리에 둔다한들 무슨 이득이 있겠는가! 나에게 커다란 잘못이 없거늘 하늘이 나를 요절하게 하겠는가? 죄가 있으면 벌을 받아야지 어찌 그것을 옮기겠는가?' 끝내 액막이 제사를 지내지 않았다(是歲也, 有雲如衆赤鳥夾日以飛, 三日. 楚子使問諸周太史. 周太史曰, 其當王身乎. 若禜之, 可移於令尹司馬. 王曰, 除腹心之疾, 而實諸股肱, 何益. 不穀不有大過, 天其夭諸, 有罪受罰, 又焉移之? 遂弗禜)"고 하는 이야기.

12) 邾文(주문) : 주문공(邾文公). 저본에는 '魏文(위문)'으로 되어있으나, 엄가균(嚴可均)과 조유문(趙幼文)의 교정에 따라 바로 고침. 延期之報(연기지보) : 수명을 연기해 주

言之, 則天道之與相占, 可知而疑, 不可得而無也.

잔구(殘句)

백기(白起)의 사람됨은 머리는 작고 예민하였으며 눈동자는 흑백이 분명하였으므로 더불어 오래 살 수는 있으나 예리함을 다투기는 어렵다.
白起爲人,[13] 頭小而銳, 瞳子白黑分明, 故可與持久, 難與爭鋒.[14]

9-3. 도를 가림(辨道論)[1]

무릇 신선의 서적과 도가의 말에 따르면, 부열(傅說)은 하늘로 올라가 진미(辰尾) 별이 되었다고 하고, 세성(歲星)이 땅으로 내려가 동방삭(東方朔)이 되었다고 한다. 회남왕(淮南王) 유안(劉安)이 회남(淮南)에서 주살되

는 보응. 『좌전(左傳)·문공(文公) 12년』에 따르면, 주문공(邾文公)이 점을 쳐 역지(繹地)로 옮기는데, 사관(史官)들이 역지(繹地) 백성에게는 이로우나 군주에게는 해롭다고 하였다. 주문공은 군주는 백성과 함께 이(利)를 같이해야 하고 군주의 운명은 백성을 기르는 것에 있다고 생각하여, 결국 역지(繹地)로 옮겼는데, 오래지 않아 주문공(邾文公)은 죽었다는 이야기를 말함.

13) 白起(백기, ?~B.C 257): 공손기(公孫起)라고도 불리는 진(秦)나라의 명장(名將)으로 이궐(伊闕)과 장평(長平) 전투를 승리로 이끌어 이름을 얻음. 전국(戰國)시대 4대 명장(名將) 중의 한 사람.

14) 정안(丁晏)은 『북당서초(北堂書鈔)』 권115에 「상론(相論)」을 인용하였다고 하였으나, 실제 원문에는 단지 "진사왕운(陳思王云)"이라고 만 되어 있어 분명 이 문건의 일문(佚文)인지 확인할 수 없음.

9-3. 辨道論(변도론)

1) 부아서(傅亞庶)에 따르면 이 글은 한나라 헌제(獻帝) 건안(建安) 24년(218)에 지어졌

었는데 그가 도(道)를 얻어 날아간 것이라고 하고 구익부인(鉤弋夫人)이 운양궁(雲陽宮)에서 죽었는데, 시체가 사라지고 관이 비었다고 하니, 이는 허망함이 지나친 것이로다!

夫神仙之書, 道家之言, 乃云傅說上爲辰尾宿,[2] 歲星降下爲東方朔.[3] 淮南王安誅於淮南,[4] 而謂之獲道輕擧. 鉤弋死於雲陽,[5] 而謂之屍逝柩空. 其爲虛妄甚矣哉!

다고 함. 이로써 생각해보면 조조는 자신의 통치를 공고히 하기 위하여 각 지역의 도사나 방사들을 불러 업성(鄴城)에 모아놓고 이단 잡설이 사방에 퍼지지 않도록 여론을 주도하려 했다. 또한 당시 유행한 방술(方術)과 현담(玄談)에 현혹되어 황건적(黃巾賊)의 난 같은 것을 미연에 방지하자는 취지였을 것이다. 이에 조식은 이들이 행하고 있는 도(道)라는 것의 황당하고 근거없는 것을 구체적으로 논증하는데 주력하고 있다. 정안(丁晏)은 "이 론(論)은 장본(張本)에 두 편이 실려 있는데, 하나는 정본(程本)과 대략 같으나 약간 더 많고, 다른 하나는 『광홍명집(廣弘明集)』에 의거하였으나 전편(前篇)과 대동소이하다. 『속원(續苑)』 권9에 인용된 「변도론(辨道論)」은 「변정론(辨正論)」과 여러 책들에 의거하여 한편을 바로잡고 더하여 내었는데 그 편집이 아주 정밀하다. 그 뒤에 그것을 수록하고 장본(張本)의 중복된 문장을 빼버렸으며 동이(同異)와 탈오(脫誤)를 각 문장 아래 주(注)하였다"고 하였음.

2) 傅說(부열) : 은(殷)나라 무정(武丁) 시대의 대신(大臣)으로 전설에 따르면 부열(傅說)이 죽은 뒤에 승천하여 이십팔수(二十八宿) 중의 한 별이 되었다고 함.

3) 歲星(세성) : 목성(木星), 즉 12년을 주기로 돌기 때문에 붙여진 명칭. 東方朔(동방삭) : 서한(西漢)시대 문학가로 무제(武帝) 때 태중대부(太中大夫)를 지냄. 무제(武帝)는 신선술을 좋아하여 동박삭과 매우 친하여 동방삭에게 불로의 약과 감로(甘露) 등을 구했다고 한다. 동방삭이 일찍이 동료에게 "천하에 동방삭을 아는 자는 대왕공(大王公)뿐이다"고 하였는데, 동방삭이 죽자 무제는 대왕공을 불러 동방삭에 대하여 물으니 모른다고 대답했다고 한다. 이에 무엇을 할 수 있는가라고 물으니 천문을 잘 본다고 하여 무제는 뭇 별들이 다 있는가라고 물으니, "뭇 별들이 다 있습니다. 유독 세성(歲星)만이 18년 동안 보이지 않았는데 지금 다시 보일 따름입니다"라고 했다. 이에 무제는 하늘을 우러러 탄식하며 "동방삭이 살아서 짐의 곁에서 18년 있었는데 이 세성(歲星)인 줄은 몰랐구나!"라고 하였다는 이야기가 곽헌(郭憲)의 「동방삭전(東方朔傳)」에 보임.

4) 淮南王安(회남왕안) : 회남왕(淮南王) 유안(劉安)으로 모반 때문에 주살되었다고 하는데, 그가 『회남자(淮南子)』를 편집하였기 때문에 후에 도가(道家)들은 그가 신선이 되어 날아갔다고 하였음.

5) 鉤弋(구익) : '鉤翼(구익)'이라고도 함, 한무제(漢武帝)의 비(妃)로 첩여(婕妤)에 봉해졌는데 그녀는 구익궁(鉤弋宮)에 살았으므로 구익부인이라고 한다. 후에 궁궐의 비난을 받아 고민하다가 운양궁(雲陽宮)에서 죽었다. 그의 아들 소제(昭帝)가 즉위하여 그를 황태후(皇太后)로 추존하였으므로 도가(道家)는 그가 죽은 뒤에 시체가 사라지고 관(棺)이 비었다고 하였음.

광무제 때 논변을 잘한 선비 환담(桓譚)이란 자가 있었는데, 그가 저술한 바는 아주 뛰어났다. 유흠(劉歆)이 일찍이 묻기를 "사람들은 진실로 욕망을 억누를 수가 있다고 하는데 눈과 귀를 닫고 쇠진하여 죽지 않을 수 있는가?" 라고 했다. 그 때 환담이 뜰에 있는 오래된 나무가 있으니, 그것을 가리키며 말하기를 "이 나무는 마음이 없어 참을 수 있고, 눈과 귀가 없으니 닫을 수 있는데도 마르고 썩어있으니, 그대(유흠)가 방금 '쇠하여 죽지 않을 수 있는가'라는 것은 말이 안 되오"라고 했다.

中興篤論之士有桓君山者,6) 其所著述多善. 劉子駿嘗問,7) 言人誠能抑嗜欲, 閉耳目, 可不衰竭乎? 時庭中有一老楡, 君山指而謂曰, 此樹無情欲可忍, 無耳目可閉,8) 然猶枯槁腐朽, 而子駿乃言可不衰竭, 非談也.

"그대가(환담) 느릅나무를 빌려 비유한 것도 옳지 않다. 왜 그런가? 내가 이전에 왕망의 전악대부(典樂大夫) 노릇을 하였는데, 『악기(樂記)』에 이르기를 '문제(文帝)는 위문후(魏文侯)의 악공 두공(竇公)을 얻었는데, 나이는 180세였고 두 눈은 멀어 있었다. 문제가 기이하게 여겨 「무엇을 행한 것인가?」라고 물으니, 대답하기를 「신(臣)은 13세에 실명하였는데, 부모님이 제가 일을 못할 것을 안타깝게 여기시어 신(臣)에게 금(琴)타는 법을 가르쳐 주었습니다. 신(臣)은 도인술(導引術)을 할 수 없으나, 그것이 수명에 무슨 도움이 되는지는 모르겠습니다」라고' 하였소." 환담이 그것을 논하기를 "자못 어려서 맹인이 되어 오로지 마음으로만 보았으니 정신이 밖을 보지 않은 도움이오"라고 했다.

---

6) 中興(중흥) : 한(漢)나라의 중흥 시기 즉 광무제(光武帝) 유수(劉秀)의 통치시기를 말함. 君山(군산) : 환담(桓譚)의 자(字)로 동한(東漢)시대 학자로 오경(五經)과 천문(天文)에 정통하였고 참위설(讖緯說)을 배척하였으며 저서로는 『신론(新論)』 29편이 있음.
7) 子駿(자준) : 유흠(劉歆)의 자(字). 유향(劉向)의 아들로 유향과 더불어 많은 책을 교감해냈다. 유향이 죽은 뒤에 유업(遺業)을 이어 육예(六藝)의 책들을 정리하여 『칠략(七略)』을 지어 반고(班固)의 『한서(漢書)』에 많은 영향을 주었음.
8) 閉(합) : 열린 것을 닫다.

君山援楡喩之,9) 未是也. 何者? 余前爲王莽典樂大夫.10) 樂記云, 文帝
得魏文侯樂人竇公,11) 年百八十, 兩目盲. 帝奇而問之. 何所施行?12) 對
曰, 臣年十三而失明, 父母哀其不及事, 教臣鼓琴. 臣不能導引,13) 不知壽
得何力! 君山論之曰, 頗得少盲, 專一內視, 情不外鑒之助也.

먼저 유흠이 마음으로 보는 것은 무익하다고 힐난하자, 물러나 두공
(竇公)을 논하여 곧바로 보지 않은 것으로 그에게 증명하였는데, 나는 아
직 정론(定論)을 보지 못했다. 환담이 또 말하기를 "방사(方士) 중에 동중
군(董仲君)이라는 자는 죄를 지어 옥에 갇히게 되자, 거짓으로 수일(數日)
동안 죽은 척하였는데 눈은 함몰되고 벌레들이 출몰해도 죽었다가 다
시 살아났지만 그 뒤에 결국은 죽었소"라고 했다. 살아있는 것이 반드
시 죽는다는 것은 군자(君子)들이 알고 있는 바인데 무엇 하러 비유하는
것인가!

先難子駿以內視無益,14) 退論竇公, 便以不鑒證之, 吾未見其定論也.
君山又曰, 方士有董仲君者,15) 有罪繫獄, 佯死數日,16) 目陷蟲出, 死而復
生, 然後竟死.17) 生之必死, 君子所達, 夫何喩乎!

---

9) 援(원) : 취(取)하다, 빌리다.
10) 典樂(전악) : '司樂(사악)'과 같은 의미로 음악을 주관한다는 뜻.
11) 文帝(문제) : 한나라 문제(文帝). 魏文侯(위문후) : 전국(戰國)시대 위(魏)나라 군주.
12) 何所施行(하소시행) : 『태평어람(太平御覽)』 권740에는 "임금이 묻기를 무엇을 복용
   하여 이 경지에 이르렀는가(帝問其何服食至此)"라고 되어 있음.
13) 導引(도인) : 정기(精氣)를 끌어들이는 도가의 장생 호흡법.
14) 難(난) : 힐난하다.
15) 方士(방사) : 저본에는 '方山(방산)'으로 되어 있으나, 『속원(續苑)』, 『전삼국문(全三
   國文)』과 조유문(趙幼文)의 교정에 따라 바로 고침.
16) 佯(양) : ~인 척하다.
17) 이러한 이야기는 환담(桓譚)의 『신론(新論)』에 보이는 데, 애제(哀帝)와 평제(平帝)
   시기에 휴릉(睢陵)에 동중군(董仲君)이라는 방도(方道)를 좋아하는 자가 있었다. 죄를
   지어 옥에 갇히게 되자 거짓으로 죽은 척하자 수일(數日)만에 눈이 함몰되고 벌레가
   기어 나와 옥졸(獄卒)이 그를 내다 버렸으나 다시 살아났다고 함.

무릇 지극한 신령도 천지를 벗어나지 못하고 겨울잠을 자는 벌레에게 여름잠을 자게하고 우레를 겨울에 치게 할 수 없다. 때가 변하면 사물이 움직이고 기(氣)가 옮겨가서 일이 그에 상응하는 것이다. 저 동중군(董仲君)이라는 자가 그 숨을 감추고 몸을 시체로 만들며 피부를 썩히고 벌레를 나오게 할 수 있다고 한들 크게 괴이한 것이 아니로다! 세상에 있는 방사(方士)들을 우리 왕께서 다 불러 들이셨는데, 감릉(甘陵)에 감시(甘始), 여강(廬江)에 좌자(左慈), 양성(陽城)에 극검(郤儉)이 있었다. 감시(甘始)는 기(氣)를 운행시키고 도인(導引)할 수 있었고, 좌자(左慈)는 방중술(房中術)에 밝았으며, 극검은 오곡(五穀)을 먹지 않는 장생술에 뛰어나 모두 수백 세라고 했다. 본시 그들을 위(魏)나라에 불러 모은 까닭은 진실로 이들이 간교한 자들과 만나 백성들을 속이고, 요술을 부려 백성을 나쁘게 할까 우려하여 불러 모아 그것을 금지하자는 것이었다. 어찌 다시 영주(瀛州)에서 신선을 보고자 함이고, 바닷가에서 안기생(安期生)을 찾는 것이며, 황금수레를 풀어 놓고 구름수레를 돌아보는 것이며, 여섯 마리 말을 버리고 비룡(飛龍)을 구하고자 함이겠는가! 우리 왕과 태자(太子), 그리고 나의 형제들은 모두 조소하면서 그들을 믿지 않았다. 그러나 임금께서는 감시(甘始) 등에게 그들을 대할 때 상례가 있음을 알게 하고, 소리(小吏)의 분수를 넘지 않게 모시고 공(功)이 없으면 상을 가하지 않으셨다. 해도(海島)는 얻어 노닐기 어렵고, 육관(六官)의 인끈도 얻어 차기 힘들었으니 결국 허황된 말을 감히 올리거나 이상한 말을 꺼내지도 못하였다.

夫至神不過天地, 不能使蟄蟲夏潛,[18] 震雷冬發. 時變則物動, 氣移而事應. 彼仲君者, 乃能藏其氣, 尸其體, 爛其膚, 出其蟲, 無乃大怪乎! 世有方士, 吾王悉所招致, 甘陵有甘始,[19] 廬江有左慈,[20] 陽城有郤儉.[21] 始能

---

18) 蟄蟲(칩충) : 겨울잠을 자는 벌레.

19) 甘陵(감릉) : 지명으로 그 땅은 지금 하북성(河北省) 청하현(淸河縣)에 해당함.

20) 廬江(여강) : 한나라 때 군(郡)이름으로 지금 안휘성(安徽省) 잠산현(潛山縣).

行氣導引,22) 慈曉房中之術, 儉善辟穀,23) 悉號數百歲. 本所以集之於魏
國者, 誠恐此人之徒接姦詭以欺衆,24) 行妖惡以惑民,25) 故聚而禁之也.
豈復欲觀神仙於瀛洲,26) 求安期於邊海,27) 釋金輅而顧雲輿,28) 棄六驥
而求飛龍哉!29)自家王與太子及余兄弟,30) 咸以爲調笑, 不信之矣. 然始
等知上遇之有恒,31) 奉不過於員吏,32) 賞不加於無功. 海島難得而遊, 六
黻難得而佩,33) 終不敢進虛誕之言,34) 出非常之語.

　　나는 극검(郄儉)을 한번 시험해 보고자 백일 동안 곡식을 먹지 못하게
하고 몸소 그와 더불어 자면서 머물렀는데, 행동거지는 그대로였다. 무
릇 사람은 7일을 먹지 않으면 죽는데 극검(郄儉)은 먹지 않고도 죽지 않
았다. 그러나 필시 수명을 늘이지는 못했지만 질병을 치유할 수는 있었
으며 굶주림을 두려워하지 않았다. 좌자(左慈)는 방중술을 잘 닦아 거의

---

21) 陽城(양성) : 옛 땅은 하남성(河南省) 등봉현(登封縣)에 있음.
22) 行氣導引(행기도인) : 기(氣)를 운행시키고 도인(導引)하는 것. 갈홍(葛洪)의 『신선전
　　(神仙傳)』 권10에 "감시(甘始)는 태강(太康) 사람으로 행기(行氣)와 도인(導引)에 뛰어
　　나 음식을 먹지 않고 천문동(天門冬)을 복용하였다. (…중략…) 병을 고침에 침과 뜸,
　　탕약을 사용하지 않았다. 인간 세상에 300년을 있다가 왕옥산(王屋山)에 들어가 신선
　　이 되었다(甘始者太原人也. 善行氣不飮食, 又服天門冬 (…中略…) 治病不用針灸湯
　　藥, 在人間三百餘歲, 乃入王屋山仙去也)"고 하는 기록이 보임.
23) 辟穀(벽곡) : 오곡(五穀)을 먹지 않고 장생할 수 있다는 도인술(導引術)의 일종.
24) 以(이) : '而(이)'의 뜻.
25) 妖慝(요특) : 요사스럽고 사특하다. 여기서는 그러한 술수.
26) 神仙(신선) : 『예문유취(藝文類聚)』에는 '神山(신산)'으로 되어 있는데 역시 문맥은
　　상통함. 瀛洲(영주) : 전설 속에 신선이 산다고 하는 산.
27) 安期(안기) : 안기생(安期生). 선진(先秦)시대 방사(方士)로 도가(道家)의 선인(仙人).
28) 釋(석) : 방기(放棄)하다. 金輅(금로) : 황금으로 장식한 끌채 마구리를 뜻하는데 상징
　　적으로 황제가 타는 수레를 가리킴.
29) 六驥(육기) : 수레를 끄는 여섯 필의 말. 저본에는 '文驥(문기)'로 되어 있으나 문맥상
　　엄가균(嚴可均)과 조유문의 교정에 따라 바로 잡음.
30) 家王(가왕) : 조조(曹操). 太子(태자) : 조비(曹丕)를 가리킴.
31) 恒(항) : 법칙이나 법규, 여기서는 '상례(常例)'의 뜻.
32) 員吏(원리) : 군중(軍中)의 낮은 벼슬아치.
33) 六黻(육불) : '黻(불)'은 관인(官印)을 매는 끈, 즉 여섯 부서의 인끈을 말함.
34) 虛誕(허탄) : 허황한, 황당무계한.

수명을 다할 수 있을 것 같았다. 그러나 본래 뜻을 가지고 정성을 다한 것이 아니었다. 감시(甘始)는 연로하였으나 젊은 얼굴을 가졌고 여러 술사(術士)들이 모두 같이 그에게 귀의하였다고 한다. 그러나 시작하는 말은 번다하고 실속은 부족했으나 자못 괴이한 말이 있었다. 나는 일찍이 좌우를 물리고, 혼자 그와 담소하면서 그가 수행한 바를 물었다. 따스한 얼굴로 유인하고 미사여구로 인도하자 감시(甘始)는 나에게 말했다. "나의 본래 스승은 성(姓)이 한(韓)이요, 자(字)는 세웅(世雄)이오. 일찍이 스승과 더불어 남해(南海)에서 금을 만들었는데, 앞뒤로 몇 차례 하여 수만 근의 금을 바다에 던졌답니다"고 하였고 또한 말하기를 "대개 양(梁)나라 시기 서역(西域)의 이민족이 향계(香罽), 요대(腰帶), 할옥도(割玉刀)를 헌상해 왔는데, 그때 가지지 못한 것이 후회스럽다"고 했다. 또한 말하기를 "차사(車師)라는 서역 국가에서는 아이가 태어나면 등을 갈라 비장(脾臟)을 꺼내 조금씩 먹으며 [도를] 힘써 행하려 한다"고 했다. 또 말하기를 "잉어 5촌(寸)짜리 한 쌍을 잡아서 그 중 하나에는 약을 물려서, 함께 끓는 기름에 던져 넣으면, 약을 먹은 것은 꼬리를 흔들고 아가미를 뻐끔 거리며 올라갔다 내려갔다 헤엄치는 것이 마치 연못 속에 있는 것과 같은데 다른 한 마리는 이미 익어 먹을 수 있다"고 했다. 이때에 내가 물어 "그대로 시험해 볼 수 있는가?"라고 하자, 말하기를 "이 약은 여기서 만리를 넘고 변경을 나가야 하는데 일찍이 혼자 갈 수도 없었고 얻을 수도 없었습니다"고 했다. 말은 여기에서 끝나지 않았으나 사뭇 다 신기가 어려워 크게 기괴한 것만 대충 들은 것이다.

余嘗試郄儉, 絶穀百日, 躬與之寢處, 行步起居自若也.35) 夫人不食七日則死, 而儉乃如是. 然不必益壽,36) 可以療疾, 不憚饑饉焉. 而左慈善修房內之術,37) 差可終命.38) 然自非有志至精, 莫能行也. 甘始者, 老而有少

---

35) 行步起居(행보기거) : 행동거지를 말함.
36) 益壽(익수) : 목숨을 연장하다.
37) 房內之術(방내지술) : 방중술.

容, 自諸術士咸共歸之.[39] 然始辭繁寡實,[40] 頗有怪言. 余嘗辟左右,[41] 獨與之談, 問其所行. 溫顔以誘之, 美辭以導之. 始語余, 吾本師姓韓, 字世雄. 嘗與師於南海作金, 前後數四,[42] 投數萬斤金於海. 又言, 諸梁時,[43] 西域胡來獻香罽腰帶割玉刀,[44] 時悔不取也. 又言, 車師之西國,[45] 兒生擘背出脾, 欲其食少而努行也.[46] 又言, 取鯉魚五寸一雙, 令其一含藥,[47] 俱投沸膏中, 有藥者奮尾鼓鰓,[48] 遊行沈浮, 有若處淵. 其一者已熟而可噉. 余時問言, 率可試不? 言, 是藥去此逾萬里, 當出塞, 始不自行,[49] 不能得也. 言不盡於此, 頗難悉載, 故粗擧其巨怪者.[50]

　　감시(甘始)가 진시황(秦始皇)이나 한무제(漢武帝)를 만났다면 다시 서불

---

38) 差(차) : 거의.

39) 自諸(자제) : 장본(張本) · 정본(程本)에는 '自餘(자여, 이밖에, 기타 나머지)'로 되어
　　있음.

40) 寡實(과실) : 앞의 '辭繁(사번)'과의 구법을 고려해보면 '實寡(실과)'가 되어야 할 것
　　같음.

41) 辟(피) : '피(避)'의 뜻으로 주위의 신하를 물리다.

42) 數四(삭사) : '數(삭)'은 자주, '四(사)'는 특정한 숫자를 의미하는 것이 아니라 여러
　　번을 뜻함.

43) 諸梁(제량) : '諸(제)'자는 문두(文頭)에 쓰여 '대략', '대개'의 뜻을 가지는 발어사로
　　보이며, '梁(양)'은 전국시대 칠웅(七雄) 중의 한 나라인 위(魏)나라를 말한다. 위(魏) 혜
　　왕(惠王) 때 대량(大梁)으로 천도하였기 때문에 '양'이라 불렀다고 함.

44) 香罽(향계) : 향기 나는 모직물. 割玉刀(할옥도) : 절옥도(切玉刀), 즉 '옥을 자르는 칼'
　　이란 뜻으로 『열자(列子) · 탕문(湯問)』과 『박물지(博物誌)』 권2에 따르면 서역(西域)
　　의 곤오족(昆吾族)이 헌상하였다고 하여 곤오도(昆吾刀)라고도 부른다고 함.

45) 車師(차사) : 한대(漢代) 서역(西域) 국가의 이름으로 '차사전후왕정(車師前後王庭)'
　　이라고도 함. 지금의 신강성(新疆省) 투루판 일대.

46) 努行(노행) : 힘써 행하다.

47) 令(령) : ~로 하여금. 저본에는 '合(합)'자로 되어 있으나 문맥상 엄가균(嚴可均)과 조
　　유문(趙幼文)의 교정에 따라 바로 잡았음. 含(함) : 저본에는 '煮(자)'자로 되어 있으나
　　문맥상 통하지 않아 조유문(趙幼文)의 교정에 따랐음.

48) 奮尾(분미) : 꼬리를 떨치다, 즉 흔드는 것을 말함. 鼓鰓(고새) : 아가마리를 두드리다,
　　껌벅이다.

49) 始(시) : 일찍이.

50) 巨怪(거괴) : 아주 기괴함.

(徐市)이나, 난대(欒大)같은 사람이 되었으리라. 걸왕(桀王)이나 주왕(紂王)과 세대는 다르지만 사악함은 같고 간인(姦人)들과 시대는 다르지만 거짓됨은 같으니 바로 이와 같이 사악하도다! 또한 세상에 헛되이 선인(仙人)의 말들이 있는데, 선인(仙人)이 만약 원숭이 종류일지라도 사람과 같이 도를 얻으면 신선이 될 수 있겠는가! 꿩이 바다로 들어가면 무명조개가 되고 제비가 바다로 들어가면 대합이 된다니! 응당 이들은 그 날개로 선회하고 그 깃을 푸덕거려야만 그래야 스스로 존재함을 알게 된다. 갑자기 스스로 몸을 던져 정신도 변하고 몸도 바뀌어 곧 자라와 함께하는 무리가 되면, 어찌 숲을 날며 담과 집에 둥지 트는 즐거움을 다시 알게 되겠는가! 공우애(公牛哀)는 병이 들어 호랑이가 되었지만 그 형을 만나 잡아먹어 버렸다. 이와 같은 것이라면 어찌 변화를 귀중하게 여기겠는가!

始若遭秦始皇漢武帝, 則復爲徐市欒大之徒也.51) 桀紂殊世而齊惡,52) 姦人異代而等僞,53) 乃如此邪! 又世虛然有仙人之說. 仙人者, 儻猱猨之屬,54) 與世人得道化爲仙人乎! 夫雉入海爲蜃,55) 燕入海爲蛤.56) 當夫徘徊其翼, 差池其羽,57) 猶自識也. 忽然自投, 神化體變, 乃更與黿鼉爲羣, 豈復自識翔林薄巢垣屋之乎!58) 牛哀病而爲虎,59) 逢其兄而噬之.60) 若

---

51) 徐市(서불) : 진(秦)나라 시대 방사(方士) 서복(徐福)으로, 『사기(史記)·진시황본기(秦始皇本紀)』에 따르면, 그는 글을 올려 신선이 사는 산을 언급하여 진시황의 장수(長壽)욕망을 부추긴 글이 보임. 欒大(난대) : 한대(漢代) 무제(武帝) 때의 방사로 바다 속에서 장생의 약을 구해오겠다고 무제(武帝)를 속였다가 나중에 발각되어 죽었다는 이야기가 『사기(史記)·효무본기(孝武本紀)』에 보임.

52) 齊(제) : 부사적으로 쓰여 나란히, 일제히.

53) 姦人(간인) : 서불(徐市)과 난대(欒大) 같이 사람을 미혹하게 하는 방사(方士)들을 가리킴.

54) 儻(당) : 만약. 猱猨(노원) : '猱(노)'는 팔이 긴 원숭이. '猨(원)'은 원(猿)과 같은 글자.

55) 蜃(신) : 무명조개. 『국어(國語)·진어(晉語)』에 "참새가 바다에 들어가서 대합조개가 되고, 꿩이 회수(淮水)에 들어가 무명조개가 된다(雀入於海爲蛤, 雉入於淮爲蜃)"고 하였는데, 그 주(注)에 작은 것은 '蛤(합)' 큰 것은 '蜃(신)'이라고 설명하였음.

56) 蛤(합) : 대합조개.

57) 差池(치지) : 날개를 상하로 흔들면서 나는 모양.

此者, 何貴於變化邪!

　　무릇 황제는 그 위치가 제후국들과 달라 넉넉하게 천하를 소유하며 그 존엄함은 밝게 빛나 일월(日月)과 같이 빛난다. 궁(宮)·전(殿)·궐(闕)·정(庭) 등이 자미궁(紫微宮)처럼 빛나는데 어찌 서왕모(西王母)의 궁전과 곤륜산(崑崙山)의 땅을 돌아보리오! 삼청조(三靑鳥)가 전해 오는 것은 백관(百官)의 아름다움만 못하다. 소녀(素女)와 상아(嫦娥)도 초방(椒房)의 아름다움만 못하고, 운의(雲衣)와 우상(羽裳)은 보불(黼黻)의 장식만 못하며, 뿔 없는 용 수레에 무지개를 실은 것도 수레의 성대함만 못하고 경예(瓊蘂)와 옥화(玉花)도 옥홀(玉笏)의 고결함만 못하다. 그러나 도리어 필부(匹夫)가 미혹되어 허망한 말을 받아들이고 현혹하는 말을 믿어 융숭한 예절로 방사(方士)들을 불러들이고 재물을 기울여 헛된 것을 구하는데 바치며, 왕의 작위를 하사하여 그들을 영예롭게 하고 조용한 관사를 깨끗이 하여 그들을 잘 살게 하였다. 그러나 한해를 지내고 햇수가 쌓였으나 끝내 하나의 증험도 없었으니, 혹 사구(沙丘)에서 죽고 혹 오작궁(五柞宮)에서 죽기도 했다. 때가 되니 비록 그 몸은 주살되고 그 족속들을 몰살되었지만, 분분하게 천하의 일소(一笑)거리가 아니겠는가! 대저 현황(玄黃)은 눈을 즐겁게 하는 바이고, 음악은 귀를 즐겁게 하는 바이며, 아름다운 왕비는 선왕(先王)을 잇게 하는 바이고, 가축들은 입을 즐겁게 하는 바이다. 어찌하여 무미(無味)한 맛을 즐길 것이고, 무성(無聲)의 음악을 들으며, 무채(無彩)의 색깔을 보겠는가! 그러니 수명의 길고 짧음, 신체의 강함과 약함은 각기 사람들이 가지고 있는 것이다. 양생(養生)을 잘하는 사람은 그 수명을 다 누리고, 힘들고 혼탁하게 하는 사람

---

58) 林薄(임박) : 초목이 우거진 숲. 『초사(楚辭)·구장(九章)·섭강(涉江)』에서 "신초(申椒)와 신이(辛夷)풀이 수풀 속에서 죽고(露申辛夷死林薄兮)"라는 표현에서 나온 것으로 왕일(王逸)은 '임'은 관목 숲, '박'은 나무와 풀이 섞여 있는 것이라고 설명하였음.
59) 牛哀(우애) : 공우애(公牛哀). 『회남자(淮南子)·숙진(俶眞)』에 이러한 고사가 보임.
60) 噬(서) : 씹다, 즉 잡아먹다.

은 수명을 반만 누리며 헛되이 사용하는 자는 요절하게 되니, 아마도 이것이 말해주는 것인저!

夫帝者, 位殊萬國, 富有天下, 威尊彰明, 齊光日月. 宮殿闕庭, 焜耀紫微,(61) 何顧乎王母之宮,(62) 崑崙之域哉! 夫三鳥被致,(63) 不如百官之美也. 素女嫦娥,(64) 不若椒房之麗也.(65) 雲衣羽裳,(66) 不若黼黻之飾也.(67) 駕螭載霓,(68) 不若乘輿之盛也. 瓊蕊玉華,(69) 不若玉圭之潔也. 而顧爲匹夫所罔,(70) 納虛妄之辭, 信眩惑之說, 隆禮以招弗臣,(71) 傾産以供虛求, 散王爵以榮之,(72) 淸閒館以居之. 經年累稔, 終無一驗, 或歿於沙丘,(73) 或崩於五

---

61) 焜耀(혼요) : 밝게 비추다. 부아서(傅亞庶)는 조유문(趙幼文)의 교정에 따라 '焜(혼)' 자를 '等(등)'자로 바꾸었으나 불필요한 것으로 보임. 紫微(자미) : 자미궁(紫微宮)으로 천제(天帝)가 산다고 하는 천궁(天宮).

62) 王母(왕모) : 서왕모(西王母). 중국 신화에 나오는 여신으로 곤륜산에 산다고 한다. 성은 양(楊), 이름은 회(回)라고 함.

63) 三鳥(삼조) : 저본에는 '三烏(삼오)'로 되어 있으나 문맥상 엄가균(嚴可均)과 조유문(趙幼文)의 교정에 따라 바로 잡음. 『산해경(山海經)·대황서경(大荒西經)』에 "옥(沃)의 들에는 삼청조(三靑鳥)가 있는데, 붉은 머리에 검은 눈을 가졌다. 하나는 대려(大鵹), 하나는 소려(少鵹), 하나는 청조(靑鳥)라고 한다"고 하였는데, 곽박(郭璞)은 모두 서왕모(西王母)의 사신들이라고 설명하였다. 被致(피치) : 두 글자 모두 '이르다, 미치다'의 뜻. 『한무고사(漢武故事)』에 따르면, 한무제(漢武帝)가 승화전(承華殿)에서 재계하고 기다리자 홀연히 삼청조(三靑鳥)가 서방에서 날아왔고, 오래지 않아 서왕모(西王母)가 뒤따라 이르렀다는 이야기를 말함.

64) 素女(소녀) : 고대 전설에 나오는 신녀로 황제(黃帝)와 동시대이며 음악에 뛰었다고 함. 嫦娥(항아) : 항아(姮娥), 월궁항아(月宮姮娥), 소아(素娥). 중국 신화에서 달에 산다는 여신.

65) 椒房(초방) : 후비(后妃)들이 사는 곳이나 궁을 말하는데 여기서는 후비(后妃)들을 가리킴.

66) 雲衣羽裳(운의우상) : 신선들이 입고 다닌 다는 구름옷과 깃털 윗도리.

67) 黼黻(보불) : 제왕(帝王)이 입는 예복.

68) 駕螭(가리) : '螭(리)'는 뿔 없는 용으로 그들로 수레를 지운 것, 바로 신선들이 타고 다닌다는 수레를 말함.

69) 瓊蕊(경예) : 옥영(玉英), 옥화(玉花)를 말하는데 그 차이는 알 수 없음. 신선들이 패용하는 패물.

70) 罔(망) : 망(妄), 미혹하다.

71) 弗臣(불신) : 신하라고 칭하지 않는 사람, 즉 방사(方士)들을 말함.

72) 散(산) : 하사하다.

73) 沙丘(사구) : 모래 언덕, 즉 진시황(秦始皇)이 사구(沙丘) 평대(平臺)에서 죽었음. 지

柞,[74) 臨時雖誅其身,[75) 滅其族, 紛然足爲天下一笑矣! 若夫玄黃所以娛
目,[76) 鏗鏘所以樂耳,[77) 媛妃所以紹先, 芻豢所以悅口也.[78) 何以甘無味
之味,[79) 聽無聲之樂, 觀無采之色也. 然壽命長短, 骨體强劣, 各有人焉.
善養者終之, 勞擾者半之, 虛用者夭之, 其斯之謂歟![80)

9-4. 좋은 새와 나쁜 새(令禽惡鳥論)[1)

나라 사람 중에 때까치를 산 채로 헌상한 자가 있어 왕은 그를 불러
만나 보았다. 모시는 신하가 아뢰기를 "세상 사람들은 한결같이 백로의

금의 하북성(河北省) 평향현(平鄕縣)에 있음.

74) 五柞(오작) : 한대(漢代)의 궁전 이름으로 한무제(漢武帝)가 오작궁(五柞宮)에서 죽었음.

75) 雖(수) : 저본에는 '復(부)'자로 되어 있으나 문맥상 정(程)·장(張)본을 따라 바로 잡음. 臨時(임시) : 때에 이르다.

76) 玄黃(현황) : 여기서는 검고 누런 의복의 색을 말함.

77) 鏗鏘(갱장) : 금옥(金玉)이나 악기들이 내는 소리를 형용하는 말인데 여기서는 음악 소리를 말함. 樂(락) : 저본에는 '聳(용)'자로 되어 있으나 『예문유취(藝文類聚)』와 조유문(趙幼文)의 교정에 따라 바로 잡음.

78) 芻豢(추환) : 소, 양, 돼지 같이 풀을 먹여서 기르는 가축.

79) 何以(하이) : 어찌하여. 『예문유취(藝文類聚)』에는 '何必(하필)'로 되어있는데 역시 문맥에는 문제가 없음.

80) 其(기) : 아마도.

9-4. 令禽惡鳥論(영금악조론)

1) 정확한 창작연도를 추정할 수 없는 이 글은 죽음을 부른다고 알려진 백로(伯勞, 때까치)와 나쁜 목소리 때문에 흉조로 알려진 두 악조(惡鳥)에 대한 인간들의 평가가 억지로 끌어다 붙인 것임을 문답의 형식을 빌려 생동적으로 묘사하고 있다. 이를 통하여 작자는 사회적 명성이란 것의 허와 실을 논리성 가득한 문장으로 폭로하고 있다. 정안(丁晏)에 따르면 『태평어람(太平御覽)』 권923에 「탐악조론(貪惡鳥論)」으로 되어 있다고 함. '令禽(영금)'은 '아름다운 새 '또는 '상서로운 새'란 뜻인데 『이아(爾雅)·석조(釋鳥)』에서도 형병(邢昺)이 이 작품을 인용하고 있는데, 이 두 글자는 보이지 않는다. 실제로 이 작품은 죽음을 부른다고 알려진 백로(伯勞)와 목소리가 나쁜 올빼미 두 새를 논하고 있는데 모두 악조들이다. 그러므로 '영금'이 두 자는 부연된 것으로 보인다.

울음소리를 싫어합니다. 감히 묻사온데 무엇을 말하는 것입니까?"라고 하자, 왕이 말했다. "「월령(月令)」에는 5월에 백로가 처음으로 운다고 하였고, 『시경(詩經)』에는 7월에 때까치가 운다고 하였다. 7월은 하(夏)나라의 5월이고 격(鵙)은 바로 백로이다. 옛날에 윤길보(尹吉甫)는 후처(後妻)의 모함으로 효자(孝子)인 백기(伯奇)를 죽였다. 아우인 백봉(伯封)이 찾아도 찾을 수 없어 「서리(黍離)」라는 시를 지었다. 민간 전설에 말하기를, '윤길보(尹吉甫)가 나중에 깨닫고 백기(伯奇)를 추도하다가 들로 놀러 나가 보니 이상한 새가 뽕나무에서 울고 있었는데 그 소리가 참으로 슬펐다. 윤길보는 마음이 동하여 「백기가 아니냐?」고 물으니 새는 이내 날갯짓을 하며 그 소리가 더욱 처절하였다. 윤길보가 말하기를 「과연 나의 아들이구나!」라고 하며, 이내 돌아보며 이르기를 「백기(伯奇)야 고생하였구나! 내 아들이 맞는다면 나의 수레에 깃들고, 내 아들이 아니라면 날아가 머물지 말라!」고 하자 말이 끝나기도 전에 새는 음성을 찾아 덮개에 깃들었다. 돌아와 문에 들어서자 우물 난간위로 이르러서 안방을 향해 울었다. 윤길보는 후처(後妻)에게 활을 가져와 쏘라고 명하여 [활을 가져오게 한 뒤] 결국 후처를 사살하고 아들에게 용서를 빌었다'고 하였다. 그러므로 세상 사람들이 때까치의 울음을 싫어하는 것은 때까치가 우는 집에는 꼭 주검이 있다고 말하기 때문이다. 이는 호사가(好事家)들이 부회하여 만든 이야기가 세상 사람들로 하여금 그것을 싫어하게 하였다. 그래서 지금 백로를 싫어한다고 퍼져있는데, 이는 사실이 아니다"라고 말하였다. 때까치가 5월에 우는 것은 음기(陰氣)의 움직임에 순응한 것이다. 양기는 어질게 길러내지만 음기(陰氣)는 해치므로 때까치는 해로운 새이다. 굴원(屈原)이 이르기를 "때까치가 먼저 울어 온갖 풀들이 피지 않게 하네"라고 하였는데, 그 소리가 지지거리므로 그 음성으로 이름한 것이다. 그것이 사람에게 재해를 끼친다는 것은 어리석은 백성들이 믿는 바이지, 아는 사람들은 무시하는 것이다. 새 울음의 나쁨이 저절로 증오를 불러오고, 사람 말의 나쁨이 저절로 멸망을 불러온다

해도, 지금 세상에 해를 끼칠 수 있는 것은 아니다. 그러니 악한 사람의 행동은 바뀔 수 없고, 올빼미나 때까치의 울음이 바뀌지 않는 것은 바로 천성(天性)이 그러한 것이다.

國人有以伯勞鳥生獻者,2) 王召見之.3) 侍臣曰, 世人同惡伯勞之鳴, 敢問何謂也. 王曰, 月令, 仲夏鵙始鳴.4) 詩云,5) 七月鳴鵙. 七月夏五月,6) 鵙則博勞也.7) 昔尹吉甫用後妻之讒,8) 而殺孝子伯奇.9) 其弟伯封求而不得, 作黍離之詩.10) 俗傳云, 吉甫後悟, 追傷伯奇.11) 出游於田, 見異鳥鳴於桑, 其聲嗷然.12) 吉甫動心曰, 無乃伯奇乎. 鳥乃撫翼, 其音尤切. 吉甫曰, 果吾子也. 乃顧謂曰, 伯奇勞乎. 是吾子, 棲吾與, 非吾子, 飛勿居. 言未卒, 鳥尋聲而棲於蓋. 歸入門, 集於井幹之上,13) 向室而號. 吉甫命後妻載弩射之,14) 遂射殺後妻以謝之.15) 故俗惡伯勞之鳴, 言所鳴之家必有尸也. 此好事者附名爲之說,16) 令俗人惡之.17) 而今普傳惡之, 斯實否也.

---

2) 國人(국인): 고대 대읍(大邑)에 거주하는 사람. 伯勞(백로): 때까치.

3) 召見(소견): 인견(引見), 불러 보다.

4) 月令(월령): 『예기(禮記)』의 편명으로 1년 열두 달 동안 행해지는 정령(政令)들을 기록해 놓고 있음. 仲夏(중하): 여름 두 번째 달 즉 5월. 鵙(격): 백로(伯勞)의 별칭.

5) 詩(시): 『시경(詩經)·빈풍(豳風)·칠월(七月)』.

6) 七月夏五月(칠월하오월): 주대(周代)에는 하(夏)나라의 11월을 정월로 삼았다고 하므로 하나라의 5월은 주나라의 7월인 셈이다.

7) 博勞(박로): 백로(伯勞)의 다른 표기. 중국어 발음이 같기 때문임.

8) 尹吉甫(윤길보): 주(周)나라 선왕(宣王) 때의 경사(卿士).

9) 孝子(효자): 대를 잇는 아들.

10) 黍離(서리): 『시경(詩經)·왕풍(王風)』의 편명으로 그 서(序)에 주실(周室)의 대부가 서경(西京)으로 부역을 갔는데 옛 나라의 종묘와 궁실이 모두 기장 밭이 되어 있어 감개하여 차마 떠나지 못하고 지은 시라고 하는 것으로 보아 본문과는 아무런 관련이 없어 보임.

11) 追傷(추상): 추도(追悼)하다.

12) 嗷然(교연): 울부짖는 모습.

13) 集(집): 작은 새가 나무위에 앉은 것을 형상화 한 글자로 앉다.

14) 載弩(재노): 활을 잡다.

15) 謝(사): 용서를 빌다.

16) 附(부): 부회(附會)하다, 끌어다 붙이다.

17) 令(영): ~로 하여금.

伯勞以五月而鳴, 應陰氣之動.[18] 陽爲仁養,[19] 陰爲賊害,[20] 伯勞蓋賊害之鳥也. 屈原曰, 鵜鴂之先鳴,[21] 使百草爲之不芳.[22] 其聲鵙鵙然,[23] 故以音名也. 若其爲人災害,[24] 愚民之所信, 通人之所略也.[25] 鳥鳴之惡自取憎,[26] 人言之惡自取滅, 不有能累於當世也.[27] 而凶人之行弗可易, 梟鵙之鳴不可更者,[28] 天性然也.

옛날 형(荊)의 올빼미가 장차 오(吳) 땅에 옮겨 둥지를 틀려고 하였는데, 비둘기가 그를 만나자 말하기를 "그대는 장차 어디로 가려는가?"라고 하니, 올빼미는 말하기를 "장차 오(吳)땅에서 둥지를 틀려고 하오"라고 했다. 비둘기가 말하길 "왜 형(荊)을 떠나 오(吳)에 둥지를 틀려 하는가?"라고 하자, 올빼미가 말하길 "형(荊)사람들이 나의 목소리를 싫어하오"라고 하였다. 비둘기가 말하길 "그대가 그대의 목소리를 바꿀 수 있다면 괜찮아지니, 형(荊)을 떠나 오(吳)에 둥지를 틀 필요가 없소. 만약 그대의 목소리를 바꿀 수 없다면 오(吳)와 초(楚)의 백성들은 마음이 다

---

18) 陰氣之動(음기지동) : 옛날 역법(曆法)에 따르면 5월(지금의 7월) 하지(夏至)에 양(陽)이 쇠하고 음(陰)이 생겨나는 때이므로 이렇게 표현한 것임.

19) 仁(인) : 저본에는 '人(인)'자로 되어있으나 엄가균(嚴可均)과 조유문(趙幼文)의 교정에 따라 바로 잡음.

20) 賊害(적해) : 잔해(殘害), 해치다.

21) 鵜鴂(제결) : 『문선(文選)·사현부(思玄賦)』에서 이선(李善)은 복건(服虔)의 주를 인용하여 '제결'은 일명 격(鵙), 즉 '백로'라고 설명하였다.

22) 이 두 구는 『초사(楚辭)·이소(離騷)』에 "때까치가 먼저 울어 온갖 풀들이 그로 인해 향내 나지 않을까 두렵구나!(恐鵜鴂之先鳴兮, 使夫百草爲之不芳)"라고 한 것에서 확인할 수 있음.

23) 鵙鵙(격격) : 의성어로 백로가 우는 소리.

24) 若(약) : 발어사로, 별다른 뜻이 없음. 爲(위) : 피동의 의미를 지님.

25) 略(략) : 경시하다. 소홀히 여기다.

26) 取憎(취증) : 증오를 불러오다.

27) 累(루) : 해를 끼치다.

28) 通人(통인) : 세상의 이치를 아는 사람. 更(경) : 바꾸다. 梟鵙(효격) : 저본에는 '梟鳥(효조)'로 되어 있으나, 문맥상 『예문유취(藝文類聚)』와 『전삼국문(全三國文)』에 의거하여 바로 잡음.

르지 않을 것이네. 그대가 계획하고 있는 것은 목을 구부리고 날개를 거두는 것보다 못하며 평생토록 다시는 울지 못할 것이오”라고 했다. 옛날에 조정에서 조회를 하는데, 어떤 사람이 물어 말하기를 “올빼미가 어미를 잡아먹는다고 하는 것을 어찌 들었는가?” 어떤 사람이 답하여 말하기를 “일찍이 까마귀가 늙은 어미 새에게 먹이를 물어다 먹인다는 말은 들은 적이 있으나, 올빼미가 그 어미를 잡아먹는다는 것은 듣지 못했소”라고 했다. 물은 자는 부끄러워하며 자기가 잘못 말을 꺼냈다고 했다. 정월 초하루 아침에 태양의 길한 방향을 따라 새나 참새를 놓아 주는 자는 복을 더하게 될 것이고, 갈거미를 잡은 자는 길들여 풀어주 면 사람을 이롭게 하고, 벼룩을 잡은 자는 문질러 죽이지 않거나 이빨 로 씹지 않으면 몸에 해를 끼치게 된다고 한다. 새, 짐승, 곤충들도 그 이름과 소리가 달라지는데, 하물며 좋은 사람과 나쁜 사람이 같이 있음 에 있어서야!

昔荊之梟, 將徙巢於吳, 鳩遇之曰, 子將安之.29) 梟曰, 將巢於吳. 鳩曰, 何去荊而巢吳乎. 梟曰, 荊人惡予之聲.30) 鳩曰, 子能革子之聲則免,31) 無 爲去荊而巢吳也.32) 如不能革子之音, 則吳楚之民不異情也. 爲子計者, 莫若宛頸戢翼,33) 終身勿復鳴也.34) 昔會朝議,35) 有人問曰, 寧有聞梟食 其母乎. 有答之者曰, 嘗聞烏反哺,36) 未聞梟食母也. 問者慚, 唱不善 也.37) 孟春之旦,38) 從太陽貴方,39) 放鳥雀者, 加其祿也.40) 得蟏者,41) 莫

---

29) 安(안) : 장소의 의문부사로 사용되었음. 之(지) : 가다.
30) 惡(오) : 혐오하다.
31) 革(혁) : ‘개(改)’, 바꾸다. 免(면) : 면하다, 벗어나다.
32) 無爲(무위) : ～할 필요가 없다.
33) 宛頸戢翼(완경집익) : 목을 구부리고, 날개를 모으다(접다).
34) 終身(종신) : 몸이 죽을 때 까지, 즉 평생토록.
35) 朝議(조의) : 매일 아침에 여는 대궐의 조회.
36) 反哺(반포) : ‘反(반)’은 되돌리다. 먹이를 물어다가 늙은 어미에게 먹이는 것.
37) 唱(창) : 노래하다, 말하다. ‘먼저’라는 의미가 종종 내포되어 있음.
38) 孟春之旦(맹춘지단) : 하(夏)나라의 역법(曆法)으로 정월 초하루.
39) 貴方(귀방) : 저본에는 ‘方貴(방귀)’로 되어 있는데, 문맥상 『전삼국문(全三國文)』의

不馴而放之,42) 爲利人也.43) 得蚤者, 莫不糜之齒牙,44) 爲害身也. 鳥獸昆
蟲猶以名聲見異, 況夫吉士之與凶人乎.

9-5. 위나라의 덕(魏德論)1)

　　자연의 기운은 꽉 막히고, 천지(天地)가 요동치고, 별자리가 어지러워
지고, 음과 양이 어그러지네. 나라에는 온전한 마을이 없고, 언덕에는
덮인 관(棺)이 없으며, 사해(四海)는 끓어오르고, 적막한 사막과 같네. 무
황제(武皇帝)께서 일어나, 도리로서 잔당(殘黨)을 제압하니, 의로운 기운
이 바람처럼 일어나네. 신령스런 창을 휘두르면, 사악한 기운들이 순순
히 제압되고, 신비로운 깃발이 일단 드날리기만 하면, 태양같이 밖으로
떨쳐나가네. 오로지 우리 황제께서는 귀신같은 무예로 천하를 덮으셨

교정에 따름.
40) 정안(丁晏)은 "이상 17자(字)는 정씨(程氏) 본에 누락되어 있다고 밝히고, 『태평어람
　　(太平御覽)』 권951에는 「조식론(曹植論)」을 인용하고 있는데, 본문 아래에 보이는 4구
　　와 연결되어 있는 것으로 보아 확실히 이 론(論)에서 빠진 것으로 「위덕론」과는 관계
　　가 없다. 장씨(張氏)는 별도로 「위덕론(魏德論)」을 인용한 것은 잘못으로 보여 지금 바
　　로 잡는다"고 하였음.
41) 蟢(희) : 갈거미.
42) 馴(훈) : 저본에는 '訓(훈)'자로 되어 있는데, 문맥상 『예문유취(藝文類聚)』와 『전삼국
　　문(全三國文)』에 의거하여 바로 잡음.
43) 利人(이인) : 사람에게 이롭다. 북제(北齊) 劉晝(유주)의 『신론(新論)·비명(鄙名)』에
　　"지금 촌사람들은 낮에 갈거미를 보는 것을 기쁘고 즐거운 징조가 있을 것으로 여긴
　　다(今野人晝見蟢子者, 以爲有喜樂之瑞)"고 하였음.
44) 糜(미) : 문질러 죽이다. 齒(치) : 동사로 쓰여 '물다', '씹다.'
9-5. 魏德論(위덕론)
　1) 이글은 위문제(魏文帝) 건안(建安) 25년(220)에 창작된 것으로 당시 작자의 나이 29
　　세이자 조조가 66세의 나이로 죽은 해이다. 전체적인 내용이 전반에는 조조의 위대한

다. 위호성(威弧星)의 빛은 왼쪽을 쓸어버리고, 혜성(彗星)은 북쪽으로 굽어지며, 머리와 꼬리가 다투며 치는 데, 그 기운이 솔연과 같았네. 번개같이 북쪽 천리를 석권하니, 그 소리는 산악이 무너지듯 하고, 그 성대함은 바다가 성내는 듯하였네. 화나게도 저 오랑캐 땅의 중화사람이 미련하게도 공손하지 못하니, 우리 황제 날카로운 부월(斧鉞)을 갈고 닦아, 무사들을 뽑아 날카롭게 훈련시켜, 별들이 펼쳐지고 하늘이 운행하는 듯, 형주(荊州)에 무위(武威)를 떨쳐 빛내니, 형주 사람들 바람 따라 엎어지고, 교주(交州)와 익주(益州)가 그림자처럼 복종하네. 군대는 여력을 비축하여, 승기(勝機)를 이어가며 기세를 잡네. 백수(白水)의 변방을 소탕하고, 하천(遉川)에서 송건(宋建)을 사로잡았으며, 우러러 멀리 조지국(條支國)에 주목하고, 약수(弱水)의 잔물결을 바라보며, 대하국(大夏國)에 간 장건(張騫)을 가벼이 보고, 기련산(祁連山)에 표기장군을 비웃으니, 그 교화시킨 것이 귀신같고, 그 길러낸 것이 봄과 같네. 먼 곳은 달래주고 가까운 곳은 도와주니, 누가 감히 복종하지 않겠는가? 법도는 더욱 가꾸어지니, 태양처럼 빛나고 달처럼 밝도다. 그 업적은 건안 연간에 남아있고, 그 도는 연강(延康)년에 융성했네. 이에 헌제(獻帝)가 선위(禪位)하니, 선위의 조서는 크게 빛났네. 천자의 지위를 바꾸어 주시니, 당요(唐堯)를 앙모하고 본받네. 황제께서는 그래도 겸양하며 받지 않네. 세상에 보기 드믄 분명한 조서를 발표하고, 황실에 거주하면서도 불안하여, 북인무택(北人無擇)의 깨끗한 지조를 밟고, 석호(石戸)의 고상한 절개를 찬미하였네. 의리는 금석(金石)을 관통하고, 신명(神明)이 이로써 흥하니, 지신(地神)이 상서로움을 부르고, 천신(天神)이 복을 나타나게 하네.

元氣否塞,2) 玄黃噴薄,3) 星辰亂逆,4) 陰陽舛錯.5) 國無完邑, 陵無掩

공업에 초점이 맞추어져 있고 후반에는 조비의 치세를 칭송하고 있는 것과 조조가 죽고 조비가 즉위하여 220년 3월에 쓴 연호인 연강(延康)이란 글자가 보이는 것으로 보아 조비의 즉위 초기에 지어진 것으로 보인다. 조조에서 조비로 위(魏)나라의 성덕(聖德)을 길게 의도적으로 칭송하고 있는 것은 조비의 견제를 의식하여 충성심을 드러낸 것으로 해석될 수 있다. 이글은 송(頌)이나 찬(讚)에서 주로 사용하는 사언(四言)으로

槨.6) 四海鼎沸,7) 蕭條沙漠. 武皇之興也,8) 以道凌殘,9) 義氣風發. 神戈退指,10) 則妖氛順制,11) 靈旗一擧,12) 則朝陽播越.13) 惟我聖后,14) 神武蓋天, 威光左掃,15) 辰彗北彎,16) 首尾爭擊, 氣齊率然.17) 乃電北席卷千

이루어져 있으며, 한편 유협(劉勰)은 『문심조룡(文心雕龍)·봉선(封禪)』에 "진사왕(조식)의 「위덕론」은 주객(主客)의 논설을 빌렸으나 문답이 우회적이고 느슨하며 수천의 글자를 사용하고 있으나 들인 공은 깊지만 결과는 부족하고 작품의 힘과 빛이 결여되어 있다(陳思魏德, 假論客主, 問答迂緩, 且已千言, 勞深勣寡, 飆燄缺焉)"라고 하여 조식의 이 문장은 주객(主客)의 문답형식으로 이루어져 있었음을 알 수 있다.

2) 元氣(원기) : 자연의 기운. 否(비) : 막히다.

3) 玄黃(현황) : 하늘과 땅. 噴薄(분박) : 흔들리다, 요동치다.

4) 星辰(성진) : 별과 별자리. 저본에는 '辰星(진성)'으로 되어 있으나 『예문유취(藝文類聚)』와 엄가균(嚴可均)의 『전삼국문(全三國文)』에 의거하여 바로잡음.

5) 舛錯(천착) : 어그러지고 섞이다.

6) 掩槨(엄곽) : 관을 덮다.

7) 四海(사해) : 온 세상, 즉 중국.

8) 武皇(무황) : 저본에는 '武王(무왕)'으로 되어 있는데, 『예문유취(藝文類聚)』와 엄가균(嚴可均)의 교정에 따라 바로잡음. 조조(曹操)를 가리킨다. 위문제(魏文帝) 조비(曹丕)가 즉위한 후에 조조는 무황제(武皇帝)로 추존되었음.

9) 凌(릉) : 제압하다. 저본에는 '陵(능)'자로 되어 있는데, 자형(字形)에서 비롯한 오자로 보여 문맥에 따라 고침.

10) 神戈(신과) : 조조의 창을 말하는데, '神(신)'자는 별다른 의미 없이 높이는 말에 불과하다. 退指(퇴지) : '指(지)'자는 앞으로 향한다는 의미이므로 창을 앞뒤로 휘두르는 것을 말함.

11) 妖氛(요분) : '氛(분)'자는 '雰(분)'과 같은 뜻으로 요사스러운 기운.

12) 靈旗(영기) : '靈(영)'자는 위에서 본 '神戈(신과)'의 '神(신)'자와 같은 역할을 하고 있음. 바로 조조 군대의 깃발을 말함.

13) 朝陽(조양) : 막 떠오른 태양, 황제나 제국을 상징함. 播越(파월) : 밖으로 떨치다.

14) 聖后(성후) : 조조를 말함.

15) 威(위) : 위호성(威弧星), 천낭성(天狼星) 동남쪽에 있는 별로 정벌을 상징함. 左(좌) : 저본에는 '佐(좌)'자로 되어 있으나 문맥과 상하의 대(對)를 고려하여 조유문(趙幼文)과 조해동(曹海東)의 교정을 따랐음.

16) 辰彗(신혜) : 혜성(彗星), 즉 옛 것을 쓸어버리고 새 것을 펴는 것을 상징함. 彎(만) : 활을 당기다.

17) 率然(솔연) : 전설에 나오는 뱀으로, 『손자(孫子)·구지(九地)』에 "그러므로 용병에 뛰어난 자를 비유하면 솔연과 같다. 솔연이란 상산(常山)의 뱀이다. 그 머리를 치면 꼬리가 나오고 그 꼬리를 치면 머리가 나오며 그 중간을 치면 머리와 꼬리가 나온다(故善用兵者, 譬如率然. 率然者, 常山之蛇也. 擊其首則尾至. 擊其尾則首至, 擊其中則首尾俱至)"고 하였는데, 조조 군대의 전술이 뛰어났음을 말함.

里,18) 隱乎若崩嶽,19) 旰乎若潰海.20) 慍彼蠻夏,21) 蠢爾弗恭,22) 脂我蕭
斧,23) 簡武練鋒,24) 星陳而天運, 振耀乎南封,25) 荊人風靡, 交益景從.26)
軍蘊餘勢, 襲利乘權,27) 蕩鬼區於白水,28) 擒矯制於遲川.29) 仰屬目於條
支,30) 睎弱水之潺湲.31) 薄張騫於大夏,32) 笑驃騎於祁連.33) 其化之也如

18) 정안(丁晏)에 따르면 이 구(句)에는 한 자(字)가 빠졌다고 한다. 엄가균(嚴可均)의 교
    정에는 '乃電□北□'로 두 글자가 빠진 것으로 되어 있다. 두 사람의 견해 모두 가능
    하나 구체적으로 문장의 뜻을 제시하고 있는 것은 아니다.
19) 隱(은) : '殷(은)'과 같은 뜻으로 진동하는 큰 소리.
20) 旰(간) : 크다. 저본에는 '旴(간)'자로 되어 있다. 문맥에 따라 엄가균(嚴可均)의 교정
    에 따랐음.
21) 蠻夏(만하) : 소위 오랑캐와 중화를 말하는데, 여기서는 중원에서 형주(荊州)로 간 유
    표(劉表)를 말하고 있음. 그는 왕족으로 삼국시대 형주(荊州)에서 할거하고 있었음.
22) 蠢爾(준이) : 움직임도 모른 모양. 즉 미련하고 아둔한 것을 말함. 『시경(詩經)·소아
    (小雅)·채기(采芑)』에 "미련한 저 남쪽 오랑캐[만형(蠻荊)]이 대국(大國)을 원수로 삼
    네(蠢爾蠻荊, 大邦爲讎"라고 하였음.
23) 脂(지) : 여기서는 기름을 칠한 것처럼 갈고 닦는 것을 말함. 蕭斧(소부) : 날카로운 부
    월(斧鉞).
24) 簡(간) : 간택(簡擇), 가려 뽑다.
25) 南封(남봉) : 남쪽 봉지(封地), 즉 유표(劉表)가 할거하고 있는 형주(荊州).
26) 交益(교익) : 교주(交州, 광동(廣東)과 광서(廣西))와 익주(益州, 사천(四川)과 운남(雲
    南)). 景(영) : '影(영)'자와 같음.
27) 乘權(승권) : 전세(戰勢)를 잡다.
28) 鬼區(귀구) : 변방 지역. 白水(백수) : 백수강(白水江), 한대(漢代)에서 남북조 시대까
    지 강족(羌族)이 살던 지역. 이 문장은 바로 조조가 건안(建安) 18년(213)에 마초(馬超)
    를 친 일을 가리킨다.
29) 矯制(교제) : '제도를 고치다'란 뜻으로 조유문(趙幼文)에 따르면 '교제'는 송건(宋建)
    을 말한다고 한다. 『위지(魏志)·무제기(武帝紀)』에 따르면 "초(初)에 농서(隴西)의 송
    건(宋建)은 하수평한왕(河首平漢王)이라 자칭하고, 포한(枹罕)의 백성을 모아 나라를
    세웠다. (…중략…) 하우연(夏侯淵)이 나라를 세워 그를 토벌하였다. 겨울 10월에 포한
    (枹罕)의 사람들을 대량 학살하고 송건(宋建)을 참하여 양주(涼州)를 평정하였다(初,
    隴西宋建自稱河首平漢王, 聚衆枹罕改元, (…中略…) 夏侯淵自興國討之. 冬十月屠
    枹罕, 斬宋建, 涼州平)"는 기록을 참고. 遲川(하천) : 위 구의 백수(白水)와 대를 이루고
    있는 것으로 보아 물 이름으로 보이나 확인할 수 없음. 다만 송건(宋建)의 거점인 농서
    (隴西)지역에 있는 하천을 말하는 것으로 보임.
30) 屬目(촉목) : 주목하다. 條支(조지) : 서역의 국가로 페르시아로 비정됨.
31) 睎(희) : 바라보다. 저본에는 '睎(희)'자로 되어 있으나, 엄가균(嚴可均)과 조유문(趙幼
    文)의 교정에 따라 바로잡음. 弱水(약수) : 『후한서(後漢書)·서역전(西域傳)·대진(大
    秦)』에 따르면 대진국(大秦國, 로마) 서쪽에 있는 강이라고 하는데, 여기서는 아주 먼

神, 其養之也如春. 柔遠能邇,³⁴⁾ 誰敢不賓.³⁵⁾ 憲度增飾,³⁶⁾ 日曜月明. 迹存乎建安,³⁷⁾ 道隆乎延康.³⁸⁾ 於是漢氏歸義,³⁹⁾ 顧音孔昭,⁴⁰⁾ 顯禪天位,⁴¹⁾ 希唐效堯. 上猶謙謙弗納也.⁴²⁾ 發不世之明詔,⁴³⁾ 薄皇居而弗泰,⁴⁴⁾ 蹈北人之清節,⁴⁵⁾ 美石戶之高介.⁴⁶⁾ 義貫金石, 神明已興,⁴⁷⁾ 神祇致祥,⁴⁸⁾ 乾靈効祜.⁴⁹⁾

이에 여러 공(公), 경사(卿士), 공신(功臣), 백관(百官) 들이 황급히 나와

변방을 상징적으로 표현하였음.
32) 大夏(대하) : 고대 중앙아시아 서역(西域)의 국가로 박트라로 비정하고 있음.
33) 驃騎(표기) : 표기장군(驃騎將軍) 곽거병(霍去病)을 말함. 그는 기련산(祁連山) 일대에서 흉노를 서쪽으로 내모는 전공을 올렸음.
34) 柔遠能邇(유원능이) :『서경(書經)·순전(舜典)』에서 나온 표현으로 먼 곳은 달래주고 가까운 곳은 도와 준다는 뜻으로, '能(능)'자는 도와주어 따르게 한다는 의미이다.
35) 賓(빈) : 복종하다.
36) 憲度(헌도) : 법도
37) 建安(건안) : 동한(東漢) 헌제(獻帝)의 연호로 196~219년.
38) 延康(연강) : 위문제(魏文帝) 조비의 즉위년 220년 3월에서 9월까지를 말함. 10월에는 황초(黃初)로 바뀜.
39) 漢氏(한씨) : 한(漢)나라 헌제(獻帝) 유협(劉協). 歸義(귀의) : 천자의 지위를 양도하는 것을 말함.
40) 顧音(고음) : 덕음(德音)을 돌아보다, 즉 유협(劉協)이 선위(禪位)하는 조서(詔書).
41) 顯禪(현선) : 두 글자 모두 '대신하다, 바꾸다'는 의미.
42) 上(상) : 조비(曹丕). 謙謙(겸겸) : 겸양하다. 의례적으로 왕위를 계승할 때 형식적인 사양을 말함.
43) 詔(조) : 왕이 신하에게 내리는 글.
44) 薄(박) : 까까이하다. 접근하다의 뜻인데 여기서는 '거주한다'는 의미로 쓰였음.
45) 北人(북인) : 복성(複姓)으로 북인무택(北人無擇).『장자(莊子)·양왕(讓王)』에 따르면, 순(舜)임금이 그의 친구인 북인무택(北人無擇)에게 천하를 넘겨 주려하자 "밭이랑 가운데 살다가 요(堯)임금 문하에서 놀더니 이에 그치지 않고 그 욕된 행동으로 나를 더럽히려 한다"고 하면서 물에 빠져 죽었다고 한다.
46) 石戶(석호) :『장자(莊子)·양왕(讓王)』에 따르면, 석호는 지명으로 순(舜)임금은 친구인 석호의 농삿꾼에게 왕위를 선양하려고 했으나, 그는 이를 수락하지 않았다고 함. 여기서는 허유(許由)와 같은 사람을 지칭함.
47) 已(이) : '以(이, ~로써)'의 뜻.
48) 神祇(신기) : 땅의 신으로 아래의 '건령(乾靈)'과 대를 이루고 있음.
49) 効(효) : 드러내다, 나타내다.

아뢰기를 옛날 주문왕(周文王)께서는 천하의 절반 이상 차지하고도 은(殷)왕조를 섬겼던 것은 그것을 할 수 있으면서 하려하지 않은 것이 아니요, 대저 하려했으나 할 수 있었던 것도 아니로다. 하물며 나라의 법률이 통제력을 잃고, 조정의 기강은 파괴되었으며, 백성들은 더 이상 한(漢)나라의 유민이 아니고, 약간의 땅도 더 이상 한나라의 것이 아님에랴. 그러므로 무황제(武皇帝)께서는 앞에서 공적을 만드시고, 폐하께서는 뒤에서 그 아름다움을 빛내셨으니, 대저 저 시대에서는 공훈을 이루었고, 이 시대에는 제위를 안정시켰다고 하는 바입니다. 장차 백성들로 하여금 검은 기장과 울금을 파종하게 하고, 영지를 심게 하며, 이삭 많은 곡물을 김매게 하고, 샘솟는 물을 긷게 하셨다. 마침내 남풍이 회오리를 일으키고, 감로가 제때에 이르니, 농부는 밭뙈기에서 노래하고, 직녀는 실을 잤으며 흥얼거리며, 입이 누런 어린이들 먹을 것을 물고 기뻐하고, 복어 등의 노인 들은 땅을 두드리며 즐거워하였다. 옛날에 혁서(赫胥)를 칭송했다지만, 어찌 이 같은 성대한 다스림과 같겠는가! 이때에 황제께서는 연세보다 젊어 보이고, 성덕(聖德)이 넓고 깊으시며, 남다른 뜻과 기묘한 생각으로 신령같이 관찰해 보시네. 바야흐로 세심하게 음양(陰陽)을 제어하시니, 해와 달이 더욱 빛난다. 길상(吉祥)을 먼 곳에 미치게 하고, 인풍(仁風)를 날리니 나무도 은혜를 입었고 이미 온갖 정사(政事)에 마음을 두시고, 깊이 탐문하고 깊이 통찰하시며, 다시 육예(六藝)에서 노니시고, 아울러 유가의 저술을 살펴보신다. 문장의 정원에서 깊이 생각하시고, 도술(道術)의 경계에서 한적하시며 맑은 구름에 올라 세심히 통찰하신다. 장차 삼황(三皇)과 족적을 같이 하시니, 어찌 헛되이 한나라와 공을 논하리오. 천지는 자리 잡고 있고, 구주(九州)는 맑도다! 황제의 교화가 사방에 이르니, 제왕의 도리가 이루어지도다! 천자께서 밝으시니, 팔다리가 바르도다! 예악이 이미 만들어지니, 칭송의 소리 일어나도다! 그러므로 장차 태산(泰山)에서 제사지내고, 양보산(梁甫山)에 천제(天祭)를 지내시네. 명산을 다니며 복을 기원하고, 오방(五方)의 사당을 주유하시네. 옛날에 제왕들을 초월하여, 제왕들의 법도를 계승하시고, 백성들에게 남은 복을 내리시니, 대길(大吉)함이 황제께 모여든다.

於是羣公卿士功臣列辟率爾而進曰,[50]　昔文王三分居二,[51]　以服事殷,[52] 非能之而弗欲, 蓋欲之而弗能. 況天網弗禁,[53] 皇綱圯紐,[54] 侯民非復漢萌,[55] 尺土非復漢有.[56] 故皇父創迹於前,[57] 陛下光美於後, 蓋所謂勳成於彼, 位定於此者也. 將使斯民播秬鬯,[58] 植靈芝, 鋤岐穗,[59] 挹醴滋.[60] 遂乃凱風回猋,[61] 甘露匝時,[62] 農夫詠於田隴, 織婦吟而綜絲,[63] 黃吻之齔含哺而怡,[64] 鮐背之老擊壤而嬉.[65] 古雖稱乎赫胥,[66] 曷若斯之

---

50) 列辟(열벽) : 백관(百官). 率爾(솔이) : 솔연(率然), 황급한 모양.

51) 三分居二(삼분거이) : 은나라 마지막 왕인 주왕(紂王)의 영토를 3분의 2나 차지했다는 말임. 6-21의 「주문왕찬」을 참고.

52) 服事(복사) : 복종하고 섬기다.

53) 天網(천망) : 여기서는 국가의 법률을 말함. 즉 한(漢) 왕조의 법과 기강.

54) 皇綱(황망) : 조정의 기강. 圯紐(비뉴) : 파괴되다.

55) 侯(후) : ‘惟(유)’와 같은 의미 없는 문두(文頭)의 어조사. 萌(맹) : ‘氓(맹)’자와 통용하여 백성들을 뜻함.

56) 尺土(척토) : 약간의 땅.『삼국지(三國志)·위지(魏志)·무제기(武帝紀)』에 “왕의 군사가 마파에 있었다(王軍摩陂)”라는 문장 아래 배송지(裴松之)는 어환(魚豢)의『위략(魏略)』을 인용하여 “약간의 땅과 백성 한명도 모두 한나라의 것이 아니다(尺土一民, 皆非漢有)”라고 한 기술을 참고.

57) 皇父(황부) : 조조(曹操).

58) 秬鬯(거창) : ‘秬(거)’는 검은 기장, ‘鬯(창)’은 울금. 즉 고대 검은 기장과 울금향으로 빚어낸 술. 이 술로 제사를 지내거나 제후나 공신에게 상으로 내리기도 하였음.

59) 岐穗(기수) : 이삭이 많은 식물.『예문유취(藝文類聚)』와『전삼국문(全三國文)』에는 ‘六穗(육수)’로 되어 있는데, 문맥에는 더욱 잘 부합한다. 육수(六穗)는 좋은 벼를 말한다.

60) 醴滋(예자) : 땅에서 샘솟는 물.

61) 回猋(회표) : 회오리바람.

62) 匝時(잡시) : 적절한 때에 이름.

63) 吟(음) : 저본에는 ‘欣(흔)’자로 되어 있어 역시 문맥에는 상통하지만 위의 구와 대(對)를 고려하여『예문유취(藝文類聚)』와『전삼국문(全三國文)』을 따라 바로 잡음. 綜絲(종사) : 실을 잣다.

64) 黃吻之齔(황문지친) : ‘黃吻(황문)’은 누런 입, 어린아이를 말하고 ‘齔(친)’자는 어린아이가 유치(幼齒)를 가는 것을 말한다. 즉 입이 누런 어린아이들을 표현함.

65) 鮐背(태배) : 복어 등, 즉 복어의 등에는 반점이 있듯이 검버섯이 핀 노인들을 상징함. 擊壤(격양) : 당요(唐堯) 시대 시절이 태평하여 노인들이 오락삼아 땅을 두드리며 노래하였다는 고사에서 태평성대를 칭송하는 것으로 상징됨.

大治乎. 于時上富於春秋,67) 聖德汪濊,68) 奇志妙思, 神鑒靈察.69) 方將審
御陰陽, 增耀日月, 極禎祥於遐奧,70) 飛仁風以樹惠. 既遊精於萬機,71) 探
幽洞深, 復逍遙乎六藝,72) 兼覽儒林.73) 抗思乎文藻之場囿,74) 容與乎道
術之壇畔,75) 超天路而高峙,76) 階清雲以妙觀.77) 將參迹於三皇,78) 豈徒
論功於大漢. 天地位矣, 九域清矣.79) 皇化四達,80) 帝猷成矣.81) 明哉元
首,82) 股肱貞矣.83) 禮樂既作, 興頌聲矣.84) 故將封泰山,85) 禪梁甫,86) 歷

---

66) 赫胥(혁서) : 전설에 보이는 상고(上古)시대 제왕. 『장자(莊子)・마제(馬蹄)』에 "혁서
씨(赫胥氏)의 시대에 백성들은 살면서 할 바를 몰랐고, 가면서도 갈 바를 몰랐다. 입에
음식을 물고 즐거워하였고, 배를 두드리며 놀았다. 백성들은 이와 같을 수 있었다(赫
胥氏之時, 民居不知所爲, 行不知所之. 含哺而熙, 鼓腹而遊, 民能以此矣)"고 하여 장
자는 예악(禮樂)에 백성들이 물들여지지 않은 좋은 시대로 보았다.

67) 上(상) : 천자.

68) 汪濊(왕예) : 넓고 깊은 모양.

69) 神鑒靈察(신감령찰) : 구법다양화를 모색하기 위해 ABab식으로 바꾸어놓은 것임. 이
러한 구법은 조식의 문장에 많이 보임.

70) 禎祥(정상) : 길상의 징조

71) 遊精(유정) : 마음을 두다. 萬機(만기) :『서경(書經)・고요모(皐陶謨)』에 "안일하고 욕
심으로 나라를 다스리지 않게 하시고, 전전긍긍하십시오. 하루 이틀 사이에 만 가지
기틀이 생기는 것입니다(無敎逸欲有邦, 兢兢業業, 一日二日萬幾)"라고 하여 나중에
는 제왕이 일상적으로 보는 정무(政務)를 상징하게 되었음.

72) 六藝(육예) : 육경(六經), 즉 『시(詩)』・『서(書)』・『역(易)』・『예(禮)』・『악(樂)』・『춘
추(春秋)』를 가리킴.

73) 儒林(유림) : 유가(儒家)의 저술(著述).

74) 文藻(문조) : 문채(文彩)나 문장. 抗思(항사) : 깊이 숙고하다.

75) 容與(용여) : 종용(從容), 거동이 한가로운 모양. 壇(강) : '疆(강, 경계)'과 같은 자.

76) 天路(천로) : 천상(天上)의 길이란 뜻으로 여기서는 높은 곳이란 의미.

77) 階(계) : 오르다. 妙觀(묘관) : 정밀하게 관찰하다.

78) 三皇(삼황) : 전설 속의 3황제로 여러 설이 있지만 사마천(司馬遷)의 『사기(史記)』에
따르면 복희(伏羲), 신농(神農), 여와(女媧)를 가리킴. 參(참) : 나란히 하다.

79) 九域(구역) : 구주(九州), 중국.

80) 四達(사달) : 사방(四方)

81) 帝猷(제유) : 제왕이 나라를 다스리는 도리.

82) 元首(원수) : 천자를 가리킴.

83) 股肱(고굉) : 임금의 팔다리 같은 신하.

84) 頌(송) : 칭송하다.

85) 泰山(태산) : 오악(五岳, 중국의 5대 명산, 즉 泰山・華山・嵩山・衡山・恒山) 중의
하나로 중국 산동성(山東省) 태안시(泰安市)에 위치.

名山以祈福, 周五方之靈宇. 越八九於往素,[87] 踵帝王之靈矩,[88] 流餘祚
於黎烝,[89] 鍾元吉乎聖主.[90]

잔구(殘句) 1

엷은 구름도 이루지 못하고, 태양이 찬란하게 빛나네.
纖雲不形,[91] 陽光赫戲.[92]

잔구(殘句) 2

무제(武帝)께서는 큰 기틀을 만드시고, 그 덕을 능히 빛내셨다.
武創洪基, 克光厥德.[93]

---

86) 梁甫(양보) : 태산(泰山) 아래에 있는 작은 산으로 지금의 산동성(山東省) 신태현(新
　　泰縣)에 있음.
87) 八九(팔구) : 고대 태산(泰山)에서 제사를 지냈던 72명의 제왕을 가리킴. 往素(왕소) :
　　옛날.
88) 靈矩(영구) : 제왕들의 법도.
89) 黎烝(여증) : 여증(黎烝), 백성을 일컫는 말.
90) 鍾(종) : 모이다. 聖主(성주) : 조비(曹丕).
91) 纖雲(섬운) : 아주 작은 조각의 구름. 일반적으로 구름은 부정적인 이미지를 띠고 있음.
92) 赫戲(혁희) : 찬란히 빛나는 모습. 이 잔구(殘句)는 『문선(文選)』, 부혁(傅奕)의 「잡시
　　(雜詩)」 주(注)에서 이선(李善)이 인용. 한편 이 문장은 진요문(陳耀文)의 『천중기(天中
　　記)』 권2에도 보임.
93) 克(극) : 능히. 정안(丁晏)에 따르면 『문선(文選)』 권36, 왕원진(王元長), 「영명 9년 수
　　재들을 상주는 글(永明九年策秀才文五首)」의 주(注)에서는 「위덕송(魏德頌)」으로 인
　　용되었다고 함. 한편 권43에 손자형(孫子荊), 「석중용을 대신하여 손호에게 주는 편지
　　(爲石仲容與孫皓書)」의 주(注)에서는 「위덕론(魏德論)」으로 이선(李善)이 인용하였음.

잔구(殘句) 3

성인(聖人)들의 예교에 교화되어, 정사는 넉넉하고 흡족하다.
玄晏之化,94) 豐洽之政.95)

잔구(殘句) 4

무제(武帝)께서 집정하는 날에, 백작(白雀)이 뜰의 회나무에 모여든다.
武帝執政日, 白雀集於庭槐.96)

잔구(殘句) 5

붓과 살고 글 읽기에 몰두하심에, 빛을 머금었으나 밝지 않으니, 보
지 않아도 남몰래 미혹된다.
棲筆寢牘,97) 含光而不明, 矇竊惑焉.98)

---

94) 玄晏(현안) : 고대 성인들의 예교(禮敎).
95) 豐洽(풍흡) : 풍족하고 평화로움. 정안(丁晏)에 따르면 『문선(文選)』 권33, 육사형(陸
　士衡), 「연연주(演連珠)」의 주(注)에서 이선(李善)이 인용하였다고 함.
96) 白雀(백작) : 하얀 참새로 상서로움을 상징. 庭槐(정괴) : 대궐의 뜰에 심어져 있는 홰
　나무. 『예문유취(藝文類聚)』 권88에 「위덕론(魏德論)」으로 인용되어 있음.
97) 寢牘(침독) : '牘(독)'은 책을 말함. 책과 잠을 자다. 즉 독서에 열중함을 표현함.
98) 矇(몽) : 시력을 잃음. 『북당서초(北堂書鈔)』 권104에 「위덕론(魏德論)」으로 인용되어
　있음.

잔구(殘句) 6

이름난 유자(儒者)들은 참위(讖緯)를 제압하고, 훌륭한 사관(史官)들은 도서(圖書)를 열람한다.

名儒按讖,[99] 良史披圖.[100]

잔구(殘句) 7

흰 까치의 상서로움이 있다.　　　　　　　　　　有白鵲之瑞.[101]

잔구(殘句) 8

도의(道義)의 깨끗한 정화를 관통할 수 없으면, 태소(太素)에서 천지의 기운이 다하니, 이 또한 분명한 것이다.

不能貫道義之淸英,[102] 窮混元於太素,[103] 亦以明矣.[104]

잔구(殘句) 9

옛날 태초(太初)에 천지가 혼재하며, 혼돈되어 분간할 수 없으니, 기미

---

99) 讖(참): 참위(讖緯), 앞일의 길흉화복의 조짐이나 예언(豫言) 또는 그러한 술수.
100) 披圖(피도): 도서(圖書)를 열다. 『북당서초(北堂書鈔)』 권96에 「위덕유(魏德喩)」로 인용되어 있는데, 여기서 '喩(유)'는 '論(논)'의 잘못임.
101) 이 잔구(殘句)는 『백공육첩(白孔六帖)』 권95에서 「위덕론(魏德論)」으로 인용되었음.
102) 淸英(청영): 정영(精英), 진수.
103) 混元(혼원): 천지의 원기(元氣). 太素(태소): 우주를 구성하는 물질.
104) 『태평어람(太平御覽)』 권1에서 「위덕론(魏德論)」으로 인용되어 있음.

도 이루어지지 않았다.

在昔太初, 玄黃混幷,[105] 渾沌鴻濛,[106] 兆朕未形.[107]

9-6. 위나라의 덕을 논한 것을 노래함(魏德論謳)[1] 첨부함(附)

곡식(穀)[2]

아! 성황(聖皇)이시여!	於穆聖皇,[3]
인(仁)은 충만하고 은택은 두텁네.	仁暢惠渥.
헌상하는 것을 사양하시고 반찬을 줄이시어,	辭獻減膳,[4]
독거노인을 봉양하시네.	以服鰥獨.[5]

---

105) 玄黃(현황) : 하늘과 땅.

106) 鴻濛(홍몽) : 우주 형성 이전에 혼돈의 상태.

107) 兆朕(조짐) : 형체나 기미. 정안(丁晏)은 『태평어람(太平御覽)』권1에서 「위덕론(魏德論)」으로 인용되었다고 하며 이 문장은 앞부분에서 누락된 것으로 생각하였다.

9-6. 魏德論謳(위덕론구)

1) 이 6편의 운문은 위에서 본 「위덕론(魏德論)」과 같은 내용을 이야기하고 있어, 정안(丁晏)은 아래에 첨부하였는데, 엄가균(嚴可均)의 『전삼국문(全三國文)』에서도 이에 따랐다. 이 여섯 노래는 초사(楚辭)나 부(賦)의 마지막에 전편의 내용을 총괄하는 사언(四言)의 운문을 붙이는 소위 '란(亂)'과 같은 것으로 보인다. '謳(구)'란 이구동성으로 노래하는 것을 말하는데 의미를 확장하여 칭송하는 것을 뜻하기도 한다. 시가의 형식으로는 보이지 않는다. 이로써 위의 「위덕론(魏德論)」을 노래로 칭송하는 것을 의미하는 것으로 보임.

2) 穀(곡) : 『예문유취(藝文類聚)』권85에 보이는데 「시우(時雨)」로 되어 있음. 아래에 다시 벼에 대한 노래가 나올 뿐만 아니라 내용이 태평성대의 시절에 때맞추어 내리는 비의 공덕을 노래하고 있으므로 제목으로는 시우(時雨)가 더 적절한 것으로 보임.

3) 於穆(오목) : 찬탄하는 말. 聖皇(성황) : 조비.

4) 減膳(감선) : 고대 황제가 천재지변이 발생했을 때 자신이 먹는 반찬을 줄이는 것을 말함.

5) 服(복) : 봉양하다. 鰥獨(환독) : 늙어 아무런 의지할 곳이 없는 사람.

온화한 기운이 길상을 불러와, 和氣致祥,

적절한 비가 내려 적시고, 時雨灑沃,

들의 풀들은 싹을 틔우니, 野草萌芽,

아름다운 곡식을 변화시키네. 變化嘉穀.

벼(禾)[6]

아름답도다! 가상한 벼! 猗猗嘉禾,[7]

곡물의 정화로다. 惟穀之精.

그 성대함이 수레곳간을 채우는 것은, 其洪盈箱,[8]

여러 이삭이 달려 줄기가 남다르기 때문이네. 協穗殊莖.[9]

옛날 주(周)나라 시기에서 나타나, 昔生周朝,

오늘날 위(魏)나라 조정에 심겨졌네. 今植魏庭.

조정에서 그것을 바치고, 獻之廟堂,[10]

조상의 덕을 빛내네. 以昭祖靈.[11]

---

6) 禾(화) : 『예문유취(藝文類聚)』 권85에 보이는데 「가화구(嘉禾謳)」로 되어 있음.

7) 猗猗(의의) : 매우 아름다운 모양. 嘉禾(가화) : 한 줄기에 여러 이삭이 달리는 상서로운 벼.

8) 箱(상) : 수레의 상(廂), 수레에 곡물 따위를 싣도록 방같이 만들어 실어놓은 곳간.

9) 協穗(협수) : 공수(共穗). 한줄기에 여러 이삭이 있는 것으로 상서로움의 조짐으로 여겨짐.

10) 廟堂(묘당) : 조정(朝廷). 저본에는 '조당(朝堂)'으로 되어 있으나, 『예문유취(藝文類聚)』와 『전삼국문(全三國文)』에 의거하여 바로 잡음.

11) 祖靈(조령) : 조상의 덕.

까치(鵲)[12]

짝을 지어 나는 까치여!	鵲之彊彊,[13]
시인이 비유로 취하였네.	詩人取喩.[14]
오늘 성대(聖代)에 남아서	今存聖世,
그 바탕을 드러내네.	呈質見素.[15]
배고프면 능소화(凌霄花)를 먹고,	饑食苕華,[16]
갈증 나면 맑은 이슬을 마시네.	渴飮淸露.
다른 짝들과 다르니,	異於儔匹,[17]
뭇 새들이 이를 흠모하네.	衆鳥是慕.[18]

비둘기(鳩)[19]

반반한 비둘기여!	班班者鳩,[20]
그 자질이 순수하구나.	爰素其質.[21]

---

12) 『예문유취(藝文類聚)』 권92에 「백작(白鵲)」으로 되어 있음.

13) 鵲之彊彊(작지강강) : 『시경(詩經)·용풍(鄘風)·순지분분(鶉之奔奔)』에서 인용한 표현으로 "메추라기는 분분히 날고, 까치는 나란하게 나네(鶉之奔奔, 鵲之彊彊)"라고 하였는데, 그 전(傳)에 '彊彊(강강)'은 암수 두 마리가 서로 따르는 모습이라 하였음.

14) 詩人(시인) : 바로 『시경(詩經)·용풍(鄘風)·순지분분(鶉之奔奔)』의 작자로, 선강(宣姜)이라 전해짐. 전(傳)에 위(衛)나라 사람이 선강(宣姜)이 완(頑)과 제 짝이 아닌데도 서로 따름을 풍자한 것으로 설명하였음.

15) 見(현) : 드러내다.

16) 苕華(소화) : 능소화(凌霄花).

17) 儔匹(주필) : 두 글자 모두 짝을 의미함.

18) 慕(모) : 저본에는 '鶩(무)'자로 되어 있으나 문맥상 『예문유취(藝文類聚)』와 『전삼국문(全三國文)』을 따라 바로 잡음.

19) 鳩(구) : 『예문유취(藝文類聚)』 권92에 「백구(白鳩)」로 되어있음. 글의 내용으로 보아 흰 비둘기로 보아야 할 것 같다.

20) 班班(반반) : 깃털이 선명하고 깨끗한 모양.

21) 爰(원) : 문두(文頭)에 붙는 어조사로 아무런 뜻이 없음.

옛날 은(殷)나라에 날고서	昔翔殷邦,22)
오늘 위(魏)나라에 나타났네.	今爲魏出.
붉은 눈에 붉은 다리,	朱目丹趾,
신비한 자태는 기이하네.	靈姿詭類.23)
날다가 울다가,	載飛載鳴,24)
우리 황제의 아름다움을 빛내네.	彰我皇懿.25)

감로(甘露)

현덕은 가려 그윽한데,	玄德洞幽,26)
날아서 위로 올라가네.	飛化上蒸.27)
감로가 되어 내리니,	甘露以降,
꿀같이 농밀하고 얼음같이 맺혔네.	蜜淳氷凝.
태양을 보아도 마르지 않으니,	觀陽弗晞,28)
옥잔(玉盞)으로 이를 받드네.	瓊爵是承.29)
황실에 그것을 바쳐,	獻之帝朝,30)
성스런 징조를 밝히네.	以明聖徵.

---

22) 殷邦(은방) : 은(殷)나라. '방'은 국(國).
23) 詭類(궤류) : 다른 종(種)과 남다른 것.
24) 載(재) : 의미 없는 어조사, 글자 수를 맞추고 리듬을 조절하는 역할을 함.
25) 懿(의) : 아름다움, 훌륭함.
26) 玄德(현덕) : 잠겨있으며 밖으로 드러나지 않는 덕. 洞(동) : 가려 덮다.
27) 蒸(증) : 상승(上昇)의 의미.
28) 晞(희) : 햇빛에 마르다.
29) 瓊爵(경작) : 옥작(玉爵), 옥으로 만든 술잔.
30) 帝朝(제조) : 황제의 궁실.

연리목(連理木)[31]

황제의 나무 가상한 덕이여!
바람에 쓰러져 구름을 가렸네.
다른 나무에 가지를 이으니,
다른 둥치에 가지는 같네.
장차 대동(大同)의 뜻을 받들어,
하늘의 규칙에 순응하네.

皇樹嘉德,[32]
風靡雲披.[33]
有木連理,
別幹同枝.
將承大同,
應天之規.

9-7. 주나라 성왕과 한나라 소제(成王漢昭論)[1]

주공(周公)이 천하를 막 평정하자 무왕(武王)이 곧 죽었다. 성왕(成王)이 아직 어려 천자의 일을 결정할 수 없어서, 이에 자신의 충성심으로 미루어 정령(政令)을 발포하고 황제의 이름을 빌렸다. 두 동생은 유언비어를 퍼뜨려, 소공(召公)이 그것을 의심하자, 금등(金縢)의 궤짝을 열어 나중에 깨닫게 하였으나 그래도 해결되지 않았다. 한(漢)나라 소제(昭帝)에 이르

---

31) 連理木(연리목) : 뿌리는 다르지만 기둥과 가지가 이어져 자라는 나무.

32) 嘉德(가덕) : 영덕(令德)과 같은 말로 아름다운 덕.

33) 靡(미) : (바람 따위에) 쓰러지다.

9-7. 成王漢昭論(성왕한소론)

1) 이 글은 언제 지어졌는지 알 수 없다. 주(周)나라 성왕(成王)과 한(漢)나라 소제(昭帝)를 비교하여 논한 문장으로 위에서 본 유방(劉邦)과 유수(劉秀)를 비교하여 평한 문장과 같은 맥락의 건안(建安)시기 유행한 인물평을 그대로 대변하고 있다. 주나라 성왕(成王)은 주공(周公)을 의심하였으나 한나라 소제는 곽광(霍光)을 의심하지 않았다는 점에서 한나라 소제가 주나라 성왕보다 훌륭했음을 역설하고 있다. 이와 유사한 글이 조비와 정의(丁儀)에게도 보이는데 역시 같은 맥락이다. 작자는 이 문장을 통하여 조비가 자신의 충성심을 의심치 말아 부디 성군이 될 것을 내심 바라고 있는 듯하다.

러서 곽광(霍光)을 의심하지 않은 까닭은, 무제(武帝)는 곽광(霍光)에게 유조(遺詔)를 내렸기 때문이다. 곽광으로 하여금 주공(周公)처럼 천자의 자리에 오르게 하고 주공(周公)이 일을 행하게 할지라도, 나는 배반자가 비단 두 동생만이 아니고, 의심하는 자가 소공(召公)만이 아닐까 두렵다. 더구나 현자(賢者)는 성인(聖人)을 이해할 수 없으니 자연히 그런 것이 당연하다. 소제(昭帝)는 정녕 곽광(霍光)을 의심하지 않았으나 성왕은 스스로 주공(周公)을 의심하였다. 만약 소제(昭帝)가 성왕(成王)보다 낫다면 곽광(霍光)이 주공(周公)을 뛰어넘어야 되는 것인가? 만약 요(堯)임금과 순(舜)임금을 성왕(成王)이라 치고, 탕(湯)임금과 우(禹)임금이 관숙(管叔), 채숙(蔡叔), 소공(召公)이 된다면, 주공(周公)이 의심받지 않을 것은 틀림없다.

周公以天下初定, 武王旣終. 而成王尙幼, 未能定南面之事,[2] 是以推以忠誠, 稱制假號.[3] 二弟流言,[4] 召公疑之,[5] 發金縢之匱,[6] 然後用寤, 亦未決也. 至於昭帝,[7] 所以不疑於霍光,[8] 亦緣武帝有遺詔於光.[9] 使光若周公,[10] 踐天子之位,[11] 行周公之事, 吾恐叛者非徒二弟, 疑者非徒召公

---

2) 南面(남면) : 남쪽으로 향하다. 즉 천자가 되는 것 또는 천자를 지칭함.

3) 稱制(칭제) : 천자의 명의로 정령(政令)을 발포하다. 假號(가호) : 황제의 칭호를 빌리다.

4) 二弟(이제) : 두 동생, 즉 관숙(管叔)과 채숙(蔡叔).

5) 召公(소공) : 소공석(召公奭). 『사기(史記)‧연소공세가(燕召公世家)』에 따르면, 주공(周公)이 섭정하자 온 나라에 그가 즉위할 것이라고 하였고 소공(召公)도 의심하였다는 기록이 보임.

6) 金縢(금등) : 금실로 입구를 봉한 궤. 『서경(書經)‧금등(金縢)』에 따르면, 무왕(武王)이 병이 들자 주공(周公)이 삼왕(三王)에게 기도하여 자신이 무왕을 대신해 줄 것을 빌었는데, 사관(史官)들이 그 기도문을 금등(金縢)에 넣어 보관하였다. 그 후 주공(周公)이 섭정을 하자 관숙(管叔)과 채숙(蔡叔)이 유언비어를 퍼뜨려 그가 즉위할 것이라고 하자 성왕(成王)이 금등(金縢)을 열게 하여 주공의 충성심을 확인해 주었다는 이야기.

7) 昭帝(소제) : 한나라 소제(昭帝) 유불릉(劉弗陵). 서한(西漢)의 제8대 황제로 등극하여 기원전 86~74년까지 재위.

8) 霍光(곽광) : 무제(武帝)의 대신으로 소제(昭帝)가 어린 나이에 등극하자 곽광은 어린 군주를 섭정하라는 유조(遺詔)를 받음. 『한서(漢書)‧곽광전(霍光傳)』에 따르면, 무제(武帝)가 재위하고 있을 때 주공(周公)이 성왕과 제후들을 짊어지고 있는 그림을 그리게 하여 곽광에게 주었는데, 무제가 위독해지자, 곽광이 돌아가신 뒤의 일을 물으니, 무제는 그 그림대로 주공(周公)의 일을 행하여 어린 군주를 보좌하라고 했다 한다.

9) 光(광) : 곽광(霍光).

也. 且賢者固不能知聖賢,[12] 自其宜耳. 昭帝固可不疑霍光, 周王自可疑周公也.[13] 若以昭帝勝成王, 霍光當踐周公邪.[14] 若以堯舜爲成王, 湯禹作管蔡召公, 周公之不見疑必也.

9-8. 인과 효(仁孝論)[1]

  게다가 금수도 그 어미를 사랑할 줄 알고 그 효를 안다. 백호와 기린만을 인수(仁獸)라고 칭하는 것은 그로써 성쇠(盛衰)를 밝힐 수 있고 치란(治亂)을 알 수 있기 때문이다. 효는 가까운 사람에게 베풀어지고 인(仁)은 먼 사람에게도 미친다.

  且禽獸悉知愛其母, 知其孝也. 唯白虎麒麟稱仁獸者,[2] 以其明盛衰, 知治亂也. 孝者施近, 仁者及遠.

---

10) 周公(주공) : 문왕(文王)의 아들이자 무왕의 동생. 위의 6-24를 참고.

11) 踐(천) : 등림(登臨), 즉 오르다.

12) 聖賢(성현) : 성인(聖人)과 현인(賢人)을 합하여 부르는 것으로 조유문(趙幼文)과 부아서(傅亞庶)가 '賢(현)'자를 부연된 것으로 본 것은 적절하다.

13) 周王(주왕) : 주(周)나라 성왕(成王).

14) 邪(야) : 문장 끝에 붙이는 의문의 어조사.

9-8. 仁孝論(인효론)

  1) 이 작품은 탈루된 부분이 많아 창작시기 및 구체적 내용과 형식을 알 수 없다. 효(孝)와 인(仁)의 동이(同異)를 논한 문장으로 보임.

  2) 白虎(백호) :『시경(詩經)・소남(召南)』에 나오는 추우(騶虞)를 가리키는데, 전(傳)에 '추우'는 흰 호랑이에 검은 무늬가 있으며 산 것을 먹지 않는다고 하였다. 저본에는 '白虎(백호)' 아래에 '通(통)'자가 부연되어 있는데,『전삼국문(全三國文)』에 따라 삭제함. 麒麟(기린) : 오늘날에 보는 기린이 아니라, 태평성대에 나타난다는 전설적인 동물.

9-9. 보좌하는 신하 7수(輔臣論 七首)[1]

9-9-1. 첫째

대저 세밀하게 듣고 살피며, 털끝도 나누어 따져 분석하였다. 법도(法度)는 본받을 만하고, 보호하고 양육함에 기울어지지 않았다. 온갖 이야기를 입에 달고서, 자세히 밝혀 시비를 가려내고, 『서경』의 「요전(堯典)」과 「대우모(大禹謨)」를 마음에 모아두고서 그것을 사용한 자는 바로 종요(鍾繇) 태부(太傅) 뿐이로다.

蓋精微聽察, 理析毫分. 規矩可則,[2] 阿保不傾.[3] 羣言系於口, 而研摭是非,[4] 典謨總乎心,[5] 而唯所用之者, 鍾太傅也.[6]

9-9-2. 둘째

깨끗하고 욕심이 없었으며, 명민(明敏)함이 특별하였고, 뜻은 하늘에 있었으며, 평온한 마음은 현묘(玄妙)하였다. 태평한 시대에 살 때면 조화

9-9. 輔臣論(보신론)

1) 이 7편의 글은 찬(讚)의 형식으로 쓰였으나 운(韻)이 없다. 종요(鍾繇), 화흠(華歆), 조휴(曹休), 왕랑(王朗), 진군(陳群), 조진(曹眞), 사마의(司馬懿)라는 걸출한 신하들의 공적을 중심으로 그들의 특징을 간명하게 간파하여 칭송하고 있다. 인물평적 요소와 송(頌)적인 요소가 고루 나타난다. 부아서(傅亞庶)에 따르면 이 작품들은 조비가 죽은 해인 황초(黃初) 7년(226)에 지어졌다고 함.
2) 規矩(규구): 곧은 자와 굽은 자를 말하지만 여기서는 법도(法度)나 예법(禮法)을 말함.
3) 阿保(아보): 보호하고 양육하다.
4) 研摭(연척): '摭(척)'은 골라낸다는 뜻으로 자세히 밝혀 시시비비를 가린다는 말.
5) 典謨(전모): 『서경(書經)』의 「요전(堯典)」이나 「대우모(大禹謨)」같은 편을 말함.
6) 鍾太傅(종태부): '鍾(종)'은 삼국시대 위(魏)나라의 대신인 종요(鍾繇)를 말하고, '太傅(태부)'는 관직명으로 위(魏) 명제(明帝) 때 그가 태부(太傅, 태자의 스승)가 되었음.

로서 덕을 기르고, 변란을 당할 때에는 결단력으로 의리를 따랐던 사람
은 태위(太尉) 화흠(華歆)을 이름이다.

　　淸素寡欲,[7] 明敏特達,[8] 志存太虛,[9] 安心玄妙. 處平則以和養德,[10] 遭
變則以斷蹈義,[11] 華太尉歆之謂也.[12]

9-9-3. 셋째

　　문무(文武)가 나란히 빛났고, 임기응변의 지략을 때맞추어 펼쳤으며,
사치는 법도를 넘지 않았고, 검소함에도 예(禮)를 생략하지 않았다. 대궐
에 들어와 보좌함에 제왕의 팔다리가 되었고, 나가서는 제후가 되어 실
제로 양주(楊州)를 다스린 자는 대사마(大司馬) 조휴(曹休)이다.

　　文武並亮, 權智時發,[13] 奢不過制,[14] 儉不損禮. 入毗皇家,[15] 帝之股
肱,[16] 出則侯伯,[17] 實撫東夏者,[18] 曹大司馬也.[19]

---

　7) 淸素(청소) : 청렴결백하고 깨끗함.

　8) 特達(특달) : 특출하다.

　9) 太虛(태허) : 하늘.

10) 處平(처평) : 태평한 시대에 살다.

11) 以斷蹈義(이단도의) : 『북당서초(北堂書鈔)』에는 ‘以義斷事(이의단사)’ 즉 의리로서
　　일을 결단하다는 뜻인데 역시 문맥에는 순통함.

12) 華太尉歆(화태위흠) : ‘太尉(태위)’는 군권(軍權)의 수장. ‘華歆(화흠)’은 위문제(魏文
　　帝) 때의 신하.

13) 權智(권지) : 임기응변의 지략.

14) 制(제) : 법도.

15) 毗(비) : 보좌하다.

16) 股肱(고굉) : ‘고’는 넓적다리, ‘굉’은 팔꿈치를 말하는데 이로써 충성스런 신하를 상
　　징하였음.

17) 侯伯(후백) : 제후를 범칭.

18) 東夏(동하) : 양주(楊州)를 가리킴.

19) 曹大司馬(조대사마) : ‘大司馬(대사마)’는 군권(軍權)의 수장으로 한무제(漢武帝) 때
　　태위(太尉)에서 이름을 바꿈. ‘曹(조)’는 조휴(曹休)를 말함. 그는 양주(楊州)의 목(牧)을
　　지냄.

9-9-4. 넷째

　박학하여 깊은 곳에 통달했고, 남다른 정도는 전(傳)에 드러났다. 도덕은 안에서 충만했고, 지략은 밖에서 종횡하였다. 의심을 해결하고 막힘을 풀고 얽힌 것을 가르고 푼 자는 사도(司徒) 왕랑(王朗)이로다.

　辨博通幽,[20] 見傳異度.[21] 德實充塞於內,[22] 知謀縱橫於外. 解疑釋滯, 剖散盤錯者,[23] 王司徒朗也.[24]

9-9-5. 다섯째

　안으로 아래 관리들을 포용하니, 뭇 마음이 흩어 지지 않았고, 나아가 좋은 계획을 진언함에 중의(衆議)에 맞서지 않았다. □□소탈하고 활달하며, 지극한 덕이 순수한 자는 사공(司空) 진군(陳群)이로다.

　容中下士,[25] 則衆心不攜,[26] 進吐善謀則衆議不格.[27] □□疏達, 至德純粹者, 陳司空也.[28]

---

20) 辨博(변박) : 학식이 넓음. 엄가균(嚴可均)은 이 구를 '英辨博通(응변박통)'으로 교정하였는데, 문맥은 서로 비슷하여, 저본에 따름.
21) 見(현) : 드러나다. 異(이) : 남다르게 특출하다.
22) 德實(덕실) : 덕과 실천, 도덕(道德).
23) 盤錯(반착) : 서로 엇섞여 있는 것.
24) 司徒(사도) : 국가의 토지와 백성의 교화를 담당하는 수장.
25) 容中(용중) : 안으로 포용하다.
26) 攜(휴) : '携(휴)'와 같은 자로 본의와는 반대로 '소원해지다', '흩어지다'는 의미.
27) 格(격) : 바로잡다. 맞서다.
28) 陳司空(진사공) : '司空(사공)'은 공정(工程)을 관장하는 관직으로 사도(司徒), 사마(司馬)와 더불어 삼공(三公)이라 이름. '陳(진)'은 바로 진군(陳群)을 말함. 정안(丁晏)도 역시 『북당서초(北堂書鈔)』를 인용하여 '司空陳羣(사공진군)'으로 생각된다'라고 하였음.

9-9-6. 여섯째

    지혜와 생각이 심오하고 깊어 헤아리기 어려웠고, 부절(符節)을 잡고 적을 평정하니 안팎으로 원활하였다. 공경심으로 임금을 받들고, 사랑으로 아랫사람을 대하였으며, 측근의 말을 받아들여 황제의 목과 혀가 되었던 자는 대장군(大將軍) 조진(曹眞)이로다.

    智慮深奧, 淵然難測, 執節平敵,29) 中表條暢.30) 恭以奉上, 愛以接下, 納言左右, 爲帝喉舌,31) 曹大將軍也.32)

9-9-7. 일곱째

    영걸함이 특출하고, 정직으로 마음을 다잡았으며, 위엄은 사람을 떨게 하기 족하고, 품행은 남을 감복시켰다. 조정에 있으면 세속을 바로잡고 이끌었으니, 백관(百官)들이 한결같은 예의로 모셨으며, 일에 임해서는 군사(軍事)를 잘 처리하여 적을 무찌르며, 적의 전차를 막고 꺼리고 어렵게 한 자는 표기장군(驃騎將軍) 사마의(司馬懿)로다.

    魁傑雄特,33) 秉心平直,34) 威嚴足憚, 風行草靡.35) 在朝廷則匡贊時俗, 百僚侍儀一.36) 臨事則戎昭果毅,37) 折衝厭難者,38) 司馬驃騎也.39)

---

29) 執節(부절) : '부절(符節)을 잡다'는 뜻으로 신하가 지방관으로 나아가거나 출정(出征)할 때 임금이 주는 일종의 신표(信標).

30) 中表(중표) : 안과 밖. 條暢(조창) : 막힘이 없이 원활하다.

31) 喉舌(후설) : 국가의 기밀이나 왕명을 출납하는 중신(重臣)을 상징함. 『시경(詩經)·대아(大雅)·증민(蒸民)』에서 "왕명을 출납하니, 왕의 중신이로다(出納王命, 王之喉舌)"고 하였음.

32) 曹大將軍(조대장군) : 조진(曹眞), 위 명황제(明皇帝) 조예(曹叡) 재위시 대장군에 오름.

33) 魁傑(괴걸) : 출중함. 雄特(웅특) : 영걸함이 특출하다.

34) 秉心(병심) : 마음 쓰다, 마음을 다잡다.

35) 草靡(초미) : 풀이 바람에 따라 쓰러짐. 즉 타인을 감복시킨다는 말.

36) 儀一(의일) : 한결같은 예의.

9-10. 촉의 정벌(征蜀論)[1]

나는 전략을 검과 창으로 삼고, 책략으로 군대 깃발로 삼으니 군대는 흐트러짐 없이 왕사(王師)에 이바지할 수 있다네. 하뢰전차(下礧戰車) 우레 소리 내니, 관목(灌木)은 무너지고 목책(木柵)은 부서지리라.

今將以謀謨爲劍戟, 以策略爲旌旗,[2] 師徒不擾, 藉力天師.[3] 下礧成雷,[4] 榛殘木碎.[5]

잔구(殘句)

병기를 추켜올리면 어느 적이 무너지지 않겠으며, 징과 북이 일단 울리기만 하면, 어느 성(城)인들 오르지 못하겠는가?

---

37) 戎昭果毅(융소과의) : 『좌전(左傳) · 선공(宣公) 2년』에 "군대는 과(果)와 의(毅)를 명백히 하고 그것을 듣게 하는 것을 법도라 한다(戎, 昭果毅以聽之之謂禮)"라고 한 표현에서 나온 것으로 "적을 죽이는 것을 과(果)라 하고 과(果)에 이르는 것을 의(毅)라고 한다. 그것을 어기면 죽음을 당한다(殺敵爲果, 致果爲毅. 易之, 戮也)"고 하였다. 즉 주인공 사마의가 군대를 과(果)와 의(毅)를 명백히 하여 잘 다스린 것을 말함.

38) 折衝(절충) : 적의 전차를 부러뜨리다. 즉 적의 공격을 막아내는 것을 말함. 여기에서 '衝(충)'은 '衝車(충거, 창을 앞뒤에 단 전차)'를 뜻함.

39) 司馬驃騎(사마표기) : 표기장군(驃騎將軍) 사마의(司馬懿, 179~251), 즉 진(晉)나라의 기초를 세운 선제(宣帝)를 말함. 정안(丁晏)은 '사마표기(司馬驃騎)는 진선왕(晉宣王)으로 생각된다'고 하는 『북당서초(北堂書鈔)』의 주를 인용하였음.

9-10. 征蜀論(정촉론)

1) 촉(蜀)을 정벌하기 위해 원정을 떠난 것은 태화(太和) 2년(228) 봄부터 시작되었으므로 이 글은 228년을 전후로 하여 지어진 것으로 보인다. 남아 있는 원문이 너무 소략하여 전체적인 내용을 개괄할 수 없다.

2) 旌旗(정기) : '정'은 천자가 군대의 사기를 북돋우기 위한 깃발이고 '기'는 군대의 깃발을 뜻함.

3) 天師(천사) : 왕사(王師), 즉 왕의 군대.

4) 下礧(하뢰) : 조조(曹操)가 만들었다고 하는 우레 소리를 내는 전차.

5) 정안(丁晏)은 이상 8자(字)가 장본(張本)에 방주(旁注)로 되어 있으나 바로 옮겼다고 한다.

干戈所拂,6) 則何虜不崩. 金鼓一駭,7) 則何城不登.8)

[설(說)]

9-11. 적전 2수(藉田説 二首)1)

9-11-1. 첫째

　적전(藉田)에서 봄갈이를 하는데, 관원들이 나를 모시고 있었다. 내가 돌아다보고 그들에 말하기를 옛날에 신농씨(神農氏)는 처음으로 온갖 풀을 맛보고 백성들로 하여금 그 종자를 심게 하였다. 지금 나는 이 밭을 일굼에 장차 치국(治國)하듯이 하려는 것은 다만 이목(耳目)에 이바지하고자 하는 것이 아니다. 무릇 밭 만 무(畝)를 경영해 보았으나, 이 밭이 상(上) 중에 상(上)으로 큰 두렁이 지나가고 동서남북의 작은 길이 나있

---

6) 干戈(간과) : 방패와 창, 즉 병장기.

7) 一(일) : 일단 ~하기만 하면. 駭(해) : 종이나 북을 두드려 울리는 소리가 급한 것을 표현함.

8) 『북당서초(北堂書鈔)』 권117에 「정촉론(征蜀論)」으로 인용되어 있음.

9-11. 藉田説(적전설)

1) '說(설)'이란 고대 문체의 일종으로 도리(道理)나 주장을 밝히는 문류(文類)이다. 대체로 문답의 형식으로 이루어지며 산문적 성격이 강하게 나타난다. 이 작품은 전후 두 편으로 나뉘어 있으며, 전편에서는 농사와 정사(政事)는 같은 것으로 어진 이를 가까이하고 소인배들을 멀리해야 되는 도리를 논하고 있으며, 후편에서는 농사에도 해충이 있듯이 정사(政事)에도 해충 같은 사람이 있음을 고금을 통하여 구체적으로 언급하고 있다. 이를 통하여 작자의 포부와 이상을 표현하고 있는 것으로 보임. 정안(丁晏)에 따르면 『예문유취(藝文類聚)』 권39와 『태평어람(太平御覽)』 권821에는 모두 「적전론(藉田論)」으로 되어 있다고 함. 이에 엄가균은 『전삼국문(全三國文)』 권18 론(論)에 넣었다. 藉田(적전) : 고대 천자나 제후들은 백성들의 힘을 빌려 경작하였는데, 매년 봄갈이 전에 천자나 제후들이 친히 빌려 준 밭을 갈아 농업의 중요성을 강조하였다고 함.

다. 기이한 버드나무가 길을 끼고 있고, 이름난 과일들이 과수원을 덮고 있으며, 사농(司農)이 관장하고 있으니, 이를 공전(公田)이라 한다. 나의 봉지(封地)로다. 태양이 저물어 다하면 관사로 돌아오고, 새벽이 밝기도 전에 들로 나아가니, 이 또한 내가 우선하는 일의 다음이다. 콩들이 고랑에 특별하고, 벼와 기장은 밭에서 남다르니, 또한 과인이 다스린 일이노라. 그리고 솟아나는 샘에 쉬고, 두터운 그늘로 가렸으며, 우순(虞舜)을 생각하고, 장식 없는 금(琴)을 타니, 이 또한 내가 익히 즐기는 바로다. 각종 향초들을 가까운 밭에다 심었으니, 이 또한 나의 가까운 현자(賢者)들이로다. 질려와 두호를 먼 변경에 버렸으니, 이는 또한 내가 아첨하는 사람을 멀리하는 바이다. 풍년들어 곡식을 가득 거두고, 과실이 무성하고 채소가 번식하면, 대소 신하들이 모두 확인하게 되리라.

春耕於藉田, 郎中令侍寡人焉.[2] 顧而謂之曰, 昔者神農氏始嘗萬草,[3] 敎民種植. 今寡人之興此田, 將欲以擬乎治國, 非徒供耳目而已也. 夫營疇萬畝, 厥田上上,[4] 經以大陌, 帶以橫阡.[5] 奇柳夾路, 名果被園, 宰農實掌,[6] 是謂公田.[7] 此亦寡人之封疆也.[8] 日殄沒而歸館, 晨未昕而卽野,[9] 此亦寡人之先下也. 菽藿特疇,[10] 禾黍異田,[11] 此亦寡人之理政也.[12] 及

---

2) 郎中令(낭중령) : 위(魏)나라 시기 제후국에 소속된 관원들.
3) 神農氏(신농씨) : 백성들에게 김매는 농사를 가르쳤으며 온갖 풀을 맛보아 병을 치료하였다고 하는 상고시대의 제왕. 위의 6-11을 참고.
4) 上上(상상) : 저본에는 '上下(상하)'로 되어 있으나, 문맥에 따라 조유문(趙幼文)의 교정에 따름.
5) 橫阡(횡천) : '횡'은 동서로, '천'은 남북으로 나있는 길을 말함.
6) 宰農(재농) : 장본(張本)에는 '사농(司農)'으로 되어 있는데, 바로 농사를 관장하는 관리를 말함이다.
7) 정안(丁晏)에 따르면 장씨(張氏)는 '營疇(영주)' 두 구(句)와 16자를 부(賦)에 편입하고 「적전부(藉田賦)」라고 하였으나 지금 『태평어람(太平御覽)』 권821에 의거하여 바로 잡았다고 함.
8) 封疆(봉강) : 봉지로 받은 영토
9) 卽(즉) : 나아가다.
10) 菽藿(숙곽) : 저본에는 '菽藋(숙관)'으로 되어 있는데, '菽(숙)'은 콩을 말하고 '藋(관)'은 황새풀을 말하는데, 자못 배열이 어울리지 않는다. 조유문(趙幼文)은 '藿(곽)'자로 보았는데, 아래 화서(禾黍)와 대를 고려할 때 따를 만하다.

其息泉涌, 庇重陰,[13] 懷有虞, 撫素琴, 此亦寡人之所習樂也. 蘭蕙荃蘅,[14] 植之近疇,[15] 此亦寡人之所親賢也. 刺藜臭蔚,[16] 棄之乎遠疆,[17] 此亦寡人之所遠佞也. 若年豐歲登,[18] 果茂菜滋, 則臣僕小大咸取驗焉.[19]

9-11-2. 둘째(又)[20]

산림을 관장하는 관리 중에 작은 끌과 긴 갈고리로 나무의 좀을 없애는 자가 있어, 나무들이 무성하게 자랄 수 있는 것이다. 중사인(中舍人)이 말하기를 "천하를 다스릴 줄 모르는 사람 중에도 나무의 좀 같은 자가 있습니까?"라고 물으니, 나는 그에게 일러, "옛날에 삼묘(三苗)·공공(共工)·곤(鯀)·환두(驩兜) 등은 요(堯)임금의 좀들이 아니겠는가?"라고 했다. 이에 묻기를 "제후의 나라에도 좀들이 있습니까?"라고 하였다.

封人有能以輕鑿修鉤去樹之蝎者,[21] 樹得以茂繁. 中舍人曰,[22] 不識

---

11) 異田(이전): 다른 사람의 밭에서 보다 벼와 기장이 잘 자라고 있다는 말.

12) 理政(이정): 정사(政事)를 돌보다란 뜻인데 여기서는 농사일을 정사에 비유하고 있기 때문에 이렇게 표현한 것임.

13) 陰(음): 음(蔭), 즉 그늘.

14) 蘭蕙荃蘅(난혜전형): 네 글자 모두 향초를 지칭함. 한편 이들은 현자(賢者)들을 상징하기도 함.

15) 近疇(근주): 거처하는 곳에서 가까운 밭.

16) 刺藜(자려): 가시 질려(蒺藜, 납가새). 臭蔚(취울): 두호(杜蒿). 이들은 모두 황제에게 아첨하고 현자를 중상하는 간신배들을 상징함.

17) 乎(호): 문맥상 아무런 변화가 없지만 상하의 구법을 고려해 볼 때 '乎(호)'자를 빼는 것이 잘 어울린다. 실제로 정본(程本)에는 빠져 있다.

18) 歲登(세등): 한 해에 곡식을 풍성하게 거두어들이는 것.

19) 取驗(취험): 증거를 얻다. 여기서는 자신이 받은 봉지(封地)가 비록 가꾸지 않아 황폐하지만 가장 좋은 땅이 될 것을 확인하게 될 것이라는 뜻이다.

20) 又(우): 제 2수에 해당함.

21) 封人(봉인): 변경 산림을 관장하는 관리. 輕鑿(경착): 나무를 뚫는 작은 끌과 같은 연장. 修鉤(수구): '修(수)'자는 長(장)의 의미로 긴 낫과 같은 연장. 蝎(할): 나무의 좀.

22) 中舍人(중사인): 제후(諸侯)의 집안일을 관리하는 관원.

治天下者, 亦有蝎者乎. 寡人告之曰, 昔三苗共工䲜驩兜,23) 非堯之蝎歟.
問曰, 諸侯之國亦有蝎乎.

　　나는 그에게 말하기를 "제(齊)나라의 전씨(田氏)들, 진(晉)나라의 육경
(六卿), 노(魯)나라의 삼환(三桓)들이 제후의 좀이 아니겠는가? 그러나 세
나라에 작은 끌과 긴 갈고리를 맡은 이가 없었으니 결국 제(齊)나라는
빼앗겼고, 노(魯)나라는 약해졌으며 진(晉)나라는 분열되었으니 안타깝지
않느냐!" 라고 했다. 이에 [중사인(中舍人)이] 이르기를 "군자됨을 모르는
자에게도 좀이 있습니까?"라고 하여 내가 일러 말하기를 "본래 있다. 부
유하면서 게으르고, 귀하면서 교만하며, 인(仁)을 무너뜨리고 의(義)를 해
치며, 재물을 탐내고 색(色)을 즐기니, 이 또한 군자의 좀이로다. 천자가
열심히 밭을 갈면 온 나라가 다스려지고, 대부(大夫)가 열심히 밭을 갈면
대대로 녹(祿)을 받으며, 군자가 열심히 밭을 갈면 훌륭한 덕을 드러낸
다. 무릇 농사짓는 사람은 씨 뿌리는 것에서 시작하여 거두어들이는 것
으로 끝낸다. 우로(雨露)가 제 때에 내려, 어린 벼는 아름다울 텐데, 버려
두고 김매지 않으면 황폐한 밭으로 바뀌게 된다. 대저 풍년이 틀림없는
수확을 기약할 수 있는 것은, 비유컨대 도를 닦는 자 또한 자신이 죽은
뒤에 약속하는 것과 같다."

　　寡人告之曰, 齊之諸田,24) 晉之六卿,25) 魯之三桓,26) 非諸侯之蝎歟.27)
然三國無輕鑿修鉤之任, 終於齊簒魯弱, 晉國以分, 不亦痛乎. 曰, 不識爲
君子者亦有蝎乎. 寡人告之曰, 固有之也, 富而慢, 貴而驕, 殘仁賊義, 甘

---

23)　三苗・共工・䲜・驩兜(삼묘・공공・곤・환두) : 당요(唐堯)시대의 네 흉족(凶族)으
　　로 요임금에게 내몰림.
24)　諸田(제전) : 춘추시대 제(齊)나라의 권력을 전횡한 전씨(田氏) 일가를 말함.
25)　六卿(육경) : 진(晉)나라에서 권력을 장악했던 한(韓)・조(趙)・위(魏)・범(范)・지(智)・
　　중행(中行)의 여섯 가문.
26)　三桓(삼환) : 노(魯)나라 애공(哀公)시대에 권력을 휘둘렀던 맹손(孟孫)・숙손(叔孫)・
　　계손(季孫)의 세 귀족들로, 노(魯) 환공(桓公)의 후손들이므로 '삼환'이라 하였음.
27)　歟(여) : 문장의 끝에서 의문을 나타내는 조사.

財悅色,28) 此亦君子之蝎也. 天子勤耘, 以牧一國.29) 大夫勤耘, 以收世祿.30) 君子勤耘, 以顯令德.31) 夫農者, 始於種, 終於穫. 澤旣時矣,32) 苗旣美矣,33) 棄而不耘, 則改爲荒疇.34) 蓋豐年者期於必收,35) 譬修道亦期於歿身也.36)

잔구(殘句) 1

나는 수레를 몰아 쓸쓸한 관사에 올라, 농부의 사택(私宅)을 살핀다.
寡人御輦,37) 登於金商之館,38) 察田夫之私者.39)

---

28) 悅(열) : 즐기다.

29) 牧(목) : 말, 소, 양을 놓아기른다는 뜻으로 비유하여 나라를 다스린다는 의미.

30) 世祿(세록) : 작록(爵祿)을 대대로 이어감.

31) 令德(영덕) : '令(영)'자는 아름답다는 뜻으로 아름답고 훌륭한 덕.

32) 澤(택) : 우로(雨露), 비와 이슬. 旣(기) : 어조사로 '其(기)'에 해당하며 추측의 정도를 나타냄.

33) 苗(묘) : 어린 벼.

34) 疇(주) : 밭두둑, 밭.

35) 者(자) : 어조사로 쓰여 '則(즉, 곧)'에 해당함.

36) 歿身(몰신) : 생을 마치다.

37) 御(어) : 수레를 몰다.

38) 金商(금상) : 오행(五行)으로 금(金)에 속하고, 오음(五音)으로는 상(商)에 속하는 것은 가을이다. 그러므로 여기서는 아마도 수(愁)자의 의미로 해석해야 할 것으로 보임. 부아서(傅亞庶)는 '金堂(금당 : 화려한 집)'으로 보았다. 한편 '金商(금상)'은 낙양(洛陽)의 서문(西門) 이름이기도 하다.

39) 정안(丁晏)은 이 3구(句)가 『북당서초(北堂書鈔)』 권39에 「적전론(藉田論)」으로 인용되었다고 하며, 또한 이 잔구(殘句)는 앞부분 '春耕於藉田(춘경어적전)' 아래에 빠진 문장으로 보인다고 하였으며 「적전론(藉田論)」은 바로 「적전설(藉田說)」이라고 제목 아래 주(注)에서 자세히 밝혔다고 함.

잔구(殘句) 2

땅에 익숙한 자는 못을 살피게 하고, 어진 재주를 가진 자는 파종하
게 한다.

使習壤者相澤,[40] 仁才者播種.[41]

잔구(殘句) 3

밭을 가꾸고 종자를 다스리는 자는 반드시 큰 술잔을 하사해야 하고,
밭을 황폐하게 두고 종자를 더럽히는 자는 어린 뽕잎으로 죽여야 한다.

田修種理者, 必賜之以巨觴, 田蕪種穢者, 必戮之以柔桑.[42]

잔구(殘句) 4

이름난 왕은 친히 밭고랑에서 천승(千乘)을 돌리고, 밭두둑 곁에서 호
미와 괭이를 잡으며, 귀한 다리라도 쟁기질에 근면하고 옥 같은 손이라
도 김매기에 수고롭다.

名王親枉千乘於隴畝之中,[43] 執鋤钁於畦町之側,[44] 尊距勤於耒耜,[45]
玉手勞於耕紜者也.[46]

---

40) 相(상) : 살피다.

41) 이상의 잔구(殘句)는 『북당서초(北堂書鈔)』 권39에 「적전설(藉田説)」으로 인용되었음.

42) 柔桑(유상) : 어린 뽕을 말하는데, 여기서는 형벌을 가하는 도구나 독약으로 보이는
데 어떠한 관계가 있는지 고증을 기다린다. 이 잔구는 『북당서초(北堂書鈔)』 권39에
「적전설(藉田説)」으로 인용되어 있음.

43) 隴畝(농무) : 밭고랑.

44) 鋤钁(서곽) : 호미와 괭이. 畦町(휴정) : 밭의 경계나 두둑.

45) 距(거) : 다리를 범칭함.

잔구(殘句) 5

　무릇 사람이 텃밭을 만들어 각자 그곳에 좋아하는 것을 심는데, 단것을 좋아하는 자는 냉이를 심고, 쓴 것을 좋아하는 자는 씀바귀를 심으며, 향을 좋아하는 자는 난초를 심고 매운 것을 좋아하는 자는 여뀌를 심는데 나의 텃밭에는 심지 않은 것이 없도다.

　凡夫人之爲圃, 各植其所好焉. 好甘者植乎薺,[47] 好苦者植乎荼,[48] 好香者植乎蘭, 好辛者植乎蓼.[49] 至於寡人之圃, 無不植也.[50]

9-12. 해골(髑髏説)[1]

　조자(曹子)가 못가에서 노닐다가, 잡초가 우거진 늪을 걸었다. 쓸쓸한

---

46) 정안(丁晏)에 따르면, "『북당서초(北堂書鈔)』 권91에 「적전부(藉田賦)」로 인용되었다고 한다. 또한 이 조목은 아래의 한 조목과 더불어 모두 부(賦)에 속한다. 그러나 장본(張本)의 「적전부(藉田賦)」는 이미 『태평어람(太平御覽)』에 의거하여 「적전설(藉田說)」의 탈문(脱文)으로 판정되었다. 게다가 이 두 조목은 모두 부(賦)의 언어에 속하지 않으므로 「적전설(藉田說)」의 탈문으로 생각되어 여기에 첨부하여 둔다"고 하였다. 한편 엄가균(嚴可均)은 잔구(殘句) 4와 5를 「적전부(藉田賦)」로 따로 분리하여 『전삼국문(全三國文)』 권13 부(賦)편에 편입하였다.

47) 薺(제) : 냉이.

48) 荼(도) : 씀바귀.

49) 蓼(료) : 여뀌.

50) 정안(丁晏)에 따르면, 『태평어람(太平御覽)』 권824에 「적전부(藉田賦)」로 인용되었다고 함.

9-12. 髑髏說 (촉루설)

1) 이 글은 길에 무덤도 없이 버려져 있는 해골과의 대화를 통하여 자신의 참담한 심정을 묘사하고 있다. 결국 자신이 만들어낸 대화를 통하여 변방으로 떠도는 비참한 현실을 도가(道家)의 정신으로 극복해보려는 노력이 역력하다. 髑髏(촉루) : 해골.

가지들은 적막 속에 잠겼고, 길은 우거져 가는 걸음을 막는데, 해골바가 지들만이 쓸쓸하게 쌓여있었다. 이에 횡목에 엎드려 물었다. 그대는 혹시 갓끈을 매고 검으로 목을 배어 임금을 위해 순국한 것인가? 혹시 갑옷을 입고 병기를 들고서 군대에서 죽은 것인가? 혹 시커멓게 고질병에 걸려 목숨이 기운 것인가? 혹 수명과 운수가 다하여, 황천으로 돌아간 것인가? 남겨진 해골을 두드리며 탄식하고, 백골(白骨)엔 혼령이 없음을 슬퍼했다. 장자(莊子)가 초(楚)나라로 가면서 문득 꿈을 빌어 마음이 통했던 것을 흠모하였다.

曹子遊乎陂塘之濱,2) 步乎蓁穢之藪.3) 蕭條潛虛,4) 經幽踐阻, 顧見髑髏, 塊然獨居.5) 於是伏軾而問之曰,6) 子將結纓首劍,7) 殉國君乎. 將被堅執銳,8) 斃三軍乎.9) 將嬰茲固疾,10) 命隕傾乎.11) 將壽終數極, 歸幽冥乎.12) 叩遺骸而歎息, 哀白骨之無靈. 慕嚴周之適楚,13) 儻託夢以通情.14)

---

2) 曹子(조자) : 조자건(曹子建) 자신을 말함. 陂塘(피당) : 두 글자 모두 물을 저장하는 시설을 지칭하는 것으로 보나 연못을 말함.

3) 蓁穢(진예) : 잡초가 우거지다.

4) 潛虛(잠허) : 텅 비고 적막하다.

5) 塊然(괴연) : 고독한 모습. 居(거) : 쌓여있다.

6) 伏軾(복식) : '식'은 수레의 가로지르는 나무를 일컫는데, 바로 두 손으로 식(軾)을 잡고 경의를 표하는 것을 말함.

7) 將(장) : 의문을 나타내는 조사로 '혹시.' 結纓(결영) : 『좌전(左傳)·애공(哀公) 15년』에 따르면, 춘추시대 공자(孔子)의 제자인 자로(子路)가 위대부(衛大夫) 공리(孔悝)의 재상이 되었는데, 태자(太子) 궤(蕢)가 난을 일으키고 잠시 달아났으나, 자로는 공리(孔悝)를 따르지 않자 궤(蕢)는 무사들로 하여금 그를 치고 갓끈을 끊어 버렸다. 그래도 자로는 따르지 않고 갓 끈을 다시 매도 죽었다고 한다. 首劍(수검) : '수'는 참수하다는 뜻으로 검으로 목을 베다는 의미.

8) 被堅(피견) : '堅(견)'은 견갑(堅甲)을 말하여 견고한 갑옷을 입다.

9) 三軍(삼군) : 여기서는 군대를 통칭함.

10) 嬰茲(영자) : '嬰(영)'은 전(纏), 즉 병이 몸을 감싸는 것을 말하고, '茲(자)'는 검은 색을 뜻한다.

11) 隕傾(운경) : 두 글자 모두 목숨을 잃는 것을 말함.

12) 幽冥(유명) : 황천(黃泉), 죽음의 세계.

13) 嚴周之適楚(엄주지적초) : '嚴周(엄주)'는 장자(莊子)를 말하고, '適(적)'은 가다. 『장자(莊子)·지락(至樂)』에 따르면, 장자가 초(楚)나라로 가다가 앙상한 해골을 발견하고 말채찍으로 두드리며 "그대는 삶을 탐하여 도리를 잃어 이렇게 되었는가? 선하지 않

이에 쾅쾅거리며 와서, 우뚝하니 있으며, 그림자는 드러내고 모습을
감추고는, 큰 소리로 말하였다. "그대는 어느 나라 군자인가?" 이미 수
레에서 몸을 굽혀, 그 말라 썩어가는 것을 불쌍히 여겨주고, 말을 아끼
지 않고 해주니, 그러한 말로 위안이 되오. 그대는 말을 잘하는 구료! 그
러나 지하의 사정은 잘 모르고서, 마치 생사를 아는 듯 하는 말이오. 무
릇 죽음은 돌아가는 것이라고 말한다. 돌아간다는 것은 자연의 도(道)로
돌아간다는 것이오. 도(道)라는 것은 몸은 무형(無形)을 주인으로 삼으니,
능히 조화와 더불어 변할 수 있는 것이오. 추위와 더위는 바꿀 수 없고,
사계절은 어그러뜨릴 수 없소. 이러한 까닭으로 미세한 영역에서도 투
명할 수 있고, 흐릿한 곳에서도 통찰할 수 있으며, 보아도 그 모습이 보
이지 않고, 들어도 그 소리를 들을 수 없소. 길어내도 비워지지 않고, 부
어넣어도 차지 않으며, 찬바람이 불어도 시들지 않고, 온기를 불어도 꽃
피지 않소. 흘려보내도 흐르지 않고, 얼려도 멈추지 않소. 어둡고 허무
한 곳에 떨어져, 도와 함께하며 도에 제한되고, 편안하게 오래 누워있으
니, 즐거움이 이를 뛰어넘을 수 없소."

　　於是伻若有來,15) 怳若有存,16) 景見容隱, 厲聲而言曰,17) 子何國之君

은 행동을 하여 부모나 처자들에게 오명을 남긴 것이 부끄러워 이렇게 되었는가? 아니
면 춥고 배고픈 우환이 있어 이리 되었는가? 그대의 나이가 많아서 이렇게 된 것인
가?" 이렇게 말하고 나서 해골을 베고 잠이 들었는데 한밤중 꿈에 해골이 나타나 말했
다. "조금 전 당신은 마치 변사(辯士) 같았소. 당신이 한 말은 모두가 살아 있는 사람들
의 괴로움이다. 죽으면 이마저 없어진다네. 죽음에 대한 이야기 좀 들어 보겠는가?" 장
자가 그러자고 하자, "죽음의 세계에서 위에는 임금이 없고, 아래에는 신하도 없으며,
또한 사계절의 일도 없이 다만 천지와 수명을 같이 하는데, 임금 노릇하는 것이 즐겁
다고는 하나 이만 못 할 것이오"라고 했다는 이야기.

14) 儻(당) : 갑자기.
15) 伻若(팽약) : 조유문(趙幼文)과 조해동(曹海東)은 '伻(팽)'자를 '硼(팽)'자로 보았다.
　　'若(약)'자는 '然(연)'과 같다. '硼然(팽연)'은 우렛소리나, 기물이 부딪히는 소리를 형용
　　하는 의성어이다.
16) 怳若(황약) : 앞 구의 '伻若(팽약)'과 대를 이루고 있다. 바로 怳然(황연)과 같은데 이
　　표현은 멍한 모습을 형용하는 의태어이기도 하면서 종소리와 같은 소리를 형용하는
　　의성어이기도 하다. 여기서는 의태어로 쓰인 것 같다.
17) 厲聲(여성) : 큰 소리, 엄한 소리.

子乎? 旣枉輿駕,18) 愍其枯朽, 不惜咳唾之音,19) 而慰以若言. 子則辯於辭矣!20) 然未達幽冥之情,21) 識死生之說也. 夫死之爲言歸也.22) 歸也者, 歸於道也.23) 道也者, 身以無形爲主, 故能與化推移.24) 陰陽不能更,25) 四時不能虧.26) 是故洞於纖微之域,27) 通於怳惚之庭,28) 望之不見其象,29) 聽之不聞其聲. 挹之不沖,30) 注之不盈, 吹之不凋,31) 噓之不榮,32) 激之不流,33) 凝之不停. 寥落冥漠,34) 與道相拘,35) 偃然長寢,36) 樂莫是踰.37)

조자(曹子)가 말하였다. "내가 장차 상제(上帝)에게 청하고, 여러 신령들에게 요구하여, 사명(司命)이 명부를 없애게 하고, 그대의 형체를 돌려

---

18) 枉輿駕(왕여가): '枉(왕)'은 몸을 구부리다. '輿駕(여가)'는 수레를 지칭하는 말로 제왕(帝王)을 비유하기도 하였으므로 조식(曹植)을 암시하고 있음.

19) 咳唾之音(해타지음): 다른 사람의 말이나 글을 일컫는 말.

20) 辯於辭(변어사): 언사(言辭)에 뛰어나다.

21) 幽冥(유명): 지하(地下), 즉 황천(黃泉)을 말하기도 하며 죽은 사람을 지칭하기도 함.

22) 死(사): 죽음.『회남자(淮南子)·정신훈(精神訓)』에서 "죽음은 돌아감이다(死, 歸也)"라고 하였음.

23) 道(도): 여기서는 도가(道家)에서 말하는 자연의 도(道)를 말함.

24) 化(화): 자연의 조화

25) 陰陽(음양): 추위와 더위.

26) 四時(사시): 사계절.

27) 洞(동): 투명하다.

28) 庭(정): '廷(정)'과 통용하여 위치를 뜻함.

29) 象(상): 형(形), 즉 모습.

30) 挹(읍): 물을 긷다. 沖(충): 비우다. 저본에는 반대의 뜻인 '充(충)' 자로 되어 있어 문맥상,『예문유취(藝文類聚)』와 엄가균(嚴可均)의 교정에 따라 바로 잡음.

31) 吹(취): 찬바람이 불다. 凋(조): 시들다.

32) 噓(허): 온기를 불다. 榮(영): 번성하다. 꽃이 피다.

33) 激(격): 물을 흘려보내다.

34) 冥漠(명막): 어둡고 깊은 또는 허무한 곳을 말함.

35) 相(상): 동작이 일방으로 관련되는 것을 표현하는데 여기서는 그것, 즉 '도(道)'를 말함.

36) 偃然(언연): 편안하게 쉬는 모양.

37) 정안(丁晏)에 따르면, 장씨(張氏)는 시(詩)에서 이 네 구(句)를 「촉루시(髑髏詩)」로 넣어 두었는데, '寥(요)'가 '牢(뢰)'로, '漠(막)'은 '寞(막)', '拘(구)'는 '軀(구)', '偃(언)'은 '隱(은)'자로 되어 있고, 마지막 구도 '其樂無踰(기락무유)'로 되어 있어 삭제하였다고 하였음.

놓겠소. 이에 해골이 길게 신음하고, 슬프게 탄식하며 "심하오! 그대는 어찌하여 어려운 말을 하시는가? 옛날 태소씨(太素氏)가 어질지 못하여, 무고하게 나를 형체로 수고롭게 하고, 삶으로 나를 힘들게 하였소. 지금은 다행히 변화하여 죽었으니 이렇게 나의 본질로 돌아온 것이오. 그대는 어찌하여 몸을 수고롭게 하는 것을 좋아하면서 나의 무일(無逸)함을 좋아하시오? 그대는 가시오! 나는 장차 하늘로 돌아갈 것이오"라고 했다. 이에 말이 끝나고 소리가 끊어지고, 신비로운 광채가 안개처럼 사라지니, 곧 수레를 돌리라고 마부에게 명령했다. 검은 먼지를 털어버리고, 흰 비단 두건을 덮었다. 이내 길가에 해골을 묻으며, 붉은 흙으로 덮고 푸른 관목으로 가렸다. 무릇 존망(存亡)은 형세가 다르다고 한 것은, 바로 공자가 말한 바이니, 어찌 귀신을 구실로 헛되이 상대하여, 생사(生死)가 꼭 같다고 하겠는가?

曹子曰, 予將請之上帝, 求諸神靈, 使司命輟籍,[38] 反子骸形.[39] 於是髑髏長呻, 廓然歎曰,[40] 甚矣! 何子之難語也. 昔太素氏不仁,[41] 無故勞我以形, 苦我以生. 今也幸變而之死,[42] 是反吾眞也.[43] 何子之好勞, 而我之好逸乎? 子則行矣! 予將歸於太虛.[44] 於是言卒響絕, 神光霧除.[45] 顧將旋軫,[46] 乃命僕夫. 拂以玄塵,[47] 覆以縞巾.[48] 爰將藏彼路濱, 覆以丹土, 翳以綠榛.[49] 夫存亡之異勢, 乃宣尼之所陳.[50] 何神憑之虛對,[51]

---

38) 司命(사명) : 사람의 운명을 주관하는 신. 輟籍(철적) : 장부를 버리다, 즉 생사(生死)의 문서를 없앤다는 의미.

39) 反(반) : 뒤집다. 되돌리다.

40) 廓然(확연) : 슬픈 모양.

41) 太素氏(태소씨) : 만물을 창조한 자.

42) 之(지) : 어조사로 두 글자를 연결해 주는 역할을 하며 병렬 관계를 나타냄.

43) 眞(진) : 본성, 본질.

44) 太虛(태허) : 하늘.

45) 霧除(무제) : 안개가 개듯이 사라지다.

46) 旋軫(선진) : '軫(진)'은 수레의 뒤턱나무를 말하여 종종 수레를 지칭하므로 수레를 돌린다는 뜻.

47) 玄塵(현진) : 검은 먼지.

48) 縞巾(호건) : 백색의 비단 두건.

云死生之必均.52)

9-13. 염병 2수(說疫氣 二首)1)

9-13-1. 첫째

　　건안(建安) 22년(217)에 염병이 퍼져 집집마다 빳빳하게 쓰러져 죽는 고통이 있었고, 방마다 통곡하는 슬픔이 있었다. 혹은 문을 닫고 죽은 자도 있고, 혹은 온 가족이 모두 죽기도 했다. 혹시 역병이라는 것을 귀신이 만드는 것인가? 이것에 걸리는 자는 모두 갈옷입고 콩잎을 먹는 집의 자식들이고, 보잘것없는 집에 사는 사람뿐이다. 만약 좋은 집에서

---

49) 綠榛(녹진) : '榛(진)'은 군락을 이루는 나무. 푸른 관목.

50) 宣尼之所陳(선니지소진) : '宣尼(선니)'는 공자(孔子)를 말함. 『설원(說苑)·변물(辨物)』에, 자공(子貢)이 공자에게 묻기를 "죽은 사람도 앎이 있습니까 없습니까?"라고 하자 공자가 "내가 죽은 자도 앎이 있다고 말하려 해도 효자와 효손(孝孫)들이 멋대로 생겨나서 임종하게 할까 걱정이고, 내가 앎이 없다고 말하려 해도 불효한 자손들이 버리고 매장하지 않을까 걱정이다. 그대가 죽은 사람이 앎이 있는지 없는지 알고 싶어도 죽으면 절로 알게 될 테니 그래도 늦지 않다"고 한 이야기가 실려 있음.

51) 憑(빙) : 의지하다, 구실삼다.

52) 均(균) : 균등하다, 같다. 살고 죽음이 같다고 하는 말은 『장자(莊子)』의 「제물(齊物)」편과 「추수(秋水)」편에 고루 보인다.

9-14. 說疫氣(설역기)

1) 이 작품은 위에서 본 것처럼 문류(文類)의 '설(說)'로 보아야할지 단순한 동사로 보아 '논(論)'과 같은 문장으로 처리해야할지 확언할 수 없다. 2편으로 나뉘어 있는 이 문장은 전편은 서문의 성격이 강하고 후편은 사언(四言)으로 정형화된 4구만 남아 단정할 수 없지만 부체(賦體)에서 주로 보이는 '난(亂)'이나 『사기(史記)』에서 보이는 '찬(讚)'과 같은 형식으로 보인다. 이 글은 문두에서 말하고 있는 것처럼 건안(建安) 22년(217)에 지어진 것으로 보이며 당시 조식의 나이 26세였음. 조비가 태자로 책봉되기 전으로 조식은 다소 위정자의 입장에서 가난한 사람들이 주로 걸리는 역병과 이들을 소외시키는 사람들의 세태를 비판적으로 바라보고 있다. '疫氣(역기)'는 역병(疫病)을 말함.

잘 먹는 집안과 잘 입고 잘 사는 가문이라면 이 같은 것은 드물구나. 이는 바로 음양이 제자리를 잃고 추위와 더위가 때를 어긋났으니 이 때문에 역병이 생긴 것이다. 허나 어리석은 백성들은 부적을 걸어두고 그것을 싫어하니, 이 또한 가소롭구나!

建安二十二年, 癘氣流行, 家家有僵尸之痛,[2] 室室有號泣之哀. 或闔門而殪,[3] 或覆族而喪.[4] 或以爲疫者, 鬼神所作. 夫罹此者,[5] 悉被褐茹藿之子,[6] 荊室蓬戶之人耳.[7] 若夫殿處鼎食之家,[8] 重貂累蓐之門,[9] 若是者鮮焉. 此乃陰陽失位, 寒暑錯時, 是故生疫. 而愚民懸符厭之,[10] 亦可笑也.

9-13-2. 둘째(又)

짠물의 물고기는 강에서 놀지 못하고, 민물의 물고기는 바다에 들지 못하네.

鹹水之魚, 不游於江. 淡水之魚, 不入於海.

---

2) 僵尸(강시) : 빳빳하게 쓰러져 죽다.
3) 闔門(합문) : 문을 닫다.
4) 覆族(복족) : 일족(一族)이 모두 죽는 것.
5) 罹(라) : 병에 걸리다.
6) 悉(실) : 모두. 被褐茹藿(피갈여곽) : 갈옷을 입고 콩잎을 먹는다는 뜻으로 가난함을 상징함.
7) 荊室蓬戶(형실봉호) : 가시나무로 만든 방과 쑥대로 만든 문이란 뜻으로 역시 가난을 상징함.
8) 殿處(전처) : 대궐 같은 집. 鼎食(정식) : 식솔들이 많아 솥을 늘어놓고 밥을 먹는다는 뜻으로 부유한 집안을 상징함.
9) 重貂累蓐(중초누욕) : 두터운 담비 가죽옷과 겹겹의 깔개라는 뜻으로 역시 부유한 집안을 상징함.
10) 懸符(현부) : 귀신을 쫓아내는 부적을 걸거나 부치는 것.

권10

로(誄) · 애사(哀辭)

[로(誄)]

10-1. 임성왕을 위한 조문(任城王誄)[1]

서문

옛날에 두 괵씨(虢氏)는 주문왕(周文王)을 보좌하였고 주공(周公)과 소

10-1. 任城王誄(임성왕로)

1) '로(誄)'란 죽은 사람을 애도하는 문장으로 그 내원은 『주례(周禮)·춘관(春官)·대축(大祝)』에서 찾아 볼 수 있다. "여섯 가지 문사를 지어서 상·하, 친·소, 원·근을 통하게 하는데, 첫째가 사(祠), 둘째가 명(命), 셋째가 고(誥), 넷째가 회(會), 다섯째가 도(禱), 여섯째가 로(誄)이다(作六辭以通上下親疏遠近, 一曰祠, 二曰命, 三曰誥, 四曰會, 五曰禱, 六曰誄)"이라 하였음. 이 조문은 임성왕이 죽은 기록에 따라 황초(黃初) 4년(223)에 지어진 것으로 보인다. 서문을 갖추고 있지만 사언(四言)의 운문으로 되어 있는 점이 특이하다. 일반적인 조문과 마찬가지로 주인공의 공적을 칭송하고 마지막에는 죽음에 대한 슬픔을 절절하게 표현하였다. 任城王(임성왕): 조창(曹彰), 자는 자문(子文)으로 조식의 동복(同腹) 형. '任城(임성)'은 산동성(山東省) 제녕(濟寧). 조창(曹彰)은 황초(黃初) 3년(222) 임성왕이 되었다가 이듬해 서울에 왔을 때 죽음.

공(召公)은 주무왕(周武王)을 도왔는데, 아! 훌륭한 우리 왕께서는 위(魏)나라의 최고의 신하셨다. 오로지 아름다운 행적을 존중하시어 태공망(太公望)과 주공(周公) 단(旦)같이 불리셨다. 어찌하여 갑자기 운명이 이렇게 허락하지 않는가? 어진 사람들이 죽은 자를 애도함에, 저 다른 사람들도 함께 하는데, 하물며 나와는 같은 배에서 태어났으니, 어찌 비통하지 않겠는가? 눈으로 왕궁을 생각해보니, 마음은 지난 시절에 있고 마치 영혼같이 능묘(陵墓)에 마음이 닿네. 평범한 사람은 목숨을 아끼나, 깨달은 사람은 목숨을 버리니, 왕께서 비록 돌아가셨더라도, 공적은 그림같이 드러나네. 사람이 누가 죽지 않겠는가? 고귀하게 명성만 남았으니, 이에 뢰(誄)를 지었다.

昔二虢佐文,[2] 旦奭翼武.[3] 於休我王, 魏之元輔.[4] 將崇懿迹,[5] 等號齊魯.[6] 如何奄忽, 命不是與.[7] 仁者悼沒, 兼彼殊類, 矧我同生, 能不憯悴.[8] 目想宮墀,[9] 心在平素.[10] 彷彿魂神, 馳情陵墓.[11] 凡夫愛命, 達者徇名.[12] 王雖薨徂,[13] 功著丹靑.[14] 人誰不沒, 貴有遺聲. 乃作誄曰:

---

2) 二虢(이괵) : 주문왕(周文王)시대 때 경사(卿士)였던 괵중(虢仲)과 괵숙(虢叔).
3) 旦奭(단석) : 주공(周公) 단(旦)과 소공(召公) 석(奭). 주공(周公)은 성(姓)이 희(姬), 이름이 단(旦)이며, 소공(召公)은 성(姓)이 희(姬), 이름이 석(奭)으로 두 사람 모두 무왕(武王)의 정사(政事)를 보좌한 신하.
4) 元輔(원보) : 조정에서 으뜸가는 신하.
5) 將(장) : 오로지.
6) 齊魯(제로) : 제(齊)나라에 봉해진 태공망(太公望)과 노(魯)나라에 봉해진 주공(周公) 단(旦)을 가리킴. 태공망은 성(姓)이 여(呂), 이름이 망(望).
7) 與(여) : 허락하다.
8) 憯悴(잠췌) : 비통해 하다.
9) 宮墀(궁지) : 금지(禁墀), 궁전 앞의 붉은 섬돌, 여기서는 조창(曹彰)이 자란 왕궁을 가리키는 말로 쓰임.
10) 平素(평소) : 조창(曹彰)과 함께 했던 지난 그 시절을 말함.
11) 馳情(치정) : 마음이 끌리다.
12) 徇名(순명) : '徇(순)'은 '殉(순)'자와 통용하여 명예와 절개를 위하여 목숨을 버리다.
13) 薨徂(홍조) : 죽음을 완곡하고 높여 표현한 말.
14) 丹靑(단청) : 그림.

본문

어려서부터 아름다운 품성을 가지시어,	幼有令德,[15]
옥기(玉器)와 같이 빛나셨네.	光輝珪璋.[16]
효성은 민자건(閔子騫)을 넘어섰고,	孝殊閔氏,[17]
의리는 증삼(曾參)과 복상(卜商)에 미치셨네.	義達參商.[18]
온화하고 공경하여,	溫溫其恭,[19]
유(柔)로 강(剛)을 극복하셨고,	爰柔克剛.[20]
마음을 기업(基業)을 세우심에 두시니,	心存建業,
왕실이 이에 바로잡혔네.	王室是匡.
용감하게 선봉에서니,	矯矯元戎,[21]
우레처럼 움직이고 비처럼 이르셨네.	雷動雨徂.[22]
연(燕)과 대(代)로 종횡(縱橫)하시니,	橫行燕代,[23]
위엄은 북호(北胡)를 떨게 하였네.	威慴北胡.[24]
달아나는 오랑캐들 숨을 곳이 없자,	奔虜無竄,
고류(高柳)에서 다시 싸우니,	還戰高柳.[25]

---

15) 令德(영덕) : 아름다운 품행.

16) 珪璋(규장) : 옥(玉)으로 만든 제기(祭器)로 고상한 사람을 비유함.

17) 閔氏(민씨) : 공자의 제자로 효성이 지극했던 민자건(閔子騫). 殊(수) : 남다르게 특별하다.

18) 參商(삼상) : 역시 공자의 제자인 증삼(曾參)과 복상(卜商)을 가리킴. 이들은 용감성과 의리로 이름을 날렸음.

19) 溫溫(온온) : 온화한 모습.

20) 爰(원) : 발어사로 뜻이 없음.

21) 矯矯(교교) : 용맹한 모습. 元戎(원융) : '元(원)'은 크다는 뜻이고 '戎(융)'은 전차로 군대의 맨 선봉에 서게 되므로 여기서는 '선봉에 서다'는 의미로 쓰였음.

22) 徂(조) : 이르다.

23) 燕代(연대) : '燕(연)'은 지금의 하북성(河北省), '代(대)'는 지금의 산동성(山東省) 북부를 가리킴.

24) 北胡(북호) : 북쪽의 선비족(鮮卑族)을 가리킴.

25) 高柳(고류) : 지명, 지금의 산서성(山西省) 양고현(陽高縣) 서쪽.

왕께서는 장사들을 거느리고,　　　　　　王率壯士,

늘 군대의 선봉이 되셨네.　　　　　　　常爲軍首.26)

응당 수명이 다하신 것이겠지만,　　　　宜究長年,27)

영원토록 황실(皇室)을 보전하리.　　　　永保皇家.

어찌하여 갑자기,　　　　　　　　　　如何奄忽,

수명이 길지 못하신 것인가?　　　　　　景命不遐.28)

친구들은 눈물을 삼키고,　　　　　　　同盟飮淚,29)

백관(百官)들은 탄식하네.　　　　　　　百寮咨嗟.30)

10-2. 대사마 조휴를 위한 조문(大司馬曹休誄)1)

아! 위대하신 공후(公侯)시여!　　　　　於穆公侯,2)

위(魏)나라의 종실이로다.　　　　　　　魏之宗室.3)

---

26) 軍首(군수) : 군대의 선봉.

27) 宜(의) : 마땅히. 長年(장년) : 수명(壽命).

28) 景命(경명) : 수명(壽命).

29) 同盟(동맹) : 매우 친한 친구를 비유함.

30) 咨嗟(자차) : 탄식하다.

10-2. 大司馬曹休誄(대사마조휴뢰)

1) 이 조문(弔文)은 주인공이 죽은 기록에 따라 태화(太和) 2년(228)에 지어진 것으로 추정된다. 대체로 조휴(曹休)의 공적과 인품을 지나친 부연 없이 묘사하는 것으로 끝이 나는데 마지막에 슬픔을 표현한 부분은 없어진 것으로 보인다. 大司馬(대사마) : 삼공(三公, 대사도(大司徒)·대사공(大司空)·대사마(大司馬)) 중의 하나로 군권의 수장. 曹休(조휴, ?~229) : 자는 문열(文烈), 조조의 양자(養子)로 조조는 자신을 보듯이 그를 총애하였다고 함. 정안(丁晏)에 따르면, 『위지(魏志)·조휴전(曹休傳)』에 "태화(太和) 2년(228) 오(吳)를 정벌함에, 휴(休)가 불리하자, 등창이 나서 죽었다"고 하였음.

2) 公侯(공후) : 조휴(曹休)는 대사마(大司馬)로 바뀌고 장평후(長平侯)에 봉해졌는데, 대사마(大司馬)는 삼공(三公)의 하나이므로 '公(공)'이라 했음.

밝은 덕으로 조상의 덕을 계승하시고,　　　　　明德繼踵,[4]

대대로 순수하고 완미하셨네.　　　　　奕世純粹.[5]

박애를 널리 펴시고,　　　　　闡弘汎愛,[6]

인(仁)으로서 사물을 대하셨네.　　　　　仁以接物.

기예로서 꽃을 피우시어,　　　　　藝以爲華,

이렇게 믿음과 성실을 행하셨네.　　　　　體斯亮實.[7]

약관의 나이로 돌아가셨으나,　　　　　年沒弱冠,[8]

뜻은 영웅에 있었네.　　　　　志在雄英.

이름난 스승들이 공경하였고,　　　　　高揖名師,[9]

꺼낸 말들은 문장이 되었네.　　　　　發言有章.

동쪽 오군(吳郡)이 번성해지니,　　　　　東夏翕然,[10]

군자(君子)라 하네.　　　　　稱曰龍光.[11]

가난했으나 원망이 없는 것을,　　　　　貧而無怨,[12]

공자(孔子)께서도 어렵게 여기셨는데,　　　　　孔以爲難.

아! 우리 공후께서는　　　　　嗟我公侯,

끼니를 거를 정도로 가난해도 편안하셨네.　　　　　屢空是安.[13]

---

3) 宗室(종실) : 『삼국지(三國志)・위지(魏志)・조휴전(曹休傳)』에 "조휴의 자(字)는 문
　열(文烈)로 태조(太祖)의 동족(同族) 형제의 아들이다(曹休字文烈, 太祖族子也)"고 하
　였으므로 '종실'이라 표현하였음.

4) 繼踵(계종) : 조상의 공적(功績)을 계승하다.

5) 奕世(혁대) : 대를 이어, 대대로.

6) 闡弘(천홍) : 광대하게 드러내다.

7) 體(체) : 이행하다. 亮實(량실) : 믿음과 성실함.

8) 弱冠(약관) : 20세를 말함.

9) 高揖(고읍) : 작별할 때의 예(禮)나 공경을 뜻함. '高(고)'는 공경함.

10) 東夏(동하) : 동쪽 오군(吳郡) 일대. 翕然(흡연) : 매우 성한 모양.

11) 龍光(용광) : 『시경(詩經)・소아(小雅)・육소(蓼蕭)』에 "군자를 만나니, 총애를 입어
　영광되네(既見君子, 爲龍爲光)"라고 한 표현에서 비롯하여 임금의 총애를 입어 영광
　이 되는 것을 말하는데 여기서는 상징적으로 군자의 대칭(代稱)으로 사용되었음.

12) 貧而無怨(빈이무원) : 『논어(論語)・헌문(憲問)』에 나오는 표현으로 "가난하면서 원
　망이 없기는 어렵고, 부자이면서 교만이 없기는 쉽다(貧而無怨難, 富而無驕易)"고 한
　것을 가리킴.

벼슬을 탐하지 않으셨고,	不耽世祿,[14]
부모를 기쁘게 하는 것이 즐거움이셨네.	親悅爲歡.
저 허름한 집을 좋아하시고,	好彼蓬樞,[15]
저 단출한 음식을 달갑게 여기셨네.	甘彼瓢簞.[16]
도(道)를 맛보고 근심을 잊으셨으니,	味道忘憂,
원헌(原憲)과 안회(顏回)를 넘으셨네.	踰憲超顏.[17]
용맹한 공후(公侯)께서는	矯矯公侯,
재난에서도 굽히지 않으시고,	不撓其厄.
삼군(三軍)을 호령하시며,	呵叱三軍,[18]
몸소 거대한 창을 휘두르셨네.	躬奮雄戟.[19]
다리는 새하얀 칼날을 밟으시고,	足蹴白刃,
손은 나는 화살을 잡으셨네.	手按飛鏑.
끝내 회남(淮南)을 평정하시어,	終弭淮南,[20]
우리의 변경을 보전하셨네.	保我疆場.[21]

---

13) 屢空(누공) : 끼니조차 여러 번 거를 정도로 가난한 것을 말함. 역시 『논어(論語)·선진(先進)』에 나오는 표현으로, "안회(顏回)는 도(道)에 가까웠고 자주 끼니를 굶었다(子曰 回也其庶乎, 屢空)"라고 하였던 것을 말함.

14) 世祿(세록) : 고대 귀족(貴族)에게는 작록(爵祿)을 대대로 이어가게 하였는데 이를 말함.

15) 蓬樞(봉구) : 쑥으로 집을 짓고 뽕나무로 문지도리를 만든다는 말로 『장자(莊子)·양왕(讓王)』에 "쑥으로 이은 집은 완전하지 않고, 뽕나무를 문지도리로 삼으며(蓬戶不完, 桑以爲樞)"라는 표현이 보임. 여기서는 허름한 집을 상징하고 있음.

16) 瓢簞(표단) : 역시 『논어(論語)·옹야(雍也)』의 "밥 한 그릇과 물 한 바가지(一簞食, 一瓢飲)"에서 나온 표현으로 소박한 음식을 상징함.

17) 憲顏(헌안) : 공자(孔子)의 제자인 원헌(原憲)과 안회(顏回)를 가리킴.

18) 呵叱(가질) : 큰 소리로 질책하는 것, 여기서는 호령하다는 의미.

19) 雄(웅) : 저본에는 '雉(치)'자로 되어 있으나 『예문유취(藝文類聚)』와 『전삼국문(全三國文)』에 의거하여 바로 잡음. 戟(극) : 고대의 병기이름으로 옆으로 벨 수도 있고 앞으로 찌를 수도 있는 창과 비슷한 병기.

20) 弭(미) : '安(안)'의 뜻으로 '평정하다.' 淮南(회남) : 회수(淮水)의 남쪽, 즉 안휘(安徽)지역. 조휴(曹休)가 정동(征東)장군에 임명되어 오(吳)를 정벌하러 갔던 것을 말하고 있음.

21) 疆場(강역) : 변경(邊境). 정(程)·장(張)본에는 '場(장)'자로 되어 있지만 운(韻)이 맞지 않아 '場(역)'으로 고쳤다고 함.

10-3. 광록대부 순후를 위한 조문(光祿大夫荀侯誄)[1]

얼음처럼 맑고,	如冰之淸,
옥처럼 깨끗하네.	如玉之潔.
법을 준수하여 위세부리지 않았으며	法而不威,
화목하며 경박하지 않았네.	和而不藝.[2]
백관(百官)들이 목메어 울고,	百寮歔歔,[3]
천자는 눈물을 적시며,	天子霑纓.
베 짜는 여인은 베틀 북을 던져버리고,	機女投杼,
농부는 밭갈이를 그만두네.	農夫輟耕.
수레는 바퀴자국을 교차시키며 굴러가지 않고,	輪結轍而不轉,[4]
말은 슬프게 울면서 수레 채 끝에 기대네.	馬悲鳴而倚衡.[5]

10-3. 光祿大夫荀侯誄(광록대부순후뢰)

1) 이 조문은 순욱(荀彧)이 죽은 기록에 따라서 건안(建安) 17년(212)에 지어진 것으로 보인다. 문장이 상대적으로 짧은 것으로 보아 상당한 양이 소실된 것으로 보이며 대체로 사언(四言)으로 이루어지는 뢰(誄)에서와는 달리 6언을 섞어 변려체로 구법의 변화를 시도하고 있다. 역시 내용은 인품, 공적, 애도의 표현으로 이루어져 있다. 光祿大夫(광록대부): 광록훈(光祿勳)에 속한 관직 중에서 대부(大夫)가 가장 높은 계층인데, 이 대부는 서열상 중대부(中大夫), 태중대부(太中大夫), 간대부(諫大夫)가 있다. 여기에서 중대부(中大夫)를 광록대부라고 한다. 동한(東漢) 이후 광록훈(光祿勳)의 대부들은 권력이 매우 커졌으며 대체로 왕의 자문역을 맡았다. 荀侯(순후): 순욱(荀彧). 정안(丁晏)은 『위지(魏志)·순욱전(荀彧傳)』에 '건안(建安) 17년(212)년 시중(侍中) 광록대부(光祿大夫)로 부절(符節)을 잡고 승상(丞相)처럼 군사(軍事)에 참여하였다. 순욱이 병에 들어 수춘(壽春)에 머물며 근심하다가 죽게 되니, 시호(諡號)를 경후(敬侯)라 하였다'고 하는 기록을 인용하였음.

2) 藝(설): 경박하다.

3) 歔歔(희허): 목이 메어 우는 소리.

4) 結轍(결철): '轍(철)'은 수레바퀴의 자국을 말하므로 수레바퀴 자국이 서로 교차된다는 뜻은 수레를 돌리는 것을 말함.

5) 衡(형): 수레의 채 끝에 댄 횡목(橫木). 應期(응기): 천명(天命)에 순응하다.

10-4. 평원의 공주를 위한 조문(平原懿公主誄)[1]

아래로는 대지(大地)가 뒤흔들리고,	俯振地紀,[2]
위로는 천문(天文)이 어긋나네.	仰錯天文.
슬픈 바람이 세차게 일어나고,	悲風激興,
차가운 바람에 눈꽃이 날리네.	霜猋雪雰.[3]
난초를 시들게 하고 혜초(蕙草)를 죽게 하니,	凋蘭夭蕙,
좋은 줄기마저 사라져 버리네.	良榦以泯.
아! 의공주(懿公主)시여!	於惟懿主,
그 자질은 아름다운 옥과 같네.	瑛瑤其質.[4]
시초(蓍草)와 같이 하늘의 명에 순응하니,	協策應期,[5]

10-4. 平原懿公主誄(평원의공주뢰)

1) 이 조문은 평원의공주(平原懿公主)의 생평에 따라서 추정하건대 조식이 죽은 해인 태화(太和) 6년(232)에 지어진 것으로 보인다. 공주는 바로 작가의 조카딸로서 요절하였기 때문에 그런지 남다른 애정이 묻어나는 애도문이다. 조식은 주인공의 출생부터 생활, 인품, 사후 결혼, 장례, 슬픔을 고르게 묘사하고 있다. 平原懿公主(평원의공주) : 정안(丁晏)에 따르면, '平原(평원)'이 장본(張本)에는 '平陽(평양)'으로 되어있고, '公主(공주)'가 정본(程本)에는 '主公(주공)'으로 잘못 되어 있어 『예문유취(藝文類聚)』 권16에 의거하여 고쳤다고 한다. 또한 『위지(魏志)·문소견황후전(文昭甄皇后傳)』에 따르면, "태화(太和) 6년(232)에 명제(明帝)의 사랑하는 딸 숙(淑)이 죽었다. 추봉(追封)하여 평원의공주(平原懿公主)로 삼고 사당을 세워주었다. 장가간 뒤에 죽은 종손(宗孫) 황(黃)과 합장하여 주었고, 추봉하여 황열후(黃列侯)라 하였다(太和六年, 明帝愛女淑薨. 追封諡淑爲平原懿公主, 爲之立廟. 取后亡從孫黃與合葬, 追封黃列侯)"고 하였음.

2) 地紀(지기) : 고대의 전설에 따르면 하늘이 무너져 내리지 않도록 땅에 아홉 기둥으로 바치고 사방을 줄로 묶어 방위를 고정하였다고 하는데, '지기'는 바로 사방을 묶어 놓은 줄을 말함. 여기서는 이를 비유하여 대지(大地)를 일컬음.

3) 霜猋(상표) : '霜飇(상표)'라고도 쓰는데, 날카롭고 매서운 한풍(寒風)을 말함. 雪雰(설분) : 눈꽃이 어지러이 날리다.

4) 瑛瑤(영요) : 두 글자 모두 아름다운 옥을 뜻하여 의공주(懿公主)의 자질이 옥과 같음을 비유함.

5) 協策(협책) : '協(협)'은 '同(동)'자의 의미이고, '策(책)'은 고대 점복(占卜)에 사용되는 시초(蓍草)를 말함.

지닌 정화(精華)는 빼어나게 드러났네.　　含英秀出.6)

남달리 총명한 자태는,　　岐嶷之姿,7)

실로 밝고 지극하였으니,　　寔朗寔極.8)

태어나서 백일 만에,　　在生十旬,9)

사람과 사물을 식별하셨네.　　察人識物.

용모는 아버지와 같았고,　　儀同聖表,10)

목소리는 음률에 맞았네.　　聲協音律.

눈썹만 치커 올려도 가는 것을 알았고,　　驤眉識往,11)

고개만 숙여도 오라는 것을 알았으며,　　俛首知來.12)

부르면 얼굴은 반드시 웃고 있었고,　　求顔必笑,13)

대답하면 음성은 아이의 웃음이었네.　　和音則孩.14)

보모가 손을 잡고 있으나,　　阿保接手,15)

시녀들이 모시며 곁을 채웠고,　　侍御充旁.

언제나 강보에 있었으나,　　常在繈褓,

침상에만 머물지 않았네.　　不停幃牀.

온 황궁에 사랑을 독차지하고,　　專愛一宮,

성황(聖皇)의 사랑을 받았는데,　　取玩聖皇.16)

---

6) 含英(함영): '정화(精華)를 머금다'는 뜻으로 회재(懷才, 재주를 품다)를 비유하기도 함.

7) 岐嶷(기억): 『시경(詩經)·대아(大雅)·생민(生民)』에 "태어나시며 실로 포복(匍匐)을 하시고, 쑥쑥 자라시더니(誕實匍匐, 克岐克嶷)"에 나오는 표현으로 주희(朱熹)는 무성하게 자라나는 모습이라고 설명하였으나, 이후에는 어린 나이에도 총명한 모습을 형용하는 말로 사용하였음.

8) 寔(식): 진실로, 참으로.

9) 十旬(십순): '旬(순)'이 10일을 말하므로 100일을 뜻함.

10) 聖表(성표): 공주의 아버지인 조예(曹叡).

11) 驤眉(양미): '驤(양)'은 '擧(거, 들다)'의 뜻이므로 '揚眉(양미)'와 같다. 여기서는 오라고 할 때 눈썹을 살짝 치커 올리는 것을 말한다.

12) 俛(면): 머리를 숙이다.

13) 求(구): 부르다.

14) 孩(해): 어린아이의 웃음.

15) 阿保(아보): 보모(保姆).

어찌하여 갑자기   何圖奄忽,[17]

하늘의 재앙에 걸렸는가?   罹天之殃.[18]

혼령이 옮겨가고,   魂神遷移,

혼백이 날아가네.   精爽翶翔.[19]

불러도 대답하지 않고,   號之不應,

들어도 듣지 못하니,   聽之不聆.

제왕께서 이 때문에 탄식하고,   帝用吁嗟,[20]

울면서 소리를 내지 못하시네.   嗚呼失聲.

아! 슬프도다!   嗚呼哀哉,

가엾게도 일찍 죽어,   憐爾早殀,[21]

성년에 이르지 못하네.   不逮陰光.[22]

고쳐 큰 고을에 봉하니,   改封大郡,[23]

바로 황제의 옛 봉지(封地)라네.   惟帝舊疆.[24]

봉지(封地)를 받아 가업을 열고,   建土開家,[25]

식읍(食邑)이 번국(藩國)의 왕으로 바뀌니, 邑移藩王.

패옥은 참으로 선명하고,   琨珮惟鮮,[26]

붉은 인끈은 찬란하네.   朱紱斯煌.

나라의 이름이 추숭되었으나,   國號旣崇,

---

16) 聖皇(성황) : 조예(曹叡).

17) 奄忽(엄홀) : 돌연히 갑자기.

18) 罹(나) : 병이나 재앙에 걸리다.

19) 精爽(정상) : 정신(精神), 혼백(魂魄).

20) 用(용) : 이 때문에.

21) 憐爾(연이) : '爾(이)'자는 '然(연)'과 같다. '憐然(연연)'은 가련한 모양.

22) 陰光(음광) : '光陰(광음)'으로 운을 맞추기 위하여 도치시켰음. 성년(成年)이 되는 것
    을 말함.

23) 大郡(대군) : 평원군(平原郡)을 지칭함.

24) 舊疆(구강) : 평원군(平原郡)은 조예(曹叡)가 즉위하기 이전의 봉지(封地)이기 때문에
    이렇게 표현하였음.

25) 建土(건토) : '建(건)'은 봉(封)하여 세우는 것을 말하므로 봉지(封地)를 받는 것을 뜻함.

26) 琨珮(곤패) : '琨(곤)'은 미옥(美玉)이요, '珮(패)'는 '佩(패, 패용하다)'자와 같음.

슬프게도 고독하구나!	哀爾孤獨.
너를 짝지을 군자(君子)는,	配爾君子,27)
훌륭하고 귀한 집안출신에,	華宗貴族.
관작은 열후(列侯)로서,	爵以列侯,28)
은총은 두터웠었네.	銀艾優渥.29)
황궁에서 혼례를 치루니,	成禮于宮,
상여가 서로 바퀴를 교차하고,	靈輀交轂.30)
살아서는 방을 달리 했으나,	生雖異室,
죽어서는 산을 같이하시네.	歿同山嶽.
이에 현궁(玄宮 : 무덤)을 만듦에,	爰構玄宮,31)
옥석(玉石)이 교차하여 이어지고,	玉石交連.
붉은 방에 하얀 벽으로 만드니,	朱房皓壁,
태양처럼 빛나고 번개같이 선명하네.	日曜電鮮.32)
장식이 끝나고 호위하니,	飾終備衛,
법제가 생겨나고 상징만 남았네.	法生象存.33)
수도(隧道)를 잘 손질하고,	長埏繕修,34)

---

27) 爾(이) : 2인칭 대명사 '너.' 君子(군자) : 바로 견황(甄黃)으로 조예(曹叡)의 어머니인 견황후(甄皇后)의 종손(從孫).

28) 列侯(열후) : 徹侯(철후), 후작(侯爵) 중에 가장 높은 등급. 한(漢)나라 시대 유철(劉徹)의 이름을 피하여 통후(通侯) 또는 열후(列侯)라고 하였음. 견황(甄黃)은 평원의공주와 사후 결혼하여 열후(列侯)로 추봉(追封)된 것으로 보임.

29) 銀艾(은예) : 은인(銀印)과 녹수(綠綬, 인끈)를 가리키는 말로 한대(漢代) 이후에는 2천석 이상의 고관들이 패용한 것이므로 고관(高官)을 상징하는 말로 쓰임. 여기서는 황제가 내린 은총을 말하고 있음. 優渥(우악) : 은혜를 입음이 두텁다.

30) 靈輀(영이) : 시신(屍身)을 실은 수레, 즉 상여.

31) 玄宮(현궁) : 무덤.

32) 日曜(일요) : 태양처럼 환하게 빛남. 『예문유취(藝文類聚)』와 『북당서초(北堂書鈔)』에는 '皜曜(호요)'로 되어있는데 역시 문맥에는 잘 어울린다. 이로서 조유문(趙幼文)은 '皜(호)'자가 맞는 것 같다고 주하였다.

33) 法(법) : 규장(規章)이나 제도를 말하는데 여기서는 국호(國號)와 시호(諡號)같은 절차를 말함.

34) 長埏(장연) : 능묘(陵墓)의 수도(隧道).

묘문(墓門)을 가려주네,　　　　　　　　神閨掩扉.35)
두 관이 함께 내려가도,　　　　　　　　二柩並降,
두 혼은 누구를 의지할까?　　　　　　　雙魂孰依?
어느 사람이 죽지 않겠는가마는　　　　　人誰不歿,
가련하게 여전히 땅속에 있으니,　　　　憐爾尙微.36)
보모는 감정을 터뜨리고,　　　　　　　阿保激感,
임금께서는 슬퍼하시네.　　　　　　　上聖傷悲.
성궐이라 노래한 시처럼,　　　　　　　城闕之詩,37)
하루를 일 년으로 여기네.　　　　　　以日喩歲.
하물며 나의 사랑하는 아이가,　　　　況我愛子,
그 혼이 영원히 멸하였음에야.　　　　神光長滅.
묘문이 한번 닫혀버렸으니,　　　　　扃關一闔,38)
어찌 다시 밝아지리오!　　　　　　曷其復晰.

---

35) 神閨(신규) : 묘문(墓門).
36) 微(미) : 깊다는 뜻인데, 땅 속 아래에 있는 것을 말함.
37) 城闕之詩(성궐지시) : 『시경(詩經)·정풍(鄭風)·자금(子衿)』에 "이리저리 왔다 갔다
　　하며 성궐(城闕)에 있으니, 하루만 보지 못해도 석 달과도 같네(挑兮達兮, 在城闕兮,
　　一日不見, 如三月兮)"라고 한 시를 말함.
38) 扃關(경관) : 묘문(墓門)을 말함.

10-5. 무왕을 위한 조문(武王誄)[1]

서문

아! 우리 임금께서는 받든 운명이 쇠하셨네. 신령스런 무예를 떨치시어, 뭇 영웅들을 평정하셨네. 아래로는 백성들을 구제하시고, 조정에서는 황제로 올리시니, 덕은 주공(周公) 단(旦)과 소공(召公) 석(奭)처럼 아름답고, 공은 대팽(大彭)과 시위(豕韋)를 능가하네. 아홉 가지 품덕을 두루 갖추시고, 온 나라의 스승이 되셨는데, 와병(臥病)에서 일어나지 못하시고, 성체(聖體)는 영원히 돌아가시네. 온 중국이 눈물을 삼키고, 백성들도 슬픔을 머금었네. 영혼은 사라졌으나 공업(功業)은 드러나니, 몸은 죽어도 이름은 드날리네. 감히 성덕(聖德)을 칭송하며, 흰 깃발로 표식을 삼네. 이에 조문을 지어 이르기를,

於惟我王, 承運之衰. 神武震發, 羣雄戡夷.[2]拯民于下,[3] 登帝太微.[4]
德美旦奭,[5] 功越彭韋.[6] 九德光備,[7] 萬國作師. 寢疾不興, 聖體長歸.[8] 華

10-5. 武帝誄(무제뢰)

1) 이 조문은 아버지인 조조가 죽은 해인 건안(建安) 25년(220)에 지은 작품으로 추정된다. 당시 조식은 왕위 계승 다툼에서 밀려난 상태로 아버지의 죽음을 맞아 쓴 애도문이기 때문에, 비록 지나치게 조조의 공적과 인품을 묘사하는데 지면을 할애하고 있지만, 마지막에 표현된 슬픔은 매우 진솔하고 애절하다. 武王(무왕) : 즉 위왕(魏王) 조조(曹操)를 말함. 건안 25년(220) 시호(諡號)를 무왕(武王)이라 하였음. 이에 따라 저본에는 '武帝(무제)'로 되어 있지만 '무왕(武王)'으로 고쳤음.
2) 戡夷(감이) : 평정하다.
3) 拯(증) : 구제하다.
4) 太微(태미) : 별자리 이름이나, 조정이나 황제의 거처를 비유하였음. 조조(曹操)가 헌제(獻帝)를 추대하여 모신 것을 말함. 光備(광비) : 두루 겸비하여 갖춤.
5) 旦奭(단석) : 주공(周公) 단(旦)과 소공(召公) 석(奭)을 말함.
6) 彭韋(팽위) : 은(殷)나라 시대의 제후인 대팽(大彭)과 시위(豕韋)를 말함.
7) 九德(구덕) : 아홉 가지 품덕(品德), 즉 충(忠), 신(信), 경(敬), 강(剛), 유(柔), 화(和), 고(固), 정(貞), 순(順)을 가리킴.
8) 長歸(장귀) : 서거(逝去)하다. 저본에는 '長違(장위)'로 되어있으나, 『예문유취(藝文類

夏飲淚,9) 黎庶含悲. 神翳功顯,10) 身沉名飛. 敢揚聖德, 表之素旗. 乃作誄
曰：

본문

아! 훌륭하신 우리 임금이시여!	於穆我王,
후직(后稷)의 후손이 주(周)나라를 이으시고,	胄稷胤周.11)
현성(賢聖)께서 이를 계승하시니,	賢聖是紹,12)
최고의 미덕 참으로 아름답네.	元懿允休.13)
앞 제후께서는 한(漢)나라를 도우시어,	先侯佐漢,14)
이로써 평양의후(平陽懿侯)가 되셨네.	實惟平陽.15)
공적이 쌓여 드러나,	功成績著,
덕은 두 왕을 빛내셨네.	德昭二王.16)
백성들이 안녕하고 통일되니,	民以寧一,
민요들이 나타났네.	興詠有章.17)

聚)』 권30과 『전삼국문(全三國文)』에 의거하여 바로잡음.

9) 華夏(화하)：중화(中華), 제하(諸夏), 중국, 온 나라를 말함.

10) 翳(예)：숨다, 은몰(隱沒)하다.

11) 胄稷胤周(주직윤주)：'胄(주)'와 '胤(윤)'은 같은 뜻으로 '뒤를 잇다.' '稷(직)'은 후직 (后稷)을 말한다. 조조(曹操)가 지은 『가전(家傳)』에 따르면 "조숙진탁(曹叔振鐸)의 후 손이라 하였는데 바로 주문왕(周文王)의 아들이기 때문에 '胤周(윤주)'라고 하였음.

12) 賢聖(현성)：도덕과 재능이 많은 사람, 즉 조조(曹操)를 가리킴.

13) 元懿(원의)：최고의 미덕.

14) 先侯(선후)：한대(漢代)의 대신(大臣) 조참(曹參)을 가리킴.

15) 實(실)：지시대명사 '是(시)'자처럼 쓰였음. 平陽(평양)：조참(曹參)이 받은 봉지(封地).

16) 二王(이왕)：한나라 고조(高祖)와 효문제(孝文帝)를 가리킴. 효문제 때 조참(曹參)은 승상(丞相)을 지냈음.

17) 興詠(흥영)：가영(歌詠), 즉 민간의 노래. 『사기(史記)·조상국세가(曹相國世家)』에 따르면 "백성들이 노래하여 '소하(蕭何)는 법이 되고 바름은 그림 같았네. 조참이 그를 대신하니, 지켜 잃음이 없었네. 그 청정함으로 백성들은 안녕하고 하나가 되었네'(百姓 歌之曰, 蕭何爲法, 顜若畫一. 曹參代之, 守而勿失. 載其淸淨, 民以寧一)"라고 한 기

우리 왕께서는 전통을 이으심에,　　　　　　我王承統,

천부적 자질이 특별하였네.　　　　　　　　天姿特生.[18]

15세의 나이였지만,　　　　　　　　　　　年在志學,[19]

지모(智謀)는 경험 많은 사람을 뛰어넘었네.　　謀過老成.[20]

고향에서 떨치고 일어나시어,　　　　　　　奮臂舊邦,[21]

낙양으로 몸을 돌리셨네.　　　　　　　　　飜身上京.[22]

원소(袁紹)는 우리 왕과 함께하며　　　　　袁與我王,[23]

전투에는 귀신같았으나,　　　　　　　　　兵交若神.[24]

진영을 갖추고는 약속을 어기니,　　　　　張陳背誓,[25]

황제를 업신여기고 백성을 학대하였으며,　　傲帝虐民.[26]

백만의 군대를 가지고,　　　　　　　　　　擁徒百萬,

호시탐탐 황하(黃河) 이북을 노렸네.　　　虎視朔濱.[27]

우리 왕께서는 분노하여,　　　　　　　　　我王赫怒,

전차를 배치해 두고,　　　　　　　　　　戎車列陳.

록이 있음.

18) 天姿(천자) : 천부적 자질.

19) 志學(지학) : 학문에 뜻을 둔 나이, 즉 15세를 말함.

20) 老成(노성) : 나이가 많고 유덕한 사람.

21) 奮臂(분비) : 팔을 떨치다, 즉 큰 일을 도모하다. 즉 조조(曹操)가 중평(中平) 6년(189)에 진류(陳留)에서 가산(家産)을 털어 의병을 일으켜 동탁(董卓)을 주살한 것을 말함.

22) 上京(상경) : 낙양(洛陽).

23) 袁(원) : 원소(袁紹).

24) 兵交(병교) : 병사를 교차시키다, 즉 전투하는 것을 말함. 저본에는 '交兵(교병)'으로 되어 있으나, 문맥상 『예문유취(藝文類聚)』를 따름. 한편 엄가균(嚴可均)은 '平交(평교, 평등한 교제)'로 교정하였으나 문맥에는 어울리지 않음.

25) 張陳(장진) : '陳(진)'은 '陣(진)'자와 통용하여 '진(陣)을 치다', '군대를 배치하다.'

26) 傲帝(오제) : 황제를 업신여기다. 저본에는 '傲弟(오제)'로 되어 있으나 문맥상 『예문유취(藝文類聚)』와 『전삼국문(全三國文)』의 교정을 따름. 여기에서 황제는 한(漢)의 헌제(獻帝)를 말한다. 건안(建安) 원년(196)에 헌제는 조조(曹操)가 자신의 수레를 맞이해준 공로로 대장군(大將軍)에 임명하고 원소(袁紹)를 태위(太尉)에 임명하자, 원소는 조조의 아래에 있게 됨을 부끄럽게 여겨 제수 받지 않았다. 이에 조조가 대장군(大將軍)의 직위를 원소에게 양보하였던 일을 말하고 있다.

27) 朔濱(삭빈) : 황하(黃河)이북의 땅을 가리킴.

병사들이 포효하니,	武卒虓闞,28)
우레 같고 번개 같았네.	如雷如震.
혜성(彗星)이 북쪽을 일소하니,	欃槍北掃,29)
채 12일이 되지 않아,	舉不浹辰.30)
원소는 패퇴하였고,	紹逾奔北,31)
황하의 북쪽이 복종하였네.	河朔是賓.32)
경사(京師)에서 군대를 정돈하시니,	振旅京師,
황제께서 공로를 가상히 여기시어,	帝嘉厥庸.33)
이내 승상(丞相)을 맡기시고,	乃位丞相,
삼공(三公)을 총괄하게 하셨네.	總攝三公.34)
나아가 최고의 작위를 받으시니,	進受上爵,35)
위(魏)의 강역을 다스리시고,	臨君魏邦.36)
구석(九錫)을 구비하여 빛내시고,	九錫昭備,37)
대로(大輅)와 곤룡포를 갖추셨네.	大路火龍.38)

---

28) 虓闞(효감):『시경(詩經)·대아(大雅)·상무(常武)』에 "범 같은 신하들을 진출시키시니, 포효함이 성난 범과 같도다(進厥虎臣, 闞如虓虎)"라고 한 표현에서 나온 것으로 화난 호랑이가 포효하는 것을 말함.

29) 欃槍(참장): 혜성(彗星)의 딴 이름으로, 요성(妖星)으로 간주되었고, 병란(兵亂)을 주관한다고 하여 병란(兵亂)이 일어나는 조짐으로 생각하였다. '槍(장)'자는 별이름을 뜻할 경우 '장'으로 읽음.

30) 浹辰(협진): 12간지(干支), 즉 자(子)에서 해(亥)까지 12일을 말함.

31) 奔北(분배): 패주(敗走)하다.

32) 賓(빈): 복종하다.

33) 庸(용): 공훈(功勳).

34) 三公(삼공): 사공(司空)·사도(司徒)·사마(司馬)를 말하며, 『위지(魏志)·무제기(武帝紀)』에 따르면, 건안 13년(208) 삼공(三公)의 관리를 없애고 조조(曹操)를 승상(丞相)으로 삼았다는 기록이 보임.

35) 上爵(상작): 조조(曹操)가 위왕(魏王)의 작위를 받는 것을 말함.

36) 臨君(임군): 통치하다. 저본에는 '君臨(군림)'으로 되어 있으나, 조유문(趙幼文)의 교정에 따름.

37) 九錫(구석): 천자가 제후에게 하사하는 아홉 가지 기물(器物)로 최고의 예우를 표시함. 거마(車馬), 의복(衣服), 악칙(樂則), 주호(朱戶), 납폐(納陛), 호분(虎賁), 궁시(宮矢), 부월(鈇鉞), 거창(秬鬯)을 말함.

명경(明鏡)같이 살피시고 　　　　　　玄鑑靈察,[39]

숨겨지고 미세한 것도 통찰하시니, 　　探幽洞微.

아래로는 거짓된 마음이 없고, 　　　　下無僞情,

나쁜 것이 그릇되게 용납되지 않았네. 　姦不容非.

돈후하고 검소하며 옛것을 숭상하여, 　敦儉尙古,

보물을 좋아하지 않으셨고, 　　　　　不玩珠玉,[40]

몸으로 아래에 솔선하시니, 　　　　　以身先下,

백성들이 순박하였네. 　　　　　　　民以純樸.

임금의 성품은 엄격하고 과감하시어 　聖性嚴毅,[41]

공평히 다스리고 한결같이 맑았고, 　　平修淸一.

오로지 칭찬과 표창만 있었으니, 　　　惟善是嘉,[42]

소원함도 친압함도 없었네. 　　　　　靡疏靡昵.[43]

분노는 우렛소리보다 더하였고, 　　　怒過雷霆,

기쁨은 화창한 봄을 뛰어넘었네. 　　　喜踰春日.

온 나라가 엄숙하고 경건하였고, 　　　萬國肅虔,

풍도를 두렵게 바라보았네. 　　　　　望風震慄.

온갖 정사(政事)를 총괄하시고, 　　　　旣總庶政,

아울러 유가의 저작들을 살피시네. 　　兼覽儒林.[44]

몸소 고아한 노래를 지으시고, 　　　　躬著雅頌,

---

38) 大路(대로) : 대로(大輅), 천자가 천제(天祭)를 지낼 때 타는 수레. 火龍(화룡) : 천자가
　 입는 의복으로 불과 용이 수놓아져 있기 때문에 붙여진 이름.

39) 玄鑑(현감) : 명경(明鏡), 신감(神鑑). 靈察(영찰) : '靈(영)'자는 존경의 뜻을 내포하는
　 허자(虛字)임.

40) 珠玉(주옥) : 구슬과 옥으로 만든 장식품, 즉 보물을 상징함.

41) 聖性(성성) : '聖(성)'은 조조를 지칭함. 조조의 성품.

42) 善嘉(선가) : '善(선)'은 훌륭하다고 칭찬하는 것이고 '嘉(가)'는 가상하다고 표창하는
　 것을 말함.

43) 靡(미) : '無(무)'와 같은 부정사로 쓰였음.

44) 兼覽儒林(겸람유림) : 유가(儒家)의 책들을 살펴본다는 뜻으로 이 표현은 위의 「위덕
　 론(魏德論)」에서도 그대로 보인다. '儒林(유림)'은 유가의 저작들을 말함.

그것을 금슬(琴瑟)에 맞추네.　　　　　　　被之瑟琴.45)

망망한 사해(四海)를　　　　　　　　　　　茫茫四海,

우리 왕께서 태평하게 하시고,　　　　　　我王康之.

미미한 한(漢)나라의 후사(後嗣)를　　　　　微微漢嗣,46)

우리 왕께서 바로잡으셨네.　　　　　　　　我王匡之.

영걸(英傑)들이 선동해도,　　　　　　　　　羣傑扇動,

우리 왕께서 복종시키시고,　　　　　　　　我王服之.

우러러 바라보는 백성들을,　　　　　　　　喁喁黎庶,47)

우리 왕께서 길러내셨네.　　　　　　　　　我王育之.

광명이 천하에 있고,　　　　　　　　　　　光有天下,

만국의 주인이 되셨어도,　　　　　　　　　萬國作君.

한(漢)왕조를 경건히 받드시니,　　　　　　虔奉本朝,48)

덕은 주문왕(周文王)처럼 아름답네.　　　　德美周文.49)

관대함으로 뭇사람을 감복시키시고,　　　以寬克衆,

정벌할 때마다 승리를 거두시니,　　　　　每征必擧.

사방의 오랑캐가 복종하고,　　　　　　　　四夷賓服,50)

그 공이 주무왕(周武王)과 같네.　　　　　功夷聖武.51)

황제를 보좌하여 세상을 다스리셨고,　　　翼帝王世,52)

---

45) 이상 두 구(句)는 『삼국지(三國志)·위지(魏志)·무제기(武帝紀)』의 배송지(裴松之) 주(注)에 『위서(魏書)』를 인용하여 "새로운 시를 지어 그것을 관현(管絃)으로 맞추면 모두 악장(樂章)이 되었다(及造新詩, 被之管弦, 皆成樂章)"라고 한 것을 말하고 있음.

46) 微微(미미): 아득하고 미약한 모습.

47) 喁喁(우우): 앙망(仰望)하고 기대하는 모양.

48) 本朝(본조): 한(漢)나라 왕조.

49) 德美周文(덕미주문): 조조(曹操)를 주문왕(周文王)이 천하의 삼분의 이를 차지하고 있으면서도 은(殷)나라를 섬긴 것에 비유하여 칭송한 것임.

50) 四夷(사이): 사방의 이민족을 통칭함.

51) 夷聖武(이성무): '夷(이)'는 '같다'는 의미이고 '聖武(성무)'는 '주무왕(周武王)'을 가리킴.

52) 翼帝(익제): 황제인 헌제(獻帝)를 보좌하다. 王(왕): 여기서는 동사로 사용하여 '다스

신비한 무공은 매와 같이 날아올랐으며,　　　　神武鷹揚.⁵³⁾

왼쪽에는 부월(斧鉞)과 오른 쪽에 깃발이 있으니,　　左鉞右旄,

위엄은 이윤(伊尹)과 여망(呂望)을 뛰어넘네.　　　威凌伊呂.⁵⁴⁾

연세는 60을 넘으셨으나,　　　　　　　　　　年踰耳順,⁵⁵⁾

몸은 건장하고 뜻은 엄하셨고,　　　　　　　　體壯志肅.

온갖 일에는 진지하고 삼가셨으니,　　　　　　乾乾庶事,⁵⁶⁾

그 기운은 방숙(方叔)을 초월하셨네.　　　　　氣過方叔.⁵⁷⁾

마땅히 남산(南山)과 같이하시리니,　　　　　宜並南嶽,

나라는 무궁할 것인데,　　　　　　　　　　君國無窮.

어찌하여 하늘의 가여움을 받지 못하시고,　　　如何不弔,⁵⁸⁾

화가 우리 왕에게 밀려드는가?　　　　　　　禍鍾聖躬.⁵⁹⁾

신하들과 자식들을 버리시고,　　　　　　　　棄離臣子,

세상을 등지고 돌아가셨으니,　　　　　　　　背世長終.

천자의 백성들이 통곡하고,　　　　　　　　　兆民號咷,⁶⁰⁾

하늘을 우러러 하소연하네.　　　　　　　　　仰愬上穹.⁶¹⁾

이미 검소하게 장례를 치렀지만　　　　　　　旣以約終,⁶²⁾

리다'는 의미.

53) 鷹揚(응양) : 매가 힘차게 날아오르는 모양을 비유하여 위무(威武)함을 상징함.

54) 伊呂(이려) : 이윤(伊尹)과 여망(呂望)을 가리킴.

55) 耳順(이순) : 나이 60이 되면 귀가 순해진다는 뜻으로 보통 60세를 가리키는 말. 조조
(曹操)가 죽은 것은 건안(建安) 25년(220) 66세의 나이로 낙양(洛陽)에서 죽었음.

56) 乾乾(건건) : 쉬지 않고 일하는 모습, 또는 엄숙하고 삼가는 모양을 형용함.

57) 方叔(방숙) : 주선왕(周宣王)의 경사(卿士)로 남만(南蠻)을 벌하는 무공(武功)을 세웠음.

58) 不弔(부조) : 하늘이 가여워 하지 않다. 『시경(詩經)·소아(小雅)·절남산(節南山)』에
"하늘의 가엾게 여김을 받지 못하니 우리 무리들을 곤궁하게 해서는 안 되리(不弔昊
天, 不宜空我師)"에서 나온 표현.

59) 聖躬(성궁) : 바로 조조(曹操)를 가리킴.

60) 兆民(조민) : 천자의 백성들. 『좌전(左傳)·민공(閔公) 원년』 전(傳)에 "천자는 조민
(兆民)이라하고, 제후는 만민(萬民)이라 한다(天子曰兆民, 諸侯曰萬民)"고 하였는데,
바로 조조가 한(漢)나라를 이어 천자가 되었음을 드러내는 말이다. 號咷(호조) : 대성통
곡하다.

61) 上穹(상궁) : 하늘.

아름다운 품성 쇠하지 않으셨고,　　　　　　　　令節不衰.63)

관속으로 들어가셔서도,　　　　　　　　　　既即梓宮,64)

몸에는 수의(壽衣)만 입고 계시네.　　　　　　躬御綴衣.65)

옥새는 몸에 지니지 않고,　　　　　　　　　　璽不存身,

인끈만 이렇게 달고 있네.　　　　　　　　　　唯紼是荷.

부장품들은 장식도 없으니,　　　　　　　　　明器無飾,66)

무늬 없는 도기(陶器)들 아름답네.　　　　　陶素是嘉.

[운구가] 서릉(西陵)에 이르자,　　　　　　　既次西陵,67)

묘문(墓門)이 길을 열고,　　　　　　　　　　幽闥啓路.68)

군신(群臣)이 받들어 맞이하여,　　　　　　　羣臣奉迎,

우리 왕을 안장(安葬)하네.　　　　　　　　　我王安厝.69)

깊고 조용한 묘혈(墓穴)에는　　　　　　　　窈窕玄宇,70)

해, 달, 별빛도 들지 않고,　　　　　　　　　三光不入.71)

묘실의 문은 꽉 닫혀있으니,　　　　　　　　幽闥一扃,72)

존귀한 영혼이 영원히 쉴 수 있으리.　　　　尊靈永蟄.

황제께서 묘에 왕림하시어,　　　　　　　　　聖上臨穴,73)

---

62) 約(약) : '검소하다'는 의미로 여기서는 장례를 검소하게 치른 것을 말함.

63) 令節(영절) : 아름다운 절개, 품성.

64) 即(즉) : 나아가다. 梓宮(재궁) : 관(棺).

65) 綴衣(철의) : 죽은 뒤 염(殮)할 때 사용하는 옷. 수의(壽衣).

66) 明器(명기) : 부장(附葬)되는 기물.

67) 次(차) : 이르다, 도달하다. 西陵(서릉) : 업성(鄴城, 당시 수도) 서쪽 30리에 위치.

68) 幽闥(유규) : 그윽한 여인의 침실을 말하지만, 여기서는 묘문(墓門)을 말함.

69) 安厝(안조) : '安措(안조)'라고도 쓰며, 안장(安葬)하는 것을 말함.

70) 窈窕玄宇(요조현우) : '窈窕(요조)'는 깊고 조용한 모양을 말하고 '玄宇(현우)'는 묘혈 (墓穴).

71) 不入(불입) : 저본에는 '不晰(불석)'으로 되어 있지만 문장의 뜻을 정확하게 하기 위 하여 『예문유취(藝文類聚)』와 『전삼국문(全三國文)』의 교정에 따랐음.

72) 幽闥(유달) : 묘실(墓室)의 창문. 一扃(일경) : '一(일)'자는 부사적으로 쓰여, '완전히' 또는 '모두'의 뜻이고 '扃(경)'은 '닫다'는 의미임.

73) 聖上(성상) : 황제인 헌제(獻帝).

통곡하심이 비할 데 없었고,　　　　　　　　　　哀號靡及.[74]

군신(群臣)들이 모시고 조문함에,　　　　　　　輩臣陪臨,[75]

우두커니 서서 눈물을 흘리네.　　　　　　　　佇立以泣.

이렇게 밝은 세상을 버리시고,　　　　　　　　去此昭昭,[76]

저렇게 어두운 세상에 계시네.　　　　　　　　於彼冥冥.

천자의 백성을 영원히 버리시고　　　　　　　永棄兆民,

지하에서 모든 신들을 다스리시네.　　　　　下君百靈.[77]

천대 만년이 지나,　　　　　　　　　　　　　　千代萬葉,

언제 다시 그 모습을 드러내시겠는가?　　曷時復形.[78]

잔구(殘句)

인사에 관여하심에,　　　　　　　　　　　　　人事旣關,

거울같이 밝고 귀신같으셨네.　　　　　　　聰鏡神理.[79]

---

74) 靡及(미급) : 無及(무급). 미치지 못한다, 즉 비할 데가 없다는 말.

75) 陪臨(배임) : 侍臨(시임), 즉 군왕을 모시고 죽은 자를 조문하는 것을 말함.

76) 昭昭(소소) : 밝은 모습을 형용하는데 여기서는 광명의 세계, 즉 이 세상을 말하고 있음.

77) 君(군) : 동사적으로 쓰여 '다스리다.'

78) 曷時(갈시) : 하시(何時), 언제.

79) 神理(신리) : 영혼, 귀신. 『문선(文選)』에 실린 사령운(謝靈運)의 「조상의 덕을 서술한
　　시(述祖德詩)」에서 이선(李善)이 「무제뢰(武帝誄)」로 인용하였음.

10-6. 문제를 위한 조문(文帝誄)[1]

서문[2]

황초(黃初) 7년(226) 5월 7일 대행(大行) 황제께서 돌아가셨다. 아! 슬프도다. 이에 천지(天地)가 놀라 울리고, 산이 무너지고 서리가 내리네. 태양이 빛을 잃고, 오성(五星)이 엇갈리네. 백성들은 탄식하고, 온 나라가 슬퍼하네. 마치 부모가 죽은 것처럼, 사랑함이 요(堯)임금을 추모하는 것을 능가하네. 들판에서 가슴치고 발을 구르고, 우러러 하늘에 하소연하네. 무엇 때문에 이른 연세에 돌아가시게 하는가라고 모두들 말하네. 아! 슬프구나! 슬프다! 대행대왕이시여! 홀연히 빛을 거두시고, 영원히

10-6. 文帝誄(문제뢰)

1) 이 조문은 40세의 나이로 황초(黃初) 7년(226) 5월에 죽은 형인 조비(曹丕)의 죽음을 해도하며 지은 글이다. 형식적인 면에서 이 글은 3부분으로 나눠진다. 서문에서는 뢰(誄)를 짓게 된 배경을 설명하였고, 둘째 본문의 사언(四言)으로 된 부분은 매우 객관적인 입장에서 형의 공적, 덕행, 인품, 치세 등을 길게 나열하였으며, 마지막 부분은 '혜(兮)'자를 사용하는 초사체(楚辭體) 부분에서는 위와는 상반되게 주관적인 슬픔 속에, 형이 죽었으나 왕위는 조식에게 내려오지 않고 조예(曹叡)에게 돌아가 버려 더 이상 기대도 걸 수 없는 자신의 불우한 처지를 암시하고 있다. 이러한 구법의 변화를 통하여 자신을 불우했던 굴원에 비유하고 있는지도 모른다. 文帝(문제) : 조비(曹丕)의 시호(謚號). 자 자환(子桓). 조조(曹操)의 셋째 아들로 태어났지만, 유씨(劉氏)가 낳은 조앙(曹昂)과 조삭(曹鑠)이 일찍 죽는 바람에, 어머니인 변씨(卞氏)가 황후(皇后)가 되어 조조의 적장자(嫡長子)가 되었다. 220년 조조가 죽자 조비가 그 뒤를 이어 헌제(獻帝)에게서 양위 받는 형식으로 황제에 등극하였다. 그는 여러 제도를 개혁하고 새로운 관리 선발제도인 9품관인법(九品官人法)을 시행하기도 했지만 국세의 증강을 가져오지 못했다. 9품관인법을 실시하여 새로운 인재를 등용해 황권을 강화하려 했지만, 이는 오히려 호족세력들이 관직을 독점하는 결과를 낳게 되는데 이들이 명문 대족(大族)으로 성장한 결과, 3대(代)만에 조(曹)씨는 사마(司馬)씨에게 권력을 넘기게 된다. 조식과 모든 면에서 경쟁하였던 조비 역시 문무에 뛰어났다. 그의 학술 저서로는 『전론(典論)』이 있고 시문(詩文) 100여 편이 전해지고 있음.

2) 엄가균(嚴可均)은 이 문장을 서(序)로 보지 않고 표(表)라고 주(注)하였음. 전반적으로 운문(韻文)으로 되어 있는 것으로 보아 표(表)일 가능성이 크다.

만백성을 버리시니, 구름은 가고 비는 끝나버렸네. 소식을 받잡고 정신이 혼미하여, 멍하니 오열하네. 옷소매에서 날카로운 칼을 꺼내, 스스로를 죽여 버리고 싶구나. 삼량(三良)을 추모하며, 기꺼이 묘지도 함께 하겠네. 저 남풍(南風)도 한스러워 막혀 흐르지 않고, 끝내 같이 죽어버리겠다고, 태양을 가리키며 혼자 맹세하네. 여러 이전 기록들을 상고해 보고, 현인들의 말씀을 찾아보니, 삶은 정처 없이 맡겨진 것이니, 오로지 덕(德)만 논할 따름이네. 아침에 듣고 저녁에 죽는다는 공자의 뜻만 남아 있네. 황제께서 비록 돌아가셨으나, 하늘의 복록은 영원히 이어질 것이다. 무엇으로 덕을 서술하여 흰 깃발로 표시하겠는가? 무엇으로 공을 노래하고, 음악인들 이를 선양하겠는가? 이에 뢰(誄)를 지어 말하였다.

惟黃初七年五月七日, 大行皇帝崩.3) 嗚呼哀哉! 於時天震地駭, 崩山隕霜,4) 陽精薄景,5) 五緯錯行.6) 百姓吁嗟, 萬國悲傷. 若喪考妣,7) 恩過慕唐.8) 擗踊郊野,9) 仰訴穹蒼.10) 僉曰何爲,11) 早世隕喪.12) 嗚呼哀哉! 悲夫大行,13) 忽焉光滅. 永棄萬民, 雲往雨絶.14) 承問恍惚,15) 惛憒哽咽.16) 袖

---

3) 大行(대행) : 황제(皇帝)의 죽음을 휘(諱)하는 표현으로 죽은 뒤 시호(諡號)를 올리기 전의 칭호.
4) 隕霜(운상) : 서리가 내린다는 뜻으로 조비(曹丕)가 죽은 때는 여름임에도 불구하고 서리가 내린다는 뜻임.
5) 陽精(양정) : 태양. 薄景(박경) : '薄(박)'은 빛이 없는 것을 말하고 '景(경)'은 빛이다.
6) 五緯(오위) : 오성(五星). 목성(木星), 화성(火星), 토성(土星), 금성(金星), 수성(水星).
7) 考妣(고비) : 죽은 아버지를 '考(고)'라하고 죽은 어머니를 '妣(비)'라 함.
8) 慕唐(모당) : 당요(唐堯)를 사모하다.
9) 擗踊(벽용) : '擗踴(벽용)'으로도 쓰는데, '擗(벽)'은 가슴을 치는 것이고, '踴(용)'은 발로 땅을 구르는 것을 말하는데, 극도의 슬픔을 형용하는 표현.
10) 訴(소) : 저본에는 '想(상)'자로 되어 있으나 문맥이 통하지 않아 조유문(趙幼文)의 교정에 따름.
11) 僉(첨) : 모든 사람이 다 말하는 것. 여기서는 '모두들.'
12) 早世(조세) : 이른 나이에. 조비(曹丕)는 40세의 나이로 죽었음.
13) 大行(대행) : 돌아가신 임금님을 일컫는 말.
14) 雲往雨絶(운왕우절) : 구름은 지나가고 비는 끊어졌다는 뜻으로 영원히 돌이킬 수 없다는 말.
15) 承問(승문) : 조비가 죽었다는 소식을 듣는 것을 말함. 恍惚(황홀) : 정신이 혼미해지는 것을 형용.

鋒抽刃, 欲自僵斃.17) 追慕三良,18) 甘心同穴. 感彼南風,19) 惟以鬱滯.20)
終於偕沒, 指景自誓.21) 考諸先記,22) 尋之哲言. 生若浮寄,23) 惟德可論.
朝聞夕逝,24) 孔志所存. 皇雖殂沒, 天祿永延. 何以述德? 表之素旐.25) 何
以詠功, 宣之管絃. 乃作誅曰:

본문

광막한 하늘에	皓皓太素,26)
천지가 비로소 나뉘고,	兩儀始分.27)
중화(中和)가 사물을 낳으니,	中和産物,28)
비로소 인륜(人倫)이 있게 되었네.	肇有人倫.

---

16) 惛懜(혼몽): 모호하고 명쾌하지 않은 모양.

17) 僵斃(강폐): 쓰러져 죽다.

18) 三良(삼량): 세 명의 어진 신하. 춘추(春秋) 시대 진(秦)나라 자거씨(子車氏)의 세 아들인 엄식(奄息), 중행(仲行), 침호(鍼虎). 이들은 진 목공(穆公)이 죽자 순장(殉葬)되었는데, 이 구(句)는 이를 말하고 있음.

19) 感(감): '憾(감)'자와 통용하여 '한스러워 하다.'

20) 鬱滯(울체): 울적하여 막힘.

21) 指景(지경): 태양을 가리키다.

22) 先記(선기): 전대(前代)의 전적(典籍).

23) 浮寄(부기): 정처 없이 맡겨졌다는 의미.

24) 朝聞夕逝(조문석서): 『논어(論語)·이인(里仁)』의 "아침에 도를 들으면 저녁에 죽어도 좋다(朝聞道, 夕死可矣)"라는 말에서 나온 표현.

25) 素旐(소전): 장례를 치를 때 사용하는 백색의 깃발로 그 위에 글을 썼음.

26) 皓皓(호호): 탁 트여 넓고 넓은 모양. 太素(태소): 천지가 형성되기 이전의 혼돈 상태.

27) 兩儀(양의): 음양, 천지.

28) 中和産物(중화산물): 중화가 사물을 낳는다. 『대학(大學)·중용(中庸)』에 "희노애락이 움직이지 않았을 때를 중(中)이라 하고 그것이 발하여 절도에 맞는 것을 화(和)라고 하니 중이라는 것은 천하의 근본이며, 화라는 것은 천하에 통하는 도이다. 중과 화를 지극히 하면 하늘과 땅이 제자리를 잡고 만물이 길러지게 된다(喜怒哀樂之未發, 謂之中, 發而皆中節, 謂之和, 中也者, 天下之大本也, 和也者, 天下之達道也. 致中和, 天地位焉, 萬物育焉)"라고 한 것을 말함.

이에 삼황(三皇)에 이르러,　　　　　　爰暨三皇,29)

실로 진실한 도리를 잡으셨고,　　　　　寔秉道眞.30)

내려와 오제(五帝)에 이르러,　　　　　降逮五帝,31)

순수함으로 계승하셨네.　　　　　　　繼以懿純.

삼대(三代)에 예악이 갖추어지고,　　　三代製作,32)

계승하여 공훈을 세우셨네.　　　　　　踵武立勳.33)

말기의 군왕들이 다스리지 못하자,　　季嗣不綱,34)

법도가 진(秦)나라에서 새어나가,　　　網漏於秦.

악(樂)이 무너지고 학문이 멸하였고,　崩樂滅學,

유자(儒者)를 묻고 예서(禮書)는 불태워졌네.　　儒坑禮焚.

진(秦) 이세(二世)가 죽자,　　　　　　二世而殲,35)

한(漢)왕조는 곧 천명에 순응하였네.　漢氏乃因.36)

선왕(先王)들의 가르침을 구하지 않고,　弗求古訓,37)

진나라의 정치 이같이 따랐으니,　　　嬴政是遵.38)

삼황오제(三皇五帝)의 법도들은　　　　王綱帝典,

적막하여 들리지 않았네.　　　　　　　闃爾無聞.39)

---

29) 三皇(삼황) : 일반적으로 복희씨(伏羲氏), 신농씨(神農氏), 헌원씨(軒轅氏)를 말함.

30) 道眞(도진) : 운자(韻字)에 맞추기 위해 도치되었고, ‘眞道(진도)’란 자연의 법칙에 순응하여 무위(無爲)해도 다스려지는 도리를 말함.

31) 五帝(오제) : 일반적으로 소호(少昊), 전욱(顓頊), 제곡(帝嚳), 당요(唐堯), 우순(虞舜)을 말함.

32) 三代(삼대) : 하(夏), 은(殷), 주(周). 製作(제작) : 예악(禮樂)이 갖추어짐.

33) 踵武(종무) : 『초사(楚辭)·이소(離騷)』에 “갑자기 달려가서 앞뒤로 선왕(先王)의 업적에 미치네(忽奔走以先後兮, 及前王之踵武)”라고 하였는데, 왕일(王逸)은 선인(先人)의 업적을 계승하다는 의미로 해석하였음.

34) 季嗣(계사) : 하(夏)·은(殷)·주(周)나라 말기(末期)의 군왕들. 不綱(불강) : ‘綱(강)’은 국가의 통치 권력을 비유하는 말로 권력을 얻지 못한 것을 말함.

35) 二世(이세) : 진(秦)나라의 이세(二世), 즉 호해(胡亥)를 가리킴.

36) 因(인) : 순응하다.

37) 古訓(고훈) : 선왕(先王)들의 훈계.

38) 嬴政(영정) : ‘嬴(영)’은 진시황(秦始皇)의 성(姓)으로 진(秦)나라를 대칭(代稱)한다. 그러므로 여기서는 진나라의 정치제도를 말하는 것임.

말기의 빛이 어두워지고,	末光幽昧,[40]
도는 다해 기운이 옮겨가니,	道究運遷.
건곤(乾坤)이 되돌아가고,	乾坤回曆,
성현(聖賢)을 골라 제수함에,	簡聖授賢.
이내 대행대왕께서 은총을 입었네.	乃眷大行,[41]
백성들을 부탁하심에,	屬以黎元.[42]
용이 날아 나라를 여셨네.	龍飛啓祚,[43]
하늘이 딱 맞아 돌아가고,	合契上玄.[44]
오행이 주기가 정해지니,	五行定紀,[45]
국호를 바꾸시고 연호를 고치셨네.	改號革年.[46]
밝고 찬란하도다!	明明赫赫,[47]
하늘에서 명을 받으셨네.	受命于天.
인풍(仁風)으로 사물을 감복시키고	仁風偃物,
덕은 예(禮)로서 선양되었네.	德以禮宣.
황제의 성품은 상서로워	祥惟聖質,[48]

---

39) 閟爾(패이) : 고요하고 적막한 모양.

40) 末光(말광) : 한(漢)나라 헌제(獻帝) 유협(劉協)의 시대를 가리킴.

41) 眷(권) : 동사로 쓰여 '은총을 입다.'

42) 黎元(여원) : 백성.

43) 龍飛(용비) : 제왕이 일어나거나 즉위하는 것을 말함. 啓祚(계조) : 제왕의 업을 열다, 즉 개국하는 것을 말함.

44) 上玄(상현) : 하늘.

45) 五行(오행) : 금(金)·목(木)·수(水)·화(火)·토(土). 순서대로 진(秦)나라는 수덕(水德)으로 왕이 되었고, 한(漢)나라는 화덕(火德)으로 왕이 되었으며 위(魏)나라는 토덕(土德)으로 왕이 되었으므로 그 주기가 잘 부합됨을 알 수 있다.

46) 改號(개호) : 한(漢)나라에서 위(魏)로 바꾼 것을 말함. 革年(혁년) : 연호를 연강(延康) 원년(元年)에서 황초(黃初) 원년(元年)으로 바꾼 것을 말함.

47) 明明赫赫(명명혁혁) : 『시경(詩經)·대아(大雅)·대명(大明)』에서 나온 표현으로 "밝고 밝은 덕이 아래에 있으면, 빛나고 빛나는 천명(天命)이 위에 있다(明明在下, 赫赫在上)"라고 하였는데, 『시전(詩傳)』에 "'明明(명명)'은 덕(德)의 밝음이요, '赫赫(혁혁)'은 천명(天命)의 드러남이다(明明, 德之明也, 赫赫, 命之顯也)"라고 설명하였다. 즉 문왕(文王)의 덕이 아래에 밝고 밝으니, 천명(天命)이 혁혁하게 드러난다는 말임.

어린나이에도 총명하였네.	岐嶷幼齡.49)
육경(六經)을 공부하여,	研幾六典,50)
배움에 뜰을 지나지 않으셨네.	學不過庭.51)
바른 도리에 마음을 두셨고,	潛心無妄,52)
의지는 맑고 심원하셨으며,	抗志淸冥.53)
재주는 빼어났고 문장은 밝아	才秀藻朗,54)
옥(玉)같이 빛나셨네.	如玉之瑩.
듣고 살펴도 울림도 없고,	聽察無響,
우러러 보아도 형체도 없네.	瞻覩未形.
그 강직함은 금(金)과 같고,	其剛如金,
그 곧음은 경옥과 같으며,	其貞如瓊.
얼음같이 깨끗하고,	如冰之潔,
숫돌같이 반반하네.	如砥之平.
공을 따져 벼슬을 줌에는 사사로움이 없고,	爵功無私,55)
잘못을 처단함에 가벼움이 없으셨네.	戮違無輕.
거울 같은 마음으로 나랏일을 처리하시고,	心鏡萬機,56)

---

48) 聖質(성질): 문제(文帝)의 타고난 성품.

49) 岐嶷(기억): 어린나이에 총명한 것을 형용하는 말.

50) 研幾(연기): '研(연)'자는 '자세히 살피다'는 뜻이고 '幾(기)'자는 '譏(기)'자와 통용하여 '조사하여 묻다'는 의미로 여기서는 자세히 공부하다는 뜻이다. 六典(육전): 원래는 나라를 다스리는 여섯 방면의 방법을 말하는데, 여기서는 육경(六經), 즉 『시(詩)』, 『서(書)』, 『역(易)』, 『예(禮)』, 『춘추(春秋)』, 『악(樂)』을 가리킴.

51) 過庭(과정): 공자(孔子)의 아들이 뜰을 지나며 공자의 가르침을 얻은 것을 말하는데, 조비(曹丕)의 『전론(典論)』 서문에서 자신의 호학(好學)함은 조조의 계도가 있었음을 밝히고 있지만, 여기서는 그 반대로 조비는 조조의 가르침을 받지 않고도 충분히 뛰어났음을 칭송하는 말이다.

52) 無妄(무망): 사도(邪道)를 행하지 않음.

53) 抗志(항지): 지향하는 의지.

54) 藻(조): 문조(文藻), 문장을 말함.

55) 功(공): 저본에는 '必(필)'자로 되어있는데, 『예문유취(藝文類聚)』와 조유문(趙幼文)의 교정에 따름. 한편 『전삼국문(全三國文)』에는 '公(공)'자로 교정하였는데 역시 문맥에는 잘 어울린다.

백성들의 사정을 비추어 헤아리셨네.　　　　攬照下情.[57]

훌륭한 대신을 생각함에,　　　　思良股肱,[58]

옛날 이윤(伊尹)과 여망(呂望)을 가상히 여기시어,　　　　嘉昔伊呂,[59]

미천한 현자(賢者)들을 찾아 드러내시고,　　　　搜揚側陋,[60]

탕(湯)임금을 들어 우임금을 대신하셨네.　　　　擧湯代禹.

암혈(巖穴)에서 인재를 발탁하시고,　　　　拔才巖穴,[61]

쑥 집에서 선비를 등용하셨으며,　　　　取士蓬戶.[62]

오로지 덕으로 이렇게 찾으시어,　　　　唯德是索,

가문에 구속되지 않으셨네.　　　　弗拘禰祖.[63]

머무시는 땅의 중심에서　　　　宅土之表,[64]

백성을 거느리고 점차 나아가심에,　　　　率民以漸.

도덕과 의리로서 도모하시니,　　　　道義是圖,

어려움을 만들지 않으셨네.　　　　弗營厥險.

사방을 이렇게 헤아리시며,　　　　六合是虞,[65]

법과 법도를 가지런히 하시어,　　　　齊契共檢.[66]

아랫사람을 순수하게 인도하시니,　　　　導下以純,

백성들은 이로써 근검하게 되었네.　　　　民由樸儉.

---

56) 萬機(만기) : 국가의 모든 정사(政事).

57) 下情(하정) : 백성들의 마음.

58) 股肱(고굉) : 임금의 팔다리와 같이 보정(輔政)하는 대신(大臣)을 말함.

59) 伊呂(이려) : 이윤(伊尹)과 여망(呂望).

60) 側陋(측루) : 『서경(書經)·요전(堯典)』에 "현명한 자는 밝혀내고 미천 자를 천거해주시오(明明, 揚側陋)"라고 한 표현에서 온 것으로 미천한 자리에서 살고 있는 현자들을 말함.

61) 巖穴(암혈) : 은사(隱士)가 거처하는 곳을 상징함.

62) 蓬戶(봉호) : 쑥대로 집을 이은 집으로 가난한 선비를 상징함.

63) 禰祖(예조) : 아버지와 할아버지를 말하는데, 여기서는 가문을 지칭하는 말로 쓰였음.

64) 表(표) : 으뜸, 제일(第一)을 의미하는데, 여기서는 황제가 거주하는 제일의 곳, 즉 낙양(洛陽)을 지칭함.

65) 六合(육합) : 사방(四方)에다 상(上)과 하(下)를 더한 것.

66) 契(계) : 법(法). 檢(검) : 법도(法度).

법제를 확충하시고,　恢拓規矩,[67]

능히 선인(先人)을 이으시고,　克紹前人.

법령의 조문과 품계 제도를　科條品制,[68]

포폄(襃貶)의 근거로 삼으셨네.　襃貶以因.

은(殷)나라의 수레를 타시고,　乘殷之輅,[69]

하(夏)나라의 역법을 행하셨네.　行夏之辰.[70]

금근거(金根車)와 누런 덮개,　金根黃屋,[71]

비취 가리개와 용 문양 깃발을 하셨네.　翠葆龍鱗[72]

인끈과 면류관은 아주 화려하고,　紱冕崇麗,[73]

관모와 끈 새롭게 매셨네.　衡紞惟新.[74]

존엄하고 예의 있는 모습　尊肅禮容,

바라보니 신선과 같네.　矚之若神.[75]

지방관을 잘 뽑으시어,　方牧妙擧,[76]

백성을 구휼하는데 근신하시네.　欽於恤民.[77]

---

67) 規矩(규거) : 나라의 법제(法制).

68) 科條(과조) : 법령의 조문.

69) 殷之輅(은지로) : 은나라의 수레, 즉 검소한 나무 수레.

70) 辰(진) : 역법(曆法). 이상 두 구(句)는 『논어(論語)·위령공(衛靈公)』에 "안연(顏淵)이 나라를 다스리는 것에 대하여 묻자, 공자(孔子)께서 이르시기를 하(夏)나라의 역법을 행하고 은(殷)나라의 수레를 탄다(顏淵問爲邦. 子曰, 行夏之時, 乘殷之輅)"라고 한 것을 말함.

71) 金根(금근) : 금근거(金根車). 자연적으로 굽은 나무로 수레바퀴를 만든 수레에 금장식을 한 것으로 황제가 타는 수레를 지칭함. 黃屋(황옥) : 고대 천자들이 수레에 사용한 누런 비단 덮개. 저본에는 '華屋(화옥)'으로 되어 있으나, 정·장(程·張)본과 『전삼국문(全三國文)』의 교정에 따라 고침.

72) 翠葆(취보) : 고대 황제가 사용한 비취 깃을 장대에 장식한 것으로 일종의 가리개. 龍鱗(용린) : 용을 수놓은 황제의 깃발.

73) 紱冕(불면) : '紱(불)'은 옥새를 매는 끈을 말하고 '冕(면)'은 면류관. 崇麗(숭려) : 매우 화려함.

74) 衡(형) : 고대 속 모자에 사용하는 비녀. 紞(담) : 모자에 옥돌을 늘어뜨리는 끈.

75) 矚(촉) : 우러러 보다.

76) 方牧(방목) : 각 주(州)의 지방 장관.

77) 欽(흠) : 근신(謹愼)하다.

호랑이 같은 장수들에게 부절(符節)을 주시어,　　　虎將荷節,[78]

저 사방을 제압하시게 하셨네.　　　鎭彼四鄰.

붉은 깃발이 없어져도,　　　朱旗所勦,[79]

온 나라가 굴복하네.　　　九壤披震.[80]

누가 복종하지 않겠으며,　　　疇克不若,[81]

누가 감히 신하를 칭하지 않겠는가?　　　孰敢不臣.

깃발은 바다밖에 걸려있고,　　　縣旌海表,[82]

만 리에는 먼지조차 없구나.　　　萬里無塵.

오랑캐 유비(劉備)는 험한 길에서 순리를 거슬러,　　　虜備凶徹,[83]

장강(長江) 민산(岷山)에서 새처럼 죽었고,　　　鳥殪江岷.

손권(孫權)은 물 마른 물고기처럼,　　　權若涸魚,[84]

말라서 물고기 육포 같았네.　　　乾若脯鱗.[85]

숙신(肅愼)이 조공을 바치고,　　　肅愼納貢,[86]

월상(越裳)이 보배를 바쳤으며,　　　越裳效珍.[87]

조지(條支)는 강역을 버리고,　　　條支絶域,[88]

정성을 다 바쳐 신하를 칭하였네.　　　獻款內賓.

덕은 선왕(先王)과 같으셨고,　　　德儕先王,[89]

---

78) 荷節(하절) : 부절(符節)을 쥐어 주다.
79) 朱旗(주기) : 붉은 깃발. 여기서는 위(魏)나라의 군대를 말함. 勦(초) : 소멸(消滅)되다.
80) 九壤(구양) : 구주(九州). 披震(피진) : '披攘(피양)'과 같은 뜻으로 '굴복하다', '복종하다.'
81) 疇克(주극) : '疇(주)'는 '누구'라는 의문사로 쓰였고, '克(극)'은 '능히'라는 부사로 쓰였음. 若(약) : 복종하다.
82) 縣旌(현정) : 공중에 매달려 있는 깃발.
83) 凶徹(흉철) : '凶(흉)'자는 순리를 거스르다. '徹(철)'은 수레가 다니는 길, 즉 여기서는 사천(四川)의 험준한 길을 말함.
84) 權(권) : 손권(孫權). 저본에는 '摧(최)'자로 되어 있는데, 문맥이 통하지 않아 조유문(趙幼文)의 교정에 따라 바로 잡음.
85) 脯鱗(포린) : 절여 말린 물고기.
86) 肅愼(숙신) : 고대 이민족으로 길림성(吉林省) 혼동강(混同江)일대에 거주하고 있었음.
87) 越裳(월상) : 고대 남해(南海)의 나라 이름.
88) 條支(조지) : 현재 시리아 경내에 있는 국가로 파르티아로 추정.

공적은 태고의 왕들과 나란하네.　　　　功侔太古.

상제께서 상서로움을 내리시고,　　　　上靈降瑞,

황초(黃初)에 비로소 복을 받으시네.　　黃初俶祜.[90]

황하(黃河)의 용마와 낙수(洛水)의 거북이　河龍洛龜,[91]

넘실대는 물결아래 노니네.　　　　　　陵波遊下.

공평하고 고르심은 먹줄을 댄 듯하시니,　平均應繩,

신비한 난(鸞)새가 날며 춤추네.　　　神鸞翔舞.

수많은 명협(蓂莢)이 계단에서 자라나,　數莢階除,[92]

바람에 이어져 더위에 부채질하네.　　系風扇暑.

흰 짐승과 흰 새들이　　　　　　　　皓獸素禽,[93]

들판에서 날고 달리네.　　　　　　　飛走郊野.

신비한 종(鍾)과 보물 솥이　　　　　神鍾寶鼎,

업성(鄴城)에서부터 만들어졌네.　　　形自舊土.[94]

구름의 정수인 감로(甘露)가　　　　　雲英甘露,[95]

길을 적시고 집을 덮네.　　　　　　　瀸塗被宇.[96]

영지(靈芝)가 늪을 뒤덮었고,　　　　靈芝冒沼,[97]

붉은 꽃이 연못을 가렸네.　　　　　　朱華蔭渚.[98]

---

89) 先王(선왕) : 조조(曹操)를 말함.

90) 黃初(황초) : 문제(文帝)의 연호로 222~226년간을 말함. 俶祜(숙호) : '俶(숙)'은 '시작하다'는 뜻이고 '祜(호)'는 복(福)을 뜻하여 '비로소 복을 받는다'는 의미.

91) 河龍洛龜(하룡낙귀) : 전설에 따르면 복희씨(伏犧氏) 시절에 용마(龍馬)가 그림을 지고 황하(黃河)에서 나와 그것이 『주역(周易)』이 되었고, 신귀(神龜)가 글을 지고 낙수(洛水)에서 나와 그것이 『낙서(洛書)』가 되었다고 함.

92) 莢(협) : 명협(蓂莢). 요(堯)임금 때 났다고 하는 전설적인 풀. 초하룻날부터 보름까지 날마다 한 잎씩 났다가 그 후로는 그믐까지 한 잎씩 떨어진다고 함.

93) 皓獸素禽(호수소금) : 모두 상서로움을 표현하는 말. 전설에 따르면 조비(曹丕)가 왕위에 오를 때 백호(白虎)와 백록(白鹿)이 출현하였다고 함.

94) 舊土(구토) : 바로 업성(鄴城)을 가리킴.

95) 雲英(운영) : 구름의 정화, 즉 감로(甘露).

96) 瀸(첨) : 적시다.

97) 冒(모) : 뒤덮다.

남풍(南風)은 솔솔 불고 / 回回凱風,99)

단비는 넉넉하네. / 祁祁甘雨.100)

익은 곡식은 풍성하게 거두어들이니, / 稼穡豐登,101)

우리의 곡식이요 우리의 기장이네. / 我稷我黍.

집집마다 어진 군주를 흠모하고, / 家佩惠君,

집안마다 인자한 아버지로 섬기네. / 戶蒙慈父.102)

태평한 시대를 만드시려 하시며, / 圖致太和,103)

덕은 넉넉하고 의리는 온전하셨네. / 洽德全義.

태산(泰山)에 오르려 하시며, / 將登泰山,

선황(先皇)과 짝을 이루셨네. / 先皇作儷.104)

돌을 새겨 훈공을 기록하고, / 鐫石紀勳,

뭇 상서로움을 적어두네. / 兼錄衆瑞.

바야흐로 봉선(封禪)을 융숭히 하시고, / 方隆封禪,105)

공을 천지에 돌리시네. / 歸功天地.

뭇 신령들을 정중히 모시니, / 賓禮百靈,106)

공신들이 법도에 따라 문안하네. / 勳命視規.107)

사악(四嶽)을 바라보며 제사를 드리고, / 望祭四嶽,108)

불을 피워 제사 올리며 땔나무로 받드네. / 燎封奉柴.109)

---

98) 朱華(주화) : 부용(芙蓉).

99) 回回(회회) : 경미한 모양. 凱風(개풍) : 남풍(南風).

100) 祁祁(기기) : 풍성한 모양.

101) 豐登(풍등) : 풍성하게 거두어들이다.

102) 蒙(몽) : 받들어 섬기다.

103) 太和(태화) : 태평성대.

104) 儷(려) : 짝, 반려(伴侶).

105) 封禪(봉선) : 하늘과 땅에 제사지내는 것.

106) 賓禮(빈례) : 손님을 접대하는 예절이나 그 행위를 비유하여 존경하고 정중한 것을 말하기도 함.

107) 勳命(훈명) : 훈공을 받고 천자에게 명을 받다. 즉 공신(功臣)들을 말함.

108) 四嶽(사악) : 숭산(嵩山), 화산(華山), 형산(衡山), 항산(恒山)을 가리킴.

109) 燎封(요봉) : 요제(燎祭). 고대 제사의 일종으로 땔나무 위에 옥백(玉帛)과 제물을 올

남쪽 교외에서 절하며	肅於南郊,110)
상제(上帝)에게 제사 드리네.	宗祀上帝.
세 가지 제물을 바쳐,	三牲旣供,111)
여름과 가을에 제사를 올림에,	夏禘秋嘗.112)
으뜸 제후가 제사를 돕고,	元侯佐祭,113)
예기(禮器)들을 바치네.	獻璧奉璋.114)
임금의 수레는 화려하고,	鸞輿幽藹,115)
용기(龍旗)와 태상(太常)이 날리네.	龍旂太常.116)
이에 종묘(宗廟)에 이르니,	爰迄太廟,
종과 북소리 꿩꿩거리고,	鐘鼓鍠鍠.117)
덕을 칭송하고 공을 노래하니,	頌德詠功,
팔일(八佾)의 악무에 짤랑거리네.	八佾鏘鏘.118)
황조(皇祖)께서 흠향하시고,	皇祖旣饗,119)
열고께서 흠향하시네.	烈考來享.120)
여러 신들이 취하여 머무시며,	神具醉止,
이렇게 복과 길조를 내려주시네.	降玆福祥.

려놓고 불을 질러 하늘에 제사지내는 것을 말함.
110) 肅(숙) : 절하다.
111) 三牲(삼생) : 세 가지 제물, 소·양·돼지.
112) 禘(체) : 여름에 지내는 제사를 말함. 秋嘗(추상) : 고대 천자와 제후들이 가을에 올리는 천제(天祭).
113) 元侯(원후) : 제후들의 우두머리.
114) 璧(벽) : 제사(祭祀)에 사용하는 일종의 예기(禮器)로 가운데가 뚫려 있고 둥근 옥. 璋(장) : 역시 예기(禮器)로서 홀(笏)을 반으로 쪼개놓은 모습.
115) 幽藹(유애) : 성(盛)한 모습.
116) 龍旂(용기) : 두 마리의 용을 그려놓은 깃발, 천자(天子)를 지칭함. 太常(태상) : 천자의 깃발.
117) 鍠鍠(꿩꿩) : 종이나 북의 소리를 표현하는 의성어.
118) 八佾(팔일) : 고대 천자가 전용한 악무로 '일'은 행렬을 말하고, 한 줄에는 6명으로 총 64명이 춤을 추는 악무를 말함. 鏘鏘(장장) : 금석이 부딪히며 내는 맑은 소리를 형용.
119) 皇祖(황조) : 할아버지 조숭(曹嵩)을 가리킴.
120) 烈考(열고) : 아버지 조조(曹操).

하늘과 땅이 진탕해도,　　　　　　　　天地震蕩,

대행대왕께서는 강녕하셨고,　　　　　　大行康之.

해, 달, 별이 어두워져도　　　　　　　三辰暗昧,[121]

대행대왕께서는 빛을 발하셨네.　　　　大行光之.

나라의 법제가 끊어져도　　　　　　　皇紘惟絶,[122]

대행대왕께서는 다스리셨고,　　　　　大行綱之.

제위(帝位)가 계승되지 않아도,　　　　神器莫統,[123]

대행대왕께서는 지키셨네.　　　　　　大行當之.

예악이 행해지지 않아도,　　　　　　禮樂廢弛,[124]

대행대왕께서는 진작시키셨고　　　　大行張之.

인의가 매몰되었어도,　　　　　　　仁義陸沈,[125]

대행대왕께서는 밝히셨네.　　　　　大行揚之.

용이 잠겨있고 봉황이 숨어있어도,　潛龍隱鳳,[126]

대행대왕께서는 날아오르게 하셨고,　大行翔之.

의적(儀狄)과 두강(杜康)을 멀리하시며,　疏狄遐康,[127]

대행대왕께서는 바로 잡으셨네.　　　大行匡之.

황위에 계신 7년 동안,　　　　　　在位七載,

큰 공로를 계속하여 올리시어,　　　元功仍擧.

장차 태평성대를 영구히 하시니,　將永大和,[128]

---

121) 三辰(삼신) : 해 · 달 · 별.

122) 皇紘(황굉) : 나라의 법망.

123) 神器(신기) : 황위(皇位)나 국가를 상징하는 신물(神物).

124) 廢弛(폐이) : 실행되어야 하나 실행되지 않고 버려지다.

125) 陸沈(육침) : 육지가 물이 없이 깊은 것을 말하여 매몰되는 것을 말함.

126) 潛龍隱鳳(잠용은봉) : 재주가 있으나 발탁되지 않고 은거하는 사람을 상징함.

127) 狄康(적강) : 의적(儀狄)과 두강(杜康), 고대 술을 잘 만든 사람. 조비(曹丕)는 즉위한 뒤로 금주령을 해제하였다고 함.

128) 永(영) : 『예문유취(藝文類聚)』에는 '承(승, 받다)'로 되어 있는데, 문맥에는 더욱 잘 어울린다. 이에 조유문(趙幼文)은 '承(승)'자가 맞을 것으로 추정하였음.

삼황(三皇) 오제(五帝)를 뛰어 넘으시네.　　　　　絶迹三五.129)

의당 만물의 으뜸이 되시고,　　　　　宜作物師,130)

오래오래 신령의 주인이 되셨으니,　　　　　長爲神主.

수명은 금석과 같이 마치시고,　　　　　壽終金石,

동왕보(東王父)와 수명이 같은 셈인데,　　　　　等算東父.131)

어찌하여 갑자기 돌아가시어,　　　　　如何奄息,132)

지신(地神)에게 몸을 꺾이셨는가?　　　　　摧身后土.

못난 저는 외롭고 쓸쓸한데,　　　　　俾我煢煢,133)

바라볼 데도 돌아 볼 데도 없네.　　　　　靡瞻靡顧.

아! 천신(天神)이시여!　　　　　嗟嗟皇穹,134)

어찌 애써 참을 수 있겠습니까?　　　　　胡寧忍務.

아! 슬프도다!　　　　　嗚呼哀哉!

길흉을 명백히 살피시고,　　　　　明監吉凶,

존망을 몸소 통달하셨네.　　　　　體達存亡.

깊숙이 전제(典制)를 드리우시고,　　　　　深垂典制,135)

다음 왕에게 거듭 당부하셨네.　　　　　申之嗣王.136)

성황(聖皇)께서는 경건히 받드시며,　　　　　聖上虔奉,137)

이에 따르고 이를 행하셨네.　　　　　是順是將.

이에 묘지를 만듦에,　　　　　乃創玄宇,138)

---

129) 絶迹三五(절적삼오) : ‘絶迹(절적)’은 자취가 보이지 않는다는 말이고 ‘三五(삼오)’는
　　삼황(三皇)과 오제(五帝)를 말하여, 삼황오제의 업적을 뛰어넘는다는 말.

130) 物師(물사) : 만물의 주인.

131) 算(산) : 수명. 東父(동보) : 전설속의 신선 동왕보(東王父).

132) 奄息(엄식) : 갑자기 쉬다, 즉 갑자기 죽는 것을 말함.

133) 煢煢(경경) : 고독하고 쓸쓸한 모양.

134) 皇穹(황궁) : 천신(天神).

135) 典制(전제) : 조비(曹丕)가 황초(黃初) 3년 10월에 반포한 「종제(終制)」를 가리킴.

136) 嗣王(사왕) : 대를 이을 왕, 조예(曹叡).

137) 聖上(성상) : 조예(曹叡)를 가리킴.

138) 玄宇(현우) : 묘지.

수양산(首陽山)에 터를 잡으시니,　　　　　基爲首陽.139)

곡림(穀林)의 흔적과 같이 하시고,　　　　擬迹穀林,140)

요(堯)임금을 추모하네.　　　　　　　　追堯慕唐.

산과 비탈을 같이하시며,　　　　　　　合山同阪,141)

나무도 심지 않고 경계를 짓지도 않았네.　不樹不疆.

진흙 수레와 풀로 만든 인마(人馬),　　　塗車芻靈,142)

붉은 구슬 입에 무셨네.　　　　　　　珠玉靡藏.143)

뭇 신들이 조심조심 모시고,　　　　　百神警侍,

묘실에는 내빈들이 있네.　　　　　　來賓幽堂.144)

밭가는 새와 씨 뿌리는 짐승이　　　　耕禽田獸,145)

혼령을 바라보며 날고 있네.　　　　　望魂之翔.

이에 능묘 공사가 끝날 때를 기다리고,　於是俟大隧之致力兮,146)

길일 중에 완전한 날을 고르네.　　　　練元辰之淑禎.147)

관(棺)에 시신을 넣고,　　　　　　　潛華體於梓宮兮,

정전(正殿)에 의지하여 영위(靈位)를 세우네.　馮正殿以居靈.148)

돌아보니 뒤를 있는 황제께서 통곡하시고,　顧皇嗣之號咷兮,149)

---

139) 首陽(수양) : 수양산(首陽山).

140) 穀林(곡림) : 요(堯) 임금이 묻힌 곳으로 지금의 산동성(山東省) 하택현(河澤縣) 동북쪽 50리에 있음,

141) 阪(판) : 산비탈. 저본에는 '陵(능)'자로 되어있는데, 『예문유취(藝文類聚)』와 조유문(趙幼文)의 교정에 따름.

142) 塗車(도거) : 진흙으로 만든 수레. 芻靈(추령) : 풀로 만든 사람과 말.

143) 珠玉靡藏(주옥미장) : 염할 때 입에 물리는 옥.

144) 幽堂(유당) : 묘실(墓室).

145) 耕禽(경금) : 전설에 우(禹)임금이 회계(會稽)에서 죽었을 때 새가 날아와서 밭을 갈았다고 함. 田獸(전수) : 순(舜)임금이 창오(蒼梧)에 묻히니 큰 코끼리가 나타나 씨를 뿌렸다고 함. 아마도 이 두 가지는 묘실의 벽화를 묘사하고 있는 것으로 보임.

146) 大隧(대수) : '隧(수)'는 묘도(墓道)를 말하는데, 여기서는 능묘를 지칭하고 있음. 致力(치력) : '力(력)'자는 '功(공, 일)'의 뜻으로 공사를 다 마치다.

147) 元辰(원진) : 으뜸인 날, 길일(吉日).

148) 正殿(정전) : 위(魏)나라 궁전인 숭화전전(崇華前殿).

149) 皇嗣(황사) : 황제의 후위를 잇는 사람. 조예(曹叡)와 자식들을 말하는 것으로 보임.

통곡하는 사람들의 슬픈 소리 남아있네.　　　存臨者之悲聲.150)

황제의 죽음을 빠르게 온 것을 애도하고,　　　悼晏駕之旣疾兮,151)

용거(容車)가 빨리 가버림을 슬퍼하네.　　　感容車之速征.152)

하늘에는 나는 혼령이 떠있고,　　　浮飛魂於輕霄兮,153)

황천으로 가시어 형체를 감추셨네.　　　就黃墟以滅形.154)

해, 달, 별의 밝음을 등지시고,　　　背三光之昭晰兮,

묘실의 어둠 속으로 돌아가셨네.　　　歸玄宅之冥冥.155)

아! 한번 가면 돌아오지 못하시고,　　　嗟一往之不返兮,

애통하게도 작은 문은 영원히 닫혀있으리.　　　痛閟闥之長扃.156)

아! 멀리 있는 저는 아득하고 막막한데,　　　咨遠臣之眇眇兮,157)

부음(訃音)을 생각하니 슬프고도 놀랍네.　　　感凶諱以怛驚.158)

마음은 고독하고 하소연할 데도 없으니,　　　心孤絶而靡告兮,

어지러이 흐르는 눈물이 목을 교차하네.　　　紛流涕而交頸.

은총을 생각함에 생각은 사방으로 달려가는데,　思恩榮以橫奔兮,159)

이궐(伊闕) 요새의 험준함으로 막혔네.　　　閡闕塞之嶢崢.160)

상복이 가벼이 날림을 돌아보지만,　　　顧衰絰以輕擧兮,161)

---

150) 臨者(임자) : 통곡하는 사람.

151) 晏駕(안가) : 황제의 죽음. 旣疾(기질) : '旣(기)'자는 '이르다'는 뜻이고 '疾(질)'은 빠르다. 저본에는 '旣往(기왕)'으로 되어있으나, 문맥상 『삼국지(三國志)·위지(魏志)·문제기(文帝紀)』에서 배송지(裴松之)가 주(注)에 인용한 것과 조유문의 교정에 따름.

152) 容車(용거) : 상여를 보낼 때 망자의 의관과 도상 등의 물품을 실은 수레. 혼거(魂車).

153) 輕霄(경소) : 하늘.

154) 黃墟(황허) : '黃盧(황로)', '黃廬(황려)', '黃爐(황로)' 등으로도 쓰며, '황천(黃泉)'을 뜻함.

155) 冥冥(명명) : 어두운 모양.

156) 閟闥(비달) : 묘실(墓室)에 있는 작은 문.

157) 遠臣(원신) : 먼 신하, 조식(曹植) 자신을 지칭한 표현. 眇眇(묘묘) : 아득히 먼 모양.

158) 凶諱(흉휘) : 나쁜 소식, 즉 부음(訃音).

159) 恩榮(은영) : 황제에게 받은 은총. 橫奔(횡분) : 사방으로 달아나다.

160) 閡(애) : 막히다. 闕塞(궐새) : 낙양(洛陽) 성 밖의 이궐(伊闕) 등의 산과 같은 요새를 말함. 嶢崢(요쟁) : 산이 가파르고 험한 것을 형용.

161) 衰絰(최질) : 상중에 입는 삼베 옷.

수도일대를 지키는 것이 나를 매어두네.　　　　　迫關防之我嬰.[162]

높이 날아 멀리서 쉬고자 하여도,　　　　　　　欲高飛而遙憩兮,

천망(天網)이 멀리 미칠까 두렵네.　　　　　　　憚天網之遠經.[163]

멀리 산기슭에 뼈를 던져버려,　　　　　　　　　遙投骨於山足兮,[164]

번국(藩國)에서나마 길러주신 은혜에 보답하고 싶네.　報恩養於下庭.[165]

가슴을 치며 혼자서 애통해하고,　　　　　　　　慨拊心而自悼兮,[166]

은혜는 무거우나 목숨은 가벼움이 두렵네.　　　　懼施重而命輕.[167]

아! 미천한 몸은 이를 따라서　　　　　　　　　嗟微軀之是效兮,

기꺼이 여러 번 죽어서라도 삶을 버리려네.　　　　甘九死而忘生.[168]

저승사자의 복역명부를 [찾아내어],　　　　　　　幾司命之役籍兮,[169]

노인보다 앞서 죽기를 바래보네.　　　　　　　　先黃髮而隕零.[170]

하늘은 높이 덮여있어도 아래를 살피니,　　　　　天蓋高而察卑兮,

천지신명께서 나의 말을 들어주시길 바라네.　　　冀神明於我聽.

혼자 한스러워도 아뢸 곳이 없으니,　　　　　　　獨鬱伊而莫告兮,[171]

그림자를 돌아보며 모습을 가여워하네.　　　　　追顧景而憐形.[172]

이 문장을 올려 생각을 털어놓고,　　　　　　　奏斯文以寫思兮,

---

162) 迫(박): 압박하다. 저본에는 '念(념)'자로 되어 있으나, 문맥이 어색하여 『삼국지(三國志)·위지(魏志)·문제기(文帝紀)』에서 배송지(裴松之)가 주(注)에 인용한 것과 조유문의 교정에 따름. 關防(관방): 수도인 낙양 지역을 지키는 것을 말함. 이 구는 조정의 명(命)으로 낙양에 조문하러 갈 수 없음을 표현하였음. 嬰(영): 얽어매다.

163) 天網(천망): 하늘의 그물, 즉 국가의 법령.

164) 遙(요): 엄가균(嚴可均)은 『전삼국문(全三國文)』에서 '願(원)'자로 교정하였는데, 문맥에는 저본보다 더 잘 부합한다.

165) 下庭(하정): 저자가 있는 번국(藩國).

166) 拊心(부심): 가슴을 치며 애통해하다. 저본에는 '撫心(무심)'으로 되었으나, 문맥상 장본(張本), 정본(程本), 그리고 엄가균(嚴可均)의 교정에 따름.

167) 施重(시중): 베풀어 준 무거운 은혜.

168) 九死(구사): '九(구)'자는 정확한 숫자를 말하는 것이 아니라, 여러 번 죽는다는 뜻임.

169) 司命(사명): 망자의 명부를 관리하는 신(神). 役籍(역적): 복역자의 명부.

170) 黃髮(황발): 누런 머리 즉 노인을 상징함.

171) 鬱伊(울이): 억울하게 맺히거나, 한스러워하는 것.

172) 顧景(고경): 顧影(고영), 자신의 그림자를 돌아보다.

뢰(誄)를 지어 진실을 서술하였습니다.　　　結翰墨以敷誠.[173]

아! 슬프고 슬프도다!　　　嗚呼哀哉!

10-7. 변태후를 위한 조문(卞太后誄)[1]

표문

　대행황태후께서는 지덕(地德)의 성품을 가지셨고, 만물을 싣는 인(仁)을 체득하셨네. 아름다움은 강원(姜嫄)과 같고, 덕은 대임(大任)과 태사(太姒)와 같으셨네. 후궁에서 정사를 도우시니, 은혜가 사해(四海)에 더해지고 초목도 은혜를 입으니, 기운을 머금고 윤택함을 받았네. 대길(大吉)함을 많이 받으시어, 만복을 계승하여 기르셨네. 어찌하여 하루 만에, 위나라를 그토록 빨리 버리시는가? 신하와 백성들을 등지시니, 비통함을 아뢸 길 없어라. 신이 듣건대, 명(銘)은 덕을 서술하고, 뢰(誄)는 슬픔을 펼쳐내는 것을 중시한다 합니다. 이에 초상의 예에는 어긋나지만, 뢰(誄)

---

173) 結翰墨(결한묵) : '結(결)'자는 '연결하다'는 뜻이고 '翰墨(한묵)'은 필묵(筆墨)을 말하므로 여기서는 뢰(誄)를 지은 것을 말함.

10-7. 卞太后誄(변태후뢰)

1) 이 조문은 변태후(卞太后)가 죽은 해인 태화(太和) 4년(230)에 지어진 것이다. 조식의 어머니는 조조, 조비, 조예에 이르는 3대(代)에 걸쳐 살았고, 조식은 당시 역경에 처해 있는 상황이었으므로 어머니의 죽음을 맞이한 작자의 회한과 사모의 정이 서사의 문장 속에 잘 배여 있다. 다른 애도문과 마찬가지의 형식을 취하고 있지만 제목에서 보는 바와 같이 서문과 표를 가지고 있다. 그러나 표문과 서문의 구분이 모호하여 표문은 없는 것처럼 보인다. 특히 마지막에 표현된 어머니를 부르는 애절한 목소리는 고아로 버려진 자신의 죽음을 예고하고 있다. 卞太后(변태후) : 바로 작자의 어머니. 정안(丁晏)에 따르면, 『위지(魏志)·후비전(后妃傳)』에 "변태후는 명제(明帝) 태화(太和) 4년(230) 5월에 죽었다"고 한다.

한편을 짓습니다. 밝은 덕을 찬양하기에 부족함을 알지만, 「육아(蓼莪)」의 생각을 존중하여 신(臣)이 펴고자 합니다. 생각은 멍해지고 정신은 흩어져있어 골라 보시기에 모자랍니다.

大行皇太后資坤元之性,2) 體載物之仁. 齊美姜嫄,3) 等德任姒.4) 佐政內朝,5) 惠加四海, 草木荷恩, 含氣受潤. 庶鍾元吉,6) 承育萬祚. 何圖一旦, 早棄明朝.7) 背絶臣庶, 悲痛靡告. 臣聞銘以述德, 誄尚及哀. 是以冒越諒陰之禮,8) 作誄一篇. 知不足讚揚明明, 貴以展臣蓼莪之思.9) 憂荒情散, 不足觀采.10)

서문

온 나라가 요동치고, 해, 달, 별이 궤도를 바꾸었네. 언덕이 무너지고 계곡은 춤추며, 오행(五行)이 서로 엇갈리네. 황실은 쓸쓸하고, 부음(訃音)이 사방으로 퍼지네. 백성들은 흐느끼고, 아이들은 슬피 부르짖네. 마치 아버지와 어머니 죽은 것처럼 천하 사람들 상복을 입었네. 공자(孔子)께

---

2) 坤元(건원) : 땅의 덕(德).

3) 姜嫄(강원) : 성(姓)은 강(姜)이요, 염제(炎帝)의 후손인 유태씨(有邰氏)의 딸로 제곡(帝嚳)의 왕비가 되어 후직(后稷)을 낳음.

4) 任姒(임사) : '任(임)'은 대임(大任), 즉 주문왕(周文王)의 어머니이고, '姒(사)'는 태사(太姒), 즉 주문왕(周文王)의 부인을 가리킴.

5) 內朝(내조) : 후궁(後宮)

6) 鍾(종) : '受(수, 받는다)'의 의미.

7) 明朝(명조) : 본조(本朝), 즉 위(魏)나라.

8) 冒(모) : ~하는 것을 무릅쓰고 諒陰(양음) : '諒闇(양암)'이라고도 함. 천자나 제후의 초상(初喪)을 이르는 말.

9) 蓼莪(육아) : 『시경(詩經)·소아(小雅)』의 편명으로 부모를 그리는 마음을 서술하고 있음. 정안(丁晏)에 따르면, 정본(程本)에는 이 아래에 「상원황후뢰표(上原皇后誄表)」 81자가 들어있으나, 조자건의 문장이 아니다. 분명 후세인들이 잘못 넣은 것일 것이고 장본(張本)에는 없으니 삭제했다고 밝혔다.

10) 采(채) : 채(採)와 통하여 가려 뽑는다는 의미.

서는 천명을 아시어, 도를 위하여 죽고 이름을 아름답게 하셨네. 의(義)
는 남은 것이기에, 또한 그 삶을 버리셨네. 감히 황후의 덕을 선양하려,
상여 깃발로 표식하고, 드리운 광택이 끝이 없어, 나의 마음을 위로코
자, 이에 뢰(誄)를 지어 말하였다.

　率土噴薄,11) 三光改度.12) 陵頹谷踊, 五行錯互.13) 皇室蕭條, 羽檄四
布.14) 百姓欷歔,15) 嬰兒號慕.16) 若喪考妣, 天下縞素.17) 聖者知命,18) 殉
道寶名. 義之攸在, 亦棄厥生.19) 敢揚后德, 表之旒旌.20) 光垂罔極, 以慰
我情. 乃作誄曰,

본문

우리 황후께서 태어나심은,	我皇之生,21)
지신(地神)이 도우셨음이네.	坤靈是輔.
위(魏)나라에 배필이 되시어,	作合于魏,22)
무황제(武皇帝)를 빛내셨네.	亦光聖武.23)

---

11) 噴薄(분박) : 요동치다.
12) 改度(개도) : 운행하는 궤적을 바꾸다.
13) 錯互(착호) : 서로 어긋나다. 정본(程本)과 『예문유취(藝文類聚)』에는 '互錯(호착)'으
　　로 되어 있어 어순은 매끄럽지만 운자(韻字)가 맞지 않는다.
14) 羽檄(우격) : 깃발을 꽂은 전령이 들고 가는 격문이란 뜻으로 여기서는 부음을 말함.
15) 欷歔(희허) : 흐느끼는 모양.
16) 號慕(호모) : 부모의 죽음에 슬피 부르짖으며 추모의 정(情)을 표현하는 것.
17) 縞素(호소) : 흰 명주, 즉 상복.
18) 聖者(성자) : 공자(孔子).
19) 이상 두 구(句)는 『맹자(孟子)·고자(告子)』에 나오는 "삶을 버려 의(義)를 취한다(舍
　　生取義)"에서 비롯한 것으로 보임.
20) 旒旌(조정) : 출상(出喪)할 때 상여에 꽂는 깃발.
21) 我皇(아황) : 변태후(卞太后)를 말함. 저본에는 '我王(아왕)'으로 되어 있으나, 『예문
　　유취(藝文類聚)』와 『전삼국문(全三國文)』의 교정에 따름.
22) 合(합) : 배필.
23) 聖武(성무) : 조조(曹操)를 가리킴.

견실하게 문제(文帝)를 낳으시고, 　　　　　篤生文帝,

우순(虞舜)의 업적을 이으셨네. 　　　　　　紹虞之緖.24)

용이 황궁에서 날고, 　　　　　　　　　　龍飛紫宸,25)

구주(九州)를 가려 덮었네. 　　　　　　　　奄有九土.

총명하고 어짊을 곰곰이 생각해보니, 　　　　詳惟聖善,

어린 나이에 총명함이 빼어나게 출중하셨네. 　岐嶷秀出.26)

덕(德)은 강원(姜嫄)과 짝을 이루시고, 　　　　德配姜嫄,

이전 현인(賢人)들을 욕되게 하지 않으셨네. 　不忝先哲.27)

나랏일을 널리 살피시고, 　　　　　　　　　玄覽萬機,28)

재주와 예능을 겸비하셨네. 　　　　　　　　兼才備藝.

관대히 백성들을 포용하시며, 　　　　　　　汎納容衆,29)

치욕을 감내하시고 질병을 감추셨네. 　　　　含垢藏疾.30)

여러 시어머니들을 우러러 모시고, 　　　　　仰奉諸姑,31)

여러 비빈들을 몸을 낮추어 맞으셨네. 　　　　降接儔列.32)

조용히 머무시며 드러내지 않으시니, 　　　　陰處陽潛,33)

밖으로는 밝고 안으로는 성찰하셨네. 　　　　外明內察.

황후의 자리에 오르시어, 　　　　　　　　　及踐大位,34)

---

24) 緖(서) : 실마리 또는 선인(先人)의 업적. 여기서는 조비가 한(漢)나라를 대신하여 위(魏)나라를 건국한 일을 말함.

25) 紫宸(자신) : 황궁(皇宮).

26) 岐嶷(기억) : 총명함을 형용하는 표현.

27) 忝(첨) : 욕되게 하다.

28) 玄覽(현람) : 깊은 곳까지 살피다. 萬機(만기) : 국사(國事).

29) 汎納(범납) : 관대히 수용하다.

30) 含垢(함구) : 치욕을 감내하다. '垢(구)'는 수치(羞恥)를 뜻함.

31) 諸姑(제고) : 조숭(曹嵩)의 여러 처첩(妻妾)들을 말함.

32) 儔列(주열) : 조조(曹操)의 여러 비빈(妃嬪)들을 말함.

33) 陰處陽潛(음처양잠) : '드러나지 않은 곳에 머물고 드러나는 것을 숨긴다'는 뜻으로 자신의 분수를 지키며 나서지 않는 것을 말함.

34) 大位(대위) : 여기서는 황후의 자리. 변씨(卞氏)는 건안(建安) 24년(219) 왕후(王后)가 되었고, 문제(文帝)가 왕위(王位)에 오르자 왕태후(王太后)로 추존되었고, 문제가 천자

온 나라를 어머니처럼 기르셨네.　　　　母養萬國.

다른 사람들에게 온화하시어,　　　　溫溫其人,[35]

지고한 덕은 쇠하지 않으셨네.　　　　不替明德.[36]

저 변방의 백성들도 애도하며,　　　　悼彼邊氓,

편히 쉴 겨를도 없네.　　　　未遑宴息.[37]

항상 온갖 일에 애쓰시고,　　　　恒勞庶事,

조심하고 삼가셨네.　　　　兢兢翼翼.[38]

몸소 잠실에서 누에를 치시어　　　　親桑蠶館,[39]

천하의 모범이 되셨네.　　　　爲天下式.

번희(樊姬)는 초(楚)나라를 패자가 되게 하였으니,　　　　樊姬霸楚,[40]

그 공적이 책에 실려 있네.　　　　書載其庸.

무왕에게는 나라를 다스리는 신하가 있음에,　　　　武王有亂,[41]

공자(孔子)께서 그 공을 칭송하였네.　　　　孔歎其功.[42]

우리 황후께서는 성현들과 나란히,　　　　我后齊聖,

사리에 통달하시고 영명하셨네.　　　　克暢丹聰.[43]

가 되자 황태후(皇太后)가 되었음.

35) 溫溫(온온) : 온화한 모양.

36) 替(체) : 쇠퇴하다. 明德(명덕) : 지고한 덕(德).

37) 宴息(연식) : 안식(安息), 편히 쉬다.

38) 兢兢(긍긍) : 조심하는 모양. 翼翼(익익) : 공손히 삼가는 모양.

39) 蠶館(잠관) : 양잠하는 곳, 즉 잠실(蠶室).

40) 樊姬(번희) : 춘추시대 초(楚)나라 장왕(莊王)의 부인. 그녀는 장왕에게 손숙오(孫叔敖)의 어짊을 알아보고 그를 천거하여 영윤(令尹)으로 삼게 하였는데, 과연 초나라는 태평을 이루었다는 것을 말하고 있음.

41) 武王有亂(무왕유란) : 『논어(論語)·태백(泰伯)』에 "무왕(武王)이 이르기를 내게는 나라를 다스리는 신하 10명이 있다(武王曰, 予有亂臣十人)"고 한 것을 말하는데, '亂(란)'은 바로 '亂臣(난신)'의 뜻으로 정사(政事)를 다스리는 사람을 뜻한다. 또한 공자(孔子)는 "(무왕의 10명 인재 중에) 부인이 한 명 있으니, 아홉 명일 뿐이다(有婦人焉, 九人而已)"고 하였는데, 조식은 바로 공자가 말한 한 명의 부인[태사(太姒)]에 자신의 어머니를 환기하고 있다.

42) 孔(공) : 공자(孔子).

43) 丹聰(단총) : 신하가 제후(帝后)의 영명(英明)하심을 칭송하는 말.

방문을 나오시지 않고도,　　　　　　　　　　不出房闥,[44]

만방(萬邦)을 마음으로 비추셨네.　　　　　　心照萬邦.

연세는 예순을 넘기셨으나,　　　　　　　　年踰耳順,

힘써 행하심에 지치시지 않으셨네.　　　　　乾乾匪倦.[45]

구슬이나 옥을 좋아하지 않으셨고,　　　　　珠玉不玩,

몸에는 두꺼운 명주와 흰 비단을 입으셨네.　躬御綈練.[46]

날이 저물어도 배고픔을 잊으셨고,　　　　　日旰忘飢,[47]

음악을 접하시고도 연회를 하지 않으셨네.　臨樂勿讌.

사치를 버리고 검약하시니,　　　　　　　　去奢卽儉,

세상에 보기 드물게 드러나시게 되었네.　　曠世作顯.[48]

처음처럼 끝까지 신중하시니,　　　　　　　愼終如始,

걸음마다 온화하고 곧으셨네.　　　　　　　蹈和履貞.

공손히 천신과 지신을 섬기셨고,　　　　　　恭事神祇,

뭇 신들을 환히 받드셨네.　　　　　　　　　昭奉百靈.

조심하고 근신하시며,　　　　　　　　　　跼天蹐地,[49]

신명(神明)을 경외하셨네.　　　　　　　　祗畏神明.[50]

숨겨진 것에 조심하고 혼자 있을 때 삼가하며,　敬微愼獨,[51]

---

44) 房闥(방달) : 방의 문이란 뜻인데 여기서는 대궐을 상징하고 있음.

45) 乾乾(건건) : 스스로 힘써 행하며 쉼이 없는 모양.

46) 御(어) : 옷이나 패물을 입거나 차다. 綈練(제련) : '綈(제)'는 두터운 명주, '練(련)'은
흰 비단.

47) 日旰(일간) : 해가 저물다.

48) 曠世(광세) : 절세(絕世), '세상에 보기 드물다'는 의미. 顯(현) : 나타나다. 드러나다.

49) 跼天(국천) : 하늘에 몸을 구부린다는 뜻으로 황공하여 불안한 모양을 형용함. 蹐地
(척지) : 근신하며 조심하는 모양을 말함. 『시경(詩經)·소아(小雅)·정월(正月)』에 "땅
이 두텁다고 하지만, 감히 조심하지 않을 수 없네(謂地蓋厚, 不敢不蹐)"라고 한 표현
이 보임.

50) 祗畏(지외) : 경외하다. 저본에는 '祗異(지이)'로 되어 있는데 『전삼국문(全三國文)』
과 조유문(趙幼文)의 교정에 따름.

51) 敬微愼獨(경미신독) : 숨겨진 것에 조심하고 혼자 있을 때 삼간다. 『중용(中庸)』에
"그러므로 군자는 보이지 않는 바를 조심하고 삼가며, 들리지 않는 곳을 두려워하는

어두운 곳에서도 예(禮)를 잡으셨네.　　　　　執禮幽冥.52)

종묘의 일에 경건하고 엄숙하시며,　　　　　虔肅宗廟,

세 가지 제물을 정결히 올리셨네.　　　　　蠲薦三牲.53)

내리신 복은 끝이 없으니,　　　　　降福無疆,

축문에 그 성실됨을 말하네.　　　　　祝云其誠.54)

이 복을 누리심이 마땅하고,　　　　　宜享斯祜,

복록을 입으심은 하늘에서 비롯된 것이네.　　　　　蒙祉自天,

무슨 재앙이 있으려는지,　　　　　何圖凶咎,55)

이 해를 피하지 못하시는가?　　　　　不勉斯年.56)

일찍이 예를 다하여 기도하였으나,　　　　　嘗禱盡禮,

병은 더해져 낫지 않으시네.　　　　　有篤無瘳.57)

어찌 운명에는 끝이 있다고　　　　　豈命有終,

신(神)은 그 말을 어기셨나?　　　　　神食其言.

남겨진 저는 고질병이 들어있는데,　　　　　遺孤在疚,58)

동아(東阿)에서 부음을 받드네.　　　　　承諱東藩.59)

교외 밭길에서 가슴 치며 발을 구르니,　　　　　擗踊郊甸,60)

눈물이 들판가운데 뿌려지네.　　　　　灑淚中原.

것이다. 숨겨진 것보다 더 잘 드러나는 것은 없으며, 작은 것보다 더 잘 나타나는 것은 없다. 그러므로 군자는 홀로 있을 때를 삼가는 것이다(是故君子戒愼乎其所不睹, 恐懼乎其所不聞. 莫見乎隱, 莫顯乎微. 故君子愼其獨也)"라고 한 것을 말하고 있음.

52) 執(집) : 저본에는 보(報)자로 되어 있으나, 『예문유취(藝文類聚)』와 『전삼국문(全三國文)』에 의거하여 바로잡음.

53) 蠲(견) : 정결함.

54) 祝(축) : 제사지낼 때 읽는 축문(祝文).

55) 凶咎(흉구) : 재앙(災殃).

56) 勉(면) : '면하다', '벗어난다'는 '免(면)'자와 같음.

57) 篤(독) : 병이 낫지 않고 악화되는 것을 말함.

58) 遺孤(유고) : 남겨진 고아, 즉 작가 자신을 가리킴. 疚(구) : 고질병.

59) 承諱(승휘) : 변태후가 죽었다는 부음을 받들다. 東藩(동번) : 동아(東阿)를 가리킴.

60) 擗踊(벽용) : 슬퍼 가슴을 치며 발을 구르다. 甸(전) : 밭 위에 있는 길.

어머니를 추모하여 부르건만,　　　　追號皇妣,[61]

나를 버리고 어디로 가셨는가?　　　棄我何遷?

옛날엔 돌봐주시더니,　　　　　　昔垂顧復,[62]

지금은 어찌 그러하지 않으신가?　今何不然?

빈 궁궐은 쓸쓸한데,　　　　　　空宮寥廓,[63]

방에는 연기도 없네.　　　　　　棟宇無煙.[64]

섬돌과 길을 둘러보니,　　　　　巡省階塗,

어머니의 모습이 창에 보이는 듯하네.　髣髴欞軒.[65]

우러러 침실을 바라보고,　　　　仰瞻帷幄,[66]

아래로 궤석(几席)을 살펴보네.　　俯察几筵.

사물은 훼손 없이 그대로이나,　　物不毀故,

사람은 존재하지 않네.　　　　　而人不存.

애통함이 이보다 잔혹할 수는 없도다!　痛莫酷斯,

저 푸른 하늘이시여!　　　　　　彼蒼者天.

끝내 위(魏)나라 도읍으로 가시니,　逐臻魏都,[67]

혼백은 옛 도읍에 떠도네.　　　游魂舊邑.[68]

능묘가 길을 여니,　　　　　　大隧開塗,

---

61) 皇妣(황비) : 돌아가신 어머니를 높여 부르는 말.

62) 顧復(고복) : 『시경(詩經)·소아(小雅)·육아(蓼莪)』에 : "아버지여! 나를 낳으시고 어머니여! 나를 길러 주시네. 나를 어루만지고 나를 길러주시며 나를 자라게 하고 나를 키워주시며, 나를 돌아보고 나를 다시 돌아보시며 출입(出入)할 때에 나를 가슴속에 두시네. 그 은덕(恩德)을 갚고자 할진댄 하늘처럼 다함이 없도다!(父兮生我, 母兮鞠我. 拊我畜我, 長我育我, 顧我復我, 出入腹我. 欲報之德, 昊天罔極)"이라고 한 표현에서 나온 것으로 부모의 양육을 지칭하는 말로 사용되었음.

63) 寥廓(요확) : 텅 비고 쓸쓸한 모양.

64) 棟宇(동우) : 방의 중앙과 네 귀퉁이를 말하는데, 일반적으로 방을 말함.

65) 欞軒(영헌) : 창문.

66) 帷幄(유악) : 여기서는 황태후(皇太后)의 침실.

67) 魏都(위도) : 업성(鄴城), 즉 조조의 무덤이 있는 곳으로 합장(合葬)하기 위한 것임.

68) 舊邑(구읍) : 업성(鄴城).

영혼도 이렇게 거두어지네.　　　　　　　靈魄斯戢.[69)]

탄식함이 안개같이 일어나고,　　　　　　歎息霧興,

훔친 눈물 비같이 모였네.　　　　　　　　揮涙雨集.

상여 주위를 배회하며,　　　　　　　　　徘徊輀柩,[70)]

부르짖고 통곡해도 미치지 못하네.　　　　號咷弗及.

정신은 이미 아득해져,　　　　　　　　　神光旣幽,[71)]

우두커니 서서 눈물 흘리네.　　　　　　　佇立以泣.

잔구(殘句)

용거(容車)에 멍에를 지우니,　　　　　　容車飾駕,[72)]

북두성과 합해지네.　　　　　　　　　　以合北辰.[73)]

---

69) 戢(집) : 거두다.
70) 輀柩(이구) : 상여.
71) 神光(신광) : 정신(精神).
72) 容車(용거) : 상여 뒤에 장례용품을 싣고 가는 수레.
73) 정안(丁晏)에 따르면, 이 문장은 『문선(文選)』에 실려 있는 안연년(顏延年)의 「송문
　　제원황후애책문(宋文皇帝元皇后哀策文)」에서　이선(李善)이 「선후뢰표(宣后誄表)」로
　　인용하였다고 하였고, 『위지(魏志)』에 따르면 변태후의 시호(諡號)는 '선(宣)'이므로 이
　　표(表)의 일구(佚句)로 판정된다고 하였음.

10-8. 왕중선을 위한 조문(王仲宣誄)[1]

서문

건안 22년(217) 정월 24일 무신(戊申)일에 위(魏)나라 시중(侍中) 관내후(關內侯) 왕찬(王粲)이 졸하다. 아! 슬프구나! 하늘이 세밀하게 살피시니, 명철한 사람은 이에 의지하는데, 어찌하여 신들께서는 우리 훌륭한 선비를 죽이시는가? 누가 애통하지 않다 하리오. 이른 나이에 무덤에 드셨으니. 누가 아프지 않다 하리오! 화려하게 번성할 때에 시드셨으니. 삶과 죽음은 따로따로 가고, 요절과 늙어 죽는 것은 주기를 같이하니 아침에 도를 들으면 저녁에 죽는다는 것은 공자께서 생각한 것이네. 조문지어 덕을 표현하고 흰 깃발에 써본들 무슨 소용이리오! 어떻게 예물을 보내 드릴까? 애도하며 그대에게 보내드리려고 마침내 조문(弔文)을

10-8. 王仲宣誄(왕중선뢰)

1) 이 조문은 조비가 태자로 책봉된 다음 해인 건안(建安) 22년(217)에 왕찬(王粲 : 177~217)이 죽었으므로 그 때 지어진 작품이다. 왕찬은 조조의 시중(侍中)으로 작자와 많은 문학적 교류를 하면서 깊이 의지했던 사람으로 왕위 계승 다툼에서 진 조식에게 그의 죽음은 매우 충격적인 사실임에 틀림없었다. 그렇기 때문에 작자는 서사적인 서술을 앞세우면서도 마지막 부분에서는 다른 조문과는 달리 자신과의 돈독했던 관계를 서술하면서 그의 죽음이 남겨주는 슬픔과 충격을 묘사하고 있다. 王仲宣(왕중선) : '중선'은 왕찬(王粲)의 자(字)로 건안칠자(建安七子)의 한 사람. 건안 21년(216) 조조를 따라서 동오(東吳)를 정벌하러 출정하였다가 다음해 봄에 병이나 길에서 죽었다. 귀족의 집안에서 태어나, 190년 헌제(獻帝)가 동탁(董卓)의 강요에 못 이겨 장안으로 천도하였을 때 배종(陪從)했고, 거기서 당대의 최고의 학자 채옹(蔡邕)의 눈에 들어 이미 17세 때에 사도(司徒)에 임명되었으나 사양하였다. 동탁이 암살된 후 장안이 혼란에 빠지자 형주(荊州)로 몸을 피해 유표(劉表)를 의지했고, 208년 유표가 죽자 그의 아들 유종(劉琮)을 설득하여 조조에게 귀순시키고 자신도 승상연(丞相椽)이 되어 관문후(關門侯)의 작위를 받았다. 후에 조조가 위왕(魏王)이 되자 시중(侍中)으로서 제도개혁에 진력하였고 건안칠자(建安七子)의 대표적 시인으로 「종군시(從軍詩) 5수」, 「칠애시(七哀詩) 3수」가 인구에 회자되고 있다. 정안(丁晏)에 따르면 왕찬(王粲)은 건안(建安) 연간에 죽었으나, 선위(禪位)가 이루어지지 않았으므로 한(漢)나라 사람이라고 하였다.

지었다.

維建安二十二年正月二十四日戊申,2) 魏故侍中關內侯王君卒.3) 嗚呼
哀哉! 皇穹神察,4) 哲人是恃, 如何靈祇,5) 殲我吉士.6) 誰謂不痛! 早世卽
冥.7) 誰謂不傷! 華繁中零. 存亡分流,8) 夭遂同期,9) 朝聞夕沒,10) 先民所
思.11) 何用誄德!12) 表之素旗.13) 何以贈終?14) 哀以送之, 遂作誄曰,

<hr>

2) 二十四日(이십사일): 조유문(趙幼文)은 엄돈걸(嚴敦傑) 선생의 설(說)에 근거하여 "건
   안(建安) 22년(217) 정월은 을미(乙未)가 초하루로 따져보면 무신(戊申)은 14일이 되어
   야 한다. 이 두 자는 삭제해야 한다"고 주(注)하였다(『조식집교주(曹植集校注)』, 165면).
3) 侍中(시중): 황제의 시종(侍從) 겸 고문 역할을 담당. 조조(曹操)가 위(魏)나라를 건국
   한 후에 왕찬을 시중으로 삼았는데, 왕찬이 조조(曹操)에게 오자마자, 유종(劉琮)을 투
   항하게 하는 공을 세워 승상(丞相)서리에 제수되었고 관내후(關內侯)라는 관작을 하사
   받음.
4) 皇穹(황궁): 하늘. 神察(신찰): 세밀하게 살피다.
5) 靈祇(영지): 천지(天地)의 여러 신.
6) 吉士(길사): 훌륭한 선비, 즉 왕찬.
7) 早世(조세): 정안(丁晏)은 "『위지(魏志)·왕찬전(王粲傳)』에 '41세로 죽었다'고 했으
   므로 이른 나이라고 했다"고 주(注)하였다. 卽冥(즉명): '卽(즉)'은 '나아가다'의 의미이
   고 '冥(명)'은 '어두운 곳', 바로 무덤을 비유함.
8) 流(류): '行(행)'의 뜻.
9) 夭遂(요수): '夭(요)'는 요절하는 것을 말하고 '遂(수)'는 수명을 다하여 죽은 것을 말
   함. 저본에는 '天地(천지)'로 되어있어 고쳤음.
10) 朝聞夕沒(조문석몰): 『논어(論語)·이인(里仁)』에 "공자께서 '아침에 도를 들으면 저
    녁에 죽어도 좋다!'고 하셨다(子曰, 朝聞道, 夕死可矣)"는 말이 실려 있음.
11) 先民(선민): 공자(孔子)를 가리킴.
12) 誄德(뇌덕): 이선(李善)은 정현(鄭玄)의 『주례주(周禮注)』를 인용하여 "뇌(誄)는 살아
    있을 때 쌓은 덕행이다"고 하였음. 여기서는 죽은 자의 덕행을 뇌(誄)로 표현하는 것,
    즉 뇌(誄)를 짓는 것을 말함.
13) 素旗(소기): 장례 때 사용하는 죽은 자의 성명(姓名)과 직함, 덕을 기록한 백색의 깃
    발을 말한다. 일반적으로 살아있는 사대부들은 유색(有色)의 깃발을 사용하므로 죽은
    자를 식별하기 위해 백색을 사용한다고 함.
14) 贈終(증종): '贈(증)'은 죽은 사람에게 순장(殉葬) 예물을 보낸다는 뜻이고 '終(종)'은
    '死(사)'의 의미로 죽은 자를 말한다.

본문

아! 시중(侍中)이시여!	猗歟侍中,[15]
먼 조상께서는 더욱 아름답네.	遠祖彌芳.
필공고(畢公高)께서 가업(家業)을 세우시고,	公高建業,[16]
무왕(武王)을 도와 상(商)을 벌하셨네.	佐武伐商.
작위는 태공망(太公望)과 주공(周公) 단(旦)과 같았고,	爵同齊魯,[17]
제후의 작위는 끊어지고 없어졌네.	邦嗣絶亡.[18]
그러나 후손인 필만(畢萬)께서는	流裔畢萬,[19]
공훈을 빛내셨고,	勳績惟光.[20]
진(晉)헌공(獻公)께서	晉獻賜封,
위(魏)의 강역에 봉지(封地)를 내리셨네.	于魏之疆.
하늘이 열어주신 복록으로	天開之祚,
후손은 왕이 되었다네.	末胄稱王.[21]

---

15) 猗歟(의여) : 감탄을 나타내는 발어사.

16) 公高(고공) : 주문왕(周文王)의 15째 아들 희고(姬高)로 필국(畢國)에 봉해졌기 때문에 필국공(畢國公) 또는 필공고(畢公高)라고 함.

17) 齊魯(제로) : 제나라 태공망(太公望)과 노(魯)나라 주공(周公) 단(旦)을 말함.

18) 邦嗣(방사) : 국사(國嗣)란 나라의 황위를 계승하는 것을 말하므로 '邦嗣(방사)'는 제후국의 작위를 계승하는 것을 말함. 絶亡(절무) : 끊어지고 없어지다. 즉 그의 자손이 그 작위를 잃고 서민으로 내려 앉아 제사를 드릴 수 없음을 말한 것이다.

19) 畢萬(필만) : 춘추시대 진(晉)나라의 대부(大夫)인 헌공(獻公) 아래서 일을 하며 곽(霍), 경(耿), 위(魏)등과 같은 나라를 치는데 공을 세워 위(魏)를 봉지(封地)로 받았고 대부(大夫)에 임명되었음. 필국공(畢國公)의 후예.『문선(文選)』권56에서 이선(李善)은『진류풍속기(陳留風俗記)』를 인용하여 "준의현(浚儀縣)은 위나라의 도읍이다. 위(魏)나라가 멸망하고 진(晉) 헌공(獻公)은 위나라를 대부인 필만에게 봉해주었는데, 후세에 후작들이 많아지면서 자손에 이르러서는 왕을 칭하기에 이르니 바로 혜왕(惠王)이다. 이렇게 왕으로 칭하였으니 그의 씨족은 여기에서 기인한다(浚儀縣魏之都也. 魏滅, 晉獻公以魏封大夫畢萬, 後世文侯初盛, 至子孫稱王, 是爲惠王, 然以稱王, 因氏焉)"고 하였음.

20) 惟(유) : 조사(助詞)로 아무런 뜻이 없음.

21) 末胄(말주) : 자손, 후예.

그 성(姓)과 이 씨족들은 　　　　　　　　　　厥姓斯氏,

가지가 나뉘고 잎이 흩어져, 　　　　　　　　條分葉散.

대대로 번성하고 공업(功業)이 성대하여, 　　　世滋芳烈,22)

진한(秦漢)시대에 명성을 떨치셨네. 　　　　　揚聲秦漢.23)

액운을 당하여, 　　　　　　　　　　　　　會遭陽九,24)

한(漢)왕조가 중도에 쇠미해졌으나, 　　　　　炎光中朦.25)

세조(世祖)께서 난을 다스리시니, 　　　　　　世祖撥亂,26)

이에 시대의 안녕을 이룩하셨네. 　　　　　　爰建時雍.

삼공(三公)이 자리를 잡고, 　　　　　　　　三台樹位,27)

도를 행함이 이에서 만나니, 　　　　　　　履道是鍾.28)

사랑과 관작이 더해진 것은, 　　　　　　　寵爵之加,

천자의 은혜가 아니라 바로 근면함이었네. 　匪惠惟恭.29)

그대로부터 두 조부께서는 　　　　　　　　自君二祖,30)

---

22) 滋(자) : 번성하다. 저본에는 '茲(자)'자로 되어 있으나 『문선(文選)』, 정본(程本)과 장본(張本)에 따라 바로 잡음. 芳烈(방열) : 성대한 공업(功業).

23) 揚聲秦漢(양성진한) : 진(秦)나라가 위(魏)나라를 정벌하자 신릉군(信陵君)의 손자(孫子) 비자(卑子)가 태산(泰山)으로 도망하였는데 나중에 한(漢)나라 고조가 중연(中涓, 시종신)으로 삼고 난릉후(蘭陵侯)에 봉한 것을 말함.

24) 陽九(양구) : 흉년이나 액운을 지칭함.

25) 炎光(염광) : 한(漢)나라의 덕, 또는 한(漢)왕조. 中朦(중몽) : 중도에 어두워짐. 즉 왕망(王莽)의 난으로 한(漢) 왕조가 기울었던 것을 말함.

26) 世祖(세조) : 광무제(光武帝) 유수(劉秀).

27) 三台(삼태) : 삼공(三公). 즉 대사도(大司徒), 대사공(大司空), 대사마(大司馬).

28) 鍾(종) : 딱 만나다.

29) 恭(공) : 직무에 충실함.

30) 二祖(이조) : 왕찬(王粲)의 증조부인 왕공(王龔)과 조부인 왕창(王暢)을 가리킴. 이선(李善)은 장번(張璠)의 『한기(漢紀)』를 인용하여 "왕공(王龔)은 자(字)가 '백종(伯宗)'이고 천하에 이름을 떨쳐 순제(順帝) 때 태위(太尉)를 지냈다. 창(暢)은 자(字)가 '숙무(叔茂)'로 팔준(八俊, 여덟 준걸)의 하나로 이름나 영제(靈帝)때 사공(司空)이 되었다(王龔字伯宗, 有高名于天下, 順帝時爲太尉. 暢字叔茂, 名在八俊, 靈帝時爲司空)"고 했으며, 『위지(魏志)』를 인용하여 "왕찬(王粲)의 증조부(曾祖父)는 '공(龔)'이고 조부(祖父)는 '창(暢)'으로 모두 한대(漢代)에 삼공(三公)이 되었다(粲曾祖父龔, 祖父暢, 皆爲漢三公)"고 주(注)하였음.

영광과 총애를 받으셨으니,   爲光爲龍.

모두들 아름답다 하고,   僉曰休哉,

한나라를 선양하고 보좌하였다네.   宜翼漢邦.

태위(太尉)로 다스리기도 하고,   或統太尉,[31]

사공(司空)으로 관장하시니,   或掌司空.[32]

백관(百官)들이 정연하게 되어,   百揆惟敍,[33]

오상(五常)이 따를 수 있게 되었네.   五典克從.[34]

하늘은 고요하고 사람은 화합하니,   天靜人和,[35]

황제의 교화가 멀리까지 통했네.   皇教遐通.

그대의 부친께서는   伊君顯考,

여러 세대를 거치며 시국에 도움이 되었고,   奕葉佐時.[36]

들어가서는 기밀을 관장하며,   入管機密,

조정의 일을 처리하셨네.   朝政以治,

삭(朔)과 대(岱)에 출정하여,   出臨朔岱,[37]

여러 공적들이 모두 빛났으니,   庶績咸熙.[38]

그대는 미덕(美德)으로,   君以淑懿,[39]

---

31) 太尉(태위) : 한(漢)나라 시대 전국(全國)의 군대를 통솔하는 관직.

32) 司空(사공) : 승상(丞相)을 도와 정무(政務)를 처리하였고 관리들의 행동을 바로잡는
    책임을 가졌음.

33) 敍(서) : 위계질서가 정연함.

34) 五典(오전) : 오륜(五倫), 오상(五常). 즉 군신(君臣), 부자(父子), 형제(兄弟), 부부(夫
    婦), 붕우(朋友)의 관계를 말하는데 여기서는 주로 백성들을 지칭하고 있음.

35) 天靜(천정) : 하늘의 재앙이 없음을 말함.

36) 奕葉(혁엽) : 대대로, 여러 세대를 거쳐. 佐時(좌시) : 시국에 도움이 되다. 이선(李善)
    은 『위지(魏志)』를 인용하여 "왕찬(王粲)의 아버지 겸(謙)은 대장군(大將軍) 하진(何進)
    의 장사(長史)가 되었다"고 하였는데, 이를 말함.

37) 朔岱(삭대) : '朔(삭)'은 지금의 하북성(河北省), '岱(대)'는 산동성(山東省)을 말하는
    데, 부친에 대한 사적이 없어 확인할 수 없음.

38) 庶績咸熙(서적함희) : 여러 공적(功績)이 모두 빛을 내다. 『서경(書經)·요전(堯典)』
    에 나오는 표현으로, '熙(희)'는 빛낸다는 의미.

39) 淑懿(숙의) : 품행의 아름다움, 미덕(美德).

이 커다란 기틀을 계승하셨네.　　　　　繼此洪基.

본래 아름다운 덕을 갖추셨고,　　　　　旣有令德,[40]

재주와 기량을 널리 펴셨으며,　　　　　材技廣宣.

기억력이 좋고 박학하여,　　　　　　　强記洽聞,[41]

어려운 정묘(精妙)한 말들을 명백히 밝혔네.　幽讚微言.[42]

문장은 봄꽃 같고,　　　　　　　　　　文若春華,

사고는 솟구치는 샘과 같으며,　　　　　思若涌泉,

지은 글들은 노래할 수 있었고,　　　　　發言可詠,

붓을 대면 한 편을 이루었네.　　　　　　下筆成篇.

무슨 도(道)인들 섭렵하지 않았겠으며,　　何道不洽,[43]

무슨 예(藝)인들 익히지 않겠는가.　　　　何藝不閑.[44]

바둑에서는 치밀함을 드러냈고,　　　　　碁局逞巧,[45]

박혁에서는 적절히 대하셨네.　　　　　　博奕惟賢.[46]

한(漢)왕조에 나아가지 않으시니,　　　　皇家不造,[47]

---

40) 旣(기) : 어조사로 본디 그러했음을 강조함.

41) 强記(강기) : 기억력이 좋음. 洽聞(흡문) : 널리 들어 박학다식함.

42) 幽讚(유찬) : 유찬(幽贊), 숨어서 잘 보이지 않는 것을 명백하게 드러내는 것. 微言(미언) : 정묘(精妙)한 말. 이 구(句)는 일반인들이 이해하기 어려운 정미(精微)한 문장을 쉽게 해석한 것으로 보임.

43) 道(도) : 여기서는 학술을 가리킴. 洽(흡) : 두루 섭렵하여 박식한 것을 말함.

44) 閑(한) : 익히다.

45) 逞巧(영교) : 정교함을 드러내다. 『패문운부(佩文韻府)』 권93에 『위지(魏志)·왕찬전(王粲傳)』을 인용하여 "다른 사람이 두고 있던 바둑판이 끝나는 것을 보고 왕찬이 그것을 다시 복기(復碁)하겠다고 하니, 바둑 두던 사람이 믿지 못하고 천으로 판을 가리고 다시 다른 판에 놓아보도록 하여 서로 비교해 보니 하나도 틀림이 없었다(觀人圍碁局壞, 粲爲覆之, 碁者不信, 以帕蓋局, 使更以他局爲之, 用相比校, 不誤一道)"고 하는 기록이 보이는데, 바로 왕찬의 남다른 기억력을 이르는 말이다.

46) 博奕惟賢(박혁유현) : 박혁에 대해서 그래도 괜찮다고 생각하다. 『논어(論語)·양화(陽貨)』에 "박혁이란 것이 있지 않는가? 그것을 행하는 것이 그래도 안하는 것보다는 낫다(不有博奕者乎? 爲之猶賢乎已)"라는 말에서 나온 것으로, 왕찬이 박혁에 크게 탐닉하지 않았음을 말한다.

47) 皇家(황가) : 한(漢)나라 조정. 不造(부조) : 나아가지 않다. 한편 '되지 않는다'는 뜻으로 '불행(不幸)'을 이르는 말로도 해석할 수 있다.

왕실은 무너져 내렸고,　　　　　　　　京室隕顚,

재상이 정권을 차지하니,　　　　　　　宰臣專制,[48]

황제는 이 때문에 장안으로 옮기셨네.　帝用西遷.[49]

그대는 이에 떠돌아다니시며,　　　　　君乃羈旅,[50]

이러한 어려움을 당하심에,　　　　　　離此阻艱,[51]

훨훨 봉황이 날듯이　　　　　　　　　翕然鳳擧,[52]

형주(荊州)로 숨어 드셨네.　　　　　　遠竄荊蠻.[53]

몸은 궁하였으나 뜻은 컸으며,　　　　身窮志達,

사는 것은 비천하였으나 행동은 고상하였네.　居鄙行鮮,

남쪽 산에서 관(冠)을 털고,　　　　　　振冠南嶽,

맑은 물에서 갓끈을 씻으셨네.　　　　　濯纓淸川.

풀로 이은 집에서 은거하시며,　　　　　潛處蓬室,[54]

권세에 관여하지 않으셨네.　　　　　　不干勢權.

나의 부친께서는 부월(斧鉞)을 흔드시며,　我公奮鉞,[55]

남방에서 무위(武威)를 떨치시니,　　　　耀威南楚,[56]

형주(荊州)의 사람들은 거스르며,　　　　荊人或違,

대책을 짜고 군사를 훈련했다.　　　　　陳戎講武.[57]

---

48) 宰臣(재신) : 중신(重臣)을 말하는데 여기서는 동탁(董卓)을 가리킴.

49) 帝(제) : 한(漢)의 헌제(獻帝). 用(용) : 이 때문에. 西遷(서천) : 헌제(獻帝)가 낙양(洛陽)에서 장안(長安)으로 옮긴 것을 말함.

50) 羈旅(기려) : 나그네로 떠돌아다니다. '旅(려)'는 나그네. 왕찬(王粲)의 고향은 산양(山陽) 고평(高平)으로 지금의 산동성(山東省) 추현(鄒縣) 서남쪽.

51) 離(리) : 당하다, 겪다.

52) 翕然(흡연) : 나는 모양.

53) 荊蠻(형만) : 이선(李善)은 "서경(西京)이 소란스럽자, 왕찬은 형주(荊州)의 유표(劉表)에게 의탁하였다"고 하였는데 여기서는 바로 유표가 있는 형주(荊州)를 말함.

54) 蓬室(봉실) : 가난한 사람이 사는 풀로 이은 집.

55) 公(공) : 저자의 아버지, 조조(曹操).

56) 南楚(남초) : 호남(湖南)의 형양(衡陽), 장사(長沙)의 동쪽에서 강서(江西)의 남창(南昌), 구강(九江)과 안휘(安徽) 남부 일대를 포괄.

57) 陳戎(진융) : 군대의 작전회의. 講武(강무) : 군사(軍事)를 강습하고 군대를 훈련시키

이에 그대는 의기가 발하여,   君乃義發,

우리 군대를 따져보고,   算我師旅,58)

패업(霸業)의 공로를 높이 여겨,   高尙霸功,

우리 조정에 몸을 던지셨네.   投身帝宇.59)

이러한 말이 나오자마자,   斯言旣發,

의논했던 자들이 이에 동의하였네.   謀夫是與.

어떻게 동의하였던가?   是與伊何?60)

우리 황제의 미덕에 이끌린 것이네.   嚮我明德.61)

편약현(編郡縣)에서는 병장기를 던져버렸고,   投戈編郡,62)

양양(襄陽)에서는 죄를 청해왔네.   稽顙漢北.63)

나의 부친께서는 참으로 가상히 여기시어,   我公寔嘉,

경성(京城)에서 표창하시니,   表揚京國.

금 거북과 자주 인끈이   金龜紫綬,64)

공훈의 등급에 따라 빛났네.   以彰勳則.65)

공훈은 어떠하였던가?   勳則伊何?

공로에 겸손함이 그치지 않았네.   勞謙靡已.66)

는 것.

58) 師旅(사려) : 군대.

59) 帝宇(제우) : 조정, 즉 헌제(獻帝)의 황궁. 이선(李善)은 『위지(魏志)』를 인용하여 "유표(劉表)가 죽자, 왕찬은 유표의 아들 종(琮)에게 태조(太祖, 조조)에게 투항할 것을 권하였다"고 하였다.

60) 是與(시여) : 동의하다. 伊(이) : 어조사.

61) 嚮(향) : '嚮(향)'자와 통용하여 '~로 향하다.'

62) 編郡(편약) : 현(縣)이름, 형주(荊州)에 속한 남부(南部)는 18개현으로 나뉘었음. 지금의 호북성(湖北省) 선성현(宣城縣) 동남쪽.

63) 稽顙(계상) : 부모가 죽었을 때 문상객에게 절을 하여 극도의 비애를 표시하는 것을 말하는데, 나중에는 죄를 청하는 행위를 비유하게 되었음. 漢北(한북) : 한수(漢水)의 북쪽, 양양(襄陽)을 가리킴. 바로 유종(劉琮)이 이곳에서 조조에게 투항하였음.

64) 金龜(금귀) : 고관들의 황금 인장과 거북 모양의 인(印) 꼭지를 말함.

65) 則(칙) : 법도(法度), 등급(等級).

66) 勞謙(노겸) : 공로가 있으면서도 겸허함. 『역경(易經)·겸(謙)』에 "공로가 있으면서도 겸손하니 군자(君子)가 그침이 있으니 길(吉)하다(勞謙, 君子有終, 吉)"라고 한 것에서

세상을 걱정하여 집안일을 잊으시고,　　　　　　　憂世忘家,

남다른 책략은 뛰어나 우뚝하였네.　　　　　　　殊略卓峙.

이에 제주(祭酒)를 맡기시고,　　　　　　　　　乃署祭酒,[67]

그대와 더불어 행하고 그쳤네.　　　　　　　　　與君行止.[68]

계책에는 실수가 없었고,　　　　　　　　　　　算無遺策,

계획에는 이치를 잃음이 없었네.　　　　　　　　畫無失理.

우리 왕께서 나라를 세우시니,　　　　　　　　　我王建國,[69]

백관(百官)들이 출중하였는데,　　　　　　　　　百司俊乂.[70]

그대가 영광스럽게 발탁되어　　　　　　　　　君以顯擧,[71]

조정의 기밀을 맡으셨네.　　　　　　　　　　　秉機省闥.[72]

매미날개와 금고리 담비 꼬리를 쓰셨고,　　　　戴蟬珥貂,[73]

붉은 옷에 옥띠를 차셨네.　　　　　　　　　　朱衣皓帶.[74]

들어서는 궁실(宮室)에서 모셨고,　　　　　　　入侍帷幄,[75]

나가서는 일산(日傘)을 드셨으니,　　　　　　　出擁華蓋,[76]

나옴. 靡已(미이) : 그침이 없다.

67) 署(서) : 대리(代理), 우선 맡기다. 祭酒(제주) : 관직명으로 한(漢) 평제(平帝)때 육경제주(六卿祭酒)를 설치하였는데, 자급은 상경(上卿)으로 뒤에 박사제주(博士祭酒)를 설치하여 오경박사(五經博士)의 수장이 되었음.

68) 與君行止(여군행지) : 왕찬과 더불어 제사를 행하고 그치다. 『위지(魏志)·왕찬전(王粲傳)』에 따르면 왕찬은 군모제주(軍謀祭酒)로 옮겼고, 위(魏)나라가 건국되고 시중(侍中)에 제수되었다고 함.

69) 建國(건국) : 『위지(魏志)·무제기(武帝紀)』에 따르면, 건안(建安) 18년(213) 5월에 헌제(獻帝)는 조조(曹操)를 위공(魏公)으로 봉하였고, 7월 조조는 위(魏)나라의 종묘사직을 세웠으며, 11월에는 상서(尙書), 시중(侍中), 육경(六卿)을 두었다고 한다.

70) 俊乂(준예) : 재주와 덕이 출중함. 또는 그러한 사람.

71) 顯擧(현거) : 영광스럽게 발탁되다.

72) 省闥(성달) : 궁중(宮中), 금중(禁中), 즉 조정.

73) 蟬珥貂(선이초) : 당시의 관모(冠帽)로, 한대(漢代)의 시중(侍中)이나 중상시(中常侍)들의 관(冠)에는 담비꼬리와 금고리, 매미 날개의 장식이 있었음.

74) 皓帶(호대) : 옥으로 장식한 허리 띠.

75) 帷幄(유악) : 궁실(宮室)의 유막(帷幕). 군왕이 거처하는 곳.

76) 華蓋(화개) : 제왕이나 고관이 사용하는 일종의 일산(日傘).

영화가 당세(當世)에 빛났고,　　　　　　　　　榮耀當世,

아름다운 명성 성대하였네.　　　　　　　　　芳風晻藹.77)

아! 저 동오(東吳)가　　　　　　　　　　　　嗟彼東夷,78)

장강(長江)을 의지하고 호수를 막고 있으니,　　憑江阻湖,

변경은 소란스러워,　　　　　　　　　　　　騷擾邊境,

우리 군사들을 수고롭게 하네.　　　　　　　　勞我師徒.

용맹한 전차들은,　　　　　　　　　　　　　光光戎輅,79)

번개치고 바람이 부는 듯 하는데,　　　　　　霆駭風徂,80)

그대는 화려한 수레를 모셨으니,　　　　　　　君侍華轂,81)

왕도(王道)는 찬란하였네.　　　　　　　　　　輝輝王塗.82)

영예를 생각하고 오랑캐를 귀속시키는데 있어,　思榮懷附,83)

저들이 복종해 오기를 바라네.　　　　　　　　望彼來威,84)

어찌하여 뜻을 이루지 못했는가?　　　　　　　如何不濟,85)

운명(運命)이 다하고 쇠하였네.　　　　　　　運極命衰,

와병(臥病)이 오래도록 낫지 않았으니,　　　　寢疾彌留,86)

길(吉)함은 가고 흉(凶)함이 돌아왔네.　　　　吉往凶歸.

---

77) 晻藹(암애) : '가려 덮다'는 뜻으로 성대한 모양. 芳風(호풍) : 아름다운 명성을 비유함.

78) 東夷(동이) : 동오(東吳)를 가리킴.

79) 光光(광광) : 용맹한 모양. 戎輅(융로) : 전투용 수레.

80) 霆駭(정해) : 번개가 친다. 즉 무력이 막강함을 형용.

81) 華轂(화곡) : 화려하게 채색한 수레, 즉 왕의 수레를 말함. 건안 21년(216) 조조(曹操)
　　가 오(吳)를 정벌할 때 왕찬이 종군(從軍)하였음.

82) 王塗(왕도) : 왕도(王道).

83) 思榮懷附(사영회부) : 영예를 생각하고 [오랑캐들을] 귀속시키다. 『문선(文選)』 권56
　　에서 이선(李善)은 이 구(句)를 "왕찬은 존귀한 영예를 생각하며 뜻은 오랑캐를 귀속시
　　키는 데 있었음을 말하는 것이다(言仲宣思念寵榮, 志在懷附異類)"라고 설명하였음.

84) 彼(피) : 오(吳)나라를 가리킴. 威(위) : 두려워 복종하다.

85) 濟(제) : 뜻을 이루다.

86) 寢疾(침질) : 와병(臥病). 彌留(미류) : 병이 낫지 않고 오래 가다. 『서경(書經)·고명
　　(顧命)』에 "병이 날로 이르러 이미 더 심해졌다(病日瑧, 旣彌留)"라고 한 데서 온 표현
　　으로 병이 오래도록 낫지 않는 것을 말함.

오호라! 슬프도다!　　　　　　　　　　嗚呼哀哉!

바람에 날리는 그대의 자식들은　　　　　翩翩孤嗣,[87]

통곡하며 무너져 꺾이네.　　　　　　　　號慟崩摧,

수레는 떠나 업성(鄴城)으로 가며,　　　發軫北魏,[88]

멀리 회수(淮水)에 이르렀네.　　　　　　遠迄南淮.[89]

산하(山河)를 두루 지나가니,　　　　　　經歷山河,

눈물이 무너져 내릴 듯 흐르고　　　　　　泣涕如頹.

슬픈 바람은 비감을 일게 하고,　　　　　哀風興感,

가는 구름도 배회하며,　　　　　　　　　行雲徘徊.

노니는 물고기 물을 잃고,　　　　　　　游魚失浪,

돌아가는 새 깃드는 것을 잊네.　　　　　歸鳥忘棲.

오호라! 슬프도다!　　　　　　　　　　嗚呼哀哉!

나와 그대는,　　　　　　　　　　　　　吾與夫子,

의리는 이어지고 퇴색하지 않아,　　　　義貫丹靑,[90]

금슬(琴瑟)같이 잘 어울렸고,　　　　　好和琴瑟,

분수는 친구를 넘어섰네.　　　　　　　　分過友生.

바라네. 오랜 세월　　　　　　　　　　庶幾遐年,[91]

손잡고 같이 갈 수 있기를.　　　　　　　攜手同征.

어찌하여 돌연히　　　　　　　　　　　如何奄忽,[92]

나를 버리고 일찍 시드셨는가?　　　　　棄我夙霄.[93]

---

87) 翩翩(편편) : 바람에 날리는 모양. 여기서는 아버지 왕찬을 잃은 자식들의 불안한 모
　습을 형용함. 孤嗣(고사) : 부모를 여읜 자손. 즉 왕찬의 두 아들을 말함.

88) 北魏(북위) : 위(魏)나라의 수도 업성(鄴城).

89) 南淮(남회) : 회수(淮水) 이남. 조조(曹操)가 오(吳)를 정벌할 때 주둔했던 거소(居巢)
　를 가리키며 지금의 안휘성(安徽省) 소현(巢縣).

90) 貫(관) : 이어지다. 丹靑(단청) : 주사(朱砂)와 청확(靑雘)으로 쉽게 퇴색되지 않는 성
　질을 비유하여 밝게 드러나는 것을 비유함.

91) 庶幾(서기) : 바라다.

92) 奄忽(엄홀) : 돌연히.

지난날 연회를 생각해보니,　　　　感昔宴會,

뜻은 각기 높고 날카로웠으나,　　志各高厲.

나는 그대에게 놀렸지,　　　　　予戲夫子,

금석 같아 쓰러지지 않는다고.　　金石難弊.

사람의 목숨이 무상하고,　　　　人命靡常,

길흉은 법도를 달리하네.　　　　吉凶異制.

여기에서 함께 즐긴 사람 중에　　此驩之人,94)

누가 먼저 죽을까라고 했었네.　　孰先隕越?95)

어떻게 그대가 깨달았는지,　　　何寤夫子,

과연 먼저 가버렸구나!　　　　　果乃先逝!

또 생사(生死)와　　　　　　　　又論死生,

존망을 여러 번 논했는데,　　　　存亡數度.

그대는 여전히 의심을 품고　　　子猶懷疑,

명백한 근거를 찾으셨네.　　　　求之明據.

만약 영혼이라도 있어,　　　　　儻獨有靈,

혼백이 하늘에서 논다면,　　　　游魂泰素,96)

나는 장차 날개를 빌려,　　　　　我將假翼,

훨훨 높이 날아올라　　　　　　飄颻高擧,

상서로운 구름을 넘어　　　　　超登景雲,97)

그대를 하늘 길에서 만나고 싶네.　要子天路.98)

운구(運柩)가 이미 이르러,　　　喪柩旣臻,

장차 업성(鄴城)으로 가는데,　　將及魏京,99)

---

93) 夙霝(숙령): 일찍 시들다. 여기서는 죽는 것을 완곡하게 표현한 말.

94) 此(차): 장소를 가리키는 지시대명사로 ‘여기.’ 驩(환): 함께 즐기다.

95) 隕越(운월): 전도되어 떨어지다. 즉 죽는 것을 비유함.

96) 泰素(태소): 하늘을 구성하는 바탕, 즉 하늘.

97) 景雲(경운): 상서로운 구름, 경운(慶雲).

98) 要(요): 서로 만나다.

상여는 나아가질 못하고,　　　　　　靈輀回軌,100)

백마는 슬프게 우네.　　　　　　　　白驥悲鳴.101)

빈 성곽에 보이는 것은 없고,　　　　虛廓無見,

그림자와 모습을 감추셨네.　　　　　藏景蔽形,

누군가 중선(仲宣)이라 불러도　　　　孰云仲宣,

그 소리를 듣지 못하네.　　　　　　　不聞其聲.

고개를 빼고 탄식하니,　　　　　　　延首歎息,

비 같은 눈물이 목을 교차하네.　　　雨泣交頸.

아! 그대여!　　　　　　　　　　　　嗟乎夫子,

무덤에서 영원히 편안하시게.　　　　永安幽冥.102)

어느 누가 죽지 않겠는가?　　　　　人誰不歿,

현달한 선비는 명성을 도모하네.　　達士徇名,103)

삶은 영광이요, 죽음은 슬픈 것이니,　生榮死哀,104)

또한 커다란 영광이네.　　　　　　　亦孔之榮.105)

오호라! 슬프구나!　　　　　　　　　嗚呼哀哉!

---

99) 魏京(위경) : 위(魏)나라의 수도인 업성(鄴城).

100) 靈輀(영이) : 상여. '輀(이)'는 관(棺)을 실은 수레. '靈(영)'은 '神(신)'자와 같이 별다른
뜻 없이 높여 부른 말.

101) 驥(기) : 천리마를 뜻하지만 여기는 상여를 끄는 일반 말을 말함.

102) 幽冥(유명) : 어두운 곳. 바로 무덤을 가리키는 말.

103) 達士(달사) : 현달한 선비. 徇名(순명) : 명예(名譽)를 도모하다.

104) 生榮死哀(생영사애) : 『논어(論語)·자장(子張)』에 "그가 살아 계시면 영광스럽게 여
기고, 돌아가시면 슬퍼한다는 것이니(其生也榮, 其死也哀)"라고 한 것에서 온 표현.

105) 孔(공) : 크다.

10-9. 창서를 위한 조문(倉舒誄)[1]

서문

건안(建安) 13년(208) 5월 갑술(甲戌)일에 동자(童子) 조창서가 죽었다. 이에 뢰(誄)를 지어 말하였다.

建安十三年五月甲戌,[2] 童子曹倉舒卒,[3] 乃作誄曰:

10-9. 倉舒誄(창서뢰)

1) 이 조문은 이복동생인 조충(曹沖)의 죽음을 애도한 글로 그는 건안(建安) 13년(208)에 죽었으므로 그때 지어진 것이 된다. 당시 조식의 나이는 17세, 조조와 출정한 시기이다. 또한 서문에서 언급한 죽은 날짜도 사서(史書)와는 부합되지 않는 의문이 남는다. 倉舒(창서) : 조조의 아들인 조충(曹沖, 196~208)의 자(字). 묘호(廟號)는 등애왕(鄧哀王). 조비와는 이복동생으로 조조는 그의 재주를 매우 총애하여 조비의 또 다른 경쟁 상대였으나, 병으로 일찍 죽음. 정안(丁晏)의 주(注)는 다음과 같다. "정본(程本)에는 보이지 않음. 『위지(魏志)・등애왕충전(鄧哀王沖傳)』에 따르면 자(字)는 창서(倉舒)이며 어릴 적부터 총명하고 뛰어나게 영리하였다. 나이 13세, 즉 건안(建安) 13년에 병을 앓아 태조가 친히 살려내도록 하였으나 죽으니 슬픔이 아주 심했다. 이에 형수 견씨(甄氏)의 죽은 딸과 합장해 주었다고 한다. 또한 「병원전(邴原傳)」에서는 원(原)의 딸이 일찍 죽었는데, 당시 태조(太祖)의 사랑하는 아들 창서(倉舒)도 죽었다. 이에 태조는 합장하고자 하니, 원(原)이 사양하여 태조도 이내 그만두었다고 한다. 이 편은 『고문원(古文苑)』 권9와 『예문유취(藝文類聚)』 권45에는 모두 위문제(魏文帝)의 작품으로 인용되어 있다. 지금 그 문장의 기운을 감상하여 보면 맑고 그윽하며 문장이 빼어나 실제로 조비(曹丕)의 다른 작품과 유사하고, 진사왕(陳思王)의 질박하고 무성함과 다르다. 게다가 뢰(誄)의 중간에 "마땅히 복을 누려야하는 것은 영원히 끝이 없거늘,(宜逢分祚, 以永無疆)"이라고 하는 구(句)가 보이는데 역시 진사왕에게서 나온 것이 아니다. 장씨(張氏)가 『예문유취(藝文類聚)』에서 진사왕의 「임성왕뢰」와 연이어 인용하였기 때문에 잘못 따온 것으로 생각된다. 구본(舊本)에 있기 때문에 우선 덧붙여 남겨두지만 그 잘못을 바로 잡았다. 『고문원(古文苑)』은 이 문장보다 수십 구(句)가 더 보태져 있는데, 또한 취하여 교감하여 보충하지 않는다." 한편 엄가균(嚴可均)과 조유문(趙幼文)은 이 글이 조식의 작품이 아니라 조비의 글로 보았고, 부아서(傅亞庶) 역시 이 글을 『조비집(曹丕集)』에 넣어 두고 있다.

2) 三(삼) : 저본에는 '二(이)'로 되어있으나 『위지(魏志)・등애왕충전(鄧哀王沖傳)』에 "등애왕(鄧哀王) 충(沖)은 자(字)가 창서(倉舒)이고 어려서부터 매우 총명하였다. (…중략…) 나이 13세, 건안(建安) 13년(208)에 병에 걸려, 태조(太祖)가 친히 살려내도록 하였으나 죽었다(鄧哀王沖, 字倉舒, 少聰察岐嶷. (…中略…) 年十三, 建安十三年疾病,

본문

아! 훌륭한 동생이여!	於惟淑弟,[4]
아름답고 참으로 어질도다!	懿矣純良.
태어나면서 아름다운 자질은 풍부하여,	誕豊令質,
하늘의 광채를 입었었네.	荷天之光.
총명하고도 어질어,	旣哲且仁,
부드러움으로 강함을 이겼네.	爰柔克剛.[5]
너의 덕은 널리 포용하였고,	彼德之容,
나의 바른 행동을 사랑하였네.	慈我肇行.[6]
마땅히 복을 누려야 하는 것은,	宜逢分祚,[7]
영원하고 끝이 없는 것이거늘,	以永無疆.
어찌하여 하늘이,	如何昊天,
이 영걸을 죽이시는가?	凋斯俊英.
오호라! 슬프도다!	嗚呼哀哉!
사람의 삶이란,	惟人之生,
아침이슬과 같아,	忽若朝露.[8]
백년도 순간이고,	促促百年,[9]
쉼 없이 흘러 가 저무네.	亹亹行暮.[10]

太祖親爲請命, 及亡"고 하였고, 이 작품의 본문에 "13세에 죽었다"고 하였으므로 '二(이)'는 '三(삼)'의 잘못임이 틀림없다. 이에 바로 잡음.

3) 童子(동자) : 성년(成年)이 되지 않은 사람.

4) 於惟(오유) : 감탄 발어사.

5) 爰(원) : 발어사로 의미 없음.

6) 肇行(조행) : 바른 행동. 저본에는 '聿行(율행)'으로 되어 있으나, 『전삼국문(全三國文)』의 교정에 따라 바로잡음.

7) 分祚(분조) : 복을 나누다, 즉 봉작(封爵)을 받아 후왕(侯王)이 되는 것을 가리킴.

8) 忽若(홀약) : 마치 ~처럼.

9) 促促(촉촉) : 아주 짧은 시간을 형용함.

10) 亹亹(미미) : 쉼 없이 나아가는 모양.

하물며 네가 요절하여,　　　　　　短爾旣夭,[11]

13살에 죽어버림에 있어서야!　　十三而卒.

무슨 죄를 하늘에 지어,　　　　　何辜於天,

천명을 다하지 못하는가?　　　　景命不遂.[12]

10-10. 금호를 위한 애도의 글(金瓠哀辭)[1]

서문

금호(金瓠)는 나의 맏딸이다. 비록 말은 하지 못했으나, 그래도 벌써 안색을 보고 마음을 알았다. 태어난 지 190일 만에 요절하니, 이에 이 애사를 지었다.

　金瓠, 予之首女, 雖未能言, 固已授色知心矣.[2] 生十九旬而夭折,[3] 乃

---

11) 短(신) : '況(황)'의 뜻으로 '하물며.'

12) 景命(경명) : 천명(天命).

10-10. 金瓠哀辭(금호애사)

1) 부아서(傅亞庶)에 따르면 이 애도의 문장은 건안(建安) 18년(213)에 지은 것으로 추정하고 있다. 당시 조식의 나이 22세였다. 서문에 말하고 있는 것처럼 190일 만에 죽은 첫 딸의 죽음을 애도하는 글로 작자의 세밀한 감정이 두드러지게 표현된 작품이다. 한편 앞서 본 뢰(誄)와는 달리 조식의 애사(哀辭)들은 4언(言) 대신에 6언(言)의 구법을 보여주고 있다. 哀辭(애사) : 『문장유별론(文章流別論)』에 따르면, 뢰(誄)의 일종으로 최원(崔瑗), 소순(蘇順), 마융(馬融) 등이 이를 지어 수명을 다하지 못하고 죽은 자에게 주었고 건안(建安) 중에는 문제(文帝), 임치후(臨淄侯) 등은 자식을 잃고 서간(徐幹), 유정(劉楨) 등에게 애사를 짓게 하였다고 한다. 이러한 애사는 애통함을 주(主)로 하며 탄식하는 말로 이어진다고 하였음. 金瓠(금호) : 최씨(崔氏) 부인과 조식의 첫째 딸.

2) 授色知心(수색지심) : 사람의 안색을 알아보고 사람의 기쁘고 슬픈 것을 안다는 뜻.

作此辭. 辭曰

본문

강보(襁褓)에 넣어 어루만져 기르면서,
아이에게 웃으면 말이 없었네.
한 살도 채우지 못하고 요절하니,
어찌 하늘에 죄를 지은 것인가?
분명 내 죄가 불러온 바인데,
슬프게도 어린 아이의 허물이 생겼구나.
부모의 품을 떠나가서,
미약한 뼈를 거름흙에 묻었구나!
하늘은 영원하고 땅은 유구한데,
사람의 삶이 얼마나 되던가?
그 앞과 뒤는 알 수 없으니,
너를 따라 갈 날 있겠지.

在襁褓而撫育,
向孩笑而未言.
不終年而夭絶,4)
何見罰於皇天.
信吾罪之所招,
悲弱子之有愆.5)
去父母之懷抱,
滅微骸於糞土.6)
天長地久,
人生幾時,
先後無覺,
從爾有期.

---

3) 旬(순) : 10일.
4) 終年(종년) : 한 살이 되다.
5) 愆(건) : 허물, 잘못.
6) 滅(멸) : 파묻다.

10-11. 행녀를 위해 지은 애도의 글(行女哀辭)[1]

서문

행녀(行女)는 늦가을에 태어나서 초여름에 죽었다. 3년 사이에 연달아
두 자식의 상을 치렀다.

行女生於季秋,[2] 而終於首夏. 三年之中, 二子頻喪.[3]

본문

상제(上帝)가 수명을 내려주시는데,	伊上帝之降命,[4]
어찌하여 장단(長短)을 헤아리기 어려운가?	何短修之難裁.[5]
혹 노인이 되어서 수명을 마치기도 하고,	或華髮以終年,[6]
혹 회임하자마자 재앙을 만나기도 하네.	或懷妊而逢災.
슬프게도 지난 슬픔 미처 다하지도 않았는데,	感前哀之未闋,[7]
다시 새로운 재앙이 거듭 닥쳐왔네.	復新殃之重來.[8]

10-11. 行女哀辭(행녀애사)

1) 부아서(傅亞庶)에 따르면 이 애도의 문장은 건안(建安) 20년(215)에 지어졌다고 추정
   한다. 역시 태어 난지 일 년도 되지 않아 죽은 둘째 딸을 애도하는 글로 금호(金瓠)의
   문장에서보다 감정이 다소 조절되고 있다. 行女(행녀) : 조식의 둘째 딸로 언제 태어났
   는지는 알려져 있지 않음.
2) 季秋(계추) : 가을의 맨 마지막 달.
3) 二子(이자) : 두 자식, 즉 금호(金瓠)와 여기의 주인공 행녀(行女). 頻(빈) : 연달아, 연
   이어.
4) 伊(이) : 발어사로 아무런 뜻이 없음.
5) 短修(단수) : 수명의 길고 짧음. 裁(재) : 헤아리다.
6) 華髮(화발) ; 꽃같이 하얀 두발, 즉 노인을 상징함.
7) 前哀(전애) : 이전의 슬픔, 즉 금호(金瓠)의 죽음을 말함. 闋(결) : 다하다.
8) 新殃(신앙) : 새로운 재앙, 즉 행녀(行女)의 죽음.

무궁화가 저녁에 피는 것처럼,　　　　　　　方朝華而晚敷,[9]

새벽이슬 보다 먼저 말라버리네.　　　　　　比晨露而先晞.

죽은 자를 따라갈 수 없음을 생각하니,　　　感逝者之不追,

슬픈 마음은 멍해지고 평상심을 잃네.　　　悵情忽而失度.[10]

하늘은 높이 덮여 층계도 없는데,　　　　　天蓋高而無階,

이 한을 품고서 누구에게 하소연할까?　　　懷此恨其誰訴.

잔구(殘句)

아버지께서는 촉한(蜀漢)을 정벌하셨다.　　　家王征蜀漢.[11]

---

9) 方(방) : ~하는 것처럼. 朝華(조화) : 조근(朝槿, 무궁화). 꽃이 아침에 피어 저녁에 떨어진다고 함.

10) 悵情忽(창정홀) : 마음이 슬프고 멍해지는 것을 표현하고 있음. 『전삼국문(全三國文)』에서 엄가균(嚴可均)은 '情忽忽(정홀홀)'로 교정하였는데, 역시 문맥에는 이상이 없다. 度(도) : 평상시의 태도

11) 家王(가왕) : 아버지인 조조(曹操)를 가리킴. 정안(丁晏)에 따르면 『문선(文選)』에 실린 사령운(謝靈運)의 「의위태자업중시(擬魏太子鄴中詩)」에서 이선(李善)이 「행녀애사(行女哀辭)」로 인용했다고 하였고, 이 문장은 서문에서 누락된 것으로 추정하였다.

10-12. 중옹을 위해 지은 애도의 글(仲雍哀辭)[1]

서문

조개(曹喈)의 자(字)는 중옹(仲雍)이요, 위(魏) 태자(太子)의 둘째아들이다.
3월에 태어나서 5월에 죽었다.

曹喈字仲雍, 魏太子之仲子也.[2] 三月而生, 五月而亡.

본문

| 옛날 후직(后稷)이 차가운 얼음에 있었을 때에도, | 昔后稷之在寒冰,[3] |
| 투곡(鬭縠)이 초(楚)나라 못에 있을 때에도 | 鬭縠之在楚澤,[4] |

10-14. 仲雍哀辭(중옹애사)

1) 이 글은 조비의 둘째 아들의 요절을 애도한 글이다. 서문에서 '魏太子(위태자)'라는
말을 쓰고 있는 것으로 보면 조비가 태자가 된 후(217)에서 왕위에 오른 시기(220) 사
이에 지어진 작품으로 추정된다. 이에 부아서(傅亞庶)는 건안(建安) 23년(218)에 이 작
품을 쓴 것으로 추정하였다. 하지만 『삼국지(三國志)·위지(魏志)』 권20에는 "조비에
게는 아홉 아들이 있었는데, 견(甄)황후는 명제(明帝, 조예)를 낳았고 이귀인(李貴人)은
찬애왕(贊哀王) 조협(曹恊)을 낳았고(文皇帝九男, 甄氏皇后生明帝, 李貴人生贊哀王
恊)"라고 하여 둘째 아들이 조협(曹恊)임을 알 수 있으며, 일찍 죽어 태화(太和) 5년
(231)에 추봉(追封)하여 경상공(經殤公)이라 했다는 기록이 보이는 것으로 보아 조식이
말하고 있는 조개(曹喈)는 조협(曹恊)과 동일 인물인지 고증이 필요하다. 엄가균(嚴可
均)은 제목에 성씨인 '曹(조)'를 넣어 교정하였음.
2) 魏太子(위태자) : 조비(曹丕).
3) 后稷之在寒冰(후직지재한빙) : 『사기(史記)·주본기(周本紀)』에 따르면, 후직(后稷)
의 어머니 강원(姜嫄)은 들에 나갔다가 큰 발자국을 보고 마음이 즐거워 밟고 지나가
자 임신을 했다고 한다. 그녀는 상서롭지 못하다고 생각하여 그를 골목에 버렸으나 우
마(牛馬)가 밟지 않고 피해갔으며, 숲속에 버려도 사람을 만나게 되고 개울가 얼음에
버려두었더니 새가 날아와 날개로 덮어주었다고 하니 결국 그를 받아들여 길렀다고
하는 이야기.
4) 鬭縠(투곡) : 투곡어토(鬭縠於菟). 『좌전(左傳)·선공(宣公) 4년』에 따르면, 춘추시대

모두 새와 호랑이에게 의지했으나 　　　　咸依鳥馮虎,

풍진(風塵)의 재앙이 없었다. 　　　　而無風塵之災.5)

지금의 검은 대자리와 깔개에는 　　　　今之玄第文茵,6)

차가운 얼음의 고통도 없고, 　　　　無寒冰之慘.

비단 휘장은 　　　　羅幃綺帳,

나는 새의 날개보다 따뜻하며, 　　　　暖於翔鳥之翼.

아늑한 방과 조용한 집은 　　　　幽房閑宇,

운몽의 들판보다 조용하고, 　　　　密於雲夢之野.7)

자애로운 어머니와 좋은 보모는 　　　　慈母良保,

새와 호랑이보다 인자하였건만, 　　　　仁乎鳥虎之情.

끝내 돌까지 살지 못하고 　　　　卒不能延期於朞載,8)

60일 만에 요절하였다. 　　　　離六旬而夭殂.9)

저 고독한 난초는 미약하여도, 　　　　彼孤蘭之眇眇,10)

분명 줄기를 이루어 꽃을 피우나, 　　　　亮成榦其畢榮.11)

슬프게도 미약한 어린 아기는, 　　　　哀綿綿之弱子,12)

일찍 세상을 등지고 형체를 감추네. 　　　　早背世而潛形.

게다가 일 년의 돌도 채우지 못했으니, 　　　　且四孟之未周,13)

초(楚)나라의 대부로 자(字)는 자문(子文)으로 그 어머니가 들판에 버렸으나 호랑이가
그에게 젖을 주었다고 하여 붙여진 이름.

5) 風塵(풍진): 위험과 재난을 비유.

6) 玄第(현자): 검은 대자리. 文茵(문인): 문양 있는 방석.

7) 雲夢(운몽): 연못 이름으로 오늘날 호남성(湖南省) 익양현(益陽縣) 이북과 호북성(湖
北省) 지강현(枝江縣) 이남을 포함하며 무한(武漢)의 서쪽 지구. 密(밀): '靜(정)'의 뜻
으로 고요하다.

8) 朞載(기재): 기년(朞年), 즉 돌.

9) 離(리): '歷(력)'의 뜻으로 시간이 지나가다. 이상의 문장은 서문으로 구분되지 않고
원문에 붙어 있어, 엄가균(嚴可均)의 교정에 따라 줄을 바꾸어 표시함.

10) 眇眇(묘묘): 미약하거나, 의지할 데 없는 것을 형용함.

11) 畢榮(필영): 꽃을 피우다. '榮(영)'은 꽃.

12) 綿綿(면면): 미약한 모습.

13) 四孟(사맹): 맹춘(孟春), 맹하(孟夏), 맹추(孟秋), 맹동(孟冬). 즉 1년 사계절.

얼마나 한 살을 기원했던가.　　　　　　將何願乎一齡.14)

음산한 구름 흰 덮개를 맴돌고,　　　　陰雲回於素蓋,

슬픈 바람이 수레바퀴에 일어나네.　　悲風動其扶輪.15)

묘실의 문에 임하여 흐느낌에,　　　　臨埏闥以欷歔,16)

눈물이 솟구쳐 두건을 적시네.　　　　淚流射而沾巾.17)

잔구(殘句) 1

먼지는 바람에 날리는데 영혼은 어디로 돌아갔나?　　流塵飄蕩魂安歸.18)

잔구(殘句) 2

황천의 빈 성곽에서 통곡하네.　　　　　　痛玄廬之虛廓19)

---

14) 將(장) : '또한', '그리고.' 위 구(句)의 '且(차)'와 같은 뜻으로 쓰인 것으로 보임.

15) 扶輪(부륜) : '扶(부)'자와 '蒲(포)'자는 통용하여 '蒲輪(포륜)'을 말하는데, 수레가 덜 컹거리지 않도록 부들로 바퀴를 감싼 것을 뜻함. 여기서는 상여의 수레바퀴.

16) 埏闥(연달) : 묘실(墓室)의 문(門). 欷歔(희허) : 흐느껴 우는 모양.

17) 射(사) : 뿜어내다.

18) 정안(丁晏)에 따르면 『문선(文選)』에 실려 있는 유삭(劉鑠)의 「의고시(擬古詩)」에서 이선(李善)의 주(注)에 「중옹뢰(仲雍誄)」로 인용되었는데, 이 뢰(誄)는 바로 이 애사(哀辭)를 말한다고 하였음.

19) 玄廬(현려) : 황천(黃泉)을 가리키는 말. 『문선(文選)』의 육기(陸機)의 「만가(挽歌)」에 서 이선(李善)이 「중옹애사(仲雍哀辭)」로 인용하였음.

『조집전평(曹集銓評)』 일문(逸文)

[부(賦)]

1. 도읍을 옮기며(遷都賦)[1]

하늘의 사방 경계를 살펴보면	覽乾元之兆域兮,[2]
옛날에 사람과 사물이 처음으로 존재하기 시작했네.	本人物乎上世.
혼돈(混沌)하여 음양(陰陽)은 나뉘지 않았고	紛混沌而未分,[3]
인류는 짐승과 구별되지 않았었네.	與禽獸乎無別.
소라와 참조개를 깨트리고 푸성귀를 먹으며	椓蠡蜊而食蔬,[4]
짐승의 가죽과 털을 주워 자기 몸을 덮었네.	摭皮毛以自蔽.[5]

---

1. 遷都賦(천도부)
   1) 『문선(文選)』에 실린 조대가(曹大家)의 「동정부(東征賦)」의 이선(李善) 주(注)에 보인다.
   2) 乾元(건원) : 하늘. 兆域(조역) : 묘지(墓地). 묘지의 사방의 경계(境界). 사방의 경계의 안.
   3) 紛(분) : 어지럽다. 混沌(혼돈) : 음양(陰陽)의 두 기운이 아직 나뉘지 않은 때. 여기서는 천지(天地)가 처음으로 나뉘어 땅이 황량한 것을 가리킨다.
   4) 椓(탁) : 치다. 때리다. 蠡(라) : 소라. 蜊(리) : 합리(蛤蜊). 참조개.

2. 운명을 슬퍼하며(悲命賦)¹⁾

영혼이 나부낌을 슬퍼한다.　　　　　　　　　　哀魂靈之飛揚.

3. 시절을 느끼며(感時賦)¹⁾

장마가 오래도록 내려　　　　　　　　　　　惟淫雨之永降,²⁾
30일을 보냈건만 하늘은 아직 개지 않았네.　　　曠三旬而未晞.³⁾

4. 잔치의 즐거움(宴樂賦)¹⁾

신령스러운 거북이 노래하고 춤추니 특이하고　神龜歌舞異俗,
원숭이는 동아줄 위에서 놀며 장대를 찾는다.　猨戲索上尋橦.²⁾

---

5) 摭(척) : 줍다. 주워 모으다. 自蔽(자폐) : 자기 몸을 덮다.
2. 悲命賦(비명부)
　1)『문선(文選)』에 실린 강엄(江淹)의 「별부(別賦)」의 이선(李善) 주(注)에 보인다.
3. 感時賦(감시부)
　1)『문선(文選)』에 실린 포조(鮑照)의 「고열행(苦熱行)」의 이선(李善) 주(注)에 보인다.
　2) 淫雨(음우) : 장마.
　3) 曠(광) : 사이에 두다. 거리를 두다. 晞(희) : 마르다.
4. 宴樂賦(연락부)
　1)『북당서초(北堂書鈔)』 권113에 보인다.

5. 마음을 위로하며(慰情賦)[1]

황초(黃初) 8년 정월에 비는 내리고	黃初八年正月雨,[2]
북풍에 차가운 기운 불어오니	而北風飄寒,
정원의 과일은 얼어서 떨어지고	園果墮冰,
가지와 줄기는 꺾이고 부러지네.	枝幹摧折.

6. 낙양(洛陽賦)[1]

여우와 담비가 이 문에 구멍을 뚫으니	狐貉穴於此闥兮,[2]
띠풀과 강아지풀이 황궁에 자랐네.	茅莠生於禁闈.[3]
본래는 천자께서 거처하시는 곳인데	本至尊之攸居,[4]

---

2) 橦(장) : 장대. 저본에는 '撞(당)'으로 되어 있으나 조유문(趙幼文)의 『조식집교주(曹
　植集校注)』(537면)와 부아서(傅亞庶)의 『삼조시문전집역주(三曹詩文全集譯注)』(810면)
　에는 모두 '橦(장)'으로 되어 있다.

5. 慰情賦(위정부)

1)『북당서초(北堂書鈔)』권156에 보인다. 엄가균(嚴可均)의 『전삼국문(全三國文)』에는
　제목이 「위정부서(慰情賦序)」로 되어 있음.

2) 黃初八年(황초팔년) : 위(魏) 문제(文帝) 조비(曹丕)가 황초(黃初) 7년에 죽어, 황초에
　'八年(팔년)'은 없다. 부아서(傅亞庶)는 '八年(팔년)'을 '六年(육년)'의 잘못으로 보았다
　(『三曹詩文全集譯注』, 965면).

6. 洛陽賦(낙양부)

1)『북당서초(北堂書鈔)』권158에 보인다.

2) 貉(학) : 담비. 살쾡이와 비슷한데, 머리와 코가 뾰족하고 털이 많다. 穴(혈) : 구멍을
　뚫다. 闥(달) : 문. 궁중(宮中)의 소로(小路)에 세운 문.

3) 茅莠(모유) : 띠풀과 강아지풀. 禁闈(금위) : 황궁(皇宮). 闈(위) : 대궐의 작은 문. 대궐
　옆에 있는 쪽문.

지금은 □ 참으로 슬프네.　　　　　　　　于今□之可悲.

7. 꿩 사냥(射雉賦)[1]

늦봄 3월에　　　　　　　　　　　暮春之月,[2]
보리가 들판에 가득하고　　　　　　宿麥盈野,[3]
들에는 꿩들이 무리지어 울고 있네.　野雊羣雊.[4]

8. 부채(扇賦)[1]

마음은 호탕하여 밖으로 펼쳐지고　　情駘蕩而外得,[2]
기분은 기쁘고 속은 편안하네.　　　心悅豫而內安.
오씨(吳氏)의 아름다움이 더 돋보이도록 하고　　增吳氏之姣好,[3]

---

4) 至尊(지존) : 제왕(帝王)을 가리킨다. 攸居(유거) : 거처하는 곳.
7. 射雉賦(사치부)
　1)『초학기(初學記)』권3에 보인다.
　2) 暮春(모춘) : 늦봄. 음력 3월.
　3) 宿麥(숙맥) : 보리. 보리는 가을에 심어서 이듬해에 거두어들이기 때문에 '宿(묵다)'이
　라 한다.
　4) 雊(구) : 장끼가 울다.
8. 扇賦(선부)
　1)『초학기(初學記)』권19,『태평어람(太平御覽)』권381에 보인다.
　2) 駘蕩(태탕) : 넓고 크다.
　3) 吳氏(오씨) : 춘추(春秋)시대 오(吳)나라의 미녀(美女). 姣好(교호) : 아름답다. 얼굴이

서시(西施)의 옥 같은 얼굴에 빛이 나게 하네.　　　　發西子之玉顔.[4]

9. 멀리 떠나며(遙逝)[1]

새벽이라 가을 기운 슬프고　　　　　　　　晨秋氣之可悲兮,
서늘한 바람 스산하고 매섭네.　　　　　　凉風肅其嚴厲.[2]
신비한 용(龍)은 깊은 못에 들어앉아 있고　神龍盤於重泉兮,[3]
높이 오르는 뱀은 굴속에서 잠을 자네.　　騰蛇蟄于幽穴.[4]

예쁘다.
　4) 西子(서자) : 춘추시대 월(越)나라의 미녀 서시(西施).
9. 遙逝(요서)
　1) 『북당서초(北堂書鈔)』 권158에 보인다.
　2) 肅(숙) : 차다. 스산하다. 嚴厲(엄려) : 매섭다.
　3) 盤(반) : 서리다. 도사리다. 重泉(중천) : 깊은 못.
　4) '騰蛇(등사)'는 '螣蛇(등사)'가 맞을 듯. 용(龍)과 비슷하다는 신사(神蛇). 운무(雲霧)
　　를 일으키며, 그 속에 몸을 감추어 꿈틀거린다는 상상의 동물. 蟄(칩) : 숨다. 동면(冬眠)
　　하다. 幽穴(유혈) : 깊은 구멍.

[시(詩)]

10. 과부(寡婦詩)[1]

| 높은 무덤은 장성(壯盛)하여 우뚝 솟아있고 | 高墳鬱兮巍巍[2] |
| 소나무와 측백나무는 빽빽하니 줄지어 있네. | 松柏森兮成行.[3] |

11. 신선을 말하며(述仙)[1]

| 멀리 노닐며 장차 구름과 연기 위로 오르리라. | 遊將升雲煙. |

---

10. 寡婦詩(과부시)

　1)『문선(文選)』에 실린 사령운(謝靈運)의 「여릉왕묘하작(廬陵王墓下作)」의 이선(李善) 주(注)에 보인다. 엄가균(嚴可均)은 『전삼국문(全三國文)』에서 이 작품을 부(賦)로 보고 제목을 「과부부(寡婦賦)」라 하였으며, 부아서(傅亞庶)는 이에 반대를 하며 제목을 여전히 「과부시(寡婦詩)」로 표기하였음.

　2) 鬱(울) : 장성(壯盛)한 모양. 巍巍(외외) : 높고 큰 모양.

　3) 成行(성항) : 열을 짓다. 줄을 이루다,

11. 述仙(술선)

　1)『문선(文選)』에 실린 사령운(謝靈運)의 「입화자강시(入華子岡詩)」의 이선(李善) 주(注)에 보인다.

12. 유훈의 처 왕씨를 대신하여 쫓겨난 신세를 시로 짓다

(代劉勳妻王氏見出爲詩)[1]

누가 남편에게 버림받은 부인의 덕행이 박(薄)하다 말하나	誰言去婦薄,[2]
버림받은 부인의 정은 더욱 깊다네.	去婦情更重.
천리 길 떠나가더라도 우물에 침을 뱉지 않는 법인데	千里不唾井,[3]
하물며 옛날에 받들던 분이야 더 말할 나위 있으랴.	況乃昔所奉.
멀리 바라보니 아직 그리 멀지 않으나	遠望未爲遙,
머뭇거리며 차마 가질 못하네.	跙躕不得往.[4]

---

12. 代劉勳妻王氏見出爲詩(대유훈처왕씨견출위시)

1) 정안(丁晏)은 『조집전평(曹集詮評)』에서 이 시가 조식(曹植)의 작품이 아니라고 보았고, 조유문(趙幼文)도 후인(後人)의 의탁(依託)으로 보았다(『조식집교주(曹植集校注)』, 532면). 녹흠립(逯欽立)의 『선진한위진남북조시(先秦漢魏晉南北朝詩)』에서는 「대유훈처왕씨잡시(代劉勳妻王氏雜詩)」라는 제목으로 조식의 작품으로 보았다(상책(上冊), 455면). 『옥대신영(玉臺新詠)』에서는 작자가 유훈(劉勳)의 처 왕송(王宋)이고 제목은 「잡시(雜詩)」로 되어 있다. 여기서는 일단 저본대로 작품은 실어놓고 더 자세한 것은 후일을 기다린다. 劉勳(유훈): 평로장군(平虜將軍)을 지낸 것 외에는 사적이 알려져 있지 않다. 王氏(왕씨): 『옥대신영(玉臺新詠)』에는 이름이 '송(宋)'으로 되어 있으며, 서문에 의하면, 왕송이 유훈에게 시집온 지 20여 년이 지나, 유훈이 산양(山陽)의 사마씨(司馬氏)의 딸을 좋아하게 되었는데, 왕송을 아들을 낳지 못했다는 이유로 내쫓았으며, 왕송이 친정으로 돌아가는 길에 시를 두 수 지었다고 한다. 이 시는 두 번째 시이다.

2) 誰(수): 저본에는 '人(인)'으로 되어 있으나 『옥대신영(玉臺新詠)』에 의거하여 바꾸었다. 去婦(거부): 기부(棄婦). 남편에게 버림받은 부인. 薄(박): 덕(德)이 박하다.

3) 唾(타): 침을 뱉다.

4) 跙躕(지주): 머뭇거리다. 往(왕): 저본에는 '共(공)'으로 되어 있으나 『옥대신영(玉臺新詠)』에 의거하여 바꾸었다.

13. 제목을 알 수 없는 시(失題二首)

13-1. 첫째(其一)[1]

노닐던 새는 옛 둥지로 선회하여 날고 　　　　　游鳥翔故巢,
여우는 죽을 때 태어났던 언덕의 동굴로 돌아가네. 狐死反丘穴.[2]
내가 만약 정말로 고향에 돌아갈 수 있다면 　　我信歸舊鄕,[3]
어찌 생이별을 꺼리겠는가. 　　　　　　　　安得憚離別.[4]

13-2. 둘째(其二)[1]

아버님께서 제왕의 기틀을 세우시고 　　　　皇考建世業,[2]
나는 아버님을 따라 사방을 정벌하였네. 　　余從征四方.
비바람 속에 갖은 고생을 하며 다니고 　　　櫛風而沐雨,[3]

---

13. 失題二首(실제이수)
13-1. 其一(기일)
　1) 제1수는 『북당서초(北堂書鈔)』 권158에 보인다.
　2) 丘穴(구혈) : 언덕의 동굴. 여우가 태어난 곳을 가리킨다. 전하는 말에 의하면, 여우는
　　장차 죽게 되면 머리를 태어난 산 언덕 쪽으로 향한다고 한다. 『초사(楚辭)·구장(九
　　章)·애영(哀郢)』에 "새는 날아 고향으로 돌아오고, 여우도 죽을 때는 반드시 머리를
　　태어난 언덕 쪽으로 돌린다(鳥飛反故鄕兮, 狐死必首丘)"라는 말이 있는데, 이 두 구
　　의 출처(出處)이다. 근본을 잊지 않음을 비유한다.
　3) 信(신) : 확실히. 정말로.
　4) 憚(탄) : 꺼리다. 기피하다.
13-2. 其二(기이)
　1) 제2수는 『태평어람(太平御覽)』 권339에 보인다.
　2) 皇考(황고) : 선친(先親). 조식(曹植)의 아버지 조조(曹操)를 가리킨다. 世業(세업) : 제
　　왕(帝王)의 사업을 가리킨다.
　3) 櫛風而沐雨(즐풍이목우) : 바람으로 머리를 빗질하고 비로 머리를 감다. 갖은 고생을
　　하며 바삐 돌아다니다.

만리 정벌 길에서 서리와 이슬을 맞았네.   萬里蒙露霜.

칼과 창을 손에서 떼 놓은 적이 없고   劍戟不離手,

갑옷을 옷으로 삼았네.   鎧甲爲衣裳.4)

14. 시(詩) 중에 전해 내려오는 구절(詩遺句)

1

고상한 이야기와 추상적인 담론으로   高談虛論,

저 도가(道家)의 근원(根源)을 물어보네.   問彼道原.1)

2

쟁(箏)을 타니 빼어난 음향을 떨치고   彈箏奮逸響,

새로운 노래 가락은 아름다워 신묘한 경지에 이르렀네.   新聲妙入神.2)

---

4) 鎧甲(개갑) : 갑옷.

14. 詩遺句(시유구)

1) 『문선(文選)』에 실린 사령운(謝靈運)의 「의업중집시(擬鄴中集詩)」의 이선(李善) 주
　(注)에 보인다. 道(도) : 도가(道家)의 도(道). 原(원) : 근원.

2) 『북당서초(北堂書鈔)』 권110에 보인다.

3

꽃 병풍은 빛을 내뿜고 있고   華屛列曜,
마름 휘장은 그늘을 드리우고 있다.   藻帳垂陰.3)

4

불에 구은 왜가리와 쪄서 익힌 사슴 새끼.   寒鶬蒸麑.4)

5

가을에 상성(商星)이 보이니 기운은 쌀쌀하게 바뀌었네. 秋商氣轉微涼.5)

6

긴 칼과 소리 내어 우는 말채찍과 활.   長鋏鳴鞘弓.6)

---

3) 『북당서초(北堂書鈔)』 권132에 보인다. 藻(조): 마름. 수초(水草)의 하나.
4) 『북당서초(北堂書鈔)』 권145에 보인다. 寒(한): 불에 굽다. 삶다. 鶬(창): 왜가리. 꾀꼬리. 麑(예): 사슴 새끼.
5) 『북당서초(北堂書鈔)』 권154에 보인다. 商(상): 상성(商星).
6) 『태평어람(太平御覽)』 권346에 보인다. 長鋏(장협): 장검(長劍). 鞘(초): 말채찍의 끝.

[악부(樂府)]

15. 빨리 나가며(亟出行)[1]

안개 기운을 받으며 풍진(風塵)을 밟네.　　　　　蒙霧犯風塵.

16. 술을 마주하고(對酒行)[1]

천하의 생물(生物)들이 은택(恩澤)을 입으니　　　　含生蒙澤,
초목이 무성하게 뻗어있네.　　　　　　　　　　　草木茂延.

17. 추호(秋胡行)[1]

노래하여 마음을 읊조리니　　　　　　　　　　　歌以永言,[2]

---

15. 亟出行(극출부)
　1)『문선(文選)』에 실린 사조(謝朓)의 「화왕저작팔공산시(和王著作八公山詩)」의 이선
　(李善) 주(注)에 보인다.
16. 對酒行(대주행)
　1)『문선(文選)』에 실린 임방(任昉)의 「도대사마기실전(到大司馬記室箋)」의 이선(李善)
　주(注)에 보인다. 含生(함생): 생명이 있는 것. 생물(生物).
17. 秋胡行(추호행)
　1)『문선(文選)』에 실린 안연지(顏延之)의 「송원황후애책문(宋元皇后哀策文)」의 이선
　(李善) 주(注)에 보인다.

위대한 위(魏)나라는 하늘의 뜻을 이었네.　　　　　大魏承天璣.3)

18. 술을 마주하고(對酒歌)1)

부들 회초리와 갈대 막대기로 형벌이 있음을 보이네. 蒲鞭葦杖示有刑.2)

19. 분한 마음(忿志)1)

순(舜)이 공공(共工)을 귀양 보냈네.　　　　　　　　舜流共工.2)

---

2) 永(영) : '詠(영)'과 같다. 읊다.
3) 天璣(천기) : 하늘의 뜻. 하늘의 기밀. '璣(기)'는 '機(기)'와 같다.

18. 對酒歌(대주가)

1) 『문선(文選)』에 실린 심약(沈約)의 「안륙소왕비문(安陸昭王碑文)」의 이선(李善) 주 (注)에 보인다.
2) 蒲鞭葦杖(포편위장) : 부들로 회초리를 만들고 갈대로 막대기를 만들다. 관대한 처벌 을 비유한다.

19. 忿志(분지)

1) 『북당서초(北堂書鈔)』 권45에 보인다.
2) 流(류) : 귀양 보내다. 쫓아내다. 共工(공공) : 전설에 의하면 요(堯) 임금 때의 대신(大 臣)인데, 환두(驩兜)와 삼묘(三苗), 곤(鯀)과 더불어 사흉(四凶)으로 불렸다. 지나치게 괴벽(乖僻)하기 때문에, 순(舜)이 요 임금에게 청하여 공공을 유주(幽州)로 추방하였다.

20. 양의(兩儀篇)[1]

제왕의 교화(教化)가 팔방(八方)의 바깥까지 미쳐	帝者化八極,[2]
만물을 기르고	養万物,
음양을 조화시킨다.	和陰陽.[3]
음양이 조화되면	陰陽和,
봉황(鳳凰)이 황하(黃河)와 낙수(洛水)에 가서 난다.	鳳至河洛翔.[4]

21. 악부(樂府)[1]

평소에 아름다운 맛을 이미 두루 맛보아	口厭常珍,[2]
기린(麒麟)과 봉황(鳳凰)을 샀네.	乃購麟凰.
곰 발바닥에 표범의 태(胎)도 있어	熊蹯豹胎,[3]

---

20. 兩儀篇(양의편)

1) 『초학기(初學記)』 권6에 보인다. 저본에는 '西儀篇(서의편)'으로 되어 있는데, 부아서(傅亞庶)는 '西儀(서의)'를 '兩儀(양의)'의 잘못으로 보았다(『삼조시문전집역주(三曹詩文全集譯注)』 708면). 『주역(周易)·계사(繫辭)』에 "그러므로 역(易)에 태극(太極)이 있고, 이것이 양의(兩儀)를 낳고, 양의가 사상(四象)을 낳고, 사상이 팔괘(八卦)를 낳는다(是故易有太極, 是生兩儀, 兩儀生四象, 四象生八卦)"고 하였다. '양의'는 음양(陰陽)이다.

2) 化(화) : 교화시키다. 八極(팔극) : 팔방(八方)의 끝. 황량한 변방의 소수민족 지역을 가리킨다.

3) 和(화) : 조화하다(시키다).

4) 河洛(하락) : 황하(黃河)와 낙수(洛水). 또는 그 유역의 땅.

21. 樂府(악부)

1) 『북당서초(北堂書鈔)』 권142에 보인다.

2) 厭(염) : 물리다.

백가지 진품이 다른 나라에서 모여드네.　　　　　百品異方.[4]

혜초(蕙草)로 고기를 싸고 난초(蘭草)를 깔아놓으니　蕙肴蘭藉,[5]

다섯 가지 맛에 향기가 섞여있네.　　　　　　　五味雜香.[6]

22. 악부(樂府) 중에 전해 내려오는 구절(樂府遺句)

1

금 술통과 옥 술잔이 비록 귀중해도　　　　　金樽玉杯,

박주(薄酒)를 더 맛 좋게 만들 수는 없네.　　　不能使薄酒更厚.[1]

2

까마귀가 일어나 춤추고　　　　　　　　　烏鳥起舞,

봉황(鳳凰)이 생황을 분다.　　　　　　　　鳳凰吹笙.[2]

---

3) 熊蹯(웅번) : 곰 발바닥. 웅장(熊掌).

4) 異方(이방) : 다른 나라.

5) 蕙肴蘭藉(혜효난자) : 혜초(蕙草)로 고기를 싸고, 난초(蘭草) 깔개를 아래에 깔아놓다.
『초사(楚辭)·구가(九歌)·동황태일(東皇太一)』에 "혜초(蕙草)로 제사(祭祀) 지내는 고
기를 싸고 난초(蘭草)를 아래에 깔아놓는다(蕙肴蒸兮蘭藉)"라는 구절이 있다.

6) 五味(오미) : 신맛, 쓴맛, 매운맛, 단맛, 짠맛의 다섯 가지.

22. 樂府遺句(악부유구)

1) 『문선(文選)』에 실린 강엄(江淹)의 「망형산시(望荊山詩)」의 이선(李善) 주(注)에 보
인다. 薄酒(박주) : 맛없는 술. 厚(후) : 맛이 진하다.

2) 『북당서초(北堂書鈔)』 권110에 보인다.

3

| 방어(魴魚)의 배와 곰 발바닥 | 魴腴熊掌,[3] |
| 표범의 태(胎)와 거북의 창자. | 豹胎龜腸.[4] |

4

| 등자와 귤, 그리고 비파(枇杷)에 | 橙橘枇杷,[5] |
| 사탕수수가 뒤이어 나오네. | 甘蔗代出.[6] |

[송(頌)]

23. 열녀전(列女傳頌)[1]

지위가 낮은 사람을 높이고 예의를 중시하여, 오는 세상의 법도가 된다.
尙卑尊禮, 來世作程.[2]

---

3) 魴(방) : 방어(魴魚). 腴(유) : 물고기의 살찌고 기름진 배. 熊掌(웅장) : 곰 발바닥.
4) 『북당서초(北堂書鈔)』 권142에 보인다.
5) 橙(등) : 등자. 등자나무의 열매. 枇杷(비파) : 비파나무, 또는 그 열매.
6) 『태평어람(太平御覽)』 권971에 보인다. 甘蔗(감자) : 사탕수수. 代出(대출) : 잇달아 나오다.

23. 列女傳頌(열녀전송)
1) 『문선(文選)』에 실린 「신각누명(新刻漏銘)」의 이선(李善) 주(注)에 보인다. 頌(송) : 문체(文體)의 하나. 공적을 기리는 글.
2) 程(정) : 범도 준칙(準則).

[찬(贊)]

24. 왕릉(王陵贊)[1]

한(漢)나라 왕을 모시고 공을 세웠으며, 문재(文才)는 적으나 협기(俠氣)가 있었네. 여후(呂后)가 여러 여씨(呂氏)들을 제후왕에 봉하자, 강직한 태도를 견지하고 굴하지 않았네.

從漢有功,[2] 少文任氣. 高后封呂,[3] 直而不屈.[4]

25. 수(黻贊)[1]

황태자 자리에 오르는 것은 천자의 자리에 즉위하는 것이네. 예복에 흰색 검은 색의 도끼 형상 무늬를 수놓고 푸른 실과 검은 실 수놓은 무늬에 꽃이

---

24. 王陵贊(왕릉찬)

  1)『운보(韻補)』권4에 보인다. 王陵(왕릉) : 서한(西漢) 사람. 유방(劉邦)과 사로 형제라 불렀다. 초(楚)와 한(漢)이 서로 싸울 때에 군사 천 명을 거느리고 유방을 찾아가 의탁하였다.

  2) 有功(유공) : 공을 세우다. 유방(劉邦)이 천하를 통일한 뒤, 왕릉(王陵)을 안국후(安國侯)에 봉했으며, 오래지 않아 우승상(右丞相)에 임명하였다.

  3) 高后(고후) : 여후(呂后)를 가리킨다.

  4) 한(漢) 혜제(惠帝)가 죽은 뒤, 여후(呂后)가 여러 여씨들을 제후왕으로 봉하려고 하였다. 왕릉(王陵)이 동의를 하지 않자 여후가 그의 재상의 지위를 빼앗고 태부(太傅)로 좌천시켰다. 왕릉은 성을 내고 병을 핑계 삼아 외출을 하지 않고 울울하게 지내다가 죽었다.

25. 黻贊(수찬)

  1)『운보(韻補)』권4에 보인다. 黻(불) : 두 개의 궁자(弓字, 일설에는 己字라 함)가 서로 등대고 있는 모양의 수(繡). 옛날 예복에 푸른 실과 검은 실로 수놓은 화문(花紋). 폐슬(蔽膝). 조복(朝服), 제복(祭服)을 입을 때에 가슴에 늘여 무릎을 가리던 가죽으로 만든 것.

엇섞여 있네.

有皇子登, 是臨天位.²⁾ 黼文字裳,³⁾ 組華于黻.

26. 왕패(王覇贊)¹⁾

씩씩한 기세에 용감히 나서 위엄을 떨치니, 치는 곳마다 반드시 함락
시키고 수혜(垂惠)에서 지략을 드러냈네.

壯氣挺身奮節,²⁾ 所征必拔,³⁾ 謀顯垂惠.⁴⁾

---

2) 天位(천위) : 제왕의 자리.

3) 黼(보) : 옛날 예복에 수놓은 무늬. 반은 흰색, 반은 검은 색으로 서로 등을 대고 있는
도끼 형상을 하고 있다.

26. 王覇贊(왕패찬)

1) 『운보(韻補)』 권4에 보인다. 王覇(왕패) : 동한(東漢)의 영천(潁川) 영양(潁陽) 사람으
로 자(字)는 원백(元伯). 광무제(光武帝)를 따라 각지를 전전하며 싸웠다. 왕향후(王鄕
侯), 부파후(富波侯), 향후(向侯) 등에 봉해졌다.

2) 挺身(정신) : 앞장서다. 용감하게 나서다. 奮節(분절) : 위엄을 떨치다.

3) 拔(발) : 함락시키다. 싸워서 이기다.

4) 垂惠(수혜) : 지명. 왕패가 군대를 이끌고 수혜에서 주건(周建)을 친 일을 가리킨다.
『후한서(後漢書)·왕패전(王覇傳)』에 상세하게 보인다.

27. 공갑(孔甲贊)[1]

행동이 하늘의 뜻을 따르니 용(龍)이 황하(黃河)와 한수(漢水)에 나타났
네. 암컷과 수컷이 각기 한 마리니 이들을 길들여서 기르네.

　　行有順天, 龍出河漢,[2] 雌雄各一, 是擾是豢.[3]

[표(表)]

28. 조회를 마치며(罷朝表)

조회(朝會)에서 옥 같은 얼굴을 뵙고 경하(慶賀) 드리며, 즐거운 연회를
받들며 사랑이 젖어 든다.

　　覲玉容而慶薦, 奉懽宴而慈潤.[1]

---

27. 孔甲贊(공갑찬)
　1)『운보(韻補)』권4에 보인다. 孔甲(공갑) : 공자(孔子)의 팔세손(八世孫) 공부(孔鮒)를
　　가리킨다. 진(秦)나라 말에 농민 기의군(起義軍)에 참가하여 진섭(陳涉) 밑에서 박사
　　(博士)를 지내다가 진하(陳下)에서 죽었다.
　2) 河漢(하한) : 황하(黃河)와 한수(漢水).
　3) 擾(요) : 길들이다. 豢(환) : 기르다.
28. 罷朝表(파조표)
　1)『문선(文選)』에 실린 육운(陸雲)의 「대장군연회시(大將軍宴會詩)」의 이선(李善)의
　　주(注)에 보인다.

29. 문제(文帝)의 뢰(誄)를 올리며(上文帝誄表)

푸른 구름을 층계로 삼으며 덕(德)을 증대(增大)시킨다.
階青雲而誕德.[1]

30. 표(表) 중에서 전해 내려오는 구절(表遺句)

1

정(情)은 황실(皇室)에 모아지고 마음은 궁전에 매여 있네.
情注于皇居, 心在乎紫極.[1]

2

작위(爵位)는 중대하고 재주는 가볍다.　　　　　　爵重才輕.[2]

---

29. 上文帝誄表(상문제뢰표)
1) 『문선(文選)』에 실린 심약(沈約)의 「안륙소왕비문(安陸昭王碑文)」의 이선(李善) 주(注)에 보인다. 誕(탄) : 증대(增大)시키다.
30. 表遺句(표유구)
1) 『문선(文選)』에 실린 반악(潘岳)의 「서정부(西征賦)」의 이선(李善)의 주(注)에 보인다. 紫極(자극) : 제왕의 궁전.
2) 『문선(文選)』에 실린 장화(張華)의 「답하소시(答何劭詩)」의 이선(李善)의 주(注)에 보인다.

3

몸은 매미 날개처럼 가볍고 은혜는 태산(泰山)처럼 두텁다.

身輕蟬翼, 恩重泰山.3)

4

뛰어난 인끈과 주름 비단을 하사 받다.　　　　　　　賜邁越紐縠.4)

5

당일로 폐하의 친필(親筆) 조서(詔書)를 받으니 기뻐서 뛸 듯합니다.

卽日奉手詔, 驚喜踴躍也.5)

6

당일로 기름을 칠한 주머니를 하사 받다.　　　　　卽日奉油囊之賜.6)

---

3) 『문선(文選)』에 실린 반악(潘岳)의 「하양현시(河陽縣詩)」의 이선(李善)의 주(注)에
　보인다.
4) 『북당서초(北堂書鈔)』 권19에 보인다. 紐(뉴) : 인끈. 縠(곡) : 주름 비단. 명주. 저본에
　는 '穀(곡)'으로 되어 있으나 조유문(趙幼文)의 『조식집교주(曹植集校注)』를 따르다
　(549면).
5) 『북당서초(北堂書鈔)』 권103에 보인다. 手詔(수조) : 황제의 친필(親筆) 조서(詔書).
6) 『북당서초(北堂書鈔)』 권136에 보인다. 油囊(유낭) : 기름을 칠한 주머니.

여러 대신들이 태평성세를 보좌하면서도 매번 죽을 만들어 먹는 때
는 반찬이라곤 단지 푸성귀와 염교뿐이네.
諸公熙朝之輔, 每作粥食之候, 餚惟蔬薤.⁷⁾

[령(令)]

31. 견성의 옛 궁전을 헐어버릴 것을 명하며(毀鄄城故殿)¹⁾

명령을 내리노라. 견성(鄄城)에 오래된 건물이 있는데 이름을 한무제
전(漢武帝殿)이라 부른다. 옛날에 무제는 밖에 나가 노닐기를 좋아했는데
아마도 여기가 행차했던 곳인지도 모른다. 집의 대들보와 서까래는 기
울어지고 부서져 있고 집의 마룻대와 추녀 끝은 떨어져있다. 그것을 수
리하여도 좋은 집이 될 수 없고 내버려두자니 결국은 훼손되고 부서질
것이므로, 상당 부분을 헐어버리고 골라 취하여 다른 궁전을 보수하는
데에 쓰도록 하라! 내가 마침 병이 들어 밖에 나가 산보하다가 폐허의
옛 터에 올랐는데 갑자기 정신이 어찔한 증세가 생겼고, 며칠이 지나서

---

7) 『북당서초(北堂書鈔)』 권144에 보인다. 熙朝(희조) : 밝은 정치가 행하여지는 시대.
성세(盛世). 餚(효) : 반찬. 蔬(소) : 푸성귀. 채소 薤(해) : 염교 백합과에 딸린 여러해살
이 풀.

31. 毀鄄城故殿令(훼견성고전령)

1) 이 글은 견성(鄄城)의 옛 궁전을 헐 것을 명하면서 그 이유를 밝히고 일부 사람들의
미신적인 생각을 반박하였다. 이 글은 각 판본에 모두 없는데, 정안(丁晏)이 『문관사림
(文館詞林)』에 근거하여 빠진 글을 끼워 넣었다. 여기서는 『전삼국문(全三國文)』에 의
거하여 보충한다.

야 병이 나았다. 그런데 무의(巫醫)들은 터무니없는 소리를 하여, 무제(武帝)의 혼령을 상하게 하여서 그래서 이런 병이 생긴 것이라고 여겼다. 이것은 소인배들이 무지하고 대단히 어리석고 미혹하여서 하는 말이다. 옛날에 상(商)나라 탕(湯) 임금이 흥성하였을 때에 그 이전의 하대(夏代)의 집은 남은 자취도 없었으며, 주(周)나라 무왕(武王)이 흥성하였을 때엔 은대(殷代)의 전망대는 옛터조차 남지 않았다. 주(周)가 망하자 이수(伊水)와 낙수(洛水)가 흘러 지나가는 땅에는 그 당시의 기와 조각 하나 남지 않았으며, 진(秦)나라가 멸망하자 아방궁(阿房宮)에는 처마 끝의 서까래를 받치기 위해 가로로 놓이는 나무가 한 자[尺]척도 남지 않았다. 한(漢) 왕조의 기운이 쇠하여지자 건양궁(建章宮)이 헐렸고, 한(漢) 영제(靈帝)가 죽자 남(南)과 북(北)의 두 궁전이 불태워졌다. 고조(高祖)의 혼령은 미앙궁(未央宮)을 보전할 수 없었고 효명제(孝明帝)의 영혼도 덕양전(德陽殿)을 구할 수 없었다. 천자(天子)가 세상에 살아있으면 반드시 이름난 나라의 영광스러운 땅에 살았을 것이며, 죽은 뒤에 지각이 있다면 역시 응당 번화한 경성(京城)에서 소요(逍遙)자적(自適)하며 옛 왕궁에서 머물며 쉴 것이니 감천궁(甘泉宮)의 통천대(通天臺)와 운양(雲陽)의 구층(九層) 높은 누각에서 영혼을 편안하게 지내게 할 수 있을 것이다. 어찌 이 작은 현(縣)에 미련을 갖고 무너져 가는 집에 혼령을 깃들여 편히 쉴 수 있겠는가? 살아 있을 때의 사리(事理)를 가지고 죽은 뒤의 일을 따져보면 이렇게 하지는 않을 것이며, 하물며 죽은 뒤 아무 지각이 없는 사람들에 대해서야 더 말할 나위 있겠는가. 게다가 성스럽고 영명하신 제왕(帝王)이 높은 궁궐과 커다란 동산을 들러보고 만약 농사에 방해가 되는 것이 있으면 어쩌면 비용을 줄여서 백성들에게 은혜를 베풀지도 모른다. 하물며 한(漢)나라 왕실은 기반이 이미 끊어지고 위대한 위(魏)나라는 승천하는 용처럼 흥성하니 사람 하나 토지 한 조각이 더 이상 한(漢)나라의 소유가 아니다. 그래서 함양(咸陽)은 위나라의 서도(西都)가 되었고 낙양(洛陽)은 위나라의 동경(東京)이 되었다. 그리하여 주작문(朱雀門)을 헐어

평평하게 만들고 창합문(閶闔門)을 세웠으며 덕양전(德陽殿)을 평평하게 하고 태극전(泰極殿)을 건립했는데, 하물며 이 작은 현(縣)의 무너진 궁전이야 여우가 몸을 숨기는 곳 밖에 더 되겠는가. 이제 장차 이 건물을 헐어버리고 다른 궁전을 건립하려 한다. 걱정되는 바는 무지한 사람들이 까닭 없이 스스로 우려(疑慮)할까 하는 것이다. 그러므로 이 명령을 발포하는 것이니, 이는 또한 의혹을 없애고 미혹(迷惑)된 생각을 풀 수 있을 것이다.

令, 鄴城有故殿, 名漢武帝殿. 昔武帝好遊行, 或所幸處也. 梁桷傾頓,[2] 棟宇零落.[3] 修之不成良宅, 置之終於毀懷, 故頗撤取, 以備宮舍. 余時獲疾, 望風乘虛,[4] 卒得恍惚,[5] 數日後瘳.[6] 而醫巫妄說, 以爲武帝魂神, 生玆疾病. 此小人之無知, 愚惑之甚者也. 昔湯之隆也, 則夏館無餘迹,[7] 武之興也, 則殷臺無遺基. 周之亡也, 則伊洛無隻椽, 秦之滅也, 則阿房無尺栭.[8] 漢道衰則建章撤,[9] 靈帝崩則兩宮燔.[10] 高祖之魂不能□未央,[11] 孝

---

2) 梁桷(양각) : 대들보와 서까래. 頓(돈) : 부서지다.

3) 零落(영락) : 떨어지다.

4) 望風(망풍) : 외출하여 산보하다. 乘虛(승허) : 옛 궁전의 유적지에 오르다. '虛(허)'는 '墟(허, 폐허)'와 같다.

5) 卒(졸) : 문득. 갑자기. 恍惚(황홀) : 정신이 얼떨하다. 흐리멍덩하다.

6) 瘳(추) : 병이 낫다.

7) 夏館(하관) : 하대(夏代)의 집.

8) 阿房(아방) : 아방궁(阿房宮). 진시황(秦始皇) 때 건립되었다. 아방궁은 장안(長安)의 서남쪽 20리(里)에 있으며, 진(秦)나라 말에 항우(項羽)가 함양(咸陽)에 들어왔을 때 불태워졌다. 栭(려) : 평고대. 처마 끝의 서까래를 받치기 위해 가로로 놓이는 나무. 처마.

9) 建章(건양) : 건양궁(建章宮)을 가리킨다. 한무제(漢武帝) 때 건립되었으며, 뒤에 왕망(王莽)에 의해 헐렸다.

10) 靈帝(영제) : 한(漢) 영제(靈帝) 유굉(劉宏). 양궁(兩宮) : 낙양(洛陽) 성내(城內)의 남(南)과 북(北)의 두 궁전으로, 동탁(董卓)이 천도(遷都)할 때 불태워졌다. 燔(번) : 불사르다. 태우다.

11) 高祖(고조) : 유방(劉邦)이다. 저본에는 '能(능)'자 뒤에 한 글자가 빠져있는데, 부아서(傅亞庶)는 아래위 문장의 뜻을 살피건대 '保(보)'인 것으로 추측하였다(『삼조시문전집역주(三曹詩文全集譯注)』922면). 그러나 진장화(陳長華)와 양춘승(梁春勝) 공저의 「『조식집교주(曹植集校注)』헌의(獻疑)」(『고적정리연구학간(古籍整理研究學刊)』, 2004년 제5기)에 의하면, 일본 소장(所藏)의 홍인(弘仁) 본『문관사림(文館詞林)』에는 '能

明之神不能救德陽.[12] 天子之存也, 必居名邦□土,[13] 則死有知, 亦當逍
遙於華都,[14] 留神於舊室, 則甘泉通天之臺,[15] 雲陽九層之閣,[16] 足以綏
神育靈.[17] 夫何戀於下縣, 而居靈於朽宅哉. 以生諭死, 則不然也, 況於死
者之無知乎. 且聖帝明王顧宮闕之泰,[18] 苑囿之侈,[19] 有妨於時者,[20] 或
省以惠人.[21] 況漢氏絶業,[22] 大魏龍興, 隻人尺土非復漢有. 是以咸陽則
魏之西都,　伊洛爲魏之東京.[23]　故夷朱雀而樹閶闔,[24]　平德陽而建泰
極,[25] 況下縣腐殿, 爲狐狸之窟藏者乎. 今將撤壞, 以修殿舍. 恐無知之
人, 坐自生疑, 故爲此令, 亦足以反惑而解迷焉.[26]

(능)'자 아래가 '全(전)'자로 되어 있다. 未央(미앙) : 미앙궁(未央宮). 유방(劉邦) 때에 건
　　립되었고, 왕망(王莽) 말년에 불에 탔다.
12) 孝明(효명) : 한(漢) 명제(明帝) 유장(劉莊). 德陽(덕양) : 덕양전(德陽殿). 유장 때 낙양
　　(洛陽)에 건립되었고, 뒤에 역시 동탁(董卓)에 의해 불태워졌다.
13) '邦(방)'자 뒤에 한 글자가 빠져있는데, 부아서(傅亞庶)는 '耀(요)'자로 추측하였다
　　(『삼조시문전집역주(三曹詩文全集譯注)』, 922면).
14) 華都(화도) : 번화한 경성(京城).
15) 통천지대(通天之臺) : 감천궁(甘泉宮) 안의 통천대(通天臺)를 가리킨다.
16) 雲陽(운양) : 현(縣) 이름. 지금의 섬서성(陝西省) 순화현(淳化縣) 서북(西北) 쪽에 있다.
17) 綏神育靈(수신육령) : 신령(神靈)을 편안히 지내게 하다.
18) 泰(태) : 높다.
19) 侈(치) : 크다.
20) 妨于時(방우시) : 농사에 방해되는 것을 가리킨다.
21) 惠人(혜인) : 백성들에게 은혜를 베풀다.
22) 漢氏(한씨) : 부아서(傅亞庶)는 '漢室(한실)'로 표현하는 것이 옳으며, '氏(씨)'로 적는
　　것은 통하지 않는다고 보았다(『삼조시문전집역주(三曹詩文全集譯注)』, 923면).
23) 伊洛(이락) : 이수(伊水)가 낙수(洛水)가 흘러 지나가는 곳을 말하며, 여기서는 낙양
　　(洛陽)을 가리킨다.
24) 夷(이) : 평평하게 깎다. 朱雀(주작) : 낙양(洛陽) 궁성(宮城)의 남문(南門) 이름. 樹(수)
　　: 짓다. 閶闔(창합) : 궁성(宮城)의 문 이름.
25) 泰極(태극) : 태극전(泰極殿). 위(魏) 문제(文帝) 때 건립되었다.
26) 反惑(반혹) : 의혹(疑惑)된 마음을 돌이키다. 解迷(해미) : 미혹(迷惑)된 생각을 풀다.

32. 의혹을 풀며(釋疑論)[1]

처음에는 도술(道術)을 평하면서, 그것이 단지 어리석은 백성들을 불러 속이는 헛된 말임에 틀림없다고 확신하였다. 뒤에 무황제(武皇帝)께서 시험 삼아 좌자(左慈) 등을 가두시고 단식을 하도록 시키셨는데, 일 년이 가까워도 얼굴빛이 쇠퇴하지 않고 기력이 이전과 그대로인 것을 보았다. 흔히 하는 말에, 오십 년 동안 먹지 않을 수도 있다고 한다. 좌자의 경우가 바로 이러하니, 다시 무엇을 의심할 수 있겠는가. 감시(甘始)를 시켜서 살아있는 물고기에게 약을 먹인 다음, 끓는 기름 가운데에 넣고 익히게 하였는데, 약을 먹이지 않은 물고기는 익어서 먹을 수 있었지만, 약을 먹인 물고기는 끓는 기름 속에서 하루 종일 노는데 마치 물속에 있는 것과 같았다. 또 약을 뽕잎에 버무려서 누에에게 먹였더니, 누에가 열 달이 되도록 늙지를 않았다. 또 나이를 멎게 하는 약을 병아리와 갓 태어난 강아지에게 먹였더니 모두 성장을 멈추고 더 이상 자라지 않았다. 흰 머리를 도로 검게 만드는 약[還白藥]을 개에게 먹였더니 백 일만에 털이 모두 검게 변하였다. 이에 천하의 일은 다 알 수가 없으며, 억측으로 단정을 내리는 것은 멋대로 할 수 없음을 알게 되었다. 단지 유감인 것은 가무(歌舞)와 여색(女色)의 즐거움을 끊고 전념하여 장생(長生)의 도(道)를 배울 수 없는 것이다.

初謂道術直呼愚民詐僞空言定矣. 及見武皇帝試閉左慈等,[2] 令斷穀,[3] 近一年而顏色不減,[4] 氣力自若. 常云, 可五十年不食. 正爾,[5] 復何

---

32. 釋疑論(석의론)

1) 이 글은 작자가 처음에는 도술(道術)을 믿지 않았으나 나중에 생각이 바뀌게 되었으며, 전념해서 장생(長生)의 도(道)를 공부하지 못하는 아쉬움을 토로했다.
2) 武皇帝(무황제) : 조조(曹操)를 가리킨다.

疑哉. 令甘始以藥含生魚而煮之於于沸 脂中, 其無藥者, 熟而可食, 其衛
藥者, 游戲終日, 如在水中也. 又以藥粉桑以飼蠶, 蠶乃到十月不老. 又以
住年藥食雞雛及新生犬子,[6] 皆止不復長. 以還白藥食犬,[7] 百日毛盡黑.
乃知天下之事不可盡知, 而以臆斷之,[8] 不可任也. 但恨不能絶聲色,[9] 專
心以學長生之道耳.

[변(辨)]

33. 의문을 분별하며(辨問)

1

성대하게 태양이 빛난다.　　　　　　　　　　　　　赫然而日曜之.[1]

---

3) 斷穀(단곡) : 단식(斷食)하다.

4) 一年(일년) : 저본에는 '一月(일월)'로 되어 있으나, 부아서(傅亞庶)가 『신선전(神仙
傳)』에 의거하여 제기한 주장에 따라 고치다. 減(감) : 줄다. 쇠퇴하다.

5) 正爾(정이) : 바로 이와 같다.

6) 住(주) : 멎다. 그치다. 住年藥(주년약) : 시간이 흘러도 늙지 않게 하는 약.

7) 還白藥(환백약) : 흰 머리를 도로 검게 만드는 약. 『포박자(抱朴子) 내편(內篇)·금단
(金丹)』에 '소신단방(小神丹方)'이 소개되어 있는데, 진단(眞丹) 세 근(斤)과 백밀(白蜜)
여섯 근을 섞어서 햇볕에 쬔 다음 달여서 환약(丸藥)을 만들어 아침마다 열 개씩 복용
하면, 1년이 못 되어 흰 머리가 검어지고 빠진 이가 다시 생긴다고 되어 있다.

8) 臆斷(억단) : 억측(臆測)하여 판단하다.

9) 聲色(성색) : 성색. 가무(歌舞)와 여색(女色).

33. 辨問(변문)

1) 『문선(文選)』에 실린 반악(潘岳)의 「관중시(關中詩)」의 이선(李善) 주(注)에 보인다.
赫然(혁연) : 빛나는 모양. 성(盛)한 모양.

2

군자는 은거하여 참된 본성을 보전하는데, 집은 횡목(橫木)으로 문을 만들고 띠와 갈대로 지붕을 인다.

君子隱居, 以養眞也, 衡門茅茨.2)

3

유세(遊說)하는 사람은 유성(流星)이 내달리고 번개가 번쩍이며 빛나는 것과 같다.

游說之士, 星流電耀.3)

4

선생은 단지 가슴에 인(仁)과 의(義)를 품고, 전념하여 시서(詩書)를 깊이 연구하실 따름입니다.

子徒苞懷仁義, 銳精詩書.4)

---

2) 『문선(文選)』에 실린 도연명(陶淵明)의 「신축세칠월부가환강릉야행도구(辛丑歲七月赴假還江陵夜行塗口)」의 이선(李善) 주(注)에 보인다. 養眞(양진) : 진실되고 순박한 본성을 기르다. 衡門(형문) : 횡목(橫木)으로 문을 만들다. 茅茨(모자) : 띠나 갈대로 지붕을 이다. 누추한 거처. 초가집.
3) 『문선(文選)』에 실린 유효표(劉孝標)의 『광절교론(廣絶交論)』의 이선(李善) 주(注)에 보인다.
4) 『북당서초(北堂書鈔)』 권97에 보인다. 銳精(예정) : 마음을 굳게 갖고 깊이 탐구하다.

34. 『조자건집』의 작품으로 전해 내려오는 구절(全集遺)

1

밝은 거울이 삼광(三光)에 있어서.　　　　　　　　明鏡於三光.[1]

2

바다 속에 들어가 진주를 찾아내고, 그물을 쳐서 봉황을 잡다.
探海出珠, 擧網羅鳳.[2]

3

여러 선비들이 명성을 흠모하고 뛰어난 인물들이 벼슬하러 오다.
羣士慕響俊乂來仕.[3]

4

하나하나 줄지어 임금님의 집에 모여들다.　　　　　鱗集帝宇.[4]

---

34. 全集遺句(전집유구)
　1)『북당서초(北堂書鈔)』 권7에 보인다. 三光(삼광) : 해와 달과 별.
　2)『북당서초(北堂書鈔)』 권11에 보인다.
　3)『북당서초(北堂書鈔)』 권11에 보인다.
　4)『북당서초(北堂書鈔)』 권11에 보인다. 鱗集(인집) : 비늘처럼 많이 줄을 지어 모이다.

5

기이한 재능과 훌륭한 기예는 은미(隱微)한 데에도 통하고 신의 경지에 들다. 노래하여 마음을 읊조리니 위대한 위(魏)나라는 하늘의 뜻을 이었네.
　奇才美藝, 通微入神.5) 歌以永言,6) 大魏承天璣.7)

6

지극히 잘 다스려지는 세상은 탁 트이고 조화롭다.　　至治洞和.8)

7

나라는 조용하고 백성들은 편안하며 안으로 알차고 부유하다.
國靜民康, 充實殷富.9)

8

삼태성(三台星)이 평온하게 늘어서서 맑게 빛난다.　泰階夷淸.10)

　군집(群集)함의 비유.
5)『북당서초(北堂書鈔)』 권12에 보인다.
6) 永(영) : ‘詠(영)’과 같다. 읊다.
7) 天璣(천기) : 하늘의 뜻. 하늘의 기밀. ‘璣(기)’는 ‘機(기)’와 같다.
8)『북당서초(北堂書鈔)』 권15에 보인다. 洞(통) : 막힘이 없이 트이다.
9)『북당서초(北堂書鈔)』 권15에 보인다.
10)『북당서초(北堂書鈔)』 권15에 보인다. 泰階(태계) : 별 이름. 즉 삼태성(三台星). 상
　태성(上台星), 중태성(中台星), 하태성(下台星)의 모두 여섯 별. 둘씩 나란히 배열되어

9

어질고 성스러운 임금이 서로 잇다.　　　　　　　仁聖相襲.[11]

10

하늘의 법망은 법을 어긴 사람을 불쌍히 여기지 않는다.
天罔不矜.[12]

11

이궁(離宮)에서 그림을 감상하다.　　　　　　　離宮觀畫.[13]

12

들판에 맛있는 술이 없어 이 길바닥에 괸 물을 드린다.
野無旨酒進茲行潦.[14]

위로 비스듬한 모양이 마치 계단과 같아 이렇게 부른다.
11) 『북당서초(北堂書鈔)』 권17에 보인다.
12) 『북당서초(北堂書鈔)』 권21에 보인다.
13) 『북당서초(北堂書鈔)』 권25에 보인다. 離宮(이궁) : 고대의 제왕(帝王)이 정전(正殿)
밖에 따로 지은 궁실.
14) 『북당서초(北堂書鈔)』 권89에 보인다. 行潦(행료) : 길바닥에 괸 물.

『조집전평(曹集銓評)』에 없는 작품

[표(表)]

1. 구미호를 올리며(上九尾狐表)[1]

황초(黃初) 원년 11월 23일, 견성현(鄄城縣) 북쪽에서 여우 떼 수십 마리를 보았는데, 우두머리는 뒤에 있고 큰 여우가 중앙에 있어, 키가 7, 8자[尺] 되고 붉은 자주색에 머리를 들고 꼬리를 똑바로 세우고 있었으며, 꼬리가 매우 길고 위에는 갈래가 많이 늘어져 있었습니다. 보고나서야 구미호라는 것을 알았습니다. 이것은 진실로 성왕(聖王)의 덕정(德政)과 화기(和氣)에 상응하여 나타난 길조입니다.

黃初元年十一月二十三日,[2] 於鄄城縣北見衆狐數十, 首在後, 大狐在

---

1. 上九尾狐表(상구미호표)

   1) 이 글은 정안(丁晏)의 『조집전평(曹集銓評)』에는 실려 있지 않는데, 엄가균(嚴可均)의 『전삼국문(全三國文)』에 의거하여 보충하였다. 엄가균은 『개원점경(開元占經)』 권 116에서 인용하였다.

   2) 黃初元年(황초원년) : 서기 220년. 조식의 나이 29세.

中央, 長七八尺, 赤紫色, 擧頭樹尾,3) 尾甚長大, 林列有枝甚多.4) 然後知
九尾狐. 斯誠聖王德政和氣所應也.5)

2. 사냥을 나가고자 하며(求出獵表)1)

1

신(臣)은 스스로 죄를 불러 서울에 옮겨 머물며, 남궁(南宮)에서 대죄(待罪)
하고 있습니다.

臣自招罪釁,2) 徙居京師,3) 待罪南宮.4)

---

3) 樹(수) : 세우다.

4) 林(림) : 모이다. 모으다. 列(렬) : 늘어놓다. 枝(지) : 갈래.

5) 옛날에는 구미호가 나타나는 것을 제왕이 세상을 평화롭게 잘 다스려서 나타나는
   길상(吉祥)의 징조(徵兆)라고 여겼다.

2. 求出獵表(구출렵부)

1) 이 표(表) 역시 엄가균(嚴可均)의 『전삼국문(全三國文)』 권15에 의거하였다. 1은 『문
   선(文選)』 권20 조자건(曹子建)의 「책궁시(責躬詩)」에 달린 이선(李善)의 주를 인용한
   것이고, 2는 『예문유취(藝文類聚)』 권95에서 인용한 것이다. 여기에서 「렵표(獵表)」로
   되어있다.

2) 罪釁(죄흔) : 잘못, 죄. 무슨 죄인지는 정확히 알 수 없으나 부아서(傅亞庶)에 따르면
   황초(黃初) 2년(221) 감국알자(監國謁者) 관균(灌均)의 모함을 가리키는 것으로 추정하
   였다.

3) 京師(경사) : 서울, 즉 낙양을 말함.

4) 南宮(남궁) : 한대(漢代) 낙양(洛陽)에 있는 궁궐이름.

[부(賦)]

3. 출정을 서술함(述征賦)[1]

서쪽 중원이 잘 다스려지지 못해 한스러워 하네. 恨西夏之綱.[2]

4. 학업을 연마할 것을 구하며(求習業表)[1]

겨우 무거운 벌은 면하고 봉국(封國)으로 돌아갈 수 있었습니다.
雖免大誅,[2] 得歸本國.[3]

---

3. 述征賦(술정부)
1) 엄가균(嚴可均)의 『전삼국문(全三國文)』 권12에 의거하였다. 원문은 『문선(文選)』 권10, 반악(潘岳)의 「서정부(西征賦)」에서 이선(李善)이 주(注)로 인용한 것이다. 저본 (34면)에는 「述行賦」라는 제목 아래 이 잔구를 기재하면서 "文選潘安仁西征賦, 李注引述行賦"라고 주(注)하였는데, 실제 이선(李善)의 주에는 "陳思王述征賦曰恨西夏之不綱"이라고 되어 있으므로 이 잔구는 정안(丁晏)의 오기(誤記)이다. 이선(李善)의 주(注)와 엄가균(嚴可均)의 책에 따라 바로 잡는다.
2) 西夏(서하) : 하서(河西), 형(荊), 양(襄) 일대를 지칭.
4. 求習業表(구습업표)
1) 이 표(表)는 엄가균(嚴可均)의 『전삼국문(全三國文)』 권15에 의거하였다. 엄가균은 『문선(文選)』 권20 조자건(曹子建)의 「책궁시(責躬詩)」에 달린 이선(李善)의 주를 인용한 것이다. 習業(습업) : 학문을 갈고 닦음.
2) 雖(수) : 겨우, 단지. 『시경(詩經)·대아(大雅)·억(抑)』에 "너는 다만 향락만을 쫓으며 대업을 계승할 생각을 하지 않네(女雖湛樂從, 弗念厥紹)"라고 한 용례를 참고. 大誅(대주) : 무겁게 처벌하다.
3) 本國(본국) : 조식이 봉해진 나라를 말함.

[믕(吃)]

5. 주(紂)왕을 꾸짖음(詰紂文)[1]

숭후(崇侯) 호(虎)가 무슨 공이 있기에, 곧 등용되어 보좌하였던가? 주문왕(周文王)이 무슨 죄를 지었기에 그를 감옥에 가두었던가? 감옥은 이미 만들어지고 쌓은 흙은 이미 가득 찼네. 포락(炮烙)의 형벌이 만들어지고, 충직한 사람들을 해쳤네.

崇侯何功,[2] 乃用爲輔. 西伯何辜,[3] 囚之囹圄.[4] 囹圄旣成, 負土旣盈.[5]

---

5. 詰紂文(힐주문)

1) 엄가균(嚴可均)의 『전삼국문(全三國文)』에 의거하였다. 원문은 『봉씨문견기(封氏聞見記)』 권8에서 인용한 것이다. 한편 이 문장은 『당어림(唐語林)』 권8에도 보인다. 紂(주) : 상(商)나라 마지막 임금. 수(受)라고도 하며 제신(帝辛)이라도 이름.

2) 崇侯(숭후) : 숭후호(崇侯虎). '숭'은 나라 이름. 『사기(史記)』 권3 「은본기(殷本紀)」에 숭후(崇侯) 호(虎)가 서백(西伯, 주나라 문왕)을 주왕(紂王)에게 참소하여, 주왕(紂王)이 서백(西伯)을 유리(羑里)의 옥(獄)에 가두자, 서백(西伯)의 신하인 굉요(閎夭)의 무리가 미녀(美女)와 기이한 물건과 좋은 말을 구하여 주왕(紂王)에게 바치니, 주왕(紂王)이 이에 서백(西伯)을 사면하고 궁시(弓矢)와 부월(斧鉞)을 주어 정벌(征伐)을 전담하여 처리하도록 하며 "서백(西伯)을 참소한 자는 숭후(崇侯) 호(虎)이다"라고 하였다. 서백(西伯)이 주(周)나라로 돌아온 지 3년 만에 숭후(崇侯) 호(虎)를 정벌하고 그 곳에 풍읍(豊邑)을 만들었다는 이야기기 전해진다.

3) 西伯(서백) : 주문왕(周文王). 숭후 호의 참소에 따르면, 서백(西伯)은 덕을 많이 쌓아 제후들이 모두 그에게 가고 있으므로 주왕에게 불리하다는 것이었다.

4) 囹圄(영어) : 감옥.

5) 負土(부토) : 분묘의 수도(隧道) 위에 흙을 쌓은 횡판(橫板)을 가리키거나 등에 흙을 짊어지고 분묘를 만든다는 '부토성분(負土成墳)'의 준말이기도 하다. 『당어림(唐語林)』 권8에는 곽연생(郭緣生)의 『술정기(述征記)』를 인용하여 "팽성(彭城) 동쪽에 타성(秅城)이 있는데 숭후(崇侯)의 무덤이라고 한다. 회하(淮河)에서 황하(黃河) 상변에 이르러 성을 만들어 가운데를 튼실하게 하여 '타(秅, 볏단)'라고 하였고 구릉은 매우 험난하여 '고(固)'라 하였다. 그런즉 성은 작고 견실하여 옛사람들이 여기에 총(冢)을 세우고 보루로 삼았다. 조자건이 말한 '負土旣盈'인데 민간에서 전승되는 것일 수도 있다(郭緣生述征記云, 彭城東有秅城, 云是崇侯冢. 自淮迄于河上, 城而實中謂之秅, 丘壟可阻謂之固. 然則城小而實, 皆古人因依立冢, 以爲保固. 子建所云負土旣盈, 或承流俗之傳耳)"라고 하였음. 이를 근거로 생각해보면 유리(羑里)성에 흙을 가득 채워 견고했음을 말하는 것으로 보임.

興立炮烙,6) 賊害忠貞.7)

6. 반딧불(螢火論)1)

『시경(詩經)』에 이르기를 "반짝반짝 '소행(宵行)'"이라 했다. 장구(章句)에서는 귀신불이라 하고 혹은 도깨비불이라 하는데, 적절하지 않다. 하늘이 음침하여 자주 비가 내리고 [절기가] 가을로 들어가는 날이 반딧불이 밤에 비행하는 때이다. 그러므로 '소행'이라 한다. 그러나 초목이 썩어 습기를 얻으면 빛을 발하는데 이 또한 밝은 효과가 있으니, 사람들은 이를 모두 반딧불이라 하는데, 가까이서 실체를 취한 것이다.

詩云熠燿宵行.2) 章句以爲鬼火,3) 或謂之燐.4) 未爲得也.5) 天陰沈數

---

6) 炮烙(포락) : 주왕(紂王) 때 행해졌던 가혹한 형벌로 구리 기둥 아래 숯불을 피우고 그 위로 죄인을 걷게 하여 숯불에 떨어져 타 죽게 하는 것.

7) 賊害(적해) : 잔해(殘害), 해치다, 죽이다. 忠貞(충정) : 충직하고 곧은 사람들, 즉 비간(比干), 형후(邢侯) 같은 사람을 말함.

6. 螢火論(형화론)

1) 엄가균(嚴可均)의 『전삼국문(全三國文)』 권18에 의거하였다. 원문은 『시경(詩經)·동산편(東山篇)』,『정의(定義)』에서 인용하였다고 한다. 한편 명나라 풍복경(馮復京)의 『육가시명물소(六家詩名物疏)』 권32에도 보임.

2) 熠燿宵行(입요소행) : 『시경(詩經)·빈풍(豳風)·동산(東山)』의 "집 곁의 빈 땅은 사슴마당이요, 반짝거리는 소행이네(町畽鹿場, 熠燿宵行)"에서 인용한 것임. 熠燿(입요) : 밝기가 일정하지 않은 모양, 즉 반짝거리는 것을 형용한 말. 宵行(소행) : 『시경집전(詩經集傳)』에 "소행(宵行)은 벌레 이름, 누에와 같이 생겼는데, 밤에 다니고 목 밑에 빛이 있어 반딧불이와 같다(宵行, 蟲名, 如蠶, 夜行, 喉下有光如螢)"라고 하였음.

3) 章句(장구) : 조유문(趙幼文)에 따르면 설군(薛君)의 『한시장구(韓詩章句)』로 추정된다고 하였음.

4) 燐(린) : 도깨비불.

5) 得(득) : 적당하다. 타당하다.

雨, 在於秋日,[6] 螢火夜飛之時也. 故曰宵行.[7] 然腐草木得濕而光, 亦有
明驗, 衆說並爲螢火, 近得實矣.

7. 우임금의 묘를 찬한 서문(禹廟讚序)[1]

우(禹)임금의 사당이 있어 내가 그 성(城)으로 옮겼는데, 성(城)의 본래
이름은 기성(杞城)이다.

有禹祠, 植移於其城,[2] 城本名杞城.[3]

---

6) 在(재) : ~에 들어가다, 또는 속하다.

7) 宵行(소행) : 이 말에는 '밤길을 가다'는 뜻도 있음. 학의행(郝懿行)의 『이아의소(爾雅
義疏)』에 따르면, 반딧불에는 두 종류가 있는데 날아다니는 것과 날개가 없는 것이 있
으며, 날아다니는 것은 기어 다니기도 한다고 하였다.

7. 禹廟讚序(우묘찬서)

1) 엄가균(嚴可均)의 『전삼국문(全三國文)』 권17에 의거하였다. 원문은 『후한서(後漢
書)』 권31 「군국지(郡國志)」 주에 보임. 여기에서는 '서(序)'자가 없음. 엄가균은 이 잔
문(殘文)이 서문(序文)에 해당하는 것으로 보았다.

2) 植(식) : 조식 자신.

3) 杞城(기성) : 옹구(雍丘). 주서증(朱緖曾)은 "진사왕(陳思王)의 「습봉옹구왕표(襲封雍
丘王表)」에 '우(禹)임금의 사당은 원래 이 성에 있었다(禹祠原在此城)'이라 했으니,
「우묘찬」 또한 이때에 지어진 것이다"라고 한 것을 참고할 만하다. 하지만 주서증이
제시한 「습봉옹구왕표(襲封雍丘王表)」는 저본에 들어있지 않다.

1. 단행본

(1) 한국
문승용, 『建安文學論 硏究』, 다운샘, 2004.
이종진 편, 『조식시선』, 문이재, 2002.

(2) 중국
曲緒宏, 『東阿王曹植』, 山東友誼出版社, 2000.
邱英生・高爽 編著, 『三曹詩譯釋』, 黑龍江人民出版社, 1997.
唐滿先 編注, 『建安詩三百首詳注』, 百花洲文藝出版社, 1996.
東阿縣政協文史委員會 編, 『東阿文史資料』 第十五輯 『魚山詩魂』(中國東阿曹植
　　　　學術國際硏討會論文集), 中國文聯出版社, 2002.
鄧安佑, 『曹植』(英文版), 新世界, 1983.
傅亞庶 注譯, 『三曹詩文全集譯注』, 吉林文史出版社, 1997.
石雲濤, 『建安唐宋文學考論』, 學苑出版社, 2003.
聶文郁 注譯, 『曹植詩解譯』, 靑海人民出版社, 1985.
紹卿, 『曹植』, 人民文學出版社, 1996.
孫明君, 『三曹與中國詩史』, 淸華大學出版社, 1999.
孫寶文, 『曹子建碑』, 吉林文史出版社, 2000.
沈達材, 『曹植與洛神賦傳說』, 華通書局, 1933.
沈達材, 『建安文學槪論』, 上海書店, 1991.
余冠英 編選, 『曹操曹丕曹植詩選』, 大光出版社, 1966.
余冠英 選注, 『三曹詩選』, 人民文學出版社, 1979.
『藝譚』編輯部 編, 『建安文學硏究文集』, 黃山書社, 1984.
王枚, 『建安文學接受史論』, 上海古籍出版社, 2005.
王水照 主編, 『建安鄴下文人集團』, 湖南文藝出版社, 1997.
王巍, 『建安文學硏究史論』, 吉林大學出版社, 1994.
王巍・李文祿 主編, 『建安詩文鑒賞辭典』, 東北師範大學出版社, 1994.
王巍, 『建安文學槪論』, 遼寧教育出版社, 2000.
兪紹初・王曉東 選注, 『曹植選集』, 人民文學出版社, 1997.
劉豫霞 編著, 『曹植』, 中國國際廣播出版社, 1996.

劉殿爵・陳方正・何志華 主編, 『曹植集逐字索引(A concordance to the works of Cao Zhi)』, 中文大學出版社(홍콩), 2000.

劉知漸, 『建安文學編年史』, 重慶出版社, 1985.

劉玉新, 『曹植與曹植墓』, 天馬圖書有限公司, 2000.

劉玉新・張方文, 『魚山曹植墓』, 山東友誼書社, 1989.

李景華, 『建安文學述評』, 首都師範大學, 1994.

李景華, 『建安詩傳』, 吉林人民出版社, 2000.

李宗爲, 『建安風骨』, 中華書局(홍콩), 1991.

李華 選注, 『曹植選集』, 人民文學出版社, 1997.

張可禮, 『建安文學論稿』, 山東教育出版社, 1986.

張可禮・劉加夫, 『建安文壇上的齊魯文人』, 山東文藝, 2004.

鄭孟彤, 『建安風流人物』, 山西人民出版社, 1989.

鄭文, 『建安詩論』, 甘肅民族出版社, 1994.

趙福壇 選注, 『曹魏父子詩選』, 三聯書店(香港)有限公司, 1982.1.

曹植, 『曹子建集』, 涵芬樓, 1934.

曹植, 『曹植集』, 海南國際新聞出版中心, 1996.

曹植, 『曹子建文集』(宋刻本), 北京圖書館出版社, 2004.

曹植, 『曹植集』, 伊犁人民出版社, 2008.

趙幼文 校注, 『曹植集校注』, 人民文學出版社, 1984.

鍾優民, 『曹植新探』, 黃山書社, 1984.

陳宏天・趙福海 等 主編, 『昭明文選譯注』, 吉林文史出版社, 1992.

蔡永勝, 『蔡永勝草書曹植詩』, 文津出版社, 1995.

崔積寶, 『曹植研究』, 黑龍江教育出版社, 2003.

祝允明, 『明・祝允明草書曹植詩帖』, 天津美術, 2005.

祝枝山, 『明祝枝山書曹植詩』, 榮寶齋, 1987.

河北師範學院中文系古典文學教研組 編, 『三曹資料彙編』, 中華書局, 1980.

夏傳才 注, 『曹植集注』, 中州古籍, 1986.

許洪流 編, 『曹植詩四首』(中國法書精萃), 浙江人美, 2002.

胡世厚, 『建安文學新論』, 中州古籍出版社, 1992.

黃德晟, 『曹植紀事』, 天馬圖書有限公司, 2001.

(3) 대만

柯金虎, 『建安文學研究』, 文史哲出版社, 1976.

高海夫・金性堯 主編, 『曹植』, 地球出版社, 1989.

方祖燊,『建安詩研究』(方祖燊全集 第十七卷), 文史哲出版社, 1996.
方祖燊,『魏晉樂府詩解題』(方祖燊全集 第八卷), 文史哲出版社, 1996.
方祖燊,『漢朝樂府詩的簡史與解題』(方祖燊全集 第七卷), 文史哲出版社, 1996.
廖國棟,『建安辭賦之傳承與拓新: 以題材及主題爲範圍』, 高雄復文出版社, 1998.
游信利,『建安文學的管窺』, 天馬出版社, 1982.
劉維崇,『曹植評傳』, 黎明文化事業公司, 1977.
趙福壇 選注,『曹魏父子詩選』, 遠流出版社, 1988.
曹植,『曹子建集』, 新興書局, 1956.
曹植,『曹子建集評注二種』, 世界書局, 1973.
曹植 著, 黃節 註,『曹子建詩註』, 中華書局, 1973.
趙幼文 校注,『曹植集校注』, 明文書局, 1985.
曹海東 注譯,『新譯曹子建集』, 三民書局, 2003.
鍾京鐸 評析譯注,『曹植』, 林白出版社, 1980.
曾爲惠,『建安文學研究』, 文史哲出版社, 1982.
陳一百,『曹子建詩研究』, 大地出版社, 1971.
黃節 註,『曹子建詩註』, 河洛圖書出版社, 1975.

(4) 일본

南宮搏 著, 楊喜松 譯,『洛神の賦』, 日本図書刊行會, 1998.
藤水名子,『洛神風雅』, 朝日新聞社, 1995.1
藤水名子,『公子曹植の戀』, 講談社, 1999.
目加田誠,『洛神の賦』, 講談社, 1989.
『書品』編輯室,『隋曹子建碑』, 東洋書道協會, 1962.
小守郁子,『曹植と屈原: 付「風骨」論』, 丸善名古屋出版サービスセンター, 1989.8.
水津諒,『轉蓬之歌: 三國志の詩人・曹植の生涯』, 昭和出版, 1981.
劉玉新・張方文 編, 山口康子 譯,『魚山曹植墓』, 魚山大原寺實光院, 1997.
伊藤正文 注,『曹植』, 岩波書店, 1958.
井波律子,『中國的レトリックの伝統』, 講談社, 1996.
陳舜臣 文, 李庚 繪,『中國詩人伝』, 講談社, 1992.
興膳宏 編,『六朝詩人群像』, 大修館書店, 2001.

(5) 기타

George W. Kent, 『*Worlds of dust and jade - 47 poems and ballads of the third century Chinese poet Ts'ao Chih*』, New York : Philosophical Library, 1969.

Hugh Dunn, 『*The Life of a Princely Chinese Poet*』, Ts'ao Chih, Taipei : China News, 1970.
Hugh Dunn, 『*Cao Zhi - the life of a princely Chinese poet*』, New World Press, Distributed by
　　　China Publications Centre(Guoji Shudian), 1983.
Jean Pierre Dieny, Paris, 『曹植文集通檢』, 法蘭西學院漢學研究所, 1977.

2. 논문

(1) 한국
① 학위논문
고혜숙, 『曹植詩研究』, 淑明女大 석사논문, 1983.
김규청, 『曹植 '慷慨詩 硏究』, 漢陽大 碩士論文, 2000.
김봉자, 『曹植의 生涯와 作品研究』, 성균관대 碩士論文, 2008.
노기현, 『曹植 詩의 藝術的 成就에 關한 研究』, 忠南大 碩士論文, 1996.
심삼용, 『曹植 樂府詩 研究』, 濟州大學校 碩士論文, 2000.
이승훈, 『曹植의 詩에 사용된 典故의 특성에 관한 연구』, 서울大 碩士論文, 1997.
이아영, 『曹植詩研究』, 全南大 석사논문, 1987.
이아영, 『三曹 詩歌文學 研究』, 全南大 博士論文, 1995.
이원규, 『曹植 詩 研究』, 延世大 碩士論文, 1987.
이익희, 『曹植賦 연구』, 한국외대 석사논문, 1987.
이재돈, 『曹植 詩文의 韻部研究』, 서울大 碩士論文, 1983.
이재하, 『曹植 文學 研究』, 成均館大 석사논문, 1982.
이종진, 『曹植詩論考』, 서울大 碩士論文, 1972.
허정희, 『「낙신부」와 「옥대신영」에 묘사된 위진남북조 시기 여성의 복식문화』, 동
　　　아대 博士論文, 2007.

② 일반논문
高惠淑, 「曹植文學의 淵源考察」, 『中國學研究』 4집, 숙명여대 중국연구소, 1986.
文璇奎, 「曹植의 文學的 環境과 文學觀」, 『中國文學』 7집, 韓國中國語文學會,
　　　1980.
문승용, 「『문심조룡』의 조식 평에 관한 고찰」, 『중국학연구』 27집, 중국학연구회,
　　　2004.
박현규, 「曹植「洛神賦」寫作年代考」, 『중어중문학』 7집, 한국중어중문학회, 1985.
范善均, 「曹植의 贈答詩」, 『中國文學』 7집, 韓國中國語文學會, 1977.
安秉均, 「曹植과 그의 洛神賦 小考」, 『論文集』 15집 1호, 경기대, 1984.

안병균, 「曹植詩賦修辭考」, 『中國學報』 29집, 한국중국학회, 1989.
安秉均, 「曹植과 그의 賦 考察」, 『人文論叢』 1집, 경기대 인문대, 1990.
李揆一, 「魏晉時期 文質論과 文風의 전환」, 『東洋學』 33집, 단국대 동양학연구소, 2003.
李雅瑛, 「三曹 樂府詩 硏究 Ⅰ」, 『中國人文科學』 6집, 중국인문학회, 1987.
李雅瑛, 「曹氏 三父子(三曹)의 樂府詩 硏究」, 『中國人文科學』 7집, 중국인문학회, 1988.
李雅瑛, 「"建安風骨"小攷」, 『中國人文科學』 21집, 중국인문학회, 1993.
李玉仙, 「曹植 「美女篇」에 나타난 美女 形象 考」, 『梨花馨苑』 5집, 이화여대 중어중문학과, 1993.
이익희, 「曹植賦의 형식 분석 ― 체재와 구법을 중심으로」, 『中國學硏究』 4집, 중국학연구회, 1988.
李在敦, 「曹植詩文의 韻部硏究」, 『中國文學』 10집, 韓國中國語文學會, 1983.
이정림, 「「洛神賦」的比興意義」, 『中國文學硏究』 18집, 한국중문학회, 1999.
최동표, 「曹子建의 洛神賦 硏究」, 『비사논집』 6집, 啓明大 學徒護國團, 1983.
하운청, 「曹魏三父子樂府詩硏究」, 『인문과학연구』 2집, 덕성여대 인문과학연구소, 1996.
하운청, 「曹魏兄弟古體詩比較硏究」, 『인문과학연구』 3집, 덕성여대 인문과학연구소, 1996.
河正玉, 「曹植詩攷」, 『論文集』 18집, 淑明女大, 1978.
洪潤基, 「『文心雕龍』의 曹植 「辨道論」에 대한 비평과 反神仙術 사상」, 『中國語文論叢』 20집, 중국어문연구회, 2001.
Park Min-woongk, 「Cao Zhi's(曹植) Xian(仙) and His Youxian Poems(遊仙詩)」, 『중어중문학』 31집, 한국중어중문학회, 2002.

(2) 중국

① 학위논문

鄧義蘭, 「建安文學在南朝的傳播接受」, 武漢大學 碩士論文, 2005.
白雲, 「元前曹植接受史」, 黑龍江大學 碩士論文, 2005.
付以瓊, 「論建安文學的生命化」, 江西師範大學 碩士論文, 2003.
徐俊祥, 「建安學術史硏究」, 揚州大學 博士論文, 2004.
葉娜, 「建安與正始詩歌意象之比較硏究」, 重慶師範大學 碩士論文, 2006.
蘇暢, 「論建安賦」, 吉林大學 碩士論文, 2005.
蕭波, 「初盛唐詩人與建安文學」, 武漢大學 碩士論文, 2005.

孫津華, 「試論曹植對屈原的繼承與發展」, 鄭州大學 碩士論文, 2003.
宋姍姍, 「建安與正始文人不同仕宦心態及其詩文」, 內蒙古大學 碩士論文, 2005.
隋雨竹, 「論建安詩歌中的尙悲風格」, 延邊大學 碩士論文, 2007.
施建軍, 「建安文學專題研究」, 復旦大學 博士論文, 2004.
楊貴環, 「三曹文學思想研究」, 寧夏大學 碩士論文, 2004.
楊永, 「唐人論建安文學」, 鄭州大學 碩士論文, 2005.
呂則麗, 「曹植辭賦與散文研究」, 山東師範大學 碩士論文, 2005.
閆月珏, 「論三曹文學的生命意識」, 東北師範大學 碩士論文, 2006.
王玫, 「建安文學接受史研究」, 福建師範大學 博士論文, 2002.
王薇, 「曹叡與建安文學論略」, 吉林大學 碩士論文, 2004.
王保國, 「曹植的神仙藝術世界研究」, 寧夏大學 碩士論文, 2005.
王少良, 「建安風骨美學內涵與曹植詩的審美特徵」, 哈爾濱師範大學 碩士論文, 1987.
王維民, 「樂府音樂與建安文人樂府詩」, 山東大學 碩士論文, 2005.
王贈怡, 「屈原·曹植之挫折情緒與其文學意象」, 重慶師範大學 碩士論文, 2004.
袁繼靈, 「三曹及其詩歌」, 陝西師範大學 碩士論文, 2002.
劉亞奇, 「三曹詩歌創作異同及其成因研究」, 南京師範大學 碩士論文, 2007.
李晚成, 「曹植思想與人格分期研究」, 首都師範大學 碩士論文, 2001.
李曙光, 「曹植詩歌研究」, 陝西師範大學 碩士論文, 2007.
李亞鵬, 「曹植詩歌的抒情性特點及其影響」, 山東大學 碩士論文, 2007.
李存霞 「從建安七子的創作看建安時代"文學的自覺"」, 河北師範大學 碩士論文, 2004.
張麗濤, 「建安樂府文學研究」, 河北師範大學 碩士論文, 2006.
張運全, 「論曹植辭賦的文化內蘊」, 湖南師範大學, 碩士論文, 2004.
張振龍, 「建安文人的文學活動與文學觀念」, 陝西師範大學 博士論文, 2003.
趙俊玲, 「曹植後期創作的特色」, 鄭州大學 碩士論文, 2005.
胡皓月, 「建安詩歌中的悲風意象」, 東北師範大學 碩士論文, 2006.
洪潤基, 「『文心雕龍』對三曹詩文及文學論的批評研究」, 復旦大學 博士論文, 2000.

② 일반논문
賈立國, 「曹植咏俠詩與俠文學的傳承」, 『北方論叢』, 2006/02.
賈立國, 「論游俠傳統與曹植游俠精神氣質的形成」, 『揚州大學學報』(人文社會科學版), 2007/02.
賈立國, 「曹植『白馬篇』的俠文化解讀」, 『廣西社會科學』, 2008/01.
姜秀麗, 「論曹植的生命意識」, 『大慶師範學院學報』, 2005/03.

江艶華,「三曹詩歌中的生命主題」,『雲南師範大學學報』(哲學社會科學版), 1996/03.

渠曉雲,「曹植『洛神賦』的另一種解讀」,『電影評介』, 2007/15.

高國藩,「略論三曹詩文之比較」,『固原師專學報』, 1999/04.

高金生,「激流勇進與退避三舍－曹植與阮籍文學創作之比較」,『零陵學院學報』, 2004/04.

顧農,「從游俠到游仙－曹植創作中的兩大熱點」,『東北師大學報』(哲學社會科學版), 1995/03.

顧農,「建安時代英雄主義的贊歌－略談曹植『白馬篇』」,『名作欣賞』, 2005/07.

高飛,「曹植與六朝文學」,『延安大學學報』(哲學社會科學版), 1996/04.

高飛衛,「也說曹植對繼承權的爭奪」,『求索』, 1994/02.

高飛衛,「論曹植創作中的憂患意識」,『延安大學學報』(哲學社會科學版), 1995/03.

高玉林,「淺談曹植詩歌的藝術成就」,『湖北師範學院學報』(哲學社會科學版), 2006/04.

高平,「謁曹植墓(外一首)」,『北京文學精彩閱讀』, 2004/10.

鞏衍杞,「心聲心畫 質朴奇警－曹植『白馬篇』賞析」,『軍事記者』, 2002/01.

郭沫若,「論曹植」,『歷史人物』(人民文學出版社), 1977.

郭鵬,「『詩品』曹植條疏證」,『唐山師範學院學報』, 2003/03.

霍有明,「鍾嶸『詩品』論謝詩源出曹植尋繹」,『中國文學研究』, 2002/02.

霍晶瑩,「淺論曹植的詩歌創作特色」,『教學與管理』, 2004/18.

郭眞義,「曹植游仙詩的藝術寄托」,『廣州大學學報』, 2000/06.

邱興躍,「歷史上應該有曹植七步成詩一事」,『成都大學學報』(教育科學版), 2007/12.

『國學』編輯部,「一縷清風 幾絲離愁－賞曹植『情詩』」,『國學』, 2007/01.

金國正,「從詩與樂的關系看三曹詩歌」,『南昌大學學報』(人文社會科學版), 2006/01.

金璐璐,「屈原『遠游』模式對曹植游仙詩的影響」,『商丘師範學院學報』, 2006/03.

金璐璐,「悲劇意識的消解－論曹植游仙詩的時間和空間意象」,『哈爾濱學院學報』, 2006/08.

蘭翠,「論曹植詩歌的"中和"美」,『烟臺大學學報』(哲學社會科學版), 1996/04.

盧善煥,「曹植墓磚銘釋讀淺議」,『文物』, 1996/10.

魯紅平,「論曹植游仙詩」,『青海師範大學學報』(哲學社會科學版), 2000/01.

譚本龍,「殊途同歸：曹丕與曹植文學價值合流論」,『畢節學院學報』, 2007/03.

覃壽芳,「融情于物 會意于事－曹植『蟬賦』賞析」,『閱讀與寫作』, 1997/02.

覃滋高,「建安風骨唱三曹－讀『觀滄海』·『燕歌行』·『贈白馬王彪』」,『廣西社會科學』, 2000/06.

唐嗣德,「睹物傷懷 悲凉慷慨－曹植『送應氏·其一』賞析」,『閱讀與寫作』, 1998/12

陶春林,「曹植『白馬篇』對魏晉南北朝游俠及游俠詩的導向作用」,『江淮論壇』,
　　2007/04.

董家平,「論曹植失敗與成功的原因」,『青海師範大學學報』(哲學社會科學版),
　　2000/03.

董家平,「曹植詩歌之"骨氣"析」,『青海師範大學學報』(哲學社會科學版), 2002/01.

董家平,「論曹植的賦」,『青海民族學院學報』(社會科學版), 2002/01.

董家平,「曹植章表"獨冠群才"的精彩與悲哀」,『青海師範大學學報』(哲學社會科學
　　版), 2003/01.

董志全,「曹植詩歌藝術探微」,『遼寧廣播電視大學學報』, 2006/02.

董志全,「論"三曹"與建安文學風氣的形成」,『西北大學學報』(哲學社會科學版),
　　2006/04.

杜宏春,「論曹植作品的生命意識」,『名作欣賞』, 2006/16.

杜青山,「虛求列仙 實嬰世事－曹植與"游仙詩"」,『南都學壇』, 995/04.

鄧桂英,「曹植生命的悲劇意識與文學審美觀」,『惠州學院學報』, 2006/02.

馬宇輝,「論三曹"反神仙"詩的思想實質及歷史意義」,『天津師大學報』(社會科學版),
　　1999/01.

莫瀾舟,「"三曹"與"帝胄"」,『咬文嚼字』, 1997/03.

梅淑華,「曹植性格特徵之新解」,『鄭州航空工業管理學院學報』(社會科學版),
　　2006/02

梅運生,「評曹植、曹丕的文學批評論」,『文史哲』, 1994/06.

孟稚,「以道家思想爲視域看曹植的游仙詩」,『綏化學院學報』, 2005/03.

毛慶,「一座里程碑－論曹植對屈騷藝術的繼承及意義」,『江漢大學學報』(人文科學
　　版), 2003/05.

繆軍,「走向心靈－曹植『雜詩』小議」,『廣西師院學報』(哲學社會科學版), 1997/04.

木齋,「試論曹植與古詩十九首的女性題材寫作－兼論『青青河畔草』的作者和寫作
　　背景」,『新疆大學學報』(哲學人文社會科學版), 2006/04.

苗夏梅,「曹植"七步詩"新考」,『現代語文』(文學研究版), 2006/12.

苗曉麗,「骨氣奇高 詞采華茂－淺談曹植詩歌的藝術特色」,『牡丹江師範學院學
　　報』(哲學社會科學版), 2007/06.

武薇,「曹植的咏物賦」,『平原大學學報』, 2006/03.

墨白,「建置在人生坐標上的價值取向－論曹植的文學價值觀」,『北方論叢』,
　　1994/05.

閔虹,「風流自賞 情兼雅怨－曹植在政治與文學之間的處境」,『河南教育學院學
　　報』(哲學社會科學版), 2003/02.

朴現圭,「曹植集編纂過程與四種宋版之分析」,『文學遺産』, 1994/04.
裴金華,「梗慨多氣 慷慨悲凉－淺析曹植詩歌中的建功立業思想」,『沙洋師範高等
　　　專科學校學報』, 2005/06.
裴登峰,「略說曹植的文藝觀」,『靑海師範大學學報』(哲學社會科學版), 1994/01.
裴登峰,「論曹植的心態與其詩文」,『綏化師專學報』, 1994/03.
裴登峰,「曹植作品中女性美的象徵意義」,『靑海民族學院學報』(社會科學版),
　　　1994/04.
裴登峰,「"登淸臺以蕩志, 伏高軒以游情"－曹操、曹植的登高創作」,『西北民族學
　　　院學報』(哲學社會科學版), 1994/04.
裴登峰,「三曹詩歌中的飛鳥形象」,『社科縱橫』, 1994/05.
裴登峰,「試論曹植的創作動機」,『陝西靑年管理幹部學院學報』, 1995/03.
裴登峰,「孤獨情緒－曹植作品中强烈興發的人生感念」,『社科縱橫』, 1996/03.
裴登峰,「鳥飛情溢 托鳥傳意－曹植詩賦中的飛鳥形象」,『靑海師專學報』, 1997/03.
范林芳,「從曹植的詩歌談創作個性」,『石家莊職業技術學院學報』, 1999/02.
封如樓,「曹植婦女題材詩歌評析」,『蘇州大學學報』(哲學社會科學版), 1996/04.
付玉,「吟風弄月難爲－世君王　眞情流露却成千古文章－略論曹植的詩才與治才」,
　　　『瀘州職業技術學院學報』, 2008/1.
傅正義,「合著黃金鑄"子建"－論曹植詩歌的藝術貢獻及其在詩史上的地位」,『渝州
　　　大學學報』(社會科學版), 1996/03.
傅正義,「論曹植在中國詩歌史上的地位」,『重慶社會科學』, 2000/06.
傅正義,「論曹植對中國詩歌的三大貢獻」,『涪陵師範學院學報』, 2002/01.
傅正義,「"三曹"詩歌藝術比較論」,『求索』, 2002/06.
傅正義,「"三曹"詩義比較論」,『求索』, 2003/04.
傅正義,「"一代詩宗"曹植－論曹植對中國詩史的獨特貢獻」,『西南民族大學學
　　　報』(人文社科版), 2003/11.
傅正義,「"三曹"游仙詩比較論」,『求索』, 2004/05.
傅正義,「中國詩歌抒情品格的確立者－曹植」,『重慶工商大學學報』(社會科學版),
　　　2007/05.
謝文彥,「淺析三曹詩歌的藝術風格」,『景德鎭高專學報』, 1994/03.
相明,「略論曹植思想的變遷」,『吉林師範大學學報』(人文社會科學版), 2006/01.
常爲群,「失志以後的歌哭－曹植、阮籍詩歌比較」,『南京師大學報』(社會科學版),
　　　2001/04.
徐猛,「由"悲之不同"淺析三曹父子詩風」,『敎書育人』, 2007/S4.
徐明,「曹植游仙詩意蘊簡析」,『河北學刊』, 1997/02.

徐柏靑, 「論曹植詩歌的審美價値」, 『湖北師範學院學報』(哲學社會科學版), 2006/06.

徐志嘯, 「曹植的生平、政治主張及文學成就」, 『中國典籍與文化』, 1995/02.

徐天祥, 「論曹植的政治悲劇及其對創作的影響」, 『江淮論壇』, 1994/03.

釋永悟, 「曹植與梵唄音樂」, 『中國宗敎』, 2007/09.

石振平, 「論曹植對屈騷的繼承」, 『新餘高專學報』, 2006/06.

單榮鑫, 「曹植自我設計得失談－成才辯證法研究系列論文之一」, 『行政論壇』,
       1999/05.

薛泉, 「王船山對"三曹"詩的評價」, 『陰山學刊』, 2002/05.

葉凌雲, 「蝶之殤－悼曹植」, 『野草』, 2006/05.

蘇樹忠, 「魚山曹植墓」, 『春秋』, 1996/03.

邵賢, 「才志不能兩全－讀曹植『與楊德祖書』」, 『語文學刊』, 2002/01.

孫家瑾, 「三曹爭艶洛水夢」, 『春秋』, 1995/03.

孫利娟, 「淺談曹植前後期詩歌的不同風格」, 『宿州師專學報』, 1999/02.

孫明君, 「走向儒道互補－對曹植人格建構的動態考察」, 『淸華大學學報』(哲學社會
       科學版), 1995/04.

孫明君, 「建國以來曹植研究綜述」, 『許昌師專學報』, 1996/04.

孫娟, 「百年來曹植詩歌研究述評」, 『許昌學院學報』, 2006/06.

孫綠江, 「曹植筆下女性形象的文化意義」, 『社科縱橫』, 2000/02.

孫綠江, 「曹植地位辨析－兼談作家地位與作品成就的二元性」, 『甘肅敎育學院學
       報』(社會科學版), 2003/02.

孫靜涵, 「曹植的"慷慨"詩風及其歷史淵源」, 『甘肅聯合大學學報』(社會科學版),
       2006/04.

宋建華, 「從曹植的詩歌創作看曹氏父子對古體詩的貢獻」, 『甘肅敎育學院學報』(社
       會科學版), 1998/02.

宋芙暉, 「魏晉文學自覺中"三曹"的作用與地位」, 『河南工業大學學報』(社會科學版),
       2006/04.

宋俊偉, 「淺探曹操、曹植游仙詩的文學淵源」, 『牡丹江敎育學院學報』, 2007/06.

施建軍, 「曹植游仙詩新論」, 『鄭州大學學報』(哲學社會科學版), 2002/01.

申煥, 「論曹植的咏物賦」, 『時代文學』(雙月版), 2007/04.

申煥, 「曹植詩歌對偶煉字方法考察」, 『延安大學學報』(社會科學版), 2007/05.

申煥, 「撫談曹植詩歌比興的特點」, 『綏化學院學報』, 2007/05.

申煥, 「魏晉樂府的新聲－論曹植對漢樂府的變革」, 『名作欣賞』, 2007/20.

申煥, 「曹植詩歌的賦化－以『贈白馬王彪』爲例」, 『名作欣賞』, 2007/22.

沈榮森, 「三曹詩疊字藝術比較」, 『九江師傳學報』, 1999/02.

梁加尼,「高標藝術個性　勇于自賞風流－試論曹植的五言詩創作」,『湛江師範學院學報』(社會科學版), 1995/01.

楊建波,「曹操與曹植的游仙詩」,『江漢大學學報』, 1996/05.

楊桂枝,「淺談"三曹"詩歌的不同風格」,『希望月報』(上半月), 2007/08.

楊貴環,「三曹對儒家文學觀念的新拓展」,『揚州大學學報』(人文社會科學版), 2008/02.

楊萬仁,「曹植五言詩之通變」,『寧夏大學學報』(社會科學版), 1998/03.

楊小冷,「淺談曹植的文學成就及其影響」,『承德民族師專學報』, 1997/01.

楊娟,「曹植賦在魏晋南北朝的接受狀況」,『中國海洋大學學報』(社會科學版), 2008/01.

梁祖苹,「曹植詩歌創作心態初探」,『寧夏社會科學』, 2000/01.

梁祖苹,「曹植贈答詩主體意識的呈示」,『寧夏大學學報』(社會科學版), 2000/02.

梁祖萍,「"思捷而才俊　詩麗而表逸"－論劉勰『文心雕龍』對曹植的評述」,『名作欣賞』, 2006/10.

梁惠,「曹植賦創作時期考略」,『殷都學刊』, 2000/03.

嚴國榮,「"三曹"與六朝詩風」,『唐都學刊』, 2000/03.

吳康,「從曹植的思想和作品看其人生悲劇性」,『高等教育與學術研究』, 2007/02.

吳芳,「淺論曹植詩歌的意象寄托手法」,『張家口職業技術學院學報』, 2005/04.

吳思增,「論三曹對文人樂府詩的發展」,『前沿』, 2004/04.

吳相洲,「陳思情采源于騷－論曹植在實現漢樂府向文人抒情五言詩轉化過程中對屈賦的繼承」,『首都師範大學學報』(社會科學版), 1998/04.

吳小蘭,「曹植悲歌」,『南國紅豆』2001/06.

吳鶯鶯,「三曹樂府詩述論」,『合肥教育學院學報』, 2002/03.

吳懷東,「論曹植與中古詩歌創作範式的確立」,『吉首大學學報』(社會科學版), 2001/03.

溫艷華,「試論三曹詩文中的生死觀」,『錦州師範學院學報』(哲學社會科學版), 2000/02.

王建平,「試論曹植詩歌的情感格調」,『陝西師範大學繼續教育學報』, 2000/04.

王啓才,「"抱利器而無所施"－曹植後期表文指瑕」,『江淮論壇』, 2006/05.

王吉鵬,「魯迅與曹植」,『浙江學刊』, 2006/04.

汪大白,「曹植與屈原 : 歷史性距離」,『黃山學院學報』, 1998/02.

汪大白,「渴求人生增值的韌性進取－曹植的生命歷程及其個性意義」,『黃山學院學報』, 1999/01.

汪大白,「曹植與屈原 : 歷史性距離」,『九江師專學報』, 1999/02.

汪大白, 「曹植『釋疑論』應系葛洪所杜撰」, 『學術界』, 2001/05.

王麗娟, 「試論曹植詩歌表現的才氣」, 『和田師範專科學校學報』, 2007/03.

王麗珍, 「試論曹植的性格悲劇」, 『陝西師範大學繼續敎育學報』, 1999/04.

王麗珍, 「曹植游仙詩探論」, 『德州學院學報』, 2001/03.

王麗珍, 「試論曹植贈答詩的思想意蘊」, 『靑海師範大學學報』(哲學社會科學版),
　　　　2007/06.

王力堅, 「曹植『雜詩』(其一)母題解讀」, 『名作欣賞』, 2004/08.

王玫, 「曹植及其作品的效果史硏究 」, 『齊魯學刊』, 2005/01.

王玫, 「三曹詩歌之讀者批評範式芻論」, 『集美大學學報』(哲學社會科學版), 2005/04.

王保國, 「曹植神仙方術態度辨析」, 『龍岩師專學報』, 2004/02.

王保國, 「論曹植神仙方術觀的分期與特徵」, 『陰山學刊』(社會科學版), 2007/02.

王富鵬, 「論賈寶玉初見林黛玉的心理現象－兼論宋玉和曹植等人筆下的美神形象」,
　　　　『紅樓夢學刊』, 2007/02.

王書才, 「曹植『洛神賦』主旨臆解」, 『達縣師範高等專科學校學報』, 2005/03.

王星魁, 「東阿王曹植及其酒詩」, 『中國酒』, 2000/02.

王樹卓, 「歷史上無曹植七步成詩」, 『文史天地』, 2003/10.

王樹卓, 「歷史上無曹植七步成詩」, 『校長閱刊』, 2004/02.

王樹卓, 「曹植“七步成詩”存疑」, 『文史雜志』, 2004/04.

王燕, 「三曹神仙說態度及其游仙詩比較」, 『湖北成人敎育學院學報』, 2003/04.

汪玉川, 「曹植 : 文藝新時代的開拓者」, 『北京靑年政治學院學報』, 2001/03.

王巍, 「論劉勰對三曹的評價」, 『遼寧大學學報』(哲學社會科學版), 1995/05.

王巍, 「三曹以氣爲本的哲學思想」, 『淸華大學學報』(哲學社會科學版), 2001/03.

王巍, 「論曹植的文藝思想」, 『淸華大學學報』(哲學社會科學版), 2005/05.

汪榕培, 「英譯三曹詩選」, 『外語敎學』, 1998/01.

汪榕培, 「英譯三曹詩(1)」, 『英語知識』, 2001/01.

汪榕培, 「英譯三曹詩(2)」, 『英語知識』, 2001/02.

汪榕培, 「英譯三曹詩(3)」, 『英語知識』, 2001/03.

汪榕培, 「英譯三曹詩(4)」, 『英語知識』, 2001/04.

汪榕培, 「英譯三曹詩(5)」, 『英語知識』, 2001/05.

汪榕培, 「英譯三曹詩(6)」, 『英語知識』, 2001/06.

汪榕培, 「英譯三曹詩(7)」, 『英語知識』, 2001/07.

汪榕培, 「英譯三曹詩(8)」, 『英語知識』, 2001/08.

汪榕培, 「英譯三曹詩(9)」, 『英語知識』, 2001/09.

汪榕培, 「英譯三曹詩(10)」, 『英語知識』, 2001/10.

汪榕培,「英譯三曹詩(11)」,『英語知識』, 2001/11.

汪榕培,「英譯三曹詩(12)」,『英語知識』, 2001/12.

王原贊,「略論曹植詩歌的抒情藝術」,『江蘇敎育學院學報』, 1994/03.

王一心,「曹植的兩首詩譯析」,『名作欣賞』, 1996/02.

王傳飛,「捐軀赴國難 視死忽如歸－曹植筆下的"白馬"英雄形象」,『政工學刊』, 2002/03.

王振軍,「論曹植"媚主求生"的心態及人格的多重性」,『語文學刊』, 2006/13.

王振泰,「關于屈原『桔頌』與曹植『橘賦』之論綱」,『鞍山師範學院學報』, 2004/05.

王振泰,「一頌一賦爲祖爲宗－讀屈原『橘頌』與曹植『橘賦』札記」,『九江學院學報』(社會科學版), 2005/02.

王則遠,「淺談三曹詩中對人生的咏嘆」,『齊齊哈爾大學學報』(哲學社會科學版), 2000/04.

王海靑,「魯迅論"三曹"」,『阿壩師範高等專科學校學報』, 2004/01.

王曉輝,「淺談曹植婦女題材詩歌的比興寄托」,『黑龍江農墾師專學報』, 2003/02.

王輝斌,「三曹雅好樂府的原因及其情結述論」,『樂府學』第二輯, 2007.

姚衍春,「三曹與建安詩歌的發展」,『理論學刊』, 2000/04.

龍理鵬,「論曹植詩歌特點及其成因」,『海南廣播電視大學學報』, 2007/02.

于雪棠,「突圍者的精神漂流－曹植『游仙』賞析」,『大型月刊』(詩詞版), 2007/03.

于專有,「試論曹植詩歌的形式特色」,『丹東師專學報』, 2003/04.

禹振民,「謁曹植墓」,『當代人』, 2005/11.

于翠玲,「采桑女－美女－君子－讀曹植『美女篇』兼論詩歌闡釋的一種模式」,『名作欣賞』, 1995/03.

熊偉業,「魏晋時期的入神觀念與曹植『洛神賦』的創作動機」,『電影文學』, 2007/18.

熊淸元,「『曹植集校注』商兌」,『古籍整理研究學刊』, 1997/01.

袁達,「一顆痛苦心靈的歷程－試析曹植的心理矛盾」,『鄭州工業大學學報』(社會科學版), 1997/01.

袁培堯,「一幕人神戀愛的悲劇－曹植『洛神賦』賞析」,『商丘職業技術學院學報』, 2004/05.

魏宏燦,「三曹文書的文學色彩」,『淮北煤炭師範學院學報』(哲學社會科學版), 2003/06.

韋春喜,「試論曹植辭賦中的個體生命意識主題」,『克山師專學報』, 2001/02.

劉群棟,「讀曹植作品序文發疑」,『貴州社會科學』, 2006/06.

劉琦,「三曹現實主義詩歌中的感傷情結」,『湖北師範學院學報』(哲學社會科學版), 2008/01.

劉萬軍 裵登峰, 「三曹詩歌中的孤獨感傷情緒」, 『西北民族學院學報』(哲學社會科學版.漢文), 1998/01.

劉懋疇, 「旣奇且警－曹植『白馬篇』藝術之勝」, 『南京廣播電視大學學報』, 1996/01.

劉寶, 「曹植詩歌中的泰山情結」, 『九江學院學報』, 2007/05.

劉世峰, 「三曹與建安文學」, 『百科知識』, 1995/05.

劉玉新, 「『洛神賦』寓意管窺－兼談曹植與甄后的曖昧關系」, 『聊城師範學院學報』(哲學社會科學版), 1996/01.

劉玉新, 「山東省東阿縣曹植墓的發掘」, 『華夏考古』, 1999/01.

劉玉平, 「曹植文學思想三題」, 『四川師範學院學報』(哲學社會科學版), 1994/05.

劉勇, 「拜倫與曹植女性描寫詩歌對比賞析」, 『科技信息』(科學教研), 2008/01.

劉育紅, 「關于曹植女性題材詩歌的解讀」, 『山西農業大學學報』(社會科學版), 2007/02.

劉偉光, 「曹植的人生經歷對其文學創作的影響」, 『遼寧師範大學學報』(社會科學版), 1996/01.

劉戰强, 「三曹對中國詩體發展之貢獻」, 『楡林高等專科學校學報』, 2002/03.

劉全志, 「論曹植的贈答詩」, 『漳州師範學院學報』(哲學社會科學版), 2007/03.

隆灩, 「君子之志的潛變－讀『曹植詩選』」, 『湖南農機』, 2007/09.

李柯, 「曹植的詩歌創作與其文學價值觀不符考」, 『和田師範專科學校學報』, 2006/06.

李剛, 「曹植與張載的實學比較－兼論"實學"之"實"的相對性商原」, 『社會科學輯刊』, 2004/05.

李健, 「"神思"概念爲曹植首次提出」, 『學術研究』, 2003/10.

李景琦, 「寓幽怨于纏綿 抒壯懷以慷慨－曹植『雜詩六首』論析」, 『阜陽師範學院學報』(社科版), 2001/02.

李桂蓉, 「論郭啓宏筆下的曹植」, 『韓山師範學院學報』, 1995/01.

李軍, 「論李賀對曹植詩歌的繼承與發展」, 『石家莊師範專科學校學報』, 2002/01.

李成林, 「論三曹樂府詩對兩漢民間樂府的繼承」, 『青海師範大學學報』(哲學社會科學版), 2006/04.

李秀麗, 「試論曹植的游仙詩」, 『語文學刊』, 2007/18.

李中華, 「從"三曹七子"到"二十四友"－試論魏晋文人集團與文學精神的演變」, 『武漢大學學報』(哲學社會科學版), 1995/02.

李徵宇, 「曹植『懷親賦』寫作年代考辨」, 『湖南第一師範學報』, 2008/01.

李華, 「"靈均以後一人而已"－從『洛神賦』看曹植對的『離騷』接受」, 『語文學刊』, 2006/18.

李曉芹,「俠文化與曹植的游俠詩」,『陰山學刊』(社會科學版), 1996/04.

李曉波,「骨氣奇高 辭采華茂－淺談曹植詩的藝術特色」,『太原敎育學院學報』, 2002/04.

李輝,「追尋生命的樂園－曹植游仙詩思想新解」,『雲南師範大學學報』(敎育科學版), 1998/03.

藺文銳,「"任性而行"－歷史學家眼中的曹植」,『廊坊師範學院學報』, 2003/02.

藺文龍,「論曹植的詩歌創作對中國詩歌文人化的奠基作用」,『太原師範學院學報』(社會科學版), 2007/01.

林繼中,「詩心只在魚山下－魚山曹植墓」,『古典文學知識』, 2001/01.

林童照,「曹植『髑髏說』之創作時期考辨」,『石油大學學報』(社會科學版), 2005/03.

任麗英,「曹植的友情詩淺析」,『中共鄭州市委黨校學報』, 2006/03.

林斌,「曹植與李煜後期作品的共同特徵及其意義」,『紹興文理學院學報』, 2003/05.

林澤榮,「才思敏捷的曹植」,『黑龍江敎育』, 1994/11.

張可禮,「曹植詩文蘊涵的道德內容」,『齊魯學刊』, 2002/05.

張宏,「曹操曹植游仙詩的藝術成就」,『殷都學刊』, 1996/01.

蔣寄紅,「骨氣奇高, 詞采華茂－析曹植詩歌及藝術特色」,『湖南稅務高等專科學校學報』, 2001/03.

張大威,「曹植 : 才高八斗難爲用」,『鴨綠江』(上半月版), 2007/12.

張麗,「慷慨有悲心 興文自成篇－試論曹植賦作中的慷慨情感」,『菏澤師範專科學校學報』, 1996/03.

張莎莎,「慷慨有悲心 興文自成篇－曹植的悲劇命運探析」,『安順學院學報』, 2007/02.

章新建,「論曹丕與曹植」,『黃山學院學報』, 1998/01.

張宇,「論"三曹"詩歌的風格差異」,『湖南科技學院學報』, 2006/04.

張運全,「論道家文化對曹植辭賦創作的影響」,『文敎資料』, 2006/10.

張應斌,「曹植『白馬篇』的原型蠡測」,『汕頭大學學報』(人文社會科學版), 2006/06.

張子剛,「曹植幷非曹操第三子」,『延安大學學報』(哲學社會科學版), 1995/04.

張爭光,「『全上古三代秦漢三國六朝文』中"三曹"文考證」,『平原大學學報』, 2007/06.

張朝富,「"辭賦小道" : 關于曹植的一個重大誤讀」,『江淮論壇』, 2006/04.

張從軍,「魚山曹植墓」,『走向世界』, 2006/06.

張增林,「曹植文論思想初探」,『作家』, 2008/02.

張振元,「試論曹植的悲劇性格」,『黃河水利職業技術學院學報』, 2001/02.

張淸,「曹植五言詩『白馬篇』創作年代補證」,『周末文匯學術導刊』, 2006/02.

張弘,「曹植墓碑的歷史變遷與價値」,『濟南職業學院學報』, 2006/01.

張曉慶, 「曹植作品引『詩經』考論」, 『宜賓學院學報』, 2008/01.

田勁松, 「論曹植詩歌的"生命精神"」, 『佳木斯大學社會科學學報』, 2001/04.

鄭萬耕, 「曹植劉劭的唯物主義觀點」, 『甘肅社會科學』, 1994/02.

鄭婧伶, 「解讀曹植婦女題材詩歌的反叛意識」, 『廣西教育學院學報』, 2006/04.

程曉菡, 「君子通大道 無願爲世儒－以詩歌形象透析曹植的儒家人格」, 『靑海師範
　　　大學學報』(哲學社會科學版), 2007/01.

鄭訓佐, 「論曹植『九愁賦』的情感內涵」, 『山東社會科學』, 2007/12.

曹建平, 「詩國攬勝(三)－才高八斗的曹子建」, 『中國審計』, 1995/06.

曹娜, 「柔情麗質 肝膽氣骨－淺析曹植的詩歌及其在文學史上的地位」, 『滄桑』,
　　　2007/06.

曹麗萍, 「曹植生命態度對李賀的影響」, 『文學教育』(下), 2007/11.

趙萬里, 「評『曹植研究』」, 『哈爾濱學院學報』, 2005/12.

趙明臻, 「論曹植的怨婦詩」, 『內蒙古農業大學學報』(社會科學版), 2007/01.

趙燕平, 「略論曹植後期創作的變化和發展」, 『蘇州大學學報』(哲學社會科學版),
　　　1999/03.

曹遠, 「視死如歸的愛國情懷－讀曹植的『白馬篇』」, 『勝利油田職工大學學報』,
　　　2001/01.

趙彩花, 「先秦到漢代詩歌中女性形象的三次變遷－兼談曹植詩中女性的新特質」,
　　　『韶關大學學報』, 2000/05.

曹海東, 「曹植詩文"體"字釋義芻議」, 『瓊州大學學報』, 2004/06.

趙慧先, 「骨氣奇高 辭采華茂－關于曹植五言詩的藝術成就」, 『河北工程技術職業
　　　學院學報』, 2002/02.

趙紅玲, 「三曹以外的建安文士樂府創作低靡之原由新論」, 『零陵師範高等專科學校
　　　學報』, 2001/01.

踪凡, 「三曹的漢賦和古代漢賦研究的轉捩」, 『天府新論』, 2003/06.

周建國, 「曹植詩歌與魏晉六朝的文學發展問題－兼論曹詩風骨及建安風骨問題」,
　　　『古籍研究』, 2003/02.

周玉華, 「曹植表文情感內蘊探析」, 『湖南工程學院學報』(社會科學版), 2006/04.

周蓉, 「曹植的心態及其創作三題」, 『甘肅高師學報』, 1999/03.

周長凱, 「東阿出版『東阿王曹植』幷籌辦"曹植研討會"」, 『春秋』, 2001/02.

中國社會科學院 文學研究所 文藝理論研究室, 「曹丕曹植文學思想異同論」, 『美學
　　　論叢』2(中國社會科學出版社), 1979.

陳九才, 「七步村里吊曹植」, 『中州統戰』, 1999/03.

陳良運, 「三曹三辨」, 『南昌大學學報』(社會科學版), 1994/01.

陳立强,「從文宴詩看三曹的人生胸襟和藝術視境」,『濟寧師專學報』, 2000/01.

陳明華, 「淺析洛神形象－曹植對前代女性描寫的繼承和發展」, 『長春師範學院學報』, 2004/09.

陳艶艶, 「曹丕、曹植的文學價値觀之比較」, 『語文學刊』, 2007/20.

陳巍, 「論曹植人格意志的困境和自救」, 『文教資料』, 2007/24.

陳恩維, 「論曹植的擬賦及其創作歷程」, 『蘇州大學學報』(哲學社會科學版), 2004/06.

蔡振雄, 「論曹植對詩歌文人化的貢獻」, 『求索』, 2003/01.

蔡振雄, 「從漢魏六朝審美意識的轉變看曹植賦的創作」, 『牡丹江大學學報』, 2007/03.

陳治國, 「宋以前曹植集編撰狀況考略」, 『湖北成人教育學院學報』, 2003/02.

陳海英, 「談曹植的游仙詩」, 『麗水學院學報』, 1997/04.

陳歡歡, 「試析曹植、張華和王褒的咏俠詩」, 『文學教育』(上), 2008/03.

崔軍紅, 「曹植辭賦藝術特徵簡論」, 『殷都學刊』, 2000/01.

崔軍紅, 「試析『文選』中蕭統對曹植詩的評價」, 『華北水利水電學院學報』(社會科學版), 2000/01.

崔積寶, 「談曹植的思想變遷」, 『學術交流』, 1994/01.

崔積寶, 「論曹植的表」, 『學習與探索』, 2002/04.

崔積寶, 「曹植『與楊德祖書』新評」, 『北方論叢』, 2004/04.

崔志偉, 「淺談曹植詩歌的"雅"」, 『張家口職業技術學院學報』, 2006/03.

崔贊文, 「開一代詩風　創一條康莊大道－"三曹"作品思想內容和藝術特點淺析」, 『廣西大學學報』哲學社會科學版), 1995/06.

崔彩雲, 「曹植與東阿」, 『中州今古』, 2002/05.

鄒樹德, 「漢賦對曹植詩歌創作的影響」, 『求索』, 1995/03.

廣藝, 「火與水的纏綿－淺析曹植政客與文人身份的二元性」, 『湘潮』(下半月)(理論), 2008/01.

湯力偉, 「曹植女性題材作品前後期之比較」, 『湘潭師範學院學報』(社會科學版), 1998/02.

蒲二利, 「試論"三不朽"思想對曹丕曹植兄弟的影響」, 『邵陽學院學報』(社會科學版), 2008/01.

馮文凱, 「慷慨雄壯的愛國樂章－曹植『白馬篇』淺析」, 『武警學院學報』, 2008/01.

馮曉玲, 「曹植詩歌主基調的成因」, 『廣西大學學報』(哲學社會科學版), 2007/03.

賀令江, 「曹植浪漫主義創作初探」, 『湘潭大學社會科學學報』, 1994/02.

賀秀明, 「曹操與曹植游仙詩的成因及異同」, 『中州學刊』, 1994/03.

何玉蘭, 「郭沫若『論曹植』的得失與成因略論」, 『郭沫若學刊』, 2006/03.

賀天舒, 「論曹植及其游仙詩」, 『山東社會科學』, 1999/02.
韓格平, 「『文選·曹植·送應氏二首』寫作時間蠡測」, 『古籍整理研究學刊』, 2000/06.
韓鑫, 「曹操在立嗣上的選擇對曹植的影響」, 『學海』, 1995/03.
項陽, 「"改梵爲秦"中的"學者之宗"曹植」, 『天津音樂學院學報』, 2007/01.
向回, 「曹植樂府不入樂說質疑」, 『暨南學報』(哲學社會科學版), 2008/01.
許娟娟, 「曹植、王粲詩中鳥意象的異同」, 『湖南科技學院學報』, 2005/07.
許勇强, 「詩文怫鬱 音成于心－曹植悲怨作品簡論」, 『樂山師範學院學報』, 2003/03.
胡恩厚, 「曹植七步詩非七步論－曹植靈感思維研究」, 『陽關』, 1995/02.
黃季耕, 「曹植賦略論」, 『安徽教育學院學報』(社會科學版), 1994/03.
黃金明, 「論曹植『洛神賦』的寓意」, 『文藝理論與批評』, 2005/03.
黃敏, 「試論"三曹"詩歌中的感傷情結」, 『西南民族大學學報』(人文社科版), 2004/11.
黃小玲, 「論曹植詩歌的雅化 精致化和意象化」, 『牡丹江大學學報』, 2006/09.
黃志浩, 「也論"漢音"與"魏響"－"三曹"詩歌創作的歷史定位」, 『南京師大學報』(社會
　　科學版), 2006/06.
黃萍, 「曹植低就稱服于曹丕父子的原因解析－兼論曹植儒學人格構建」, 『西南民族
　　大學學報』(人文社科版), 2005/01.
侯方元, 「曹植『三良詩』考辨」, 『南陽師範學院學報』, 2003/11.
侯素利, 「略論屈原與曹植筆下的宓妃形象」, 『宿州學院學報』, 2005/01.

(3) 대만

① 학위논문

簡麗玲, 『曹氏父子及其羽翼辭賦研究』, 政治大學 碩士論文, 1995.
高莉莉, 『魏晉到盛唐時期建安風骨論的形成與嬗變』, 臺灣師範大學 碩士論文, 2005.
朴貞玉, 『三曹詩賦考』, 臺灣師範大學 碩士論文, 1985.
朴泰德, 『建安時代鄴下文士的研究』, 臺灣大學 碩士論文, 1990.
朴現圭, 『曹植及其文學研究』, 臺灣師範大學 博士論文, 1987.
徐銀禮, 『建安風骨探析』, 臺灣大學 碩士論文, 1982.
辛曉芬, 『明詩話論曹植』, 中山大學 碩士論文, 2006.
吳明津, 『曹植詩賦研究』, 成功大學 碩士論文, 1993.
翁淑媛, 『曹植散文研究』, 臺灣師範大學 碩士論文, 1984.
章黎文, 『建安詩人情感曲折研究』, 輔仁大學 碩士論文, 1998.
張麗敏, 『建安詩歌之題材類型研究』, 文化大學 碩士論文, 2003.
張芳鈴, 『建安文學之探述』, 臺灣師範大學 碩士論文, 1976.
張忠智, 『曹植詩歌與楚辭關係之研究』, 成功大學 碩士論文, 1997.

丁威仁, 『三曹時代北地文士「惜時生命觀」研究－以建安七子與曹氏父子之詩歌爲研究對象』, 中興大學 碩士論文, 1998.

曾玲玲, 『建安辭賦中「婦女文本」之研究』, 臺灣師範大學 碩士論文, 2003.

陳燕婷, 『建安辭賦主題意識研究』, 成功大學 碩士論文, 1999.

彭盈綺, 『曹植詩歌之情志與意象研究』, 輔仁大學 碩士論文, 2007.

彭昱萱, 『建安詩文中反映的社會現象』, 淡江大學 碩士論文, 2001.

② 일반논문

簡翠貞, 「論建安文學的風骨」, 『國敎世紀』, 2003年 205期.

邱鎮京, 「曹氏父子詩論」, 『國立臺北商專學報』, 2000年 55期.

『國文天地』編輯部, 「補給站--曹植咏牛」, 『國文天地』, 2002年 18卷 6期.k

羅敬之, 「甄後與曹丕兄弟是否有「三角」關係－讀「洛神甄宓戀歌傳奇」後」, 『國文天地』, 2001年 17卷 1期.

盧博文, 「曹氏父子與建安文學--薈萃中原人物的文學結晶」, 『中原文獻』, 2005年 37卷 1期.

樸月, 「讀歷史看自己－才高命蹇的曹植」, 『小作家月刊』, 2001年 7卷 12期.

朴泰德, 「建安詩歌的實質內涵」, 『中國語文』, 2006年 99卷 4期.

樊善標, 「「建安風骨」術語系列成立基礎的檢討：一個槪念的史前史」, 『中國文化研究所學報』, 2004年 13期.

蕭亦玲, 「曹氏父子的文學成就」, 『景女學報』, 2001年 1期.

梁承德, 「建安賦論」, 『中國古典文學研究』, 1999年 2期.

吳漢松, 「曹植的七步詩」, 『歷史月刊』, 2004年 192期.

王璟, 「九州不足步, 願得凌雲翔--曹植遊仙詩探析」, 『古今藝文』, 2005年 31卷 3期.

王美秀, 「曹氏兄弟的文學理論」, 『文理通識學術論壇』, 2000年 3期.

廖堂智, 「曹植遊仙詩探索--兼論屈原對曹植遊仙詩的影響」, 『大中文研究生論文集』, 2004年 9期.

廖芳瑩, 「宋玉「神女賦」·曹植「洛神賦」及濟慈「無情的美女」中之中西男性理想自我追求模式設計下的女性形象與自我個體意識的比較」, 『Graduate Student Research Papers』, 2000年 15期.

劉乃豪, 「曹植作品中的矛盾現象」, 『豐商學報』, 2000年 5期.

李佳蓮, 「試從屈原·曹植·李白「遊仙詩作」談抒情自我的追尋與超越」, 『東海大學文學院學報』, 2004年 45期.

李美娟, 「曹植散文研究」, 『松商學報』, 2007年 9期.

林芷瑩, 「建安文學及其風骨之探討」, 『修平人文社會學報』, 2005年 5期.

張家友,「夜讀黃守誠著『曹子建新探』有感」,『中國語文』, 2005年 96卷 6期.

張芳鈴,「建安文學理論之傳承與開展」,『黃埔學報』, 1999年 37期.

張娣明,「三曹戰爭詩探析」,『中國學術年刊』, 2003年 24期.

鄭柏彰,「試詮以「神女」意符爲象徵之書寫意識－從宋玉「神女賦」到曹植「洛神賦」
　　　看其「神女書寫」之演變軌跡」,『中正大學中國文學研究所研究生論文集刊』,
　　　2006年 8卷

陳葆貞,「傳世「洛神賦」故事畫的表現類型與風格系譜」,『故宮學術季刊』, 2005年
　　　23卷 1期.

陳傳萬,「建安詩歌「閭里歌謠之質」論」,『古今藝文』, 2008년 34卷 3期.

彭學文,「撽談曹植筆下的女性形象」,『中國文化月刊』, 2001年 250期.

許靜宜,「曹植「登臺賦」與羅貫中「銅雀臺賦」比較」,『思辨集』, 2004年 7期.

黃麗月,「「精神創傷」與藝術創作－以曹植「鸚鵡賦」·「離繳雁賦」及「白鶴賦」爲例」,
　　　『人文及社會學科教學通訊』, 2003年 13卷 5期.

黃淑汝,「曹植詩中女性形象之探討」,『語文教育通訊』, 2000年 19期.

(4) 일본
① 일반논문

岡村貞雄,「曹植の樂府：その抒情的特性について」,『中國中世文學研究』(中國中
　　　世文學會) 8, 1~10, 1971.

高橋大輔,「曹植の賦における「遊」と「獨」」,『筑波中國文化論叢』(筑波大學人文社
　　　會科學研究科文芸·言語專攻([筑波大學中國文學研究室)) 通号 24, 1~15,
　　　2004.

溝口晋子,「曹植「洛神」賦に見られる構成の特徴について」,『時の扉：東京學芸大
　　　學大學院伝承文學研究レポート』(東京學芸大學) 3, 21~26, 1999.

龜山朗,「漢魏詩における寓意的自然描寫－曹植「吁嗟篇」を中心に」,『中國文學
　　　報』(京都大學文學部中國語學中國文學研究室) 通号 31, 1~28, 1980.

龜山朗,「建安年間後期の曹植の「贈答詩」について」,『中國文學報』(京都大學文學
　　　部中國語學中國文學研究室) 通号 42, 30~60, 1990.

吉川幸次郎,「三國志實錄－曹植兄弟1」,『新潮』(新潮社) 55(1), 1958/01.

吉川幸次郎,「三國志實錄－曹植兄弟2」,『新潮』(新潮社) 55(2), 1958/02.

吉川幸次郎,「三國志實錄－曹植兄弟3」,『新潮』(新潮社) 55(4), 1958/04.

吉川幸次郎,「三國志實錄－曹植兄弟4」,『新潮』(新潮社) 55(5), 1958/05.

吉川幸次郎,「三國志實錄－曹植兄弟5」,『新潮』(新潮社) 55(9), 1958/09.

吉川幸次郎,「三國志實錄－曹植兄弟完」,『新潮』(新潮社) 55(12), 1958/12.

吉川幸次郎,「曹植兄弟」,『三國志實錄』(筑摩書房), 1962.

吉川幸次郎,「曹氏父子伝」,『三國志實錄』(筑摩書房), 1962.

吉川幸次郎,「『三國史實錄』」跋」,『吉川幸次郎全集』(第7卷), 筑摩書房, 1968.

大上正美,「三國志の世界−思想・歷史・文學(4)仮構の力−曹植の文學への問い」,『創文』(創文社 編) 497, 創文社, 23〜26, 2007.

道家春代,「建安期の曹植の誌について」,『名古屋女子大學紀要 人文・社會編』(名古屋女子大學) 36, 252〜241, 1990.

渡部れい子,「明銅活字本『曹子建集』十卷について (中國における古籍流通學の確立)」,『中國古籍文化研究』(中國古籍文化研究所 3, 23〜28, 2005.

渡辺由美子,「曹操沒後の曹丕と曹植--不仲說の檢證」,『二松』(二松學舍大學大學院文學研究科) 16, 267〜291, 2002.

伏見沖敬,「隋曹子建碑」,『書品』(東洋書道協會) 通号 134, 1962.

福山泰男,「曹植の四言詩について」,『集刊東洋學』(中國文史哲研究會(東北大學)) 57, 62〜81, 1987.

福山泰男,「曹植のアレゴリー」,『山形大學紀要・人文科學』(山形大學) 13(2), 109〜125, 1995.

福山泰男,「曹植詩の「語り」について」,『山形大學紀要・人文科學』(山形大學) 13(4), 1〜20, 1997.

福山泰男,「曹植「白馬篇」考:「游俠兒」の誕生」,『山形大學人文學部研究年報』(山形大學) 4, 53〜66, 2007.

福山泰男,「曹植の「少年」」,『山形大學紀要・人文科學』(山形大學) 16(2), 17〜32, 2007.

福井佳夫,「曹植の「鷦雀賦」について--遊戲文學論(3)」,『中京國文學』(中京大學國文學會) 21, 17〜29, 2002.

本田濟,「曹植とその時代」,『東方學』(東方學會) 通号 3, 53〜60, 1952.

富永一登,「資料集『文選』李善注引曹植詩文(『文選』の研究)」,『中國古典文學研究』(廣島大學中國古典文學プロジェクト研究センター) 1, 11〜34, 2003.

富永一登,「『文選』李善注の活用−注引曹植詩文から見た文學言語の繼承と創作」,『六朝學術學會報』(六朝學術學會) 4, 73〜88, 2003.

山口爲廣,「曹植「贈白馬王彪」詩考」,『國學院雜誌』(國學院大學綜合企畫部) 71(2), 38〜49, 1970.

山口爲廣,「曹植-その人と文學」,『讀書人の文學と思想:中國文學の世界』(笠間選書 55), 中國古典文學研究會, 笠間書院, 1976.

山口爲廣, 「曹植「洛神賦」考--その作意のめぐって」,『國文學論考』(都留文科大學

國文學會) 通号 27, 27~34, 1991.

山口爲廣,「曹植に於ける樂府」,『新しい漢字漢文教育』(全國漢文教育學會)43, 9~18, 2006.

森眞理子,「曹植「七歩の才」考」,『説話論集 第4集(近世の説話)』(説話と説話文學の會), 淸文堂出版, 1995.

上野裕人,「曹植の文學について：「洛神の賦」を中心として」,『語文と教育』(鳴門教育大學) 12, 147~155, 1998.

上野裕人,「曹植の詩について：命をかけた情熱の詩」,『語文と教育』(鳴門教育大學國語教育學會(鳴門教育大學)) 17, 1~9, 2003.

上野裕人,「曹植の詩について：「棄婦篇」と「種葛篇」を中心として」,『語文と教育』(鳴門教育大學國語教育學會(鳴門教育大學)) 18, 23~31, 2004.

上野裕人,「唐詩における曹植・丕詩の影響について：王維の詩を中心として」,『語文と教育』(鳴門教育大學國語教育學會(鳴門教育大學) 19, 46~55, 2005.

上野裕人,「唐詩における曹植・丕詩の影響について：孟浩然・王昌齡・柳宗元・元結を中心として」,『語文と教育』(鳴門教育大學國語教育學會(鳴門教育大學) 20, 68~77, 2006.

西野貞治,「曹植の作者生涯とその詩賦」,『人文研究』(大阪市立大學文學部) 5(6), 517~538, 1954.

石井公成,「無常と忠君と戀をつなぐもの--曹植の漢詩と『万葉集』の長歌」,『駒澤短期大學研究紀要』(駒澤短期大學) 33, 161~177, 2005.

船津富彦,「曹植の遊仙詩論－特に説話の展開を中心にして」,『東洋文學研究』(早稲田大學東洋文學會) 通号 13, 1965.

笹川臨風 外,「曹子建」,『支那文學大綱』(大日本図書株式會社), 1900.

沼口勝,「曹植の「野田黄雀行」について」,『文教大學國文』(文教大學國文學會) 35, 27~36, 2006.

小守郁子,「曹植詩所感」,『名古屋大學文學部研究論集』(名古屋大學文學部) 通号 63, 91~114, 1974.

小守郁子,「曹植論(藤野渉教授・横瀬善正教授退官記念)」,『名古屋大學文學部研究論集』(名古屋大學文學部) 通号 69, 267~302, 1976.

小守郁子,「曹植論－承前－」,『名古屋大學文學部研究論集』(名古屋大學文學部) 通号 75, 45~71, 1978.

小川博章,「曹植廟碑考」,『書學文化』(淑德大學書學文化センター) 2, 61~72, 2000.

小川博章,「續 曹植廟碑考－北朝刻経書法との關係について」,『書學文化』(淑德大學書學文化センター) 4, 47~57, 2002.

松本幸男, 「曹植の悲劇的生涯について」, 『立命館文學』(立命館大學人文學會) 通号 145, 433~449, 1957.

矢田博士, 「曹植「三良詩」考-「文帝誄」との關連を中心として」, 『中國文學研究』(早稻田大學中國文學會) 通号 19, 1~17, 1993.

矢田博士, 「曹植「泰山梁甫行」創作時期考--陳祚明「黃初元年說」の當否をめぐって」, 『中國詩文論叢』(中國詩文研究會) 通号 12, 1~20, 1993.

矢野博士, 「曹植の「七哀」と吾樂所奏の「怨詩行」について」, 『松浦友久博士追悼記念中國古典文學論集』(松浦友久博士追悼記念中國古典文學論集刊行會), 研文出版, 2006.

植木久行, 「曹植吁嗟篇考-轉蓬・飛蓬の詩的心象をめぐって」, 『中國古典研究』(中國古典研究會) 通号 20, 122~136, 1975.

植木久行, 「曹植伝補考--本伝の補足と新說の補正を中心として」, 『中國古典研究』(中國古典研究會) 通号 21, 17~31, 1976.

植木久行, 「南朝期における曹植評価の實態」, 『中國古典研究』(中國古典研究會) 通号 22, 14~41, 1977.

植木久行, 「南朝期における曹植評価の實態-中-永明體の詩學との關連を中心として」, 『中國古典研究』(中國古典研究會) 通号 24, 61~86, 1979.

伊藤正文, 「「曹植」跋」, 『吉川幸次郎全集』(第7卷), 筑摩書房, 1968.

伊藤正文, 「曹植詩補注稿(詩之一)」, 『神戸大學文學部紀要』(神戸大學文學部) 通号 8, 143~206, 1980.

伊藤正文, 「曹植詩補注稿(詩之二)」, 『神戸大學文學部紀要』(神戸大學文學部) 通号 10, 141~179, 1983.

伊藤正文, 「曹植詩補注稿(詩之三)」, 『神戸大學文學部紀要』(神戸大學文學部) 通号 12, 75~122, 1985.

伊藤正文, 「曹植詩補注稿(詩之四)」, 『神戸大學文學部紀要』(神戸大學文學部) 通号 15, 77~131, 1988.

一澤美帆, 「本辭と晉樂所奏に關する一考察 : 曹植「怨詩行」について」, 『大谷大學大學院研究紀要』(大谷大學大學院) 24, 115~143, 2007.

林香奈, 「「風」と「光」をめぐって-曹植を中心に」, 『未名』(中文研究會) 通号 14, 1996.

張健, 「曹植詩賦の語彙・表現について-『詩経』との比較を中心として」, 『中國中世文學研究』 26(中國中世文學會), 19~32, 1994.

井上亮淳, 「魚山曹植と高肅」, 『種智院大學密教資料研究所紀要』(種智院大學密教資料研究所(種智院大學)) 1, 70a~61a, 1998.

中野將,「悲哀からの飛翔:「詩経」・「古詩」・曹植」,『中國文化:研究と教育:漢文學會會報』(大塚漢文學會(筑波大學) 49, 26~38, 1991.

中野將,「曹植詩考:「悲風」を手掛かりとして」,『中國文化:研究と教育:漢文學會會報』(大塚漢文學會(筑波大學文芸言語學系)) 50, 41~52, 1992.

中野將,「曹植「遊仙詩」考:その「詠懷性」について」,『中國文化:研究と教育:漢文學會會報』(大塚漢文學會(筑波大學)) 52, 28-39, 1994.

會澤卓司, 上里賢一 編,「曹植詩索引」,『琉球大學教育學部紀要 第一部・第二部』(琉球大學教育學部図書紀要委員會(琉球大學教育學部)) 通号 39, 379~567, 1991.

天納傳中,「魚山曹植と聲明梵唄につい(平成九年度天台宗教學大會記念號)」,『天台學報』(天台學會(大正大學)) 40, 32~39, 1998.

天納傳中,「中國聲明の聖地 魚山について－魚山 陳思王曹植 淮陽」,『叡山學院研究紀要』(叡山學院) 24, 1~7, 2002.

清宮剛,「曹丕・曹植と道家思想」,『山形縣立米澤女子短期大學紀要』(山形縣立米澤女子短期大學) 36, A1~A10, 2001.

土橋文夫,「曹植の七歩詩について」,『中京大學論叢・敎養篇』(中京大學) 1, 3~16, 1961.

戶倉英美,『詩人たちの時空:漢賦から唐詩へ』, 平凡社, 1988.

後藤秋正,「曹植「雜詩六首」論考」,『漢文學會會報』(東京教育大學漢文學會) 通号 31, 52~62, 1972.

後藤秋正,「曹植における慷慨について」,『語學文學』(北海道教育大學語學文學會) 通号 16, 69~76, 1978.

後藤秋正,「『建安詩文鑑賞辭典』王巍・李文祿主編『建安文學研究史論』王巍－近年の曹植研究」,『東方』(東方書店) 通号 185, 26~29, 1996.

(5) 기타

① 일반논문

Cao Zhi's(192~232) Symposium Poems Author(s):Robert Joe Cutter Source:Chinese Literature:Essays, Articles, Reviews (CLEAR), Vol.6, No.1/2, Published by:Chinese Literature:Essays, Articles, Reviews (CLEAR), Jul., 1984.

On Reading Cao Zhi's "Three Good Men":Yong shi shi or Deng lin shi? Author(s):Robert Joe Cutter Source:Chinese Literature:Essays, Articles, Reviews (CLEAR), Vol.11, (Dec., 1989), Published by:Chinese Literature:Essays, Articles, Reviews (CLEAR).

Poems in Their Place:Collections and Canons in Early Chinese Literature Author(s):Pauline

Yu Source : Harvard Journal of Asiatic Studies, Vol.50, No.1, Published by : Harvard-Yenching Institute, Jun., 1990.

The Death of Empress Zhen : Fiction and Historiography in Early Medieval China Author(s) : Robert Joe Cutter Source : Journal of the American Oriental Society, Vol.112, No.4, Published by : American Oriental Society, Oct.~Dec., 1992.

찾아보기

부록

1세   한(漢) 헌제(獻帝) 초평(初平) 3년(192년)
        조식이 태어나다. 이 해에 조조(曹操)가 38세, 조비(曹丕) 6세,
        공융(孔融) 40세, 서간(徐幹) 23세, 왕찬(王粲) 16세.
        4월, 여포(呂布)가 동탁(董卓)을 죽이다.

8세   한(漢) 헌제(獻帝) 건안(建安) 4년(199년)
        완우(阮瑀)가 위(魏)에 오다.(趙幼文)

9세   한(漢) 헌제(獻帝) 건안(建安) 5년(200년)
        유정(劉楨)과 응창(應瑒)이 위(魏)에 오다.(조유문)

10세   한(漢) 헌제(獻帝) 건안(建安) 6년(201년)
        『위지(魏志)·진사왕식전(陳思王植傳)』: 나이 10여세 때 시론
        (詩論)과 사부(辭賦) 수십만언(數十萬言)을 송독(誦讀)하고 글
        을 잘 짓다.

13세   한(漢) 헌제(獻帝) 건안(建安) 9년(204년)
        진림(陳琳)이 위(魏)에 오다.(조유문)

14세   한(漢) 헌제(獻帝) 건안(建安) 10년(205년)
        조조(51세)가 정월에 원담(袁譚)을 공격하여 죽이다. 10월에
        업(鄴)으로 돌아오다.
        조식도 원담을 치러 가는 데에 따라가다.(傅亞庶는 이 해의 일
        로 보고, 조유문은 다음해로 보다)

16세　한(漢) 헌제(獻帝) 건안(建安) 12년(207년)

조조(53세)가 북쪽의 삼군(三郡)과 오환(烏桓)(부아서의 책에
는 '烏丸'을 쳐서 무종(無終)에 이르다. 원상(袁尙)과 원희(袁
熙)를 죽이다.

조식이 종정(從征)하다.

이 해에 조식이 「태산양보행(泰山梁甫行)」을 짓다.(부아서)

서간(徐幹)이 위(魏)에 오다.(조유문)

17세　한(漢) 헌제(獻帝) 건안(建安) 13년(208년)

조조(54세)가 6월에 스스로 승상(丞相)이 되다.

7월에 남쪽의 유표(劉表)를 치다. 9월에 유종(劉琮)이 항복하다.

조식이 종정(從征)하다.

왕찬(王粲)이 위(魏)에 오다.(조유문)

공융(孔融)이 죽다.

18세　한(漢) 헌제(獻帝) 건안(建安) 14년(209년)

조조(55세)가 3월 군대를 이끌고 초(譙)에 가다.

7월에 합비(合肥)에 주둔하다. 12월에 초(譙)로 돌아오다.

조식도 종정(從征)한 듯하다.(조유문)

19세　한(漢) 헌제(獻帝) 건안(建安) 15년(210년)

동작대(銅雀臺)가 완성되어 조조(曹操)가 여러 아들을 데리고
올라가 부(賦)를 짓게 하였는데 조식이 붓을 들어 바로 글을 짓
자 조조가 남다르게 여기다.

이 해에 조식이 「칠계(七啓)」를 짓다.

20세　한(漢) 헌제(獻帝) 건안(建安) 16년(211년)

조조(57세)가 마초(馬超)를 치다.

조비(曹丕, 25세)가 오관중랑장(五官中郞將)과 부승상(副丞
相)에 임명되다.
조식이 평원후(平原侯)에 봉해지다. 조조의 서정(西征)을 따라
가다. 이 해에 조식이 「시태자좌(侍太子坐)」, 「공연시(公讌
詩)」, 「이사부(離思賦)」, 「송응씨(送應氏)」 2수, 「낙양부(洛陽
賦)」, 「증정의왕찬(贈丁儀王粲)」, 「삼량(三良)」, 「술행부(述行
賦)」, 「이우시(離友詩)」 2수를 짓다.(부아서)
「이사부(離思賦)」를 짓다.(조유문)

21세　　한(漢) 헌제(獻帝) 건안(建安) 17년(212년)
조조(58세)가 10월 손권(孫權)을 치다. 조식이 남정을 따라가다.
이 해에 조식이 「등대부(登臺賦)」, 「광록대부순후뢰(光祿大夫
苟侯誄)」, 「과부시(寡婦詩)」를 짓다.(부아서)
완우(阮瑀)가 죽다.

22세　　한(漢) 헌제(獻帝) 건안(建安) 18년(213년)
조조(59세)가 정월 유수구(濡須口)로 진군하였다가 돌아오다.
천자의 책명(策命)으로 위공(魏公)이 되다.
조식이 정벌을 따라가다.
이 해에 조식이 「임와부(臨渦賦)」(지금 전하지 않음), 「귀사부
(歸思賦)」, 「서수부(叙愁賦)」, 「금호애사(金瓠哀辭)」를 짓다.
(부아서)
조비(27세)가 초(譙)에 가서 형제들과 분묘(墳墓)를 찾고 동원
(東園)을 구경하고 와수(渦水)를 거닐다. 조식도 같이 갔을 것으
로 추정.

23세　　한(漢) 헌제(獻帝) 건안(建安) 19년(214년)
조식이 임치후(臨淄侯)로 옮겨 봉해지다. 조조(60세)가 손권(孫

權)을 치러가고 조식은 남아서 업성(鄴城)을 지키다.
이 해에 조식이 「괴수부(槐樹賦)」, 「증왕찬(贈王粲)」시, 「동정부(東征賦)」, 「대서부(大暑賦)」, 「여오계중서(與吳季重書)」를 짓다.(부아서)

24세   한(漢) 헌제(獻帝) 건안(建安) 20년(215년)
조조(61세)가 장로(張魯)를 치다. 조식이 따라가다.
이 해에 조식이 「행녀애사(行女哀辭)」를 짓다.(부아서)
「증정의왕찬(贈丁儀王粲)」시, 「삼량(三良)」, 「술행부(述行賦)」를 짓다.(조유문)

25세   한(漢) 헌제(獻帝) 건안(建安) 21년(216년)
조조(62세)가 위왕(魏王)이 되다.

26세   한(漢) 헌제(獻帝) 건안(建安) 22년(217년)
조식의 식읍이 5천이 증가하여 앞의 것을 합하여 만호(萬戶)가 되다.
조비(31세)가 위(魏)의 태자(太子)가 되다.
이 해에 조식이 「왕중선뢰(王仲宣誄)」, 「설역기(說疫氣)」를 짓다.(부아서)
왕찬(王粲, 41세), 서간(徐幹, 48세), 진림(陳琳), 응창(應瑒), 유정(劉楨)이 죽다.

27세   한(漢) 헌제(獻帝) 건안(建安) 23년(218년)
이 해에 조식이 「중옹애사(仲雍哀辭)」, 「변도론(辯道論)」, 「증정의(贈丁儀)」, 「당욕유남산행(當欲遊南山行)」을 짓다.(부아서)

28세   한(漢) 헌제(獻帝) 건안(建安) 24년(219년)

조인(曹仁)이 관우(關羽)에게 포위되어 조조(曹操, 65세)가 조식을 남중랑장(南中郎將) 행정로장군(行征虜將軍)에 임명하고 가서 조인을 구하게 하고자 하였으나 조식이 술에 취해 명령을 제대로 받을 수 없어 그만두다.
조조가 양수(楊脩)를 죽이다.

29세 위(魏) 문제(文帝) 건안(建安) 25년(220년)
조조(66세)가 낙양(洛陽)에서 병으로 죽다.
조비(34세)가 이어서 승상(丞相)에 위왕(魏王)이 되다. 3월에 원강(元康) 원년(元年)으로 개원(改元)하다. 왕위에 즉위하자 정의(丁儀)와 정이(丁廙)를 죽이다. 10월, 한(漢)을 대신하여 제(帝)을 일컫다. 연호를 황초(黃初) 원년(元年)으로 바꾸다.
조식이 조비의 왕위 즉위 뒤, 견성후(鄄城侯)에 봉해지다.(조유문)
이 해에 조식이 「무제뢰(武帝誄)」, 「야전황작행(野田黃雀行)」, 「구제선왕표(求祭先王表)」, 「위덕론(魏德論)」, 「위덕론구(魏德論謳)」, 「경문제수선장(慶文帝受禪章)」, 「경문제수선상예장(慶文帝受禪上禮章)」, 「단하폐일행(丹霞蔽日行)」, 「대위편(大魏篇)」, 「추호행(秋胡行)」을 짓다. (부아서).
「상경문제수선표(上慶文帝受禪表)」, 「위덕론(魏德論)」을 짓다.(조유문)

30세 위(魏) 문제(文帝) 황초(黃初) 2년(221년)
감국알자(監國謁者) 관균(灌均)이 글을 올려 조식이 술에 취해 무례하고 사자(使者)를 협박한다고 무고하다. 관리들이 중죄로 다스려야 된다고 청해 조비가 본래는 조식을 죽이려고 하였으나 태후(太后) 변씨(卞氏)가 말려 죽음을 면하고 벼슬만 안향후(安鄕侯)로 좌천되었다가 다시 견성후(鄄城侯)로 봉해지다.
이 해에 조식이 「학관송(學官頌)」, 「제명종성후공선봉가사비

(制命宗聖侯孔羡奉家祀碑)」,「사초봉안향후표(謝初封安鄉侯表)」
를 짓다.(부아서)

31세　위(魏) 문제(文帝) 황초(黃初) 3년(222년)
조식이 견성왕(鄄城王)에 봉해지다.
이 해에 조식이 「봉견성왕사표(封鄄城王謝表)」,「봉이자위향공
사은장(封二子爲鄉公謝恩章)」(본서의 본문에서는 제목을 「봉
이자위공사은장(封二子爲公謝恩章)」이라 하였음),「당장욕고
행(當墻欲高行)」시,「악부가(樂府歌)」,「용현하표(龍見賀表)」,
「상구미호표(上九尾狐表)」,「훼견성고전령(毀鄄城古殿令)」,「영
지편(靈芝篇)」을 짓다.(부아서)
「훼견성고전령(毀鄄城古殿令)」을 짓다.(조유문)

32세　위(魏) 문제(文帝) 황초(黃初) 4년(223년)
조식이 5월 백마왕(白馬王), 임성왕(任城王)과 경사(京師)에 조
회. 옹구왕(雍丘王)으로 옮겨 봉해지다.
이 해에 조식이 「상책궁응조시표(上責躬應詔詩表)」,「책궁시
(責躬詩)」,「응조시(應詔詩)」,「임성왕뢰(任城王誄)」,「성황편
(聖皇篇)」,「증백마왕표(贈白馬王彪)」,「낙신부(洛神賦)」,「잡
시(雜詩)」(高臺多悲風),「습봉옹구왕표(襲封雍丘王表)」를 짓다.
(부아서)

33세　위(魏) 문제(文帝) 황초(黃初) 5년(224년)
이 해에 조식이 「황초오년령(黃初五年令)」을 짓다.

34세　위(魏) 문제(文帝) 황초(黃初) 6년(225년)
조비(39세)가 오(吳)를 치고 돌아오는 길에 옹구(雍丘)에 들려
조식의 궁(宮)에 행차하고 식읍을 500호(戶) 늘려 주다.

이 해에 조식이 「황초육년령(黃初六年令)」을 짓다.

35세 위(魏) 문제(文帝) 황초(黃初) 7년(226년)
조비(40세)가 5월 병으로 죽다.
이 해에 조식이 「문제뢰(文帝誄)」, 「상문제뢰표(上文帝誄表)」,
「보신론(輔臣論)」을 짓다.(부아서)
「문제뢰(文帝誄)」를 짓다(조유문).

36세 위(魏) 명제(明帝) 태화(太和) 원년(元年)(227년)
조식이 준의(浚儀)로 옮겨서 봉해지다.
이 해에 조식이 「위정부(慰情賦)」, 「사송(社頌)」을 짓다.(부아서)

37세 위(魏) 명제(明帝) 태화(太和) 2년(228년)
조식이 다시 옹구(雍丘)로 돌아가다.
이 해에 조식이 「희우시(喜雨詩)」, 「잡시(雜詩)」(僕夫早嚴駕),
「삭풍시(朔風詩)」, 「대사마조휴뢰(大司馬曹休誄)」, 「청소항강
동표(請召降江東表)」를 짓다.(부아서)

38세 위(魏) 명제(明帝) 태화(太和) 3년(229년)
조식이 동아왕(東阿王)으로 옮겨 봉해지다.
이 해에 조식이 「전봉동아왕사표(轉封東阿王謝表)」, 「천도부
(遷都賦)」, 「우차편(吁嗟篇)」을 짓다.(부아서)
「전봉동아왕사표(轉封東阿王謝表)」를 짓다.(조유문)

39세 위(魏) 명제(明帝) 태화(太和) 4년(230년)
태황태후(太皇太后)가 죽다.
이 해에 조식이 「변태후뢰(卞太后誄)」, 「상변태후뢰표(上卞太
后誄表)」를 짓다.(부아서)

「변태후뢰(卜太后誄)」를 짓다.(조유문)

40세 위(魏) 명제(明帝) 태화(太和) 5년(231년)

이 해에 조식이 「황자생송(皇子生頌)」, 「구통친친표(求通親親表)」, 「진심거표(陳審擧表)」, 「원가행(怨歌行)」, 「교지(矯志)」 시, 「간취제국사식표(諫取諸國士息表)」, 「사입근표(謝入覲表)」, 「사사내표(謝賜柰表)」를 짓다.(부아서)

「황자생송(皇子生頌)」, 「사입근표(謝入覲表)」, 「사사식표(謝賜食表)」, 「사주관표(謝周觀表)」, 「사사내표(謝賜柰表)」, 「동지헌말리송(冬至獻襪履頌)」, 「청부원정표(請赴元正表)」를 짓다.(조유문)

41세 위(魏) 명제(明帝) 태화(太和) 6년(232년)

조식이 2월 진왕(陳王)으로 옮겨 봉해지다. 식읍은 3500戶. 11월 병으로 죽다. 어산(魚山)에 묻히다.

이 해에 조식이 「원회시(元會詩)」, 「개봉진왕사은장(改封陳王謝恩章)」, 「사처개봉표(謝妻改封表)」, 「사명제사식표(謝明帝賜食表)」, 「답명제조표(答明帝詔表)」, 「평원의공주뢰(平原懿公主誄)」, 「간벌요동표(諫伐遼東表)」를 짓다.(부아서)

「원회시(元會詩)」, 「개봉진왕사은장(改封陳王謝恩章)」, 「간벌요동표(諫伐遼東表)」를 짓다.(조유문)

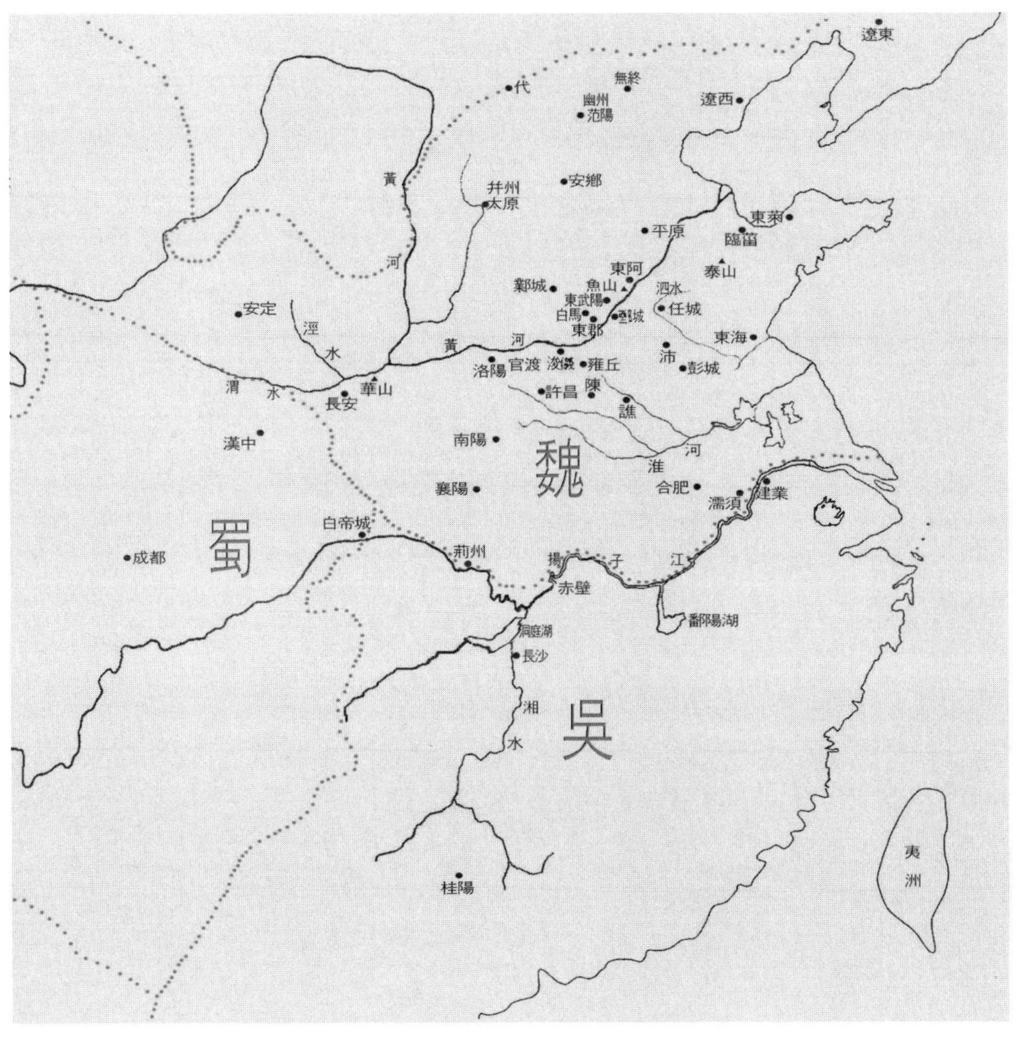

遼東
無終
代
幽州
范陽
遼西
安鄉
黃
并州
太原
平原
東萊
臨箇
河
東阿
泰山
鄴城
魚山
東武陽
泗水
安定
白馬
甄城
任城
涇
水
黃
河
東郡
東海
渭
水
華山
洛陽
官渡
浚儀
雍丘
沛
彭城
長安
許昌
陳
漢中
南陽
譙
河
襄陽
魏
淮
合肥
白帝城
濡須
建業
成都
蜀
荊州
揚
子
江
赤壁
鄱陽湖
洞庭湖
長沙
湘
水
吳
桂陽
夷
洲